KUWEI
酷威文化
图书 影视

卡牌密室

蝶之灵 著

上册

江苏凤凰文艺出版社
JIANGSU PHOENIX LITERATURE AND ART PUBLISHING

目录

第一章

卡牌世界

寒冬腊月，气温骤降，连续几天的大雪让整个江州市变成了银装素裹的世界。

学校放了寒假，学生们早已回家，肖楼被系里派去参加学术交流会，会议一直持续到腊月二十八，他休息了一天，便收拾行李飞回老家陪爷爷奶奶一起过年。

肖楼到家的时候是大年三十的下午，他一进屋，堂妹肖心悦就迎了上来，笑嘻嘻地道："哥，你怎么这么晚才到，奶奶刚才还念叨你呢！"她凑过来放轻声音，"念叨你怎么还不结婚。"

逢年过节回家，必被长辈催婚。

肖楼如今确实属于"大龄未婚青年"，28 岁的年纪依旧单身。他上学早，17 岁考入医学院，硕博连读毕业后留校任教，年纪轻轻就评上了副教授，加上性格温和，长相又很帅气，照理说像他这样的条件在相亲市场应该很受欢迎才对，可惜他学的是法医。

一听"法医"，人们自然会联想到尸体，谁喜欢天天和解剖尸体的男人在一起？

来到客厅后，肖楼礼貌地跟长辈们依次打招呼，将带来的礼物分给大家。奶奶果然笑眯眯地看着他问："小楼，什么时候给奶奶带个孙媳妇回来啊？"

肖楼一边给老人家捏肩，一边温言说道："奶奶，我现在工作太忙，结婚的事我想等 30 岁以后再考虑。"

正好餐厅那边准备开饭，肖楼将奶奶扶过去坐下，转移话题问肖心悦："你想好明年报什么学校了吗？"

堂妹肖心悦今年 18 岁，下学期就要面临高考。肖楼这么一问，长辈们的话题也变成了女孩子报什么专业将来好找工作，肖心悦积极地加入讨论，没人再提肖楼的婚事，这让肖楼微微松了一口气。

吃过年夜饭，长辈们开始打麻将，肖楼则带着堂弟堂妹到隔壁房间。

肖心悦拿出一副全新的扑克牌："我们三个玩斗地主吧，输的人喝饮料怎么样？"

堂弟肖尉挽起袖子，一脸跃跃欲试："来来来，斗地主我最擅长了！"

肖楼对打牌不感兴趣，但每年春节回到老家，长辈们总会开一桌麻将，弟弟妹妹两个人打牌又太无聊，他当大哥的只好陪着他们。

肖楼第一把手气很好，直接摸到个“王炸”。

看到大、小王在手，他毫不犹豫地说：“叫地主。”

肖心悦和肖尉只好联手打他。

结果肖楼居然一口气把手里的牌全部打完了。

肖心悦和肖尉只好苦着脸喝可乐。

接下来不管是肖心悦叫地主，还是肖尉坐庄，每次都会被大哥打得落花流水。肖楼今晚的牌运真是好得让人没法评价，好几次摸到“王炸”，弟弟妹妹喝饮料都快喝吐了。

三人一直打牌打到 12 点。

外面响起震耳欲聋的鞭炮声，弟弟妹妹激动地跑去院子里放烟花，肖楼穿了件外套刚要出门，手机突然亮了起来，屏幕上弹出一条消息：“新年快乐。”

发送者：虞寒江。

看到这熟悉的雪景头像，肖楼唇角微扬，迅速回道：“你也是，新年快乐。”

虞寒江问：“几号回学校？”

“过完大年初七就回去。”

“上次的事多谢帮忙，回来请你吃饭。”

“虞队客气了，回来再联系。”

窗外传来“砰”的声响，各种颜色的烟花相继绽放，将夜空装点得亮如白昼。

肖楼站在窗前看着手机里的对话记录，脑海中不由浮现第一次见到虞寒江的场景。

那是个雨天，医科大学有个女生坠楼死亡，惊动了江州市的刑警。女生上的最后一堂课正好是肖楼的课，作为案件关联人员，肖楼被警方请去做笔录。

走进刑警大队，他第一眼就看到了那个男人——男人穿着一身深蓝色的警服，笔直地站在窗边，身材高大，双腿修长，侧脸英俊得就像是一尊精致的雕像。

似乎察觉到来自侧面的注视，男人转身看向肖楼，走过来打招呼：“你好，我是刑警大队重案组的组长虞寒江，请肖教授过来配合调查。”

肖楼朝他礼貌点头：“虞队你好，我一定全力配合。”

虞寒江带着肖楼走进问询室，在做笔录的过程中，男人的声音低沉有力，目光锋利如剑，给人一种极强的压迫感，被他盯着看，几乎要喘不过气来。哪怕肖楼和这件事没有直接关系，也不想直视他的眼睛。

那双眼睛深邃又冰冷，就像是寒冬腊月里结了冰的湖面，让人脊背发凉。

破案的速度比肖楼想象中快得多，确定为谋杀。警方第二天就抓到了凶手，是女生的舍友将她推下楼的，这件事还在网上引起了轰动。

那一次，肖楼对江州市刑警大队的破案效率有了很大的改观。

他通过认识的法医同学打听了一下虞寒江这个人，据说虞寒江来历背景成谜，年纪轻轻却突然空降刑警队担任重案组的组长。虞寒江上任以来，侦破了不少悬案，极大地提高了办案效率。

这个男人铁面无私、冷血无情、手段狠辣，让犯罪分子闻风丧胆，光是一个狠戾的眼神扫过去就能让心虚的人吓得发抖。据说他审犯人很有一套，再顽强的嫌疑人在他的审讯下都会乖乖开口认罪。短短两年时间，虞寒江的名字已经成了江州市警界的传奇。

听说过他的事迹后，肖楼心中对这位刑警十分佩服。

本以为跟他不会有太多交集，可没过几天，虞寒江突然找到法医鉴定中心的办公室，请肖楼帮忙鉴定一种罕见毒物。肖楼在研究生阶段专攻的正是法医毒理鉴定，发表了几篇价值很高的论文，虞寒江找上他，两人也因此互相留了微信和电话。

肖楼协助警方侦破了这起性质恶劣的投毒案，虞寒江所说的“谢谢帮忙”就是指这个忙。两人前前后后见过四次面，都是因为工作，交情不深。所以，一向冷漠的虞队主动说要请他吃饭，肖楼也很意外。

站在窗边陷入回忆的肖楼并没有发现桌上的扑克牌在此刻突然泛起了一层血红色的光泽，那光泽渐渐形成了一个旋涡，卡牌附近的空间也随之扭曲，像是要将周围的一切都吸进卡牌里。

大年初七，肖楼跟家人道别后飞回江州市。想到大年三十晚上的微信对话，肖楼干脆给虞寒江发去条消息：“虞队，我回来了。你哪天有时间，一起吃个饭？”

消息没有回应。

对方可能在忙，肖楼很识趣地没再打扰，自己去楼下随便吃了碗面。

他吃完面想去超市买些日用品，结果在过马路的时候，拐角处的一辆大巴车突然飞快地朝他冲了过来——

肖楼瞪大眼睛，心跳几乎停滞。他敏捷地拔腿就跑，但大巴车的速度实在太快，他刚迈出一步，身体就被撞飞了出去！

眼前陡然间一阵天旋地转，肖楼很快就彻底失去了意识。

再次醒来时，周围是一片白茫茫的雾气。模糊的雾气中，有个冰冷的机械化声音清晰地传递到耳边：“肖楼，恭喜你被卡牌世界选中，你现在面临两个选择。A：安心地死去，忘记一切，你的灵魂会彻底消亡，从此永无病痛。B：保留记忆到卡牌世界重生，并接受全新的挑战。不过，卡牌世界的生存规则非常残酷。或许，在这里活着，还不如干脆点死了。”

肖楼有些疑惑。这声音是幻觉吗？还给他两个选项？

由于他没有回应，冷冰冰的机械音又开口说：“给你 10 秒的时间考虑，记忆清除倒计时中，10，9，8……”

肖楼果断地道：“我选 B。”

不管声音是不是幻觉，在两个选项中，他只能选后者。

他才 28 岁，大好年华，可不想清除记忆彻底消亡。只要给他重来一次的机会，不管新世界多艰难、多危险，至少还活着不是吗？

活着才有希望。

肖楼迅速冷静下来，问道：“你是谁？”

对方道：“我是卡牌世界的高智能系统精灵。你看不见我，但我能看见你。”

被监视的感觉让肖楼不由皱眉：“你所说的卡牌世界到底是什么？”

下一刻，他的面前突然出现了无数张卡牌。

那是他春节当晚和弟弟妹妹一起玩斗地主的时候用过的扑克牌，背面是熟悉的蓝色菱形花纹，小卖部里最常见的那种。红桃 5、方片 8、梅花 10、黑桃 J……各种花色的扑克牌串成了一条长长的链子，在他面前快速晃过，如同四倍速播放的电影胶片。

在白茫茫的迷雾中，卡牌链条迅速排列，四种花色混杂在一起，毫无规律可言，密密麻麻的扑克牌以肉眼可见的速度在 10 秒内组成了一面巨大的卡牌墙壁。

“玩家肖楼，欢迎来到卡牌世界。”

第二章

玫瑰葬礼

肖楼站在卡牌墙前，被大量的卡牌晃得眼花缭乱。他惊讶地发现，每张卡牌除了左上角有红桃 2、黑桃 3 之类的标记之外，卡面竟然还是一幅动画。

这些卡牌似乎是无数个浓缩的空间。而每张牌的牌面就像是一个个缩小的电视机屏幕，正在播放不同的剧情。

位于他正前方的卡牌播放的动画最为清晰。

肖楼定睛一看，只见卡牌世界中，一个身材矮小的女孩正被几个丑陋的僵尸追着跑，女孩不小心脚下一滑摔倒在地，僵尸们很快就把女孩包围起来，女孩惊恐的双眼像是透过了卡牌的窗口直直看向肖楼……

肖楼头皮发麻，胃里一阵翻涌，他用力攥紧拳头，指甲掐着掌心，剧烈的疼痛感告诉他这并不是梦，这是他无法理解的一个由卡牌组成的异空间。

那个女孩肯定活不下去，但“被僵尸吃掉”这种死法也太过残忍……

她也和自己一样，是被莫名其妙拉到卡牌世界的人类吗?

肖楼闭了闭眼，不忍再看。

机械音冷冷地问道:“看到卡牌里的世界了吗？”

肖楼深吸一口气:“看到了。”

“你只有一次修改选项的机会，A 和 B，选什么？”

肖楼毫不犹豫:“我选 B。”

“选项确认。

“恭喜你成为卡牌世界第 86587847 位挑战者，在进入新世界之前你可以改变自己的形象和性别，接下来有 3 分钟的时间给你做初始数据调整。”

面前出现了一面镜子，镜子里的青年容貌清俊、眉眼温和，只是此刻他的脸色有些不自然的苍白——任谁突然遇到这种事，都很难冷静下来。肖楼已经算是比较冷静的人了，至少看见女孩被僵尸吃掉的画面时他没有尖叫出声。

肖楼看着镜子里的自己，道:“容貌、性别都不做调整。”

“挑战者肖楼，初始数据存储成功。”面前的镜子消失不见，耳边依旧传来系统冷冰冰的机械音，“接下来宣读新世界的基本规则。”

“在卡牌世界中，每张牌都是不同的小世界，你可以把它理解成密室。密室的类型由卡牌的花色来决定。红桃代表解谜密室，方片代表机关密室，黑桃代表生存密室，梅花则是挑战密室。

“密室的难度从低到高依次为D级、C级、B级、A级、S级以及最高难度的SS级，只有通关SS级的密室，才能回到人类世界，获得真正的新生。

“闯关成功可以得到奖励。闯关失败，将被送入噩梦密室进行惩罚。在噩梦密室无法存活的玩家，将被卡牌世界彻底抹杀。

“规则只说一遍，接下来请选牌。”

面前凭空浮现四张卡牌——红桃2、方片2、黑桃2、梅花2。

肖楼想了想，伸出手抽取了“红桃2”。

自从大学期间被舍友拉去玩了一次密室游戏，他就喜欢上了这种惊险刺激、逻辑严谨的真人密室逃生游戏。他玩了几百个密室游戏，经验丰富。但他所在的世界，密室游戏大部分以解谜、机关为主，从没听说过什么“生存类”“挑战类”密室。

黑桃牌的生存密室很可能会面临活不下去的危机；梅花牌的挑战密室，光听名字就很难，贸然进去可能会死得更惨。相对来说，方片的机关、红桃的解谜，听起来友好一些，而且也是肖楼所擅长的。

保险起见，他先选了红桃。

选牌结束。

红桃2密室【玫瑰葬礼】开启中。

闯关限时30分钟，超过时间将判定为闯关失败。

肖楼的眼前猛然一黑。

再次恢复视野时，他发现自己身在一处狭窄而空旷的走廊里。

走廊的尽头有一扇门。四周的墙壁光秃秃的，是最常见的白墙，脚下则是纤尘不染的米白色瓷砖，没发现任何有用的线索。

眼前出现了一个“倒计时30:00”的透明悬浮框，肖楼发现倒计时的计数已经开启，便加快脚步走到门口。

他推门进去，目光快速扫过屋内——

这是一间三室两厅的住宅，面积在120平方米左右。家具都是暖色调，看起来非常温馨。客厅里摆放着柔软的布艺沙发，茶几下面铺着厚厚的地毯，正对面摆着一台屏幕极大的液晶电视。餐厅打扫得整齐干净，桌上插着一束娇艳欲滴的玫瑰花。

旁边的3个房间门全都开着。一间是主卧，一间是贴满卡通壁纸的儿童房，另一间装修成了书房。

整个房子南北通透、户型方正，是最常见的三口之家的布置。

一进屋，肖楼就闻到一阵很奇怪的臭味，似乎还混杂着玫瑰的香气。

他顺着味道来到主卧。

卧室的正中间放着一张双人床，此时，床上铺满了鲜红色的玫瑰，玫瑰花瓣上睡着一个身穿白色丝质睡衣的女人，她的双手轻轻叠放在腹部，睡得十分安详。

然而，她的胸口绽开了一大团刺目的鲜血。

女人胸前的睡衣被鲜血染红，本来化着妆的精致的脸也出现了明显的尸斑。她的嘴唇发青，皮肤苍白如纸，空气里浓烈的臭味，正是这具女性的尸体所散发出来的味道。

红桃 2 密室，居然是一个凶杀案现场！

肖楼被浓烈的臭味熏得大皱眉头，他用力捏住鼻子，仔细环顾四周。

作为多年密室逃生游戏玩家，他玩过不少解谜类密室，见过很多恐怖场景，加上法医专业让他对尸体已经形成了免疫，所以，突然在床上看见一具女尸，他并没有慌乱，而是让自己迅速冷静下来。

这个密室既然是凶案现场，要解开的谜题，自然是死者的死因。

肖楼忍耐着尸体的臭味上前一步，开始对死者做全面的检查。

死者女性，三十岁左右，穿着睡衣死在家中。

胸前有大片血迹，致命伤来自心脏部位的刺伤，凶器应该是一把锋利的刀，直接刺穿了心脏的主动脉，手法非常干脆利落。除此之外，她的身上并没有其他伤痕，也没有被虐待过的痕迹。

这里是主卧，有一个独立的浴室。

肖楼开始在房间里寻找线索。

他先去了浴室。

浴室的地上有许多掉落的长发，和死者的一样，是棕色的鬈发，应该是她生前洗澡时留下的，还没来得及清理。此外，浴室里还有她换下来的衣服，衣服上有一些暗红色的痕迹，有点像血迹。肖楼拿起来仔细查看，发现并不是，这和她睡衣上的血迹有明显的区别。

倒计时 28:10。D 级密室特别提示：线索搜集度 5%。

拿起衣服的那一刻，面前的悬浮框中突然出现了这行字。

线索搜集度，这个提示很重要，尤其是对刚到卡牌世界的新人来说，至少能确定自己找到的东西是不是和案件有关。

看来这件衣服确实和案件有关联。肖楼仔细翻找衣服的口袋，并没有其他收获，只是衣服上类似鲜血的暗红色痕迹似乎在提醒着他什么。

他放下衣服，继续寻找其他线索。

浴缸、马桶都很干净，洗手台的洗漱用品也没有异常。旁边的垃圾桶里有些上完厕所的手纸，看上去很脏，肖楼毫不犹豫地将垃圾桶反过来，把里面的垃圾全部倒在地上。

他发现了一些碎纸屑。

肖楼将脏兮兮的手纸迅速拨开，把撕碎的纸张全部找出来。他将碎纸大概拼凑了一番，居然拼出了一张照片——结婚证的证件照。

倒计时 27:45，线索搜集度 15%。

肖楼转身走出浴室，开始在卧室里翻找。

半小时内解谜，时间太短了。

好在这个密室并不算太难，毕竟是 D 级密室，还有“线索搜集度”的提示。

肖楼一边翻衣柜，一边在脑子里迅速分析。

结婚证的证件照被撕毁并扔进厕所的垃圾桶，代表女主人婚姻已破裂。而她的住处依然有男性的衣服和鞋子，说明两人还没走到离婚的那一步，她的死很可能跟她的丈夫有关，接下来的搜索重点可以放在她丈夫的东西上。

肖楼以极快的速度翻遍衣柜里男主人的所有衣服口袋，只找到一个钱包，里面并没有现金和银行卡，却夹着一张合照，正是结婚证上的夫妻两人。

照片里，女人穿着洁白的婚纱，一脸幸福地依偎在男人怀里。

倒计时 24:06。D 级密室特别提示：线索搜集度 25%。

搜衣柜花掉了很多时间，肖楼冷静下来想了想，转身去翻梳妆台和床头柜。

他在梳妆台上看见了一个精致的香水瓶子，打开一闻，是玫瑰的香味。又在梳妆台的抽屉里找到一张贺卡，写着：

亲爱的，这瓶玫瑰香水送给你，祝你生日快乐，永远青春靓丽。

——你最好的闺密刘芸

7 月 17 日

贺卡上的“闺密”两个字被画了个大大的红叉。

生日、玫瑰香水、被划掉的贺卡、新人物刘芸，这些线索都很关键，肖楼面前的悬浮框中，线索搜集度直接从 25% 跳到了 50%。

倒计时 22:00。D 级密室特别提示：线索搜集度 50%。

线索搜集过半，可疑人物出现，是否确认凶手？是 / 否。

提示：通关的时间越短，搜集的线索越多，奖励就会越高。

肖楼想了想，在悬浮框中选择了“否”。

还有 22 分钟，线索没有找齐，指认凶手很大可能会出错。

目前找到的几个线索都将凶手指向丈夫或者闺密——丈夫出轨闺密，被女主人发现，女主人愤怒之下撕掉了结婚证，并且在闺密送的贺卡上画了个大大的红叉。或许是生日当天起了争执，女主人被丈夫或闺密所杀。

如果是这样的故事，大部分线索都能得到合理的解释。

但是……真的这么简单吗？

肖楼扫了一眼华丽的玫瑰花床，迅速转身出门。

这里根本不是第一案发现场。

肖楼判断这里不是第一案发现场，原因其实很简单。

心脏是人体的血液供应中枢，它就像一个动力十足的泵，每分钟的规律跳动能将血液送往全身各处。死者的致命伤在心脏，刀子插的位置接近主动脉，如果死者是在床上被人一刀捅死，主动脉被割裂后，喷涌而出的血液将会溅向枕头、床单甚至墙壁。

但周围很干净，没有任何血液溅射的痕迹。

她的血只浸透了胸口的衣服，从出血量来判断大概在 100cc，还不如正常人去爱心献血时抽掉的一半——她明显是在别处被人杀害，等血流得差不多了才被人搬运到卧室床上的。

杀人、放血，还将死者放在铺满玫瑰花瓣的床上，这位凶手明显是个心理变态。

肖楼转身来到厨房，一方面搜索其他证据，一方面也想证实他的推论。

死者在浴室留下的脏衣服上有一些类似于血迹的污渍，但从他专业的角度来看，那根本不是血迹，更像是果汁。和果汁关联紧密的地方，他第一个想到的就是厨房。

肖楼走进厨房，果然看见在厨房的桌上放着个西瓜。西瓜被切成两半，一半应该被吃掉了，剩下的一半如今已经腐烂发臭——女主人衣服上类似血迹的污渍正是西瓜汁。

有一把水果刀插在西瓜里面，肖楼将水果刀轻轻拔了出来。尖锐、锋利的细长水果刀，和他刚才检查尸体时发现的女主人身上的致命伤的痕迹完全一致。

这把水果刀，正是杀害女主人的凶器。

肖楼开始仔细搜查厨房，没猜错的话，这里才是真正的第一案发现场！

厨房应该被打扫过，没有明显的血迹。

他在角落蹲下来去查看地漏，在地漏的边缘发现了一些头发——长约三厘米的黑色短发，明显属于男性。水管背后的墙壁上，还有几滴没清理干净的血迹。

第一案发现场和凶器的发现，让线索搜集度瞬间达到了 70%。

肖楼按惯例把垃圾桶翻过来，厨房的垃圾桶里有很多蔬菜叶、水果皮、鸡蛋壳以及速冻肉类的包装袋，可以推断女主人在死前应该在家里做了一顿饭，而且是两人以上的量，素菜加上肉类，至少五个菜，她一个人吃不了这么多。

除此之外，冰箱、橱柜都没有什么发现。

肖楼转身出门。正对着厨房的餐桌上有一大捧玫瑰，插玫瑰的玻璃花瓶非常精致，里面的水依旧很清澈，玫瑰花也开得很好，只是部分花朵被摘掉了，很可能就是卧室里玫瑰花瓣的来源。

肖楼将餐厅的垃圾桶同样翻过来倒扣在地上，倒出的垃圾除掉一些果皮之外，还有一张贺卡，是花店里比较常用的那种心形卡片，上面用苍劲有力的字迹写着：

生日快乐，老公永远爱你。

线索搜集度变成了 75%，玫瑰和贺卡对案件的推理显然也有帮助。

肖楼走进对着餐桌的书房。

占据一面墙的书柜上面摆着很多医学书，有好几本心脏外科方面的专著。

书柜的旁边是一张很常见的办公桌，桌上摆了个台灯。桌子的右侧有 3 个抽屉，左边则是带门的小柜子。肖楼打开抽屉，在第一个抽屉里发现了护照和执业医师资格证，属于这家的男主人，他也终于知道了男主人的信息——赵森，1988 年 10 月 26 日出生，汉族，是一名外科医生。

其他的抽屉里，都是一些交物业费的清单、银行的单据以及医学论文的材料，对案件并没有太多帮助。

肖楼关上抽屉，打开左下角的柜门。

他在柜子里发现了一个黑色保险箱，有密码锁，是四排数字密码盘，这类保险箱他见过很多，按下正确的数字密码后，再按 # 键就可以开锁。

数字密码……

这个案件牵扯到的数字目前只有男女主人的生日。

闺密给女主人送香水，说生日快乐；老公给她送玫瑰，同样说生日快乐。多个线索提到“生日”，这个日期肯定不简单。

男主人的生日可以从医师资格证上面查到，1988 年 10 月 26 日。女主人的生日，肖楼记得很清楚，闺密写给她的贺卡上，最后的落款日期是 7 月 17 日。

保险箱的密码格是四位数，他输入 1026，提示密码错误。肖楼紧跟着输入女主人的生日 0717，按下 # 键。

“啪”的一声，清脆的声响打破了凶杀案现场的宁静，保险箱果然开了。

线索搜集度一下子到了 90%！

倒计时还剩 18 分钟。

保险箱的内部是上、下两层结构，上层放着一个文件夹。肖楼拿出来迅速翻阅，一目十行地提取关键信息。

这是两份保险合同，第一份被保人姓名邹小玫，受益人姓名赵森，两人关系为夫妻；第二份相反，被保人赵森，受益人邹小玫。

夫妻互相给对方买了商业保险，包括医疗重疾险和人身意外险。若被保人因肿瘤、心血管疾病等重疾住院，50 万元以内的住院花费可以全部报销；若被保人意外身亡，则受益人可以直接获得保险公司最高 200 万元的赔偿金。

肖楼看到这份保险合同，一时心惊胆战。

亲人之间互相买保险这很正常，为了骗保杀人的案子也并不少见，这个案子中，夫妻关系已经破裂，邹小玫一旦死于意外，赵森将拿到高达 200 万元的赔偿金。

肖楼脊背发凉，放下保险合同继续翻保险箱的下层。

下层放了好几本相册，相册里有许多赵森的照片，从小学到初中、高中、大学毕业，记录了他完整的成长轨迹。除了个人相册外，还有好几本婚纱照相册。夫妻两人刚结婚的时候看似很恩爱，男人非常绅士地搂着自己的妻子，女人则小鸟依人状靠在他的怀里，笑容甜蜜。

再往后翻……肖楼看到了婚礼现场的照片。

有一张四人合影，除了新郎、新娘外，还有伴郎和伴娘。

这张合影显然是从侧面抓拍的，四个人都没有看摄像机的镜头。在照片中，新郎和新娘对视微笑，伴娘在深情款款地看向伴郎，而不远处的伴郎，站在人群里举着高脚杯给人敬酒，目光却直勾勾地盯着新娘看。

肖楼立刻打起了精神。

案件相关的第四人出现了！

这位伴郎在赵森的个人相册中也出现过，赵森的毕业照上就有两个人搭着肩膀的合影，应该是赵森关系很好的哥们儿，所以结婚时才会请他来当伴郎。

照理说，男人对好哥们儿的妻子一般都会避嫌，可伴郎那种直勾勾如同盯着猎物的目光，显然不是对兄弟的老婆该有的态度。

肖楼继续翻保险箱，在最下层的隐秘位置发现了一个文件袋。

打开一看，文件袋里有一份合同，是赵森和私家侦探秘密签订的调查协议，调查的内容是表弟贺永强、妻子邹小玫以及妻子的闺密刘芸三个人的关系。肖楼抽出合同的时候，还有一大沓照片也跟着掉了出来。

他捡起照片，全是这三个人一起逛街、吃饭的抓拍照。有些照片里，刘芸和贺永强手牵着手，举止亲密。而有些照片里，却是邹小玫和贺永强牵手、拥抱——贺永强这个人渣显然脚踩两条船，一边和年轻漂亮的刘芸谈恋爱，一边还勾搭表嫂。

最后的几张照片尺度非常大，邹小玫穿着轻薄的丝质睡衣，和贺永强在卧室里亲热。

这几张照片是从俯视的角度拍的，右上角还有时间标记，显然，赵森这时候已经在家里安装了监控摄像头，随时监控着妻子的动向，这几张照片就来自监控中的截图。

出轨的并不是男主人赵森，而是死在床上的这位女主人邹小玫。

这反转来得猝不及防。

肖楼震撼地放下照片，他看向悬浮框中的提示，线索搜集度固定在 90%，保险箱算是占比 15% 的一个大线索。从保险箱的线索中，他知道了本案相关的所有人的名字。

死者邹小玫、丈夫赵森、情夫贺永强、闺密刘芸。

这 4 人之间有着错综复杂的关系，贺永强是赵森的表弟、刘芸的男朋友，邹小玫和贺永强出轨，相当于同时给老公赵森、闺密刘芸戴上了绿帽子。

赵森和刘芸作为受害者，都有理由杀她，但具体凶手是谁，还需要进一步确认。

线索搜集度 90%，只差最后一条关键的线索没有找到。

肖楼转身来到客厅里，仔细翻找了一遍，没有任何发现。

到最后一间儿童房翻找的时候，他在儿童房的枕头旁边找到了一个手机和充电宝，手机套着粉色的外壳，应该属于死者邹小玫。

这么关键的线索居然在大部分人都不会先去搜寻的、距离最远的儿童房里!

肖楼双眼一亮，立刻拿起手机。

他按下开机键，屏幕上弹出一行提示“请输入密码”，并出现了一个数字密码盘。

肖楼下意识地输入女主的生日“0717”，然而，屏幕上弹出警告：“密码验证错误，5 次错误后手机将被自动锁定，剩余次数 4。”

他紧跟着输入男主人的生日 1026，提示：“密码验证错误，5 次错误后手机将被自动锁定，剩余次数 3。”

不是生日密码？那是什么？

悬浮框中的倒计时还剩下 15 分钟。

肖楼皱着眉陷入了沉思。

卧室、浴室、书房、儿童房、厨房、客厅、餐厅，他已经全部搜过，女主人的生日是 7 月 17 号，男主人的生日 10 月 26 号，除此之外，并没有任何跟数字有关的线索。

肖楼拿起手机想了想，转身回到卧室。

手机锁屏，并弹出“请输入密码”的提示，大部分人可能会纠结这个密码到底是什么，浪费时间去四处寻找密码线索。但肖楼刚才已经用最快的速度将整个房间搜了一遍，他很自信没有遗漏的地方。

既然手机的密码不是生日，那整个屋子里就再也没有其他和数字相关的线索。所以，手机弹出的这行“请输入密码”的提示，也有可能是“干扰项”。

谁说解锁手机只能输入密码？

肖楼将手机拿回主卧，走到玫瑰床边，抬起死者的右手，将她的右手拇指放在了手机的指纹解锁键上。

留在家里的粉色手机和充电宝，自然是女主人的。

女主人就在床上躺着，虽然是一具尸体，可她的手指还在。用她的指纹解锁，岂不是更方便吗？

然而，事情并没有肖楼想得那么简单。

他将死者的右手拇指放上去，手机屏幕并没有亮起来，反而弹出警告提示：“指纹无法识别，验证错误，5 次错误后手机将被锁定，剩余次数 2。”

无法识别？是放错了手指还是别的原因？

肖楼看着床上的死者，猛然间想到一个关键——人死后，尸体会在 3 小时内变冷、僵硬，12 个小时后尸体的僵硬程度发展到顶峰，24~48 小时开始缓解。从死者全身肌肉的僵硬程度以及尸斑的情况来看，她的死亡时间应该在 24~48 小时之间。

指纹解锁的原理是人类手指所携带的微电流激活手机的电容传感器，凹凸不平的手指纹路会在传感器上绘制出独一无二的图形密码，和录入的指纹图形相对应，从而解锁手机。

人死后，细胞的新陈代谢会终止，何况邹小玫的死亡时间已超过 24 小时，身体内早就没有了电流，尸体的指纹根本没法激活手机的传感器。

死人的指纹和活人的指纹是不一样的，他是法医，居然忽略了这个关键！

数字密码错误，指纹解锁行不通，还有什么方式可以解开手机？

他只剩两次机会，必须尽快找到别的方法。

肖楼仔细观察手机，发现手机背面摄像头的旁边还有一个很小的按键，轻轻按下，手机的屏幕中就会出现扫描框。他想了想，将扫描框对准死者的脸。

——人脸扫描中。

——解锁成功，线索搜集度 100%。

肖楼精神一振！

真正的解锁方式居然藏在手机背后。

人脸扫描通常是将人面部的眉间距离、嘴唇大小等特征综合绘制成一个几何图形作为解锁密码，只要没被毁容，人哪怕死了，面部特征也不会有太大的改变。

当然，如果手机带有高科技的“活体检测系统”，需要检测瞳孔、视网膜等活体特征，那就变成了无解的死局。

还好女主人的这部手机解锁功能没那么高级，人脸特征解锁只需检测面部各点之间的距离，大部分面部特征对上之后，手机成功解开。

还剩下最后一格电，肖楼赶紧翻了翻她的朋友圈。

第一条是她老公在 7 月 15 日中午发的朋友圈：“16 号出差，参加医学会心脏外科学术会议，月底才能回来，今年又没法陪老婆过生日了。”

邹小玫给他点赞，留言道：“工作要紧，出差顺利，照顾好自己！”

第二条是情夫贺永强在 7 月 16 日发的健身房照片，男人身材高大，照片故意秀出了胸肌：“训练一个月的成果。”

邹小玫给他点赞并留言：“身材真棒。”

再后面是闺密刘芸 7 月 17 日中午发的消息：“祝我最好的姐妹、大美女邹小玫生日快乐。”

邹小玫点赞并留言：“谢谢。”

肖楼关掉朋友圈，翻开微信聊天界面继续寻找线索。

他打开死者和贺永强的聊天记录，翻到最上面。

两人第一次接触是在去年 3 月份，贺永强先加了邹小玫说：“嫂子，今天的婚礼上，你真是漂亮又性感！”

邹小玫发去一排害羞的表情：“谢谢小贺。听你哥说你还是单身，我闺密也单身，要不要发展一下？”

“好啊，把她的联系方式给我。”

一开始邹小玫在给表弟介绍女友，表弟也很礼貌地叫她“嫂子”，后面聊着聊着却变了味。

今年 3 月，结婚纪念日当天邹小玫老公出差，她一个人在家闷闷不乐，贺永强说买的水果太多吃不完，顺路送些给她，她没有拒绝。

孤男寡女，送水果的时候发生了什么，用脚指头想想都能猜到。从此，聊天记录变得越来越暧昧，称呼也从“嫂子”变成“美女”“小宝贝”，看得肖楼起了一身的鸡皮疙瘩。

肖楼迅速拉掉这一段辣眼睛的内容，划到最下面。

7 月 16 日晚上 18:00——

他说要出差半个月，明晚你来我家，陪我过生日好吗?

没问题，下班后过来，大概 7 点到。

我给你做好吃的，我们一起吃晚饭庆祝。

这是邹小玫和贺永强的最后一次对话。

肖楼紧跟着分别打开了她和丈夫、闺密的聊天记录。

和闺密的聊天记录没有问题，闺密表示 17 日加班不能陪她过生日，还特意同城快递了一瓶玫瑰香水做生日礼物。

和老公的最近聊天记录有三条。第一条是她看见朋友圈后询问他出差几天，赵森回答要出差半个月。第二条是 7 月 16 日中午她发消息给他：“抱歉老公，我今天上班，不能去机场送你，一路顺风。”对方回复：“没关系，我到酒店联系你。”

最后一条是赵森在 7 月 17 日零点准时发给她的：“亲爱的，我到酒店了，生日快乐。今年生日没法陪你过，但我会给你准备一份难忘的生日礼物。”

最后一排意味深长的微笑表情，让肖楼看得毛骨悚然。

到此为止，关于案件的线索搜集度已经达到了100%。

凶手首先排除贺永强。邹、贺两人勾搭在一起，甜言蜜语不断，也没发生过争执，贺永强没理由在生日的当天突然杀了她。剩下两个嫌疑人，闺密在生日当天没来现场。丈夫赵森表面上在“出差”，可他在微信里提到的“难忘的礼物”非常可疑。

这起案件，看来是谋划已久。

赵森思维缜密，让私家侦探调查了她很长一段时间，还在家里安装了监控摄像头随时监视邹小玫的动向。更关键的是，他是个医生，动手才能如此地干脆利落，一刀毙命。他说要出差，大概是为了让妻子放松警惕，好突然袭击，当面捉奸。

此时，倒计时还剩12分钟。

肖楼理顺了思路，伸手按下悬浮框中一直提示的“凶手确认”那一栏。

系统：“是否确认凶手？”

肖楼：“是。”

系统：“杀害死者的凶手是：贺永强 / 赵森 / 刘芸？”

肖楼选了赵森，耳边传来“叮”的一声提示——

恭喜挑战者肖楼完美通关D级密室【玫瑰葬礼】，用时18分，通关评分高于99%闯关者。解锁全部隐藏剧情，获得奖励【剧情卡：玫瑰葬礼】。

通关本密室固定奖励【工具牌：水果刀】【工具牌：玫瑰香水】。

本次通关评价为S，完美通关将获得额外的抽奖机会，请返回个人空间结算奖励。

这个密室的难点其实并不在于凶手是谁，而在于找齐全部的线索，并且厘清凶手的作案动机和作案手段，线索搜集度100%，才能达成“完美通关”的条件。

肖楼通关的评分大于99%的闯关者，肯定是手机密码卡住了一群人。

在这个气氛诡异、摆着一具女尸的密室里，人的精神本来就会处于极度紧绷的状态，能冷静下来迅速搜集线索并在第一时间想到用指纹、人脸等手段解锁手机的人并不多。

肖楼松了一口气，最后看了一眼躺在床上的女尸，紧跟着，他就被强制传送出红桃 2 的密室空间，回到了那片白茫茫的卡牌世界。

肖楼想起刚才系统提示说要奖励他一张玫瑰葬礼剧情卡，红桃 2 卡牌的正中间刚好印着一朵红色的玫瑰花，他好奇之下伸出手碰了碰这张牌，结果下一刻，就见卡牌突然翻转，迅速放大成一面墙的液晶屏幕，开始播放一段视频。

肖楼越看越心惊——这张剧情卡居然在完整地呈现整个凶杀案的过程。

和他推断的差不多。7 月 17 日中午，邹小玫收到了两份生日礼物，一份是闺密寄来的玫瑰香水，她看到后把“闺密”两个字划掉，放入了抽屉；另一份是赵森让花店给她送来的 99 朵玫瑰，她将贺卡剪下来随手丢进垃圾桶，玫瑰则插在了花瓶里。

晚上 7 点，贺永强来到家中。邹小玫从儿童房出来时把手机留在了桌上，她去厨房拿出准备好的晚饭，两人吃了一顿浪漫的烛光晚餐。

饭后，邹小玫去厨房切西瓜，不慎将西瓜汁溅到衣服上，她去浴室洗澡，换上丝质睡衣回到餐厅。两人正在餐厅亲热，赵森突然开门进屋。被抓了个现行的两人吓得脸色煞白，邹小玫慌乱地穿衣服，贺永强牙齿都在打战：“表、表哥，你听我解释……”

“不用解释，我是专门回来成全你们的。”赵森推了推鼻梁上的眼镜，走到贺永强的身后，下一刻，就见他从口袋里拿出一张干净的白色手帕，猛地捂住了贺永强的嘴。

贺永强惊恐地瞪大眼睛，但身材强壮的男人很快就在麻醉剂的影响下昏迷了过去。

邹小玫颤抖着往后躲：“你、你要做什么？”

赵森把昏迷的贺永强拖到厨房，他戴上干净的手套，从药箱里拿出手术工具，干脆利落地一刀杀死贺永强，将尸体拖到邹小玫面前：“你不是经常跟阿强说希望他的心里只有你一个吗？不如我现在把他的心挖出来送给你，他就只属于你一个人了——这个生日礼物，够不够让你难忘？”

邹小玫看见眼前血淋淋的场景，尖叫一声，疯了一样转身往外跑。跑到门口，却发现门被赵森用钥匙上了锁，邹小玫慌慌张张地找钥匙开门，全身都在发抖。

男人走到她身后，微笑着问：“你不想去陪他吗？”

察觉到男人的意思，邹小玫崩溃地叫道：“不，不要杀我！”

但下一刻，赵森就抓住她的头发，把她拖尸体一样拖回了厨房。赵森将水果刀拿到女人的眼前晃了晃，柔声问：“你想自己来，还是我帮你？”

“啊啊啊别杀我……”女人的挣扎，在他将水果刀准确刺入她的心脏的那一刻戛然而止。

赵森用水龙头冲洗她胸口不断涌出的血液，直到她的血液流干，身体彻底冰冷僵硬，他才慢悠悠地将她的衣服穿好，在她衣服上顺便抹了一些贺永强的血，转身清洗水果刀，然后把水果刀放在贺永强手里，在刀柄上留下贺永强的指纹，再把凶器插回西瓜上。

他抱着邹小玫来到卧室，摘下餐桌上的玫瑰花，布置出一个漂亮的玫瑰花床。

之后他回到厨房打扫了现场，将贺永强的尸体装进巨大的行李箱里，转过身，若无其事地提着行李箱离开了家。

离开之前，他在玄关处停下脚步，朝着角落里安装的摄像头微微扬起嘴角。

那笑容正对着屏幕。

肖楼看到屏幕中放大的诡异笑脸，只觉得全身的汗毛都要倒立起来。

玫瑰葬礼剧情卡展现出了一段隐藏的剧情——在红桃 2 这个密室世界里，死亡的人不止邹小玫一个，贺永强也死了！

剧情卡相当于上帝视角的剧情重现，应该是玩家搜齐全部线索“完美通关”才能得到的奖励，这段剧情拍摄得让人身临其境，邹小玫的尖叫声至今还回响在耳边。

虽说肖楼喜欢侦探推理类的小说，可亲眼看见这样残忍的凶杀现场，还是让他全身发冷。

邹小玫和贺永强出轨确实有错，但赵森的手段也太变态了吧？！

杀死表弟，一刀捅死老婆，带走表弟的尸体……而且，他最后还在水果刀上故意留下了贺永强的指纹，在死者的身上留下贺永强的血迹，这是想栽赃嫁祸吗？

如果这段剧情还有后续的话，邹小玫的尸体被发现，警方调查现场时找到凶器，水果刀上有贺永强的指纹，分析死者身上的血液会发现贺永强的基因，嫌疑最大的人自然会变成贺永强。

然而，贺永强已经死了，尸体不知道被赵森藏去了哪里。

死无对证，这个案子就会变成悬案。

赵森说不定早就伪造好了自己出差的证据，这样一来，邹小玫死于意外，他还可以拿到保险公司高达 200 万元的赔偿金……

这个赵森心理之扭曲、心思之深沉，简直让人毛骨悚然。

肖楼稳住剧烈的心跳，开口叫道：“系统精灵在吗？”

这次回答他的并不是之前那个冷冰冰的男性机械音，而是一个温柔的女音，而他的面前出现了一位穿着红色长裙、身材婀娜、留着及腰鬈发的成年美女。美女笑盈盈地看着他：“肖楼你好，我是红桃关的守关者，你有问题可以问我。”

红桃守关者？

肖楼看了眼卡牌墙上整齐排列的红桃卡牌，不由疑惑：“卡牌墙上为什么没有红桃 A？”

红衣美女笑眯眯地说：“我就是红桃 A。你应该知道，一副扑克牌总共有 54 张，在这个卡牌世界中，红桃 A、方片 A、黑桃 A 和梅花 A 是四类密室的守关者，其他卡牌就是不同的密室小世界，需要你去挑战。”

肖楼点点头：“既然红桃 A 是守关者，我从红桃 2 开始闯关，红桃关中最难的就是红桃 K 了对吗？ K 的上面还有双王，也就是系统之前告诉我的……SS 级密室？”

美女道：“没错。”

肖楼对扑克牌的了解并不深，但他知道扑克牌中的 J 代表 Jack（仆人），Q 代表 Queen（皇后），K 代表 King（国王），A 代表 Ace（至尊），再往上还有彩色 Jocker 和黑白 Jocker，也就是我们常说的大王和小王，某些地区又叫大鬼和小鬼。

在这个卡牌世界里，A 是守关者，2 到 K 是各类密室，难度由低到高依次为 D、C、B、A、S 级密室，他刚刚通过的红桃 2 密室，是最简单的 D 级密室。

作为单人密室，直接把人丢到摆着尸体的房间就够吓人的，而且还限时 30 分钟破解凶杀案，大部分人会被床上的女尸吓个半死，D 级密室都是这个难度，可想而知，后面的密室有多可怕。

肖楼继续问道：“剧情卡只有完美通关才能拿到？如果线索搜集不齐，比如最后解不开手机，但凶手指认正确的话，也算通关，只不过奖励会变少？”

红桃 A 点头：“是的。线索搜集度 50% 就可以指认凶手，指认正确算作红桃密室通关。搜集度 100% 才能算完美通关，可以拿到剧情卡，并且有额外抽奖的机会。有了剧情卡，你对这个密室的了解就会更加全面。万一以后再遇到密室中的人物，这张剧情卡或许会对你有所帮助。”

红桃 2 密室的剧情中，邹小玫、贺永强都被杀死了，闺密刘芸却一直没有出现，还有凶手——把表弟的尸体用行李箱带走的赵森。难道以后还有可能遇到这个变态凶手？

想到赵森最后对摄像头露出的那个诡异笑容，肖楼不由头皮发麻，他深吸一口气让自己冷静下来，转移话题问：“奖励在哪儿领？”

红桃A温柔地说：“你可以从口袋里找找自己的卡包。”

肖楼将手伸进衣服口袋，果然摸出一个现实生活中常见的小卡包。

黑色的卡包只有半个手掌大小，表面写着“卡牌密室”四个字，打开后，卡包会像折叠的书页一样快速展开在面前，里面有十几个放卡牌的格子。

此时，前三个格子中放着刚刚获得的卡牌——

剧情卡：玫瑰葬礼。

稀有度：S。

描述：完美通关红桃2密室【玫瑰葬礼】后获得。能得到剧情卡的人不到1%，所以剧情卡很稀有，要好好珍藏。你可以随时播放它，欣赏赵森医生连杀两人的精彩片段。

工具牌：水果刀。

稀有度：C。

描述：杀害邹小玫的凶器。长20厘米，宽5厘米，无比锋利。通关红桃2密室的固定奖励，几乎人手一把，烂大街的水果刀并不值钱。

备注：这把刀归你，随便你怎么用。拿它杀人也是可以的，如果你胆子够大的话。

可使用次数：10/10。

工具牌：玫瑰香水。

稀有度：C。

描述：刘芸送给邹小玫的生日礼物，打开后可以闻见浓烈的玫瑰香气。

备注：必要的时候，你可以拿它喷在自己的身上，吸引范围30米内的所有目标闻着香味靠近你——让你死得更干脆一点。

剩余容量：10毫升。

看着卡牌上的描述，肖楼的脸色渐渐僵硬。

开局一个D级难度的密室直接把他传送到凶杀案的现场，好不容易通关，奖励的卡牌还要顺便嘲讽他……什么叫“让你死得更干脆一点”？这个卡牌世界真是处处充满了恶意。

肖楼看向面前的红衣美女，问：“卡牌世界到底有多少挑战者？闯关失败后被打入噩梦密室的人的存活率有多高？”

红桃 A 道：“卡牌世界的闯关者目前有八千多万，并且每分钟都在增加，闯关失败后进入噩梦密室的存活率不到 1%。所以，尽量不要闯关失败，噩梦密室是你绝对不会想去体验的地方。”

她顿了顿，又笑眯眯地说：“大部分从红桃密室出来的人都被尸体吓得发抖，你对尸体没有排斥吗？居然能平静地拿手机扫尸体的脸。”

肖楼是法医，别说一具尸体，哪怕红桃密室难度升级变成连环杀人案，给他摆出一个太平间的尸体他都不会怕。

但不怕，并不代表他会喜欢。

他是个正常人，又不是变态，尸体这种东西他才不想天天看见。

肖楼皱着眉，继续冷静地问：“我记得那位系统精灵跟我说过，成功通关 SS 级密室，就可以回到人类世界，有多少人成功通关了？”

红桃 A 遗憾地耸肩：“目前还没有一个人成功通关。”

这个答案让肖楼非常意外——八千多万挑战者，其中肯定有推理高手，却没有一个人走到最后，这不正常。要么是这个世界故意为难人类，根本不想让人类成功闯关回去；要么就是后面的密室难度太可怕，推理高手也解不开谜题。

肖楼想到了一个问题：“密室中的死者和凶手是像我这样从地球来的人类，还是由你们制造出来的……高智能生物？”

红桃 A 笑着反问：“这个问题超出了我的回答范围，你自己觉得呢？”

肖楼的心里忽然有种大胆的推测，开局那个系统曾对他说“你看不见我，但我能看见你”，它可以看见所有进入这个世界的人类的情况，应该是这个世界地位很高的存在。

面前的红衣美女自称红桃 A，只负责红桃关卡，其他的关卡也有各自的负责人。

或许可以把这个世界理解为一个多人在线的大型游戏。

闯关者是意外身亡的人类，被强行拉进卡牌世界。而密室当中的人，如邹小玫、赵森、不在密室中的红桃 A 以及没见过形象只听过声音的系统精灵等，他们都不需要闯关，他们是卡牌世界的原住民，类似于游戏里的 NPC（非玩家角色）。

但不同于其他游戏的是，这个世界的 NPC 要比玩家牛得多。

玩家闯关失败后，他们可以抹杀玩家。他们有感情、有智商，还会杀人，并且手段凶狠。像赵森这样的变态杀手，万一在其他密室里遇到，一言不合把玩家的心脏挖出来都是有可能的。

别的游戏是玩游戏，这个游戏是玩命！

红桃 A 不回答他的问题，说明他正好问到了这个世界的核心规则。密室里那些形象逼真的“人类”，和他这样的人类有着本质上的区别。

肖楼暂时压下脑海里翻涌的思绪，转移话题道：“我还有一次额外抽奖的机会？”

刚才传送出密室时有提到，完美通关将获得额外抽奖机会，请返回个人空间结算奖励——这里应该就是他的个人空间，浓浓的白雾、一面巨大的卡牌墙以及一个当前关卡对应的守关者。

果然，红桃 A 微笑着说：“是的，完美通关密室后可以抽奖，抽到的奖励跟你的通关评分有关，评分为 S 时，就有可能获得 S 卡。接下来请抽奖，试试你的手气吧。”

这大概是肖楼来到奇怪的卡牌世界以来，听到的最好的消息了。

肖楼的面前出现了一个金光灿灿的宝箱。他走上前去，把手伸进了宝箱里。

宝箱里有很多张卡牌，崭新的纸牌摸起来手感很好，用的材料应该很高级。肖楼尝试了一下，发现自己一次只能拿到一张牌，多拿的话另一张牌就会自动掉回宝箱。

他没有贪心，随便抽了一张卡牌拿出来。

恭喜你获得 S 级稀有度卡牌：陶渊明。

肖楼此刻一头雾水。

不应该获得一把瞬间砍死人的刀，或者一把大范围扫射的枪吗？

陶渊明是什么鬼？

肖楼立刻将这张卡牌拿到眼前仔细观察。

卡牌背面是银白色，印着红桃、黑桃、方片、梅花四种图案，正面却画着一个中年男人，头顶写了“陶渊明”三个字。男人留着古人的长发，身穿一件灰色的长衫，背后背着个大草帽，手里拿着一根鱼竿，脸上带着悠闲自在的笑容。

人物画得栩栩如生，卡牌描述风格却让人一言难尽。

召唤牌：陶渊明。

稀有度：S。

描述：抽奖卡池限定，完美通关后评分为 S 时抽奖，有概率获得。

附加技能：桃花源记。

陶渊明在《桃花源记》中描述了一片令人向往的世外桃源，那里土地肥沃、水源充足，人们安居乐业、不问世事，过着幸福而悠闲的生活。

使用方法：在任意密室中召唤出陶渊明，使用技能“桃花源记”，陶渊明会在10秒内发现一片桃花源独立空间。桃花源的入口十分隐蔽，其他人没法看见，你可以随时瞬移到入口并躲进桃花源里。

桃花源存在时间为30分钟，到时间自动消失。陶渊明每隔24小时才能发现一片桃花源，若在发现桃花源的过程中被人看见，则技能释放失败。

备注：成长度1级，只能自己进入桃花源。每增加1级，可多携带一人进入桃花源。桃花源的存在时间也会随着成长度延长。

《桃花源记》？上学的时候确实读过陶渊明的这篇课文，但具体内容他已经记不清了。

肖楼仔细看了两遍，总算是看明白了陶渊明这张卡牌的用法。

陶渊明开辟的“桃花源异空间”从描述中来看是一个隐藏的空间，因为其他人无法看见入口，也就是说只要陶渊明技能释放成功，不管是密室里的NPC，还是其他的挑战者，都看不见桃花源的入口，而肖楼却可以随时躲进去。

没理解错的话，“桃花源记”其实是一个传送技能。目前只能传送他一个人，后期卡牌的成长度一旦提高，还可以把小伙伴都传进桃花源里。

桃花源记的使用方法，应该是在别人看不见的时候，在隐蔽的地形提前发现一片桃花源，用来逃生。算是在危险的卡牌世界里给自己提前准备了一个“安全避难所”。

肖楼理解了这张卡牌的用法，开口问：“卡牌成长度要怎么提升？”

红桃A说：“每一张卡牌的成长度提升方式都不一样，这需要你慢慢摸索。能抽到召唤牌，你的手气确实不错，陶渊明在稀有卡池还是第一次掉落，目前只有这一张。”

大概是他在现实世界很倒霉，被拖进卡牌世界后运气反倒变好了？

S级的卡牌确实很强，但需要耐心培养，提升卡牌成长等级可以增强技能效果。陶渊明这张牌如何提升等级目前还不知道，肖楼也不心急，至少这张牌给了他在关键时刻逃生的机会。

他抬头问：“召唤牌怎么操作？直接召唤出来使用？”

红桃A道："从卡包抽出这张牌，召唤陶渊明，请他释放技能，他会自动在你指定的位置释放桃花源记。水果刀、玫瑰香水这些工具卡直接拿出来就能用。卡包对每个人来说都很重要，你最好整理清楚，免得关键时刻手忙脚乱不知道用哪张牌，或者找不到自己想要的。"

肖楼打开卡包重新整理了一下。

他将"剧情卡玫瑰葬礼"放到最后面，把S级召唤卡陶渊明放在第一个格子，方便随时取出来开桃花源逃跑。C级的卡牌水果刀、玫瑰香水分别放在第二个和第三个格子——目前只有这些卡，以后多了再调整。

刚整理好卡包，就听红桃A柔声说道："通关单人密室后会有15分钟的休息时间，你现在可以先休息一下，再准备接下来的挑战。"

话音刚落，个人空间内就出现了一张沙发。

肖楼走过去，坐在沙发上闭目沉思。

第一关给他的信息量很大，他还需要再整理，15分钟的休息时间正好缓一缓脑子。

卡牌密室的难度比他现实中玩过的真人密室逃生游戏要大得多。

现实中的密室游戏根本不会真的给你摆一具尸体在那里，而且，大部分密室游戏都是多人合作闯关的模式，身边有熟悉的伙伴，大家聊聊天，能极大地降低心理上的恐惧感。

如果玫瑰葬礼是四人密室，一人搜一个房间，通关的难度就会大大降低。

在卡牌世界里，可以组队合作闯关吗？

肖楼低着头思考了片刻，睁开眼睛，问守关者："在密室中的体验是不是仅限于当前的密室世界？如果在密室中受伤，离开密室后伤势能自动恢复对吗？"

红桃A饶有兴趣地看着面前的青年："你是怎么推测出来的？"

肖楼伸出双手，说："我的手上并没有尸体的味道和痕迹，也就是说在我被传送出红桃2密室世界的那一刻，我在密室中的所有数据都被清除了。后面的挑战者进入这个密室，红桃2密室又会恢复成原样，它就像是游戏里的副本，会不断地重置来迎接新的挑战者。或许，可以把这些小密室理解为无数个平行空间？"

红桃A点了点头："你还推测出了什么？"

肖楼道："后面的高级密室，应该会有团队合作吧？"

"说说你的理由。"

"单人密室难度再大，也不可能大到没法通关的地步，这个世界上并不缺神探。而你刚才告诉我八千多万挑战者没有一人通关，说明后期的密室难度超出想象，很可能需要大量挑战者一起合作解谜。而想要凑齐一群高手，这本身就是个极大的难题。”

如果所有密室都是单人密室，八千多万挑战者中一旦有思维缜密的高手，尤其是从事刑侦、法医、推理小说作家等职业的，逻辑思维都很严谨，不可能所有人都没法通关。

除非后期的密室需要团队合作。

团队密室才是最难的。线索分散，只要有一个人出错，那就是满盘皆输，所以才没有人顺利通关。

红桃 A 微微一笑：“你的推测没错。D 级单人密室都是新手密室，相对简单，给你们适应的时间。C 级之后的密室难度更高，需要团队合作。希望到时候你不会被太菜的队友给连累。”

果然，团队才是最不可控的。万一遇到猪队友，神仙也没法通关。

肖楼沉默片刻，问道：“你所谓的通关，是要把红桃、黑桃、方片、梅花四种花色的最高级密室全部打通，还是可以选择性地只刷红桃关？”

这个问题很关键。如果通关指的是四类密室全通，那难度不只是翻了四倍。如果可以只刷解谜类的红桃密室，他能走到最后的概率将会大大增加。

但下一刻红桃 A 就给他当头泼了一盆冷水：“我们不鼓励偏科严重的挑战者，最终通关，当然是指红桃 K、黑桃 K、方片 K 和梅花 K 全通，只有四大 K 牌密室全通的挑战者才有资格拿到最后日月神 SS 关卡的入场券。”

看来，单刷红桃关的想法并不可取。好在后期能组队，他完全可以组一些擅长打黑桃关、梅花关的队友，取人之长，补己之短。

团队是一把双刃剑。

想到这里，肖楼便问道：“我该怎么寻找队友？”

红桃 A 耐心地说：“团队密室有人数限制，你可以提前找好队友一起进入，找不齐的话会随机匹配其他人和你一起闯关。在这个世界，遇到什么样的队友也是你的运气。”

肖楼点头：“谢谢，我明白了。”

15 分钟很快过去。

红桃 A 开口提示：“休息时间到，请到卡牌墙面前，选择下一个密室。”

肖楼站起身，再次来到巨大的卡牌墙面前。

卡牌墙上红桃 2 已经通关，红桃这一列的下一关就是红桃 3。而方片、梅花和黑桃密室依旧可以选择第二关。越往上，难度越高，肖楼当然是从第二关开始打。为了以后考虑，他必须熟悉四类密室的特点，也去方片、黑桃和梅花关看一看。

肖楼决定先去方片 2 密室。他将手指伸过去，抽出“方片 2”这张牌。就在这时，头顶透明悬浮框的位置突然刷出一行红色的大字——

恭喜挑战者虞寒江完美通关红桃 2 密室【玫瑰葬礼】，用时 13 分 15 秒，刷新红桃 2 密室世界闯关纪录！

肖楼怔了怔——虞寒江？是他认识的那位刑警大队的虞队吗？

作为江州市刑警大队队长，这个男人上任以来侦破了无数悬案，成了警界的传奇。说起破案，肖楼只能算业余玩家，虞寒江才是专业选手。

玫瑰葬礼密室肖楼解谜的过程还算顺利，用时 18 分钟。虞寒江却能在 13 分钟完美通关，一方面，虞寒江作为刑警大队队长，凶杀案见过太多，现场搜证的能力、分析案情的能力都极强；另一方面，死者的指纹不能解锁手机，这一点虞寒江应该也在第一时间就想到了，他过去办案时或许就遇到过死者留下手机不能解锁的情况。

综合推断，肖楼几乎能确定，这位刷新红桃 2 密室世界闯关纪录的虞寒江，就是自己认识的那位刑警大队队长。

只是，虞队怎么也来到了卡牌世界？

第三章

数字谜图

确认公告中的虞寒江就是自己认识的人，肖楼急忙开口问：“这位虞寒江，我想加他好友要怎么操作？”

红桃 A 微笑着道：“卡牌世界里并没有加好友这一说法。”

肖楼改口：“那我要和他组队一起闯关呢？”

“想和他人组队挑战密室，你必须找守关者购买契约书，和你想要组队的人建立契约关系，这样一来，以后的密室你们就会绑定在一起。他开启新密室的时候，会把你拉进密室世界，同样，你翻开任何一张牌，也会将他拉进你所在的密室世界。”

“契约书要多少钱？”

“购买契约书需要消耗金币，你可以在闯关的过程中获得，请在后续的密室中努力赚取。”

听到守关者的解答，肖楼无奈地捏了捏眉心——他目前身无分文。跟人组队还要花钱买契约书，他现在根本买不起，何况 D 级密室都是单人密室，也没办法组队，只能等以后赚到钱再说。

知道虞寒江也来到了卡牌世界，肖楼的心情颇为复杂。

能在这个奇怪的卡牌世界遇到现实中熟悉的人，他应该高兴才对。

可是，他来到这个世界是因为车祸，那么虞队来到这个世界很可能也是出了什么意外。或许在现实世界中，虞寒江已经牺牲了。

想起那名侦破无数悬案的年轻刑警大队队长，肖楼很是惋惜。

虞队到底出了什么事？怪不得那天一直不回微信。

不论如何，既然来到了这个世界，唯一能做的就是活下去。他想，以虞寒江的本事，顺利活到 C 级密室肯定没问题。

到了 C 级密室就可以组队闯关了。到时候，他再想办法赚点金币，买个契约书找虞寒江组队去刷红桃关。

肖楼收起思绪，平静地说：“继续闯关吧。”

话音刚落，他手中已经抽取的“方片 2”扑克牌，表面亮起了熟悉的红光，他的整个身体被一股奇异的力量，陡然吸进了卡牌密室里——

逼仄、昏暗的封闭空间，面积只有 4 平方米大小，让人多走两步都显得局促。

整个密室的光线都来源于挂在墙角的打开的手电筒，手电筒的旁边挂着一个摆钟，上面的时针指向晚上 7 点。

随着肖楼进入空间，摆钟立刻开始规律地摆动，并发出清晰的“滴答”声响。悬浮框中迅速弹出了文字提示。

欢迎来到方片 2 密室【数字谜图】。

请以最快的速度找到机关，破解密码，打开全部的机关密码锁。

D 级密室友情提醒：打开两个密码锁就算通关，打开全部的密码锁才算完美通关。通关限时 10 分钟，超过时间则闯关失败，请随时关注墙壁上的摆钟计时。

安静而封闭的空间内，时钟摆动的滴答声似乎被成倍放大，严重干扰着人的思路。

肖楼闭上眼睛，强行忽略了耳边清晰的钟声，让自己静下心来。

他拿起角落里的手电筒，举起电筒在屋内仔细地照了一圈。

墙上画了不少字符，墙壁下方挖了个大洞，里面放着木制的箱子，箱子上挂着密码锁。密码锁有四个齿轮，将齿轮拨动到正确的数字就可以解开。此时，所有的密码锁，齿轮数字都处于 0000 的初始状态。

开两个就算通关，可以挑自己擅长的题目去破解，D 级密室对新手确实比较友好。

肖楼看向正前方的墙壁。

在手电筒的照射下，墙壁的正中间出现了一个数字九宫格。

× 9 2

3 × 7

× × 6

数学推理题中，3×3 的盘面称为一个“宫”，高级的九宫逻辑推理题称为“数独”，是专业的智力竞赛中常考的题目。

此时，肖楼面对的是一张 3×3 的单宫盘面。

在这个宫中，四个空缺处的 × 就是密码。

填入九宫格的数字包括 1 到 9，目前已经出现的数字是 9、2、3、7、6，按照最基本的“单宫不重复”规则，缺失的数字是 1、4、5、8。

这四个数该怎么排列才是密码？

先看已知项，第三列的数字齐全，2+7+6=15，推断这个九宫格的规律是横行、竖列和为15，那么第一行填入4，第二行填入5，第三行分别填入8、1，就满足了所有横行、竖列“和为15”的规则。

密码是4581。

肖楼走向箱子面前，拿起密码锁将0000的初始密码拨成4581。

“啪”一声轻响，面前的箱子被打开，里面居然放着一张卡牌。

特效牌：九宫格。

稀有度：C。

描述：完成方片2机关密室的九宫格推理题后，可在宝箱内获得。

备注：将特殊效果卡九宫格丢到指定的位置，立即形成一个3米×3米的九宫格盘面，可锁住九宫格范围内的所有目标，使其无法移动，持续9秒。

可使用次数：9/9。

这张卡虽然只是C级稀有度，可它带有9平方米的大范围锁足控制，关键时刻让敌人原地定身9秒，自己就可以迅速逃命。

肖楼打起精神，立刻走向左边的墙壁前，继续破解谜题。

只见墙上写着四个黑色汉字——田、王、中、日。

这道题没有任何提示，只能发挥想象力。

肖楼用手电筒的光照着墙壁，仔细观察了十几秒，很快就得出了结论——别把它们当成汉字，更别去想什么姓氏、词组，而是单纯地把它们当成“图形”来看。

这四个图形的共同点在于，每个图形的中间都有一根实际存在的“对称轴线”可以折叠。

田，从中间对称折叠，就会变成数字8。

王，从中间对折，会变成数字3。

中，对折后是数字4。

日，上下对折，变成数字0。

四个字都有对称轴，并且在对折后变成数字，这就是这道谜题的“逻辑”。

肖楼没有犹豫，将密码锁上的齿轮调整成8340四位数。

不出他所料，清脆的开锁声响起，宝箱内依旧放着一张卡牌——

工具牌：折叠纸。

稀有度：A。

描述：发挥丰富的想象力，将这张纸折叠成你想要的形状，它可以迅速放大变成实物。比如，折一艘纸船放进海里，就会变成一艘小船；折出一匹马，你也可以拥有骏马坐骑。不建议折飞机，因为以大部分人的折纸技术，折出来的飞机很容易坠机。

使用次数：这么厉害的折叠纸，可惜只能用一次。

肖楼根本不会折纸，不如先把这张牌收起来，等以后遇到精通折纸游戏的人再把它送给对方用，好歹是A级稀有度，变实物的功能也很强，不能随便浪费。

肖楼将卡牌折叠纸收进卡包，转身破解最后一道谜题。

还剩一个宝箱，打开就可以完美通关。

他将手电筒的光打向最后一面墙壁，只见墙上画着很多凌乱的箭头符号——

←↓→↓←

→↓←↓→

←↓↓→↑←

→↓↓←↑↑

肖楼凑巧做过这种题目。

上、下、左、右的箭头和数字有什么关系？只要你伸出手指，按照提示中的规律，在掌心里写一写就知道了。

←↓→↓←，左下右下左，写出来是5。

→↓←↓→，右下左下右，写出来是2。

←↓↓→↑←，答案是6；→↓↓←↑↑，答案是0。

这面墙的箭头密码就是5260。

肖楼迅速将密码锁的齿轮拨动成5260四个数，成功打开宝箱，拿到了方片2密室的最后一张牌。

工具牌：四向箭头。

稀有度：A。

描述：箭头使用方式灵活，尤其是在遇到迷宫时，你可以用箭头给队友一些提示，让他们不要走进死胡同。该工具牌具有极高的黏度，可以粘在地面、树枝、建筑物等任意位置。工具牌留置时可以自定义七种颜色，以免眼神不好的人看不见它。

使用次数：不限次。

肖楼又看了一遍描述，发现四向箭头这张工具牌中提到了一个关键词——迷宫。说明在今后的方片密室中，很有可能遇到布满机关的迷宫。

肖楼正在思考，就在这时，悬浮框中突然弹出提示——

恭喜肖楼完美通关 D 级密室【数字谜图】，用时 38 秒，通关评分高于 99.9% 的闯关者！本次通关评价为 S，完美通关将获得额外抽奖机会，请返回个人空间结算奖励。

同一时间，方片 2 密室中。

虞寒江看着墙壁上的一堆等式，微微蹙眉。

他最讨厌数学，看见数字和箭头，他只觉得头痛欲裂。

就在这时，头顶的悬浮框中突然刷出一行红色大字——

恭喜挑战者肖楼完美通关方片 2 密室【数字谜图】，用时 38 秒，刷新方片 2 密室世界闯关纪录！

还没解开一道题的虞寒江："这个肖楼，破解数字机关的速度也太快了吧？"

虞寒江皱着眉再次看向公告。

熟悉的名字让无数回忆倏然涌上脑海，虞寒江深吸一口气，迅速稳住心神。

能在 38 秒时间完美通过数字机关密室，显然是常玩数字推理游戏的高手。这个肖楼，和自己认识的那位年轻法医会不会是同一个人？虞寒江没法确定。

或许，以后可以找机会和这位肖楼接触看看？

虞寒江收起脑海中混乱的思绪，继续将目光放在墙面的数学谜题上。

回到个人空间的肖楼同样看见了自己"刷新方片 2 密室世界纪录"的消息。

这次完美通关会抽到什么卡呢？

肖楼道："方片密室的守关者，出来见见吧。"

话音刚落，耳边就响起一个清脆悦耳的小孩子的声音："你好，我是方片 A，恭喜你完美通关方片密室。"

肖楼扭头一看，只见沙发上坐着个小萝莉，她穿着一身红色及膝连衣裙，腿上是白色长筒袜，配一双蝴蝶结红皮鞋。女孩的头上扎着两个马尾辫，婴儿肥的脸上带着灿烂的笑容，眼睛弯弯的，左侧的嘴角还有一个可爱的小酒窝。

她看上去只有七八岁，白白嫩嫩的脸很容易让成年人心软。然而，想到她就是方片密室的守关者……肖楼迅速收起心底对小朋友的喜爱，直入正题道："完美通关，我是不是可以抽奖了？"

小女孩道："当然，试试你的手气吧。"

面前出现了一个宝箱，肖楼快步走过去将手伸进箱子里。

工具牌：圆规。

稀有度：S。

描述：现实中很常见的数学工具，在卡牌世界却极为稀有。完美通关密室后，在限定卡池抽奖，有极低的概率获得。

附加技能 1：画圆。

使用方法：拿出圆规工具在任意位置画圆，画完的圆会在 10 秒后变成同等大小的金属圆环，你可以让圆环浮空，作为武器攻击敌人。圆环的威力取决于你如何使用它，请自己去领悟。

备注：成长度 1 级，画好的圆 10 秒后才能变为实体。成长度每提升 1 级，画圆变为实体的时间缩减 1 秒，满级时缩减至 0.5 秒。

附加技能 2：成长度 10 级时解锁。

肖楼激活这张工具牌，他的掌心里果然出现了一支银色的圆规，和初中数学课上用过的圆规很像，只不过这只圆规的两条支腿处有一个旋钮，长短可以调整。

他先用常规尺寸在地上画了个直径 1 厘米的圆，紧跟着将圆规支腿的长度调整到最大，画出一个直径 1 米的圆。10 秒之后，画圆的位置上依次出现了两个和他刚才画的圆一样大小的银白色金属圆环。

圆环很细，触感像是银丝，重量中等，他微微抬手，圆环就跟着他的动作悬浮到了空中。肖楼试着操控圆环在个人空间里飞了一圈。一大一小两个圆环居然真的按他手指的动作在空中飘浮，没有掉下来。

这种类似"法术"的反重力现象让肖楼一时难以适应，可想到自己身处卡牌世界，连陶渊明都可以召唤了，弄出个浮空的圆环，也不用讲什么科学依据。

毕竟，这个世界本身就不科学。

肖楼将圆环放下，很快弄明白了圆规这张 S 级工具牌的用法。

圆规画出的圆在直径 1 厘米到 1 米之间，可以随意调整。小到耳环、戒指，大到成年人用的呼啦圈。理论上来说，有圆规在手，他就不缺圆形的武器，而且可以现画现用，不受环境限制。

不愧是 S 级的工具牌。

肖楼将新卡收进卡包，抬头看向沙发上的女孩：“通关结束，我可以休息吗？”

小女孩用肉乎乎的手撑着下巴，笑着说：“方片密室没有休息时间，你需要在 1 分钟内尽快抽取下一关的卡牌。”

肖楼皱了皱眉。看来每种密室的守关者定下的规则都不一样。红桃密室结束后可以休息 15 分钟，方片密室却不给休息的时间，他只能继续下一关。

目前，肖楼可以选择的密室包括红桃 3、方片 3、黑桃 2 和梅花 2。既然决定要熟悉各类密室，肖楼干脆按顺序抽出了黑桃 2。这是他第一次抽黑桃牌。

未知的密室，卡牌上泛起的黑色光芒，让肖楼的心情有些不安。但他来不及多想，身体就被一股熟悉的奇异力量，强行吸进了黑桃 2 的世界。

第四章

病毒小镇

这是一处荒凉的小镇。

灰蒙蒙的天空，给整个小镇笼罩上了一层阴霾。

街道上空空荡荡，没有一个行人。街道两边停着不少废弃的车辆，所有车里都没有活人，有些车子的外表已经生锈。前面不远处有一个垃圾桶，里面的垃圾显然很久没有清理了，散发着难闻的腐臭味。

一阵风刮过，垃圾桶里的塑料袋被吹得哗啦作响。

旁边有一棵干枯的树木，被风吹断，“咯吱”一声轰然倒在地上，惊飞了树上的乌鸦群。垃圾桶旁边的几只老鼠被乌鸦的叫声惊动，四处乱窜，有一只体型硕大的老鼠从肖楼面前经过，还停下来看了他一眼。

肖楼立刻警觉起来。

这环境不太寻常，他到底来到了什么鬼地方？

就在这时，他头顶的悬浮框中终于刷出了熟悉的文字提示——

欢迎来到黑桃2密室【病毒小镇】。

这是一处偏远的小镇，因为风景秀丽，曾是卡牌世界里备受欢迎的旅游胜地。

半年前，有一家三口来到这里旅行，恰逢一场暴雨，8岁的小男孩淋雨后高烧不退，被送去医院就诊。最初大家以为他只是感冒发烧，医生想尽办法却没法给他降温，小男孩因为抢救无效而死亡，被放在停尸房里，准备雨后安葬。

然而，当天深夜，小男孩突然从停尸房里爬了出来。

值班护士发现他时，他正在啃咬他妈妈的脖子。护士尖叫着拨打了保安室的电话。小男孩像是疯狗一样攻击周围的人，好在医院的保安很快就制服了他，将他关了起来。

但是，被他咬伤的人太多了，有些已经离开了医院。

病毒开始迅速扩散。

被感染的人疯狂地撕咬同类，原本风景秀丽的小镇，在一夜之间变成了最可怕的人间地狱！

黑桃2密室生存目标：躲避感染者的袭击，来到小镇中心的医院，医院门诊大楼的天台会有人来救你。

通关限时60分钟，超时则闯关失败。

D级密室友情提醒：感染者的攻击力极强，但行动较为缓慢，一旦被它们抓伤，你也会立刻感染病毒，并永远留在这里。

最后一行提示让肖楼毛骨悚然。也就是说，如果在这个密室里不小心被感染者抓伤，就会感染病毒，永远以感染者的形态留在这里。

肖楼用力握紧拳头，指甲刺痛掌心的疼痛感能让他迅速保持冷静。

听到身后传来窸窸窣窣的声音，肖楼回头一看，只见好几个感染者嗅到活人的味道，慢慢地朝着他包围过来。这些感染者有的五官扭曲，有的缺胳膊少腿，有的肚子上破了个大洞，还有个穿着校服的女生身体完好，但双眼浑浊，没有任何感情的呆滞目光正在盯着他看，嘴边还在不断地流着口水。

他和那个女感染者的距离不超过5米。

回头的那一刻，他的目光正好对上女感染者死鱼一样的眼睛。

肖楼脊背一僵，毫不犹豫地转身就跑！

面前是一条荒废的长街，街道宽阔，除了道路两旁有很多废弃的车辆外，并没有明显的障碍物会阻拦他。

感染者的攻击力很强，和它们近身搏斗肯定吃亏，但躲避感染者追击其实不难。它们行动迟缓，只要加快速度别被感染者追上，就能保证自己的安全。

只是，肖楼跑了100米，发现自己想得太简单了。

这个小镇人口很多，病毒扩散后，所有人都变成了感染者。

随着他的跑动，越来越多的感染者闻见活人的气味，朝着他包围过来。

他所在的这条路叫作“人民街”，非常宽阔，应该是小镇的主干道。街道尽头的路牌上有标志——

←中心医院／大剧院

→科技馆／秀水公园

想要到达医院，必须在人民街的尽头左拐。

单纯跟感染者赛跑他当然不会输。可问题在于，不管他跑到哪里，附近都有感染者被惊动。起初只是四个感染者在追他，才跑了100米，追在身后的感染者就变成了十几个。再这样下去，感染者的数量只会越来越多。

万一从哪个岔路口突然杀出一个感染者，抓破他的皮肤，那就完了。他才不要变成感染者，永远留在黑桃2密室。

肖楼一边跑，一边迅速在脑子里思考着对策。

快速的跑动让他呼吸急促，耳边能清晰地听见自己激烈的心跳声，但由于他的精神高度集中，思维反倒比平时更加清晰和敏锐。

他注意到，前面拐角处有家烟酒超市正好开着门。

小区门口的烟酒超市都是小本生意，面积一般在60平方米以内，就算有感染者，数量也不会太多，实在不行他还可以用工具牌清场。

他必须给自己一个独立的空间。

肖楼深吸一口气，迅速脱掉身上碍事的大衣丢进垃圾桶，快步跑进烟酒超市，“砰”的一声用力将玻璃门关上，手脚麻利地从内部上了锁。

他转身警觉地观察超市内部。烟酒超市柜台前坐着个微胖的中年男性，脑袋耷拉在一边，只有一半的皮肉连在脖子上，手里还拿着一包烟。听见肖楼冲进超市的动静，那感染者笨拙地站了起来，只连着一半的脑袋艰难地歪过来看他。

但下一刻，感染者的眼前就出现了一把锋利的水果刀——

肖楼手起刀落，动作果断又干脆！

感染者的脑袋原本只有一半连着脖子，肖楼一刀下去，皮肤和血管被齐刷刷地切断。

肖楼收起水果刀，心跳快得离谱。

这是他第一次杀人——不，面前的东西根本不能称之为“人”。男人没有任何意识，只是一具死尸，之所以还能行走，是因为特殊的病毒在驱动着他的身体。

清理掉烟酒超市里的感染者后，肖楼微微松了一口气。他并不擅长格斗，想摆脱成群的感染者只能靠技巧。之前刷红桃关和方片关获得的卡牌，终于派得上用场了。

肖楼迅速打开卡包，召唤出陶渊明，让陶渊明开启技能桃花源记。

桃花源记需要读条10秒，并且读条的过程不能被看见，否则会释放失败。他刚才跑得很快，感染者在10秒内暂时没法追上他，足够陶渊明成功把技能放出来。

肖楼透过玻璃门往外看去，那些行动迟缓的感染者正在朝他的方向慢慢聚集，他深吸一口气稳住情绪，默默在心中倒数——10，9，8，7，6，5，4，3，2，1。

就是现在！

桃花源入口出现，肖楼迅速收起陶渊明，拿出玫瑰香水喷在自己身上，然后打开超市的玻璃门，用百米赛跑的速度冲了出去。

玫瑰香水，C 级卡。卡牌描述中有一句话：将香水喷洒在身上，可以吸引范围 30 米内的所有目标闻着香味靠近你。

这张工具牌，其实具有“引怪”的功能。

感染者反应迟缓，距离太远的，肖楼也不能感应到他们的存在，等他们靠近再从背后、侧面突然袭击，会让自己猝不及防。所以，肖楼干脆用玫瑰香水助攻，将更多、更远的感染者全部引过来。

被十几个感染者追赶已经很狼狈了，引更多的感染者过来，岂不是自掘坟墓？

肖楼不这么认为。

与其心惊胆战地一个一个躲感染者，不如玩一票大的，一次性解决全部。

荒凉的小镇上，年轻男人健步如飞，他的身影如风一般在长街上奔跑，跑到拐角处，眼看就要被附近的感染者追上了，男人的指尖寒光一闪，突然丢出一张特效牌——九宫格。

3 米 ×3 米的九宫格在原地生成，踏进范围的感染者集体被定身 9 秒。

肖楼成功控住身后的一批感染者，继续往前奔跑。

9 秒时间，足够他跑出很长一段距离。

跑动的过程中玫瑰香水又会引来新的感染者，肖楼飞快地躲避着感染者的追击，一旦感染者太多，就丢出九宫格让大范围的感染者定身。

他的动作敏捷又冷静，逃跑的路线也非常清晰。

人民街尽头，左拐，目的地：中心医院。

肖楼很快就来到中心医院的门口，在门诊大厅前面晃了一圈，门诊大厅的感染者全被惊动，十几个感染者倾巢而出！

果然，任务终点的感染者才是最多的。

肖楼并没有进入医院，他将门诊大厅的感染者全部引过来，继续朝前奔跑！

再往前就是大剧院。

这是一栋三层高的建筑，小镇病毒扩散的时间是深夜，大剧院的感染者应该不多。

肖楼左手捏着九宫格，右手拿着水果刀，全身进入一级戒备状态，高度警觉地走进大剧院。果然，感染者的数量比他想象中还要少。

肖楼微微松了一口气，用水果刀利落地解决掉门口的两个感染者，快步走到大剧院中心的舞台上。

片刻后，追在身后的上百个感染者如同潮水一般涌了进来！

肖楼独自站在大剧院的舞台上，目光平静地看着这一群死尸。所有感染者都跌跌撞撞地从通道挤了过来，包围住大剧院的舞台，龇牙咧嘴地对着肖楼流口水。

然而，就在它们准备一拥而上、饱餐一顿的那一刻，大舞台上的修长青年突然消失得无影无踪。

上百个感染者目光呆滞地盯着空空荡荡的大舞台，全体愣住了。

肖楼出现在桃花源。

在被感染者围住的那一刻，他再次拿出卡牌陶渊明，触发了技能桃花源记的效果。

他真的瞬移进入了桃花源里。

放眼望去，漫山遍野种满了桃树，此时桃花盛开，粉色花瓣随风飞扬，整个场景美得如同梦境。潺潺的溪水在耳边奏出悦耳的音符，陶渊明正优哉游哉地坐在溪边钓鱼。

卡牌陶渊明成长度 +1。

桃花源记技能效果提升，可多携带一位伙伴进入桃花源。

两行提示突兀地在悬浮框中刷了出来。

看来，陶渊明这张牌的成长度应该和他进入桃花源的次数有关？

肖楼的目光快速扫过桃花源，这里的风景很漂亮，除了陶渊明之外只有他一个人。他松了一口气，转身回到入口处，主动离开了桃花源空间。

他果然回到了那家烟酒超市。

被他一刀砍死的感染者还倒在柜台上，周围的空间没有任何异常，就算此时有别人路过，也看不见桃花源的入口在哪儿。

肖楼就这样凭空消失，又凭空出现。

桃花源，相当于卡牌世界里一个独立存在的安全屋、中转站。

陶渊明的技能，不用不知道，一用吓一跳——空间瞬移！

肖楼刚才连续跑了几公里，累得半死，心脏几乎要从胸口蹦出来。但这一刻，看着空旷的街道，他总算松了一口气。周围的感染者全被他引去大剧院了，由于玫瑰香水发挥作用，一个都没有漏。此时，那群笨拙的感染者估计还在大剧院的舞台旁边发呆。

肖楼用手背擦了擦额头的汗，款步走出烟酒店。

没了烦人的感染者阻拦，他一路畅通，很顺利地来到了任务的终点——中心医院。

黑桃2的通关条件是到达中心医院门诊大楼的天台，会有人来救他。

肖楼一走进门诊大厅，面前的悬浮框中果然刷新了提示——

已到达目的地中心医院，D级密室友情提醒：你可以避开感染者，直接乘坐电梯到门诊大楼的天台，离开病毒小镇。若想完美通关，请自行探索，找到第一位感染者的血清样本。

肖楼没有犹豫，转身走出了门诊大楼。

完美通关，抽S卡才是他的目标。如果连D级密室都没法完美通关的话，后期获得S卡的难度只会越来越大。桃花源存在的时间长达30分钟，这张底牌给了他信心。实在不行，他还可以空间瞬移，跑回桃花源避难。

接下来要做的，是找到第一位感染者的血清样本。

旁边有检验中心、住院部、综合大楼三栋建筑。按常理推断，医院里遇到特殊的病人，血清样本会第一时间拿去检验楼的血液检测中心。

想去检验楼，要先经过住院部。

住院部的门敞开着，肖楼看见门口倒着几具残缺的尸体，很多尸体满身伤痕，周围还有大量干涸的血迹，这里应该发生过激烈的争斗。

肖楼警觉地竖起耳朵，尽量放轻脚步往前走。

住院部里一定有大量的感染者，他可不想惊动感染者的老巢。

然而，没过几秒，他就听见住院部的大楼里突然传来一阵窸窸窣窣的声音，起初像是老鼠在啃咬爆米花，但很快，那声音就翻倍放大，无数凌乱的脚步声汇聚在一起，还夹杂着重物撞击在地面上的轰然巨响。

刺耳的声音让肖楼头皮一炸，然后，他就看见了匪夷所思的一幕——数不清的感染者如同蚁群一般从住院部疯狂地涌了出来！

大部分感染者穿着蓝白格子的病号服，还有一些穿着护士服、白大衣……那场面极其壮观，完全不输于重点小学放学的学生人潮。

肖楼脊背一僵，拔腿就跑！

跑动中，空气里传来淡淡的玫瑰香味，他这才意识到自己犯了个严重的错误——他的身上还有引怪用的玫瑰香水。

30米范围有效不仅是横向、纵向范围，也包括垂直距离。他刚才路过住院部的楼下，垂直距离 30 米、10 层楼以内的感染者全部被惊动。

之前靠玫瑰香水引怪是为了方便自己畅通无阻地来到医院终点，没想到刚刚帮了他的玫瑰香水，此时却害得他惊动了住院部最为恐怖的感染者巢穴！

肖楼的脸色一阵发青。

几个青年男医生眼看就要追上他了，其中有位身材高大的男医生，腐烂得只剩骨头的手差点就碰到他的脖子，肖楼后颈发凉，指尖寒芒一闪，毫不犹豫地丢出一张九宫格——3 米 ×3 米的九宫格将身后的感染者全部定住，惊险地救了他一命！

身后已经没有回头路，肖楼只能心有余悸地继续往前跑。

他已经进入医院的中央腹地，玫瑰香水沾在他的皮肤上，就算他脱了衣服也没用。不管他走到哪里，都会吸引周围的感染者对他围追堵截。住院部、检验中心、综合大楼，三栋建筑中的感染者，将是他无法想象的可怕数量。

他居然蠢到喷着玫瑰香水进入了感染者的巢穴！

怎么办？

肖楼一边跑，一边飞快地转着脑子。

他当然可以拿出陶渊明这张牌，再次躲去桃花源里。

但桃花源存在的时间只有 30 分钟，还剩 10 分钟左右就要消失。想要完美通关，必须想办法解决这三栋楼的感染者，否则，他不可能成功拿到小男孩的血清样本。

九宫格的使用次数还剩 4 次，拖不住这么多感染者……对了，圆规！没有武器，他可以用圆规现做武器！关键是，将这批感染者引去哪里？

肖楼迅速观察四周，医院的隔壁正好是一所小学，大概是病毒爆发时的混乱让医院和小学之间的那面墙轰然倒塌，以至于综合大楼的侧方正好和小学的操场连在了一起。只不过，断裂的墙壁只有一米多宽，他从断墙处进入操场的话，追在身后的感染者群想要全部跟过去，肯定会造成“交通拥堵”，这能给他争取很长的时间。

肖楼决定将空旷的操场作为终点。

检验中心他迟早要进去，趁现在把检验楼里的感染者也引走。

肖楼打定主意，在检验楼下方停留了片刻，果然将大楼里的感染者全部引了下来。他没有耽误时间，转身朝操场的方向飞快地跑去，一路留下了好几张九宫格拖延时间。

九宫格的卡牌使用次数已经用光，硬生生地拖住了上百个感染者。

感染者被甩在身后，肖楼敏捷地绕过综合大楼，到达操场，并从卡包中拿出了圆规。

他将圆规的支腿调整到最大的尺寸，开始在大操场上迅速画圆。

一个连着一个的圆圈，很快就铺满了整个操场地面。

身后传来感染者的脚步声。一米多宽的缺口没办法同时放进来那么多感染者，有些感染者就迫不及待地开始爬墙，感染者们踩着同类的身体，一个连一个地从墙上爬过来，那画面堪比科幻大片《生化危机》。

肖楼心脏微微发颤，手下的动作却丝毫没有迟疑。

用圆规画出大量的圆后，肖楼屏住呼吸，在心里默数着时间……

感染者终于到了！

肖楼站在操场中央，冷静地看着面前成群的感染者。

在感染者布满操场的那一瞬间，肖楼的右手猛地一抬——

起！

画在地上的所有圆环在这一刻如同被施展了法力一样，陡然浮空！

密密麻麻的银色金属圆环如同一张巨大的网状陷阱，随着肖楼的指令腾空而起，将几乎所有的感染者全部套住！

直径1米的圆环会将好几个感染者套在同一个圈里。那些感染者丝毫没有“统一行动”的意识，他们一个往前、一个往后，拉扯之间，很快就东倒西歪一大片。每个人的脸上都表情呆滞，似乎不明白自己为什么会莫名其妙走不动了？

感染者的行动本就比人类笨拙，当几个感染者被圆环套在一起后，不知道整齐迈步的他们，互相牵制、彼此拉扯，彻底丧失了行动能力。

肖楼看着周围东倒西歪的感染者，指尖光芒一闪，再次消失得无影无踪。

他再次进入桃花源，头顶的悬浮框中紧跟着出现提示——

> 卡牌陶渊明成长度+1。
>
> 桃花源记技能效果提升，可携带两位伙伴进入桃花源。
>
> 桃花源存在时间剩余04:30。

陶渊明的卡牌成长度果然和进入桃花源的次数有关。

肖楼深吸一口气，离开桃花源，回到桃花源的入口烟酒超市。

在他离开后不久，桃花源就因为30分钟的时间限制而消失了，陶渊明这张牌的右下角同时出现了“不可召唤”的灰色字符提示，冷却时间长达24小时。

这也就意味着，他短时间内不能再依靠桃花源来空间瞬移了。接下来如果再遇到大批感染者，他必须加倍小心。

黑桃 2 密室的通关限时是 60 分钟，他已经用掉了 35 分钟。

肖楼看了一眼通关计时条，加快脚步走向中心医院。

刚才他特意在检验楼的门口停留了片刻，利用玫瑰香水将 10 层楼的感染者全部引去操场，因此，在进入检验楼的大厅后，他没有遇到任何感染者的袭击。

肖楼站在大厅，仔细看了看绿色的指示牌。

一楼是核磁共振等影像检验处，二楼是病理检验室，三楼是病原微生物检验室，四楼正是他此行的目的地——血液检测中心。

肖楼走向电梯按下向上的按键，发现电梯没有反应，他立刻转身去爬楼梯。

很奇怪，走到楼梯口时，他的脊背莫名窜过一丝凉意，总觉得有一双眼睛在背后盯着他。肖楼回头，发现身后只有一条长而空旷的走廊。他皱了皱眉，忽略这种怪异的感觉，迈开长腿飞快上楼。

检验楼的感染者刚才被他引去了操场，除了令人恶心的臭味之外，这一路上倒是没遇见麻烦，只不过，在到达四楼血液检测中心的那一刻他就愣住了——这里摆放着数不清的血液样本。

一排排试管，颜色各异，少说也有几百个。

肖楼当然清楚这些玻璃管的颜色代表着什么。医院给病人抽血的时候会根据检查内容的不同用各种颜色的试管分装血液，红管查血液生化指标，紫管查血常规，黑管测红细胞沉降率，蓝管测血液凝固酶原时间……

规模大的医院每天需要抽血的病人成百上千，所以血液检测中心堆积大量的血液样本是很正常的。

这该怎么找？

肖楼快速环顾四周，突然，他看见所有的试管上都有条形码和病人名字，肖楼灵机一动——剧情介绍中提过小男孩是急诊入院，最后死亡被送去停尸房。

医院死人是很严重的事，小男孩死后，急诊科那边肯定有病例资料保留下来，只要知道了小男孩的名字不就能锁定他的血清样本吗？

没错，作为黑桃 2 密室的主角，小男孩必须拥有姓名！

通关限时还剩 20 分钟，肖楼飞快地跑回门诊大楼，冲进一楼急诊中心的办公室。病毒爆发产生的动乱让办公室变得凌乱不堪，可肖楼还是一眼就看到了角落里的病例架，上面摆放着很多病例，他将所有病例本全部抽出来，快速翻看病案首页。

性别、年龄不符的统统丢去一边，他只用了半分钟就筛选出了三位男性儿童患者。其中，符合入院原因是“发热”，并且在最后一页写了“死亡原因分析”的，只有一位。

刘小源，8 岁，正好能跟进入密室时的剧情描述对上号。

肖楼拿着刘小源的病例，迅速转身跑回血液检测中心，

检测中心的血清标本数不胜数，肖楼一排排扫过去，将那些路人甲的血清样本全部忽略，最后，他在角落里成功找到病人姓名为“刘小源”的血清样本。

红、黄、蓝、绿、黑、紫，各种颜色的血液试管都有保存。

肖楼将六支血液样本从试管架上依次拿下来，转身下楼。

他已经用掉了 45 分钟。

只要回到门诊大楼坐着电梯直达天台，他就能完美通关。

然而就在他走到检验中心的一楼时，突然听到身后响起一个清脆的声音：“恭喜你完美通关黑桃 2 密室，我是黑桃 A，你可以来我这里领取奖励了。”

肖楼一怔，循着声音望过去。

检验中心的一楼有一条很长的走廊，这声音正是从走廊尽头的铁门后面传来的。

肖楼转身走到门前，发现门的上半部分是结实的铁栏杆，下半部分从外面上了锁。透过铁栏杆的缝隙可以看见这是一个 10 平方米左右的小房间，摆着一张床，墙壁上还挂着保安的衣服，应该是保安的休息室。

一个身高只到肖楼腰部的小男孩正站在床边。他穿着一身黑衣，背对着肖楼站着，声音很是清脆：“门的钥匙就在前面那个保安的口袋里，帮我打开门。”

肖楼回头一看，走廊侧面的保安已经变成了一具死尸。

小男孩说：“对，就是他，从他的口袋里拿出钥匙……”

肖楼并没有拿钥匙，而是平静地问道：“为什么要背对我？”

小男孩笑道：“作为守关者，这样更有神秘感啊。”

肖楼淡淡地道：“刚才我上楼的时候，在背后盯着我的人就是你吧，刘小源。”

他用的是陈述句，语气十分肯定。

听到这话，小男孩的脊背微微一僵：“你在说什么？”

“第一位感染者，被保安关起来的刘小源，没想到你还保留着意识。”肖楼微微一笑，“想骗我帮你开门？可惜，我没那么蠢。”

小男孩猛地回过头来。他的一张脸苍白如纸，嘴唇沾满了鲜血，两只小虎牙尖锐得像是最凶狠的野兽，一双眼睛里没有眼白，也没有瞳孔，只剩下令人心惊的纯黑色。

肖楼并没有吓得倒退，反而平静地看着他。

发现骗人失败，刘小源的五官渐渐扭曲，他猛地伸出变成森森白骨的双手，

扑过来用力地拍打铁门："放我出去！放我出去——啊——"

他的叫声很快就变成了尖啸。那是一种类似于野兽首领召集属下的高亢的声音，在空旷的检验大楼里回荡，几乎要让周围的空气也随之扭曲。

肖楼的耳膜被刺得阵阵发痛，意识到他在召唤感染者，肖楼没再犹豫，转身便跑！

操场上被圆环套住的感染者听到刘小源尖锐的啸声后果然开始骚动，要不是肖楼用圆环陷阱提前困住了他们，此时，肖楼肯定会被大量涌过来的感染者给活埋了。

黑桃 2 的密室居然在最后还留下一个坑。

很多挑战者在拿到血清后知道自己就要完美通关，精神往往会相对松懈，这时，听见有人说"我是黑桃 A"，或许就信了。还好肖楼足够细心，察觉到小男孩的不对劲，没有听他的话去打开门锁。

这小男孩才是黑桃 2 密室的 boss。

一声尖啸直接召唤感染者，真是想想都后怕！

肖楼一路狂奔回到门诊大厅，按下电梯按键，坐着电梯直达天台。

宽阔的天台上有一架直升机正在等他，在他走到天台的那一刻，直升机立刻启动，螺旋桨发出阵阵轰鸣，周围的空气也被带起了一波热浪，扑面而来。

头顶的悬浮框中紧跟着弹出熟悉的提示——

恭喜肖楼完美通关 D 级密室【病毒小镇】，用时 50 分钟，通关综合评分高于 85% 闯关者！本次通关评价为 A，完美通关将获得额外抽奖机会，请返回个人空间结算奖励。

看吧，这才是正确的密室画风。

在挑战者通关之前，守关者不会莫名其妙地出现影响通关进程。哪怕黑桃 A 真的出现了，也不会被关在铁门后面。更何况小男孩背对着他说话，还让他拿钥匙，动一下脑子就知道，这家伙就是最初感染后被保安关起来的刘小源。

限时 60 分钟的密室，肖楼用 50 分钟通关，最后还差点被坑，也算有惊无险。

他不太擅长生存类密室，之前的红桃和方片他的通关评分高于 99.9% 的闯关者，这次只高于 85% 闯关者的评分，说明还有 15% 的人通关比他顺利。

或许是用了别的办法？

肖楼坐在直升机上，正琢磨着，就在这时，他眼前的悬浮框中再次刷出提示——

恭喜挑战者虞寒江完美通关黑桃 2 密室【病毒小镇】，用时 15 分钟，刷新黑桃 2 密室世界闯关纪录！

15 分钟？

肖楼微微瞪大眼睛，不敢置信地看着悬浮框里的提示。

在他狼狈地引感染者、遛感染者、狂奔逃命的时候，虞寒江居然用 15 分钟完美通关？

请问那位刑警大队的虞队，你是像推土机一样推过去的吗？

肖楼第一次坐直升机。

伴随着头顶的螺旋桨震耳欲聋的轰鸣声，飞机很快腾空而起，肖楼坐稳后凑到窗边往下看去，本想看看操场上的感染者们在刘小源的召唤下会不会脱离圆环的控制，结果却意外地发现地面上有无数个一模一样的感染者小镇。

每个小镇之间像是有一层透明的结界，互不相通，也互不影响。

他看见每个小镇中都有人类在奔跑。有的人慌不择路、跌跌撞撞，有的人健步如飞、敏捷冷静，还有的人正拿着武器跟感染者疯狂地搏斗。

直升机的速度太快，他还没来得及看清，那些玻璃球一样的小世界就变成了一个个黑点，迅速消失在眼前。

肖楼皱着眉陷入沉思。刚才他在病毒小镇狂奔的时候，也有很多和他一样的人类正在挑战这个密室，不知道会有多少人通关，又有多少人闯关失败，永远留在了这里？

像是猜到了他的想法，坐在前排驾驶直升机的男人突然开口道："连 D 级密室都过不去的人，不适合在卡牌世界继续生存。"

男人的声音冷得像是喉咙里灌进了一块冰。

肖楼突然想起，他最初来到卡牌世界之后耳边传来冰冷的机械音问他"选 A 还是选 B"，面前这个男人的声音，和那个系统音一模一样。

心中微怔，肖楼坐直身体往前看去。

驾驶位上的男人戴着遮住半边脸的大墨镜，只露出线条锋锐的下颌。男人明明没有回头，却像是能清楚地掌握肖楼的一切动向。在肖楼看向他的那一刻，男人的嘴角微微扬了扬："你好，我就是当初接你来卡牌世界的人，你也可以叫我黑桃 A。"

通关后就可以见到守关者。

肖楼之前见过红桃御姐、方片萝莉，如今见到成年男性黑桃 A，他很快就接受了这个设定，试探问道：“病毒小镇的所有通关者，都要你开着直升机亲自来接吗？”

黑桃 A 淡淡地说：“我知道你想问什么。没错，我可以生成无数个复制体，同时接走所有的挑战者，就像病毒小镇可以生成无数个平行空间一样。”

肖楼之前的推测没错，就算他和虞寒江同时都在黑桃 2 密室，可由于卡牌世界之间存在着未知结界，他们依旧无法相遇。只有等以后的多人密室，组队闯关才能进入同一个空间。他需要一本契约书并尽快找到虞寒江组队。

想到这里，肖楼便问道：“红桃 A 说在后续的闯关中可以赚取金币购买契约书，但我从来没发现密室世界有哪里可以赚到金币啊。”

黑桃 A 淡淡地道：“你很快就会知道。”

这位守关者十分冷酷，肖楼只好闭上嘴，不再多话。

直升机很快就到达了目的地——一片浮空的平台。

周围是熟悉的浓浓白雾，肖楼身处在白雾中央，看不清外面的世界，只能看到自己面前的巨大卡牌墙。

此时，卡牌墙上“黑桃 2”的右下角也出现了“已通关”的绿色印章。

守关者道：“结算奖励，请查看卡包。”

肖楼打开卡包，里面果然出现了两张新的卡牌——

工具牌：异变病毒。

稀有度：A。

描述：通关黑桃 2 密室病毒小镇的固定奖励。

备注：异变病毒的传播途径为飞沫传播，将病毒散播到空气中，病毒会迅速向四周扩散，方圆 100 米内所有活物（包括你自己）都将受到影响。被感染的生物会出现体温升高、四肢酸软等症状并在 10 秒内变异。变异后移动速度下降 80%，攻击力翻倍提升，除非脑袋被砍下来，否则身体任意部位损坏都能马上长出新的。

使用次数：一次。

工具牌：特效疫苗。

稀有度：A。

描述：完美通关黑桃 2 密室，拿到刘小源的血清样本后可获得奖励。

备注：由于你带回了六份感染者的血清样本，所以制成了六管疫苗。其中红、黄、蓝色管的疫苗可彻底免疫异变病毒；绿、紫、黑色管的疫苗效果更进一步，能免疫一切毒素，比如毒雾、瘴气、毒蛇的啃咬等，注射绿、紫、黑疫苗，你将在接下来的10分钟内百毒不侵。

这两张A卡虽然有局限性，但不可否认，在某些特殊的环境，A卡并不比S卡差。

卡牌只要灵活使用，每张牌都能发挥出自己的功能，不知道这次抽奖能获得什么卡牌？肖楼看见面前出现金光闪闪的宝箱，便上前一步，伸手抽出了一张牌。

恭喜你获得A卡召唤牌：感染者首领。

肖楼一怔，这次抽到的居然是A卡，或许是因为他到处遛感染者加上通关时间长达50分钟，最终的通关评分只有A？

肖楼拿起卡牌仔细看向描述。

召唤牌：感染者首领。

稀有度：A。

描述：完美通关密室后抽取限定卡池，有较高的概率获得。A卡强度略低于S卡，但比S卡更好养成，原始成长度就是满级，自动解锁全部技能。

附加技能1：利爪攻击。

感染者首领刘小源伸出利爪，以极快的速度攻击近身敌人，被刘小源的利爪接触到的生物会立刻感染异变病毒，并成为刘小源的傀儡。

附加技能2：感染者操控。

刘小源发出刺耳的尖啸声，召唤出六个初级感染者协助作战，24小时内只可召唤一次。召唤的感染者行动迟缓，但攻击力很强，并且能听从你的指令集中或者分散行动。被初级感染者攻击后流血的生物会感染异变病毒，10秒内不注射疫苗就会尸变。

备注：刘小源的种族为感染者，弱点在脑袋，一旦被砍掉脑袋则立刻死亡，卡牌也随之损坏。

卡牌表面画着个面色苍白的小男孩，露出一对锋利的小虎牙，眼睛只剩如墨的黑色，正盯着肖楼看，似乎要从卡牌里跳出来。

肖楼想到刚才在医院里那小家伙骗他开门的场景，心情一时有些复杂。

他居然抽到了刘小源这张召唤牌？一想到以后可以随时召唤出这个小感染者，他就感觉脊背凉飕飕的——确定刘小源不会反过来攻击他吗？

肖楼收起奇怪的想法，抬头看向黑桃 A："我能不能休息？"

黑桃 A："5 分钟休息时间。"

肖楼刚才在病毒小镇狂奔那么久，体力消耗严重，此时只觉得身体无比沉重，一双腿像是灌了铅，几乎走不动路。

5 分钟休息，好过没有。

肖楼在沙发上坐下来，用手揉按腿部僵硬的肌肉，让自己尽快调整。

黑桃 A 问："下一关你去哪儿？"

肖楼想了想说："就去梅花 2 吧。"

"梅花 2 是最后一个 D 级密室。"

"D 级密室只有四个吗？"肖楼有些意外，他还以为新手阶段会持续好几关。

"D 级密室只是让你了解四类密室的大概类型，一关足够了。"黑桃 A 挥了挥手，梅花 2 这张牌就从卡牌墙上直接飞到肖楼面前，"等梅花那边给你匹配对手。"

"对手？"肖楼惊讶地抬头。

"挑战密室，当然会有对手。"

同一时间，个人空间内。

虞寒江的衣服上沾了很多泥浆，脸上满是灰尘，形象有些狼狈。

刚才闯关的过程中干掉了太多感染者，那些低级生物虽然不会对他造成影响，可处理起来也着实费了他一些力气。不过，脏兮兮的衣服在来到个人空间后，就迅速复原了，好像刚才的一切都没有发生过。

应该是数据清除。挑战者离开密室后，刚才在密室里经历的一切都会清零，但身体的疲惫感还在，虞寒江平复了一下呼吸，低声问："我想和一个人组队，该怎么做？"

黑桃 A 面无表情地说："用金币买契约书，1 万一本，金币在后续的密室中想办法获取。"

"这么麻烦？"

"嫌麻烦你也可以一个人闯关，没人强制你组队。"

虞寒江挑了挑眉，没再废话。他随手从宝箱里抽出一张牌，看完描述之后，便干脆地说：“我下一关去梅花 2。”

黑桃 A 道：“请等待，正在为你匹配对手。”

过了片刻，虞寒江收到提示：“对手匹配完成，你是 3 号选手。”

几乎同一时间，肖楼也收到了提示：“对手匹配完成，你是 1 号选手。”

密室生成中。

挑战者数据读取完毕。

欢迎各位挑战者进入梅花 2 密室【挑战十点半】！

第五章

挑战十点半

肖楼的身体被猛地吸进了梅花2的世界。让他略感欣慰的是，梅花2的世界并不是荒山野岭，也没有可怕的感染者野兽。

这里是一个正方形的封闭房间，面积在10平方米左右，正前方有一扇门，屋子的中间摆着一张办公桌，桌后坐着一位看上去十六七岁的少年。他穿一身黑色燕尾服，里面是干净整齐的白衬衫，打着领结，装扮得很是正式。少年皮肤白皙、五官清秀，可惜脸上没有任何表情，端坐在那里，就像是一个精致漂亮的雕塑。

少年抬头看向肖楼，淡淡道："你好，我是守关者梅花A，欢迎来到梅花密室。"

肖楼一怔："守关者？不是应该在通关之后才出现吗？"

"梅花密室不一样。挑战游戏需要一位公正的裁判，所以我会提前出现。"

坐在沙发上的少年顶着一张面瘫脸，看起来并没有要攻击肖楼的倾向，肖楼疑惑地问道："你亲自担任裁判？"

少年点头："游戏开始之前，我会给你一些基本的道具。"

话音刚落，肖楼面前的桌上便凭空出现了一些道具。

一套很正式的黑色西装、一张银色的金属面具、一条奇怪的手串以及10枚金币。

金币？

肖楼立刻拿过来仔细查看。直径5厘米左右的圆形金币，正面画着红桃、黑桃、方片和梅花的图案，反面则写着"1000"，应该是金币的面值。

梅花A道："我讨厌穿得花花绿绿的挑战者，这套衣服，以后进入梅花密室请你自觉换上。"

肖楼身上的衣服突然一变，黑西装、银色面具和手串自动套在了他身上，之前的衣服消失得无影无踪。

瞬间换装的设定让他微微一怔，不过卡牌世界的很多事情都没法科学地解释，他很快就接受了这套梅花密室的装备。

肖楼看向少年问："这些道具都是做什么用的？"

"面具是出于对新手的保护，以免你的表情透露出太多讯息。手串上是一颗转运珠，可以让你拿到好牌，但你只有一次使用转运珠的机会。10枚金币是我送你的本金。”

“本金？梅花2密室是赌金游戏？”

“是的。你可以通过低级梅花密室赚些金币给以后做准备。在卡牌世界里，没有金币的穷人是活不长的。”

原来，黑桃A刚才说“你很快就会知道”并没有骗他。

肖楼平时很少玩扑克游戏，一本契约书要1万金币，梅花A给他的本金正好是1万，不求赚更多钱，只要保住这1万本金，过了梅花2密室，他就可以用这点金币买本契约书去找虞寒江。

“去吧，游戏马上就要开始了。”

梅花A话音刚落，正前方的门便缓缓打开，肖楼深吸一口气，款步走了进去。

在他进入的那一刻，还有六扇门也同时打开，七位挑战者一起走进了游戏场所——

这是一间布置得很高端的赌场，宽阔的空间超过100平方米，正中央摆着一张椭圆形的桌子，上面铺着墨绿色的丝绒桌布。桌子的周围有八把奢华座椅，其中七个座椅上分别贴着1到7的标志，正对面的座椅并没有数字标志，画了“梅花”的图案。

刚刚还在给他发道具的梅花A，此时正坐在对面的那张椅子上。

守关者可以分裂出无数个复制体，刚才显然有七个梅花A同时给大家发道具，因此，七个挑战者的装扮都是一模一样的黑西装加银色面具。

地面上厚厚的地毯踩上去很柔软，大家的脚步声全被地毯吸收，周围安静极了。

头顶的水晶吊灯投下如同碎钻一样的光芒，七个人脸上的银色面具反射出同样冰冷的金属光泽，安静的房间，给人一种似乎被抽离了空气的压迫感。

没人敢说话。

直到梅花A淡淡开口：“各位，请按号码牌入座。”

大家这才动了。

肖楼的目光大概扫了一圈——

2号是个不到一米六的长直发女生，肤色苍白，身材清瘦单薄；3号是个挺拔、健硕、身高接近一米九的成年男性，修长笔直的双腿很是引人瞩目，穿上西装简直就是时尚杂志的封面模特。

4号是个身材丰满、留着大鬈发的成熟女人，手上涂着红色的指甲油；5号的脑袋后面扎着个辫子，但看身材和装扮明显是男人；6号是个胖男人，挺着啤酒肚；7 号是个高挑女生，头顶扎着高马尾，显得很是清爽利落。

肖楼走过去坐在梅花 A 右手边的 1 号位，其他人也依次落座。

他转过头，想再观察一下本局游戏的对手，却蓦地对上了一双眼睛。

那是一双漆黑、深邃又冰冷的眼睛。

3 号。

对方虽然戴着面具，可锋利如剑的目光透过面具直直射向了肖楼的脸，似乎能瞬间到达人的心底，看穿人内心深处的一切丑恶和邪念。

被那双眼睛盯着，肖楼脊背一僵，脑海中突然闪过一个画面——那个下雨天，站在窗边的刑警大队队长转头看向他时，就是这样的目光。

肖楼见过很多人，但是虞队的眼睛他的印象实在是太深刻了。那双如冬日潭水一样冰冷、深邃的眼眸，只看过一眼，就深深地印在了肖楼的脑海里。

哪怕男人的一张脸被面具遮得严严实实，光凭眼睛，他也能认出对方。

刚刚看到公告说，虞寒江刷新黑桃 2 密室病毒小镇的世界纪录，从时间推算，虞寒江通关黑桃 2 密室之后，进入梅花 2 的可能性极大。而且，虞队的身高本来就接近一米九，大长腿，看身材也对得上号。

3 号就是虞寒江吧？！

肖楼听见了自己的心脏激烈跳动的声音。

他没想到居然会在梅花 2 的密室里直接遇见虞队！

后者对上他的眼睛，显然也怔了一下。不知道是不是认出了他，男人原本冰冷的目光略微缓和，还朝他轻轻点了一下头。

肖楼也礼貌地点头回应。

在陌生的梅花密室，规则还不清楚，两人也不敢多说什么。但一次对视，一次点头确认，就已经足够了。

是他。

两人同时心想。

肖楼和虞寒江很有默契地沉住了气。规则不明之前他们不能直接相认，也不能让其他挑战者知道他俩认识。

见七人全部坐好，梅花 A 便拿出一副扑克牌，面无表情地宣读游戏规则："挑战十点半，这是一种扑克牌游戏。游戏的过程中不允许互相用语言、肢体动作交流，违规者直接淘汰出局。"

少年修长的手指将一副扑克牌在桌面上"刷"地一下排开。

这是一副没洗过的新牌，去掉了大、小王，4 种花色 A 到 K 的牌，总共有 52 张。

少年指着桌面上的扑克牌说：“在十点半游戏中，A、2、3、4 一直到 10，叫作‘点牌’，其中 A 代表 1 点，2 到 10 代表各自的点数。J、Q、K 叫作‘人牌’，都代表半点。游戏的目标，就是将手中的扑克牌点数凑成十点半。

“一局游戏共 5 轮，最终的牌型有 5 种，请看屏幕。”

房间侧面的大屏幕中依次列出了 5 种牌型，按照从大到小的顺序排列——

天王：5 张牌的总点数正好等于十点半，比如，A、2、3、4、K。

人五小：5 轮发牌后，凑巧拿到 5 张“人牌”，比如，J、Q、K、Q、K。

五小：5 张牌的总点数小于十点半，比如 A、A、2、2、2。

十点半：手里的牌少于 5 张，但点数正好是十点半，比如 8、2、K。

平牌：手里的牌点数之和超过十点半，比如 7、6；或者不足十点半，比如 2、7。

见大家都在认真地看屏幕，少年便接着说：“为了照顾没玩过扑克牌游戏的新手，牌型大小会一直留在大屏幕中，方便你们随时对照。

“游戏开始后，每轮发牌阶段，你都可以选择要牌，或者不要牌。

“第一轮强制所有人押注 1000 金币，第二轮开始你可以主动弃牌，如果弃牌，则失去押注的金币。如果不弃牌，每轮至少跟注 1000 金币，并且，后面跟注的人投注的金额必须等于或大于前一位玩家，手里的金币不够，也可以 all in——全押。

“如果本局游戏 5 个人全部平牌，没有一个凑齐十点半，也没有出现五小、人 5 小的牌型，则视为流庄，押注的金币将会由我全部回收。

“7 局游戏，弃牌次数不能超过 5 次，输光金币的人会被丢去噩梦密室接受惩罚。

“游戏规则解释完毕，接下来给你们 5 分钟时间去理解。”

肖楼虽然很少玩扑克游戏，但屏幕中有牌型大小顺序，加上梅花 A 的解释也足够清楚，他仔细看了两遍，很快就明白了。

7 局游戏，每局发牌之前强制所有人押注 1000 金币，弃牌不能超过 5 次，这就代表着你必须有至少两局需要跟注，不能一直弃牌保平安。如果一局都赢不了，7 局结束后你会输光 1 万本金，被丢去噩梦密室接受惩罚。

噩梦密室，光听名字都让人脊背发凉，肖楼并不想亲自去体验。

如何保证自己在不输光的情况下尽量从其他人的手里赢钱，这才是游戏的关键。

大家都有转运珠，机会均等。

什么时候用转运珠让自己拿到最好的牌，什么时候跟注，什么时候弃牌……这不仅是牌局的赌注，还是一次心理上的博弈！

5 分钟很快过去，桌子中间的铃铛被敲响，发出“叮”的清脆声音，少年将桌上的扑克牌全部收入手中，道：“请准备。”

少年修长的双手开始快速地洗牌，52 张扑克牌在他的手里交叠成了一团光影。

整个房间安静极了，只剩下他洗牌的哗哗声。

片刻后，少年洗牌结束，淡淡地道：“本次游戏不设庄家，7 个人各自为战，互相比较牌型大小，最大的一位获胜。游戏过程中随时可以弃牌。7 局游戏只能使用一次转运珠，转运珠会尽量让你拿到最好的牌型之一，请注意使用的时机。

“游戏开始，请所有人押注 1000 底金。”

大家都很配合地将一枚金币丢进桌子中间的奖池。

“第一轮发牌，从 1 号开始，逆时针轮转。”

7 位挑战者依次拿到了一张牌，牌面朝下。肖楼轻轻翻开扑克牌的一角：红桃 2。他看了眼四周，大家的脸都被面具遮住，看不清表情。

少年道：“第二轮发牌，从 1 号开始，是否要牌？”

肖楼：“要牌。”

少年给他发了一张牌：方块 3。

肖楼想了想，道：“加注 1000。”

红桃 2、方块 3，他的手牌加起来点数只有 5，还可以继续玩下去。

少年道：“2 号位，请选择。”

坐在肖楼右手边的 2 号女生皮肤苍白，纤细瘦弱，她小声说：“要牌。”拿到一张牌，翻开一看，女生的声音微微发颤：“弃、弃牌。”

她丢出去的牌是方片 9、红桃 8，点数加起来超过十点半，运气确实挺差。

3 号虞寒江平静地说：“要牌。”

少年给他发了张牌，虞寒江看过后，干脆地把两张牌丢去废牌池：“弃牌。”

4 号鬈发女人拿到牌后，犹豫片刻，将一枚金币投入奖池：“跟注。”

此时，2 号、3 号弃牌，1 号、4 号各跟注 1000，牌局的奖池达到了 9000 金币。

5 号位扎着辫子的男人要了牌，他用手指轻轻掀起扑克牌的一角，看了一眼两张牌的点数，然后就做出了一个让所有人都意外的举动——

男人将手中的全部金币“哗”的一声猛然推到了牌桌的正中央，平静地说：“All in。”

众人：“……”

第一局就玩儿这么大吗？！

大部分人第一局都会选择观望，而且发牌只发了两轮，他居然将手里的金币全押了。万一输掉，他会立刻被守关者丢去噩梦密室！

正常人都不会这么拼。

他选择全押，只有两种可能——

第一种是他目前摸到的两张牌实在太好了，值得他全押赌一把，比如第一张是 10，第二张 J、Q、K，已经凑成了十点半的点数，接下来他就可以不要牌，逼着还没凑成十点半的人跟注或者弃牌。

第二种则是他手里的牌其实并不好，故意全押逼其他人跟注，是在打心理战。

如果是第二种，这个人简直就是在玩命地打！

肖楼抬头看向对方，透过银色的面具，他只能看见 5 号男人的眼睛。

那是一双狭长的凤眼。单眼皮，眼角微微上挑，目光平静得毫无波澜，仿佛自己所在的不是密室世界里生死攸关的牌桌，而是几个好哥们儿无聊聚在一起，喝酒唱歌、聊天玩牌的 KTV 牌桌。

5 号全押，房间内的空气似乎被瞬间抽离，紧张的压迫感顿时萦绕四周。

2 号女生忐忑不安地转动着眼珠，3 号虞寒江坐在那里静观其变，还在跟注的肖楼和 4 号鬈发女人立刻绷紧了神经。

守关者：“6 号位，请选择。”

6 号胖子：“弃牌。”

7 号高马尾女生：“弃牌。”

守关者：“第三轮发牌阶段，1 号请选择。”

由于 5 号全押，肖楼想跟注也必须全押。跟 5 号赌命？没这个必要。肖楼很干脆地说：“弃牌。”

4 号鬈发女人也将牌丢到桌上：“弃牌。”

由于其他人全部弃牌，5 号自动变成第一局的赢家。

守关者翻开了他的牌：梅花 7、梅花 2，加起来是 9。

他的牌一点都不好，再来一轮，很大的可能会超过十点半爆牌。

此刻，大家的心里估计都在爆粗口。牌这么烂，居然敢全押，你这是唬我们呢？！

然而，男人刚才将金币全部推入奖池时，动作格外干脆利落，声音平静，目光镇定，所有人都深信不疑——他的牌特别好，很可能已经凑成了十点半。

结果一张7、一张2，加起来9点，这手牌比几个弃牌的人还要烂！

肖楼和虞寒江交换了一个眼神。

毫无疑问，他们遇到了非常大胆的赌局玩家。

肖楼平时很少玩扑克游戏，但他知道玩扑克牌赌局游戏，不一定要牌好，会玩心理战，照样能玩死对手。

5号的心理战就玩得挺溜，第一局直接全押，逼得所有人弃牌，赢下9000金币，手持金币18000，瞬间变成了全场最大的土豪。

接下来他只要别太浪，不管怎么玩都不会输光金币。如果他算准别人手里的筹码来加注，其他人就会陷入极为被动的境地。

梅花密室最可怕的不是游戏规则，而是不可控的对手。

守关者开始重新洗牌："第二局，请准备。"

每人又有1000金币被强制投注到桌子中间的奖池，手里的金币越少，大家就会越紧张。如果肖楼估计得没错，这一局应该会有很多人使用转运珠。

守关者发完第一轮牌，看向瘦弱女生："第二局，从2号开始发牌，请选择。"

2号位的女生战战兢兢，声音带着哭腔："弃牌。"

3号虞寒江这次没有弃牌，而是选择加注："加注1000。"

4号鬈发女人弃牌。

轮到5号，所有人的目光都看向全场最富有的土豪。

本以为他会大额加注，逼其他人弃牌，没想到5号居然很干脆地弃牌，这让大家都愣了愣。

6号胖子回过神来，掀起自己的牌看了看，然后说："跟注。"

7号弃牌。

只剩下最后发言的肖楼。

肖楼摸到了两张A，手牌挺好的，但虞寒江既然跟注，他没必要去跟虞队拼运气。肖楼毫不犹豫地将手里的两张A丢进废牌池："弃牌。"

牌桌上只剩下虞寒江和6号，牌局进行到第三轮。

虞寒江将金币投入奖池："加注1000。"

6号："跟。"

第四轮，虞寒江继续要牌，继续加注1000。

男人平静冷淡的声音让6号产生了极大的心理压力。

6号要了牌，双手开始微微发抖。

他这局用了转运珠，手里的牌是红桃 J、黑桃 Q、方片 K、方片 J，不出意外的话，第五轮他也能拿到一张人牌，凑成全是 J、Q、K 的“人五小”牌型。可是，人五小的上面还有更大的牌——天王！

赌还是不赌？胖子的内心极为纠结，他这局已经用了转运珠，以后的牌不可能比这局更好，如果这一局错失了机会，接下来他更别想赢。

犹豫良久，在倒计时 10 秒即将结束的那一刻，胖子咬牙把一枚金币投入奖池，说话时嘴唇都在微微哆嗦：“跟注。”

守关者面无表情地道：“最后一轮，3 号请选择。”

虞寒江打牌一直稳如泰山，但最后的一轮，他却在要了牌后，很果断地将所有的金币全部推入了奖池：“All in。”

男人低沉的声音在安静的空间内回响，像是重锤一样敲在大家的心上。

不同于 5 号选手开局奔放的打法，3 号实在是冷静得有些可怕，好像他押注，就一定会赢。

那种不怒自威的气场，让周围的人都心脏发颤。

对上虞寒江深邃的眼眸，6 号的额头上立刻冒出了细密的冷汗。这时候他已经确定，本局他和 3 号同时使用了转运珠。

守关者只告诉他，转运珠可以让本局的牌运变好，拿到最好的牌型之一，却没有告诉他，如果有两人以上同时使用转运珠，谁的牌会更好。

跟注到现在，他已经骑虎难下。

他手里只剩 5000 金币，如果这时候弃牌，接下来根本没法打，每局扣 1000 都不够扣的，到第七局他就会被淘汰，只能赌一把。

6 号深吸一口气，咬着牙道：“跟！”

全场玩家都暗暗倒抽了一口凉气——转运珠撞车的局面实在惨烈，两个人同时 all in，此时，他们的手里都没有了金币。不是你死，就是我亡。

没想到，牌局才进行到第二局，就会拼得这么激烈。

守关者冷冷地道：“牌局结束，请亮牌。”

6 号的手一直在发抖，直接将五张牌“刷”的一声全部翻开。红桃 J、黑桃 Q、方片 K、方片 J、红桃 K，人五小的牌型！

屋内的气氛越发紧张，所有人的目光都投向虞寒江。

不同于胖子双手都在颤抖，虞寒江修长有力的手指始终平稳。

他轻轻翻开第一张牌，是梅花 2。

胖子的眼睛猛地瞪大。

虞寒江翻开后面三张牌：梅花 3、红桃 2、方片 3。

所有人都屏住了呼吸，肖楼的手心里也捏了把汗，感觉自己的心脏都快要停止跳动了。

虞寒江在大家的注视下，平静地翻开最后一张牌——

黑桃 K。

2、3、3、2、K，五张牌，完美凑成十点半。

天王。

虞寒江拿到的牌，居然是十点半游戏中最大的牌型——天王！

6 号瘫坐在椅子上，瞪大的眼中满是不敢置信。

守关少年回头看向他："6 号，输光金币，淘汰出局。"

6 号的整个身体开始剧烈地颤抖，虽然他戴着面具看不清表情，可满是泪水的眼睛还是让肖楼心中一阵刺痛。

虞寒江赢得很惊险，6 号输得也很可惜。

守关者的身后，一扇黑色的门被缓缓打开，少年做了个"请"的手势，6 号哆嗦着站起来，转身走向那扇门，脚下跌跌撞撞，每一步都走得格外艰难。

虞寒江看着他的背影，低声说："抱歉。"

6 号停下脚步，回头看向虞寒江，声音哽咽："没、没关系，我刚才也很想赢你……其实，来到这个奇怪的世界后，我就一直在想自己能坚持到第几关，没想到这么快就……"他顿了顿，突然一笑，"对我来说，也是种解脱！"

说罢，他便咬着牙转身，毅然走进了那扇纯黑色的门，大门在他身后"吱呀"一声缓缓关上。

屋内的气氛更加压抑，肖楼觉得心脏像是被一双手用力地揪住了一样难受。

进入卡牌世界以来，他一直在单独闯关，精神高度紧绷，活下去的信念在鞭策着他不断地前行，他根本没时间停下来仔细思考"生"与"死"的问题。

可是此刻，他亲眼看到一个活生生的人被淘汰。

肖楼轻轻闭了闭眼，在桌下握紧双拳，迅速调整好心态。他没有精力去为别人伤感，如果不集中精神，下一个被淘汰的人或许就是他。

随着 6 号离开房间，屋内陷入了令人窒息的死寂。

就在这时，4 号鬈发女人突然站起来，朝守关者吼道："红桃、方片和黑桃都有通关规则，梅花密室只凭运气淘汰人，这太不公平了！"

少年抬头冷冷地看向她："运气也是实力的一种。"

女人怒道："纯靠运气，你怎么不摆一桌麻将？老娘打麻将还经常天胡呢！"

少年低声打断她："你认为 3 号刚才能赢，真的只是凭运气吗？"

这个反问让女人一时哽住，她有些疑惑地扭头看向虞寒江。少年道："坐下，或者你想直接出局？”

女人怔了怔，没再说话，僵硬地坐了回去。

这个小插曲让在场众人都心情忐忑，守关少年却像无事发生一样淡淡地说：“第三局游戏开始，再次提醒，请注意使用转运珠的时机。”

大家的金币又被扣掉1000。

第三局，发牌轮到3号。

虞寒江先拿牌，直接弃了。

4号刚才激动之下跟守关者理论了几句，这一轮她显然有些上头，直接使用了转运珠，轮到她说话时，她很干脆地将所有金币丢进牌池：“All in！”

她手里还剩6000。她全押，其他人想跟至少要跟6000。

5号弃牌，6号已出局，7号弃牌，1号肖楼弃牌。

只剩2号没有说话，如果她也弃牌，那么4号就会自动成为赢家。可就在这时，2号女生却颤声说：“跟、跟注。”

她的声音细弱蚊虫，如果不仔细听几乎听不见。

本以为自己胜券在握的4号女人，面具下的脸微微扭曲——她没想到，这个存在感最低的瘦弱小姑娘居然会在这时候站出来跟她PK！

发牌很快到第五轮。

4号女人发现自己的手牌变成了A、A、2、3、3，加起来10点，距离最大的天王牌就差那么0.5，这种牌型叫“五小”，她再次看了眼屏幕中列出的牌型，“五小”是所有牌型中第三大的牌。

女人屏住呼吸看向2号。

2号妹子用苍白瘦弱的手翻开了牌。

红桃J、方片J、梅花Q、方片Q、黑桃Q——人五小！

都没凑成十点半的情况下，“人五小”大于“五小”，2号女生胜。

4号女人崩溃地将牌甩到桌上，瞪大的眼睛里布满血丝：“为什么？我也用了转运珠，我的运气为什么就比你差！”

2号妹子被她的尖叫吓了一跳，小声道：“对不起……”

守关少年平静地说：“4号淘汰出局。”

女人很不甘心地瞪了2号一眼，转身走向噩梦密室。

走到门口时，她突然回头，冷冷地说：“你们别得意得太早，在这个奇怪的卡牌世界多留一天都是痛苦，还不如干脆点死了！你们现在活着，说不定以后会遭受更加可怕的折磨！”她的目光扫过全场，留下一个冰冷、怨毒的眼神，转身走进了黑色的门。

大门在她身后缓缓关上。

肖楼若有所思地看向守关少年。

第二局，虞寒江和 6 号 PK，前者拿到天王，后者拿到五张人牌；第三局，2 号和 4 号 PK，2 号拿到五张人牌，4 号拿到五张小牌。

52 张牌，凑巧拿到这些牌的概率有多低？这巧合得有些过分了吧？

肖楼仔细琢磨了一下少年的话——你以为 3 号能赢真的只是凭运气？

难道不是运气？

转运珠会让使用者拿到最好的牌，这说明什么？使用转运珠的人手中的扑克牌是可以被控制的。谁能控制大家手里的牌？毫无疑问，就是坐在中间洗牌的梅花守关者！

也就是说，这场卡牌游戏并不是纯看运气，输赢全看转运珠的使用时机。谁的手里能拿到什么牌，梅花少年一清二楚。

肖楼已经明白了梅花密室淘汰人的真正规则。

七人的牌局转眼间淘汰两人，只剩五人。

少年淡淡地道："继续。"

第四局，从 4 号开始发牌。由于 4 号被淘汰，逆时针顺延到 5 号。

扎辫子的男人因为赢了第一局，手里的筹码还有很多，第四局他也不打算参与，很干脆地弃牌。

7 号女生要了一张牌，抬头看向肖楼。

肖楼朝她友好地笑了笑。女生怔了怔，她似乎理解了肖楼的意思，朝肖楼眨眨眼，紧跟着就将手里的筹码全部推到奖池："All in！"

轮到肖楼，他果然说："弃牌。"

2 号妹子刚赢一局，这局自然不会拼，跟着弃牌。

虞寒江同样弃牌。

由于其他人全部弃牌，7 号女生不战而胜，获得 5000 底注。

她很聪明，瞬间理解了肖楼的意思。

目前 2 号、3 号、5 号各赢一局，只剩下肖楼和她没有赢过。两人没必要同时用转运珠拼个你死我活。分开用，各赢一局，就可以一起活到最后。肖楼眼里含着温和的笑意，7 号女生理解了，所以第四局她先用转运珠，并且全押，很顺利地赢下。

少年的目光扫过全场："第五局，游戏开始。"

所有人又被扣除 1000 金币底注。

此时肖楼被连扣五局，加上第一局投注失败，手里的筹码只剩下4000。

他已经弃牌四次，这一局必须使用转运珠。

7号妹子理解了他的意思，肯定不会跟注；2号女生赢过一次，加上她胆小谨慎，也不会和肖楼拼；虞寒江更不可能和肖楼对决。

未知因素只剩下5号。

这位扎着辫子的男人第一局突然全押，靠心理战打得大家猝不及防，接下来又一直冷眼旁观，这男人应该经常玩扑克游戏，对各种套路都非常熟悉。

而且，5号到现在也没用过转运珠。如果他正好撞到肖楼，参考第二局、第三局转运珠撞车的惨状，肖楼有可能会输。

肖楼深吸一口气，坐直了身体。

守关者："第五局，牌序逆时针顺延，由7号先摸牌。"

7号妹子摸到牌后看了肖楼一眼，很干脆地弃牌。

轮到肖楼。

他轻轻翻开自己的第一张牌，梅花K。肖楼道："要牌。"

少年给他发了一张牌，肖楼翻开，是梅花A。他立刻在桌面下拨动了手腕上的转运珠，微笑着说："跟注1000。"

2号、3号果断弃牌。

轮到5号，所有人的心都被提了起来。

如果他弃牌，肖楼就直接赢了。可如果他也用转运珠，这局输赢还不一定。

5号第一局玩心理战赢得很漂亮，一口气拿下18000金币，从第二局开始，他一直在弃牌观望，到第五局，他手里的筹码还剩下14000。而肖楼只剩下4000。如果5号这时候跟注4000，他完全可以逼着肖楼全押。

但5号并没有这么做，男人狭长的凤眼带着一丝笑意："跟注。"

已经弃牌的两个女生对视一眼，神色都有些紧张。虞寒江也紧张地攥住拳头，看向肖楼。然而，肖楼却给了他一个"放心"的眼神。

守关者："发牌第三轮，1号请选择。"

肖楼："要牌，跟注1000。"

5号："要牌，跟。"

守关者："发牌第四轮。"

肖楼："要牌，跟注1000。"

5号："要牌，跟。"

一枚又一枚的金币被投入到奖池。

肖楼连续要牌，5号居然也一跟到底！

不同于前几局的all in，这一局两人都很稳，每次都只投1000金币。但肖楼这样连跟四次，其实和全押也没什么区别。他本来就只有4000的筹码，此时，他的手里已经没有金币了。

一旦输掉，他会被淘汰。

所有人的心都提到了嗓子眼。

守关者："发牌结束，请亮牌。"

5号眼里含着笑意，翻开了自己的牌。

红桃J、黑桃J、方片J、梅花J、红桃K，是"人小五"的牌型。

肖楼微微一笑，平静地翻开手牌。

梅花K、梅花A、梅花2、梅花3、梅花4，点数正好是十点半。

又一次天王！

肖楼这一把的牌比第三局虞寒江的天王牌还要好，他不但用五张牌完美地凑出了十点半，而且还是清一色的梅花——A234同花顺！

旁观的两个妹子心惊胆战，手心里全是冷汗。虞寒江用力攥住的拳头这才缓缓松开，他看向肖楼，却发现后者极为镇定。

明明是如此惊心动魄的生死局，肖楼却像是早有预料？

守关少年："第五局，1号获胜。由于5号没有输光，两位都可以进入下一局。"

在场的两个妹子看向肖楼，同时松了一口气。

肖楼微笑着拿回13000金币的奖励。

守关少年："第六局，游戏开始。发牌随机。"

之前几轮的发牌一直是逆时针轮转，此时已经轮过了一圈。

这一轮正好随机到7号。7号女生直接弃牌，肖楼紧跟着弃牌，2号、3号虞寒江也弃牌，四人丢到废牌池的牌，轮到5号。

5号什么都不做，直接躺赢，拿到5000金币的底注。

牌局进行到这时候，再迟钝的人也明白了活下去的办法。

牌不好，直接弃，只会损失1000金币的底注。迫不得已需要跟注的时候，少跟一些，保命要紧——手里只要有金币，就不会被淘汰。

但弃牌的机会每人只有5次。

5号第一局all in、第五局跟注、第六局躺赢，他只弃牌3次，还有继续弃牌的机会。所以，第七局他只要直接弃牌，就能立刻通关。

剩下的4人，弃牌的次数都已经用光，第七局4个人必须同时跟注。

但到了这个时候，大家已经形成了该有的默契——跟注最低的金额来保命。

发牌顺序随机，第七局随机到肖楼。

开局发牌，肖楼拿到了一张A。

守关者："发牌第二轮，1号请选择。"

肖楼看了眼自己的牌，目光扫过全场，说："不要牌，跟注1000。"

大家都愣了愣。

想要凑出十点半至少得两张牌。这才第二轮，他的手牌只有一张，为什么不要牌？难道他拿到的牌点数太大，怕要牌后超过十点半？还是说……

坐在右侧的2号女生眼珠子转了转，突然双眼一亮，像是领悟到了什么一样，紧跟着说："跟注1000，不要牌！"

3号虞寒江已经懂了，道："跟注，不要牌。"

5号耸了耸肩，直接弃牌通关。

7号妹子也明白了，将一枚金币丢进奖池："跟1000，不要牌。"

肖楼在第二轮带头停止要牌，这是在给所有人一个暗示——都别要牌，大家同时停牌，让这局游戏在第二轮结束，直接流庄，损失就可以降到最低。

大家都没有转运珠，靠天然运气拿到十点半几乎不可能。

最后一局4人必须跟注。按照游戏的规则，发牌每多走一轮，就要多跟注1000金币，为什么白白把金币丢出去赌运气？留在手里不好吗？

4位玩家在这一刻，极为默契地同时选择了"不要牌"，牌局自动终止。

守关者道："发牌结束，请亮牌。"

1号肖楼：红桃A。

2号妹子：方片A。

3号虞寒江：黑桃A。

7号马尾女生：梅花A。

4人的手牌居然都是A点！

本局没有赢家，投注的金币将被守关者回收。

少年果然说道："第七局流庄，游戏结束。"他将桌上的金币收回手中，然后说，"恭喜5位成功通关梅花2密室，你们手里剩余的金币就是这一关给你们的奖励。"

多亏肖楼在第二轮带头停牌，大家本局损失的金币就只有2000。如果继续要牌跟注，损失会高达5000。在确定大家都会活着的时候，不要贪心，及时止损，才是最明智的决定。

坐在旁边的2号女生佩服地看了肖楼一眼，偷偷给他竖了个大拇指。

就在这时，5号突然笑着说："小梅花，这场游戏，你一直在暗中控牌，对吗？”

梅花少年面无表情地回头看他。

“我玩过的牌局少说也有上千，天王撞人五小，这种概率低于万分之一。还有最后一局，大家起始手牌全是 A，除非你在控牌，否则根本不可能出现这样的巧合。”

他这么一说，众人都竖起耳朵，肖楼也抬起头来。

肖楼早就发现了这一点。

如果不是守关者控牌，很难解释第二局、第三局的撞车。转运珠可以拿到好牌，但当两个人同时使用转运珠时，谁的牌更好，真的只是看运气吗？

并不是。

留下谁、淘汰谁，这局游戏的主动权其实一直掌握在梅花守关者的手中。

第二局，虞寒江和 6 号同时使用转运珠，6 号的双手全程都在紧张地发抖，虞寒江却始终镇定沉稳，守关者决定淘汰 6 号，所以控牌让虞寒江拿到天王。

第三局，2 号瘦弱女生和 4 号鬈发女人同时使用转运珠，4 号心态爆炸，开局全押，2 号女生虽然瘦弱，却稳到了最后。所以 4 号的牌被守关者操控，小于 2 号，被淘汰。

连续两局的巧合，再加上守关者的那句“运气也是实力的一种”，肖楼当时就明白了梅花密室的秘密——守关者在控牌，并且根据实力淘汰人。

关键词：运气、实力。

梅花密室不看运气，而是看实力。

第四局，肖楼暗示 7 号用转运珠，没人和 7 号撞车，妹子直接躺赢。

第五局，5 号跟注并不是为了逼走肖楼，而是因为 5 号也看穿了梅花密室的秘密，在做试验。他手里有 14000 金币，就算输掉 4000 也不会被淘汰，做试验无可厚非。一旦肖楼这时候稳不住心态，两人 PK，很可能守关者会控肖楼的牌，把肖楼给淘汰出局。

幸好肖楼稳住了。

转运珠不是在发牌之前盲目使用，而是看时机，根据自己的手牌，再决定是否使用。

没发牌之前瞎用转运珠，那就是真的把自己的命交给了未知的“运气”，说不定守关者不高兴，直接给你一堆 A、A、2、2、2。

只有摸到两张牌之后再使用转运珠，你才可以根据自己的手牌情况，推测出自己最后会拿到的牌型。比如，你开局拿到 J、Q，再用转运珠，最好的牌型就是“人小五”。

第五局，肖楼开局拿到梅花K、梅花A，这时候他再使用转运珠，最好的牌只能是“天王牌”。他确定自己会拿天王，所以他才冷静地跟注到了最后。

守关者显然对肖楼的表现很满意，直接塞给他一手清一色的梅花天王牌。

少年听到5号的质疑，目光扫过全场：“还有谁对牌局有疑问？”

肖楼微笑着说：“四种密室都有各自的规则，梅花密室肯定不会只凭运气淘汰人。我赞同5号的观点，这场游戏并不是赌博游戏，而是比拼心态的游戏。你一直在控制我们所有人的手牌。第五局我先摸到梅花K，再摸到梅花A，我就猜你会给我清一色的梅花天王，对吗？”

怪不得肖楼能如此镇定，原来他早就猜到自己会赢。

仔细回想，少年每次洗牌时，修长的手指间那些快速交叠的纸牌让人眼花缭乱。照理说，他洗牌洗了那么多次，肯定会把52张牌洗均匀，根本不会有人凑巧拿到A、2、3、4、K，有人正好拿到J、J、J、J、K。

从概率来讲，这种可能性发牌上万次都不一定会出现。今天的牌局却多次出现，只有一种解释——守关者在操控牌局。他可以暗中安排一副牌的点数顺序，他想让谁拿到A，谁就能立刻拿到A。

为什么要控牌？

众人同时想起他的那句话：“运气也是实力的一种。”

原来如此！

守关者通过判断大家的实力来操控大家的手牌点数，让实力强的人活到最后。

梅花密室，考验的其实是每个人的心理素质。

7号女生怔了怔，忽然轻声道：“这么说，梅花密室其实有完美通关的方法，如果我们7个人开局就有默契，每人一局轮流使用转运珠，每人赢一次，其他人弃牌或者只跟注1000，这样七局游戏结束后大家的手里都有金币，谁都不会被淘汰。”

“有道理。”2号女生小声附和，“可惜大家互相不认识，不可能会有一起活下去的默契。人都是自私的，都会想自己怎么赢，而不会想着让别人和自己共赢。”

女生的这句话一针见血，让现场再次沉默下来。

7人配合默契，轮流使用转运珠，各赢一局，便是梅花密室完美通关的打法。可是，一开局谁能大公无私地想到“共赢”？就算你这么想，你又如何保证其他的6个人会配合？

少年听到这里，紧抿的嘴角终于扬起了一个弧度。他朝大家点了点头：“你们很聪明。没错，我从一开始就在控牌，留下谁、淘汰谁，全看你们的表现。昨天来闯关的7人厮杀到最后只活下来两个。你们能活下来5个人，已经算是很优秀了。”

肖楼听到这里只觉得脊背发冷。

守关者暗中控牌，这不是把所有人玩弄于股掌之间吗？！

少年似乎看穿了肖楼的想法，道：“D级梅花密室是对挑战者的初步筛选。我通过观察你们的实力，控制你们的牌来淘汰选手，这样才公平。如果真的赌运气，你们几个运气不一定好。像4号和6号那样心理素质太差、不适合卡牌世界的人，趁早淘汰出局，是对他们的仁慈。”

肖楼皱眉道：“你怎么保证淘汰选手是看大家的实力，而不是看你个人的喜好？”

4号站起来跟他理论，结果下一局他就把4号给踢了。严格来说，2号瘦弱女生也不适合在卡牌世界继续存活，2号和4号PK，淘汰谁都说得过去。

少年道：“我的手里有你们所有人在其他密室的通关评分。”

他随手一挥，每个人面前都出现了S、A、B之类的通关评分。被淘汰的4号和6号，前三关的密室评分全是C。

到此为止，所有人都明白了梅花密室的规则。

事实上，在进入梅花密室的那一刻，谁会留下、谁会淘汰，梅花少年的心里已经有了一份综合评定的成绩单。

梅花2密室做成扑克牌游戏，是给大家最后一次打翻身仗的机会。只要能在压力极大的卡牌游戏中稳住心态，你就能拿到好牌。哪怕前三关的成绩不好，在梅花关也有可能留下来。

像4号、6号那样本身心理素质就很差的人，前几关过得很艰难，遇到紧张的梅花牌局心态更容易崩。5号则完全相反——他在红桃关评分是C，方片评分C，黑桃评分A，梅花关他能活，真的是胆子够大，开局纯靠心理战，逆天改命。

7号女生看向肖楼，轻声道：“谢谢你。”若不是肖楼看穿规则，暗示她用转运珠，并且主动弃牌不和她撞车，下一个被淘汰的肯定是她。可以说，是肖楼送她赢的。

肖楼笑了笑：“不用谢，以后的密室会更难，你要小心。”

7号女生轻轻点头：“我知道。”

梅花少年说：“经过这一关，你们应该体会到了，梅花密室作为挑战密室，将会是挑战者之间的直接对抗。只要走进梅花密室，就有可能被淘汰。以后进入梅花密室之前，你们都要做好有去无回的心理准备。”

5 位幸存者心有余悸，真是一点都不想再体验梅花关了。

就在这时，一直沉默的虞寒江突然开口道：“四个 D 级密室全部结束，接下来的 C 级密室，是不是可以组队了？”他说罢就看了肖楼一眼。

肖楼立刻会意，紧跟着问道：“组队需要的契约书，现在可以购买吗？”

其他人听到“契约书”三个字，都是一愣。

2 号女生疑惑地问：“契约书是什么？”

少年解释道：“梅花密室会将密室进度一致的挑战者匹配到一起，你们 5 个已经通关了所有的 D 级密室，从 C 级密室开始，就是多人组队、配合闯关的模式，契约书是组队的必须道具。”

女生道：“那要是一开始就选了梅花密室呢？通关后能和别人组队吗？”

“不能。开局就选梅花密室的人，我会控牌看他们的表现，淘汰一些心理素质太差的选手。打牌赢了钱，他们可以先留着，以后遇到想组队的人再找守关者购买契约书。”少年的目光扫过众人，“你们 5 位现在的进度都是 C 级密室，可以直接购买。”

他轻轻抬起手，桌上便出现了 3 种契约书。

初级契约书价值 1 万金币，可以让两位玩家组队。中级契约书 5 万金币，能让 5 位玩家建立契约关系。高级契约书需要 18 万金币，能让 8~15 位玩家建立契约关系。

肖楼手里的金币有限，想绑定的人也只有虞寒江，他没有犹豫，直接用 1 万金币购买了一本初级契约书。虞寒江本来也想买一本，见肖楼已经买了便暂时把金币收了起来。

拿到契约书后，肖楼翻开看了看，发现里面写着一些条款。

卡牌密室契约书守则

1. 建立契约关系的挑战者立刻成为固定队友。任何一位队友开启新的密室，都会在同一时间将契约书上的其他队友召唤进入自己所在的世界，正在其他密室世界的人不受召唤影响。

2. 第一位签名的人默认成为这本契约书的主人。主人可以划掉契约书上其他人的名字，以终止和对方的契约关系，但密室进行的过程中不允许这样操作。

3. 契约书可以升级。升级后，原本的契约关系依旧存在，但签名页会扩展，可以继续添加新人。

4. 用契约书自带的特制羽毛笔在签名页写下自己的名字，再把契约书拿给想要邀请的人，对方同意后在书上签名，契约自动生成。

5. 除主人外，其他签名者主动抹掉自己的名字或者在密室中死亡，则契约关系终止。契约书的主人若在密室中死亡，则契约书的所有权顺延至第二位签名者。

6. 每个人在卡牌世界里只允许签订一本契约书。

7. 最后一条团队守则，可以由契约书的主人自行添加修改。

这本书质感很好，像是电影中的神秘魔法书，纯黑色的皮质封面周围是漂亮的花纹边框，中间写着“卡牌密室契约书”7 个烫金的大字。书的内页是泛黄的牛皮纸，第一页守则部分的文字是类似鲜血的红色，书页的中间夹着一支红色的羽毛笔。

第二页是签名处，目前只有两个签名的空位。

肖楼拿起羽毛笔在签名页认真、端正地写下“肖楼”的名字。

写完之后，他当着其他 3 个人的面，微笑着将契约书递给了虞寒江。

虞寒江看了肖楼一眼，很干脆地拿起羽毛笔，在肖楼旁边的签名处写下“虞寒江”3 个潇洒帅气的大字，再把契约书递回给肖楼。

两人自始至终没有说话，却默契得像是早就商量好了一样。

他俩就这么绑定了吗？围观的 3 人突然有些羡慕。

5 号似笑非笑地说：“1 号和 3 号，原来你们认识啊？”

虞寒江淡淡地回了个“嗯”字。

5 号道：“怪不得，你俩在打牌的过程中，一直看来看去。”

肖楼：“……”

对视几次而已，有那么明显吗？

梅花少年问：“剩下的 3 位，需要组队的可以找我，不组队的话，下一关就会从落单的选手中随机匹配队友，匹配到什么人没法保证。”少年自觉地担任起了“新手村指引”的工作。虽然他有些面瘫，但挺负责任的，把规则都解释得很清楚。

2 号瘦弱女生眼巴巴地看向 7 号，还没开口，7 号妹子就主动说道：“我们组队吧，只是我的钱不够 1 万金币，得凑钱买一本契约书。”

2 号双眼一亮：“好啊，还差多少？”

两个妹子抱团，凑钱买了契约书，迅速在书上签名。

只剩5号没队友。他打牌太奔放，两位女生都不太敢和他组队。但男人似乎并不介意，他坐在椅子上，就像坐在自家的沙发上一样悠闲自在。

肖楼直觉这个扎辫子的男人很强——他的思维非常敏锐，而且大胆、敢拼，打牌很专业。虽然他在红桃和方片关的成绩不是很好，可在梅花关，这样的人一定会成为让对手恐惧的存在。

赌命！谁敢玩得这么疯？

察觉到肖楼在看他，5号眨了眨眼："看我做什么？还想和我一起打牌吗？"

肖楼果断摇头："不想。"

5号笑眯眯地说："以后有机会一起喝两杯。"他似乎想到了什么，突然看向守关者问，"对了小梅花，我来卡牌世界这么久，一直不觉得饿。你们这里的人都是不需要吃饭的吗？"

他这么一说，大家才惊觉自己确实不饿，众人都疑惑地看向守关者。

梅花少年道："不觉得饿是因为你们目前还在D级密室，最低级的密室会保护新手，屏蔽了你们的消化系统。离开D级密室，你们就会感觉到饥饿、劳累、痛苦，恢复人类正常的五感。"

肖楼问道："梅花密室奖励的金币可以在卡牌世界买吃的？"

"是的。"守关者看向墙壁上的时钟，"房间即将关闭，你们还有3分钟的时间互相告别。"

屋内陷入短暂的沉默。

过了几秒，2号女生突然小声说："大家好，我是江州医科大的学生，我想问一下，大家是不是在现实世界里遭遇了什么意外才来到这里的？"

7号女生："我是江州大学的，坐大巴送妹妹回学校的途中遭遇了车祸。"

2号女生："是开到江州市民主街的那辆校车吗？"

7号女生："没错。"

肖楼的脊背微微一僵："你们当时都在车里？"

两人对视一眼，同时点了点头。

江州市、民主街，正好是肖楼出事的地点。看来，那场车祸死了不少人。

肖楼没有透露自己的身份，回头看向虞寒江，眼中带着询问。后者摇头道："我不是车祸，具体情况待会儿再跟你细说。"

5号耸耸肩："我在现实世界也确实出了意外。"

7号女生似乎想到了什么，突然颤声道："这么说，我妹妹也来到了这个世界吗？她当时就和我坐在一起！她身体不好，到病毒小镇这种地方，该怎么活下去？她会不会已经被感染者给……"

想到那残忍的画面，她的身体开始控制不住地发抖，根本没法继续说下去，苍白的手紧紧攥成拳，眼眶里也噙满了泪水。

2号女生走过去，轻轻握住她的手道："别难过，说不定你妹妹还活着。病毒小镇不一定要暴力通关，跑得快也能活命。"

7号女生"嗯"了一声，沮丧地低下头。

守关者："房间关闭倒计时30秒，请大家返回个人空间。"

几人转身离开，7号女生走到门口时，突然回头说："我叫刘莹，我妹妹叫刘桥，她今年18岁，刚考上大学。大家以后如果遇见她的话，希望能帮我转告一声——让她好好地活下去，谢谢了！"

她看向肖楼，显然在这些人里最信任肖楼。

肖楼只好温言说道："好。如果遇到她，我一定转告。你也要好好活着。"

女生感激地朝肖楼点了点头，转身走进个人空间。

她清瘦的背影很快就消失在门口，肖楼心情复杂，也不知道这两个没多少战斗力的女孩临时组队，能不能顺利地在后续的密室里活下去？

5号男人潇洒地挥挥手，道："再见了各位。我下一关去梅花3，你们不想撞见我的话，最好先别进梅花密室。"

肖楼和虞寒江对视一眼，没有多说什么。

房间即将关闭，两人转身，各自走进号码牌对应的个人空间。他们是绑定状态，不管开启哪个密室都会把对方拉进去，不用急着在这里说话。

然而，一进个人空间，肖楼就看到了一个熟悉的高大身影。

为什么他俩会在个人空间碰面？这难道是互通的吗？！

两人同时扭头看向梅花少年。

少年面无表情地说："因为契约书的关系，接下来你们会绑定闯关，我懒得多分裂出一个梅花A去分开照顾你们两个人。有什么问题一起问吧，怎么选后面的密室，你们也可以商量着决定。"

肖楼突然觉得这个面瘫小家伙偶尔也有点可爱。偷懒，不想多分裂出一个梅花A，所以干脆把组队的两个人空间给合并了。

正合我意！

肖楼立刻摘下面具，虞寒江也摘掉了面具。

两个人终于看到了对方久违的熟悉面孔。

这一眼，真是恍若隔世。

"好久不见。"虞寒江走到肖楼面前，低声说，"没想到会在这里遇见你。"

"我也没想到。"

明明有很多话想说，却不知道从何说起，屋内一时沉默下来。

片刻后，虞寒江才问："你来到这个世界前，是出了车祸吗？"

"嗯。大年初七那天我吃过晚饭去超市买东西，过马路时一辆大巴车突然冲过来，就是刚才那两个女生所说的地方，我想她们应该也在同一场车祸中死了……"肖楼不想再回忆那血腥的一幕，闭了闭眼，问道，"虞队你呢？"

"一起爆炸案，执行任务的时候出了些意外。"刚才当着那些人的面不好透露自己警察的身份，对肖楼倒是不需要隐瞒，虞寒江简单地解释道，"也是初七那天，下午，在郊区。"

"这么说，你没收到我发的微信？"

"微信？我在执行任务，手机静音。"虞寒江疑惑地道，"你找我有事？"

"也没什么大事。我只是问你，什么时候有时间一起吃顿饭。"

虞寒江想起来，他在春节当晚确实跟肖楼说过改天一起吃饭。可惜，那顿饭局终究没能兑现。

他们在同一天出了意外，居然在卡牌世界里再次重逢。

肖楼能想象虞寒江当时的境况有多么凶险，他没有询问细节，而是走到卡牌墙的面前，转移话题道："虞队，你一定很想回到现实世界吧？"

虞寒江跟了过来，看着面前巨大的卡牌墙问："你也是？"

"当然。"肖楼转身看向虞寒江，伸出手，目光坚定，"我们一起，通关所有的卡牌密室，离开这里吧。"

对上肖楼清澈的眼眸，虞寒江慎重地点了点头，低声说："好。"

男人紧紧地握住了肖楼的手。

在陌生的卡牌世界遇见熟悉的人，来自对方身上的体温从指尖传递过来，似乎给内心深处注入了一股巨大的力量。

从今以后，他们就是战友。

不论前途艰难险阻，他们都会并肩前行。

肖楼看向面瘫少年问："我们可以休息吗？好不容易通关全部D级密室，应该不会让我们立刻去下一关吧？"

"30分钟的休息时间。"梅花A说，"这点时间，你们可以互相熟悉交流，也可以商量下一关先去哪个密室。"

由于两人的空间合并，休息的沙发也变成了两个。肖楼朝虞寒江点了点头，走到沙发旁边坐下来，虞寒江也跟了过去。

30分钟的休息时间，可以让他们放松精神，顺便交流彼此得到的情报。

虞寒江问:“之前的几关，你都拿到了什么卡牌?”

既然要组队，知道队友的卡牌情况也是必需的。肖楼将卡包拿出来在桌上一字排开，虞寒江也把自己的卡包拿了出来。

玫瑰葬礼剧情卡、水果刀、玫瑰香水，是红桃 2 密室完美通关的奖励；异变病毒、特效疫苗，是黑桃 2 密室完美通关的奖励，这些卡牌两人都有。

方片 2 机关密室的卡，虞寒江没拿到折叠纸。不过，他还有一张九宫格。发现肖楼没有，虞寒江很意外:“你的九宫格呢?这道题应该最简单，我记得你当时还刷新了方片 2 密室的世界纪录，怎么会没有九宫格?”

肖楼苦笑:“我在病毒小镇用完了。”

虞寒江很想问:你在病毒小镇到底经历了什么?九宫格的九次范围控制居然全都用完了?

肖楼见他的九宫格一次都没用，也很意外:“这张牌你没用吗?那你是怎么通关病毒小镇的，还刷新了世界纪录?”

虞寒江低声解释:“我在街上随手捡了根棍子。感染者行动很慢，敲掉脑袋就能杀死。”

疯狂遛怪、跑得双腿酸软的肖楼听见虞队的这句话，也不知该哭还是该笑。看来，虞寒江真是像推土机一样暴力推过去的。

虞寒江看见桌上的卡牌陶渊明，不由疑惑:“这张卡真的能召唤出陶渊明?”

“没错。”肖楼指着卡牌上的人物图像，“召唤出来的陶渊明和卡牌上画的一样，24 小时可以发现一次桃花源。桃花源记的空间瞬移能在关键时刻躲避危机。目前卡牌成长度是 3，我可以带两个人进去。”

“有机会带我进去看看。”虞寒江很感兴趣地看了看陶渊明的技能描述，紧跟着拿起圆规和感染者首领这两张牌，道，“圆规不错，可以随时画武器……这个感染者首领，是刘小源吧?”

“是他。”肖楼问道，“他最后有没有叫你开门?”

“有。”

“你是怎么处理的?”

“看出来他是感染者，我就把他给杀了。”虞寒江平静地说。

估计刘小源还没来得及尖叫召唤感染者群，虞寒江就一棍子下去把他给干掉了。怪不得虞寒江能 15 分钟完美通关，这男人完全是见一个杀一个的暴力通关打法。

肖楼无奈扶额——虞队这才是生存密室的正确打法吧!

虞寒江主动将自己的牌递给肖楼:“这是我抽到的 S 牌。”

肖楼拿起来仔细一看。

武器牌：银月。

稀有度：S。

描述：完美通关后在限定卡池抽奖，有极低的概率获得。

数据：轻型狙击枪，口径5.5毫米，重量4千克；配有8倍可变光学瞄准镜；有效射程500米；发射子弹为小口径步枪弹，弹匣容量10颗。

附加技能：精确瞄准。

使用技能后可立刻锁定射程范围内的一位目标，扣动扳机时精确瞄准对方的脑袋，造成一击必杀的效果。技能冷却时间为5分钟。

备注：武器牌的技能都是给不会用枪的人用的，会玩枪的高手可以无视该技能，自己开瞄准镜去瞄准，不受技能冷却时间的限制。

成长度1级，每提升1级有效射程增加100米，满级时达到1500米。

这是一把轻型狙击枪，枪身被刷成了暗银色，泛着漂亮的金属冷光，并印有一个月牙形的标记，来呼应它“银月”的名字。

肖楼在通关红桃2密室后第一张牌就抽到了陶渊明，他还以为是这个世界画风诡异，其他人抽到的也是各种奇怪的召唤牌，没想到还有如此正经的武器牌。

这张武器牌在他的手里没什么威力，但给了虞队，那就是如虎添翼。

虞寒江本身就是警察，对各类枪械应该都很精通，有了这把枪在手，超远距离不动声色地狙杀目标，在今后的生存类密室中肯定会大有用处。

肖楼拿起另一张S牌。

装备牌：疾风。

稀有度：S。

描述：这是一双隐形的靴子，大小可以根据使用者的双脚尺寸随时调整，套在脚上不会被人看出来，而且不会损坏。

附加技能：疾风逐月。

开启技能后增加使用者的移动速度5倍，持续5分钟，冷却时间30分钟。

成长度1级，满级时加速持续时间增加到30分钟。

备注：打不过的话，穿上加速鞋跑路，也是种不错的选择。

虞队抽到的两张牌，一把枪、一双鞋，都挺实用。尤其是这双鞋，如果肖楼之前抽到了加速鞋，在病毒小镇也不会跑得那么狼狈。

似乎看穿了肖楼的想法，虞寒江说道："这张牌给你。"

肖楼当然不好意思拿，立刻拒绝："你抽到的牌，怎么能随便给我？"

虞寒江道："你更需要它。"

男人不容拒绝地将这张卡牌直接塞进肖楼的卡包里："我平时在队里经常训练，而且，我是警校出来的，真要跑的话，没几个人能跑得过我。"

肖楼只好把卡牌收下来，笑着说："谢谢。"他将自己的卡牌也在桌上依次排开，问道，"我这些卡牌，虞队有看得上的吗？"

虞寒江的目光扫过桌面，想了想，说："折叠纸给我吧。"

肖楼诧异地看向他："你还会玩折纸游戏？"

"小时候玩过。"虞寒江道，"会折一些车子、小船，说不定以后能用上。"

"太好了。"虞寒江会玩折纸游戏，正好能把折叠纸交给他，物尽其用。

两人重新整理了自己的卡牌，顺便也熟悉了一下对方手里的道具。

梅花A提醒道："休息时间还剩5分钟，两位，请准备下一关。"

时间过得真快，好在这短暂的半小时休息，已经让两人恢复了体力。

肖楼和虞寒江对视一眼，同时起身，并肩来到卡牌墙的面前。

个人空间合并，卡牌墙也合并了。

最下面的一排扑克右下角都写着绿色的"已通关"字样，旁边还有两个人各自的通关评分。梅花密室两个人都没有评分。肖楼保住了1万金币，正好拿来买契约书。虞寒江在第二轮把6号的钱全部赢过去，后面几局弃牌，最后获得的金币是17000。

虞寒江看见卡牌墙上的金币数据，想了想，将17枚金币递给肖楼。

肖楼疑惑："给我做什么？"

虞寒江解释："我们既然签了契约书，要绑定闯关，金币自然是一起花。以后你来管账，我对金钱没什么概念，花了多少钱都不太记得。"

他平时花钱从不记账？男人严肃的眼神不像是开玩笑，肖楼只好接过金币，说："行，金币暂时由我保管，你想买什么直接跟我说。"两人目前就这么点钱，得省着点花。

回头看向卡牌墙，发现往上两排的红桃3、红桃4、方片3、方片4、黑桃3、4，梅花3、梅花4全部变成了"可选择"的亮光状态，扑克牌的右上角统一写着一个字母：C。

肖楼问道："这些全都是C级密室？"

少年道：“嗯。通关D级密室会自动解锁C级密室，每种花色的C级密室各有两个，难度差不多，你们可以自由选择其中之一进入。”

肖楼回头看向虞寒江：“我们先去红桃密室，怎么样？”

虞寒江干脆点头：“没问题。”

刑警和法医第一次配合，还能选什么？

当然是去红桃密室解谜破案了。

第六章

血色枫叶

确定选择红桃密室后，虞寒江干脆伸出手，直接从卡牌墙上抽出“红桃 3”这张牌。守关者提示：“红桃 3 密室血色枫叶生成中，金币兑换中，倒计时 10，9，8……”

少年的声音在耳边渐渐远去，在他数到“5”的时候，肖楼的眼前突然变得一片黑暗，又过了几秒，才猛地亮了起来。

肖楼眯了眯眼睛，尽快适应刺目的光线，迅速环顾四周。

虞寒江呢？

按照契约书守则，他们两个人已经在契约书上签了名，必定会被强制拉到同一个世界里，所以不可能出现他进来了虞寒江却没进来的情况。唯一的可能就是他们两个被分开传送到了密室世界的不同位置。

肖楼抬头，发现自己正站在一所学校的校门口。他摸了摸口袋，刚才赢的 17000 金币兑换之后，居然变成了 170 块钱。

金币和现实背景密室货币的兑换比例是 100∶1，这也太坑了。

170 块钱，他跟虞寒江可要省着花。

面前的校门十分气派，右侧墙壁上贴着密密麻麻的金色奖牌，如“全市重点中学”“心理教育示范学校”“先进集体”……

大门的最顶端题着一行潇洒的草书：枫林高中。

肖楼放眼望去，整个校园极为安静，看不见任何人影。倒是能看见学校的侧面有一片面积很大的枫树林。

刚下过一场小雨，地面上还散发着被雨水浸润的潮湿的气息。一阵风吹过，无数红色的枫叶随风飘落，在地上铺了一层厚厚的红色地毯。远远望去，那些枫叶被雨水洗过之后，红得异常妖艳，飘在空中，就像是染上了鲜血。

枫林高中，这所学校的名字由来，显然和学校里的枫树林有关。

肖楼款步走进校门。

就在他踏进校门的刹那，熟悉的悬浮框出现在眼前——

欢迎肖楼、虞寒江进入红桃 3 密室【血色枫叶】。

剧情悬疑密室不限时间。如果无法解谜，你们将会永远留在密室世界。

C级密室不再有“线索搜集度”提示，通关评分和解谜时间有关。

红桃3密室的时间流速和卡牌世界不同。这里每过一天，卡牌世界只过20分钟。你们的身体各项功能正常运转，会产生饥饿感、疲惫感等生理反应，学校有小卖部，在梅花密室获得的金币兑换后可以在这里使用，不用担心“饿死”这种结局。

今天是周末，学校不上课，两位可进入校园自行探索。

注意，你们是外来者，一旦被保安发现，会被驱逐出学校，请务必小心躲避巡逻的保安。被保安抓到，则闯关失败，直接淘汰。

这是一所被诅咒的学校。据说，枫叶之所以那么红，是因为枫树吸收了太多的鲜血。

文字提示结束后，耳边传来“叮”的一声响：“获得密室限定卡牌，请查看卡包。”

肖楼立刻翻开自己的卡包，发现里面躺着一张新卡。

装备牌：隐身斗篷。

稀有度：A。

描述：红桃3密室限定卡，离开红桃3密室后卡牌自动损坏。

使用效果：穿上隐身斗篷，立刻进入隐身状态，持续30分钟。隐身期间你将变成透明人，密室世界里的人看不见你，你的伙伴也看不见你。

限制：每天只能使用一次，请注意使用时机。

肖楼将卡牌收好，再次看向悬浮框中的文字。从提示中可以推断，周末学校不上课，这是给他和虞寒江熟悉学校环境的时间。这段时间，他们至少要背熟学校的地图，摸清各班级、办公室的位置。

想明白这一点的肖楼立刻进入学校，他很快就在校门口附近的巨大石碑上找到了学校简介以及整个校园的俯瞰地图。

枫林高中成立于5年前，是当地的重点高中，学生人数超过3000人，教师人数超过400，其中中学一级教师23人——这都是门口石碑上的简介中透露出来的信息。

高中能评上一级职称的教师都有工作年限要求，一般执教10年以上的才有资格评选。这所学校是成立于5年前的新学校，说明大部分教师是从别处调过来任职的。

学校里的建筑有6栋。正对着校门的那栋楼有7层高，上面写着“行知楼”，是行政办公大楼。这栋楼的后面有3栋并排的长条状大楼，都是4层高，每层都有空中走廊相互联通，分别叫“致远楼”“思齐楼”“崇文楼”，名字取得很有寓意，是高一、高二、高三年级的教学楼。

再往后有1栋3层高的楼叫“书香楼”，是学校图书馆、校历资料馆。最后一栋形状像枫叶的建筑，直接标着“体育馆”3个大字。

这些建筑的后方是一片宽阔的操场。操场后方有一片面积可观的枫树林，周围错落有致地摆放着不少木制的座椅。除了枫树外，学校每栋教学楼的下面都有花坛，环境相当好。

这所学校是走读制学校，没有宿舍楼。

肖楼在学校转了一圈，还是没发现虞寒江的踪迹。

虞队去哪儿了？

为了能尽快汇合，肖楼干脆走到枫树林旁边的木制座椅上坐下。

片刻后，身后响起一阵平稳的脚步声。肖楼回头，果然对上一双漆黑深邃的眼眸。他朝对方露出个微笑，往旁边挪了挪，示意虞寒江过来坐：“虞队，你去哪儿了？”

虞寒江走到他身边，说：“我去查了学校内部的监控，监控中心在行知楼的保安室里。”他拿出一个空白的作业本和一支圆珠笔，在上面画图，一边画一边给肖楼解释，“崇文楼的摄像头在一、二、三楼的西边，思齐楼的在东边，致远楼的在南边，另外高三（3）班、高三（6）班、高二（2）班、高一（1）班、高一（7）班，这些班在监控中心的图像全黑。我去教学楼内部核对过，摄像头也确实是坏的。”

警察就是不一样，这么短的时间居然查清了3栋教学楼的监控摄像分布，还找出了所有坏掉的摄像头和监控死角。肖楼心中佩服，指着分布图道：“保安室可以看见学校全部监控，所以，周一开学之后，我们的行动要避开这些监控摄像，对吧？”

“没错，挑监控死角行动，尽量避免被保安发现。”虞寒江的反侦察能力一流，有这位刑侦大佬在身边，肖楼顿时信心倍增。

虞寒江问道：“你有什么发现？”

“我逛了一遍学校，大概清楚了学校的布局，画一幅图给你。”他接过虞寒江的本子和笔，在空白的纸上将所有建筑迅速画出来。

两人一个查教学楼的内部，一个查学校的整体布局，互相配合，很快就将枫林高中的情况摸了个大概。

肖楼指向正对着校门的高楼，问道：“行知楼你上去了吗？”

虞寒江摇头：“我在一楼发现保安的办公室，有个保安在值班，不过他睡着了，我想先来找你，上面的几层还没查。”

肖楼想了想，说：“今天是周末，学校不上课，保安睡着的设定肯定是为了让我们尽快摸清学校的布局，不如我们一起去看看？”

虞寒江干脆地起身：“走吧。”

行知楼是学校的行政办公大楼。

一楼的最东边是保安室，两人刻意放轻脚步，肖楼透过窗户往里一看，果然如虞寒江所说，有个保安正趴在桌上睡觉，他面前的大屏幕中是无数个小方格，里面显示着整个学校的监控，其中有一些是黑的，正是虞寒江查证之后确认摄像头坏掉的监控死角。

行知楼的内部只有楼梯的拐角处有监控，走廊以及办公室内都没有安装。

两人对视一眼，继续朝前走去。

除了保安室，剩下的房间都是老师们的办公室。

肖楼在大学工作，对这种综合办公大楼的布局再熟悉不过。只看了一遍，他就把所有房间记在心里，在虞寒江拿来的本子上把整栋楼内部的办公室全部标注出来。

查完行知楼后，虞寒江又带着肖楼去 3 栋教学楼查探。

高一年级文理不分班，总共有 22 个班级，从座位判断每个班级的人数应该在 40 人左右。高二开始文、理分班，文科班 6 个，理科班 16 个。

两人每走过一栋教学楼，都会将大楼内所有班级、洗手间、走廊的分布图画在本子上。

图书馆和体育馆周末不开放，暂时进不去，只好等以后再找机会查探。

两人走完校园时，已经是黄昏时分。

站在高三年级崇文楼 4 楼的空中走廊，正好可以俯视整个学校。

晚霞像是烈火一样映照着天空，血色的枫叶还在不断飘落，衬得整个校园的气氛越发诡异。

清风迎面吹来，将楼下花坛的香气送到鼻间。

肖楼玩笑道：“不知道卡牌世界的高中生需不需要参加高考？”

虞寒江原本紧皱的眉头因为他的玩笑而略微舒展开来，道：“这里和现实世界相似，政、史、地、理、化、生、语、数、外，连学生们上的课都一样，应该有高考。”

肖楼靠在栏杆上，眺望着远处的枫树林，说：“是啊。我还以为他们上的课，是什么卡牌分类、卡牌战斗呢。”

虞寒江回头看向他：“明天会发生什么还完全不确定，你一点都不紧张吗？”

肖楼微笑着说：“不是有你这位刑侦专家在吗？我有什么好紧张的。”

对方眼里的信任让虞寒江有些意外。其实他们并不是很熟，现实世界中见面的次数总共才四五次。但是，被人相信的感觉并不坏。

“身为刑警，我确实见过各种各样的凶杀案。”虞寒江顿了顿，像肖楼一样靠在栏杆上，看向远处的枫树林，“但是，这个世界和现实世界完全不同。最关键的是，在这个世界里，我并没有执法权。”

肖楼很快就明白了虞寒江的意思。虞寒江在现实世界是警察，有警官证，他可以拦住目击者调查询问，或者把自认为有嫌疑的人带去警局做笔录，民众们一般都会配合警方的调查，他的身份会给破案提供极大的便利。

但是在这个世界，虞寒江和肖楼一样都是路人甲。他不能直接拦住学生询问凶杀案相关的细节，也不能让校方配合提供监控的录像，还不能被保安发现，他只能以旁观者的身份去推理。

肖楼沉默片刻，才说：“虽然不能用警察的身份审问嫌疑人，不过，我相信虞队办案经验丰富，如果连你都破不了 C 级密室的案子的话，其他挑战者岂不是更惨？”

虞寒江扭头看向他：“你对我这么有信心？”

肖楼毫不犹豫：“当然。”

虞寒江原本冷漠的脸神色渐渐缓和，他注视着肖楼的眼睛，低声说：“你能信我就好。就像你说的，这才是 C 级密室，如果刑警加法医都过不去这个密室，卡牌世界就是不给人活路了。”

“是啊，所以没什么好紧张的，该来的总归要来。”

两个人相视一笑，压抑的氛围在这一刻变得轻松不少。

虞寒江很快收起笑容：“天要黑了，今天晚上睡哪儿？”

肖楼扫了一眼校园，无奈地说：“在教学楼随便找个地方凑合睡吧。”

条件有限，他们只能将就一晚。

天色很快就暗下来，学校内的路灯紧跟着亮起。

这所学校的路灯设计得很有特色，照明灯的光线很柔和，上方点缀着几片枫叶形状的装饰，远远看上去就像是人工种植的亮着光的枫树。

肖楼意外地发现枫树林附近有好几盏路灯坏了，将近一百米范围的区域彻底被黑暗笼罩。虞寒江显然也发现了这一点，和肖楼对视一眼。

两人不需要多说，很默契地转身下楼，去路灯坏掉的区域查看情况。

虞寒江皱着眉说："左右两边，路灯坏掉了8盏。"

肖楼若有所思："枫树林应该是这个密室的重点，坏掉的路灯，是不是意味着凶杀案很有可能在夜间发生？毕竟黑暗中什么都看不清，更方便作案吧。"

虞寒江赞同："有这个可能。明天晚上，我们要重点盯住这片区域。"

黑暗中，虞寒江走在前面，脚步一直很平稳。肖楼跟着他绕着枫树林走了一圈，问："有别的发现吗？"

"没什么异常，看来今天的时间只是留给我们熟悉环境用的，等明天开学了才会出事。"他看向肖楼，"先回去休息吧，养精蓄锐，等明天天亮。"

肖楼跟着他返回教学楼，在一楼拐角处的楼梯坐下来，一人一边靠着墙休息。

之前的密室让两个人都非常疲惫，很快就进入了梦乡。

这一觉，肖楼睡得很不安稳。

梦里一会儿是母亲温和地说："你是成年人，自己的事自己决定，爸妈不会干涉你。"一会儿是妹妹兴奋地说："我明年高考也报江州的学校，到时候找大哥蹭饭！"一会儿又是白发苍苍的奶奶笑眯眯地抓着他的手："小楼，什么时候带对象回来见奶奶……"

家人们亲切的面孔在梦里异常清晰。梦境的最后是他和堂弟堂妹一起玩斗地主的场景，紧跟着，突然有个声音在他耳边说——欢迎来到卡牌世界。

肖楼猛地被惊醒。

醒来时，他发现自己的身上披着一件深灰色的大衣，大衣上面还带着对方的体温。被陌生的温暖所包裹，肖楼怔了怔，不好意思地将衣服拿了起来。

虞寒江看向他，目光难得温和："做噩梦了？"

肖楼点点头，深吸一口气调整好情绪，把外套递回给虞寒江："谢谢。"

"你穿吧，我不冷。"虞寒江没有收。

肖楼来到卡牌世界的时候其实也穿了一件大衣，只不过在病毒小镇为了方便逃命，他把碍事的大衣给丢了。他天生体温偏低，比较怕冷，此时只穿着一件薄毛衣，深秋的天气，入夜之后坐在冷冰冰的走廊里睡觉，他一直冷得牙齿打战。

虞寒江看他蜷缩着身体，才把外套给他盖上。

肖楼裹着外套，轻声问："你没睡吗？"

虞寒江道："也是做了个噩梦，刚刚才醒。"

肖楼被噩梦惊醒后很难入睡，便起身说："睡不着，天快亮了吧？"

虞寒江也没有睡意，两人便有一搭没一搭地随便聊着天。

东边很快就泛起了鱼肚白。渐渐地，一抹锐利的光线劈开黑暗，照向大地，金红色的太阳从地平线缓缓升起。

早晨 6 点半，天彻底亮了。

两人对视一眼，立刻离开教学楼，在校门附近找了个隐蔽的地方藏身。

行知楼里值班的保安醒来了。他打着哈欠走到校门口，开了学校的大门。

三三两两的学生背着书包走进校门进入不同的教学楼，一些老师提着包快步走进行政大楼，负责值周的老师站在校门口查验学生证，还有保洁阿姨拿着水桶、拖把去打扫走廊和洗手间……

校园里渐渐地热闹起来。

会发生什么？两人的心里完全没底。

枫林高中第一堂早读课在 7 点半开始。

7 点到 7 点 30 分的这段时间，大量学生涌入学校，学生们全都穿着红白相间的运动服，虞寒江和肖楼哪怕眼神再好，这时候也都犯了脸盲症。

上千名穿着一样衣服的学生……这能记住谁啊？

两人的脸上都有些茫然。

7 点 30 分，清脆悦耳的上课铃声打破了校园的寂静，校门口良久都没有动静。

7 点 35 分，肖楼和虞寒江正打算离开，就在这时，有个女生慌慌张张地冲到校门口，她没穿校服，只穿着牛仔裤和一件薄薄的白色毛衣，脸颊通红，气喘吁吁，显然是怕迟到一路跑过来的。

在校门口值周的男老师皱眉拦住她："你是哪个班的？还不穿校服！学生证呢？"

女生慌忙将自己的学生证从口袋里翻出来，颤声说："我、我是高三（3）班的应小雅，校服忘、忘记穿了。"她低头看了眼手表，紧张地道，"老师，我们今天早读课要英文单词测验，您快让我进去吧……"

老师挥手在本子上记了几笔："告诉你们班主任，你们班今天扣两分。去吧！"

女生脸色惨白，朝值周的老师鞠了个躬，快步跑进高三年级的崇文楼。

高三（3）班，应小雅。第一位透露出名字的学生，不穿校服，特征明显。

肖楼和虞寒江对视一眼，互相点了一下头。

两人没话说，默契地转身，避开门口保安的视线，迅速跟上了这位迟到的女生。

红桃3密室的重点角色，就是她！

肖楼和虞寒江放轻脚步，跟在应小雅的身后，偷偷进入了高三年级的崇文楼。

7点40分，各班级已经开始了早读课，教学楼内不时传来朗朗的读书声。

应小雅一路小跑到3楼的高三（3）班，她在教室门口停下脚步，反复深呼吸，似乎在犹豫要不要进去。

近距离看，应小雅其实长得很漂亮，皮肤白，五官隽秀，还有一双辨识度很高的大眼睛。她很瘦，头发的长度正好在耳朵下方，衬得一张脸小巧精致，是完全撑得起校园偶像剧里女主角的颜值。

她在门口犹豫了片刻，才咬着唇喊了声："报告！"

教室的门被打开，一个留着长直发、身穿西装裙、老师模样的年轻女人冷着脸道："应小雅，知道现在几点了吗？"

教室内无数双眼睛朝门口看去，应小雅满脸通红地垂下头："对、对不起……"

女人皱着眉让她进去，应小雅慌慌张张地往座位上跑，过程中还将一个男生放在桌上的金属笔盒撞翻，安静的教室里响起"砰"的一声清响，钢笔、橡皮、尺子散落了一地，应小雅赶忙蹲下来帮他捡，一边小声说着："对不起班长，我不是故意的……"

男生面无表情地俯身捡起散落一地的文具："没关系。"

应小雅总算回到了自己的座位。

高三（3）班的学生总数是40人，两人坐一桌，应小雅的座位在靠门这边的第五排，她的同桌是个扎着马尾辫的微胖女生，问了她一句："没事吧？"

应小雅摇摇头，从同桌身后走到座位坐下，迅速从书包里翻出英文课本。

教室的门被女人关上，虞寒江和肖楼站在后门，通过小窗户继续观察。

坐在后门附近的一个女生眼尖地发现了他们，看了肖楼一眼，小声跟同桌道："这两人是谁啊？"

"估计是学校督导处来检查课堂纪律的吧。"

"以前没见过，是新来的吗？长得好帅。"

"是挺帅的……嘘，老师看过来了，别说了。"

虞寒江和肖楼对视一眼，哭笑不得。

红桃3密室只有被保安抓住才会驱逐出学校，被老师和同学们发现的话果然没有负面影响。虞寒江凑到肖楼耳边：“肖教授，我们冒充学校的老师，这办法可行吗？”

肖楼放轻声音：“应该可以。这所学校的教师数量超过300人，学生肯定认不全。”

虞寒江点点头，拉着肖楼后退一步。

两人正好躲在三楼的监控死角，不用担心被保安看见。虞寒江挑的位置正好可以透过窗户看见应小雅。

教室里，应小雅迟到的小插曲过后，早读继续。

女人让英语课代表发了月考的卷子，然后领读课文，当她走到应小雅身边时，应小雅脸上的血色几乎褪尽。

女人看了她一眼，冷冷地说：“不好好跟读你在干什么？这次月考，我们班有一位同学居然才考了15分！ 150分的卷子就是闭着眼睛丢橡皮，猜ABCD，也不至于考这个分数！”

教室里鸦雀无声，应小雅的脑袋几乎要垂到桌底。

女人直接点名：“应小雅。”

女生僵硬地站起来。

“我的家族可能受到了诅咒，这句话该怎么翻译？”

应小雅小声道：“My family is……”

她显然忘了单词，结结巴巴半天也没法说出下文。

女人皱了皱眉，扭头看向坐在中间第三排的男生：“谢星河，你说。”

刚才被应小雅撞翻笔盒的男生站起来，他身材高大、面色冷峻，推了推鼻梁上的银框眼镜，一字一句清晰地说道：“Maybe there is a curse on my family。”

正处于变声期的少年，声音清朗，念英文的时候尤为好听。

女人满意地点头示意他坐下，看向应小雅：“听到了吗？应小雅，你上课的时候到底在干什么？！”

全班同学的目光齐刷刷地扫向她，应小雅羞愧地低着头，身体微微发抖。

“这节早读你给我去后排站着读！”

应小雅来到最后一排，她低着头看不清表情，身侧握紧的拳头一直在发抖。

肖楼皱了皱眉，当着所有学生的面点名批评她，还当众罚站，这样会很伤女生的自尊心。

看应小雅的头越垂越低，肖楼的心里突然有种不太好的预感。

教室里继续朗读。

肖楼观察片刻，凑过去在虞寒江耳边道："虞队，我觉得不太对劲。"

虞寒江回头，低声问："有什么发现？"

肖楼道："动态剧情密室，我们需要围绕应小雅搜集线索。这个女人单单让应小雅翻译这句话，应小雅做不出来又让谢星河继续翻译。你说，这句话会不会是线索提示项？"

虞寒江皱着眉思考片刻："你是说'我的家族可能受到了诅咒'，关键词'诅咒'和我们进入密室时的最后一条提示一致？"

肖楼点头："没错，这是一所被诅咒的学校。"

进入密室时，最后一条提示说过枫林高中是一所被诅咒的学校，枫叶之所以那么红，是因为吸收了太多的鲜血。当时肖楼只觉得这句话像是在故意营造恐怖气氛，可现在看来并不简单。

诅咒？难道校园血案会和诅咒有关？

两人对视一眼，神色都变得严肃起来，继续朝教室看去。

之后的课堂什么都没发生，直到早读的下课铃声响起，女人转身出去。

教室里变得热闹起来，三三两两的学生聚在一起聊天，有人借谢星河的作业本去抄作业，有人跑出去上洗手间，还有拿出面包抓紧吃早餐的，乱哄哄的一团。

应小雅独自站在教室后面，眼中噙满了泪水。

她的同桌走过去递给她一张纸巾，安慰道："没事的小雅，这次没考好，下个月再好好考。章晴这个凶女人又不是只凶你一个，好多人都被她骂过，不用介意。"

章晴，显然是刚才的那个女人。

应小雅迅速擦掉眼泪，勉强挤出个笑容说："谢谢你，易茹。"

就在这时，班长谢星河冷着脸朝这边走过来，低声说道："应小雅，你今天迟到，我们班被扣了两分，这周肯定评不上先进班集体，你能不能别总是拖（3）班的后腿？"

应小雅惭愧地低下头："班长，我不是故意的，我……"

谢星河皱眉道："下次记得定个闹钟，别又起晚了。"

就在这时，突然有个高大的男生朝这边走过来，站在应小雅的前面挡住她，冷冷地看向班长："谢星河，你在这叨叨什么呢？听不见她说的话吗？她又不是故意的！"

应小雅白着脸拉他："俞辉，你别说了……"

俞辉挑了挑眉，盯着班长的眼睛："我就看不惯你这虚伪的样儿！你在学校摆什么官腔？当个班长了不起是吧？"

谢星河推了推眼镜："我有说错？她这个月都迟到几次了，你自己问她。"

两个男生近距离对峙，一个目光冰冷，一个气势逼人，眼看就要打起来，下一刻，突然听见一声尖叫："班主任来了！"

全场瞬间安静，所有人如逃命一样飞快地跑回座位上坐好，拿出语文课本，开始装模作样地背起课文。之前抄作业的学生吓得赶紧把本子塞进抽屉。在教室后方的 4 人也迅速回到座位。

看来，班主任在这个班很有威信，这群学生听见"班主任"这三个字就如同老鼠听见了猫叫。

走进教室的班主任是一位身材发福的中年男人，目光扫过全场，笑眯眯地道："哟，你们今天还挺认真啊？不过演技很一般，某些同学连课本都拿反了。"

拿反课本的前排同学立刻红着脸把课本转了过来。

班主任白他一眼，接着说："这次月考的成绩已经出来了，我们高三（3）班光荣地成为理科班的倒数第一名，其中还有一位同学，摘得了全年级倒数第一名的'桂冠'，真是可喜可贺。"

学生们："……"

班主任："你们表现这么好，为了庆祝你们获得优异的成绩，今天的语文课不用上了，去操场给我跑圈，让全校师生都看看你们的风采。俞辉，带队，先跑 10 圈再说！"

一群学生苦着脸被赶出教室。

肖楼和虞寒江被班主任的骚操作弄得猝不及防，两个人来不及躲闪，和涌出教室的大量学生直接迎面撞上。

很多学生好奇地看向他们，一些女生还轻声讨论他俩是谁。

班主任怔了一下，疑惑地道："两位是？"

肖楼微笑着上前一步，伸出手："您好，我们是高一年级组新来的老师，我姓肖，这位是虞老师，我俩正在学校熟悉环境，以后还请您多多关照。"

虞寒江回头看了肖楼一眼，发现对方说起谎来面不改色，反应真够快的。

假扮老师，肖楼也算是本色出演。

班主任显然相信了肖楼的话，笑着握握他的手，道："肖老师，虞老师，你们慢慢转。我先带学生去操场。"

直到学生和班主任的身影消失在走廊尽头，虞寒江才松了一口气："看来，被学生和老师发现也没关系，这所学校老师太多了，你冒充老师的决定很明智。"

肖楼在大学当老师的时候就不知道系里到底有多少同事，这所规模庞大的学校有三百多位教师，不同年级的老师互相不认识也很正常。他想了想，说：“虞队，我们分头行动吧。我去盯着应小雅，教室这边的搜证就交给你了。”

虞寒江点头：“好，我来搜（3）班的线索，你跟踪的时候注意避开监控，下课之前在三楼的空中走廊汇合。”

肖楼假装成新来的老师，跟着高三（3）班的学生来到操场。他光明正大地绕着操场走了一圈，表面看上去似乎是新老师在观察学校环境，实际上他一直警觉地关注着（3）班的学生们，尤其是应小雅、谢星河、俞辉、易茹这四位出现过名字的学生。

血案还没有发生，所以，任何蛛丝马迹都不能放过。

（3）班的学生在班主任的监督之下集体绕着操场跑步。

班长谢星河脸色很僵硬。从英文课上的表现可以推断出谢星河是很受老师喜爱的成绩拔尖的优等生，作为班长也比较有责任感。他长相斯文、身材清瘦，校服里面穿一件白色衬衣，戴着一副很有书卷气的眼镜，非常符合“学霸”的形象。

俞辉则完全相反，容貌帅气、体格健硕，显然是长期锻炼的结果。他穿了一双很专业的名牌篮球鞋，应该很喜欢打篮球，是备受高中女生青睐的运动男孩类型。

应小雅是个清秀的小美女，成绩有点差。她的同桌易茹，则是个容貌很普通的胖女孩儿。

肖楼仔细观察 4 人之间的互动，应小雅和俞辉的关系不一般，俞辉总是有意无意地护着应小雅，还偷偷给应小雅塞了颗巧克力，这一幕并没有逃过肖楼的眼睛。易茹似乎对高冷的班长有些意思，跑步的过程中多次看向侧前方的谢星河。至于谢星河，他自始至终摆着一张臭脸，显然他的成绩不错，陪大家一起受罚，心里很不爽。

连续跑完 10 圈后，班主任让大家停下来：“俞辉，休息 10 分钟，继续跑圈！应小雅，你跟我去一趟办公室。”

他将应小雅单独叫去办公室训话，肖楼立刻警觉地跟过去，躲在门外。办公室正好没人，因此，里面的声音很清晰地传递到肖楼耳中。

班主任叹了口气，说：“小雅，这次月考，你的成绩是全年级倒数第一，英语考了 15 分，语文 20 分，理综 10 分，数学你居然给我考了 0 分！”

这女孩儿的成绩也太惨了。

应小雅低下头，咬着嘴唇，双手紧紧地绞在一起。

班主任接着说："谢星河光数学就考了150分，你所有的科目加起来才50分，只够他一门课的零头。你说说，你这段时间到底是怎么了？"

应小雅不说话。

班主任敲敲桌子，声音中透出严厉："是不是忙着跟俞辉谈恋爱呢？！"

应小雅的脸色陡然间变得苍白，她攥紧手指，颤声说道："没有！老师，我跟俞辉只是好、好朋友，真的，您相信我……"

"老师也是过来人，你当我看不出来吗？俞辉那小子天天给你送巧克力，晚上放学还和你一起回家，班里很多人都看见你和他大半夜在校门口不知道聊什么。"

应小雅想要反驳，班主任直接打断她："你现在青春懵懂，喜欢上一个人也很正常。不过，你已经高三了，要清楚目前最重要的是学业。俞辉的文化课成绩不好，已经跟我说了他想去体校，你可以先好好学习，跟他考到同一个城市，然后再谈恋爱也不迟，你说对不对？不要因为这件事影响到你的前程！"

班主任还算明事理，对早恋的学生循循善诱，而不是劈头盖脸一顿臭骂。他拿出一份成绩单，道："上次月考你总分350分，你学习一向认真，我本来以为这次月考你能进步，没想到你的成绩直接滑铁卢，从350分掉到了50分。"他将成绩单推到应小雅的面前，很无奈地看着她，"你说说，是不是谈恋爱对你影响太大了？"

应小雅的双手几乎要拧成麻花，她似乎很纠结，良久后，她才小声道："老师，不是您想的那样，我这段时间成绩下滑，其实是因为……"

肖楼竖起耳朵，刚要听关键信息，结果这时候，正好有个年轻的语文老师推门进了办公室，见到她后一愣，笑着道："老赵，你又训你们班的学生呢？"

应小雅脸色煞白，低下头不肯说了。

这个老师来得真不是时候，班主任尴尬地笑了笑，朝应小雅道："行了，你去吧。记住我说的话，以学业为重，其他一切问题都等高考结束后再说。你是个很认真、努力的学生，老师相信，你只要把心思放在学习上，成绩一定会追上来的。"

应小雅沉默片刻，给老师深深鞠了个躬，转身走了。

刚进门的女老师倒了杯咖啡，八卦道："老赵，这就是应小雅啊？全年级倒数第一的那位？"

班主任头疼地捏了捏眉心："这丫头估计在谈恋爱，成绩一落千丈，数学居然给我考0分，我当时看见还以为眼花。"

女老师笑出声："0分怎么考的？选择题瞎猜，都没猜对一个吗？"

赵老师摇头叹气："我也不知道她怎么考的。所有题目全错，唉，现在的孩子啊……"

两人开始感慨"现在的学生真不好管"，接下来的无营养对话没什么有用的信息，肖楼发现应小雅垂头丧气地离开办公室，便不动声色地跟了过去。

应小雅从空中走廊直接走回崇文楼的高三（3）班，肖楼发现虞寒江正在走廊等他。

像虞寒江这样存在感强烈的男人站在走廊中间，应小雅经过他身边时，居然连看都没看他一眼——这女生失魂落魄的，脚下就像是梦游。

虞寒江皱着眉看向她的背影。

正好下课铃声响起，各个班级的老师、学生从教室出来，有些回办公室的老师发现肖楼和虞寒江两个陌生的面孔，都会疑惑地看两人一眼。

肖楼朝他们微微一笑，坦然走向虞寒江，道："虞老师，我正找你呢。"

虞寒江配合地演戏："肖老师，我有事跟你商量，边走边说吧。"

两人目不斜视地并肩走在空中走廊，路过的人以为他俩是别的年级的老师，并没有怀疑。学校大就是有这点好处，老师太多，不同年级的老师或许一年都见不上几次面，两人以"老师"的身份混在其中，避开教学楼内的监控，迅速走到拐角。

虞寒江停下脚步，低声问："有什么发现？"

肖楼放轻声音，迅速把自己知道的信息告诉虞队："班主任刚才叫应小雅单独训话，她的成绩忽然一落千丈，考了倒数第一，肯定是生活中遭遇了重大变故。班主任得出的结论是她和俞辉谈恋爱，但我总觉得还有别的原因。"

虞寒江道："我在应小雅的抽屉里发现了一封情书，是打印的，没有署名，不能判断来源。另外，应小雅的书里夹着一张纸，上面画得乱七八糟，还重复写着一句话——我该怎么办？"

班主任将全班学生赶去操场跑步，把高三（3）班的教室给空出来，显然，这就是密室世界给他俩的机会——故意留时间，让挑战者搜集线索。

虞寒江现场搜证的能力比肖楼还要专业，短短20分钟搜完了整个教室。

他加快语速告诉肖楼自己的发现："俞辉的书包里有一盒巧克力，还有一条女孩用的围巾；谢星河书包里全是参考资料，却有一本让我意外的小说《基督山伯爵》；易茹的抽屉里有一个精致的礼品盒，里面是一些叠好的千纸鹤。其他学生应该和案件关联不大，书包里都只有课本。"

肖楼总结道："这么说，俞辉和谢星河都有可能喜欢应小雅并打印了那封情书。易茹有可能喜欢其中的一个男生，折了千纸鹤打算送人？”

虞寒江皱眉：“再看看吧，我觉得没那么简单。”

肖楼也陷入沉思。

诅咒、情书、巧克力、千纸鹤、《基督山伯爵》，应小雅的成绩突然间一落千丈，这些线索之间到底会有什么关联？

第二堂课是数学课。

数学老师让班长发了卷子，冷着脸说：“这次考试，我们班出现了两个极端——谢星河同学，150 分满分，是全年级唯一的满分；还有一位同学，数学考了 0 分，也是全年级唯一的 0 分。”

全班同学你看看我、我看看你，似乎都在寻找那位考 0 分的倒霉蛋。应小雅低着头将试卷紧紧地攥在手里。

数学老师道：“这节课讲卷子，没考好的自己反省，错的题都给我抄 10 遍。”

整堂课无事发生，数学老师很淡定地讲卷子，肖楼和虞寒江也跟着听了一节课的三角函数、方程式、空间向量……

虞寒江听得头疼，肖楼倒是听得津津有味。

第二堂课结束后正好是课间操时间，谢星河皱眉看着应小雅道：“课间操不穿校服会被扣班级评分，你别去了，跟人换一下，待在教室里做值日。”

应小雅轻轻点头。

俞辉走过去，揽住一个男生的肩膀：“哥们儿，换一下，今天我做值日。”男生看他一眼，又看了应小雅一眼，露出一脸“我懂”的神色，笑着跑开。

很快，学生们鱼贯而出，教室里只剩下俞辉和应小雅。

俞辉低声问：“老赵刚才叫你过去，说什么了？”

应小雅白着脸道：“没、没什么，就是让我好好学习之类的……”

俞辉烦躁地抓了抓头发：“你这次什么情况啊？我记得你以前英语还不错吧，成绩一直在 70 分左右，这次怎么才考 15 分呢？”

应小雅无比沮丧，听声音几乎要哭出来：“我、我涂错了答题卡。”

俞辉走过去，轻轻揉了下她的头发：“别介意，章老师最近更年期，天天骂人，她对你只是罚站已经算客气了，上次还拿戒尺抽我呢。月考而已，下回考好就行。”

应小雅终于微笑起来：“嗯。”

两人一边聊天、一边扫地，窗外的阳光透过窗纱洒在他们的身上，画面温馨美好。

俞辉突然想到什么，从书包里拿出围巾和巧克力，递给她："这是哥给你买的礼物，今天是你 18 岁生日，生日快乐，小雅。"

应小雅愣了愣，眼眶里猛地涌起热泪，她颤抖着接过围巾："谢谢……"

肖楼和虞寒江对视一眼。

俞辉和应小雅的对话透露出了一个关键信息，今天是应小雅 18 岁的生日，这个女孩也真够倒霉的，生日的当天，英文课被罚站，被班主任带去训话，数学还考了 0 分。

或许对她来说，这条围巾就是她 18 岁生日里唯一的温暖。

课间操结束，第三堂物理课，老师继续讲卷子，应小雅理综成绩垫底，被物理老师劈头盖脸又是一顿骂，女生的脸色越发苍白。

第四堂课，突然有个身材魁梧的年轻男老师走进来道："你们化学老师今天生病请假，明天下午第一节体育课和今天第四节化学换课。体育委员，带大家去篮球场热身！"

俞辉站起来，带着同学们去了球场。

体育老师干脆组织了一场班内篮球赛，他把男生分成两个小组进行对抗，俞辉和谢星河正好分在两个队。

俞辉是体育委员，身材高大，投篮的命中率非常高。让人意外的是，谢星河看上去清瘦斯文，篮球倒也打得不错。几轮下来，双方的比分一直僵持不下。

25 比 23，俞辉一个帅气的灌篮引得周围女生激动尖叫。

25 比 26，谢星河居然准确地投中了一个三分球。

俞辉抢了篮板，运着篮球快速过人，在禁区的附近遭遇谢星河的拦阻。他挑了挑眉，朝左做了个假动作，紧跟着就运着篮球朝反方向突围。然而，谢星河像是早就料到了一样，故意去右边拦他，俞辉动作太快，两个人"砰"的一声撞在一起。谢星河被巨大的冲力撞翻在地，膝盖撞得发青；俞辉也不好过，跌倒在地磕破了脑袋，额头鲜血直流。

这结结实实的一撞彻底点燃了俞辉的怒火，他站起来用力揪住谢星河的衣领，一边擦脸上的血一边骂："你就是故意的吧？"

谢星河拍拍身上的灰尘："我正当防卫，是你眼瞎非要撞我吧？"

体育老师去接电话，正好不在现场。两人一动手，班里顿时乱成一锅粥，两队的男生围在一起撕扯、夹杂着脏话，女生在旁边紧张地劝架。

肖楼和虞寒江站在远处旁观，就在这时，突然听到耳边响起冰冷的系统音提示："保安正在靠近，距离 20 米，15 米……"

在学校巡逻的4个保安看见学生打架，立刻小跑着赶了过来。

虞寒江毫不犹豫，拉住肖楼的胳膊转身就走。

保安是红桃3密室唯一的障碍，绝不能正面撞上。

4个保安从4个方向围过来，要不是虞队反应神速，他俩就被逮了个正着。

虞寒江把肖楼拉到一棵大树的后面藏起来。

肖楼被拉着跑，脚下差点绊倒，他心有余悸地看向篮球场。混乱的打架场面很快就被平息，俞辉和谢星河脸上都带了血，体育老师赶过来，沉着脸让班里的学生全体罚站。

肖楼目光扫过一圈，脊背猛然一僵："应小雅呢？"

虞寒江也发现队列中没有应小雅，脸色顿时难看起来："她趁乱离开了！"

下一刻，就听身后不远处突然响起女生的尖叫："啊啊啊——"

尖锐的叫声，分贝拔高到了极致，几乎要穿透人的耳膜。

保安们被吓了一跳，立刻顺着尖叫声跑过去。虞寒江和肖楼不能正面撞到保安，只好快步跟在他们的后方，尽量找建筑物和树木遮挡自己。

刚走过拐角，两人就知道了尖叫声传来的原因。

行知楼正下方花坛旁的水泥地上，一个女生正静静地趴在那里，一动不动。

她的侧脸已经被刺目的鲜血染得看不清容貌，乌黑的短发凌乱地散开，脑袋的下方，流淌的鲜血还在慢慢地朝四周扩散，染红了她围在脖子上的洁白的围巾。

那条围巾，正是俞辉刚才送给应小雅的18岁生日礼物。

肖楼倒抽一口凉气。

应小雅居然在他和虞寒江的眼皮底下跳楼了！

发出尖叫声的，正是应小雅的同桌易茹。应小雅从楼顶坠落，凑巧落在了她的脚边。

保安赶到的时候易茹正在全身发抖，女生的一双眼中满是惊恐，控制不住的眼泪就像是拧开的水龙头一样不断地往外涌。

4个保安呆愣了片刻，为首的保安队长终于反应过来，立刻说道："你们两个保护好现场，别让其他人靠近，我去找校长，小刘你赶快报警！"

被叫作"小刘"的保安急忙拨打了报警电话。

居然还有"报警"这个环节？肖楼听到这里也很疑惑，看向虞寒江，轻声问："报警？密室世界里也有警察的吗？"

虞寒江严肃地道："学校死了人，正常的处理方式就是第一时间报警，这个剧情的发展也算合理。不过，卡牌世界的警方到底会帮助我们解谜，还是故意给我们制造障碍，目前还不清楚。”

肖楼推测道：“应该会帮助我们吧？毕竟这才是C级难度的密室，如果连警察都误导我们的话，遇到不会推理的挑战者，根本就走不出这个密室。”

“也有道理。”虞寒江沉默了几秒，抬头看了眼天台，低声在肖楼耳边说，“警察来学校之前我先去查一下楼顶的天台，看看有没有线索。肖教授你守在这里，待会儿穿上隐身斗篷去检查一下应小雅的死因，这方面你是专家。”

“好。”

虞寒江叮嘱道：“隐身斗篷的效果只有30分钟，注意时间，小心别被保安发现。”

肖楼点头：“明白，你也小心。”

两人对视一眼，默契地分头行动。

虞寒江敏捷地闪身进入高三年级的教学楼，避开监控，一路爬上四楼，再通过空中走廊来到行知楼，顺着楼梯爬到七楼的天台。

通往天台的门开着。

他记得昨天和肖楼查行知楼布局的时候这道门是锁着的。学校为了防止学生、老师爬上楼顶天台发生意外，去天台的门通常都会锁住。

现在门开着，显然有人故意打开了它。应小雅一个学生不可能有通往天台的门的钥匙。打开门的人，绝对和这起案件脱不了干系。

虞寒江快步走到天台。

昨天下了一场雨，天台的地面还有些潮湿，也正因此，踩在湿地上会留下清晰鲜明的脚印。此时，天台上正好留下了一串脚印，37码左右的脚，和应小雅的双脚大小一致，脚步略显凌乱，像是仓促之下跌跌撞撞跑过去的。

脚印在围栏处消失，从这里跳下去，正好是应小雅尸体所在的位置。

从表面上看，这些脚印都属于应小雅一个人，现场没有第二个人存在过的痕迹。

但脚印并不是唯一的判断标准。

虞寒江经常去案发现场调查，脚印这东西太容易伪造了。比如，有人穿上和应小雅一样大小的鞋子，或者直接踮起脚尖、踩在应小雅本就留下的脚印上面行动，造成痕迹重叠——这两种情况，都会产生“现场只有应小雅脚印”的假象。

潮湿的天台不像雪地，没法判断出脚印的深浅，所以，现场就算只有一个人的脚印，也不能完全排除第二个人存在过的可能性。

虞寒江仔细看向应小雅跳楼的位置。残留的衣物碎片，和应小雅脖子上的围巾一致。

就在这时，楼下突然传来急促的敲门声，紧跟着就是保安队长略显慌张的声音："校、校长，高三（3）班有学生跳楼了！"

"什么？！"校长和两位副校长正在讨论事情，听到这里立刻转身跟保安下楼，一边走一边说，"陈校长，你马上通知所有的班主任，下课后让全体学生待在教室里先不要出来！刘校长，把学生处的老师，还有高三（3）班的任课老师全部叫到现场去！"

有副校长问："报警了吗？"

保安道："已经报警了，警察很快赶到。"

一行人匆忙的脚步声渐渐远去。

虞寒江迅速查完天台，从监控死角来到四楼，再通过空中走廊回到高三的崇文楼，朝下看去。

他所在的空中走廊视野很好，往后能看见篮球场，往前能清楚地看见楼下的情况。此时，高三（3）班的学生还在篮球场罚站，他们都听见了尖叫声，却不知道发生了什么，好奇地往声音传来的方向观望。

体育老师意识到不对劲，让俞辉看着学生们，他走过拐角处查看情况，发现保安围起来的地方有个女生倒在血泊之中，体育老师的脸色顿时变得无比难看。

应小雅，他记得这个女生。

有学生在他上课的过程中死了，他难逃罪责！

体育老师紧张地攥住拳头，询问保安什么情况，这时候校领导大步流星地赶了过来，还有高三（3）班的班主任和任课老师也收到消息先后来到现场。

看见这血腥的一幕，校领导的脸色各个黑如锅底。

班主任原本笑眯眯的脸也瞬间沉下来，他扭头瞪着体育老师，低声问道："怎么回事？这一节不是秦老师的化学课吗？"

体育老师满脸不安，喃喃道："秦老师上午给我打电话，说她爸爸要去医院做检查，她要请假陪她爸去医院，今天不来学校了，化学课跟明天下午的体育课换一下，我就跟她换了课……"

旁边有负责考勤的副校长道："秦老师今天确实请了假。"

校长眉头紧皱："跟人换课没关系，但你应该负好责任！你的体育课居然有学生跳楼？你是怎么上课的？！"

体育老师面色苍白，小声解释："我想组织班里的男生打一场篮球赛……没想到，临时接了个电话，居然会出这种事。”

校长怒吼道：“上课时间接电话，不看好学生，这就是你的失职！出了这么严重的事情，我也保不了你，你就等着受处分吧！”

校长的吼声虽然压低了，但藏在附近的肖楼听得很清楚。体育老师被劈头盖脸一顿骂，却无法反驳，沮丧地垂下脑袋。

就在这时，第四节的下课铃响了。

饥肠辘辘的学生们往常一下课就会争先恐后地涌出教学楼觅食，然而今天，学校发生血案，一具尸体正在办公楼的下面躺着，这个位置，只要走出教学楼，所有的学生都能看见。还好校长反应够快，通知班主任让学生们待在教室里不许出来。

其他班的学生都觉得莫名其妙，私下疯狂传纸条。

“大中午的让我们写作业，班主任是疯了吧？”

“好像其他班的也在教室，走廊好安静！”

“话说，刚才楼下有人尖叫，你们听见了没？”

“我听见了，叫得很大声！什么情况？”

所有班级都不下课，被留在教室里的学生人心惶惶。

虞寒江在四楼的空中走廊观察全局，肖楼在拐角处藏起来听现场的动静。

警察很快到了。

为免影响校园秩序，开进学校的警车并没有鸣笛。来的人有 6 个，4 名警察、1 名法医及其助手。带头的队长年纪在四十岁上下，看起来经验老到，他让警察把现场用警戒线围了起来，自己走过去找校长、班主任和目击者了解死者的情况。

其他人迅速勘查现场，法医则戴上工具和手套直接去检查尸体。

肖楼穿上隐身斗篷，跟着法医一起进入了现场。

隐身斗篷的使用效果是“变成透明人”，不但卡牌世界的人看不见肖楼，虞寒江也看不见肖楼。但他知道，肖楼一定会对应小雅的死因做出最专业的判断，并且听清警方对现场众人的询问。

虞寒江把现场放心地交给肖楼，自己则转身回到高三（3）班的教室，他想看看班里有没有出现新的证据。

走到应小雅的座位上，虞寒江的双眸猛地眯起。

遗书

亲爱的爸爸妈妈、老师同学们，对不起，我辜负了你们的期待，我要走了，我对这个世界已经没有留恋了，就让我的生命结束在 18 岁吧。

应小雅

遗书上的字迹和应小雅作业本上的字迹一致，写得隽永端正，如同印刷体。虞寒江皱紧眉头，总觉得这简单的两行字有些不对劲。

就在这时，他听见身后传来匆忙的脚步声，透过后门的窗户朝远处一看，是两个警察上楼来搜证，虞寒江立刻闪身进入教室对面的洗手间，等警察走进教室，他才面色镇定地从洗手间出来，目不斜视地离开这里，回到空中走廊。

楼下，法医和助手还在检查尸体："初步判断，死者头骨碎裂、颅内有多处出血，具体死因还要进一步带回去检查。"

刑警点了点头，走过去问易茹："你是目击者？"

易茹在班主任的安慰下情绪已经稳定下来，僵硬地点头："嗯。"

刑警道："详细说说，死者跟你是什么关系，当时你在做什么？"

易茹双眼呆滞，嘴唇不断地哆嗦，她断断续续地说："小雅、小雅是我最好的朋友……当时男生们在打篮球，她不喜欢看球赛，我俩就趁乱回了班里……今天是她 18 岁生日，我给她准备了生日礼物，本来想直接送给她的……可走进教室之后小雅突然说她没吃早饭，很饿，让我去买吃的，正好我也饿了，我就下楼去小卖部买了两包薯片……回来的路上，我、我看见她……她从楼顶掉了下来……"

易茹说到这里，似乎回忆起了那血腥的一幕，崩溃地用双手捂住脸哭了起来。

警察朝旁边的同事使了个眼色："去小卖部问一下，她刚才是不是买过薯片。"他目光扫过全场，问，"（3）班的班主任是哪位？这几天应小雅有没有异常？"

班主任走过来道："小雅这段时间上课总是走神，上周的月考，她的成绩在全年级倒数第一，总分才考了 50 分。"

警察道："（3）班的任课老师都在吗？"

班主任道："化学老师和英语老师今天请假，没来学校，其他都在，今天的英语早读是由教研组的助教代课的。"

警察问："你们有没有对死者进行过言语上的侮辱或者体罚？"

助教脸色僵硬地道："我是说了她几句，早读罚她站了一节课。"

物理老师白着脸道："我也说了她，她物理题全错。但我保证没有打她，也没有骂得很严重，就是让她下次努力。她平时挺认真的，我觉得她这次是发挥失常。"

两位女老师对视一眼，满脸后悔。

班主任接着说："我大课间把她叫过去问了她和俞辉谈恋爱的事情，她该不会是太过羞愧，加上这次成绩倒数，受不了打击，才跳楼自杀的吧？"

老师们面面相觑，警察倒是很镇定："是不是自杀，还不确定。"他扭头看向校长，道，"校长，能不能给我空出一间办公室，我需要挨个调查（3）班的学生，请把他们都叫过来。另外，给我调一下学校的监控。"

校长立刻配合地道："好的，警官。您就去行知楼一楼的数学办公室吧，那里离监控中心最近。体育老师去把（3）班的学生们叫过来。"

警察提醒道："先别告诉学生们应小雅死了。"

体育老师点点头，转身去通知学生在行知楼的数学办公室集合。

肖楼在旁边跟着法医检查尸体，正好把警察和老师的对话听了个一清二楚。

这些信息，哪怕警察不问他也已经掌握了。

表面上来看，应小雅确实是受不了打击跳楼的。

谈恋爱被班主任发现，考试成绩全年级倒数，早读被罚站，物理课又被老师一顿骂，脆弱的女孩心灰意冷，趁着体育课的混乱回到教室，以"我很饿"为理由支开同桌，爬到楼顶一跃而下，结束了年轻的生命。

很完整的逻辑链。

但他们忽略了应小雅脖子上的围巾。

今天是她 18 岁生日，俞辉给她送了条围巾，肖楼还记得女孩当时的笑容，收到礼物的她很开心。而且，俞辉跟她说"不过是一次月考，下次考好就行"，应小雅当时点了头，在俞辉的安慰下，她显然已经调整好了心态。

同桌易茹给她准备了生日礼物，证明肖楼之前的推论错误——易茹折的千纸鹤并不是送给某个男生的，而是送给应小雅的，两个女生的关系看来还不错。

有同桌关心、有俞辉安慰，她不可能突然跳楼自杀。

正好这时候法医将应小雅的头转了过来，肖楼赶忙上前一步仔细观察。从楼顶坠落，脑袋接触到水泥地面，女生的脸已经血肉模糊，看上去惨不忍睹。

但她的瞳孔很异常地缩小了。

耳边响起冰冷的机械音警告："隐身斗篷，剩余时间 60 秒……"

周围全是警察和保安，一旦斗篷失去效果，肖楼会立刻被抓，淘汰出局。

肖楼迅速转身，不动声色地离开了现场。

现场初步尸检结束，应小雅的尸体被白布遮盖，抬上了运尸车；两个警察爬到楼顶去查看应小雅的坠楼现场，队长和另一位女警则把（3）班的学生叫去办公室问话。

藏在树后的肖楼很想趁乱跟过去，结果耳边突然响起个低沉的声音："你去枫树林那边等我吧，这里我来跟进。"

是虞寒江。

看不见对方在哪儿，但响在耳边的声音告诉肖楼，虞队使用了隐身斗篷，要直接跟去警方询问（3）班学生的现场。

有刑侦大佬在，他当然不用继续跟现场，肖楼放心地转身去了枫树林。

隐身斗篷的正确使用方法，应该就是两个人错开时间，尽量获取更多的信息。

虞寒江穿着斗篷，神不知、鬼不觉地跟在警察身后。

警察先去了监控中心调监控，可惜高三（3）班的监控录像是坏的，应小雅出事是在 11 点 30 分到 11 点 45 分之间，这段时间的监控画面只看见应小雅走进高三年级的崇文楼，并且通过空中走廊直接出现在了隔壁的行知楼。

她的身影在行知楼的拐角处闪过，之后的行动完全没能拍到。

警察皱眉："学校的监控坏了多久？"

校长尴尬地解释："去年就坏了，本来要统一换摄像头的，但市里不给批经费。"

警察面色难看，监控完全没有用，他只好去隔壁的办公室迅速调查（3）班的同学，俞辉、谢星河等班干部都是第一批被提审的。

警察问俞辉："上午 11 点 30 分到 11 点 45 分你在哪里？"

"打篮球，我们全班都在篮球场。"

"你和应小雅关系怎么样？当时有没有看见她去哪儿了？"

俞辉皱着眉反问："小雅出什么事了？刚才点名的时候她怎么不在？"

警察："你先回答我的问题。"

俞辉挑眉："你都不告诉我她在哪儿，我怎么回答？！"这家伙显然处于叛逆期，也不怕警察，看得出他真的很担心应小雅。

两个警察对视一眼，女警轻声说："她跳楼……死了。"

俞辉一愣，明白过来对方的意思，整张脸立即开始抽搐，他崩溃地站起来，转身就要往外冲："小雅在哪儿？我要去见她！"

女警赶忙拉住情绪激动的少年："你先冷静一下！"

俞辉被强行按回座位，他呆坐良久，然后用双手捂住脸，肩膀不断地发抖。

女警不忍心，轻轻拍拍他的肩："先别激动，我们也是想尽快查清楚应小雅的死因。俞辉同学，希望你能配合。"

警察队长淡淡地道："据老师说，你和应小雅在谈恋爱，你还经常给她送巧克力？"

俞辉回过神来，双眸发红，就像是受伤的野兽一样猛地站起来，大声咆哮道："谈个屁的恋爱，她是我表妹！我小姨在外地，让她暂时寄住在我家。老师是神经过敏吧？看见一个男生和一个女生走得近就是谈恋爱了？我把她当亲妹妹！照顾她怎么了？！"

警察被他吼得怔住，虞寒江也对这个回答很是意外。

不过仔细一想，俞辉给应小雅送礼物时，说过"哥给你买的生日礼物"，他自称"哥"原来是这个意思，看来真是一场误会。

那么，情书难道是谢星河送的？还是说这个案子还有别的关联人员？

虞寒江皱着眉一边思考，一边仔细听警方的问话。

警察继续道："你妹妹最近有没有异常？"

俞辉沉着脸想了想，坐回座位："她上星期突然魂不守舍的，我问她怎么了，她也不肯说，上课老是走神，回家的路上，好几次差点绊倒。"

警察把从应小雅书包里搜来的情书递给他："知道是谁送的吗？"

俞辉皱了皱眉："不知道。我妹长得太好看，经常有人给她书包里塞情书。要知道是谁，我早打一顿了！那些苍蝇真是烦，还往她包里塞吃的，我全扔了！"

警察长话短说，拿出教室里搜出的证据，道："这巧克力是你的吗？"

俞辉点头："是我的，我们俩都爱吃这个，我经常随身带。"

警察又将搜来的遗书递给他："是应小雅的字迹吧？"

俞辉的眼睛猛然瞪大："不可能！她没那么脆弱，不会一次考不好就自杀的！这遗书不是她写的，她怎么可能自杀？我爸妈都说好今晚回去给她庆祝生日，不会的……"

他情绪激动，反复重复"不会的"，警察只好暂时让他回去。

俞辉失魂落魄地转身走了。

下一个被提审的是班长谢星河。男生一直很平静、很礼貌地回答警方的问题，说他和应小雅只是普通的同学关系。

在听见应小雅死亡的噩耗后，男生的双手微微战了战，脸色一片煞白。

接下来不管警察问什么，他都是冷硬地回答："不知道。"

警察把书拿出来："《基督山伯爵》这本书是你书包里发现的。"

谢星河冷冷地道："书包里有一本名著能说明什么？我爱看书，除了《基督山伯爵》，我还看《悲惨世界》《战争与和平》《呼啸山庄》，世界名著基本都看过。"

警察也没法根据一本名著说明什么，只好先放他回去。

谢星河和俞辉都有充分的不在场证明，当时所有人都看见他俩在篮球场打球，而且两人都没有杀人动机，其他人和应小雅不熟，没法提供有用的信息。

虞寒江的隐身斗篷时间快到了，他果断转身离开，去枫树林和肖楼汇合。

枫树林外，肖楼假装是学校的老师，坐在木制座椅上仔细整理目前的线索。听见熟悉的脚步声，肖楼抬起头，急忙问道："虞……老师，有什么发现吗？"

虞寒江坐下来，看了不远处的学生一眼，凑在他耳边刻意压低声音："我在应小雅的桌上发现一封遗书，上面写着对不起父母和老师，她对生活失去信心，想在 18 岁终结自己的生命，遗书的字迹也和应小雅的一致。另外，楼顶天台只有应小雅一个人的脚印，她跳楼的地方围栏也没发现异常。这一切线索，看上去都像是自杀。"

就在这时，两人的悬浮框中，同时出现了提示。

红桃 3 密室推论结果——应小雅自杀？是 / 否。

肖楼毫不犹豫地按下"否"，看向虞寒江道："不是自杀。"

虞寒江也没理悬浮框，问："你有什么发现？"

肖楼深吸一口气，整理好措辞，快速说道："法医的初步判定是坠楼导致的头骨碎裂和脑出血，我发现一些不对劲。正常人死后瞳孔会散大，应小雅的瞳孔却异常缩小。瞳孔缩小，这是法医毒理鉴定中必须注意的特殊症状，只有氨基甲酸酯类、有机磷类药物中毒的时候才会出现。"

虞寒江精神一振："药物中毒？"

肖楼很确定地点头："对。氨基甲酸酯、有机磷都是农药的常见成分，容易买到。中了这两种毒之后死者的瞳孔会缩小，肌纤维异常颤动，应小雅很有可能中了毒。"

应小雅在坠楼之前已经中毒，显然不是自杀。

这是一场精心策划的谋杀案。

凶手会是谁？

虞寒江在脑海里迅速过了一遍嫌疑人："刚才警方审问的时候，出现一条有用的信息，俞辉和应小雅的关系并不是情侣，而是表兄妹，应小雅寄住在俞辉家里。"

肖楼恍然大悟："怪不得……我记得当时俞辉送礼物的时候说是'哥给你买的礼物'，我还以为俞辉比她大，自称'哥'，原来他们真是兄妹。"

肖楼顿了顿，紧跟着说："刚才警方审问易茹的时候，她也交代了千纸鹤是她准备给应小雅的生日礼物。我刚才去小卖部打听过，她当时确实去小卖部买了两包薯片，有不在场证明。"

虞寒江道："所以，排除情杀的可能性。易茹、俞辉和谢星河都不是凶手？"

推理再次陷入了困境。

目前已知名字的学生只有这几人，如果这 3 位学生都不是凶手，那么，凶手要么是其他班的学生，还没出现在两人的视野中，剧情会抽丝剥茧地继续出现新人物。要么，也有可能是老师。

肖楼问道："那封打印的情书，还有《基督山伯爵》，有线索吗？"

虞寒江道："俞辉说他妹妹长得好看，经常收情书，情书的来源目前还没法确定。至于《基督山伯爵》，警方提到的时候，我观察到谢星河的表情不太对，你有什么看法？"

肖楼若有所思："这本书的主题是复仇。故事的男主角遭到两个卑鄙小人和法官的陷害被打入黑牢。男主角在监狱里受了很多苦，幸好遇到一位老神甫，对方教会他各种知识，让他知道了陷害自己的仇人，还告诉他一笔宝藏的位置。老神甫死后，男主越狱，找到宝藏，成为巨富，化名为'基督山伯爵'，经过精心的策划，成功回来复仇。"

"复仇？"虞寒江皱了皱眉，"应小雅的死，难道是仇杀？"

"谢星河的书包里有这本书，或许他和'复仇'的主题有关系？"肖楼头疼地按住太阳穴，感觉自己的脑袋快要爆炸了，"还有诅咒，这个关键词目前毫无头绪。"

"线索不足，这个案子也不可能在一天之内侦破。"虞寒江平静地道，"如果我猜得没错，警方明天还会再来。"

"你的意思是，他们会掌握死者中毒的证据，返回学校再次调查吗？"

"嗯。你是法医，一眼就看出了死者中毒，但大部分挑战者不是法医，根本不会注意到死者瞳孔的异常。所以，密室肯定会以别的方式告诉挑战者，应小雅中了毒。"

"有道理。"肖楼立刻明白过来,"如果不告诉这条线索,挑战者的推理会陷入困境。我是法医,能提前掌握应小雅真正的死因。其他的挑战者很可能会在明天警方再次来学校调查的时候,才知道这个真相。"

虞寒江回头看向他:"多亏有你,提前掌握了死者中毒的证据,这是我们的优势,应该利用起来。"

肖楼怔了怔,道:"虞队的意思是,提前在学校搜查毒物?"

虞寒江干脆地站起身:"凶手应该还没来得及处理干净下毒的证据,否则,这个密室的难度就太高了。我们等天黑,学生和老师全部离开后,再去搜集线索……还有,枫树林坏掉的路灯肯定会有作用,今晚就辛苦一下吧。"

肖楼也站起来说:"好,搜证方面你是专家,听你的安排。"

虞寒江侦破过那么多刑事案件,有个法医在身边,效率真是事半功倍。何况,肖楼很信任他,愿意听他的安排,这更加难得。

对上肖楼清澈的眼眸,虞寒江突然想,能在卡牌世界遇见肖楼这个搭档,真是不幸中的万幸。

不管凶手是谁,他们一定会以最快的速度把对方给揪出来。

应小雅坠楼的现场很快就被清理干净,其他班级也正常下了课。饿坏的学生们从教学楼鱼贯而出,各个面带疑惑,三三两两地凑在一起讨论——

"出什么事了?"

"刚刚开出学校的那辆好像是警车?难道是警察找上门?"

上午 12 点放学,下午 2 点半上课,中午的休息时间有两个半小时,大部分学生都是走路回家吃饭,也有一些稍远的骑着自行车飞快地冲出校门。今天莫名其妙地被班主任留在教室将近一个小时,午饭时间很紧迫。

转眼间,学生们离开学校,校园里变得安静下来。

虞寒江和肖楼躲在校门附近,听着来来往往的学生们的议论。俞辉、谢星河显然是这所学校的风云人物,两人关系不好,也是同学们都知道的事情。

下午 1 点半,俞辉、谢星河和易茹先后走到了校门口。谢星河快步追上俞辉,道:"小雅的事,你别太难过……"

俞辉回头瞪他一眼,双眸中尽是血丝:"你少在这儿猫哭耗子假慈悲!要不是你打球的时候故意撞我,小雅也不会在我眼皮底下失踪!"

谢星河皱了皱眉:"抱歉,我也没想到会发生这种事。"

易茹从两人的旁边经过,对他们的争吵视若无睹。她的表情十分呆滞,走路的姿势就像是失去思考能力的机器人。俞辉一把拉住她,道:"小雅是和你一起离开的，你和她说什么了？”

他现在如同疯狗，见人就咬。易茹被吓了一跳，苍白着脸战战兢兢地道：“她让我去买吃的，没说别的。我不知道她为什么会跳楼自杀，当时她的表情很正常……”

俞辉吼道：“闭嘴！她不会自杀，一定有原因，是不是你把她推下楼的？！”

易茹惊恐地后退一步：“俞辉你胡说什么……”

俞辉道：“你暗恋谢星河，但谢星河更喜欢小雅，你是不是嫉妒她？！”

谢星河沉着脸拦住俞辉：“够了，你别胡说八道行不行？易茹和小雅的关系那么好，怎么可能做这种事？今天下午你请假回家，平复一下心情，等调整好了再来上课。”

俞辉用力地瞪他一眼，红着眼睛转身走了。

谢星河看了眼易茹难看的脸色：“你也请假吧，好好休息，我去跟班主任说。”

易茹点点头：“谢谢班长……”

3 人一前一后走出校门。由于密室剧情开始后挑战者的活动区域仅限于枫林高中，没法追出学校，肖楼和虞寒江只能转身离开。

午休时间，校园里出奇地安静。

距离下午上课还有一小时，肖楼的肚子咕咕直叫。自从来到卡牌世界之后他一直没吃过东西，昨晚又在楼梯口凑合着睡了一夜，现在真是又累又饿。

见虞寒江眉头紧皱似乎陷入了沉思，肖楼不由提醒道：“虞队，要不我们先吃点东西吧？这个案子今天结束不了，不吃饭的话，晚上也没体力继续搜集证据。”

虞寒江点点头，和肖楼一起走进了小卖部。

小卖部的店主是个中年女人，看见两张陌生的面孔，有些好奇，肖楼镇定地朝虞寒江笑了笑，说：“虞老师，你想吃什么？”

虞寒江伸手从货架拿了个桶装方便面、2 根火腿肠、2 个卤蛋，放在桌上，说：“我吃这些就够了。”

小卖部里的东西贵得离谱，这些吃的加起来居然要 14 块。

手里只有 170 块的肖楼有些肉疼地付了钱，问道：“您这里有热水吗？能不能给我们泡一下面？”

店主道：“有的，两位老师稍等一下。”

她拿来热水壶给两人泡上面，还给肖楼找了 6 块零钱。

虞寒江突然问：“老板，有手电筒吗？”

店主:“有，3 块。”

虞寒江询问的眼神看向肖楼:“不如用找的零钱买两个手电筒？”

目前肖楼在管账，虞寒江想花钱得先问过肖楼。买手电筒当然是为了方便夜间行动，肖楼只好把店主找给他的钱递回去，说:“给我们两个手电筒。”

兜里总共才 170 块，一顿午饭就花掉了 20 块，以后的日子可怎么过?

倒上热水后，两人端着面来到枫林旁边坐下，边吃边聊。

肖楼头疼地说:“卡牌世界的物价真是够高的，金币兑换比例居然是 100:1，我们只剩 150 块了，以后要省着点花。”

虞寒江看了眼认真算账的肖楼，附和道:“好，省着点花。”然后，他看看自己手里没拆封的火腿肠、卤蛋，把其中一根火腿肠、一个卤蛋拆开放进肖楼的碗里:“你也多吃点。”

肖楼哭笑不得，在现实世界，他从来不吃泡面这种油炸食品。但是如今，泡面对他俩来说已经算是奢侈品了。再吃几顿，泡面都买不起，真是惨。

肖楼感慨道:“以后在梅花密室多赚点钱吧。”

虞寒江:“嗯。”

两个穷鬼对视一眼，默默低头吃起了泡面。

下午 2 点，两人起身回到教学楼。

学生们陆陆续续返回学校，枫林高中也恢复了正常的秩序。

随着上课铃响，老师们来到各自的班级上课，只有高三（3）班被阴霾的气氛所笼罩，俞辉、易茹的座位都是空的，请假回家了，班长谢星河还在教室。

下午的课程安排是语文、生物、数学，但班主任语文老师明显没有上课的心情，他站在讲台上，神色疲惫地揉着太阳穴说:“这节课上自习。”

台下，学生们一开始还在安静地看书，渐渐地，发现班主任自顾自地发呆，并不管大家，坐在后排的几个女生就开始偷偷地传纸条。

她们也不知在纸条上写了什么，神色惊恐，往前扔的时候，偏离方向不小心扔到了地上，惊动了讲台上的班主任。

班主任皱着眉捡起纸条，看了一眼，脸色陡然一变:“不要相信这些无稽之谈！什么冤魂索命、鬼影在飘，再有人胡说八道，给我去操场上跑 10 圈！”

几个女生吓得脸色煞白，立刻垂下头降低存在感。

班主任走出教室，将纸条揉成一团，丢进走廊里的垃圾桶。虞寒江迅速转身把纸条捡起来，走到拐角处，展开和肖楼一起看。

纸条上字迹潦草，写着几行话。

“你们说，应小雅跳楼是不是被诅咒了？”

“有这个可能，我们学校的位置以前是一处枪毙犯人的地方，好多人死在这儿。据说有同学在半夜路过学校的时候，听见过奇怪的哭声！”

“上周考完试，我回家晚了，看见枫树林那边像是有鬼影在飘，吓死我了！”

“会不会是冤魂索命啊？”

“据说在学校过18岁生日会受到诅咒。枫林高中刚修建的那年不就有个女生在18岁的生日当天留下遗书跳楼了吗？小雅今天18岁，这也太巧了吧……”

“好像前几年还有人失踪！”

“会不会是冤死的鬼在诅咒我们学校？”

肖楼和虞寒江对视一眼。

诅咒，这个关键词终于出现了。

学生之间的传言告诉了肖楼和虞寒江一些非常关键的信息。

第一，枫林高中所在的位置曾经是枪毙犯人的地方，所以坊间才会流传出“冤魂索命”“学校被诅咒了”的说法。

第二，建校那年，也就是5年前，也有个女生在18岁生日当天跳楼自杀，和应小雅跳楼自杀的情况极为相似，更容易让人相信“死亡诅咒”的说法。

第三，近年来，有人在学校失踪。

下午放学后，高一、高二的学生离开学校，高三年级本应留下来上晚自习，但由于（3）班今天出事，校领导特批全体高三学生今晚的自习不用上，提前回家，明天正常上课。

3栋教学楼很快就变得空空荡荡。

老师们也离开了，清洁工在收拾走廊和洗手间，渐渐地，学校里就只剩下值班的保安以及躲在监控死角的肖楼和虞寒江了。

肖楼轻声道：“冤魂索命，死亡诅咒，虞队觉得这其中有什么玄机？”

虞寒江抱着胳膊思考了片刻，说：“这个密室不是灵异主题，不可能出现什么恶鬼杀人的设定，所谓的死亡诅咒只是一种误导。我想，建校当年跳楼的女生、近年来失踪的人，都应该和应小雅的死有直接或者间接的关系，这很可能是一起连环杀人案。”

肖楼也是这么想的。

红桃3密室的线索非常分散，但实际上，每一个线索就像一颗糖葫芦，总有一条线会将所有的糖葫芦串起来，他感觉两人的推理就快要找到那根线了。

恶鬼索命？

或许是学校里藏着一个像恶鬼一样可怕的凶手。

肖楼刚进入枫林高中的时候，第一时间查看了门口石碑上的简介。枫林高中修建于五年前，耗资巨大，是市政府支持的重点院校工程。这样一所备受瞩目的学校，建校当年居然有学生跳楼，校方自然会想方设法地压下舆论，把这件事的影响降到最低。诅咒的传说只流传于学生之间，官方文件肯定会有更圆滑的解释。

肖楼看向虞寒江，对方也正好看向他，两人同时说道："学校资料馆？"

查5年前的事，只能去学校的资料馆。

天黑了，路灯亮起。

两人放轻脚步，一前一后来到书香楼。这栋楼周末的时候由于不开放，肖楼和虞寒江没能进去查看，但今天已经开放了。

两人走进书香楼内部，楼梯口的绿色牌子上标注着整栋楼的分布图，一楼和二楼是学校的实验室，化学、物理、生物等科目的实验课全都在这里上；三楼一整层是计算机中心，四楼一整层是图书馆，五楼则是学校的资料馆。

虞寒江的目光快速扫过分布图，刚要说话，结果两人的耳边同时响起警告："保安靠近中，距离50米，49米……"

不远处传来保安的对话："书香楼那边好像有亮光，是不是有人在？"

另一人道："去看看。校长说了，这两天要加强警戒，可不能再出事。"

虞寒江心中暗叫糟糕。

刚才进来时他们打开了手电筒，光线引起了正在巡逻的保安的注意。

听着快速靠近的脚步声，肖楼全身僵硬，正在想要不要开加速鞋跑路，但下一刻，他的胳膊就被虞寒江猛地拉住。

虞寒江将肖楼用力拉到角落，轻轻在肖楼耳边道："嘘，别说话。"

这是一个死角，空间极为狭窄，两个人挤在角落，脊背都因为紧张而绷得笔直。

保安打着手电筒在大楼里巡视了一圈，差一点就照到两人的脸。

"小刘，有发现不对劲吗？"

"没有人啊？刚才是看错了吧？"

"嗯。学生和老师都走了，学校应该不会有人，把书香楼锁上。"

保安转身离开，紧跟着就传来大门落锁的声音。

直到保安远去，肖楼才轻轻松了一口气："幸好虞队反应够快。"

刚才两人一旦和保安正面撞上，那就前功尽弃了。

这段小插曲，算是有惊无险。

虞寒江呼出一口气，松开抓住肖楼的手，低声道："我们得小心些，你先在这里别动，我去看看这栋楼里有没有监控。"

他说罢就雷厉风行地离开了。

不开手电筒摸黑行动，虞寒江的脚下依旧毫不迟疑，肖楼眼前一片漆黑，只能心有余悸地站在原地等待。

片刻后，虞寒江回到肖楼身边："这栋楼摄像头都是坏的，我们先搜化学实验室。"想起应小雅中毒的推断，肖楼不由轻声问："你怀疑应小雅中的毒来自化学实验室？"

虞寒江说："今天（3）班的化学老师正好请假，我不相信这是巧合。"

肖楼对这个推断很认同，立刻跟上虞队的脚步。

走廊两边都是实验室，从大楼外部看不见内部的情况，不用担心被保安注意，虞寒江这才放心地打开了手电筒。

左边是五间并排的化学实验室，右边是五间生物实验室。

所有实验室的门都锁着，虞寒江拿起手电筒从窗户把光线照进屋内，化学实验室里到处都是玻璃仪器，桌面上打扫得很干净，药品柜子里的药物摆放得也很整齐。

3 号实验室的黑板上写着一些凌乱的化学公式，虞寒江还没反应过来，就听肖楼突然说道："就在这间！"

他愣了愣，低头仔细看向门锁，发现门锁果然有撬动过的痕迹，刚想说肖楼观察力细致，结果对方却认真地道："黑板上写的是常见的有机磷化合物，下面还有磷酸钙的化学反应方程式，这一节化学课应该是在讲有机物和无机物的区别。"

理科渣虞寒江根本没听懂。

虽然两人依据不同，但都指向同一个结果——这间实验室有问题。

虞寒江把电筒递给肖楼，伸出双手，用力掰下门锁，"啪"的一声轻响在黑暗的走廊里回荡，门锁果然被动过手脚，看上去是锁着的，可没有钥匙也能强行打开。

两人对视一眼，迅速闪身进入实验室。

肖楼站在黑板前，用手电筒照着黑板仔细观察。虞寒江则迅速拿手电筒扫过四周，他在门背后发现了一个钉在上面的本子，应该是实验室的签名本，表格上面药品回收、仪器清洁等方格全部画了对勾，最后是日期以及检查者的签名：谢星河。

虞寒江道：“肖教授，你过来一下。”

肖楼走过来，看见签名后精神一振：“看来高三（3）班上周的化学实验课就是在这个实验室上的，讲的内容正好是有机磷和无机磷，谢星河负责最后检查试验药品和仪器，他有可能把毒物带离现场。当然，化学老师也有很大的嫌疑。”

虞寒江点头：“我们去看看药剂柜。”

药剂柜被锁了起来，这个锁没法打开，但可以透过玻璃清楚地看到药品的情况。所有的瓶子上都有名称标注，最上面一层的角落里正好有一瓶写着“有机磷酸酯”的化合物，里面的药剂……只剩半瓶。

肖楼双眼一亮：“应该被拿走了。”

谢星河和化学老师都有嫌疑。化学老师今天请假没来学校，只从体育老师口中听说她父亲去医院，她要陪着做检查所以请了假。

她不在学校的情况下，难道还能远程操控？还是说她有帮凶？

两人同时思考着，屋内陷入了短暂的沉默。

很快，虞寒江就回过神道：“我们先离开这儿，明天化学老师肯定会来上班，到时候再重点盯着她。”

肖楼点点头，跟着虞队离开实验室。

两人来到了五楼的资料馆。

这里有一排排书柜，无数蓝色的文件夹整整齐齐地摆放在书柜里。门是锁着的，虞寒江直接撬开了一扇窗户，从窗户翻进去。肖楼见虞队敏捷地翻窗而入，只好跟上。

资料馆按年份归类，两人走到最前一排，查五年前建校时的资料。

五年前，城北区建立了规模最大的枫林高中，并将几个高中合并在一起，合并之后，高三年级进行了重新分班。文、理科都挑选成绩最好的尖子生组成了两个重点班，给重点班分配的老师全是教学成绩最好的老教师，大部分有“中学一级教师”的职称。

文件夹里记录了所有班级学生的名单以及高考结束后的录取情况，都是按学号纪录的，所以查阅起来非常方便。

虞寒江一目十行地扫过名单信息，肖楼则对比录取资料。

两人很快察觉到了不对。

“文科重点班少了 1 个人？”虞寒江道。

“班级名单有 40 人，录取名单却是 39 人，确实少 1 个。”肖楼仔细核对了一遍，道，“缺失的是个女生，叫司涵？”

虞寒江皱眉：“她被分到重点班，说明成绩在全年级排行前列。高考后没被录取，要么是她考砸了，要么，她就是那位跳楼的学生。”

“如果真有学生跳楼，教育局会查，学校肯定要写汇报资料。”

听见肖楼这话，虞寒江立刻转身去查这一年的官方文件，学校里的文件很杂乱，虞寒江一排排文件夹扫过去，很快就发现了目标。

他从柜子里抽出文件夹，迅速翻阅，果然看见一叠汇报材料——关于司涵同学坠楼情况的详细汇报。

司涵是个成绩优异的女生，平时考试一直在班里排前十名，期中考试却忽然考砸，排名全班倒数。18岁生日当天，她留下一封遗书后，从行知楼跳了下去。

这份汇报中有所有任课老师对司涵同学的详细描述、评价，还有遗书的照片。遗书写得也很简单：对不起父母师长，想让自己的生命干脆一点终结。

汇报材料的最后一页是详细的心理分析报告。报告指出，司涵同学的心理承受能力脆弱，由于成绩考砸，受不了打击，加上父母不在身边，缺乏关爱，一时想不通才跳楼自杀。最后总结说，以后要关注学生的心理健康，多开展心理辅导教育，让学生们走出心理上的困境。

所有的文件都盖上了校办的公章，一行行文字，看得人触目惊心。

肖楼只觉得脊背发冷：“和应小雅的情况几乎一模一样。”

“留下的遗书也非常相似。”虞寒江顿了顿，突然想起一些疑点，“我今天看见遗书的时候总觉得不对，现在看来，字迹是应小雅的，遗书却不是她写的，有可能是别人拿她的作业本临摹了一份，所以才尽量写得简略。而且，对不起爸爸妈妈，这和应小雅的家庭情况不符。她寄住在俞辉家，父母不在身边，如果她真的自杀，最对不起的应该是关心她的表哥和姨妈一家人，临摹遗书的人显然不知道应小雅的家庭情况。”

学校里有应小雅的作业本，挑一些字临摹遗书并不难。5年前，司涵同学坠楼时留下的遗书，说不定也是临摹的。

两个同样留下遗书“自杀”的女生，她们之间到底存在什么关系？

案情真是越来越复杂了。

就在这时，窗外突然响起一声惊雷，轰隆的雷声让肖楼和虞寒江都吓了一跳。两人离开资料室，关掉手电筒来到五楼的走廊尽头，透过窗户往外看去。

窗外电闪雷鸣，暴雨倾盆而下，拍打在玻璃窗上发出哗哗的声响。

透过蒙蒙的雨雾看远处的枫叶林，无数飘落的枫叶像是染上了鲜红的血水，在路灯的照射下越发诡异。而路灯坏掉的那片黑暗区域就像是一个怪物张开了巨大的口，要将这个校园渐渐地吞噬殆尽。

肖楼的脸色也有些不自然的苍白。

虞寒江看向他，用手轻轻按住肖楼的肩膀，低声安慰道："别想太多，只要有凶手，就会留下线索。我们的推理距离真相已经越来越近，凶手很快就会浮出水面了。"

肖楼故作轻松地点头："今晚看来只能睡在这儿了。"

红桃 3 密室，第二天。

肖楼醒来时，虞寒江正站在走廊窗边，深邃的双眸目不转睛地盯着远处，眉头微蹙，似乎在思考着什么。

肖楼走过去问："虞队有新的发现吗？"

虞寒江指向枫树林："昨晚狂风暴雨，那边有几棵枫树被吹倒了。"

肖楼顺着他的目光看去，只见远处的枫树林内，大量枫叶在雨水的冲刷下飘落，地面上像是铺了一层厚厚的枫叶红毯。枫树林的最后方，有几棵种下不久的小树苗被风吹倒在地。教学楼下的花坛东倒西歪，不少花盆都碎了，整个校园凌乱不堪，宛如台风过境。

早晨 6 点 30 分，雨已经停了。

这个时间两人本该去校门口蹲守，新的一天肯定会有新的线索，然而，昨夜他们潜入书香楼调查时惊动了保安，书香楼的大门被保安上了锁。

肖楼昨晚睡得很不舒服，他头疼地揉着太阳穴："快上课了，我们要怎么出去？"

虞寒江指了指窗外的空调管道："爬出去。"

他干脆地打开窗户，纵身一跃，双手准确地抓住空调管道，双脚则踩着只有 10 厘米宽的窗沿，一层一层地往下爬。

肖楼的心都提到了嗓子眼上。这么高，他要是一脚踩空，掉下去就完了。

但事实证明肖楼的担心是多余的，虞寒江似乎经常做这种事——攀爬、跳跃，男人对各类建筑轻车熟路，很快就选了一条最便捷的路径，稳稳落在地面上，抬头看向肖楼。

肖楼探出脑袋往下一看，他当然不敢从五楼踩着窗沿爬下去，毕竟他不是特种兵，没经过这种专业的训练。

虞寒江给他做了个"下楼等我"的手势，快步来到书香楼门口，不知道从哪找来一根铁丝，折腾片刻就把门锁给打开了。他一边复原门锁，一边解释："我当年读警校的时候，一位学长教会了我开锁的技巧，他很喜欢研究这些小玩意儿。"

肖楼点点头，没有多问，和虞寒江一起转身来到校门口。

7 点开始，就有学生陆陆续续地来到学校。

谢星河今天来得很早，奇怪的是，他的校服外面居然绑着条黑纱——黑纱是纪念亡者的意思，他在纪念的人显然是昨天坠楼身亡的应小雅。

没过多久，易茹和俞辉也来了，同样在胳膊上戴着黑纱。

3 人在校门口见面，不由愣了愣。

俞辉皱着眉上前一步，瞄了眼谢星河的手臂，冷冷地道："谢星河，你戴这个干什么？我们家小雅用不着你来祭奠！"

谢星河面无表情地说："我知道你对我的敌意很难化解。但是，我跟小雅同窗三年，她的死，我也非常难过。"

俞辉还想说什么，易茹道："你们别吵了。"

昨天易茹情绪崩溃，在警方面前哭了很久，经过一整夜的调整，她已经恢复了正常，只是，她的眼睑下方有浓浓的黑眼圈，神色疲惫，显然没休息好。

俞辉冷着脸往前走去。

3 个人一前一后进了高三年级的崇文楼，路上沉默不语。

肖楼和虞寒江并没有离开校门，他们在等高三（3）班的化学老师出现。

7 点 25 分，距离早读课还剩 5 分钟，一位身材高挑的女老师快步走进校门。

她留着一头干练的齐耳短发，穿着黑色铅笔裤和白衬衫，搭配一件卡其色的长风衣，脚踩高跟鞋，走路的时候姿态优雅。

保安朝她打招呼："秦老师，来上班了？"

女老师微笑着朝保安点了一下头，快步走进行知楼。

这位就是昨天请假的化学老师。肖楼和虞寒江对视一眼，迅速跟上了她。

她来到行知楼三楼的化学办公室，刚走进办公室就有同事跟她说："微微，你真是运气好，昨天幸亏你请假了，你还不知道吧？（3）班有个学生跳楼自杀了！"

秦微微豁然回头："什么？谁跳楼了？"

同事道："这次月考全年级倒数第一的应小雅。"

秦微微脸上的表情充满震惊："怎么会呢？我记得那个女孩学习挺认真的，这次没考好只是意外，我还想鼓励一下她。一次考不好，没必要跳楼自杀吧？"

肖楼和虞寒江假装路过的老师，将办公室内的情况看得清清楚楚。

化学老师秦微微，要么是心机深沉、演技一流，要么是真的很无辜，并不知道应小雅跳楼的事情。到底是哪种情况，现在还没法下结论，今天警方肯定会来调查她。

（3）班今天的早读课是语文课，班主任让大家背了半个小时的课文。

8 点 10 分的第一堂课正好是化学课，秦微微准备好教材，走出办公室去往高三（3）班的方向。虞寒江和肖楼从办公室对面的洗手间出来，看着她的背影，虞寒江低声说："你跟着她吧，我去校门口等警察，待会儿回来找你。"

肖楼点点头，不动声色地跟在秦微微身后。

秦微微带着课本走进教室。不知是因为没经历昨天应小雅坠楼的事故，还是因为她的心理素质真的太强，她这节课讲得很认真，哪怕台下很多学生都心不在焉，她也做好了一个老师的本职工作，把这节课保质保量地讲完了。

肖楼不由疑惑，这位老师真的是残忍的凶手吗？

此时，虞寒江正站在一棵树后盯着校门的方向。

今天来的 4 位警官和昨天一样，他们先找了校长，在行知楼空出一间办公室，紧跟着就把（3）班的体育老师、昨天值班的保安叫过来询问。

办公室的门即将关闭，虞寒江立即穿上隐身斗篷进去旁听。

警察开着录音笔，一边记录一边问体育老师："昨天上体育课的时候，应小雅出事的那段时间，给你打电话的人是谁？"

体育老师很快就回答道："是秦老师。她不是跟我换了课吗？打电话关心了一下学生们的情况。我问她在哪儿，她说她要带爸爸去医院做检查。"

"你跟秦老师熟吗？昨天有没有见过她？"

"很熟，我们是 5 年前一起分到这所学校的，她有事的时候就跟我换课。"体育老师顿了顿，道，"昨天她请假了，我没见过她。"

"你觉得她是个什么样的人？"

"谨慎、细心，长得也漂亮，秦老师在学校人缘很好的。"

警察又把保安叫过来问："昨天有没有见过秦老师？"

保安一脸疑惑："没见过。她不是请假了吗？今早我倒是看见她来上班。"

"行知楼天台上的钥匙是你在保管吧？你有没有借给过别人？"

"没有……"保安突然想到了什么，直起身道，"不过我的一整串钥匙上个月在学校巡逻的时候不小心丢了，是秦老师捡到之后还给我的。"

两位警察对视一眼："你确定是秦老师？"

"当然，我为了表示感谢，还请她吃了一顿饭！"

案件关联人员走出门后，两位警察开始低声讨论。

队长道："这个秦老师问题很大，昨天把监控资料带回去，她在死者出事的时候正好来了趟学校，证明她在说谎。钥匙也是她捡到还给保安的，而且，死者中的毒是有机磷，她上周在采购药品的时候买了一瓶有机磷酸酯。”

女警道：“死者中的毒是在俞辉的巧克力里发现的，俞辉的嫌疑也很大。”

队长道：“俞辉应该没什么问题，巧克力很可能被调包，待会儿叫他们过来审一审。”

此时，正好有个警察推门进来，手里拿着半瓶有机磷以及签名本：“老大，果然在化学实验室里找到了毒物。”

队长道：“你们两个马上去高三（3）班蹲守，下课后就把秦微微、俞辉、谢星河这三名嫌疑人都叫过来！”

虞寒江的隐身斗篷时间快到了，他只好离开办公室，快速返回高三（3）班。

肖楼正在教室后面偷听，虞寒江走过去低声在他耳边道：“警察已经来了，下课后会提审嫌疑人，你提前做准备，跟着他们听一下审问情况，我在外面掩护你。”

肖楼点了点头，和虞队一起返回行知楼。

两人躲进洗手间，虞寒江把自己刚才听到的内容简单给肖楼复述了一遍，等嫌疑人带到之后，肖楼立刻在洗手间穿上隐身斗篷，跟着嫌疑人走进审问室。

第一个被审问的是俞辉。

俞辉皱着眉看向警察：“警官，您昨天不是问过我了吗？还有什么想问的？”

警察：“你的这一盒夹心巧克力里面全是有机磷毒物，你怎么解释？”

“什么？！”俞辉愣神良久，终于反应过来警察的意思，“你们该不会认为是我想毒死小雅吧？！开什么玩笑，我把她当亲妹妹！这巧克力肯定被人调包了！”

警察：“既然你们是兄妹，为什么不公开关系，让人误会你们在谈恋爱？”

俞辉烦躁地抓了抓头发：“我跟她同岁，只比她大 3 天，这丫头从小就不叫我‘哥’。两个人在同一个班，让同学知道我们是兄妹很尴尬，所以在学校，我俩都是互相叫名字，没想到会被人误会！”

警察问：“她从小就寄住在你家吗？你们感情怎么样？”

“她 7 岁的时候父母就离婚了，她爸妈都在外地，不怎么管她，把她放在我们家照顾，我俩是一起长大的，感情比亲兄妹还亲。”他顿了顿，紧跟着道，“所以小雅的遗书肯定不是她写的！对不起爸爸妈妈，那样的父母还对不起个屁啊！她要是真想自杀，最对不起是人应该是我爸妈！”

警察接着问：“你的巧克力有没有被别人接触过？”

“不知道。那盒巧克力是上周在超市买的，我在书包里放了一星期了。”

“你给应小雅吃过吗？”

俞辉仔细想了想："昨天跑步的时候，我确实塞给了她一颗巧克力。"

"她昨天为什么迟到？"

"她妈突然回来看她，给她买了个手机当生日礼物，她很开心，晚上回去和她妈住在酒店，没回我家，以前都是我俩一起上学，小雅每天都起很早，她迟到了我也觉得很奇怪！"

警察让俞辉回去了。他没有杀人动机，而且没有接触过毒物，所以巧克力虽然出自他的手中，但他的嫌疑反而是最小的。

更有嫌疑的，是实验课检查药剂签名的谢星河以及直接购买了药剂的化学老师。

谢星河很快就被带进审问室。

警察很直接地问："上周三的化学实验课是在3号实验室上的吗？"

谢星河："对。"

"实验课是不是讲了有机磷？化学老师拿了一瓶药剂给你们做示范？"

谢星河神色镇定："是的。"

"最后是你检查药剂，并且把药剂放回柜子里的？"

谢星河道："我是班长，做完实验检查仪器和试剂这是我的职责。"

警察直接问道："药剂少了半瓶，是不是你拿走的？"

谢星河皱眉："不是，我检查的时候瓶子是满的。"

警察对视一眼，发现谢星河表情很冷静，不像是说谎，而且他的证词确实没什么漏洞，就让他先回去了，把化学老师叫进来。

目前嫌疑最大的秦微微在走进审问室时脸上带着一丝茫然。她坐下来，疑惑地道："警官，你们想了解什么？"

警察道："昨天你不是请假了吗？但是我们回去查了一整天的监控，校门口的监控纪录显示，你11点20分左右回了一趟学校，在11点40分左右才离开。"

肖楼听到这里，微微一怔，立刻打起精神。

秦微微解释道："我请假带我爸去医院，发现我爸的医保卡忘在学校，就打车回来取。"

警察："也就是说，应小雅跳楼自杀的这段时间，你其实是在学校的。"

秦微微脸色一变："你们该不会怀疑我吧？！"

警察神色严肃："请你回答问题，配合调查。"

秦微微深吸一口气："这段时间我确实在学校，还给体育老师打电话问了一下学生们的情况，他说在组织学生打篮球。我并不知道应小雅跳楼，我拿了医保卡就离开了。”

“上个月，保安的钥匙丢了，是你捡来还给他的？”

“没错。”

“所以，你完全有可能去配一把天台上的钥匙？”

秦微微的脸色无比难看：“您这是什么意思？我配天台的钥匙做什么？我捡到钥匙之后因为要赶时间去上课，就先放在办公室里，上完课才还给了保安，说不定是这期间有人拿走了钥匙！”

“这瓶有机磷是你买的吗？”

“对，我给学生讲有机磷和无机磷，买了一瓶回来，让他们认清楚，以免不小心接触到，我还给他们讲了有机磷中毒时的急救知识……等等，怎么突然问这个？”

“我们在死者的血液里发现了有机磷，她坠楼之前中了毒。而化学实验室里的药剂被拿走了一半，谢星河说他检查的时候药剂还是满的，能去实验室随便拿走药剂的人，只有你。”

秦微微的脸色一片煞白：“不是我拿的！”

警察严肃道：“秦微微女士，你涉嫌杀害应小雅，这是逮捕令。”

秦微微急忙摇头：“警官，你们搞错了！我真的没有拿什么药剂，也没有配过钥匙，我回学校只是为了拿我爸的医保卡而已，我爸爸可以给我做证……”

警方：“请回警局接受调查。”

她还没来得及说完，就有一副冰冷的手铐戴在了她的手上。

警察拿着逮捕令，以犯罪嫌疑人的身份带走了秦微微。

肖楼赶忙跟在警察的身后出门。

虞寒江假装路过，走进洗手间，肖楼也穿着隐身斗篷进入洗手间。

肖楼在虞寒江的耳边说：“秦微微嫌疑太大，她捡到过保安的钥匙，案发当时正好回了学校，正好给体育老师打了电话……还凑巧买过有机磷毒物。”

虞寒江点头：“所以，警方将她带回去调查了？肖教授怎么看？”

肖楼皱着眉道：“我觉得秦微微不是凶手。”

“哦？你是怎么分析的？”

肖楼整理了一下思绪，道：“第一，秦老师有化学实验室的钥匙，如果她想拿走有机磷毒物，不需要撬锁，但实验室门锁有撬动过的痕迹；第二，夹心巧克力能容纳的毒很有限，这点剂量的有机磷并不致死，在巧克力里下毒，剂量根本不够毒死人。”

仔细回顾昨天易茹的供词，当时的体育课，男生在打球，两人回到教学楼，应小雅说她很饿，让易茹去买吃的，易茹到小卖部买薯片的期间，应小雅或许饿得受不了，就吃了一颗巧克力。

语文课跑圈的时候，俞辉给应小雅塞过一颗巧克力，应小雅放进了口袋里。

肖楼当时正好注意到了这一幕——俞辉塞给她的，是直径3厘米左右的球状巧克力，外面包着金色的糖纸，应小雅吃掉的应该就是这一颗。

一颗夹心巧克力能含有的毒物剂量很低，不会导致服用者直接死亡，但急性有机磷中毒依旧会出现缩瞳、肌肉颤动等反应，只要及时抢救就没事。

她吃过巧克力后上了天台，坠楼身亡。

肖楼最后确定地说道："她真正的死因依旧是坠楼导致的颅骨碎裂和脑出血，巧克力中毒的剂量并不致死。"

虞寒江低声道："表面看上去秦微微有充足的作案时间，并且所有的嫌疑都直接指向她……可是，警方忽略了一个关键点。"他看向肖楼，问了对方一个问题，"如果你想杀死一个人，你会在给对方下了毒之后，再多此一举地把对方推下楼吗？"

肖楼的双眼猛地一亮——下毒、坠楼都是可以杀死人的手段，没必要用两次！这简直是"画蛇添足"。

如果凶手想毒死应小雅，首先就不该用夹心巧克力这种藏毒剂量极少的食品，还放在俞辉的巧克力里，万一被俞辉吃了呢？而如果凶手想从楼顶把应小雅推下去摔死，临摹遗书，造成应小雅自杀的假象，那更没必要多此一举去投毒，反倒让警方从应小雅的尸体上检测出毒物。

肖楼思考片刻："难道是两个人作案，所以留下了漏洞？"

虞寒江目光深沉："没错。"

这是虞寒江刚才仔细整理了这两天来全部的线索以及所有嫌疑人的证词后，才终于想清楚的事情——应小雅案件，其实可以进行分解。

第一部分是投毒案。

下毒者知道俞辉经常给应小雅送巧克力吃，所以把夹心巧克力调包，有50%的概率毒到俞辉，50%的概率毒到应小雅。这位投毒者到底是谁，目的又是什么，现在还没法确认。但可以确认的是，他下毒并不是想直接杀死应小雅，或许是在通过这种手段提醒些什么。

第二部分是坠楼案。

虞寒江昨天勘查过楼顶现场，天台脚印凌乱，现场很可能有第二个人的存在。这个人将应小雅推下了楼，直接导致应小雅的死亡。并且，这个人还很聪明地临摹字迹，给应小雅伪造出了一封"遗书"，造成应小雅"自杀"的假象。

这个人，才是真正想让应小雅去死的人！

可惜，他并不知道应小雅在坠楼之前已经中了毒。

警方把尸体带回去，发现应小雅中毒，这样一来，警方会迅速排除应小雅自杀的可能性——凶手伪造的应小雅的遗书反而成了最大的败笔。

没有人会蠢到先投微量毒素再把人推下天台，伪造遗书。

案件很快就会被拆分。

一个人把正常巧克力和含有毒素的巧克力调包，另一人将应小雅推下天台，由于这两人互相不知道对方的行动，才造成了巨大的乌龙。

虞寒江看了眼远处的操场，说："昨晚一场暴雨，学校这么乱，今天肯定会大规模打扫校园，凶手有可能毁灭证据，我们要抢在凶手之前。"

肖楼也紧张起来："虞队想去哪里搜查？"

虞寒江："学校角落里最大的垃圾箱。"

昨晚由于狂风暴雨，校园里杂乱不堪，早晨，清洁工打扫过操场后将大量的树叶、断枝、破损的花盆等垃圾全都集中到了垃圾箱，这个垃圾箱已经满了，肯定要叫垃圾车过来清理。

虞寒江和肖楼来到垃圾箱附近时，清洁工人正好在往外收拾垃圾。肖楼快步走上前道："阿姨，不好意思，我是高一年级的老师，昨天不小心把很重要的证件丢到垃圾桶了，我能不能在这里找一下？"

清洁阿姨道："什么证件？这里太脏了，老师你别碰，我们帮你找啊。"

肖楼一脸紧张："是我的教师资格证，昨天丢废纸的时候没看清楚就顺手扔了，麻烦您帮我找一下，我在这儿等，谢谢。"

肖教授的演技很不错。有了这个理由，两人就可以光明正大地站在垃圾桶旁边观察。

清洁工阿姨一边往外翻垃圾，一边帮他找证书，嘴里还念叨着："以后丢垃圾要检查，你说，这么重要的证件，万一找不到了怎么办？"

肖楼点头："是我太疏忽了。"

就在这时，虞寒江的眼睛猛地眯了起来："等等。"

清洁工愣了愣："老师怎么了？"

虞寒江走过去，从一堆废纸和杂乱的树叶中拿起了一双鞋。

是一双女士帆布鞋，鞋码 37 码，和应小雅的鞋子一致。清洁工看到这里，忍不住道："谁把鞋丢了？这鞋子看着挺新的啊！"

虞寒江和肖楼对视一眼。

重要的证物找到了。

应小雅在天台上留下的脚印之所以那么凌乱，正是因为有两个人的脚印——对方穿上了和她一样的鞋子。而她的围巾碎片被留在天台上，肯定是她被推下去之前，两人发生了冲突。

凶手将不合脚的鞋子丢进垃圾桶，因为凶手很清楚学校的垃圾箱今天会被清理。垃圾车只要将垃圾带走，那就是死无对证。

可惜虞寒江和肖楼找到了这双鞋子，证明他们刚才的推论是正确的——应小雅的案件，有两个凶手同时在行动！

此时正是上课时间，操场上没有一个人影。

两人来到操场的角落，虞寒江蹲下来仔细查看证物。

这是一双很常见的白色帆布鞋，和应小雅死时穿的鞋是同一个款式。鞋底有交叉的斜线纹路，踩在地上会形成特殊的脚印，鞋子的边缘是非常明显的商标。

虞寒江将鞋子里里外外仔细检查了一遍："如果凶手正好是37码的脚，买一双这种常见的帆布鞋并不奇怪，她完全可以把鞋留着，没必要扔进垃圾箱里。凶手必须处理掉这双鞋，只有一个原因——她的脚和应小雅不一样大，穿这双鞋不合适。一旦被人发现，很容易引起怀疑。"

肖楼赞同地点头："也就是说，凶手买这双同款鞋，只是为了临时穿上伪造天台上的脚印，让人误以为天台上所有的脚印都是应小雅一个人的，好相信应小雅是跳楼自杀。这位凶手早就关注到了应小雅的鞋子，并且计划好在天台杀人。"

"嗯，所以她必须处理掉证据。"虞寒江皱着眉观察这双鞋子，片刻后，才说，"这是典型的熟人作案。应小雅从高三（3）班的教室通过空中走廊来到行知楼，再从监控死角爬上七楼，这段路程并不短，如果她是被强行带走的，整个过程中不会悄无声息，一旦她尖叫或者反抗，周围正在上课的班级都会听见。但应小雅自始至终都很安静，坠楼的过程神不知、鬼不觉，显然，她是自愿跟着凶手去天台的。"

虞寒江回头看向肖楼："如果凶手是男性，穿上不合脚的37码女鞋肯定会引起应小雅的警觉和怀疑。所以凶手应该是女性，直接穿上这双鞋去找应小雅的。"

男人的脚通常在40码以上，37码的鞋根本穿不进去，女性的脚只要是35码、36码，都可以轻松套上37码的鞋，系紧鞋带，鞋子也不会轻易掉。或者

38 码也能挤一挤，勉强穿上 37 码的鞋，只是双脚会不太舒服，但短时间穿的话完全可以忽略这一点。

脚略小、略大，都很难看出这双鞋不合适。加上这种鞋很普遍，学校不少人在穿，女老师、女同学穿这个牌子的鞋，应小雅一时也不会想太多。

虞寒江道："我们还是重点关注女老师吧，还有那位助教。"

拎着一双鞋进教学楼目标太大，虞寒江想了想，顺路去小卖部要了个纸袋把鞋子放进去，这才返回教学楼。

高三（3）班的化学老师被警方带走，（3）班的同学们坐立不安，根本没心思上课。但由于第二节正好是语文课，班主任亲自来教室维持秩序，布置了一道作文题，学生们也不敢乱说话，教室里出奇地安静。

虞寒江观察了片刻，发现教室里没有动静，便说："教室里暂时不会有新线索出现，不如我们先去查一下昨天案发时其他老师有没有课。"

肖楼说："物理、化学、生物这 3 门课程的任课老师以及助教都是女性，身高都在一米六到一米七之间，应该能穿上这双鞋。除了化学老师外，其他两人昨天第四节有没有课，我们可以去办公室看她们的课表安排。"

虞寒江道："语文办公室也得走一趟，还有一位女老师需要我们注意。"

肖楼很快就反应了过来："你是说，班主任找应小雅谈话的时候，突然闯进来的那个语文老师？"

虞寒江神色严肃："这位老师来得太巧。当时，应小雅应该会说出自己成绩下降的原因，这个原因非常关键，很可能直接导致了她的死亡。可惜，她正打算说出来的时候，有外人进来打断了她。"

应小雅刚要说"我这段时间成绩下降，其实是因为……"，就在这时，年轻的女老师推门进来，应小雅立刻闭上嘴不说了。

这位老师很可能跟应小雅的坠楼案有关，她是故意进来打断的，也可能只是巧合，但查一下总不会错。

有嫌疑的人，他们一个都不能放过。

很快到了中午。

中午办公室的人是最少的，有的办公室干脆空着，也没锁门。

虞寒江先去语文办公室，找到那天进屋的女老师的办公桌前查看她的课表——这位女老师姓林，带的是高三（4）班（5）班的语文课，昨天上午的第四节她正好没课。

去生物办公室的时候，里面有一位女老师在收拾作业本，虞寒江走进办公室，目光迅速扫过桌面，锁定了带（3）班的老师的办公桌，扫了一眼压在桌上的课程表。

肖楼负责的是物理和英语办公室，用“借热水”的理由混进去，还顺便跟留在办公室的老师聊了几句，这才转身出门。

两人找了处空地坐下，交流情报。

肖楼道：“物理老师昨天第四节没课，助教只是负责早读。”

虞寒江道：“那位语文老师，还有生物老师，昨天一上午都没课。”

“也就是说，昨天第四节课，案发当时，这几位女老师全都闲着，全都有非常充足的作案时间？而且都能穿上 37 码的鞋，都是不到 30 岁的年轻教师。”肖楼皱了皱眉，“这 3 个人，会不会跟 5 年前的坠楼案有关系？”

虞寒江点头：“如果有人和 5 年前的坠楼案联系起来，那她很大可能就是凶手。”

肖楼道：“我刚才查课表的时候发现（3）班的物理老师正好姓司——她叫司琪，会不会和 5 年前坠楼的女生司涵有血缘上的关系呢？”

虞寒江说：“司这个姓确实不常见，但也不能只凭名字判断。”

“嗯，我们还得找找别的证据。”

随便吃了些午饭，两人起身回到教学楼。

犯罪嫌疑人的锁定对案件的进展有极大帮助。现在剩下的，就是找这几个女人和 5 年前坠楼案的关联以及她们和谢星河那本《基督山伯爵》的关联。

虞寒江提议道：“今天晚上，我们去办公室查她们的抽屉，肯定会有发现。”

肖楼紧张地看向虞队：“你想撬锁进去吗？”

虞寒江点头：“我会开锁，拿一根铁丝就行。”

想起今早虞寒江直接开了书香楼的锁，肖楼立刻放下心来：“好。”

只不过，老师们的办公室在行知楼，这里正好是保安的值班室以及学校的监控中心，想在保安的眼皮底下偷偷溜进办公室，难度不小。

但保安天黑之后会去巡逻。

虞寒江想到了一个绝妙的办法。天黑后，他迅速闪身进入书香楼，将一支手电筒丢在书香楼的五楼拐角处，并且打开了亮光。保安很快就发现书香楼那边有光线，两位值班的保安立刻跑过去查看。

调虎离山，肖楼和虞寒江就有充足的时间潜入行知楼。

两人以极快的速度跑到三楼，先用铁丝弄开语文办公室的门锁。

那位凑巧闯进来，打断应小雅和班主任对话的老师姓林，她的办公桌抽屉里有一张照片，是她当时带高一年级时拍的，照片上写着“高一（7）班全体老师、同学合影留念”。虞寒江眼尖地在照片里看见了应小雅和谢星河。

肖楼指着照片上的两人，放轻声音说：“看来，高一文、理科没分班之前，应小雅和谢班长也是同班同学，这位老师正好是他们的语文老师。高二年级分班之后，才换成了现在的班主任教语文？”

虞寒江点头：“这位林老师的嫌疑很大，她教过应小雅语文课，手里肯定有应小雅的作文本，想临摹、伪造遗书非常简单，而且当她走进办公室，打断应小雅和班主任的对话时，应小雅的脸色非常难看，就跟见鬼一样。”

仔细一想还真是，应小雅本来要说成绩下降的原因，她一进来，应小雅脸色煞白，立刻不说了，班主任也不好再问，就让她先回去。

她推门进办公室打断班主任的问话，真的只是巧合吗？

肖楼和虞寒江迅速搜完林老师的办公桌，居然在最下面的抽屉里发现了应小雅、谢星河两个人的作文本。

这个发现让肖楼精神一振：“照理说，应小雅和谢星河是她两年前带过的学生，她还留着这两个人的作文本做什么？可别是为了纪念吧。”

虞寒江眉头紧皱：“证据指向比较明显，再找找看。”

除了照片和作文本，没有其他的发现。

两人顺便搜了搜隔壁班主任的桌子。

班主任的抽屉里全是学生每次考试的成绩单、家访材料、备课资料以及语文练习册，没有任何疑点，看来这位班主任真的是个很负责任的老师。

两人离开语文办公室，继续搜生物办公室。

生物老师的办公桌里没有明显的异常，一抽屉植物标本。

物理老师姓司，叫司琪，正好和5年前坠楼的司涵同一个姓。肖楼本想重点搜她的办公桌，但让肖楼失望的是，她的抽屉里全是各种习题集和物理试卷，还有一大堆备课本，除此之外什么都没留下。

两人最后又搜到了英语办公室。

助教的办公桌上放着一些可爱的多肉植物，还有一本厚厚的英文字典以及一些文件夹。办公桌里，一个抽屉是英文试卷，另一个抽屉是复习材料。

最下面的抽屉是锁着的，虞寒江用铁丝撬开。

两人发现，这个上锁的抽屉里只放着一本很厚的书。这本书看上去有些年头了，书页泛黄，应该被翻过很多遍，书的封面上写着 Le Comte de Monte-Cristo，作者是 Alexandre Dumas。

虞寒江不认识这行字，扭头看向肖楼，却发现肖楼的脸色很是苍白。

没等虞寒江问，肖楼就颤声道："《基督山伯爵》，法语原版书！"

虞寒江的脸色微微一变："法语书？对了，她是英语助教，外语学院的学生都要求学第二语种，她的小语种或许就是学的法语？所以她能直接看法语原版书？"

《基督山伯爵》描述的是19世纪法国发生的故事，作者是法国的知名作家大仲马。

如虞寒江推测的那样，学英语的人一般都要求学习第二语种，法语是第二语种中很热门的选择之一，不少英语专业的学生都会选修法语。

作为一本世界名著，《基督山伯爵》早已翻译成了各国语言，中文版的书很容易买到，但法文原版书可没那么容易买到。通常喜欢看名著的人都是看翻译版，谁会花大价钱去买小说的原版书？只有特别喜欢这本书，才会买原版书回来收藏。

抽屉里居然有一本《基督山伯爵》，还是珍贵的法语原版，说明她很爱这个故事。这本书的主题是复仇……难道，她就是那位复仇者？！

当时的早读，那位助教当着全班同学的面骂了应小雅，还让应小雅在后排罚站，应小雅全程都在颤抖，一直忍着眼泪，下课之后就开始哭，易茹给她拿了纸巾。

有一种解释是，应小雅确实考砸了，很委屈才哭。还有一种解释是，她很怕这位助教，所以被助教骂了几句，就吓哭了。

助教让她跟谢星河先后翻译"我的家族受到了诅咒"，或许也不是巧合。

她是第一个说出"诅咒"这个词的人。

同桌带着纸巾去后排安慰应小雅时说的话在肖楼和虞寒江的脑海中同时闪过："没事的小雅，这次没考好，下个月再好好考。章晴这个凶女人，又不是只凶你一个，好多人都被她骂过，不用介意。"

肖楼怔怔地道："章晴？我们好像忽略了什么关键？"

虞寒江严肃地点头："没错。助教的名字其实是所有老师中最早出现的。"

死者的同桌早就告诉了他们，助教不是路人。

她叫章晴。

肖楼对章晴的印象很深，她是密室剧情中第一个直接批评应小雅的人。

记得她当时穿着一身西装裙，配了高跟鞋，一副职业女强人的打扮，如果她要换上鞋子去天台推应小雅下楼，西装裙配帆布鞋会显得不伦不类，除非她将一身衣服都给换了。

学校的办公大楼各有一间男、女老师的更衣室，从理论上来说，章晴上完早读，整个上午都闲着，她有充足的时间去换衣服。

虞寒江低声分析道："我们现在要调查的重点，第一是章晴和谢星河的关系，她和谢星河为什么都有一本《基督山伯爵》，这本书到底代表着什么？第二是她和司涵的关系，5年前的司涵坠楼案，是不是和她有关？"

调查到这里，易茹、俞辉两个学生的嫌疑已经被彻底排除了。

剩下的关键人物有4个。

班长谢星河，书包里放了本名著，他也有可能拿走实验室的药剂。就算他在应小雅坠楼时正在操场打球，有不在场证明，可投毒者是不是他目前还没法排除。

助教章晴，买了原版书收藏，说明她很喜欢这个复仇的故事。

隔壁班的语文老师林月然，高一的时候教过应小雅语文，抽屉里还留着两个学生的作文本，是不是她临摹的遗书，没法确定，但可能性很大。

物理老师司琪和5年前坠楼的司涵同姓，二者的关系有待继续查证。

虞寒江朝门口使了个眼色，果断地说："走，去教务处查查老师们的资料。"

两人来到五楼。这一层都是学校的功能机构，团委、工会、网络中心、督导处等，教务处的办公室在走廊尽头，虞寒江快步走过去，轻轻用铁丝撬开了门锁。

进入办公室后，果然在旁边的资料柜里看见一排文件夹——高三年级教师资料。

虞寒江把文件夹抽出来，高三年级有一百多位老师，他给肖楼分了一半过去，两人开着手电筒，用身体遮挡住光线，低下头快速查阅。

很快，他们就从中找到了3位重点目标的资料信息。

物理老师司琪，今年33岁，父母都是大学教授。她小学、中学都是在这所城市上课，大学读的师范，硕士毕业后回到这里当老师，她是5年前枫林高中成立的时候就来到这里的第一批教师。

语文老师林月然，31岁，父母都是公司职员，家庭成员还有一个弟弟，目前正在读大学。她也是本地人，不过她的学历是本科，是免费师范生，毕业后分配到家乡，直接进了枫林高中，她也是5年前学校成立的时候就来到这里的。

英语组助教章晴，29岁。

虞寒江微微眯起眼，指着资料表说："你来看章晴的家庭成员这一栏。"

肖楼立刻凑过来，只见章晴老师的资料表中"家庭成员"那一栏父亲、母亲资料后面都写了"意外亡故"。她的履历非常光彩，小学、中学、高中都是读的重点学校，高考成绩很好，被国外名校录取，还拿到全额奖学金。她在国外读到硕士，毕业后回国，却改行当了助教。

她是 3 年前才来到这所学校的。

虞寒江将这份履历从头到尾再次扫了一遍，突然说："我们陷入了一个思维误区。"他将 3 位老师的履历表并排摆放在一起，道，"和 3 年前坠楼案的死者司涵有关系的人，不一定是在 3 年前进入这所学校的——报仇，可以延期。"

肖楼的双眼猛然一亮："没错！《基督山伯爵》的男主角也是在多年以后伪装身份，回到当初陷害自己的人身边，一个一个地清算旧账的。"

君子报仇，十年不晚。仇恨的种子只要埋入心底，哪怕当时看不出痕迹，可总有一天，它会长成惊人的参天巨树。

虞寒江道："物理老师司琪的成长环境很好，从小到大一帆风顺，父母都是教授，这样的人一般不会产生严重的心理扭曲，她的嫌疑反而是最小的。"

判断一个人是否会杀人，确实要考虑他的家庭背景、成长环境以及从小受到的教育。温馨的家庭环境中长大的孩子，不可能突然变成残暴的杀手。司琪的父母都是大学教授，作为独生女，她突然杀人的可能性极低。

肖楼道："这位老师只是姓名和司涵相似，没有其他的指向性证据。"

虞寒江点了一下头，说："林、章两人都很可疑，尤其是章晴，她在国外上的学，读的也不是师范专业，像她这样的高学历人才回国后可以找到很多好工作，为什么偏要跑来一所高中当助教？"

肖楼道："结合她抽屉里的书，我觉得，她最像那位复仇者。"

在国外接受先进的教育，拿到名校经济学硕士学历，风光回国，本有大把的就业机会，却应聘到一所高中担任助教，她图什么？

家庭成员里的父母亡故更是让人疑惑——她的父母出了什么事？

两人正在思考，楼下突然闪过一缕亮光，是巡逻的保安回来了。虞寒江和肖楼立刻关掉手电筒，复原了抽屉和办公室的门锁，迅速从相反的方向离开办公大楼。

校园里的路灯亮着，为免被保安发现，两人专门挑黑暗的区域前进。他们一边走，一边低声讨论。

虞寒江道："线索快要全部串起来了，如果章晴和 5 年前坠楼的司涵有关，那么这一切都解释得通了——她最在意的亲人或者朋友坠楼死亡，当时她在国外读书，不清楚司涵坠楼的原因，于是毕业之后，她以助教的身份回到这所学校，调查和司涵坠楼案有关的凶手，开始复仇。"

肖楼敏锐地察觉到一个关键："这么说，司涵案的凶手很可能已经被章晴干掉了？”

虞寒江停下脚步，若有所思地看向远处那片枫叶林：“你还记不记得学生们的传言？诅咒的说法是从 5 年前开始的，司涵坠楼案被称为是冤魂索命，显然是凶手在故意掩盖真相……之后的这几年，学校还有人莫名失踪，学生们也把这称为诅咒效应。”

肖楼怔了怔，脊背猛地窜过一丝凉意。

对了，失踪！他立刻从口袋里掏出那天捡来的学生们传阅的纸条，上面确实写着：“这几年还有人失踪。”

肖楼顺着虞寒江的目光看向枫叶林：“虞队该不会认为失踪的人被埋在了枫树林里面吧！”

虞寒江目光深沉：“枫叶之所以那么红，是因为它吸收了太多的鲜血。”

这是两人进入红桃 3 密室时，悬浮框中弹出的最后一条提示。

一阵冷风吹过，枫树林外路灯坏掉的区域彻底被黑暗所笼罩。有几片红色的枫叶被风吹到远处，从黑暗中飘到有光线的地方，在路灯的照射下，就像染上了鲜血。

肖楼起了一身的鸡皮疙瘩。

他难以想象学生们最喜欢的枫树林下面埋着尸体。可是，虞队的分析非常合理。

进入密室时的提示项——枫树吸收了太多的鲜血，并不是为了营造恐怖气氛，而是直接指出了“枫树林”这条重要的线索。

章晴为什么 3 年前回国，为什么来到这所学校？很可能是为了调查司涵坠楼案。这 3 年来失踪的人去哪儿了？很可能是被章晴干掉之后埋进了枫树林里。

如果真的这样，那么串起所有糖葫芦的木签子，并不是应小雅坠楼案，而是司涵坠楼案。

这个密室的主题，就是复仇！

肖楼和虞寒江绕着枫树林转了一圈，并没有发现什么不对。他俩也不可能半夜三更把这么大的枫树林给挖开。虞寒江道：“枫树林的线索可能明天才能出现，我们先回资料馆，查查这几年失踪的人。”

保安把书香楼上了锁，但在虞寒江的面前，一切普通的铁锁都是形同虚设，他轻轻打开门锁，带着肖楼摸黑爬上五楼，翻窗进入资料馆后才打开了手电筒。

这里的资料太多，好在所有的文件夹上都有标签归类，肖楼和虞寒江重点查“人事变动”“汇报材料”这两个标签，将五年来所有的相关材料集中起来，两人分开翻阅。

他们花了一个多小时，才从大量的资料中锁定了目标。

第一位失踪者是学校心理辅导室的老师，25 岁。两年前他提交辞呈后离开学校，突然下落不明，家人报警，警方曾来到学校调查，但学校领导表示他已经离开学校，监控也确实拍到了他离开学校。汇报材料中指出，这位心理老师的失踪和枫林高中无关。

第二位是学校保安，45 岁。一年前值夜班时擅离职守，偷偷溜出校门，不知道去做什么，只是他再也没有回来。警方调查得出的结论是，保安失踪同样和学校无关。

第三位是一位姓周的学校图书馆的管理员，45 岁。半年前失踪后，学校对他展开了详细的调查，但由于当时学校里大量摄像头都坏了，最终调查未果，成了一宗悬案。

肖楼和虞寒江立刻查阅 5 年前学校校工的资料——这 3 位，从 5 年前建校开始就在学校工作。

他们和司涵的死肯定有关联！

肖楼看向虞寒江，深吸一口气，说：“《基督山伯爵》这本书，主角的仇人正好有 3 个，枫林高中近年来失踪的人正好也是 3 个，这不会是巧合。”

虞寒江点头道：“如果我的推断没错，密室主题是复仇，这 3 个失踪者应该都已经被杀了，并且就埋在枫树林下。”

窗外突然划过一道闪电，劈开了漆黑的夜空，紧跟着耳边就传来轰隆隆的雷声。

随着炸雷响起，暴雨倾盆而下。

肖楼看着远处的枫叶林，整个树林都被暴雨淹没，像是要用雨水洗净那里的鲜血。

昨夜一场暴雨，今夜又开始下暴雨，密室世界的天气肯定也和案件有关，他们的推论是不是正确，明天天亮之后，就会得到答案。

红桃 3 密室，第三天。

虞寒江和肖楼一起来到校门口，等待关键人物的出现。

俞辉、易茹、谢星河 3 个学生的神色已经恢复正常，进入学校后都低着头快步走向教学楼。

语文老师林月然面带微笑，很友好地朝门口的保安打招呼。

章晴今天没穿西装裙，而是穿了高跟鞋、牛仔裤和薄毛衣，她穿的是一件红色的 V 领毛衣，脖子上戴着一条很精致的项链。她神色冷淡，目不斜视地走进办公楼。

肖楼和虞寒江假装成老师，一边聊天，一边并肩进入办公楼。

虞寒江低声道："警方今天会再来。他们回去之后肯定详细调查和询问了化学老师，并且排除了化学老师作案的嫌疑，这次来学校，应该会解锁 5 年前司涵坠楼的线索。"

而虞寒江和肖楼已经早警方一步知道了这起坠楼案，还知道了这几年失踪的 3 人都有可能跟司涵坠楼案相关。

司涵这个关键人物和目前几位嫌疑人的关系，将会极大地推动案件的进展。

上午 8 点 30 分，警察果然到了。

他们去六楼找校长，虞寒江立刻用隐身斗篷跟了上去。

警察进入校长办公室后，很直接地问："我们昨天调查秦老师的时候，她说学校里流传着冤魂索命的'诅咒'传言，五年前，司涵同学跳楼自杀，这几年学校有 3 个人失踪，加上前天应小雅跳楼，这一切不可能是巧合。"

校长神色严肃："警官，5 年前的案子，还有近年的失踪案，你们经过调查，都没有查到'人为'的证据，怎么现在突然……"

警察道："一次巧合是巧合，这么多悬案，您觉得可以用巧合解释吗？"

校长沉默不语。

警察道："秦老师告诉了我们一个关键的信息，上周三化学实验课结束后，她和谢星河一起检查实验室，并且亲眼看着谢星河签名、锁门。当时药剂瓶是满的，并没有被拿走，钥匙在她的身上。我们调查发现门锁上有撬动过的痕迹，说明有人返回实验室，撬开门拿走了药剂。"

校长愣了愣："你们在怀疑谢星河？这位学生从高一开始就成绩优异，每次考试都在年级前三名，他怎么会给同学下毒呢？"

"还有一个关键信息，秦老师、谢星河锁上实验室的时间是下午 6 点左右，当时已经放学了。由于周四周五两天是高三年级的月考，秦老师路过教学楼，发现（3）班有人，就上去看了一眼……她看到的人是应小雅，小雅同学正在本子上写'我该怎么办'。"

"您的意思是？"

"应小雅陷入了困境，不知道该怎么办。秦老师离开教学楼的时候，应小雅和谢星河都在教室，周三晚上，这两位学生是最后离开学校的。周四周五是考试日，枫林高中考试的时候所有学生的座位会被打乱，应小雅所在的考场在高一（7）班的教室。考完试后，周六周日学校放假，老师们在网络上批改试卷，这期间，凶手都没有作案的机会。直到周一上课，凶手才立刻杀死了应小雅。”

校长眉头紧皱：“警官，你们已经有了怀疑对象？”

警察道：“下毒的人就是周三那天返回实验室拿药剂的人。推应小雅下楼的另有其人，我们用仪器检测过楼顶天台的脚印，当时还有第二个人存在，而且应小雅留在楼顶的围巾碎片说明当时很可能发生过冲突。”

警察最后总结道：“贵校或许藏了一个连环杀人的凶犯，我们需要封锁整个学校，对所有的老师展开全面的调查，希望校长您配合。”

虞寒江提前离开了办公室。

果然，密室世界的警方终于将案件进行了分割，并且和5年前的坠楼案联系起来，接下来，他们会搜查所有老师的办公桌，获得大量的信息，包括章晴抽屉里的书、林月然留下的作文本，等等，这些嫌疑人很快也会被警方提审。

虞寒江找到肖楼，将自己的推论告诉对方：“我敢确定是谢星河下的毒，他这样做或许是为了警告，中毒的是俞辉或者应小雅都无所谓，因为这两人任何一个中毒，另一个都肯定会跟去医院抢救，只要离开了学校，就不会被杀。而且中毒案会引来警方的调查，让真正的凶手作案受阻。”

肖楼精神一振：“这么说，谢星河其实是在救应小雅？！”

虞寒江点头：“那封打印的情书应该也是他写的，情书当中或许藏着什么秘密，我们再仔细整理一下。”

肖楼的记忆力特别好，他闭上眼想了想，将当时看过的情书在纸上写了一遍。

小雅：

自从3年前看见你的那一刻，我就喜欢上了你。

每一天都想着你。

我的内心深处全都是你的影子。

愿不离不弃，与你生死相依。

愿你开开心心，快快乐乐地活下去，长命百岁。

肖楼一开始看的时候只觉得这情书用词肉麻，如今仔细一看，他的脊背猛然一僵：“每行的第三个字，连起来是——3天内离开？”

虞寒江接过情书竖着看，每行的第三个字连起来确实是“3天内离开”，最后一行还提到“活下去”“长命百岁”，其中“活下去”被刻意加粗，这是在暗示她会有生命危险。

情书的落款处日期是上周五，3 天内离开也就是让应小雅周一不要去学校。联系到周一应小雅吃下含有微量毒素的巧克力，如果情书是谢星河写的，那一切就都能说通了。

他知道很多内情，预感应小雅会被杀，所以提前给她书包里塞了封情书，警告她周一别来学校，但应小雅没看懂，周一还是来了。谢星河只好调包含毒的巧克力，把俞辉或者应小雅任何一个毒去医院，这样一来，凶手就没有弄死应小雅的机会了。

可惜还是棋差一招。化学老师和体育老师突然换课，谢星河和俞辉争执时，应小雅离开了他的视线，筹划已久的凶手立刻找到机会骗应小雅去天台，将她推下楼……

谢星河胳膊上戴黑纱，确实是在祭奠应小雅。他出于某种原因，不能直接告诉应小雅她会被杀，情书暗示、巧克力下毒，还是救不了这个女生。

肖楼和虞寒江正在讨论案情，突然，窗外传来一阵刺耳的尖叫，尖叫声的来源正是学校的枫树林。

两人听见之后，毫不犹豫地跑了过去。

由于连续两夜的暴雨，枫树林的树木倒了一大片，学校请来清洁工收拾整理，肖楼听到尖叫声赶过去的时候，两位清洁工阿姨正面色苍白地蹲在旁边。

肖楼顺着她们的目光一看，只见枫树林被雨水泡得潮湿的地面上露出了一只手。

森森白骨，触目惊心！

周围有不少路过的老师听到尖叫跑来看，全被这一幕吓得脸色苍白。

有人吼道：“报警，快报警啊！”

“警察好像在学校，我去叫他们！”

警察很快到了，虞寒江跟在警方身后，和人群中的肖楼交换了一个眼神。

枫树林里出现死人的白骨这个消息惊动了所有的校领导，警方迅速用警戒线将整个枫树林包围起来。他们雷厉风行地找来铲子，将出现白骨的位置挖开。

一块又一块人骨，像是被人“天女散花”一样洒在了整个枫树林里。

随着铁锹在枫树林里越挖越深，出现的骨头越来越多，多得数不清。

校领导的脸色黑得像是刚去挖煤回来，警方的脸色也很难看。枫树林里的枫叶还在不断地飘落，洒在挖出来的雪白的人骨上面……

这诡异的画面让肖楼脊背发毛。

虞寒江凑在他耳边，低声说：“看来我们的推理很接近真相，失踪的人果然被埋在枫树林里。肖教授，待会儿麻烦你跟着法医检查一下人骨，查看他们的死因。”

法医很快到了，肖楼穿着隐身斗篷进去。

现场零零散散的骨头被法医快速拼凑，拼出了 3 个人形。

男女骨盆有明显的差别，肖楼一眼就看出了这 3 位都是男性。从骨骼发育的情况看，一位是二十五岁左右的年轻人，另外两位是四十岁左右的中年人，和失踪者年纪相符。

从尸骨的腐败程度、形态学改变可以大致推断，3 人的死亡时间也和失踪者失踪的时间相符，而且，这 3 人死前应该遭受过暴力的对待。

第一位二十五岁左右青年男性，颅骨明显有被钝器敲击过的凹陷，眼眶部位整个碎裂，身体其他骨骼没有伤痕，死因应该是钝器砸碎颅骨导致的脑出血。

第二位中年男性左侧的胸骨处有锐器刺入时留下的痕迹，两根肋骨之间也有同样的锐器留下的刻痕，应该是胸口被连刺了 3 刀，心脏被刺中致死。

第三位中年男性舌骨明显骨折，提示颈部曾经受到扼压，死亡原因不排除机械性窒息，也就是被勒死的。

三人死因不同，却有个共同点——死后被肢解。

因为身体被肢解并埋进了枫树林里，所以今天挖出的骨头四处散落，法医经过专业的拼凑才艰难地拼出了 3 个人形。

刑警队长沉着脸道：“结果如何？”

法医戴着口罩，低声说：“3 位死者都是男性，初步判断，死因分别是钝器敲击导致的颅骨碎裂、锐器刺穿胸口导致的心脏停滞以及机械性窒息。”

官方法医的判定和肖楼一致。肖楼穿着隐身斗篷迅速离开现场，和虞寒江汇合，将自己得知的讯息告诉虞队。

虞寒江沉着脸说：“这 3 人就是杀害司涵的凶手。”

肖楼赞同：“看来，复仇者已经解决了杀害司涵的全部仇人。”

虞寒江站在三楼空中走廊，深邃的目光看向远处的枫树林，他整理好思绪，将所有的线索，一条一条地进行梳理。

“应小雅的坠楼案只是导火索，司涵的坠楼案才是这个密室的主线。5 年前，司涵在学校不知道发生了什么事，被 3 人联手杀害，这 3 人精心设计，把司涵推下楼，并且伪造遗书，在校园里散播‘恶鬼索命’‘死亡诅咒’的传言。

“全校师生对司涵的坠楼案没有任何怀疑，警方查不出线索，这件事很快被平息，学生们谈论起来，也会以‘诅咒’来解释。

“但是，司涵还有一位亲人，那个人特别在意司涵，不相信她是自杀，所以回到枫林高中进行调查。那个人很聪明，终于查清了司涵坠楼案的真相，揪出了3个凶手，并用敲碎脑袋、刺穿心脏、勒紧脖子三种残忍的手法杀死这3人。

“只有极强的仇恨才会在杀人之后分尸，并且把尸体的碎块埋在学校的枫树林里——这片枫树林正对着当年司涵坠楼的办公楼，就像是一种血祭。”

肖楼听到这里，只觉得浑身发冷。

“这是一所被诅咒的学校。枫叶之所以那么红，是因为它吸收了太多的鲜血。”

进入密室的那一刻，悬浮框中的最后一条提示信息就是红桃3密室最关键的秘密。

枫树林的秘密终于被揭开。一切真相，即将水落石出。

这个密室完美通关的条件目前还没法确定。虞寒江和肖楼都不知道他们是否漏掉了重要的线索。

肖楼看着办公室的方向：“警队派了增援，整个学校都被封锁，这么多的老师学生，不可能晚上都不让回家吧？警方会不会在今天下午就抓紧时间提审犯罪嫌疑人？”

虞寒江道：“应该是。司涵坠楼案发生在5年前，现在的学生那时候都在读初中，还没到这所学校，参与司涵案件的概率极低。我推断，对这些学生，警察会采取走访的形式，问他们认不认识司涵、应小雅以及3位失踪者，获得的线索肯定不多。”

肖楼点点头：“警察要重点询问的是谢星河、章晴、林月然3位嫌疑人？”

虞寒江补充道：“还有校领导，以及认识3位失踪者的教职工。”

怪不得警队派了4个人增援今天下午的工作量巨大，警察们会忙得焦头烂额。

肖楼皱了皱眉，道：“隐身斗篷次数已经用完，待会儿的审问环节要怎么偷听？”

隐身斗篷这张密室限定卡一天只能用一次。虞寒江早上穿着斗篷跟警方去了校长办公室，肖楼穿着斗篷跟法医去枫树林现场检查尸骨，两人的斗篷都不能用了，下午最关键的嫌疑人提审环节……到底该怎么办？

就在这时，两人的悬浮框中同时弹出提示——

肖楼、虞寒江在红桃3密室的评分已超过800分，可选择一项奖励：

A. 重置密室限定卡的冷却时间，并将密室限定卡修改为“非限定”

状态，通关后可带出红桃3密室。

B. 立刻获得50万金币。

肖楼看到这两个选项，很纠结地道：“我想全要。”

虞寒江其实也这么想。

两人目前迫切需要的当然是选项A，可是选项B的50万金币也很诱人，尤其对连续两天吃泡面的穷鬼来说，总共多出来的100万金币，相当于1万块人民币的存款，可以让他们的日子过得极为宽裕，对以后的梅花密室肯定也有帮助。

不过，将限定卡改成非限定状态并把隐身斗篷这张卡带出密室，这个奖励也不差。长远考虑的话，金币可以赚，卡牌才是这个世界最有价值的东西。

肖楼咬牙道：“选A？”

虞寒江神色严肃：“嗯，先通关这个密室再说。”

两人同时在悬浮框中选择了A选项。

两张“隐身斗篷”卡牌果然变成了可使用状态，并且卡牌上“限定”的描述被去除，只要通关，他们就可以将隐身斗篷带出红桃3密室，在其他密室也能每天隐身30分钟。

两张牌加起来就是1个小时的隐身时间，应该足够听完下午的审讯。

肖楼摸了摸口袋里的金币，对刚刚错失的100万金币有些心疼。

虞寒江安慰道：“钱可以再赚。”

肖楼无奈：“嗯，我们今天先别吃午饭了，看样子警察也要加班。”

如虞寒江所料，警方走访完学生后，在办公室对校领导以及案件相关的保安、教师进行重点调查，无关的学生则集体放假回家，只有谢星河被留了下来。

男生的脸色有些不自然的苍白，但坐在审讯室里，他的表情依旧冷静。

今天警方派了增援，下午直接开了两间审讯室同步进行，一间审问应小雅坠楼案，另一间审问司涵坠楼以及枫林白骨案，肖楼和虞寒江各自穿着隐身斗篷跟上去细听。

警察问：“谢星河，上周三的化学实验课，化学老师是不是跟你们仔细讲过有机磷中毒的剂量、危害以及急救方式？”

谢星河推了推眼镜：“是的。”

“下课后你和化学老师一起整理仪器、药剂，最后是你锁的门？”

“是的。”

“离开实验室后，你是不是折返回去，撬开门锁拿走了半瓶有机磷毒物？”

谢星河沉默片刻，突然冷冷地说：“是的。俞辉的巧克力就是我调包的。”

他居然直接承认了？虞寒江对此有些意外。警察皱着眉来到谢星河的面前，仔细观察着他的表情，厉声问：“为什么这样做？”

谢星河平静地说：“我想做个实验验证一下化学老师讲的对不对。那点剂量最多毒死一只老鼠，人吃了不会有事。我这属于过失伤人，最多拘留几天，您可以逮捕我了。”

虽然脸上极力保持着镇定，可紧握的双拳和微微发抖的指尖已经出卖了他。

到现在他还不肯说出真正的原因，只有一种解释——杀死应小雅的人对他很重要。他想救应小雅，却也不想害了这位凶手。他陷入了进退两难的困境，非常矛盾。

做实验的说法是他早就想好的说辞。

警察不管怎么旁敲侧击，谢星河都一口咬定自己就是好奇做实验，问他为什么有《基督山伯爵》这本书，他的解释是：“世界名著大家都看，大概是巧合。”

警察气得差点拍桌子，最后只能给他戴上手铐，让同事先把这难搞的家伙带走。

接下来审问的是林月然：“林老师，你高一的时候教过应小雅和谢星河，你的抽屉里为什么保留着他们两人的作文本？”

林月然满脸的困惑：“应小雅和谢星河是我班里字写得最好的两个学生，小雅的字很端正，就像是印刷体；谢星河的字潇洒帅气，我把他俩的作文本留下来做纪念。”

“只是这么简单？”

“嗯，我还收集了好几个学生参加作文竞赛的卷子，放在家里，警官您不信的话可以去我家搜查。”

两位警官对视一眼：“案发当日，高三（3）班的班主任带应小雅去问话，你为什么进去打断他？”

“我刚好下课回办公室，我不知道他们正在谈话。”

“应小雅的遗书是不是你临摹的？”

林月然脸色有些难看：“警官，我不知道您这是什么意思。我有应小雅的作文本，教过她，就要杀了她，还临摹一份遗书？这太荒谬了！我和她无冤无仇，按照你们的逻辑，那我是不是也要临摹谢星河的字迹，把谢星河也给杀了？”

虞寒江仔细看她的脸色，她的紧张和愤怒不像是装出来的。如果单凭作文本就判断她是临摹遗书的人，那她的杀人动机呢？

或许，她留下的作文本被别人拿走了。

警察也想到了这一点，问:“你留下的作文本有没有给别的老师看过？”

林月然仔细想了想，说：“我记起来了，上周三的时候章老师找我拿过应小雅的作文本，她说想看一下这个学生的中文作文写得怎么样，英文作文为什么写那么差。”

警察飞快地记下这个关键:“你跟章晴关系怎么样？”

“我们中学是在一个学校读的书，我是她学姐，经常在各类竞赛中见到她。我们关系只能算普通朋友吧，毕竟是校友，分到一个单位肯定要互相关照。”

“你印象中，她是个什么样的人？”

“她很好强，也特别努力，成绩一直是全年级第一名，各类竞赛也经常获奖，说实话我挺佩服她的。当时，她被国外名校录取，还成了我们学校的传奇呢。”林月然顿了顿，突然瞪大眼睛，“你们该不会怀疑她吧?！”

警察没回答她的问题，皱着眉道:“章晴的家庭情况你了解吗？”

林月然摇头：“不了解……她一向独来独往，我们偶尔一起吃饭，聊的也都是学校的事情，她从来不跟人说她的家里还有什么人。”

警察放林月然回去，最后提审章晴。

走进审讯室的章晴表情很平静，一身红色薄毛衣搭配铅笔裤，勾勒出高挑、清瘦的身材，黑色的长直发垂在脑后，一张鹅蛋脸虽不算特别漂亮，但很有气质。

警察问她抽屉里的法文版《基督山伯爵》有什么意义，她只微笑着说自己喜欢看这本书。问她家里有什么人，她说父母双亡，自己是孤儿。

直到警察拿出从垃圾桶里捡来的那双鞋。

白色的帆布鞋，虽然沾着一些泥土，可看上去很新，跟应小雅坠楼当天穿的鞋是一样的款式。

章晴的脸色陡然间一片惨白！

虞寒江的心里已经有了答案。

凶手就是她。

她丢进垃圾箱里本来会被垃圾车带走的鞋子让虞寒江找了回来，放进了这层楼的垃圾桶，警方刚刚地毯式搜索的时候，找到了这个关键的物证。

虞寒江和肖楼提前推理并分割了应小雅案件，协助警方找到了关键物证。

章晴被警方带走。

她离开之前，虞寒江靠近她，仔细观察了她脖子上的项链。项链上串了3颗类似长贝壳的骨片，如无意外，正是3位被她杀死的凶手的骨头！

隔壁的审讯室，警察依次审问了校领导以及认识 3 位失踪者的人。

第一位 25 岁青年男性，学校心理辅导官的老师。

据校长回忆，他是 5 年前被教育局分配过来的，司涵有一段时间经常出入他的办公室，在同事和领导印象中，他是一位温柔帅气、幽默健谈的老师，很多班级每周一堂的心理辅导课都是他在上，学生们对他非常喜爱和信任。

奇怪的是，他两年前突然提交了辞职报告。有个跟他关系比较近的男老师爆料，他某次醉酒后说漏嘴，说他爱上了一个女人，准备结婚，对方不想和他在一个单位抬头不见低头见，想互相保留一点空间。所以，他决定辞职，去私立医院的心理咨询中心。

辞职不久他就失踪了，是家人报的案。

而那位他所说的“结婚对象”却从未露面，警方当年调查时由于对方是“酒后”的言论没法当真，也查不到任何他跟女人交往的证据，这一点就被忽略了。

如今旧事重提，肖楼听到这里却猛然一个激灵：他的结婚对象会不会就是章晴？

当时章晴来学校一年，年轻又有才华，单身男女互相吸引走到一起，又因为某种原因……例如章晴不希望公开，所以一直在地下情。

他要辞职，说不定也是章晴的建议。

这位老师的死因是钝器敲击导致的颅骨碎裂，一个成年男性直接被人敲死，这很难，可如果是亲近的人下的手呢？比如，他很喜欢的未婚妻，在他睡梦中，突然抡起一把斧头，对准他的脑袋用力地砸下去。

第二位失踪者，保安，也是 5 年前就来到学校的。对那位保安，大家的评价都是“不太熟”，对他的失踪校方也不是很关注，还以为是回了老家。

第三位失踪者，姓周的管理员，半年前突然下落不明。同事们对他评价很高，说他很有才华，写得一手好字，还喜欢收藏字画，并且会临摹各种书法，临摹的名家真迹甚至能以假乱真。

肖楼听到这里，几乎能确定，5 年前司涵坠楼案伪造的遗书，就是这位管理员的手笔。

两个审讯室审问结束后，肖楼和虞寒江在约定的空中走廊汇合，互相交换讯息。

虞寒江道：“现在能确定章晴就是杀死应小雅的凶手，谢星河是调包巧克力的投毒者，但他们之间的关系以及应小雅死亡的真正原因，目前并不明朗。”

肖楼道：“章晴应该用了‘勾引’的手段让 3 位涉嫌杀害司涵的凶手上钩，那位心理老师被她迷得团团转，差点要跟她结婚；保安还有校工很可能同样上了她的当，这样就能解释，为什么她一个女人，可以轻松杀掉3位成年男性。”

肖楼眉头紧皱：“可是，她为什么杀应小雅？5年前，司涵坠楼的时候应小雅还在读初中，跟这个案件应该无关。而且俞辉的口供提到她的父母都在外地，和这案子也没什么关联……”

虞寒江看着远处一片狼藉的枫树林，低声说：“《基督山伯爵》这本书贯穿剧情始终，说明主角的仇人跟书里一样，只有3个，章晴杀死的这3人，就是害死司涵的人，应该不会出现第4个仇人。顺利地杀掉一个又一个仇人后，她的心态已经变了，她从杀人的过程中获得了快感以及极强的优越感，她的布局太高超，警方查不到任何证据，她觉得自己很聪明……”

肖楼道：“所以说，应小雅很可能是无辜被牵连的？”

虞寒江点了点头：“从谢星河想救应小雅，可以推断应小雅是无辜的人。假设谢星河早就知道这一切，他书包里也有《基督山伯爵》这本书，说明他认同章晴复仇的方式。应小雅无意中知道了这些，章晴想灭口，谢星河出手阻止，因为他觉得章晴杀仇人情有可原，杀应小雅就过分了，所以他警告、下毒，想救下这个无辜的女生，让章晴住手……但是他晚了一步。”

肖楼顺着虞寒江的思路说：“章晴杀人杀上瘾，还积累了足够的经验，她伪造遗书，买好同款鞋子，把应小雅推下楼。在谢星河原本的计划中，周一应小雅中毒，被送去医院急救，没个几天出不来，这段时间他可以劝章晴收手。只要章晴不对应小雅动手，谢星河也不会揭发她，枫树林的秘密就会永远变成秘密。”

可是迟了一步。

谢星河低估了章晴的效率和残忍，高估了自己的谋划。

他下毒和章晴动手在时间上正好撞车，结果牵扯出一系列案件，让5年前的司涵案、近年来的失踪案、应小雅的坠楼案全部串联在了一起。

他没能救下应小雅，也没能保住章晴。

肖楼道：“谢星河很可能是章晴的亲人，所以章晴复仇时，他没有阻止。直到章晴的心理扭曲，对无辜的应小雅下手，他想阻止，却已经来不及了。”

有些凶手，一开始或许只是误杀，或者杀一两个人满足自己的某种目的。

可当第一次作案成功后，凶手会发现，原来杀人这么简单，他们会获得极大的满足感，并且慢慢爱上杀人的快感，变成残暴的连环杀手。

这个世上，最可怕的就是人心。

悬浮空中同时弹出提示——

红桃 3 密室推理结果，请选择：

给应小雅下毒者：谢星河？是 / 否 / 不确定。

推应小雅下楼者：章晴？是 / 否 / 不确定。

肖楼看向虞寒江，对方也看向他，这一次，他们没有犹豫，同时按下了第一个选项。刚按下去，两人的眼前就闪过一行血红色的大字——

恭喜挑战者肖楼、虞寒江完美通关红桃 3 密室【血色枫叶】，找到全部已有线索，通关用时 3 天 3 小时 24 分，通关评分 955 分，刷新红桃 3 密室世界纪录！

完美通关在意料之中，刷新纪录似乎也没什么好意外的。

刑警加法医的组合，提前一天知道应小雅中毒，提前去搜档案室、实验室，连续两夜熬到凌晨，爬楼、翻窗、撬锁、跟保安斗智斗勇……

他们经历了疲惫又刺激的 3 天，如今通关密室，心情却很难平静下来。

肖楼想起第一次见到应小雅的那个早晨，女生慌慌张张地跑进校门，穿着毛衣和牛仔裤，湿漉漉的眼睛，像是误入森林的小白兔一样无辜。她小心翼翼地站在教室后排，攥紧拳头，强忍着眼泪。

其实，章晴就算不杀她，以她的胆量也不会多嘴，可惜，她最终还是没能逃过凶手的毒手。

肖楼深吸一口气，最后看了眼学校里的枫树林。

刚来密室世界时壮观的枫树林，此时因为地下被挖开，枫树东倒西歪，一片狼藉。

不知道坏掉的 8 盏路灯什么时候能修好，也不知道这所学校的学生们还能不能安心读书，他和虞寒江很快就要离开这里，并没有不舍，只是突然有些难受。

好好的校园染上了太多鲜血，肖楼改变不了密室世界的剧情，只希望现实世界的学生们都能平平安安地度过自己最单纯美好的中学岁月。

再见，枫林高中。

肖楼和虞寒江通关密室后不久，就被传送回了个人空间。

一进个人空间，便看见穿着一身红色长裙的美丽女人坐在沙发上，笑盈盈地看着他们："两位，好久不见。"

肖楼朝她礼貌地点了点头:“你好，红桃 A，又见面了。”

虞寒江问:“红桃 3 密室的淘汰率是多少？”

“60%。”她有些遗憾地耸了耸肩，说，“其中大部分是被保安发现，直接赶出学校的。还有一些是两个人默契度太差，不能配合利用隐身斗篷，导致漏听了很多关键信息，推理错误。也有一些特别不靠谱的，第二天直接睡过头，连密室重点角色是应小雅都不知道，无头苍蝇一样在学校里到处找主角，评分都被扣完了。”

别的还能理解，早上睡过头……这简直无法直视。

肖楼看向守关者道:“这次完美通关有什么奖励？现在可以结算吗？”

守关者:“当然，请查看卡包。”

肖楼翻开卡包，果然多了三张新卡。

装备牌：隐身斗篷。

稀有度：A。

描述：红桃 3 密室限定卡。只有完美通关后才能解除限定，在其他密室使用。

效果：使用时进入隐身状态，变成透明体持续 30 分钟，让所有人都看不见你。按密室时间流速计算，24 小时内只能使用一次。

工具牌：万能钥匙。

稀有度：B。

描述：通关红桃 3 密室的固定奖励。

效果：可撬开密室世界的任意一个锁，但方片机关密室不允许使用万能钥匙。这把钥匙只能用 5 次，使用 5 次后损坏。

剧情卡：血色枫叶。

稀有度：S。

描述：完美通关红桃 3 密室【血色枫叶】后获得。

备注：可随时随地翻开这张剧情卡，观看红桃 3 密室的完整剧情。

虞寒江翻开卡包里的剧情卡，他想搞清楚应小雅真正的死因。

卡面画着枫叶的扑克牌在空中旋转，并飞快地展开，变成了一面墙的大屏幕，开始播放密室世界里完整的剧情。

5年前，枫林高中。

司涵背着书包和一个同学并肩走进学校，女孩的眼里满是兴奋和好奇，她在学校里转了一圈，来到枫树林边，看着漫天飘落的枫叶，脸上露出了浅浅的笑容。

枫林高中进行了一次全校测验，司涵以全年级第五名的成绩进入文科重点班。

这片枫树林很受司涵的喜爱，每天早晨她总是很早就来到学校，或是背诵语文课文，或是背英文单词，认真的女孩捧着课本，轻巧地穿梭在枫树林间，就像是一只美丽的精灵。

没过多久，她就被图书馆的管理员注意到了。

姓周的管理员今年已经40岁，身材保持得很好，没有中年人的啤酒肚，加上他学识渊博，还写得一手好字，虽然只负责图书馆，却颇受学生们喜爱。

他笑眯眯地看着枫树林里的女孩说："司涵？你又来这里背书？"

司涵紧张地道："您好……"

周校工朝她鼓励道："继续努力，你一定能考上重点。"

司涵用力点头："嗯！"

原本他只是司涵很尊敬的人。

有次周五放学，司涵由于做值日很晚才回去，刚走到校门口，天空突然下起了暴雨，女生猝不及防被淋成落汤鸡。

开车路过的管理员看见她浑身湿透，便主动给她打开车门，微笑着说："司涵同学，你是不是没带伞？我送你回去吧，正好顺路。"

司涵很不好意思，但是暴雨越下越大，加上对方打开车门让她上去，对方住的地方和她的住处也确实顺路，她只好道了声谢，硬着头皮上了车，双手放在膝盖上，乖乖坐在后排。

没想到，这个决定却成了她悲剧的开始。

车子越开越远，司涵很慌地说："周管理员，我到了……"

然而，前排的司机面带笑容，恍若未闻。

40岁的中年男人将车开到荒凉的郊外，在车里残忍地玷污了懵懂的女孩。

女孩绝望的哭喊声让肖楼听得怒火中烧，他恨不得一拳下去打爆这畜生的头！

暴雨下了一整夜，司涵在凌晨时分才失魂落魄地回家，疯了一样冲洗身体。她年纪小，加上性格软，突然遇到这种事，方寸大乱，不知道第一时间去报警，结果想要报警的时候却没有了证据。

男人第二天亲自登门道歉，说自己喝了酒，失去了理智，加上一直都很喜欢她，所以才会做出这种事，希望她原谅。他甚至在她面前下了跪。

司涵不知道怎么办，也不敢跟任何人说。

她浑浑噩噩地回学校上课，频频走神，成绩一落千丈。

就在她最无助的时候，远在国外的章晴给她打来电话，柔声问："小涵，最近学业怎么样？新学校还适应吗？"

司涵嘴唇颤抖着，眼里满是泪水："姐……你、你忙吗？"

"我最近正好要参加一个重要的考试，好几天没联系你。你还好吗？"

司涵紧紧咬住嘴唇，犹豫片刻，最终还是没说出口。

一来她觉得这件事太丢脸，根本不知道怎么说。二来她不想影响在国外一个人打拼的姐姐。她想着这只是一场噩梦，梦醒了，就当一切都过去了。

只是她没想到，噩梦并没有结束。

噩梦才刚刚开始。

她最信任的心理老师是个年轻又有风度的人，她成绩下降，总是不能集中精神，便去找他咨询调整心态的方法，在心理老师的开导下，她渐渐走出了阴霾。然而，她不知道，一些没有底线的人，哪怕跪下来道歉、发誓，说的也是最没用的废话。

有第一次，就会有第二次。

周五晚上，她被欺负，大声呼救，惊动了学校的保安。

保安过来的时候她本以为自己能得救，没想到这个保安居然没有丝毫人性，反而加入进来一起欺辱她，激烈反抗的她经历了更加残忍的对待。

路过的心理老师看见了那狼狈不堪的一幕，她哭着求他报警。

但是他慌张地走开了。

他才刚毕业，分到这个学校不久，他平时最会冠冕堂皇地讲道理，可关键时刻……他当了懦夫，他不想惹事。

看着心理老师离开的背影，司涵绝望的眼泪让肖楼心痛如绞。

两个禽兽商量过后，决定用学校值班房里的浴室把她洗干净，不留罪证，然后，管理员伪造了一份遗书，保安将她从楼顶推了下去。

那天是司涵 18 岁的生日。

女孩的身体就这样从楼顶坠落，坠落的时间很短，她的眼里，只有正对着办公楼的那一片枫树林，无数的枫叶飒飒飘落，就像在地上铺了一层鲜血染成的红毯。

司涵和章晴是亲姐妹，父母几年前就离了婚，章晴随父姓，司涵随母姓。姐妹两个相依为命，感情极好。

章晴高三考去了国外，很不放心性格软的妹妹，几乎每周都会与她视频聊天。可是 18 岁生日这天，她怎么也找不到妹妹了。

章晴急了，通过国内的姑姑去找，姑姑让儿子谢星河骑着自行车跑了一趟枫林高中，结果却看见学校被警车围住。

推司涵下楼的凶手报了警。

他们已经伪造好了司涵自杀的假象，互相做不在场证明。谢星河远远看着倒在血泊中的表姐，少年的脸上没有任何表情，只是身侧的拳头被掐出了血。

回去之后他将司涵坠楼的事告诉了章晴，章晴在国外彻底崩溃。

谢星河和他妈妈去警局做笔录，认领了尸体，章晴回来参加妹妹的葬礼，她一身黑衣，脸色冰冷，在墓碑前给司涵深深地鞠了一躬，回到家整理妹妹的遗物。

她发现了妹妹的日记。

妹妹用红色的笔记下了自己的遭遇。

章晴面无表情地将日记本抱进怀里，眼里的冰冷锋芒，如同盯上猎物的毒蛇。

警方没有证据，判定妹妹自杀，她不信。

她会为妹妹复仇，血债血偿！

章晴毕业后应聘到枫林高中，日记本里只记录了周姓管理员的那一段以及找心理医生的经历。

章晴先从年轻的心理医生入手调查，她略施手段，对方果然上钩。

很快，她就查了清妹妹的死因。

罪魁祸首当然是姓周的，当天作伪证的保安是帮凶，见死不救逃跑的心理老师也难辞其咎！他们全部应该给妹妹陪葬！

章晴利用自己的美貌，通过精密的计划将心理老师用铁锤砸死，在校工的胸口连刺 3 刀，把保安的脖子用绳索勒断……

她将 3 人的尸体肢解，埋在了妹妹最爱的枫树林里。还特意留下每个人的一块肋骨，削成狼牙的形状，做了一条项链挂在脖子上当纪念。

原本这件事已经终结。

然而，高三年级的英语老师怀孕请产假，学校调课让她来带高三（3）班，谢星河正好在这个班。对这位表弟，章晴没什么感情，父母离婚后和姑姑家走动不多，总共也没见过几次面，反倒是司涵和谢星河关系更好，毕竟都在国内，司涵以前经常去姑姑家蹭饭。

看在司涵的面子上，章晴对谢星河也很好，还给他开小灶辅导英语。

班里有个漂亮的女孩叫应小雅，偷偷喜欢着谢星河，她看得出来，只是谢星河冷漠高傲，一心只为读书考个好大学，对女孩子的心思并不清楚。

周一，谢星河值日，章晴正好在办公室加班。

打扫完教室后，谢星河收拾书包准备回家，到空中走廊却发现章晴鬼鬼祟祟地避开监控上了天台，他疑惑之下跟了过去。

章晴居然有办公楼天台的钥匙？

她打开门，走上天台，站在护栏边眺望着远处，神情严肃。

谢星河疑惑地走过去问："姐，你在这里做什么？你怎么会有天台的钥匙？"

章晴淡淡道："小涵当年就是从这里被推下去的。"她看着远处的枫林，眼里是浓浓的悲伤，"如果我当年不出国，而是留在本地上大学，照顾她，她就不会遭遇这些。是我太好强，太想出人头地，我没照顾好她……"

"涵姐不是自杀的吗？"谢星河低声问。

"自杀？哈哈哈！"章晴笑容阴狠，"她是被人推下楼的，我已经查清楚了，那几个凶手如今就埋在枫树林里呢！小涵要是在天有灵，可以天天看着他们被分尸后的惨状，他们的肉会腐烂、被虫子吃光，只剩下散落的骨头……"

谢星河推了推眼镜，沉默不语。

"怎么，你不意外？"章晴回过头诧异地看着他。

"我早就猜到是你下的手。"谢星河轻声说，"学校里近年来失踪的 3 人都和涵姐有关系，心理老师是她死前经常去咨询的人，保安还有那位校工当天都在现场，怎么会这么巧？"

"而且，"谢星河顿了顿，从书包里拿出一本《基督山伯爵》，说道，"我看见你的抽屉里有这本书的原版，我还专门去买了一本翻译版来看。这个故事讲的是复仇，你在给司涵报仇，那 3 个人都被你杀了，是不是？"

"没错。"章晴冷笑出声，紧紧地攥住拳头，"他们该死！"

"为什么不把证据提交给警方？非要亲自动手？"

"你太天真了。事情过去了那么多年，证据已经被全部毁掉，他们不会承认的！再说，让他们被枪毙也太便宜他们了，我得慢慢地折磨他们，让他们体会一下什么叫生不如死！"章晴的声音冰冷得可怕，她摸了摸脖子上的项链，笑着说，"我还要把他们切成碎片，埋在树林里祭奠我妹妹。"

应小雅惊恐地捂住了嘴巴。

她今天故意和易茹换了值日安排，因为她想和心目中的男神一起做值日，虽然谢星河总是很冰冷，可能跟学霸多待一会儿，她已经很满足了。

俞辉气得要命，看谢星河越发不顺眼，觉得自家养大的白菜怎么能被谢星河这猪给拱了？应小雅给表哥顺了好久的毛，他才去球场打球了，等应小雅下楼。

可鬼使神差一般，她做完值日想下楼的时候，发现谢星河背着书包去了办公楼的天台，她好奇就跟了过去，却听到一个惊天大秘密！

章晴残忍的话吓得应小雅差点叫出声，她立刻转身跑了，下楼的时候双腿都在哆嗦。

章晴察觉到身后的动静，猛地回头："谁？"

谢星河猜到是应小雅，便说："没什么，刚才刮风了。"

他推了推眼镜，道："你为司涵报仇的手段虽然很残忍，但是……我能理解你的心情。涵姐当时死得很惨，害她的人应该接受惩罚。既然这 3 个人都被你收拾了，这件事就过去吧，我们都别再提起。"

章晴冷冷地道："过去？死人不会复活，怎么能过去呢？"

她看着远处的枫树林，就在这时，突然看见应小雅慌慌张张地跑去篮球场，拉着俞辉转身就走，如同逃命。

章晴眯了眯眼："刚才，是不是应小雅偷听到了我们说话？"

谢星河立刻否认："没有，今天是易茹值日，她作业做不完，我让她先回去了，应小雅在陪俞辉打篮球，他俩感情好，你们老师不都知道吗？"

章晴若有所思地看着少年少女的背影，眼中闪过一丝不明的情绪。

谢星河有种不太好的预感。

应小雅肯定是听到了，接下来的几天，她连续迟到，上课还频频走神，以前英文还不错的她，早读课的单词听写居然一个都没写对，章晴的脸色很难看，却没有说什么，下课后把易茹叫了过去。

章晴问："周一是你和谢星河值日吗？"

易茹老实回答道："我跟小雅换了，是她和谢星河一起值日，怎么了吗？"

章晴嘴角扬起一丝冷笑："没什么。"

次日是周三，谢星河发现章晴买了一双和应小雅同款的鞋子，还穿着休闲服来上课……她平时很少这么打扮，谢星河预感到不妙。

章晴会不会杀了小雅灭口？

章晴只是帮妹妹复仇，她会对无辜的小雅动手吗？她为什么买这双鞋？

在别的同学看来，老师买这种帆布鞋很正常，毕竟是流行的款式，很多人在穿。可谢星河立刻察觉到了不对，因为章晴是个很精致的女人，出门爱化妆，鞋柜里全是各种时尚的高跟鞋，她平时极少穿帆布鞋和休闲运动装。

事出反常必有妖！

不论如何，他要以防万一。

下午上化学课的时候，老师正好讲有机磷，谢星河锁好门，跟老师一起出来，然后又偷偷回实验室打开门锁拿走了半瓶有机磷。

回到家后，他去超市买了一大盒俞辉常给应小雅吃的夹心巧克力，用注射器将里面的东西换成有机磷毒物。

周四和周五是考试日，他提前交卷，在应小雅考试的 7 号考场等她。

应小雅考完试出门，谢星河将打印的情书塞给她，应小雅愣了愣，回到家一看，顿时满脸通红……情书写得很肉麻，谢星河真的喜欢她吗？太不可思议了！

谢星河完全不知道应小雅在暗恋她，这封情书在少女心面前全部变成了粉红泡泡，应小雅根本没看懂情书里明显的提示，只是心情格外矛盾。

她知道了很多秘密，章老师居然是班长的姐姐，5 年前坠楼的司涵也是班长的姐姐，章老师为了给司涵报仇连杀 3 人，太可怕了……怎么会有这么恐怖的事？枫树林里还埋着尸体！她还天天去枫树林背书呢，想想都脊背发毛！

应小雅彻夜难安，周日那天，妈妈突然良心发现，坐飞机来陪女儿过生日，叫她去酒店，送了她一部手机，她慌慌张张没带校服，跟妈妈住的时候又做噩梦睡过头，周一迟到了。

谢星河看见应小雅来上课，知道自己的情书这女生完全没看懂，只好采用备用计划。

他总觉得章晴当时的眼神有些凶残，他不知道章晴会不会对应小雅动手，但以防万一，只要小雅吃了巧克力，毒发去医院抢救，章晴就没有机会下手。他再找机会好好劝劝心理已经扭曲了的章晴，这件事就可以完美解决。

可惜，阴差阳错。

应小雅刚吃下巧克力，章晴就来到了教室。

她穿着休闲装和帆布鞋，和早读课穿的衣服不一样，但她之前穿过这套衣服，应小雅也没怀疑，紧张地道："老、老师，您找我？"

章晴微笑道："早读课骂你，还叫你罚站，我知道你不好受。但是，我凶你，也是希望你成绩尽快赶上来。你跟我来一下，我再给你讲讲这次考试的事。"

这理由应小雅无法拒绝，她只好忐忑不安地跟上去。

章晴道："办公室人太多了，找个安静的地方，我们好好谈谈。"

应小雅以为自己偷听的事英语老师并不知情，加上对方一副“辅导学生”的认真样子，她没有多想，就跟了上去。

她到死都没想到自己会被推下楼。

她只是看到谢星河去天台，好奇地跟过去看了一眼，她也不想听到这些秘密。

她何其无辜。

警局里，看见章晴和那双帆布鞋都被带进来，谢星河面如死灰。

他终于交代了一切。

警察都被真相震得头皮发麻，章晴因故意杀人罪被拘留，等待起诉。

谢星河要求见她。

隔着铁窗，章晴面无表情地坐在那里，谢星河攥紧拳头，冷着脸问：“为什么要对应小雅动手？她是无辜的！我以为你没那么疯，没想到你连她都要杀！”

章晴冷冷地道：“她知道的太多了，一旦说出去，我不会有好结果。”

谢星河眉头紧皱：“这不是你杀她的理由，她胆子很小，不可能乱说……姐，你已经不是自己了，你变成了自己最厌恶的那种人，你的做法和当年杀死司涵的凶手有什么区别？！司涵如果知道这一切，会很难过的。”

章晴突然哈哈大笑，她的肩膀不断地抖动，笑着笑着，却满脸眼泪。

她怔怔地摸了摸胸口的尸骨片，轻声说：“屠恶龙者，最终也将成为恶龙，在我决定亲手复仇的那一刻，或许……我就不是自己了。”

章晴被判死刑。

谢星河由于下毒剂量太低，属于过失伤人，加上供出章晴且配合警方调查，在家里的保释下，拘留一段时间后出狱并参加了高考。

剧情卡的最后，是一片公墓。

一排排墓碑整齐地排列在空旷的山上，谢星河穿着一身纯黑色的西装，带着一捧花来到应小雅的墓前，他将花放在墓碑旁，低声说：“对不起，我没能救下你。”

冷冽的风拂过山岗，洁白的花瓣被吹得四处散落。

少年迎风而立，目光平静而深沉：“高考分数下来了，我是第一名，志愿报了警校，家里人都很反对，但没关系，我已经下定了决心。”

他用修长的手指轻轻摸了摸墓碑上少女的照片，声音难得变得温柔起来：“以后，我会当一位刑警。章晴她不该对你动手，杀死司涵的那几人也罪不可恕，你和涵姐都是最无辜的，我不知道以自己的力量能挽救多少无辜的人，但是……我会尽我所能。”

他站起来，朝着墓碑深深地鞠了个躬。

“愿世间少些杀戮，愿天堂永无病痛。安息吧，小雅。”

第七章

字符迷阵

看完红桃 3 密室的剧情后，肖楼的内心久久无法平静。章晴这个人可怜、可悲，却也可恨，她的心被仇恨扭曲，最终变成了自己最厌恶的人，死刑是她最好的结局。

肖楼没想到谢星河会当警察，难道他的故事还有后续？想起红桃 2 密室里带着表弟的尸体离开的凶手赵森，肖楼看向红桃 A 问道："我记得你说在以后的密室中有可能遇到赵森，那么，以后的密室，我们是不是也有可能遇到变成了警察的谢星河？"

红桃 A 微笑着说："赵森、谢星河这些人，在完成密室世界的剧情后会成为自由人，你们当然有可能遇见他们，只是概率偏低。"

肖楼疑惑："自由人？什么意思？"

"卡牌世界的大部分人都有自己生活的区域，比如应小雅、章晴会永远留在红桃 3 密室，但也有些人并不局限于固定密室。"为了方便理解，红桃 A 又举了个例子，"比如谢星河，他在红桃 3 密室的结局是考上警校，以后的密室中如果出现警察，你们就有可能遇见他，因为每个卡牌密室的时间流速是不一样的。"

肖楼低着头琢磨片刻："也就是说，在红桃 3 的世界，谢星河还是个高中生，有可能到了红桃 4、红桃 5，他在读警校，到了红桃 7、红桃 8，他已经从警校毕业了？"

红桃 A 微笑着点头："是的。"

时间流速，这个概念之前见到过。当初进入红桃 3 的时候，密室提示说"红桃 3 的时间流速和卡牌世界不同，这里的一天相当于卡牌世界的十几分钟"。

如果每个密室都有独立的时间计算方式，那么谢星河、赵森等"自由人"确实有可能同时出现在无数个密室世界。

肖楼道："我们完美通关，可以抽限定卡池吗？"

红桃 A 指了指出现在面前的金色宝箱："两位已经签订契约书，完美通关只奖励一个宝箱，请抽奖吧。"

肖楼看向虞寒江："虞队你来？"

虞寒江果断地说："你来。"

肖楼也没纠结，将手伸入宝箱。

恭喜你获得S级稀有度卡牌：神探狄仁杰！

肖楼和虞寒江同时一愣，赶忙拿起卡牌仔细查看。

召唤牌：狄仁杰。

稀有度：S。

描述：完美通关且评分为S时，在限定卡池抽奖，有较低概率获得。

密室限定：狄仁杰仅限于红桃密室、方片密室使用，且每个密室只能使用一次技能。

团队限定：狄仁杰是团队限定卡，同一张契约书上的所有队友最多携带一张狄仁杰。

附加技能1：神探。

使用效果：在红桃密室使用，发现一条500米范围之内的线索；在方片密室使用，发现一个100米范围内之内的机关。

附加技能2：明辨。

使用效果：在红桃密室使用，指出一位说谎的人；在方片密室使用，排除一个机关选项。

备注：密室中只要使用了狄仁杰的技能，就会降低通关评分，无法完美通关。但有时候，太追求完美也不是好事，首先你得活命。当推理陷入困局或者实在找不到机关时，建议召唤狄仁杰帮忙。狄仁杰永远都不会骗你。

这张卡牌上绘制的是青年版的狄仁杰，戴着官帽，还挺帅的。肖楼看着卡牌沉默了片刻，道："这相当于一张线索提示卡？如果后期的密室难度太高，没法完美通关，可以请狄仁杰出来提示，至少能活下去。"

虞寒江点头："这张牌在红桃、方片密室很有用，好好留着吧。"

肖楼认真地把这张新卡放进卡包里，看向红桃A道："我们可以休息吗？"

红桃A笑眯眯地说："红桃3密室条件很艰苦，所以这次的休息时间延长到8个小时，你们可以睡一觉。对了，我还给你们准备了浴室洗澡，毕竟我是个仁慈的守关者。"

肖楼听到这里终于松了一口气。他真的太累了，连续3天没休息好，脑袋里像是有个电钻在搅动，头疼得快要爆炸。而且他们在红桃3密室一直没法洗澡。当时忙着破案，没时间想这些，此时一想起来，肖楼只觉得全身难受。

看出了两人的疲惫，红桃 A 柔声道：“你们慢慢休息，我定了叫醒闹钟，8 个小时到了之后自己去卡牌墙那里抽牌。”

她说罢就瞬间消失了，肖楼对守关者突然消失的事已经习以为常。

在红桃 3 密室的这几天两人每晚都坐在坚硬冰冷的走廊里睡觉，没有被子盖，经常大半夜被冻醒。此时，洗完了热水澡，身体接触到柔软的床铺，盖上暖暖的被子，真是一种奢侈的享受。

他们很满足地睡了个好觉。

肖楼睡得很沉，最后是被虞寒江叫醒的。

男人低沉的声音响在耳边，语气温和：“起来吧，到时间了。”

肖楼迷迷糊糊地睁开眼，发现虞寒江正坐在床边看着他。他揉了揉眼睛，坐起身，下意识地问道：“几点了？”

虞寒江道：“密室世界的时钟显示，现在是早晨 8 点。”

外面并没有清晨的阳光，依旧是浓浓一片白雾，分不清白天和黑夜。肖楼反应过来自己是在卡牌世界，神色平静地下床，去洗手间洗了把脸，来到卡牌墙面前：“接下来去哪儿？”

虞寒江本想直接抽出红桃 4 继续去侦破凶杀案，可是回头一看，肖楼虽然睡了 8 小时，但眼中依旧难掩疲惫的神色，眼睑下方还有明显的黑眼圈。虞寒江想了想，手指往旁边挪了挪，抽出方片 3 道：“按顺序走，去方片吧。”

连续经历凶杀案，对肖楼这样一直生活安定的大学老师来说，哪怕他表情故作平静，心理上也会承受不住。所以虞寒江放弃了继续挑战红桃 4 的想法，想缓一缓，选个肖楼擅长的方片密室去试试。

虞寒江回头道：“我不擅长机关，方片密室要靠你了。”

肖楼谦虚道：“我也只见过大部分密室机关，待会儿一起商量吧。”

两人对视一眼，并肩站在卡牌墙的面前等待传送。

很快，他们的眼前就同时一黑——

> 欢迎肖楼、虞寒江进入方片 3 密室【字符迷阵】。
>
> 通关条件：解锁迷宫中的 3 个机关。
>
> 完美通关条件：解锁迷宫中的全部隐藏机关。
>
> 通关限时 1 小时，评分与时间挂钩，用时越少评分越高。

手里自动出现了一支手电筒，两个人并不在一起。

肖楼打开手电筒环顾四周，他所在的位置是一段长约五十米的狭窄、笔直的通道，地面铺着青石板，两边的墙壁是最原始的红砖。

这里温度很低，空气潮湿阴冷，就像是来到了暗无天日的地下室。

先找机关还是先找虞队？

肖楼选择后者。他打着手电筒走向通道尽头，走到大概一半的距离时发现有一条岔路，肖楼在岔路口站定，正好这时他看到了一缕光线——同样来自手电筒的光线。

肖楼心头一喜，立刻叫道："虞队。"

虞寒江的声音很快响起："嗯，我在这里。"

两人在岔路口汇合，虞寒江皱着眉说："身后的那条通道我找过了，没发现机关，这好像是个小型的迷宫？"

肖楼看着前后左右的直线通道，毋庸置疑，这是个迷宫，但面积不大，最长的一条通道也就 50 米左右，很快就能走到尽头，岔路也不多。

肖楼迅速从卡包里拿出四向箭头卡牌。

这是他之前在方片 2 密室获得的奖励，对付迷宫类的地图非常有用。

他朝虞寒江说道："虞队，你也有四向箭头这张卡吧？我们现在分开行动，把我面前这个方向当作正北，上北、下南、左西、右东，用四向箭头尽快标注岔路口，我想知道迷宫的平面图。"

虞寒江点头："好。"

两个人分头行动，迅速把箭头贴在岔路口的墙上。

重新会合后，肖楼大概分析了箭头的位置，很快就得出结论："这个迷宫并不难，平面图是一个'正'字。"

虞寒江仔细一琢磨……还真是！

肖楼能这么快把三维迷宫在脑海里形成平面图，虞寒江很是佩服，他看向肖楼道："接下来呢？我能帮得上什么？"

"虞队，你负责找西边和南边的机关，我负责东边和北边，找到机关就叫我，注意仔细观察墙壁、地面、天花板有没有提示。"

虞寒江迅速转身离开，结果他刚走到"正"字迷宫的左下角，就听见耳边传来肖楼的声音："我找到了！"话音刚落，悬浮框中便弹出一条提示——"已破解 1 号机关"。

这才几秒，也太快了吧？

想到他刷新过方片 2 密室的世界纪录，虞寒江立刻加快速度，打着手电筒寻找，他在最远的岔路尽头墙壁上看见了一个 4×4 的方格。

规整的方格就像棋盘，其中，第一行的第一个格子、第二行的第二个、第三行的第三个、第四行的第四个格子被标记成红色，填上了一个木制的方块。其他的格子全是蓝色，并且空着。

方格下面放着一个箱子，里面有很多凌乱的木制字符。

这机关，是不是要在空着的格子里填字？

小时候做过这种填字游戏，然而，眼前的棋盘里没有任何提示项，只被填入了 4 个没有字的红色木块。

虞寒江毕竟很少玩密室逃生游戏，没有见过这种填字类的机关，他干脆放弃思考，直接呼叫肖楼：“肖教授，这里发现了一个机关。”

肖楼闻声迅速赶来。

虞寒江所在的位置是“正”字形左边竖起来的那条通道的尽头。

肖楼心里有迷宫平面地图，所以很快就从右上角来到了虞队的身边，一看墙壁上的方格，就知道这是字符拼凑类机关，正好符合方片 3 密室“字符迷阵”的主题。

4 个被填上红色木块的方格正好形成了一条左上角到右下角的对角线。其余空置的方格需要填上其他字符木块，肖楼把盒子里的所有字符木块倒出来，迅速看了一遍。

义、不、改、气、务、邪、凛、辞、归、然、严、业……

一大堆凌乱的字符被肖楼以极快的速度填入 4×4 的方格，他神色平静，显然是成竹于胸，虞寒江站在旁边看他填完全部方格，终于明白过来：“是四个成语？”

肖楼微笑道：“对，被标红的这个木块代表的刚好是‘正’字。”

虞寒江看了眼被肖楼填好的方格——

□气凛然
义□词严
不务□业
改邪归□

从左上角到右下角的四个“无字方格”刚好形成了一条斜线，这四个方格如果替换成“正”字，不就刚好是四个成语吗？

正气凛然、义正词严、不务正业、改邪归正。

原来如此。

已解锁2号机关。

就在这时，两人耳边突然响起“轰隆隆”的声音，肖楼吓了一跳，立刻拉着虞寒江后退，还以为会有巨石从墙壁后面滚过来。

结果，两人退到岔路口，却发现刚才放着字符棋盘的那面墙90度翻转，墙壁的后方又出现了一个封闭的小密室，里面空空荡荡，什么陷阱都没有。

虞寒江盯着空房间看了一眼：“难道里面是3号机关？我刚才走遍迷宫的西边和南边，只看见了2号机关。”

肖楼常玩解谜类游戏，解开上一个机关、打开下一个机关的事他见过不少，虞寒江说得有理，迷宫只找到1号、2号机关，这个小密室应该就是3号机关。

肖楼拿起手电筒照了照屋内，发现地面上并没有明显的陷阱，这才走了进去。

屋子中间的墙壁上又是一个棋盘格，只不过这次变成了7×7的大方格。

和刚才一样，每一行也有一个字被“无字木块”代替，不同的是，木块从右上角到左下角形成了一条斜线，和刚才的棋盘格方向相反。

虞寒江看着棋盘格问：“7个字，这次是诗吧？”

肖楼点头：“得先推理出被挖掉的字是什么。”

两人将墙壁旁边盒子里所有的字符木块倒在地上摆开，一共有42个木块。

肖楼先挑熟悉的诗句，他看见“柳”“暗”两个字，目光立刻扫过全部字符，果然发现“明”“又”“一”“村”也在字符库当中。

肖楼道：“被屏蔽的应该是‘花’这个字符。”他站在墙壁前，语速飞快地说道，“虞队帮一下忙，我找诗句，你来填字，这样更节省时间。”

虞寒江对数字、诗词、成语都不太敏感，但找方块填字这种体力活他还是很乐意的。

肖楼先把第五行的“柳暗花明又一村”填好，说罢便后退一步，看着整个7×7的字符棋盘和地下摆开的散乱木块，道：“第一行，填入昨、夜、闲、潭、梦、落。”

“第四行，待、到、山、烂、漫、时。”

“第三行……”

肖楼说得很快，虞寒江找字符的速度也够快。两人一个念诗，一个找字，默契配合，没过一分钟，庞大的 7×7 的字符阵就已经全部摆好。

昨夜闲潭梦落□
千树万树梨□开
东风桃李□开日
待到山□烂漫时
柳暗□明又一村
春□秋月何时了
□自飘零水自流

将 42 个混乱的字符填入墙上的空格，一条对角线被屏蔽的木块替换成“花”字，正好是 7 句诗。

解锁三个机关，已达成通关条件，是否离开方片 3 密室？

肖楼当然不会离开。想完美通关，必须解开全部机关，这个密室还有隐藏机关。

可是两人在迷宫里走了一圈，并没有发现其他提示，也没有另外的隐藏小密室。

虞寒江皱着眉道：“隐藏机关在哪儿？”

肖楼想了想，低头查看手电筒。

手电筒的开关处除了常见的 ON/OFF，还有一个很小的蓝色按钮，他将按钮按下去，手电筒的光线果然变成了蓝色。光线变成蓝色后，密室里的墙壁上居然出现了荧光白色字的提示项以及一个密码空格。

肖楼道：“这是蓝光电筒，密室游戏常用的道具，白光和蓝光看到的提示项会不一样。”他走到墙壁前，虞寒江立刻跟了过去。

只见墙壁上写着——

39=1，468=3，7898=5
17896=？
24568=？
88888=？

虞寒江的太阳穴突突直跳，看见这些数字他就头疼。

这又是什么意思？

39=1？加法减法乘法除法，怎么算出来是 1 的？ 468 怎么又变成 3 了？

虞寒江还在琢磨题目，结果就见肖楼上前一步，从盒子里拿出四个数字木块，在下方的密码空格处依次填放进去：4310。

恭喜肖楼、虞寒江完美通关方片 3 密室【字符迷阵】，用时 8 分 05 秒，刷新方片 3 密室世界纪录！

虞寒江：“……”

世界上最遥远的距离，不是我在北方，你在南方。

而是我还在审题，你已经填了答案。

从个人空间传送进入方片 3 密室，再完美通关回到个人空间，用时短得不可思议。

虞寒江还没来得及看完题目，肖楼就解开了机关，第一次体会到“躺赢”的虞寒江心情复杂，回到个人空间后，他的神色还有一丝茫然。

肖楼看着虞队一脸困惑的样子，问道：“最后一题，虞队发现规律了吗？”

虞寒江轻咳一声，虽然不太好意思，但他也不愿意说谎，直言道：“我刚看完题目，还没来得及思考。”

肖楼仔细解释：“这道题是把数字当成图形，数里面的圆圈个数。6、9 都是一个圆，8 有两个圆。17896 是 4 个圆，24568 是 3 个圆，88888 是 10 个，所以密码是 4310。”

虞寒江无语。

幼儿园小朋友都会做的题目，但他刚才真没看出来！

肖楼见男人神色僵硬，不由轻笑道：“不用介意，这种题目做过一次的话再遇到就会很简单，但平时不接触数字逻辑题的人突然看见这类题，想不出来也很正常。”

虞寒江的学习成绩确实不太好，数学尤其差，看见数字就头疼。但他并不觉得自己很笨，只不过是他的智商用在了别的地方。

躺赢也挺好的。

虞寒江心想，以后的方片密室，他干脆放弃思考，跟着肖楼走就对了。肖楼玩方片密室太强了。虞寒江心里对这位学术派的伙伴十分佩服。

就在这时，耳边突然传来可爱的萝莉音："两位，请不要无视我的存在，我一直等你们跟我打招呼呢！"

肖楼回头，果然看见穿着粉红色蛋糕裙的小姑娘坐在沙发上，一双小短腿在空中晃来晃去。他微微一笑，温和地问好："你好，方片 A。"

小姑娘道："肖楼，你又刷新方片密室的纪录了，我在想，什么样的机关迷宫才能难住你？"

肖楼谦虚地说："数字、汉字类正好是我比较擅长的，其他类型就不一定了。"

小姑娘歪着脑袋若有所思，片刻后才说："你们表现很好，请领取奖励吧。"

肖楼熟练地打开卡包，果然发现了一张新卡。

书本卡：现代汉语字典。

稀有度：C。

描述：方片 3 密室通关后可获得的固定奖励。

效果：卡牌世界的字典，你可以从中检索到一些有用的信息，毕竟人有时候很容易忘事儿，有了这本字典，忘了可以回头翻。

备注：这本工具书很普遍，人手一本。

肖楼将卡牌激活，手里果然出现了一本厚厚的字典。他翻开一看，字典用的纸张触感细腻，上面的字迹印刷清晰，还是彩色版的。

这本字典有点像是游戏里的图鉴，玩家经历过的密室、遇到的人物，都会在这里出现，而没接触过的全被打了问号。

虞寒江看到这里，不由问道："这算是卡牌世界的百科全书？"

方片 A 道："你们喜欢这个固定奖励吗？"

肖楼说："不错。"

方片 A 这才高兴了，道："完美通关，你们还有一次抽奖的机会。"

肖楼这次把机会让给了虞队，不能老是让他来抽，总抽到陶渊明、狄仁杰之类奇奇怪怪的卡。

虞寒江也没客气，随手抽出一张牌。

他似乎和装备挺有缘的，这次抽到的卡牌又是一张装备卡。

装备牌：夜魔军刀。

稀有度：S。

描述：完美通关且评分为S时，在限定卡池抽奖，有较低概率获得。

备注：这是一件用特殊材料制成的宝刀，削铁如泥。

没有技能的武器，重点在“削铁如泥”这4个字上，使用这把刀，应该能斩断钢铁、石块等坚硬的物质，虞寒江满意地收起卡牌。

方片A好奇地看看肖楼，又看看虞寒江：“你们以前认识吗？”

肖楼回头道：“怎么突然这么问？”

方片A道：“我见过很多搭档，通关回到个人空间都不聊天，感觉像陌生人，还有互相埋怨吵起来的。你们俩配合默契，而且从通关结束到现在一直说个不停，看起来就像是认识很久的老朋友一样。”

老朋友？

其实在现实世界，他俩只能算“点头之交”，虽然互相留了微信，可很少联系。反倒是在卡牌世界，他们共同经历了枫林高中的惨案，一起吃泡面、睡走廊、翻窗、撬锁，关系忽然间亲近了许多。

肖楼和虞寒江对视一眼，眼底都浮起了一点笑意。

能在这个世界遇到如此默契的朋友，真是自己莫大的幸运。

方片A道：“时间差不多了，请抽下一关的卡牌。”

肖楼回头问虞队：“要去黑桃吗？”

虞寒江道：“就去黑桃吧，第三关全部完成后，我们再从红桃开始第四关。”

肖楼没有意见，看虞队抽取了黑桃3的扑克牌。

一阵晕眩后，两人同时出现在一个新世界。

欢迎来到黑桃3密室【金融危机】。

该密室为黑桃、梅花联动密室，密室环境模仿人类城市，所有挑战者之前获得的金币会被冻结，但每人会额外获得1000元人民币（相当于10万金币）的初始奖励，请感谢梅花A的友情赞助。离开密室时，手里剩余的货币也可以兑换成金币带出去。

这是一座看上去安逸悠闲的小城市，没有人知道，金融危机即将爆发。

通关密室条件：在这所城市生活7天，7天结束时自动通关。

备注：该城市所有陌生角色都有可能是自由人，也有可能是和你们一样的挑战者。

肖楼看完悬浮框中的提示，视野中恢复了亮光，他扭头一看，正好对上一双深邃的眼眸。这次，黑桃密室没把他俩分开，两人进入密室世界后就在彼此的身边。他们正站在一条长街上，不远处是卡牌银行自助取款机，前面有三三两两的人在排队。

肖楼道："是经济战的密室？给了我们 2000 块初始资金，我们得计算手里的钱该怎么花。"

虞寒江皱眉看着远处排队取款的人："黑桃 3 密室最难的或许不是钱的问题，而是金融危机全面爆发后，这个城市有可能出现的动乱。"

肖楼一怔，很快就反应过来："没错。这个世界，全是自由人。"

自由人的行动不受守关者管辖。这些人有自我意志，说不定没钱了会围过来打、砸、抢，整个城市很可能变成一团乱麻，挑战者的生存会受到极大的威胁。而且这里不仅有大量自由人，还有其他的挑战者。挑战者和挑战者之间互相抢钱的事也有可能发生。

肖楼深吸一口气："我们先取钱吧，取完钱找个住处，晚上再去超市扫货。"

虞寒江道："只能住最便宜的民宿。"

肖楼点点头，两人并肩来到自助取款机。

他们的指纹被梅花 A 录入了卡牌银行系统，肖楼把指纹按向感应器，发现账户余额只有 1000 块，之前赚的钱都被冻结了。

两人先后把钱取出来，共计 2000 块，由肖楼管账。

就在这时，虞寒江发现一个戴着兜帽、穿着破洞牛仔裤的男生排在人群里，他看上去二十岁上下，身上透着大学生的青涩，男生明显有些忐忑，一双大眼睛左顾右盼观察着四周，在对上虞寒江的目光后立刻移开视线，假装看远处的风景。

虞寒江低声在肖楼耳边说："那边戴帽子的，明显是挑战者。"

肖楼微微一笑："他身后穿衬衫的那位也是。"

虞寒江站的角度并没有看到男生身后的人，听到这里，顺着肖楼的目光扭头一看。

只见男人身材高大，容貌俊美，栗色的头发在脑袋后面扎了一截很短的辫子，他穿着衬衫，解开了两颗扣子，露出一截皮肤，双手插在口袋里，眯着眼睛，一副"老子在散步"的悠闲姿态，和站在他前面有些慌张的家伙形成了鲜明的对比。

男人有一双辨识度很高的眼睛。狭长的丹凤眼、单眼皮，明明带着笑，可那双眼睛眯起来的时候，却像是潜伏的野兽，透着一丝深不可测的危险。

这双眼睛有种奇怪的熟悉感。

虞寒江搜索记忆，很快就记了起来："是梅花密室当初遇到的那位？"

肖楼点点头："应该是他。开局玩心理战，直接全押的 5 号选手。"

第八章

金融危机

5 号当时说要先去梅花密室，此时出现在黑桃 3 密室，看来他已经通关了梅花 3 密室。

或许可以交换一下情报？

想到这里，肖楼便凑到虞寒江耳边说："他应该是通关梅花 3 后过来的，我们能不能跟他打听一下梅花 3 密室的信息？作为等价交换，我们也可以把方片 3 密室或者红桃 3 密室的信息告诉他。"

虞寒江也觉得这办法可行："好，待会儿试试看。"

5 号并没有注意到他们，男人排在取钱的队伍里，双手插兜，姿态慵懒，就如同优哉游哉眯着眼睛散步的猫，看上去一点都不紧张。

队伍快速前进，排在他前面的戴兜帽的男生已经取完钱，匆匆走了。

肖楼怔了怔："那个戴帽子的不是他队友？"

两人正好排一前一后，肖楼还以为他们是队友，可兜帽男生取完钱后走得很快，完全没理 5 号，显然是不认识的。

5 号淡定地去自助取款机取了 1000 块，揣进口袋里转身离开。他刚走几步，就察觉到肩膀上微微一沉，男人豁然回头，意外地对上一双漆黑深邃的眼眸。

"你好，我是 3 号。"对方声音平淡地打招呼道。

"你好，我是 1 号。"旁边的帅哥倒是态度友好，"还记得我们吗？"

男人眯起眼睛打量眼前的两人，搜索完记忆后，他忽然一笑："我想起来了，是在梅花密室打完牌，直接签了契约书的那两位吧？"

"没错。"肖楼点点头，"又遇到你了，真巧。"

虞寒江直截了当地问："你当时说要先去梅花 3 密室，这是从梅花 3 密室出来了？"

男人耸肩："嗯，我从梅花出来还去了方片。不过，我在方片的通关评分只有 C。"

如果没有肖楼带他躺赢，虞寒江自己去方片的话评分估计也只有 C，看来是同道学渣。

由于卡牌世界每个密室的时间流速都是独立计算的，肖楼也没纠结时间的问题，放轻声音说："有没有兴趣跟我们交换情报？"

男人挑眉看向肖楼："什么情报？"

肖楼："我们去过红桃 3 密室，你去过梅花 3 密室，你告诉我们梅花 3 密室的内容，我们告诉你红桃 3 密室的通关方式——等价交换，怎么样？"

男人想了想，干脆地点头："成交。"

互惠互利的信息交换，没理由拒绝。

他转身指了指街道旁边的高档咖啡厅："去喝杯咖啡吧，坐下聊。"

肖楼则更加实在："我们在金融危机即将爆发的世界，钱还是省着点花，不如去那边的餐厅直接吃午饭？"

虞寒江当然听肖楼的，附和道："走，去吃午饭。"

一张嘴说不过两张嘴，他只能跟去小餐馆。

好在这家餐厅虽然面积小，环境倒还不错，桌椅、餐具都很干净。

菜单上只有几种家常菜。酸辣土豆丝、红烧茄子之类的素菜是 15 块，土豆烧牛肉、糖醋排骨等荤菜是 25 块，米饭 5 块钱就有一大盆。

这个物价……肖楼简直感动。

他点了两荤两素，一盆米饭，花掉了 85 块钱。

在危机重重的卡牌世界里，肖楼自然想多结交一个朋友，不想多树立一个敌人。这位 5 号身份不明，但在梅花 2 密室的表现非常出色，肯定是玩牌的高手。

肖楼给出了足够的诚意，不仅掏钱请吃饭，还主动伸出手说："交个朋友吧。先自我介绍一下，我叫肖楼，以前在医学院当老师。"

虞队则简单利落地说："虞寒江，警察。"

男人怔了一下，眼中浮起笑意："肖楼、虞寒江，原来是刷新了红桃 3、方片 3 密室纪录的两位，幸会幸会。"

世界纪录刷新会全服大字公告，所有的挑战者都可以看见，肖楼和虞寒江已经出了名，只是他们自己还没有察觉。

男人爽快地伸出手，跟肖楼、虞寒江分别握了握，道："我叫邵清格，职业是股票操盘手，玩扑克游戏是我的业余爱好。"

肖楼听到邵清格这个名字，微微一怔，很快恢复了平静的神色，微笑着说："邵先生，我们先聊聊方片 3 密室吧，你当时见到的机关是什么样的？"

邵清格干脆地说："第一个机关是很简单的两字词语，第二个是成语填空，第三个是诗词填空。成语被屏蔽了人字，答案有助人为乐、一表人才……诗词被屏蔽的字是月，何处相思明月楼、莫使金樽空对月之类。"

肖楼道："我们的成语题屏蔽的是正，诗词屏蔽了花。"

邵清格有些意外："这么说，方片密室只是机关类型一样，但答案会随机变化？"

肖楼又说出自己在方片 2 密室遇到的数学题，果然和虞寒江、邵清格的数字不一样，但类型完全相同，都是九宫格、对称轴等。

肖楼总结道：“方片密室是题型一样，但题目内容会在题库中随机抽取。只要知道了答题的规律，不管它怎么变，都很容易想到答案。”

看来，交换情报还是很有必要的。双方立刻达成了共识。

肖楼道：“我先说红桃吧，红桃 3 密室是校园谋杀案……”

他将线索位置全部告诉对方，以示诚意。

邵清格也很爽快地透露了梅花密室的信息：“梅花 3 密室是很简单的扑克游戏，叫‘春夏秋冬’……”

他将游戏的详细规则以及获胜的技巧都告诉了两人。

肖楼突然想，如果卡牌世界里同一张牌代表的密室是相似的，只要之前有挑战者成功通关各类密室，后面的挑战者是不是也可以找人套取情报来降低通关的难度？这个世界会不会有专门的情报组织，类似网游里的“副本攻略组”？

由于有了邵清格透露的消息，梅花 3 密室这一关完全不用担心，当务之急还是黑桃 3 密室该怎么过。肖楼问道：“金融危机这一关，邵先生有什么想法？”

邵清格眯着眼睛说：“我打算先去赚钱。”

肖楼好奇：“怎么赚？”

邵清格神秘地笑了笑，凑过来压低声音：“找找看有没有地下钱庄。”

这家伙该不会又去豪赌吧？

吃过午饭时正好下午 1 点，3 人离开餐厅，在城市里转了转。

正午的烈日高悬头顶，街道被晒得几乎要融化，脚踩在地上都是烫的，穿着毛衣的肖楼和虞寒江走在路上频频引来路人侧目，肖楼感觉自己要被晒熟了，赶紧和虞队找了家服装店，随便买了套便宜又清凉的夏装换上。

邵清格穿的是长袖衬衫，也买了件短袖换上。

换完衣服，肖楼清点了一下口袋里的余额，还剩 1800 块。两人拿这点钱在物价正常的世界过一个星期完全没问题，省着点花甚至能过一个月。

可惜，这里是即将爆发金融危机的世界。

明天早晨危机才会爆发，今天一整天都是给挑战者做准备的。

路边的小超市、烟酒店、24 小时便利店都在营业，肖楼进去瞄了眼各类货品，一瓶矿泉水大概是 2 块钱，物价正常。

反正时间还很充裕，肖楼凑到虞寒江耳边说：“我们跟着邵清格，看看他怎么赚钱。”

虞寒江没意见，便和邵清格一起去找地下钱庄。

打探当地的消息，最好的办法就是问出租车司机。正午时分街道上太热，3人干脆拦了一辆出租车，坐进车里吹空调。

肖楼礼貌地道："师傅，我们是外地人，麻烦您带我们在市区转一圈，熟悉一下。"

司机笑眯眯地说："好嘞！"

司机带着3人兜风，3人专注地看向窗外，熟悉环境。

这是个面积不大的小城市，主干道有东街、西街、南街和北街4条十字形的通路，街道交汇处有个中央广场，还有"百货大楼"和"大十字生活超市"。

邵清格假装不经意地问："你们这里有没有地下钱庄、赌场之类的地方？"

司机愣了愣，道："没有！我们这里适合养老，最多就是老头老太太们摆几桌麻将。你想赌钱的话，可以去月之城，那边超多有钱人，还有很专业的大型赌场。"

月之城？肖楼忍不住问："月之城在哪里？"

司机疑惑地扭头看他，如同看一个怪物："全世界最大的城市，你连这都不知道？你们到底是哪里来的？"那眼神似乎在说：你们这3个乡巴佬真没见过世面。

还真不知道，我们不但是外乡人，还是对你们而言的外星人。

肖楼厚着脸皮道："家里条件不好，我们3兄弟平时不太出门。"

司机了然："哦，怪不得，月之城是个好地方，上千万人口的大城市，可繁华了，不过那边物价也是贵得离谱，应该是我们这里的三四倍吧，有机会可以去转转。"

肖楼心里突然闪过一个概念——主城。

这个世界有玩家主城？！

他有一搭没一搭地和出租车司机聊天，打听了一下当地的物价、工资、房价等情况，然后就在市中心超市附近下了车。

肖楼道："月之城很可能是挑战者所在的主城，或者密室世界里类似'中央首府'的地方，司机敢给我们透露信息，说明这并不是秘密。"

虞寒江道："暂时去不了，以后再找机会，说不定有我们认识的人。"

肖楼"嗯"了一声，回头看邵清格："这里没有赌场，邵先生怎么打算？"

邵清格抬头看向不远处的摩天大楼，眯起眼睛说："看来只能重操旧业了。"

肖楼很快反应过来："买股票？"

只是距离股市崩盘时间已经不多了。只剩半天，来得及吗？

邵清格看出了肖楼的疑惑，解释道："我得先搞清楚这个世界的股市和现实世界是不是一样，如果是类似 A 股的那种 T+1 买卖制度，时间来不及，如果是 T+0，那还有戏。两位要跟去看看吗？"

肖楼和虞寒江对视一眼，不约而同地跟了上去。

3 人进入股票大厅，看见不少人在炒股。

邵清格直接找了台电脑，在屏幕前观察了几只股的升降曲线，又去找工作人员询问了一些事项，紧跟着就来到肖楼和虞寒江的面前。

他放轻声音，尽量不引起其他人的注意："这里的股市是 T+0 买卖制，当天买下，当天就可以抛售。股票可以做空，没有涨跌停板的限制，也没有交易数额和次数的限制。"他扭头看向墙壁上的挂钟，"收盘时间在下午 5 点，还剩 3 个小时。"

肖楼道："意思就是，你可以买一些涨势好的股票，收盘之前清仓赚钱？"

邵清格道："嗯，我现在必须赚'快钱'，找涨势平稳的股票快进快出，大量持上升股，并迅速抛售，能赚一些是一些。"

肖楼想了想，说："你的初始资金只有 1000 块，还剩 3 小时，能赚多少？"

邵清格观察了一下股市曲线，说："翻个一两倍应该没问题。"

这人眯着眼睛看股票曲线的时候，脸上的神色很是自信，仿佛全身都焕发着一种金闪闪的光芒。肖楼看了虞寒江一眼，在他耳边问："我们要不要给他点钱试试？"

虞寒江道："你决定吧。"

财政大权在肖楼手里，虞寒江反正对钱完全不敏感。肖楼从口袋里掏出一半钱递给邵清格："要不，你也帮我们炒炒股？"

"没问题。"邵清格微微一笑，"不过我是个'亲兄弟明算账'的人，不想欠你们人情，你们也不用欠我。帮你们赚的钱，利润四六分账，我要四成的辛苦费。"

"好。"肖楼爽快地答应下来，给了他 1000 块。

邵清格迅速注册股市的账户，用大厅里的公用电脑登录操作，只见他双手运指如飞，在键盘上快速敲击，转眼间就买入大量散股，每只股他都买得不多，但从海量的交易市场迅速地挑出这些涨势稳定的股票，这家伙不愧是专业人士，目光极为锐利。

卡牌世界的股票当日买入，当日就可卖出，单个账户总的交易次数也不受限制，这给了邵清格极大的操作便利。

肖楼看着他电脑屏幕上各种红红绿绿的曲线，实在是看得脑壳疼，干脆说道：“邵先生你忙，我们收盘之前再来找你，先去附近找个住处安顿下来。”

邵清格回头看肖楼一眼：“不担心我卷钱跑路啊？”

肖楼注视着他的眼睛，目光温和：“我相信邵先生是个聪明人。”

邵清格跟肖楼对视片刻，唇角微微扬起：“去吧，6 点之前回来，晚饭我请客。”

肖楼放心地转身离开。

走出交易大厅后，虞寒江疑惑地问：“你就这么相信他？”虽然虞寒江也觉得这人没那么大的胆子骗他和肖楼的钱，毕竟他俩是连破世界纪录、多次上公告的人，聪明一点的都知道交个朋友、长期合作的道理，得罪他俩，就为那 1000 块钱，完全没必要。

肖楼轻声说：“虞队没听过邵清格这个人？”

虞寒江道：“不认识。”

肖楼解释道：“他是天桓基金的老总，年纪轻轻就亲手创建了一家规模相当庞大的基金公司，成了江州市的创业代表，名字经常在财经频道的新闻里出现。我在电视新闻里见过他好几次，所以才放心把钱交给他。我相信，以他的见识，不会贪图我们这点小钱。他要操盘股票在这个世界赚钱，我们搭个顺风车，赚一点也没坏处。”

虞寒江恍然大悟：“怪不得你刚才听见他名字的时候表情有些不对。”

肖楼笑道：“因为在听见他名字的时候，我觉得这个密室我们有可能躺赢。”

虞寒江知道躺赢的感觉有多爽。如果邵清格真把初始资金翻个几倍，接下来通关不就容易多了？

当然，目前还是先找住处要紧。

市中心有一家五星级酒店，他们当然住不起。

他们在周边找民宿，发现一家环境不错的小客栈，两层高，双人标间带小厨房和浴室，一晚上只要 100 块，物美价廉。

今天中午吃饭加买衣服花掉 200 块，给了邵清格 1000 块，肖楼手里还有 800 块。

他走到前台道：“老板，给我们一个标间，我们想在这里住 1 周。”

老板是个中年大叔，微胖，笑眯眯地说：“好的，只剩 1 间，优惠价给你们！”

“可以一次性付 1 周的钱吗？”

“我们都是按天付钱，我们市的工资也是按日结算的。”

按日结算，这绝对是个大坑。一旦金融危机爆发，物价全面上涨，货币会一天天贬值，没多少存款的人们将瞬间跌入深渊，说不定连温饱都会变成问题。

肖楼忙说：“我直接付一周，多给您 100 块您看行吗？”

老板疑惑地看着他：“多给我？帅哥你是不是说错了？”

肖楼好脾气地道：“我们是外地来的游客，嫌换酒店太麻烦，我们挺喜欢你家的装修环境，想一次性搞定住处，您看行吗？”

老板爽快地答应下来：“没问题，一周的住宿费 800 块。”

就在这时，身后突然传来个声音：“老板，你这里还有房间吗？”

肖楼回头一看，居然是今天银行门口排队的戴兜帽的男生。对方换了身清爽的短袖短裤，身后背着把吉他，见到肖楼后微微一愣，随即移开视线，认真地看向老板。

胖老板笑眯眯地道：“有，只剩最后 1 间了，优惠价给你！”

说好的只剩 1 间呢？

估计每进来一个客人，老板都会说“只剩最后 1 间房啦”。

卡牌世界的自由人真的没有可信度。肖楼严重怀疑现在给 7 天的钱，这老板以后会不会反悔？他干脆地道：“老板，我们一次交 7 天的钱，您给开个收据吧，就说 7 天的住宿费已经结清。”

老板道：“好！这就给您开。”

旁边男生听到这话，小声道：“那个，我也住 7 天，您也给我个收据吧。”

老板道：“7 天的话要加价哦，多给我 100 块，现在房源很紧张，不知道为什么今天外地游客特别多，你们是商量好一起来的吗？”

肖楼和虞队对视了一眼。

外地游客特别多，说不定这栋民宿里住了很多挑战者。

这是当地最便宜的民宿，肖楼看向兜帽少年，结果对方迅速移开了视线。

他办完入住手续后就急匆匆地上了楼，手里提着个小行李箱，也不知买了些什么。肖楼并不想多管闲事，这里既然变成了挑战者的临时集中营，人不犯我、我不犯人，大家相安无事最好。

只不过，这少年刚才在自助柜台排队的时候身上没带任何行李，转眼间却背了把吉他……他该不会是花钱买了把吉他吧？看上去挺陈旧，说不定是二手市场淘来的货。

肖楼凑到虞寒江的耳边问：“这个家伙难道要去街头弹吉他卖艺？”

虞寒江严肃点头：“有可能。”

肖楼感慨道：“这倒是个好办法。”

很多爱音乐的“北漂”一族都是靠街头弹唱赚生活费的。邵清格这种股票操盘手可以在短期内赚大钱，兜帽少年这种会弹吉他唱歌的也可以靠才艺赚点零花。

肖楼和虞寒江对视一眼，发现自己好像并没有什么赚钱方面的特殊才艺……两人只好默默上楼。

肖楼和虞寒江入住的民宿叫“山水民宿”，这是一栋精致的小楼，两层高，一楼除了大厅还有6个房间，二楼8个房间，两人被安排到了207号房。

刷卡进门，肖楼在屋内走了一圈。房间大约四十平方米，面积虽小却五脏俱全，有独立的浴室、洗手间，还有个4平方米左右的小厨房，装了抽油烟机，摆着一台冰柜，可以自己做饭。

偏远小城市非旅游高峰期的民宿，放在现实世界，一晚上100块也算便宜了。

两张床都是一米二的单人床，床铺有些小，但很干净。

靠北边有一扇可以向外推开的窗户，虞寒江走到窗边，推开窗往外看去。楼下正对着一条步行街，有很多小吃店和服装店，上班时间，天气炎热，街道上行人并不多。

虞寒江说：“这家民宿虽然便宜，但正对步行街，很可能在金融危机爆发后遭遇抢劫。好在我有枪，如果是单纯的入室抢劫，我可以应付。”

肖楼道：“需要囤的物资，我们商量着列一份清单吧，待会儿再去买。”

床头柜上有一张写着“意见簿”的纸，还放了一支铅笔。

肖楼拿过来，在上面迅速写下一些必备的物资。

矿泉水肯定要多准备，以防市内断水。牛奶、巧克力是补充蛋白质和热量比较快的食品，压缩饼干能让人有更强的饱腹感。水果罐头在物资紧缺的时候可以补充维生素。真空包装的卤蛋、肉类、鱼罐头等不容易过期，也可以多囤一些。

肖楼平时经常买菜做饭，对食品的种类、价格都比较了解，很快就列了一份全面又营养的囤货清单，当然，方便面虽然他不爱吃，但胜在价格便宜，可以直接买两箱备用。

等他把吃的写完，虞寒江又补充了打火机、蜡烛、手电筒、旅行背包、刀具、医用绷带、旅行睡袋等必要用品，方便随时背上包撤离。肖楼又加上几种药品，比如常用退烧药、治腹泻的药、抗生素等，防止7天内生病没钱去医院。

两人一边核对清单，一边仔细思考还有什么遗漏项。

肖楼的居家旅行经验加上虞寒江野外露营的经验，清单上的物品越写越齐全，两人干脆把这 7 天当成“流落到一个鸟不拉屎的荒岛”来准备。

肖楼说道：“明天金融危机爆发之后物价肯定会上涨，所以我们身上的钱现在才是最值钱的，我想，不如把 80% 的钱换成货品？剩下一些看情况备用。”

虞寒江点头：“可以，东西多囤一些，我们吃不完后期还可以拿去卖。”

如果物资储备规划得好，他们在金融危机这个密室说不定还能小赚一笔。

时间很快就到了下午 5 点。

肖楼把整理好的清单塞进口袋，和虞寒江一起走路去市中心找邵清格。

股市快要收盘，交易大厅里不少人在殷切地抬头看着股票曲线图，有人面露喜色，有人满脸焦虑，股民们的心脏都在跟着股票的曲线上上下下，如同坐了辆过山车。

肖楼一眼就看见了人群里的邵清格。男人眯起眼睛盯着电脑屏幕，修长的手指飞快地在键盘上敲击，发出“哒哒”的清脆声响。

邵清格见到肖楼，点点头打了个招呼。

等肖楼和虞寒江走到身后，他才轻声说道：“股市在 5 点半开始异常波动，我怀疑是明天金融危机的前兆，还有半小时收盘，必须提前清仓。”

他一边说一边操作，很快就将所有的股票抛售一空。

邵清格登入个人账户中心——他持有的余额居然超过了 4000 块！

肖楼愣了一下，怀疑自己眼花，揉揉眼睛又看了一遍，不敢置信地道：“这些都是你账户的余额吗？翻了一倍？”

邵清格的 1000 块加上肖楼的 1000 块，初始资金 2000 块，短短一下午居然翻了倍，只能说邵总太牛了，怪不得能经常被财经频道采访。

邵清格微微一笑：“今天涨势不错，我快进快出大量收购散股，一下午做了几千笔交易。”他从座位上站了起来，道，“两位，去取钱吧，尽快离开这里。”

股票账户和银行账户对接，转账很快，交易中心就有自助取款机。扣除税费、手续费、转账费用，最后到手的金额是 4280 块。

取款机前面有几个人排队等候，很快就轮到了邵清格。

邵清格直接取了 42 张百元大钞，他环顾四周，低声道：“身上带太多现金不安全，我们先找个地方吃晚饭，顺便把钱分了。”

3 人很快离开了证券大楼。

附近正好有家环境不错的餐厅，3 人要了个小包间，点了些家常菜。晚饭邵清格请客，他将钱清点完毕，分给肖楼 2000 块，道：“这是你们的。”

肖楼怔了怔，说：“利润不是应该四六分成吗？给我 1600 块才对。”

“不用客气，毕竟我也有些事想请两位帮个忙。”邵清格话锋一转，笑眯眯地看向肖楼，“你们有没有升级契约书的打算？”

“当然。”肖楼道，“初级契约书只能绑定两人，升到中级后可以绑定 5 人。只是 C 级密室不允许双人以上组队，想升级估计要等到 B 级密室。”

邵清格提议：“升级契约书的钱由我来出，给我留一个名额，怎么样？”

肖楼看向虞寒江，后者很干脆地点头，肖楼便微笑着道：“没问题，我们非常欢迎邵先生的加入。”

团队里如果有个擅长赚钱的人，至少以后经济方面不用发愁，更何况邵清格打牌这么厉害，对付梅花密室很有优势，他愿意主动加入队伍，当然再好不过。

肖楼好奇地道：“邵先生为什么突然想和我们组队？”

“做生意讲的是诚信，投资越多，风险越高，但回报也会越高。你们相信我，让我帮你们炒股，我也相信自己的眼光——加入你们，稳赚不赔。”

信任是相互的，他敢加入这两人的队伍，也有一部分原因是肖楼直接给钱让他自由操盘，并且放心地离开交易中心去找住处，没有把他当成会卷钱跑路的小人。

再说，大学教授、警察，两人在现实世界的职业也很值得信赖，而且还破了那么多记录，加入这样的高手组成的队伍，邵清格稳赚不赔。

肖楼温和地说：“既然要合作，不如我们规划一下以后，第四关也是 C 级密室，我和虞队会先去红桃 4、方片 4 密室，邵先生先去梅花 4、方片 4 密室，然后在黑桃 4 密室汇合，继续交换情报，这样就可以帮助你迅速过红桃关，我们也方便过梅花关。”

邵清格也觉得这提议很不错，点点头说：“好。打完第四关，从第五关开始就是 B 级密室了，可以多人组队，到时候再升级契约书。”

3 人很快就口头约定了之后的计划。

简单吃过晚饭后，邵清格问：“两位找到住处了吗？接下来怎么打算？”

肖楼道：“我们住在光明街的山水民宿，想吃完饭去超市囤货。”

邵清格道：“那我也先去找个住处。”

肖楼疑惑地问：“邵先生，你在黑桃 3 密室没有队友吗？”

邵清格无奈地说：“之前在梅花 3 密室遇到一个不会玩牌的队友拖我后腿，害我差点输钱，所以我进入黑桃 3 密室的时候拒绝了守关者给我匹配队友的提议，打算一个人行动。”

“那你先去搞定住处吧，待会儿来超市找我们。”肖楼了然道，“我们列了一份囤货清单，到时候也给你看看，说不定有用。”

“好，8点钟超市见。”

三人在餐厅门口分开，肖楼和虞寒江转身来到附近的中心广场。

晚饭过后正是一天中最放松的时光，这座小城的居民也开始出门溜达。年轻的情侣手牵着手逛商场，小孩子们在广场上玩滑板鞋，也有很多老人牵着宠物狗在广场周围的公园里散步。

肖楼和虞寒江经过中心广场，看见有一群人围在那里，不知道干什么。

很快，被包围的人群中就传来一个清朗的声音：“各位帅哥美女叔叔阿姨小朋友，大家晚上好！我是来这边旅游的外地人，身上带的钱花光了，只能靠街头卖艺赚点生活费，我给大家唱几首歌，觉得我唱歌还不错的话给点零花钱就行，谢谢大家……”

他调好吉他，紧跟着就开始唱歌。

肖楼仔细一听，少年唱的居然是粤语版的《光辉岁月》。

他一边弹吉他，一边唱歌，虽然年纪太小唱不出原唱的那种沧桑，却也有自己独特的风格，清朗的声音朝气蓬勃，穿透力很强，有种适合在酒吧里嗨翻天的热血感。

周围不少年轻人跟着他的节奏摆动身体，还有小孩子也围过来听。

整个中心广场因为他的存在，变得无比热闹。

肖楼和虞寒江对视一眼，同时确认这就是他们今天遇到过两次的那位兜帽少年。

只不过，他此时把帽子放在背后，露出一整张清秀的脸，下面搭配的依旧是时髦的破洞牛仔裤和帆布鞋，乌黑的短发随风肆意飞扬，唱到高潮处还会陶醉地闭上眼睛。

弹着吉他、唱着歌的少年就像是换了一个人，全身上下都散发着不一样的光彩。

一曲结束后，少年朝人群深深鞠躬：“谢谢！希望手里有闲钱的，能给我打赏一些零花钱，生活所迫，打扰大家实在不好意思……”

他的小音箱前面摆着一个布袋，很多观众都上前去给他投币，还有人起哄。

“再来一首！”

“唱得好！”

“小帅哥哪里来的？这歌我没听过，但真的很好听。”

掌声结束后，他又弹着吉他，唱了首很清新的民谣《窗外》。

肖楼朝虞寒江道：“他唱得真不错。”

虞寒江凑到肖楼耳边说："南方人，粤语发音非常标准。唱功很强，对卖艺赚钱这件事十分熟练，他在现实世界很可能经常去大城市的街头卖唱，或者在酒吧驻场，所以哪怕在陌生的卡牌世界，他也完全不会怯场。"

这个家伙确实很会调动观众的气氛，只唱了两首歌，他前方口袋里的零钱就超过了 100 块，这来钱的速度真是让人羡慕。

肖楼道："我小时候也想去学吉他，可惜我五音不全，唱歌老是跑调。"

虞寒江想象了一下肖教授唱歌跑调的画面，嘴角不由轻轻扬起。

正好少年又开始唱第三首歌，肖楼也不想一直听下去，看向虞寒江道："虞队，走吧，我们该去超市囤货了。"

虞寒江迅速收起笑意，跟着肖楼一起去了超市。

晚间的超市顾客比较多，还有部分蔬菜水果会打折出售，肖楼和虞寒江推了两辆购物车直奔零食区，按照清单开始扫货。

2 箱牛奶、2 箱巧克力、4 箱矿泉水、4 箱方便面、4 箱饼干、黄桃罐头、杨梅罐头、橘子罐头、雪梨罐头……

虞寒江对肖楼的生活方式十分欣赏，他列的食物清单真的非常丰富。

泡椒凤爪、红烧鸡腿、牛肉干、鱼罐头之类的肉类零食也买了一些，纸巾拿了一条，打火机、蜡烛、一次性垃圾袋、一次性饭盒、旅行用的背包、睡袋……

两辆购物车很快被塞满，虞寒江又去推了两辆过来。

周围的顾客看见他俩买这么多东西，都会很诧异地瞄他们一眼，肖楼礼貌地回以微笑，大家就不再看他们了。

两人将清单上的物品买齐，发现不远处还有两个女生也像他们一样在疯狂扫货，买的全是方便面、巧克力和矿泉水——这一看就是挑战者。

双方目光相接，又快速移开，假装什么都不知道。

没过多久，邵清格也来到超市，找到肖楼和虞寒江后，他被两人满满当当的 6 辆购物车给吓了一跳，不由摸摸鼻子道："买这么多？"

肖楼低声说："今天的钱是最值钱的，现在买东西最划算，我们把 2000 块花得差不多了，只留 400 块应急，待会儿还要去药店买些常用药。"

邵清格看了眼肖楼的清单，竖起大拇指："物资很齐全，断水断电把你们丢到荒岛过半个月都没问题吧。"

肖楼道："邵总要不要加入？"

邵清格挑了挑眉："你的意思是让我跟你们一起共享物资？"

肖楼点点头："我们买的吃的够多了，加你一个人也吃不完。你的钱先留着，看接下来的情况。最好的结果是，我们顺利用这些物资通关黑桃 3 副本，你的钱就可以全部带出密室，以后再用。”

虞寒江发现，肖教授真的很会精打细算。

他俩买的东西确实吃不完，让邵清格临时入伙，邵清格就不用囤物资了，3人的钱一起用，就算之后遇到什么变故，邵清格手里还有2000块现金，也能有应对之力。

邵清格显然是聪明人，爽快地说："这样最好，这7天我就跟着两位蹭吃蹭喝吧。"他看了眼两人的购物车，压低声音，"只不过，你们买这么多物资，目标太大，如果东西全放在一起，万一被抢就麻烦了，鸡蛋不能放在同一个篮子里。"

经常搞投资的都知道分散风险的道理，有虞队在不怕抢劫，可万一发生火灾呢？

虞寒江也很赞同邵清格的看法，低声说："把物资分成3份，我和肖教授的房间放一份，邵先生那里放一份，我们身边只留这几天够吃的东西，剩下大部分物资转移到安全的地方。"

肖楼问："邵先生住在山水民宿吗？"

邵清格摇头："我去的时候那边已经没房了，住了很多挑战者，我去附近找了一家酒店，比山水民宿贵，一晚上150块。"

虞寒江道："你们先排队结账，我去买包装箱和药品。"

他让肖楼和邵清格在超市出口排队，自己则离开超市去附近的烟酒店，花钱买了好几个空的大纸箱，将物资分类装进纸箱里，就不会太引人注意。

晚上8点还不算超市高峰期，排队处的人并不多，肖楼和邵清格排了几分钟，就买完单出来了。

虞寒江将两人叫到角落没人的地方，把所有东西的外包装拆开，放进大纸箱里，再用透明胶封口。然后，他拿出一支很粗的黑色水笔，在箱子的表面写上："内有玻璃，易碎品，小心轻放。"

虞队真是绝了。看来经常跟犯罪分子斗智斗勇的他，很擅长伪装身份。这样从表面看上去，他们3个就是装修公司的，抬着几大箱的玻璃。

在外包装上做好伪装，肖楼紧跟着问："虞队说的安全的地方怎么找？"

虞寒江道："去装修市场附近租一间临时仓库，把我们的'玻璃'放在仓库。"

肖楼愣了愣，很快就笑起来："好主意。这么多'玻璃'，放在装修市场的仓库里，确实不会引人怀疑。"

邵清格佩服地竖起了大拇指。

虞寒江道：“邵先生，我们分头行动。我和肖教授去放这批‘玻璃’，你背上旅行背包带走药品，另外带两箱物资先回酒店，晚上我们再来找你。”

邵清格点点头，将自己住处的位置告诉两人。

虞寒江和肖楼直接打电话找来搬家公司，带着十几个大纸箱出发前往装修市场。

邵清格分开行动，叫来出租车，背着旅行背包，并带上两个外面标着“烟”和“酒”的箱子回了酒店。

装修市场果然有很多临时仓库用来放各类家具，虞寒江租了一间 4 平方米左右的小仓库，租期一周，将十几个大箱子全部放进仓库，上了锁。

大铁门落锁的那一刻，看着手里的钥匙，肖楼的心总算放回了肚子里。

没人会想到，装修市场的地下仓库里，这十几个写了“内有玻璃，易碎品，小心轻放”的大纸箱，装的全是金融危机爆发后可以救命的物资。

夜色降临，中心广场上的居民们各自回了家，卖唱的少年将获得的钱揣进兜里，转身去买了个大的登山包，再去附近的 24 小时便利店，开始不动声色地购买食品。

入夜，邵清格背着一个超大款旅行包和肖楼、虞寒江汇合，将近几天的吃的交给他们。肖楼放轻声音问：“你住的地方情况怎么样？”

邵清格说：“发现好几个挑战者，抬着牛奶、矿泉水和方便面上楼，这个世界的挑战者比我预计的还要多。”

山水民宿满员，附近这家略贵的酒店也有很多挑战者……

黑桃密室很可能调整了时间流速，故意把大量挑战者匹配到一起。人越多，这个世界就会越乱，通关的难度自然也会变高。

不过，物资储备足够丰富，还分成了 3 批，他们一点也不担心。

跟邵清格告别后，约好了明天会面的时间和地点，肖楼和虞寒江便转身回民宿住下。

这一夜，大家都睡得很香，再次醒来时天已经亮了。

次日早晨，8 点。

所有的挑战者睡醒的那一刻，悬浮框中同时出现一条提示——

黑桃 3 密室【金融危机】，第一天。

受金融风暴影响，你们所在的城市，物价上涨一倍，股价下跌

50%。

肖楼还以为会慢慢涨，结果第一天的物价就直接翻了一倍？！

邵清格大清早起床看见这条消息，心中顿时警铃大作，他大学就是金融专业，毕业后自己创业成立基金公司在股市操盘，因此，他很清楚股价下跌50%意味着什么。

他去洗手间以最快的速度洗脸刷牙，随便吃了些早餐，然后就将箱子里的吃的拿了一些放进旅行背包里，剩余的东西全部藏在床底下。

8点30分，邵清格到约定的地方和虞寒江、肖楼汇合。

两人同样背着背包。虞寒江挑的包都是很适合旅行的黑色双肩包，里面可以放下够吃7天的饼干、巧克力和水，移动作战，这是虞队的策略。哪怕其他物资被抢，他们也能靠背包里的东西活下去。

虞寒江压低声音说："我们刚才路过步行街，当地人还有不少在小吃店里吃早饭，大家的表现都不是很激动，以为只是暂时的物价调控。"

旁边一家早餐店里，一个年轻人大声抱怨道："老板你什么意思？我天天在你家吃早饭，以前一碗豆浆一笼包子只要8块，今天涨到16块，你这是抢钱啊？"

老板满脸堆笑："我也不想的，可附近的店全都涨价了，今早去超市进货，面粉、大米、蔬菜……价钱都翻了一倍，真是邪门！"

年轻人骂骂咧咧地放下钱，提着包转身走了。

早餐时间，面对突发的物价上涨，城市的居民们满嘴抱怨，但大部分都认为明后两天物价就会恢复正常。也有一些谨慎的居民开始去超市扫货，生怕明天物价会继续上涨。

今天正好周六，大部分公司不上班。

照理说，周末这个时间段路上的车辆应该不多，今天却格外反常。早晨8点30分，3人一路走来，发现城市的主干道已经被私家车堵得严严实实，车子几乎挪不动路。

肖楼看了眼排成长龙的车队："看来，原住民也有很多意识到了不对劲，急着去超市囤货，超市的物资很快就会供不应求。"

邵清格突然说："我得再去一趟股票交易中心。"

虞寒江扭头问他："你还想炒股？"

邵清格解释道："刚进密室的时候，我看见提示说早上8点股市崩盘，但具体哪些股票会跌我并不能精确锁定，所以昨天我都是用快进快出的方式赚钱，保证我们有足够多的现金囤到物资。”他的目光快速扫过周围的人群，轻声说，“我很可能想错了，股市并不是瞬间全崩，某些股票还很稳定，比如房地产相关的股票。”

肖楼点点头：“这一路上，确实没听见有人议论房价。”

邵清格道：“这个密室既然是黑桃、梅花联动密室，背后肯定是黑桃 A、梅花 A 这两个守关者共同在操控。他们应该会采用循序渐进的方式，慢慢摧毁这个城市的经济体系。通货膨胀是第一步，房价崩盘就会是第二步。”

虞寒江立刻警觉地道：“我们兵分两路，我去装修市场检查一下，那批物资绝不能出问题；肖教授和邵先生一起去股票中心，顺路看看超市的情况。如果遇到抢劫，你们记住，背包里的物资可以给别人，保护好自己才最要紧。”

肖楼说：“不用担心，这才第一天，直接上街抢劫的人应该不多。我和邵先生一起行动，互相有个照应……倒是你，一切小心。”

虞寒江点了一下头：“放心，中午在民宿汇合。”

3 个人立刻分头行动。

股票交易中心。

今天的交易大厅人山人海，邵清格和肖楼走进大厅，抬头扫了眼今天开盘后的股票形势。第一天崩盘的都是食品、药品、日用品、纺织业、服装相关股，买了这些股的股民们情绪激动。

就在这时，窗边突然传来尖叫：“有人跳楼！”

一群人立刻围过去，只见证券中心的楼顶有两个年轻人拉开一条巨大的横幅，上面用红色的大字写着“还我血汗钱！”，红色的感叹号触目惊心。

警察们行动迅速，3 分钟之内就在楼下拉开了充气垫。

在众人的惊呼声中，天台上两个年轻人带着横幅一跃而下——

“砰”的一声巨响，两人落到气垫上，虽然性命无碍，那声音却像重锤一样敲在所有股民的心上。

跳楼事件让交易大厅里的气氛更加压抑，每个人脸上都惶恐不安，有人开始撕心裂肺地大哭，有人满嘴脏话，还有人双手合十祈祷着“明天一定要涨回来，我的全部身家都在股市……”

肖楼看着这乱糟糟的一幕只觉得头皮发麻。他不炒股，但他能理解这些人的心情。见邵清格抬头看股票，肖楼轻声问：“你说的房产股怎么样？”

邵清格道：“还算稳定，我们要尽快找一台电脑，我得抓紧时间。”

电脑前都挤满了人，根本找不到可以用的，两人只好离开股票中心去附近的网吧找了台电脑……平时上网一个小时也就 4 块，今天直接涨到了 8 块。

肖楼手里正好有超市囤货找的零钱，问邵清格："要几个小时？"

邵清格说："一个小时够了。"

他们找了台闲置电脑，邵清格打开股票网站登录个人账户，肖楼坐在旁边看，邵清格一边操作，一边轻声给他解释："肖教授听过做空股票吗？"

"我从来不炒股。"

"你看，天宏地产、荣光地产……这些股票和暴跌的食品、日用品等股票相比，显得相对稳定，但这只是假象。按照我的推断，梅花 A 会一步步摧毁城市经济体系，房地产相关的股票过两天才会暴跌，让抱有侥幸心理的人们彻底崩溃。等所有人都陷入绝望，真正的暴乱才会开始。"

肖楼深吸一口气，问："你打算怎么做？"

邵清格以极快的速度敲击键盘，借贷了大量房产股，一边迅速抛售，一边跟肖楼解释："做空股票，就是在推测出某种股票会暴跌的情况下，通过中间方以'借贷'的方法持有大量股，按照当前的市价出售，等股票跌了之后再低价买入，偿还借贷。"

为了方便肖楼理解，他还举了个例子："比如天宏地产现在一股是 0.8 块，我通过中间方借贷 1000 股，按当前股价售出获得资金 800；等明后天这只股票暴跌一半后，我再用 0.4 的市价买回 1000 股还贷，只需花费 400，这中间的差价就是我的纯利润。"

这简直是空手套白狼。

股票做空，肖楼没听过这个专业词汇，但邵清格的解释他很快就理解了。通过借贷的方式把借来的股票先高价卖出，等股票跌了再低价买入，等量还回去，赚取其间的差价。和平常"先买，后卖"相反，做空股票是"先借过来高价卖，再低价买来还"。

肖楼不得不佩服这位年轻的创业者对股票市场的敏感。他忍不住道："像邵总这样经济学方面的专业人才，在这个密室应该能赚不少钱吧？"

邵清格道："我是做基金公司的，对'钱生钱'这种赚钱方法比较在行。"他捏了捏眉心，"但我觉得黑桃 A 不会这么好心，开密室给我们赚钱，过几天肯定会有大量威胁我们生存的事件发生，能不能把赚的钱带出密室，还要看我们的本事。"

肖楼很有信心地说："一定可以，毕竟我们有虞队呢。"

邵清格挑眉："你这么相信虞寒江？"

肖楼笑道："我在现实世界认识他的时候，他就是江州市警界的传奇，两天破了一起谋杀案，据说很多犯罪分子听见他的名字都会吓得尿裤子。”

邵清格轻笑出声：“他这么厉害？怪不得你在梅花 2 密室直接和他组队……看来，有虞警官这样的强力队友，我也要多一些信心才是啊。”

装修市场。

虞寒江来到这里，果然听见一些装修工人在抱怨。

“今天去进货的时候木材价钱翻倍了，怎么回事啊？”

“瓷砖、厨具、家电全都涨价，真是见了鬼！”

今天的装修市场非常混乱，前几天预付定金买家具的，今天来提货的时候价格翻倍，顾客当然不接受，老板也不想原价卖，双方争论不休，虞寒江的耳朵都快被吵聋了。

好在他当时选的是最隐蔽的地下仓库。此时地下仓库只有几家公司在卸货，虞寒江去附近的五金店买了把质量最好的锁，把原先仓库的普通铁锁给换掉了。

换了锁后，虞寒江直接穿上隐身斗篷，用 30 分钟的隐身时间，在装修市场转了一大圈……并没有发现挑战者的踪迹。

这也难怪，大部分挑战者会先去超市囤货，谁闲着没事儿来装修市场买家具？

侦查完毕后，他在纸上唰唰几笔画出整个装修市场的平面分布图，一旦有人半夜洗劫仓库，逃跑的路径虞寒江也全部在地图上标注好。

做完这一切后他又在附近转了转，发现一家装修公司吵得很凶，玻璃都被砸了，因为员工闹着要翻倍的工钱，老板不肯给，员工表示要罢工。

可以预见，不出几天，这个世界的各行各业都会出现罢工潮。

工资按日结，是黑桃守关者给这个世界挖的一个巨坑。

超市里，肖楼和邵清格被眼前的壮观景象震得说不出话来。

昨晚还井然有序的超市今天已经彻底乱了套，超市的入口人山人海，几乎挤得前胸贴后背，结账处排着看不见尽头的长队，那些日用品的货架上一整面墙高的矿泉水、方便面、牛奶、巧克力……居然都被搬空了。

整个超市到处是人，货架却空空荡荡，如同经历了一场浩劫。

邵清格皱眉说：“这个世界敏感的人也很多，看来是今早所有物价翻倍给大家敲响了警钟，都跑来超市囤货。”

物价目前只翻了一倍，手头有存款的话不用太害怕，大家更担心的是物价会继续暴涨，所以囤点货总没有错处。

买米、面的人很多，还有个老太太直接推了一车的五花肉。

结账处的队列越来越长，早上睡迟了才反应过来的人还在往超市挤。

进得多、出得慢，人群渐渐变得焦躁，突然有一个小伙提着一箱牛奶，没给钱，直接从结账处的栏杆处翻了出去，撒腿就跑。超市的保安急忙转身追他，身后一群人开始喊：“有人逃单！”“能不能快点啊！”“结账处的干吗呢，动作放快点，家里还有事儿呢！”

收银的几个妹子被催得满头大汗。

这个世界没有移动支付，买的东西要算账、找零，结账处的妹子哭丧着脸说：“零钱不够了，快叫经理过来！”

经理过来维持秩序，但排队处的人越来越多，有个老头心脏病犯了倒在地上，人群中又是一阵骚乱，由于零钱储备不足，收银处没法找零，也不知是谁带头，推着购物车直接冲了出去：“还要我们付钱，所有物价翻一倍，这超市是想抢钱吧？”

又有几个年轻力壮的家伙逃单，不给钱就跑路。

但是大部分人在第一天还是比较有素质的，只翻一倍的物价，在大家的承受范围内，虽然很多人满脸不耐烦，但依旧等着经理去拿零钱。

肖楼和邵清格对视一眼。

第一天就已经乱成了这样，接下来简直不敢想象。

为免被大量激动的人波及，两人迅速离开超市，返回民宿。

虞寒江回来的时候，肖楼正在厨房做午饭。

他在锅里煮了两包挂面，放入几根青菜，用盐、醋做调味料，还切了些葱花拌进去，再加上几个荷包蛋，3 碗“酸汤面”成功出炉。

桌上的餐盒里放着腌好的萝卜条，另外还开了个鱼罐头，盘子里放些卤肉干，一顿简单的午饭就做成了。

肖楼煮的面不软不硬、口感正好，配上鲜美的酸汤，特别开胃。

虞寒江早餐只随便吃了些饼干，此时对着热腾腾的面条，他狼吞虎咽地迅速吃完一碗，把汤喝得渣都不剩，看向肖楼，期待地问：“还有吗？”

邵清格一边吃面一边赞道：“肖教授好手艺，我也想再来一碗。”

肖楼笑道：“我又下了一锅，管够。”

酸汤面很养胃，而且做起来方便，清香可口，至少比调料重的泡面要好吃得多。所以肖楼昨天囤货的时候顺手买了箱挂面，打算有火的话自己下面条吃。

3 人吃完午饭，肖楼又开了个水果罐头，倒在一次性餐盒里，分给两人一人一个塑料勺子。

邵清格舀了一勺水果罐头里的果汁，塞进嘴里，满足地眯着眼睛，颇有种“跟着大神有肉吃”的愉快心情——让他自己去囤货，他才想不到还有水果罐头这宝贝！

虞寒江吃着又甜又新鲜的水果罐头，心里也很是感慨。

带上肖教授，居家旅行完全不用发愁。

一顿午饭的成本其实还不到 40 块钱，可 3 人都吃得特别满足。

下午，虞寒江继续出去调查，让肖楼和邵清格留在民宿吹空调。

外面的温度已经超过 40 度，带着他们，3 人行动反而目标太大，所以虞寒江干脆一个人行动，不让两人跟着。肖楼拗不过他，只好留在民宿等他回来。

烈日当头，街上的马路快要被晒融化了。

虞寒江这次出门，主要是调查整个城市的动态，看看哪里容易出问题。

这世界的原住民全是自由人，变数极大，挑战者又多，虞寒江担心过几天会出现严重的群体暴乱事件波及他们。一旦民宿住不下去，他得第一时间带着肖楼和邵清格转移，给自己留一条后路总没错。

周边的工地、烂尾楼，都是好去处。这些地方至少能遮风挡雨，他买了睡袋，往地上一铺就可以过夜。

虞寒江找民宿的老板借了辆自行车，骑着车往城市郊区走。骑了半个多小时，他果然发现了一处工地——这是一栋三层楼高的建筑，不像商品房，更像是商场。楼盘刚刚封顶，窗户还没有安装，整栋楼的外立面也没刷漆，是最原始的红砖。

受物价翻倍的影响，工地正陷入混乱状态。

不少民工要求今天的工资翻倍，老板拿着话筒劝说大家，快要磨破嘴皮子，整个工地的机器全部停止运转，施工状态已经停滞。

虞寒江来的时候，工人们正聚在一起愤怒地喊着要罢工，老板好说歹说地劝住了大家，说自己会尽快想办法，物价肯定会降下来的，大家不要着急……

工人们的情绪稍微稳定下来，工地也恢复了正常的运转。

但虞寒江知道，这种稳定维持不了多久，明天物价还会上涨，工资的涨幅却不能跟上疯狂飙升的物价，这个工地不出 3 天就会彻底荒废。

3 层楼，有很多空房间，虽然没装窗户，但生存密室要求不能太高。虞寒江将这里作为备选基地，一旦民宿不能住，他会带上肖楼和邵清格立刻转移。

查完工地，虞寒江紧跟着去周边转了转。这里荒无人烟，后期转移过来不会有太大的危机，应该可以生存下去。

肖楼一脸焦急地在民宿等待。

虞寒江下午5点才回来。

肖楼总算松了一口气，上前问道："没什么事吧？"

虞寒江给了他一个安心的眼神："今天才第一天，大街上没有人打、砸、抢，只是一些工人闹着要罢工，普通民众情绪有些焦躁，但还能承受。"

邵清格叹了口气："目前水电供应正常，上班族们在家里吹着空调，厨房还囤了吃的，当然不会太难受，明天是周日，形势会更加严峻，到了后天的周一，很可能出现大规模的罢工潮。"

肖楼担心地道："也不知道我们能在这里住多久。"

虞寒江轻轻拍了拍他的肩："别担心，我已经找好了备用的住处。"

肖楼愣了愣："你下午出去就是为了找备用住处？"

虞寒江点头："市郊有一处正在施工的楼盘，3层高，工人们在闹罢工，过几天真的罢工了，楼盘就会变成烂尾楼。如果市区不安全，我们到时候就搬过去住。"

大热天的，虞寒江满头是汗，出去一整个下午，原来是为了提前找好退路。

虞队真是靠谱，肖楼赶忙拿出一瓶矿泉水递给他："外面这么热，辛苦虞队了，先喝点水，赶紧洗个澡吧。"见虞寒江的短袖已经被汗水浸透，紧紧贴在身上，肖楼又说，"洗澡的时候把衣服换下来，我待会儿顺便帮你洗一下，全是汗穿着会难受。"

虞寒江道："谢谢。"

邵清格看着他俩，起身说："我先回酒店了，你们聊。"

肖楼问："晚饭过来吃吗？"

邵清格摆摆手："不用做我的那一份，我今晚吃储备粮。"

肖楼点头："好的，那你一切小心。"

等邵清格走后，虞寒江才脱了衣服去浴室洗澡。

结果，虞寒江刚洗完澡，外面就响起了敲门声。

邵清格去而复返，沉着脸道："我住的酒店，藏在床底的一箱东西全被偷了。"

肖楼和虞寒江一时沉默了。

邵清格头疼地按向太阳穴："我是不是长了一张小偷很喜欢的脸？"

肖楼哭笑不得："大概是你身上散发着有钱人的气息？入住酒店的时候被盯上了？"

邵清格觉得事情不简单，他压低声音，看向虞寒江："虞队，我觉得住在我们酒店的挑战者想用别的通关方式，比如偷其他挑战者的物资。刚才在酒店大堂，还有两个女生也哭着说自己丢了两箱东西，我怀疑这次的挑战者中有职业盗匪。”

虞寒江的神色立刻变得严肃起来：“他们还没偷到山水民宿，是因为这边人太多，不好贸然行动，所以先挑一些落单的挑战者下手？”

邵清格觉得很有可能：“要不，你们把房间退了，到我那里去住。我那边已经被偷过一次，反而会更加安全。”

虞寒江问：“你房间多大？ 3 个人挤得下吗？”

邵清格道：“我订的是标间，两张床，面积挺大的，可以轮流打地铺。”

虞寒江很快做出决定：“让肖楼过去跟你住，我留在这边。”他的眸中闪过一丝锐利，“我倒要看看，是谁敢抢其他人的物资通关。”

肖楼道：“我也留下。”

邵清格头疼地看着他们：“你们就不怕危险吗？”

肖楼道：“放心，我们有逃生的办法。”

一旦察觉到不对，他还可以开陶渊明的桃花源进去躲半个小时，况且，身边有虞队这位武力值超高的警察，放倒几个小偷对虞队来说简直是家常便饭。

两人最终留在了山水民宿。

然而，这天晚上什么都没发生，也没有任何盗贼上门。

到天亮的时候，所有挑战者的悬浮框中同时弹出一条提示——

受金融风暴的影响，今天本市物价在昨天的基础上又增长了一倍。

看到消息的虞寒江差点爆粗口。

黑桃 3 密室的物价居然是指数级增长？也就是说，物价一天涨一倍，7 天下来，物价会一路飙升到 2 的 7 次方，也就是 128 倍？

一瓶 2 块的矿泉水在第七天将变成 256 块。一包 5 块的方便面在最后一天会涨价到 640 块？水果罐头、巧克力之类的食物，将会变成消费不起的奢侈品。

这世界疯了吧！

虞寒江和肖楼随便吃了些早餐下楼，刚走出民宿就听步行街传来激烈的争吵声。

一个年轻人指着菜单破口大骂：“这是抢钱啊？我以前吃米粉一碗只要 8 块，今天居然要 32 块？”

老板苦着脸解释：“今早去进货，米粉的价钱翻了 4 倍，我也没办法。按以前的价钱卖我会赔本的。现在什么东西都涨价，生意快做不下去了。”

旁边一个青年怒气冲冲，直接把碗往地上一摔：“老子不吃了！”

老板立刻追了上去：“砸了碗就想跑，给我站住，赔钱！”

青年人转身迅速溜走，微胖的老板气喘吁吁地在后面追，米粉店里的几个顾客见老板追出去，纷纷吃完跑路。回到店里发现客人全跑了的老板脸色黑如锅底，他沮丧地让服务员收拾了空碗，干脆将门一关，挂上“停止营业”的牌子。

再往前走，一个大妈和一个年轻小伙正在争吵，起因是小伙走路没注意，撞了她一下，摔坏了她一篮子鸡蛋，她让赔 100 块，小伙不肯，大妈就撕住他的衣袖不肯放他走。

周围有不少人在围观，人群中议论纷纷。

“这物价是疯了吧？还好我昨天去超市买了很多方便面……”

“我昨天买了上百个鸡蛋，现在拿出来卖，岂不是发了？”

“别急着拿出来卖，万一明天还涨呢？”

“我的天，还涨？这让不让人活了！”

步行街属于老城区，小本经营的店比较多。

由于大清早米粉店很多人逃单，一家包子店还被顾客给砸了，老板们吓得纷纷关门大吉，肖楼和虞寒江一路走来，昨天还挺热闹的步行街变得很是冷清，一家又一家的店铺挂上“停止营业”的牌子避风头，路上的行人们也是满脸的惊恐。

邵清格正在酒店楼下等他们，见到两人后立刻迎上前问：“昨晚怎么样？有遇到小偷吗？”

肖楼摇头：“没有，山水民宿那边很安静。”

邵清格头疼地揉着太阳穴：“我昨晚没睡着，隔壁的两个女生哭了一整夜，好像是物资全被偷了。看来这小偷昨天的收获很丰盛，暂时不打算对山水民宿动手？”

虞寒江皱眉道：“山水民宿毕竟是挑战者最集中的地方，这个小偷很聪明，大概是专挑落单的下手。”

邵清格叹了口气：“早知道物资全放你们那里了。”

肖楼微笑着安慰他：“没关系，被偷的还不到我们储备物资的十分之一，仓库没问题就行。”

虞寒江道：“我去仓库看看，你们一起行动，注意安全。”

邵清格和肖楼再次来到股市。

今天的房地产相关股票依旧很稳定，某些股票居然有上升的趋势，比如邵清格昨天关注过的天宏地产、荣光地产、房科地产集团等股票都涨了 5% 左右。

在股票市场一天涨 5% 已经是非常高的红利了。很多股民发现这一点，纷纷议论着：“不如把别的股票全卖了，去买房地产股？”“是啊，物价都疯了，还是房价稳定。”

肖楼听到这些议论，真不知说什么才好。可怕的不是一开始就陷入绝望，而是不断地给人希望，再将希望一点一点地摧毁。

梅花 A 操控这个世界的方式果然如邵清格所推测的那样，他要一步一步地摧毁人们的心理防线。看见房地产股票居然在涨，不少人开始改投地产股，可想而知，一旦房地产也崩了，这部分人还会有活下去的信念吗？

有些聪明人察觉到不对，立刻抛售股票，但总有一些抱着侥幸心理的人期待自己能赚回来。很多股民已经被股票套牢，想抽身，又谈何容易？

肖楼走到窗边，看见楼顶天台上已经聚集了大量股民。不远处的中心广场也有一些群众在游行示威，手里举起写满各种标语的旗子——

“强烈要求恢复物价！”

“请还我们一个稳定的市场！”

“一周的工资买不起一袋鸡蛋？我们该怎么活下去？”

广场上群情激奋，但由于警方出面维持秩序，并没有发生流血事件。

中心广场的超市前同样挤满了人。

今天早晨，超市进行了一次物资补给，大家都在疯狂抢购，货架转眼间被一扫而空，排队处的秩序远不如昨天，可以看出人们的情绪明显比昨天要暴躁。

邵清格和肖楼扫了眼超市的情况，迅速转身去昨天那家网吧。

上网的价格涨到了一小时 16 块，肖楼当初换的零钱还有剩余，交了两台电脑的网费。邵清格坐在电脑前操盘，继续做空房地产股票，肖楼则在网上查了些资料。

他发现，自己能查到的只有黑桃 3 密室世界的资料。

他们所在的城市叫“A 市”，应该是卡牌世界的一个小空间，论坛上不少人在骂脏话，也有媒体记者用各种口号给大家洗脑：“金融风暴只是暂时的，相信我们一定能渡过！”“携手共渡难关，守护 A 市家园！”

此类的心灵鸡汤非常多，回帖中还有不少人信以为真。

论坛上的民众分成乐观派和悲观派，乐观派都表示金融危机很快会过去，悲观派已经在想办法逃离这里。肖楼试着在网上的购票系统购买去月之城的车票，发现验证了自己的身份信息后，购票系统显示“您被禁止购票”。这个结果在他的预料之中。

他是挑战者，肯定不能直接买票逃跑，能跑的都是这个世界的自由人。

刷了一个小时的当地论坛和新闻，肖楼发现买车票逃离本市的自由人不在少数，这部分人无疑是聪明的，可这样做的前提是现在的交通还能正常运转。

一旦交通瘫痪，那是跑都跑不掉了。

旁边，邵清格已经操作完股市，肖楼起身和他一起离开。

邵清格低声问："肖教授刚才查网页有什么发现？"

肖楼道："从论坛回帖、各类社交网站发布的信息看，目前大约有 40% 的人持乐观态度，40% 的人抱着最坏的打算疯狂囤物资，还有 20% 的人急着买票逃跑。"

邵清格道："明天是工作日，肯定会有大规模罢工潮，等交通系统瘫痪，乐观的人也会转为悲观。"他想了想，突然说，"我得提前做好准备，找网吧老板买一台电脑。"

肖楼理解地道："你担心明天网吧也会关门？"

邵清格点头："有备无患。"

毕竟今天已经有太多餐厅挂上了"停业"的牌子，这家网吧冷冷清清，只有三五个人上网，等明天上网的费用再翻一倍，人们吃饭都会成问题，谁还有空跑来网吧上网？

邵清格来到网吧前台，说："老板，有没有旧电脑卖我一台？能上网就行。"

老板漫天要价："1000 块，有几台淘汰下来的机子随便你挑。"

肖楼笑道："老板，现在的行情您也知道，人们连吃饭都成问题，谁还有闲钱跑来上网，您说对吧？"

老板的嘴角猛烈地抽搐了一下，因为他知道这年轻人说得很对。看着空荡荡的网吧，他心里也难受，这可是他投资了半生积蓄开的网吧啊！

肖楼继续微笑着说："您有这么多电脑，放着没人用的话，跟一堆废铁也没什么区别，卖给我们一台吧。"

老板仔细想了想，道："行！那你开个价？"

肖楼道："不如这样，我拿十盒巧克力换您这台旧笔记本，巧克力现在可贵了，您可以去超市看看，早就断了货，根本买不到。您也可以拿去卖了赚钱。"

邵清格一愣，肖教授真是机智，物价崩盘后，"以物换物"才是最好的方法，多余的钱他们可以带出密室，到别的世界花。

老板皱着眉似乎很是纠结，肖楼接着道："我们也不要配置太高的台式机，就要一台能上网的笔记本电脑，我看，您这台也很旧了，不如给我们吧。"

肖楼一边说一边从背包里拿巧克力。

一盒又一盒超市已经卖断货的巧克力，让老板忍不住吞了吞口水。

他沉默片刻，咬牙道：“行吧！我这台笔记本已经用了 4 年，挺旧的，我把里面的资料用 U 盘拷一下，你带走。”

网吧老板最不缺的就是电脑，何况是一台很旧的笔记本。

肖楼愉快地用 10 盒巧克力换了台笔记本，放在现实世界简直不敢相信。

邵清格抱着笔记本，走出网吧后才感慨道：“肖教授你这反应也太快了，我差点掏钱。”他把笔记本放进自己的背包里，眯起眼睛道，“要不要再用方便面换两部手机？”

肖楼道：“可以去二手市场看看。”

手机也很有必要，毕竟虞队老是单独行动，他真的很担心，给虞队买一部能打电话的手机，他和邵清格也买一部，联系起来会更方便。

肖楼和邵清格来到二手的手机市场。

这里非常冷清，只有寥寥几家店开业，毕竟现在市场已经疯了，大部分人都跑去超市抢购物资，二手的手机根本没人关注。老板们也都病恹恹的，唉声叹气没什么精神。

肖楼用牛奶、方便面等物资换来 3 部手机，按当时买物资的价格算，也就 50 块左右一部旧手机，但现在物资价格疯涨……方便面能吃，破手机能吃吗？

老板很爽快地给了他 3 部手机，还送了 3 张卡。

这个世界，人们用的手机不像现实中可以视频、微信的智能手机，只能发短信和打电话，但对他们来说已经足够了，有了这 3 部手机，3 人分头行动时也方便彼此联系。

装修市场内，比起超市那边的混乱，家具城相对稳定，毕竟沙发、床、柜子这些东西的体积都太大，很难搬走，锅、碗之类的厨具以及凳子、拖把之类的日用品，大部分家里都有，没必要大老远地开车过来抢，除非是脑子被门夹了。

然而，虞寒江还真的看到了两个脑子有问题的人。他们不去超市抢吃的，居然跑来电子城，抢了一台 50 英寸的液晶电视！

这都金融末日了，吃饭都成问题，你抢台电视回去做什么？万一停电了能看吗？

两个年轻小伙穿着黑色背心和黑色短裤，头上还煞有介事地套了黑色丝袜，只挖破两个洞，露出一双眼睛……

虞寒江严重怀疑，这两位是不是想去抢银行，结果跑错地方了？

然而，这两个奇怪的家伙居然真的抱起一台电视转身就跑。

电器城的女经理显然很不理解两人的行为，她在原地愣了几秒后，才反应过来，尖叫道：“保安！保安呢？快拦住他们！有人抢电视啦！”

门口的保安反应过来，立刻追了上去。

液晶电视还挺重的，两个青年抬着电视跑了几步就被保安给追上，按倒在地，保安像看傻子一样看着他们，紧跟着就打电话报了警。

很快，警察来了。

带队的警察脸色很难看，对两人进行批评教育：“这都什么时候了，有那力气去买点方便面吃，还跑来抢电视，你们就那么喜欢看电视啊？”

两人套在头上的黑丝袜被警察一把撕掉，长得挺端正，不像是职业抢劫犯。

那两人抱着头蹲在墙角，接受警察的批评教育，耳根有些发红，其中一人弱弱地道：“我们也是一时冲动，咳咳……”另一人则嬉皮笑脸地道：“警官，我们这故意抢劫按照当地的法律，要关几天啊？”

警察道：“公然抢劫，危害社会安全，处 7 日以上拘留。”

两人不但没有露出沮丧的神色，反而双眼发亮，似乎很高兴被关一样。

警察给两人的脑门上一人来了一巴掌，道：“那么喜欢进局子？！”

两人立刻抱头认尿：“不不，我们再也不敢了……”

警察拿出手铐将两人押上车带走，液晶电视则归还给了销售经理。女经理无语道：“这都什么人啊？跑来抢电视，抬着跑两步就跑不动了？他们是来搞笑的吗？”

虞寒江冷眼旁观这一场闹剧。

这两人显然是挑战者，估计是物资被偷，无奈之下决定抢劫，被抓去局里待 7 天。被拘留后有吃、有住的，也能顺利通关不是？

真是服了这两个人的思维，该说他们聪明，还是说他们笨？

你们以为在拘留所就能安全度过 7 天吗？

真能那样的话，所有的挑战者联手去砸掉一家银行，集体蹲进牢房，蹲过 7 天就全部通关了。如此简单还是黑桃密室？

罢工潮肯定会影响到各行各业，警局当然不会幸免。

到时候，拘留所陷入瘫痪，没有人给犯人送水、送吃的，这两个自作聪明的家伙，估计要盯着铁窗两行泪了。

虞寒江没去多管闲事，转身走进装修市场。为免被人发现，他穿着隐身衣来到地下仓库。这里空空荡荡，所有卸货、运货的车都停在车位上，司机都不上班，他换的锁也没有被撬过的痕迹。看来，装修市场这个地方并没有引来小偷和劫匪的注意。

虞寒江刚要去仓库里拿些物资，突然听到一阵很轻的脚步声。

他现在是隐身状态，不用担心被人看见，所以他干脆循着脚步声走了过去。

地下车库，一个穿着脏兮兮的衣服的家伙正吃力地把一辆三轮车从角落里推出来，他的三轮车上放了好几个黑色垃圾袋，上面涂着西红柿汁、鸡蛋液等污渍，天气炎热，这些东西已经开始腐烂，散发出一股难闻的味道。

他左右环顾，发现没人，这才迅速翻开上面的垃圾袋，从底下的“垃圾袋”中掏出一堆牛奶、巧克力、饼干等包装完好的食物！

虞寒江立刻眯起了眼睛。

只见这家伙动作飞快地拿出5瓶牛奶、1大盒巧克力、6包方便面、6包饼干和6瓶矿泉水，塞进脚边的包里，紧跟着将“垃圾车”伪装好，推去地下仓库的角落。

然后他脱下身上脏兮兮的衣服，从背包里拿出干净的衣服换上，转身离开。

虞寒江看清了他的脸。

少年清秀的脸还带着一丝学生的稚气，但那双眼睛漆黑明亮，眼里满是忐忑，他一边快步往前走，一边警觉地竖起耳朵观察着四周，就像是森林里最机敏的小动物。而且，让虞寒江意外的是，这个少年身体的柔韧性特别好，简直比得上杂技演员。

刚才在路上没看见他，因为他是从地下仓库后面的墙壁破掉的洞里偷偷钻进来的。那洞还不到一米高，他先把背包扔过去，再俯身往外钻出去，灵活得就像是一条鱼。

虞寒江皱着眉看着他离开的方向，心中已然确定，这就是中心广场弹吉他的那个少年。

能想到用一辆三轮车存放物资，并且把三轮车伪装成“垃圾车”，这家伙的办法确实高明，毕竟没人会想要靠近一辆丢弃在角落里的发臭的垃圾车。

虞寒江等附近彻底没了声音，这才打开仓库门锁，拿了些物资到背包里，转身回到住处。

肖楼和邵清格已经回来了，正开着一台笔记本上网，还在互相存手机号码，虞寒江奇道：“哪来的电脑和手机？”

邵清格笑眯眯地说：“肖教授用巧克力、方便面换来的。”

对上肖楼的微笑，虞寒江相信了这个说法，赞道：“厉害。”

肖楼把其中一部旧手机给了他，道：“我和邵总的号码都存在通讯录里了，虞队以后想出去的话，也方便随时联系。”

虞寒江点点头，接过手机塞进口袋："还是肖教授想得周到。"

肖楼问："今天有什么发现？"

虞寒江将自己遇到两个青年头戴丝袜抢劫、去蹲牢房通关的经历告诉了两人。

肖楼不敢置信地道："坐牢通关？一旦发生动乱，监狱会非常可怕，毕竟那里关押的本身就是人品有问题的家伙，打、砸、抢还是轻的，说不定直接杀人……"

虞寒江沉着脸点头："没错，犯人们平时有狱警的约束和管理，表面上还算老实，一旦他们不受约束，后果不可预计，那里或许会变成最先发生流血事件的地方。"

邵清格道："这两位估计是和我一样住在别处的落单挑战者，昨晚被偷了物资，实在是活不下去了，才想到这个无奈的办法。"

罪魁祸首还是昨晚的小偷，靠偷取别的挑战者的物资通关，实在可恨！

邵清格隔壁的两个女生昨晚哭了一夜，显然也很绝望。他们难道不知道，在这个世界，偷物资就如同杀人夺命吗？

肖楼用力攥住拳头："这些小偷为了通关，简直是不择手段！"

虞寒江低声说："别太生气，人心本来就深不可测，我们不能要求所有的挑战者在卡牌世界也遵守人类的道德底线。"

他转移话题道："我还遇到一件有意思的事，那天在中心广场唱歌的少年也将物资存放在了装修市场，他伪装的手段非常高明，直接弄了辆三轮垃圾车，把所有吃的装进了黑色垃圾袋里。"

肖楼愣了愣："垃圾车？真亏他想得到。"

"他把物资装进垃圾车，假装成收垃圾的人，而且三轮车可以随时骑着跑路，非常方便。出入地下仓库的时候，他专走后门，还会换衣服，谨慎得有些过分，若不是我今天穿着隐身斗篷正好看见这一幕，他那辆垃圾车，我是碰都不想去碰的。"

肖楼觉得虞寒江已经够谨慎了，租仓库分开存放物资。没想到这少年更绝，直接搞了一车垃圾。

邵清格忍不住笑出声："挑战者当中真是人才辈出啊，把自己搞得脏兮兮、臭烘烘的，推着三轮车假装收垃圾，他也真做得出来。"

肖楼无奈扶额。

偷别人物资通关的、伪装成抢劫犯去蹲牢房的，还有推着三轮车收垃圾的……

这才第二天，各类挑战者粉墨登场，真是精彩纷呈！

相对来说，虞寒江、肖楼和邵清格反而成了这个世界思维最正常的人？

午间，山水民宿。

肖楼和虞寒江吃完午饭送邵清格下楼时，一个女生正神情激动地跟老板理论：“刚开始的房价是 100 块，昨天涨到 200 块，今天涨到 400 块，老板您这也太坑了吧？！”

老板理直气壮：“现在所有东西都在涨价，住宿费哪有不涨的道理？爱住不住。”

女生气得瞪大双眼，刚要骂人，身后的男生突然搂住她的肩膀道：“婷婷我们不住了，搬走吧，这里太贵住不起，明天房价说不定还会翻倍。”

女生的眼中明显透出一丝慌乱，压低声音道：“可是我们能搬去哪儿？山水民宿是 A 市最便宜的住处了，别的地方说不定更贵，你该不会让我睡大街吧……”她说到这里声音已经带上了哭腔。

男人脸色难看，沉默片刻后才改口道：“老板，我们能用方便面和牛奶付住宿费吗？”

老板这才提起兴趣：“你们有多少？”

男人道：“给你一箱牛奶、一箱方便面，抵今晚的住宿费行吗？”

老板竖起两根手指头：“两箱。”

男人的嘴角猛地一阵抽搐：“你别太过分了！”

老板耸了耸肩：“物价没涨之前，方便面一箱 30 块，牛奶一箱 20 块，加起来 50 块，我这里住宿费一天 100 块，要你两箱不过分吧？两箱，爱住不住。”

年轻男女对视一眼，最终咬牙答应下来。

女人在大厅办续住手续，男人返回楼上搬吃的。

虞寒江 3 人没有多管闲事。

离开民宿后，邵清格决定带着笔记本单独回酒店，时刻关注股市的情况。肖楼去市区查探，虞寒江又去了工地。

肖楼在附近转了一圈，由于市场监督管理局的刘局长出面给大家吃了一颗定心丸，物价疯涨的第二天，并没有大规模的流血事件发生。他给虞寒江打了个电话，轻声问：“虞队你那边怎么样？”

虞寒江说：“工地这边，老板给不出解决的办法，工人们全都回了家，工地已经彻底停工。”

肖楼问：“我们需要整理物资转移吗？”

虞寒江说："等明天再看情况吧，我去想办法弄辆车，方便运送物资。"

肖楼叮嘱道："你自己小心，我回民宿等你。"

挂了电话回到山水民宿时，肖楼意外地看见刚才跟老板商量用牛奶和方便面垫付房租的一男一女脸色阴沉地站在大厅，每人背一个旅行包，但两个包都是扁的，显然里面没装太多东西。

女人眼睛红红的，似乎刚哭过，指着老板的鼻子骂："我们的东西是放在你的民宿里被偷的，你身为老板，当然应该负责任！什么叫你不知道？你这是耍赖！"

老板一脸无辜："我看你才是耍赖，付不起房费就说东西被偷了？谁知道是真是假啊。这两天根本没见你们出门，整天藏在房间里鬼鬼祟祟，说不定啊，你们俩才是贼。"

女人怒极："你说谁是贼？别血口喷人！"

男人显然也被激怒，走过来一把揪住老板的领子："查监控，看看是谁偷了我们的东西！"

老板翻白眼："你以为我这是五星酒店啊？哪来的监控……"

3 人在大厅里争吵不休，肖楼察觉到不对，立刻返回了自己的住处。

有人进来过。

肖楼离开之前在门缝处夹了根头发，而此时，黑色的短发却落在了墙角。很显然，门被打开过。只是门锁并没有任何被撬动过的痕迹。

难道是像虞队那样会开锁的高手？还是说……

肖楼突然想到了一张卡牌，通关红桃 3 密室血色枫叶之后，会固定奖励一张卡：万能钥匙。

这把钥匙可以打开密室世界里任何类型的门锁，并且不留痕迹。一把钥匙最多使用 5 次，可如果是两个人联手作案，那就可以使用 10 次。

盗贼完全可以随时关注挑战者的动向，等房间的主人离开后再神不知鬼不觉地用万能钥匙打开门锁，偷取物资。

说不定盗贼也住在民宿里，此时正有一双眼睛在身后盯着自己。

意识到这一点，肖楼顿时脊背发凉。

他尽量维持着平静的神色，假装什么都没发现，开门进屋，上锁。

锁上门后，他迅速给虞寒江发了一条信息："小偷把 2 楼那对情侣的物资给偷了，虞队，你尽快回来吧，小偷已经盯上了我们。"

虞寒江秒回："马上回来，注意安全。"

走廊的拐角处，一双如鹰般锐利的眼睛一直盯着肖楼的后背。

直到肖楼进了屋，中年男人才用沙哑的声音说：“住 207 的挑战者非常谨慎，屋里没有任何物资，吃的全放在随身的旅行包里。”

旁边的年轻男人说：“不可能吧？他们有 3 个人，靠包里这些吃的根本活不过七天，肯定还有大量的物资存放在别的地方。”

中年男人冷笑一声：“背包里的东西不够吃了，总会有忍不住去拿货的时候，到时候再下手也不迟。”他顿了顿，扭头看向身旁的年轻人，“先不管 207 的住户。别的房间都调查清楚了？”

年轻人嘿嘿笑道：“徐哥放心，除了 207 房，这层楼的挑战者都把东西放在屋里。”

中年男人微微勾了勾嘴角：“晚上行动。”

虞寒江很快回到民宿。

他进屋后三两步冲到肖楼面前：“你没事吧？”

肖楼摇头：“放心，他们行动的时候我正好在外面，我没事。”他指了指墙角的发丝，压低声音在虞寒江耳边说，“我们的房间，小偷刚才也进来过。”

虞寒江看着那根头发，微微皱眉：“但我刚才开门的时候，门锁是正常的。”

肖楼道：“如果我推断得没错，这小偷很可能是完美通关红桃 3 密室之后才过来的，他们的手里有两张非常方便偷窃的功能卡牌。”

虞寒江回想了一下红桃 3 的奖励，恍然大悟：“斗篷和钥匙？”

肖楼点头：“隐身斗篷每天有 30 分钟隐身时间，奖励的钥匙可以打开任何门锁，趁着房间没人的时候，他们可以穿上隐身衣，直接开门进去拿走物资。如果把箱子包在斗篷里面，就会让牛奶、方便面也变成看不见的透明物体，神不知、鬼不觉地把它们带走。”

虞寒江今天就用隐身斗篷在装修市场进过一次仓库。

隐身斗篷原是红桃 3 密室的限定卡，只有完美通关后才能解除限定，带出密室。能完美通关红桃 3 密室，这个小偷并不简单。

肖楼紧跟着说：“而且，这位小偷不是单纯为了通关，他们很可能是想偷取大量的物资，在后期拿去卖钱，在金融危机的密室里牟取暴利！”

虞寒江的脸色猛地一沉。这个可能性，他也想到了。如果单纯是为了通关，没必要偷那么多物资，7 天能吃掉多少食物？

然而，根据邵清格的描述，他住的那家酒店已经有 3 组挑战者被偷，光是隔壁的两个女生损失的物资就包括好几箱牛奶和方便面。

虞寒江刚才进门的时候，大厅里那对情侣还在闹，丢的物资显然不少。

这就证明肖楼的推断完全正确——偷取物资的人并不是为了通关，而是想趁金融危机物资紧缺的时机，偷别人的物资赚取大量的金币，把金币带出密室。

他们很清楚，被他们偷走物资的挑战者根本没法活过 7 天。

拿别人的命换钱，这简直就是吃“人血馒头”。

虞寒江本来并不想多管闲事，可这些人既然偷到了山水民宿，还溜进他和肖楼的住处，敢打他们的主意，他必须管！

虞寒江神色严肃地道：“隐身斗篷的冷却时间是每天 0 点刷新，30 分钟的使用限制。0 点这个时间段很多人都会在屋里睡觉，但也有人没睡着，直接进屋偷东西会比较冒险，我更倾向于他们会在凌晨 3 点左右动手。”

肖楼用力攥住拳头，道：“虞队有什么办法？”

虞寒江目光深沉，冷冷地说：“引蛇出洞。”

傍晚，虞寒江骑着下午从工地上借来的小货车，搬来了大量的物资。

一直在注意挑战者动向的两人立刻发现了他。

虞寒江和肖楼一边搬物资，一边低声说：“吃的不够，我去拿了 5 箱牛奶、5 箱饼干，还有 1 箱巧克力和 1 箱水果罐头。”

年轻男人从窗户里看到这一幕，兴奋地道：“徐哥，他果然去拿东西了，还有水果罐头，这可是奢侈食品！今晚咱们顺便把 207 的货也给扫了吧，到时候再转移，怎么样？”

中年男人点点头：“好，等晚上再说。”

入夜，整个街道格外安静，山水民宿所有的房间先后熄了灯，人们陷入沉睡。

虞寒江和肖楼隐没在黑暗之中，耐心地等待小偷上门。

凌晨 2 点……

凌晨 2 点 30 分……

时间过得极慢，但肖楼和虞寒江都没有睡意，他们两人坐在床边等，担心说话声引起小偷的警觉，两人很默契地把手机调成静音，用“发短信”的方式交流。

“还不来吗？这小偷也太谨慎了吧。”

“再等等。”

“虞队你真的去仓库搬来了这么多水果罐头？我刚才抬的时候发现箱子都很重。”

“箱子里不是水果罐头。”

肖楼疑惑地抬起头。虞寒江的眼睛格外深邃，他看着肖楼，唇角轻轻扬了一下，说：“是工地上的砖。”

怪不得抬起来那么沉！

虞队居然去工地搬了几箱砖头回来，引偷盗者上钩，真是绝了。

就在这时，两人突然听到房门被打开的声音。

肖楼立刻精神了，和虞寒江默契地同时使用了隐身斗篷。

门明明已经打开，却看不见对方在哪儿，就好像是一阵风把门给吹开的一样。

两个小偷靠近床边，发现屋里没人，都愣了一下。

年轻男人问道：“人呢？我明明看见他们进屋了。”

另一个中年人声音略微沙哑：“说不定翻窗走了。倒是省事儿，找物资要紧。”

肖楼和虞寒江能听见他们的对话，却看不见他们在哪儿。穿着隐身斗篷的两人直接把床铺给翻开，在肖楼看来，就好像床铺被一双无形的手给抬起来了一样，画面很是魔幻。

床底下的大量纸箱露了出来，年轻男人激动地道：“这么多！这三人果然把吃的放在别处。太好了，今天的收获真是丰盛！”他俯身想要搬箱子，结果发现箱子特别重。男人咬了咬牙，道，“难道是一箱水果罐头？”

另一人似乎察觉到不对，低声道：“开箱看看。”

封口处的透明胶被用力地撕开，两人一起凑过去看——整整齐齐的一箱子砖块，还是崭新的红砖。

两个人的脸瞬间绿了，转身想跑，结果下一刻，门被“砰”的一声关上并反锁，一道低沉中透着冰冷的声音在空气中传来：“等你们很久了。”

另一个声音带着笑意：“我们也有隐身斗篷，我们也完美通关了红桃3密室，所以才猜到两位的作案手段。”肖楼话锋一转，严肃地道，“你们偷了多少挑战者的物资？这种饿死别人、撑死自己的通关方式，真亏你们想得出来！”

两人最初慌了几秒，但很快镇定下来。

中年男人淡淡地说：“既然也是红桃3密室过来的朋友，你们应该知道‘物尽其用’的道理，隐身卡和钥匙卡在这个世界非常好用，不如大家合作，我们四个人一起通关——我保证，离开黑桃3密室的时候，两位手里的钱不会低于10万。”

从声音判断，男人应该在四十岁上下。

肖楼冷冷地道：“靠逼死别的挑战者来通关？你们还有没有人性？”

年轻男人怪笑一声："你在这个世界跟我聊什么人性？老子只是不想死，想要活下去！别的人死不死跟我有什么关系？少说废话，你们要是乐意加入，我们 4 个人联手大赚一笔，要是不乐意，你俩也别多管闲事！"

肖楼早就料到，为了在卡牌世界活下去，总会有人不择手段。没了现实中法律和道德的束缚，人性的恶劣会超出他的想象。

他不擅长跟人争论，何况理念不同，也没有讲道理的必要。"君子动口不动手"在这个世界根本行不通。所以，他打算直接动手。

肖楼凑到虞寒江的耳边给出了一个讯号，虞寒江会意，飞快地来到窗边守住窗户，以防两个人翻窗逃跑，而肖楼则启动了他早就画好的圆环。

在两个小偷进屋之前，肖楼就画了很多个圆环，形成密密麻麻的圆环网，然后用浮空操作的方法将圆环升到天花板上。

两个小偷并没有发现天花板上其实有一张巨大的网。

等察觉的那一刻，已经晚了——

肖楼手指轻轻一抬，无数直径 30 厘米的金属圆环陡然从天而降！

两个小偷的身上穿了隐身衣，肖楼看不见他们，可他们依旧存在，并且是实体，实体碰撞并不会直接略过他们。

无数圆环如暴雨般噼里啪啦地砸下来，然而，屋子的角落里却有两个圆环被挥开，掉到地上，发出清脆的金属落地声。

就是这里！

肖楼精确定位。

虞寒江一个箭步冲过去，左脚用力一踹，果然听到一声惨叫。

紧跟着，虞寒江伸手朝惨叫声传来的方向猛地一拉，虽然他眼中看不到对方，可他却能根据圆环和惨叫声判断对方的位置，准确地抓住对方的胳膊，用力反拧到背后！

男人发出了杀猪般的叫声。

虞寒江冷冷地道："隐身衣只是让人看不见你，并不是让人碰不到你。"

他干脆利落地将这个人按在地上，肖楼立刻操控几个金属圆环，在周围形成密密麻麻的圆环网让对方无处可躲。

虞寒江道："把斗篷摘了。"

对方咬牙切齿："你居然还会变魔术？！"

肖楼道："这不是魔术。"

年轻男人似乎终于反应过来，惊道："是卡牌？你有这么厉害的卡牌？"他总算明白自己这次是踢到了铁板，在劫难逃，男人赶忙改口道，"哥，饶了我们吧，放我们走，偷来的物资分你们一半行吗？”

然而，话还没说完，他的后背突然感到一丝奇怪的冰冷。刺骨的冰冷瞬间贯穿心脏，从后背穿透到前胸，男人不敢置信地低头看着自己的胸口。

是一把刀。

那把刀从身后准确无误地刺穿了他的心脏，刀尖上还有鲜红的血液缓缓地流下来，他瞪大眼睛，呆呆地看着这把刀，只来得及开口道：“徐……哥……”

下一刻，带着流血匕首的身体就被人用力地推出去，猛地朝虞寒江压了过来。虞寒江条件反射地往旁边躲，紧跟着，窗户“砰”的一声被用力砸开，玻璃碎了一地！

中年男人敏捷地从破碎的窗户跳了出去，转眼间消失在黑夜里。

由于被刀刺死，隐身斗篷效果失效，房间的地上渐渐出现了一具倒在血泊中的青年男性的尸体，他的眼睛几乎要从眼眶里瞪出来，显然是不敢相信居然会被队友出卖。

虞寒江看着脚下的尸体，脸色难看至极。

肖楼也被这突如其来的变故惊得说不出话来。良久后，肖楼才颤声道：“他为了逃跑，居然捅死了队友，把尸体丢过来当挡箭牌？还是说，他怕队友说出藏匿物资的地方，干脆杀人灭口？”

虞寒江沉着脸道：“真是连畜生都不如！”

从没见过虞队如此生气，显然这次他被气得不轻。

能从他手下逃走的犯人至今不超过 3 个。

今天固然有隐身斗篷的原因，虞寒江没法对另一个人准确定位。可是，被这么摆了一道，不仅没抓住小偷，还让对方杀同伴灭口……

虞寒江脸色铁青，沉声道：“我们得尽快转移。”

没想到事情会发展成这样。

没搞定小偷，反而暴露了自己。

虞寒江皱眉道：“这里不能再待下去了，那个畜生为了逃跑居然把同伴都杀了，手段非常凶残，说不定他会去而复返，对我们实施报复。”

而且屋里多了一具尸体，万一明天有人报警，他们也不好交代。

虽然这个人不是他俩杀的，却是因他俩而死。

肖楼心里有些难受，他深吸一口气调整好情绪，迅速给邵清格打了个电话。

邵清格正在睡觉，突然被电话吵醒，男人懒洋洋的声音还透着一丝迷糊：“肖教授，怎么了？半夜三更地找我啊……”

肖楼道：“我们这边出了点状况，需要立刻转移，你要跟我们一起吗？”

邵清格一个鲤鱼打挺从床上坐起来："什么情况？"

肖楼无奈道："我跟虞队本来想引蛇出洞抓小偷，结果两个小偷中的一个为了逃命，把同伴直接杀了。"

邵清格被彻底吓醒："杀、杀人？！"

肖楼简单复述了一下事情经过，邵清格听到207房间死了人，果断地说："我跟你们一起行动，10分钟后酒店楼下会合。"

3人的行李本就不多，每人背了个包，在楼下会面。

邵清格的脸色很是严肃："这个小偷真的把伙伴给杀了？"

此人不但凶残，而且非常果断，杀队友毫不犹豫。虞寒江并不怕报复，但肖楼和邵清格毕竟很少面对这类暴徒，他怕两个人会出事，明枪易躲，暗箭难防，所以还是尽快转移到安全的地方比较稳妥。

工地那边可以作为3个人暂时藏身的地方。

虞寒江推着运货车，邵清格和肖楼快步跟上。他们打算到地下仓库连夜将物资运走。

深夜的街道上安静得可怕，3人的表情一个比一个严肃。来到仓库时已经快凌晨4点了，虞寒江打开门，肖楼和邵清格也上前帮忙，迅速搬运箱子。

然而，他们还没搬完，就听见不远处传来一阵急促的脚步声。

虞寒江立刻将手指放在嘴边："嘘……有人。"

肖楼和邵清格屏住呼吸藏在门后，透过仓库门缝往外看，只见一个全身脏兮兮的少年快步走到角落里，推出那辆堆满垃圾的破三轮车，骑上车就急匆匆地跑了。

肖楼怔了怔，轻声道："是虞队之前见到的那个，伪装成收垃圾的小家伙？"

虞寒江点头："是他。"

肖楼疑惑地道："他半夜三更的，是要去哪儿？"

虞寒江也搞不懂这家伙的思路："估计也是个夜猫子。"

肖楼看着那少年的背影，沉默片刻后，突然说："虞队，你觉不觉得这家伙似乎一直都在关注我们的动向？入住那天，我付了7天房费，他也付7天；我们把物资藏在地下仓库，他也藏在地下仓库；我们半夜转移，他也骑着车跑了？"

3人对视一眼。

虞寒江果断地道："我跟上去看看。"

他让肖楼和邵清格守着仓库里的物资，自己则飞快地跟上那位少年。

深夜的街道上安静极了。

虞寒江走出装修市场，很快就发现了那个少年。

路灯的照射下，少年和他的三轮车在地面投下了一团黑影。他的体力很一般，骑着堆满物资的车显然有些吃力，虞寒江健步如飞，很快就跟上了他，保持着 50 米左右的距离。

少年似乎察觉到了什么，警觉地扭头看向身后。虞寒江立刻闪身躲去路灯的阴影下。少年发现身后没人，回头继续蹬三轮车，他每走一段距离，都会向四周和身后瞄一眼，警觉性极强，就像是森林里偷偷出来觅食的小动物。

虞寒江不动声色地跟着他。

跟了一段距离，虞寒江很快就发现这家伙居然在往市郊的方向走。他对这个方向非常熟悉，因为这两天他一直在关注市郊的那片工地，并且将工地作为退路。

这少年难道也要去工地？

虞寒江微微皱眉。

正在考虑要不要继续跟进，结果这时，少年骑着三轮车走到街道的拐角处，突然有两个醉汉从岔路冲了过来。

那两人互相搀扶着，嘴里骂骂咧咧，脚步虚浮，似乎随时都会摔倒。看到少年后，其中一个醉汉立刻扑过去抓住他的垃圾车，笑嘻嘻地道："朋友，有酒吗？老子还没喝够，要不要一起喝几杯？"

另一个醉汉抓住少年的胳膊："来来来，不醉不归，咱们一起喝到天亮！"

少年被两个突然冒出来的醉汉吓了一大跳，脸色微微发白，但他很快调整好了表情，笑着说："两位大哥，我没有酒，我只是个收垃圾的，哈哈，你们继续、继续喝……"

然而，醉糊涂的人根本没有理智可言，非要拽着他一起喝酒。一个醉汉抓住他的三轮车，另一个醉汉死命抱住他的胳膊，让他走不动路。

1 分钟后，少年明显不耐烦了。

只见他指尖寒光一闪，地面上出现了一个 3 米 ×3 米的九宫格区域，两位醉汉瞬间被定住，少年用力扒开醉汉的手，骑着三轮车迅速跑路。

他用的卡牌是九宫格。这是方片 2 密室的固定奖励，挑战者几乎人手一张，可以让区域内的目标定身 9 秒。这少年还挺机灵，用这种方式脱身。

只见少年骑着三轮车，突然从街道的拐角处消失，虞寒江大步流星地跟过去，却发现少年已经在百米开外的地方。

骑三轮车的速度不可能这么快。虞寒江和他的距离一直保持在 50 米左右，短短几秒时间怎么会超过 100 米？难道他会飞？

下一刻，虞寒江就想到了答案。

少年和他的三轮车一起，如同鬼魂一般突然消失，又突然出现在街道的尽头，这是瞬移。

若不是这个世界有各种稀奇古怪的卡牌，虞寒江肯定会以为自己眼花见到了鬼。

深夜的街道清冷又空旷，少年和他的三轮车用“一次瞬移 50 米”的方式前进，连续 5 次瞬移后，彻底消失在了虞寒江的视野中……

这简直太灵异了。

少年也不知是发现虞寒江在跟踪他，还是被两个醉汉所惊动，直接开卡牌技能一路瞬移离开，虞寒江很快就追不上他。

虞寒江轻轻捏了捏眉心，觉得今天真是流年不利。抓小偷，结果对方杀掉队友逃跑；跟踪一个少年，居然还跟丢了。

可见，卡牌世界的人如果想犯罪，比现实世界容易太多。

瞬移、隐身、万能钥匙，这类方便作案的卡牌如果落在暴徒的手中，后果将不堪设想！

虞寒江很快返回了仓库。肖楼一看他的脸色就猜到了结果：“那个少年身上也有特殊的卡牌？”他相信以虞队的专业追踪能力，不可能跟丢一辆堆满物资的三轮车，除非少年有别的逃生手段。

虞寒江果然点头：“他有一张瞬移卡，几秒之内就不见了。”

邵清格很感兴趣地说：“他自己瞬移，骑着的车也能跟着瞬移？这卡牌很强啊！”

肖楼看他笑眯眯的样子，忍不住道：“你该不会想抢过来吧？”

邵清格耸肩：“我没那么暴力。对了，你们有什么好玩的卡牌？”

虞寒江道：“待会儿再说，先转移吧。”

他推上一车物资，和肖楼、邵清格一起前往工地。

路上，肖楼颇为惋惜地道：“我付了 800 块房费，结果只住了 3 个晚上，算起来，比按天付钱的挑战者还要亏 100 块……”

邵清格安慰道：“没事。等房产股暴跌，我至少能赚两万块的利润，到时候再分一半给你们，方便你们在后续的密室顺利通关，尽快升级契约书。”

“太好了。”肖楼扭头看着他，“邵总真会赚钱，我在现实世界的银行卡里还有一些积蓄，要是能回去，我可以把钱交给你帮我炒股吗？”

“当然没问题。但前提是，我们能回去。”邵清格看着空旷而清冷的街道，低声说，“这才黑桃 3，难度就这么高，我真是很难想象黑桃 10 以上会是什么难度。”

“不管什么难度，我们都得回去。”虞寒江的声音低沉平稳，在深夜里似乎有种让人安心的力量，“各种卡牌的存在会帮助挑战者，但同样，这些卡牌也是滋生犯罪的温床。现实世界有法律和道德的约束，但在这里，为了活下去，很多人会不择手段。”

“没错，有人会毫不犹豫地杀人，更可怕的是他们并不需要承担杀人的罪责。”肖楼神色一黯，轻声补充道，“越往后，密室越难，这样的暴徒就会越多。”

“弱肉强食的世界，心狠手辣的人存活率自然更高。”虞寒江顿了顿，回头看向两人，“可如果靠杀人的手段活下去，回到现实世界之后，还能做一个正常人吗？”

肖楼和邵清格都陷入了沉思。为了活下去，杀死其他的人，双手沾上了同类的鲜血，变成杀人犯，每天晚上或许都会噩梦缠身……那样活着还有什么意义？

可在将来的密室中，这些也是他们必须面对的。

当对手和自己只能活一个的时候，或许他们也会迫不得已做出选择。

一想到这些，肖楼就脊背发冷。他不想杀人，但情非得已的情况下，他也不可能牺牲自己去成全别人，他不是圣母，他只能尽量坚持本心，不在这里变成一个杀人如麻的嗜血暴徒。

“快到了。”虞寒江的话打断了肖楼的思绪。肖楼抬眼望去，只见不远处有一片亮着灯的工地，此时已经彻底停工，看不见任何人影。

虞寒江说：“这栋楼有三层高，空房间好几百个，周围没有居民。工人们已经罢工，住在这里应该不会被人发现。”

“我们是不是得在三楼挑一个视野最好的房间？”肖楼问道。

“我考察过，三楼东北角的房间是两室两厅，四面墙都有窗户，可以观察到四周的情况，不存在视野死角。一旦有人靠近，我们能第一时间察觉。”虞寒江道。

“辛苦虞队了。”肖楼说，“就住那间吧。”

3 人一起动手，将物资搬到三楼东北角的房间。

然而，刚搬着箱子走进大楼，虞寒江却猛然停下脚步，压低声音：“有人。”

肖楼愣了愣：“什么？”

虞寒江道：“这栋楼里有 4 个人的脚步声。”

大半夜的听到这话，肖楼全身的寒毛都快竖起来了，颇有种“深夜闯鬼屋”的惊悚感。他扭头一看，虞寒江倒是目光平静，压低声音在两人耳边说：“刚才那个人在楼梯上移动了一下，我听见了他的脚步声。”

肖楼担心地道：“会不会是今天逃走的那个小偷在跟踪我们？”

虞寒江摇了摇头：“更大的可能是刚才骑着三轮车跑掉的小家伙，我看他就是往这个方向走的，说不定，他也想把工地作为临时住处。”

肖楼很是疑惑：“他到底是在抄袭我们的通关方式，还是凑巧和我们想到了一起？”

两人一直用“说悄悄话”的方式压低声音聊天，邵清格听到这里，也放轻声音，问道：“你们认识他吗？”

肖楼和虞寒江对视一眼，同时否定：“不认识。”

邵清格摸着下巴：“这就奇怪了，他为什么要照搬我们的通关策略？那么多的挑战者，他一开始就跟踪我们几个，难道我们的脸上写着‘一定会通关’5个大字？”

肖楼哭笑不得：“学生考试抄作业都是找成绩好的抄，他如果真想照搬我们的通关攻略，不会在不确定我们能否通关的情况下就照搬，除非……他知道我们的身份，相信我们通关的可能性很大，才会参考我们的做法。”

邵清格了然：“你们两位破过红桃3、方片3密室的世界纪录，两位的名字多次上公告，一旦他知道你们的名字就叫肖楼和虞寒江，他肯定会觉得遇到了大神，跟在大神的屁股后面，就能通关。”

虞寒江在嘴边做了个“嘘”的手势，示意两人把旅行包放在地上。

他将包里的物资全部拿出来，然后将旅行包整个翻了过来。

3个旅行包的角落里居然都放着一颗指甲盖大小的黑色纽扣，虞寒江将“纽扣”轻轻拿起来，仔细观察片刻，然后用手指在地上写下了3个字——“窃听器”。

邵清格和肖楼都震惊了。

旅行包里居然放了窃听器，这么说，3人这几天的动向都被人听得一清二楚！

虞寒江拿出手机打字：“我确定我的包没被任何人碰过，肖教授呢？”

肖楼打字道：“我也是，除了在民宿的时候我会把包放在地上，一旦出门，这个包我从不离身。”

邵清格打字：“那窃听器是怎么放进去的？”

虞寒江突然想到一点：“第一天，我们在中心广场听他唱过两首歌。”

肖楼也回过神来，快速打字道：“对，当时他唱的是《光辉岁月》和《窗外》，本市的居民都没听过这两首歌，但挑战者基本都听过，他可以根据现场听众的反应确定人群里的挑战者？”

虞寒江目光深邃：“这小家伙在广场卖唱，看来不只是赚钱那么简单。”

窃听器是什么时候放进去的，3 人居然毫无察觉。

肖楼道：“他应该有一张卡牌，效果是一定范围内隔空放置窃听器，还能同时放出好几个，这小家伙身上的卡牌很强。”

一张瞬移、一张窃听，虽然两张卡都没有任何的攻击能力，可是，依靠这样的神卡，小少年的逃命能力和抄作业能力简直是一流水准！

专业刑侦抓罪犯的虞寒江居然都跟丢了他，还被他窃听了好几天。

3 人面面相觑。

片刻后，邵清格才忍着笑道：“这家伙挺像一只竖起耳朵的、警觉又灵活的小猫。”

肖楼联想到那个画面，也笑了起来，打字说：“我估计当时我和虞队搬一大堆‘内有玻璃，易碎品，小心轻放’的箱子出来时，他就在我们的背包里隔空放了窃听器，听见我们分开存放物资，他就有样学样，还来个升级版，弄一辆垃圾车把物资放在仓库。”

虞寒江道：“偷听到我在观察工地，他也跑来工地看了一圈，发现这里适合做藏身之处。”

肖楼道：“我们半夜三更抓小偷，结果小偷出人意料杀掉队友逃跑，虞队决定转移，他听见之后，担心小偷回来对挑战者们不利，也立刻转移。”

邵清格忍不住吐槽：“他在抄袭我们的通关策略？”

肖楼笑着说：“他是我见过的抄作业抄得最漂亮的学生，不但学以致用，而且对我们的攻略进行了升级和改造。”

虞队把物资伪装成“内有玻璃，小心轻放”，这家伙直接伪装成垃圾袋，还在垃圾袋上洒了一堆腐坏的鸡蛋清和果汁，臭得让人不想靠近。

虞队找搬家公司搬运资源，他就弄一辆随时可以骑着跑路的三轮车假装搬垃圾。

邵清格问：“虞队怎么打算？要收拾他吗？”

“他只是偷听和模仿我们的通关方式，而且他知道我们放物资的地方，却没想过偷我们的东西，显然对我们没有恶意，暂时没必要动他。肖教授觉得呢？”虞寒江看向肖楼，询问他的意见。

肖楼道：“如果是考试的时候有学生作弊，我肯定会抓住警告。但这个世界，活下去太难，能靠抄攻略的方式通关，也算他的本事。”肖楼顿了顿，又打字说，

“况且，我对他带有窃听、瞬移功能的两张卡牌非常感兴趣。”

“既然你感兴趣，那就抓住他看看。”下一刻，虞寒江直接拿起纽扣大小的窃听器，低声说，“刚才听错了，不是脚步声，这里那么偏僻，肯定没人。我们继续搬物资，先把东西放好要紧。”

肖楼配合地说：“好，邵总留守，我跟虞队下楼去搬东西。”

邵清格笑着配合：“没问题。”

说完后，虞寒江朝两人使了个眼色，将窃听器放在了墙角。

他们并没有下楼搬箱子，而是下到二楼后，顺着二楼的通道来到了最西边，然后放轻脚步，由虞寒江带头，不动声色地爬到三楼。

虞寒江对这栋建筑的内部非常熟悉。

三楼的东北角和西北角各有一个视野最开阔的房间，但窗户只能看到四周和楼下的动向，却看不到建筑内部的情况。

他们从二楼通道走过来，顺着楼梯爬上三楼，整个过程几乎悄无声息。

虞寒江走进三楼西北角的房间。

屋内果然放着不少物资，一个清瘦的少年正躲在窗口，通过窗户的缝隙朝楼下观望。

显然，少年从窃听器里听见了他们的对话，还以为他们会继续下楼搬运物资。可观察了半天，楼下还是没看见人影。

少年正疑惑，就听身后突然传来一个低沉冷淡的声音——

虞寒江淡淡地说：“别找了，我们在这儿。”

少年全身猛然一抖，身体瞬间僵如雕像。

肖楼温言道：“我们发现了你放的窃听器，虞队刚才是故意说给你听的，让你放松警惕。”

邵清格似笑非笑地看着他：“别激动，你现在是在三楼，跳下去说不定会摔断腿。”

少年一言不发。

邵清格继续说：“如果你的瞬移卡可以垂直瞬移，你也可以选择跳窗。只不过你这批物资就归我们了。”他说罢，便打开了一个黑色的垃圾袋，拿出里面包装完好的牛奶，用手颠了颠，“不错，居然是燕麦牛奶，我最喜欢喝这个。”

一群骗子！说好的下楼搬物资呢？居然偷偷摸摸跑到三楼的西边来抓他？

看见 3 个身高都比他高出一头的男人，少年嘴唇微微发颤：“你们、你们想怎么样？”

这句话应该我们问你吧？

少年微微发抖的害怕模样，就仿佛一只小兔子突然闯进了狼窝里。

被当成“狼”的肖楼哭笑不得，向前一步，温言说道：“你不用怕，我们并不会伤害你，只是想弄清楚你的目的，为什么要在我们的旅行包里放窃听器？”

邵清格眯起眼睛：“看来，瞬移卡不能垂直瞬移？”

少年慌乱地移开视线，显然是被说中了。

邵清格道：“既然跑不掉，那就老实交代吧。”

肖楼说：“你偷听我们说话，应该知道我们这位虞警官是专门抓犯人的刑警，你也不想被他用暴力的方式审问吧？”

这两个人一唱一和地演戏，虞寒江只好冷着脸配合，他锋利的目光直直地盯着少年抹满了灰尘的脸，冷冷地道：“说吧，我不想动手。”

少年被盯得浑身不自在，低下头颤声道：“我、我说就是了……”

虞寒江问：“偷听我们说话，是想仿照我们的策略通关密室？”

少年急忙摇头解释：“不、不是的，我没有照抄你们，我本来就想把物资放在仓库，把工地作为藏身的地方，凑巧跟你们想到了一起。”

肖楼和虞寒江对视一眼，显然不太相信。

邵清格挑眉：“凑巧？这么多的巧合，你骗谁呢？”

少年小声辩解道：“是真的……因为我并不是第一次来黑桃 3 密室。”

这个回答让 3 人同时一愣。

不是第一次来？

肖楼立刻追问：“你的意思是，你之前还来过黑桃 3 密室吗？”

少年点了点头，他似乎想起了什么不好的经历，嘴唇微微发白，眼中也闪过一丝痛楚：“上次没能通关，我只活到第五天就被淘汰了。”

虞寒江皱眉问：“密室世界被淘汰的人，不是被抹杀了吗？”

少年的脸色更加苍白，声音细弱蚊虫：“你们……你们听说过噩梦密室吗？”

肖楼和虞寒江对视一眼，守关者跟他们提过，密室世界被淘汰之后会被打进噩梦密室接受惩罚，噩梦密室的存活率不到 1%，难道这小家伙居然是从噩梦密室回来的？！

像是印证肖楼的想法，少年紧跟着说：“我在噩梦密室活了下来，又回到了黑桃 3 重新闯关。”

这信息量太大了。

肖楼没想到少年的身上居然带着这么多的秘密。

如果他有关于噩梦密室的信息，对 3 人而言无疑是极为重要的情报，毕竟他们 3 人从没体验过被淘汰后的噩梦密室，提前知道一些信息，绝对会很有用处。

虞寒江朝肖楼使了个眼色，低声道：“把他绑起来，仔细问清楚。”

肖楼会意，拿出圆规迅速画出几个大小不一的圆环，手指轻轻一抬，只见少年的双脚、腰、身体都被圆环密密麻麻地套住，全身上下几乎被套成了粽子。

被圆环困住的少年目瞪口呆、满脸惊恐：“你们要做什么！别、别杀我……”

肖楼微微一笑：“放心，只是防止你逃跑。你现在可以慢慢交代了，如果你说出的情报让我们满意，我们会放过你的。”

少年动了动胳膊，发现自己全身被圆环套住，根本就没法动弹，他欲哭无泪，眼巴巴地看着肖楼：“能不能先放开我？我会老实交代的……”

肖楼说：“不能。毕竟你身上稀奇古怪的卡牌太多，万一跑了，虞队都追不上你。”

虞寒江点头：“说吧。”

少年尴尬地看了眼虞寒江，发现男人脸色冰冷，目光几乎要在他的脸上盯出个洞来，他只好迅速交代：“别的噩梦密室是什么样的我不清楚，我只知道从黑桃 3 密室淘汰后，所有的挑战者都会被丢去一个陌生的城市，不给一分钱，要求挑战者活满 14 天。”

肖楼很是诧异：“身无分文，活够 14 天？”

邵清格好奇道：“这 14 天，你是怎么过的？”

少年低下头，轻声说：“那个世界的人非常冷漠，遇见乞丐从不给钱，挑战者根本找不到工作。还好我会唱歌，在街头唱儿歌，找一些喜欢我唱歌的小朋友要到了些零食。我伪装成收垃圾的人天天睡在街上，去面包店捡过期食品，翻垃圾桶找吃的……”

他的肩膀在微微发抖，显然很不愿意回想那一段噩梦般的经历：“最困难的时候，我 3 天只吃了一小块面包，饿得都走不动路。后面几天没有食物，我就吃了很多树叶……我看见一些挑战者被活活饿死，那个噩梦密室，最后只有我一个人活了下来。”

可怕的饥饿，会折磨人的精神、摧毁人的意志。

食欲是人的本性，被连续饿个几天是什么经历？现实世界的人估计很难理解。可是，这个少年却在身无分文的情况下，靠吃过期面包还有路旁的树叶，艰难地活了 14 天。

简直就是小强一样顽强的生命力。

肖楼一开始觉得这家伙小心翼翼的，就像一只警觉的小动物，现在却不得不佩服他的意志力——在猛兽遍地的森林里，能活下来的小动物，一点都不简单。

经历过那么可怕的世界，怪不得小少年会在这里伪装成收垃圾的人，把物资放在垃圾车上，自己的脸也涂得脏兮兮的。

为了生存，他可以忍受极端艰苦的环境。

肖楼对他的态度温和了许多，问道："你在黑桃 3 密室被淘汰，去了噩梦密室，离开噩梦密室之后又回到黑桃 3 密室重新闯关？"

少年点头："规则是这样的。"

肖楼将他身上的圆环全部收了回来，走过去轻轻拍了拍少年的肩膀，道："能从噩梦密室活下来，确实不容易，我听守关者说过，噩梦密室的存活率不到 1%。"

虞寒江则更关注另一个问题："既然你在噩梦密室都能活下来，为什么在黑桃 3 密室反而被淘汰了？"

少年神色一黯，低下头说："我在黑桃 3 密室匹配到一个队友，他和我正好是校友，我很相信他，我们一起买物资住在山水民宿。第二天晚上我们的物资被偷走了 80%，只剩一箱牛奶和一箱方便面，虽然少了些，但省着吃也可以勉强活下去。但我没想到，他为了自己能活，把我丢下，连夜带走了那批物资。"

又是一个关键时刻卖队友的。

在这个世界，信任居然成了最廉价的东西。

少年道："还好我遇到一个善良的女生，给我分了些吃的，坚持到第四天。但山水民宿那边，挑战者们的物资频频被偷，大家开始怀疑挑战者当中有内鬼。我们那批人中有一个厉害的律师，决定将所有的挑战者集中在一起，他发现了这片工地，我们带着物资集体转移到工地。大家把剩余的物资集中起来，统一分配，一起活到第七天也没问题。"

"可是，第五天的时候，整个 A 市彻底陷入混乱，监狱那边有大量犯人越狱，他们拿着武器在全市搜刮财产、烧杀抢掠。我们挑战者中有人不听指挥，晚上点燃柴火烧水煮面，火光把犯人引了过来。最后，挑战者们直接被团灭。"

3 人听到这里，心中都是一震！

虞寒江猜到监狱那边肯定会出问题，但没想到犯人会直接越狱，到处烧杀抢掠，这简直不是金融密室，这都快比得上混乱的末日了。

肖楼疑惑道："既然你经历过一次黑桃 3 密室，知道黑桃 3 密室的剧情，你完全可以自己想办法躲起来通关，给我们放窃听器的目的又是什么？"

少年说道："我不只给你们放了窃听器，我给所有挑战者的背包里都放了一个。这张窃听卡可以同时放出 3 个窃听器，我分时段偷听挑战者们的对话，就是为了找出那个内鬼。”

虞寒江立刻反应了过来：“你是说，今晚我们抓小偷的时候，杀队友逃跑的那个，很可能就是混在挑战者中的内鬼？”

少年点点头：“我们直到最后被淘汰的时候，才知道那个内鬼一直混在我们中间，物资全是他偷的，他不是挑战者，而是这个世界的自由人，想靠金融危机牟取暴利。”

肖楼总结道：“也就是说，黑桃 3 密室不仅是金融危机，还有一个隐藏 boss 需要处理？如果挑战者们警觉心不够，一直被偷物资，意识不到队伍中有内鬼，最后就有可能被团灭？”

少年道：“没错，这个人知道很多挑战者的事情，他把我们称为外乡人。”

黑桃 3 密室真正的难点不只是金融危机。

肖楼最初也觉得奇怪，在金融危机开始之前，每个挑战者都可以拿到 1000 块人民币的初始资金，这点钱去超市扫货，买够一周的食物完全没有问题。

比起本市的居民被金融危机弄得猝不及防，外来挑战者提前知道了金融危机会爆发，提前囤够物资，存活 7 天并不是很难。而且，像邵清格这种经济学相关专业的人，在金融危机的密室里说不定还能赚钱。

但黑桃 A 和梅花 A 会这么好心？

如今看来，两位守关者早就挖了无数个坑在等着大家。

物资被偷不是偶然事件，而是必然事件。

黑桃 A 在这个世界安排了一个伪装成挑战者的自由人专门偷取大家的物资，如果大家意识不到这一点，戒心不足，就很容易被偷光东西，淘汰出局。

只有虞寒江这样足够谨慎、分开存放物资的人，才有可能在黑桃 3 活下来。

小少年放窃听器并不是为了抄袭通关方案，而是他经历过太多——队友的背叛、挑战者临时联盟遭遇团灭、噩梦密室里可怕的饥饿、吃过期食物和树叶度过的 14 天。

换成一般人，估计早就心理崩溃了。

他不敢相信任何一个挑战者，所以再次进入黑桃 3 密室的时候，他没有匹配队友。他在所有挑战者的背包里放窃听器，只是想找出那个混在其中偷取物资的人，躲开这个小偷，自己默默通关。

虞寒江的思路无疑是正确的通关方法，正好和少年的想法不谋而合。肖楼看着满脸脏兮兮的少年，道：“你敢把这些秘密告诉我们，就不怕我们杀了你灭口？”

少年苦笑道："你们一个刑警、一个大学教授、一个创业老板，如果连你们都要靠杀人来通关，这个世界还有人性吗？早点被淘汰，我还能少受点罪。"

看着他眼中的失落，肖楼不禁有些心疼，这孩子也就十七八岁，被丢在这样残酷的世界里，经历了那么多的磨难，真是不容易。

很难想象他吃树叶的那几天是怎么活下来的。

肖楼轻叹一口气："你说得对，我们确实都想通关，但别的挑战者只要不招惹我们，我们也不可能去杀人。毕竟……这个世界疯了，可我们还没疯。"

肖楼最后这句话让少年微微一怔，眼眶瞬间红了起来。

显然，他想起了自己被背叛的经历。

当时在黑桃 3 密室随机匹配队友，匹配到的正好是校友。能在陌生的世界凑巧遇到同一学校的学长，他高兴坏了，很信任地把自己的钱交给学长一起花，听学长的安排住在山水民宿，把物资全部藏在床底下……

物资被偷的时候他还乐观地说："我饭量小，以后每天我只吃一包方便面和一包牛奶，学长你多吃一些，我们交不起房费就去外面睡，也能勉强活过 7 天。"

那学长表面上答应着，结果次日早晨醒来的时候，屋里只剩下了他一个人。

他还以为学长出了什么事，心急如焚，到处找人却找不到。后来，隔壁的妹子告诉他，学长大清早背着旅行包离开了民宿，他才终于明白自己被丢下了。

剩下的物资，两个人吃根本不够。可一个人吃，绰绰有余。

他当时心灰意冷，彻底绝望，还好隔壁的妹子很善良，虽然物资不多，却愿意分给他一些吃的。民宿有位冷静的律师决定联合所有挑战者，大家集体搬去了工地，每天靠牛奶、面包和巧克力补充能量。

可就是有个不听话的，晚上偷偷生火煮面，深夜的火光和香味引来了犯人团伙。

那些人都拿着武器，他看见一个又一个挑战者被砍伤，鲜血流了满地。

给他分泡面的女孩胸口被戳了一个大洞，他想救人却无能为力，靠瞬移卡逃跑，终究还是没能逃过一群暴徒的包围。

他是被一刀刺死的。

噩梦密室的那些天他过得浑浑噩噩，要不是有一股强烈的求生欲在支撑着他，加上他还有点才艺，靠唱歌找一些小朋友要零食，或许他早就被饿死了。

见少年红着眼神发呆、眼眶湿润，肖楼轻轻将手放在他的肩膀上，柔声说道："别担心，这次密室有我们，你一定可以顺利通关。"

陷入回忆的少年愣了愣，抬起头，对上一双清澈、温柔的眼眸。

肖楼微笑着道："你一个人身单力薄，遇到危险只能逃跑，还不一定跑得掉。不如你加入我们，一起通关黑桃 3 密室。人多力量大，况且，你的卡牌对我们也很有用处。"

"你是说……瞬移和窃听两张卡牌？"

"如果你愿意相信我们，可不可以暂时把这两张牌借给虞队？"

虞寒江很快明白过来："没错。有了瞬移卡，我能尽快抓到那个混在挑战者中的内鬼，找出被他偷去的物资。"

少年有些纠结地皱着眉，下一刻就听邵清格说："借你的卡，按天算租金，一天 100 块，离开密室的时候再结算。如果你担心自己的安全，也可以和我们一起行动。"

这 3 人如果和他动手，他根本没有反抗之力。然而，3 人并没有直接抢他的卡，而是"借"，还说要给他租金。

少年愣愣地看着 3 人，有些不敢相信。

他突然想起肖楼的那句话——"这世界疯了，但我们还没疯"。

这 3 个人都有自己的底线和原则，他们都还是正常的人，没有失去人性。在卡牌世界，卡牌就是每个挑战者最重要的武器，抢走别人的卡牌，这和谋杀没什么区别。

所以他们不抢，他们只是"借"。

肖楼的目光非常温柔。

少年一个人闯荡这么久，经历了这么多，这还是第一次感觉到心脏被一种暖意所包围，他用力地点点头，说："卡牌可以借给你们，不要租金，你们愿意带我一起行动，让我通关就行。"

肖楼微笑着点头："没问题，以后你跟紧我。"

虞寒江道："这样，明天天亮之后我跟邵总去市区，肖教授和……对了，你叫什么名字？"他扭头看向少年，目光中的锋芒也收敛了许多。

少年认真地说："我叫叶棋。"

虞寒江接着说："肖教授和叶棋留守在工地，要是情况不对，肖教授就先带他去桃花源里躲一躲，给我电话，我们立刻回来。"

"没问题，我可以提前布置好圆环陷阱，要是有人来抢，我能拖住一段时间。"

"桃花源存在的时间是 30 分钟，有了瞬移卡，我肯定能在 30 分钟内赶回来，一旦遇到危险立刻给我电话。"

"好。"

3 人商量好了明天的策略，少年在旁边认真地听，插不上话。

邵清格突然回头道：“叶棋。”

被叫的少年立刻竖起了耳朵：“在。”

邵清格笑眯眯地说：“能不能麻烦你去洗个脸，再换一身衣服？”他的目光扫过对方全身上下，“毕竟，对着你这张脏兮兮的脸，还能闻见你满身奇怪的味道，我们的鼻子不太愉快。”

叶棋的耳朵猛然一红：“我、我这就去洗。”

他拆开一瓶矿泉水，去旁边的房间洗了脸，又从背包里拿出干净的衣服换上。

回来之后，他就好像换了一个人。

小少年眉清目秀，长得还挺好看，尤其是一双眼睛，乌黑明亮、灵气逼人。比起刚才抹一脸灰假装成收垃圾的形象，洗干净脸的叶棋，看着真是顺眼多了……

肖楼想起他当时唱歌的画面，忍不住问：“你是音乐学院的吗？”

“嗯，我从小就喜欢唱歌，是音乐学院大一的学生，出了意外才来到这个世界。”

“你的吉他呢？”

“那个也是我抽的卡。”叶棋拿出一张卡牌，说，“A 级卡，吉他，可以弹奏乐曲。发动技能的话，能让范围内的敌人昏睡 3 秒钟。”

这家伙手里稀奇古怪的卡牌还挺多。

噩梦密室都能活下来，真是打不死的小强。

虞寒江看了眼时间，说：“已经 4 点 30 分了，快把楼下的物资搬过来。”

叶棋道：“我也去帮忙吧。瞬移卡可以水平瞬移 50 米，能省很多力气。”

邵清格留守，其他 3 人迅速下楼搬东西。

有了瞬移卡的帮忙，一车的物资直接被叶棋弄到了楼梯口，肖楼和虞寒江只需要搬东西到三楼，他就能将物资瞬移到屋内。

肖楼看着少年带箱子瞬移的灵异画面，忍不住感慨：“这家伙真是灵活。”

虞寒江凑过去低声问：“怎么，你想收他当队友？”

肖楼说：“叶棋最厉害的地方并不是战斗能力，而是极强的灵活性和适应恶劣环境的能力，我觉得可以考虑让他加入，毕竟邵总现在也落单，他俩都不想被猪队友连累，所以不匹配队友，或许可以他们一起去别的密室？”

虞寒江仔细想了想，道：“好主意。邵清格不擅长红桃密室，如果叶棋带上窃听器帮忙的话，他们能轻松通关血色枫叶，再抽一些好卡。”

肖楼道:“回头问问他俩的意见吧。”

其实，肖楼愿意把这个叶棋收成队友，最关键的一点是，叶棋知道很多，甚至经历过大部分挑战者想都不敢想的噩梦密室。然而，他依旧保留着一颗善良的心，他给所有的挑战者放窃听器，知道大家的物资存放在哪里，但是他连一瓶牛奶都没有偷，而是小心翼翼地躲避危险，自己想办法通关。

在噩梦密室快要饿死的时候，他也没有去偷去抢。

能在这样艰苦的条件下保持住本心，这其实很不容易。

他经历过背叛，知道被背叛的滋味有多难受，所以他不会用同样的方式去对待别人。如果让他加入团队，肖楼相信，他绝不会背叛队友。

回到三楼后，肖楼将自己的想法告诉了叶棋和邵清格:“不如，两位一起组队去红桃密室?”

叶棋忐忑地看着邵清格道:“肖教授说得对，我没队友，红桃3密室随机匹配的话，万一遇到坏事的队友，很可能会被淘汰。”

邵清格笑眯眯地看着他:“你想和我组队?”

叶棋用力点头:“可以吗?”

邵清格耸了耸肩:“你要是拖我后腿，我会毫不犹豫把你丢出去。”

叶棋立刻保证:“不会的，我在红桃2密室的通关评分是S，我在现实世界玩过一些密室逃生游戏，虽然不多，但大概知道搜集线索的方法，绝对不捣乱。”

评分是C的邵清格笑了笑，说:“好吧，那我就勉强带着你了。”

邵总你个红桃渣还好意思说带着他?是他带着你吧?!

搬完物资后，4人在三楼的空房间里和衣睡下。

虽然工地的房间都是简陋的毛坯房，没有床，但虞寒江提前准备了野外露营的睡袋，比起在红桃3密室里睡楼道要好太多。

早晨7点，肖楼的生物钟让他自然醒来，起来的时候听到一阵窸窸窣窣的奇怪声音，到隔壁房间一看，就见叶棋拆开了1包牛奶和饼干，正在吃早饭。

或许是因为在噩梦密室里经历过最恐怖的饥饿，叶棋对食物非常珍惜，牛奶喝得一滴都不剩，吃饼干的时候也用另一只手捧着，不让一丁点饼干渣掉到地上。少年坐在角落里低头吃东西的模样，就像是一只饿坏了的小松鼠。

肖楼想起他的经历，不由心软，转身从自己的物资箱里拿来1盒巧克力、1个肉松面包、1包奶油夹心饼干以及1包干果零食递给少年:“多吃一点吧。”

叶棋看到这些食物后微微一愣。为了省钱，早餐他只买了最便宜的牛奶和饼干，吃多了就没什么味道，午餐和晚餐他就吃方便面，没想到肖教授准备的物资这么丰盛。

居然还有很贵的干果零食袋，里面有他最爱吃的松子、核桃干。

叶棋忍不住道："肖教授，你们买这么贵的东西啊？"

肖楼在他旁边坐下来，微笑着说："贵的食物买的不多，但天天吃饼干、方便面，我担心大家会吃不下，就买了些调剂的零食。"

叶棋好奇地问："还有什么零食？"

肖楼列举道："比如水果罐头、泡椒凤爪、鱼罐头、卤鸡腿、牛肉干、豆腐干、话梅……"

叶棋目瞪口呆。他来黑桃3密室是为了生存，肖教授这是来旅游的吗？

肖楼对上少年瞪大的眼睛，拍拍他的肩："以后跟着我们，吃的东西管够，再也不用担心饿肚子了。"

叶棋眼眶一热，立刻点头如捣蒜："嗯嗯，我听您的！"

这时候，虞寒江和邵清格也过来了。

邵清格眯起眼睛，伸着懒腰，显然还没彻底睡醒。

虞寒江已经洗过脸，整个人非常精神，他看向肖楼道："我还是不太放心把你们留下，不如这样，待会儿吃过早餐，你用圆规多画一些金属圆环，我帮你布置一片陷阱。"

肖楼点头："好。"

4人一起吃了早餐，肖楼就按照虞寒江的建议，画了几百个大大小小的圆环。邵清格看着地上不断出现的圆环，感叹道："圆规这张牌真的很强，随时随地画武器。"

肖楼问："邵总有抽到什么好牌吗？"

邵清格大大方方地拿出一张牌，说："我抽到的S卡只有一张，财神爷，技能叫财神光环，在赌金币的时候使用，能让自己的手气变好，但每天限制使用一次。"

叶棋双眼一亮："财神光环？那不就跟梅花2的转运珠一样？"

邵清格点头："差不多，具体我还没实践过。"

肖楼道："之前听出租车司机说月之城有最专业的赌场，拿着这张可以让手气变好的牌，邵总你又可以去月之城捞金了。"

邵清格摸着下巴："我也这么想，先积累一些资金，到时候再去赌场捞一笔。"

邵总本就擅长赚钱，抽到的牌也是财神，肖楼心想，以后再也不怕穷了。叶棋突然发现，自己加入的这个队伍……好像很厉害啊？

片刻后，虞寒江拿出一张纸，在上面画了整栋建筑的分布图和陷阱的分布位置，他用圆圈标注的陷阱几乎涵盖了楼道内所有的拐角和通道。

“你们按我画的图来布置，把圆环铺在地面，用土遮住，尽头拴一根线控制在自己的手里，一旦有人贸然闯进这栋楼，拉一下相应区域的线，就能立刻困住对方。”

这是森林里的猎人常用的捕猎技巧，被虞寒江利用起来，整栋楼布满了陷阱，如果没有分布图，进入这栋楼的人，将彻底变成肖楼的猎物。

肖楼点点头道：“明白了，虞队放心，我和叶棋待会儿就布置好。”

虞寒江和邵清格在8点整的时候动身。

叶棋将瞬移、窃听两张牌暂时交给了虞寒江。

工具牌：窃听器。

稀有度：S。

描述：完美通关红桃密室，抽取限定宝箱，有极低概率获得。

附加技能：窃听。

使用后可以同时放出3枚窃听器，且能隔空放置在100米内任意目标（包括建筑物）的上面，神不知、鬼不觉地窃听100米范围内的动静。每次窃听的时长是3个小时，3小时后窃听器自动回收，需要60分钟的充能才可以继续释放。

备注：成长度满级时可同时放出5枚窃听器。

特效牌：瞬移卡。

稀有度：S。

描述：完美通关方片密室，抽取限定宝箱，有极低概率获得。

附加技能1：来去如风。

使用后，立刻让自己水平瞬移到任意50米范围的指定位置。但不能跨越障碍，如果沿途有障碍物，瞬移过程中会被拦住，使用时一定要擦亮眼睛。

附加技能2：愚公移山。

可将100千克以下重量的物体瞬移到50米范围内的指定位置，沿途同样不能有障碍物的阻挡。成长度增加后，可以移动的物体重量也会增加，最多增加到200千克。

注意：瞬移卡需要充能，充满一次可以瞬移的时间为10分钟。成长度每增加 1 点，瞬移时间增加 5 分钟，满级时增加至 1 小时。

虞寒江看向邵清格：“你多少斤？”

邵清格笑道：“虞队想拿我做实验吗？我 70 公斤。”

虞寒江点了点头，试验了一下技能 2 愚公移山，下一刻，就见被他指定的邵清格瞬间出现在了 50 米开外的地方。

果然，只要重量在 100 千克以下，人也可以被瞬移。技能卡升到满级后，200 千克以内重量可以同时移动两个成年男性或 3 个比较瘦的女性。

虞寒江也用技能 1 瞬移过去，问邵清格：“什么感觉？”

邵清格觉得很神奇：“技能作用时间应该都不到 1 秒，我只觉得好像有一阵风吹过，刚才还在楼下，一眨眼就出现了在工地门口。”

虞寒江赞道：“不愧是 S 卡。”

必要的时候，可以带上队友逃命。

邵清格道：“叶棋这家伙看来是完美通关了不少密室，抽到两张 S 级的卡牌。”

“叶棋看着瘦弱，没什么威胁，但他实力挺强，而且人很聪明。肖教授想让他加入队伍，你跟他一起去红桃 3 之后，顺便考察一下他的表现吧。”虞寒江顿了顿，又道，“不对，他在红桃密室的评分是 S，你的评分只有 C，你别拖他的后腿才是。”

邵清格摸了摸鼻子：“虞队，你这也太直接了。”

虞寒江没再多话：“走吧。”

由于有瞬移卡的帮助，郊区这里路上又没障碍物，两人大胆地开着瞬移技能飞快地来到市区，然后他们就看到了极为可怕的一幕——早晨上班高峰期，所有的街道都被私家车堵得严严实实，汽车的喇叭声都要把耳朵给震聋了。

虞寒江和邵清格找到一家路边的咖啡厅蹭网。

物价贵得离谱，原本 20 块一杯的咖啡现在翻到了 160 块，好在邵清格手里还有不少钱，今天网吧不开业，坐在这里上网，就当是交网费了。

虞寒江担心邵清格一个人不安全，就在旁边当保镖。邵清格迅速登陆股票中心，脸色一变，低声道：“房地产市场也崩盘了。”

今天是周一，大部分上班族都要赶去公司、单位，很快，他们都会知道这个消息。

虞寒江皱眉：“看来，真正的动乱在第三天才会开始。”

邵清格迅速低价购入房产股票偿还了之前借贷的债务，他仔细算了算，放轻声音跟虞寒江说："我这次做空股票，纯利润赚了1万，本来等股票继续跌的话能赚更多，但我担心今天会停电、断网，到时候就麻烦了。"

虞寒江点头："嗯，不要贪多，见好就收。"

邵清格道："进入密室的时候提示说，剩余的钱可以带出密室，这笔钱暂时放在我的账户，以后在别的密室再取吧。取款机那边说不定已经没有现金了。"

虞寒江抬眼望去，不远处的自助取款机前排着长队，他脸色一沉："估计会有人去抢银行。你说得对，钱还是放在账户里安全，别取出来了。"

邵清格道："今天的物价继续翻倍，比正常时期已经翻了8倍，加上今天是工作日，大清早路上堵车，人们的情绪明显比前两天要激动。"

街道上还在堵车，很多人上班迟到，也有一些人干脆请假不去上班。

邵清格和虞寒江回了趟山水民宿，因为肖楼给他们发信息："叶棋说他之前放窃听器监听所有的挑战者，基本能确定混在其中的小偷住山水民宿二楼，姓徐，你们有空可以去查查看。"

虞寒江到前台找老板："请问这里有一位姓徐的住客吗？我有点急事找他。"

老板一本正经地道："我是个有原则的老板，怎么能随便泄露客人的讯息？"

邵清格直接拿了两大盒巧克力放在他面前："老板能帮我们看一下客人的资料吗？"

"很有原则"的老板立刻说："没问题！我查一下……姓徐的……徐正洋，住在201房间，今天早上已经退房走了，你们是找他吗？"

虞寒江皱眉："退房走了？"

老板唉声叹气："说是交不起房费，唉，今天退房的客人有好几个，你们这些外乡人出门也不知道多带点钱。"

邵清格翻了个白眼，他也想多带一点钱，可惜守关者不让带，进密室时，以前的资产都被冻结了。

虞寒江冷着脸道："徐正洋长什么样子，老板还记得吗？"

老板回忆了一下，说："四十岁左右，是个中年人，神秘兮兮的，每天出门都戴着帽子，帽檐压得很低，还用口罩捂着脸，长什么样我没看清。"

虞寒江和邵清格对视一眼，只好离开山水民宿。

就在这时，旁边的房间突然有人大声问道："老板，你们这里空调坏了吗？屋里快热死了，按空调根本没反应。"

又有人下楼问道："停水了吗？我想洗衣服，怎么没水？"

老板脸色一变，立刻去检查。很快，他就哭丧着脸道："停水停电。"

旁边传来其他邻居的声音："是不是停水了啊？！"

“我们家也停了！”

“我家没电了，无线网也断了！

在一片嘈杂中，冰箱、空调、电风扇，所有的电器同时停止了运转。

太阳缓缓升起。

火热的阳光炙烤着大地，本就情绪焦躁的市民们没有了空调制造的舒适环境，在高温下，大家的心理防线很快就会彻底崩溃。

虞寒江和邵清格对视一眼，迅速转身离开。

周六、周日是过渡期，今天周一，上班时间到了。

所有街道被车辆堵死，没有交警出来协调，刺耳的喇叭声响彻了整个城市。

物价继续暴涨，房价下跌，车票售空，停水、停电、断网……

真正的金融末日，在第三天正式开始。

山水民宿的老板说徐正洋已经退房离开，但虞寒江为了保险起见，依旧在老板的身上放置了一枚窃听器，另外的两枚则放在山水民宿二楼的拐角处以及邵清格之前所住的酒店的走廊里。

两人离开民宿后找了个安静的地方，仔细听着窃听器里传来的动静。

过了大概半小时，窃听器中响起一个轻柔的女声：“老板，我们没有现金了，可不可以用牛奶、方便面垫付房费？”

老板笑道：“行啊！我要 4 箱牛奶、4 箱方便面。”

“3 箱行不行？”

“物价一天翻一倍，昨天两箱，今天 4 箱，我没算错啊！”

女生和伙伴商量：“我们的物资没那么多，不如出去住？”

另一人道：“好。用 4 箱牛奶和 4 箱方便面换一晚上住宿，我也觉得不划算。”

两人最终做出决定：“那我们退房吧，如果房价继续涨的话，说不定老板明天就要我们 8 箱牛奶了。”

老板笑道：“别急着退房，看你们两个小姑娘挺可怜的，睡大街多不安全啊？就按你们说的，3 箱。要是愿意的话，你们也可以一次性多付几天的房费。”

两个女生没想到老板态度软化，立刻同意下来：“那我们先用 6 箱牛奶和方便面垫付两天的房费吧。”

没过多久，又有两个男性挑战者到前台找老板商量用物资垫付房费，结果和之前一样，老板一开始要 4 箱牛奶、4 箱方便面抵一天住宿费，两人不乐意，老板就给了他们优惠价。山水民宿那边只有两个挑战者坚持退房，其他人都用物资换取住宿费留了下来。

邵清格住的酒店则截然不同，好几组挑战者去前台用物资垫付住宿费，但酒店前台并不理会他们，而且，前台的接待很冷漠地说："我们的工资都快发不起了，这酒店还不知道能不能继续开呢，你们爱住不住！"

几个挑战者无奈之下只好退房离开。

虞寒江微微皱眉："不对劲。"

邵清格仔细想了想："难道是民宿老板有问题？"

虞寒江沉着脸点头："两种可能。第一，民宿老板非常精明，知道在金融危机爆发的情况下很少有本地人会来他这里住宿，房子空着一分钱也赚不到，还不如把这批外乡人留下来，用物资换房费，能赚一点是一点。第二种可能，就是他故意用优惠价留下了挑战者。"

邵清格皱眉："你的意思是说，因为昨晚徐正洋偷窃失败，挑战者的物资都还在，他故意留下大家，正好方便那个徐正洋继续偷东西——老板和那个姓徐的是同伙？！"

窃听器 3 小时的作用时间已经到了，虞寒江收起窃听器，冷冷地说："要不然，徐正洋怎么会在山水民宿出入自如，还清楚地掌握所有挑战者的物资信息？"

想起酒店老板热情招呼客人的模样，还有刚才帮他们查徐正洋资料时的笑容，邵清格只觉得脊背发毛："黑桃密室也太坑了吧！这是故意把所有挑战者引入狼窝？"

虞寒江道："挑战者来到陌生的城市，会下意识地寻找价格最便宜的住处，却不知这其实是一家黑店——老板和自由人联手作案，掌握所有外乡人的信息，偷取外乡人的物资，靠金融危机牟取暴利。"

事实上，黑桃 3 密室从一开始，就决定了挑战者们将举步艰难。找贵的住处，房费付不起；找最便宜的住处，这里却早就挖好了陷阱。

办理入住手续时，老板会第一时间判断出你"外乡人"的身份。挑战者们从超市搬运物资，站在前台的老板对大家拿了多少东西回来自然一清二楚。

徐正洋只需要以挑战者的身份住在山水民宿，利用隐身斗篷和万能钥匙两张卡牌，随时都能神不知鬼不觉地偷走挑战者的物资，放回自己的房间。

邵清格有些疑惑："按虞队的说法，隐身斗篷、万能钥匙都是红桃 3 密室的通关奖励，这位徐正洋是自由人，他怎么会有这么多卡牌？"

虞寒江低头沉思片刻，突然想到一个可能性："他想冒充挑战者，有一个办法或许可以——杀死一位挑战者，并取而代之。"

这样一来，他身上有挑战者的卡牌也说得通。

他密切关注着城市动向，在一开始的时候挑落单的外乡人下手，杀了对方，拿走对方的卡牌，并取代这位死者的身份，然后混在挑战者当中偷取物资。

他并不叫徐正洋，而是他取代的那位挑战者名字叫徐正洋。真正的徐正洋已经被他杀死，徐正洋匹配到的队友也死在了他的刀下。

邵清格苦笑道："幸亏我在这个密室没有匹配队友，万一被随机匹配，他把队友杀了，冒充我的队友，说不定我也会中招。"

虞寒江道："能完美通关红桃 3 密室，他们本身实力并不差，但是他们太自信也太大意，遇到陌生的'队友'时不够谨慎，才被 boss 钻了空子。"

邵清格头疼地按住太阳穴："黑桃 2 密室有个感染者首领刘小源，黑桃 3 密室有个冒充挑战者偷东西的 boss，而且山水民宿的老板居然也是帮凶，要不是虞队你的分析，我都没想到山水民宿居然是一家最大的黑店！"

虞寒江道："昨晚山水民宿死了一个人，今天老板还这么镇定，肯定有问题。"

不出意外的话，今晚"徐正洋"会再次返回山水民宿，一旦民宿中大部分挑战者的物资被偷，他们就不得不离开这里，再次聚集到工地。

在黑桃 3 密室，能顺利活下来的只有 3 类：抛弃队友、独占物资的心狠手辣之辈；开始就不住民宿和酒店，直接露宿街头的大胆人士；警觉心够强，物资分批存放，随时可以转移的谨慎选手。

其他老老实实囤物资、住民宿的挑战者，几乎注定会淘汰出局。

虞寒江站起身："我们得尽快回去，我担心酒店那边退房的挑战者会涌向工地，肖教授他们会有危险。"

时间正好到了中午。

城市的几条主干道依旧堵得严严实实，没有交警指挥，车子根本走不动，加上一些车辆加塞造成的追尾、碰撞事故，一些司机下车吵架，让本就堵车的局面更加混乱。大量车子排放的尾气似乎让周围的温度又攀升了几分，街上的喇叭声震耳欲聋。

大街上，有人砸开了路边的商店，进去哄抢。有人去砸了自助取款机，却发现里面没有一分钱，骂骂咧咧地转身跑了。

中心广场的超市再也没有人耐心地排队结账，大量居民涌入超市，打、砸、抢，货架全被一扫而空，超市经理满脸惊恐地想要关闭超市，可人群太过拥挤，根本关不上门，有人不小心跌倒，身后的人停不下来，趴在地上的一个老人居然被活活踩死……

拥挤的人群就像是“多米诺骨牌”一样一个接一个地倒下，虞寒江耳边不断传来哭喊声、尖叫声，混乱的超市里发生了极为严重的群体踩踏事故！

邵清格不忍再看：“太可怕了，不知道会死多少人……”

虞寒江的脸色越来越难看，以他一人之力，就算去现场也帮不上忙，但是，眼睁睁地看这么多人被活活踩死，他真的难消心头怒气。

肖楼说得对，这世界疯了。

虞寒江用力攥住拳头，强迫自己扭过头去，不再看那残忍的一幕，直接开启瞬移卡，带着邵清格以极快的速度回工地。

几乎同一时间，肖楼发来一条短信：“虞队，有很多挑战者突然来了工地。”

虞寒江急忙问道：“你没事吧？他们有没有抢物资，或者伤到你？”

肖楼：“……”

虞寒江看见他回的省略号，还以为他遇到麻烦不方便说话，立刻加快速度，飞一般地和邵清格一起瞬移回工地。

然而，面前的一幕却让虞寒江和邵清格同时愣住了。

只见三楼西北角的房间内，肖楼神色从容，脸上甚至带着一丝微笑。

他手指轻抬，几个银色的金属圆环正浮空在他面前。

旁边，两个男人被密密麻麻的圆环从头到脚困住不能动，两个妹子的双脚被连锁圆环一圈圈套住，站都站不稳，还有一男一女直接被圆环吊在横梁上，正满脸惊恐地求饶。

看来，他的担心多余了。

见到虞寒江和邵清格回来，肖楼立刻走过去道：“他们看见我和叶棋只有两人，房间里的物资又这么多，居然敢跑进来直接抢东西，被我全部抓住了。”

叶棋在旁边满脸崇拜地看着肖楼：“肖教授真有先见之明，你们走了之后他画了很多圆环备用，刚才一阵操作我都没看清，他就跟变魔术一样，三两下就把这几个浑蛋给绑了起来！”

被绑起来的 6 人面如死灰。

肖楼把虞寒江、邵清格、叶棋叫去隔壁商量对策。他看向虞寒江，轻声问道：“虞队，市区那边情况怎么样？”

虞寒江沉声道：“停水、停电、断网，银行被抢，自助取款机被砸，交通彻底瘫痪，超市那边还发生了严重的踩踏事故。”

肖楼脸色微微一变：“看来局面越来越糟了。”

邵清格道：“幸好我赶在没断网前结算了账户，赚了 1 万。”

叶棋双眼猛地瞪大：“1 万？这么多钱？”

邵清格道："这算少的，再给我几天，利润还能翻倍。"

叶棋愣愣地看着他，别的挑战者在金融危机的世界活下去都成问题。这个扎了截短辫子的男人居然靠金融危机发横财？

对上少年震惊的目光，邵清格笑着眯起眼睛："是不是觉得跟我组队很荣幸啊？"

叶棋点头如捣蒜："嗯，以后还请邵总多多关照！"

肖楼看了邵清格一眼，没有戳穿他红桃渣、方片渣的真相。

虞寒江严肃地说："还有件事，邵总住的那家酒店前台不肯让挑战者用物资垫付房费，今天房费已经翻了 8 倍，很多挑战者退房另找住处。还有之前被偷的挑战者们也全部离开了。"

邵清格补充道："但山水民宿那边大部分挑战者留了下来，因为老板给了大家优惠价……虞队怀疑，老板和那位偷盗者是同伙。"

肖楼怔了怔："同伙？山水民宿难道是家黑店？"

叶棋也被这个推断给惊到了，仔细一想之前的经历，他顿时如醍醐灌顶："怪不得我们所有人的物资都被偷，如果不是对民宿的情况非常了解，怎么能一夜之间偷走十几个房间的物资？说不定这位黑店老板直接给所有房间放了迷药之类的东西！"

肖楼皱着眉思考片刻，道："之前我和虞队推测这个人偷东西靠的是隐身斗篷和钥匙，可隐身斗篷只有 30 分钟时间，搬不完那么多物资。但如果老板是同伙的话，那就很好办了，他甚至不需要把物资费劲地搬去别处，直接放在山水民宿就行。"

虞寒江点头："最危险的地方就是最安全的地方，被偷的物资应该还在山水民宿。"

叶棋道："难道这民宿还有别的储物室，或者是暗格、地下室之类？"

肖楼点头："有地下室的可能性很大。"

邵清格看向虞寒江："这位盗贼被你们发现后直接杀人逃跑，可见非常凶残。我们还是别管民宿那边了。我们 4 个人手里的物资这么多，加上叶棋的瞬移卡、肖教授的桃花源，我们可以随时转移，活够七天通关密室完全不是问题。"

叶棋、肖楼也都看向虞寒江。

虞寒江沉默片刻，说："我想去看看。"

他毕竟是警察，像今天的踩踏事件已经发生，他无能为力。可是，住在民宿里的挑战者们都是无辜的，那里藏着一个随时会偷走物资甚至杀人夺命的凶犯，明知道那边会发生危险，他做不到坐视不管。

邵清格道：“虞队是警察，我能理解你的心情。但是，这个世界生存才是关键，你可以说我自私，但我认为，我们并没有义务去救其他人。如果他们做不到自救，以后的密室他们也很难活下去。况且，你去救人，说不定你也会陷入危险。”

邵总的担心很有道理，毕竟虞寒江面对的是杀人不眨眼的暴徒。

肖楼看向虞寒江，对上男人深邃的眼眸。

虞寒江深吸一口气，说道：“肖教授，你来决定吧。”

救，他们可能陷入危险。不救，他们 4 个轻松通关，但别的挑战者可能遭遇团灭。虞寒江和邵清格意见不一致，把决定权交给肖楼，管与不管只在肖楼一念之间。

肖楼低着头思考片刻，建议道：“这样吧，凌晨的时候，我在工地开一片桃花源，邵总和叶棋留在桃花源里守着物资，我和虞队用瞬移卡去山水民宿查探。能帮则帮，帮不了就撤。”他看向虞寒江，“我们只有半个小时，一旦情况不对，我会立刻带你回到桃花源，虞队觉得可以吗？”

肖楼对陶渊明这张牌经过仔细的研究，发现了一个技巧——桃花源作为独立的异空间，入口只有他能找到，别人看不见，非常安全。但它存在的时间只有30分钟，一旦30分钟时间到，桃花源内的人会被强制赶回入口处。赶回入口，并不是消失，带入桃花源的物资也不会被吞噬。桃花源就像是一个安全的中转站。他和虞寒江在桃花源存在的 30 分钟内随时都可以回来。而物资和邵总、叶棋一起躲在桃花源里也非常安全。

肖楼将自己的策略详细解说一遍，紧跟着又补充道：“救下其他的挑战者对我们其实也有好处——我们有大量的物资，他们身上说不定还留了余款，可以让他们拿钱买我们的物资，赚到的钱就带出密室，留着以后再花。”

他的考虑真是顾及到了方方面面，非常周全。

邵清格赞道：“肖教授的办法两全其美，我没意见。”

虞寒江看向肖楼，目光有些复杂。

他本以为去山水民宿的计划会遭到所有人的反对，毕竟在密室世界，大家都只顾自己活着，别人的死活跟自己无关。

可虞寒江是警察，大部分挑战者在现实世界都是遵纪守法的普通人，因为各种意外来到这里，被逼着玩生存游戏，大家都是无辜的，他很难眼睁睁地看着大家被淘汰。

别的密室他管不了，可至少在这个世界，他有能力救人，为什么不救？

叶棋不敢发表意见，站在旁边等3位大佬商量结果。

邵总的想法没错，虞队的想法也没错，叶棋刚开始还以为他俩会吵起来，没想到两人把决定权交给肖楼，肖教授想到了一个让所有人都能接受的完美方案。

看来这个团队关键时刻还是肖教授说了算。

叶棋不动声色地挪到肖楼身边——他已经明白自己以后应该听谁的话了。

肖楼道："我抓起来的6个人该怎么处理，大家有什么意见？"

邵清格挑眉："他们敢直接上门抢物资，你该不会好心给他们分吃的吧？"

"当然不会，这几个人心术不正，刚才那男的还拿出水果刀想偷袭我和叶棋。给他们吃的，只会养虎为患。"顿了顿，肖楼又道，"可如果放他们走，他们说不定会暴露我们藏身的地点，引来大量的民众争抢我们的物资。"

虞寒江干脆地说："那就让他们自生自灭吧。"

叶棋想了想，建议道："我有个办法，我在噩梦密室的最后几天靠吃青草、树叶活了下来，以后每天给他们弄一些树叶、青草之类的吃？"

邵清格无奈扶额："天天给他们喂草，你当养兔子呢？"

叶棋的耳朵微微一红。

肖楼忍着笑道："小叶，你把人心想得太简单了，你给他们吃青草，他们不会觉得你是在帮他们，反而会觉得你是在故意侮辱折磨他们，会更加地仇视你。"

叶棋低下头："我就是随便说说。"

肖楼道："把他们抓起来，也算给他们一个教训，能不能坚持下去就看他们自己的毅力了。"

众人一致同意肖楼的意见。

四人回到西北角的房间，那几个被圆环困住的人立刻开始求饶。

"大哥，你就放了我们吧，我们已经一天没吃东西了，饿坏了，一时冲动，想抢一些吃的，我们并没有恶意！"

"几位能不能行行好？只给我们一点吃的就行，只要一点点……"

"你们囤这么多货吃一个月都吃不完吧？能不能分一点给我们几个，不要太多，只给一点让我们活下去的饼干和牛奶就行……"

虞寒江冷冷地道："闭嘴。上门抢东西被抓，还有脸继续要？"

众人被他锋利的目光一扫，顿时吓得说不出话来。

"如果6位一开始不动坏心，找我好好商量，说不定我会心软。"肖楼话锋一转，冷冷地道，"可你们见我这儿只有两个人，看起来好欺负，居然进门就抢，还拿刀出来想杀我，我没有任何理由再分一丁点食物给你们。"

他的手指轻轻往下一按，悬挂在屋顶的两人立刻坠地，摔得屁股开花，发出“嗷嗷”的惨叫声。肖楼紧跟着操控圆环迅速将6个人捆起来，淡淡地道：“几位好自为之。”

他看了这6人一眼，故意用对方刚好能听见的音量在虞寒江耳边说：“我们还是离开这里吧，这里已经不安全了。”

虞寒江会意：“行，市郊有一片树林，我们马上转移。”

肖楼给大家使了个眼色，邵清格、虞寒江和叶棋迅速将屋里的物资搬出去。

4人假装搬离工地，等物资集中到门口后，虞寒江便拿出瞬移卡，将东西全部搬去了三楼东北角的房间。

这栋楼的层高只有3层，但非常宽，东北角和西北角的距离接近一百米，不借助窃听器的话，很难听到另一头的动静。这样一来，被抓的6人会误以为他们撤离工地，搬去了树林。

东北角这个房间的视野也很好，能从四面墙的窗户观察到楼下。

此时，夕阳西下，已是黄昏时间，肖楼从物资箱里拿出一些吃的，找了块布铺在地上，准备吃晚饭。叶棋只见地上摆满了水果罐头、鱼罐头、午餐肉罐头、夹心面包、牛奶、果汁……丰盛程度堪比野炊。

他忽然觉得，只知道买面包、牛奶、饼干和矿泉水的自己，真是弱爆了。

凌晨，肖楼按计划开启了桃花源。

桃花源记的技能成长度目前是2级，可以带两个队友躲进去，但每使用一次都会提升成长度，在他带叶棋、邵清格两人进去后，成长度果然变成了3，虞寒江也能进了。

4人把物资搬进桃花源，叶棋惊喜地道：“好漂亮的桃花源，还有这么神奇的卡牌？”他跑到湖边，指着远处道，“那边在钓鱼的人是陶渊明吗？他钓的鱼可以吃吗？”

肖楼说：“陶渊明不理我们，只管自己钓鱼，你可以把他当成场景NPC。”

邵清格眯起眼睛看着漫山遍野的桃花，感叹道：“这里的环境真不错，可惜每天只能开30分钟，要不然，肖教授你都可以在密室世界发展桃源旅游业务了。”

旅游业？他还真没想过。邵总确实很会抓赚钱的机会，如果在现实世界，30块钱体验一次桃花源30分钟游览，还可以和陶渊明合影，肯定会有很多人愿意来。

可这里毕竟不是和平世界。陶渊明这张卡，除了队友，最好别让太多人知道，邵清格也只是开玩笑。

时间不能浪费，搬完物资后肖楼便说：“虞队，我们出发吧。”

虞寒江点了点头，和肖楼离开桃花源，用瞬移卡飞快地来到市区。

深夜的街道上，虞寒江带着肖楼一次瞬移 50 米，行动如风，就像是学会了高级魔法。这让肖楼觉得很是新奇。

虞寒江看向肖楼，目光温和：“谢谢。”

肖楼怔了怔：“谢什么？”

虞寒江低声道：“你能支持我的做法，还陪我一起过来。”

肖楼明白了他的意思，说：“你和邵总的想法都没错，他也是担心你会陷入危险。但我觉得，在力所能及的前提下救人，并不是什么坏事。”肖楼顿了顿，打了个比方，“这就像是……你看着一个人掉进水里，不会游泳还跳下去救人的话，那是犯傻。会游泳，为什么不试着救呢？”

虞寒江听着他的比喻，唇角不由轻轻扬起：“没错，现在我还有能力帮助这些无辜的挑战者，或许以后，我们想救，都没法救了。”

由于停电，整个城市彻底陷入黑暗。两人根据记忆中的方位一路瞬移，只用几分钟时间就来到了山水民宿。

让人意外的是，就在他们来到楼下的那一刻，原本一片黑暗的山水民宿中突然亮起了蜡烛微弱的光线，虞寒江立刻把窃听器丢到二楼窗户上。

耳边传来中年男人低沉、沙哑的声音：“你确定留在民宿的只剩 12 个外乡人？”

老板带着笑的声音道：“嗯，之前被你偷的那对情侣，还有一些戒心强的外乡人都退房走了，我也拦不住。剩下的，我在房间的蚊香里加了迷药，这时候都睡成了死猪，摇都摇不醒。”

“207 的那两个呢？回来过吗？”

“你是说肖楼和虞寒江？今天中午虞寒江回来过一次，打听这里有没有‘姓徐的’住客，我跟他说你已经退了房，他就走了，没再回来过。”

男人冷笑道：“要不是这两个人昨晚捣乱，我的计划早就完成了。”

老板道：“现在动手也不迟。这些外乡人的卡牌真是好用，不过，我今天加的迷药分量很足，没必要用隐身斗篷。我帮你，我们直接进去偷。”

男人问道：“我杀的那个人，尸体放哪儿了？”

老板道：“藏在地下室里，但尸体腐烂会有臭味，明早就瞒不住了。”

男人毫不犹豫地说：“待会儿开车运走物资，一把火烧了民宿，我再让兄弟们去找找那个姓肖的和姓虞的。老板说过，这些外乡人，一个都不能留。”

肖楼和虞寒江对视一眼。看来，他和虞队干扰了对方偷取物资的计划，所以，对方也将团灭外乡人的计划提前了。

居然想一把火烧了民宿？

幸亏虞寒江赶了过来，否则住在民宿的12位挑战者，都将在睡梦中葬身火海！

山水民宿内，老板和盗贼已经开始了行动。

他们很快就找到了藏在床底下的物资，并将箱子迅速搬走，被迷晕的挑战者们毫不知情。

老板早就准备好一辆大货车，肖楼和虞寒江默契地穿上隐身斗篷守在大货车附近，只见货车里整齐摆放着一箱又一箱的牛奶、矿泉水、方便面、巧克力、饼干……

这两个浑蛋到底偷了多少外乡人的东西？！

一整车的物资，几乎能开一个小型超市了。

就在这时，耳边传来民宿老板的声音：“老刘，你觉得这次我们能捞多少钱？”

中年男人用沙哑的声音说：“别急，再过两天，市民们储备的物资也快吃完了，超市断货买不到吃的，交通瘫痪又逃不出去，他们不可能等死。到时候，我在中心广场摆一个集货市场，高价卖东西，市民们的手里肯定还有闲钱，赚个几十万不是问题。”

民宿老板道：“这主意不错！没想到偷了这么多外乡人的存货，居然能派上大用场。话说，你是怎么知道金融危机会爆发的？”

中年男人道：“我不知道。但老板告诉过我们，跟着外乡人有钱赚，他们买什么，我们就偷什么，绝对没错。”

肖楼和虞寒江听到这里，心中不由惊骇。

他提到的“老板”肯定不是山水民宿的老板，更像是领导他的上级。

肖楼疑惑：“难道这个密室还有更强的boss？还是说卡牌世界有专门和我们作对的组织？”

虞寒江皱了皱眉，轻声在肖楼耳边说：“一个密室有多个boss的可能性不大，我更倾向于密室世界有专门的组织对付我们这些外乡人，阻碍我们顺利通关。这个组织会同时派大量的自由人分散在各个密室，这位偷盗者或许就是组织中的一员。”

肖楼也觉得虞队的推断很合理，偷盗者提到的那位“老板”让他心中很是不安，那个人应该知道非常多的讯息，对挑战者们也极为了解，还专门跟挑战者做对。而且，组织中的成员心狠手辣、杀人不眨眼，对“外乡人”有强烈的抵触、敌视情绪。

有这样的组织存在，他们以后想要通关，只会变得越来越难。

肖楼看了一下陶渊明卡牌上桃花源记的倒计时，说道：“只有 10 分钟了，虞队，我们得尽快行动。”

“活捉他们，我想知道更多关于这个组织的信息。”虞寒江打量了一下民宿四周，低声朝肖楼说，“他们还在一楼偷东西，我帮你掩护，你先在一楼的天花板设下圆环陷阱，等他们出来的时候，用圆环困住他们，我潜伏过去把他俩抓起来。”

“没问题。”肖楼拿出 S 卡圆规，穿上隐身斗篷和虞队一起进入民宿，在一楼地面上迅速画了大量的圆环，让圆环浮空在屋顶，另外还画了几个圆环交给虞寒江。

金属圆环的丝线非常细，可以绕在手腕上做武器。这种金属材质很好，难以扯断，套住脖子往后拉，甚至可以把人勒死。

两人做好准备，窃听器中很快就传来响动。

老板和盗贼搬了好几个箱子从 108 号房间出来，那老板笑眯眯地说：“108 的两个女生都很漂亮，直接杀了多可惜？不如我们趁她俩被迷晕，嘿嘿嘿……”

猥琐的笑声让肖楼觉得一阵恶寒。

中年人沉声道：“不要节外生枝，想要女人，以后多得是。你先把物资搬进车里，我去地下室把燃油弄上来，只要烧了这民宿，我们做过什么就没人会知道。”

老板不甘心地叹了口气：“好吧。”

两人刚要分头行动，就在这时，突然有无数个金属圆环从天而降！

肖楼对圆环的操控已经极为熟练，加上老板的手里带着蜡烛，有光线的情况下，他将两人的位置看得很清楚，准确无误地直接用圆环将两个人套住了。

穿着隐身斗篷的虞寒江同时行动。

男人健步如飞，几乎是瞬间就来到了那老板和中年人的身后，手中银色的丝线直接绕在中年人的脖子上，另一只手则拿出水果刀抵在老板的后背上。

老板和中年人被这突如其来的变故弄得猝不及防。

中年人脸色一变，想开隐身斗篷，结果耳边传来低沉、冰冷的声音：“别动，敢动一下，我就勒死你。”

熟悉的声音，正是207的住客虞寒江。

中年人的嘴角猛烈地抽搐了几下，眼中闪过一丝阴狠：“你又回来了？！”

“别废话，出去。”

肖楼继续操控圆环，那些圆环在他的操控下像是有了灵性，纤细的金属丝线将两个人绑得结结实实，手臂、双脚，全都没法动弹。

老板吓得大惊失色：“两、两位，有话好说！”

肖楼冷冷地道：“没什么好说的，走吧。”

虞寒江从身后押着他们，将两人推出门。

两人被圆环套住，行动不便，踉踉跄跄地来到大货车前。

“我没法带他们进桃花源，要不，我们直接把货车给开回去？”肖楼顿了顿，“但这里有大部分挑战者的物资，我们直接开走货车的话，那些人怎么办？”

虞寒江道：“在民宿留张纸条，让他们明早8点来工地找我们。”

肖楼觉得这办法可行，转身去民宿前台拿纸笔写了几个字条，迅速塞进每一间房里。

转身回到货车前时，虞寒江已经将两个人的手臂反拧到了身后，并用金属丝线将他们的手臂背靠背紧紧地绑在一起。这样一来，他们很难挣脱捆绑，哪怕有隐身卡也没用。

为防这两人还抢了别的特效卡趁机逃生，虞寒江决定盯着他们。

他问肖楼：“肖教授会开车吗？”

“我考过驾照，不过是C照，只能开小轿车。”

“那我来开吧，你守着他们。”

虞寒江将两人押上货车车厢交给肖楼看守，自己则进入驾驶座，熟练地发动了车子。

深夜的街道上，大货车带着一车厢的物资，飞快地朝工地方向前进。

此时，工地。

邵清格躺在桃花树下，将双手枕在脑后，眯起眼睛，优哉游哉地看着漫山遍野的桃花，如同是来这里旅游散心的游客。

叶棋满脸紧张，小声喃喃：“虞队和肖教授怎么还不回来？”

邵清格懒洋洋地道：“不用担心，这两个人比你想的要厉害多了。”

叶棋看了眼桃花源的倒计时：“还剩3分钟桃花源就要消失了，肖教授不是说他可以随时带虞队回来吗？他们该不会出事了吧？”

邵清格也察觉到不对，他坐起身，看着右上角的倒计时，眉头微微一皱：“他们可能遇到了些麻烦，桃花源里没信号，待会儿出去后我发信息问问。”

倒计时0，桃花源空间关闭，邵清格和叶棋被强行丢了出去。两人和大量的物资同时出现在肖楼开桃花源入口的空房间里。

漆黑一片的工地上依旧很安静。

叶棋竖起耳朵听了听周围的动静："好像有车子开过来的声音……"

邵清格拿起手机给肖楼发消息："桃花源都消失了，你们怎么还不回来？"

肖楼正在车厢里，手机在口袋里，没看见信息。

虞寒江开车技术一流，货车又稳又快，转眼间就开到了工地。

车灯将漆黑一片的工地照亮，叶棋如同受惊的小兔子一样突然跳起来，迅速窜到窗户边看着远处："什么情况？该不会是坏人找上门了吧？"

他警觉地拿出一把水果刀，摆出要战斗的姿势。

这时候，邵清格的手机终于亮了，是肖楼发来的短信："货车是我们开过来的，你和叶棋也下来吧。"

邵清格松了一口气，朝叶棋说："是虞队他们。"

叶棋这才收起水果刀，跟着邵清格飞快地跑下楼看情况。

虞寒江一脚刹车，稳稳地把车停了下来。他从驾驶座出来，快步走到后面打开货箱的门："肖教授，可以下来了。"

肖楼把两个人从车厢里押下来，被五花大绑的两人脸色都有些难看。

借着车灯的光线，叶棋看清了那两人的脸。

民宿的老板他认识，另一个中年人四十岁上下，一双眼睛漆黑深邃，鼻子高挺，虽然不算很帅，五官却非常端正。

叶棋一愣："这不是齐律师吗？我在上次的密室中见过他！"

肖楼回头看向叶棋："你是说，号召大家把物资集中起来去工地的那位律师？"

叶棋的脸色很难看："内鬼居然是你！这么说，当时用各种理由说服我们，将大家聚集在工地，然后引来犯人团队，把我们全都杀了的人，也是你？！"

中年男人微微眯起眼睛："没错。我记得你，会弹吉他的小家伙。"

叶棋怒极，想扑过去打人，被虞寒江拦住。

虞寒江冷冷地道："看来，他在不同的世界会用不同的身份，叶棋遇到他的时候他是齐律师，我们遇到他的时候他叫徐正洋。他会先杀掉一个挑战者，然后取而代之。"

在叶棋经历的那次密室中，他杀死齐律师，取而代之，然后以齐律师的身份将所有挑战者引到工地，叫来越狱的犯人团灭挑战者。

这次密室他杀死的人叫徐正洋。他取代对方，住在山水民宿，偷取物资，若不是虞寒江和肖楼出手阻止，他刚才已经一把火烧了民宿。

虞寒江用水果刀抵住对方的咽喉：“你的真名叫什么？谁派你来的？”

中年男人的目光就像一条毒蛇，他恶狠狠地扫过面前的4人，用来自地狱般的阴沉声音一字一句地说：“外乡人，都该死！”

虞寒江的刀子立刻往前递了几毫米，厉声道：“老实回答，谁派你来的？你说的老板是谁？”

中年男人的脖子上出现了一条鲜红的血痕，他看向虞寒江，嘴角突然扬起一个诡异的弧度，等虞寒江察觉到不对的时候已经晚了。

男人的嘴角流下暗黑色的毒液——他咬破了藏在牙齿里的毒物。

肖楼不敢置信地看着倒在地上的尸体：“服毒自杀？”

剧毒，瞬间毙命。

叶棋瞪大眼睛，声音在微微发抖：“这、这怎么跟武侠电影里的死士一样？行动不成功，为了不出卖老板，他居然直接自杀了？”

邵清格道：“看来他的老板很不简单，居然能让手下这么死忠。”

虞寒江的脸色冷得可怕。他收回水果刀，看向瘫在旁边瑟瑟发抖的民宿老板。民宿老板被他锐利的目光一扫，立刻白着脸疯狂摇头：“别杀我！我什么都不知道！”

虞寒江冷声问：“你跟他不是同伙吗？什么都不知道，你以为我会信？”

“我只知道他叫刘同，来自月之城。几个月前他来到我们这儿，说要入股民宿，和我一起赚钱。有钱赚我当然不会拒绝，就和他合作了……”老板的声音忍不住发抖。

“所以你就开黑店，和他联手偷外乡人的东西？”

“我也是迫不得已。他说，要是不合作就杀了我，取代我民宿老板的身份，我为了保命，只好跟他合作！”老板慌忙辩解。

肖楼淡淡道：“为了保命？我看你是乐在其中吧。”

老板的脸色很是尴尬，知道自己刚才和同伴的对话被肖楼听到，他也没法反驳，只好颤抖着求饶：“各位，放了我吧，这批物资都给你们……”

叶棋怒道：“给个屁！这些本来就是你偷的！”

虞寒江低声问：“关于刘同提到的那位老板，你知道多少？”

民宿老板愣了愣，摇头说：“不清楚，他只说老板有钱有势，跟着老板肯定能过上好日子。还说，杀了外乡人可以拿到高额的赏金……”

4人互相对视，心底都升起一丝恶寒。

还能拿赏金？是把他们这些挑战者当小白鼠吗？！

肖楼道：“密室世界由 4 位守关者创造，自由人的行动不受他们管辖，或许是有人觉得杀死我们有利可图，才创建了这种专门针对我们的组织，给我们制造麻烦。”

邵清格赞同道：“这个组织以‘赏金’作为奖励，杀死我们可以拿钱，组织纪律严明，被逮到的人宁可自杀也不透露讯息……我们在黑桃 3 密室遇到一个，以后的密室说不定还有很多。”

肖楼轻轻按住太阳穴：“可惜我们根本不知道这个组织叫什么、总部在哪里、老板是谁、每个密室会分配多少人来对付我们，这真是防不胜防。”

就在这时，他发现虞寒江突然蹲下来，扒开倒在地上的死者的衣服仔细检查。

只见死者的心脏部位印着一个奇怪的骷髅头形状的文身，在昏暗的光线下，那青黑色的文身显得越发诡异。

肖楼精神一振：“会不会是组织的标记？”

虞寒江道：“有可能。这群自由人被彻底洗脑，变成死士，他们的目标就是猎杀各个密室的挑战者，获取高额的赏金。”

叶棋忍不住吐槽：“密室世界，到处都是坑！”

想起上个密室的经历他就心底发毛。当时大家都很信任那位“齐律师”，跟着他来到工地，按他的建议分配物资，顺利活到第五天。最后被犯人团伙杀死的时候，叶棋还在想，肯定是半夜煮面的那个蠢货把犯人引来的。

没想到，居然是大家最信任的齐律师设下了陷阱，杀死了全部挑战者。

发现叶棋脸色难看，肖楼轻叹一口气，按住他的肩膀说：“以后不能再轻信别人，哪怕是对我们很好的人，说不定他真正的目的是想杀死我们。”

挑战者们在经历过这么多的背叛之后，很难做到对队友的完全信任。

肖楼总算明白，为什么有这么多的挑战者，却没有一个团队能通关 SS 级密室。自由人和挑战者难以区分，伪装成挑战者的自由人很可能会以杀死挑战者作为任务目标。

信任危机，这才是密室世界埋在所有挑战者们心里最可怕的种子。

虞寒江将刘同的尸体和山水民宿的老板一起关在了工地一楼的房间。

老板吓得瑟瑟发抖：“别、别把我和死人关在一起行吗？放了我，我给你们钱！你们这几天的住宿费我全部还给你们，不，我翻倍还给你们！”

邵清格听到这里，立刻凑到肖楼耳边说：“改天去一趟山水民宿，他收了我们那么多现金，说不定还留着。那些本就是我们的钱，拿回来不过分。”

肖楼也觉得这办法可行，便朝老板说：“你老老实实待着，别打歪主意，要不要放了你，我们还得再商量。”

4 人把民宿老板绑在屋里，迅速清点大货车里的物资。

粗略估计，老板和姓刘的自由人联手作案，偷了至少二十多个挑战者的物资，等杀光这些外乡人后，他们再将这批物资拿去卖，绝对能大赚一笔。

老板说那人叫刘同，也不知是真名还是化名。

想起通关方片 3 密室时奖励的卡牌“字典”，肖楼立刻从卡包中拿出这张牌，从目录翻到自由人部分仔细查看，第三页居然真的出现了刘同的资料。

刘同

男，41 岁。

身高 180 厘米，体重 75 千克。

身份：自由人，月之城神秘组织成员。

出没密室：黑桃类生存密室。

备注：黑桃 3 密室任务失败，已死亡。死因：服毒自杀。

虞寒江凑过来看了一眼，皱眉道：“神秘组织？看来，这部字典上显示的只会是我们知道的信息，并不会剧透。”

肖楼指着字典道：“虞队你看第三行，他出没的密室只有黑桃类生存密室，不知道是个例，还是说这个组织的成员只会在黑桃密室屠杀挑战者？”

虞寒江想了想，说：“有可能仅限于黑桃密室。毕竟红桃是解密推理，剧情基本固定。方片以机关为主，梅花是挑战者对抗，只有黑桃才涉及生存问题。”

4 类密室如果全都有屠杀挑战者的组织，那挑战者们真的不用玩儿了。如此看来，黑桃密室是最危险的，红桃、方片和梅花暂时还算安全，这让 4 人稍微松了一口气。

叶棋把脑袋凑过来看着字典，好奇地道：“月之城是什么地方？”

邵清格说：“记得当时打车的时候出租车司机也提到过，月之城是这个世界上最繁华的城市，那里还有规模最大的赌场。”

肖楼推测道：“或许是类似‘游戏主城’之类的地方？那里应该有大量的挑战者以及其他势力和组织，我们现在级别太低，还进不去。”

邵清格捏了捏眉心：“希望那里可以休息，一个接一个的密室真是太累了。”

众人对邵总的话感同身受，真想找个安全的地方一觉睡到自然醒。

时间已经到了凌晨，虞寒江道：“你们回楼上睡一会儿，我在货车这里守夜。”

肖楼道：“我陪你。”

虞寒江扭头看他：“肖教授还是去睡吧。”

“没关系，之前在红桃 3 密室天天睡楼道，这里好歹有个货车，我们可以坐在车厢里。”肖楼回头看向邵清格和叶棋，道，“邵总和小叶去楼上吧，顺便给西北角那间房丢个窃听器，看看我们抓起来的六个人有没有异常。”

邵清格和叶棋转身离开，肖楼和虞寒江便在车厢里坐下。两人在车厢里轮流睡了两个小时，迷迷糊糊的也没怎么睡好，天就亮了。

早晨 7 点 30 分，两人拧开一瓶矿泉水简单洗脸刷牙，然后去楼上把邵清格和叶棋叫醒，大家吃过早餐就开始布置。

昨晚给民宿的房间塞了纸条，很快，那些挑战者就会找上门来。为免发生不必要的武力争端，肖楼决定先想办法镇住找上门的挑战者，只有这样他们才能乖乖听话。

此时，山水民宿。

一觉醒来发现物资被偷的挑战者们大惊失色。

几个挑战者来到大厅，互相一打听，发现大家的物资居然都被偷了。更奇怪的是，大家手里都拿着一张纸条，上面写着：“盗贼已被我们抓获，物资暂时送去了西郊工地，请在早晨 8 点过来领取。”

大家的脸色都很难看，有个女生小声道：“藏在床底下的东西全被偷了，我居然一点都没察觉，该不会是中了迷药吧？”

女生们脸色一变，都在担心自己有没有被占便宜。

一个年轻小伙大声说：“这张字条你们信吗？我反正不信。会有人这么好心，偷了物资又还给我们？这明显就是陷阱，故意引我们去工地，杀人灭口！”

“你有没有脑子？他想杀人，昨晚趁你睡死的时候动手岂不是更方便？”

有个女生怯生生地说：“要不我们还是别去了吧？万一那边挖好陷阱等着我们跳，我们连命都保不住。现在虽然物资被偷，可今天已经是第四天，还有 3 天就可以通关，3 天时间，不吃不喝的话，也可以活下去吧？”

旁边一人赞同道：“对啊，不是说有人在荒郊野外 7 天时间不吃饭也活下来了吗？只要熬过这几天，大不了我们去野外吃树叶、打打猎什么的。”

一个男人骂道：“你们傻啊？这不是野外，这是城市！我第一天就在这里考察过，到处是高楼大厦，根本没什么野外，还想打野味？小心被饿疯了的当地人宰了炖汤喝。”

大厅里的挑战者们各抒己见，争吵不休。突然，他们身后响起个中气十足的男人的声音：“都别吵了！这时候还窝里反，嫌死得不够快吗？”

众人回头，只见一个长着络腮胡的大叔款步走了过来。男人目光扫过全场，淡淡地道：“你们这智商，红桃密室是怎么过的？不知道分析？”

几个人想发火，却被男人冷冷地打断：“如果对方只为偷东西，没必要留下纸条让我们去拿物资，早就带着物资跑了。如果这小偷想杀人灭口，昨晚所有人都中了迷药，他随便一把火就可以毁尸灭迹，还用等到今天早上，特意用纸条引我们去工地再杀？”

众人仔细一想，都觉得大叔的话很有道理。

络腮胡大叔道：“吵来吵去没意义，我准备去工地一探究竟，愿意跟着走的一起去，不愿意的，自己想办法。”

立刻有两人站在他身后：“我们想去看看。”

有个年轻女生也跟了过来：“这位大叔说得有道理，要是对方真想弄死我们，昨晚大家都睡着的时候为什么不动手，非要大费周章地留纸条引我们去工地？”

有人赞同道：“我也觉得纸条上的内容可能是真的，不管怎么样，先去看看再说。”

当然也有人担心那里是陷阱，果断地脱离队伍：“我们就不去了。”

12 个人走了 4 个，最后愿意一起去工地的只剩 8 人。

络腮胡大叔轻叹一口气，说道：“跟着的人，先警告你们，待会儿到了工地别乱动，如果我猜得没错，这个密室会有大佬带我们通关。”

众人对视一眼，满脸的惊讶。

其中一人小声道：“大叔，你的意思是挑战者中有厉害的高手解决了民宿的小偷，并且愿意帮助我们？”

胡子大叔点头道：“这是最合理的推测，要不然怎么解释房间里的纸条还有突然失踪的老板？况且，字条上透露出了很多细节，你们再仔细瞧瞧。”

几人立刻低下头仔细查看。

大叔道：“第一张字条的字迹最清楚整齐，之后的字迹越写越仓促，而且写到后面圆珠笔都没墨了，显然当时情况紧急，他写不了那么多，抓紧时间迅速写完才会有这么大的差异。”

一个妹子惊喜地道：“没错，我们住二楼最里面的房间，我这张纸条后面的几个字确实像是圆珠笔快没墨了，颜色很浅，勉强能辨认……”

大叔提醒：“你们再看看民宿前台。”

众人回头看去，前台桌上有本“意见簿”，上面的纸被撕掉好几张，正好和他们手里的字条一致，而本子旁边放着的圆珠笔确实没有墨了。

显然，昨夜写字条的人时间仓促，顺手拿纸笔给大家留信息，是真的想要帮大家。如果是提前做局布置陷阱的话，不可能连字条都写不清楚。

几个人顿时无比惭愧，一开始质疑、后来又转变态度的年轻小伙怔怔地道：“大叔，您是红桃密室的高手吧？这么多细节都能发现……”

络腮胡大叔苦笑道：“我也是被红桃密室逼出来的，走到哪儿都会忍不住观察细节，对方留纸条的线索挺明显，刚才跑了的那4个这都注意不到，真不知后面的红桃密室会死得有多惨。”

留下的几人心有余悸。

看来，密室世界真的能逼出人的潜力，一个个的，都快变成侦探了。

由于胡子大叔的仔细分析，众人的心放下了一大半，齐齐走向工地。

然而大家刚走进工地，就被铺天盖地降落的圆环套住双脚，差点摔个狗吃屎！

还没反应过来怎么回事，就见货车旁边突然出现一个帅气的男人，他的手轻轻抬起，手指的周围有好多个大小不一的浮空银色圆环，这场景就像是华丽的魔术。

几个挑战者吓了一跳，还是大叔比较稳重，立刻问道：“这是做什么？”

肖楼温言道：“大家别担心，我暂时控制住你们，只是避免你们当中有激进分子，直接动手，发生不必要的武力冲突。我并没有恶意，先听我说完，好吗？”

发现众人并没有动手的迹象，肖楼拿出手机发了条信息道：“邵总，把老板带过来。”

邵清格押着民宿的老板走过来，众人都认识这位老板，看到他之后不由震惊：“这不是张老板吗？是你把民宿的老板给抓了！”

“嗯，他在蚊香里放迷药，迷晕了你们。他还和一个姓刘的联手偷走了你们的物资，想放火烧死大家，正好被我们发现。”肖楼看向老板，“我说的对吗？”

张老板被绑了一夜，脸上一片灰白，颤声道：“对、对……求求你们放了我吧，我的手里还有钱，我给你们钱！这几天的住宿费全免，只要放我回去！”

挑战者们面面相觑。

肖楼接着说：“山水民宿是家黑店，我们昨晚连夜去民宿抓了老板和小偷，各位的物资被他们放在货车里，我们不方便搬运，又担心被其他市民抢走，所以才把货车暂时开到工地。”

有个女生感激地道：“真的是你救了我们？谢谢，太谢谢你了！”

胡子大叔笑道："我早就说过，他要是想对我们不利，昨晚大家昏迷的时候随便一把火就能毁尸灭迹。谁还留纸条等天亮把我们引到工地再收拾？"

"没错没错，谢谢几位好心人，要不是你们，我们死都不知道怎么死的！"

"还得谢谢大叔帮我们分析，推测出有高手在帮忙，要不然我们都不敢来工地！"一个女生突然感激地看向络腮胡大叔。

"哦？"肖楼感兴趣地问道，"这位大哥猜到了我们是在帮忙？"

"咳，我也是从你留的字条看出些细节。"男人很直率地将自己的分析复述了一遍。

肖楼心里很是惊讶，没想到挑战者中还有这样聪明的人。看上去五大三粗的胡子大叔，反倒是这群人里最细心的一个。

他和虞队去救人果然没错。虽然挑战者中有一些自私、冷血、恶毒之辈，但也有聪明、善良的人，在不烧杀抢掠、不违背人性的前提下努力尝试着通关。

况且，卡牌世界有专门针对挑战者的庞大组织，如果挑战者们再不团结，以后只会越来越难。

想到这里，肖楼便微笑着说："我有一个建议，如果你们信得过我，就跟着我们一起行动，大家联合起来，通关黑桃 3 密室，怎么样？"

肖楼并不是自作主张，他之前就跟虞队、邵总和小叶商量过，如果找上门的挑战者质疑他们，他就把物资还回去，让这些人离开；可如果挑战者们足够聪明，并且愿意相信他，那不妨大家联手，一起通关。

这就跟游戏打副本一样，带新人可以，但前提是新人必须听话。

肖楼目光扫过众人，道："愿意留下的就和我们联手，不愿意的可以拿走物资，自己想办法通关。但我提醒大家一句，别以为在金融危机的密室，物资足够就可以活着，这个密室的难点并不是物资，而且金融危机爆发之后，整个世界的秩序混乱。"

他顿了顿，道："比如，自助取款机被砸、银行被抢、超市被搬空，人群挤在一起发生严重踩踏事件……市区现在已经有一群暴徒在烧杀抢掠，如果单独行动遇到暴徒，挑战者的存活率依旧很低，希望大家仔细考虑再做决定。"

众人你看看我、我看看你。

胡子大叔率先表态，果断地说："我留下。"

紧跟着有两个女生举起手："我们也留下。"

背靠大树好乘凉，这道理大家都懂。单独行动，很容易被抢、被打甚至被杀，挑战者们只有团结在一起，才更容易保住物资，顺利通关。

大叔和两个妹子决定留下，其他人也很快做出决定，8 个人集体留了下来。

“谢谢你们愿意相信我。”肖楼手指轻轻一握，将控住大家的圆环全部收了回来，道，“各位，外面太热，跟我去里面商量吧。”

众人立刻跟着他走进工地的空房间。

房间内站着个高大英俊的男人，只是他的脸色十分严肃，锐利的目光扫过众人，冷冷地说：“在场所有人，我要先检查一下你们身上有没有文身，男人跟着我来检查。4 个女生去二楼空房间，拉上遮光布互相检查。”

有个女生脸色僵硬地道：“这是什么意思？难道还不能文身吗？”

肖楼解释道：“大家别担心，之前那位姓刘的偷盗者就是伪装成挑战者混在我们当中，那些人身上有特殊标记，提前检查一下，也是让大家放心，希望大家能配合。”

胡子大叔爽快地说：“检查就检查吧，没问题。”

男人们对“脱衣服检查”这件事都不排斥。4 个妹子对视一眼，硬着头皮去楼上，用肖楼拿给她们的桌布挡着门，两个人守门，其他两人互相检查，再轮换……

片刻后，大家回到房间。

除了刚才变了脸色的女孩在锁骨处文了朵玫瑰花之外，其他人都没发现文身。

肖楼看着她，温言道：“红桃 2 密室，你是怎么过的？”

女孩道：“我通关评分只有 C……对了，那个手机密码到底是多少啊？”

肖楼这么问，只是确认她挑战者的身份。

红桃 2 密室是封闭的单人密室，这个世界的自由人应该进不去红桃 2 密室。女生并没有察觉肖楼在套话，老老实实地回答。肖楼道：“不用密码，是人脸识别解锁。”

周围没解开手机的人都骂了句脏话。

胡子大叔见肖楼如此谨慎，不由笑道：“我们当中没有内奸吧？”

肖楼点了点头：“这样最好，大家跟我来。”

众人跟着他来到三楼东北角的房间，叶棋已经在地上铺好了桌布，一人发了瓶矿泉水，还拿来牛奶、瓜子、花生、牛肉罐头、水果罐头、话梅糖等零食，热情地招呼着：“大家随便坐，别客气，你们肯定没吃饭吧？边吃边聊啊。”

众人目瞪口呆，你们几个的小日子也过得太滋润了吧？！

有个女生认出了他：“你是在广场弹吉他的那个？”

叶棋点头：“我也是挑战者，跟着肖哥混。”

肖楼道：“大家囤的物资很多，外面货车里有一车厢，我这里还有一屋子，不用担心吃不饱的问题。既然决定联手，就把物资统一起来集中分配吧。”

他看了叶棋一眼：“小叶，你待会儿统计一下各类物资的数量，今天开始所有人吃饭时间来小叶这里登记、领取食物，想吃什么领什么，管够。最后剩下的东西反正也带不出密室，我们可以统一处理，拿去找市民换一些钱。”

胡子大叔微微动容，感慨道：“黑桃密室的挑战者如果早一点儿齐心协力，形成这样有纪律的组织，也不会被自由人钻了空子。”

众人看着一地的食物，不由双眼发热。

“这办法好！我们囤的食物根本吃不完，最担心被抢，只要物资安全，大家肯定不怕饿着，到第七天还会有大量剩余，拿去换些钱，就能带出黑桃密室了！”

“没错，就集中分配吧！”

“我们还买了话梅、杧果干、香蕉片、山楂片之类的零食。”

“我买了一箱麻辣香肠，可以煮面的时候吃，够多，大家随便吃。”

“我那儿有可乐、橙汁、雪碧，还买了箱红牛，喜欢喝饮料的可以找小叶领。”

在这个陌生的世界里，几个人第一次感受到一种属于集体的温暖。

人类是群居动物，集体的力量远大于个人。之前单独行动，担惊受怕，可这一次，有大神组织众人，有组织的感觉真是好啊！

胡子大叔擦了一下眼睛，道：“对了，几位高手怎么称呼？”

肖楼随口说道：“我叫云霄，大家叫我老霄就行。”

虞寒江淡淡地说：“老韩。”

邵清格笑眯眯地说：“我姓秦，可以叫我秦少。”

叶棋乖乖说道：“我姓叶，肖哥刚才说过了！”

胡子大叔笑着说：“我姓胡，大家叫我胡子，或者胡大叔，都行。”

其他人也纷纷自报家门。

肖楼之所以隐瞒真实姓名，也是为了避免信息透露得太多，会惹来麻烦。如果今后他的队伍通关的密室越来越多，这些人根据名字来找他，让他带着过关，他到底是带还是不带？契约书名额有限，他们带不了太多队友。

升米恩、斗米仇。今天帮了大家，大家会记在心里。以后要是不帮，说不定反倒得罪人结仇。所以，让这些人不知道他们四个的真实姓名才最安全。

众人取好代号之后，肖楼紧跟着说：“既然决定联手，我先说几条规矩。没有纪律的组织就是一盘散沙，所以，第一条规矩，就是所有人必须听我们指挥，不愿意听的现在可以走了。”

有厉害的大神指挥，大家当然很乐意，都没有意见。

肖楼紧跟着道："第二，我需要知道你们手里的卡牌，分配任务。当然，如果不能完全相信我，你们也可以有所保留，但请至少把强力的卡牌拿出一张来。"

胡子大叔带头拿了一张卡："我抽到的好卡只有一张，猎犬，带两个技能。技能 1 可以放猎犬出去咬人，是攻击技能。技能 2 对指定的目标进行追踪，只要对方不离开密室世界，藏在哪儿都能追踪到他的位置。"

鬈发女生拿出一张卡说："我只有一张 A 卡望远镜，可以放置在任何位置，在我面前的屏幕中呈现范围 300 米之内的动向，类似于监控器。"

年轻小伙小张说："我有张工具牌捕兽夹，可以把它藏在地下，抓住踩中它的猎物，一次最多放 10 个。"

小李讪讪地说："我没抽到太多好卡，比较好用的只有一张工具牌吹风筒，技能很奇异，吹出一阵大风，把重量 100 千克以内的东西吹飞 50 米。"

其他人也纷纷拿出自己的卡牌。

肖楼发现，卡牌世界的卡牌奇异程度真是超出他的想象。

姓高的妹子拿出一把镜子，可以在 10 秒内反射范围内的所有攻击；小薛拿出体育课常见道具铅球，投掷出去可以在落点砸出一个 5 米 ×5 米的大坑把人给埋掉……

众人看着其他挑战者画风诡异的卡牌，神色都有些复杂。

胡子大叔好奇地看向肖楼："对了，你刚才那些金属圆环是什么牌？"

这个技能已经暴露，肖楼也不打算隐瞒，大大方方地拿出卡牌说："S 级工具牌圆规，可以画出圆环当武器，并且让圆环浮空……"

就在这时，肖楼意外地发现圆规这张牌的成长度已经满级了。

他这段时间经常用圆规，成长度增加得很快，满级后会解锁技能 2。

技能 1"画圆"有了明显的提升，圆环生成的速度变成了 0.5 秒，以前用这张牌必须提前准备，如今就可以边画边用。

解锁的技能 2 叫"圆形边界"，用圆规画出一个最大直径为 10 米的圆形边界，并形成圆形的透明结界，踏入结界的目标将免疫任何形式的攻击，持续 10 秒，随着成长度的增加，免疫攻击的时间还会延长，最多延长至 10 分钟。

肖楼双眼一亮——圆规的技能 2 很强，相当于一个圆形范围的无敌圈。

周围其他挑战者看到这张牌，满脸的羡慕。

一个女生赞道："这张牌也太强了吧？武器随便画，还有 10 秒的无敌。"

肖楼道："通关评分 S 的时候抽到的，手气还不错。"

其实肖楼团队的强卡还有很多，但肖楼不可能曝光团队的全部装备。

至于怎么对付那些暴徒，他的心里已经有了主意。

将所有人的卡牌集中起来后，肖楼说道："我们来分一下工，我和小张用圆规和捕兽夹提前在工地布置好陷阱，小高和小周在三楼准备好镜子，随时开技能反击。

"带铅球、望远镜的两位留在三楼负责监视，对方人多的话直接丢铅球到人群里砸一个坑，能拖延很长时间。小叶在三楼和两个女生一起，随时汇报监控到的动向。秦少留下来守物资。"

"胡子、小李、小金，还有老韩……"他回头看向虞寒江，说，"我们都留在前线，一旦有暴徒闯进工地，大家一起动手，将他们全部收拾干净！"

众人拿出的卡都被他安排妥当。

几个女生听到这里，心底也忍不住燃起了一丝热血。每个人都有作用，大家分工合作，团结在一起，这才是黑桃密室正确的通关方式！

第四天过得很平静。

天黑的时候，肖楼去一楼看望了一下张老板："老板，我们决定回一趟山水民宿，你收我们的住宿费藏在哪儿了？"

老板饿得饥肠辘辘，早已失去了反抗的能力，沮丧地说："藏在地下室的保险箱里，钥匙在我身上。"他抬头眼巴巴地看着肖楼，"钱都给你们，能不能放了我啊？"

肖楼："暂时不能。"

他不确定这黑店老板还有没有同伙，所以在大家通关之前还不能放人。

虞寒江和肖楼用瞬移卡回到山水民宿，这里已经空无一人，张老板藏在地下室的尸体开始腐烂发臭，一开门就能闻到强烈的臭味。

虞寒江用手背掩住口鼻，借助手电筒的光亮在地下室迅速搜寻，果然找到了一个黑色的保险箱，他将耳朵凑在保险箱跟前，用指节敲了敲箱子，确定里面没有机关之类的东西，这才将保险箱抱出门，和肖楼一起回到工地。

肖楼把保险箱拿到老板面前，道："开店赚钱天经地义，但你不该开黑店欺负我们外乡人，你之前收我们的房费，我们就双倍拿回来了，没意见吧？"

老板点头如捣蒜："没意见！都给你，都给你！"

真是怕了这个肖楼，别看这男人笑容温和，一副很好说话的样子，真欺负到他的头上，他绝对能微笑着整死你。老板忐忑地看了肖楼一眼："能给我一些吃的吗？我要饿死了。"

肖楼淡淡道："放心，你才一天没吃，饿不死。"

老板的心态简直崩溃了。

肖楼打开保险箱清点一番，把钱拿上楼分给大家："你们的住宿费拿回来了。"

众人都惊呆了。

"还能拿回住宿费的吗？！"

"天哪，这么多钱，真的假的？"

"霄哥太牛了，居然能把钱拿回来……"

肖楼笑道："老板开黑店对我们不利在先，所以，我们回山水民宿顺手拿回他的保险箱也合情合理，大家觉得呢？"

众人几乎要举双手双脚赞同。

拿回住宿费后，大家对肖楼的话更是言听计从，几个妹子一脸崇拜地看着肖楼，还有人凑过来小声问："哥，你们队伍还缺人吗？我保证听话，能不能带我一个……"

虞寒江皱眉："天黑了，其他人都在三楼房间睡，我们去楼下守夜。"

他说罢便转身带走了肖楼。

来到楼下，两人继续在货车的车厢里睡觉。

周围安静下来，虞寒江顿时觉得耳根清净多了。他侧身看向肖楼，低声道："带这么多人通关，还是有风险，不能大意。"

肖楼说："虞队放心，我有个更稳妥的计划。"

对上他清澈的眼眸，虞寒江不由一怔："什么计划？"

"虞队还记得黑桃 2 密室通关之后奖励的卡牌吗？"

"异变病毒？你想拿这东西对付明晚的犯人团队？"

肖楼从卡包里拿出两张 A 卡，说："异变病毒，能让犯人团队行动变得异常迟缓，而我们提前打上特效疫苗，就不会受病毒的影响。"

还是肖教授机智。

用黑桃 2 密室的奖励卡对付黑桃 3 密室的暴徒，这一点他居然没想到。

虞寒江一开始的想法是自己直接在楼顶架起一把狙击枪，犯人来一个狙死一个。只是，他的子弹数量有限，只有 10 枚，犯人太多的话他也打不完。

还是肖楼的方法好，让犯人集体感染异变病毒，行动变得迟缓，大家再迅速用陷阱、工具牌击杀他们，最后控制好病毒的传播，不让病毒影响到无辜的百姓，两全其美。

黑桃 3 密室，第五天。

物价翻到 32 倍，超市断货，所有的企业、工厂、单位全面停工，离开城市的火车票早已卖完，那些没买到票的激进分子干脆破坏了铁路，让火车没法开出 A 市。公交车、汽车停运，司机也集体罢工。

整个城市彻底陷入了瘫痪。

监狱那边犯人果然越了狱，他们在大街上烧杀抢掠，步行街直接被一把火烧成灰烬，街道两旁的门店全被砸了个精光。大街上，一对六十岁左右的老人家只是出门去给儿子儿媳送些吃的，就被他们一顿暴打……两个老人居然被活活打死。

犯人团队的手里都拿着武器，各种长刀，还有从警局顺手抢来的枪械，民众们无法反抗，纷纷躲避，尖叫声、哭喊声连城一片，宛如人间炼狱！

虞寒江看着这一幕，睚眦欲裂，恨不能立刻将这群畜生排队枪毙！

市区根本不安全，工厂是他们最后的阵地。虞寒江一人之力没法救下整座城市，接到肖楼的短信，他立刻折返，去工地做准备。

下午 4 点左右，突然有一对挑战者找上门来。

是第二天被偷物资的那对情侣，他们看上去就像是霜打的茄子，走路没精打采，嘴唇干裂，面色灰白，脚下跌跌撞撞，互相搀扶着一步步往前挪，那个女孩子的手臂上还在不断流血，显然受了伤。

三楼负责监控的鬈发女生立刻朝叶棋道："小叶，东北方向有两人正朝工地走过来，是民宿的那对情侣。"

叶棋用手机将消息汇报给肖楼。

虞寒江看着肖楼的脸色，低声道："你想收留他们？"

肖楼点头："物资这么多，加两个人没关系。但不能让他们影响到大家的计划，我去跟他们谈谈，给他们些吃的，看他们手里有没有卡牌可以帮上忙，愿不愿意加入。"

虞寒江跟上他："我陪你去。"

两人拦住那对情侣，对方还以为他俩是劫匪，吓得大惊失色："不要杀我们……我们身上真的没有值钱的东西了……"

肖楼看他们瑟瑟发抖的样子，显然遭受了不少折磨。他心中不忍，温言说道："别怕，工地有吃的。这里是挑战者临时营地，只要你们愿意听指挥，欢迎两位加入组织。"

组织？两人都惊讶地瞪大眼睛。

半信半疑地来到工地后，叶棋热情地拿来矿泉水、牛奶、面包、巧克力等食物给他们吃，之前在民宿见过他俩的妹子还跑过来嘘寒问暖了一阵，帮流血的女生包扎伤口，还给了她一些消炎药和退烧药。

饿了两天的情侣在众人面前痛哭失声。

女生一边饿疯了一样啃面包，一边哭着说："还以为我们死定了……谢谢，谢谢大家……没想到会有挑战者的组织……真的太好了……"

男人也红了眼眶："我们加入！我能干什么，大哥您尽管吩咐！但我女朋友被暴徒刺伤，我好不容易带她逃出来的，能不能让她先休息一会儿？"

肖楼道："没问题，小高带她上楼去睡一觉。"

女友被带走后，男人才放下心，道："你们有什么计划？"

肖楼让他拿出卡牌，他拿出自己最厉害的卡，一张"雨伞"，可以撑开并放大，挡住一切投掷物。这正好是防守类卡牌，肖楼让他今晚留在三楼，保护负责监控的妹子。

天色渐渐暗下来，大家聚在一起吃饭。

饿了几天的男人狼吞虎咽地吃了饭，脸上终于恢复了血色。

眼看天快黑了，肖楼把大家召集起来："我需要统计一下完美通关黑桃 2 密室的人数，拿到特效疫苗的朋友，请举个手。"

有几只手举了起来，其中包括邵清格。

肖楼粗略算了一下："疫苗数量足够。"

他的目光扫过全场，说："从监狱越狱的大部分是死刑犯，他们无所顾忌，在市区杀人放火，很快他们就会找到工地。这些人都是亡命之徒，我们不好正面跟他们硬拼，只能智取。待会儿等他们进入工地后，我会想办法在他们中释放异变病毒，你们经历过黑桃 2 密室，应该都知道这种病毒会极大地降低他们的移动速度，但会增强他们的攻击能力。"

有个女生显然想起了病毒小镇的不好经历，白着脸颤抖了一下："这……万一我们被感染呢？"一看她就是没拿到特效疫苗卡。

肖楼温言道："不用担心，注射特效疫苗，可以彻底免疫异变病毒。"

旁边一个年轻男人一拍大腿："这办法好！我们注射疫苗，不受病毒的影响，让那群疯子都被病毒感染，变成行动迟缓的感染者，不就好解决多了吗？"

大家总算放下心来，一致同意了肖楼的建议。

肖楼安排大家分批注射特效疫苗，并且叫上几个人重新在工地外面布置好陷阱。

做完准备工作，太阳从地平线缓缓落下，黑夜也渐渐降临。

第五天，深夜。

越狱的犯人团队在街道上抢了一阵，为首的刀疤脸突然说道："市郊的工地有一批外乡人，他们应该囤了很多吃的。”

有人疑惑：“老大，你怎么知道？”

刀疤脸的嘴角扬起个诡异的笑容：“我一个朋友说的。”他干脆地挥挥手，“去工地，趁着天黑，去把那批外乡人全部解决了！”

有两个年轻人一直低着头跟在大家身后，听到这里，一个满脸是灰的男生轻轻凑到同伴的耳边说：“他们说的外乡人该不会就是挑战者吧？我们该怎么办？要是他们发现我们是混进监狱的挑战者，会不会把我们宰了炖汤喝？”

另一人白着脸道：“快别说了！反正我们是被警察当成小偷抓进去的，就继续装小偷吧。”

这两人正是当时自作聪明，去电器城偷液晶电视，想去监狱蹲 7 天通关的挑战者。结果只在监狱待了一天，就没人给他们送饭了，据说是狱警集体放假回家，两人盯着铁窗悔不当初，还以为要活活饿死在牢房，没想到，第五天犯人居然越狱了！

一波三折后，他俩混在犯人的队伍中离开了监狱。一路看这群暴徒杀人不眨眼，两人都是头皮发麻，想找机会开溜，却一直找不到。

刀疤脸并没有注意到这两个偷盗犯，还以为他俩没杀过人，胆子小才吓白了脸。

他带着大家一起来到工地，眯起眼睛看着远处的三层楼。

楼里有火光，还飘来一股熟悉的泡面香味，犯人们顿时两眼冒精光，流着口水道：“老大，这里果然有人啊！他们还会煮面，肯定囤了不少方便面！”

刀疤脸回头，朝身后道：“谁去探路？”

满脸是灰的两个“小偷”低着头往后躲，刀疤脸挑了挑眉，道：“你们去！”

两人大惊失色：“我、我们？”

刀疤脸推了他俩一把：“进去看看有没有陷阱。”

这明显是被当枪使，两个挑战者对视一眼，硬着头皮小心翼翼地潜入工地。

此时，工地三楼。

拿望远镜监视的女生立刻说：“小叶，远处发现一群人，有两个正朝工地移动。”她将图片放大，仔细一看，“好像有些眼熟？”

邵清格道：“我见过他们，住在我隔壁的两个挑战者，第一天夜里就被偷了物资。”

他将这信息发给虞寒江和肖楼。虞寒江很快反应过来：“应该是偷液晶电视，被警察抓走的那两个家伙。”

这倒是巧了。

虞队当时去装修市场，正好遇见两个挑战者去抢液晶电视，被警察抓了，居然想靠坐牢通关，思维真是清奇。

没想到，犯人们越狱，这两个家伙居然也跟着跑了出来。

虞寒江低声问："要救他们吗？"

肖楼点点头，和虞寒江瞬移到两人身后，虞寒江一个擒拿将两人的手臂反拧到背后，肖楼则迅速捂住他们的嘴，在耳边道："别出声，这里是挑战者大本营。"

被逮住的两人都愣了愣，满脸惊骇。

虞寒江迅速将他们带到墙角，在两人耳边道："工地里到处都是陷阱，楼顶有杀伤力极强的武器卡，幸存的挑战者聚集在这里，我们打算收拾这群暴徒，两位待在墙角别动，不要乱跑，被陷阱抓了会死得很惨。"

他说罢就拿出疫苗，给两人手臂上扎了一针。冰凉的液体注入血管，两个人瞪大眼睛，绷紧身体，还以为对方在给自己打毒药。

肖楼道："别怕，给你们注射的是特效疫苗，可以免疫异变病毒。你们不知道大家的布局，为免你俩踩中陷阱坏事，我先把两位绑在安全的地方。"

肖楼和虞寒江迅速将两人用圆环绑起来，紧跟着，虞寒江直接扒了其中一人的衣服穿在身上，假装成犯人，低声朝肖楼说："我去放病毒，1 分钟后，全体火力准备。"

肖楼点点头："小心。"

被绑在一起并用布条塞住嘴巴的两个挑战者目瞪口呆。

这里真的是挑战者大本营？看来大家已经做好了布置，难道他俩要躺着通关了？两人的心情七上八下，都不敢相信自己会有这样的好运。

刀疤脸皱着眉道："什么情况？那两个小兔崽子怎么这么久还不回来？"

就在这时，他远远看见一个穿着囚犯衣服的人朝这边走过来，还以为是去侦查的家伙回来了，刀疤脸刚要开口，却猛然察觉到不对——

这个人太高了！

身高接近一米九，比刚才派去的两个家伙高了半个头。

刀疤脸面色一变："快拦住他！"

然而，命令还是晚了一步。

虞寒江带着瞬移卡，行动快如闪电。高大的身影刚才还在几十米开外，下一刻就见他突然出现在人群中，揭开了一个装满绿色液体的瓶盖。

奇怪的味道瞬间扩散到四周。

刀疤脸匆忙捂住口鼻："这是什么玩意儿？！快抓住他！"

虞寒江行动灵活，瞬移撤出了包围圈。

三楼在监控的女生赶忙说道："老韩安全了，犯人们在往后撤……"

肖楼一声令下："准备——放！"

一个铅球突然从高空投掷过来，正常情况下，投掷铅球的世界纪录也才20多米，可卡牌世界的强化版铅球，直接被女生丢到了几百米开外的人堆里。

轰！

铅球落地后轰然爆炸，一声巨响，地面直接被砸出了一个5米×5米的大坑！

犯人团伙中有十几人猝不及防地掉进坑里，很快，他们就感觉到身体开始发热，行动也变得迟缓，双手双脚似乎不听大脑的指挥，一群人顿时慌了："什么情况？我走不动了？我头好疼……"

异变病毒生效，留在地面上的人同时感觉到了不适。

刀疤脸的眼中闪过一丝阴狠："这里有埋伏，前排掩护，上武器！"

犯人团伙从监狱逃出来的时候顺手摸了不少武器，其中就有机关枪、手榴弹之类的重火力武器。在刀疤脸的命令下，这群亡命之徒开始疯了一样地朝工地扫射！

"砰砰"的枪声不绝于耳，还有手榴弹被丢到工地，在漆黑的夜里炸开一团火光！

带"镜子"卡牌的女生立刻远远地把镜子丢到工地门口，反弹攻击，保护一楼的兄弟们。三楼的男生则撑开雨伞，将有可能打过来的子弹头全部挡住。

监控的女生道："有3个往西边跑了，还有两个去了南边！"

胡子果断放出自己的猎犬追了上去。

肖楼操控圆环浮空，无数手镯大小的圆环暗器如暴风雨般凶猛地袭向人群！

这些人中了异变病毒，本就行动迟缓，肖楼的圆环转眼间就将他们砸倒了一大片，刀疤脸愤怒地咆哮一声，抬起机关枪朝圆环飞来的方向猛然一通扫射，把圆环全部击落。

他边打边退，结果刚退了几米，脚下就猛然一痛！

是提前放好的捕兽夹，正好把他给逮住了。

周围还有几个人被捕兽夹抓住，一时间东倒西歪、哀叫连连。

这还不够。

被捕兽夹抓住后，一阵狂风骤然吹来，几个体重轻的直接被吹进了大坑里！坑里有几个人正在艰难地往上爬、刚要爬出来，结果被从天而降的同伴又砸了回去。

一群人叠在一起，最下面的犯人几乎要被压成肉饼，嘴里不断地骂着脏话："你们是不是傻子，还往坑里走！"

被骂的人也很无辜："老子是被风吹过来的，这群外乡人会妖法！"

刀疤脸的脸色极为难看。

偷偷逃跑的几人被胡子叔的猎犬追着咬住裤腿，很快就摔倒在地，爬不起来。猎犬也被打了疫苗，威风凛凛地又回到胡子叔身边，继续追咬那些想要逃跑的人。

犯人大部队被陷阱困住，还有十几个在坑里互相踩踏，局面乱成一团。

此时的犯人们估计都是满脑袋的问号——我是谁？我在哪儿？我们遇到了什么魔鬼？！

异变病毒卡的效果，让所有的暴徒终于产生了变异。他们身体表面的皮肤渐渐发青，双手的血肉迅速腐烂，露出了森森白骨。

坑里的感染者们发出"咯吱咯吱"让人牙酸的声音，缓慢地爬了上来。

而那个刀疤脸在尸变之后，攻击力直线飙升，他的枪里已经没有了子弹，他把枪丢去一边，咆哮着伸出一双利爪，将困住他的捕兽夹直接撕碎！

周围的伙伴受到他的号召，也纷纷撕碎陷阱，跟着老大一起行动。

布置陷阱的男人吓得大惊失色："我这些捕兽夹都是纯金属的，居然能撕碎……这些感染者的攻击力提升了，怎么办？"

旁边躲在树后拿着吹风筒的男人，硬着头皮开启技能。

一阵狂风过去，从坑里爬出来的感染者又被吹回去，互相踩踏，嗷嗷乱叫。但其他的感染者已经跟着刀疤脸离开了吹风筒的攻击范围，吹风筒不能再对他们产生影响。

猎犬正在追逐逃跑的感染者，刀疤脸一把抓住猎犬，口中尖锐的牙朝着猎犬的脖子就咬了下去。胡子叔看到爱犬被抓，心惊肉跳，立刻喊了一声："收！"

幸亏猎犬是卡牌召唤出来的，可以随时收回，他才有惊无险地将猎犬收了回来。

刀疤脸发现抓在手里的狗不见了，暴怒之下一声咆哮，扭头瞪着胡子叔，猛地朝他扑了过来！

胡子叔避无可避，眼看就要被那双利爪给撕成两半。就在这千钧一发之际，胡子叔只觉得身侧吹过一阵清风，眼前的景物猛然一变，他还没反应过来是怎么回事，就已经瞬移到了工地内安全的地方——是虞寒江用瞬移卡带走了他。

胡子叔惊出一头冷汗，颤声道："谢、谢谢。"

虞寒江淡淡地道："不用。"

肖楼正在工地操控着圆环阻碍感染者群的靠近，虞寒江走到他身边说："这群暴徒已经彻底尸变，尸变之后的攻击力会全面提升，而且感染者的身体刀枪不惧，就算砍掉了双手双脚，也会迅速长出新的，除非直接砍脑袋，他们才能真正死去。"

肖楼果断下了决定："其他人，马上撤回工地！"

带猎犬追人的胡子叔以及布置捕兽夹、拿吹风筒帮忙的两个年轻人，听到命令后全部撤了回去。虞寒江道："我留下帮你，一旦有危险，我用瞬移卡带你走。"

肖楼本想让虞队回去，但虞队的身手确实比他敏捷得多，听到这里便点了点头。

其他人回到三楼，紧张地把脑袋凑在监控屏幕前看着楼下的战况。

大批尸变的暴徒从坑里爬了出来，他们嘴里流着口水，伸出露出白骨的爪子，一步一步缓慢地往前移动。挑战者们的心都提到了嗓子眼，生怕留下的两人被感染者群给撕成碎片。

开着望远镜监控的妹子，忍不住颤声道："这么多感染者，他们两个没问题吗？"

邵清格笑道："放心，他俩肯定有办法。"

密密麻麻的感染者群即将涌入工地。肖楼道："麻烦虞队带我绕后。"

虞寒江点了一下头，开启瞬移卡，轻轻抓住肖楼往前一带。

肖楼只觉得眼前一花，瞬间就出现在了感染者群的正后方。

三楼的挑战者都目不转睛地盯着监控屏。

就在这时，大家突然听到了一声尖啸——肖楼召唤了感染者首领刘小源。

小男孩的身高只到肖楼的腰部，一张脸惨白如纸，就像是从停尸房里爬出来的，一双眼睛像是染上了墨汁。忽略这诡异的肤色和瞳色，他婴儿肥的脸长得还挺可爱的，身上穿的衣服也十分整齐，只是他的一双手已经没了血肉，只剩白骨。

尖啸就是由他发出的。

那刺耳的叫声让三楼的挑战者们忍不住捂住了耳朵。

负责监控的女孩儿满脸惊恐地道："这个小朋友是什么情况？！"

有人惊呼出声："这不是刘小源吗？"

女生疑惑："刘小源是谁？"

一些没有完美通关黑桃2密室的人并不知道刘小源是谁，叶棋解释道：“黑桃2密室病毒小镇的boss，第一个感染异变病毒的那个小男孩，就叫刘小源。”

有男人震惊地道：“所以说，霄哥居然召唤出了一个boss？！”

霄哥简直无所不能。

楼下，召唤出感染者首领的肖楼神色镇定。他拍了拍小朋友的肩膀，道：“去吧，小源，杀了这些不听话的感染者。”

刘小源听从他的指令，发出尖啸召唤感染者小弟，和涌入工地的感染者展开激烈的搏斗。

让感染者首领去对付这些感染者，岂不是手到擒来？

肖楼的做法让全体挑战者目瞪口呆。

本来要亲自去杀感染者的虞寒江，看到这里也不由心服口服。

看来他的担心又多余了，肖楼早就想好了万全之策——先放异变病毒，让暴徒们被感染后行动变得迟缓，挑战者们趁机用各种技能控制住他们，保证暴徒一个都跑不掉。

等他们彻底尸变，再放感染者首领刘小源出来收人头。

刀疤脸尸变之后哪怕攻击力再强，能跟刘小源比吗？这位小朋友这可是黑桃2密室的boss！况且，刘小源自带6个小弟，他召唤出来的6个初级感染者的攻击力也不差。

让感染者去打感染者，挑战者们就可以在旁边安安稳稳地看戏了。

三楼的挑战者们都目瞪口呆地看着这一幕。

一个男的忍不住感叹：“直接用感染者boss收拾这批尸变的家伙，厉害！”

鬈发女生道：“他居然能召唤刘小源……天哪！我在黑桃2密室找血清样本的时候，差点被突然回头的刘小源给吓死！”

胡子大叔也忍不住感慨：“我觉得，这位小霄才是挑战者中的boss，那群暴徒在他的面前，只有被耍着玩儿的份。”

犯人们在市区烧杀抢掠，坏事做尽。据说还活活打死了几个老人家，如今被感染病毒、变成感染者，被首领刘小源收拾得服服帖帖，这就是他们的报应！

刀疤脸大汉的身高几乎是刘小源的一倍，但他张牙舞爪咆哮了半天，一双手到处攻击，却连刘小源的衣服都碰不到。

这位小朋友是感染者中最敏捷、最灵活的boss。

刘小源的行动一点都没有受到病毒的影响，一个闪身从刀疤脸的手臂下钻过去，踩着对方的膝盖纵身一跃，爬到他身上，一双利爪准确无误地抓住对方的脖颈，直接拧断了刀疤脸的脖子。

三楼传来一阵惊呼："刘小源竟然这么强！"

肖楼直接给刘小源下了"杀死他们"的命令，所以，刘小源对这批感染者毫不留情。

boss 出场，其他的感染者几乎没有还手之力。刘小源带着 6 个小弟，如同切菜一样一路杀过去，转眼间，暴徒感染者群就被打得七零八落，到处都是感染者的残骸……

5 分钟后，世界彻底安静了。

刘小源发现没有目标可以继续攻击，便站在原地，呆呆地回头看肖楼。

肖楼微笑着朝他招手："小源回来。"

刘小源很乖地跑了过来，站在肖楼身边。

肖楼轻轻摸了一下他的脑袋："干得不错，回去休息吧。"

卡牌一收，刘小源和他召唤出来的 6 个初级感染者瞬间消失在众人面前。

三楼的挑战者们看了一出精彩大戏。

有女生心惊胆战地道："霄哥他居然敢摸感染者首领的头，我没眼花吧？"

"咳，你们没发现吗？刘小源特别听他的话！"

"这个刘小源应该是召唤牌吧？霄哥是他的主人，他当然听话，跟黑桃 2 密室里的刘小源不是同一个，大概是……复制体？"

"有道理！霄哥的召唤牌真厉害。"

众人一阵感叹。

肖楼和虞寒江很快回来了。挑战者们立刻迎上前去，激动地道："感染者全部解决了吗？""霄哥厉害啊！""用感染者打感染者，这主意太绝了！"

肖楼笑道："如果没有你们帮忙，我一个人也没法做到团灭这批暴徒。"

有人兴奋地叫道："太好了，终于不用担惊受怕了！"

有人建议："那些尸体留着会不会传播病毒？万一有居民路过接触到感染者的尸体，被感染了怎么办？要不，我们还是做好善后工作，把感染者的尸体全部烧干净吧！"

拿着铅球卡的妹子立刻说："我的铅球冷却时间好了，我可以再砸一个坑！"

肖楼回头看向她："那就麻烦你了，把铅球丢在刚才那个坑的旁边。"

妹子点了点头："好，看我的！"她右手拿起铅球，手臂猛地一挥，只见铅球在空中做了一个长长的抛物线运动，"轰"的一声落在几百米开外的地上。

刚才被砸的坑旁边又出现一个大坑，两个大坑连在一起，足以埋掉所有的尸体。

旁边有人鼓掌："姑娘，你这投铅球的距离都能破世界纪录了吧！"

女生笑道："我体育课投铅球经常不及格，但卡牌世界的这张牌有瞄准器，500 米范围内想扔哪儿就扔哪儿，哈哈哈，我要是现实世界有这实力，我就去当运动员了。"

暴徒被团灭，大家的心情都轻松不少，还开起了玩笑。

肖楼道："大家下楼烧掉那批感染者，清理工地上的陷阱，等收拾完了再休息吧。"

众人纷纷撸起袖子开始干活。

楼下被绑起来的两个"小偷"目瞪口呆，似乎已经变成了雕像。他们亲眼看见那个笑容温和的男人召唤出了黑桃 2 密室的感染者 boss，然后用感染者 boss 解决掉了五十多个感染者暴徒，这简直就跟看末日大片似的！

叶棋下楼后看见他俩，跑过去取掉塞住他们嘴巴的布条，问："红桃 2 密室的手机密码是多少？还记得吗？"

其中一人道："我没解开，试了几次手机就被锁了。"

另一人道："我试了指纹解锁，也没解开！"

叶棋这是学着肖教授试探挑战者的身份，发现两人对答如流，他便笑了笑说："你们就是去偷液晶电视、被抓去牢房的那两个挑战者吧？"

两人被说得耳根一红，尴尬地不好意思抬头。

叶棋拍拍两人的肩膀："运气不错，我霄哥带你们躺着通关。行了，起来干活吧！"

他解开两人背后的圆环，带着两人一起去门外搬尸体。

两个躺着通关的年轻人心情颇为复杂。

虞寒江带头，让大家迅速把满地残骸搬过来丢进大坑，放了一把火将这些残破的尸体全部烧成灰，然后再找来工地上的铁锨，挖了些土，将这些骨灰埋掉。

众人忙前忙后，等收拾完工地的时候，天已经快亮了。

东边的天空中透出一丝鱼肚白，紧跟着，太阳缓缓升起，将周围的云彩都染上一层金色。叶棋扭头看着这画面，鼻子不由一酸。

上一次，第五天的夜晚，他们挑战者被暴徒团灭，他还记得那些被枪射死、被刀砍死的无辜人类惊恐的眼睛。当时，为什么就没有人想到用异变病毒这种方式来处理？

群龙无首，带头的齐律师还是最大的内奸。大家遇到暴徒的第一反应就是逃。挑战者们四处逃窜、互相撞倒，被拿着枪的暴徒们一通扫射，无一幸免。

然而这次，大家有组织、有纪律、有布置，还有肖楼这位冷静的指挥。整个过程虽然惊心动魄，却没有一个挑战者受伤，所有人都活了下来！

埋葬感染者骨灰的大坑渐渐被填平，工地周围的陷阱也被拆除，众人脸上都沾染灰尘，大家你看看我，我看看你，有的人忍不住大笑出声，有的人却在默默流泪。

这是一次属于挑战者的完胜。

黑桃 3 密室的第五天，和暴徒斗智斗勇的这一夜，大家绝对会终生难忘。

三楼另一边，被肖楼用圆环控制住的 6 个人昨晚也听到了外面的动静，但他们被绑在墙角，看不清外面发生了什么，只听“轰隆”一阵巨响，工地上有爆炸的火光，“砰砰”的枪声不绝于耳，外面显然陷入了激战。

6 个人饿了好几天，饥肠辘辘，听着外面的动静更是吓得腿软，生怕外面的人杀进工地把他们全给宰了。

一个女生哭着抱怨：“早知道不该听你们的，看人家势单力薄就跑进来抢物资，结果倒好，全被抓了！”

另一个女生也是满脸悔恨：“这又不是现实世界，别以为 6 个打两个就一定能赢。”

“就是，谁知道那男的手里居然有这么强的卡牌……”

“你们试试能不能挣脱控制？”

“不行，这种金属丝线柔韧性很强，怎么扯都扯不断。”

中年男人怒道：“都省点力气吧！还有两天，不被饿死就能通关，等以后遇见那四个人，老子再跟他们算账！”

被绑在一起的女人冷笑道：“就凭你？有这本事吗？”

这 6 个人本来就是临时组队的乌合之众，看见肖楼和叶棋人少，起坏心来抢劫，结果被肖楼反制，他们被关在三楼不吃不喝，也算是体验了一下叶棋在噩梦密室里最后几天的经历。

其他挑战者被肖楼带回东北角的三楼，4 人一间房睡下。

昨夜的大胜让所有人都松了一口气，因此这一觉睡得特别香，大家都睡到中午才醒。

一群人井然有序地找叶棋领吃的。新加入的“小偷”饿了好几天，发现能领这么多食物，感动得差点掉眼泪：“早知道就不犯蠢去坐牢了，我这还是从小到大第一次坐牢呢！”

胡子大叔哈哈笑道："你们也算是经历丰富，在卡牌世界吃了两天的牢饭。"

男生垂头丧气："可别提了！这世界的牢饭难吃得要命，顿顿青菜萝卜白米饭，就跟喂兔子似的。我们只吃到第三天，狱警就全部跑了，我们被关在牢房里，盯着铁窗快要急疯了。"

另一人道："没错，当时真是对着铁窗恨不得掉眼泪，还以为要饿死了。"

旁边几个女生都在偷笑。

昨天下午加入的男人说："你们还算好的，我跟我女朋友被偷了物资之后付不起房费，只能露宿街头，我女朋友还被持刀抢劫的浑蛋给刺伤了……"

昨天带着伤来到工地的女生吃了药之后精神也好了很多，听到这里也不由脸色发白，道："谢谢大家收留我们，要不然，我伤口感染估计也会死。"

丢铅球的妹子爽快地举起杯："谢谢霄哥、老韩，还有秦少和小叶，要不是4位带队组织，真不知道接下来该怎么过。"

胡子大叔也主动举起一瓶可乐："我们敬4位一杯！"

其他人纷纷效仿，举可乐的、举橙汁的、举矿泉水的，眼中的谢意都很真诚。

"谢谢霄哥！"

"谢谢4位，有组织真好！"

肖楼微笑着说："不用谢，我们也是为了通关。"

他看了3位伙伴一眼，3人配合地举起手里的饮料，众人一起碰了碰杯。

这顿午饭虽然没有鸡鸭鱼肉，可能随便吃自己想要的罐头、零食、不同口味的方便面，大家已经非常满足了。

午饭后，肖楼把大家召集在一起，提议道："待在这儿虽然有可能直接通关，但这批物资太浪费了，不如我们想办法把多余的物资卖掉，换些钱带出去？"

密室快要结束，这些剩下的吃的他们也带不走，卖掉换钱是最好的处理方式。

有个谨慎的女生担心道："可如果我们拉着大批吃的拿去卖，市区现在不是很安全，万一被抢了怎么办？"

肖楼也考虑到这一点，目光扫过众人："大家都想想办法。"

挑战者们低着头冥思苦想。

就在这时，叶棋灵机一动，突然想到个主意："我们可以带比较少的物资，去那些安全的小区里面挨家挨户地上门推销！"

众人愣了愣，齐刷刷地扭头看他。叶棋兴奋地道："我在大学的时候就在宿舍楼推销过零食，敲门推销当然会引人反感，可现在是金融危机的世界，我们上门去推销吃的，而且比市场价便宜，这可是雪中送炭！"

肖楼仔细一想，觉得叶棋说得有理："这想法不错。"

得到肖教授肯定的叶棋双眼发亮，可自豪了："对吧？我们每次只在背包里装少量食品拿去卖，也不会引起那些抢劫犯的注意，大家分组行动，互相有个照应。"

肖楼看向虞寒江，后者点了一下头："那就这么办吧。我们这里有 16 个人，正好分 4 组，每次带的物资别太多，能卖多少就卖多少。"

肖楼看向邵清格，问："价格怎么定比较合适？"

邵清格想了想，道："按照金融危机的市价一天翻一倍，今天是第六天，已经翻到了 64 倍，这个价格很多居民承受不起，我估计市民们手里的存款也不多了，我们就按 5 倍的价格卖吧。"

叶棋拿来纸笔飞快地算起了账："袋装方便面一包 2 块钱，5 倍就是 10 块；牛奶一包 3 块，可以卖 15 块。"他算来算去，突然双眼一亮，"剩下的这些物资如果全部卖掉的话，净赚好几万！"

其他挑战者也不由激动起来。

"我的天，金融危机的密室居然还能赚钱的吗？"

"我还以为初始资金根本不够花，会被饿死。"

众人纷纷感叹着。

胡子叔一针见血地问："最后的盈利该怎么算？"

众人都想着他们 4 个功劳最大，应该会二八分或者三七分成，但不管怎么样，其他人能跟着赚点零花钱，也相当不错了。

肖楼说："分小组卖，卖掉之后组员再平分吧。"有邵总在，他们以后不会差钱，没必要为这点牛奶、面包的小钱跟大家争什么四六分成，显得太过小气。

众人没想到霄哥这么好说话，都有些不敢相信。

肖楼干脆地道："我现在安排分组，每个小组都要有逃生、保护类卡牌，4 个人中，一个身上别带物资，只负责侦查环境，确认小区安全后，其他 3 个人再去上门推销，各小组赚的钱最后 4 个人平分，大家有意见吗？"

众人都表示听霄哥安排。

16 个挑战者分成 A、B、C、D4 组，肖楼他们 4 人各带一队，背包里装了一些牛奶、矿泉水、饼干和方便面，一起前往市区。

虞寒江带的 A 组打头阵，他找到一个环境不错的小区，用瞬移卡侦查过后发现这小区很安静，居民们都躲在家里，没有劫匪出没的痕迹，便给其他人发了信息。

16 个人迅速进入居民楼，开始了"上门推销食品"的工作。

叶棋的D组进度最快。

少年长得眉清目秀，看上去没什么攻击力，嘴巴又特别甜，笑起来满脸的青春朝气，敲门叫叔叔、阿姨叫得特别顺口。

市民们这几天被吓得躲在家里不敢出来，如同惊弓之鸟。从猫眼看见叶棋这样没什么攻击力的少年，市民们的戒心本来就会下降，加上叶棋直接拿出吃的，笑着说："阿姨，你们需要吃的吗？我这里还有多的牛奶和面包，可以低价卖给你们。"

市民们反应过来他是倒买倒卖的，便透过门缝问价格。

叶棋把写好食品价格的清单从门缝塞进去，对方再把钱从门缝塞出来，叶棋又塞牛奶、饼干回去。

这也不能怪市民们太警觉，这种环境下敢开门的已经很大胆了。好在叶棋卖出第一份食物后，听到隔壁动静的邻居们也纷纷开门找他抢购。

比起今天64倍的物价，小少年只卖5倍价格，简直是天使！

叶棋很快被一群大妈围了起来。

"还有方便面吗？"

"我想买巧克力，你这里有吗？"

"小伙子，给我一箱牛奶！"

叶棋叫来自己的组员，物资瞬间兜售一空。

虞寒江那一组的进展也不错。

他自己不上门去推销，因为他知道自己的表情太过严肃，敲门的话别人会以为他是来抢劫的，所以他干脆将推销任务交给了同组的妹子，他只负责侦查和保护。

邵清格和肖楼带的队同样很顺利。

这个小区环境很好，居民们素质也比较高，没有发生哄抢事件，大家都小心翼翼地拿钱买吃的，然后迅速躲回家里关上门。

第一次推销物资，满载而归。

众人有了信心，就开始一包一包地往周围的小区卖吃的，有了虞寒江这位专业侦查员，附近零零散散的抢劫犯都被他给收拾了，挑战者们一路畅通无阻。

到天快黑的时候，工地的物资已经卖出去了一半。

大家忙活一整天，天黑的时候集体返回工地。

第七天，物价继续暴涨。

挑战者们大清早就拿着物资去推销，他们走了好几个小区，有些市民已经认识他们了，私下都在传“外乡人手里有吃的，还很便宜”。

大部分市民手里有些存款，家里也有存货，不会直接抢劫、打人。

一些老头、老太太听邻居传言外乡人会卖吃的，他们便自发地组织起来，准备好钱，打算偷偷去买些便宜的东西。

叶棋干脆在小区里搭起一个临时市场，做起了地摊生意。

其他挑战者也有样学样，到下午的时候，物资几乎卖光，只留下最后一顿晚饭。

黄昏时间，大家返回工地清点收获。

叶棋那组卖得最多，每个人能分到 1500 块，其他 3 个组，收入都在 1000 块到 1200 块之间。加上山水民宿老板的保险箱被肖楼带回来，大家拿回住宿费，这相当于黑桃 3 密室的初始 1000 块资金一分没动，最后反而有得赚。

大家看着手里的钱，几乎不敢相信。

天黑了，肖楼组织大家吃了最后一顿饭。

晚饭很丰盛，16 个人围坐在一起，心里都是五味杂陈。

胡子叔喝了两罐子啤酒，笑着感慨道：“简直跟做梦一样，这么多人联合通关，黑桃密室原来是这种打法，看来我们都理解错了……”

“是啊，听见生存密室，我的第一想法就是自己想办法活下去，事实上，大家联合起来，才更容易活下去。”

“要是以后遇到更恶劣的生存环境，我觉得我们也可以效仿这一次通关的经历，把挑战者们联合起来，打猎的打猎、做饭的做饭，守夜也可以轮流来，人多力量大嘛！”

肖楼看着大家自信满满的样子，实在不忍心打击他们。

为免这些人盲目相信同类，肖楼还是温言提醒道：“别忘了，还有混在挑战者中偷了大量物资的刘同。我们已经确定这个世界有专门和挑战者做对的组织，以后，大家不要轻信陌生人，联手之前最好先确认对方的身份。”

众人听到这里，心中都是一惊。差点忘了挑战者中很可能会有内奸的存在。他们以杀死挑战者作为任务目标，如果大家联合起来，盲目相信他人，说不定就会走入内奸布置的陷阱，被内奸团灭。

叶棋道：“我觉得霄哥的办法就很好。目前来看，这批和我们作对的人最有可能出没的是黑桃密室，红桃密室的案件、方片密室的机关，还有梅花密室的游戏，他们不一定知道，大家以后如果怀疑对方的身份，可以拿这些经历试探。”

众人都如醍醐灌顶，纷纷点头。肖楼道：“还有个建议，大家最好提前跟人组队，不要落单，落单的人容易被盯上。”

胡子大叔赞同道：“没错，要么提前组好队，跟队友熟悉起来，要么就像我这样单独一个人闯关，如果随机匹配的话，说不定给你匹配的队友就是个内奸。”

想到这次被偷物资的经历，大家都是心有余悸。

天色已经彻底暗下来，16 个人坐在一起有一搭没一搭地聊天，肖楼顺便问了大家一个问题：“你们来到这个世界，都是因为现实中出了意外吧？”

众人纷纷说起自己的经历，车祸，突发疾病，还有意外被砍死、爆炸烧死，等等。

肖楼问：“各位在死前有没有接触过扑克牌？”

胡子叔率先说道：“我爱玩斗地主，天天在手机上玩。”

“我跟朋友玩过升级。”

“我前段时间正好学了德州扑克。”

“我过年的时候和哥哥姐姐们玩了红桃四。”

肖楼和虞寒江对视一眼。这个世界的选人规则果然是接触过扑克牌，但发生意外和接触扑克牌的先后顺序依旧没法确定。

叶棋认真地看向肖楼：“我们真的能回去吗？”

肖楼轻声说：“我也不知道……但如果放弃的话，就永远回不去了。”

众人听到这里都是一愣。

不放弃，虽然不知道结局会怎样，但还有一线希望。

一旦放弃，就绝对回不去了。

时间即将到达 0 点，所有人都绷紧了神经。

直到指针指向 0 点的那一刻，肖楼头顶的悬浮框中终于出现一行提示——

恭喜肖楼、虞寒江顺利通关黑桃 3 密室【金融危机】，通关评分 S，请返回个人空间结算奖励。

其他人的头顶也出现了带自己名字的通关提示。

有人兴奋地跳了起来：“终于能离开这个鬼地方了！”

“我也通关了！”

“太好了，通关！”

“大家都通关了吧？”

众人激动了一阵子之后，有个女生突然哽咽着说：“霄哥、老韩、小叶，还有秦少，谢谢 4 位，要不是你们，我很可能已经被暴徒给杀了。”

另一个年轻小伙也说道：“是啊，谢谢 4 位大神带我们通关。”

那对情侣走过来鞠躬：“谢谢你们收留。”

两个去坐牢的小伙也跑过来道：“谢谢几位大哥！”

周围都是感谢声，肖楼微笑着说不客气。

胡子大叔轻叹一口气，走过来低声说道：“我不知道能活多久，但我很看好你们……真希望密室世界里多一些像你们这样的人。”

如果密室世界所有的挑战者都有他们这样的魄力，愿意联合其他人一起通关，并且保持原则和底线，不去滥杀无辜。那么，这个世界的挑战者们会不会好过很多？

肖楼朝大叔点了点头：“老胡，一切顺利。”

胡子大叔哈哈笑了两声：“活一天算一天吧，再会了各位！”然后率先离开了黑桃 3 密室。

其他挑战者也走过来和肖楼他们道别，然后依次离开。

有人厚着脸皮问：“霄哥，你们队伍还缺人吗？缺的话能不能加我一个？”

肖楼婉拒：“抱歉，我们的契约书已经满人了。”

对方只好遗憾地笑笑，转身离开。

等其他挑战者都走光之后，叶棋才看向肖楼，小声问道：“肖教授，那我呢？可不可以加我一个啊……”

肖楼拍拍他的肩：“你是预定队员，你跟邵总不是要去红桃 3 密室吗？”

叶棋双眼一亮：“太好了！”他回头看向邵清格，“邵总，红桃 3 密室我一定会听话。”

邵清格笑眯眯地点头：“那就好。”反正他已经得到了肖楼的剧透，知道红桃 3 密室是什么情况。作为一个红桃渣，这次他有信心带着红桃 2 评分 S 的小家伙完美通关。

虞寒江道：“你们要先买一本契约书绑定在一起，不然你们现在都落单，随机匹配不一定会遇到什么队友。”

“这件事交给我。”邵清格回头看向叶棋，“你回个人空间后先别急着抽牌，等我契约书的邀请，签完了再一起抽红桃 3。”

叶棋点头：“明白！”

肖楼道：“那我们就按照原定计划，两位去红桃 3 密室，我和虞队去梅花 3 密室。等第四关的时候你们先去梅花，我们先去红桃，最后在黑桃汇合。”

邵清格爽快地说：“没问题。”

叶棋当然听话：“好的，我们黑桃 4 密室再见！”

邵总和叶棋也离开了。

倒计时条出现在悬浮框中，后面还有“是否离开密室”的选项。肖楼看向远处——冰冷的月色下，停水停电的城市似乎被一种黑色的阴霾所笼罩。

他不知道挑战者们离开后这所城市会不会刷新。它会恢复成原来的模样？还是说它将被密室世界彻底遗弃，变成一座物价水平固定在 128 倍的金融末日之城？

他们在这座城市经历了很多。

遇到了知名基金公司的老板邵清格、伪装成收垃圾的音乐少年叶棋；知道了噩梦密室的情况，也知道了和挑战者作对的神秘组织的存在；听说了月之城的传言，最后还和这么多的挑战者协同作战，打了一场漂亮的胜仗，赚到一些钱。

收获良多，算是圆满通关，肖楼的心情却很难平静下来。他最后看了眼这座被夜色笼罩的城市，深吸一口气，扭头看向虞寒江，说：“走吧，我们还得继续闯关。”

虞寒江按下“离开”的选项。

他们眼前一黑，等再次恢复视野时，就已经坐在了直升机的机舱里。

头顶传来螺旋桨熟悉的轰鸣声，脚下是彻底陷入黑暗的城市。

前排直升机的驾驶座上，男人戴着一副墨镜，嘴角扬起个冷淡的弧度。

正是很久不见的守关者——黑桃 A。

黑桃 A 的嘴角轻轻扬了一下：“像你们这样的挑战者倒是不多。”

虞寒江道：“黑桃 3 密室为什么没有完美通关？最后的提示中只说是顺利通关，难道要挑战者存活率 100% 才算完美通关吗？”

黑桃 A 说：“关于这一点，我会给你们解释。”

直升机突然降落在一个浮空的停机坪上，两人又回到了那片被浓浓白雾包围的个人空间里。黑桃 A 手指轻轻一挥，面前出现一大片屏幕，里面正在播放一些零碎的剧情。

只见第一片屏幕中，有个挑战者在中心广场突然冲进人群里，拧开了熟悉的绿色瓶盖，异变病毒迅速蔓延，周围的民众大批受到感染，原本的金融危机世界变成了放大版的感染者围城。那个挑战者站在被感染的感染者群中，声音里还带着笑意：“这个密室多简单啊，把这群人变成感染者，我打了疫苗不就能轻松通关了吗？”

第二片屏幕中，几个挑战者组成抢劫团伙，依靠红桃 3 密室拿来的斗篷和钥匙，趁着深夜没人的时候直接去抢银行。带头的女人志得意满地说："金融危机不管物价怎么涨我们手里都有好几百万，躺着都能通关。果然是C级密室，这也太简单了……"

第三片屏幕中，有两个携带重武器的挑战者直接闯进酒店杀掉前台的接待妹子，霸占酒店，笑着说："以后，这里就是我们的地盘了，有吃有喝住7天，不是轻松通关？"

肖楼看得头皮发麻，虞寒江在身侧紧紧地攥住了拳头。

原来如此。

为了通关，居然直接在中心广场放异变病毒，感染整座城市的原住居民。为了通关，第一天夜里就穿上隐身斗篷去抢银行，甚至杀了酒店老板、鸠占鹊巢……

他们还算是人吗？！

肖楼心底阵阵发冷，这些人当然也能通关，只是通关的手段太过残暴——他们把这个世界的自由人当成蝼蚁一样屠杀。

所以，黑桃3密室没有完美通关的说法。

怎么才算完美？

每个人心里都有不同的衡量标准。

或许在那些人看来，抢银行、放病毒、霸占酒店也是完美的通关方式。他们或许会觉得自己很机智，用了之前密室中抽到的卡牌，轻松通关黑桃3密室。

肖楼如果是心狠手辣之辈，直接放刘小源到处咬人，收大量的感染者傀儡，通关也会变得无比轻松，但他根本没这样想过。

毕竟他面对的都是活生生的人，虽然和他们来自不同的世界，可这些人有感情、有意识、有亲友。为了活下去，践踏异世界人类的生命，这些挑战者其实已经疯了。

心狠手辣、冷血变态、毫无原则的挑战者对其他挑战者来说，同样是巨大的威胁。

为了通关，他们可以不择手段。杀原住民毫不犹豫，杀同类估计也不会难过，这样的人说不定还有很多。

这个密室世界会扭曲人的是非观。幸好肖楼和虞寒江还保持着理智，邵总也没有杀人的兴趣，小叶棋经历过噩梦密室依旧能坚守本心。大方向上三观一致，这才是4个人能走到一起的最坚固的基石。

黑桃A淡淡地道："金融危机这个密室其实有很多种通关方式，你们选择的是最吃力的一种，但你们这批挑战者是有史以来存活率最高的一批。"

屏幕中，释放异变病毒的那个变态只顾自己通关，其他挑战者也猝不及防地被感染。最后他走出了密室，其他所有人都发生了尸变，整个城市变成了地狱。

抢银行的那几人因为金钱分配的问题发生内讧，其中一人偷偷卷走大量钱款，接下来的几天他们都在忙着找卷钱跑路的人，互相猜疑，最后也只有 3 人通关。

霸占酒店的人手里拿着枪，以为自己高枕无忧，却被同样拿着枪的暴徒射成了筛子。

挑战者中真是什么样的人都有。

黑桃 A 简单给两人播放了一些画面后，便接着说道："黑桃 3 密室没有完美通关的说法，但是，只要评分为 S，依旧可以获得一次抽卡的机会。"

他随手一挥，道："先看看你们的固定奖励吧。"

两人同时打开卡包，果然看见卡包中出现了一张新牌。

工具牌：物资补给包。

稀有度：A。

描述：黑桃 3 密室通关后的固定奖励。

使用效果：打开物资补给包，可立刻获得矿泉水 ×1、压缩饼干 ×1、方便面 ×1。

限制：每个密室世界只能使用一次。

只用一次，才给这么点东西，黑桃 A 也太抠门了吧？

黑桃 A 似乎察觉到了两人的心思，淡淡地道："别嫌东西太少，在某些环境极端恶劣的密室中，这些吃的，说不定能救你们的命。"

肖楼无奈："好吧，谢谢奖励。"

虞寒江收起卡牌："钱呢？不是说可以带出密室吗？"

黑桃 A 道："这次黑桃 3 密室，你们两位离开时身上携带的钱是 3568 元，兑换为 356800 金币，已自动存入了肖楼的账户。"

这次在黑桃密室赚了三千多，肖楼和虞寒江都很是满意。

黑桃 A 道："请两位抽卡。"

桌上出现了一个金光闪闪的宝箱。肖楼还没来得及开口，虞寒江就主动说道："你去抽吧，说不定又能抽到强大的召唤牌。"

虞队既然这么说，肖楼也就不再推辞，轻轻搓了搓手，上前一步，从宝箱中抽出一张牌——

恭喜你获得S级稀有度卡牌：白居易！

真是谢谢虞队的神预言。

又一张召唤牌，背面是卡牌世界固有的风格，银色底，上面画着黑桃、红桃、方片、梅花四种花色的图案，正面则是一位戴着帽子的诗人。

召唤牌：白居易。

稀有度：S。

描述：通关评分S时在限定卡池抽奖，有极低概率获得。

附加技能1：卖炭翁。

白居易曾用诗歌描述了一位卖炭老翁的凄苦生活，“可怜身上衣正单，心忧炭贱愿天寒！”天气寒冷的时候，有一团温暖的炭火是多么美好的事？

使用“卖炭翁”技能，可在指定位置生出一团炭火，炭火存在的时间为30分钟，每天限制使用一次。

备注：成长度每提升1级，炭火存在的时间延长6分钟，最多延长到90分钟。

附加技能2：成长度10级时解锁。

虞寒江看了肖楼一眼，似乎是在说：你抽的牌果然很奇怪。

肖楼无奈地摸摸鼻子，一开始抽到陶渊明的时候他就觉得画风不对，红桃3密室抽到狄仁杰，现在又抽出一张白居易……他这是不小心把手伸进了历史名人的卡池吗？

肖楼把白居易卡牌收进卡包里。

虞寒江扭头问黑桃A：“把我们丢去金融危机世界过了7天，这些天都没怎么睡好，应该会给我们休息的时间吧？”

黑桃A冷冷地说：“半个小时。”

肖楼郁闷：“太少了吧？”

黑桃A挑眉：“我这里不许讨价还价，不满意改成15分钟？”

肖楼立刻微笑：“非常满意，谢谢。”

对上他这张冰山脸，肖楼真没有聊下去的兴趣，还是红桃姐姐最亲切友好。

肖楼轻叹一口气，看向虞寒江说："半小时，休息一下吧。"

虞寒江点了点头，在沙发上坐下，闭目养神。

个人空间内，叶棋和邵清格沾了肖教授的光，这次通关也获得了S级评分。两人各自抽了一张卡。叶棋抽到的是乐器卡长笛，他正好会吹笛子，这张S级乐器卡比他之前抽的A级卡吉他要强很多。

乐器牌：长笛。

稀有度：S。

描述：限定卡池抽奖，有较低概率获得。

附加技能：笛音悠扬。

用长笛吹奏任意乐曲，可以让50米范围内的指定单体目标强制进入睡眠状态，持续3秒。技能冷却时间30秒。

备注：成长度每提升1级，冷却时间缩短1.5秒，满级时缩短至15秒。

这张牌显然是控制牌，而且是指定的单体控制，虽然控制时间只有短短3秒，但好处在于它的冷却时间也很短，满级后每隔15秒就能发动一次技能，使用起来非常灵活，在单挑或者对付厉害的单个敌军时相当好用。

叶棋很兴奋地收起了新卡，坐在沙发上等。黑桃A突然道："有人给你发送了契约书邀请，对方名叫邵清格，要不要接受？"

叶棋立刻点头："接受！"

黑桃A拿了一本已经有邵总签名的契约书递给他，叶棋看都没看就在上面签下了自己的名字。结果，刚签完名，他就觉得眼前一黑……

邵清格居然1分钟都不休息，直接拉他进了红桃3密室！

叶棋很想说一句：邵总你不累吗？！

肖楼和虞寒江休息了半个小时，时间一到，两人并肩来到卡牌墙面前，抽出梅花3。关于梅花3密室，他们已经从邵总那里打探到了一些信息，肖楼有信心可以从这里再大赚一笔。

第九章

春
夏
秋
冬

面瘫少年打开一扇门，肖楼和虞寒江穿着黑色西装、戴着面具进入房间。

邵总之前就告诉过他们，梅花 3 密室是 2V2 的分组对抗赛。肖楼抬眼一看，果然看见屋内除了他和虞寒江外还有两个挑战者。之前的密室中并没有见过他们，这一男一女应该是情侣，两个人站得很近，女生还亲密地牵着男生的手。

“欢迎 4 位来到梅花 3 密室春夏秋冬，不用担心，这次的梅花密室不会强制淘汰选手，但你们有可能输光金币。”梅花 A 道，“请先按号码牌入座。”

肖楼和虞寒江领到 1 号和 3 号，情侣则是 2 号和 4 号。

梅花 A 打开大屏幕，开始讲解游戏规则：“游戏开始时，会给你们每组 10 万金币作为筹码。一副牌去掉大王、小王，剩下的牌分发给 4 人，每人会随机拿到 13 张牌。游戏的目标是打完自己的手牌，只要有一个人打完，就判定他所在的队伍获得胜利。输掉的队伍每剩一张牌，就要给对方赔付 1 万金币。”

少年修长的手指轻轻将一副牌展开。

52 张牌在他灵活的手下迅速按照花色和大小排成了 4 行。

“扑克牌中，红桃、黑桃、方片、梅花分别代表春、夏、秋、冬，所以，这局游戏的名字也叫春夏秋冬。游戏规则是从 1 号开始逆时针出牌。4 个人都出牌后结束这一轮。每轮必须出同一种花色的牌，如果没有这种花色就自觉跳过。每轮出牌过后，点数最大的人获得下一轮出牌权，大小顺序为 A>K>Q>J>10>9>8>7>6>5>4>3>2。”

游戏目标是出完手牌，两人之间必须互相配合，猜测队友手里可能会有的花色，尽量送队友出掉更多的牌。要是队友的手里剩一把黑桃，你在那里疯狂出方片还出不完，队友就会很尴尬。怪不得邵总说之前遇到猪队友害他差点输光，这次的游戏完全看两人之间的配合。

观察牌局，记下已经出过的牌，从而推测出对手、队友可能会剩余的手牌，这才是“春夏秋冬”花色类游戏的关键技巧。

守关者道：“游戏共 3 局，输光金币将被对手抽取卡包。为了不输掉卡牌，希望各位能认真对待这一次的游戏。请做好准备。”

话音刚落，所有人的座椅前方突然升起一块液晶屏幕，正好挡住了大家的视线。这种做法应该是防止玩家用各种小动作来作弊。

梅花 A 道：“第一局，从 1 号开始出牌，逆时针轮转。”

少年修长的双手飞快地洗牌，紧跟着就给每人发了 13 张牌。肖楼拿起自己的手牌一看，6 张红桃、3 张方片、3 张梅花、1 张黑桃，其中正好有一张大牌红桃 A。

肖楼打出红桃 A 试水。

下家女生跟了张红桃 7，虞寒江打出红桃 2，鬈发男则打出红桃 K。

点数最大是 A，其次是 K，这一轮的牌明显肖楼最大，鬈发男如果手里还有别的红桃牌，下一轮别人再出红桃的时候他的 K 就是最大，没必要用红桃 K 跟肖楼的红桃 A 撞车。他这时候出 K，相当于白白浪费掉一张大牌。肖楼立刻判断出鬈发男手里已经没有红桃了，于是，他继续打出一张红桃 4。

下家妹子跟了张红桃 6，虞寒江打出红桃 J，鬈发男果然说道："跳过。"

虞寒江的 J 最大，优先出牌权到了虞寒江手中。

肖楼有些担心虞队会出别的花色，但虞寒江显然明白了肖楼的暗示，继续打出红桃 8，下家的鬈发男郁闷地道："要不起！"

轮到肖楼，他打出一张红桃，又拿到了出牌权。

肖楼一边出牌，一边在脑子里迅速计算剩余牌量，经过四轮，红桃花色已经打出了 10 张，还剩 3 张，全在他手里。

肖楼平静地打出了一张红桃 3。

鬈发女生："不要。"

虞寒江："跳过。"

4 号男生明显有些不爽："不要。"

肖楼继续打：红桃 5。

三人齐齐说道："跳过。"

肖楼再出：红桃 10。

另外三人只能眼睁睁地看他一个人表演。

到此为止，13 张红桃牌全部出完。在虞寒江的协助下，肖楼一口气打出了 6 张红桃牌，而那对情侣男的只出了 1 张，女生只出了 3 张。

赢面很大！

肖楼看了看自己的手牌，他剩下的牌，3 张方片点数很小；3 张梅花牌中，有一张比较大的梅花 K，剩下梅花 10、梅花 6，单独一张黑桃牌是黑桃 3。

肖楼想了想，打出一张梅花 K。

下家的女生扔了张梅花 2，虞寒江丢出梅花 3，鬈发男丢出梅花 4。

肖楼眼神又是一亮——虞队手里绝对有梅花 A！

2V2 对抗赛，他打出梅花 K，如果这对情侣手里有比他大的梅花 A，没理由不压过他夺回出牌权。然而，这对情侣都没打出梅花 A，显而易见，梅花 A 在虞队那儿。

虞寒江和肖楼是队友，没必要用梅花 A 去压肖楼的 K。

肖楼果断丢出一张梅花 6。下家妹子打出梅花 Q，但紧跟着虞寒江直接打出梅花 A，毫不犹豫地压了她的牌。

出牌权回到虞寒江手中，他继续出梅花，让肖楼把剩下的梅花牌出光。

方片这个花色的大牌全在那个女生手中，虞寒江打完梅花后在黑桃、方片中二选一，先出方片，被鬈发女生用方片 A 夺回了出牌权。

她有样学样，继续出方片。肖楼跟着划水，出掉了 3 张方片。

不知不觉间，他的手牌只剩一张了。

妹子察觉到他只剩一张牌，明显有些紧张，她看不到男友的表情，但她能猜到男友手里应该留了一堆黑桃，妹子咬牙打出一张黑桃 2。鬈发男人果然直接甩出黑桃 A，但是，肖楼也微笑着打出了最后一张牌：黑桃 8。

房间内响起守关者冷淡的声音："1 号出完手牌，本局游戏红队获胜，请蓝队两位清点剩余的手牌量。"

情侣的脸色顿时变得极为难看！

守关者道："蓝队剩余 7 张手牌，请支付给红队 7 万金币。"

之前赚的钱都被冻结，只有梅花少年发给大家的每队 10 万金币筹码，结果第一局游戏情侣档就直接输掉了 7 万！

第二局，出牌权逆时针轮流。

这次轮到 2 号鬈发女生优先出牌，她手气不错，摸到一张黑桃 A、一张红桃 A。

只不过这妹子的打法有些一言难尽。

她先出黑桃 A，紧跟着出红桃 A——这没什么可说的，用大牌试水是个不错的思路，而且 A 最大，出牌权会一直掌握在她的手中。

可如果换成肖楼，接下来会继续出红桃。

因为刚才她出红桃的时候，她队友出的是红桃 2，手里应该还有别的红桃牌，而下家虞寒江出了一张红桃 Q，显然手里红桃不多了。

但是，她并没有仔细观察牌局，也没有推算其他人的手牌，居然打出黑桃 Q，结果下家虞寒江直接甩出了黑桃 K。

女生顿时傻眼！

虞寒江成功抢回出牌权，下一轮继续出黑桃 J，此时 J 就是最大。

再下一轮，虞寒江出黑桃 10……

他一口气打光了全部黑桃，紧跟着甩出一张方片 A。

情侣组一人出方片 8，一人方片 10，肖楼出了方片 2。

虞寒江继续打出方片 J，下家出了方片 Q，轮到肖楼的时候，肖楼直接甩出方片 K，稳稳地将出牌权掌握在自己人手中。

下一轮他继续出方片 10，虞队点数小的方片牌就可以跟着他划水。

两人互相配合，迅速打完方片牌。

发现虞寒江的手里只剩最后一张牌，肖楼微微一笑，打出了一张梅花。

——虞队手里剩的果然是梅花。

守关者面无表情地道："3 号打完手牌，红队获胜，清点蓝队剩余牌量。"

这次两人剩余的手牌是3张，赔了肖楼和虞寒江3万金币，输光了全部筹码。

守关者道："第三局，3 号先出牌。"

这一局肖楼和虞寒江的手牌不是很好，只能一张接一张地划水，等 4 号男人打完全部手牌的时候，肖楼的手里只剩 1 张牌，虞寒江剩 1 张，他们输了，但只需赔给对方 2 万金币的筹码。

守关者："第四局，4 号出牌。"

这局肖楼手里有大牌，4 号出牌者手中没有大牌，又凑巧和女友的花色反了。结果被肖楼一张黑桃 A 压住，夺回出牌权的肖楼一口气甩光全部黑桃，又配合虞寒江出完梅花，紧跟着出红桃、方片。

最后虞队猜到他的手牌，随便一张方片 3，送他出掉了最后一张方片。

两人又赢了！

情侣档欲哭无泪。

4 局游戏，作为情侣的他们只赢了 1 局，肖楼虞寒江居然赢了 3 局，赢走了他们全部的筹码不说，最后一局他俩剩的手牌太多，剩下的筹码居然不够赔了。

面瘫少年道："由于两位输光筹码，请各自拿出自己的卡包，让对方抽走一张牌，作为赔偿。"

4 张座椅前方的液晶屏幕已经降下，肖楼发现这对情侣正目光些哀怨地看着他。肖楼不好意思地笑了笑，心想：我们也没想到你们情侣档默契这么差！

虞寒江看向肖楼，朝他点了一下头。一开始发现对手正好是情侣，他还以为今天这局他跟肖教授输定了。没想到肖楼心算能力太强，3 秒的出牌时间，他居然能记住牌桌上已经出过的全部牌，推算出对手和队友大概的手牌花色。

两人大部分时间都掌握着出牌权，这默契甩了胡乱打牌的情侣档好几条街，以至于最后赢走对方的筹码不说，还可以抽他们的卡包。

鬈发男无奈地叹了口气：“我女朋友平时很少打牌。”

女生尴尬地低下头：“对不起，3 秒时间太短，我反应慢了。”

男生爽快挥手：“没事，反正我们卡牌够多，随便他们抽。”说罢便拿出自己的卡包，扭头问守关者：“我们两个的卡包都要被抽吗？”

守关者道：“1 号抽 2 号的，3 号抽 4 号的。”

看来是躲不过了，两人低头快速整理卡包，然后将卡包放在了桌上。

肖楼想了想，道：“第三张。”

守关者拿出第三张卡牌——

工具牌：充电宝。

稀有度：B。

描述：通关密室评分为 B 时，有一定概率获得。

你是我的充电宝，身边有了你，我就会充满动力。

出门不带个充电宝怎么行？

所有电器类的卡牌，连接充电宝后，可立刻重置自身的全部技能。

虞寒江道：“我也选第三张。”

工具牌：电吹风。

稀有度：B。

描述：通关密室评分为 B 时，有一定的概率获得。

电吹风是用来吹头发的，但在这个世界，它的风力太强，请千万不要用它来吹头发，因为它会将 200 千克以内的物体吹飞到 50 米之外的位置。用它吹头发你会变成秃头。

使用冷却时间 60 分钟。

没想到肖楼抽了张充电宝，虞寒江立刻抽了张电器类卡牌。

情侣档快要变成苦瓜脸，忍不住抱怨：“我俩专门洗了牌，一张充电宝、一张电吹风的组合牌都能被你们抽到，你们是开了天眼吗？”

肖楼抱歉地笑笑，心想：如果不想让我们抽到，你们最合理的做法是把两张卡放在同一个卡包里，这样我们只能抽走一张。

好在 B 级工具牌很容易获得，他们抽走的卡虽然会让情侣档肉疼，但还能接受。

女生很快就调整好了表情："损失两张B卡而已，总比被淘汰去噩梦密室要好。"

男生点点头："也是。我们接下来先去方片密室吧，说不定能抽到更好的卡。"

两人商定后便转身走了。

肖楼和虞寒江对视一眼，没想到这次的梅花密室真的很简单。输掉的人也只是随机损失两张卡牌，不会像在梅花2密室那样直接淘汰出局。

由于黑桃3密室太残酷，梅花3密室难得仁慈了一回。

肖楼看向虞寒江："我们下一关去哪儿？"

虞寒江道："红桃4。"

少年抽出红桃4这张牌，朝他俩挥手："去吧，祝两位好运。"

两人眼前同时一黑，再睁眼就发现自己身处一个封闭的空间，肖楼探出脑袋往下一看，虞寒江坐在下铺，也刚好探头往上看。

两人都换上了一套整整齐齐的深蓝色制服，还戴着帽子。黑皮鞋擦得纤尘不染，制服里面则是干净的白衬衫，搭配蓝白相间的条纹领带。

肖楼道："虞队，这好像是火车的卧铺车厢？"

虞寒江点头："我们这身衣服，应该是列车乘务员。"

肖楼总算明白过来。

看来，红桃4密室的剧情是发生在列车上的。

下一刻，两人面前的悬浮框中就同时弹出了文字提示——

欢迎肖楼、虞寒江进入红桃4密室：【极速列车】。

从现在开始，两位将以"列车乘务员"的身份，在这辆列车上停留3天的时间。

这3天会发生很多事情，有人会死在车上。

请两位以最快速度找到凶手，用列车员的权限将凶手抓进列车的警务室里，等待列车到站后移交给警方。

一旦3天之后列车到达终点站，两位还没有抓住凶手，则闯关失败。

你们有权利查阅乘客的车票和身份证，但不允许对乘客动用武力，否则将立刻被列车长赶下火车。作为列车员，你们必须听从列车长的指挥，两位的腰部有一个无线传呼机，列车长会随时发布通知，请一定留意。

列车即将进站，请做好准备。

第十章

极速列车

耳边的无线传呼机中响起一个中年男人的声音："各车厢乘务员请下车查票，肖楼负责 4 号车厢，虞寒江负责 6 号车厢。"

他们必须听从无线耳麦中传达的指令，两人只好跟上其他列车员下车，利用有限的时间迅速观察了一下这座列车的布局。

列车的造型有点像现实世界的高铁，车身线条流畅，刷着白色的漆，上面标注着"KP–7311 号动车"。

列车总共有 9 节车厢。最末尾的 9 号车厢就是两个人刚才所在的位置，是列车上工作人员的住处。1 号到 4 号车厢是硬座车厢，6 号到 8 号是软卧车厢，最中间的 5 号车厢是餐车。

经历过一次剧情密室，两人都知道，某些剧情是不能避免的。

红桃 4 密室，他们暂时获得了列车乘务员的身份。必须听列车长的指令，这就是剧情密室给他们的最大限制。凶手作案的时候，列车长或许会以各种理由"凑巧"把他们调离现场，否则，他俩一直盯着车厢里的乘客，凶手就没有杀人的机会。

肖楼道："如果乘客全部坐满，这个密室的信息量就比红桃 3 密室要大得多。"

虞寒江快速总结道："4 号车厢共 15 排，每一排都是 ABC、DF5 个座位；6 号车厢 8 个房间，每个房间两个上下铺，4 张床。如果案情是在这两个车厢内发生，我们需要分析的乘客信息就有 107 位……应该不会这么难。"

107 个人，名字都记不住。

肖楼打起精神："待会儿仔细观察吧，重点人物肯定和路人甲不一样，况且，火车的车厢也不一定会坐满。"

就在这时，两人耳边同时响起了广播声："由日之城开往月之城的 KP–7311 号动车已经开始检票了，请各位乘客带好行李物品，照顾好老人和小孩，从 A10 检票口、B10 检票口检票进站！谢谢！"

熟悉的广播声让肖楼有种回到了现实中的火车站的错觉，然而奇怪的站名却让他心生疑惑。

除了月之城，居然还有日之城？

眼看检票口已经有旅客进站，肖楼道："我去 4 号车厢，虞队，待会儿见。"

虞寒江点了点头，目送他离开。

4 号车厢和 6 号车厢中间只隔着餐车，两人侧过头就能看见对方。

旅客很快进站了。

肖楼面带微笑，一边检查车票一边观察乘客们的表现。

最开始来到车厢门口的是 4 个大学生，两对男女手牵手，穿着不同的情侣装，背着旅行包边走边聊，神色兴奋，应该是两对情侣结伴出游，他们的座位在第八排。

紧跟着来了一家 5 口，爷爷奶奶、爸爸妈妈和一个小女孩，肖楼给他们检票时小女孩还用软软的声音说："谢谢叔叔！"一家人看上去温馨和睦。座位在第三排。

落单的乘客有好几十个，独自行动，座位分散。

紧跟着又出现 5 人闺密团，穿着同一系列的连衣裙，坐第十五排。

4 号车厢这边渐渐坐满。

6 号的卧铺车厢人比较少，几个落单乘客提着行李上了车，虞寒江面无表情地检票，也像肖楼一样尽量记名字。

就在这时，十几个戴着同样红色帽子的人排成一队朝 6 号车厢走去，在车厢附近停下脚步，围成一团。

被围在中间的是个年轻小姑娘，拿着喇叭喊道："各位叔叔阿姨都到齐了吧？"她快速数了一遍人头，道，"我们的卧铺是在 6 号车厢！待会儿上车后大家先放行李，对号入座。有高血压、心脏病、不想睡在上铺的，其他叔叔阿姨也麻烦配合换一下！这次的旅程有 3 天时间，叔叔阿姨们一定要注意饮食安全，我这里有带治疗胃痛、腹泻的药，如果谁不舒服，可以找我拿药！"

妹子扎了马尾辫，穿着牛仔裤和短袖 T 恤，配一双白色运动鞋，看上去干净利落。她的手里举着个"青云旅行社"的旗子。

肖楼立刻侧头看向虞寒江，后者给了他一个"放心"的眼神。

12 人的旅行团，全是老头老太太，其中还有头发花白、弯腰驼背、牙齿都掉光的七十岁以上的老人家。导游妹子拿着喇叭喊得如此大声，像是担心肖楼他们听不见似的。

这批人的出场太高调。

但案件没发生前，一切还无法确定，说不定只是个路人旅行团来车上凑数的。

随着时间的推移，越来越多的旅客上车，耳边响起"丁零零"的提醒声，肖楼和虞寒江的无线耳麦中也响起列车长的声音："列车即将启动，请各位乘务员回到车厢。”

肖楼和虞寒江刚要回去，突然有个男生飞快地从进站口的楼梯跑了下来。

他的头发十分凌乱，显然是飞奔了很长一段距离，男生满脸通红、气喘吁吁，脚上的袜子还是不同颜色的，估计是起床迟了衣服都没穿整齐。

他一边跑一边喊：“等一下，等一下！”

肖楼刚要关上列车门，他硬是在门就要关上的时候挤进了车厢。

男生上车后，停在车厢连接处，用双手扶着膝盖，大口大口地喘气。肖楼等他把气理顺了，这才问道：“你是哪个座位的？”

男生道：“4 号车厢，8F。”

肖楼回头看去，第 8 排目前坐了 4 人，是之前的那两对情侣，空下的座位正好是靠窗的 F，肖楼朝他点了一下头，道：“列车马上要开动了，快去坐吧。”

男生谢了一声，跑过去停在第八排。

他看着 8D 座位的妹子，红着脸说：“美女，麻烦让让。”

女生瞄了一眼这个邋里邋遢的家伙，转身跟她男朋友道：“亲爱的，你坐这边吧。”她跟男朋友换了下座位，坐去了旁边的 8C，显然不想跟这个邋遢的家伙一起坐，她男朋友也配合地换了座位。

车厢内响起广播：“各位旅客，欢迎乘坐 KP-7311 号动车，我们的动车即将出发了，请各位整理好行李物品，按照车票上的座位号码，对号入座。本次列车禁止吸烟……”

剧情即将开始。

肖楼转身来到 4 号车厢，道：“请各位配合一下，查票。”

上车查票很正常，大家也很自觉地拿出了车票。肖楼想再查一次票，把这几个重点乘客的脸和座位号、名字对应，加深记忆。

列车启动，时速飞快地提升。窗外是一片浓浓的白雾，车厢内很安静。谁会是潜伏在这趟列车上的凶手，谁又将遭遇谋杀呢？

随着列车的启动，红桃 4 密室的故事，即将揭开序幕。

肖楼对“记名字”很有心得，记下全部的人名对他来说并不算很难。

一家 5 口中的小朋友叫喻欣欣，七岁左右，见到肖楼会用可爱的童音叫“叔叔”，她的父母面带微笑，爷爷奶奶慈祥温和，“喻”这个姓整个车厢只有他们一家，非常好记。

两对情侣中，男生分别叫周权和周正。周权的女友叫岳小泉，留着一头长黑发，五官清秀，眼眸清澈明亮，是很清新的天然美女，只是脸色有些冷漠。

周权和岳小泉穿的是浅蓝色 T 恤，上面都印着可爱的小猫。

周正的女友叫莫佳然，正是嫌弃旁边男生太邋遢而换了座的妹子，她双手涂着漂亮的指甲油，项链、手链、耳环一应俱全，一头秀发烫染成深棕色，显然是个爱打扮的女孩。两人的情侣装是白色，胸前都印着个可爱的小狗。

衣服印猫和印狗的两对情侣都是俊男美女组合，看起来很般配。他们 4 个买的是半价学生票。肖楼顺口说道："4 位，学生证出示一下。"

4 人配合地拿出学生证，肖楼仔细翻看，周权、周正来自科大，前者学的是计算机科学，后者学材料物理。学生证上写了出生年月日，两个人居然是同一天出生。

肖楼感兴趣地道："两位生日是同一天，双胞胎吗？"

周权说："我是哥哥，阿正是弟弟，我们是异卵双胞胎。"

肖楼了然一笑："异卵，怪不得长得不太像。"

岳小泉和莫佳然都来自医学院，前者学的临床医学，后者护理学。

4 个人年纪相仿，目前都读大三，应该是趁着暑假结伴出游。

肖楼了解到大概情况，便微笑着把学生证还给了他们，继续朝坐在 8F 的男生道："先生，请出示一下车票。"

迟到的男生叫荆伟光，比较少见的"荆"姓也很好记。由于急匆匆赶车，他穿得很邋遢，男生一直在低着头整理皱巴巴的衣服，在肖楼走过来查票时，他慌忙从口袋里翻车票，翻了半天才找到，红着脸道："不、不好意思……"

肖楼温和地说："没关系，不着急。"

跟旁边几位大学生一对比，迟到的男生居然比他们早出生 6 年，年纪应该在 26 岁左右，由于他长了一张娃娃脸，面相显得很嫩，肖楼差点误以为他是学生。如今看来，26 岁的荆伟光已经工作了，这次匆忙乘坐列车很可能是出差。

肖楼将车票还给他，继续查后面一排。

5 人姐妹团正好坐最后一排，肖楼查完前面的车票，走过去微笑着道："麻烦各位出示一下车票。"

几个妹子迅速将早就准备好的车票拿了出来。

刘晓燕、张晓宁、吴晓菲、宋晓羽、程晓丽。

很整齐统一的名字。

好在 5 个女生的发型差异较大，穿的裙子还是不同颜色，记发型、身材和衣服也可以记住。肖楼一边查一边玩笑道："你们的名字真像。"

坐在过道的女生说："我们从小一起长大，跟亲姐妹一样。"

肖楼假装不经意地问："这是组团去旅行？"

另一个妹子说：“对啊，我们每年都会请年假一起出去玩儿。”

其他 3 人没说话，但眼睛都看着肖楼。肖楼也不好跟姐妹团聊太久，把车票还给她们，叮嘱道：“女孩子们一起结伴外出，要注意安全。”

5 人都点头表示明白。

列车徐徐前进。

车厢顶部的液晶屏幕中显示现在的时间是 18:30。

就在这时，肖楼听到耳边响起列车广播，女播音员用温柔的声音说：“亲爱的旅客朋友们，晚餐时间到了，您可以到列车中部的 5 号车厢用餐。此外，我们还提供简易套餐，鸡排饭套餐 40 元，牛肉饭套餐 45 元，需要用套餐的旅客请找各车厢的乘务员登记，我们会将晚餐送到您的座位上……”

列车上的饭菜比较贵，大部分旅客并不打算在车上买吃的，而是从自己的包里找提前准备好的零食。也有人买好了泡面，拿起泡面去车厢连接处找热水。

两对情侣凑在一起商量之后，找肖楼登记了两份鸡排饭、两份牛肉饭。

5 人闺密团拿出大包小包的零食，经常旅游的她们准备得非常充分。

坐在 8F 的荆伟光从包里拿出一桶泡面，朝坐在身边的周正说：“麻烦让一下……”

周正不悦地皱了皱眉，但没有多说什么，侧身让他出去。

等荆伟光走远后，周正的女友莫佳然才冷冷地说道：“这个人也太邋遢了吧？身上一股恶心的臭味，也不知道多久没洗澡，真是受不了！”

周正柔声哄她：“然然你别气，火车上什么人都有，以后出门我们都买卧铺，我们 4 个在一间房就不会有人打扰了。”

提起这个话题，莫佳然就一脸郁闷，她扭头瞪着男友，咬牙切齿地道：“我早就说了让你提前半个月买票，你非说这趟车的票好买，不用急。结果呢？买不到卧铺，让我们坐硬座！ 3 天，72 个小时！坐硬座，我的腰都要断了，我从小到大还没受过这种罪！你说你是不是傻？买个票都不知道提前买，20 岁的人了办事能稍微靠谱一点吗？！”

她的声音很大，引得不少人纷纷侧目。

肖楼警觉地回头看向他们。

周正小心翼翼地赔着笑脸：“对不起，都是我不好。我也没想到，现在又不是旅游旺季，这趟车的卧铺票怎么就突然卖光了……”

莫佳然用力翻了个白眼：“没想到？你的脑子是不是整天只想着物理公式？去年我生日你做实验也给忘了！你找什么女朋友啊？你去跟你的电路板过日子吧！”

周围有人听到这里，忍不住“噗”地笑出了声。

周正被骂得脸色一阵红一阵白。旁边的周权低声劝架：“别吵了。我找列车员问一下，看看能不能补差价换卧铺票。”

他从座位上站起来，走到肖楼面前，礼貌地问：“您好，请问这趟列车还有空余的卧铺票吗？我们能不能补差价换去卧铺车厢？”

“稍等，我问一下。”肖楼拿起无线传呼机，问列车长有没有空余的卧铺，得到的答案是整座列车满员，肖楼只好抱歉地说，“没有了。”

周权皱着眉道了声谢，转身回去。

莫佳然扭过头看着窗外，眼眶发红，显然快气哭了，她男朋友被她当面一顿骂，脸色也有些难看，不再继续哄她。

周权无奈道：“没卧铺了，然然你忍一下吧，72 个小时的硬座确实很辛苦，要是坐不住，就在车里走动走动。到了明天，说不定有人中途下车，卧铺车厢要是有空余，我们立刻换过去。”

莫佳然这才点点头，但她和男朋友周正依旧不说话，两人陷入冷战。

荆伟光端着泡面回来了，走到周正旁边道：“不好意思，麻烦让一下。”

周正跟女友吵完架，本就心烦，自然不会给他好脸色。荆伟光还以为对方不爽自己出出进进，尴尬地笑了笑，端着泡面从他的前面越过去。结果鞋带没系好，自己把自己给绊了一下，手里的泡面直接洒出来，辣椒油、汤汁、面条全部洒在了周正的怀里，把他的白 T 恤给染得花花绿绿。

一碗泡面全部喂给了周正 T 恤上的狗狗。

周正如同触电一般跳起来，破口大骂：“你瞎啊？！”

荆伟光满脸歉疚：“对不起对不起！我帮你洗？要不，这衣服我赔给你……”

周正的一腔怒气终于找到了发泄口，一把揪住荆伟光的衣领，咆哮道：“我这可是限量版的 T 恤，想赔可以，一件 1000 块呢！”

周围看戏的旅客听到这里都面露惊讶，肖楼也不太信，印了个小狗脑袋的 T 恤能卖这么贵？真是限量版吗？

前排看热闹的喻欣欣小朋友突然说：“妈妈，那件衣服我昨天见过的，超市里不是卖 20 块吗，不是 1000 块呀？”

车厢内的气氛顿时无比尴尬。

妈妈立刻捂住小朋友的嘴：“乖，别乱说话。”

小孩不会说谎，显然，周正是心里气女友当着这么多人的面骂他，故意敲诈用泡面弄脏他衣服的荆伟光。荆伟光自然不是傻子，用泡面弄脏衣服是他不对，可直接赔 50 倍的价格也太过分了，局面一时陷入僵持。

最后还是坐在窗边的周权站出来道：“行了阿正，他也不是故意的，你这次出门带了那么多衣服，跟我去洗手间换一件就是。”他看向荆伟光，“不好意思，我弟弟心情不好，也不是故意想讹你。”

荆伟光立刻摆手：“没事没事，是我不对在先，我太不小心了，弄脏你弟弟的衣服……那个，没烫伤吧？衣服的钱，我还是给你赔……”

周正没好气道：“不用了！”

他说罢就转身离开，哥哥周权从行李架上取下他的包，拿了件衣服跟上去。

莫佳然冷冷地瞄了眼罪魁祸首荆伟光：“洒地上的泡面这么恶心，你赶紧收拾了吧，一车厢都是你泡面的味儿。”

荆伟光忙说：“对不起，我这就收拾……”他转身来找肖楼，“您好，有没有扫帚或者拖把，我把那边的地弄脏了，我去扫一下。”

肖楼找了个拖把递给他，他便转身去把地拖了。车厢内的味道确实不太好闻，还好这高级列车有空气净化系统。

荆伟光去泡第二碗泡面，去换衣服的兄弟两人也回来了。

周正脱掉那件情侣装，换上了一件印着字母的蓝色T恤，莫佳然冷冷地瞅他一眼，没说话。荆伟光又端着一碗面回来，周正干脆站在走廊里，让对方端着面先走进去，放下小桌板，坐稳之后，他这才沉着脸拍了拍衣服，坐在旁边。

肖楼若有所思地看着这两对情侣。

刚才莫佳然和周正吵那么大声，惊动了整个车厢，而坐在他们身边的岳小泉却神色镇定，她戴着耳机，拿起手机，一边听歌一边看小说，完全沉浸在自己的世界里，对旁人的事采取不闻不问的态度。

周权是周正的哥哥，看弟弟和女友吵架，看不下去出来圆场。在弟弟和陌生乘客发生纠纷又被小孩子无意拆穿下不来台的时候，他又站出来主持大局，带弟弟去换衣服，还礼貌地给荆伟光道歉。

显然，4人组中当大哥的周权性格沉稳，做事时的考虑也比较“周全”。他女友岳小泉不爱管闲事，哪怕身边的人吵架她也不理会，自顾自看书。

莫佳然是典型的大小姐脾气，家境应该挺好，男朋友做事确实不靠谱，但她发脾气不分场合，当着全车厢乘客的面大声骂男朋友，一点面子都不给，周正的自尊心显然受了伤，低着头生闷气。

这4个人肯定会出问题，尤其是情侣T恤被泡面给弄脏，周正被迫换掉了和女友的情侣装，这似乎在预示着……他们的感情将会破裂？

虞寒江所在的卧铺车厢人比较少，加上导游有旅行团名单，他很快查完旅客资料，来到5号餐车。肖楼对上虞队的目光，也转身走了过去。

两人在餐车的茶水间汇合。

虞寒江简单说了一下6号车厢的情况："老年人旅游团住1号、2号、3号房，导游叫秦时月，今年24岁，开朗健谈。她说这些老人家都是退休职工，年纪最小的60岁，最大的70岁，退休前是一个单位的，关系很好，经常一起报团旅游。4号房是一家4口；5号、6号房都是散客；剩下的7号、8号房是去参加会议的高中物理老师。"

肖楼仔细一想："看来，我们得重点关注这个老年人旅游团。"

"嗯，旅游团的全员名单我已经从导游那里要到了，接下来，我会查清楚这些老人家的底细。"虞寒江微微一顿，问，"你那边情况怎么样？"

"我在重点关注情侣组和闺密团，还有迟到的荆伟光，他和所有人都不认识，但他的出场太特别，即便不是死者或凶手，也一定会是推动剧情的关键人物。"

就在这时，正好有人路过，虞寒江和肖楼都后退一步让开了通道。老年旅游团全体过来餐车吃饭，12个人的壮观队伍引得周围的人纷纷侧目。

其中一个秃顶的老头抱怨道："老李，这餐车的东西也太贵了，我们还是回去吃吧，我出发前我儿子给我买了一包的零食都还没吃……"

被叫"老李"的人衣着整齐，头发染得乌黑，看上去精神抖擞："这还算贵？我之前去吃海鲜的时候，一顿吃了上万呢。"他豪爽地拍拍对方的肩膀，道，"别担心，这顿饭我请客！"

秃顶老头双眼一亮："还是老李爽快！"

旁边有人八卦道："老李，你儿子一年能赚多少钱啊？"

老李挑了挑眉毛，假装很淡定地道："不多，也就几千万吧。"

肖楼听到后吓了一跳，这老爷爷居然是土豪的爸爸，也不知他儿子是干什么的。

虞寒江凑到肖楼耳边说："李哲民，66岁，是这群老人中最有钱的一个。据导游说，一路上他经常请客吃饭，也经常跟人炫耀他儿子多有钱、多孝顺。"

肖楼仔细观察着这些老人家的脸色。有几个和老李走得近的，满脸羡慕，纷纷夸赞着："还是你儿子最有出息！我记得你儿子小时候就特别乖，成绩一直是全校第一，高考那年还是理科状元，哪像我们家那浑蛋小子，工作到现在连房子都买不起……"

头发花白的老太太叹着气道："你儿子至少结了婚，我闺女都33岁了，脑子里就想着工作、升职，让她去相亲也不去，可愁死我了！"

有人玩笑道："老李家儿子也是单身，要不把你闺女介绍给他，你俩顺便结个亲家？”

老太太道：“说笑了，我女儿也就普通公司员工，怎么高攀得上小李总？小李那么有钱，还长得帅，排队追他的姑娘，估计这一整车都坐不下吧！”

“哈哈哈，确实有好多女孩子追他。”李哲民一脸苦恼地道，“不过我儿子眼光很高，一定要找个聪明、贤惠、漂亮又能干的老婆，符合要求的真不多啊。”

“对了老李，”有人转移话题：“你儿子搞的那套楼盘位置挺好，我刚好想给儿子准备一套婚房，能不能打个折？”

“没问题！我让我儿子给你们内部价！”李哲民豪爽地保证着。

跟他同桌的 3 人显然是平时和他关系最好的，聊天的过程中不断夸他儿子，有的人有求于他，想低价买房，也有的纯粹是跟风拍马屁。

其他两桌的人脸色就没那么统一了，有些人听见他吹儿子的时候嘴角在冷笑，甚至有老太太在他说到儿子的择偶标准时，小声跟旁边的好友吐槽道：“他儿子怎么不找个天仙？”

“呵，他儿子不就有几个臭钱吗？这个老李，给儿子选媳妇，简直比皇帝选妃还要夸张。”

肖楼和虞寒江对视一眼。

李哲民太高调，不知道“财不外露”的道理。其他老人家都在发愁孩子工作不好、买不起房、找不到对象，李哲民却说儿子年薪千万，开发楼盘，找对象要求极高。

他虚荣心很强。就跟朋友圈里天天炫富的人一样，让人看着反感。

就在这时，肖楼和虞寒江的耳麦中同时响起声音：“各位列车乘务员，晚饭时间到了，请大家尽快回到 9 号车厢领取工作餐。”

耳麦中的指令他们必须听从，但 9 号车厢距离这里很远，一旦离开，这边车厢里会发生什么事情，他们都没法预计。

虞寒江道：“现在还是白天，凶手直接杀人的可能性不大，先去吃饭吧。”

也只能这样了，肖楼转身跟上虞队，快步来到 9 号车厢。

全车的乘务员都聚集在这里，每人领了份工作餐，坐在桌旁边吃边聊。肖楼竖起耳朵也没听到什么有用的信息，大部分人都在闲话家常。

两人快速解决掉套餐，刚拿起纸巾擦嘴，结果就听耳边传来女播音员的声音：“广播找人，车上有没有医务工作者，请速到 6 号车厢，一位小朋友发生了意外，急需医务工作者的帮助……广播找人，车上有没有医务工作者……”

急促的广播连续读了两遍。

肖楼和虞寒江对视一眼，迅速收拾餐盒，转身往 6 号车厢冲去。

虞寒江一边走一边沉着脸说："我车厢的小朋友只有 4 号房那对年轻夫妻的孩子，龙凤胎，今年都是 3 岁，刚上幼儿园。"

肖楼心急如焚："广播突然找医生，也不知孩子出了什么状况。"

虞寒江大步流星地走到 4 号房门口。只见那对年轻夫妻满脸焦急，女人怀里抱着三岁的儿子，小朋友脸色发青，全身正在猛烈抽搐，肖楼跟上来问道："怎么回事？"

女人一边哭一边说："刚才给孩子喂饭，孩子突然就变成这样了……"

是异物吸入气管导致的窒息性痉挛。

肖楼也是学医的，一看小孩的样子就明白是怎么回事，他上前一步，刚想帮忙，结果下一刻就见一个人急匆匆地冲了过来："什么情况？小孩子怎么了？"

居然是 4 号车厢的荆伟光。

肖楼还没反应过来，荆伟光就扒开他和虞寒江，从两人的空隙间冲进 4 号房间，道："把孩子给我！"

女人眼眶通红，愣愣地问："你是？"

荆伟光道："我是急诊科医生，快把孩子给我！"

女人如同抓住救命稻草，立刻把孩子交给他，并慌忙解释事情经过。

荆伟光听过之后，就将 3 岁小男孩从身后抱在怀里，掀开孩子的衣服。他冷静地伸出右手，在孩子肚脐上方两指的位置，将右手握成拳，左手包住右手，快速向后上方用力地冲击。

满脸青紫的小朋友被他连续这样反冲 5 次，猛地咳嗽了一声——

只见一粒指甲盖大小的葡萄干被咳了出来，小朋友的脸色、呼吸都渐渐地恢复了正常，他显然是难受坏了，"哇"的一声哭了出来。

荆伟光把孩子交回给女人，叮嘱道："给孩子喂饭要小心，尤其是小孩哭闹的时候，千万别喂吃的，容易被吸进气管。下次要是再遇到这种情况，你们可以按我刚才的做法急救。"

女人一边哄儿子，一边感激地看向他："谢谢，谢谢您！太谢谢了！"她丈夫也用力抓住荆伟光的手，"谢谢医生！您叫什么名字，在哪家医院？回头我们夫妻一定上门拜访，给您送一面锦旗！"

荆伟光的脸微微发红："不用，举手之劳，咳，没事的话我先回去了……"

他转身飞快地跑了，留下肖楼和虞寒江面面相觑。

虞寒江走过去确认小孩没有危险之后，这才转身出来。周围有不少乘客跑过来围观，纷纷感慨："还是好心人多啊！""小朋友运气不错，车上正好有医生……"

肖楼在虞寒江耳边轻声说："他就是迟到的那个荆伟光，没想到他居然是医生。"

刚才，荆伟光使用的是急诊常用的"海姆立克腹部冲击法"。这种急救方法的原理是增加腹腔的压力，使膈肌上抬，进而增加胸腔压力，让气管排出异物。

小孩子吃东西不小心误吸入气管，急救不及时的话足以致命，还好荆伟光反应够快。他跑到 4 号车厢救了小朋友，同时也在告诉挑战者：他是医生。

肖楼若有所思地道："8 排那对情侣，岳小泉临床医学，莫佳然护理学，车厢里出现这么多医学专业，应该不是巧合。"

虞寒江道："或许说明，这个密室的杀人手法比较特殊，闯关者中没有医学相关专业就没法解谜？"

荆伟光一个单独行动的医生，是死者或者凶手的可能性并不大。

如今看来，荆伟光的存在，更像是协助闯关者判断医学相关知识的 NPC？

肖楼回到 6 号车厢时，第 8 排的两个女生正在轻声说话。莫佳然道："广播找医务工作者，不知道发生了什么事，我们要不要过去看看？"

岳小泉淡然一笑："还是别去了吧，我们只是大三的学生，万一帮不上忙，那孩子出什么意外，说不定家属会把怨气发泄在我们头上。"

莫佳然轻轻蹙眉，仔细考虑后，觉得她的话有道理，便没再坚持。

肖楼没想到的是，莫佳然虽然大小姐脾气，倒是挺有爱心，听见广播找人还想去帮忙，反倒是岳小泉始终置身事外，摆出一副云淡风轻的模样。

由于被女友当这么多人的面骂了一顿，周正心情不好，抱着胳膊闭目养神。

荆伟光救完人回来，见隔壁座的男生闭着眼睛，一时有些为难。他在过道里待了几秒，发现对方并没有醒来的迹象，只好挠挠头，尴尬地说："麻烦让一下……"

装睡的周正立刻睁开眼，眼白几乎要翻到后脑勺："你怎么这么多事儿？老是进进出出的！"他很不情愿地侧身让对方进去。

荆伟光干笑："不好意思……"

过了片刻，6 号车厢的年轻夫妻跑来 4 号车厢道谢。

女人提着一大袋水果，男人则抱着 3 岁的儿子，这对夫妻的出现很快就吸引了 4 号车厢乘客们的注意。夫妻二人在第 8 排停下脚步，女人感激地道："医生，真的谢谢您刚才救了我儿子，不知道该怎么表示，我们给您买了些水果。"

男人则把名片递给他道："以后有用得上的地方请尽管开口！"

两人朝着他深深鞠躬，女人摸摸孩子的头发，柔声道："宝贝，快谢谢叔叔。"

小朋友奶声奶气地说："谢谢叔叔！"

荆伟光被全车厢的人围观，耳根通红，摆着手道："不用谢，两位真是太客气了，我只是顺手帮忙而已，孩子没事就好。水果你们拿回去吧，我吃过饭了……"

"您收下吧，一点小心意，要不是您，我们家宝宝今天说不定就……"女人说到这里不由双眼通红，男人急忙附和道："没错，我们出门去亲戚家，也没带什么贵重的礼物，只能买些吃的表示一下谢意，您就别推辞了。"

荆伟光无奈地道："好吧。"

两人千恩万谢了一阵，这才抱着孩子走了。

4号车厢内，坐在前排的喻欣欣小姑娘拍着手说："叔叔救了人，好厉害啊！"

小姑娘带头鼓掌，车厢内响起一片掌声，坐在旁边的周正、莫佳然情侣表情无比尴尬，他俩刚才对这位荆伟光百般嫌弃和为难，没想到人不可貌相，这位不修边幅的邋遢男居然是个医生，还出手救人一命，全车厢的人都在给他鼓掌。

掌声几乎变成了耳光，啪啪扇在他俩的脸上。

莫佳然面色不善，有些后悔自己刚才没有过去，她站起身说："我去趟卫生间。"

周正尴尬得想钻地缝，周围不少人将目光投向他，他只好闭着眼装睡。岳小泉依旧事不关己、高高挂起，她直接戴上了耳机，继续低头看小说。

19:00，吃过晚饭的旅客都在休息，车厢内渐渐安静下来。窗外漆黑一片，也不知列车开到了什么地方。

肖楼站在窗边。竖起耳朵听着车厢里的动静。

20:00，最后一排的闺密团，5个人突然开始一个接一个地跑厕所，回来之后脸色都微微发白，坐在15A靠窗的清秀女生刘晓燕苦着脸说："我刚刚拉肚子，你们呢？"

坐15B的张晓宁道："我也拉肚子，会不会是我们今天下午吃的饭菜不新鲜？"

旁边的吴晓菲怒道："肯定是那碗面有问题！我当时就觉得味道怪怪的，晓羽还说那是浆水面的特色……特色个屁，那面条就是馊了吧！"

被点名的宋晓羽弱弱地说："对不起，都怪我，不该带你们去吃浆水面。"

最后一个程晓丽脸色难看地站了起来："快让让！我也要去厕所……"

五个女生集体吃坏肚子，显然她们上车前吃了同一家餐厅不干净的东西，肖楼警觉地注意着她们，生怕某个人的饮食中被投毒，不小心就把命给丢了。

然而，5 人上完一轮厕所后，脸色渐渐好转。

最后回来的程晓丽从包里拿出了治疗腹泻的药，一人发了一片：“还好我带了治腹泻的药，大家赶紧吃了吧。”

肖楼仔细观察，她从同一个瓶子里直接倒出了 5 颗药，摊开手掌让大家拿，如果她要给指定目标通过药物下毒，这种做法是不可取的，因为她不知道谁会拿到哪一颗。

5 个女生吃过药后就靠在一起睡觉休息，没人说话。

21:00，肖楼站在车厢连接处，站得双腿都有些发麻。

就在这时，他耳边突然传来广播：“各位旅客，列车下一站即将到达冰洲，请需要下车的旅客提前做好准备……”

肖楼微微一怔，居然还有停靠站的吗？！

一开始广播说这是从日之城开往月之城的列车，对于卡牌世界并不了解的肖楼，还以为这是一趟超远距离城际专线。

没想到，列车中途居然还会停下。

怪不得刚才查票的时候他就觉得车票有些不对，所有人的车票上都写着出发站是日之城，却没写到达的站点是什么，这显然是故意迷惑挑战者的。

极速列车的闯关限时是 3 天，凶手肯定不会中途下车。而车票上，一旦提前写明到站地点，他和虞寒江就能迅速排除一大批乘客。

随着一阵轰鸣声，动车在冰洲站稳稳地停了下来。

乘务员的耳麦中也同时响起提示：“请各位乘务员下车，做好安全检查。”

肖楼转身下车，站在 4 号车厢的门口，他侧头一看，虞寒江也站在了 6 号车的门口，两人交换了一个眼神，开始留意中途上车的乘客。

6 号车厢有两人下车、一人上车。

上车的那人身高一七五左右，全副武装，头戴黑色帽子，脸戴黑色口罩，加上一副大墨镜，整张脸都被遮了个严严实实，雌雄莫辨。

虞寒江立刻皱眉拦住对方：“把口罩摘了。”

耳边响起低低的声音：“摘口罩干吗？”

虞寒江道：“为了保证其他乘客的安全，需要核对身份。”

对方不太情愿地摘了口罩，露出一张精致清秀的脸，是个男生，但长得比较中性化，他压低声音道：“我是瞒着经纪人跑出来的，我要去月之城看我女神的演唱会，别说出去啊，谢谢！”

居然是个小明星。虞寒江松了一口气，放他上车。男生立刻鬼鬼祟祟地戴好口罩，做贼一样上了 6 号车厢。

4 号车厢这边有 12 个旅客下车，只有 4 个旅客上车。

等几个乘客上车之后，肖楼走过去朝虞寒江道：“有人下车，我们的排查目标会变少。凶手应该不会中途下车，不然我们就没法破案了。”

虞寒江点头：“嗯，待会儿再从头问一遍乘客们的目的地。”

15 分钟的停站时间，有的旅客下车透气，其中就包括刚吵架的那对情侣。

周正跟在莫佳然的身后，满脸讨好的笑意：“然然，我看到卧铺车厢那边有人下车了，我马上补差价给你买卧铺票，你别生气了好不好？”

莫佳然的脸色这才好转：“嗯。”

周正找到肖楼，问：“你好，我想补差价让我女朋友去卧铺车厢，可以吗？”

肖楼通过耳麦问了一下列车长，道：“4 号车有一个空床位，差价 100 元。”

他将这结果告诉周正，男生双眼一亮：“太好了，我这就给钱。然然，你今晚过去睡吧，这次让你受委屈了，我保证，以后一定提前一个月买票。大概是去看演唱会的人太多了，这趟车的票才会那么快卖完。”

莫佳然摆摆手：“算了，以后出门直接买机票吧。”

两人算是冰释前嫌，在车站转了一圈之后又回到车里，莫佳然直接带着行李换去了 6 号车厢，肖楼给虞寒江使了个眼色：“她又换了位置，多留意这个女生。”

虞寒江道：“明白。”

这时候五人闺密团也下车溜达，一边呼吸着新鲜空气一边抱怨。

“闻见车厢里的泡面味儿真想吐。”

“要不是为了女神的演唱会，我才不受这个罪，坐 72 小时的硬座简直要死了！”

又提到演唱会。肖楼转身走去闺密团面前，微笑着问：“几位这次一起旅行，是去看演唱会的？”

活泼的吴晓菲笑着说：“是啊，我们去月之城待一周，正好有女神的演唱会可以看，女神 3 年才开一次演唱会，门票可难买了，我抢了好几天才抢到 5 张。”

这趟列车上有不少人是冲演唱会去的，也不知是巧合，还是有人故意安排？

15 分钟的停站时间很快到了，耳边响起警铃声，乘客们急匆匆地转身上车。肖楼和虞寒江也上了车，两人约定半小时后在餐厅汇合。

肖楼从车厢尽头的列车员办公间里拿来纸笔，走到第一排，温言道：“大家好，我现在统计一下各位的到站信息，免得你们错过车站。”

大家都很配合。

肖楼快速统计了一圈，整个车厢只有12位乘客一直坐到终点站，包括第8排的周权、岳小泉、周正、莫佳然、荆伟光，最后排的5人闺密团，以及两个去看演唱会的散客。

喻欣欣一家人明天晚上到站下车，这家人和案件应该没有直接关联。但喻欣欣小姑娘看上去不像路人甲，当时，荆伟光将泡面不小心泼在周正衣服上，周正谎报衣服价格，喻欣欣小朋友无意中戳穿了他，这个剧情肯定有用，或许是在暗示肖楼——小朋友不会说谎。

来到餐厅时，虞队也查完了，他低声说："6号车厢只有老年人旅游团和刚上车的那个三线小明星是去终点站，其他人都是明天晚上到站。"

肖楼也把4号车厢的情况说了一遍："这么一来，中途下车的全部排除，我们的关注范围会缩小很多。"

虞寒江道："我找隔壁车厢的乘务员要到了列车时刻表。"

肖楼仔细一看，这趟列车中途的停靠站有两站，到站时间分别是第一天21:30和第二天21:30，最后的月之城则是第四天18:00到站。

第一天18:00出发，第四天18:00到站，中间正好是3天，72个小时。

两大停靠站如果有新上车的旅客也必须留意，但目前来看需要重点关注的依旧是老年人、情侣档、闺密这3组团队。

时间已经来到了22:00，车内再次响起广播："已经是晚上10点了，旅客们，车厢内的灯即将熄灭，请大家尽快休息。祝大家好梦，晚安。"

话音刚落，车厢顶部的灯瞬间全灭，只留下车厢连接处的两个脚灯引路。肖楼和虞寒江的耳麦中同时传来指令："各车厢乘务员，请尽快回9号车厢休息，谢谢。"

两人对视一眼，只好转身回到9号车厢。

刚进门，9号车厢的门直接锁上了，耳边响起警告："旅客们都在睡觉，请乘务员不要随意走动，以免影响乘客们休息。"

虞寒江皱眉："限制行动，我们出不去。"

肖楼无奈一笑："看来只能睡一觉了。"

两人脱掉外套睡下，车厢内很安静，加上这段时间真的特别累，肖楼很快就睡着了。

红桃4密室，第二天，7:00。

耳麦中响起的闹铃将大家同时吵醒，两人飞快地赶回自己的车厢。

肖楼在4号车厢扫了一眼，没有任何异常。

然而，虞寒江刚走到 6 号车厢，就听里面突然响起一声惊呼："老李，老李你怎么了？身体怎么是冰的……"

"天哪，他好像没有呼吸了！"

虞寒江沉着脸一把拉开房门。

2A，下铺，昨天还精神抖擞地炫耀自家儿子的老人，此时正紧闭着眼睛。他面容安详，嘴角甚至还挂着一丝笑容。

只是，苍白的脸色和冰冷的体温在告诉周围的人——他已经死了。

李哲民，死前没有任何的挣扎，他死在了最美的梦中。

刺耳的尖叫声惊动了同车厢的其他乘客，另外 8 个老年团的人也纷纷跑了过来。

昨天和李哲民一起吃饭的老太太紧张地推了推他的身体："老李，醒醒，快醒醒！"

旁边还有两个老太太凑在一起说话："老李这是怎么了？"

"该不会死了吧！"

听到"死了"两个字，老人家们各个面色震惊，交头接耳地议论起来，甚至还有人上前一步，想去掀开死者的被子看情况。

虞寒江厉声道："请大家都出去，不要乱动尸体！"

乘务员的脸色极为严肃，这声音如同惊雷一般吓得大家同时一僵。虞寒江目光锐利地扫过人群，众人立刻白着脸自觉地后退一步，让开一条通道。

虞寒江大步迈入 2 号房，目光迅速扫过案发现场。

上铺、下铺的衣架上都挂着旅游团的红色帽子和四个人的外套。2B、2C、2D3 张床铺因为老人家刚刚起床，略显凌乱，可李哲民的 2A 床铺却格外的整齐。

虞寒江掀开被子，李哲民换了套格子睡衣，衣服穿得也很整齐，他显然没有跟人搏斗过，也没有任何挣扎的迹象。他是在睡梦中被人杀死的，甚至死亡的那一刻李哲民还在做美梦，嘴角含着笑意，面容格外安详。

从常理推断，和李哲民同一房间的 3 人作案会更加容易，因为他可以随时观察其他人和李哲民是不是睡着了，确保自己不会被发现。

但也不能完全排除隔壁房的老人家作案的可能性，毕竟这群人是多年同事，彼此之间极为了解，又经常一起旅行，谁爱失眠、谁睡觉打呼噜或许都一清二楚。

导游秦时月正在洗漱，听到车厢内的叫声后她急急忙忙用毛巾擦了脸，拿着洗漱包飞快地跑回来。见 2 号房的门口围着一群人，秦时月抓住在一个比较熟悉的老太太，紧张地问："张姨，怎么回事啊？"

老太太哆哆嗦嗦地指着2号房："老李好像死了……"

秦时月脸色一变，快步走过去，发现6号车厢的乘务员正在检查死者的情况。

她来到门口时，对方正好抬起头来。那目光冰冷而锐利，几乎要刺穿人的心底，秦时月被他冷冰冰的眼神吓了一跳，深吸一口气调整好情绪，颤声问道："李、李叔叔真的死了吗？到底怎么回事？"

周围的人纷纷摇头："不知道啊。"

秃顶的老头突然说："该不会是突发心脏病吧？我记得老李一直有心脏病！"

旁边一个老头附和道："没错，老李高血压、心脏病好多年了，他的床铺本来是上铺，担心自己睡得高半夜发病，还特意跟我换到了下铺。"

另一个老头道："他每天都会按时吃药，以前心脏动过手术，据说还安了一个支架！"

提到心脏病的这3人正是和李哲民住在同一个房间的老头。虞寒江没理会他们的胡乱猜测，低声说："小秦，麻烦你去4号车厢叫乘务员过来。"

秦时月白着脸快步转身去4号车厢。

6号车厢大清早的动静那么大，虽然中间隔着一整节的餐车，可肖楼还是听见了尖叫声，肯定是虞队的车厢出了问题，肖楼立刻转身往那边走，正好遇到虞队派过来叫他的导游。

肖楼一边走一边询问："出什么事了？"

秦时月的脸惨白如纸："我们团有一个老人家突然去世了……天哪，出这么大的事故，我回去之后肯定会被旅行社辞退的！"

肖楼看她一脸纠结，低声安慰道："别着急，如果是谋杀，责任不在你，希望你能配合我们调查。"

秦时月瞪大眼："谋、谋杀？李叔叔不是犯了心脏病吗？"

见这姑娘一脸惊骇，肖楼温言道："现在还不能下结论。小秦，你先整理一下整个旅游团的资料，包括他们报名旅行社时填的表，待会儿我们会找你拿。"

秦时月神色复杂地点头："好、好的……"

肖楼很快就通过餐车来到了6号车厢，他发现一群老人家神色慌张地围着2号房间。

4号房的一家四口听到动静也探出脑袋，昨天误吸葡萄干的3岁小孩儿奶声奶气地问："妈妈，怎么了？爷爷奶奶们为什么围在那里？"

女人听到周围的议论声，立刻把孩子抱回去："没事，宝宝我们不出去，在房间里看动画片好不好？"她一把拉上房门，显然不想吓到孩子。

5号房昨天有一个乘客下车，莫佳然换过来睡了一觉。外面嘈杂的声音将她惊醒，大小姐的起床气比较严重，黑着脸拉开房门，高声说道："大清早的还让不让人睡觉了，吵什么呢！能不能小声点？！"

旁边有个老太太说："姑娘，2号房死人了……"

莫佳然的脸色陡然一白，立刻翻身下床，如同受惊的猫一样尖叫着往4号车厢跑，肖楼拦住她："所有人都不许走。"

莫佳然哆嗦着指向2号房："那边死人了！我不要再待在6号车厢……"

肖楼拉开4号车厢的门："进去。"

莫佳然脸色惨白，不肯配合。

肖楼温言道："不要怕，去房间待着会比较安全。"

听到肖楼这话，莫佳然很不情愿地回到了5号房。

肖楼转过身，顺手把车厢连接处的门给锁上。虞寒江听见他的声音，便从2号房出来，低声道："车厢暂时封闭，请所有人回到自己的房间，我们需要对每一位乘客进行调查，谢谢配合。"

旁边有个老头道："你们能查出什么来，难道你们还会验尸啊？！"

肖楼微微一笑，看向他道："没错，我们确实会验尸。"

老头愣了愣，面色很是惊恐。

肖楼道："各位叔叔阿姨不用惊慌，请先回到自己的房间。2号房的3位，麻烦在走廊里稍等一下。"他和虞寒江对视一眼，互相点了点头，然后一起走进2号房，顺手关上门，隔绝外面的视线。

如果挑战者中没有医学专业的人，无法判断李哲民的死因，这时候，他们应该做的就是去4号车，把医生NPC荆伟光给请过来。

可肖楼和虞寒江并不需要荆医生的帮助——肖楼现场验尸，比荆医生更加专业。

虞寒江自觉地后退一步，给肖楼让出足够的空间。

肖楼戴上一双手套，俯身掀开死者的衣服，手脚麻利地检查尸体。

虞寒江道："旅行团的人刚才说李哲民做过心脏支架手术。"

肖楼脱下死者的裤子，果然在大腿处看见了手术痕迹，他指向大腿处的痕迹："虞队你看这里，死者右腿的股动脉处有手术疤痕，医生通过股动脉开放血管通道，将支架从这里一直推入心脏血管。这种手术很常见，成功率高，当置入的支架将狭窄的血管撑开后，病人的心脏血流就会恢复正常。"

肖楼检查了死者的面容、瞳孔、肌肉以及全身的皮肤情况，紧跟着得出结论：“心脏病猝死的人尸斑一般呈暗紫红色，由于体内大量器官、组织充血，尸体僵硬的速度太快，身上还会出现显著的散在出血点。李哲民的情况并不符合心脏病猝死。”

他仔细观察了死者的指甲、口腔黏膜等细节位置：“中毒的可能性也不大。”

不是心脏病突发，也不是中毒，身上没有任何被刺伤、撞击的痕迹，李哲民的死，简直是神不知、鬼不觉，看上去很像是老年人在睡梦中的自然死亡。

虞寒江微微皱眉：“能推测出死因吗？”

肖楼沉默片刻，仔细观察死者肚脐周围和上臂，说：“虞队，他身上有很多针孔。”

虞寒江一怔：“难道他吸毒？”

肖楼摇了摇头：“也可能是注射药物留下的。”他打开门，问站在门口的三个老头，“各位大叔，李哲民除了心脏病，还有没有别的病？比如……糖尿病？”

三人对视一眼，其中一个突然说道：“好像有！三高嘛，高血压、高血脂、高血糖，老李之前提过，他得了三高，要吃素食什么的。”

肖楼看向虞寒江：“搜李哲民的行李。”

虞寒江从行李架将李哲民的包拿下来，包里带了几本杂志，还有一些药。虞寒江不知道这些药是干什么的，全部倒在床上给肖楼看。

肖楼一边看一边给虞队介绍：“这瓶是降压药，这瓶是舒张血管的，这是胃黏膜保护剂。硝酸甘油，冠心病常用急救药。这瓶是治急性腹泻的，这瓶是感冒发烧的……”

随着肖楼一瓶瓶说出药物的功能，周围的老人家全都目瞪口呆。一个老头震惊地道：“现在的乘务员都这么厉害的吗，药全部认识？”

肖楼没有解释，看向虞寒江，在他耳边低声说：“没有胰岛素。”

虞寒江会意，顺手关上房门，把好奇的老人家们隔在外面。

肖楼压低声音道：“糖尿病的病人在长时间外出旅行的时候，肯定要随身携带胰岛素，每天按时用胰岛素控制血糖。”

他回头看了眼倒在床上的一大堆药物：“李哲民包里，乱七八糟的药一堆，像降压药、舒张血管的药，是他每天必须吃的。其他治腹泻、头疼感冒的，应该是出远门拿着备用的。但是，最重要的胰岛素不在包里，这绝对不合理。”

虞寒江对医学知识了解不多，听到这里忍不住问：“难道是被凶手给偷走了？胰岛素可以杀人吗？”

肖楼点头：“本来胰岛素是救人的药，解决了很多糖尿病患者的难题，可一旦胰岛素注射过量，体内的糖代谢出现问题，血糖被消耗一空，降到一个极低的数值，脑组织将受到不可逆的损伤，从而导致昏迷、晕厥，在睡梦中不知不觉地死去。”

虞寒江的瞳孔猛地一缩。

这么看来，李哲民的死，很可能和胰岛素注射过量有关。

肖楼够专业，迅速判断出死因——肚脐周围以及上臂的几个针孔，说明李哲民平时就在长期注射胰岛素控制血糖，然而他背包里的胰岛素不见了。李哲民死状安详，没有任何挣扎，符合睡梦中被注射大量胰岛素从而导致晕厥的推理。

虞寒江看向肖楼，说道：“既然凶手给李哲民注射了大量胰岛素，很可能李哲民携带的胰岛素已经被用光了，为免被人察觉到不对，凶手最好的做法，就是将胰岛素的药瓶以及注射器全部处理掉。”

外出携带的胰岛素剂量有限，得一口气全部注射进去才能弄死李哲民。如果他的胰岛素突然空瓶，搜行李搜出来就会引人怀疑——虞队的推测很合理，凶手肯定将作案工具处理掉了。

肖楼道：“我们去搜一下垃圾桶？”

两人一起出门，去车厢尽头打开垃圾箱，忍耐着饭菜的怪味迅速搜查。整个垃圾袋里的东西全部搜完，没找到药瓶和注射器的痕迹。

肖楼低声问：“难道凶手把这些东西丢去了别的车厢？可这样的话，万一凑巧撞见其他车厢半夜上厕所的人，反而会留下把柄。”

虞寒江皱了皱眉：“凶手这么谨慎，应该不会贸然去不熟悉的车厢丢垃圾。”

突然，他发现旁边有个餐盒，盒子盖得很紧，可以防止里面没吃完的汤汁流出来。虞寒江怀疑之下打开盒子，肖楼惊讶地发现，餐盒里面放着一支注射器，还有好几个已经被抽空了的胰岛素药瓶！

两人将证据整理好，放回列车前方的乘务员办公室，肖楼问：“虞队，我们可以直接搜乘客们的背包吗？应该还会有一些线索。”

虞寒江干脆地道：“去试试就知道了。”

肖楼转身跟上虞寒江。

两人来到 1 号房，虞寒江神色平静地道：“应安全部门的要求，我们需要对各位的行李进行安全检查，请大家配合。”

乘客们果然没有反对，似乎对乘务员的安检习以为常。

一个老头凑过来问肖楼：“老李是犯了心脏病吗？”

肖楼道："还没有确切的结论，大叔，麻烦您把背包给我。"

老头配合地把包递给了他："我没带什么易燃、易爆品，包里全是吃的。"

肖楼打开一看，果然是一大包吃的，这老头是个吃货。他顺口问："你们这次去月之城要待几天？"

老头道："3 天，然后坐飞机回去，大家的行李都不多。"

肖楼扭头一看，所有人用的都是旅行社统一购买的黑色双肩旅行背包，背包上挂着一个行李牌，上面写着每个人的名字，以免弄错。

虞寒江以"安全检查"的理由查行李，其他 3 人都配合地把背包拿下来。

只有1A 床铺的老太太还在低着头看报纸，这老太太超过七十岁，头发全白，弯腰驼背，满脸的皱纹，走路拄着个拐杖，耳朵也有问题，其他人都很照顾她，叫她"梅姐"。

见她没反应，旁边一个老太太轻轻摇了摇她的胳膊："梅姐，乘务员要安全检查。"

梅姐被摇得愣了一下，抬起头问："什么？"

老太太很大声地在她耳边吼："乘务员要查行李！"

梅姐一脸茫然："什么？"

虞寒江指了指她的背包，让她拿下来，她总算看懂了手势，颤颤巍巍地站起来要拿包，旁边的老头看她行动不便，顺手帮了一把。虞寒江打开她的背包一看，几件换洗的旧衣服，还有一些降压药，几张报纸，此外没别的。

老头解释道："梅姐老了，腿脚不利索，耳朵也不灵光，她是我们单位资历最老的前辈，从老板创业开始就在公司人事部门，我们大部分人都是她招进公司的，她女儿让她跟着我们出来散散心，她还不乐意，嫌出门麻烦。"

这位梅姐既然是公司资历最老的员工，肯定会知道一些事情。她的行李没有异常，虞寒江打算待会儿单独找她问话。耳朵听不见，可以写字，老人家戴着一副厚厚的老花镜，应该能看清字吧？

这两个背包没问题，剩下的两个，肖楼和虞寒江也迅速分头检查。

虞寒江在其中一个背包里发现一些针头、棉签，还有一排类似圆珠笔的东西。他不认识，拿给肖楼看，肖楼仔细看过之后，低声在虞寒江的耳边说："这是胰岛素笔。"

虞寒江翻了翻背包行李牌上的名字，牛大鹏。他看向 1 号房 C 床的老人，问道："牛叔，这个包是你的吧？"

牛大鹏点头："是啊。"

肖楼问："大叔您也有糖尿病吗？"

牛大鹏说：“我这毛病很多年了，一直在靠胰岛素控制。”

虞寒江接着问：“那你知道李哲民有糖尿病吗？”

牛大鹏神色镇定：“知道啊，我跟老李之前还住过同一家医院。”

虞寒江记下了这个叫牛大鹏的老头。

最后一个包没发现异常。两人离开 1 号房，继续搜查 2 号房。

由于死者就住 2 号房，这个房间需要重点排查。

和死者换了位置睡在上铺的老头正好是这群人里最明显的秃顶，他的脑袋上只有一半花白的头发，辨识度极高。此人名叫郑卫国，虞寒江在他的包里搜出了同样的针头、棉签和胰岛素笔。

虞寒江问：“你得糖尿病多久了？”

郑卫国神色尴尬：“年轻的时候没注意，经常吃大鱼大肉，5 年前检查出糖尿病、高血压，一直在用胰岛素和降压药控制。”

此外，虞寒江还在一个叫刘宇明的老头包里找到了一副扑克牌，对方解释道：“老李爱玩扑克牌，我们 4 个昨天晚上玩升级，玩到凌晨 2 点才睡。”

虞寒江问：“熄灯了，你们怎么玩牌？”

刘宇明说：“我半夜老爱上厕所，这次出门儿子给我准备了一个可以充电的灯，让我想上厕所的时候拿着灯去。昨晚老李想打牌，我就打开充电灯，放在上铺照明。”

其他两人纷纷点头。

“没错！”

“老李昨晚打牌的时候还挺高兴的，没想到……唉。”

这群老人家，居然开着充电灯打牌打到凌晨 2 点，也是够拼的。

虞寒江问他：“你昨晚半夜上过厕所吗？有没有看到什么？”

“3 点起来过一次，大家都在睡觉，所有门都关着。”

“当时李哲民有没有动静？”

刘宇明仔细一想，说：“我记得老李好像翻了个身，还在轻轻打呼噜。”

也就是说，李哲民的死亡时间是在凌晨 3 点之后。

这个房间没有其他可疑证物，两人来到下一个房间，刚要查行李，结果一个老太太突然很愤怒地说：“你们有什么权力搜查我的行李，这是侵犯隐私！”

她的情绪看上去极为激动。

这老太太叫舒萍，今年 60 岁，面相看上去却只有 40 岁，皮肤、身材都保养得非常好。爱美的老太太穿了一条裙子，及肩的头发还烫了卷儿，是这个团中最年轻、最漂亮的老太太。

虞寒江平静地说："例行安全检查，请阿姨配合。"

肖楼微笑着附和虞寒江："没错，其他人都很配合检查，如果担心有隐私的东西，阿姨您可以跟着我们单独去办公室里，我们私下帮你检查。"

舒萍脸色一白，抱着自己的包不肯撒手。

她这怪异的表现让同一房间的其他 3 个老人纷纷侧目，虞寒江皱着眉道："如果您不配合，那我只能暂时将您控制起来，等警卫来处理。"

他伸出手要对方的背包，舒萍纠结良久后，才将背包交给了虞寒江。

虞寒江打开一看，除了换洗衣物，背包最底层的暗格里又一次发现了胰岛素……只不过，这剂量未免太多了点吧？几乎是牛大鹏、郑卫国背包里的两倍。

见他们搜出这些，老太太的脸色顿时极为难看。

肖楼微笑着问："阿姨，您得糖尿病有几年了？怎么带这么多药啊？"

舒萍一把抢过背包，沉着脸道："去年查出来的，我的病情比较严重，用的量多，所以带的药也比一般人多。"

旁边的老太太诧异地看向她："小萍，你也得糖尿病了？怎么没跟我们说过？"

舒萍的脸色一阵青一阵白，支支吾吾了半天都回答不出来。

肖楼和虞寒江交换了一个眼神，转身离开房间。

等查完整个 6 号车厢，两人这才返回车厢最前方的乘务员办公室。动车上空间有限，乘务员办公室只有 1.5 平方米左右，摆着一张小桌和一把椅子。

虞寒江主动提议："肖教授你坐吧。"

肖楼也没客气，在椅子上坐下来，仰起头问："虞队有怀疑的人吗？"

虞寒江靠着桌子，长腿随意交叠，双手环抱在胸前，低声说："目前嫌疑人有 4 个。1 号房的牛大鹏，以前和死者一起住过院，两人是同一家医院的病友，他肯定很清楚死者糖尿病的情况。2 号房的郑卫国，和死者睡上下铺，方便在李哲民熟睡的时候作案，而且他也是糖尿病患者。2 号房的刘宇明，说自己半夜经常上厕所，但也有可能是他凌晨 3 点起来把李哲民杀了，假装上厕所，丢掉注射器和胰岛素瓶子。还有 3 号房的舒萍，搜行李的时候这位老太太情绪激动得有些反常，胰岛素被藏在背包的最底层，而且剂量是其他人的两倍。"

虞寒江顿了顿："肖教授有什么看法？"

肖楼道："虞队有没有注意到，几个老人家拿的胰岛素，和我们在垃圾桶里发现的胰岛素，并不一样？"

虞寒江点头："他们带的胰岛素都是笔，我们在垃圾桶发现的是注射器？"

肖楼认真分析道："治疗糖尿病比较常用的就是这种胰岛素笔，一来方便携带，二来也免去了用注射器抽取针剂的麻烦。胰岛素笔上面有明显的剂量标注，笔芯可以随时更换，外出的时候只要携带足够的笔芯，每天按时注射就会非常方便。而传统的注射器吸取胰岛素会比较麻烦，不好携带。”

听到很多专业知识的虞寒江立刻明白过来：“你的意思是，从垃圾桶里搜出来的传统注射器，还有针剂，并不属于李哲民？”

“没错。李哲民那么有钱，胰岛素笔携带和使用都很方便，没道理其他的老头老太太都知道用胰岛素笔，他还用最落后的注射器给自己打针。”肖楼拿起圆珠笔，在本子上迅速写出一个公式，“我刚才仔细想了一下，胰岛素的用量可以按这个公式来估算，舒萍阿姨体重最多 50 公斤，算下来每天胰岛素的用量是 20U 左右，她包里的胰岛素剂量够她用一个月的。”

虞寒江低头看了眼计算公式——

[空腹血糖（毫米 ol/L）×18−100]×10× 体重（千克）×0.6÷1000÷2……

这么长的公式，也多亏肖楼记得住。

虞寒低头沉思片刻，推测道：“照你的分析，垃圾桶里的针剂和注射器并不属于李哲民，因为李哲民治疗糖尿病使用的设备肯定是比较高级的胰岛素笔，而不是传统的注射器。但是我们在李哲民的包里并没有发现胰岛素，反而是舒萍包里出现了超过正常剂量的胰岛素，所以，很大的可能是舒萍把李哲民的胰岛素全给偷了？”

虞队逻辑满分，秒懂肖楼的意思。

肖楼赞同地点头道：“我问了小秦导游，他们这个老年团，从出发到返程总共 10 天，回程是直接坐飞机，舒萍阿姨带一个月的胰岛素笔芯，完全没必要。”

10 天的旅程，带 30 天的剂量，这是两个人的剂量。

看来，老李得罪的人还不少，这个舒萍居然偷光了他的胰岛素！

虞寒江整理了一下头绪，说道：“舒萍刚才脸色难看，不想让我们查她的包，是因为她偷了老李的胰岛素，怕我们发现。”

肖楼紧跟着道：“给老李用传统的注射器一次性打了将近 300U 胰岛素的凶手，不一定是舒萍阿姨，如果是她，她没必要多此一举去偷老李的胰岛素笔芯。”

就在这时，导游秦时月拿着一叠资料过来。

女生经过心理调整，脸色已经好了很多，她敲开乘务员办公室的门，将资料递给肖楼：“我们旅行社对老年人报名的要求比较高，报名表必须填详细，这里是 12 位旅客的报名表，包括他们的家人信息、过往病史，都有记录。”

肖楼朝她点点头："谢谢。"

秦时月沉默片刻，攥紧拳头道："如果真是谋杀的话，一定要找到凶手！"

"放心，我们会尽快查清楚。"肖楼在专心看资料，虞寒江便淡淡地说道："小秦，问你几个问题，这几天有没有人和李哲民起过争执？"

秦时月摇头："我带他们的这几天大家相处得都挺愉快，一路上说说笑笑，看上去没什么异常，昨天晚饭还是李叔叔请大家去餐车吃的。"

"没有人讨厌他吗？比如，私下露出厌恶的情绪？"

"这……"她挠着头想了想，说，"也就牛大叔讨厌他比较明显，从不跟他说话，吃饭不坐一桌，见面就跟不认识一样。对了，还有舒萍阿姨，背后总是翻白眼，我看到好多次李叔叔夸儿子的时候舒阿姨在冷笑。"

虞寒江接着问："2 号房间的那 3 人，和老李关系是不是最好？"

秦时月点头："买票的时候他们几个的座位本不在一起，李叔叔说要跟哥几个打牌，特意找我花钱在售票处重新更换了座位，把他们 4 个的床铺换在同一个房间。"

肖楼突然从资料堆里抬起头："老李睡觉是不是睡得很死？"

秦时月怔了一下，说道："好像是。他晚上睡觉从不起夜。"

导游跟这群人接触的时间毕竟很短，知道的信息不多，虞寒江大概了解情况后就放她回去了，并且叮嘱她道："麻烦你把舒萍叫过来。"

秦时月转身，去 3 号房叫来舒萍。

这位团里最年轻漂亮的老太太，平时总是摆出一副骄傲的样子，此时却脸色发白。

她深吸一口气，故作镇定地来到乘务员办公室门口，看到里面一站、一坐的两人。

坐着的帅哥眉眼清俊、神色温和，看上去很好相处的样子。可站着的男人，锐利的目光如冰似箭，被他冷冷的目光一扫，舒萍吓得双腿发抖，她穿着很细的高跟鞋，差点崴到脚，慌忙扶住旁边的门把手，这才稳住身体。

虞寒江淡淡地道："说吧，为什么偷李哲民的胰岛素？"

虞寒江的问题太过直接，肖楼也吓了一跳，不由抬头看向虞队。

男人神色严肃、目光冰冷，仿佛当初坐在审讯室里的虞警官又回来了。

舒萍的一张脸瞬间苍白得毫无血色，她在身侧轻轻握了握拳，故作镇定地道："你说什么啊？我偷李哲民的胰岛素干吗？你别冤枉好人！"

虞寒江平静地看着她，那冷淡的眼神似乎在说：你继续编。

舒萍被他看得头皮发麻，嘴上依旧死不承认："胰岛素上又没写李哲民的名字，都是我从医院里买的。你们可别胡说八道，我怎么会偷别人的胰岛素呢，又不是买不起！”

虞寒江盯着她看了几秒，就在她因为浑身不自在而移开视线的时候，虞寒江突然开口说话。他的声音毫无情绪，平静低沉：“你的体重不到 50 千克，每天的胰岛素用量在 20U 左右，这次旅行需要 10 天，你带的胰岛素却是一个月的剂量。李哲民也是糖尿病患者，但他包里没有发现胰岛素，除了被你偷走，你认为还有别的理由可以解释吗？”

舒萍目瞪口呆。

虞寒江冷冷地道：“如果你再不承认，我们可以等列车到站后，把你包里的胰岛素拿去检测，看看上面是不是有李哲民的指纹。到时候，你会因为偷窃罪被拘留。”

舒萍的脸色一阵青一阵白，沉默片刻，她才咬了咬牙，压低声音道：“我讨厌李哲民这个浑蛋！上个月我托人把我女儿介绍给他儿子，我女儿可是重点大学毕业的高才生，漂亮又有学问，我都没嫌弃他儿子又矮又丑，他居然嫌弃我女儿性格不好、没教养！”舒萍愤愤地道，“什么叫没教养？啊？这不是骂我没教好吗？我早就看他不顺眼了，儿子有几个臭钱，天天就像皇帝选妃……”

她说到这里，心虚地看了虞寒江一眼，声音渐渐地弱下来：“我偷他的胰岛素只想给他一点教训。我问过医生，2 型糖尿病的病人，停用胰岛素死不了的，只是有些难受。他在车上买不到胰岛素，让他难受个两天，下车之前我会偷偷放回去的。”

虞寒江和肖楼对视一眼。

舒萍见他们目光对视，立刻举起手：“我发誓，我真的只是想教训一下他，我哪有胆子杀人！对了，杀他的肯定是牛大鹏，你们应该怀疑牛大鹏！”

虞寒江淡淡道：“你怎么知道李哲民是被杀的？”

舒萍一愣：“他要是心脏病猝死，你们干吗要找我问话，还查大家的行李？”

虞寒江点了一下头：“为什么该怀疑牛大鹏？”

舒萍为洗清自己的嫌疑，毫不犹豫地爆出猛料：“当年，牛大鹏是我们公司销售部门业绩最好的员工，本来老板都决定让他当经理了，结果李哲民也不知用了什么手段勾搭上了老板的独生女，两个人生米煮成熟饭，老板就提拔李哲民当了总经理，牛大鹏被调去了后勤部门。后勤能有几个钱啊？牛大鹏的薪水突然降了一半，心里肯定不服。

“后来，牛大鹏的老婆得了癌症，他为了给老婆治病，借了很多钱，结果他老婆没治好，早早就走了。他欠下一屁股债，一个人带大儿子。他儿子中学的时候跟李哲民的儿子打架，还被打伤了眼睛，一只眼睛据说是永久性弱视，你们说他恨不恨！”

如果这一切是真的，牛大鹏确实要恨死李哲民。

肖楼迅速找到牛大鹏的报名资料，家庭关系那一栏写着“配偶已亡故”，只有一个儿子。他儿子目前在某小区当保安，年纪轻轻的当保安，这份工作并不算好。

舒萍道：“你们不知道，牛大鹏儿子当年成绩可好了，年年考第一，结果就因为被李哲民的儿子打伤眼睛，小孩子的信心受到影响，成绩一落千丈，高考都没考上本科，去读了个职校。牛大鹏讨厌李哲民，大家都知道。”

虞寒江一针见血地问：“既然他和李哲民有仇，为什么要一起报团旅行？”

舒萍解释道：“这次旅行是公司掏的钱啊，奖励我们退休员工，事先大家并不知道有哪些人会去。牛大鹏家里条件不好，这么多年都没旅游过，大概是想趁这次免费的机会出门转转。”

女人死咬着牛大鹏不放，因为牛大鹏和李哲民的仇恨太深，作案动机非常明确。可以说，是李哲民毁了他的一生，他动手杀李哲民，毫不让人意外。

虞寒江不认为案情会这么简单，他注意到舒萍话里的一个细节，问道：“你是说，这次旅行之前，你们并不知道有哪些人会去？”

舒萍道：“对啊，出发前一天晚上导游才建的群，之前我们都是私下收到公司那边的邮件通知，说是奖励这些年贡献突出的员工，免费让大家玩儿。”

虞寒江皱眉想了想，片刻后他才道：“你先回去，把3号房其他人叫过来。”

舒萍转身走了两步，又回头强调一遍：“我真的只是想教训一下老李，让他吃点苦头，我女儿还没结婚，我不可能杀人去坐牢的！”

虞寒江道：“放心，我们会调查清楚。”

舒萍松了一口气，转身走开。她走后，虞寒江才看向肖楼，道：“糖尿病的病人，停用几天胰岛素没问题吗？”

肖楼道：“这要看是哪种糖尿病。1型糖尿病是胰岛本身就缺乏生成胰岛素的细胞，停用胰岛素会立刻危及生命。但2型糖尿病一般是因为饮食、生活习惯造成的，胰岛素用来控制病情，有时候控制得好，医生也会建议停用一段时间观察血糖。”

“这么说，她偷走李哲民的胰岛素确实只是报复。而且，介绍女儿被拒绝，这个杀人动机不够充分。”

“虞队，刚才她说旅行团在出发前一天晚上才确认名单，由导游建群。可李哲民的死显然是蓄意谋杀，一次性注射器、大量胰岛素针剂，这肯定是提前买好的，说明凶手可能早就知道了李哲民会参加这次旅行，提前做了准备。”

虞寒江也是这个想法，所以才会特意询问这一点细节，他皱眉道：“能提前知道李哲民参加这次旅行的，第一是旅行社，小秦手里肯定早就有了大家的名单；第二就是和李哲民关系比较好的人，私下聊天问老李去不去旅行，可以提前打探到消息。”

肖楼道：“看来，还是要从跟李哲民关系好的熟人身上调查。”

这样一来，牛大鹏的嫌疑反而会降低。他跟李哲民有仇，肯定不会私下问对方“老李你去不去这次旅行”，他事先不知道李哲民也在团队中，或许，当天晚上建群的时候，在群里发现李哲民的名字，牛大鹏还不乐意呢。

晚上建群，次日早晨出发，他并没有充足的时间去准备注射器和胰岛素。

两人正讨论着，3 号房其他几个老太太也来办公室接受问话。

虞寒江对舒萍说的几个要点进行了确认，3 人一致证实牛大鹏和李哲民确实有仇，旅行团确实是出发前一天晚上建的群，她们 3 人也不知道李哲民会参加。

虞寒江紧跟着提审了牛大鹏。

这位老人家比同龄人显得更加憔悴，妻子病逝，儿子工作不好，家里又没多少钱，他这些年生活得肯定很辛苦。

虞寒江直截了当地问：“李哲民当年抢了你的经理职位，他儿子还打伤你儿子的眼睛，你是不是特别恨他？恨不得让他死？”

牛大鹏恶狠狠地道：“没错，我每天都在诅咒他不得好死，诅咒他断子绝孙！这样的畜生，为什么会过得比我好？他现在终于死了，哈哈哈，活该！”

他情绪激动，对李哲民的恨意毫不掩饰。

虞寒江打断他：“出发之前你知道李哲民也在这个团吗？”

牛大鹏沉着脸：“不知道，天天看见他那张脸我都恶心！看见他在群里的时候我就不想来，要不是已经报了名，票全部订好了，我才不来呢！”

肖楼在迅速做笔记，虞寒江接着问：“昨晚 2 点之后你在做什么？有没有离开过 1 号房间？”

牛大鹏道：“没有，但我半夜醒过一次，听见隔壁有人上厕所，我从门缝里看见了光，好像是刘宇明拿着灯去厕所，我们团只有他带了充电灯。他出去了很久才回来，垃圾桶那边还有奇怪的声音，跟老鼠似的。我当时迷迷糊糊的，也没注意。”

刘宇明也承认 3 点去过洗手间。而且他和李哲民关系很好，经常一起打牌，可以提前确认李哲民是否在这个旅行团里，提前几天做好准备。

可是，动机呢？刘宇明为什么要杀李哲民？

牛大鹏紧跟着道："对了，刘宇明当年很喜欢老板的女儿蕊蕊，他是蕊蕊的学长，追大小姐追了 3 年，特别痴情。本来小姐都心动了，答应做他女朋友，结果李哲民来我们公司后，不知道发生了什么，大小姐突然怀孕，跟李哲民火速结婚。"

"也是因为这个，老板才把未来女婿提拔成经理？让他取代了你的位置？"

牛大鹏不屑地嗤笑一声："靠女人上位，他也就这点本事了！"

这么看来，刘宇明也有杀人动机，为深爱的女人干掉情敌，属于情杀。

虞寒江疑惑地道："既然他们是情敌，为什么又成了朋友？"

牛大鹏冷冷地说："谁知道呢，大小姐婚礼的时候，刘宇明举起酒杯主动给李哲民敬酒，还说只要蕊蕊幸福就行！过了不到一年吧，公司有个漂亮姑娘倒追刘宇明，他就同意结婚了。"

肖楼听着有些头痛，这群老人家的情史可真是丰富多彩。身为一个单身人士，他是无法理解"和撬墙脚的情敌变成朋友"这种操作的。还一起打牌到凌晨，是真的心大，还是装出来的？

虞寒江紧跟着审问了刘宇明。

刘宇明表示："那都是过去很久的事了，我跟蕊蕊是大学同学，她是我初恋，当年我对她确实用情很深，但她既然喜欢李哲民，决定结婚，我只能尊重她的意见，难道还去抢婚吗？"老人轻叹一口气，陷入了回忆，"失恋之后，正好遇到我老婆，她长得漂亮，人又温柔，还特别照顾我，天天给我煲汤。我发现，比起费尽心思追别人，还是被人追的感觉好，所以我就跟我老婆结婚了呗。我们结婚之后很幸福，还有个儿子。"

虞寒江问："昨晚 3 点你去洗手间的时候，碰过垃圾桶吗？"

刘宇明摆了摆手："没有。"

虞寒江道："有人听见你上厕所的时候，垃圾桶那边传来了奇怪的动静。"

刘宇明的脸色微微一变，片刻后才红着脸，弱弱地说："我、我昨天吃饭的时候把手表放在桌上，不小心跟餐巾纸卷在一起，当垃圾给扔了。半夜想起这件事，我就偷偷去翻垃圾，咳咳，这个事情挺丢人的，半夜翻垃圾别人会以为我是变态。"

虞寒江问："手表丢了，你怎么确定当时是 3 点？"

刘宇明道："我看了车厢顶端的液晶屏啊，当时显示的是 3 点整。"

虞寒江目光锐利地盯着他，刘宇明被看得浑身不自在，突然，他双眼一亮，道："对了！你们要是怀疑凶手，我觉得老郑最有可能！"

虞寒江意外地挑眉："哦？为什么这么说？"

刘宇明神秘兮兮地凑过来道："郑卫国嗜赌成性，把房子都给卖了，还跟老婆离了婚，儿子也不认他……我之前不小心看见老李的口袋里有一张借条，郑卫国为了还清赌债，居然找老李借了 8 万！说不定啊，郑卫国就是还不起钱，才动了杀心。"

欠赌债？这又是一条关键的线索。

虞寒江立刻让他回去叫郑卫国过来。

秃顶的老头看上去有些颓废，双眼无神，没精打采地道："你们找我干吗？我跟老李无仇无怨的，你们怀疑也不该怀疑我吧？"

虞寒江淡淡问道："你是不是找李哲民借了 8 万没还？"

老人目瞪口呆，显然不敢相信对方居然会知道这件事。

虞寒江紧跟着问："李哲民的口袋里本来有一张你借了他 8 万的欠条，但是我们刚才搜查的时候欠条不见了，是你拿走的吧？"

郑卫国哆哆嗦嗦地道："什、什么欠条？我不知道！"

虞寒江淡淡地道："有人看见过，你不用否认。"

郑卫国还以为这件事是秘密，结果被虞寒江当面戳穿，老人家的脸色别提有多精彩。

虞寒江道："你嗜赌成性，输光家产，老婆和儿子都不要你了，为了还清赌债，你找关系很好的李哲民借了 8 万，这么大一笔钱，你肯定还不起吧？所以，只要李哲民死了，借条被撕掉，你就不用还钱了，对吗？"

老人家一脸懵，显然被虞寒江给吓得魂不附体。

虞寒江盯着他道："李哲民是不是你杀的？你自己就有糖尿病，知道胰岛素一旦过量会危及生命，所以你提前买了注射器和胰岛素针剂，昨晚等刘宇明上厕所的时候你趁其他人熟睡，悄无声息地给李哲民打了过量胰岛素，然后爬上床假装睡觉，对吗？"

郑卫国猛地一个激灵，总算反应过来，他的头摇得像拨浪鼓，急忙否认道："不不不，我没杀他！我是偷走了李哲民的借条，但那是今天早上的事情……我早上 6 点 30 分就醒来了，他们几个还在睡。我下床准备去洗手间的时候，不小心碰到老李的身体，简直跟冰块一样。"

他深吸一口气，满脸惊恐地说："我试了试他的呼吸，发现他已经死了！我吓坏了，本来想叫人，但我突然一想，既然老李死了，其他两个人又睡得很沉，现在偷走借条的话，就没人知道我找他借了钱……"

郑卫国一把鼻涕一把眼泪，声音哽咽着道："我也不想的，可赌博这东西真的会上瘾，一开始我只输了10万，后来越陷越深，鬼迷心窍地卖房子去赌……欠下的债也越来越多，而且全是高利贷！我不能不还，不还他们就要剁掉我的手指头……”

虞寒江皱眉：“你找老李借8万，是以什么理由借的？”

郑卫国低下头说：“我跟他讲我儿子要结婚，我得给儿子准备一套婚房，老李在钱上特别大方，我们认识这么多年，他一点都没怀疑，就直接借给我了……”

虞寒江问：“什么时候借的？”

老人伸手擦了一把眼泪，道：“5年前借的，当时老李不知道我在赌，也不知道老婆跟我离了婚……”对上虞寒江锐利的目光，他立刻低头忏悔，“我错了，我真的知错！我不该去赌，不该骗老李借钱，可是我没杀人，我发誓我只是偷偷撕了借条，没杀人！”

他顿了顿，又说：“肯定是牛大鹏干的。他跟老李有仇，老李抢了他工作，老李的儿子还打伤了他儿子的眼睛，最恨老李的人就是牛大鹏！”

虞寒江看向肖楼，正在认真做笔记的肖楼也正好抬起了头。

两人目光相对，眼中都有一丝诧异。

这几个嫌疑人居然互相攀咬，也因此说出了大量和李哲民相关的线索。

舒萍，想介绍女儿给李哲民儿子认识，结果被对方拒绝，还骂她女儿没教养，她怀恨在心，偷走李哲民的胰岛素想给对方一个教训。

牛大鹏，本可以凭本事当经理，结果李哲民靠娶老板千金上位，抢了他经理的位子，李哲民的儿子还打伤了他的儿子，他对李哲民的仇恨毫不掩饰。

刘宇明，深爱的初恋被李哲民撬了墙角。

郑卫国，嗜赌成性，欠着李哲民8万还不起。

舒萍指认牛大鹏；牛大鹏指认刘宇明；刘宇明指认郑卫国；郑卫国又指认牛大鹏。

目前看来，舒萍的杀人动机并不充分。其他3个人都有作案动机。牛大鹏由于事先不知道李哲民报团，嫌疑降低。郑卫国、刘宇明表面上都跟李哲民是好友，很容易知道老李也参加了这次旅行，提前做好谋划。

凶手到底是谁？他们的话中会不会有漏洞？

虞寒江拿起肖楼用端正的笔迹整理出来的重点，皱着眉陷入了沉思。

虞队刚才审问的时候，肖楼一直在旁边做笔记，他将所有人的供词一字不漏地记下来。等郑卫国走后，肖楼才问道：“虞队更倾向于凶手是谁？”

虞寒江拿起记录本，一边看一边说：“目前郑卫国和刘宇明嫌疑较大。首先，他们都在 2 号房，能随时确认李哲民是不是熟睡；其次，两人都有杀人动机；最后，他们的供词中都有明显的漏洞。”他将本子放在桌上，指了指其中一行记录，“郑卫国说，他是早上发现李哲民的尸体然后偷走借条的，他怎么知道李哲民会把借条带在身上？有谁出门旅行会带上借条？”

这句话让肖楼如醍醐灌顶：“没错！一般情况下，借条这种东西都会放在家里，用得上的时候再拿出来，没有人会随身携带，何况是旅行的时候。”

虞寒江道：“唯一的解释就是，郑卫国要求李哲民这次旅行带上借条，或许他骗对方说自己会还钱，要当面撕毁借条。这样一来，李哲民自然会顺手把借条给带上。”

借条功能特殊，借钱的时候写，还钱的时候当面撕毁，这也算是行规。只有郑卫国主动找李哲民说要还钱，李哲民才会带上借条，等他还钱后当面撕毁。

“虞队的意思是，郑卫国偷借条并不是偶然，而是早有预谋？”

“郑卫国知道老李爱跟他打牌，所以提前编好了一个借口让老李带上借条，趁这次旅游把借条悄悄偷走，老李没了借条，他就可以耍赖拖着不认账。”

肖楼顺着这个思路分析说：“或许郑卫国在上车之前还确认过李哲民的借条放在哪儿。”

虞寒江点头：“显然，他很清楚借条放在老李的口袋里。”

如果凶手真是郑卫国，他的杀人动机很明确，加上他是糖尿病患者，知道胰岛素的安全剂量，同一个房间也很容易确认死者是否熟睡，他有充足的作案时间。

可真的有这么简单吗？

虞寒江总觉得不对劲，他想了想，说：“郑卫国偷到借条后肯定会立刻销毁，我们并没有找到借条的碎片，相当于只有人证没有物证。如果真是他杀的人，他完全可以咬死不承认，我们也拿他没办法。”

肖楼疑惑：“我们在垃圾桶里没发现碎纸屑，借条去哪儿了？”

虞寒江道：“或许被他吃进了嘴里。”

虞寒江之前遇到过这样的凶犯，为毁灭证据把纸团给吃掉，胃里一消化，什么都找不到。如果郑卫国的供词没错，他醒来是早晨 6 点 30 分，去扔垃圾容易被人撞见，所以最合理的做法就是把撕碎的纸条吞进肚子里，神都找不到。

肖楼无奈扶额：“借条如果被吃了，谁都找不到，他为什么要承认呢？”

虞寒江道：“从犯罪心理学的角度来说，他这做法有点像‘狗急跳墙’，因为他嫌疑太大，担心自己被抓，为洗脱自己杀人的罪名，只好承认偷窃罪。偷借条的处罚轻得多，杀人是要判死刑的。"

肖楼头疼地问："那刘宇明呢？他的漏洞是……半夜翻垃圾桶？"

虞寒江道："半夜起来翻垃圾桶找手表，这借口太荒谬。他们打牌打到凌晨2点才睡，一般人睡前都会看一眼时间，他当时就应该发现手表不见了，为什么不去搜？而是睡了一个小时，3点的时候才偷偷摸摸去翻？"

凌晨发现手表丢了，睡一觉，3点起来找，怎么解释都不合理。

肖楼从一叠资料中翻出刘宇明的报名表。他的"配偶"那一栏填了信息，他老婆已经离开了这家公司，还有个儿子今年25岁，未婚，工作是医生。

他现在有老婆、有儿子，家庭美满，为了二十多年前被撬墙脚的陈年旧事去杀人，有这个必要吗？

虞寒江道："目前出事的是6号车厢，我们的调查也一直局限在6号车，既然这次安排我们分别管理两个车厢，说不定4号车厢那边也会有线索。"

肖楼赞同："这样吧，我去4号车厢问问看……对了，喻欣欣小朋友昨晚10点就睡着了，说不定她半夜醒来发现了什么。"

喻欣欣一家人今晚就会下车，不去终点站，显然和案件并没有直接关联，但小姑娘在剧情密室中戏份挺多的，她那里说不定会有线索。想到这里，肖楼便站起身，朝虞寒江道："虞队，我先去问一下喻欣欣，待会儿找你。"

"好，自己当心。"

肖楼去4号车厢找喻欣欣小朋友，虞寒江则继续审问其他的老人家。

他将1号房间那位耳朵不太灵光的"梅姐"叫了过来。

老奶奶本名梅若华，年轻时是公司人事部的主管，负责招人，虞寒江知道她耳朵不好，干脆拿来纸笔，在本子上写问题："梅阿姨，您跟李哲民关系怎么样？"

梅奶奶戴着厚厚的老花镜，凑在本子前面仔细看字，看完后才开口道："小李啊？他是我亲自招进公司的。学历不高，但这小伙子很机灵，学东西也特别快。"

"他刚进公司分去了哪个部门？是谁带的他？"

"他在销售部实习，牛大鹏带的他，牛大鹏算是他的半个师父。"

"他追到老板的千金，抢了牛大鹏经理的位置，这件事您知道吗？"

"当然知道，全公司的人都知道。"

虞寒江快速写道："他追大小姐的过程有没有发生过什么意外？"

梅奶奶叹了口气，一边咳嗽，一边说："唉，这件事说来话长。蕊蕊也算是我看着长大的，我大她 10 岁，她就像我的亲妹妹一样。当时刘宇明在追她，两个人大学就认识，刘宇明长得帅，又有才华，蕊蕊本来都打算答应了，结果一周后，她突然哭着找我，说她被人……那个了。”

虞寒江的笔猛地一停，皱眉道：“被人强暴？”

梅奶奶摇头：“也没那么严重，就是小李那天过生日，叫上很多年轻女孩去他家聚会。饭桌上当然免不了喝酒，蕊蕊也喝了些酒，她酒量不行，醉了，什么都不知道。醒来的时候……唉，喝酒真是害人不浅！”

虞寒江这下总算明白发生了什么。

大小姐跟刘学长眼看就能更进一步，却突然改变主意嫁给李哲民。

原来这是李哲民做的局，他早就打算靠大小姐上位，故意哄几个年轻女孩去他家玩，说不定他给大小姐的酒里下了药，趁着一群人喝醉把大小姐给睡了。

梅奶奶紧跟着道：“也是那次，蕊蕊怀了孕，她觉得很丢人，不好意思再跟刘宇明在一起，加上小李对她很歉疚，发誓会对她好，她心灰意冷之下干脆火速嫁给了小李，一个月之内就办了婚礼，唉。”

“咳咳……”梅奶奶一边咳嗽，一边叹气，“这件事，也就我和蕊蕊她爸知道，小李真是做得过分了，他说是喝醉了，不知道自己做过什么，我反正不信！我也是过来人，男人真的喝醉，就跟一摊泥一样，脑子不清醒的时候，那玩意儿站得起来吗？”

老奶奶这话虽然直接了些，可作为男人，虞寒江同意她的观点。

一个人如果完全醉得失去意识，不可能会有那方面的冲动，只有半醉状态下才能借着酒壮胆。李哲民很可能没醉，故意睡了大小姐。

他为了往上爬，真是不择手段。

虞寒江紧跟着写道：“李哲民的夫人，也就是蕊蕊，现在怎样了？”

梅奶奶突然红了眼眶：“蕊蕊这丫头真是命苦。她结婚半年，她爸就得肺癌死了，把公司留给她这个独生女。她当时怀着孕没法管理公司，只能让李哲民帮忙打理。她生孩子的时候难产，身体也一直不好，不出两年，就产后抑郁，走了。”

这么说，公司全部落在了李哲民的手里？

虞寒江拿起资料表，李哲民“配偶”那栏并没有写“病逝”，而且配偶的名字也不带“蕊”字，他转念一想，问：“李哲民又娶了第二任妻子？”

梅奶奶愤愤地说：“这个小李，一直都不检点！蕊蕊走后没多久，他就跟一个年轻漂亮的小护士搞在一起，没过一年就娶了护士当老婆，他儿子当时还小，根本不知道这个妈其实是后妈！”

梅奶奶接着说："对了，他跟第二任老婆还生了个儿子，正在读高中。"

虞寒江低头一看，这也和资料表上相符。李哲民目前有两个儿子，一个是和前妻蕊蕊生的，另一个是和现在的夫人生的。

虞寒江又问："这次旅行是谁组织的，您知道吗？"

梅奶奶道："是李哲民的儿子组织的。"

虞寒江意外地挑眉："和他儿子有关系？"

梅奶奶道："几年前他儿子毕业，李哲民放心地把公司交到了他儿子手里，自己提前退休享福。他儿子确实很有出息，接手公司后生意做得红红火火，赚到一大笔钱，接着又去搞房地产，据说，前段时间开发了一个楼盘，净赚几个亿，所以他主动拿出一笔钱，请我们公司的退休老职工免费来一次旅行，算是给我们的福利。"

虞寒江握紧圆珠笔，快速写下最后一个问题："他儿子出钱让大家旅行，这件事您怎么知道的？"

梅奶奶道："公司人事主管是个新来的小姑娘，对退休员工的情况不了解，找我这个前任主管咨询，我问她干什么，她说老板让她统计，要给老员工发福利……这免费旅游，不就是福利吗？"

虞寒江低着头沉思片刻。梅奶奶大概是话说得太多，加上情绪有些激动，捂着胸口开始拼命咳嗽，那种干咳声听着都让人揪心。她应该患有哮喘，不能说太多话，虞寒江也不好抓着七十多岁的老人家长时间询问，就暂时放她回去了。

4 号车厢，肖楼走到喻欣欣面前，说："欣欣，叔叔有几个问题想问你，可以吗？"

喻欣欣立刻点头说："好呀！"

喻欣欣的妈妈并不放心把女儿交给陌生人，她脸上明显有些迟疑。肖楼紧跟着说："您可以跟我一起去办公室，放心，我只是问你女儿几个问题。"

女人这才松了一口气，抱着女儿跟上肖楼。

肖楼来到乘务员办公室，女人将喻欣欣抱进来，满脸紧张："发生什么事了啊？我听 6 号车厢好像有人在尖叫，门还被锁了。"

"没什么，有两个老人家起了争执，乘务员正在处理，放心吧。"肖楼微笑着看向喻欣欣，柔声问道，"欣欣昨晚睡得好吗？我看你 10 点就睡着了，半夜有没有醒来过？小朋友不可以说谎，要告诉叔叔实话。"

喻欣欣看了妈妈一眼，认真回答道："我半夜 3 点多醒来啦，想上厕所，但是妈妈在睡，我就没有吵醒她，一个人去上厕所了！”

肖楼夸道：“欣欣真懂事。”

他轻轻摸了摸小朋友的脑袋，柔声问道：“那你上厕所的时候，有没有看见6号车厢那边有人在走动，或者听到什么奇怪的声音？”

喻欣欣弯起眼睛笑道：“有啊，一个老奶奶也去上厕所，她一直在咳嗽！”

肖楼精神一振，小女孩听见明显的咳嗽声，那就说明昨晚半夜上厕所的不止刘宇明一个人。肖楼继续问：“欣欣，你能确定听到咳嗽声的时间吗？”

喻欣欣歪着脑袋想了想，说道：“应该是3点10分，我当时上完厕所回到座位，还抬起头看了一眼车厢屏幕上的时间。”

肖楼迅速拿起纸笔记下这个关键的信息，紧跟着问道：“之后呢？你还听到或者看到了什么吗？”

“老奶奶好像病得很严重，咳嗽了一阵子，声音离我越来越远，我就听不到了。但是很奇怪，老奶奶走远之后，餐车里好像有个黑影在往6号车厢的方向走。”

“那个黑影大概多高？胖还是瘦？你还记得吗？”

喻欣欣仔细回忆了几秒，说：“应该挺瘦，有多高我没看清。”

“然后呢？还有没有其他人上厕所？”

“有啊！大概3点30分的时候，我看见6号车厢那边亮起了灯，亮光很明显，垃圾桶那边还传来很奇怪的声音。”

明显的灯光，这应该是刘宇明拿着充电灯上厕所，整个团只有他带了充电灯。之前问询的时候，刘宇明说他上厕所的时间是半夜3点整，小女孩说的却是3点30分，这中间有半个小时的时间差。小朋友不会说谎，显然是刘宇明在说谎！

“叔叔，车厢里该不会有老鼠吧？”小女孩认真地仰起头道。

“车上没有老鼠，可能是有人不小心碰到了垃圾桶。”肖楼摸了摸小朋友的脑袋，道，“除了声音之外，你还看到了什么吗？”

“垃圾桶声音响起来不久，6号车厢的两个洗手间都亮起了红色的灯。”

动车洗手间附近的车厢顶部有灯，洗手间没人的时候是绿色的“无人”，当有人进入洗手间并锁上门之后，就会变成红色的“有人”标识。

车厢内乘客较多，这样设计也是为了方便乘客们判断洗手间是否空闲。没想到，简单的灯光提示，却成了案情的关键线索。

小女孩说，灯光亮起后垃圾桶传来奇怪的声音，紧跟着两个洗手间都变成了红灯，这说明刘宇明上厕所的时候，还有一个人在他对面的洗手间。

肖楼接着问：“两个洗手间都是红色灯，是哪边先变成绿色的？”

小女孩道：“左边的洗手间很快变成了绿灯，那位拿着灯的老人家走远了，右边一直是红色的灯，亮了很久，可能是有人在拉肚子吧！”

喻欣欣的妈妈听到这里，脸色不由紧张起来：“6 号车厢那边是不是出了什么事？您为什么一直问我女儿昨天半夜的情况啊？”

“也没什么大事，有个老人家丢了贵重的首饰。”肖楼看向小朋友，温言说道，“欣欣也讨厌小偷对吧？所以，你把自己看到的、听到的全部告诉叔叔，好不好？”

肖楼哄小孩子挺有一套，加上笑容亲切，喻欣欣小朋友很喜欢这个乘务员叔叔，为了配合抓小偷，她非常积极地把自己知道的一股脑地说了出来。

“我昨晚上完厕所后睡不着，就坐在座位上看外面的星星。那个拿着灯的人走了以后，窗外突然有好多流星雨，可漂亮了！我一直在看流星雨，过了十几分钟，6 号车厢那边响起了脚步声，我没看清楚，但那人走到餐车附近，没去上厕所，又突然转身回去了。紧跟着，右侧的厕所门打开，灯变成了绿色。当时是 3 点 40 分左右，车厢里还响起了两声咳嗽，再然后，我很困，就睡着了。”

肖楼运笔如飞，将她的回答一字不漏地记了下来。

喻欣欣好奇地看着他：“叔叔，我说的这些能帮上忙吗？”

肖楼道：“欣欣很棒，你说的话非常有用，我们一定会抓住小偷的。”

喻欣欣笑弯了眼睛：“那就好！”

肖楼见问不出别的，就让喻欣欣的妈妈抱着她回去。他转身来到 6 号车厢的乘务员办公室，虞寒江正眉头微蹙，看着写满证词的记录本。

两人目光相对，虞寒江站起来道：“肖教授坐。”

肖楼摇头：“没事，虞队你坐，我这里有喻欣欣的证词给你看一下。”

他顺手关上办公室的门，靠在桌旁，拿起虞寒江审问梅老太太的证词仔细看了看。

办公室里很安静，两人都在看对方询问的结果。

这个案子比想象中复杂得多。

过了几秒，虞寒江突然拿起笔，在本子上画了一幅车厢的平面图。他指着图分析道：“餐车在中间，左边是 6 号车厢，右边是 4 号车厢。餐车没有洗手间，和 6 号车厢共用洗手间，位置正好在靠近 4 号车厢的这一头。喻欣欣的座位离餐车很近，所以她能清楚地看见车厢顶部的灯光提示。”

他紧跟着画出老年团的座位分布：“1 号房、2 号房、3 号房，都离洗手间比较远，他们需要穿过整个车厢，才能到达车厢尽头的洗手间。”

肖楼有些疑惑地看着证词：“按照欣欣的描述，她听见了明显的咳嗽声，会不会是梅老太太？你在记录中写道她有明显的哮喘，回答问题时也会忍不住地咳嗽。”

虞寒江点头：“应该就是她。凶手半夜作案不可能发出太大的动静让人听见，梅老太太控制不住咳嗽的声音，她在 3 点多确实起夜上过厕所。”

虞寒江干脆地拿起圆珠笔，根据喻欣欣的证词整理出一条时间线——

“2 点，李哲民跟同房间的 3 个老头打完牌，一起睡下。

“3 点 10 分，梅老太太起来上厕所，发出咳嗽声，喻欣欣还看见有个人影出现在餐厅。

“3 点 30 分，刘宇明举着照明灯上厕所，垃圾桶传来声音，持续了几秒，之后刘宇明进入左边厕所。同时，对面的厕所里还有一个人，所以两个洗手间都变成了红灯状态。但很快刘宇明从厕所离开。

“3 点 40 分左右，先是一个人本想去洗手间，走到一半却急匆匆地折返。这时候，对面那个洗手间的人终于出来了，车厢又响起咳嗽声，喻欣欣之后便睡着了。”

时间线整理得很清楚。这么多人先后上厕所，咳嗽、灯光、垃圾桶附近的声音、匆忙远去的脚步声……看来，昨晚的 6 号车厢真是暗潮汹涌啊！

虞寒江看着本子上整理的时间线，摸着下巴陷入沉思。片刻后，他开始一条一条地解读线索：“3 点 10 分，老太太上厕所时餐车出现人影，有一种可能，当时凶手正准备作案，结果突然听见老太太咳嗽，为避免被老太太发现，他闪身躲去了餐车。”

肖楼觉得这个推测很合理，否则，半夜三更的，跑去餐车做什么？他赞同地说：“有道理，如果只是单纯的上厕所，就算跟梅老太太当面碰上也没关系，根本没必要躲去餐车，除非是心里有鬼。看来，这个躲去餐车的人，很可能就是凶手。”

虞寒江指着第三条时间线道：“刘宇明在说谎，首先他故意混淆了时间，其次找手表的理由也是编的。欣欣说垃圾桶传来奇怪声音的时间只有几秒，他不可能几秒之内找到手表。”

肖楼猜测道：“更大的可能是有人在慌乱之下不小心碰到了垃圾桶？这个人或许就是刚才躲在餐厅里的凶手，想回去，结果又碰上刘宇明，只好急忙躲进厕所。”

虞寒江接着说：“3 点 30 分刘宇明上厕所的时候，对面的厕所也亮起红灯，你的分析很合理。餐厅的那个人想返回6号车厢，结果撞上刘宇明，只能躲进厕所。他在厕所一直待到了3点40分。”

虞寒江用笔圈出本子上的几个重点：“3点40分这个时间点很关键，同时出现了3个人——第一个是躲在厕所的人，他感觉到外面安全了，终于出来；另一个是本要上厕所，结果半路折返的人，大概是看见厕所里面突然有人出来，慌忙转身跑了；再就是梅老太太，她又起夜发出咳嗽声。”

肖楼皱着眉想了想，说：“李哲民的死亡时间应该在3点40分以后，这么看来，3点10分到3点40分的这半个小时，老年团有很多人起夜上厕所，导致凶手不断遇到其他人……他先躲去餐厅，再躲去对面厕所，最后一次他从厕所出来，会不会撞见了梅老太太？”

这位不断躲藏的人很可能就是凶手，否则没法解释他为什么反复躲避老人团的熟人。最后一次梅老太太起夜，欣欣当时困得睡着了，没看见之后的情况。凶手到底是躲开了，还是说他最终没能躲掉，被老太太发现了？

如果是后者，那梅老太太肯定在包庇凶手。

肖楼重新翻看了一下这些人的证词，道：“梅老太太和牛大鹏住在一个房间，牛大鹏能知道隔壁的刘宇明带着灯上厕所，不可能不知道梅老太太也上过厕所——牛大鹏在刻意隐瞒。”

虞寒江道：“刘宇明混淆起夜时间，并且编造自己去垃圾桶里找手表的借口，他也在说谎。”

肖楼道：“郑卫国说他大清早起来从死者的口袋里找到了借条，显然也是说谎。”

所有人都在说谎。

如果不是喻欣欣小朋友重新整理了时间线，他俩会被这群人的谎言给绕晕。

肖楼深吸一口气，重新整理了一遍思路：“目前，刘宇明和梅老太太可以暂时排除。他们的出现正好惊动凶手，让凶手躲了起来。那么，凶手就有可能在牛大鹏、郑卫国当中产生。牛大鹏身材高大，并且很胖。欣欣说那个人影偏瘦，郑卫国的可能性更大？”

郑卫国欠了一屁股赌债，偷借条杀人的动机充分，作案时间充足。可他为什么承认自己偷借条？既然借条已经销毁，他不承认的话，没有人能找到证据……

肖楼总觉得哪里不对劲。

就在这时，虞寒江突然双眼一眯：“我想，凌晨3点40分上厕所、半路折返的人，就是郑卫国。”

肖楼有些意外："为什么这么说？"

虞寒江低声分析道："我们可以这样推算，3 点 30 分，刘宇明拿着灯去上厕所，当时同房间的郑卫国或许是醒着的，他发现舍友一个人去了厕所、另外两个人熟睡，于是他爬下床，趁机拿走了李哲民口袋里的借条。"

"刘宇明上完厕所回来睡下。郑卫国听着房里的动静，等刘宇明睡着后，他才偷偷起身，想去厕所用水冲掉这张借条。"

借条一直找不到。

动车是全封闭车厢，窗户没法打开，丢在垃圾桶里容易被乘务员发现；用火烧更不行，动车全面禁烟禁火，一旦点火会直接触发烟雾报警器。

借条藏身上、藏包里也不安全，想彻底销毁，只有一个最好的途径——厕所。

将纸条撕碎丢进厕所，放水一冲，就能彻底毁灭证据。

没想到，他起身上厕所的时候，厕所那边突然出来一个人，于是郑卫国做贼心虚，慌忙折返，按虞队之前推测的那样，很有可能直接把借条吃进了嘴里。

虞队的推测逻辑合理，否则，谁会半夜上厕所，走到一半又折回去？

如此看来，郑卫国是凶手的可能性也不大，他只是偷借条，并没有杀人。而杀人的凶手，便是之前躲在餐厅、之后一直躲在厕所里，3 点 40 分从厕所出来的那个人。

不是郑卫国，不是刘宇明，不是梅老太太。

"看来是牛大鹏？但欣欣说黑影很瘦啊，牛大鹏又高又胖。"话到这里，肖楼的双眼猛然一亮，"好像还有一个人，一直被我们忽略了。"

虞寒江神色严肃地点了点头，低声说道："第一个被我们排除的舒萍阿姨。"

肖楼的脑海里闪过舒萍的证词——

介绍自己的女儿给李哲民的儿子认识，结果李哲民骂她女儿没教养，她生气，于是偷了李哲民的胰岛素，想教训李哲民。两人都认为，她如果是凶手，没必要偷胰岛素画蛇添足，加上她只是女儿被骂，作案动机不足，就先排除了她。

她的证词看上去合情合理，还能减轻自己的嫌疑。

可有一个关键。

虞寒江冷冷地说："她的证词，没有任何人可以做证。"

牛大鹏和李哲民抢经理职位，多年的恩怨，所有人都可以做证；郑卫国偷借条的事，刘宇明见过借条，可以做人证；刘宇明深爱的初恋被李哲民撬墙脚，大部分人都知道，梅老太太也可以做证。

可是，舒萍所说的话，又有谁能做证？

只有已死的李哲民知道真假。

她单方面说李哲民骂她女儿没教养，她看不惯想报复对方，她只提到了她和李哲民的矛盾，却没有第三个人能够见证。

其实，从一开始，舒萍的证词就是最不可信的！

肖楼立刻从一叠报名表中拿出了舒萍的那一份仔细查看。

她的婚姻状况那一栏写的是“丧偶”，子女情况那一栏填了女儿的名字，给联系人填的也是女儿，她的女儿叫“舒晓萌”。

肖楼精神一振。

4 号车厢的闺密团也叫“× 晓 ×”，女生叫这种名字很常见，可闺密团非常特别，当时肖楼问起她们的名字为什么这么像，有个女生回答说因为大家是一起长大的。

那么，舒萍的女儿舒晓萌会不会也和这个闺密团有关？

6 号车厢的案件和 4 号车厢有关联——荆伟光是医生，可以解答挑战者或许搞不明白的胰岛素杀人原理；喻欣欣是关键的时间证人，戳破了 6 号车一堆老人家的谎话；舒晓萌这个名字和闺密团非常相近，自然也不可能是巧合。

肖楼道：“我先去 4 号车厢，确认一下舒晓萌是不是闺密团的成员。”

虞寒江点头：“好，我在这里等你。”

肖楼转身来到 4 号车厢，闺密团中 15A 的女生在低着头看小说，B、C 座位的两人凑在一起看电视剧，D、F 的两人则在闲聊，似乎说谁谁和男朋友又分手了。

肖楼走近后她们终止聊天，两人的目光都看向了肖楼。

其中一个叫宋晓羽的，大着胆子问道：“您好，6 号车那边是出什么事了吗？早上 7 点多的时候，我好像听见有人尖叫。”

“没什么事，就是一个老人家丢了东西，正在找。”肖楼转移话题，“对了，你们认不认识舒晓萌？”

宋晓羽意外地睁大眼睛：“哎？你也认识晓萌姐吗？”

果然。舒萍的女儿也属于这个闺密团，只是她这次没有来。

肖楼继续套话：“我不认识她，不过 6 号车厢那边凑巧有一位阿姨，她说她的女儿就叫舒晓萌，我发现这个名字跟你们很像，就来问问看，没想到你们还真认识。”

在旁边看电视剧的两人听到这里也抬起头，惊讶地道：“舒阿姨在 6 号车厢？这么巧啊？”

另一人建议道：“要不要去看看阿姨？听晓萌说她妈妈可漂亮了！”

“她跟几个阿姨正在打牌，还是先别去打扰吧。”肖楼随便编了个理由拦住激动的闺密团，继续不动声色地打听，“你们跟晓萌也是闺密吗？她这次怎么没有来呢？”

刘晓燕解释说：“本来这次去看演唱会，我是打算订 6 张票的，但晓萌前段时间做了个小手术，需要在家养病，我发现她气色很差，就没勉强她。”

旁边的张晓宁补充道：“要不是她正好生病，她肯定会去，这次开演唱会的是她最喜欢的歌手，3 年才开一次，错过又要等 3 年。”

旁边的女生纷纷附和：“就是，真可惜。”

肖楼接着问：“她经常跟你们提起她妈妈吗？舒阿姨确实很漂亮。”

大姐刘晓燕道：“对，她跟她妈关系很好，天天都会打电话。据晓萌说她妈妈特别疼她，从小到大给她吃的、用的都是最好的，还存钱给她买了套婚房，我们都很羡慕她有个这样的妈妈。”

肖楼假装不经意地道：“那她父亲呢？”

刘晓燕说：“好像早就不在了吧？从没听她提起过。”

吴晓菲笑眯眯地说：“你打听我们晓萌干吗？该不会是见了她的照片对她有意思吧？！晓萌确实超漂亮，追她的男生要排长队。”

肖楼尴尬地轻咳一声：“那她现在有男朋友吗？”

几个妹子立刻露出一脸“我懂，你要追我们晓萌”的表情。

吴晓菲道：“3 个月前刚刚分手，她很喜欢那个男生，还哭了很久。我觉得你没戏，虽然你挺帅的，但我们晓萌很专一，还没从上一段感情中走出来呢。”

肖楼哭笑不得，跟她们道了声谢，转身回到 6 号车厢。

虞寒江在办公室等他，肖楼将自己打听到的简单复述了一遍，虞寒江道：“这么看来舒萍的话全是编的，说什么把女儿介绍给李哲民的儿子，根本没有这回事。”

肖楼道：“而且姐妹团说舒晓萌超级漂亮，不愁找不到优秀的男朋友。舒萍那么疼爱女儿，就算老李的儿子再有钱，她也不会把女儿往火坑里推。”

两人对视一眼，心里同时想到了一种可能。

虞寒江低声说：“女儿是舒萍的逆鳞。”

肖楼点头：“如果舒萍真的杀人，她的杀人动机很可能跟没到场的女儿有关。”

丈夫去世后独自抚养女儿长大，漂亮又优秀的女儿是她的骄傲。如果单纯和李哲民有仇，她不会等到现在才动手，或许正是李哲民的什么做法伤害到了她的女儿，她才忍无可忍地拿起了屠刀。

李哲民跟她的女儿会有什么交集？

虞寒江皱着眉思考片刻，突然说：“这次旅行是李哲民的儿子组织的，我们一直把目光放在老年人的恩怨上，却忽略了他们的后代之间或许也有恩怨！”

肖楼猛然一震：“对！之前的证词中早就透露出了这一点，牛大鹏的儿子中学的时候被李哲民的儿子打伤过眼睛。说不定，舒萍的女儿也被李哲民的儿子伤害过？闺密们说，她前不久刚分手，难道，是舒晓萌和李哲民的儿子分手？”

肖教授的推测让人震撼，但也有一定的合理性。

虞寒江皱眉道：“梅老太太、牛大鹏、郑卫国、刘宇明、舒萍，各个心里有鬼、互相攀咬、谎话连篇，但老年团还有其他人，说不定能套出一些线索，我们得重新审问。”

两人将 3 号房跟舒萍一起住的 3 位老太太请过来依次询问。

第一个老太太说：“小萍年轻的时候是我们单位最漂亮的，多才多艺，她现在都 60 岁了，可保养得就跟 40 岁一样，天天穿裙子，带女儿四处旅行，可潇洒了。”

虞寒江问：“她年轻的时候跟你们单位的哪个男生恋爱过吗？”

那老太太突然压低声音，八卦道：“我们都以为她跟李哲民好过，因为那会儿她跟李哲民整天一起吃饭，在公司也是同进同出，特别亲密，李哲民很会哄女孩子开心，还给她送过一套高档化妆品……但是，大小姐回来之后，李哲民又突然跟大小姐好了。”

肖楼和虞寒江同时一怔，没想到舒萍和李哲民还有过一段感情史。

虞寒江接着问：“舒萍和大小姐的关系怎么样？”

“是特别好的闺密，从小一起玩到大。舒萍读的是会计专业，毕业后直接来公司上班，还是大小姐给推荐的呢。据说，大小姐去读研究生，所以晚了 3 年才回公司。当时大小姐回来，舒萍还专门组织了一场接风宴。”

“接风宴李哲民也去了吧？因此认识了老板的独生女？”

“没错，全公司的人都去了。”

虞寒江问：“李哲民过生日的事情，你了解吗？”

老太太仔细回忆片刻，道：“听过一些传言，李哲民过生日请很多年轻男女去他家玩，大小姐也去了。那次生日聚会之后，李哲民就跟大小姐走到了一起。再然后，李哲民跟大小姐就火速结了婚，舒萍也去参加了婚礼。”

肖楼一边做笔记，一边思考。李哲民当年很可能见舒萍漂亮，跟她秘密交往了一段时间，结果空降一位老板的独生女，他就把舒萍给踹了，借着生日的机会和大小姐发生关系。舒萍或许心有愤恨，但她最终咽下这口气，微笑着参加了闺密和前男友的婚礼。

虞寒江问:“后来她跟谁结的婚？”

“和一个医生，那个医生好像家暴她！反正她婚后我们总是看见她身上有伤，她说是磕破的，没人信，但这种事也不太好问，舒萍是最爱面子的。”

虞寒江问:“她老公什么时候去世的？”

“过了大概三年她那个老公就得胃癌死了，有人给她介绍对象，但她不打算二婚。”

“舒晓萌就是她和这一任丈夫生的女儿？”

老太太摇头：“不是。她一直没生育，好像是身体问题。她老公死了之后，她去孤儿院收养了一个女儿，跟着她姓。”

肖楼问道:“她女儿跟李哲民的儿子认识吗？”

老太太想了想，道：“小时候肯定不认识，李哲民住城西，她住城东。但长大以后认不认识，我就不知道了。”

肖楼接着道:“舒阿姨有没有提过她女儿交了男朋友？”

“有，大概半年前，她跟我打麻将的时候说她女儿交了个特别优秀的男朋友，长得帅，还很有钱。”

“那她有提过女儿什么时候分手的吗？”

老太太一脸诧异地看向肖楼:“你怎么知道？”

虞寒江淡淡地道:“真的提到过？”

老太太遗憾地叹了口气：“3 个月前，我碰见她去超市买了一大堆鸡鸭鱼肉，我问她干吗买这么多菜，她很开心地说女儿要带男朋友回家拜访……结果，第二天我问她男孩子怎么样，她说两个人不合适分手了，我还奇怪呢，怎么突然分手。”

这位老太太跟舒阿姨关系不错，将自己知道的八卦一股脑地说了出来。

事情到这里，已经渐渐明朗。

虞寒江冷静地分析起案情:“这个案子，还有两个极为关键的人物没在车上。一个是李哲民的儿子，李默。还有一个是舒萍的女儿，舒晓萌。两个年轻人并不知道父母之间有深仇大恨，在某种机缘下认识并相爱了。”

肖楼顺着他的话道：“3 个月前，李默上门拜访未来岳母，舒萍发现女儿口中的男友居然是当年抛弃自己并且害了闺密的李哲民的儿子，她肯定不会同意女儿和渣男的儿子在一起。”

虞寒江道：“这对年轻人的分手牵扯出了大量当年的往事。或许也正是因此，李默终于知道自己的妈妈是后妈，亲妈是被父亲强暴的。”

肖楼道：“李默能将父亲交给他的公司经营得红红火火，还投资房地产赚钱，显然是个有远见、有谋略的年轻人。或许，他回去之后就迅速查清了当年的真相，还有可能查到母亲、外公的死并不简单，加上其他事件的推动，让他对父亲的憎恨达到了极致，他下定决心要除掉李哲民……于是，他组织了这次旅行？”

虞寒江点头认同肖楼的推测。

两人想到了一起，这也是目前的线索结合起来的最合理的推测。

李哲民再怎么渣也是李默的父亲。弑父，大逆不道，所以他不亲自动手，而是把所有跟李哲民有仇的人全部安排在同一个旅行团里。

A 不动手，B 会动手。B 不动手，还有 C、D。

或许在李哲民离家的那一刻，李默就知道，父亲的这次旅行，将乘上一座通往地狱的列车——有去，无回。

在确认凶手之前，虞寒江再次提审了所有嫌疑人。

他先把牛大鹏叫过来，平静地问道：“你说昨晚半夜听见隔壁有人上厕所，并且从门缝里看见了灯光，而且垃圾桶那边还传来奇怪的声音，对吗？”

牛大鹏点头：“是的。”

“当时是几点？”

牛大鹏挠了挠后脑勺：“不知道，我当时迷迷糊糊的，没看时间。”

虞寒江接着问：“那你有没有听见睡在下铺的梅老太太去过洗手间？”

牛大鹏假装很无辜地说：“没有。”

虞寒江冷冷地盯着他：“有人看到梅老太太和刘宇明一前一后上厕所，你听见隔壁有人起夜，听见车厢另一头垃圾桶的动静，却听不见你下铺的人开门的动静吗？”

牛大鹏的脸色微微一变：“我真没听见，半夜睡得迷迷糊糊，我只惊醒了一两分钟，很快又睡着了，不知道发生了什么。”

虞寒江淡淡说：“你讨厌李哲民，猜测昨晚起夜上厕所的人有可能是凶手，所以你听见了也装作没听见，是想维护这个人，对不对？”

牛大鹏的脸色瞬间变得煞白，他的嘴唇微微哆嗦着，却咬紧牙关不肯开口。

“如果刻意包庇，不配合调查，警方可以用阻碍办案的罪名带你去警局重新审问，你可想清楚了。”

牛大鹏沉默片刻，终于沮丧地垮下肩膀，松口道：“我、我确实听见梅姐上厕所。”

“时间，次数？”

“好像是 3 点多一次，4 点左右一次，别的我真不知道。”他忐忑地抬头看了虞寒江一眼，“这事儿应该跟梅姐没关系吧？她都那么老了，怎么可能会杀人呢？”

虞寒江道：“既然觉得她不会杀人，你为什么要隐瞒她昨晚上厕所的事？”

牛大鹏自知理亏，喃喃道：“我以为这不太重要，老人家半夜去洗手间不是挺正常吗……”

虞寒江接着问：“第二次，也就是 4 点之前的那次，她去了多久回来的？”

牛大鹏道：“好像半个小时，可能是吃坏肚子了吧？她肠胃不太好。”

虞寒江道：“还有没有听见别的声音？”

牛大鹏思考片刻，说：“梅姐第二次上厕所之前，隔壁房间好像也有人上厕所，没带灯，应该不是刘宇明，但是这个人出门没多久又回来了，我听见开门、关门的声音，前后不到半分钟。”

虞寒江和肖楼对视一眼，看来隔壁上厕所的就是郑卫国，偷了借条想去厕所销毁，结果发现厕所有人出来，赶紧心虚地返回房间。

紧跟着，虞寒江又提审了 2 号房的刘宇明。

刘宇明一开始还面带微笑，摆出一副“我是好公民”的姿态，结果虞寒江很直接地问：“为什么说谎？”

刘宇明的笑容瞬间僵在脸上：“什么意思？我没说谎啊。”

虞寒江道：“你昨晚去洗手间的时间是 3 点 30 分，不是 3 点。”

刘宇明故作淡定：“啊……是吗？人老了，记性不好，我可能是记错了吧。唉……我平时老是忘这忘那的……”

见他目光闪躲地转移话题，虞寒江直接打断他：“记性不好？手表丢了这种事也会记错？”

刘宇明怔了怔，脸色有些尴尬。

虞寒江指着他的手表道：“你的手表在垃圾桶里待了大半夜，倒是挺干净，也没有染上垃圾桶的臭味。”

刘宇明解释道：“我昨晚找到手表之后，就在洗手池清洗了一下。”

虞寒江道：“但是，在你对面上厕所的人说，你上完厕所后，手都没洗就回去了，并没有去洗手池清洗手表。”

刘宇明慌忙否认：“怎么可能？他根本没看见我！”

办公室内突然陷入安静，虞寒江目光平静地盯着他，只见刘宇明的脸色从一开始的镇定，渐渐变得苍白，然后又猛地涨红。

虞寒江道："所以，你上厕所的时候，对面确实有人？"

刘宇明欲哭无泪。他一直被对方带着节奏走，还以为重点在手表，结果没注意"你对面上厕所的人"这个关键，被对方用文字陷阱给套出了真话。

虞寒江发现老头子在发呆走神，便用笔轻轻敲了敲桌子："一个谎言要用无数个谎言来弥补，不如说实话吧。昨晚 3 点 30 分你上厕所的时候看到了谁？是不是舒萍？"

刘宇明回过神，急忙摇头："不是她，我没看清！"

虞寒江挑眉："但 4 号车厢有人看清了，已经跟我们指认昨晚 3 点 30 分舒萍出现在洗手间，还撞到了附近的垃圾桶。"

刘宇明的脸色一阵红一阵白，似乎正在做思想斗争。

虞寒江继续说："舒萍和蕊蕊是好闺密吧？当年你追求蕊蕊的时候舒萍是不是还帮过你很多忙？你跟舒萍应该关系挺好的。没想到后来，李哲民挖了你的墙脚，趁着聚会占有了你的心上人，而舒萍则被李哲民所抛弃，你们两个都被辜负了，也算是同病相怜。"

他将笔放在桌上，双手抱在胸前平静地看着刘宇明："所以，即便舒萍是凶手，你也不想站出来指认她，因为李哲民该死，你是这么想的吧？"

刘宇明的身体剧烈地颤抖了一下，满脸的惊骇。

因为对方所说的话正是他心中所想。这个目光锐利的男人就像有读心术一样，直接戳破了他的心思。这些年，他有了温柔的妻子、孝顺的儿子，生活还算幸福，他虽然在努力忘记当初的事，可一想到单纯无辜的蕊蕊，他就心如刀绞。

"李哲民确实该死，蕊蕊就是被他给害死的！"刘宇明回忆起往事，双眸通红，就像是被激怒了的野兽一样咆哮道，"当年蕊蕊嫁给他的时候，李哲民发誓会好好待蕊蕊，我信了！可我没想到，李哲民这个衣冠禽兽居然在蕊蕊怀孕的时候出轨！他跟医院的一个年轻小护士勾搭在一起，天天给小护士送花，蕊蕊去医院产检的时候无意中撞见，气得早产，差点在手术室送了命！

"她得产后抑郁症也是因为这件事。当时我去看她的时候，她告诉我她想离婚……可没过多久，她就吃安眠药死了！因为她有抑郁症，警方最后判定的结果是自杀。"

"自杀？哪有这么巧！"刘宇明愤愤地道，"你们信吗？我反正不信！肯定是李哲民这个畜生怕她离婚之后公司财产落不到自己手里，逼着她吃的安眠药！”

肖楼早就猜到蕊蕊的死不简单，没想到还有这么一段往事。

“李哲民早就该死了！要不是看在孩子还太小的份上，蕊蕊走的时候我就该杀了他！”

刘宇明情绪激动，双拳紧握，显然对李哲民深恶痛绝。

虞寒江没有急着问话，等他说完这一切，才低声道：“蕊蕊父亲的死，有没有异常？”

刘宇明深吸一口气稳了稳情绪，道：“林总得了骨癌，全身多处转移，我们公司的人在他临终前去看过他，他被送去重症监护室，撑了一个月，最后没抢救过来才走的。”

看来，蕊蕊父亲的死是正常的病逝。蕊蕊的死很可能就是李哲民动的手脚。

林总把公司留给女儿，从法律上来说这是“赠予”财产，不算夫妻共同财产。蕊蕊一离婚，李哲民就什么都没了。于是，他偷偷地或者强迫地给她吃了过量的安眠药，再赖给抑郁症，说她是抑郁自杀。只要蕊蕊一死，作为配偶的他就是财产继承人。

如果真是这样，那这个李哲民，真的是为了钱毫无人性！

虞寒江问道：“这件事，你跟李默说起过吗？”

刘宇明立刻摇头：“没有，亲爸杀了亲妈，换成任何人都很难接受！”

虞寒江表示理解，继续问：“在你看来，李默是个什么样的人？”

刘宇明道：“小默特别懂事，从小就很独立。他 16 岁离家去读书，李哲民除了按时给他打钱，别的什么都不管，因为李哲民跟第二任老婆生了个儿子，他更疼小儿子。没想到大儿子那么厉害，毕业接手公司后短短一年市值翻了一倍，他发现大儿子头脑好、很会做生意，态度这才变了，逢人就夸李默有出息。”

虞寒江抓住一点关键：“李默现在还不是公司的实际掌权人吗？”

刘宇明道：“小默只是执行总裁，董事长还是老李，股权都在老李手里。我觉得老李是做贼心虚，儿子这么优秀，但蕊蕊是他逼死的，他心里怕啊！万一儿子知道真相怎么办？所以，老李名义上退休，让儿子帮忙管理公司，可实权一直不肯转交，我估计，他是在等小儿子大学毕业，之后再把公司交给小儿子。”

刘宇明交代完这些，虞寒江就放他回去了。

虞寒江并没有继续问刘宇明昨晚见到的人是谁。有时候，答案不一定需要亲口说出来，从他的表情就可以判断，他昨晚在洗手间附近遇见的就是舒萍。

虞寒江紧跟着提审郑卫国：“你凌晨 3 点 40 分是不是醒来过？”

嗜赌成性的老人目光忐忑，坐立不安，很快就交代了："醒过一次。"

"是偷了借条，准备去洗手间销毁证据吗？"

郑卫国瞪大眼睛，差点脱口而出：你怎么知道？

他硬是把话给吞回去，咬了咬牙说："我只是拿借条过来看看，不小心……"

虞寒江："不小心吃进了嘴里？"

郑卫国的脸色无比尴尬，似乎也觉得自己这个理由太过扯淡。

虞寒江道："偷借条的罪，比杀人和包庇要轻，你最好老实交代。"

郑卫国立刻交代了："凌晨 3 点多刘宇明举着灯去洗手间，我看老李睡得很死，就偷偷把他口袋里的借条拿走。刘宇明回来之后很快睡着了。大概过了十几分钟，等他们 3 个睡熟，我去洗手间想把借条冲走，结果走到附近，一个洗手间突然开了门，我怕被发现，赶忙转身回屋。"

虞寒江看向肖楼，正在做笔录的肖楼也抬起头，两人交换了一个眼神。

推理完全正确，看来，他们距离真相已经越来越接近了。

虞寒江道："看见那个人是谁了吗？"

郑卫国信誓旦旦地道："虽然没看清，但我知道她肯定是舒萍！"

虞寒江挑眉："为什么确定？"

郑卫国道："我借着洗手间门口的光看见了她的影子，高跟鞋连衣裙，还有鬈发，整个车厢只有她一个人这样打扮！"

这次审问让凌晨的时间全部串了起来。

3:10，梅老太太上洗手间；3:30，刘宇明去洗手间遇到舒萍，舒萍躲去厕所，不小心碰到垃圾桶，刘宇明察觉到对方是谁，为了给她打掩护，故意混淆时间线并且编造自己去垃圾桶翻手表的借口。

3:40，郑卫国去销毁借条，发现从洗手间出来的舒萍后立刻折返，紧跟着，梅老太太上厕所，和舒萍在走廊里相遇，两人有过短暂的交流。

最后的凶手，一定在梅老太太和舒萍当中。

虞寒江刚要提审这两位嫌疑人，结果，郑卫国刚从办公室出去，梅老太太就主动走了进来。她一边捂着胸口咳嗽，一边神色镇定地说："你们不用再问小萍了。李哲民，是我杀的。"

虞寒江和肖楼面面相觑。

七十多岁的老人头发全白、弯腰驼背，满脸都是岁月留下的皱纹。她看上去极为苍老，脚步蹒跚，走路时摇摇欲坠，似乎随时都有可能倒下。

但是这一刻，老人的眼睛却格外清明，她缓缓道："李哲民是我招进公司的。当年一起面试的几个人给他的评分都不高，我觉得这小伙子嘴巴甜、有上进心，可以招进来培养，在我的坚持下，公司最终才录用了他。”

她用干枯的手轻轻拍了拍自己的脑袋，满脸懊悔地说：“一切的根源都在我，如果不是我的坚持，他不会进公司，蕊蕊就不会死，宇明和蕊蕊会是一对幸福的伴侣……大鹏也不会被抢走经理的职位，他可以靠努力和业绩过上好日子……小萍也不会嫁给家暴的人渣，她那么漂亮，一定能找到一个优秀的男人……”

梅老太太捂着胸口剧烈地咳嗽起来，咳了几秒后，她才冷静地说：“一切的根源都在我。李哲民害了这么多人，大家都想让他死，不如让我这个老婆子来动手，反正我也活不了多久了。”

凶手主动认罪，这变故让虞寒江和肖楼都猝不及防。

可是，老太太神色认真，并不像是说谎。她从随身口袋里拿出一个用布包裹得严严实实的小包，里面是一张照片。

照片里的女孩儿容貌清秀，笑容灿烂，清澈明亮的眼睛像是能发光。

梅老太太看着照片，神色温柔地说：“这是蕊蕊，李哲民好像早就忘了，今天……是蕊蕊的忌日啊。”

肖楼和虞寒江对视一眼，梅老太太年纪实在太大，身体也不好，怎么才能把胰岛素准确地扎进李哲民的身体里？

况且，谋杀李哲民显然是一个精密的计划。首先要调查清楚李哲民糖尿病的情况，其次还要懂一些医学知识，知道胰岛素多少剂量可以杀人。再者，准备注射器、胰岛素这些工具也需要时间。

七十多岁行动不便的老太太，是怎么做到这一切的？

虞寒江看向老太太，在她耳边低声说道：“梅阿姨，李哲民确实罪不可恕，但如果您想替凶手顶罪，我建议您不要冒这个风险。警方有很多高科技的检测手段，我们已经找到了凶手的作案工具，注射器上的指纹、胰岛素的来源，只要一查，总能查出真相。”

梅老太太目光镇定，表情从容得就像是知道自己马上要死，她竖起耳朵仔细听完虞寒江的话，笑了笑，说：“年轻人，你们应该相信我。就算警察去查，结果也是一样的，注射器上面只有我的指纹，因为只有我碰过注射器。”

肖楼温言道：“阿姨，您年纪这么大了，注射器握都握不稳，怎么能准确地把药打进李哲民的身体里呢？您如果多扎几次针，李哲民睡得再死，也会被痛醒吧？”

梅老太太笑眯眯地说：“他醒不过来的。”

肖楼愣了愣:“您的意思是?”

梅老太太低声道:“他给蕊蕊喂了什么，我就给他喂了什么。”

虞寒江和肖楼同时一惊，难道李哲民睡前服下过安眠药?

梅老太太笑道:“李哲民有个习惯，睡觉之前一定要喝一瓶牛奶。他包里的牛奶是我上火车之前给他的，里面加了东西，你们懂了吗?”

梅老太太收起笑容，冷冷地说:“昨晚2点打完牌之后，他果然喝了一瓶牛奶才睡，那里面加了安眠药，再大的动静都吵不醒他。”

安眠药从表面上是看不出来的，必须将死者带去检测才能查出来，肖楼哪怕是法医，也没法直接判断出李哲民睡前吃过安眠药。怪不得昨晚动静那么大，李哲民却睡得像死猪一样，原来老太太早有准备。

虞寒江低声问:“胰岛素，您是从哪儿买来的?”

梅老太太道:“我拜托舒萍买的。她有糖尿病，可以找医生开处方买到胰岛素。”

肖楼疑惑:“那为什么舒萍用的是胰岛素笔，给您买的却是注射器和针剂呢?”

“我找医生打听过，用注射器抽取针剂打到皮下，注射过量就会导致生命危险，尤其是高血压、心脏病的病人，一定要注意剂量。用这东西杀人，比胰岛素笔方便多了。所以我特意交代舒萍，让她给我买最传统的注射器和可抽取的胰岛素。”

虞寒江和肖楼对视一眼。

梅老太太已经想好了全部说辞，她说的这些表面听起来合情合理，实际上却漏洞百出。找舒萍帮忙买胰岛素，梅老太太自己又没得糖尿病，舒萍怎么可能问都不问就帮她买?如果真是舒萍帮忙买，为什么听见她上厕所的时候舒萍却要躲去餐车?

显然，梅老太太是想把一切罪过都揽在自己的身上——她在保护舒萍，或许安眠药也不是她下的，而是舒萍动的手。

虞寒江沉默片刻，才道:“舒萍想杀死李哲民，只不过你看到她给李哲民的牛奶动过手脚，看到她偷偷拿注射器和胰岛素，所以，你决定替她顶罪……对吗?”

梅老太太眼睛通红，她颤声道:“不对!人就是我杀的，你们可以去看注射器上的指纹，胰岛素是我亲手打进去的，跟舒萍没关系!”

她信誓旦旦地说，注射器上有她的指纹，这反倒不合常理。

正常情况下凶手作案会故意抹掉自己的指纹，而她却刻意留下指纹，这明显就是要让警方以为凶手是她，从而保护真正作案的人。

昨晚，她第一次上厕所的时候舒萍躲去餐车；第二次舒萍或许是没能躲掉，两人在走廊里相遇。她们说了些什么？

或许，梅老太太发现舒萍要动手，所以主动拿过舒萍手中的注射器，亲自去杀了李哲民，这样一来，舒萍就可以置身事外，假装不知情，逃脱法律的制裁。

又或许，梅老太太发现舒萍的时候她已经给李哲民打完了针，所以梅老太太决定替舒萍顶罪，主动在注射器上留下自己的指纹。

不论是哪种情况，她都是为了保护舒萍。

肖楼温言道："梅阿姨，您跟舒萍阿姨的关系一定很好吧？蕊蕊是您看着长大的妹妹，舒萍阿姨对您来说，是不是也像妹妹一样？"

这句话触及了内心深处的柔软，梅老太太的嘴角微微抽动了一下，片刻后才红着眼睛说："小萍也是个可怜人。当年，李哲民和小萍暗中交往，没想到生日当天发生那种事，蕊蕊无辜受到牵连。男朋友在酒后睡了闺密，小萍快气疯了……"

聊起那件往事，梅老太太的双手止不住地发抖："为了不让蕊蕊难过，小萍没有告诉她这件事情。蕊蕊和李哲民结婚后，小萍去医院检查出自己怀孕，她当然不肯要这个孩子，结果做手术时大出血，伤到身体，医生告诉她，她这辈子都不能再有孩子了。"

没想到舒萍竟因此不能生育，李哲民真是害人不浅！

梅老太太哽咽道："她后来嫁给了一个医生，那医生经常家暴她，她那几年过得很苦，最后她老公死了，她收养了一个女儿，这才慢慢地好起来。她的全部心思都放在女儿身上，尽心尽力地培养女儿，但谁知道……她的女儿居然和李哲民的儿子走到了一起！"

李默和女儿在一起的事，就是压倒舒萍的最后一根稻草。

梅老太太又开始剧烈咳嗽，肖楼伸出手，轻轻帮老太太拍了拍脊背，柔声说道："阿姨，所以您是觉得舒萍这么多年不容易，想替舒萍顶罪吗？"

梅老太太立刻摇头："胰岛素确实是我打进去的，真要说的话，我就是凶手。"

她这是下定决心要承担一切。

果然，老太太笑着说道："为了李哲民这样的人渣，赔上自己的命，不值得，让我来就好了，反正老婆子也活不了多久了，我还想早点去看看蕊蕊。"

肖楼忍耐着心酸，轻声问道："您说自己活不了多久……是诊断出什么绝症了吗？"

虞寒江一怔，这个细节他倒是忽略了，还以为老太太所谓的活不了多久，是指自己年纪大。

梅老太太看了肖楼一眼，苦笑道："没错，我已经是骨癌晚期，跟蕊蕊她爸一个病，活不过半年。当初，是我坚持把李哲民招进公司的。唉，这大概就是报应。"

虞寒江见过很多凶手，可是，面对这位骨癌晚期的、七十多岁的老太太，他却没办法继续冷漠地逼问对方是不是顶罪。

她就是要顶罪，那又如何？确实是她动的手，从证据、道义、法律各方面来讲，梅老太太都是直接导致李哲民死亡的人。

她的生命只剩下半年，一晃眼就没了。

她最后能做的，大概就是替舒萍带走李哲民这个人渣。

肖楼亲自将梅老太太送出办公室，老人家走到 3 号房时，舒萍从屋里出来，红着眼睛轻轻抱住了她。

梅老太太笑眯眯地拍拍舒萍的肩膀，凑到舒萍的耳边道："小萍，你要想清楚，什么话该说，什么话不该说……别忘了，你还有个女儿在等着你照顾，你女儿那么优秀，她不会希望自己的母亲变成一个杀人犯。"

舒萍哽咽着点点头，转身看向虞寒江和肖楼时，这位精致漂亮的女人脸上已经恢复了平静，她缓缓说道："最后要调查的，就剩我了吧？"

肖楼带着她转身来到办公室。

虞寒江都没开口，舒萍就主动交代道："对不起，我之前骗了你们。事实上我从来没把女儿介绍给李哲民的儿子，是他儿子主动追我家晓萌的。"

虞寒江低声道："今天凌晨发生的事，再详细说一说吧。"

舒萍冷静地说："3 点 10 分我起床去厕所，我摸了摸自己的耳朵，发现一只耳钉不见了，我想起来好像是晚上在餐厅吃饭的时候丢的，我就去餐厅找，可惜餐厅太黑，找了很久都没找到，我就回了 6 号车厢。大概 3 点半左右，刘宇明带着灯去洗手间，我当时在他对面的洗手间里。因为吃坏肚子，我在洗手间待了大概 10 分钟，出来的时候我在走廊碰见正好起夜的梅姐。她让我把买好的胰岛素和注射器交给她，我就给她了。

"她转身回屋，我发现 2 号房的门开着，就想着偷掉李哲民的胰岛素教训他一下，于是我取下他的包，把他的胰岛素笔给偷走。再之后发生了什么，我都不清楚。"

显然，梅老太太和舒萍在凌晨的时候已经串好了口供。

半夜起来偷胰岛素这个理由太牵强，但如果她跟梅老太太都咬死这一点，警察也拿她没办法。事实上，虞寒江和肖楼的推论更加合理——舒萍凌晨起来作案，遇到梅老太太，心虚躲去餐厅；紧跟着遇见刘宇明，担心被发现躲去厕所；第三次她终于没躲掉，跟梅老太太撞了个正着。

于是，梅老太太抢过她手里的注射器和胰岛素，亲自动手。

舒萍有周密的作案计划，使用注射器肯定不会留下自己的指纹。她完全可以说，交给老太太的，是没有拆封过的新的注射器。

注射器上，最后只能检测出梅老太太的指纹。

梅老太太自首。动机充分、过程清晰、证据充足，还有好几个时间证人。

这个案子的凶手，只有梅老太太，也只能是梅老太太。

肖楼想起了她说的那句话——“为了李哲民这样的人渣，赔上自己的命，不值得，让我来就好了”。

梅老太太，梅若华，曾经的公司人事主管，当年在其他面试官打分并不高的情况下，她将李哲民招进了公司，因为她觉得李哲民口才好、有上进心，是个值得培养的年轻人。

没想到，李哲民的口才好，其实是油嘴滑舌；李哲民的上进心，其实是为了往上爬、不择手段的决心。

梅老太太一直很内疚，直到这次旅行。

她被诊断出了骨癌晚期，已经没有多少时间可以活了。

在死之前，她决定亲手杀死李哲民。

李哲民这个祸害，最初就是由她带来的。最后，也由她负责把这个人带走。

6 号车厢的案件，到此已经水落石出。

两人眼前的悬浮框中同时弹出提示——

在 6 号车厢杀死李哲民的凶手是：

A. 梅老太太；B. 舒萍；C. 牛大鹏；D. 郑卫国；E. 刘宇明。

请选择凶手，并将凶手关进 9 号车厢的警务室。

虞寒江和肖楼一起选了 A 选项。

梅老太太正在收拾行李，见虞寒江和肖楼走过来，周围的乘客自觉地给他们让开一条通道。虞寒江低声道：“梅阿姨，跟我们走一趟吧。”

梅老太太看了眼他们：“等我两分钟，我还有些事情需要交代。”

她把包里的吃的分给了 1 号房的其他人，把口袋里珍藏的那张照片交给舒萍，轻轻握了握舒萍的手。意识到她要走，舒萍的眼里噙满泪水，用力地抓着她的手不肯放。

梅老太太笑道："没事的，你女儿肯定能好起来，你也要好好地活着。你现在才 60，是我见过的最漂亮的老太太，至少要活个 80 岁才够本，知道吗？"

舒萍点了点头，泣不成声。

刘宇明扭头看向窗外，强忍眼泪，牛大鹏这位又高又胖的老人家眼里也含着泪花。其他一些不知情的，疑惑地问："梅姐怎么了？乘务员为什么要把她带走？"

梅老太太朝众人摆摆手："没事，老婆子腿脚不好，两位乘务员好心，让我去宽敞的地方休息一会儿。"

她转过身，朝肖楼和虞寒江说："走吧。"

肖楼轻轻扶住她，带着她走向 9 号车厢的警务室。

身后，一群老年团的人都在目送她离开。那个苍老的背影渐渐远去，她脚步蹒跚，可每一步都走得坚定、从容。因为她知道，这一切都要结束了。

舒萍、舒萍的女儿舒晓萌、蕊蕊的孩子李默，都会开始新的生活。

至于她，总是要死的，在医院因为骨癌痛苦地病死和在刑场被一枪打死，也没什么区别。

仔细来算，被一枪打死还更痛快一些。

窗外阳光明媚，梅老太太眯起眼睛，嘴角终于露出了释然的笑容。

梅老太太走后，整个旅游团的气氛都变得有些压抑，老人们不再说话，他们沉默地看着虞寒江和肖楼带走梅姐，紧跟着又返回现场带走了李哲民的尸体。

列车长说尸体放在车厢会影响乘客，既然案件已经查清，就把李哲民的尸体搬去 9 号车厢暂且安置，等下一站再让警方带走他。

本来按照密室的设定，列车到达终点站之后警察才会过来，由于肖楼和虞寒江提前完成了任务，今天晚上，警方就会来交接这个案子。

安顿好一切时已经是午饭时间。

莫佳然终于逃一样跑回了 4 号车厢，之前车厢连接处的门被封锁，她出不去，待在房间心乱如麻，现在尸体被带走，车厢解禁，她便第一时间跑了回去。

周正握住她的手，柔声安慰："没事的，然然，别怕。"

岳小泉见她脸色苍白，关心道："怎么了？"

莫佳然压低声音说："6 号车厢死了一个老爷爷，刚才乘务员才把尸体给搬走，听老年团的那些爷爷奶奶说，这个死掉的人好像是心脏病发作……"

李哲民真正的死因只有几个案情相关的人知道，其他人依旧一头雾水，所以，莫佳然听到的版本也是一个老头心脏病发作猝死在车厢。

岳小泉怔了怔："急性心梗吗？"

莫佳然脸色难看地点点头："应该是吧。"

周权打断她们："别聊这个了，我们先去吃饭。"

莫佳然皱眉道："大清早起来遇见这种事真是倒霉，我脸都没来得及洗，早饭也什么都没吃，我都快饿死了。"

4 人一起出发前往餐厅，点了好几样价格昂贵的菜，美美地吃了一顿。

8F 的荆伟光主动跑来 6 号车厢，看向肖楼问："听说 6 号车厢出事了，我是医生，需要帮忙吗？"

这位医生 NPC 看来是闲了很久，终于忍无可忍，主动跑过来询问是否需要帮忙。

肖楼微笑了一下："不用，事情已经解决了。"

荆伟光挠挠后脑勺，"哦"了一声，转身回到 4 号车厢，继续泡面吃。

下午没有任何事发生，晚饭时间也没发现异常。

直到列车液晶屏上的时钟显示 21:20，车厢内才响起熟悉的广播声。

温柔的女音缓缓说道："旅客朋友们，列车即将在 10 分钟后到达沧州站，请需要下车的旅客提前准备好行李物品……"

乘客们开始收拾行李，虞寒江也回到了 6 号车厢。

21:30，伴随着列车的轰鸣声，KP-7311 号动车准时停靠在了沧州站。

收到列车长消息的一群警察已经提前在车站等待，他们带走了死者的尸体，给梅老太太戴上手铐，并且将老年团的所有人带回去做笔录。

为首的警官走过来握了握虞寒江和肖楼的手："谢谢两位协助调查。"

虞寒江和肖楼礼貌地跟他们完成交接手续。

等警方走后，车厢的门才打开，乘客们开始排成队有序地下车，喻欣欣小朋友还好奇地找肖楼问道："叔叔，6 号车厢的小偷抓到了吗？"

肖楼笑道："已经抓到了。"

喻欣欣很开心地朝他挥手："太好了，叔叔再见！"

一家五口转身离开，还有大量的散客也在这一站下车。

肖楼发现，有 4 个人正在排队等候上车：一个穿着西装裙、精明干练的职业女性，两个打扮很简单清爽的女大学生，一个背着旅行包、目光清澈的少年。

肖楼一边检票一边问："是去月之城看演唱会的吗？"

职业女性淡淡道："去开会。"

两个女大学生摇了摇头说："我们是去旅行。"

小少年则意外地道："你也知道演唱会吗？骆颜是我女神！"他说完，似乎不太好意思，挠了挠后脑勺，红着脸说，"我从小就喜欢听她的歌，听了好多年，这次演唱会，我攒了好几个月的零花钱才买的票，嘿嘿，大哥你也喜欢骆颜女神吗？"

肖楼道："我不太听歌，但车厢里有好多人都是去看演唱会的。"

少年很激动："是吗是吗？看来志同道合的人很多啊！我女神果然魅力无穷。"

肖楼不动声色地查票，并且特别关注了他的名字——徐君凯。

四人上车后，情侣组中的周正也走过来道："您好，我看6号车厢那边老年团全部下车了，空出了不少床铺，我们能再补差价要一张卧铺吗？"

肖楼转身走向虞寒江，问："你那边空床铺多少？"

虞寒江道："刚才又上来一批去开会的大学教授，列车长说，1号、2号车厢那边很多人也要换卧铺，目前……空床铺只剩一个，正好在莫佳然的对面。"

周正双眼一亮："太好了，那我们补差价换去那张卧铺吧。"

虞寒江点点头，收下他递过来的钱。

15分钟的时间很快过去，两人再次返回车上时，周权正在帮女友岳小泉搬行李，周正也帮莫佳然提着个箱子，4人一边往6号车厢走，一边聊着天。

岳小泉道："我其实没关系，在硬座车厢趴着也能睡好，要不我俩换着睡吧？我睡前半夜，后半夜你过去睡？"

周权目光温柔地道："你是女孩子，不用换，好好休息。"

莫佳然听到这里，看向周正，淡淡地道："你需要换吗？"

周正立刻端正站好："不不不，卧铺就是给你们两位女生换的，我跟我哥无所谓，在硬座车厢也能凑合睡。"

兄弟两人将女友护送到卧铺车厢，叮嘱了几句便转身离开。

隔壁4号车厢，两个女生换走之后，周权、周正兄弟便坐在了一起，荆伟光一个人坐8D、8F两个座位，空间很是宽敞。

刚上车的少年徐君凯的座位正好在闺密团的前一排，听说5人也是去看演唱会的，自来熟的徐君凯立刻开始跟妹子们聊了起来。从女神的出道单曲聊到最近的专辑，越聊越热闹，很快大家就互相加了微信。

徐君凯和闺密团打成一片，一直聊到10点广播响起："各位旅客，夜深了，我们的车厢即将熄灯，请大家尽快休息，晚安……"

肖楼的耳边响起熟悉的提示："各车厢乘务员，请尽快回到 9 号车厢休息。"

虞寒江和肖楼只好返回 9 号车厢睡觉。

次日早晨，两人被熟悉的闹铃惊醒。

洗漱完吃过早餐后，两人立刻赶去了 6 号车厢。这个车厢一切正常，莫佳然和岳小泉正在一起洗脸。虞寒江和肖楼对视了一眼，迅速来到 4 号车厢。

4 号车厢看上去很平静，有些人在排队洗脸，闺密团的 5 个女生还没醒。新上车的徐君凯正在厕所门口等待，他后面还有几个人在排队。

车厢尽头的两个洗手间，一直是"有人"的红灯状态。

大清早上厕所的人比较多，厕所门口要排队这很正常。只是，左侧的洗手间不断地有人出有人进，每个上厕所的人大概都是小便，用时不超过 1 分钟。

可右侧的洗手间，过去 10 分钟了，还没人出来。

徐君凯正好排的右边的队，等得有些不耐烦，轻轻敲了敲洗手间的门，道："哥们儿，能不能快点啊，我内急！"

里面没有任何声音。

徐君凯继续敲门："哥们儿是不是吃坏肚子了？麻烦快点，外面好多人等呢！"

肖楼和虞寒江四目相对，同时警觉起来——不对劲。

肖楼转身回到乘务员办公室，拉开抽屉，他敏锐地发现，钥匙被人动过！洗手间的钥匙依旧放在原地，只是肖楼昨晚离开时钥匙的齿纹是朝左的，如今却是朝右。

肖楼立刻拿起钥匙来到洗手间门口，虞寒江则直接清场："你们去 6 号车厢上厕所，这个厕所可能坏了，请大家让一下。"

附近排队的人全被他赶走，肖楼这才拿出钥匙打开洗手间的门。

洗手间里遍地都是鲜血！

只见周权半躺在地上，衣衫不整，尸体已经彻底冰冷僵硬。

他的死状极其惨烈，身上被割了很多刀，几乎不剩多少完好的皮肤。他的嘴巴被一条很常见的白色毛巾给捂住，男生的眼眸大大地瞪着，似乎不敢相信对方居然会杀他。

肖楼和虞寒江倒抽一口凉气。

如果说，李哲民的死，面容安详，死在了最美的梦里。

那么，周权的死，则是一场残忍的虐杀。

他在死前经历过的痛苦，不亚于凌迟！

虞寒江毕竟是刑警出身，这种死者被虐杀的场面他司空见惯。他反应极快地关上洗手间的门，挡住周围乘客的视线，低声在肖楼耳边说："周权的死状太过残忍，这件事的影响不能扩大，万一整个车厢的人陷入恐慌，对我们的调查会更加不利。你先去跟乘客们说这个洗手间坏了，不能用，让大家去别的车厢上厕所，稳住大家的情绪。"

肖楼点点头，转身来到车厢："各位乘客，非常抱歉，我们4号车厢的两个厕所都坏了，暂时不能使用，洗漱间也停水，大家如果需要洗脸、上洗手间的话，可以就近去3号车厢或者6号车厢。"

周围响起一片抱怨："搞什么啊？厕所怎么会坏？"

"唉？我刚刚洗脸的时候还有水。"

徐君凯脸色一变："靠！排队排半天原来是厕所坏了？！多久能修好？"

肖楼温言道："建议你去6号车厢，卧铺车厢那边人少。"

听到这话，之前排队上厕所的人争先恐后地往6号车厢跑。

肖楼的目光快速扫过车厢——早晨7点30分，大部分乘客没睡醒，这件事并没有引起太多人的注意，他微微松了一口气。

就在时候，周权的弟弟周正从3号车厢的方向走过来，他手里拿着个保温杯，路过厕所，疑惑地看了一眼，皱眉道："我怎么闻见奇怪的馊味？谁带的吃的坏了吗？"

周正回到座位，问道："乘务员，厕所那边好像有怪味，是不是清洁没做好？"

肖楼笑着解释："洗手间坏了，是有一些味道，我们会尽快处理的。"

"坏了吗？"周正小声嘀咕，"我就说左边的那个洗手间怎么一直不开门。"

见他神色平静地在座位上坐了下来，从背包里拿出面包和牛奶开始吃早饭，肖楼轻声问："对了，你哥呢？怎么没见他？"

"不知道。我早上起来的时候我哥就不见了，大概是去6号厢车找他女朋友了吧。"

肖楼接着问："我记得你昨晚坐在靠过道这边，怎么现在又坐靠窗的位置了？"

"我喜欢靠窗睡，所以昨晚熄灯之后，我就跟我哥换了。我坐里面，他坐外面。"

肖楼道："昨晚睡得好吗？半夜有没有醒来过？"

周正还以为乘务员只是例行表示对乘客的关心，很配合地回答说："我昨晚11点就睡着了，趴在桌上睡得不太舒服，唉，脖子都僵了。"他伸出手，一边揉脖子，一边说，“不过，我的睡眠质量还行，一觉睡到了天亮。”

肖楼假装不经意地问：“你哥哥跟岳小泉的感情怎么样？”

“挺好的啊，他们认识两年了，每年假期都会出来旅行，我哥很会哄女孩子。”他突然反应过来，疑惑地抬起头，“话说，你找我哥有事吗？”

“没什么。”肖楼故作平静地笑了笑，“你先吃饭吧。”

“哦。”周正一脸的莫名其妙，肖楼走后，他就拿着面包啃了起来。

肖楼想，你赶紧吃，否则，看见你哥死亡的惨状，估计你会好几天吃不下东西。

肖楼转身来到洗手间前轻轻敲门：“虞队。”

虞寒江打开门让他进来。

这辆动车的洗手间空间很宽敞，有两平方米左右，除了可冲水的马桶之外，还有一个小型的洗手池，墙壁上挂着绿植，平时洗手间会放空气清新剂，洒上香水，环境几乎比得上高档五星级酒店的洗手间。

但此时洗手间里一片狼藉。周权半躺在马桶上，洗手间的地面有大量干涸的血迹，狭窄的空间内满是血腥味和尸体散发的怪味。

虞寒江指向周权胸口的位置：“肖教授你看一下，致命伤是不是胸口这一刀？”

肖楼戴上口罩和手套，周权的死状惨不忍睹，肖楼一边数刀伤一边说道：“死者身上总共有 30 处刀伤，只有心脏这一刀刺得很深，致命伤就是这一刀，从位置来看，应该是刺穿了左心房。”他伸出手轻轻翻了翻血迹干涸的伤口，道，“其他的刀伤都只割到肌肉层，并且没割到重要的血管，因此出血量并不大。死者应该在死前遭受了刀割的虐待，心脏这一刀是最后才补上的。”

虞寒江看向遍体伤痕的周权，分析道：“也就是说，凶手先将他绑起来，非常耐心地一刀一刀割他的身体，让他承受痛苦的折磨，等他遭受了足够的虐待后才一刀刺入他的心脏，解决了他？”

“是的。”肖楼指着腹部的几处伤口，“这几处都割到了筋膜层，但并没有捅穿腹腔。如果先一刀杀死他再进行鞭尸的话，没必要下手这么轻。凶手不但耐心、细心，而且对人体解剖学有一定的了解。前面的 29 刀，刀刀避开要害，最后再一刀解决，干脆利落。”

虞寒江眉头紧皱，这些伤口的分布虽然凌乱，深度却差不多。如肖楼所说，全都停留在体表，没有触及内脏和大血管，这些伤只会让人很痛，却不会死。只有心脏那里的一刀，快、狠、准地杀死了周权。

肖楼用戴着手套的右手转过周权的头："虞队你看，他的脸颊肿胀很明显，脸上还留下了手指印的痕迹，对方显然用巴掌抽过他的脸。"

虞寒江道："打耳光，这个举动，更像是女性所为。那里被切了……应该是某个女人被他辜负，或者知道他出轨，杀他泄愤？"

肖楼仔细看着尸体："虞队，帮一下忙，把他翻过来。"

两人将尸体翻转，果然发现尸体的手腕、脚腕都有明显的勒痕。

肖楼道："死者的双手和双脚曾被一种纤细、柔韧的绳索捆绑住，而且被绑的时间应该超过一个小时，他身体上的勒痕已经发青，显然手脚被绑得非常紧，严重影响了局部的血液循环。"

虞寒江说："手脚被绑，嘴里塞着毛巾，所以他没办法挣扎和呼救。"

肖楼疑惑道："可如果凶手是女性，周权超过一米八，怎么会在洗手间被女人轻松制服？即便是毫无防备地被对方给绑住，他也可以通过挣扎来逃脱吧？"

虞寒江半蹲下来，看着地上的一些不明液体，若有所思。

虞寒江猜测道："如果，有个女人主动约他来洗手间，玩捆绑游戏呢？"

肖楼怔了怔，扭头看着尸体双手、双脚被紧紧捆绑的痕迹，猛然一惊："虞队是说，他是自愿被绑起来的？因为对方提议，跟他在洗手间里玩捆绑？"

虞寒江的脸色无比严肃："没错，有些人就是有这种特殊的癖好。"

肖楼神色复杂："我听说过，从心理学上来讲，这应该属于自虐狂？"

"如果周权是在自愿的情况下先被对方绑住了双手和双脚，对方趁着他防备最弱的时候，给他的嘴里塞了一块毛巾，让他没法呼救，然后将他绑紧，用刀割伤他的身体，并且抽他耳光……案发现场的这一切就能得到合理的解释。"

肖楼联想到虞队描述的场景，只觉得寒毛直竖。

周权一个身高一米八的年轻男人，怎么会被女人治得服服帖帖，还惨遭杀害？即便是提前将他迷晕，他的体重超过 150 斤，把 150 斤的男人从座位上拖到洗手间，肯定非常吃力，还会引起周围人的注意。

只有一种可能——周权是主动走进洗手间的。

如果他奋力挣扎，即便是两个女人同时动手，也不一定能完全制服他，除非他自愿让对方绑住了双手和双脚，失去了先机，就像主动跳进陷阱的猎物，再也没法挣脱。

肖楼看了眼周权的尸体，眉头不由微微皱起。

这个周权表面看上去风度翩翩，处事极为"周全"，对女朋友很温柔体贴。看不出来，他居然会有这样的恶趣味！

虞寒江和肖楼对视一眼，脸色都有些难看。

肖楼仔细想了想，道："目前能确定的是熟人作案，并且杀他的人应该跟他有过感情纠纷，凶手懂一些人体解剖知识，他女朋友是学医的，那个莫佳然也是护理学专业。"

虞寒江点头："这两个换去 6 号车厢的女生嫌疑很大。"

肖楼仔细一想，突然想到某个细节："我记得当时莫佳然和周正因为没买到卧铺票的事情公然吵架，整个车厢的人都被惊动，周权在旁边劝架的时候叫莫佳然'然然'……当哥哥的，对弟弟女朋友的称呼是不是过于亲密了？"

虞寒江眉头微蹙："难道周权和莫佳然有一腿？岳小泉知道他出轨后杀他泄愤？"

洗手间内陷入了短暂的沉默。

表面上看似乎是这样，但这个推理也太简单了，不像红桃密室的风格。

虞寒江说："我们先把洗手间锁上，用空气清新剂掩盖一下血腥味，待会儿再仔细询问 4 号车厢和 6 号车厢的乘客。"

"好。"肖楼点点头，转身看了眼瞪大眼睛、死不瞑目的周权，心脏不由微微发紧。

到底是什么样的深仇大恨，才让凶手对他进行了这样残忍的虐待？

为免身上沾染血腥味，肖楼从乘务员办公室里拿出空气清新剂，在两人的身上各自喷了一下，除去异味。

他拉开抽屉，跟虞寒江说："洗手间是锁住的，周权死了不可能自己锁门，一定是凶手从外面用钥匙锁了门。我昨晚离开办公室的时候钥匙放在抽屉里，齿纹朝左，但今天早晨拿钥匙时齿纹朝右。而且，我在办公室门口夹的一根头发也不见了。"

凶手很细心，把钥匙放回了原位。但是，夜晚光线昏暗，她肯定没注意门缝里的头发丝，钥匙的齿纹朝向她应该也没留意。

虞寒江道："凶手进过你的办公室，看看会不会留下线索？"

肖楼的认真查看办公室所有角落，他双眼微微一亮，俯身捡起一根头发，虞寒江接过来道："看来，基本推理是对的。凶手是女人，而且是个有黑色长发的女人。"

行动时不小心留下头发，黑夜中，凶手肯定也没注意。如果是现实世界，虞寒江完全可以把头发拿去做基因鉴定。可如今两人在列车上，没法确定头发的主人，只能通过搜集其他的线索，分析、推理出真凶。

肖楼道："莫佳然的头发只到肩膀，而且是深棕色鬈发。没记错的话，岳小泉的头发是黑长直，闺密团中，也有两个长黑发女生。"

虞寒江说：“我们得尽快搜证，死者的手机没在身上，他的手机里可能会有线索。”

动车的马桶不能丢体积太大的杂物，否则会坏掉，手机没办法通过马桶冲下去，所以周权的手机肯定还在车上。

两人返回 4 号车厢，周正和莫佳然已经吃完早饭，刚才睡得东倒西歪的荆伟光也迷迷糊糊地起来了，正顶着鸟窝一样的乱发往洗漱间的方向走，肖楼拦住他：“荆医生，洗手间坏了，如果想上厕所或者洗脸的话，你可以去 6 号车厢。”

荆伟光这下总算彻底清醒，他揉揉眼睛，有些疑惑地道：“洗手间坏了吗？凌晨我上厕所的时候还是好的啊。”

肖楼察觉他知道些什么，立刻顺着他的话问：“荆医生凌晨起来过？”

荆伟光点头：“我闹肚子，凌晨 3 点起来过一次，去上厕所的时候右边是好的，左边的洗手间显示有人，应该也是好的。”

虞寒江紧跟着问：“你在洗手间待了多久？”

“我拉肚子，大概待了半个小时吧？ 3 点半才上完厕所出来。”

“当时对面的洗手间里还有人吗？”

“嗯，我当时还奇怪呢，是不是哪个哥们儿闹肚子比我严重，还没出来。”

他的话中提到了一个关键的时间——3 点的时候，厕所有人，是从内部反锁的，很可能当时死者和凶手正在洗手间里，也有可能周权已经死了。

虞寒江问道：“你有没有听见左边那个洗手间里传来奇怪的声音？”

荆伟光仔细回忆了一下：“我走过去上厕所的时候，对面的洗手间好像有一个哥们儿在低声叫唤，嗯嗯啊啊的，我觉得他可能是便秘了，也就没理。”

虞寒江问：“确定对方是男人？”

“声音低沉，不像女人。”

“你上完洗手间出来之后，对面还有没有声音？”

“没了，对面的厕所里很安静。”

听到他反复说什么便秘，前排正在吃面包的女人回头白了他一眼。荆伟光也察觉到自己太过直白，讪讪地笑笑，总结道：“反正当时两个洗手间都是好的。”

肖楼和虞寒江对视一眼，心里都有了结论。

3 点钟，荆伟光上厕所的时候周权正在对面的洗手间里，他显然还没死。大概是听到外面有脚步声，周权开始想办法呼救，所以发出了一些奇怪的声音。由于周权的嘴巴被毛巾堵住，发出的声音不太清晰。在荆伟光看来，那像是便秘的声音。

凶手原本在慢慢折磨周权，发现有人来洗手间，担心自己行动败露，这才干脆利落地一刀杀死了周权，所以荆伟光从洗手间出来的时候，对面变得很安静，因为那时候周权已经死了。

虞寒江提出一个关键问题：“你当时上洗手间的时候，有没有注意到车厢里的其他人在不在位置上？”

荆伟光摇头：“没注意，4 号车厢有很多空位，我也不知道哪些位置有人哪些位置没人。”由于中途两个大的停靠站下去一批人，4 号车厢现在大部分都是空的。

他顿了顿，突然想到什么，指着旁边说：“但我记得，当时 8 排的那对兄弟只有一个人在睡觉，头都歪到了座椅上，另一个人好像不在。”

周权当然不在，他正在洗手间里经受着折磨。

虞寒江仔细观察荆伟光的脸色，发现这位医生一脸茫然，不像说谎。对上虞寒江的目光，荆伟光尴尬地笑了笑：“那个，两位，出什么事了吗？如果需要帮忙的话，待会儿再找我啊，我先去趟厕所，内急！”

他转身往 6 号厢车跑去，路上正好碰见往这边赶过来的岳小泉。荆伟光大概是真的内急，冒冒失失的，不小心撞了岳小泉一下，赶忙红着脸道歉：“不好意思……”

女生很淡定地摆摆手：“没事。”

她今天没穿情侣装，换了一条好看的白色裙子，头发松松地扎在脑后，而已死的周权，死的时候身上还是穿着那件情侣短袖。

岳小泉长相清纯，就是太冷淡，似乎对什么人和事都漠不关心。

她神色平静地走到第 8 排，暂时坐在荆伟光离开后的空位上，看向周正问：“你哥呢？我给他发短信叫他过来吃早饭，他一直不回。”

周正满脸疑惑：“我还以为他在你那儿！我刚给他打电话，他电话关机了。”

莫佳然道：“该不会是没电了吧？”

周正点头：“有这个可能，我哥昨晚睡前抱着手机看了很久的小说，大概是把手机给用没电了。”

岳小泉淡淡地“哦”了一声：“那就不管他了，我先吃。”她从随身背包里拿出牛奶和饼干，自顾自地吃起了早饭。

3 人的脸色都没有异常，肖楼凑在虞寒江耳边说：“他们真的不知情，还是演技太好？”

虞寒江挑眉：“周正看上去是真不知情，两个女生可说不准。”他直接上前一步，拍拍周正的肩膀，“周正对吧？麻烦跟我来一下。”

周正一脸困惑："怎么了？"

虞寒江冷冷地道："我知道你哥哥在哪儿。"

周正赶忙站起来跟上他们，虞寒江带着周正去洗手间，给肖楼使了个眼色，低声在肖楼耳边说："我去搜垃圾桶，你带他进厕所看看案发现场，别让他叫得太大声。"

肖楼会意，点点头让虞队放心。

趁着周围没人，肖楼用钥匙打开洗手间的门，带周正进去。

周正原本还一脸疑惑，不知道乘务员带自己去洗手间干吗，结果，肖楼把他带进去后立刻反锁上洗手间的门，并且伸手捂住了他的嘴。

周正："呜呜呜呜——"

他果然崩溃地尖叫出声。

洗手间里，死状惨烈的人正是他的哥哥。

肖楼一边捂着他的嘴，一边低声在他耳边道："冷静一下，别叫这么大声。我们打开洗手间的时候就发现你哥哥被杀了，所以才用洗手间坏掉的借口支开乘客，这件事不能闹大，明白吗？"

周正眼里满是泪水，滚烫的眼泪控制不住地掉下来，弄湿了肖楼的手背，他哭个不停，嘴里呜呜的也不知道在说什么。

肖楼温言道："你别尖叫，我就放开你。"

周正用力点头，肖楼放开他，周正便"扑通"一声在尸体的面前跪了下来，他全身发颤，一边哭一边声音嘶哑地叫道："哥……怎么会这样？哥，你醒醒……"

他哭得撕心裂肺，眼泪不像是作假。

肖楼轻叹一口气，拍拍周正的肩膀："你哥哥的死我们也很遗憾，但人死不能复生，希望你能尽快冷静下来，配合我们找到凶手，也算是给你哥哥一个交代。"

周正胡乱擦了擦眼泪："我明白，我一定找出凶手！到底是哪个变态这样虐待我哥……"

外面响起敲门声，紧跟着传来虞寒江的声音："是我。"

肖楼看向周正，叮嘱道："你哥被杀的事情，希望你能暂时保密，在莫佳然和岳小泉的面前也不要透露你哥已经死了，我们需要调查，你千万别把事情闹大，知道吗？"

周正神情失落地"嗯"了一声，然后，他又豁然抬头："等等，然然怎么也有嫌疑？不能告诉她吗？"

肖楼道：“她不是有嫌疑，我们需要调查线索，如果她知道你哥死了，她可能会心慌之下忘记一些关键，明白吗？”

周正怔了怔，点点头：“明白。”

肖楼这才打开洗手间带周正走出门。

虞寒江用塑料袋包着一部沾满了泡面汤汁的手机：“是你哥的手机吗？”

周正仔细一看：“没错，他的手机跟我同款，你在哪儿找到的啊？”

虞寒江说：“餐车垃圾桶，被扔在一个泡面碗里。”

虞寒江和肖楼带着周正来到乘务员办公室，用纸巾把手机上的汤汁擦干净，开机的时候发现没电了，周正急忙说道：“我有充电宝和数据线，我这就去拿。”

虞寒江：“顺便把你哥的背包也拿过来。”

周正点点头，转身走了。

来到第 8 排时，莫佳然很担心地道：“你跟乘务员干吗去了啊？你哥呢？”

周正结结巴巴道：“我、我哥出了点事。”

岳小泉已经吃完了早餐，正低头玩手机，听到这里才抬起头道：“你哥怎么了？”

肖楼不放心周正，便跟了过来，正好听见他们的对话，肖楼微笑着说：“岳小姐，先不要担心，他哥哥没什么事，待会儿我们会叫你过去见他的。”

岳小泉点头：“哦。”然后她就继续低头看手机。

男朋友失踪这么久，男友的弟弟神色慌张，她居然毫不介意。到底是性格太冷淡，还是她跟男友本来就关系不好？

肖楼疑惑地看了岳小泉一眼。

女生侧脸清秀，目光冷静，表面上依旧看不出什么端倪，他只好让周正带上死者的背包和数据线，转身回到办公室。

乘务员办公室，手机充了电后，周正输入密码，顺利开机。

肖楼和虞寒江的脸色同时一变。

只见手机桌面的背景是一张画风很诡异的图。

这是一辆黑色的列车，车头的部位冒着浓浓的黑烟，透过窗户，可以看到车厢里坐着很多神情麻木的人，所有人的脸上都没有表情，皮肤苍白得毫无血色，就好像是已经死了去很久的尸体一样。

图片的上面写着一行字——

开往地狱的列车。

这幅图片，让3个人同时脊背发冷。

周正颤抖地指着这张图："这肯定是凶手换掉的！昨天晚上我看过我哥的手机，他的桌面是他跟岳小泉的合影，才不是这张恐怖的图片！"

不用他说，虞寒江和肖楼也知道手机被动过手脚。

不但桌面的图片被换掉，打开短信记录、通话记录，全都被清空；微信、QQ聊天记录也被删得一干二净，连好友都被删光了。

肖楼和虞寒江在旁边压低声音说悄悄话，周正发现两人神色严肃，心里越发不安，他忍不住问道："我哥是被谁杀的，你们有线索吗？"

虞寒江回过头说："目前，只能确定杀人凶手是和你哥有过感情纠纷的女性。你哥这些年来，总共交往过几个女朋友，你知道吗？"

周正怔了怔，道："正式的女友，我只知道3个。"

虞寒江道："详细说说，怎么交往、怎么分手的。"

周正回想了一下，道："第一个女朋友是他的初恋俞霖，他高二下半年参加辩论会的时候认识了俞霖，我哥口才超好，俞霖也很优秀，两人算是不打不相识吧，我哥主动追的她，两人半年后在一起。毕业那年，考到不同的学校，因为异地恋才分手的。"

虞寒江非常直接地问："你哥跟初恋女友上过床吗？"

虞队的直球让人猝不及防，周正显然也被问得愣了一下。他看上去挺纯情，耳根微微一红，道："某次周末，我哥跟俞霖一起出去玩儿，他半夜突然发消息跟我说，他终于从男孩子变成了男人，所以他跟俞霖，应该是……做过吧？"

肖楼迅速拿出纸笔，将他话里的关键记下来。

虞寒江问："俞霖考去哪个学校的什么专业？他们分手之前有没有闹过矛盾？"

周正道："俞霖是我们高中的女神，成绩好，性格落落大方，是很有气质的那种美女。她最后考去了华大数学系，跟我哥距离太远才分手的。我记得他们没闹过矛盾，和平分手，我哥当时很伤心，还大醉一场。"

虞寒江紧跟着问："第二任女友呢？"

"第二任是他高三暑假谈的，一个网吧前台。高考结束，时间很多，我们兄弟天天去网吧打游戏，一来二去就认识了。那个女生是很开放的辣妹，两人认识不到3天就出去开房。她的名字我不清楚，大家都喊她燕子。"

"第三任，也就是岳小泉？"

周正点头道："没错，岳小泉是大二认识的，当时我们学校办了一次联谊舞会，我跟我哥同时认识了岳小泉和莫佳然。我对然然一见钟情，我哥对岳小泉一见钟情，然后我们就经常约她俩出来吃饭。”

虞寒江继续直截了当地问：“他跟岳小泉进展到了哪一步？”

周正摸摸鼻子：“他们认识两年，去年假期就单独出去旅行过，我哥经验那么老道，我估计，他俩应该也……那个过吧。”

虞寒江淡淡道：“看来你哥的品位一直在变？初恋是个气质出尘的大家闺秀，分手没多久就跟网吧小辣妹搞在一起，第三任又找了个冷漠冰山款的岳小泉？”

周正脸色难看地道：“我也不太懂他的品位。”

跟初恋交往的时候周权还在读高中，被老师、家长严格管束，加上初恋女友确实很优秀，他也不方便脚踩多条船。第一次的时候，他还特意给弟弟发信息，说自己从男孩子变成了男人，可见当时他的心理上应该还有青涩少年“长大成人”的神圣感。

分手后，高考结束的那个暑假，周权开始放飞自我。

认识网吧的小辣妹不到三天就去开房，可以看出那个时候的周权对亲密接触这种事已经没有了“神圣”的感觉，反而觉得睡妹子天经地义。网吧小辣妹太好上手，这让他产生了一种“女人很好哄”的错觉。

大学环境相对自由，各个学院美女如云，他瞄准了冰冷淡漠的岳小泉。

周权很会说话，处事有分寸、有担当，加上追人经验丰富，哄女孩子自有一套方法，岳小泉大概也被他所打动，在假期外出旅游的时候跟他发生了关系。

但是，以他的性格，他怎么可能只满足于和岳小泉在一起？

所以，他在和岳小泉交往的过程中，说不定还脚踩二、三、四条船，同时在跟其他类型的女生交往。

虞寒江接着问：“只有这 3 任，没别的？”

“知道名字的就这 3 个。”周正顿了顿，补充道，“对了，我在我哥手机里见过一些暧昧微信，有个女生叫他‘亲爱的’，还有一个叫他‘老公’。我看对方的头像都不是岳小泉。我哥经常玩游戏，在游戏里也会找老婆，我以为那是他游戏里的对象，就没在意。”

看来，周权是脚踩多条船，结果不小心翻了船。

肖楼无奈：“你还记得对他称呼亲密的人的头像和名字吗？”

周正仔细想了想，道：“有一个是小猫，白猫的头上一些斑点，微信名叫小羽毛；还有一个是自拍照，画着精致妆容的小姐姐，看上去温柔漂亮，名字是一串字母。”

虞寒江将周正知道的情况全部问了出来。

紧跟着，他和肖楼一起翻找周权的旅行背包。

旅行包的角落，一个带拉链的口袋里放着个指甲盖大小的U盘，不仔细搜的话根本没法注意，虞寒江把U盘拿了起来，看向周正问："带笔记本电脑了吗？"

周正道："我没带……然然带了，我去找她借。"

他转身雷厉风行地走了，片刻后抱着一个粉红色的笔记本电脑回来。没想到莫佳然虽然是大小姐脾气，倒很有少女心，电脑外壳是粉色的，键盘也被贴成粉色，桌面上是一条可爱的小泰迪，硬盘分区只有两个，一个是装系统的C盘，另一个硬盘全是各种少女漫画、动画、偶像剧。

虞寒江把U盘插到接口，提示输入密码。

周正想了想，道："试试看147852，我哥常用的密码就是这个。"

虞寒江输入这串数字，U盘果然成功打开。

然后……

肖楼和虞寒江，包括周正，都惊呆了。

只见U盘里面建了整整7个文件夹，分别命名为"霖爱妃""泉爱妃""燕妃""静妃""芸妃""宋美人""沐美人"——简直辣眼睛！

封建帝国早亡了，这哥们儿还在选妃呢？！

虞寒江沉着脸看向周正："你哥的私生活，真是丰富。"

所以最后才被爱妃们虐杀了？

周正似乎听懂了对方的潜台词，满脸惊骇："我、我不知道！你们别这么看我，我对我们家然然很专一的！我从来没有谈过别的女生，你们千万别告诉然然……"

哥哥那么风流，弟弟居然"妻管严"，差距可真大。

肖楼哭笑不得："没说你。先说说你哥的这些爱妃吧，看来他有收集妹子并且留下照片的习惯，你看看，认识几个？"

周正脸色难看地打开文件夹。

肖楼已经做好了被冲击视觉的准备，好在周权还算有一点节操，拍下来的妹子们的照片都是生活照，没有涉及隐私，也没有裸照之类辣眼睛的存在。

周正指着照片说："这个是他的初恋俞霖；这个是岳小泉，你们见过的；这个就是我说的网吧小辣妹燕子……其他的我都不认识。"

肖楼粗略一数，周权目前收集的爱妃和美人加起来有7个。

如果是古代，三妻四妾和睦相处，也算是一段佳话。但前提是，古代的老婆们彼此知道对方的存在，并且能接受“共侍一夫”的设定。现代社会早就一夫一妻制了，女生不可能忍受男朋友劈腿，所以，周权一定没有告诉这些女孩儿自己在脚踩多条船。

他智商不差，能分清每个女生的喜好，记住每个女生的生日……这样的智商用来干什么不好？偏偏要走邪门歪道！

肖楼看着整整齐齐的7个文件夹，说道：“周权手机里的照片和聊天记录都被删干净了，凶手可能也没想到，他还会在U盘里专门备份照片。”

虞寒江忽然问：“你觉不觉得这个网吧小辣妹有些眼熟？”

肖楼仔细看着照片，片刻后才说：“她的左侧眼角有一颗红痣，我记得，闺密团中的某一位女生，眼角似乎也有同样的红痣。”他很快就确定地道，“是刘晓燕！虽然她容貌、气质变化都很大，可还是能依稀看出当年的模样。”

“果然，这个闺密团也跟周权有关，我们再仔细核对一下照片。”

肖楼和虞寒江把7个文件夹中最清晰的正面照全部打开。

第一个俞霖，端庄有气质的大家闺秀，留着又长又直的黑发，但奇怪的是，周权跟她交往的时间是高中时期，照片里的她并不是高中生，而是上大学之后在校门口拍的照片。照理说，已经分手，应该拿不到前女友的照片，难道周权又跟她复合了？

虞寒江越看越觉得眼熟，片刻后，他才突然说道：“昨晚，6号车厢那边新上来一个乘客，目前住在4号房，就叫俞霖。”

肖楼心下一惊，立刻往后翻看。

第二张照片是刘晓燕，闺密团的大姐，曾经是守网吧前台的小辣妹，如今似乎事业有成，形象大变，但眼角的那一颗痣依旧鲜明。

第三张，岳小泉，医学院女生，容貌清丽，性格冷若冰霜，留着一头又黑又直的长发。

第四个，仔细分辨就可以看出，居然是闺密团中的宋晓羽，同样的黑长直！女生穿着一身纯洁无瑕的白色连衣裙，对着摄像机似乎有些羞涩，她天真无邪的样子，确实会激起男人的保护欲。

第五个，一身职业西装裙，似乎已经工作了，戴着银边眼镜，笑容知性温柔，应该是24岁左右的年轻职场女性。巧的是，昨天21:30列车到站的时候，肖楼正好见过她，还问她是不是去看演唱会，她说是去出差。这位名叫司芸的女生照片，被周权放在了“芸妃”的文件夹里。

第六位和第七位，肖楼也正好见过——同样是昨天21:30上车的女生，两个女生在一起，背着包穿着运动服，看着很像是大学生，她们一个叫颜茹茹，一个叫程沐，照片被分别放在“茹妃”“沐美人”的文件夹里。

肖楼越看越是心惊！

俞霖、刘晓燕、岳小泉、宋晓羽、司芸、颜茹茹、程沐……

肖楼的声音微微发颤，不敢相信地说：“周权的U盘里收集了7个女生的照片，这7个女生，现在居然全都在这辆列车上！”

周正一脸的惊骇：“什么意思？我哥交往过的女人，全、全来了？！”

虞寒江仔细看了眼周权手机桌面的照片。那张恐怖风格的火车照片显然被PS高手处理过。车厢里的所有人都面无表情，如同尸体。

开往地狱的列车，原来是这个意思。

虞寒江看着电脑里的文件夹，平静地说：“7个女生全部在场，看来，你哥的爱妃们是集体来给他送葬的。”

这个案件简直刷新了肖楼的三观。周权背包里的U盘提供了非常重要的线索，他收集的7个女生的照片显然是和他有过暧昧关系的7任女友，更关键的是，7人此时全在车上，这不可能是巧合！

肖楼仔细回忆了七个女生上车的过程，拿起纸笔迅速在本子上画了一张图。

这趟列车的车厢分布是：车头、9号至6号车厢、餐车、4号到1号车厢，其中6号车厢的洗手间靠近餐车，4号车厢的洗手间靠近3号车厢。

一节车厢有两个门，下车是在前门，上车是在后门。座位分布，第一排靠近前门、第十五排靠近后门。

由于乘客们前门下车、后门上车，因此，上车时正对着的便是最后的十五排。

当时在起点站周权和女友先上车坐在第八排，过了一段时间，闺密团才上车坐在了十五排，她们五人并不需要经过周权的那一排座位，因此，周权并不知道自己的身后坐着两位女友。

肖楼画好车厢座位分布图，把周权和7位女友的位置全部用圆圈做好标记。朝虞寒江道：“从座位分布上来看，周权和弟弟、现女友岳小泉坐在第八排，闺密团的5人坐在第十五排，中间隔得很远，他们上车的时候也错开了时间，并没有直接相遇。”

虞寒江道：“昨晚列车停靠在沧州站的时候，俞霖是在6号车厢，她先上车，并且关上了卧铺的门。紧跟着，周权送女友岳小泉去6号车厢，他自然看不见关上门的卧铺车厢里是谁。再然后，司芸、颜茹茹和程沐从后门上车在4号车厢坐好，完美地跟周权错开。”

肖楼道：“等周权送完女友回来的时候，或许他也没注意到新上车的几个女生很面熟，毕竟距离太远……我记得颜茹茹和程沐一上车就用帽子挡脸睡觉，当时已经晚上 9 点 30 分了，我还以为她们是太累，现在看来，她们是担心被周权发现。”

如果周权发现 7 个女友居然全在火车上，肯定会震惊，并且心生警觉，不可能毫无防备地跟着其中的一个人去洗手间玩捆绑游戏。

显然，周权在死前，并不知道 7 个女生同时来给他送葬。

虞寒江笃定地道：“这是一场精心策划的谋杀，我推测，她们有一个微信群或者 QQ 群，某位厉害的群主在统一协调大家的行动，好让大家避开跟周权正面接触，以免惊动周权。”

比如，在起点站上车的时候，一旦闺密团来得比周权早，很可能就被周权看见。中途的沧州站，一旦周权反身去洗手间，也可能和从后门上车的 3 个女生正面相遇。

但这些意外都没有发生，不会是巧合，而是有人随时掌握着周权的行动。即便周权突然转身上洗手间，这人也可以在群里喊一声“周权过去了”，让刘晓燕、宋晓羽两个女生提前避开。

能准确掌握周权一切行动的人，会是谁？

只有坐在他身边的现女友岳小泉！

肖楼道：“岳小泉有极大的可能是这次行动的侦查员，她会随时汇报周权的动向，所以，周权和这些女生虽然在一个车厢，却一直没碰面。”

虞寒江破过不少案子，但 7 个女友联手整死渣男的案例他也是第一次遇见。

更可怕的是，这 7 个人同仇敌忾，非常团结，而不像一般情况下正牌女友和小三、小四碰面就会打架——肯定是周权做了什么人神共愤的事情，让 7 个妹子都如此恨他。

虞寒江低声分析道：“周权不可能蠢到告诉其他女友自己要去哪里、坐什么位置，显然，周权的车票信息是一起旅行的岳小泉泄露给其他 6 人的。”

肖楼回头看向周正：“你们 4 个一起去演唱会的事，是不是岳小泉提议的？”

周正听到这里，用力攥住拳头，咆哮道：“是不是岳小泉杀了我哥？！她这个变态，我去把她……”

虞寒江打断他：“先别急着下结论。告诉我们，这次去看演唱会是不是岳小泉提议的？”

周正沉默片刻，才僵硬地点头：“是的。岳小泉说她最喜欢的歌手就是骆女神，女神 3 年才开一次演唱会，这次正好是假期，她不想错过，加上然然也很想去看演唱会，我跟我哥商量之后，就决定 4 个人一起去。”

肖楼接着问："我记得你和莫佳然当时因为没买到卧铺票的事情吵了起来，你们原本是打算买卧铺票吗？"

周正也察觉到不对，黑着脸道："本来计划买卧铺，但我刚想买票的时候岳小泉突然发消息跟我说让我别着急买，她假期可能要做实验，具体出发的时间还没确定。我只好等她……结果出发前一周左右，她才跟我说确定了时间，我再去买的时候卧铺已经没了，只能买到硬座。"

当时，莫佳然抱怨他，他心里也很冤，但他不好说"都怪岳小泉没确定时间"，这样的话哥哥会生气、岳小泉会生气，莫大小姐也会觉得他是在推卸责任，所以他只能咬牙认下这个错。

因为这件事，他被女友骂了一顿，但其实不能完全怪他。

肖楼和虞寒江对视一眼——怪不得周正和莫佳然一上车就因为座位的事情大吵一架，原来是内有玄机。周正没买到卧铺票，根源在岳小泉！

她当时说没法确定时间，肯定不是单纯地做实验。更大的可能是她在协调其他 6 个妹子的时间！

等 6 人都确定时间后，她才通知周正去买票，结果周正买不到卧铺票，只能买硬座，正好方便其他女生也买到同一趟列车的票。

肖楼道："你买到票后，第一时间发给岳小泉了吗？"

周正沉着脸点头："我们 4 个为了这次出门方便联系，建了一个微信群，我直接把车票信息发在群里了。"

为了证明自己没有说谎，他把手机拿出来，给肖楼和虞寒江看群里的记录，还有他跟岳小泉的聊天记录——他没说谎。

虞寒江摸着下巴道："7 个女生大部分是学生，暑假时间充裕，但司芸、刘晓燕已经工作了，请假应该不太方便，岳小泉把出发时间推迟到 25 号，很可能是为了协调好所有人的时间，让 7 个女生都赶上这趟列车。"

肖楼点头赞同："她说做实验，肯定是在说谎。"

虞寒江道："能清楚掌握周权的动向并且随时通知其他人的，也只有岳小泉。"

肖楼补充道："而且岳小泉是临床医学专业，熟悉人体解剖学，她可以做到 29 处刀伤，刀刀避开要害，最后一刀毙命……还有，她今天换了身衣服，是不是昨夜动手的时候衣服上沾了血迹？"

综合目前的线索，正牌女友岳小泉确实是嫌疑最大的一个。

可是，想到那个女生清秀的容貌、淡漠的表情和始终一副"事不关己、高高挂起"的样子，肖楼还是不敢相信，她会如此极端地虐杀男友。

周正气得发抖："看不出来岳小泉居然这么变态！"他转过身想去揍对方一顿，被虞寒江拦下："你别激动，这只是我们初步的推理，并没有证据证明她就是凶手。"

周正愣了愣，怒道："这不是明摆着吗?！她提议我哥去看演唱会，知道我哥的座位号，只有她才能把我们这次出行的计划透露给其他女生！"

肖楼说："没错，她肯定参与了这件事，并且负责协调出行的时间，但最后动手的人是不是她，还有待考证。"

虞寒江一针见血地道："别忘了，你哥死前跟人发生过关系，当时岳小泉在哪儿？"

周正一愣："她不是换去了6号车厢吗？"

肖楼分析道："你哥被人绑住双手双脚，跟人在洗手间玩捆绑，看上去更像是偷情寻求刺激。岳小泉和他是情侣关系，而且昨晚睡在6号车厢，不一定是她动的手。"

周正的脸色一阵红一阵白："你们的意思是？"

虞寒江冷冷地说："你哥脚踩多条船，得罪的女生有点多，目前来看岳小泉的嫌疑最大，但其他的6人也都有作案动机和作案条件。"

肖楼补充道："也不排除联手作案的可能性。"

虞寒江："希望你保持冷静，别冲动地去找任何一个女生。现在，麻烦你先去9号车厢待一天，调查结果出来之后，我们会通知你。"

没等周正同意，虞寒江就按住周正肩膀，强行带对方去了9号车厢。

周正一脸懵，显然到现在都没回过神来，哥哥怎么会是渣男，还惊动7个女人同时来给他送葬？太可怕了。

想到洗手间里的惨状，周正就觉得身上冒出丝丝凉意。

他肯定会做噩梦的！

送走周正后，虞寒江和肖楼回到办公室，同时沉默下来。

7个嫌疑人全都有作案动机，这个案子比6号车厢的李哲民死亡案还要复杂。

虞寒江闭着眼睛整理了一下思绪："目前，我们还缺一些关键的线索——绑住周权手脚的绳索是什么，在哪里？凶手虐杀周权时衣服上肯定沾了血迹，那套血衣藏在哪里？找到这两条线索，对我们的推理肯定会有帮助。"

列车作为封闭空间，最大的好处是犯罪证据很难销毁，所以肯定还留在车上。

肖楼道:“先去问问岳小泉吧。”

两人转身来到车厢，莫佳然抬头道:“你们带周正去哪儿了？”

肖楼说:“周正昨晚没睡好，身体不舒服，我让他去9号车厢睡一会儿。”

莫佳然笑道:“你们乘务员还挺贴心。”

虞寒江则平静地说:“岳小姐，你男朋友找你有事。”

岳小泉轻轻挑了一下眉，起身跟上他们。两人将她带到洗手间，肖楼守在外面，虞寒江则带她进了案发现场，关上了洗手间的门。

岳小泉看见倒在地上的周权，立刻捂着嘴尖叫出声:“啊——”

她瞳孔紧缩，满脸震惊。

虞寒江仔细观察着她的表情，低声道:“这是你男朋友吧？知道是谁杀了他吗？”

岳小泉用力摇头:“不知道！我昨晚9点半换去了6号车厢，看电视剧看到12点，然后就睡下了，一直睡到天亮……我给他发信息他不回复，我还以为他手机没电了。”

虞寒江皱眉:“有人能证明你昨晚没离开过6号车厢吗？”

岳小泉说:“然然就在我旁边的床铺，昨晚睡觉的时候我们把5号房的门从里面锁上了，我一整晚都没出去过。”

她看着地面上的血迹，扭过头，捂着嘴开始吐。

虞寒江带她去办公室，让她冷静一下。等女生不再吐了，虞寒江才接着问:“你是学医的，能看出来周权在死前经历了残忍的虐待吧？知道谁跟他有这么大的仇吗？”

岳小泉摇头:“不知道，他很少跟我提他的私事。”

虞寒江盯着她的眼睛，很直接地问:“你跟其他6个女生建的微信群，还在吗？”

岳小泉一愣，脸色陡然间变得极为难看。

虞寒江淡淡道:“聊天记录一定已经删干净了吧？微信群里，除了你，应该还有俞霖、刘晓燕、宋晓羽、司芸、颜茹茹、程沐，我说的对吗？”

她脸上惊骇的表情，证明虞寒江正好说中了她们的秘密。

她们本以为这次计划天衣无缝，却没料到周权这浑蛋居然有收集历任女友照片的爱好，还把大家的照片存在了一个不起眼的U盘里。

虞寒江干脆将笔记本电脑拿过来:“这是我们从周权背包里找到的U盘，里面有你们7位女生的照片。麻烦岳小姐核对一下，跟车上的7位女生是不是一致？”

岳小泉目光扫过文件夹，身体开始剧烈地颤抖，她紧咬着嘴唇什么都不肯说。

肖楼温言道：“岳小姐，周权脚踩多条船确实有错，我能理解你们对他的憎恨，但杀人是犯法的，会被判处死刑，你一个小姑娘才二十多岁，不该为了一个渣男毁掉自己的一生。如果你的父母知道你为一个渣男杀人，他们该多难过？”

岳小泉迅速摇头道：“不，我没杀他！”

她的表情透露出一丝惊恐，不像是说谎。

肖楼和虞寒江对视一眼，问道：“你没杀他？那你知道他会死吗？”

岳小泉疯狂摇头：“不知道，我们根本没想过要杀他！我也知道杀人犯法，我怎么可能为一个渣男毁掉自己的前途！”

虞寒江挑眉：“那你们聚在一起做什么？”

岳小泉哽咽着道：“我们只是想让周权发现自己的愚蠢，扇他几个耳光，再踹他几脚出出气……他确实很渣，但我真的没想过杀他！”

虞寒江等她情绪稍微稳定，这才问道：“既然不是你动的手，那你知不知道谁虐杀周权的可能性最大？这些女生中，谁和周权的仇恨最深？”

岳小泉摇头：“我也不清楚。”

虞寒江道：“你跟周权是怎么开始交往的，能详细说说吗？”

岳小泉点了点头：“我跟然然在学校的联谊会认识了周权和周正，周权追了我几个月，他哄女生很有一套，特别温柔体贴，我就被他打动了。”

肖楼道：“你什么时候发现他劈腿？”

岳小泉低着头整理了一下思绪，说：“今年寒假我和他出去旅行，他洗澡把手机忘桌上，有微信弹出来，对方喊他老公，是个可爱的小狗头像。我察觉到不对，质问他，他说是游戏里认识的妹子，还当着我的面把对方删了。不出一星期，小狗头像的人突然加我，说自己是周权的女友，还骂我小三不要脸。我以为她是周权在游戏里认识的小姑娘，在无理取闹，就没怎么理她，直接拉黑了她。”

虞寒江道：“小狗头像的女生微信名是不是叫羽毛，宋晓羽？”

岳小泉有些意外地看他一眼：“您怎么知道？”

虞寒江道：“周正也见过她的头像。”

岳小泉深吸一口气，说：“没错，第一个加我的就是宋晓羽，她当时以为我是小三，还跑去闺密群里哭了一顿，结果惊动了大姐刘晓燕。晓燕姐当年在网吧做前台，跟周权有过一段风流往事，她后来离开网吧，自己攒钱开了家店，生意做得很好。据说宋晓羽找她哭诉男朋友劈腿，晓燕姐让她发男友照片，她发了周权的照片，晓燕姐一看——这不是当年那个天天跟她开房的周权吗？”

可以想象，当时的场面有多尴尬。

岳小泉面无表情地说：“晓燕姐怀疑周权欺骗单纯小姑娘，所以让宋晓羽按兵不动，她出面去勾搭周权，结果周权见到她后，立刻摆出故人重逢、激动无比的样子，没过两天就提出要跟她开房重温旧情，宋晓羽被气得心脏病病发，还进了一次医院。”

“晓燕姐决定为上当的小妹出头，开始调查周权的私生活。”岳小泉顿了顿，冷冷地说，“结果发现周权同时在跟六个女生交往。”

他还以为这些女生是周权的历任女友，没想到除了刘晓燕，其他6人居然全是“现女友”，肖楼忍不住想，这个周权劈腿劈得简直像蜘蛛精！

“晓燕姐先查到了我，因为我跟周权在同一所学校，我们是情侣的事情周围有好多同学都知道。紧跟着，她查到周权正在实习的公司，找出了司芸姐。

“司芸姐在软件公司上班，周权在她的部门实习，表现出色，对她又关怀备至。温柔体贴的小鲜肉很快就打动了司芸姐，两个人开始了姐弟恋。

“司芸姐知道这件事后决定先不打草惊蛇，她说，她察觉到周权有些不对劲，每个周末都会去外地，很可能还有别的女人。于是，我们四个开始联手调查，找出了他的初恋……远在华大数学系的俞霖。

“俞霖和他高中开始恋爱，高考毕业后因为异地分手，但周权还是放不下这位初恋女友，在她生日的时候大老远地跑去给她庆祝，说要挽回女神，俞霖被他的诚心打动，半年前跟他复合。从那以后，周权每个月都会坐车去华大跟俞霖约会。

“司芸姐又盗了周权的游戏账号，扒出他在游戏里的老婆颜茹茹。这位美女是他在游戏里打副本时认识的，两人最后奔现，约会时间是每周三，他们还一起建了个公会。

“程沐是交友软件认识的，周权刚考上大学的时候没女朋友，大概比较空虚，就从交友软件认识了一个妹子，从网恋，变成床伴，再变成男女朋友的固定关系。”

岳小泉像是讲述别人的故事一样，面无表情地说出这一切。她最后总结道：“反正，司芸姐和晓燕姐特别厉害，把他劈腿的所有女生都找了出来。我们7个第一次互相加好友的时候，都震惊了。周权同时跟6个女生来往，还能清楚地记得每个人喜欢的食物、颜色、化妆品牌子，分时段跟每个女生约会，真是个人才。”

岳小泉嘴角扬起个冷笑：“有趣的是，今年 4 月 10 号那天正好是我生日，同时还是他跟程沐认识一周年纪念日，周权晚上 7 点到 9 点陪我过生日，9 点半却准时出现在程沐家里。一个晚上赴了两次约，还跟两个女人先后上床，他就不怕精神分裂的吗？”

肖楼和虞寒江越听越是觉得心惊。一个晚上分别跟两个妹子滚床单，这也太过分了，他就不怕滚到一半叫错名字吗？

肖楼无奈扶额：“你们 7 个聚在一起后有没有吵起来？”

岳小泉沉着脸道：“遇到这样的事谁还有工夫吵架争宠？我们只觉得震惊、愤怒和恶心，尤其是我跟程沐，一想到那天，他一前一后跟我们……我就恶心得想吐！”

7 个女生显然都被刷新了三观，对周权的观感只剩下恶心，就好像无意中吃了只苍蝇，她们当时的感受，大概只有打爆周权的狗头才能平心头之恨。

虞寒江道：“你们 7 个人的群，是谁建的？”

“晓燕姐建的，她先把我们拉进去，让我们发自己和周权的聊天记录，大家这才知道周权有多渣。后来司芸姐组织了一次聚会，我们这才决定联手报复渣男。”

虞寒江迅速抓住关键：“这次聚会商量的结果，就是你们买同一趟车的车票，7 个人同时出现在他面前，给周权一个意外的惊喜？”

岳小泉点头：“本来的计划是大家到终点站后把他拉去酒店，绑起来揍一顿，把他揍成猪头再踹上几脚，我们不可能公开讨论怎么杀他……大家虽然很气愤，可都是年轻的女孩子，真的没必要为了一个渣男脏了手，还要坐牢！”

虞寒江若有所思：“也就是说，最初的计划并没有杀人这个环节，而是你们其中的一位临时起意，在列车上突然杀了他？”

岳小泉神色复杂：“周权是很该死，但真不是我动的手。”

肖楼和虞寒江对视一眼。

女生们都是正常人，即便被渣男辜负，也不会极端到杀人的地步。感情的伤痛终究能治好，谁年轻的时候还没遇见过几个人渣？将来，她们肯定能遇到值得托付的男人，为渣男搭上自己的命，是最不理智的做法。

而且，7 个陌生女孩聚在一起，讨论怎么杀人，风险也很大。万一其中有些胆小的妹子提前走漏风声，计划岂不会全盘失败？

所以，岳小泉的口供是合理的。

她们聚在一起讨论的结果本来是把周权拉去酒店打一顿，7 个女友同时出现把人渣揍成猪头，也很解气了，所以行动之前，大家都会配合指挥，同仇敌忾。

但没想到，其中有一个女生对周权的憎恨超越了理智，她甚至愿意搭上自己的命去杀掉周权。

她利用这个机会，在列车的洗手间里割了周权29刀，又一刀捅穿周权的心脏。她的愤怒、仇恨、绝望，远远超过了其他女生。

肖楼看向虞寒江："这个女生跟周权肯定还有其他人所不知道的更深的仇恨，让她冒着被判刑的风险，杀了周权。"

虞寒江点头，在肖楼耳边轻声说："岳小泉的证词可信度比较高，我们还需要调查其他6人。既然杀死周权并不是7个人共同商量的决定，那么，除了凶手之外其他人，应该还不知道周权已经死了。"

原本只是女孩子们聚在一起报复渣男，把渣男绑去酒店打一顿。

这个偏激到直接行凶的女生，到底会是谁？

岳小泉回去之后，肖楼和虞寒江商量了接下来的计划。

首先，捆绑周权的绳索和被血沾染的衣服还没有找到；其次，这个案件的嫌疑人比较多，虞寒江决定用周权的手机去现场拍下些照片给嫌疑人们看，她们可以从照片清晰地看到周权死亡的惨状。

两人一起行动，先去洗手间从各种角度拍下案发现场的照片，紧跟着又仔细翻找4号车厢和餐车的垃圾桶，可惜并没有收获。

虞寒江转念一想，带着肖楼来到了6号车厢，把垃圾桶整个翻过来，居然真的在里面找到了一件衣服以及大量女生扎头发的黑色皮筋。

衣服被故意沾满了泡面的汤汁，但这些汤汤水水只是掩饰，肖楼一眼就看出了衣服上还有大量血迹，只是血迹已经干涸，跟泡面汤汁混杂在一起，肉眼较难分辨。

这是一条很性感的黑色吊带真丝连衣裙，肖楼看向虞寒江道："岳小泉的衣服不是这种风格，加上她性格高冷，突然约周权去洗手间玩捆绑肯定会引起周权的怀疑。"

虞寒江点点头，顺便去卧铺车厢叫了岳小泉的舍友进行询问。

5B上铺那个戴着口罩的小明星自从上车以来就一直待在自己的房间里，很少出门，大概是担心被认出来。虞寒江和肖楼推门进去时，房间里正好只有他一个人。

虞寒江道："你好，我们有些问题想要问你，现在方便吗？"

小明星警觉地看了对方一眼："问吧。"

虞寒江道："从别的车厢换过来睡在5A、5C下铺的两个女生，一个留着黑色长直发、一个是棕色的鬈发，你有印象吧？"

小明星点头："嗯，记得。"

虞寒江道："她们两位昨晚有没有出去过？你有没有听到奇怪的动静？"

小明星想了想，说："我凌晨3点多才睡着，我睡觉之前她俩一直没出去过，睡得挺香的，睡我下铺的那个女生还在打呼噜，吵死我了。"

虞寒江接着问："你也是去看演唱会？能跟我们说说演唱会的情况吗？"

提起自己的偶像，小明星立刻滔滔不绝："骆颜女神出道十多年了，算是全民偶像。我就是听她的歌长大的，她3年开一次演唱会，今年的演唱会规模是有史以来最大的一次，提前一个月买票，而且超难抢。"

虞寒江立刻抓住关键："你是说，演唱会购票通道是提前一个月开放的？"

"对啊。"

"需要实名制吗？"

"当然，女神怕真正的粉丝买不上票，全被黄牛党给抢走，所以，买票必须实名登记，一个身份证限购一张。"

"谢谢。"

两人转身离开，留下小明星疑惑地挠脑袋。

出门后，虞寒江在肖楼耳边道："这么说，7位女生早在一个月前就拟订了同行的计划，岳小泉先鼓动周权去看演唱会，等其他女生确认出发时间后，她才告诉周正7月25号坐KP-7311号动车。"

肖楼点头："虞队，嫌疑人这么多，我们先问哪一位？"

虞寒江想了想："就从初恋开始吧。"

两人去隔壁房间找到俞霖，她正一个人看书。女生留着一头黑色长发，穿着简单清爽的蓝色连衣裙配白色高跟凉鞋，看上去落落大方，她的容貌很端庄，是典型的鹅蛋脸，很难想象这样一个女生会为渣男脏了自己的手，甚至是虐杀周权。

当然，这只是肖楼的主观判断，外表有时候会骗人，周权就是个极好的例子。

虞寒江道："俞霖小姐，麻烦你跟我们走一趟，你男朋友找你有事。"

俞霖听到这话，脸上露出一丝惊讶："别开玩笑，我没男朋友。"

虞寒江说："他叫周权，你看看是不是这位。"

说罢便很直接地将手机拿到俞霖面前，女生看到照片里周权死亡的惨状，立刻捂住了嘴。她瞪大了眼睛，却克制住没有尖叫出声，显然女学霸是一位很会控制情绪的人。

虞寒江道：“走吧，周权被谋杀了，请你配合调查。”

俞霖神色震撼地跟上两人，来到 6 号车厢的办公室后，她才从震惊中回过神来，道：“周权死了？怎么会这样？！”

肖楼仔细观察她的表情，她的惊讶不像是伪装。虞寒江直入正题：“你和其他 6 个女生商量好一起去月之城，目的是什么？联手报复渣男？”

俞霖沉着脸不说话。

虞寒江道：“我们已经知道了，你们 7 位目前全在火车上，希望俞小姐能如实回答问题，你应该知道，杀人属于刑事案件，需要承担什么后果。”

俞霖的脸色无比难看，她很笃定地道：“不是我杀的。”

虞寒江说：“给我们一个相信你的理由，请你详细说说，你是怎么发现周权劈腿，又是怎么和其他女生聚在一起，商量着报复的？”

俞霖深吸一口气，调整好了情绪，这才说：“周权是我初恋，分手后去了不同的大学，本以为已经结束了，结果我生日那天他突然跑来求复合，当时我还挺意外的，但他很真诚，还给我买了很贵的礼物，单膝跪在我面前，说我是他这辈子都忘不掉的女生，我被打动了，就答应他复合。

“他每逢周末都会抽时间看我，一开始跑得很勤，但后来他就以学业忙为理由，从一周一次变成半个月一次、一个月一次。虽然他每次来看我的时候表现得都特别温柔体贴，还会给我带各种礼物，可女生的第六感告诉我，情况不太对劲。

“我对数字这个东西很敏感，那段时间周权给我发消息变得非常规律，每天晚上都是 9 点整跟我聊天，聊到 10 点就去洗澡睡觉。我有种想法——或许他跟我聊完后，还在跟别的女生聊。

“我开始调查他，开小号去他玩的游戏里，果然发现每天晚上 10 点他都会跟游戏里的老婆一起打副本，两人是游戏里出了名的神仙眷侣，天天在公会频道秀恩爱。”

说到这里，俞霖的神色突然变得极为冷漠：“那一刻，我心里所有对初恋的美好幻想全部破灭了，我当时唯一的想法就是尽快跟这个渣男分手，没想到，没等我提出分手，刘晓燕、司芸、岳小泉和宋晓羽就一起加我微信，说她们也是周权的女朋友。”

刚查到男友在游戏里劈腿，结果又有 4 个女生找上门，可以想象俞霖当时的心情，这简直刷新她的三观。

俞霖道：“我告诉了她们颜茹茹的事情，她们又通过颜茹茹查出了程沐，最后锁定周权在跟6个女生交往，还想跟刘晓燕复合，加起来有7个。我们都被气得不轻，所以才在司芸姐的号召下现实中聚了一次，商量着怎么报复渣男。”

虞寒江问道：“商量的结果是？”

俞霖说：“趁着演唱会，大家一起去月之城。由岳小泉来汇报周权的动向，我们买同一趟车的车票，等到酒店之后，我们集体出现在周权的面前，围观渣男变脸的精彩过程，然后把他绑起来进行惩罚。岳小泉是学医的，她说可以拿上一把刀吓唬渣男，在他身上割个几十刀，只要别割破大血管，他就死不掉。”

她顿了顿，又补充道：“岳小泉告诉过我们一个案例，她一位学姐遭遇过渣男劈腿，在渣男的身上划了几十刀，结果刀刀避开要害，渣男痛得死去活来，最终法医鉴定却是轻伤，学姐不需要承担法律责任，只需要赔偿一些医药费。

“我们听后都觉得学医的女生厉害，这样处罚渣男，也确实很解气。”

听到俞霖的证词后，虞寒江和肖楼不由对视一眼。这和岳小泉的说法有出入。岳小泉只说大家商量的结果是把周权抓去酒店打一顿，却隐瞒自己提议“把周权划个几十刀”的真相，大概是怕周权的死状和她的提议太过接近，增加她的嫌疑。

肖楼道：“你知道谁跟周权仇恨最深吗？”

俞霖摇头：“我跟她们都不熟。”

两人让俞霖回去。

肖楼看向虞寒江道：“虞队觉得她作案的可能性大吗？”

虞寒江摇头：“不大。从她的表现来看，她对周权的感情并不是很深，应该不会做出杀人这种偏激的事情。”

肖楼若有所思地摸了摸下巴：“我觉得岳小泉的嫌疑也不大。她是提出‘刀割渣男’建议的人，可如果真是她动的手，她肯定能掌握好分寸，把周权划个几十刀判定为轻伤，大不了最后赔钱，而不是一刀刺进心脏结束掉周权的性命，还要搭上自己。”

虞寒江赞同：“看来，有人从岳小泉的提议中得到了灵感，发现这样折磨周权会很爽。这个人不一定有医学基础，得到灵感后再去查资料，专门研究《人体解剖学》，一个多月的时间，其实也来得及吧？”

肖楼道：“这不像专业的手术，只是刀割的话其实很简单，在身体的表面下手轻一些，避开重要的血管和脏器割破皮肤，不让周权太快死掉就行。”

凶手是学医的，这是他们看到案发现场后主观上的推断。可从俞霖的供词中他们却发现，岳小泉在聚会时曾经提出用“刀割”的手法折磨周权的建议，在场的其他人知道了这种作案手法，都可以模仿作案，所以“学医”这一点并不是必要条件。

肖楼道：“剩下的 5 个嫌疑人中，宋晓羽身体瘦弱，还有心脏病，跟周权玩捆绑游戏太过反常。”

虞寒江道：“宋晓羽身高不到一米六，我们搜到的这件连衣裙很长，她穿上的话会像套了个麻袋。”

虞队这形容也是绝了。肖楼联想到小巧可爱的宋晓羽穿上黑色长裙的模样，确实违和感十足，估计走路都不方便，会把自己给绊倒。所以宋晓羽可以直接排除。

剩下四位女生个子都很高，这件衣服都能穿。

两人拿着做记录的本子，通过餐车重新返回了 4 号车厢。

就在这时，荆伟光拿着个接了热水的水杯，从车厢的另一头走过来，他在走到第十三排时突然停下了脚步，有些疑惑地看向坐在旁边的两个女生。

是程沐和颜茹茹的座位。

程沐正低头看手机，颜茹茹对上他的目光，脸色微微一变。

下一刻，就见荆伟光很激动地道：“师妹？真巧啊！你怎么在这车上！”

信息不明的颜茹茹，居然是荆伟光的学妹！

荆伟光是身份明确的医生，她是荆伟光的学妹，这么看来，她也是学医的？

颜茹茹的嫌疑直线上升。

虞寒江和肖楼不约而同地朝颜茹茹的座位走过去。

荆伟光看见两人，笑着挠了挠头，说：“两位找我有事吗？需要帮忙吗？”

肖楼道：“不需要……我们找你师妹。”

荆伟光还以为两位乘务员是来找他解决医学问题的，结果对方却说要找他师妹。他疑惑地回头，看向颜茹茹：“师妹，你们认识？”

颜茹茹满脸困惑：“不认识。”

肖楼朝她友好地笑笑，说：“颜小姐，麻烦跟我们来一下，有些话要问你。”

颜茹茹皱眉：“我又不认识你们，找我做什么？”

虞寒江压低声音说：“核对乘客信息，还请你配合。”

颜茹茹这才“哦”了一声，站起来跟上他们。

肖楼和虞寒江把她带到乘务员办公室，打开手机，给她看了周权死亡现场的照片。

颜茹茹看见那些满是血迹的照片，脸色瞬间苍白如纸，但她并没有尖叫出声，也没有像岳小泉、俞霖那样露出惊恐的表情，而是全身发颤，低下头用力地攥紧了双拳。

肖楼还以为她要哭，刚要安慰，结果话还没说出口，颜茹茹突然大笑起来："哈哈哈哈！报应！周权死得好，死得漂亮！这样的人渣早就该死了！他死得这么惨，死前一定很害怕、很痛苦吧？哈哈哈哈，活该！"

这女生看着周权死亡的照片居然笑得停不下来，虞寒江和肖楼面面相觑。

过了半分钟，她才收敛笑意，神色冷漠地说："他不是我杀的。"

虞寒江道："你是学医的，和荆伟光同一个大学毕业？"

颜茹茹冷冷地道："没错，荆师兄比我高几届，我在学校没见过他，后来我去医院实习的时候，荆师兄是我们的带教老师。"

肖楼问："那你现在毕业了吗？"

颜茹茹道："在读研究生，明年才毕业。"

这么看来她比周权还大两岁。虞寒江道："你坐这次动车，目的也是和其他六位女生一样，去收拾周权这个渣男？"

颜茹茹面无表情："6 位女生？我不知道你在说什么。"

肖楼温言道："我这里有你们 7 位女生的资料，周权还存了你们的照片，已经有人交代了你们这次组团出行的目的，希望颜小姐不要隐瞒，配合我们调查。"

颜茹茹脸色一变："什么照片？"

肖楼打开笔记本，看到自己的照片也在 U 盘里，她忍不住攥紧拳头，怒道："周权这个疯子！叫我茹妃？他也配！"

虞寒江道："详细说说你跟周权认识的经过吧。"

颜茹茹沉着脸道："他是我在游戏里随手捡的徒弟，我经常带他刷副本，他一直很乖地叫我师父。后来为了游戏里的夫妻活动，他跟我在游戏里结婚，因为奖励很丰厚，我也没反对。游戏里随便玩玩，我根本不介意对方是人是狗。"

颜茹茹顿了顿，接着说："有一次为方便任务，我跟他开了视频，他大概觉得我长得不错，就开始献殷勤追我。他比我小几岁，我一开始不愿意，但周权这个人特别会说话，嘴巴甜，加上外形还算帅气，天天嘘寒问暖的，时间长了我也有些心动，就奔现跟他在一起了。"

肖楼没料到颜茹茹和周权居然是游戏里的师徒。拿下游戏里的"美女师父"，对周权来说肯定很有成就感吧？

虞寒江接着问："你是怎么发现他劈腿的？"

颜茹茹冷笑道："有一次他跟我约会，我无意中看见他手机桌面上有个交友软件很眼熟，后来去网上一查，居然是约炮软件，我怀疑他有问题，就下载软件注册小号加他好友，只跟他聊了一周，他就同意在酒店见面。我这才知道周权是个私生活混乱的渣男。我当时已经决定在酒店见面的时候跟他摊牌分手。结果，突然有一大堆女生找上我，说她们也是周权的女朋友，原来周权不只约炮，还脚踩多条船，我下巴都快掉了！”

颜茹茹眼底尽是轻蔑，显然觉得周权这个人渣得很不可思议。她道：“有这个智商做什么不好，非要把心思用在怎么骗女人上，真没出息！”

肖楼心里赞同，问道：“你恨周权吗？”

颜茹茹摇头：“恨倒是不怎么恨，毕竟我跟他感情也不深，我只觉得可笑。”

虞寒江道：“你们七个聚会的时候，是不是有人提议用刀吓唬周权，在他的身上割几十刀，别把他弄死，这样你们就不用承担责任？”

颜茹茹有些意外，但她很快就明白是有人招供了。她点点头：“岳小泉提议的，我觉得这办法挺有意思，当时大家都很赞同她的建议，我主动提出由我来准备这把刀。我在医院实习，可以想办法弄到锋利的手术刀。”

肖楼立刻问：“你准备的刀呢？”

“在我包里。”

“跟我们去找找。”

颜茹茹转身回到座位，从行李架拿起自己的背包，拉开背包拉链，在最底层找出一个盒子交给肖楼和虞寒江。

肖楼拿回办公室，打开一看，盒子里整齐地摆放着一排手术刀，总共 7 把。她应该是打算每人一把刀，把周权围起来慢慢地割，让周权经历生理和心理的双重折磨。

“肖教授觉得死者身上的刀伤跟手术刀的切口吻合吗？”虞寒江问道。

“手术刀薄而锋利，切口很细，但死者身上的切口有外翻的痕迹，刀锋比手术刀宽得多，凶器更像是常用的水果刀。”肖楼顿了顿，推测道：“颜茹茹准备的手术刀没用上，她跟周权的感情也不算深，没有杀人动机，嫌疑应该不大吧？”

虞寒江点了点头，说：“我们再问问程沐。”

颜茹茹回到座位后就把周权死了的事情告诉了程沐，所以，程沐来到乘务员办公室到周权死亡的照片时，并没有太过惊讶。

她很直接地说：“茹茹告诉我周权死了，这个人渣确实死得活该。但不是我杀的，我跟他没什么感情，只是炮友而已。”

虞寒皱眉看着她：“请你尽量把和周权在一起以及和其他女生联手报复周权的经过说清楚。”

程沐平静地道：“我跟周权是在聊天软件认识的，那是出了名的约炮软件，周权每到空虚的时候就来我家找我，我们俩只走肾，不走心。后来他说要跟我固定关系，我就答应了。”她忽然像发誓一样举起手道，“我保证，他劈不劈腿，我根本不介意。我这次跟着来，是因为岳小泉的提议很有意思，7 个人把渣男围起来每人一刀慢慢割，太刺激了。我纯粹是来凑热闹的。”

这个程沐，表面看上去对感情不太认真，所以对周权劈腿的事情也无动于衷。既然只是炮友，她并没有杀死周权的动机。

虞寒江道：“你可以回去了，麻烦叫宋晓羽过来。”

宋晓羽战战兢兢，就像误入狼窝的小白兔，看见周权的照片就开始哭，眼泪止不住，根本没法回答问题。肖楼只好耐心地安慰她：“别哭了，为这样的人掉眼泪不值得。”

她哭了片刻，才哽咽着说：“我不是为他难过，我、我是晕、晕血。”

宋晓羽颤抖道：“这照片太吓人了，好多血。”

虞寒江只好将照片收起来，低声问：“你知不知道跟周权仇恨最深的是哪个女生？”

宋晓羽摇头摇得如同拨浪鼓：“不知道，我昨晚很早就睡了。”

肖楼疑惑：“既然你晕血，为什么要同意岳小泉的提议？”

宋晓羽白着脸说：“我也不想参加这次行动，拿着刀割他，想想都很可怕！但晓燕姐鼓励我说，去割周权一刀，只割一刀，说不定我的胆子就会变大，以后再也不怕被渣男骗了，我觉得有道理，才鼓起勇气跟着来的。”

虞寒江道：“你对他用情很深吗？知道他劈腿后还气得进了医院？”

宋晓羽失落地垂下头：“他是我的初恋，我确实对这段感情很认真，当时知道他劈腿，太难过了，受不了刺激，才心脏病发作住院的。”

女孩儿的目光澄澈干净，很认真地说：“出院之后，听说他同时劈腿好多人，我才幡然醒悟。遇人不淑，只能怪自己一时瞎了眼，没必要太难过。对这段感情，我认真了，他没认真……我没有错，错的是他。”

她轻轻握住拳，道：“感情很重要，但学业对我来说更重要。我今年刚考上重点大学，晓燕姐说得对，割一刀渣男，就当是彻底割断过去，我会有新的人生。”

宋晓羽离开后，虞寒江回头看向肖楼：“你觉得她的话的可信度有多高？”

肖楼道：“她身体素质比一般人差，说话声音也很小，没那个条件跟周权玩捆绑。再说，住院记录一查就知道她是不是心脏病，在这件事上她没必要说谎。”

虞寒江点了一下头，继续审问刘晓燕。

刘晓燕也得知了周权的死讯，所以来到办公室的时候非常平静：“我学历不高，以前在网吧当前台时作风比较开放，但我已经改邪归正了。我的理发店刚刚开张，姐妹们帮了我不少忙，现在生意还不错，我当老板娘当得有滋有味，干吗要为一个渣男把自己搭进去？我希望周权去死，但我绝对没动手。”

虞寒江问：“你作风开放？以前跟周权有没有玩过捆绑游戏？”

刘晓燕的脸上闪过一丝尴尬：“咳，年轻时不太懂事，确实……有过。”她顿了顿，紧跟着澄清，“但这次真不是我。”

肖楼拿出那件带血的连衣裙：“衣服不是你的？”

刘晓燕用力摇头：“不是，我们 5 个出门的时候是一起收拾的行李，我只带了两条连衣裙，一条红色、一条橙色，姐妹们都可以给我做证。”

虞寒江道：“你和周权的事过去很久了，这次出面是因为宋晓羽？”

“没错，晓羽跟我亲妹一样，她被周权这个衣冠禽兽骗得团团转，我气不过才出手调查，没想到查出来的真相惊掉我的下巴，这周权也太渣了！”

刘晓燕连爆几句粗口，吸口气稳了稳情绪，这才接着说：“我当时就想直接阉了他，但岳小泉的建议更有意思，大家每人割他几刀，最后还能判定轻伤，我们不会因为故意伤人罪而坐牢……只能说，知识就是力量，小泉妹子的办法太绝了。”

虞寒江问：“你跟周权玩过捆绑的事大家知道吗？”

刘晓燕尴尬地摸鼻子：“知道，我在群里跟她们说过。”

从她的证词和态度来看，她不像会杀人的样子，理发店生意不错，事业刚刚起步，没必要为渣男毁了自己。她参与这次行动，更大的可能是想让宋晓羽彻底解脱。

最后接受审问的司芸告诉了两人一些周权在工作中的事，她说：“周权在公司实习的时候表现非常出色，认真、努力，很有上进心，我们老板很喜欢他，还希望他毕业后直接来公司面试。他开发的那个小软件我知道，是一款分类整理信息的软件。我想，这大概是他从脚踩 6 条船还不翻船的经历中得到的灵感，他平时或许就是用那个小软件，记录我们不同女生的性格、喜好、纪念日、生日，免得弄错。”

虞寒江问：“软件研发的过程中你们有没有闹过矛盾？”

司芸摇头：“我指导了他一些界面设计，他的小软件卖掉之后还请我吃了一顿浪漫的烛光晚餐，给我送了一个限量版的包当纪念礼物。当时我并不知道他劈腿，那天晚上还觉得自己找到了真爱，还说他毕业来我们公司，我们就结婚，呵。”

她冷笑着推了推眼镜，说："我那几天还一直在查婚庆公司的资料，结果刘晓燕找上门来说了周权的事情，我真是被惊到了。周权该死，但我没动手。我明年就能升部门主管，为什么要为这样的人渣搭上自己？"

虞寒江让司芸暂且回去。

这些女孩子，每个人的证词听上去都没有漏洞。肖楼感觉自己的头都要炸了。

虞寒江皱着眉沉思片刻，他在纸上把 7 个人的名字重新写了一遍，并且进行信息梳理："俞霖、岳小泉、宋晓羽、颜茹茹都是黑长发，进你办公室拿钥匙的人或许就在这四人当中，但也有可能是谁戴了假发。"

他顿了顿，紧跟着说："司芸刚才有句话说，她在软件开发时指导过周权界面设计，说明她精通图片设计，周权的手机桌面图很可能是她换的。"

虞寒江将笔停留在"程沐"这个名字上，说："程沐的回答疑点很多，她说她和周权只是炮友，没感情，对周权的劈腿表现得满不在乎……但是，满不在乎的人会参与这种报复行动吗？来凑热闹，这个理由说得通吗？"

肖楼也这样认为。如果和对方的感情不深，对方劈腿后第一反应就是分手，而不是跟他的女朋友们一起用刀割对方的肉。凑这种热闹，不怕沾自己一身腥？按照正常的思维，肯定是避之不及。程沐"凑热闹"的理由极不充分。

虞寒江看着这个名字，目光深沉："表面上越不在乎的人，或许，心底才越是在乎。"他扭头看向肖楼，"肖教授有没有听过一种说法？那些失恋之后放声大哭、借酒消愁、生病住院，用各种办法宣泄情绪的人，更容易走出来。而那些看上去很平静、很不在乎的人，反而最容易留下心理创伤。"

肖楼微微一惊："虞队的意思是，程沐的嫌疑反倒最大？"

虞寒江点头："从证词来看，她的话可信度最低，凑热闹的理由并不成立。从过去的经历来看，她经常跟人约炮，没有一个女人天生就是这样的，或许她之前受过什么情伤，才开始放纵自己……而周权的背叛，变成了压倒她的最后一根稻草。"

肖楼听到这里，也觉得虞队的分析很有道理，他忽然想到一个关键："对了，其他女生都表示感情和自己的前途相比无关紧要，俞霖是学霸，颜茹茹是研究生很快要毕业，岳小泉是重点大学的医学生，刘晓燕新开了理发店，宋晓羽刚考上大学，司芸马上就要升部门主管，只有程沐……关于自己，她什么都没说！"

同一时间，程沐回到座位上，扭过头看着窗外飞快倒退的树木。她将手轻轻放在自己的小腹处，嘴角扬起了一个苦涩的笑容。

没过多久，那两位年轻英俊的乘务员就再次出现在她的面前。

肖楼微笑着说：“程小姐，麻烦你跟我们走一趟，还有些问题需要你配合调查。”

程沐的双手微微一颤，面无表情地站了起来。

虞寒江道：“请把你的背包也带上。”

程沐的脸色一片惨白，片刻后，她的嘴角才露出一个释然的微笑。她来到乘务员的办公室，让虞寒江打开她的背包，旅行包的最下层有几张订在一起的门诊检验单，上面写着怀孕 4 周。

还有一张检验单，肖楼看到后，瞳孔猛地紧缩。

是 HIV 阳性。

B 超检查单是两个月前，HIV 阳性的检查日期却是一个月前。显然程沐是先发现了自己怀孕，后来才发现自己感染上了 HIV 病毒。

从时间上来看，程沐不可能在怀孕之后还跟人到处约炮，所以，这孩子很可能就是周权的，而 HIV 也有可能是周权传给她的。

意识到这一点，肖楼只觉得脊背发冷，立刻把检验单递给虞寒江。虞寒江接过检查单仔细看了看，低声问程沐：“艾滋病，是周权传给你的吗？”

程沐的脸上已经没有了血色，她僵硬地点点头。

肖楼担心地问：“那……其他 6 个女生有没有做过检查？”

程沐轻声说：“我发现之后，第一时间让她们去医院做检查，她们都没事。”

肖楼和虞寒江对视一眼。7 个女生都去医院检查过 HIV，但是刚才问询的过程中，她们却非常默契地隐瞒了这一点。

很可能其他六个人也都知道程沐携带着 HIV 病毒，杀死周权的可能性最大，但她们出于同情或者是认同的心理，并没有直接将程沐给供出来。问她们谁跟周权的仇最大，她们都敷衍地说不知道。

虞寒江审问过很多罪犯，可面对这个女人，他却没法问出太尖锐的问题，只好低声说道：“你跟周权，并不是只走肾、不走心的关系。能告诉我们真相吗？”

肖楼把办公室的座位让给她，顺手用一次性水杯给她倒来了一杯温水：“程小姐，你先坐下，慢慢说吧。”

程沐接过水杯喝了一口，她轻轻攥住拳头，深呼吸调整了很久，才缓缓地说道：“其实，我有过一次婚姻。”

肖楼意外地看向她。

程沐长得清秀，留着一头中长发，发梢微微烫了卷儿，看上去年轻又有气质，她的年龄也就 20 岁出头，想不到居然有婚史。

她闭上眼睛，轻声说："他是我大学学长，我们感情很好。本来我想大学毕业后考研，可正好查出自己怀孕，我很爱他，于是放弃考研，想留下这个孩子。他当时还是实习医生，没多少收入，我体谅他工作辛苦，就没办婚礼，婚纱照都没拍，只简单领了证。我们租了个房子住，算是裸婚。

"后来他考上住院医，收入渐渐变多，他说要养我和孩子，我就在家给他洗衣做饭。本以为生活会变好，但有一次，他说在医院值夜班不能回家，我担心他总吃外卖吃坏了胃，就亲自做了夜宵给他送去，结果却发现，他和他们科的一个护士搞在一起。"

程沐提起前夫，神色十分冷漠，显然早就对那个人心寒透顶："在我怀孕期间他居然出轨，我知道后非常崩溃，过马路不小心出了车祸，孩子也没了……我提出跟他离婚，他假意挽回几句也就同意了。那段婚姻对我的打击很大，我对男人非常失望。"

她说到这里，端着水杯的双手不由微微发抖。过了片刻，她才调整好情绪，平静地说："离婚后我找了份不错的工作，一个人租房住。我开始在聊天软件约炮，对感情却不再认真，我打算这辈子都不结婚了，也不用忍受渣男的背叛。

"周权是我约的第三个男生，他长得帅气、青春阳光，而且非常体贴，是我见过的最温柔的男生。我一开始跟他确实只走肾，不走心，但他实在太会说话，天天给我发信息嘘寒问暖。天气冷了，他会体贴地给我买手套、围巾，看我化妆品用完，他会主动买同一个牌子的化妆品当作惊喜送给我，连我常用的口红色号他都能记清楚。

"他就是那种女生们最喜欢的暖男，方方面面都考虑得很周到，特别贴心，有时候我生理期肚子痛，他都知道怎么照顾，还给我熬红糖姜水喝。

"有一次，我们躺在床上聊天，我忍不住说出了自己那段糟糕的婚姻经历，他很温柔地抱着我说这不是我的错，他很心疼我，以后会照顾好我，不如我们固定情侣关系……说实话，我当时大概是脑子进水，居然真的被他感动了，同意和他正式交往。"

程沐的手指甲深深地刺入掌心，她用力握了握拳，继续说道："我一开始对他也有戒心。但周权太会哄女生，我前夫是大大咧咧的性格，周权则完全相反，他总是在一些小细节上让我觉得心里特别暖，渐渐地，我就放下了防备。"

"那段时间我们没做安全措施，也没吃避孕药，今年 5 月份的时候，我查出来怀孕。"她顿了顿，轻轻低下头说，"当时我心情特别好，我受过一次伤，很难再相信男人，是周权把我从泥潭里拉了出来，让我重燃希望……”

但事实上，周权并没有把她从泥潭里拉出来，而是带她跌进了更加恐怖的深渊。

程沐闭了闭眼，接着说：“怀孕后我把这些年的存款全部拿出来，打算等他毕业后一起买房，等我们的宝宝出生，我甚至连婴儿房的家具都已经选好了。

“我没有急着把怀孕的事情告诉他，想等周末的时候再给他一个惊喜。可是，我没等到他……却等到了他的5个女朋友同时加我好友，还拉我进群。”

程沐脸上露出自嘲的笑意，眼底却浮起一片泪光，她颤声说：“我这才知道周权居然脚踩6条船！那一刻我真的很崩溃，我不知道……我是做了什么孽，为什么总是遇到这样的男人？”

她轻轻按住自己的腹部，低声说：“孩子肯定不能留下，他跟那么多女人有关系，是不可能跟我结婚的。”

说到这里，她终于没法继续维持平静，眼泪就像拧开的水龙头一样控制不住地涌了出来，肖楼急忙给她递过去一包纸巾。

程沐哽咽着擦掉眼泪，端起温水喝了两口，继续说：“我又一次进了医院。手术之前需要验血，我当时突然想，周权跟那么多人上过床，会不会染上什么病？所以，我让医生帮我顺便检查了一下传染病。”

检查的结果可想而知。

她不但失去了孩子，还感染上了HIV病毒。

那一刻，程沐的心情很难用语言来形容，大概是……整个世界都崩塌了吧。

第一次被渣男辜负的时候，她跟对方离了婚，并且对男人失去信心，决定这辈子都不再结婚了，潇潇洒洒地一个人过。可是，周权的出现给了她希望。

她以为周权可以拯救她，让她重新相信爱情。

她原本“只走肾、不走心”的观念开始动摇，她爱上了周权，相信了周权，并且愿意为周权怀孕生子，却没想到，周权将她高高地捧起来，又重重地摔了下去！

这一次，她摔得遍体鳞伤，再也无法复原！

程沐心中被背叛的愤怒，被感染上HIV的强烈的仇恨，足以支持她拿起屠刀。

肖楼刚才说，其他女孩子都谈到了自己的未来，想要忘记渣男，开始全新的生活，但是，程沐一点都没有提到自己的未来……

因为她知道，自从乘上这趟列车的那一刻起，她就已经没有了未来。

程沐拿着纸巾泣不成声：“我检查出来HIV的那一刻，我彻底崩溃了……”

肖楼轻轻将手放在她的肩膀上，柔声道："我能理解你。"

周权毁了她，所以她决定毁了周权。

程沐抬头看向肖楼，苦笑道："我感染了 HIV，你不觉得我恶心吗？"

肖楼温言道："这不是你的错……你一点都不恶心，恶心的是周权。"

程沐微微一怔，沉默片刻后，才轻声说："我一个人在家待了一整天，什么都没吃，我当时已经绝望了，不知道该怎么办，脑子里一团乱麻……但是后来，微信群里，司芸突然说，大家一起被渣男骗，也算是有缘，她组织大家一起吃顿饭，来一次聚会，顺便总结下渣男特征，免得以后被骗。

"我看到群里的信息，突然想起，受害者不只我一个啊！其他的女孩子要是也被感染了怎么办？我赶紧把我检查的结果发在了群里。当时，整个群里的女生都气疯了，她们只有周权一个男朋友，自己肯定是没问题的，我在跟周权交往之前也一直做好了安全措施，那 HIV 是从哪里来的呢？

"周权肯定还跟别的女人上过床。"程沐嫌弃地皱了皱眉，道，"晓燕姐从时间推测，今年寒假期间，周权跟我们所有人都说他要回老家，说不定回老家后他忍不住去嫖了，又或者跟认识不久的女生发生关系，感染上了 HIV，然后传给我。我让女孩子们赶紧去检查，要是晓燕姐的推算没错，他还没来得及传给其他的女生！

"宋晓羽直接吓哭了，又进了一次医院，大家去医院看她，顺便一起检查 HIV。当时 6 个女孩子排队抽血，一言不发。过了几天，检查结果出来之后，大家才又聚在一起。"

"她们都没事。"程沐苦笑了一下，接着说，"大家都同意岳小泉提出的方案，做好保护措施，戴上口罩手套把周权割个几十刀泄愤，但我觉得，如果女生们真的这样报复他，或许过一段时间后，他又会出来报复其他女生。万一他通过约炮软件到处约，把病传给其他人怎么办？

"所以，我当时就说，我的心里还有一个方案 B，可以彻底解决一切麻烦。她们都好奇地问是什么方案，我说等小泉的建议执行完，看周权的表现我再告诉大家……

"那时候我已经决定要杀了周权，但我不想告诉她们这个计划，怕把她们吓到。

"只有周权死了，他才没法继续祸害女生，不是吗？"程沐擦了擦眼睛，脸上的表情已经恢复了冷漠和平静，她道，"周权拉我下地狱，我得先把他送去地狱。"

她突然俯身，把自己右脚上的靴子脱了下来。

及膝的黑色皮靴精致漂亮，里面藏着一把便携式水果刀。

她拿掉刀鞘，肖楼看见锋利的刀上已经沾满了血迹，程沐冷静地将水果刀放在桌上：“这是我杀周权时用的刀，杀了他之后，我顺手把刀藏在了靴子里。”

到此为止，案件的线索全部找到，作案工具也被她主动交出。

虞寒江和肖楼却不知道该说什么。

程沐将经过交代得很清楚，她这次的证词不再有漏洞。

真相却让人更加心酸。

程沐的经历太过惨痛，她本来也是个十分优秀的女孩子，可连续两个渣男毁了她的一生，她最终决定亲自动手结束这一切。

开往地狱的列车，这张图片是谁做的已经不重要了，最终肯定是程沐把周权手机的桌面给换掉的。因为，她要让周权乘坐这趟列车，去地狱陪她的孩子。

肖楼和虞寒江将程沐带去 9 号车厢，路过 4 号车厢时，其他 6 个女生已经聚在了一起。

她们都猜到了凶手是程沐，但她们都不想亲口说出这个真相。给周权身上割 30 刀，阉了渣男，最后杀死渣男，就是她所说的“彻底解决”的 B 方案。

刘晓燕的眼眶里含着热泪，率先走过去，轻轻地抱了一下程沐。其他女生也开始一个一个地走过来，伸开双臂，给了她女孩子之间最温柔的拥抱。

乘客们对这一幕很是疑惑，纷纷好奇地扭头去看。

但她们什么都没说。

程沐微微一笑，跟她们挥了挥手，转身跟上肖楼和虞寒江。

宋晓羽把脸埋在刘晓燕的肩窝处偷偷掉眼泪，俞霖别过头去攥住了拳头，岳小泉冷漠的脸上浮起一丝不忍，颜茹茹双眼通红，司芸扶了扶眼镜，低声说：“都结束了，以后大家把渣男彻底忘了吧，开始新的生活。”

宋晓羽轻声问道：“那……程沐姐呢？”

程沐？

她不想重新开始，她太累了，她决定结束。

这趟列车，是周权生命的终点，也是她给自己选择的终点。

在红桃 4 密室中，杀死周权的凶手是：

A. 程沐；B. 岳小泉；C. 颜茹茹；D. 刘晓燕；E. 司芸；F. 俞霖；G. 宋晓羽。

熟悉的悬浮框又弹了出来。

肖楼和虞寒江再次看了眼七个女生的名字，同时按下 A 选项。

恭喜肖楼、虞寒江完美通关红桃 4 密室【极速列车】，通关用时 39 小时 22 分 08 秒，通关评分为 S，刷新红桃 4 密室世界纪录！

通关消息在悬浮框中弹出来，证明这辆列车上不会再有案件发生。

6 号车厢里，为了往上爬祸害 3 个家庭、最终被梅老太太手刃的李哲民。

4 号车厢里，为了追求征服女孩的快感而脚踩多条船、被绝望的程沐亲手虐杀的周权。

两个案件的直接关联是舒萍阿姨的女儿舒晓萌和闺密团正好认识。

但实际上，两个案件真正的核心关联主题只有一个——这是一辆给渣男送葬的列车。

珍爱生命，远离渣男。

次日 18:00，列车准时到达终点站。

收到通知的警方早已在车站等待，程沐和其他 6 个女生全被带走，周权的尸体被蒙上了一层白布抬走。警方对两位乘务员表示了感谢，紧跟着便开着警车离开。

肖楼和虞寒江下了车，他们终于能离开红桃 4 密室了。

终点站是月之城，肖楼放眼望去，只见一轮巨大的弯月高悬在天空，整个火车站灯火通明，行人们来去匆匆，跟现实世界的车站没有多少区别。只是月亮大得过分，就像是小孩子画在漆黑天幕上的漂亮的海报。

他还没来得及细想，就被一股巨大的力量吸出了密室世界。

两人出现在个人空间，见到了久违的红桃 A。

长裙美女笑眯眯地道：“恭喜你们又一次刷新了世界纪录。”

虞寒江淡淡地道：“红桃 4 密室的难度是不是太大了？两起几乎没什么关联的案件先后发生，李哲民死亡案有 5 个嫌疑人，之后的周权被杀案居然有 7 个嫌疑人。而且他们互相包庇！审问的时候谎话多得数不清。”

红桃 A 笑着说：“红桃 4 难一点是正常的，因为过了第四关，你们就正式走出了新手区。别着急，接下来的黑桃 4 也会非常难。老大给我们定了规矩，第四关的淘汰率必须控制在 80% 以上，不能把太差劲的挑战者放去主城。”

虞寒江皱眉道：“主城？通过第四关我们就可以去主城？”

肖楼接着问："也就是日之城和月之城吗？"

"看看通关奖励，你们就知道了。"她右手轻轻一挥，两人的面前同时出现了一张崭新的卡牌。

工具牌：旅行票。

稀有度：A。

描述：通关红桃4密室【极速列车】后获得的固定奖励。

使用效果：卡牌世界通用旅行票，可以免费乘坐动车、飞机、轮船等任何交通工具，限定乘坐区间为日之城到月之城。

可使用次数：5/5。

红桃A道："送你们的这张旅行票，可以在卡牌世界城市之间往返。"

肖楼收起卡牌："谢谢。"

红桃A拍拍手，笑道："还有个意外的惊喜。由于红桃4密室发生了两起案件，完美通关后，你们也会有两次抽奖的机会！

肖楼回头看向虞寒江，道："每人抽一张怎么样？"

虞寒江点头："好。"

熟悉的金色宝箱出现在面前，虞寒江上前一步，将手放进宝箱里随便一抽。

武器牌：嗜血金鲨。

稀有度：S。

描述：完美通关密室且评分为S时，在限定卡池抽奖，有概率获得。

数据：口径18.4毫米，长度1米，重量4.4千克，射程范围200米。

备注：这是一把霰弹枪，作为近战武器，它火力大、杀伤面广、命中率高。这把枪可以更换同口径的多种子弹，如鹿弹、催泪弹、破门弹等等，子弹请自己去寻找。

没有技能，也就意味着没有冷却。如果抽到枪械不会用，建议卖掉换钱，否则瞎用一通，你可能会开错枪射死你的队友。

武器不带技能，瞄准、射击全靠自己，幸好虞寒江精通枪械，他将卡牌放进卡包里，说："还有一张卡，你去抽吧。"

肖楼走到宝箱前，轻轻搓了搓手，将手伸进去拿出一张牌。

他想着，这次可别再抽到什么诗人了吧？结果下一刻，他就看见悬浮框弹出一行提示——

恭喜你获得S级限定召唤牌：柳永！

召唤牌：柳永。

稀有度：S。

描述：完美通关密室且评分为S时，在限定卡池抽奖，有概率获得。

备注：柳永是北宋婉约派词人的代表，一生放荡不羁爱自由，因仕途不顺，他喜欢出入于风月场所，结交了不少青楼才女，并且为她们写了很多词。

附加技能1：执手相看泪眼，竟无语凝噎。

出自柳永词作《雨霖铃·寒蝉凄切》。描写了恋人分别时相互握着手，满眼泪花，千言万语尽在不言中的凄美场景。

使用效果：召唤柳永并指定两个单体目标，让两人相互握手，含泪对望，持续30秒不能移动。指定目标不限，你也可以指定自己讨厌的人和一条狗握着手含泪对视。技能冷却24小时。

附加技能2：衣带渐宽终不悔，为伊消得人憔悴。

出自柳永词作《蝶恋花·伫倚危楼风细细》。

使用效果：召唤柳永并指定一个目标，让对方进入思念爱人的悲伤状态，瞬间变瘦30斤，持续10分钟，由于变瘦后憔悴不堪，其间无法攻击别人。技能冷却24小时。

肖楼看完长长的描述，神色顿时有些古怪。忽略奇奇怪怪的技能描述，他轻咳一声，道："柳永这张牌，初始就直接解锁两个技能，应该算很强的控制卡吧。"

虞寒江点头："嗯，第一个技能可以控制两个人，让他们含泪对望；第二个技能能让人变瘦30斤，还废掉对方的攻击力。总体来说，是挺强的。"

肖楼哭笑不得，难道他真的让人跟一条狗含泪对视？被控制的人估计要气疯。第二个技能瞬间变瘦30斤，可以拿来减肥吗？

肖楼心里犯着嘀咕，把这张牌放进卡包里。

到现在为止，他已经抽了4张古代人物召唤牌，陶渊明是群体瞬移，狄仁杰在红桃和方片密室可以帮忙寻找线索，白居易目前只解锁了一个点燃炭火的技能，柳永的控制理论上来说非常好用。

两人整理好新抽的卡，虞寒江紧跟着问："剧情卡呢？完美通关应该会给吧。"

红桃A挥了挥手，两人面前就浮空出现了两张卡牌。

剧情卡：李默。剧情卡：程沐。

虞寒江了然地道："这是以不同的视角来讲述剧情？"

红桃A道："没错。在李哲民被杀一案中，李默一直没有出现，他安排这一切的原因以及背后的谋划，都算是隐藏剧情，完美通关之后就可以解锁。而且，李默也是一位非常重要的自由人，他是日之城目前最大的房地产公司的老板。你们以后有可能会在主城遇到他。"

虞寒江道："这么说来，李哲民死亡案是发生在以前的故事？"

红桃A道："是的，你们乘坐的列车其实是一辆回忆列车，现实中，李默已经有两个孩子了，刘晓燕等人也都结了婚。"

肖楼和虞寒江对视一眼，道："那我们先看李默吧。"

【剧情卡：李默】

十多年前，李默读高中。

他考试考了年级第一名，背着书包回家，本以为自己能得到父亲的称赞，结果一进门就发现李哲民正在低声哄小儿子，妈妈夏玥在旁边怒斥："你跟人打架，还把人眼睛打伤！你说说，我们不但要赔医药费，还得跟人登门道歉，真是脸都被你丢尽了！"

弟弟李飞在旁边哭个不停："是他先骂我，我才拿石头砸他的！"

李哲民笑着说："行了行了，小孩子打架很正常，不就医药费吗？又不是赔不起。那个牛大鹏，当年因为我跟他竞争经理的位子，他一直看我不顺眼，这才小题大做。改天我多给他一点钱，让他带儿子去看眼睛就是，你别骂小飞，小飞也不是故意的。"

李飞泪眼蒙眬地抬头，看见哥哥正冷冷地盯着他，他吓得缩了缩脖子："大、大哥回来了。"两口子这才注意到了李默。

李哲民淡淡道："回来了啊？你不是住校吗？"

李默说："学校月考，今天放假休息，我给您发过信息的。"

李哲民摸着鼻子干笑："哦，爸爸太忙给忘了。晚上一起吃饭吧。李飞，走，跟爸打球去。"

他并没有问大儿子这次考得怎么样，李默见他带李飞离开，原本考第一的喜悦心情荡然无存，他沉着脸道：“妈，晚上吃什么？”

夏玥冷冷地道：“小飞爱吃火锅，今晚就去吃火锅吧。”

他本想说自己不爱吃辣，发现女人转身去了厨房，他便忍住没说。李默转身上楼，打开日记本，在上面写道：“同样是儿子，可我总觉得，对他们来说，我就像是多余的存在。从小到大，爸爸只关心李飞，妈妈从来没抱过我，为什么？”

那天晚上，4 人在家吃火锅，李飞一边大快朵颐，一边跟李哲民说班里同学的趣事。李默全程不发一言，用清水把辣椒涮掉再吃，李哲民和夏玥对他的做法视若无睹，反而一直在给李飞夹菜。

被忽视的少年，眼中满是失望和落寞。

李默高考成绩优异，被重点大学工商管理系录取。他走的那天，李哲民没有送他，只给了他一张卡，发信息说：“卡里的钱应该够你大学四年的花费，不够再找我要。”

李默紧紧地攥住那张卡，独自去学校报到。

大学 4 年李默一直没有回家，每逢放假他就去勤工俭学，父亲给他的钱他没怎么动，小小年纪就已经能自己赚钱养活自己。让他心寒的是，父母从来不问他为什么不回来，也不问他在大学的生活顺不顺心，好像对他们来说，李默回不回家都无所谓。

朋友圈里，父母每个假期都带小弟到处旅游，一家 3 口拍摄的照片看上去其乐融融。

李默渐渐习惯了自己的多余，也不再跟父母联系。

4 年时间很快过去。

李默大四那年按照学校的安排去公司实习，正好遇见同样在这家公司实习的舒晓萌。

跟沉默寡言的李默截然相反，那是个活泼可爱的女孩子，整天都笑眯眯的，哪怕再忙，她都一副很开心、很有活力的样子。

有一次公司组织聚会，李默一个人待在角落吃东西，舒晓萌跑过来说：“你叫李默吧？听说你是管理系的学霸，好厉害！我刚榨的果汁，很新鲜，喝一杯吧！”

她端着盘子正在给大家发果汁，李默还没反应过来，她就把盛满果汁的高脚杯塞在了他的手里，李默看着她转身离开的背影，脸色僵硬。

他皱着眉尝了尝……很甜，是水蜜桃的味道。

从那天开始，他注意到了舒晓萌，这个女孩阳光开朗，似乎是被家里宠着长大的，对人总是充满了善意。她擅长烘焙，经常做一些好吃的甜点带到公司，李默也会莫名其妙被她分几块甜食，每次他想拒绝的时候，对上女孩暖暖的笑容，他就不好意思退回去，只能僵着脸收下。

那段时间，他被舒晓萌投喂了不少甜食，一向偏瘦的身材居然也长胖了些。

他渐渐地对舒晓萌产生了好感。

那天，他们结束实习，部门领导主动做东欢送大家，李默不爱吃辣，但这么多人聚会，他也不能什么都不吃。他硬着头皮吃了些菜，结果晚上回去的时候突发急性阑尾炎。李默疼得满头大汗，打电话给父亲，李哲民根本不接，他只好自己打电话叫救护车。

救护车来的时候他脸色苍白，都快疼休克了，医生护士手忙脚乱地把他拉去医院，在急诊大厅他看见一个熟悉的身影，耳边响起舒晓萌紧张的声音："这不是李默吗？你怎么啦……"

医生道："他急性阑尾炎。你是他家属吗？他的情况比较危险，万一阑尾破裂穿孔会造成腹腔感染，我们需要紧急手术，麻烦你在知情同意书上签个字。"

舒晓萌慌忙摇头："不是，我不是他家属，我是他同事。"

李默的额头尽是冷汗，他压低声音说："我自己的手术，自己签字，不用家属。是死是活我自己可以负责。"

他忍耐着腹部的剧痛，从医生手里一把抓过知情同意书，咬牙在上面飞快地签下自己的名字。男生脸色苍白的模样让舒晓萌突然有些心疼，她担心之下急忙跟了上去。

刘晓燕在后面叫她："晓萌，你走错了！晓羽在心内科住院部，你往急诊跑什么？"

舒晓萌道："燕姐你先去看晓羽，我待会儿就过来！我一个朋友做手术，我去看看。"

她跑到急诊手术室门外，坐在走廊里焦急地等着，希望李默没事。过了大概一个多小时，李默被推了出来，脸色虽然苍白，但看上去已经好了很多。

舒晓萌立刻迎上前去："李默你怎么样？还难受吗？"

李默怔了怔，扭头看向她。女生清澈的眼里满是担心，那一瞬间，他突然有些心酸，他在手术台上，父母对他不闻不问，这个认识不久的女孩子却一直在手术室外面等着他出来。

李默僵硬地道："没事。"

舒晓萌问医生："他的情况怎么样啊？"

医生说："还好抢救得及时。留院观察两天，这几天暂时吃流食。"

舒晓萌一直跟着病床送他去了急诊观察室。

医生走后，李默低声问："你怎么在医院？"

舒晓萌道："我一个好姐妹有先天性心脏病，最近不太舒服来医院复查，我是来看她的，正好见到了你。对了，要不要通知你家人……"

李默打断她："不用。"

舒晓萌"哦"了一声，没再说话。

李默："去看你姐妹吧，我没事。"

舒晓萌犹豫片刻，站起来道："那你先好好休息，我明天再来看你。"

李默本以为她只是客气，结果第二天一大早，她居然真的来了，还带着亲自熬的粥，笑眯眯地说："医生说你要吃流食，我熬了些清淡的粥给你喝。"

李默神色复杂地接过来喝了粥。

软糯香浓的小米粥下肚，暖了胃，也暖了心。

他第一次发现，被人关心、被人照顾的感觉原来这么好。

出院那天舒晓萌又来了，李默从病床下来，看着她的眼睛，低声说道："你跑医院跑这么勤，天天给我送粥，别人还以为你是我女朋友。"

舒晓萌的脸瞬间涨红，慌忙解释："我来看晓羽，顺、顺便给你带吃的，你别误会！"

李默看着她脸红的样子，心头一软，忽然说："我想误会。"

舒晓萌愣住："什么？"

"做我女朋友吧。"

对上他深邃的眼眸，舒晓萌慌忙低下头，其实她早就喜欢他了，但李默太冷，她不敢说，只会默默照顾他。没想到却是他先开口，舒晓萌红着脸没有回答，下一刻就被他轻轻牵住了手。

舒晓萌挣了挣，没有挣开，红着脸被他牵着走了。

李默是个外冷内热的人，对她非常体贴，两人在一起3个月之后，感情稳定，在李默的要求下便同居了。李默很君子，租的是两室一厅的房子，一直忍着没碰她。反倒是舒晓萌有一次没忍住，在生日那天擦枪走火，跟李默发生了关系。

自那以后，两人更加甜蜜，李默对外人很冷淡，可回到家之后他就把舒晓萌抱在怀里，宠着护着，因为这女孩子是他的小天使。

同居一年后，舒晓萌查出怀孕，李默决定跟她结婚，便上门去拜见岳母。没想到舒萍知道他的名字后脸色猛然一白，问："你爸是不是叫李哲民？"

李默点头：“是的。”

舒萍如同见鬼一样指着他：“你、你就是公司新来的李总？为什么要骗我女儿！”

她的情绪很激动，双手一直在发抖。舒晓萌有点懵，赶忙站起来拉着她道：“妈，他没骗我，我们是自由恋爱……”

舒萍怒道：“闭嘴！你根本不知道他爸有多人渣！李哲民教育出来的儿子能是什么好东西？他是看你单纯才骗你的，你不要被他的外表给蒙蔽了！”

李默皱着眉站起来：“阿姨，我不知道您跟我父亲有什么恩怨，但我对晓萌是真心的，我来拜访您，也是希望得到您的……”

舒萍被刺激得失去理智，直接推他出门：“我不同意，你马上给我滚！”

李默察觉到不对，低声说：“阿姨，您先冷静一下，我改天再来拜访。”

他回到公司后，就吩咐人查舒萍、李哲民过去的恩怨。

他还亲自登门拜访了梅老太太、牛大鹏、刘宇明这些公司的退休人员，结果查出来的真相让他毛骨悚然——他的父亲，居然是这样一个人渣。

而他的亲生母亲，早在生下他之后不久就服用过量的安眠药去世了。

李默脸色阴沉地在办公室独自待了很久，他找来公司律师，对方很快就老实交代：“李总，这不能怪我啊！你母亲当初知道你父亲出轨，确实想离婚，协议书都已经写好了，可没过多久她就自杀了……协议书毕竟只是初稿，她还没来得及签字，我、我也没办法啊！”

李默冷冷地道：“你相信她是自杀吗？”律师吞吞吐吐地说不出话，李默冷利地盯着他的脸，替他说道，“是我父亲给你钱，让你闭嘴的对吗？”

律师低下头，苦着脸说：“我、我知道你母亲的死有疑点，她当时已经决定离婚了，不可能突然自杀。但她已经去世，死无对证，我真的没办法替她出头，得罪你父亲……”

替一个死人出头，得罪即将掌握整个公司的李哲民，确实是傻子才会做的事。

李默并没有怪他，沉默片刻，才低声问道：“李哲民有没有找你立过遗嘱？比如，把他的股权全部交给小儿子李飞？”

律师目瞪口呆：“你、你怎么知道？”

李默的嘴角扬起一丝冷笑：“我总算明白他为什么这么讨厌我了。因为我的出生，是他靠不正常的手段强暴了我的母亲，而我的存在，会时刻提醒他，当年如何为了夺权亲手杀死自己的妻子。看见我，他大概会做噩梦吧。”

李默转身走到窗边，淡淡地道：“这份遗嘱，经过公证了吗？”

律师颤抖着说：“还、还没有。李飞不到 18 岁，你父亲的意思是……你比较厉害，先帮忙把公司给带起来，等李飞大学毕业，再让李飞进公司学习。”

李默微微笑了笑：“然后就把股权给我那草包弟弟，让我给他打工，对吗？”

律师尴尬地低下了头。

李默道：“既然遗嘱还没公证，那就当它不存在。如果以后有事情发生，请你像当年一样闭上嘴，我会给你更加丰厚的报酬。”

律师愣了愣：“但、但是，就算没有遗嘱，按照继承法，他的配偶和子女都有继承权，你的后妈是第一继承人，能分到一半财产，剩下一半，你跟你弟弟再平分……”

李默淡淡地说：“如果在法院判决之前，这家公司变成一个空壳呢？就没多少财产给他俩分了，对吧。”

李哲民的服装公司的资产在渐渐转移，李默自己成立的房地产公司的生意越做越大。到处炫耀儿子有钱的李哲民，对此一无所知。

舒萍知道女儿怀孕后，态度开始渐渐转变。

舒晓萌天天都在做她的思想工作，说李默不是渣男，对她特好，两人一起一年多，她相信李默会是个好丈夫、好爸爸，大不了结婚后不跟李哲民来往。

舒萍被女儿哭着哀求，只好勉强同意了他们的关系。

然而，李哲民不知从哪儿听说了舒晓萌和李默恋爱，居然私下找上门来，趾高气扬地指着舒晓萌，劈头盖脸就开始骂：“你勾引我儿子不就为了钱吗？像你这样单亲家庭出身的女孩子，根本配不上当我李家的儿媳妇！说吧，你要多少钱才肯离开李默？”

舒晓萌强忍着怒意道：“叔叔，我跟李默是自由恋爱，我并不在乎他有钱没钱。”

她提起包就走，李哲民起身拦她，结果舒晓萌被他绊倒，狠狠地摔下了台阶。遍地的血迹把李哲民吓坏了，他以为这姑娘碰瓷，扔下一笔钱逃一样转身跑掉了。

舒晓萌疼得蜷缩在地，脸色苍白——李默赶来的时候，看见的就是这样的画面。

他的瞳孔陡然紧缩，蜷在地上痛苦又无助的女孩是他的挚爱，他不能容忍任何人伤害她。

李默一个箭步冲过去，抱起舒晓萌就跑，送去医院的时候孩子已经没了，舒晓萌哭得上气不接下气，李默一直沉着脸陪在床边，双拳紧紧地攥了起来。

他突然生出了一个疯狂的念头。

回到公司后，李默找到人事主管，面无表情地说："我爸退休后闲着无聊，他年纪也大了，该出去散散心，你联系梅老太太，让她统计一份退休人员的名单出来。"

他整理好名单，紧跟着联系旅行团，安排了动车。

李默给和李哲民有仇的人，每个人发了封邮件，还让导游秦时月在微信群里发了能买到胰岛素的药店，叮嘱老人家们，出门在外要带好胰岛素，没买的赶紧去买。

为了确保李哲民有去无回，李默私下还用李哲民的名义发信息给郑卫国："老郑，你欠我的那笔钱也该还了吧？借了五年加上利息，还款金额应该是 20 万元整。我给你最后一次机会，这次旅行回来之后，如果你不还钱，我就去法院起诉你。"

郑卫国吓得脸色煞白，赶紧打电话给李哲民说："老李，那笔钱我一定会还的！你把借条带上，等我筹到钱，就当面还给你。"

李哲民心中疑惑，但对方说要还钱又不是坏事，他就把借条给带上了。

出发那天，李默没有来送。

他给父亲发了一条短信："旅途愉快。"

KP-7311 号动车。

凌晨 3 点 40 分，舒萍决定动手，被梅老太太劝阻。

老太太声音沙哑："你不考虑自己，也想想你女儿吧，晓萌还需要你照顾呢……而且，一旦你动手杀了李哲民，晓萌和李默就再也没有可能了……"

她抢过舒萍手里的注射器，拆开封口，将胰岛素吸进针管里，推开 2 号房间的房门。

舒萍急忙拦她："梅姐……"

梅老太太推开她，坚定地道："我诊断出骨癌，已经活不了多久了，这一切是因为我才开始的，就让我来亲手结束吧。"

李哲民睡得很香。

但郑卫国和刘宇明其实并没有睡着。两人都紧张地竖起耳朵，听着下铺的动静。

黑暗中发出了窸窸窣窣的声音，有人掀开李哲民的衣服，苍老的手微微颤抖着，轻轻将一针管的胰岛素注射进他的身体里。

门关上了，耳边响起轻微的咳嗽声。

郑卫国等了良久，翻身下床，他本想拿一条绳子勒死李哲民，一了百了，结果试了试李哲民的呼吸，发现对方已经死了，他立刻爬回床铺，决定装作什么都不知道。

片刻后，刘宇明也翻身下床，发现李哲民的身体已经变得冰冷。

他的脸上露出个微笑，爬回床铺装睡。

由于梅老太太自首，其他证据也都指向梅老太太，李哲民案很快就结案了。

警察通知李默他父亲被谋杀的时候，李默非常平静，他去警局认领了尸体，将李哲民的尸体运回家。李飞看见之后被吓得大哭，夏玥脸色惨白："怎么会这样！"

李默道："麻烦阿姨把他安葬了，墓碑的位置不用告诉我，我不会去给他扫墓的。"

夏玥瞪大眼睛："你、你叫我什么？"

李默回头看着她，目光冰冷："阿姨，我妈妈当年怀孕的时候，不就因为你跟我爸勾搭在一起，被我妈妈撞见，气得早产了吗？后来我妈妈打算离婚，让我爸杀掉她继承财产，大概也有你的主意吧？"

夏玥的脸色瞬间一片惨白。

李默冷笑："怪不得，这么多年，你连抱都没有抱过我，所有的关心都给了李飞，把我丢给保姆照顾。我一直怀疑我不是你亲生的，还真不是。"

李飞茫然地道："哥，你在说什么？"

李默冷冷地看了他一眼，转过身道："明天，律师会来清算财产，不管怎么样，你们是他法律上的妻子和儿子，请两位务必到场。"

次日，公司的律师拿着厚厚的文件在办公室清算财务。

李哲民的公司早就只剩下空壳，能分到他俩手里的资产还不够买辆车的，夏玥不敢相信，反复核对账目，李默全程面无表情。

夏玥厉声道："你爸的公司怎么可能这么不值钱？！是不是你在搞鬼！"

李默很平静地说："是。"他耸了耸肩，"可惜你没有证据。"

夏玥愣了愣，紧跟着就听他说："就像你们联手杀害我母亲，我心里清楚，但也没有证据。"

他拿起笔，飞快地在财产继承同意书上签下字："我还很忙，就不陪你们了。"

见他起身要走，夏玥忙拦住他："李默，我要起诉你！你肯定转移了财产！"

李默冷冷地说："随时奉陪。"

他很干脆地转身离开，就凭这个女人和她的草包儿子，想扳倒他？做梦吧。

他的手段很干净，账目上没留下任何证据，就算被查也是公司经营不善、正常亏损。李哲民名下的这家服装公司很快就要破产，而他的生活，才刚刚开始。

李默想起当年阑尾炎手术差点没命的那一天，被推出手术室时，他看到那个女孩满是担心的眼睛……

在这个世上，他已经没有了亲人，也没有了值得在意的人。

除了舒晓萌。

李默大步流星地转身来到医院。

病床前，舒晓萌脸色苍白，正盯着窗外发呆。

由于梅老太太主动认罪，舒萍洗清嫌疑，已经回到医院照顾女儿。

李默推开门，拿着一束玫瑰，单膝跪在舒晓萌面前。

他轻轻握住女孩苍白的手，目光冷静而真诚："晓萌，嫁给我。"

舒晓萌捂着嘴，泣不成声。

李默抬眼看向舒萍，低声道："我父亲欠您的已经没办法偿还，过去的事情就让它彻底结束吧。我跟您保证，我会用一生去珍爱晓萌。上一辈的恩怨，我会全部补偿在晓萌身上，我会尽最大的努力让她幸福，请您放心地把她交给我。"

舒萍眼眶湿润，扭过头强忍住眼泪，道："晓萌的事……她自己做主。"

李默看向舒晓萌，声音温柔到极致："孩子还会有的，以后你想生几个我们就生几个，嫁给我好不好？晓萌，以后让我来照顾你。"

舒晓萌哽咽着接过他手里的花："好。"

两人紧紧地拥抱在了一起。

舒萍看着这一幕，心想，如蕊蕊还在世的话，应该会喜欢晓萌这个儿媳妇吧？她和蕊蕊曾经亲如姐妹，若不是李哲民这个畜生，一切也不会变成这样。

如今，李哲民死了，两代人的恩怨，终于彻底结束。

舒萍也没心情再干涉孩子们的事，她想，自己应该听梅姐的话，到处散散心，活到 80 岁，活个够本，才不枉费梅姐最后用自己的命，给她换来的解脱。

窗外，阳光正好。

舒萍站在窗边，脸上终于扬起了释然的笑容。

【剧情卡：程沐】

程沐把房间的窗帘全部拉上，手里攥着医院的检查结果，紧紧地抱住膝盖，蜷缩在角落里。她一个人待了很久，才在群里发了条消息，让其他女生也去医院检查。

检查结果出来的那天，看到检验单上的“HIV 阴性”，几个人总算是松了一口气。她们齐齐看向程沐，因为大家都知道，程沐是最不幸的一个。

她已经被感染了。

宋晓羽忍着眼泪来到程沐面前：“沐姐，你……”

程沐假装平静：“大概是我比较倒霉，你们没事就好。”6 人的神色都有些复杂，程沐转移话题道，“都说说，该怎么处置周权这个渣男？”

岳小泉提出建议，割他几十刀，鉴定为轻伤，大家都不会受处罚。

宋晓羽脸色苍白：“可是周权已经感染了 HIV，我们割伤他，万一他的血飞溅到我们身上，把我们也感染了怎么办？”

岳小泉冷静地说：“HIV 的传播途径是体液和性，我会让大家做好防护措施，所有人都穿上隔离服、戴好手套。茹茹不是说她可以搞到手术刀吗？手术刀的切口很细，血液不会到处飞溅，戴上手套没问题的。”

宋晓羽还是有些担心，颜茹茹道：“你们如果害怕的话，就让我跟小泉动手吧，我们俩是学医的，可以掌握好分寸。”

刘晓燕攥紧拳头：“这个畜生，我真恨不得把他给阉了！”

宋晓羽颤声道：“可是阉了他的话，我们会不会被判故意伤人罪？燕姐，为他这样的渣男坐牢，不划算吧？”

程沐突然微笑着说：“我有个好主意，可以彻底解决掉周权。”

众人都疑惑地回头看她：“沐姐有什么好办法？”

程沐道：“先按小泉的建议做准备，我的备用方案 B，等到站了再跟你们说。”

程沐回家后就忙着打电话，她先打电话给房东退房，再给老板递交辞职报告，将银行里的存款全部转给父母。然后，她去买了一把锋利的水果刀，一套性感的黑色蕾丝长裙，一顶长及腰部的假发，然后又上网买了一本人体解剖图谱。

哪些地方割一刀不会太快死掉，心脏位置在哪里……她的学习能力很强，用一个月的时间做准备，临行之前还特意画了一张图，在上面大概标记好了自己要动刀的位置。

7 月 26 日，晚上 9 点半，KP-7311 号动车准时停靠在沧州站。

群里，岳小泉发消息道：“我把他调走了，让他送我去 6 号车厢。”

收到消息的程沐、司芸、颜茹茹迅速从后门上车。

上车后，程沐就用帽子挡着脸假装睡觉，直到车厢内的灯熄灭，乘客们渐渐进入梦乡，她才拿出手机，给备注为“老公”的周权发了一条消息：“亲爱的，我要去月之城出差，坐了 KP-7311 号动车，你是不是也这趟车上？我好像看见你了，我在 4 号车厢 13 排。”

周权平时不习惯早睡，总会看小说看到凌晨 1 点，程沐很清楚他这个爱好。

当时，周权正看到关键处，手机屏幕中突然弹出这条消息，他吓得差点把手机给扔了，周权猛地回过头，程沐正好调亮了手机光线，照着自己的脸，朝他微笑。

黑暗的车厢中，女生被手机照亮的脸看上去异常苍白，就像是一只厉鬼，尤其是……她还对着自己笑。

周权本就心虚，被这幅画面吓得心脏发抖，他的第一反应是自己脚踩多条船的事情会不会被程沐发现？但很快他就稳住了心神。岳小泉换去了 6 号车厢，他身边只有熟睡的弟弟。周权迅速在手机里打字：“这么巧？我跟我弟也去月之城。”

“确实好巧，大概是我们有缘吧。”

看见她打的笑脸符号，周权脸上也不由浮起个笑容：“沐沐，你一个人吗？”

“对啊，老板派我出差，一个人睡不着，好无聊。”

“不怕，有老公在，我可以陪你聊天。”

程沐的嘴角扬起一丝冷笑，打字时却装成很开心的样子：“手机聊天多没意思，老公，不如我们做点更好玩的事情？”

周权感兴趣地道：“什么好玩的？”

“动车上的洗手间我刚才去过，非常干净，空间也够大。车上的人都睡了，你觉不觉得，趁着夜深人静，我们去洗手间。这样的经历肯定会让人终生难忘的。”

周权知道程沐一向放得开，她的提议让他突然间有些心动。飞快行驶的列车、安静的车厢、熟睡的乘客、洗手间里的两个人……

周权想象那个画面，差点流出鼻血。

偷情的刺激，新鲜的环境，让周权的冲动战胜了理智，他很快就答应下来：“沐沐你可真是有创意，列车 play 亏你想得出来！”

程沐发去个害羞的表情：“现在才 1 点钟，可能会有乘客起来上厕所，被打扰就不好了。我们等到 2 点半，大家都熟睡了再过去。”

周权发来一排亲吻的表情：“等你到天亮都没问题，待会儿见。”

接下来，周权继续低头看小说，但他已经完全看不进去了。他胡思乱想着，一直等到两点半，程沐给他发消息：“来吧。”

周权立刻起身，迫不及待地跟了过去。

车厢内的灯全部熄灭，因此，他并没有察觉到，他经过的位置，12 排坐着司芸，13 排坐着颜茹茹，15 排还有刘晓燕和宋晓羽——他的全部注意力都在穿着一身长裙的那个窈窕背影上。

他跟着程沐来到左侧的洗手间。

洗手间里有灯，他这才看清程沐穿的衣服，是一条性感至极的黑色蕾丝长裙，勾勒出她完美的身材。周权伸手抱着她道：“沐沐，几天不见，你真是越来越漂亮了，你这假发真好看。”

程沐轻笑着推开他：“我们玩儿点刺激的吧。”她从靴子里拿出几根皮筋，挑眉看向周权，“想不想试试？”

周权激动地点头，程沐绕到他身后，眸中一片冰冷。她飞快地用自己的发带，把周权的双手、双脚全部捆绑起来，还打了个解不开的死结。

回到周权面前时，她的脸上又换了一副明媚的笑容。

周权眯着眼睛，正一脸陶醉，结果，程沐突然变戏法似的从靴子里拿出条毛巾，猛地捂住周权的嘴。他还以为这也是程沐设计的刺激环节，笑眯眯地看着程沐。

但是下一刻，程沐的目光陡然间变得冰冷。

她伸出手，对准周权的脸狠狠地抽了一个耳光！

“啪”的清脆声音回荡在洗手间里，周权被打得眼神微微一变，他喜欢刺激，但也不是自虐狂，被女人抽耳光对他来说是一种侮辱！

正想问怎么回事，程沐的耳光却接二连三地抽了过来。

“啪、啪、啪”！

伴随着清脆的耳光声而来的是脸颊上火辣辣的疼痛，周权震惊地看着程沐，愤怒地吼道：“程沐你干什么？！”然而他的嘴被堵住，根本发不出声音，这句话最后只变成了“呜呜呜”。

程沐甩了甩手腕，冷冷地道：“这几个耳光是我替俞霖打的。你挽回她的时候说，忘不了她，她是你的第一个女人，也是唯一的一个，你这个骗子！”

周权的眼中浮起一丝惊骇，显然是程沐提到“俞霖”这个名字让他心虚了。

程沐抬起手，对准他另一边的脸，干脆利落地又两个耳光甩过去：“这是替刘晓燕打的，你当年高三暑假跟她在一起，还说大学毕业就回来娶她，她信你的鬼话，等了你一年。结果，前段时间重新见到她，你又想跟她复合，你可真不要脸！”

周权瞪大了眼眸，不敢相信她连刘晓燕的名字都知道。

程沐打得手疼，换了一只手，对准他的脸狠狠地抽过去：“这是替颜茹茹打的，你在游戏里骗她，说她是你的初恋，你怎么好意思说出口的？这就忘记俞霖了吗？”

她的手劲儿越来越大，抽得周权的脸颊很快就肿了起来：“这是帮宋晓羽打的！她身体不好，你说心疼她，要照顾她一辈子，晓羽对你多痴情啊？还想考研考到你的学校和你在一起！结果知道被你骗了，她被气得心脏病发作，差点没命！

“这是司芸姐的，她耐心指导你，帮你设计软件，你却用卖软件的钱带着岳小泉去看演唱会，你还有没有良心？

“还有岳小泉，那么冷淡的一个女生，被你的甜言蜜语给骗得心动，她现在提起你都恶心得吃不下饭！”

程沐连续十几个耳光抽过去，周权的脸几乎被打成了猪头。然而他根本来不及生气，他的眼中满是惊骇，显然不明白程沐怎么会知道所有人的名字。

程沐把微信群展开在他面前，冷笑道：“你不知道吧？你脚踩多条船，早就翻船了，我们七个建了微信群，约好一起来找你。”

她点开司芸 PS 的那张图片，放大在周权面前——开往地狱的列车。

她微微一笑：“我们 7 个人现在全在车上，怎么样，后宫集体来给您送行，惊不惊喜？意不意外？”

这不是惊喜，这简直要命！

周权的脸色瞬间变得极为难看，察觉到妹子们聚在一起很可能是为了收拾他，他的目光更加惊恐，他一边奋力挣扎，一边开始求饶，可惜嘴巴被堵住了，根本发不出声音。

程沐冷冷地看向周权：“对了，还有我。”

她抬起手要抽耳光，结果手掌距离周权的脸颊几厘米的时候，程沐的手停在了空中，她忽然一笑，道：“你害我得了艾滋，还流掉了一个孩子，抽你耳光怎么够呢？”

周权愣了愣，满脸的不敢置信。

程沐冷冷地道：“我不知道你是什么时候出去乱搞染上的病，得了这种病，留着你只会是个祸害，不如我来解决你，一了百了。”

她从靴子里拿出一把水果刀，在周权面前晃了晃。

锋利的刀在洗手间灯光的照射下，闪烁着冰冷的金属光泽。

周权惊恐地瞪大眼睛，开始疯狂摇头："呜……我错了……饶了我……呜呜……"

他的脸上满是哀求，如果可以行动，他几乎要给程沐跪下。

但程沐并没有理会他的求饶，她拿起这把水果刀，先是轻轻在周权的锁骨处划破一个口子，看着鲜血渐渐地渗出来，紧跟着往下划到胸口……

一刀，又一刀。

周权疼得全身发抖，想要挣脱，却发现自己根本挣脱不开。

程沐用的绳子看上去很细，却非常结实，周权拼命挣扎，程沐像看一条死狗一样目光冰冷地看着他，面无表情地割他的肉。

也不知被割了多少刀，周权疼得满头都是冷汗。

程沐拍拍他的脸："别以为女生都很好骗，她们之所以好骗，是因为她们还喜欢你。一旦这种喜欢不在了，她们一个个的，都会变得异常聪明，并且绝情。"

她拿起水果刀，在周权面前轻轻晃了晃。

周权几乎要发疯，用头去撞洗手间的墙，却被程沐一把拖了回来。

就在这时，外面突然响起脚步声，荆伟光迷迷糊糊地起来上洗手间。

周权听到脚步后开始疯狂咆哮，想引起走廊里乘客的注意，但是他的嘴被堵得严严实实，荆伟光听见厕所里传来的声音，还以为这哥们儿便秘，理都没理。

片刻后，荆伟光出来，厕所里已经彻底安静了——程沐用刀狠狠地捅穿了周权的心脏。

周权直到死前都瞪大着眼睛，似乎不敢相信，这个爱他爱到骨子里的女人居然真的会杀了他。

门外的脚步远去，车厢内再次安静下来。

程沐面无表情地从洗手间出来，她在洗手池里一遍又一遍地洗手，然后去乘务员办公室里偷了钥匙，把洗手间的门从外面锁上。

她丢掉了衣服和绳索，删掉周权手机里的全部聊天记录，把司芸 PS 好后发在群里的照片换成周权的桌面，再把手机丢进垃圾箱。

回到座位之后，她看着车窗外的星空。

深夜的 4 号车厢，所有人都在熟睡，只有她，睁着眼睛，一直发呆到天亮。

她亲手杀掉了周权，但她一点都不开心。因为她知道，周权的生命在这趟列车上终结，而她，同样没有了未来。

列车到站后，程沐被警方带走。

她在警局交代了一切，其他的六个女生没有嫌疑，被警察放了回去。

六人脸色苍白地站在警局门口，谁都没有说话。

也不知过了多久，宋晓羽突然说："我收到了程沐姐的邮件。"

俞霖拿出手机："我也收到了。"

司芸也拿出手机，看着邮件提示："她应该是定时发送，给我们每人发了一封。"

大家迅速打开邮件，低着头认真去看。

邮件写得很简单——

我所说的B方案，就是由我来亲自结束周权的狗命。他这样的人，一旦得知自己染上艾滋，说不定会到处约女生，祸害更多的女孩。

我已经被感染了，我不希望有别的女生也像我这样坠入深渊。

你们都被周权这个人渣欺骗过、辜负过，但这只是你们人生中的某一段经历，而不是全部。

你们没有错，错的是他。

你们不过是没擦亮眼睛，不小心踩到了一坨狗屎。我相信，你们很快就会走出这段阴霾，迎来更加阳光的未来。

每个女孩子，都值得被温柔相待。

请忘记周权这个渣男。

一定会有更好的人，在前方等着你们。

程沐绝笔

KUWEI
酷威文化
图书 影视

卡牌密室

蝶之灵 著

下册

江苏凤凰文艺出版社
JIANGSU PHOENIX LITERATURE AND
ART PUBLISHING

目录

第二十一章

抽奖

红桃 8 密室完美通关，并且获得 S 级的密室评分，奖励自然不会少。叶棋走过来看着红桃 A 道：“红桃姐，这一关我们用时将近半个月，而且是 A 级密室，比以前的 B 级、C 级难度高太多了，奖励是不是也该多一点？”

红桃 A 微笑着说：“那是自然，我先把固定奖励发给大家。”

她的手指轻轻一挥，众人面前就出现了 8 张新卡。

这么多卡牌整整齐齐排列在一起，肖楼不由得双眼一亮，翻开一看，居然是他们在古代密室里穿过的衣服！

比如虞寒江的“丞相官服”，肖楼的“长衫”，龙森的“黑色夜行衣”，邵清格的“丝绸华服”，甚至还有叶棋的“天香楼头牌定制套装”。

叶棋差点吐出一口老血：“天香楼定制套装是什么鬼？我最不想回忆穿这套大红衣服扮女装的经历，居然还把衣服变成卡牌奖励给我们？这衣服又没什么战斗力！”

红桃 A 解释道：“这是红桃 8 密室的纪念卡，以后你们缺衣服了，可以随时换这套古装来穿。”

比起普通衣服要自己动手去穿，红桃密室奖励的服装卡只要激活，就能瞬间换装。卡牌方便携带，反正也只占一个卡位。既然是守关者白送的，大家当然要收下，说不定以后真的缺衣服了，还能拿来救急。

大部分密室的固定奖励级别都不是很高，关键还是完美通关的抽奖。众人对接下来的抽奖都充满了期待。

肖楼看着地上金光闪闪的 3 个宝箱，道：“奖励 3 次抽奖的机会？”

红桃 A 道：“是的，你们打出 S 级的通关评分，很可能又抽到 S 卡。”

肖楼目光扫向大家：“你们谁想抽奖？”

老莫的心情很是激动，他通关了这么多密室，还从没抽到过 S 级的宝箱，但这次通关，功劳最大的依旧是肖教授和虞队，他不好意思抽。肖楼却像是看穿了老莫的想法一样，目光定格在他的身上，温言道：“老莫来吧。”

莫学民受宠若惊：“咳，这怎么好意思，我也没立什么功……”

肖楼说：“不用谦虚，你能从《风物志》找到刺客头饰的线索，锁定刺客这条线，当然也是立了大功的。而且，现在我们 8 个人中就你没有 S 卡，其他人都有了。”

队友们也一致同意老莫去抽，莫学民对上队友们鼓励的目光，激动地搓搓手，走到金色宝箱面前，深吸一口气，闭上眼睛祈祷一番，这才将手伸进了宝箱里。

恭喜莫学民获得S级工具牌：大理石砖！

工具牌：大理石砖。

稀有度：S。

描述：完美通关且评分为S时，在限定卡池抽奖，有概率获得。

使用效果：大理石是做墙面、地板、洗手台等家装的上好材料。发挥设计师的想象力，好好使用它，或许能达到出其不意的效果。你可以在敌人追击的过程中迅速用大理石砌成一面墙，让对方无路可走；也可以在遇到水面的时候铺开一片大理石地面，协助队友通过。

丢出的大理石只要彼此相连，就会立刻连成牢固的整体，刀枪不入，连子弹都射不穿。

使用限制：这张卡共有100块大理石砖，每块砖的面积为80厘米×80厘米，用完后，卡牌将变成灰色的不可用状态，直到下次进入密室时刷新数量。请节约材料，不要浪费。

大理石这块砖，哪里需要哪里搬。

老莫之前抽的跟家居装修有关的工具牌全是A级，效果有限，技能冷却时间也比较长，S级的工具牌强度显然提升了不止一个档次。

莫学民兴奋极了，如同捧着珍宝一样将这张卡认真地收了起来。

肖楼道："老莫再抽一张。"

莫学民立刻摆手："这多不好意思，你们抽，你们来抽吧。"

大家都道："我们都好几张S卡，你才一张！"

莫学民也不再推辞，搓搓手，激动地将手伸进第二个宝箱。

工具牌：视角转换器。

稀有度：S。

描述：设计师看到2D图纸，就要想到3D空间；看到3D空间，自然也能立刻测量、绘制出成比例的图纸。到了一个陌生的地方，如果能用上帝视角来俯视整片区域，画出这片区域的平面地图，该有多好？

视角转换器，可以立刻锁定500平方米范围，切换成上帝视角，观察锁定区域内的所有景物、人物、道路，对这片区域有更加全面、清晰的了解，并且利用看到的3D视角绘制出2D平面图。

限定：10小时只能用一次。

这张牌看着挺奇怪的，叶棋挠头：“感觉像是2D游戏和3D游戏之间切换？”

肖楼道：“这是迷宫神卡。”

莫学民激动地道：“没错。如果在迷宫中遇到岔路口，切换上帝视角看路线的话，就可以立刻排除几条错误的死路！”

不仅方片迷宫，在一些黑桃、红桃密室，也可以用这张牌来看路。老莫满脸笑容地将卡牌收进了卡包。

还剩最后一个宝箱，肖楼问大家：“最后一个谁抽？”

众人纷纷摇头。

肖楼看向虞寒江，后者干脆地道：“你来吧。”

其他队友也笑着说：“对啊，肖教授来吧！”

叶棋道：“肖教授的手气，每次都能抽到召唤牌，这次说不定又是一个召唤人物！”

队友们都这么说，肖楼只好不再推辞，上前一步将手伸进宝箱里。

恭喜肖楼获得S级召唤牌肖御！

肖楼愣了一下，看到这条消息一时没反应过来，直到他将这张牌翻开，看到卡牌正面熟悉的那张脸，确实是肖御——红桃8密室里特别维护他的那个别扭弟弟。

召唤牌：肖御。

稀有度：S。

描述：出自肖楼团队定制密室“乱世烽烟”，卡牌世界仅此一张，绝版卡。

附加技能：维护兄长。

使用效果：肖御从小就喜欢当哥哥肖楼的跟屁虫，当肖楼遭遇致命危机时，肖御会主动出现，协助兄长作战。由于世界改变了，肖御只能发挥出自身的四成功力，会用手中的利剑保护自己最尊敬的亲人——“谁打我哥，我就打谁”。

肖楼的“弟弟”居然以卡牌的形式又出现在众人面前。

跟弟弟相处的那些记忆虽然是虚构的，可看着卡牌上的青年熟悉的面容，想起在那个世界里他对兄长的依赖、信任、帮助、维护……两人一起长大的那些回忆让肖楼不由心中一软，将卡牌上的肖御召唤了出来。

看着这位容貌和肖楼几分相似的傲娇弟弟，大家都哭笑不得。

虞寒江问道：“他有自我意识吗？”

红桃A扬起唇角：“卡牌有没有意识，你们觉得呢？”

陶渊明、柳永、李清照、苏轼……这些人物明显没有意识，从来不跟肖楼他们有任何交流，召唤出来之后也只是使用技能。

可刘小源、肖御这种人物呢？他们可有自我意识？

肖楼看向面前的高大青年，微笑着将他收了起来。这只是卡牌，并不是真的肖御。真正的肖御在红桃8的世界里成了一代名将，70岁寿终正寝。现在召唤出来的这个肖御，跟病毒小镇抽到的刘小源一样，或许只是一种卡牌形态。

虞寒江见肖楼收起卡牌，低声道：“这算你的私人保镖吧？”

肖楼点头：“嗯，只有我能激活。”

邵清格似笑非笑地道：“你这是收了个死心塌地跟着你的小弟啊！”

想想以后可以随时看见这个弟弟，肖楼也挺开心的。虞寒江心想，有个跟屁虫弟弟保护肖楼，万一肖楼遇到危险，也能多一重保障。

这次的抽卡收获很丰富，肖御这张保镖牌让肖楼不再惧怕黑桃密室，老莫抽的家装牌大理石还有过迷宫特别好用的视角转换器，也都对得起S卡的强度。

众人休整一番后，回到了别墅。

老莫回头看向客厅墙壁上的时钟：“周一凌晨12点半？看来，红桃8密室的时间流速非常快，那边破案花了半个多月，月之城才过了几十个小时。”

既然时间是凌晨，大家也不好继续闯关，时间流速不同，这比倒时差还要让人头疼，加上古代、现代世界的变换，大家一时还转不过来，老莫便建议道：“不如大家先睡一觉，明天再说？”

肖楼赞同：“嗯，大家养足精神，好好休息一晚上再说吧。”

众人纷纷回房间洗漱睡觉。

次日早晨醒来后，大家吃过早饭，肖楼走到阳台上，发现虞寒江正低头沉思，他不由问道：“虞队，你觉得我们下一关去哪里比较好？”

“又叫虞队，我们又不是上下属关系，私下你可以继续叫我的名字。”

“叫习惯了。”肖楼改口道，“寒江，以前我们过完红桃都是去方片，这次也去方片吗？”

“嗯，按顺序吧。”虞寒江道，“老莫抽到的 S 卡可以转换视角，就算遇到迷宫也没必要太担心。”

肖楼刚要说话，突然，手机弹出一条消息：“从红桃 8 回来了吗？如果有时间，请两位到情报局一趟，有东西给你们——唐辞。”

肖楼刚读完，这消息就突然消失了。消息来自陌生号码，唐辞显然是用了什么自动清除的程序，免得留下痕迹。

虞寒江的手机也响了，他低头看手机，显然也收到了同样的消息。

两人对视一眼，虞寒江朝队友们道：“我跟肖教授中午还有些事，需要出去一趟，大家先在别墅休息，下一关的安排，等我们回来再说吧。”

队友们都没意见。

肖楼和虞寒江吃过午饭就开车去找唐辞。

两人来到地下工厂，让虞寒江意外的是，兄长陆九川居然也在，正躺在旁边的床上，唐辞似乎在帮他做治疗。听到脚步声后，陆九川回过头，笑容戏谑：“来了？”

虞寒江低声问道：“哥，你怎么在这儿？”

陆九川道：“小唐叫我来的，说是最近研究数据，有一些发现。”

虞寒江看向唐辞：“唐先生发现了什么？”

唐辞在面前打开一块大屏幕，上面是密密麻麻的代码，其他 3 人都看不懂。

肖楼猜测道：“这是什么程序吗？”

唐辞坐在轮椅上，苍白的手指连续按下几个键，只见屏幕中以上帝视角开始播放一段剧情，很多 Q 版的小人在剧情中扮演着各种角色，他道：“我分析了 A 级红桃密室的样本，发现红桃密室的剧情会随时动态调整，根据每一个挑战者做出的不同选择，剧情走向也会改变，就像以前玩过的那种多结局的 RPG（role-playing game，角色扮演）游戏。”

他的一席话让肖楼茅塞顿开：“没错，我们这次经历的剧情也一直在变，每次选择都会对后续剧情有影响，确实像多线剧情的 RPG 游戏！”

唐辞接着道：“红桃密室相当于多人在线 RPG 游戏，有多种结局。跟以前流行的剧情类游戏很像，一个选择不注意，说不定就会立刻触发死亡 tag，打出团灭结局。”

虞寒江也听懂了，回想在红桃 8 密室的经历，确实是惊心动魄，一步踏错，就有可能团灭。

唐辞道：“这种多人角色扮演，想打出完美结局，每一个人都不能出错，这一点你们应该也在红桃 8 密室感受到了吧？”

肖楼和虞寒江对视一眼，同时点头。

陆九川摸摸下巴：“所以，我们当初在 S 级密室的时候，先选了自认为很简单的梅花密室，结果在梅花 J 团灭了……如果当时先选红桃密室，也有可能在红桃 J 团灭吧？毕竟我们团队有几个人完全不懂破案，分到他们头上的线索很可能就被他们给漏掉了。”

虞寒江听到这里，总算明白了唐辞的意思：“唐先生是说，我们要从现在开始培养每一个队员的逻辑分析能力，到 S 级密室的时候尽量别漏线索，以免走错支线触发死亡结局？”

唐辞点头：“嗯。还有一点，我发现红桃密室的评分规则也是浮动的，主线解决或许能拿到完美通关，但想要抽 S 卡宝箱，就需要完成更多的支线，解决所有支线，最终评分才能达到 S。”

肖楼理解地点头：“明白，这次我们就是解决了 3 条支线才拿到完美通关的。”

唐辞从卡包里找出一张卡牌，交给肖楼，道：“九哥让我给你们的，对你们过后面的密室应该会有帮助。”

肖楼接过来一看，是一张 S 级工具牌“无人机航拍器”，属于高科技器械类卡牌，形状跟一个小型蜻蜓状风筝差不多，中间是监控屏幕，脑袋部位是摄像头。

唐辞解释道：“航拍器可以飞到空中连续拍摄静态照片，动态监控模式一次能监控 50 分钟。把它用在方片密室，可以拍摄迷宫的路径；红桃、黑桃密室可以当监控器使用，放到指定的高空中远程操控，将卡收回后，就会带给你们录像资料。”

虞寒江听到这里也觉得这张卡很强，拿来破案很有用，可以从不同角度拍摄案发现场照片，有利于后续的分析推理。只不过，航拍器这种高科技产品在古代密室可能会被禁。

想到这里，虞寒江不由问道：“后面的 A 级密室，古代环境多吗？”

陆九川道：“不一定，A 级密室是根据团队随机生成的，攻略没有参考价值。”

唐辞道：“但从大数据看，古代的概率相对偏小。航拍器的使用机会还是挺多的。”

肖楼仔细收起卡牌：“谢谢唐先生、九哥，那这张卡我就收下了。”

离开唐辞的地下工厂后，虞寒江开车带肖楼回到别墅。

路上两人沉默了片刻，肖楼才道：“唐先生和九哥现在虽然不用主动去闯关，但我们每迟到一周，他们就要多经历一周的周常吧？九哥今天出现在地下工厂，我觉得没那么简单，他好像又受伤了，去找唐先生帮忙治疗……”

虞寒江点头：“我看出来了，他不好意思说破而已。”

陆九川目前的身份依旧是猎杀者联盟的卧底。每次进周常，他必须拉队友协助完成任务，还要找个完美的借口，跟猎杀者联盟那边交代自己任务失败的原因。上次是让楚华英捅了一刀蒙混过关，这次他要怎么演，虞寒江不清楚，但肯定不容易。

其实，每一周的周常，九哥都在以命相搏。

想到这里，虞寒江的神色立刻变得严肃起来：“我们还是加快速度，尽快跟他们会合。”

肖楼也是这么想的，他是契约书的主人，需要顾及队友们的情绪，老莫、龙森、曲婉月、叶棋、邵总、刘桥都有必须回去的理由，何况九哥如今天天行走在刀尖上，每一次周常都要玩命，他们再拖时间的话就太不应该了。

于是回到别墅后，肖楼和虞寒江将队友们召集到身边，决定下午继续闯关。

两人对视一眼，抽出下一张牌——方片 8。

第二十二章

上元灯节

随着卡牌被抽出，方片 8 的扑克牌中间出现熟悉的红色旋涡，所有人的悬浮框中开始倒计时。10 秒后，大家只觉得眼前一黑——

众人同时被传送到一个熟悉又陌生的世界。

之所以熟悉，是因为大家刚刚离开红桃 8 的世界，这里的街道、建筑，来来往往行人们的装扮，都和红桃 8 的乱世烽烟世界非常相似——大齐国的风格。

他们居然又来到了古代？！

而之所以陌生，是因为面前的街道上挂满了灯笼，数不清的大红灯笼照得大家眼花缭乱。

正疑惑这是什么情况，众人面前的悬浮框中同时出现几行提示。

> 欢迎来到方片 8 世界：上元灯节。
>
> 正月，是农历的“元月”，古人又将“夜”称为“宵”，因此，正月十五作为一年之中的第一个月圆之夜，被称为“元宵节”，又称“上元节”。
>
> 今天是正月十五上元节，自古以来，上元节的夜晚都会有“观灯”的习俗，大齐京都的十里长街挂满了各式各样的灯笼。
>
> 方片 8 密室为“灯会迷宫”，请寻找隐藏其中的灯笼机关，将获得的灯笼道具悬挂在石桥边的灯树上，获得的灯笼越多，通关评分就会越高。
>
> 灯会将持续到子时（00:00），在灯会结束之前可自行探索。

古代的上元灯节？这就是现代的元宵花灯会吧！

叶棋低头看了眼自己这身天香楼头牌定制套装，恨不得当场就把这套衣服脱了，他扯了扯复杂的裙摆，忍不住吐槽：“还以为这套衣服再也用不上了呢，结果来方片密室又让我穿这个！”

邵清格看了眼面前的女装叶棋，摇着扇子，笑眯眯地评价：“你穿这件挺好看的啊，不愧是天香楼头牌叶姑娘。”

叶棋知道他在开玩笑，翻了个白眼懒得理他。

环顾四周，发现队友们并不在，叶棋不由得疑惑：“其他人呢？这个灯市我怎么觉得有些诡异，好像哪里不对？”

叶棋皱着眉环顾周边，没发现任何机关。回想刚才的提示，他心中不由疑惑——寻找灯笼机关？这成千上万的灯笼看上去形状都差不多，机关有什么特点吗？提示还能更模糊一点吗？叶棋想不明白，干脆说道：“你觉得哪些灯是机关？”

邵清格笑眯眯地摇着扇子：“猜谜不适合我。让我来通关这个世界的话，我只能把这条街上的灯笼全部买下来，一个一个地拆开试。”

土豪的通关思维无法理解。

叶棋想了想刚才的提示，道：“先跟队友们会合吧，不是说要把灯笼挂在石桥外面的灯树上吗？灯树到底是什么样子，我们过去看看。”

他急忙往前跑，因为穿着女装，不小心踩到裙子，差点跌个狗吃屎。

邵清格轻笑着扶住他，低声道：“慢点，你现在可是叶姑娘，别毛毛躁躁的。”

叶棋面红耳赤：“女装好烦，我回去就把这张卡给烧了！”

虞寒江和肖楼同样换上了红桃 8 密室里的装扮。看向身边一身长衫的肖楼，虞寒江愣了一下，疑惑道：“怎么又是古代世界？”

肖楼立刻反应过来：“方片 8 密室和红桃 8 密室是联动的吧？”

虞寒江看了看前方的长街，点了点头：“这建筑风格还有行人们的穿衣打扮确实跟我们之前经历过的大齐非常像，我们这是被传送到大齐元宵节的灯会现场了？”

肖楼道：“看来方片 A 是直接从红桃 8 那里拿了背景设定，做了个灯会迷宫出来吧。”

古代的灯会热闹非凡，可虞寒江观察了半天，依旧没发现哪里有机关。这些灯笼都一模一样，一条街上少说也有好几百个，该怎么找？

就在他一头雾水的时候，肖楼突然说道：“这个密室的主题，很可能是灯谜。”

虞寒江回头看他：“灯谜？”

肖楼解释道：“在古代，上元灯节经常会举办猜灯谜的活动，一些摊主将自己制作的灯笼悬挂出来，谜面有图案、诗词、文字等形式，游客可以猜谜面，如果猜对了谜底，就能赢得这一个灯笼，老板把灯笼送出去，也图个好兆头。”

虞寒江恍然大悟：“这个传统我倒是听说过。”

肖楼仔细观察了周围，道：“这是一个灯会迷宫，道路纵横交错，非常复杂。我们目前所在的这条路，路旁都是圆形纱灯，形状也一模一样，上面没有任何图案，所以这些大红灯笼不过是装饰品。真正的灯笼机关应该在其他岔路，很大可能是纸做的宫灯。宫灯，上面可以画画、写字，方便写出谜面。我们先跟队友会合，再找找灯谜在哪里吧。”

遇到方片密室，虞寒江就会忍不住头疼。放眼望去，密密麻麻的大红灯笼、熙熙攘攘的人群，他有些不知道从哪里下手。听肖楼这一番话，他立刻明白过来。

虞寒江跟在肖楼的身后一起往前走，寻找灯树的位置。

灯树并不难找，这条主路走到尽头再经过一座石桥，就可以看见远处有一棵高达十米的古树，挂满了各种红色的许愿符，还悬挂着一盏彩灯。

大树周围的人并不多，肖楼在人群里迅速扫了一眼，很快就看见了一身红裙的叶棋和贵公子装扮的邵清格。

片刻后，龙森、曲婉月夫妇和老莫、刘桥也来到了这里。

8 人到齐，肖楼立刻将大家叫到旁边，轻声道：“都检查下卡包，看看哪些牌能用。”

众人纷纷检查，刘桥率先说道：“我的身轻如燕还可以用，隐身斗篷、双生复制牌失效了，毒皇后、小红帽这些童话牌全都不能用。”

龙森道：“只有跳远健将能用！”

老莫哭笑不得：“我只有刚刚抽到的视角转换器能用。”

肖楼看向虞寒江，后者说道：“现代的、高科技的牌全部被禁。”

叶棋道：“我的瞬移卡还能用，但只有第一个技能可以用，也就是说，我只能自己瞬移，带不动别人了。”

肖楼查了查李清照的技能，道：“飞鸽传书本来可以携带物体，但这次被禁了。误入藕花深处的技能也被禁了。”

叶棋愣了愣：“李清照的误入藕花深处不是迷宫神技吗？可以直接回到指定的迷宫标记地点，现在就是方片迷宫，怎么也被禁了呢？”

众人都有些疑惑。肖楼仔细思考了片刻，很快就找出规律，认真分析道：“这个迷宫是灯谜迷宫。我们需要做的，是在有限的时间内尽量多解开一些灯谜，并且将拿到的灯笼道具挂在这棵树上，算是一次迷宫道具收集的小游戏。”

听到肖楼的话，众人都抬头看向不远处的大树。树上挂着一盏灯，提示相当明显，待会儿要把收集到的灯笼挂上去，如肖楼总结的那样，确实是迷宫道具收集游戏。

肖楼继续说：“如果叶棋可以用瞬移卡挪 200 公斤的东西，那我们完全可以连续解开几十个灯谜，把灯笼集中放在一起，让叶棋全部搬过来……大概这就是所有挪东西的技能都被禁的原因。”

叶棋恍然大悟：“李清照的标记地点技能被禁也是这个原因吧？如果能用的话，直接把这棵树标记成目标点，我们解开灯谜，便能瞬移到树下，太省事儿了！”

肖楼点点头：“位移类的技能都被没禁，大家想到什么了吗？”

刘桥仔细一想：“让我们快速位移来接力吗？”

肖楼赞赏地看她一眼：“没错，从方片守关者禁卡的思路来看，这个密室是要求我们分工合作的。擅长解谜的，尽快在灯市上找灯谜，把获得的灯笼交给队友；有位移卡的，就以最快的速度通过拥挤的人群，把获得的灯笼带出灯市，挂在这棵树上——这密室，包括了解谜、接力赛跑、挂灯笼 3 个环节。”

距离灯市关闭还有 3 个小时。想从熙熙攘攘的人群中把灯笼带出来，必须借助位移卡。时间有限，虞寒江干脆地道：“肖楼你来安排吧，我们尽快行动。”

肖楼也没客气，目光扫过队友，迅速分好组：“老莫和小刘一组，老莫对迷宫路线更加熟悉，拿上身轻如燕的卡牌传递灯笼，刘桥负责解谜。龙森和曲老师一组，曲老师找灯谜，龙森负责带走灯笼。邵总和叶棋两位吧，小叶解谜，邵总就麻烦你跑跑腿了。”

邵清格笑道：“没问题。”

最后剩下的肖楼虞寒江一组，队友们似乎已经习惯了他俩一组。

虞寒江自觉道：“我来跑腿。”

肖楼从卡包里拿出加速鞋递给他：“这张牌给你。”

分好队之后，肖楼接着道：“现在大家进灯市，分头行动，先弄清灯市的道路分布，记住，走过的路用四向箭头留下标记，老莫你遇到岔路复杂的地方就用视角转换器看一下，15 分钟后回大树这里会合。”

众人纷纷点头，飞快地进入灯市。

这灯市大得可怕。

8 人分头行动，用各种位移卡在人群里穿梭，回到树下之后，肖楼根据大家对道路的描述以及留下的箭头标记，在地上绘制了一张缩略版的地图。他一边画一边给队友分析：“整个灯市像是一个‘申’字，中间有一条最长的主路，路的两边全是圆形的红色纱灯，这条路的尽头连接石桥，过了石桥就是我们的目标终点——灯树。”

他在灯树的位置画了一个星号，紧跟着道：“中间部分，除去没有灯谜的主干道，剩下的是一个‘日’字，3 条横街、两条竖街。两条竖街由我跟虞队来负责。3 条横街，最远的那条老莫和刘桥负责；中间那条邵总和叶棋负责；最近的这条街，龙森和曲老师负责。大家都记清楚自己的位置，别乱套了。”

看上去无比复杂的灯市，被他这样一分组，对每个小组来说，不就变成了简单的两条路吗？再路痴，走直线总不会走错吧？而最难的、容易迷路的两条竖向街道都被肖教授承包了！

分好工后，众人再次进入灯市。肖楼很快就看到一盏悬挂在架子上的宫灯，6 个面、6 个角的经典造型，由纸制作而成，每一面都绘制了一些漂亮的图案。宫灯下面的 6 个角上还挂着红色的丝线，看上去非常精致。

在暖色烛光的照射下，那些图案栩栩如生，灯笼不管是造型，还是精美度，跟主路上那些一模一样的红色纱灯相比，区别都相当明显。

肖楼上前一步，温言问道：“老板，这是灯谜吗？”

老板笑着说：“没错，只要能猜出谜底，灯笼就可以送给你。”

肖楼伸手拿起挂在架子上的灯笼，仔细观察上面的图案。

他手里的这只灯笼，第一面画着个书生，手拿折扇，气宇轩昂；第二面画着一只公鸡；第三面画了几个金元宝；再往后旋转，又是一只公鸡。

虞寒江皱着眉思考，书生和公鸡有什么关系？公鸡和金元宝又有什么联系吗？结果他还没想明白，肖楼就微笑着说：“人才济济吧？”

那老板点头如捣蒜：“没错没错，这么快就能猜到，灯笼送你咯！”

肖楼谢了一声，接过灯笼，递给身旁的虞寒江。

虞寒江接过灯笼仔细琢磨着上面的画，总算琢磨明白了。

两人继续往前走，又看到同样挂在架子上、画了些图案的宫灯。第一个面画着一支简单的毛笔；第二面画了一双彩色的蝴蝶翅膀；第三面则是一对手牵着手、深情对望的年轻男女，两个人物都画得惟妙惟肖；第四面则是一群大雁从天空中飞过。

肖楼道：“比翼双飞吗？”

老板见肖楼猜出灯谜，立刻将灯笼递给他：“猜得对。”

没玩过灯谜游戏的，看见这些乱七八糟的图案，只会一头雾水。可对肖楼来说，这些灯谜并不难。猜对两个后，肖楼便回头说：“寒江，你先去挂灯笼，我继续找找看。你拿太多的话也不好走。”

虞寒江点了点头，穿上加速鞋飞快地前往灯市外面的树下，将两只灯笼挂了上去。

所有人面前的悬浮框中同时弹出提示。

已收集灯谜：2 个。

叶棋正拿着灯笼思考谜底，他拿到的是字谜，圆形的灯笼上写着一行字：“画时圆，写时方，冬时短，夏时长。”他还没想到答案，结果就看见了这行提示，叶棋忍不住道：“谁这么快啊，已经挂上去两个灯笼了？”

邵清格微微一笑：“还能是谁？只有我们机智的肖教授。”

曲婉月也刚找到第一个灯谜，她找到的是诗词类谜面——“山重水复疑无路，柳暗花明又一村”，她刚想这到底要猜什么，结果就看见悬浮框提示，曲婉月不由莞尔：“一定是肖教授吧。”

刘桥找到的也是字谜，看似简单，猜起来并不简单，谜面是“群雁追舟”。

她正在仔细思考，看到悬浮框的提示，刘桥满脸佩服地道：“我们才找到一个，他们居然猜完两个还把灯笼给挂上去了。看来，我们要加快速度，别到时候我们一条街没找完，肖教授已经把两条街都找完了。”

莫学民神色惆怅：“我觉得，这种可能性很大啊！”

所以“群雁追舟”到底是个什么玩意儿？要不要干脆求助肖教授？

虞寒江飞快地回到灯市，找到肖楼时，发现他的手里又提着两个灯笼。见到虞寒江，肖楼笑容腼腆：“寒江，我又猜对两个，麻烦你再送一趟吧。”

虞寒江竟然有点想说：你能不能稍微猜慢一点？！

虞寒江行动如风，虽然灯市上的游客很多，但他身手敏捷，应付这种人山人海的场面游刃有余，他高高举着灯笼，一边喊“借过”，一边飞快地跑出灯市。

同一时间，叶棋那边也有了进展。

他拿到的灯谜并不难——画时圆，写时方，冬时短，夏时长，正是一个“日”字。

叶棋很快就想到了答案，只不过他没法像肖楼那样看完题目后直接给出答案，他思考了 10 秒左右才猜出这个灯谜。

第二个灯谜也是个字谜，谜面“左边是水，右边是山”，这道题很简单，叶棋只思考了 3 秒就想到了，兴奋地说：“汕！”

老板微笑道：“姑娘猜对了，灯笼送你。”

邵清格摇着扇子笑眯眯地道：“叶姑娘还挺聪明。”

叶棋没有理会他的调侃，将两只灯笼交给他：“快点跑，抓紧时间！”

邵清格虽然爱开玩笑，但在大事上不会掉链子，立刻将扇子收起来，双手接过灯笼。在瞬移卡的帮助下，跑腿并不累，转眼间，邵清格就提着两个灯笼来到了灯树附近。

虞寒江正好也在。

邵清格本以为虞寒江是刚挂完灯笼，没想到虞寒江又伸出长臂，将两只灯笼挂了上去，邵清格不由惊讶："你这已经第二轮了？"

虞寒江点头："嗯，肖楼猜对了4个。"

邵清格无奈扶额："他果然快得离谱，看来，今天要辛苦虞队了。"

虞寒江："不辛苦。"

虞寒江没跟邵清格多聊，淡淡地道："我回去了，不好让他久等。"

邵清格笑道："去吧。"

虞寒江火急火燎地回了灯市，邵清格则抬头看着树上这些灯谜，虞队挂上去的全是图形谜语，他仔细观察了几个，然后发现……自己一个都猜不出来！

幸亏当时跟肖楼组队了，否则，邵清格在方片密室绝对会死得很惨。

虞寒江回到西街时，肖楼站在人群里，手里又拿着两个灯笼。对于这个结果，虞寒江已经猜到了。见虞寒江飞快地跑过来，肖楼有些不好意思："你这样来回跑会不会太累啊？"

虞寒江："不累，有加速鞋。"

肖楼便将手里的灯笼递给他："辛苦了。"

虞寒江点了一下头："没事，你继续猜，我去挂灯笼。"

此时，灯市角落。

刘桥想了半分钟，才想到"群雁追舟"的谜底其实是个象形字，一个"巡"字，这个字的形状看上去很像是一群大雁在追逐一叶扁舟。

刘桥看向老板："是'巡'吗？"

老板笑着将灯笼给她："姑娘答对了。"

老莫不由感慨："让我猜，我就是想破脑袋也想不出这个字来。"

刘桥道："如果是肖教授来猜，说不定看完题他就猜到了，我们赶紧猜下一个吧。"

她所在的这条街，全是类似的字谜。

第二个字谜又一次难倒了刘桥，这次的谜面是"二小姐"，刘桥和老莫面面相觑，老莫挠着头道："二小姐会是什么呢？！"

刘桥若有所思："王府的二小姐，好像叫齐易安？淑安郡主？难道是安字？"

老莫摇头："这里是京都，不是江州，灯谜跟王府二小姐应该没关系吧？"

纠结片刻后，莫学民做出决定："小刘，你在这里等我，我去求助。"

两人所在的街位于最北边，肖楼和虞寒江也正好是从远到近猜灯谜的，莫学民走过一个拐角就遇见了在人群里等待的肖楼。

此时，虞寒江不在身边，肖楼的手里又拿着两个灯笼。

众人头顶悬浮框弹出提示——

已收集灯谜：8 个。

老莫快步走到肖楼面前，打趣道：“你这猜谜的速度比虞大人跑路的速度快了太多，他都快跑断腿了，还来不及帮你挂灯笼！”

肖楼微笑着说：“这条街的灯谜全是通过图形猜成语、猜人物，太简单了，我拿不下那么多灯笼，只能等他过来取。”

老莫道：“干脆这样吧，小刘猜得慢，我也帮你挂灯笼。”

肖楼怔了怔：“这会不会影响你们的进度？”

老莫乐道：“当然不会，你都猜对了 4 个，小刘还在猜第二个呢！”

肖楼轻咳一声，解释说：“咳，其实我这是第 6 个。”

老莫竟无言以对。

肖楼将手里的灯笼递给老莫：“麻烦老莫了。”

“不麻烦。对了，小刘被一道题卡住了，谜面是‘二小姐’，到底该猜什么？”

肖楼想都没想地道：“姿，二小姐，就是‘次女’的意思吧。“

亏他俩还纠结了半天王府的二小姐叫什么名字，原来如此！

肖教授的脑子果然转得快，听完题立刻给出答案。莫学民佩服无比，接过肖楼手里的灯笼，说道：“我挂完这两个灯笼，去帮刘桥挂，然后再来帮你！”

此时，虞寒江已经跑到第 4 轮了。

肖楼猜谜太快，他就算一刻不停地跑，也跟不上肖楼的解谜速度。为了节省时间，虞寒江干脆建议道：“我再给你叫几个人来，让邵清格、龙森和老莫也帮你挂灯笼。他们几个搭档的速度太慢了，目前灯树上你猜的图形灯谜是 8 个，其他人拿到的灯笼只有 2 个。”

看来小叶、小刘还有曲老师都不太擅长这种灯谜游戏。肖楼想了想，道：“好吧，你要是碰见他们，就跟他们说，有闲暇时间的话过来找我，帮忙送一下灯笼。”

虞寒江点点头，接过肖楼手里的灯笼，再次转身离开灯市。

曲婉月一开始没明白要猜的是什么。

“山重水复疑无路，柳暗花明又一村”，她记得这首诗是陆游写的，猜“陆游”，结果答案错了，仔细一想，曲婉月突然双眼一亮：“是不是成语？绝处逢生？”

老板笑眯眯地道：“猜对，灯笼送你啦！”

龙森接过曲婉月手里的灯笼，道：“快猜下一个吧。”

两人走到下一个灯谜前。这次的谜面是“相逢何必曾相识”，曲婉月微笑着道：“一见如故！”

老板乖乖将灯笼给她，龙森立刻拿起两只灯笼，飞快地跑去树下挂。

此时，灯树上的灯笼已经有 16 个了。其中 8 个宫灯上面画着各种图形，全是肖楼拿到的；4 个字谜，是叶棋猜对的；2 个诗词成语相关，是曲婉月拿到的；还有 2 个象形字谜，是刘桥猜到的。

送灯笼的 4 人凑巧聚在了一起。众人看着树上的灯笼，很是无语。

虞寒江淡淡地道：“你们也太慢了。”

你得意什么呀？有个厉害的搭档了不起是吧？

也确实了不起。

不得不服，这才几分钟，就已经拿到 8 个灯笼了！

邵清格轻笑着摸鼻子：“小叶还算猜得快的，也才猜对 4 个，换成是我，这点时间可能一个都猜不中。还是肖教授厉害。”

老莫表示：“没错！他的脑子转太快了。”

龙森干脆地道：“跟肖教授比，我好像没有脑子！”

被学霸碾压，大家还能说什么？正常人猜一个灯谜，像叶棋那样用时 10 秒的，已经算比较厉害了吧？肖楼直接秒答啊！别人题目还没看完，他就已经给出了答案，仿佛自带题库外挂！

看着队友们脸上复杂的神色，虞寒江心底很是自豪——躺赢的感觉挺好的，他要让队友们也体验一下。于是，虞寒江很干脆地道：“你们几个，也去帮肖楼送灯笼。”

邵清格道：“那其他人拿到的灯笼怎么办？”

虞寒江想了想，安排道：“这样，大家帮自己的搭档送一次，然后帮肖楼送一次，交替进行，时间上应该差不多。肖楼猜谜的速度其实比我们想的还要快，我们 4 个一起帮他送，效率会更快。”

老莫哈哈笑道：“我们 4 个快递员一起送快递，应该跟得上肖教授的速度！”

龙森道：“就这么办吧！”

肖楼手里提着两个灯笼，等虞寒江来取。

没想到这次等来 4 个人。

虞寒江、邵清格、莫学民、龙森都来了，4 位“快递小哥”排队等着“拿货”。肖楼见虞寒江跑得满头大汗，便把灯笼给了看上去最轻松的龙森，说：“麻烦了。”

龙森玩笑道：“不客气，马上送到，请给个五星好评！”

还真把自己当送快递的了？

龙森走后，肖楼来到旁边的摊位前拿起了一个早就发现的谜题灯笼。

他刚才闲着无聊，顺着这条街道逛了逛，找好了街上所有灯谜的摊位。这次拿到的依旧是图形灯谜，第一面画了一片绿色的树叶，后面画着漂亮的眼睛，这个灯笼简直就是送的，肖楼道：“一叶障目。”

这道题确实很简单，站在旁边的大家也都看懂了。

旁边还挂着一个红色的宫灯，4 个面，第一面画着 3 根筷子，第二面画着一个太阳，第三面是 4 根筷子，最后一面是月亮。

队友们正在想筷子和太阳、月亮之间有什么联系……

结果就听肖楼说道：“朝三暮四。”

原来如此！筷子只代表数字，太阳、月亮分别代表朝和暮。

见肖楼微笑着从老板手里接过灯笼，邵清格的嘴角不由抽了抽——老莫说得没错，4 个快递员一起服务，才能跟得上肖楼的速度。

肖楼一个摊位接一个摊位地逛，凡是有灯谜的全部拿下来猜。

接下来拿到的这个灯谜稍微有点难度。宫灯总共 6 个面，每个面都写着一个字，分别是“疯”“癫”“痒”“安”“痛”“然”，肖楼歪着头仔细一想，除了“安”“然”，其他都是疾病，他微笑道：“安然无恙。”

摊主赞道：“不如再猜一个？”

这次的灯谜也是图形，是 8 个面的宫灯，从左到右，每个面依次画着两只蝴蝶、三片树叶、四条虫子、5 只羊、六头牛、7 个女子、八只飞鸟、九只小白兔。

肖楼仔细旋转了一下灯笼，看完后猜道：“缺衣少食？”

摊主忍不住感慨：“果然厉害！”

邵清格每次都是听到肖楼的答案才反应过来，这是“二”到“九”的数字，缺了“一”、少了“十”，谐音可不就是“缺衣少食”吗？肖楼真是厉害，他想给肖楼做个 6 面的灯笼，每个面都写上一个“6”！

邵清格和莫学民对视一眼，每人从肖楼手里接过两个灯笼，迅速去灯树上面挂。

众人在回来的路上碰见了提着灯笼的虞寒江。显然，他们去挂灯笼的路上，肖楼又猜对了两个。这简直是推土机的速度，要把整个灯市给推平吗？！

肖楼以实际行动告诉了大家，什么叫“碾轧式解谜”。

这条街上的灯谜全是图形，肖楼横扫所有灯谜摊位，4 位队友帮他挂灯笼，转眼间，一条街的灯谜全被他给赢走了。

猜完西街的灯谜后，肖楼转移到了东街。

这条街上的灯谜以字谜居多，并且要用毛笔写出谜底才算猜对，肖楼对字谜是最擅长的，看到谜题“田里雨后长青草”，他立刻提笔写道：“蕾。”

“四面都是山，山山皆相连”——田。

“正月无初一”——肯。

“此字不凡仅四笔，无横无直无钩曲，皇帝见了要起身，圣人见了要施礼。”队友们都在思考，连皇帝见了都要起身的是什么字？

肖楼提笔写道：“父。”

众人：我们还是放弃思考，单纯当快递员吧！动脑子多累啊，交给肖教授就行了。

4 位担任快递员的队友跟在肖楼身后，排队帮肖楼拿灯笼。

肖楼横扫灯市的时候，叶棋、刘桥和曲婉月也都在努力。

其实叶棋也很聪明，半条街的灯谜被他给猜完了，他找到灯谜，看完题目，大概需要 10 秒的时间来思考，才能给出答案，这已经是正常人中比较聪明的人的速度了。他已经算优秀了，但是比起肖楼这个“大魔王”来说，还是差了不少。

曲婉月那条街全是诗句对应成语的灯谜，比如谜面“明月何时照我还”，谜底“归心似箭”；谜面“桃花潭水深千尺，不及汪伦送我情”，谜底“无与伦比”。她虽然是舞蹈老师，可对这些诗词也很感兴趣，举一反三之后，猜得也挺快的。

刘桥的速度和叶棋差不多，只不过她那条街的大部分灯谜是象形字，类似“群雁追舟”这种，要在脑子里把画面转化成汉字，其实挺难的，她也要仔细思考。

时间渐渐过去，如刘桥最初推测的那样，肖楼猜完两条街的灯谜时，他们一条街还没完。

这个上元灯节的灯市总共有 5 条街的灯谜，0 点的时候就要关闭，3 人察觉到时间越来越紧迫，干脆去找肖楼求助。

叶棋急匆匆地跑过去找到肖楼，道：“剩下的时间不多了，我遇到一些猜不出来的谜题，都先放置着，干脆肖教……”察觉到周围有人，叶棋立刻改口，“肖公子来猜吧！”

刘桥也道：“我有几个灯谜没猜出来，肖公子去看看。”

曲婉月笑道："不如大家找灯谜，肖公子来解答，只剩一炷香的时间了。"

他们 3 人已经尽了最大的努力，每人都拿到了二三十个灯笼，把难的题目留下来给肖楼，如果肖楼速度够快，或许能把整个灯市的灯谜都给猜完，这种做法确实很明智。

肖楼道："好，我尽力，抓紧时间。"

叶棋先把肖楼带去他所在的那条街："这个我没猜出来。一边是红，一边是绿，一边喜风，一边喜雨，谜底到底是什么啊？"

这题不算简单，肖楼蹙眉想了想，很快给出了答案："秋。"

叶棋仔细一琢磨——"秋"字拆成两半，禾是绿的，火是红的，禾喜欢雨水，火喜欢风，果然是这个答案！他忍不住给肖楼竖起大拇指，迅速提笔写了个"秋"字，老板立刻将灯笼给了他。

叶棋继续拉着肖楼帮忙："夫人何处去？"

肖楼怔了怔："什么？"

叶棋道："这个灯笼的谜面就是这句话——'夫人何处去'。"

肖楼反应过来，伸出右手的手指，在左手掌心里写了写，道："二。"

叶棋也跟着写了写，总算明白是怎么回事了——夫人何处去，意思是"夫"字中的"人"字不见了，剩下的可不就是"二"吗？

叶棋觉得自己挺二的，怎么就没想到呢？

周围的队友集体头痛扶额，这些奇奇怪怪的灯谜，有的看形状，有的猜诗词，还有的考验逻辑推理，也亏肖楼能这么快想到答案。

帮叶棋猜完这条街的灯谜后，众人又来到刘桥那条街。

刘桥也把比较难的几个留下来给肖楼："此客来意不善。"

肖楼想了想，提笔写道："殡。"

刘桥继续问："金木水火？"

邵清格插嘴道："土吗？"

刘桥道："我猜的土不对。"

肖楼微微一笑，解释道："缺了土，应该是'坎'字。"

邵清格闭了嘴。

他还是当快递员吧。

此时，石桥外的那棵树上密密麻麻地挂满了灯笼，加起来好几百个，10 米高的灯树，被各种各样的灯笼装点得极为壮观，周围被暖光照得如同白昼。

明月高悬，满树花灯，大家都被这一幕盛景震撼得说不出话来。

子时到，灯市结束。

就在大家以为悬浮框会弹出通关提示的那一刻，周围突然放起了烟花。

无数璀璨的烟火腾空而起，耳边响起游客们的欢呼，很多游客聚集到周围。

古代的烟火虽不如现代那么多花样，可绽开的红色烟花照亮了夜空，也照在游客们的脸上，挂满花灯的树下，无数游客双手合十，一边看烟花，一边围着灯树许愿。

原来，方片守关者让他们把灯笼挂在树上，是为了这子时的烟花。

辞旧迎新，元宵佳节的烟火和这挂满了灯笼的“花灯树”，对古代的百姓们来说，也是一种精神上的寄托，大家都在围着灯树，许下来年的愿望。或求风调雨顺，或求国泰民安，或求父母长寿、妻儿健康……每个人脸上的表情都很是虔诚。

灯光、烟火照在百姓们的脸上，所有人都面露喜色，小孩子们兴奋地跳起来，年轻夫妻依偎在一起，仰头看着烟火，老人们脸上也是慈祥的笑容。

这太平盛世，正是他们通关红桃 8 密室后才换来的。

虞寒江走过去，道：“原来，大齐的上元灯节有这种许愿的传统，不如我们也入乡随俗，在这花灯树下许一个心愿？”

肖楼道：“好。”

他抬起头，看着挂满灯笼的花灯树，默默在心里许下愿望——愿大家能顺利走出卡牌世界。

烟花绽放的声音，和着他“怦怦”的心跳声。肖楼仰头看着夜空，那些烟花真美，这是他度过的最有趣的一个上元灯节。

上元灯节的烟火持续了很久，直到凌晨，灯市关闭，周围的游客们才渐渐散去。

悬浮框中弹出熟悉的提示——

恭喜肖楼契约书团队完美通关上元灯节，收集灯谜共计 300 个，通关评分为 S，密室即将关闭，请尽快离开，倒计时 5，4，3……

肖楼最后看了眼古代的灯市，按下“离开”的选项。

很快，他们眼前画面切换，众人又回到了个人空间里。叶棋兴奋地说：“我们居然猜对了 300 个灯谜啊！我算一下，我拿到的好像有 50 个？”

刘桥道：“我猜到 45 个。”

曲婉月报了个数：“我也是 45 个。”

邵清格感叹道："看来肖教授猜对了 160 个，比 3 位加起来还多呢。"

大家纷纷扭头看向肖楼。

被围观的肖楼有些不好意思，解释说："我平时爱玩解谜类的游戏，知道这类游戏的技巧，很多题目我以前见过，所以猜得快一些。"

叶棋笑道："肖教授你就别谦虚了，你那不叫快一些，你那是秒杀好吗？"

刘桥道："我们不跟学霸比，跟普通人比，能猜对四十多个灯谜，我已经很知足了。"

曲婉月点头："我也是。"

肖楼没跟队友们纠结这个，他回头看向沙发，扎着两个马尾辫的可爱萝莉方片 A 果然坐在那里，正用双手撑着下巴，微笑着看向他们。

肖楼温言问道："我们能 S 评分完美通关，是因为把灯市上的谜题都收集齐全了吗？"

小萝莉点了点头："5 条街，共计 300 个灯谜，你们确实挺厉害的，一个都没漏，不给你们 S 评分都说不过去。现在，你们可以领取奖励了。"

众人听到这里都挺开心。

场地中间出现了两个金光闪闪的宝箱，方片 A 道："这一关奖励的抽奖宝箱是两个，固定奖励是每人一张灯笼卡，你们可以翻找自己的卡包。"

众人打开卡包一看，果然发现每个人的卡包里都多出来一张新卡。

工具牌：宫灯。

稀有度：A。

描述：方片 8 密室"上元灯节"通关固定奖励。

使用效果：灯笼的用途当然是照明，一盏灯笼可以照亮方圆 100 平方米的区域；如果在夜晚，灯笼的光线还可以对方圆 100 平方米内的野兽产生威慑力，让它们不敢靠近。

限制：灯笼内的蜡烛燃尽之后，灯笼将熄灭，卡牌无法使用。进入下一个密室时蜡烛刷新。

看到这张牌，叶棋不由疑惑："我记得之前在梅花 4 密室抽到了很多夜明珠，也是照明用的吧？"为了确认，他从卡包里找到夜明珠这张牌，说，"夜明珠没有冷却时间，可以一直照明，只不过范围比较小，是前方 10 米扇形范围？"

方片 A 点头道："没错，夜明珠适合迷宫、走廊等狭窄的通道，扇形照明。灯笼适合更加广阔的野外，100 平方米范围，两张牌，你们可以根据情况来使用。"

看着地上的两个宝箱，肖楼问道：“谁想抽奖？”

队友们异口同声：“肖教授你抽吧！”

虞寒江也看向肖楼，低声道：“你抽吧，这个密室你的功劳最大。”

肖楼只好不再推辞，将手伸进了第一个宝箱里。

恭喜肖楼获得S级工具牌：花灯树！

工具牌：花灯树。

稀有度：S。

描述：完美通关方片8密室，评分为S，抽限定卡池有50%概率获得。

附加技能1：万千灯火。

使用技能，将花灯树放在指定的位置，灯树上会瞬间出现几百只漂亮的灯笼，绚丽的灯火照射周围，可以让范围1公里内的场景亮如白昼；范围1公里内，所有敌对目标将情不自禁地被花灯树所吸引，在30秒内迅速聚集到花灯树的周围。

该技能冷却时间为密室内24小时。

附加技能2：灯节心愿。

据说上元灯节那天对着石桥外的花灯树许下心愿，这个心愿就一定可以实现。放好花灯树后，召唤者可以在树下许愿，许愿的选项为：全团攻击力增加50%；防御力增加50%；移速增加100%；全团隐身持续30秒。四选一的心愿，许愿之后，花灯树会立刻实现你的愿望。

技能冷却时间为24小时。

备注：花灯树可在方片、黑桃、梅花密室使用，主城和红桃密室禁用。

肖楼召唤出花灯树，队友们看着这挂满灯笼的树，心中不由震撼。这简直是把上元灯节的那棵树完美地复制了过来，各种灯笼挂满树枝，太壮观了。

叶棋忍不住赞道：“这棵树真是漂亮，看描述，花灯树的技能1相当于是方圆1公里的群体嘲讽拉怪吧？”

邵清格没听懂，疑惑地看向他：“群体嘲讽是什么意思？”

叶棋解释道：“也就是说，把这棵灯树放下去之后，方圆1公里内的所有怪物都会被强制拉到树下，就跟游戏里群体嘲讽拉小怪的坦克一样。比如，把这棵树往野外一放，周围的狼啊、蛇啊，还有猎杀者啊，就全都过来了！”

那这棵树确实很厉害。

叶棋激动地点头：“没错，这张牌真不愧是S卡，确实好用！”

肖楼能抽到这么强的牌，大家都很高兴。这是一张百搭的辅助牌，不管是引怪攻击，调虎离山跑路，或者配合叶棋的乐器群控牌打控场，使用起来都会非常灵活。何况，技能2的许愿还可以增强整体队伍的实力。

有了这张牌，团队的生存能力将得到极大的提升。

肖楼将卡牌仔细收好，道：“下一张牌，谁去抽？”

大家纷纷说道：“还是你来吧！”

肖楼只好笑了笑，继续上前一步，将手伸进第二个金色的宝箱里。

恭喜肖楼获得S级召唤牌：辛弃疾！

肖楼不由得一愣。他果然跟召唤牌有缘，之前抽了李清照、苏轼等一堆人的，这次方片8密室，辛弃疾居然也来找他了！

召唤牌：辛弃疾。

稀有度：S。

描述：完美通关且通关评分为S时，抽限定卡池有概率获得。

辛弃疾是南宋著名词人，词作风格大多沉雄豪迈，描述满腔的爱国热情，倾诉壮志难酬的悲愤之情，偶尔也有细腻柔美的作品，流传下来的名作名篇无数。

附加技能：破阵子。

醉里挑灯看剑，梦回吹角连营；马作的卢飞快，弓如霹雳弦惊！

辛弃疾在词中描述了恢宏大气的边塞战场。

使用“破阵子”技能后，辛弃疾可召唤10位弓兵，骑着战马，手持长弓，对500米范围内的敌人进行连续射击；骑兵拉弓时的弓弦响如惊雷，辛弃疾的破阵攻击不仅可以对射中的目标造成大量的伤害，还会破坏对方的防御，防弹衣、斗篷、铠甲、防护罩等被利箭射中后会立刻破损。

召唤弓兵冷却时间8小时。

肖楼将辛弃疾召唤出来给队友们看。

叶棋不由感慨:“肖教授你真不是历史系教授吗?苏轼、李清照、柳永、秦观、辛弃疾……这么多名人,全部召唤出来,都可以开个历史人物博物馆了吧!”

肖楼头痛地按了按太阳穴,都怪他中学的时候天天研究诗词大全、谜语大全,没想到在卡牌世界倒是派上了用场。

这次抽到的辛弃疾是一张非常强的群攻牌。破阵攻击不但可以大范围召唤弓兵射箭,还能破掉对面的防御,例如伞类护盾以及身上穿的防弹衣、防护服。目前来说,辛弃疾应该是他抽到的群攻最强的牌。

这张牌搭配苏轼还有奇效,因为苏轼的“千古风流人物”可以重置人物牌技能,苏轼和辛弃疾一起出场,让辛弃疾连续放两波“破阵”,几十箭连射,打团战的话,对面估计能倒一大片!

肖楼很开心居然能抽到破阵群攻的辛弃疾,他将辛弃疾和苏轼放在一起,笑着说:“还是方片密室轻松,几个小时就能通关,奖励也这么丰富。”

众人心道:觉得方片轻松,那是你脑子转得快!换成邵总和虞队,进了方片密室,看见300个灯谜,估计要哭了。

虞寒江和邵清格对视一眼,互相嫌弃地移开视线。

虞寒江淡淡地道:“回主城吧。”

众人回到主城时,月之城的时间正好是晚上,天已经黑了。

辛苦了一天,总不能一直连轴转,大家聚在一起吃了晚饭,肖楼建议大家先休息一夜,养精蓄锐,次日早晨再备战下一关。

下一关是黑桃密室,生存密室可是很耗体力的!

第二十三章

末日逃生

经过一整夜充足的休息，大家都养足了精神。次日早晨醒来后，大家吃饱喝足，集体来到顶楼的阳台，准备去下一关。

虞寒江的目光扫过队友们，提醒道：“我们接下来要进的是黑桃 8 密室，黑桃密室涉及生死，会比较危险。万一我们进密室的时候被分散开，记住不要擅自行动，整理自己的卡牌，想办法跟队友会合了再说。”

众人纷纷点头表示明白。

肖楼补充道：“这次的密室不知道是什么环境，如果是古代，尽量找茶楼、饭店之类的地方会合，如果是现代城市，大家就找城市里最大的广场。”

想起黑桃 3 金融危机的广场，叶棋立刻说道：“进去的第一天如果不是很危险的话，我可以在广场上弹吉他，假装是卖唱的流浪歌手，等大家来找我，这样也方便大家集合。”

肖楼赞同地说：“就以叶棋为中心点，集合后再想办法。”

黑桃密室被分散是肯定的，每次的黑桃密室大家进去的第一天都不在一起，但如叶棋所说，第一天通常会留给大家熟悉环境，没有太难处理的事情发生，怎么集合才是重点。万一遇到人山人海的密室不好找人的话，叶棋弹着吉他，队友们会更容易找到他。

商量好之后，虞寒江便从卡牌墙上抽出了黑桃 8 这张牌。

卡牌的中间泛起熟悉的黑色旋涡，众人的眼前一阵晕眩。

再次醒来的时候，肖楼发现自己身处于一个熟悉的环境——医院。

这应该是医院的门诊大厅，大厅里人来人往，很多病人在排队挂号，不少穿着白大褂的医生护士在走廊里行色匆匆。此时他身在四楼，正好能看到楼下大厅里的场景。大厅左侧写着“门诊”，右侧是“急诊”，再往前则是挂号处、取药处。

肖楼站在四楼的扶梯旁，一边观察楼下的病人，一边看自己斜上方的悬浮框中迅速刷过的几行背景介绍。

欢迎肖楼来到黑桃 8 的世界。

密室第一天上午，请根据指令行事。

你在这个世界的身份是外科医生，今天是星期一，你要去门诊上班，现在的时间是7:50，请在8:00之前到达你在门诊楼三楼307的医生办公室。

黑桃8世界，所有卡牌技能开启，不禁止杀死原住民。

你要在这个世界生存14天才算通关，祝你好运。

以前的黑桃密室生存时间都是7天，如今到了A级的难度，生存时间直接翻了一倍。肖楼深吸一口气，看了眼悬浮框中的时间——7:52。

距离上班还有8分钟。

他此时正好在四楼，办公室是在三楼，肖楼立刻坐扶梯下楼，快速找到307号办公室，办公室的门口写着“普外科诊室”，他推门进去——

一个扎着马尾辫的可爱女孩微笑着朝他打招呼：“肖教授您好，我是新来的实习医生徐蓉蓉，主任让我这一周都在门诊跟着您学习。”

黑桃8密室也安排了剧情人物吗？他心中虽然疑惑，但还是礼貌地点了一下头：“你好，先坐吧。”

肖楼将自己的外套脱掉，穿上白大褂，坐在办公桌前开了电脑。他打开门诊软件，输入自己白大褂上的工号，登录进去。密密麻麻的病人列表排满了整个电脑屏幕——这也太多了吧？一上午看得完吗？

就在这时，身后的徐蓉蓉突然咳嗽起来，她咳出一口痰，用纸巾包住丢进垃圾桶，不好意思地说：“我有点感冒。”

肖楼问道：“最近是有流感吗？”

徐蓉蓉一边擦鼻涕一边说：“最近天气变冷，科里的医生护士病倒了一大片。”

肖楼心里突然升起一丝不妙的预感，他迅速从抽屉里找出口罩戴上，尽量保持着镇定，用门诊软件叫了第一个病人进来。

进来的是个38岁的年轻女人，上周刚做完胆囊切除术，来复查伤口。她还带着自己的女儿，小女孩大概8岁，长得特别可爱。

肖楼让她在旁边的治疗床躺下，戴上手套，掀开她的衣服一看，腹部的伤口有些溃烂、化脓，周围出现了不正常的青黑色，明显是感染了。

量过体温后，肖楼发现女人的体温将近39度，他心中警铃大作，急忙让徐蓉蓉带病人去急诊科，先输液降温，再留院观察。

女人道：“医生，能不能看看我女儿，她也受伤了。”

肖楼让小姑娘躺在病床上，问：“哪里有伤口？”

小姑娘认真地说道：“我的腿被咬伤了。”

肖楼问："是被动物咬伤的吗？"

小姑娘道："可能是我们家的狗狗，今天凌晨咬了我一口，妈妈用纱布给我包扎的。"

肖楼拆开纱布一看，女孩的小腿上被咬得血肉模糊，他立刻拿来碘酒、棉签，给伤口消毒、包扎，然后叮嘱小姑娘："如果是被狗咬伤，你要尽快去打疫苗，免得感染上狂犬病。"

小姑娘目光闪躲，低下头"嗯"了一声，跟着她妈妈走了。

肖楼想起当初在黑桃 2 病毒小镇看见的那些感染者，他担心某个病人会突然伸出利爪来攻击他，因此一直很谨慎地跟病人保持距离，同时准备好自己的卡包，情况不对随时逃命。

眼看午休时间快要到了，肖楼刚要松一口气，就在这时，一个男人推门进来。

肖楼抬起头，蓦地撞上一双漆黑的眼睛，他的嘴角忍不住地扬了起来。要不是顾及周围还有实习医生在场，肖楼差点就要脱口叫出对方的名字——来者正是虞寒江。

虞寒江在这个世界的身份是警察，此时他穿着一身帅气的警服，跟同事一起带着个学生模样的年轻男孩进来。见到肖楼后，虞寒江的双眼也微微一亮，他迅速维持住平静，假装不认识地道："医生，麻烦帮这位学生看一下伤口。"

肖楼点了点头，轻声问："怎么回事？"

虞寒江解释说："在学校斗殴，被人咬住胳膊，咬下来一块肉。"

咬他的那位是属狗的吗？牙齿这么厉害？肖楼让病人躺在床上，对血淋淋的手臂进行消毒、包扎，那学生一边疼得掉眼泪，一边朝虞寒江哭诉："警官，我是被 8 班的周宇咬的，这是故意伤人，一定要把那个臭小子给抓起来！"

虞寒江淡淡道："放心，他跑不掉。"

肖楼迅速处理完病人，正好下班时间到了，虞寒江让同事带着学生去录口供，他和肖楼则并肩走出办公室——假装咨询学生的病情，实则交流情报。

中午时间，医院里的人明显变少了许多。

来到走廊尽头后，虞寒江看向肖楼问："你这边有提示吗？"

肖楼摇头："没有。但我感觉这个世界应该会爆发病毒。今天医院里的病人特别多，而且我这边接诊的病人有好几个感染者，伤口严重溃烂，我从来没见过这种伤口。你送来的那个学生居然被咬掉一块肉，我觉得事情不简单。"

虞寒江轻轻皱眉："难道是病毒末日？感染者会无差别地攻击同类？"

正聊着，就见急诊大厅那边突然一阵骚动——只见一个挂着点滴的中年女人猛地扯掉了手臂上的针，将瓶子“砰”地摔在了地上！

她顶着一头乱发，眼眸通红，如同疯狗一样见人就咬！

周围传来刺耳的尖叫，有一个小孩的耳朵居然被她硬生生地咬了下来！

小孩的父母目瞪口呆，反应过来后立刻拦住她，跟她撕扯成一团。很快就有医院的保安过去将她控制住，但保安的手上也被她咬伤，还有些路过的护士受到了波及。

她的女儿跟在她的身边，面无表情地牵着她的手。

肖楼呼吸一窒——这不就是自己接诊的第一个病人吗？胆囊炎术后伤口感染的那位女性？当时她女儿也受了伤，说是“被狗咬伤的”，肖楼还让她及时打疫苗。如今看来，小女孩并不是被家里的狗咬的，她腿上的伤是被她妈妈给咬的！

似乎察觉到了肖楼的视线，那小女孩忽然抬起了头。

那双眼睛里布满血丝，她盯着肖楼，张开嘴，肖楼清楚地看见她的嘴角扬起了一丝诡异的笑意。

肖楼和虞寒江对视一眼，同时说道：“跑！”

门诊大厅变得一片混乱，被咬掉耳朵的小孩子在号啕大哭，周围还有不少护士、保安、病人被发疯的女人咬伤。

人群将那对母女包围起来，有个激动的中年女子直接破口大骂：“你这人是怎么回事？乱咬人，你是疯狗吗？！”

还有男人在抱怨：“老子的手差点被她咬下来一块肉，她的牙是什么做的，比疯狗还厉害！”

保安队长沉着脸道：“大家散开，别在这里围观，都散开！”

周围的护士们则在安抚人群，急诊科的护士长大声喊：“被咬伤的朋友请马上跟我去治疗室消毒、包扎，请大家配合一下！”

在保安和护士长的联合行动下，局面很快就稳定下来，几个年轻力壮的男人将那对母女押到保安室去，被咬伤的人则全部被带去治疗室处理伤口。

围观人群很快就散开了，可肖楼看到这一幕场景，心地却升起了一丝不安。

那些被咬伤的人肯定也感染了。

他想起当初在黑桃 2 密室的经历，最初病毒的携带者刘小源疯狂地攻击同类，被他攻击的人也感染上病毒，病毒在一夜之间扩散，原本安宁的小镇很快就变成了人间炼狱。

肖楼记得很清楚，刘小源是死亡之后在太平间里突然诈尸的，跟这女人打吊针的过程中毫无征兆地发疯有很大区别；其次，病毒小镇的那些感染者没有意识，并且行动迟缓，而刚才发病的这个女人，行动灵活，短短几分钟就咬伤了门诊大厅的十几个人，一点都不像黑桃2密室的感染者那么笨拙。而且，她的女儿也不像没有意识的样子。

想到那个小女孩古怪的笑容，肖楼只觉得毛骨悚然。到底是什么情况?！难道这次感染的并不是变异病毒?

肖楼来不及细想，便跟着虞寒江快步走到扶梯口。

两人本想下楼离开医院，结果这时，实习医生徐蓉蓉忽然急匆匆地跑过来，气喘吁吁地道："肖教授，主任刚打电话过来，让您去院里开会。"

肖楼一怔："开会？"

"说是紧急会议，院领导都在，叫你马上去会议中心。"

肖楼看向虞寒江，后者微微蹙了蹙眉，在他耳边问："你要去吗？"

肖楼仔细一想，说："很可能是关于这次病毒的紧急会议，我想听听看。如果我不去的话，或许会错过重要的线索，没办法完美通关。"

虞寒江当然支持肖楼的决定，他点了点头，二话不说拉着肖楼往旁边的办公室走去。

走进医生办公室后，虞寒江立刻反手锁上门，看着肖楼道："这个密室不限卡，先把'心有灵犀'连上，万一你遇到麻烦，我也能随时感应到。"

肖楼点点头，召唤出秦观，使用技能跟虞寒江连通了"心有灵犀"。

虞寒江推开窗户，指着右前方那栋8层建筑道："没记错的话，行政楼的顶楼就是医院的会议中心，你待会儿应该要去那里开会……前面的那扇窗户，看到了吧？"

肖楼点头："看到了。"

虞寒江低声说："你开会的时候尽量靠近那扇窗，我会爬到左侧检验楼的楼顶，架起一把狙击枪，一旦有变异的感染者突然攻击你，我会立刻掩护你撤退。"

肖楼抬起头观察了一下医院的建筑地形，检验楼总共10层高，行政楼是8层，虞寒江爬上10楼的楼顶，架起狙击枪的话，从高往低，视野开阔，射击范围能覆盖8楼的所有窗户。只要肖楼留在窗边，任何想要靠近他、攻击他的感染者都会被虞寒江瞬间射趴下。

有虞队做掩护，肖楼顿时安心了不少。

虞寒江补充道："如果情况比想象中还要危险，你就从那扇窗户跳出来，我直接用白绫把你拉到检验楼的楼顶。这两栋楼之间的距离应该在二十米左右，白绫的长度足够将你带过来。"

肖楼听到这里不由一愣——行政楼有8层高，让他从8层楼的窗户直接跳出来，虞寒江隔空用白绫拉他到另一栋楼，万一虞寒江手滑，他掉下去的话就该摔成肉饼了吧？

肖楼建议道："要不，用桃花源记直接瞬移？"

虞寒江道："桃花源存在时间只有半小时，你们的会半个小时不一定能开完。"

两个人连着"心有灵犀"，虞寒江能察觉到肖楼的担心，他轻轻按住肖楼的肩膀，肯定地道："相信我，白绫的长度足够将你直接拉过来。"

对上虞寒江的眼眸，肖楼不再怀疑，干脆地点头道："行，一旦会议室那边出事，我没法应付，我就直接跳窗，按你说的方法撤离。"

虞寒江道："走吧，保持警惕。"

两人从办公室走出来，徐蓉蓉一直在门口等，看见肖楼后忙说："肖教授，快点吧，主任又打电话来催了，说是12点半准时开会，现在已经12点20分了。"

肖楼说："知道，我马上过去。"

他和徐蓉蓉一起转身下楼，虞寒江也跟在肖楼的身侧，徐蓉蓉很好奇这位警察为什么要跟着，直到岔路口，虞寒江突然进了检验楼，肖楼才微笑着解释："这位警官在查一个案子。"

徐蓉蓉"哦"了一声，也没多问，继续跟着肖楼往行政楼走。

两人一起坐着电梯上楼，在电梯里，徐蓉蓉捂住嘴轻轻咳嗽起来，肖楼回头看她一眼，关心地问道："你感冒多久了？有吃药吗？"

徐蓉蓉笑着说："有一周了，我平时身体挺好的，感冒从来不吃药，经常吃药会破坏身体的免疫力。"

肖楼琢磨着，这个叫徐蓉蓉的实习医生既然被安排在自己身边，肯定不是无关紧要的路人甲，说不定她身上也有一些线索。她的感冒到底和这次感染事件有没有关系？

就在这时，电梯传来"叮"的一声响，顶楼到了。

肖楼走出电梯，徐蓉蓉笑道："肖教授，你们领导开会，我就不进去了。"她朝肖楼做了个再见的手势，肖楼也礼貌地跟她道别，转身走进了办公室。

办公室内，院领导和各科主任已经到齐。

肖楼看了眼虞寒江说的那扇窗，那边正好有几个空位，他走过去，站在窗口抬起头——对面那栋楼的楼顶，他看不见任何人的踪影，但"心有灵犀"告诉他，虞寒江就在那里，并且已经在高处架起了狙击枪。

脑海里响起虞寒江低沉的声音："就坐这里吧。放心，我能看清你们会议室里的所有人，一旦有人攻击你，我会立刻处理掉。"

肖楼点点头，转身坐在靠窗的位置。

头发花白的老院长道："好了，各科主任、教授都已经到齐，开会吧。"

他拿出一个写满笔记的本子，表情沉重地道："我急着叫你们过来，是有一个坏消息要告诉大家。昨天晚上二院呼吸科有个重感冒的病人，半夜突然跑出来到处咬人，整个呼吸科的病人、值班医生和护士都被给咬伤了，今天上午呼吸科的人全部死了，只有那个病人还活着。目前，二院已经被强制隔离。我刚收到卫生部的通知，让全体医护人员做好防范措施。"

听完院长的这段话，周围的医生们都倒抽了一口凉气。

有位老教授忍不住问道："二院呼吸科的医生、病人全死了吗？一夜之间，这病程进展也太快了吧！死因是什么，有结论吗？"

院长道："有尸体被法医拿去解剖，死因全是脑出血。"

旁边有个男医生道："脑出血致死？流感病毒都是影响呼吸道，哪怕变异了也不可能导致脑出血啊？"

医生们纷纷讨论起来："从监控录像来看，呼吸科的医生护士们都被咬伤，但也不能排除是飞沫传播，毕竟他们全都在呼吸科一层楼，容易通过空气感染。"

急诊科主任说道："我听急诊科的同事说，刚才有个女人在输液的时候突然发疯，咬伤了十几个病人和医护人员，被保安给控制起来了——该不会就是院长所说的感染者吧？"

院长脸色陡然一变："这么重要的事为什么不早跟我汇报！"

急诊科主任尴尬地摸鼻子："10 分钟前发生的事，我也是刚刚才知道……"

听到这消息，众人的脸色都变得很是难看。

院长迅速反应过来，厉声道："马上给急诊科打电话，把上午接触过那位病人的医护人员，还有那些被咬伤后没有出院的病人，全部带去传染科隔离起来！"

传染科主任皱眉道："我觉得不一定是病毒感染，我们得找一位还活着的感染者，仔细检查才能确定病因。说不定是细菌、真菌，或者是寄生虫呢？不同的病因治疗方案不一样，得搞清楚病原体，才能考虑下一步的计划。"

肖楼坐在旁边认真听着，这位传染科的主任说得很对，流感病毒的传播途径是通过空气，传播起来会迅猛无比。但这次的感染者有个特点，攻击同类、血液传播，并且死因是脑出血，听起来根本不是流感病毒变异。感染者得流感或许只是巧合？毕竟冬天确实容易大规模得流感。

就在这时，突然有个医生急匆匆地敲门进来，朝院长道："林院长，二院那边幸存的那位患者，拍的头部CT片子已经传过来了。"

院长脸色一喜，立刻让大家拉上窗帘，打开了会议室的幻灯片，登录资料库查看影像资料。

虞寒江看见窗帘全被拉上，问肖楼："怎么回事？"

肖楼在脑海里解释："在看感染者的头部CT片子，需要拉上窗帘，别担心。"

虞寒江道："你自己小心，有事马上告诉我。"

随着墙壁上的投影屏放下，二院感染者的头部CT片子清晰地呈现出来——肖楼看到那画面，不禁倒抽一口凉气，别的医生也集体目瞪口呆。

只见感染者的头部CT片子上出现了数不清的白色斑点，整个脑组织都像是被一种奇怪的生物占据了，这位患者的头部已经连一点正常的脑组织痕迹都看不到了！

传染科主任差点从凳子上站起来，他深吸一口气，严肃地道："应该是寄生虫。"

院长的脸色也变得无比难看："大脑都被吃光了，这个人居然还活着？"

周围的医生都觉得不可思议。

肖楼是被拉来开会的，他不是这方面的专家，不需要发言。但听大家的讨论，他也获得了很多重要的线索——自己来开会果然是正确的决定，否则他根本无法知道这次大规模的疫情不是病毒感染，而是一种未知生物的寄生导致的。

这种寄生生物寄居在人类的大脑里，会迅速吃光正常的脑组织。人类之所以还能行动，是因为它们占领了人类的大脑，控制中枢，成了这具身体的主人，由它们来控制人类的神经，包括肢体行动、表情、语言……

寄生者表面看上去和正常的人没多大区别，可大脑里的核心早就换掉了。

这次的感染者不仅行动敏捷，脑子里还有聪明的寄生物在指挥！这才是最可怕的。

看完片子后，窗帘被拉开，会议室内恢复了光明。正午时分，温暖的阳光洒进室内，可看着这诡异的CT图像，所有人只感觉到脊背冒起一丝冷意。

传染科主任忽然说道："这个消息不能公布，否则会引起群众的恐慌。被寄生的人必须马上集中隔离起来，我们需要从他们的大脑中取出寄生物的样本，用培养皿来培养，看看到底是什么类型的生物，能不能用药剂杀灭？"

有人沉声道："可问题是，这种寄生物会吃掉人类的脑细胞，从医学的角度讲，这些寄生者已经是脑死亡的状态，脑死亡就是个死人了！他们看上去还活着，是因为寄生物在操控他们的身体，即便我们把寄生物全部杀掉，也没法救回病人吧？”

众人再次陷入了沉默。

确实，大脑都不在了，这些可以行动、说话的东西，还能称之为“人”吗？

院长果断地道：“寄生者没法救回来，但我们可以想办法预防，别让更多的人被寄生！专家组紧急成立，我亲自带队，马上把急诊科被寄生的那批人隔离起来，同时，通知全院的所有员工，从现在开始，穿上隔离衣、戴上手套，做好防护措施！”

就在这时，会议室外突然响起了敲门声，离门近的人把门打开，只见徐蓉蓉微笑着站在门口，说：“各位领导，大中午开会都没吃饭吧？我叫了外卖给大家。”她的身后跟着好几个保安，提着一盒一盒的外卖送进了会议室。会议室的人都是一愣，显然没想到一个年轻医生为什么会突然跑来领导会议室送餐。

外科主任圆场道：“这是我们科新来的徐医生，她给大家订饭也是好意，哈哈，大家都饿了吧？不如先吃饭，吃完了好干活儿。”

徐蓉蓉微笑着走进来，让保安们将外卖放在桌上。

旁边的急诊科主任舔了舔嘴唇，笑着道：“谢谢，我还真的饿了。”

就在大家以为他要拿外卖开吃的那一刻，他突然抓起旁边一位男医生的手，猛地咬了下去！

这突如其来的变故让周围的医生目瞪口呆。

被咬了一口的男医生震惊地从座位上跳起来：“你咬我干什么？！”

那急诊科主任嘴角挂着笑，津津有味地舔掉唇边的血，原本漆黑的双眼渐渐变得猩红。

传染科主任率先反应过来：“他被寄生了，快控制住他！”

周围几人手忙脚乱地上前想要制服他，然而这位寄生者行动敏捷，一脚踹翻了椅子，像是虫子一样从桌子下面灵活地爬了过去，几个人不但没能控制住他，反被他连续咬伤了一大片！

会议室里乱成一团，老院长在那里怒吼：“快，你们几个保安赶紧把他给抓住！”

话音刚落，一群保安立刻冲了过来。

院长松了一口气，还以为保安会控制住寄生者——但没想到的是，那几个保安冲过来后，迅速抓住周围的其他医生，就开始像疯狗一样乱咬！

会议室内接连响起刺耳的尖叫——

“啊啊，我的手指被咬掉了！”

“天哪！这些保安都被寄生了吗？”

肖楼脸色一变——急诊科主任、送那对母女去急诊科的徐蓉蓉，还有当时处理突发情况的保安们，全都被那对母女咬伤，体内寄生了寄生物。

老院长脸色一变，飞快地逃出会议室，有几个医生也跟着他跑出门去。肖楼坐在窗边，位置不方便跑路，保安们齐刷刷地回头看他。

所有人的嘴角都带着笑，舔着嘴唇，就好像看到了最美味的食物。想到他们的脑子里全是未知的寄生物，肖楼不由脊背发毛，立刻往窗边退去！

徐蓉蓉离他最近，伸手就来抓他的胳膊。

眼看她的手就要碰到肖楼，就在这时，突然有一颗子弹破窗而入——

只听“砰”一声巨响，窗户被射出了一个窟窿，一颗子弹精确地射中徐蓉蓉的额头！

一枪爆头！

虞寒江的枪法精准无比，肖楼看着倒在脚下的女人，手心冒出了一层冷汗。身后的保安以及被寄生的医生朝着他包围过来，脑海里响起虞寒江的声音：“快，跳窗！”

肖楼毫不犹豫，转身推开窗就跳了出去。

这可是8楼啊！

肖楼从小到大还没做过如此惊险刺激的事情，跳出窗的那一刻，他不由得闭上了眼睛——实在是太高了，他不敢往下看。但是，身体腾空的下一秒，腰部就被一根柔软的白绫缠住。紧跟着，一股大力通过白绫传递过来，虞寒江手臂用力，猛然一收——

肖楼被虞寒江直接拉到了对面检验楼的楼顶！

出于惯性，肖楼的身体控制不住地向前扑，虞寒江立刻伸出双手，稳稳地扶住了他。

肖楼只觉得心脏都快要从胸膛里跳出来了。自己居然被虞寒江直接从空中拉了过来，飞跃了二十多米的空中距离，这简直就跟玩儿杂技一样，太刺激了！

抬头一看，正好对上虞寒江关心的眼眸，肖楼立刻站直身体，后退了一步，镇定地道：“我没事，他们没接触到我。”

对面那栋楼的窗前，一群保安、医生正目不转睛地盯着肖楼，那些猩红的双眸就如同猎人在盯着猎物，可惜他们不能空中飞跃，没办法接触到肖楼。

虞寒江远远看见那一双双眼睛，皱了皱眉，道：“我们快撤。”

两人不再犹豫，迅速下楼离开了医院。

门诊楼这边寄生的情况更加严重，整栋楼不断传来刺耳的尖叫声，还有一些免疫力弱的人直接死在了路边。肖楼不忍多看，跟着虞寒江飞快地逃离了医院。

大街上人来人往，行人们的表情看起来很正常，目前，疫情似乎还没有蔓延到街上。

回想刚才，肖楼真是心有余悸。幸亏他足够谨慎，今天处理那对母女的伤口时戴上了两层手套，没有接触到寄生物。否则，稍微不注意，说不定他也会被寄生！

这种不明寄生物应该是顺着血液进入人体，然后迅速攻占人类的大脑。那些寄生后死亡的人或许是大脑环境不适合寄生物的生存，所以会脑出血直接死掉，而活下来的人，则被寄生物夺走了身体的控制权。

寄生物想要繁殖，自然会控制寄生者的身体去攻击其他人类。被寄生者居然还能正常说话，难道这是一种有智商的虫族生物？

虞寒江见肖楼脸色苍白，便轻轻按住他的肩，安慰道："没事了，我们先去广场找叶棋他们会合。刚才开会，医生们有什么结论吗？"

肖楼迅速冷静下来，通过"心有灵犀"通道跟虞寒江说："那些人都是被一种不明寄生物寄生了，这种寄生物比病毒还要厉害得多。当初黑桃 2 的寄生者行动迟缓，没有意识，就是一群笨拙的行尸走肉。可是这次的寄生物会吃掉人类的大脑，自己来掌控人类的身体，让人类变得更加灵活，我刚才就看见一个寄生者像是虫子一样在地上爬。"

想起那一幕，肖楼不由攥紧拳头，严肃地说："而这些寄生者虽然脑死亡，身体却被寄生物拿到了控制权。这种寄生物有智商，可以指挥人类说话、行动，而且在寄生物的眼里，我们这些人类就是最新鲜美味的食物。"

虞寒江眉头紧皱。寄生者表面看上去像正常人一样，会走路、会说话，还会微笑，可他们的大脑却已经被寄生物所占领，随时都有可能攻击人类，让寄生物快速繁殖。

如果疫情控制不住，整个城市都有可能变成寄生物的巢穴。

真不愧是 A 级难度的生存密室！

肖楼越想越是心惊，急忙说道："我们得快点找到队友，万一大家不知道情况，被寄生可就糟了。"

虞寒江干脆地点头："快走吧！"

两人大步流星地绕过美食一条街和购物大厦，很快就到达了城市中心的广场。

广场的中间有一大片雕塑，外圈摆着不少座椅，一些老人家正坐在座位上悠闲地晒太阳，还有些小朋友站在广场雕塑前兴奋地拍照。

看上去很普通的一个城市广场，聚集的人并不算多。

肖楼一眼就看见了站在广场中间的叶棋。

叶棋戴着兜帽，穿着破洞牛仔裤，打扮得很时髦，他手里拿着把吉他，正大声打广告：“各位叔叔阿姨帅哥美女，我给大家唱首歌，觉得我唱歌还不错的话麻烦给点零花钱，生活所迫，江湖救急，谢谢大家了……”

熟悉的套路，叶棋真是百试不爽。

见他活蹦乱跳的，说话的声音清脆响亮，肖楼总算放下心来，立刻走到他面前。

叶棋看见虞寒江和肖楼，双眼蓦地一亮。

他刚要弹吉他唱歌，肖楼忽然摇了摇头制止他，虞寒江紧跟着上前一步，低声道：“离家出走的就是你吧？你父母报案找你呢，快跟我走。”

叶棋一脸不明所以：我怎么就变成离家出走了？

虽然不知道是什么情况，但他还是乖乖收拾好吉他，跟着虞寒江离开了。

刚要围上来打算听歌的人们满脸的茫然——小少年乖乖跟着警察走了？看来真是叛逆期离家出走，被警察给逮住了啊！

叶棋跟在一脸严肃的虞警官身边，疑惑地问：“什么情况？”

虞寒江道：“有危险，你不能留在人群里。”

叶棋理解地点点头，道：“虞队穿警服，肖教授穿白大褂，看来你们是分配到警察和医生的身份了啊？这个密室该不会又要跟红桃联动，让我们破案吧？”

“不是破案，只是安排身份给我们一些线索。”虞寒江看向叶棋，皱眉问，“你的刷新点在哪儿？周围没有不对劲吗？”

“我在一所音乐学院，上午有课，悬浮框说让我跟着指示走，任课老师要点名，我只好先跟着同学们去上课。”叶棋摘下兜帽，忐忑地看向肖楼，“下课后正好是中午，我打听了一下广场的位置就立刻过来找你们了。到底发生什么事了？”

肖楼问道：“你上课的过程中有什么异常吗？”

叶棋仔细想了想，说：“周围不少同学感冒，教室里一直有人咳嗽，老师说最近几天降温，提醒大家注意保暖。我这次进密室穿了保暖内衣和羊毛衫，倒是不觉得冷。”

肖楼里面也穿着衬衣和羊毛衫，外面即便只有一层白大褂也不算冷。他低声跟叶棋解释：“流感可能是变异的前兆，你们音乐学院看来也有很多人被寄生了。我们这次遇到的比病毒可怕，是一种未知的寄生虫，寄生人类后会寄居在人类的大脑，控制人类的身体，迅速攻击其他的人类进行繁殖。医院和市七中已经出现了大量的寄生者。”

叶棋瞪大眼睛：“虫子？”他猛地抖了抖全身的鸡皮疙瘩，满脸嫌弃地道，“听起来好恶心！”

肖楼道：“更可怕的是，寄生者会伪装，看上去和正常人没有区别，刚才我们不敢让你继续唱歌，因为一旦你开始唱歌，会立刻被人群包围，说不定其中就有寄生者，突然攻击你。现在不能去人多的地方，要另外想办法跟队友们会合。”

叶棋恍然大悟：“我明白了！”想到音乐学院那些不断咳嗽的同学，叶棋不由头皮发麻，“我上课的时候，坐在我前后排的同学都在咳嗽，如果说感冒是被寄生的前兆，我不会也被传染吧？”

肖楼安慰道：“目前已知的传播途径是通过血液，你没被抓伤就不会有事。”

叶棋松了一口气，白着一张脸道：“幸亏不是空气传播！”

肖楼目光扫过周围的建筑物，很快就发现了一个好地方，说：“那边的服装店，看见了吗？三层楼高，造型像是书页的那栋建筑。”

虞寒江和叶棋顺着他的目光看过去，广场的东南角果然有一家服装店，两面墙的落地窗，形状像是展开的书页，里面挂着水晶吊灯，装修得很豪华。店里的模特儿穿的服装都是皮草，一看就很贵。

肖楼说：“中午的时间，服装店客人不会太多，只有两三个店员的话，哪怕是寄生者我们也能应付，可以把这里作为临时据点，先跟队友们会合再说。”

虞寒江道：“其他人并不知道我们躲进了服装店，要怎么通知大家？”

肖楼道：“我有办法。进黑桃密室之前我担心万一大家被分散，集合会比较麻烦，所以我找刘桥把‘孔明灯’要了过来，只要我把灯放在服装店的上空，大家赶到广场之后就能第一时间注意到天空中的孔明灯。”

孔明灯是一张 A 卡，作用很简单——将孔明灯放到高空中，作为信号使用。孔明灯自带一张白布，类似商场开业时气球下面挂的宣传标语，可以用手指随意在上面写字。

肖楼将白布拿出来，写了两个字“利箭”。这是当初定的队名，大家看见刘桥的孔明灯，再看见“利箭”二字，自然知道那就是队伍的集合地点。

叶棋竖起大拇指，赞道：“这种集合方式，比我想出来的弹琴唱歌要靠谱得多！”

肖楼道：“走吧，我们先去服装店。”

3 人很快来到服装店，透过落地玻璃往里一看，工作日中午的服装店生意果然很冷清，只有两个漂亮的导购妹子和一个收银员，客人的影子都瞧不见。

肖楼走到服装店后，将孔明灯卡牌激活，放到高空中。

广场上的人们很快就发现空中出现了一盏类似热气球的大灯笼，悬挂的白布上写了“利箭”两个字，大家还以为是开业大酬宾之类的广告标语，没几个人去留意。

做好布置后，肖楼、虞寒江和叶棋便一起走进了服装店。

让人尴尬的是，这服装店里卖的全是女装。

3个大男人走进女装店，店员们同时一愣，有个扎着马尾辫的导购很快就反应过来，微笑着走上前问：“3位先生，是来给女朋友选衣服的吗？”

虞寒江淡定地道：“给妈妈买。”

肖楼立即配合演出：“妈妈过几天生日，我们来给她挑生日礼物，你去忙吧，我们先看看。”

那导购点头：“好的，这边都是本季的新款，3位慢慢看，需要什么尺码跟我说。”

导购走后，3人都松了一口气。

就在这时，一男一女突然推门进来。是龙森和曲婉月！

两人显然是看见了集合标志，又从外面的落地窗看见了肖楼3人，便直接走了进来。

店员迎上前去，龙森道：“咳，你生日快到了，不如给你买件衣服？”

曲婉月配合地说：“好啊，我挑挑看。”

她假装挑衣服，走到肖楼附近，“恰好”和肖楼看中同一件，曲婉月问：“先生，我可以看看这件吗？”

肖楼把衣服递给她：“请便。”递衣服的同时，肖楼压低声音道，“先等人齐。”

曲婉月点头表示明白。

她选了这件衣服，走去龙森面前，给龙森传达了肖楼的指示。两人站在落地窗前继续慢吞吞地挑衣服，肖楼3人则走到另一边，方便队友们可以看见。

没过多久，莫学民和刘桥也进来了。

看见队友们都在，刘桥也假装买衣服，在服装店里逛来逛去，不经意间逛到肖楼面前，轻声说道：“我跟莫叔是在广场遇见的，看见孔明灯就找了过来。”

肖楼点头：“嗯，你们都没事吧？”

刘桥道：“没事，我上完课就跑来广场找你们，莫叔说他被安排在附近的一家装修公司，接待完客户也找了过来。”

她的目光扫过全场，发现叶棋、虞队、龙曲夫妻都在，不由得松了一口气。

众人在服装店里逛了很久，几个店员察觉到他们只是瞎逛，并没有掏钱买衣服的打算，态度自然就冷了下来，也不理会他们，自顾自地坐在收银台那里聊天。

店员们不理人，这正合肖楼的心意。

他给队友们使了个眼色，让大家在试衣间附近的角落集合，压低声音迅速给大家介绍了一下现在的情况，队友们听完后脸色都不太好看。

曲婉月皱眉道："我在的舞蹈中心也有几个孩子咳嗽，这么说她们也被寄生了？"

龙森道："体校那边也是，今天上午短跑训练好多人请假，说是重感冒。"

刘桥和莫学民表示自己所在的医学院、装修公司也都有人感冒，刘桥还说："我上课的时候还有同学受了伤，说是被咬伤的，正准备去医院打狂犬疫苗。"

看来，疫情是从城市的各个角落开始蔓延的。

很多人都被寄生了，源头到底在哪里目前还不知情，但按照这样"多点扩散"的方式，疫情的蔓延很可能会比大家想象中还要快！

肖楼站在角落，透过落地窗看向广场。

外面的广场没有任何异常，他的心底却渐渐涌上来一些不安："邵总呢？怎么还没到？"

已经是下午 1 点了，哪怕邵清格慢吞吞地去吃个午饭再来，也该到了吧？

队友们对视一眼，纷纷表示没见到邵清格。

肖楼担心地道："他该不会出事了吧？"

邵清格作为"金主爸爸"，赚钱能力极强，有他在，大家吃香喝辣住别墅，从来不愁没钱花。可说起战斗能力，邵清格却是团队里最弱的一位。

众人越想越不安，肖楼担心地道："如果他遇到攻击，他是不是没有能脱身的卡牌？"

叶棋白着脸道："低级卡之前世界周常打鲨鱼的时候就用光了，他现在手里确实只有 ATM 取款机、有钱任性之类的卡牌，完全没有攻击力啊！"

虽说"有钱任性"可以瞬间复制别人的卡——可问题是，也要有卡给他复制才行！

万一落单了，他复制什么？

叶棋越想越是担心，紧紧地攥住拳头，道："怎么办？城市那么大，去哪儿找他？"

就在大家都心慌意乱的时候，虞寒江突然冷静地说道："不用担心，他有办法逃命。红桃 8 密室'乱世烽烟'，当时很多卡牌被禁用，邵清格花 500 万复制了一张叶棋的瞬移卡。"

好像是有这么回事?

肖楼也想了起来:“没错,邵总当时花了500万复制瞬移卡,还用两张瞬移卡在药庐外面支援过,复制的卡牌可以带出密室,那张卡应该还在他的手里。”

叶棋听到这里总算是松了一口气——那张牌明明是邵清格从自己的手里复制过去的,当时还吐槽他太败家,结果刚才一着急居然给忘了。

叶棋挠挠头,道:“有瞬移卡还好,那些寄生物行动再灵活,也不能瞬移50米,邵总逃命肯定没问题。只是,他为什么还不到?这都1点了,这位大懒虫该不会睡过头了吧!”

邵清格虽然平时爱睡懒觉,可关键时刻从来没掉过链子,黑桃生存密室他也不可能闲着无聊去逛街,更不可能睡过头。这么晚还不到,肯定是遇到了麻烦。

众人忐忑不安地等着。

城市这么大,找一个人如同大海捞针。虞寒江想了想,道:“这样吧,你们5个人在服装店里等,我和肖楼出去找找看,说不定他没看见天空中的孔明灯,还在广场上到处找我们。”

叶棋积极地道:“我也去吧,我有瞬移卡,遇到麻烦可以带你们逃跑!”

虞寒江点了一下头,带上叶棋和肖楼出门,剩下的4人则继续留守在服装店。

广场上依旧无事发生,可大街上却很不平静。

3人一出门就听到了震耳欲聋的喇叭声,仔细一看,是市中心发生了一起车祸——6辆小轿车连环追尾,还在人行道撞死了几个行人,道路被堵得水泄不通,交警正在忙着处理。

最前面那辆小轿车正好开着窗,驾驶座上的司机歪着脑袋,瞪大的眼睛里一片血红。

肖楼脸色一变:“应该是寄生者,他的脑组织没法养活寄生物,驾车的过程中猝死,撞到行人,导致后面的车子连环追尾。”

叶棋又抖了抖鸡皮疙瘩:“这些寄生物还挺挑食的啊,有些人类的脑袋不适合它们生存就直接弄死?适合的它们就据为己有,把人类的大脑当成它们的温床吗?”

肖楼沉着脸道:“选择性寄生,目前还不知道哪些人寄生后会死亡、哪些会变异。”

他抬眼看向街道,广场外堵成长龙的车队,此起彼伏的喇叭声不绝于耳,他刚想说邵清格会不会在某辆车里,结果就看到一个身材高大的男人正气喘吁吁地朝这边跑过来，正是邵清格！

3 人立刻迎了上去。

邵清格穿着一身铁灰色的西装，系着格子条纹领带，脚踩黑皮鞋，栗色的头发在脑后简单扎了小半截马尾，这霸道总裁的装束加上他俊美的容貌，完全就是偶像剧男主角的标准配置。只不过此时的他显得有些狼狈，头发略凌乱，额头上也有一层汗水，显然是跑得太快给累的。

叶棋担心地问："邵总怎么才到啊？大家还以为你出事了！"

邵清格深深吸了口气，解释说："我今天上午开了个莫名其妙的投资会议，开完会已经 12 点了，我马上打出租车来广场，结果路上被堵了半个多小时。车子在街上根本就挪不动，我只好下车自己跑过来。"

肖楼了然道："怪不得你这么晚才到，你没被攻击吧？"

就在这时，邵清格突然摸着鼻子咳嗽了两声。

肖楼和虞寒江对视一眼，立刻警觉起来。

叶棋一脸震惊地看着邵清格："你被寄生了吗？！"

邵清格笑眯眯地说："我鼻子痒。"

看着这 3 人如临大敌的表情，邵清格疑惑："我咳嗽两下，你们这是什么表情？怎么跟看怪物似的，什么情况？"

肖楼将寄生的事大概给邵清格说了一遍。

邵清格迅速收起笑容，脸色也渐渐难看起来："怪不得。我刚才坐的那辆出租车的司机一直在咳嗽，看来他也被寄生了，还没发病。幸亏我半路下车自己跑过来了，要是继续坐在车里，他会不会突然回头咬我？"

虞寒江严肃地道："有这个可能。"

邵清格无奈地揉着太阳穴："这次的密室，看来比病毒小镇要难得多啊。"

"既然人到齐了，我们尽快集合商量对策吧。"虞寒江朝服装店的老莫打了个手势，老莫、刘桥和龙曲夫妻便一起走出来跟他们会合。

刘桥他们都关心地看着邵清格："邵总没事吧？"

邵清格表示他是堵车才迟到，大家这才放下心来。

广场上人来人往不太安全，仔细考虑过后，老莫说道："不如大家去我的装修公司，距离广场很近，我可以把门锁上。"

众人都没意见。

老莫是装修公司的老板，过了天桥就是他的公司，8 人前前后后走过天桥，刚走到中间，突然听见人群里传来震耳欲聋的尖叫声："啊啊啊——"

堵车的队伍中，有几个司机下了车，抓住周围的行人开始疯狂地撕咬！

行人们惊恐地四处逃窜，那几个司机追着他们一路追到中心广场，将广场上晒太阳的老年人、在雕塑前拍照的年轻夫妻和小朋友们也全部咬伤了。

由于连环追尾事故，整条街堵了上百辆车，后面的司机看到这恐怖的一幕，有的人把车窗摇上去、车门锁死，有的干脆弃车逃跑！

局面一时间乱成一团，交警也没法控制。

肖楼亲眼看见，就在天桥下方的一辆公交车里，一个乘客也开始变异，她看上去很瘦弱，却极为敏捷，在公交车上来回穿梭，转眼间就将车上的乘客全部咬伤了。

封闭的车内宛如地狱，那些人的哭喊声被车窗隔绝，但是，透过车窗，肖楼能清晰地看见被咬伤的人们惊恐、绝望的表情……

公交车司机大概是察觉到不对，立刻开了门，被咬伤的人飞快地逃下车，有的捂着脖子，有的捂着胳膊，还有的人耳朵被咬掉了，一边哭一边往医院跑。

公交车的门一开，只会将更多的寄生物放出去，寄生更多的人。照这样的传播速度，不出一天，整个城市就会沦陷。

8 个人站在天桥上看到这一幕，心情都无比复杂。

虞寒江沉声道：“快走！”

大家立刻跟上他，老莫带着众人进了装修工作室，顺手反锁上了房门。

众人心有余悸，站在屋里不知道说什么才好。

虞寒江神色平静：“既然来到了寄生世界，我们就得想办法活下去。第一件事，14 天的生存期，我们要筹备多少物资？”

肖楼建议道：“可以按无尽海域的双倍来准备，当时在海上漂流的时候，我们准备的是 7 天的东西，最后也没吃完。”

虞寒江点头：“这次必须轻装上阵，物资别带太多。我们面对的并不是没智商的鲨鱼，而是有智商的高等寄生生物，它们会伪装，会随时发动攻击，而且非常灵活。”

肖楼赞同：“这次可能得一直逃命，东西多了也带不走。”

虞寒江果断说道：“趁城市还有秩序，马上去超市，每人买一个书包，买最容易补充能量、保质期超过半个月的牛奶、饼干、巧克力和水，书包别装太沉，最好平时走路也能轻松背着。”

众人纷纷点头。

老莫问道：“钱怎么办？现在超市那边情况还不清楚，我们也不好直接抢吧？”

听到这话，邵清格突然拿出一张卡牌，众人的面前莫名出现了一台银行自助取款机。邵清格笑眯眯地道："这张 S 卡总算是能派上用场了，大家取钱吧。"

有邵总在，为什么要发愁没钱呢？红桃 8 密室的时候邵公子都抬了好几箱金子去江州！

邵清格很快就取了几百万金币出来，每人发了一些备用，反正用不完的话，通关之前再召唤自助取款机存回去就可以带回主城了，非常方便。

拿到钱后，虞寒江便道："走吧，大家一起行动。在超市被寄生物占领之前，我们得尽快买好物资，不然就麻烦了。"

虞寒江一声令下，众人立刻出门，前往附近的超市。

此时，超市内，收银的几个年轻女孩一直在咳嗽。

胖乎乎的中年男经理说道："这几天流感传播得厉害，感冒严重的可以先回去休息看病，跟没感冒的同事换一下班，下午就不用来了。"

一个扎着马尾辫的女生微笑着说："谢谢经理。"

她长得很好看，眉清目秀，还化着精致的妆，穿着超市收银员的红色工作服，身材显得很苗条。美女走到经理的旁边，踮起脚，作势要亲他的脸。

经理愣了愣，干笑道："也不用这么客气……"

结果，就在她的嘴唇亲到男人脸颊的那一刻，女孩的双眼陡然间变得猩红，锋利的牙齿对准经理的脸，用力地咬了一口，直接咬下了一块肉来！

"啊啊——"

超市里响起杀猪般的惨叫声。

周围的收银员们看到这一幕，不仅没有惊慌，嘴角反而扬起了笑容。

她们的笑容整整齐齐，就像是从一个模型复制出来的无数个样本。

在去超市之前，虞寒江给队友们叮嘱了几件事。

他神色无比严肃，一字一句地低声说道："从肖楼开会时得到的信息来看，这次寄生目前还没有医治的方法。一旦被寄生，那些寄生物会迅速吃掉人类的大脑，让人类的躯壳变成它们的傀儡，我们需要在这个密室里生存 14 天，大家行动时一定要注意保护好自己，绝对不能被寄生！否则，不但自己会没命，还有可能连累整个团队给你陪葬！"

众人都神色严肃地点头表示明白。

虫子会伪装这一点才是最可怕的，万一队友被寄生，伪装成正常人跟在大家的身边，夜深人静，趁着大家睡着的时候，偷偷给每个人来那么一口……大家就会集体变成虫子。

想想都很恶心。

虞寒江顿了顿，目光扫过面色苍白的队友们，接着说："另外，被寄生的人表面看上去和正常人一样，它们可能会伪装成正常人类靠近我们，这种情况防不胜防。所以，这次的密室，我们 8 个人作为一个集体，不跟任何其他挑战者合作，也不救任何人——记住，我们只管好自己。"

虽说见死不救有些绝情，可在这种情况下顾好自己就已经很难了，根本没法判断救下来的人是不是寄生者，所以虞寒江提前定下规矩也没错——8 人团队，只能信自己，也只能负责自己。

肖楼温言道："大家都听虞队的吧，不要去管其他人，这 14 天在没有虞队指令的情况下，任何人都不要擅自离队。哪怕是内急想上洗手间，我们也必须召唤卡牌来解决。"

之前在海上周常的时候有个妹子给他们送了临时厕所卡牌，这些物资类的卡牌都由肖楼保管。单独离队会相当危险，14 天时间，大家最好吃住全在一起，不要分开。

队友们都意识到形势的严峻，互相交换了眼神。

叶棋道："明白，我们 8 个人组团，尽量不跟陌生人接触！"

虞寒江点头道："走吧，去超市后大家一起买物资。要是有陌生人靠近你，不管是谁，立刻远离，小心别被突然攻击。"

虞寒江一声令下，8 个人集体行动。

时间已经到了 1 点半，大家都没吃饭，却一点都不觉得饿。可能是这个世界第一天就太过刺激了，众人情绪紧张，都把"吃午饭"这件事给忘了。

莫学民的装修公司正好在中心广场的斜对面，500 米之外就有一家大型生活超市。

此时的街道已经被车辆堵死，整条街的交通陷入瘫痪。

附近的人行道上到处都是惊恐的尖叫声，血流了满地。显然，那些寄生者正在疯狂地攻击人类，被抓伤、咬伤的人不计其数，这些人四处分散，又会将寄生虫带到别的区域。市中心已经彻底乱了，整座城市被寄生也不过是时间问题。

肖楼低声说道："大家避开地上的血迹，这种寄生虫是通过血液传播的，被咬伤的人血液里说不定还有存活的病原体，尽量不要接触到血液。"

叶棋差点就踩到一团鲜血上面，他脸色发白，立刻跳了一步躲开。

广场对面的人行道上突然传来尖叫，只见一个寄生者正在追着两个妹子咬，两个年轻女生飞快地往前跑，其中一个穿着高跟鞋，跑了几米，脚下一扭，不小心跌倒在地，结果就被寄生者扑上去，将耳朵整个咬了下来，女生瘫坐在地上，捂着血淋淋的伤口，发出崩溃的哭喊声："救命啊——"

然而，周围并没有人理她。

就连跟她一起跑的闺密看见这场景也只是脸色一变，立刻扭头飞快地逃走！

那血淋淋的一幕让肖楼脊背发冷。

奇怪的是，寄生者咬下她的耳朵之后，便没再继续攻击她，而是双眼猩红地寻找下一个目标，将受伤的她留在原地置之不理。

肖楼一边往前走，一边通过"心有灵犀"跟虞寒江说："看来，这些寄生者只是将寄生虫传播下去，只要传给对方，就不会继续攻击，就像是某种生物入侵地球迅速攻占领地一样，被咬中的人会变成它们的同类。"

虞寒江也看见了对面街道的那一幕，皱着眉说："我好奇的是，它们是怎么判断哪些人是自己的同类，哪些人没有被寄生的？从表面看上去，寄生者和没被寄生的人很难区分。"

肖楼想了想，道："它们应该有自己的语言，或者是信号、味道。"

只能这样解释，这些东西居然还挺聪明，能够瞬间判断出哪个是同类、哪个需要攻击，看来它们占据人类的大脑之后会给同伴发出信号，以免误伤。它们还可以彼此感应，甚至有可能合作行动……这就可怕了。

一旦整个城市被寄生，那肖楼他们8人岂不是进入了虫族的巢穴？！

肖楼脸色一白，道："密室要求我们生存14天，并没有限制必须留在市区里面生存，我们是不是可以逃跑？"

虞寒江道："见机行事吧，实在不行，我们可以效仿黑桃3密室的通关方式，逃到郊外，找个偏僻的地方，占一座建筑当作基地，布置好陷阱消灭这些虫子。"

正好前方是超市，两人停下"心有灵犀"的交流，带着队友们一起走了进去。

现在是中午时间，超市里很是冷清，只有几个年轻人在买菜，他们似乎还不知道外面发生了什么事，很耐心地挑着蔬菜水果，一对情侣还有说有笑地在那里买西红柿。

虞寒江目光扫过四周，发现周围并没有明显异常，便带着大家进入超市。

超市里温度很低，而且进门的这片区域正好是卖保鲜蔬菜的，敞开的冰柜里开着冷气，哪怕穿了保暖内衣，肖楼也不由冻得牙齿发颤。

邵清格揉着鼻子打了个喷嚏："怎么这么冷？"

肖楼道："可能是暖气坏了，大家加快速度，先去买东西吧。"

超市一进门正好是冷冻区、生鲜区、蔬菜水果区，有些负责称重的阿姨守在这里帮客人们计价，熟食区还有几个戴着白帽子的男人在做烤鸭，柜子里摆放着刚出炉的猪蹄、鸡腿，空气里散发着香味，众人被香味勾起了食欲，大家这才想起他们还没吃午饭。

虞寒江道："买完东西出去吃饭，这些熟食还是尽量别碰。"

目前不确定传播方式是不是只有血液传播，万一还通过食物呢?

叶棋吞了吞口水，将目光从烤鸭上移开，迅速跟上虞寒江。

8人很快就离开熟食区，进入超市深处。

他们没有发现，在他们的身后，那些负责称蔬菜水果的阿姨，还有烤熟食的厨师、卖新鲜肉制品的女人，集体扭头看向他们的背影，嘴角扬起了古怪的笑容。

这家超市面积很大，众人在里面如同逛迷宫，走过好几个拐角处，才看见日用品和零食区。通道上叠放着大量的牛奶，上面挂着"今日促销"的牌子，肖楼提起一箱牛奶看了眼生产日期和保质期——这箱牛奶的保质期有3个月，可以多囤一些，他直接提起两箱放进购物车。

叶棋在旁边拿了4箱压缩饼干、4箱方便面，刘桥则拿了几十盒巧克力放进购物车里。老莫和龙森去搬矿泉水，曲婉月负责清点物资，虞寒江去找书包。

超市里的书包存货没那么多，颜色都不一样，还有印着卡通图案的学生书包，但现在已经不是追求细节的时候，他将书包放进购物车。

曲婉月清点完物资，说道："差不多够了。"

虞寒江道："走吧。"

8人走过一个拐角，突然看见一群女生也在飞快地扫货，她们推着的购物车里有好几个同款式的黑色书包——怪不得卖书包的区域货物被清空了一大半，原来是被她们抢先一步买走了。

此外，她们的购物车里同样有很多矿泉水、牛奶和饼干。肖楼和虞寒江对视一眼，用"心有灵犀"说道："挑战者团队？"

叶棋显然也发现了这些女生，轻声道："怎么感觉有些面熟啊，是不是在哪里见过？"

肖楼仔细一想，很快就想起来："之前无尽海域周常密室离开'皇家加勒比'号的那个10人女生团队？所有人都穿着方便行动的运动服和平底鞋，头发也全部扎了起来。看这装扮，应该是她们吧？"

莫学民确定地道："没错，是落英阁的人。"

当时这个女生团队采用了挟持另一艘船的通关方式，从最终的通关人数来看，她们应该是活了下来，至于她们有没有遇到鲨鱼、具体怎么办的，由于不在一片海域，肖楼也不清楚。这些女生明显是落英阁公会的精英团。

听九哥说，落英阁的会长是楚华英，代号“蜘蛛女神”，是他在梅花J密室幸存的队友之一。肖楼虽然没见过楚华英，可一个女人能从梅花J的噩梦密室里存活下来，肯定是很厉害的人物。看在九哥的面子上，肖楼对落英阁公会也比较有好感。

这群妹子行动统一、训练有素，没想到她们居然也来了黑桃8的生存密室。

叶棋说道：“有落英阁的人出现，说明这个生存密室不只有我们8个挑战者，说不定还有其他公会的挑战者团队？”

肖楼点头道：“有这个可能，黑桃密室经常匹配很多队伍进来，但这次不像是流溪村找宝石，挑战者之间并不存在竞争关系，我们需要共同面对寄生物的难题。只是，虫子会伪装，挑战者之间也很难做到绝对的信任和联手，各走各的，别互相拖累已经是万幸。”

肖教授的分析很有道理，队友们也没有去跟这些女生联手的打算。

落英阁的女生显然看见了他们，其中一个身高超过一米七五的高挑妹子走了过来，主动朝肖楼和虞寒江点了一下头，打招呼道：“外乡人？”

“外乡人”这个称呼已经变成了挑战者们约定俗成的代称。

虞寒江只答了一个字：“嗯。”

两人之间保持着两米以上的安全距离，显然，虞寒江戒备她是寄生者，她对虞寒江的团队也不太放心，隔空对话会比较安全。

女生道：“交换一些情报吧。我先说，这个世界是寄生世界，寄生虫会进入寄生者的大脑，操控寄生者的身体，目前不知道病原体是什么，传播途径已知的有血液。寄生虫蔓延的速度很快，有点像是人类世界被虫族入侵。”

这妹子条理清晰，说话很是冷静，肖楼赞赏地看向她，道：“我们知道的信息跟你差不多。关于传播途径，血液是已经被确认的，空气可以排除，会不会通过饮食传播目前还没有病例证明，所以不能掉以轻心。”

女生道：“既然是虫族入侵，我怀疑这个世界会有母虫，或者是虫族的领袖，你们遇到的剧情人物中有特殊的boss吗？”

肖楼想了想，道：“目前还没发现像boss的人物，我只听说二院的呼吸科死了很多人，有一个幸存者，其他遇见的剧情人物都是后来被寄生的。”

女生的神色略显遗憾：“我们也一样，二院那边似乎是所有医院中最开始发现寄生者病例的，但不排除一些人更早被寄生，只是没去医院检查……看来，即便有 boss，也不太容易找到。”

“是的，毕竟要生存 14 天，不会那么简单。”

双方团队隔着好几米，片刻后，那女生才道：“你们自求多福吧。”

肖楼道：“也祝你们好运。”

双方都没有提出联手的打算，毕竟“虫子会伪装”这个设定有些吓人，谁都不知道这层皮囊的下面是不是已经被虫子给占领了，谁又信得过陌生人？

女生团队转身离开购物区，肖楼他们也准备去收银处。

就在这时，突然有个年轻男子穿着超市的工作服，微笑着拦住了他们：“我们超市有优惠活动，只要办一张会员卡，牛奶买一箱送一箱，各位要不要参加看看？”

肖楼还没来得及开口，虞寒江就冷冷地打断他：“不用了。”

那年轻人笑道：“巧克力也是买一送一，先生办张会员卡吧。”

虞寒江的神色明显有些不耐烦：“不用。”他转身要走，年轻男生却伸手拦他，虞寒江迅速侧身避开，不悦地皱眉，“你干什么？”

男生轻声解释道：“不好意思，我是超市实习生，经理给我们安排了任务，完不成任务的话会被扣奖金，先生你就帮个忙吧，填一下资料就能办张会员卡，很简单的。”

这男生长得挺帅，笑容也很阳光。如果是在现实世界，肖楼肯定就顺手帮这个忙了，超市里登记个手机号，办会员卡非常方便，逢年过节还会有各种优惠折扣……

可现在，他看着这男生的笑容，总觉得哪里不太对劲。

超市里的温度越来越低，肖楼冷得全身都起了一层鸡皮疙瘩，这个男生只穿着很单薄的工作服和衬衣，脸上还一直带着笑容……他一点都不怕冷的吗？

就在肖楼察觉到不对的那一刻，男生猛地回头，伸手就朝肖楼的脸颊抓去！

肖楼正好站在虞寒江的身侧。

这男生一直跟虞寒江说话，目光也放在虞寒江的脸上，看都没看肖楼一眼，队友们还以为他只是普通的超市导购，拉人办会员卡的实习生，没想到他会突然攻击肖楼！

眼看男生的手就要碰到肖楼的脸，虞寒江的瞳孔陡然一缩，飞起一脚直接踹向他腹部，干脆利落地将他踹翻在地！

居然攻击肖楼，还知道“声东击西”搞突然袭击？这只虫子确实挺有想法。

但是，虞寒江早在他靠近的时候，就已经起了戒心。

虞寒江身经百战，跟无数犯罪分子斗智斗勇，区区虫子怎么可能在他的眼皮底下伤到肖楼？在察觉到男生抬手攻向肖楼的那一瞬间，虞寒江就一脚将他给踹飞了出去——

这男生身高接近一米八，体重也不轻，居然被虞寒江踹飞了好几米，可见虞寒江刚才那一脚用的力气有多大。只听“砰”一声巨响，那年轻男生的身体直直撞到了超市中间的货架上，无数可乐瓶子哗啦啦地砸下来，瞬间将他给埋了！

队友们看着这一幕，都是心惊胆战。

虞队的动作快如闪电，这虫子大概也没想到自己这“声东击西”的计谋早就被虞寒江看穿了。当过警察的人，危机意识极强，它的一举一动都被虞寒江看在眼里。

男生被埋在饮料瓶下面，一动不动。虞寒江顺手捡起超市里的一个拖把做武器，想上前查看他是死是活，结果就在这时，饮料瓶子突然被推开，无数瓶子滚了满地，而刚刚被埋进去的年轻男人居然以极快的速度从瓶子堆里爬了出来。

他用猩红的双眸瞪了虞寒江一眼，似乎意识到这群人不好对付，干脆灵活地贴着地面爬走了。

男生贴地爬行的速度如同灵蛇。看见一个帅哥在地上爬，大家都愣了愣，等反应过来的时候，他已经消失在了货架拐角。

虞寒江脸色难看：“超市也被寄生了，大家快走！”

此时，收银处。

收银处有8个通道，站着8个年轻的女孩，落英阁团队的人正在前面排队。

由于大家买的东西都很多，中午这个时候超市里没什么人，她们便分开来，每两人推一辆购物车走进了收银通道。

收银的女孩子们迅速刷着条码，电脑里出现了每种东西的价格。

落英阁的挑战者们开始拿金币付款。

身高超过一米七五的队长刚伸出手，想将金币交给收银的妹子，结果那收银员反手一抓，尖锐的指甲直接抓向了她的手背！

高个子女生怎么说也是来自落英阁精英队的，反应极快，闪电般地缩回右手避开攻击，她脸色一变，厉声道：“她们全是寄生者，快走！”

经过专业训练的团队执行力一流，听到队长这话，周围的女生立刻身手敏捷地从围栏翻了出去，购物车太重带不走，她们干脆舍弃购物车，一个个跑得比兔子还快。

肖楼来到收银处时正好看到了这一幕。

他站在远处，一眼扫过去，8 个年轻的女收银员脸上的表情一模一样，就像是一个模具里刻出来的！

大冬天超市里没暖气，她们都穿着短裙，笑容灿烂，真是怎么看都觉得诡异！

落英阁的妹子们跑得很快，翻出围栏转眼间就跑没影了，那 8 个收银员攻击不成功，也没有去追，反而集体扭头，微笑着看向肖楼。

肖楼全身的汗毛都要竖起来了，低声道："全被寄生了……"

虞寒江脸色严肃："大家先撤回超市！"

收银处的通道很狭窄，只能容一个人通过，如果翻围栏逃跑的话，万一过程中被抓伤那可就完了。这群虫子刚才假装收银员，想在交付款的时候趁机抓伤客人的手背，如今计谋不成，肯定不会那么温和，她们一旦全力攻击，直接从收银通道走的话风险更大。

虞寒江冷静地退回超市，想跟队友们商量一下策略。

他锐利的目光扫向身后——果然，刚才还在做烤鸭、称水果、切新鲜肉类的超市工作人员以及假装挑蔬菜水果的客人们，不知道什么时候，居然都悄无声息地来到了他们的身后！

这些人没有发出任何的脚步声，因为他们是贴地爬过来的。

此时，几十个人全都像虫子一样趴在地上，瞪着猩红的双眼看着他们。

而前方，8 个漂亮的收银姑娘正在对他们微笑。

叶棋的头皮差点炸了："天哪，这超市居然是个虫子的巢穴！"

这座城市已经入了冬，肖楼上午所在的医院、中午去的老莫的装修公司，室内都有暖气，别说是冷，他穿着羊毛衫反而感觉到有点热。

照理说，既然城市会统一供暖，超市这种人流量大的地方应该也有暖气才对，可是，刚才进入超市时居然比站在大街上还要冷，冻得人牙齿都打战。

肖楼一开始以为是超市的暖气坏了，所以并没有太在意温度的问题。此时，听叶棋说"这里是虫子的巢穴"，他才蓦地反应过来，或许不是巧合，而是有意为之！

看着那些趴在地上双眼血红的寄生者，肖楼立刻后退一步来到虞寒江身边，轻声说道："整个超市全是寄生者，虫子很可能喜欢寒冷的环境，所以，它们把暖气给关掉了？"

虞寒江点头："这里确实冷得不太正常。"

叶棋哆嗦着打了个寒战，紧张得脸色发白："怎么办？我们直接推着购物车冲出去吗？"

虞寒江沉默 3 秒，回头朝大家说："把这群虫子给灭了。"

众人：好吧，这确实更像虞队的风格。

当初在海上漂浮，遇到鲨鱼群的时候，别的挑战者都在惊慌失措地疯狂逃命，虞寒江却血战鲨鱼群，用一把军刀直接把几十条鲨鱼全给剁了。

让他狼狈地逃命？抱歉，虞寒江更喜欢正面对抗。

虞寒江从卡包里拿出一张牌——狂徒。这是虞寒江速刷 5、6、7 关时抽到的 S 级武器牌，一把通体漆黑的冲锋枪，近战火力极为凶猛，可以大范围横扫，打开局面。

大家都知道虞队抽了不少 S 级的武器牌，各种枪械都有，却从没见他拿出来用过，或许是之前的密室还没到逼虞寒江使用枪械类武器的难度。如今，面对有智商的虫族，加上这个密室不限制卡牌的使用，虞寒江终于拿出了自己压箱底的 S 级武器。

这是队友们第一次看见他拿出枪械牌，他是警察，肯定会用枪，有这样强力的武器存在，消灭几十个寄生者似乎也不是难事。

肖楼的心底微微松了一口气。

超市虽然变成了虫族的巢穴，但寄生者粗略估计只有五十多人，这个密室是寄生密室，不出 3 天，整个城市 80% 以上的原住民都会被寄生，他们逃得过今天，逃得过 14 天吗？如果遇到寄生者就跑的话，万一以后被成千上万的寄生者围堵，他们还怎么跑？虽然有卡牌，但总不能上天入地吧？

所以，趁着这次超市的寄生者数量并不多，来一次实战，也可以顺便摸清这些虫族的特征和弱点，为以后更加恶劣的局面做好准备。

肖楼赞同地看向虞寒江，说："好，大家都听虞队的指挥。"

虞寒江朝肖楼点了一下头，两人连着"心有灵犀"，自然明白彼此的想法——实战，摸底，积累经验，他们的想法又一次不谋而合。

叶棋说："我的乐器卡可以群控，不知道这些虫子会不会受控制技能的影响？"

虞寒江道："待会儿听我指令，龙森不是有个羽毛球吗？可以先试试水，看看能不能晕住这些虫子，也试试虫子们的灵活度，确认可以用的话叶棋再群控，我会趁机清场。"

叶棋的乐器群控技能冷却时间比较久，必须留在关键的时刻使用。而龙森的羽毛球有好几十个球，可以连续打出去，浪费几个也没事。

听到虞队指令，众人纷纷拿出卡牌，捏在手心里，警觉地盯着四周进入备战状态。

那些趴在地上的寄生者瞪了他们几秒后，突然毫无预兆地同时发起进攻——

虞寒江看见它们开始行动，立刻沉声道：“全体戒备！”

7 人迅速背靠背，集中起来站成一个圆形，肖楼被护在圆形的中间，因为大家要给他留出足够的时间和空间，用圆规来画圆，放出圆环的无敌屏障。

大家各自盯着前方，免得被寄生者突然袭击。

然而这批寄生者不但聪明，还很会配合，只见几十个寄生者行动统一，它们迅速在地上爬行，将虞寒江 8 人团团包围在中间。紧跟着，它们全部像猛兽一样弓起脊背，双腿一蹬，两个寄生者一组，倏地朝大家猛攻过来！

就在这时，肖楼的无敌圈正好画完，这批寄生者撞到圆环的无敌界限，如同撞到了一层透明的结界一样，全部被反弹了回去。

圆规的无敌圈肖楼画了 10 平方米，众人背靠着背站在圈内，寄生者们则被隔绝在圈外。

寄生者们不能继续前进，被透明屏障给隔开，它们瞪大猩红的双眼看着肖楼等人，如同猛兽看到了猎物，却不能进食。它们暴躁地在圆环周围爬来爬去，想尽一切办法攻击，嘴角还流着口水。

虽然暂时挡住了一波攻击，可跟寄生者的距离如此接近，众人在圈内都是头皮发麻。

虞寒江道：“圆规的无敌时间有限，不能抵挡太久。龙森，行动！”

听到指令的龙森立刻激活了卡牌“羽毛球”。

只见他手里出现了一个羽毛球拍，另一只手里则拿着装羽毛球的圆筒，龙森迅速从圆筒里拿出一只球，对准一个寄生者的后背就打了过去——

羽毛球只要接触到攻击目标，就会让目标陷入几秒的晕眩。

但那个寄生者的反应极为敏锐，像是脑袋后面有眼睛一样，居然一个跳跃躲过了！

龙森不信邪，又连续打出去 4 个，结果所有的寄生者居然都灵活地躲开，那些被攻击后脑的寄生者还倏地回过头来瞪龙森。

作为体校生，龙森自认为打球技术还行，虽比不上职业球员，但跟普通人打的话他都是秒杀对手。刚才他明明瞄准的是那些寄生者的后脑勺，突然袭击，结果 5 个球居然全被躲开？龙森的额头冒出一层冷汗：“这群虫子的背后也有眼睛吗？”

肖楼分析道:“它们占据了人类的大脑,但它们的视觉应该不是靠人类的眼睛来捕捉。从刚才的反应来看,它们住在人类的头部,很可能是 360 度无死角的视野。”

也就是说,这些寄生者的整颗脑袋,任何角度都可以看见。虫子可以待在寄生者的后脑勺,即使从背后发起攻击,它们也依旧有视野!

虞寒江皱了皱眉,道:“叶棋,用单体控制牌试试。”

叶棋点头,瞄准了距离最近的一个厨师装扮的男人,拿起长笛,放在唇边吹奏。

耳边响起了一阵悠扬的旋律,那个男人愣了一下,立刻陷入昏睡。

叶棋激动地说:“成功了!长笛的音波是无色的,它们不好躲!”

龙森下意识地赞道:“这比羽毛球好用,羽毛球需要命中,打不中就没法控场。”

肖楼道:“你可以配合叶棋连控,叶棋的长笛只能控 3 秒,你用羽毛球去打叶棋控住的目标,增加 5 秒晕眩,技能衔接好的话可以单体控 8 秒。”

龙森顿时如醍醐灌顶:“肖教授说得对啊!”

或许,这才是羽毛球最正确的用法。直接去打,被对方躲掉那就浪费了一个球,可在队友先一步控住对方的情况下用羽毛球补控制,那相当于打一个原地不动的靶子。以龙森的技术,还打不中一个靶子吗?

叶棋也发现,他跟龙森如果技能衔接得好的话,几乎可以无缝单控。

只不过寄生者太多了,一个一个地单体控制,他俩会手忙脚乱,龙森的球也不够用,还是群控一波比较爽。

想到这里,叶棋便说道:“我的所有群控乐器牌都在,什么时候行动?”

虞寒江冷静地道:“不急,圆规的无敌还有一段时间,我们趁着这次机会仔细观察一下虫族的特征,搞清楚它们的攻击方式,还有弱点。”

落英阁的妹子们直接跑了,虞寒江留在超市不跑,原来是想拿这批虫族做实验。虞队的思维果然简单粗暴。鲨鱼算什么?虫子怕什么?神挡杀神、佛挡杀佛,这才是黑桃密室的正确通关方式!

叶棋很快就理解了,道:“要实验各种攻击牌对寄生者的效果吗?”

虞寒江点头:“没错,搞清楚卡牌效果,以后遇到寄生者也不至于手忙脚乱。”

刘桥认真地问:“我可以复制一个寄生者试试看吗?”

众人竟无言以对。

这丫头胆子也太肥了,当时在海上复制一条鲨鱼,如今居然想复制虫族?!

肖楼立刻拦住她："这太危险，不要去尝试。别忘了你的双生卡是完全复制对方，你如果现在复制一个寄生者，你的脑子也会变成被虫族入侵的状态，说不定你会失去意识攻击我们。"

叶棋急忙道："没错，刘桥你就别吓人了，我不想以后看见你就想起一堆虫子！"

刘桥只好收起这种念头："肖教授说得对。放心吧，我复制任何人或者动物之前都会跟你们打招呼的，不会乱来。"

队友们都松了一口气。

肖楼看向虞寒江："虫族寄生的位置在头部，它们的弱点会不会也是头部？"

虞寒江也这么认为，他干脆地从卡包里拿出了卡牌"格洛克 17 式"，并迅速激活。这是一把精巧的手枪，子弹容量 17 颗，虞寒江对准被叶棋和龙森连续控制住的那个寄生者，冷静地扣动扳机。

只听"砰"一声枪响，那个寄生者的脑袋瞬间被打爆！被打爆头的寄生者很快就倒在了地上。

虞寒江的枪法之准，肖楼是见识过的，当时在医院里隔着那么远的距离，虞寒都直接从对面的一栋楼狙杀了攻击他的徐蓉蓉。男人拿枪的姿势帅气无比，队友们都忍不住想为他叫好。

然而，大家还没来得及赞叹虞队的枪法，就见倒在地上已经"死了"的寄生者被打烂的头部缺口，突然有无数蜘蛛状的虫子爬了出来，另一个寄生者主动靠过来接应，将手放在同伴头部，那些虫族便以极快的速度进入了那个寄生者的身体！

这个诡异的画面让队友们集体变了脸，一向冷静的肖楼也忍不住脸色发白。

叶棋在心里疯狂叫着：我想回主城，啊啊啊，这个世界太可怕了！

刘桥心道：还好没复制一个寄生者来研究，满脑子都是蜘蛛状的东西，简直恶心！

幸亏他们做了个实验，没有胡乱攻击这些寄生者，如今看来，寄生者最难对付的，不只是有智商、行动灵活，还有一点——难以彻底杀死！

肖楼白着脸深吸一口气。

看见刚才那一幕恶心的画面，队友们的情绪显然不太好，都是强忍着才没吐出来。

要是有"密集恐惧症"的人，这时候说不定已经吓晕过去了……自己必须稳住心态，否则大家的情绪会很快崩溃。

肖楼攥紧拳头，尽量平静地道："虫族没法用这种方式来杀死，攻击寄生者的头部，杀死的也不过是它们的临时躯壳而已，它们的本体并没有被子弹打死。”

虞寒江沉着脸点头：“子弹攻击面有限，虫子那么多，确实杀不完。”

肖楼忍耐着恶心，继续分析：“从刚才的结果看，杀死寄生者后，其他的寄生者会来接应伙伴，而死者体内的虫族会迅速寻找附近的寄生者共生，感觉好像 1+1 升级了？”

叶棋指着远处，声音微微发抖：“确实升级了！你们看，被共生的那个寄生者速度变快了！”

众人顺着叶棋的目光看去，那是个穿着工作服的中年妇女，刚才大家路过蔬菜区的时候她正在帮顾客称水果，还对着大家笑了笑。此时，被同伴共生，她身上寄生的虫族数量瞬间翻倍，战斗力确实有了明显的提升。

她的双眸像是彻底被血液染红了，恶狠狠地盯着圆圈内的肖楼几人，身体灵活地绕着圆圈飞快地爬了一圈，一边爬一边用利爪攻击结界，似乎在寻找这个透明结界的突破口。

刚才这些寄生者爬动的速度虽然很快，但跟大部分人类逃命时的速度差不多。可是，这个升级的寄生者，爬动速度简直比得上奥运会的田径短跑冠军了，几秒之内就绕着大家爬了一整圈，肉眼几乎都无法捕捉，快得像是一阵飞影！

众人的脸色越发难看，就连虞寒江也沉默下来。

肖楼无奈地说：“如果我们继续攻击寄生者，让它们体内的虫族找周围的同类共生，这样下去……我们会不知不觉地养出行动飞快、攻击力巨强的虫族 boss。”

落英阁的那个队长说得对，虫族一般都是有母虫之类的 boss 存在。但当时大家都以为母虫是已经存在于该世界的一位剧情人物，就像黑桃 2 密室的刘小源、黑桃 4 密室的秦老太太一样，黑桃密室有隐藏 boss 也是常见的套路。

但众人都没想过，这次密室的 boss，或许会被挑战者们亲手培养起来。

黑桃 8 的密室不知道有多少挑战者团队，他们的团队算是做事非常冷静的，虞寒江刚才没有贸然攻击，而是利用圆规的无敌时间对未知的虫族进行试探，得出的结论却让人心底发寒！

其他的挑战者万一不去试探，直接打爆这些寄生者的头，那就会导致被杀的寄生者体内的虫族共生到其他寄生者的身体里。杀的寄生者越多，共生后的升级版寄生者的实力就会越强！

超市里有五十来个寄生者，他们只杀了 1 个，升级后的寄生者速度就提升这么多，要是杀掉 10 个，那 10 个寄生者体内的虫族全部聚在一起形成的升级版，岂不是会快如闪电，连叶棋的乐器卡也控制不住，虞寒江的子弹更是没法射中?!

如果这个城市的寄生者被杀了成百上千甚至上万，养出来的boss简直无法想象!

沉默持续几秒，虞寒江才冷静地道:“大家也不用太灰心，杀死寄生者，体内的虫族会共生到其他寄生者的身上，早点知道这个特征，对我们来说只有好处。”

众人都白着脸点了点头。

知道虫族的特性确实有好处，至少以后就不会犯这种错。幸亏虞寒江足够沉稳，没用冲锋枪去扫射，而是只杀了一个来试水。要是他刚才用冲锋枪扫倒一片，那就会亲手养起一个巨难对付的boss!

虞寒江皱眉道:“打爆脑袋的办法完全行不通，但虫族不可能没有弱点，要是杀不死，黑桃8密室就没法通关了，肯定有办法能够消灭它们。”他看向肖楼，道，“放刘小源，试试能不能用病毒传染这些虫子。”

肖楼点了点头，召唤出刘小源。

刘小源听肖楼的指令去外圈跟寄生者打成一片，可依旧消灭不了它们，只会打爆它们的头促进它们融合。肖楼脸色一变，毫不犹豫地将刘小源收了回来:“这办法也不行!虫族会寄生，万一它们寄生到刘小源体内，把刘小源也变成寄生者，那就惨了!”

虞寒江看到这一幕，眉头皱得更紧。他沉声道:“看来，黑桃密室有严格的等级区分，虫族比黑桃2密室的寄生者高级得多，刘小源对付正常人类还行，对付虫族风险太大。”

想来也是，如果刘小源能对付虫族，他这个小boss直接寄生虫族，黑桃8密室不就变成放大版的病毒小镇了吗?

肖楼总结道:“这个密室遇到的未知虫族应该是科幻世界里外星虫族的设定，它们有极高的智慧和生存能力，灵活性强，还会学人类说话伪装身份。而且，寄生者被杀死后立刻寻求共生，让虫族升级。我们要通关密室，必须找到彻底消灭虫族的方法才行。”

肖楼的说法很对，必须找到彻底消灭虫族的方法。超市里只有几十个寄生者，叶棋和龙森在肖楼无敌圆规圈的保护下，可以接连控制，让它们昏睡、晕眩，或者肖楼干脆开白居易大招混乱，8个人至少不会有生命危险。他们必须抓紧时间把虫族研究清楚!

就在所有人都沉默不语、仔细思考的时候……

一阵冷气吹来，肖楼突然被冻得连打了好几个喷嚏。

众人齐齐回头看他，叶棋白着脸道："肖教授，你该不会被冻感冒了吧？感冒的人是不是容易被寄生啊，还是说感冒是寄生的前兆？不要吓我……"

肖楼揉了揉鼻子，道："只是太冷了，身体条件反射打喷嚏而已。"

虞寒江回头看叶棋："别想太多，医院发现寄生者的时候我一直和肖楼在一起，而且在开会期间，其他寄生者都来攻击肖楼，说明寄生者不认可肖楼是同类，他没被寄生。"

肖楼玩笑道："没错，我要是被寄生了，我在广场上就会咬你了。"

叶棋立刻松了一口气："吓死我了。我觉得我们离开超市之后，赶紧去买些感冒药吧，万一感冒着凉，赶紧吃药治好，免得被误以为是寄生者。"

药？提到这个字，叶棋的双眼蓦地一亮："对了，药！这些不是虫族吗？我们去买几瓶杀虫剂，会不会管用啊？杀虫剂不是杀虫子的吗？"

自从在黑桃3密室他假扮收垃圾的人的那一刻起，肖楼就觉得这小家伙的脑回路很是新奇——用杀虫剂来消灭外星虫族，亏他想得出来！

肖楼道："你可以试试，超市里就有卖杀虫剂。"

叶棋激动道："我开瞬移卡，去拿几瓶来试试吧。"

虞寒江拦住他道："你一旦离开这个圈子，会立刻被寄生者包围。"

他看向刘桥："轻功卡给我一下。"

刘桥立刻将"身轻如燕"递给虞寒江，只见男人纵身一跃，轻巧地飞到货架上面，紧跟着拿出白绫卡，一条白布倏地探出去，瞬间卷起远处货架上的一瓶杀虫剂，拉到身前，稳稳地拿在了手里。

叶棋："厉害！"

他都忘了虞队有这张卡，从远处把杀虫剂卷过来，比自己跑去拿要安全多了。

虞寒江将杀虫剂递给叶棋："试试看。"

这个办法是叶棋提议的，自然由叶棋自己来试。

超市里卖的一般都是家用的喷雾型杀虫剂，叶棋兴奋地拿起杀虫剂，对准一个寄生者就开始喷，把那人全身都喷了一遍。

被喷了一脸喷雾的寄生者很疑惑地看了叶棋一眼，紧跟着就朝叶棋龇牙。

就知道叶棋的主意不太靠谱。

肖楼哭笑不得地问："小叶，你买过杀虫剂吗？"

叶棋："没买过。"

肖楼解释道："超市里卖的杀虫剂一般是杀蚊子、苍蝇用的。而且杀虫剂分很多种，杀蟑螂的、杀老鼠的，配方都各不一样。黑桃8世界的虫族并不是我们地球上常见的虫族，而是一种陌生的寄生虫，遇到寄生虫，专家们要研制很久才能研究出特效药。如果杀虫剂对寄生虫有用的话，那些肺吸虫病、肝包虫病，病人直接吃杀虫剂就好了，不会那么麻烦。”

叶棋听到这里，不由得满脸通红，垂下脑袋道：“哦，杀虫剂是针对蚊子苍蝇蟑螂的啊……我没想到这些，咳，还以为是虫子就可以用杀虫剂呢……对不起。”

大家都在忍笑。小家伙胡思乱想又不是第一次，他提出古怪的建议大家都习惯了。

邵清格笑眯眯地道：“没事，集思广益嘛，各种方法都试一下，真理总需要慢慢探索。”

这时候，肖楼却有了另一种想法。其他地方的暖气都是好的，偏偏超市坏了，而超市全被寄生者占领，显然不是巧合。这些虫族应该是喜欢寒冷的环境才故意关掉了暖气，它们喜欢冷，那它们会不会怕热呢？

肖楼看向虞寒江：“试试用火。”

虞寒江感应到肖楼的想法，双眼一亮：“没错，它们喜冷，自然怕热，用火烧这些寄生者，寄生者体内的虫子直接被烧死，就会来不及爬出来共生。”

众人：果然，还是肖教授靠谱啊！

超市里的寄生者表面看上去跟正常人类一模一样。

大家一开始确实没想到火烧寄生者，但经过各种测试后，发现这些寄生者用锐器、枪械、病毒根本杀不死，用火烧光，确实是目前最好的办法。

肖楼目光扫过四周，朝虞寒江道：“火源，我可以直接让白居易的‘卖炭翁’技能生成炭火，超市里面也有很多打火机，但要怎么把这些寄生者整个点燃？”

肖楼首先想到了用酒，超市里最方便拿到的助燃物就是酒，只要酒精的浓度够高，泼在人身上点燃，当然能做到让火势迅速蔓延。

只是，他记得卖酒的地方在超市尽头，距离他们很远，要走过好几个拐角才能取到酒，这段路上会非常危险。或许可以让叶棋、龙森借助位移卡去拿酒？但刚才升级的那个寄生者速度很快，叶棋和龙森走出圆规安全圈的话，肖楼也不太放心。

圆规升到满级后，技能 2“圆形边界”画出的无敌圈，时间最多持续 10 分钟。

肖楼是可以看到圆形边界消失的倒计时的，此时边界只剩下 2 分钟，他们必须尽快找到办法，否则，一旦圆规画出的透明结界消失，这群寄生者会疯狂地对他们发起攻击。

该怎么办？

肖楼皱着眉思索，虞寒江和他连着“心有灵犀”，能感应到彼此的想法，就在肖楼思考要不要让叶棋用瞬移卡去拿货架上的酒精的时候，虞寒江突然说：“可以用杀虫剂。”

肖楼扭头看他，虞寒江快速解释道：“超市里卖的喷雾型杀虫剂本身就是易燃易爆品，因为喷雾是靠液体罐内的推动剂来喷发的，推动剂的主要成分有丙烷、丁烷，这些物质的燃点极低，很容易发生爆炸。”

这也是动车、飞机的洗手间里的感应器，一旦有人使用喷雾便会报警的原因。

队友们听到这里，恍然大悟。

各类喷雾中都含有丙烷、丁烷，是极易爆炸的危险品。虞寒江是警察，肯定见过不少爆炸类的案件，也难怪他能第一时间想到用杀虫剂引火。

肖楼建议用火攻，虞寒江提出用杀虫剂助燃，两个人合力找出了最佳克敌方案。叶棋兴奋道：“这么说，我这瓶杀虫剂也不是毫无用处啊，歪打正着，正好可以助燃！”

肖楼点头道：“没错，直接把杀虫剂喷在这些寄生者的身上，再把明火丢过去，这些寄生者就会被瞬间引燃。”

虞寒江看向肖楼问：“圆规圈还剩多久？”

肖楼道：“不到 2 分钟了。”

虞寒江皱眉：“时间很紧迫，我们必须速战速决！”他的目光扫过队友，果断安排道，“寄生者数量太多，我们需要分批消灭。老莫，你用样板间先将左边这批寄生者关进去控制住，右边的那批，叶棋和龙森配合，一个一个单控解决！”

队友们听到安排，迅速开始行动。

虞寒江再次利用轻功卡飞起，用白绫连续卷了好几瓶杀虫剂过来，给刘桥、曲婉月和邵清格每个人发了一瓶，让这 3 个人负责喷杀虫剂。

莫学民的样板间面积最多可以达到 100 平方米，但超市里有很多货架，样板间释放的时候不能有障碍物，必须在空地上释放。他目光一扫，瞄准了收银台附近的那片空地，目测了一下空地的长、宽，然后迅速改变了样板间的尺寸，将样板间变成了狭长的形状。

只是，那片空地上此时只有一两个寄生者，莫学民道：“得把它们引过去！”

虞寒江低声说：“我来。”

他用刘桥的轻功卡迅速飞出圆规安全圈的范围，落在收银通道附近。十几个寄生者看见他独自离开结界，立刻转身追了上去，而那8个负责收银的姑娘见猎物居然主动跑出来站在她们面前，也不约而同地回过头，走进超市将虞寒江团团围住。

那8个收银姑娘的嘴角都挂着诡异的笑容，朝着虞寒江步步逼近。

肖楼看见这一幕，心脏都快要停止跳动了。

虞寒江独自一人被二十来个寄生者团团包围，真是危险至极！

就在这时，虞寒江厉声喝道："老莫，放！"

莫学民心惊胆战，激活卡牌，以虞寒江为中心迅速放下了样板间。

几乎是样板间落地的那一刹那，虞寒江倏地跳起，稳稳地落在超市的收银台上。男人的行动快如闪电，稍微慢个一秒，他自己也要被关进样板间里跟寄生者待在一起……老莫的手心里出了一层冷汗，他不得不佩服虞队的反应能力！

万一虞队跟寄生者一起关进去那就完了，还好他动作够快。

虞寒江回头看了眼被困在样板间内的寄生者们，毫不留恋地立刻飞回圆规圈。

老莫这次做的样板间不是迷宫，而是一个全透明的玻璃花房，方便大家观察寄生者的情况，因此，大家能清楚地看见被关在里面的寄生者们，它们正在疯狂地用身体撞击玻璃墙。

叶棋白着脸道："莫叔，你这个玻璃结实吗？不会被撞破吧？"

莫学民道："应该不会，样板间的家具材质都是最好的，我这次做样板间，用的是双层隔音玻璃……"

虞寒江问："是不是防弹玻璃？"

莫学民愣了一下，道："也没那么高级。"

虞寒江点头，看向另一侧那些没被引走的寄生者——这批寄生者距离虞寒江比较远，他刚才突然飞出结界，它们还没反应过来，因此没去追他。

此时，一群寄生者双眼猩红，显然是意识到了同类被困。它们的情绪更加暴躁，围着圆规圈爬来爬去，张开的嘴巴里时不时地流出口水，还用手尝试着打破圆规圈的缺口，但是，肖楼的S级工具牌圆规画出的圆形透明结界，在无敌时间内是不受任何攻击影响的，它们不管做什么都是徒劳无功。

虞寒江道："叶棋、龙森，准备动手！"

叶棋会意，立刻拿出二胡，只听一阵悲凉的二胡音律响起，大范围的群体控制，让所有的寄生者都被定在了原地！

但二胡的群控时间有限，叶棋又拿起笛子吹奏，一个一个地单体控制，龙森用羽毛球接上控制，刘桥、邵清格和曲婉月拿起3瓶杀虫剂，走出圆规圈，对准那些被控的寄生者就喷了下去！

虞寒江提醒道：“小心别把杀虫剂弄到自己身上，喷完马上回来！”

3个人行动很快，曲婉月直接用跳远健将卡拉长了双腿，从高空中往下喷！邵清格用瞬移卡飞到寄生者的身后，从背后往前喷，刘桥负责侧面那几个，3人分工合作，短短十几秒的控制时间，给所有寄生者的身上都喷了杀虫剂。

喷完后3人立刻返回结界，下一刻，肖楼就在结界中召唤出白居易，现场生成了一团炭火。

虞寒江拿出剪刀，将白绫剪成十几段，每一段都揉成团、点上火，然后再将被点燃的布团迅速丢出去——只听“轰”一声巨响，被喷了杀虫剂的寄生者，整个身体瞬间被烈火所席卷！

随着一个又一个火团丢出去，被叶棋、龙森连续控制的寄生者们转眼间就被烧成了一个个火球！它们的全身都被火焰所包围，寄生在身体里的虫子无处可躲，寄生者们发出了令人牙酸的“吱吱”的恐怖叫声！

肖楼听着这虫族的叫声，脊背一阵发毛。

虫群的具体数量他难以判断，但从此起彼伏的尖锐叫声可以知道，这批寄生者体内寄生的虫族绝对不少，若非他们想出了火攻的方式，万一让这些虫族融合升级，后果真是不敢想象！

不出半分钟，这些寄生者就被烧死了。

地上全是被烧焦的尸体，空气里飘满了煳味，连一只虫子的痕迹都看不见。

看来虫子们被火烧之后，直接被烧成灰，连尸体都没留下！

旁边，被莫学民用样板间关起来的那些寄生者看到同伴们被烧死的画面，它们猩红的双眼瞪得比铜铃还大，脸上都露出了恐惧的神色——看得出它们很怕火，但它们被关起来了，根本逃不出去。

也不知是谁下达了命令，样板间内局面骤变。

只见长得最漂亮、身材最好的那个超市收银妹子，居然开始攻击同类——更确切地说，是其他的寄生者心甘情愿地被它攻击，它们自发地聚集在它的身边，将手伸出去被它抓破，借助血液通道，让自己体内的寄生物全部爬到它的身上去。

一时间，二十来个寄生者聚在一起，体内的虫子都从手背的伤口处钻了出来，那些虫子以血液为媒介，飞快地往站在中间的美女身上爬去，这一幕画面让肖楼一众人目瞪口呆。

叶棋忍不住骂道：“这也太恶心了，它们在干什么？！”

简直像是科幻电影里的虫族聚集，肖楼的胃里一阵恶心翻腾，他尽量维持着冷静说："可能是察觉到危险，它们开始自发地升级了。"

众人：这还会自觉升级？

二十多个寄生者自发融合、升级，会变成什么样的局面？升级后的 boss 会不会轻松打破老莫样板间的玻璃，疯狂地复仇，攻击他们？

圆规圈只剩下最后的 30 秒，肖楼紧张地攥住了拳头："无敌效果只有 30 秒了。"

虞寒江道："必须打断它们！"

可老莫的样板间是密封的，寄生者们出不来，他们也进不去……

就在这时，虞寒江做出了一个极为疯狂的决定，他看着那批自发融合的寄生者，深邃的眼中满是戾气，直接从卡包里拿出了 S 级的武器牌——嗜血金鲨！

肖楼认识他这把枪，枪身上有一些血红色纹路，黑红相间，看上去很是酷炫。这是一把霰弹枪，近战攻击力极为强大，射出的子弹可以瞬间散开，造成大范围的杀伤。

在队友们震惊的目光中，虞寒江提着一瓶杀虫剂离开了圆规圈。

肖楼紧张地道："寒江……"

虞寒江给了他一个"放心"的眼神，头也不回地走向玻璃房。

玻璃房内，已经有好几个寄生者融合完成，由于虫族离开了身体，这些寄生者的躯壳就像是被抽干了血的皮囊一样，软趴趴地倒在了地上。

融合后的那个女人双眼血红，攻击力、灵活度都有了明显的提升，她准备撞碎样板间。就在这时，虞寒江突然拿起了枪。

他面无表情地扣动扳机，只听"砰"的一声枪响，那玻璃房直接被虞寒江用嗜血金鲨打出了一个巨大的窟窿！

玻璃碎片飞溅了满地，虞寒江抡起杀虫剂，用力一抛，将瓶子精确地通过窟窿丢进了样板间里。紧跟着，虞寒江瞄准杀虫剂的瓶子，再次开枪。

——砰！

——轰！

爆裂的声响几乎要震破人的耳膜！

队友们目瞪口呆地看着这一幕，只见杀虫剂的瓶子被虞寒江的子弹精确地打烂，霰弹枪的子弹射出时所携带的火星瞬间引爆了杀虫剂，整个样板间在 3 秒之内就被熊熊烈火陡然吞噬！

那些虫子还没来得及完成融合，烈火便迅速蔓延，席卷了它们所寄生的人类的身体！

人类的身上都穿着衣服，火焰顺着衣物燃烧，转眼间就将他们的整个身体给点燃。杀虫剂瓶子被打爆后飞溅出来的液体中含有大量易燃易爆的化成分，助长了火势，烈火越烧越旺，整个样板间承受不住高温爆炸了，玻璃轰然碎了一地。

一些没被烧死的寄生者想去找水灭火，被叶棋和龙森眼明手快地控制住，它们只能瞪大眼睛，发出惊恐的叫声！

吱吱的叫声不绝于耳，那些全身是火的寄生者在地上疯狂地滚动、挣扎……

惨烈的一幕，如同人间炼狱，让肖楼不由得脸色发白。

半分钟后……世界终于安静了。

满地狼藉，到处都是焦黑的尸体，虫子则被烧成了灰烬。大家看着被活活烧死的五十多个寄生者，脊背都冒起了一层冷汗。

虞寒江平静地走回队友身边，圆规的无敌时间也终于到了。

队友们都不知道说什么才好。

刚才，眼看虫族要自发融合、升级变成一个难以对付的 boss，千钧一发之际，大家都茫然无措，没想到虞寒江一个人用最暴力的方式镇压住了这批虫族！

他居然用枪把老莫的样板间打出一个窟窿，把杀虫剂从窟窿丢进去一枪点爆！不得不说，他刚才的动作真是帅爆了。怪不得他会问老莫，样板间的玻璃是不是防弹玻璃，原来他早就有了这样的计划。

肖楼无比佩服地看向虞寒江，迅速迎上前道：“没事吧？”

虞寒江摇头：“没事。都死光了。”

众人心有余悸，对虞队更是打心底里的佩服。

大战过后，大家紧绷的神经略有缓和，可难保超市里还会有漏网之鱼搞偷袭，虞寒江目光扫过队友，说道：“收拾物资，快点离开这里。”

购物车推着走不方便，肖楼立刻做出决定：“拿剪刀把所有箱子拆开，分装到背包里，大家背着书包走。”

大家通力合作，迅速将每个书包都塞满。

装满后，虞寒江挑了几个轻的，给刘桥、曲婉月、叶棋和肖楼背着，另外 4 个装了牛奶、矿泉水等比较重的包，则由身材健硕的 4 个男人来背。

每人一个背上包后，虞寒江带队，给大家使了个眼色：“快走。”

8 个人排成长队，虞寒江一脚踹掉收银处的围栏，带着队友们迅速离开了超市。

此时，超市入口处，

一支 10 人小队推着购物车走了进来，最前面的队长是个留着胡子的中年人，他微微皱了皱眉，道："这超市怎么这么冷？好像不太对劲。"

他身旁一个鬈发女人说道："确实不对，蔬菜水果区没有负责称重的员工，熟食区、生肉区也没人，这超市明明是营业状态，怎么连一个员工都看不见？"

众人对视一眼，面面相觑。

空空荡荡的超市冷气十足，冻得大家都打了个寒战。

胡子男低声道："大家戒备，以最快速度拿物资，拿了就走。"

众人跟着队长走进超市，一路走来，确实看不见任何人影。空气中反倒有种东西被烧焦的煳味，大家迅速去日用品区拿了物资，走到收银处的时候，众人蓦然停下脚步。

因为他们看到了极为惨烈的一幕。

只见地面上一片狼藉，周围有数不清的玻璃碎渣，地上丢着几个杀虫剂瓶子，某些货架上还挂了一些超市员工的衣服碎片。到处都是烧焦的尸体，显然发生过一场恶战。

胡子男推测道："应该是挑战者团队遭遇了虫族，将虫族给团灭了。"

鬈发女人若有所思："为什么要用火？他们有可以火攻的卡牌吗？"

胡子男沉着脸道："我觉得，更可能是这些挑战者发现了虫族的弱点，用火烧可以彻底消灭它们，你们看现场，连一只虫子的尸体都找不到，显然是死透了。"

鬈发女人道："应该是其他公会厉害的精英团，这么多个寄生者被他们团灭，还没有引发超市的火灾，甚至没有砸乱超市，只将战斗控制在这一片小区域内。负责指挥的人冷静又有策略，是个狠角色。"

胡子男道："会不会是远方协会的人？"

女人皱了皱眉："有可能。"

旁边一个矮小的少年道："慧姐，你不是正好有火攻卡吗？遇到寄生者，直接一把火烧了。"

女人点头："可以尝试，大家快撤吧。"

10 人团队离开超市，走向电梯口。

就在这时，他们发现前方似乎有两支队伍在对峙。气氛剑拔弩张，这群人立刻停下了脚步，躲去角落里警觉地观察着他们。

对峙的双方，一边是十个女生的队伍，另一边有男有女，总共 8 人——正是落英阁的女生团队和肖楼他们团队。

肖楼 8 人走出超市时，发现落英阁的人居然没有离开，她们都站在超市的出口处紧皱眉头，因为出口的门已经被锁了起来，这个超市只能进，不能出。

这批虫子够聪明，将入口的通道给敞开，假装超市正常营业，却将出口的铁门给锁住。只要有人进入超市，就别想出去。这样一来，它们巢穴里的同类就会越来越多。而城市里幸存的人类只要想生活下去，肯定会来超市买物资，它们只需要在超市里守株待兔，自然就有源源不断的食物主动送上门来。

怪不得落英阁的女生们逃跑的时候它们追都懒得追，因为它们知道，这群女生跑不掉，它们只要先处理掉肖楼团队，再回头收拾这几个女生会轻而易举。可惜，它们没想到自己遇到了虞寒江这个魔鬼，直接一把火将它们烧团灭了！

虫子大军死亡时吱吱的叫声，大概满是愤恨和不甘吧？

落英阁的妹子们离开超市后发现出不去，又不敢原路返回，便留在这里想办法，过了 10 分钟，肖楼他们才来到门口，发现他们毫发无伤，落英阁的女生们脸上都有些惊讶。

超市那么多寄生者，他们 8 个怎么顺利走出来的？

落英阁的女生立刻戒备地绷紧了脊背，毕竟虫子会伪装啊！

于是，双方形成了诡异的对峙局面。

两支队伍的中间有 5 米的真空隔离带，谁都没有上前一步的打算。肖楼看见出口被锁，便说：“这群虫子很聪明，居然堵死出口，看来我们只能原路返回。”

虞寒江点头：“回，从超市入口走。”

众人转身想回，就在这时，落英阁一个女生突然道：“等等，超市里是什么情况？”

肖楼道：“寄生者已经被杀了，你们如果想出去，也可以原路返回。”

女生们面面相觑，显然不敢相信。

肖楼道：“不信的话，你可以问他们。”他回过头，看了眼另一支队伍藏身的方向，“出来吧。”

胡子大叔走了出来，笑道：“看来就是这几位高手把超市里的虫子都给烧了？”

肖楼道：“没错。”

落英阁的人看见另一支挑战者团队也安然无恙地从超市里出来，这才相信了肖楼的说法，队长道：“走，跟在他们身后，先离开超市再说。”

3 支队伍共计 28 人回到超市，落英阁的女生们看见遍地焦黑的尸体，不由觉得心惊胆战。高个子队长白着脸道：“你们确实厉害，我没想到要用火来烧死寄生者。”

肖楼解释道：“直接打爆寄生者的头，他们体内的虫族会和附近的同类共生，并且融合升级、增强实力，只有火烧才能彻底消灭虫子。这个信息很有用，以后遇到寄生者，你们尽量火攻，让它们团灭，否则会养出难以对付的boss。”

另两支团队听到这里，脸色变得无比难看。

居然还会融合升级？这虫族都成精了啊？！

肖楼毫不吝啬地将关键信息分享给了另外两支团队。虽说这个密室的挑战者之间不太好合作，可大家并不是竞争关系，肖楼也希望更多的挑战者能够活下来。何况，胡乱杀寄生者没有好处，最后养出boss的话，大家都不好过。

胡子大叔道：“谢谢了。我们是刚从外面进来的，目前市中心的交通已经瘫痪，疫情蔓延极快，街上已经几乎没有了正常人类，大家出去后一定要小心。”

虞寒江他们在超市里待了将近半小时，没想到这么短的时间，外面的情况已经如此严峻。

肖楼看向虞寒江，正好对上了他的目光。

两人用“心有灵犀”通道交流，虞寒江道：“先回老莫的公司再说。”

目前，莫学民的公司是唯一安全的地方，那里没有陌生人，钥匙在老莫手里，大家可以暂时将那里作为据点，仔细研究一下之后几天的策略。

众人快步走到超市的入口处。

胡子大叔主动说道：“按市中心的疫情蔓延速度来看，在这里待下去并不安全，一旦附近的所有人类都变成寄生者，我们很可能会被成千上万的虫族给包围！”

落英阁的女队长点了点头：“今天超市里只有五十多个寄生者，还可以用火攻的方式来消灭，要是市中心挤满了寄生者，放火虽然能烧死虫子，但我们自己也跑不掉。”

胡子大叔回头问：“大家接下来有什么计划？”

女队长道：“我们打算去郊区，那边的寄生者数量应该少一些，只要囤够了物资，越偏远的地方反倒越容易生存。”

胡子大叔赞同地说：“我们也想去郊区躲一躲，要不要一起行动？”

女队长果断地道：“不用了，我们还得回超市拿一些物资，各位有缘再见。”

落英阁的女生们听到队长的指令，迅速转身返回了超市，胡子叔看着她们的背影，略为尴尬地摸了摸鼻子。直到落英阁的人消失后，他才扭头看向肖楼，主动说道：“你们好，我们是永恒国度的团队，不知道各位有没有合作通关的意向？”

永恒国度？

肖楼和虞寒江对视一眼，心里都很是疑惑。

记得老莫之前说过，这个世界最大的挑战者组织有 3 个，一是归远章老先生管理的“远方协会”，加入协会的挑战者都以回到现实为最终目标。

第二是纯女生的组织“落英阁”，老大是楚华英。

第三大公会就是“永恒国度”。

据说这个公会的挑战者并没有迫切地“回到现实”的想法，他们更愿意留在卡牌世界里生活，在这个世界买车、买别墅，甚至和主城的原住民结婚生子，他们只需要过周常任务，所以对挑战卡牌墙上的密室，兴趣并不是很大。

为什么他们会来黑桃 8 这种 A 级难度的密室？

这问题不好直接问，目前，肖楼对“永恒国度”这个公会的人完全不了解，九哥那边也没有相关的消息，还是不要贸然接触比较好。

对上胡子叔友好的笑容，肖楼也礼貌地笑了一下，说：“谢谢好意，大家毕竟不认识，万一我们中有人被寄生，很可能连累你们的队伍。与其相互猜忌，我觉得还是自己行动会比较方便。”

胡子叔仔细一想，理解地点了点头，道：“说得也是，既然大家不熟，那就各走各的吧。我们先撤了，各位保重。”

肖楼道：“保重。”等他们离开后，肖楼才建议道，“不如我们回超市拿些杀虫剂和打火机，再去老莫那里？”

虞寒江道：“嗯，多拿一些，以后遇到寄生者也好对付。”

火源虽然有白居易的“卖炭翁”，但卖炭翁的技能冷却时间长达 24 小时，一天只能发动一次，寄生者可不会一天只出现一次，移动战的时候炭火也不好带走。反正这个超市现在空着，大家正好回去看看需要补充什么物资，众人跟着虞寒江回到超市，从货架上拿了一大盒打火机，又每人拿了一瓶杀虫剂。

刚要离开，结果却和落英阁的女生们迎面撞上。让肖楼意外的是，此时，落英阁的一个女生居然被其他 9 个人团团围住，那女生双眸猩红，正在疯狂地攻击队友，而她的队友们不忍心对她下狠手，因此，人多的这一方反而显得很被动。

叶棋脸色一变，小声说：“她被寄生了……”

果然，人群里传来一个妹子崩溃的哭叫声：“林苒，你快醒过来！”

有个女生道：“她是不是刚才过收银处的时候被收银员给抓伤的？我们都没发现！”

有人附和：“肯定是，之前还好好的！她在我前面过的收银处，好像给收银员递过金币。”

高个子队长冷静地说道：“她已经不是我们认识的林苒了，她的脑子里现在被虫族所寄生，只会攻击我们，根本没有自我意识……”说到这里，队长的脸色陡然一白，道，“都别犹豫了，快控制住她！”

旁边一个短发女生立刻丢出一张牌——那是一张符咒模样的牌，贴在林苒身上之后，林苒就像是忽然被定身了一样，动都不能动。

她双眼猩红，脸上的表情却很无辜，微笑着说：“薛琳姐，你真的要杀我吗？”

那古怪的笑容跟刚才超市收银妹子们脸上的笑容一模一样，让人脊背发凉。

薛琳的脸色极为难看，周围的队友们也面面相觑。

杀，于心不忍。不杀，后患无穷！

薛林沉默片刻，才道：“你跟大家一起闯关很久了，我确实下不了手，但你已经被寄生了，如果不处理掉你，我们很可能会被团灭。”她的声音带着一丝哽咽，“对不起，林苒，是我没保护好你。早点离开，你就不用再受折磨了……”她的脸上满是内疚，话音刚落，她就突然用杀虫剂喷向那女生，点燃打火机猛地丢了过去。

“啊啊啊啊——”

尖锐的惨叫声在超市内回荡，震得人耳膜发痛。

肖楼看到这一幕，手心里出了一层冷汗。

落英阁的处理方式虽然少了些人情味，但也十分果断，目前，确实很难把被寄生的队友带在身边。眼睁睁看着曾经的伙伴被烧成黑灰，几个女生都别过头去，有的人还在偷偷地抹眼泪，气氛压抑极了。

队长薛琳满脸的戾气，怒道：“这些恶心的虫子，我真恨不得把它们全都烧光！”察觉到肖楼他们就在身后，薛琳迅速深吸一口气，整理好了情绪，头也不回地道，“我们走！”

10 人团队如今只剩 9 人，大家离开时的表情都很是难看。

肖楼能体会到她们的感受。要是自己队里也有人被寄生，他根本不敢想象该怎么处理。

就在这时，邵清格突然捏着鼻子打了好几个喷嚏。

队友们齐刷刷地回头看向他，叶棋脸色发白，颤声问道：“邵总，你好像咳嗽好几次了，感冒是被寄生的前兆，你没事吧？”

邵清格解释道：“被寄生的人确实会有感冒前兆，但不代表感冒了的人一定是被寄生。我刚才遇到堵车，大老远跑过来，吹了一路的冷风，感冒也很正常。”

早在老莫的装修公司，邵清格还拿出取款机给大家取钱，虫子应该不会知道他有“自助取款机”这种 S 卡吧？

想到这些，肖楼便温言道："大家不要疑神疑鬼，刚才的实战已经证明虫族怕火，那些虫族被烧得吱吱叫的时候，邵总还在帮忙喷杀虫剂，他不可能被虫族寄生。"

虞寒江也冷静地说："没错，邵总之前用过自助取款机取钱，虫族要是这么聪明，不但会伪装，还能用我们的卡牌，那这个密室我们就没办法通关了。"

众人听后都觉得有道理，神色缓和了许多。

肖楼和虞寒江的信任让邵清格不由松了一口气，但叶棋的怀疑让他不太高兴，邵清格看向叶棋，似笑非笑地问道："要是我真被寄生了，小叶是不是会像落英阁的人那样把我烧死？"他脸上虽然带着笑，这一刻的目光却说不出的锋利，几乎要在叶棋的脸上盯出一个洞来。

叶棋愣了愣，毫不犹豫地道："怎么可能？就算你被寄生，我也不会把你烧死的！"

邵清格挑眉："哦？为什么？"

叶棋认真地说："我们从在黑桃 3 密室认识到现在，当了这么久的队友，要是你真的出事，我肯定会想办法救你。寄生虫目前虽然治不好，但说不定能研究出治疗的方法呢？我怎么可能直接杀了你！不只是你，任何队友出事，我都不想动手……"

邵清格眯起眼睛看着面前的少年，他真是够乐观，队友寄生了寄生虫居然还想救？不过，他这段话却让邵清格的心里浮起一丝暖意。这么长时间的伙伴，如果在关键时刻果断地放弃彼此，确实会让人心寒。

刚才落英阁团队火烧队友的那一幕就让大家心底发冷，联想到自己有一天也可能遭遇这样的结局，真的会丧失对队友的信任吧？

邵清格轻笑着揉了一下叶棋的脑袋："还想救我？我要是被寄生了，肯定第一时间咬你一口，让你也被寄生。"

叶棋瞪大眼睛："别开这种玩笑！"

邵清格收起玩笑，认真地说："放心，我没事，我真的只是感冒。"

叶棋和邵清格的对话让队友们心情复杂，在这种生死关头，谁也不能保证自己不会被寄生，这时候，队友们的态度相当关键，如果被寄生后队友们毫不犹豫地直接杀掉自己，换成任何人都会心寒。大家都希望，在自己最困难的时候不会被队友所抛弃……

刚才被烧死的那个女孩虽然被虫族寄生了，可万一她的本体还有一点点意识呢？她该死得多难过？

虞寒江冷静地说："小叶的话没错，大家这一路走来，也算是同生共死的伙伴，我不会放弃任何一个队友。所以，你们万一被寄生者抓破或者咬伤，趁自己还有理智的时候，立刻跟我汇报，我会想办法帮大家渡过难关！”

虞队的这句话让所有人的心顿时放回了肚子里。

抛弃队友？那不是虞寒江的作风。大家都是签在肖楼契约书上的伙伴，都有必须回到现实世界的理由，也一直在为共同的目标而努力，他不想放弃任何一个人。

寄生者抓破、咬伤人类的皮肤后，虫族要占据人类的身体需要一段时间，所以趁着自己还有理智的时候告诉队友实情，说不定还有救。最怕的就是在自己被寄生之后担心被队友给杀掉，不肯说出口，以至于理智被吞噬，彻底变成虫族的傀儡……

虞寒江低声道：“别忘了，A 级密室的数据会重置，只要离开密室，即便在过程中受了伤，身上的状态也会立刻被清除。所以，一旦有人被寄生，一定要马上告诉我，我们提前做好防范，带你通关，回主城就行了。”

从九哥给的线索来看，S 级密室受伤不清零，唐辞的双腿就是在梅花 J 密室受的伤，变成残废后将伤带回了主城。但 A 级密室还没到那种变态的难度。即便有队友在这个密室被寄生，只要将寄生的队友控制起来，保护好，通关带出密室，队友身上的一切状态清零，不也会恢复正常吗？

虞队的话让所有人都双眼一亮。自己出了事，告诉队友，让队友带着通关，便能完美解决黑桃 8 密室挑战者被寄生的难题！

叶棋激动地道：“虞队说得对，就算我们当中有一个人被寄生，其他 7 人只要不放弃他，带着他通关，回到主城后他就正常了！ A 级密室的数据是会清零的啊！”

刘桥、曲婉月等人纷纷点头。

落英阁的妹子们刚才可能是被突然袭击打乱了阵脚，忘记了这个关键。

这也怪被寄生的林苒，大概害怕队友们抛弃她，这么长时间，她一直不肯说自己被抓伤的事，直到刚才突然变异攻击队友，弄得大家都猝不及防。如果她早点告诉队友，队友们也冷静下来仔细想一想，就不会发生刚才的悲剧了。

还是虞队考虑得比较全面。这个男人看似冷酷，心中却藏着一丝温情。

他的话让队内的气氛缓和了许多——刚才看见落英阁的妹子果断地火烧队友，说实话，大家心里都有些发凉，生怕有一天自己也被虞寒江一把火给烧了。可如今听着虞寒江的话，众人总算是放下心来。

哪怕自己出了事，还有团队做靠山。这无疑让大家的心里都有了一种底气，也更愿意死心塌地地跟着虞队行动。

在残酷的卡牌世界里，有这样一支团队，是多么难得的事？

肖楼说过，大家既然组了队，要共同面对生死挑战，就把彼此当成是可以信任的家人。嘴上说得再好听又有什么用？

关键时刻，能做到不离不弃，那才算是真正的家人。

离开超市时，落英阁的队伍已经不知去向，肖楼并不想责怪刚才那位队长，在没有心理准备的情况下突然被队友袭击，她的处理方式确实非常果断，拖泥带水很可能让整支队伍陪葬。等以后想明白能带队友通关，她或许也会内疚吧？

肖楼收起思绪，抬眼看了看周围，发现附近正好有一家药店，由于市中心交通瘫痪，加上中心广场疫情暴发，附近的人死的死、跑的跑，大街上一团乱麻，临街的铺面也全部关门大吉。

路边的这家药店大门上了锁，里面空无一人。

虞寒江低声道："大家后退。"

队友们迅速退出几步，虞寒江拿出武器，对准玻璃门猛地开了一枪，随着"砰"的一声枪响，玻璃门瞬间被他打烂，碎裂的玻璃到处飞溅。

虞寒江闪身躲开，等玻璃落地后，他一脚踹开被砸烂的门，率先走进药店里。

队友们跟着他进去，肖楼认识大部分常见药品，迅速从货架上拿了些治疗感冒发烧、头痛腹泻的药，还拿了消毒棉签、碘酒、医用纱布，万一有人身上出现伤口，虫族喜欢血，必须尽快处理才行，拿纱布包扎伤口也是很有必要的。

肖楼又拿了几瓶医用酒精，道："医用酒精的浓度比较高，像矿泉水一样的包装方便携带，也可以用来泼在寄生者的身上助燃。"

虞寒江帮他多拿了几瓶："背包已经装满了，拿一个药箱来单独装药品。"

肖楼从药店里拿来塑料药箱，将药和医用酒精分类放进去，朝虞寒江点头："可以了。"

虞寒江挥手："撤。"

从药店出来之后，走过前面的拐角就是老莫的装修公司。

众人刚走到装修公司门口，突然有一个寄生者顺着墙壁猛扑下来，差点就把肖楼给扑倒。虞寒江眼明手快，一脚将对方踹飞了出去，说："快进去！"

老莫开了门，大家飞快地走进装修公司，虞寒江顺手放下大铁门从内部上了锁。

透过窗户往外一看，肖楼心有余悸，脸色苍白地道："看来，这些寄生者已经有了虫族的特性，它们可以随意攀爬建筑，或者直接吸附在建筑物的上面，跳下来突然袭击。”

虞寒江皱眉：“我观察过，躲在外面的寄生者应该是落单的，附近并没有大批寄生者行动的痕迹，很可能是寄生者们还在忙着追咬市区里的原住民。”

这才第一天，待在家没有出门的以及防备心强、跑得快的市民还没有被寄生，挑战者还不至于被寄生者大军所包围。

肖楼站在窗户边仔细观察，发现附近确实只有零星的一两个寄生者，这才松了一口气，道：“暂时安全了，我们先吃点东西吧。”

此时已是下午 2 点半，众人这才想起来今天什么都没吃。

叶棋的肚子饿得咕噜噜直响，老莫转身去把电动水壶拿来，烧了几瓶矿泉水，说：“我这里条件有限，大家中午将就着吃泡面吧。”

这次买的泡面都是袋装，方便塞进书包里携带，肖楼还贴心地买了几个塑料餐盒，热水烧开后，大家各自在餐盒里泡上面，不同口味的泡面香味飘浮在空气里，食物的香气让大家的心情都略微平静了些。

吃饭期间不讨论虫族，众人都很默契地没有提寄生者，埋头迅速解决午饭。

简单的午饭过后，刘桥和曲婉月主动去洗碗，这塑料餐盒可以反复使用，以后有条件的话，也可以继续弄热食吃。

虞寒江问道：“老莫，你这里有电脑吗？”

莫学民点头：“有。装修公司的设计部，设计师的电脑可以用。”

虞寒江道：“上网查些信息。”

众人来到设计部，老莫打开电脑，虞寒江迅速在网页搜索信息。

官方依旧在想办法镇压舆论，并没有公布“寄生虫入侵”的真相，但经历过中午市中心的堵车还有被撕咬攻击的恐怖一幕后，整个城市已经彻底陷入了恐慌。

不少居民在发帖讨论，民众的恐慌情绪迅速蔓延了整个网络。城市上空晴空万里，大家的心里却压着黑沉沉的乌云。

虞寒江知道，这些民众在家里最多躲个三四天，很快，城市就会断水断电——虫子们既然知道关掉暖气，自然也会破坏水电系统，逼着原住民们走出家门。

断电还可以忍，可在没有通知的情况下突然断水，又有多少居民会有平时在家储水的习惯？没水喝，他们很快就会坐不住……

虞寒江估算道：“最多 3 天，整座城市就会爆发大规模的人虫交锋，寄生者的数量将成倍增长，我们得想办法尽快转移。”

队友们都站在他的身后听他安排。

虞寒江在网页输入关键字“地图”，整座城市的地图果然呈现在众人面前。

这座城市分成5个行政区，分别是中心区、西唐区、南川区、北阳区、东关区，每个区的名字和地理方位的东、西、南、北一致，很好区分。

虞寒江将地图放大，仔细观察上面的建筑分布。

队友们看着密密麻麻的地图，只觉得一头雾水，但虞寒江是当警察的，抓犯罪分子经常要分析罪犯可能潜逃的路线，所以他看地图极为专业。

一看这座城市的建筑分布，他就立刻判断出了城市的规划，并且做出决定，指着地图的东部：“我们去城东。”

大家都是一脸的疑惑。为了方便队友理解，虞寒江低声解释道：“从地图规划来看，中心区、西唐区是城市的金融贸易中心，有很多大型商业广场，这两个区域是城市最繁华的地段，人口密度最大。”

男人修长的手指轻轻滑过地图上的北部区域，道：“北阳区是大学城的所在地，这座城市所有的大学都集中在这里，一旦爆发，同样难以控制。南川区是生态宜居区，有城市最大的湿地公园，这里环境优美、空气清新，很适合人们居住——这也就意味着这里将集中大量的居民住宅小区，高层建筑、新开发的楼盘会非常多。虫族能在建筑物上面攀爬，我们去城南就是送死。”

他目光一凛，最后说道：“东关区是物流集散中心，通常城市的物流中心会有大量厂房用来存放蔬菜、水果、建材等货物，快递公司的物流点也在这里，低矮的建筑对我们比较有利，况且，物流集散地通常都比较偏远和荒凉，是躲避虫群的首选。”

众人听到这里才恍然大悟。

叶棋满眼崇拜地看向虞寒江：“虞队好厉害啊，光看地图就能看出这么多信息。”

邵清格玩笑道：“毕竟虞队经常跟那些狡猾的杀人犯斗智斗勇，猜测他们的藏匿地点，虞队看地图，当然会比我们这些人专业。”

肖楼对这个男人也是满心的佩服。

到了黑桃密室，虞寒江的武力值发挥得淋漓尽致，多年来跟罪犯打交道的机敏和冷静也让队友们对他的决策十分放心。

有这样靠谱的队长，大家都对通关黑桃8密室多了几分信心。

众人查完资料准备好物资时天已经黑了。

肖楼看向窗外，街道上的路灯依旧亮着，虫族显然还没来得及破坏城市的电路系统，他朝虞寒江问道：“我们是连夜去城东，还是等天亮之后再说？”

虞寒江想了想，道：“先去探探虫族的习性吧，目前还不知道天黑之后，它们是会休息，还是会更加活跃。”

毕竟大家对这种虫族都很不了解。

他们不确定它们在夜晚的进攻性会不会更强，万一它们是到了晚上更加兴奋的虫子呢？走夜路简直就是找死，知己知彼才能更好地通关。

虞寒江目光扫过众人，道：“来几个位移快的人，跟我去探路。”

刘桥、叶棋、龙森、曲婉月纷纷举起手，邵清格道：“我复制了瞬移卡，也可以去。”

肖楼手里有虞寒江送的加速鞋，不过，肖楼自己的跑步速度太慢，加速 5 倍或许也跑不过虫子。虞寒江想了想，不如再复制一张位移卡，由他带上肖楼一起走。

他看向邵清格，道：“邵总，复制一张‘身轻如燕’给我。”

邵清格无奈地揉揉太阳穴，说：“我的那个有钱任性技能，复制一张卡要 500 万金币，一个密室只能复制 3 次，而且不能复制同一张牌。”

虞寒江淡定地说：“没关系，钱花了可以回主城再赚，先通关黑桃 8 密室要紧。”

既然队长都这么说了，邵清格便心安理得地败家，又复制了一张刘桥的“身轻如燕”交给他。

准备好卡牌后，虞寒江说道：“这次探路以查探虫族的习性为主。大家都有隐身斗篷，都有位移卡，尽量别惊动它们，更不要和它们正面起冲突。查完就走，切勿恋战。”

他说罢便干脆地朝大家打了个手势，走到装修公司门口，将铁门打开。

8 人迅速闪身出门，老莫在他们的身后将铁门锁上。

门外，路灯将整个城市照得灯火通明。

大街上空空荡荡，小商铺大部分都关了门，购物商场虽然大门敞开，却看不见一个人影。一日之间，原本热闹、繁华的城市，几乎变成了一座空城。

耳边不时传来老鼠啃咬垃圾袋的窸窸窣窣的声响，虞寒江警觉地观察四周，不远处，一只肥硕的老鼠看到他们，立刻逃窜出去，消失在垃圾桶周围。

旁边还有流浪猫和流浪狗在翻找垃圾桶里的食物，它们平时见惯了来来往往的人群，对人类并不惧怕，看见虞寒江后，那只流浪狗还“汪汪”叫了两声，但并没有攻击他们的迹象。

虞寒江压低声音：“看来，虫族只寄生人类，对这些动物没有影响。”

8 人快步朝前走去，一阵寒风吹过，众人都被吹得打了个寒战。

虞寒江道："它们应该是有计划地侵占整座城市，追咬原住民。广场上已经没有了猎物，所以它们转移了目标。附近的住宅小区、购物广场、商业中心、美食城，这些人流量集中的地方肯定会产生大批变异的虫族，大家行动的时候一定要小心。"

叶棋迅速拿出卡包里的长笛，朝头顶看了看。

就在他抬头的那一瞬间，一只虫族突然从空中猛扑下来——原来它一直趴在广场边缘的路灯上，夜晚的光线太过昏暗，它穿着一身纯黑色的西装，几乎跟黑夜融为了一体，只是，那双猩红的眼睛在黑夜里散发着瘆人的寒光，直直地盯着叶棋。

叶棋心里爆了句粗口，立刻吹响了长笛。那虫族果然被笛声定在原地，虞寒江从卡包中拿出 17 式手枪，配上消音器，猛地一枪打爆了对方的脑袋！

肖楼紧张地攥住拳头："不会融合升级吗？"

虞寒江冷冷地盯着倒在地上的西装男，道："融合的前提是有伙伴给它融合，方圆百米内，就它一只虫族，我想看看在落单的情况下能不能杀死它们。"

倒在地上的男人被寄生之前应该是某个公司的高管，一身西装革履，手里还拿着公文包，被虞寒江一枪爆头后，他头部的鲜血流了一地，果然，跟超市里被爆头的那个人一样，无数黑色蜘蛛状的东西顺着血液爬了出来。

但是，由于周围没有其他的寄生者供它们融合升级，又不能直接寄生肖楼 4 人，那些虫族很快就像被抽干了力气一样瘪了下去，"吱吱"两声后就没了动静。

叶棋一开始看见这些玩意儿还很恶心，看多了居然也习惯了，他好奇地盯着那群东西，道："一动不动的，好像是死了吧？"

肖楼若有所思："看来落单的虫族很好杀，只要把虫族赶出人类的身体，它们就活不下去。以后可以想办法将虫族隔开，逐个击破。"

当然，这种方法只在小规模的遭遇战中有用。一旦遇到二十个以上的虫族集体行动，很难一个一个地隔开击杀。

虞寒江分析道："这种虫族应该是群居动物，越多越强，单独一两个不足为惧。"

另外几人都点头赞同。

今天在超市里，由于虫族数量较多，升级、融合给大家带来了很大的麻烦，如果只有一两只的话其实并不可怕，它们没办法自融升级，只有死路一条。

群居动物，这个判断让众人脊背发毛。

空荡荡的广场似乎也在印证虞寒江的推测——它们很可能躲在那些建筑物

里，一群一群地待在一起，街上零星的几只或许是迷路了没跟上大部队。

这也就意味着，一旦大家遇到虫族，那将是极为可怕的数量！

肖楼道："夜晚对它们好像并没有影响？"

虞寒江道："大部分虫子都喜欢晚上出没，我估计夜晚不但不会影响它们的行动，反而会让它们的视力、听觉更加敏锐，刚才这只，要不是小叶早有防备，或许已经扑倒小叶了。"

叶棋心有余悸地看着地上那团黑乎乎的东西，道："它可能一直在盯着我们，等我们走近了才突然袭击，还好我反应快！"

人类习惯白天行动，晚上休息，但蟑螂、老鼠之类的小动物，包括这种未知虫族，都是更喜欢黑夜的。黑夜对挑战者来说会更加凶险。

连夜横穿半个城市去城东区并不理智，最好白天行动，但虞寒江还是想趁机查探一下虫族的聚集地，明天大家行动的时候也好避开虫族大军。

想到这里，他便朝队友们说道："大家穿上隐身斗篷，我们有 30 分钟的时间去摸一摸附近商场、美食城等地方的动静，看看哪里虫族最多，好确定明天的行动路线。"

叶棋建议道："穿上隐身斗篷之后，虫族看不见我们对吧？斗篷只有 30 分钟时间，可能来不及查完这么多地方，要不要干脆分头行动？"

肖楼有些担心："分头行动，万一遇到危险，势单力薄很容易被寄生。"

叶棋认真道："我有隐身卡和瞬移卡，虫族看不见我，也抓不到我，应该没事的。大不了遇到批量虫族的时候我直接跑路。"

刘桥跟着道："我也是，我可以穿上隐身斗篷，开轻功在建筑物的顶部跳跃，它们速度再快，也比不上我找空中落点飞行。"

龙森道："我跟婉月的自保能力也没问题，在虫子发现我们之前，我们可以直接开隐身斗篷用跳远健将跑路，一次跳 8 米，虫子们追不上。"

虞寒江皱着眉不说话。

叶棋挠了挠头，眼眸里满是认真："虽然我们的实力不如虞队，但是……总不能一直靠虞队来保护吧？我们也想帮一点忙。"

刘桥认真地说："对啊，现在才 A 级密室，我们要过 S 级密室，如果 A 级密室都不敢去侦查，到了 S 级密室，我们难道一直躲在虞队的身后吗？"

龙森点头如捣蒜："没错没错，隐身只有 30 分钟，我们 8 个人侦查一个地方，太浪费了，虞队放心吧，有斗篷帮忙，我们能保护好自己的！"

其他人互相对视一眼，纷纷赞同地点头。

虞寒江仔细一想，他们说得也对，自己不可能时时刻刻保护大家，大家必须学会自保。现在才是黑桃 8 密室，如果都没办法做到自保，后面更难的密室要怎么办？

也该练一练队员们的行动能力和胆识了。

既然队友们这么有勇气，虞寒江也不想打击大家的自信心，干脆地说："好，我现在安排分组。刘桥、曲婉月、龙森，你们 3 个都有可以跳跃、飞行的卡牌，负责广场东边的这一大片高层住宅区，从空中查看一下虫族们的动向，最好一起行动，别分开太远。"

3 人立刻点头："明白！"

虞寒江继续说道："邵总、叶棋、老莫，你们去查金融中心和写字楼。这些建筑有大量公司、银行机构，上班族的存活率和寄生率有多少，我需要一个大概的数据。"

叶棋道："没问题！"

虞寒江看向肖楼："我们去查购物广场和美食城。"

肖楼自然没意见。虞寒江低声叮嘱："注意，遇到危险立刻用位移卡撤退，25 分钟内查清楚虫族的情况，回到这里会合，不要恋战，万一遇到解决不了的麻烦，直接丢夜明珠或者灯笼给附近的队友信号。"

众人都点头："明白。"

虞寒江挥了挥手："行动！"

8 个人分成了 3 支小队，穿上隐身斗篷，迅速潜入黑夜之中，朝 3 个方向快速查探。

虫族就算 360 度无视野死角、嗅觉敏锐，也没法察觉到大家的存在。

可惜，隐身斗篷这张牌一天只能用一次，一次只能持续 30 分钟，今晚用来查探敌情，明天开始就要好好规划使用，关键的时刻可以救命。

队友们都离开后，虞寒江才神色平静地对肖楼说："我带你走。"

肖楼道："轻功卡可以带人飞吗？我不记得刘桥的牌有这个技能……"

虞寒江低声说："牌不可以，我可以。"

肖楼只觉得腰部一紧，紧跟着就被开启轻功卡的虞寒江倏地带飞到了天上。

耳边传来呼呼的风声，为免掉下去，肖楼只好伸出手，抓紧了虞寒江的手臂。

脚下是危机四伏的漆黑城市，虞寒江在城市的上空借助建筑物浮空飞行——身轻如燕这张卡，初级卡是 3 秒内找一个空中落点，找不到就会掉下去。满级后是 8 秒内找到落点就行，邵总复制的时候，刘桥的卡已经满级了，所以能浮空飞行的距离很长。

8 秒时间的浮空飞行几乎能覆盖街道两旁的所有建筑，加上虞寒江腿长，找落点相当轻松，他就如同飞雁一般，轻巧地在建筑物上面浮空跳跃。

肖楼突然有种跟虞队一起拍武侠大片的错觉。

两人飞行片刻后，虞寒江将落点选在了购物广场。

这栋五层高的购物广场应该会聚集大量人类，万一 80% 以上的人被寄生，那这里就会变成虫族的巢穴，剩下的人一个都跑不掉。虞寒江只是想确定一下购物广场是不是虫族聚集地，如果是，明天他们撤往城东区的时候就要避开这片区域。

落在购物中心门口的时候，虞寒江放开肖楼，接着用“心有灵犀”在脑海里道：“进去看看。”

两人一起走进购物中心。

让两人意外的是，一楼居然空空荡荡的。

整个商场灯火通明，却看不见一个人影。那些卖衣服、卖饮品的店，大门敞开，店里的店员却不知所终。商场的扶梯照常运行着，上上下下，但扶梯上并没有人，乍一看如同进入了鬼城。

和超市一样的是，商场的温度很低，显然暖气被关掉了。

肖楼的脑海中响起虞寒江的声音：“跟我来，去楼上看看。”

两人一起坐着电梯上楼。

二楼、三楼、四楼……全都空着，看不见一个人。

肖楼疑惑地在脑海里道：“这么大的购物中心，中午时间应该有很多人才对，只要被攻击，虫族就会迅速传播、扩散，怎么连一个寄生者都看不见？它们去哪儿了？”

虞寒江皱着眉道：“这里不太对劲，小心。”

两人乘坐扶梯来到 5 楼。

环顾四周，依旧没看见寄生者，就在这时，肖楼的额头一凉，感觉像是下雨的时候雨水滴落在额头上一样，肖楼困惑地抬起头，眼前的一幕让他猛然一僵，全身的汗毛都要倒竖起来——

只见，5 楼的天花板上，密密麻麻地爬满了人！

他们有的穿着商场工作人员的服装，有的则是来商场的顾客，老人、年轻人、小孩子，数不清的人，全部爬在天花板上，一动不动！

它们一个接一个，紧紧地挨在一起，双手、双脚扣在天花板上，脑袋上那双猩红的眼睛就像是昆虫的眼睛一样微微凸了出来，贪婪地四处转动着。

大片人形的寄生者爬在屋顶的画面，让肖楼心惊胆战，万一这群虫子突然从天花板上扑下来，他和虞寒江会瞬间被虫族所淹没，避无可避！

幸亏两人穿着隐身斗篷走进来，如果不用隐身斗篷隐蔽身形和气味，后果真是不堪设想。

虞寒江看到这一幕，脸色蓦地一沉，低声在脑海里说：“快走！”

肖楼转身跟上了虞寒江。

他的心脏几乎要从胸口蹦出来，如此恐怖的一幕，比他看过的任何科幻电影还要可怕，幸亏他没有密集恐惧症，否则这一幕画面会把他吓得腿软。

两人迅速地撤离商场，虞寒江带着肖楼轻功飞起，转眼间就来到了美食城。

不同于购物广场所有虫族爬在天花板，美食城所有的虫族都趴在地上。

整条街上爬满了人，那些人慢吞吞地挪动着，猩红的双眼四处扫射，似乎在搜索附近有没有漏网之鱼。

原本热闹的美食一条街，直接变成了虫族的领地！

肖楼不知道该怎么评价，在脑海里朝虞寒江说：“看来整条街都没有人幸免，我们明天撤离的时候不能走这边。”

虞寒江点了点头：“尽快回去吧，别惊动它们。”

虫族的数量太吓人，这密密麻麻的人群比春运时的火车站还要可怕，更关键的是，它们全趴在地上或者天花板上，那情景简直是密集恐惧症的克星，让人头皮发麻！

虞寒江带着肖楼飞快地回到广场，隐身斗篷的时间还没到，他没有解除隐身状态，只在中间放了个集合的孔明灯，召集大家过来。

邵清格、叶棋和老莫也回来了，叶棋小声问：“虞队？”

耳边响起虞寒江低沉的声音：“我在这儿，情况怎么样？”

叶棋来到孔明灯附近，汇报道：“我们去了金融大厦，这栋写字楼里有大量的企业、公司，数不清的白领全都被寄生了，密密麻麻地挤在一楼的大厅里！”

老莫补充：“它们的身体几乎贴在一起，看着真让人恶心。”

人类更喜欢给自己一些独立的空间，拥挤的地方，尤其是前胸贴后背的挤法会让人类烦躁不安，但是虫族不一样，它们喜欢跟同伴紧紧地挨着，还喜欢大批挤在同一个空间里，或许这样才会让它们更有安全感。

肖楼分析道：“大概是挤在一起，方便升级？”

叶棋的嘴唇微微发抖：“太可怕了，大厅里应该有上千个寄生者，整栋写字楼的虫族全聚在一起，就跟开虫族大会似的，我们要不是穿着隐身斗篷，贸然进去，那绝对是死路一条！”

虞寒江低声问：“刘桥他们呢？”

叶棋道：“好像还没回来？”

大家都穿着隐身斗篷，看不见彼此，只能通过声音来分辨。

虞寒江正担心刘桥他们会不会出事，结果没过一分钟，耳边就响起曲婉月的声音，微微发颤："大家在吗？"

虞寒江道："在，你那边怎么样？"

曲婉月松了一口气，道："我们本想分头跳上去查几栋居民楼的情况，没想到整个小区的寄生者全部集中在了小区内的广场上。"

刘桥木着脸道："而且广场上的音响里还在放大妈们跳广场舞的歌曲，应该是傍晚时没来得及关掉，我们去的小区应该有一千多户人家，粗略估计寄生者超过两千人。"

龙森骂道："这群虫子好变态啊！听着广场舞的音乐，趴在小区的广场上一动不动，就跟非法集会似的，要不是没有虫子在动，我甚至要怀疑它们下一刻就要鼓掌聆听训话了！"

龙森的这个玩笑并不好笑，大家听着只觉得心底发毛。

虫族，群居动物，喜欢一大群待在一起。

如今看来，中心广场这片区域幸存的原住居民不多了，购物中心、金融大厦、美食街这种客流量大的地方已经被全部寄生。

住宅小区内，一些今天没出门的居民如果躲在家里紧闭门窗，说不定还能活个几天，只不过他们从窗户看到楼下广场上几千人趴在一起的画面，估计也会吓得魂不附体。

肖楼沉着脸道："龙森说的对，虫群中，说不定真的有领袖在召集它们。"

众人齐齐看向肖楼，后者深吸一口气，低声道："它们一群一群地聚集在一起，说不定是有领袖在给它们灌输下一步的行动指令，就如同蚁群要搬家的时候，蚁后会给蚂蚁们一些指令一样。"

叶棋双眼一亮："没错！我在金融大厦看到的那一幕就很像是虫群在开会！"

看来，今夜虫族会有大规模的行动？

正想着，虞寒江突然道："危险，大家快撤！"

他话音刚落，就立刻抓过肖楼，用轻功卡带着肖楼飞到了对面的街道上。

其他队友也纷纷用位移卡逃跑。

下一刻……只见无数的虫族陡然间倾巢而出！

密密麻麻的寄生者，从购物中心、美食街、金融大厦等建筑中如同潮水一般涌了出来，它们四肢着地，双手双脚并用，疯狂地爬向附近的住宅区，这一幕看得肖楼他们心惊胆战！

原来，虫族是想彻底占领这片区域，目前只有居民住宅区有些漏网之鱼，它们一个都不想放过，所以才决定大军压境，转眼间便将整个住宅区包围。

虞寒江的脸色无比难看：“大家回去收拾东西，我们马上离开这里！”

没想到虫族会在夜晚集体出动攻击住宅区，趁着它们全面进攻的时间，大家必须以最快的速度撤离，否则，等到明天早上，市中心肯定就变成虫族的天下了，他们将会举步维艰。

想到这严重的后果，众人纷纷用位移卡飞快地回到老莫的装修公司。

老莫开了门，大家进去背起各自的书包，拿上杀虫剂、打火机、药箱等物资，利用隐身斗篷还剩的 5 分钟时间，迅速撤离。

8 个人同时隐身很可能会走散，所以虞寒江想了个办法——他带着肖楼打头阵，轻功飞跃，让肖楼的手里拿上一只灯笼作为指引。

方片 8 密室获得的灯笼不但可以照明，还可以让虎、狼等野兽不敢靠近。当然，虫族并不属于野兽，但它们怕火，古代的灯笼里点着蜡烛，正好有火光，街上那些掉队的零星几个虫族发现空中飞着一盏点着火的灯，它们也不会想一探究竟。

空中飘浮、移动的灯笼感觉像是看鬼片。

但队友们都知道，那是肖楼的位置，大家跟着灯笼走就对了。

这座城市已经入了冬，今夜气温骤降，大家走到半路的时候，居然下起了雪。雪花在路灯的照射下，如同白色的鹅毛一般纷纷扬扬地洒落下来，低温导致雪花难以融化，地面上很快就铺上了一层白毯。

离开城中区后，交通阻塞的情况略有缓和，路上也出现了一些车辆。但比起平时的车水马龙，今晚，城市街道上的车辆数目锐减，速度也飙得极高，私家车都在当跑车开，显然，市民们从网上知道了中心区有大量疯子的消息，都在疯狂地逃命。

5 分钟的隐身时间，虞寒江 8 人利用各种位移卡飞快赶路。隐身时间结束时，大家正好来到一座桥边。

这是一座超过一公里的跨江大桥，连接城中区和东关区，这座桥是本市的标志性建筑，修建得极为壮观，桥上有不停变幻着色彩的灯光，沿着江的两边还建了人行道以及一米宽的橡胶跑道，平时，这里应该是市民们跑步、健身的好去处。

可是此刻，桥上、江边都看不见一个人影，偶尔有几辆私家车飞快地从桥上开过。

没了隐身斗篷的效果，叶棋真切地感受到了寒风和大雪，他冻得搓了搓手，迅速将羽绒服的帽子戴上，还顺便戴上了手套、口罩，只露出一双漆黑的眼睛，看向虞寒江问：“我记得地图上的这座桥，过了这桥，应该就是东关区了吧？”

虞寒江点了一下头，目光深沉地看向桥的另一边，低声道：“虽然理论上来说东关区的虫族数量会比较少，但我们也不能大意。隐身斗篷的 30 分钟时间已经过去，虫族可以看见我们，从现在开始，大家一定要加倍小心。”

他转身看向队友们，迅速安排道：“位移卡有时限，现在开始列队行动，我跟肖楼打头阵，邵总和老莫跟在我们身后，分别负责左、右侧翼，免得被虫族从侧翼突然袭击。叶棋、刘桥，你们两个专门盯着空中，当心有虫族会从建筑物上扑下来。龙森、曲老师，两位负责殿后，注意后方，别被虫族跟踪。”

众人迅速按照他的指令调整好了队形。

虞寒江又叮嘱道：“重要的卡牌都拿在手里，我们现在不宜跟虫族正面作战，万一在城东遇到大规模的虫族，立刻放群控技能跑路，先找好基地再说。”

众人纷纷点头表示明白，拿出卡包快速整理，将用得上的攻击、控制、位移类卡牌全部捏在手里，随时都可以激活。

虞寒江干脆地挥了挥手：“出发！”

此时已经是晚上 10 点，8 个人排成队，在风雪之夜里飞快地前行。

路上的积雪足以淹没脚踝，铺天盖地的鹅毛大雪似乎要将整座城市埋葬。

这一场大雪过后，虫族的繁衍速度将会进一步暴涨——毕竟它们喜欢冷，下了大雪，气温骤降，如此寒冷的冰雪之城，特别适合它们生存。而人类，一旦断水断电断暖气，活下去将会变得越来越艰难。

一公里的跨江大桥很快过去，众人来到了东关区的地界。

寒冬腊月的雪天里，深夜步行，大家即便是提前做好了保暖措施，穿着最厚的羊毛衫、羽绒服，也被冻得手脚发麻。叶棋忍不住吐槽：“真不愧是生存密室，虫族已经很难对付了，居然还下大雪！”

虞寒江体力好，在警校期间徒步几公里都是日常任务，一点都不累。但队里其他人并没有受过专业的训练，他回头，见肖楼一张脸冻得发红，睫毛上的雪花都快要结成冰，他皱了皱眉，轻轻帮肖楼拍掉肩上的雪，道：“一直徒步也不是办法，我们边走边看，或许能找到什么交通工具。”

肖楼建议道：“要是市中心有人被寄生，开车去城东的路上发生变异，说不定会弃车离开。”

虞寒江点头：“没错，我们走主干道看看。”

城东区的面积极大，没有位移卡的帮助，他们徒步一整夜说不定也找不到合适的基地，反而会变成 8 个雪人。要是有辆车，确实能省事不少。

正想着，突然，龙森在身后道："你们看那边！"

众人立刻回头顺着他的目光看去。

大桥的对面正好有个公交车站，此时，一辆市区很常见的公交车从市中心的方向开了过来，下着雪的夜里，街道上空无一人，突然出现一辆公交车，而且公交车上还坐着一些人，这一幕让大家都觉得有些诡异。

虞寒江沉声道："那辆车上的人不太对劲。"

肖楼看了那辆车一眼，透过窗户，可以看见车上亮着灯，坐在座位上的人们都在低头玩手机，看上去跟正常人无异。他疑惑地问："那些会不会是寄生者？"

虞寒江道："很大可能是。车子是从市中心的方向开过来的，我们从市中心过来，一路上没遇见几个人，这么大的雪天加上市区爆发未知传染病，市民们也不会大着胆子上街。"

刘桥若有所思地道："这辆车我总觉得很眼熟。"

虞寒江看了眼车牌号，说："是 301，今天中午寄生暴发的时候，我们路过天桥，正好看见天桥下面一辆公交车内的乘客被咬，那辆公交车，就是 301 路。"

众人仔细看向公交车的车牌，果然是 301 路！虞寒江记细节的能力让队友们都无比佩服。

明明是在市中心且乘客都被咬伤的公交车，突然出现在城东，这让大家毛骨悚然。

叶棋一脸震撼地道："你们看，车上的那些人都在玩手机，虫族会玩手机吗？"

虫族会玩手机吗？如果会的话，这些虫族简直要成精了吧？

大家面面相觑。

虞寒江锋利的目光扫过整辆车的乘客，淡淡地道："20 个，跑还是打？"

肖楼深吸一口气，结果吸进了一股夹杂着雪花的寒风，他冻得连续打了好几个喷嚏。虞寒江回头看他："着凉了吗？"

肖楼揉了揉鼻子："确实有点冷，所以，我们还是跟虫族抢了这辆车吧？"

冒雪走路的队友们看着大家头顶的雪花，纷纷点头表示赞同——居然开着公交车到处逛，这群虫子真是太过分了。

虞寒江干脆地做出决定："好，动手！"

跟虫子抢公交车这种事，听起来似乎有些疯狂。但是，他们在超市以 8 敌 50 都打赢了，如今这辆公交车上只有 20 个虫族，应该能搞定？

虞寒江迅速安排道："这群虫族很可能是高级虫族，它们居然在玩手机，伪装得跟正常人一模一样。待会儿上车后，叶棋开群控，龙森羽毛球接上控，刘桥、曲老师、邵总和肖楼负责将它们弄下车，老莫开车，我来殿后火烧它们。”

直接在车上烧会连公交车一起烧毁，所以要先将它们给弄下车去，再统一消灭。

肖楼担心地看向虞寒江：“你一个人殿后？”

虞寒江按了按肖楼的肩膀，低声说：“放心，我不会让自己出事。”

既然他如此自信，肖楼当然也相信他的决定。

8 人合计一番，快步跑到公交车站，将那辆公交车给拦了下来。

本以为要用控制技能才拦得住，结果，那公交车居然主动停下，中年男司机还朝他们礼貌地笑了笑，道：“上车请投币，全程 200 金币。”

哥们儿，你这演技，简直是虫族中的影帝啊！

如果不是虞寒江清楚地记得 301 这辆公交车的车牌号，众人或许会质疑自己的判断，还以为这真的只是一辆夜班公交车。毕竟，谁也不敢相信虫族还会开公交车的啊！

或许是因为它们在进化后学会了模仿人类的动作？

这批虫族的模仿能力确实厉害，应该是被派去城东的先锋小队。

叶棋、肖楼等人上了车，目光快速扫过车厢，所有人都在低着头看手机。只不过一个年轻男人的手机屏幕并没有亮，应该是没电了，它虽然在极力假装自己是人类，可它胡乱按了半天音量键，却根本打不开手机。

察觉到肖楼的目光后，那男人表情平静地将手机塞回口袋，侧头看向窗外。

车厢内很冷，根本没开暖气，显然虫族还是喜欢冷。

这些虫族大概是装成正常人类在雪夜里开车绕着整个市区巡逻。把人类引到车上之后，上车的人类会有什么下场？被二十多只虫子包围，只有被寄生的份。

前排，老莫留在上车的位置，方便队友们控住司机后他随时抢车。

叶棋、刘桥、曲婉月、龙森和邵清格都进入了车厢里。

那司机看了眼留在车外面的虞寒江，似乎在疑惑这个人为什么不上来，虞寒江也发挥演技，朝肖楼挥了挥手，道：“再见，我就不送了。”

肖楼配合地挥手道：“好的，回头联系。”说罢便看向司机，“他不上车，关门吧。”

让大家意外的是，司机将前门关上，却打开了后门——2 个女人下车，朝虞寒江走了过去。司机这才微微一笑，发动车子。

肖楼心脏一紧，立刻在脑海里朝虞寒江道：“小心，有 2 只下去找你了。”

虞寒江冷静的声音在脑海中传来："放心，我能应付。车子走过拐角后立刻动手！"

前方正是街道拐角处，司机开着车慢吞吞地拐了个弯。

车速如此之慢，这司机体内的虫族应该是刚刚学会开车技能，拐弯的时候差点撞上路灯，肖楼朝叶棋使了个眼色，叶棋立刻拿出二胡。《二泉映月》凄凉的乐曲声响起，全车的虫族瞬间陷入昏睡状态。

老莫眼明手快——"二泉映月"只有 3 秒的群体控制时间，他此时正好站在车头，二胡的声音一响，他就直接蹿到驾驶座上，推开驾驶位的门，将虫族司机一脚踹下去，抢过公交车的操控权，猛地一把拉上了车门！

那司机醒来后察觉到公交车被抢，立刻手脚并用地在地上边爬边追！

但是下一刻，一颗子弹破空而出——

砰！

虞寒江拿起手枪，枪法精准得不可思议，那司机只爬了一米就被一枪爆头。他体内的虫族爬出来想要寻找伙伴，然而，他根本接收不到同伴的信号。

因为刚才的那两个女人已经死了。

她们跟在虞寒江身后，本想神不知、鬼不觉地发起攻击，没料虞寒江猛地回头，两发点射，将两个寄生者直接射倒在地，酒精、打火机一套伺候，虫子们还没反应过来就被烧成了灰烬。

同一时间，老莫一脚刹车停下车，同时打开了后门。

车厢内乱成了一团。那些虫族醒来之后，凶猛地扑过来想要咬叶棋，结果，叶棋的笛子一响，它们就控制不住地头晕眼花，刘桥、曲婉月趁机将它们丢了下去！

肖楼甩出天平控制住车厢后半部分的虫族，让它们先在原地罚站 5 分钟。车厢中部离得近的，叶棋和龙森配合打控制，刘桥、曲婉月和邵总一人一脚一脚踢皮球一样地将它们依次踹下车。

从后门滚下来的虫族，遭遇的便是虞寒江的一枪爆头！下来一个，杀一个。

队友们清理车厢的速度很快，虞寒江的枪法更快。点杀之后立刻跟上火攻，不给虫族们互相融合、升级的机会！

转眼间，车厢内就有一大半虫族被大家处理掉了。

就在这时，龙森突然大叫："肖教授小心！"

原来是叶棋和龙森的控制技能出现了中断，毕竟龙森的羽毛球需要命中率，叶棋的长笛也有冷却时间，龙森本想用羽毛球去打坐在车厢中部靠后位置的小女孩，结果，那小家伙灵活无比，在羽毛球飞过来的瞬间猛地跳跃起来，四肢并用，直接爬到了公交车的车顶！

虫族的攀爬能力非常强，转眼间它就爬到了肖楼正上方，伸出利爪去攻击肖楼的头部。龙森惊叫出声，队友们脸色发白，齐齐回头看向肖楼。

就在这千钧一发之际，车厢内突然出现了一个古装打扮的男人，他着一身黑色长衫、面容俊朗，手中一把锋利的长剑倏地挥出——

随着“刷”一片雪白剑光闪过，那小女孩的头居然被他切了下来！

肖楼愣了愣：“肖御？！”

这张牌的触发机制肖楼目前并不清楚，之前他也遇到过危险，但肖御一直没出来，此刻突然出来保护兄长，大概是刚才的危机足以致命？

众人认出肖御，这才明白是怎么回事。

肖御明显不知道虫族是什么玩意儿，直接把这虫族的头给切了。

那小女孩体内的寄生物爬到一个成年男人脚边，立刻跟对方开始融合。肖楼脸色发白：“糟糕，升级了……”

叶棋紧张地道：“我笛子的冷却还有 5 秒！”

龙森的羽毛球很难打中升级后速度飞快的虫族。肖楼立刻做出决定，他毫不犹豫地召唤出了柳永，开出“技能执手相看泪眼”。

升级后的虫族刚要爬上车顶去攻击众人，结果被肖楼一控，迫不得已原路折返。

肖楼指定的目标是升级的虫族和它附近的另一个虫族。

爬了一半的虫族停下脚步，回过头，抓住坐在它附近的那只虫子，两只虫族紧紧地握住彼此的手，猩红的眼睛里居然流下了感动的泪水。

两只虫族：为什么身体不受控制，还要握着同伴的爪子流泪？

众人看到这一幕画面也是哭笑不得。

肖教授神奇的卡牌，控制虫族依旧有效。

还好肖楼的反应够快，这突发的危机被他顺利化解。两只握着爪子、含泪对视的虫族，被刘桥和曲婉月推下车去，它们的双手握在一起滚了一圈，还是没办法分开，它们互相瞪大眼睛对视，眼睛里几乎要流出血泪。

虞寒江两枪点射直接送它们归天。

叶棋的笛子冷却时间到了，被天平控住的那批虫族也被龙森接上了控制，刘桥、曲婉月和邵清格忍耐着恶心，将它们全部从窗户推下车交给虞寒江来善后。

虞寒江正好拿着肖楼的药箱，他一手开枪点射，另一手泼酒精过去将虫族全部点燃，不出十分钟，在大家的配合下，虞寒江就将这批精英虫族给烧了个精光！

马路上到处都是烧焦的尸体，为免火势蔓延到车上，虞寒江大声喊道：“老莫开车！”

莫学民启动车子，右脚踩下油门，虞寒江一个助跑加快速度，抓住车门跳了上来。老莫立刻将后门关闭。公交车如离弦之箭一般从大火中冲了出去！

整个公交车内只剩下他们 8 人，还有跟在肖楼旁边的肖御弟弟。

想起刚才跟虫族抢车的过程，众人都心有余悸。叶棋松了一口气：“要不是肖御突然出来，刚才，肖教授差点就被那个灵活的虫族给抓伤了！”

听到这里，虞寒江立即走过去看着肖楼：“你没事吧？”

肖楼摇头：“放心，我没受伤。”

邵清格好奇地说：“‘肖御’这张牌的技能，我记得是在极端危险的情况下，他会自觉地出来保护兄长。你们有没有发现，虞队在肖教授身边的时候，哪怕肖教授遇到危险，肖御也没出来过。但刚才虞队不在，他就出来了？”

众人仔细一想，好像还真是这样？当时在超市里，也有虫族对肖楼发动突然袭击，可肖御当时并没有反应。刚才在公交车上，同样的局面，肖御却出来了？

叶棋一脸困惑：“为什么？这张牌的概率难道是随机的吗？”

邵清格道：“不是概率随机，而是和肖教授的心境有关，如果肖教授自己感觉到危险难以应付，肖御就会出来保护兄长。要是肖教授自己不是很紧张，他也没必要出来。”

叶棋恍然大悟：“有道理！虞队在的时候，肖教授虽然被攻击，可心里其实并不紧张，所以肖御判断哥哥没有极度危险，就不会出来。刚才虞队不在，也没人保护肖教授，突然被攻击，肖教授应该很紧张，那个什么激素分泌旺盛，肖御就出来了，对吧？”

刘桥木着脸补充：“肾上腺素。”

叶棋：“对对对！就是这个意思。”

肖楼听着他们认真的分析，也觉得有道理。虞寒江能力很强，有他在旁边的时候，肖楼会很安心，不管面临多危险的状况他都不紧张，大概是潜意识里认为虞寒江能处理一切危机。所以肖御的被动技能判断哥哥并不需要自己保护。

可刚才，虞寒江不在，屋顶那个虫族突然扑下来的时候，肖楼肾上腺素飙升，心脏快要停跳。肖御判断兄长处于极度危险的境地，就出来一剑削掉了那虫族的脑袋。

导致虫族融合不能怪肖御，他又不知道虫族是什么。好在他的出现给了肖楼缓冲的时间，利用柳永的控制技能解除了危机。

队友们理顺了刚才那一幕的前因后果，纷纷露出一脸恍然大悟的表情。

肖楼道：“还好有惊无险，抢到了车，我们不用冒雪赶路。”

负责开车的老莫道：“这辆车的油箱几乎是满的，还能走好几百公里，趁着现在的雪地还可以开车，不如我们把车开远一点，找个偏僻的地方落脚？”

虞寒江点头：“就这么办，我把地图给你。”他上前一步，将地图递给老莫，转身看向大家，“都坐吧，避开地上的血迹。”

窗外，大雪纷飞，寒风刺骨。

公交车内，老莫开启了暖气，温度慢慢回升，大家被冻得僵硬的脸也渐渐恢复了血色。

301 路公交车载着 8 个人一路疾驰。

按照地图显示，一路向东，在接近 0 点时，众人终于来到了城市的最东边。

这里到处都是低矮的厂房和仓库，街道上的路灯坏了不少，光线昏暗，地理位置偏僻，几乎没有人流量大的商场和住宅区，在深夜里看上去尤为荒凉。

虞寒江一直在观察窗外。发现前方的大片空地上有一栋低矮的厂房型建筑，他立刻低声道：“老莫，停车。”

老莫找了处空地将公交车稳稳地停下来，透过驾驶座的车窗看了看外面，道：“虞队是打算把这个厂房作为基地吗？”

虞寒江起身道：“你们待在车上，我下去看看。”他从后门下车，拿出灯笼来照明，用复制的轻功卡飞身来到厂房顶端，绕着周围检查了一圈。

地上到处都是积雪，白茫茫一片，没有任何活物留下的脚印。

虫族即便爬行速度快，可一旦在雪地行动肯定会留下痕迹。周围没有任何痕迹，证明这里是安全的，虞寒江回到车上：“我们已经到了城市最偏远的郊区。这栋厂房应该是物流公司或农贸市场的仓库，附近没有脚印，今晚下雪之后没有人来过。”

众人凑到窗边往外看去，厂房面积很大，是平层建筑，这种平层的建筑更方便他们驻守和逃生，毕竟跟虫族比攀爬能力他们会很吃亏，在高层建筑里容易被虫族从空中偷袭。

虞寒江干脆地做出决定：“就这里吧，大家先安顿下来休息，明天再说。”

众人对虞队的决定都没有异议，立刻背着书包下了车。

老莫将车门锁好，众人排成队警觉地跟着虞寒江来到厂房门口。

大门锁着，是从内部上的锁。

虞寒江压低声音："里面有人，大家小心。"

他挥了挥手示意队友后退，紧跟着让肖楼弄了个纤细的圆环，剪开铁丝，将铁丝从门缝里塞进去，捣鼓了两下，居然真的把门给打开了。

虞寒江做了个"嘘"的手势，推门进去，提着灯笼走在前面给大家照明。

大家自觉地排成两列 4 排，分别注意空中、侧翼和身后。

空旷的厂房里，传来众人"哒哒"的脚步声。

由于大门是从内部反锁的，厂房里肯定还有人，大家无法放松警惕。

8 人敏锐地观察着四周，一路深入，走了半天发现偌大的厂房里连个鬼影都没有，门是怎么被反锁的呢？众人正疑惑，结果下一刻，虞寒江蓦地眯起眼睛，他一脚踹翻了旁边的一个箱子，凌厉的目光扫向箱子背后，沉声喝道："什么人？出来！"

男人的低喝声在仓库里回荡，箱子背后一个人影吓得猛然一颤，灯笼的照射下，那一团黑影似乎在瑟瑟发抖。

叶棋立刻警觉地拿出长笛，打算那人一旦攻击大家他就直接吹笛子控住。

然而让大家意外的是，那人并没有攻击的意向，而是战战兢兢地从箱子后面走出来，主动举起双手，做出一个"投降"的手势，颤声道："别、别杀我！我只是值、值班的保安！"

虞寒江皱眉看他。

这个人四十岁上下，穿着很旧的军绿色棉袄，胡子也不知道几天没刮了，看上去有些颓废。他举着双手慢吞吞地挪到众人面前："这仓库里放的都是从外地运过来的新鲜蔬菜和水果，没什么贵重东西，你们想抢，随便拿！别杀我就行，我什么都没看见！"

看来，这保安是把他们当成抢劫犯了。

虽然这保安表面上看去没有疑点，但虫子会伪装，防人之心不可无，虞寒江的目光扫过四周，找来一根绑箱子的麻绳，将这男人的手脚、身体紧紧地捆绑起来，这才低声说道："我们可以不杀你，但请你老实回答几个问题。"

男人点头如捣蒜："好说，好说！您尽管问。"

虞寒江："这仓库平时就你一个守？有多少人会来这里拿货？属于哪家公司？"

看到虞寒江手里黑漆漆的抢，男人吓得打了个哆嗦，急忙答道："这是物流公司的一个仓库，专门存放新鲜蔬菜水果，每天早上 6 点会有人从仓库里拉货，卖去市区的各大超市和农贸市场，晚上的时候会有人从外地送货过来，存放在这里……"

怪不得仓库的温度这么低，看来是怕蔬菜和水果腐烂。

男人接着说道："我在这里当保安，只负责看守仓库，早上按时开门，晚上按时锁门就行，薪水很低的，你们想拿东西就随便拿啊，别杀我……"

虞寒江看向肖楼，后者点了一下头，走到虞寒江身边，看着保安，温言说道："你不用怕，我们不是强盗，只是雪太大找地方避一避。今天市中心发生的事情你知道吗？"

男人一脸困惑："市中心怎么了？我下午一直在值班房睡觉……"

肖楼道："市区有人疯了，到处咬人，城东这边没有出现咬人的疯子吗？"

男人摇头："没有啊，今天早上有几辆货车来仓库拉货，大家还有说有笑的，都在聊最近的水果涨价了，以后没钱可能连苹果都吃不起……对了，平时晚上8点左右会有几辆车固定给我们仓库送货，今天晚上一直没来，我还奇怪呢。"

虞寒江推测道："看来，东关区还没有受到影响？"

肖楼点头："可能是这边人少，第一天的寄生者都在市中心。那些送货的司机要么被堵在路上，要么就是已经被寄生了。"

保安茫然地看着大家："什么寄生？"

虞寒江并不打算跟这位保安详细解释，再说，解释了他也不一定听得懂："你继续睡吧，我们要在这里借住几天。"

"借住？"保安瞪大眼睛，一脸惊恐，"你们还是拿了东西快走吧！明天早上就会有人来拉货，发现你们的话肯定会报警，到时候你们一个都跑不掉，入室抢劫可是要判刑的！"

虞寒江声音平静："我就是警察。"

保安仔细一瞧，面前这英俊的男人确实穿着一身警服，顿时哑口无言。

虞寒江将五花大绑的保安押到旁边的值班室里，道："想活命，就不要多问，老实待着。"值班房很窄，只有一张床，保安点点头，心惊胆战地坐在床边。

虞寒江把门关上，回到队友中间。

叶棋小声问道："他真的没被寄生吗？会不会是演技很厉害的虫族？"

肖楼道："应该不会，门是从内反锁的，虫族如果想引人进来，不会从里面锁上门。而且他的眼睛没变红，没有攻击我们的念头，看见我们的第一反应是举手投降，显然把我们当成了破门抢劫的团队……我觉得，他的话可信度还是挺高的。"

叶棋想想也是："没错，要是被寄生了，他应该去外面找人类咬，而不是把自己单独锁在仓库里。看来只是个偷懒睡觉的保安，对外面发生的事情还不知道。"

虞寒江在仓库内部巡逻了一圈，没有发现其他人的踪影，这才放下心，转身将仓库门反锁上。

仓库里堆放着很多箱子，全是密封的。上面写着“杧果”“红富士”之类的字，叶棋拿出把刀打开一个箱子，果然有很多新鲜杧果，他兴奋地道：“真是意外的收获，这么多水果，我们以后吃饭就不用天天吃饼干了。”

邵清格拿起一个杧果检查了一番：“看上去没问题，可以吃吗？”

肖楼道：“别大意，万一食物也是传染源，我们不能乱吃，别忘了无尽海域……”

邵清格无奈地将杧果放回去：“是，我花钱买过教训。先不吃了，明天天亮之后，仔细检查一下再说吧。”

肖楼看了眼时间，此时已经快 0 点。

在 00:00 的计时条刷新的时候，所有人眼前的悬浮框中同时刷过提示——

黑桃 8 密室【末日逃生】，第二天，00:00。

挑战者剩余数量：344 人

肖楼有些意外：“这个密室挑战者数量这么多？”

虞寒江道：“毕竟虫族数量也很多。”

高级团队契约书最多能容纳 15 人，三百多挑战者，如果是肖楼他们这样的小队的话，总数量说不定超过了三十队。今天在市中心只遇到落英阁、永恒国度的两队，其他挑战者呢？

众人显然也想到这个问题。老莫道：“可能是随机刷新，落在了别的城区？”

肖楼点头道：“中心区的疫情看来是最严重的，如果挑战者第一天直接落在城东、城北的郊区位置，没那么危险，应该会更好找基地，但他们能获取的信息就没我们多了，各有利弊吧。”

危险的地方信息量大。落在郊区，虽然不用躲避大量虫族，但那些团队可能到现在还不知道虫族的特性，甚至不知道这是寄生虫寄生。

虞寒江道：“看来，城东这边除了我们之外，还有别的队。”

众人沉默片刻，虞寒江道：“大家累了一天，休息吧，有事明天再说。”

存放水果蔬菜的仓库没有暖气，寒冬腊月的大雪天，总不能直接打地铺吧？

肖楼检查了一下卡包，建议道：“之前拿到的双人帐篷卡可以用上，帐篷自带棉被、枕头，总比睡在地上要强得多，大家收拾一下，两人一个帐篷。”

刘桥问道：“婉月姐，我们俩睡一个行吗？”

队里就她们两个女生，曲婉月当然要照顾刘桥妹子，龙森去找老莫做伴。剩下虞寒江和肖楼一个帐篷，邵清格和叶棋一个帐篷。

叶棋笑着走到肖楼面前：“肖教授，我们……”

话还没说完，虞寒江就淡淡地道：“叶棋，你跟邵总睡一个帐篷。”

叶棋愣了愣：“为什么啊？”

邵清格似笑非笑地道：“怎么，不乐意吗？”

叶棋挠头：“也不是不乐意。”

邵清格对着叶棋指挥道：“快去铺床。”

叶棋认命地转身去收拾帐篷：“好吧，你是金主你最大，谁叫我吃你的、喝你的！”

两个人一边斗嘴一边去搭帐篷，肖楼拿出帐篷卡递给虞寒江，后者手脚麻利地将帐篷给铺好。

这仓库里的水果昨天早晨运走了一大批，晚上却没有补货，所以仓库内部显得非常空旷，容纳 4 个帐篷绰绰有余。

帐篷卡使用起来非常方便，很快，4 个帐篷便搭建完毕，大家都很累，干脆钻进帐篷睡觉。

虞寒江举起一个夜明珠在帐篷里照明，肖楼走进帐篷，虞寒江道：“累了一天，快睡吧。”

肖楼只好将鞋和外套脱在外面，穿着衬衫和毛衣走进来，掀开被子躺下。

虞寒江也躺在旁边，收起了夜明珠。

次日 8 点。肖楼起来后出门一看，叶棋大清早居然在仓库门口堆了个雪人，他一边给雪人脸上画眼睛、鼻子，一边兴奋地道：“我没见过这么大的雪，这积雪也太厚了，快要到我的膝盖了。”

昨晚下了一夜的雪，外面的积雪足以没膝。远处的建筑物全被大雪覆盖，周围安静得毫无声息，整个世界银装素裹，一夜之间变成了冰雪之城。此时雪倒是停了，但没有阳光，这么厚的积雪几天之内大概都没法融化，雪地会影响挑战者的行动，虫族喜冷，擅长攀爬，在雪地里和虫族交手，挑战者的赢面会大大降低。

叶棋堆雪人玩得挺开心，扭头说道：“肖教授，我大清早侦查过，方圆一公里内连个鬼影子都没有，感觉虫族大军应该还没来得及攻到城东？”

虞寒江也跟了过来，微微皱了皱眉，道：“这里是整个城市最偏远的仓库，如果虫族大军来到这里，那就证明整座城市差不多已经沦陷了。”

肖楼赞同地说："它们的第一步计划应该是占领中心区，再朝四周扩散。昨晚那辆公交车上的虫族很可能是派去城东侦查的先锋部队，结果被我们给团灭了……"

叶棋挠头道："这么看来，我们是无意中做了一件好事？那二十多个虫族全被烧死，延缓了城东被寄生的速度？"

仔细一想，确实有很大的可能，昨晚那一车虫族是被派去的先锋部队，伪装、模仿能力都是影帝级的。不巧遇到了他们，二十多个高级虫族全被烧死。

虞寒江道："不管怎样，大家保持警惕。即便我们推测正确，我们也只有两三天的时间可以休息，市中心沦陷后，虫族很快就会来城东。"

一阵寒风吹过，夹杂着雪花扑打在众人脸上，大家被都这寒风吹得精神抖擞。

虞寒江道："回仓库洗漱吃早饭，仔细想想接下来的策略。"

叶棋在距离仓库 10 米位置的树下堆了个雪人，肖楼本以为他只是无聊堆雪人玩儿，没想到堆完雪人后叶棋偷偷将窃听器放在雪人里面，笑道："这个雪人可以当我们的侦察兵，我随时都能激活窃听器，一旦附近有什么动静，我们就算在仓库深处也能听得见。"

肖楼意外地看着他："你还挺有想法的。把侦查器藏在雪人里，没人会怀疑雪人。"

叶棋笑道："嗯，我堆的雪人太丑了，一般人都会以为是小孩子瞎堆的。"

肖楼回头一看，确实很丑，小叶子挺有自知之明。

回到仓库时，刘桥和曲婉月已经拿出了早饭，8 人凑合着吃了牛奶面包，经过一夜的休息，大家都恢复了体力，也都干劲十足。

在生存密室，哪怕暂时没有危机，也不好在仓库里躺着睡觉。虞寒江还是想提前筹划，以免他们的临时基地被虫族包围后众人没办法逃脱。

想到这里，他便去值班房找到那位保安，松开了他手上的绳子，给他递了些吃的。

保安感动地接过牛奶面包吃掉，紧跟着说："你们放我回家吧！你看这仓库都已经被你们给占了，我发誓不会报警！我留在这儿也没用啊！"

肖楼问："你家在哪儿？"

保安道："我家在城南，离这里挺远的。"

肖楼无奈地说："那你也回不去了，因为路上的积雪很厚，没有人打扫，车辆都不能通行，你总不能在大雪里走回去吧？"

保安愣住："车都不通了吗？"

肖楼点头："嗯，街上一辆车都没有。"

保安脸色难看。

虞寒江问："附近哪里有加油站吗？"

那保安沉默了片刻，才低声道："两公里以外有一个。"

虞寒江把地图拿过来给他，让他在地图上标注，保安很配合地给他们做了个标记。

老莫出门去检查了一下公交车，经过一夜的大雪，整辆车都被雪覆盖，车轮已经被埋了，根本没法开，他看向虞寒江，头疼地道："这雪如果不融化的话，我们这辆车也就废了。"

虞寒江早就料到了这个结果："看情况，要是接下来几天出太阳，雪融化，路能通，我们到时候就开车跑。如果不能，大家还是借助位移卡。"

老莫点了点头，疑惑地道："虞队找加油站做什么？这车的油箱是满的，昨晚我们只走了三十多公里，油箱还剩下 80%，不加油应该也够用。"

虞寒江低声说："我想去加油站多取一些汽油，在周围做好埋伏，一旦有大规模的虫族来到我们基地，到时候直接引爆汽油，烧死它们。"

莫学民目瞪口呆。杀虫剂引火毕竟没有那么强的杀伤力，可一旦在周围埋好汽油桶，点燃大量的汽油，引起爆炸，不管有多少虫子，都会被炸成灰烬。这确实是对付虫族的好方法。

早饭过后，虞寒江让老莫、龙森、曲婉月和刘桥留守，他带上叶棋、肖楼和邵清格去搬汽油，叶棋和邵清格一人一张瞬移卡，能一次挪动 200 公斤重的东西，虞寒江和肖楼负责探路，邵叶两人紧随其后，4 人飞快地在雪地上瞬移，转眼间就来到地图上所标注的加油站的位置。

加油站空空荡荡，显然今天没人上班。

虞寒江从加油站旁边的便利店里找来一些空桶，将汽油装满，递给叶棋和邵清格，4 人来回搬运了几次，将大量汽油搬回仓库。

他们将所有的汽油桶围着仓库摆成一圈，给基地设置了第一道屏障，将来一旦有虫族过来，直接引爆汽油可以烧死一大批，并且用漫天烈火划出一条界线，让后续的虫族不敢靠近。

紧跟着，虞寒江找了个铁锨，在仓库的后面挖地。叶棋震惊地瞪大眼睛："虞队，你这是要挖个地道逃生吗？"

虞寒江解释说："虫族应该会在 3 天内彻底占领中心区，然后朝东、南、西、北 4 个城区扩散，趁它们还没来，提前做好布置，总比到时候被虫族围住束手无策要好。”

叶棋竖起大拇指：“挖地道，这办法太牛了！”

肖楼问：“你要单独挖一个地下通路？”

虞寒江道：“我试试看能不能找到这个城市的排水管道。通常每个城市都会有纵横交错的地下管道系统，只要能打开这个地下通道，一旦遭遇虫族围攻，我们可以随时通过地下通道撤离。”

叶棋担心地道：“地下会不会也有虫族呢？”

虞寒江道：“目前还不清楚，但总归是一个办法，提前查查看吧。”

队友们都没意见，纷纷撸起袖子，配合虞寒江挖起了地。

保安疑惑地看着他们，这群人半夜忽然闯进仓库，不偷、不抢，一会儿在仓库的周围埋汽油，一会儿在仓库的后面打地洞，他们到底是干吗的？城市施工队吗？

第二十四章

决战虫族

虞寒江带着队友们在仓库后面挖地，挖了一上午，总算挖通一个洞口，跟城市的地下管道系统相连，地下管道错综复杂，虞寒江准备亲自去查探一番。

肖楼看着面前黑漆漆的地洞，担心地道："地下潮湿又阴冷，是虫族喜欢的环境，里面会不会有虫族？万一真有虫族，它们很可能会从四面八方扑过来将我们包围住，在狭窄的通道里被虫族前后包夹的话，我们会更难逃脱吧？"

肖楼的话很有道理，地下通路纵横交错，真被虫族围住的话确实难以对付。虞寒江看向他，点头道："你的担心没错，所以，我想趁着虫族还没来城东区，到地下提前做一些布置。"

老莫好奇地问："虞队你想怎么布置？"

虞寒江拿出纸笔，在纸上大概画了几条线："我们在仓库挖的地洞可以作为逃生的入口，再找一个距离 5 公里以内的井盖作为出口，找到最短路径后，将周围的岔路全部堵住。"他将交错的线条画了叉，只留下一条起点到终点的通路。

肖楼立刻明白过来："岔路都封死，周围哪怕有虫族，也不能包围我们了。"他回头看向老莫，"老莫，你那张 S 卡正好可以用上。"

老莫反应过来："对，大理石，堵路我在行。"

他从卡包里拿出上次抽到的 S 级卡牌大理石砖。这张牌的好处在于可以任意组合改变大理石的形状，将大理石砖直接砌成一面墙，由上好的大理石砖砌成的墙壁坚不可摧，哪怕是虫族也没办法从墙壁那边穿过来。

只要老莫用大理石砖把地下通道的岔路口全部封死，只留下一条通道，从仓库位置的入口到虞队找到的出口，那么，沿路上，就不会有任何虫族跑过来干扰他们。

而入口处就在仓库附近，大家会密切看守，不让虫族进去。

这样一来，他们的地下撤离路线就相当于是一段不受周围影响的封闭密道。

叶棋等人听到这里纷纷感叹："有虞队带头，我们简直是最不讲道理的地下施工队，别的施工队都是开路，我们负责堵路？把岔路全堵死，虫族进不来，我们就可以最快速度撤离，这主意真不错！"

虞寒江道："走吧，大家尽快行动。"

在虞寒江的带领下，众人集体进入地道。

虞寒江和肖楼走在前面，肖楼拿着夜明珠照明，队友们紧随其后。

城市的排水管道系统修建得十分完善，从虞寒江挖开的位置下去，往前拐几个弯，就遇见了一条十字路口。看着通往各个方向的狭长通道，叶棋头疼地按住太阳穴：“我都要分不清东西南北了，这里简直跟地下迷宫似的！”

虞寒江笃定地指了两个方向，说：“这边是西，这边是北。”

叶棋竖起大拇指：“虞队，绕了好几个圈，你在地下都能分辨方向的吗？”

虞寒江拿起手里的图纸给大家看了一眼：“我一直在记路。”

龙森玩笑道：“施工队自然要有施工线路图啊，小叶，你太不专业了。”

叶棋心服口服：“是虞队太专业了好吧！”

肖楼看向虞寒江的“施工线路图”，虞队的方向感确实很强，肖楼在地下绕了几圈，也快分不清东南西北了，但虞寒江地图上一直都有标注方向，这样大家就不会迷路。

在岔路口，虞寒江拿出四向箭头这张卡，留下了一个箭头作为标记。

狭窄的地下通道里不时传来“滴答”的水流声，有排水管、下水管发出的声音，某些地方的管道还有渗漏，味道自然不太好闻。

虞寒江在岔路口指了一个方向，道：“去这边看看。”

大家毫不犹豫地跟上去。

连续走过几条岔路，虞寒江看了看图纸，估计距离差不多了，便选中一个井盖道：“大家稍等，我上去看看。”

他用轻功卡飞身而上，用力掀开井盖。

第一次找到的出口是一条大马路，路旁有很多低矮的建筑，对面那栋三层高的楼写着“家博园”的字样，显然，这一片是家具、建材市场。

虞寒江皱了皱眉，放下井盖回到地下。

肖楼道：“不行吗？”

虞寒江说：“不是最优选择，再找找看吧。”

众人又走了一段距离，这次，虞寒江找到的出口正好在一所小学附近，他毫不犹豫地放弃。第三回，虞寒江掀开井盖出去之后，总算停下了脚步。

他将井盖丢在旁边，跳到地上四处观察一番，朝地下的队友们道：“这里还可以。”说着就把白绫从洞口丢下来，道，“肖楼、刘桥你们上来看看。”

肖楼抓住白绫，虞寒江微一用力，就将他拉了上去。

刘桥自己有轻功卡，直接飞上去落在肖楼旁边。

两人放眼看去，只见方圆十几亩的荒地都被蓝色的围栏围住了，围栏上面还有“冰洲市第十八施工总队”的字样。城市开发区经常会有这种地皮，开发商买了地，先围起来，冬天不宜施工，到了春天，气候变暖了才会正式施工。

虞寒江目光扫过周围，道："我们目前还在城东区范围，附近很荒凉，这十几亩的荒地应该是政府刚卖出去的地皮，还没来得及正式开发，连地基都没打。"

刘桥道："这里确实很空旷。"

肖楼在四周环视了一番，方圆几亩地没有任何建筑物的遮挡，视野一目了然，他看向虞寒江道："这个地方荒无人烟，虫族应该不会跑来这里，撤离的时候把这里作为终点，你觉得呢？"

虞寒江点头："就这里吧。附近的几个出口，这里最合适。"

在地下听着3人对话的大家都松了一口气。

叶棋问："虞队，外面什么情况？没有虫子吧？"

"放心，虫族还没来得及跑来这里。"虞寒江走到洞口，看向下方的队友们，"都上来看看，我们需要在出口做一些布置。"他看向肖楼，压低声音，"唐先生送你的无人机，能监视的范围最远是多少？"

肖楼拿出卡牌，道："直线距离5公里内都可以监视、拍摄照片。"

听到对话的叶棋疑惑地挠头："唐先生是谁啊？"

肖楼回过头，看向叶棋说："这件事，等待会儿回去我再跟大家详细解释。"

队友们目前还不知道九哥和唐辞的事情，也是时候让大家知道了。

虞寒江朝肖楼点了一下头，说："把无人机监控仪布置起来，随时监控荒地的周边，确保安全的情况下我们才能从这个出口撤离。"

要不然，大家急急忙忙从井盖爬出来，结果周围一大批虫子，那岂不是羊入虎口，自投罗网？

肖楼立刻激活了无人机监视器，将精巧的监控器放在远处的一个旗杆上面，调整了一下角度，启动"监控"模式看了看视野，直到无人机的摄像头能清楚地看到周围的情况，肖楼才将无人机固定住。

这张S级工具卡有两种模式，"拍摄模式"可随时远程操控，连续或者间断地在范围内任意角度拍摄15张照片，"监控模式"类似现实中的监控摄像头，可以持续动态监控50分钟。每天晚上0点，都会刷新一次技能冷却。

刚才开技能只是为了调整视野和角度，等需要撤离的时候肖楼再远程启动"监控"功能，50分钟内他都可以通过卡牌窗口看到整个荒地的动向，确保撤离时终点的安全。

肖楼布置无人机时，其他队友也自觉地3人一队用位移卡在周围迅速地侦查了一番。大家绕着蓝色的围栏走了一个来回，发现附近建筑物稀少。

叶棋主动汇报结果："周围好几公里都没什么建筑，这片地明显是政府划出来还没来得及开发的偏远郊区，虫族应该不会闲着没事跑来这里，我觉得很安全！”

虞寒江放下心来，等肖楼布置好无人机后，便带着队友们回到地下，盖好了井盖。

他刚才一边走一边画地图，所以原路返回时大家不用担心会走错。每走到一个岔路口，虞寒江就让老莫用大理石把其他的路口封住，只留一条通往仓库基地的路。

老莫的大理石砖可用数量有限，但地下通道本来就很狭窄，他竖着砌墙，一次只需要五六块大理石砖就可以做成一面墙壁，根据通道改变大理石形状，封几条路绰绰有余。

很快，沿途岔路全被封锁，虞寒江又带着大家从头到尾走了一遍。

入口在仓库后面的地洞，出口位于荒地的中间，从入口到出口大概 3 公里的路程，虽然整条路弯弯曲曲，但所有的岔路都已经被封死，他们不用担心被虫族从侧面袭击、包围，用位移卡迅速撤离的话，虞寒江试了一下，只需要 8 分钟左右就能来到终点。

哪怕有部分虫族跟着他们下来地道，狭窄的通道让虫族行动受限，他们完全可以在逃跑的时候用火封住后路，隔离追兵。

布置好这样一条撤离的密道，众人对通关更有信心了，当然，不到万不得已的情况，大家还是不想放弃仓库基地，这条后路只是用来以防万一的。

回到仓库后，虞寒江拆了个水果箱子，用硬纸板将仓库后面挖开的洞口给堵住。

布置完这一切，已经是傍晚时分。

大家跟着虞寒江当施工队忙活了一整天，都饿得前胸贴后背了，于是肖楼建议大家休息吃饭。仓库里宽敞又安全，还有很多纸盒子可以作为燃料。肖楼用卖炭翁技能点上火，一来可以烧水，二来也能取暖。

那保安见“施工队”的众人回来了，忍不住小声问：“你们……是秘密施工队吧？跑到这么远的地方偷偷挖地道，是为了在地下埋炸药吗？”

保安大叔想象力还挺丰富，看来是真的没被虫族寄生。

见大家都回来了，还在煮面吃，保安便热心地道：“仓库里有新鲜蔬菜，你们可以弄些菜吃，只要你们留我一命，我会假装什么都没看见。”

肖楼无奈：“我们真不是来抢劫的。”

保安干笑两声没说话。

虞寒江道：“我们现在放你出去你也很难活，在这里待着或许还有活下去的希望。实话告诉你，外面有大批疯子到处咬人，一旦被咬，你也会发疯，你可以认为这是一种没法治的传染病。”

保安脸色一变：“传染病？！我老婆孩子还在家，怪不得电话打不通，我要回去看看，他们该不会有事吧？”

虞寒江皱眉：“外面没车，你在雪地里徒步能走多远？”

保安道：“求求你放我回去吧，我得回家看看我老婆孩子有没有事……”

肖楼正好跟过来，听到这里便轻声说道：“放他走吧，这是他自己的选择。”

对亲人的牵挂，有时候会战胜理智。明知道外面很危险，可保安就是想回家看看妻儿，如果不让这人回去，这个人即便是活下去，大概也会心存遗憾吧。他们没有救原住民的义务，何况这是对方自己的要求。

虞寒江将绑住保安的绳索剪开，道：“去吧，被寄生的人眼睛会发红，注意避开。”

保安点点头，飞快地走了。

叶棋担心地问道：“放他出去，他不会把人引过来吗？”

虞寒江淡淡道：“这个城市快要沦陷了，没人会管我们占领仓库的事，何况，他是回家找老婆孩子……运气好还能回去，运气不好的话，估计半路就会被寄生了。”

众人都沉默下来。

叶棋想起保安大叔的话，这仓库有很多新鲜蔬菜，他转身去打开了几个箱子。西红柿、黄瓜、莜麦菜、莴笋、四季豆、菠菜……各种蔬菜看得叶棋直流口水。

但之前在黑桃密室花钱买过教训，邵清格高价买的一顿早餐让大家集体拉肚子，虽然这些菜看上去很新鲜，大家还是不太敢吃。

叶棋有些心动，建议道：“要不，我们仔细检查一下？清洗之后再烤着吃？既然虫子怕火，直接吃烧烤的话，就算蔬菜里面有虫那也会被烧死吧？”

众人：这真是吃货的执着。

虞寒江拍板决定：“戴上手套，切开来仔细检查。”

大家立刻行动起来，拆了几箱蔬菜在旁边检查，土豆、西红柿还切开来检查，确保里面没有虫卵，这才松了一口气。肖楼道：“我们太谨慎了，虫族的寄生方式主要还是靠血液，没血液它们就死了，这些食物应该没问题。”

大家放下心，肖楼用圆规做了很多铁丝圈，剪开后分给大家当签子。

大家纷纷把土豆、菜瓜等切好的蔬菜串在上面烤，肖楼又从书包拿出一包盐：“放点盐，不然烤出来没味道。”

叶棋感动地看向他：“肖教授，你也太细心了吧？居然还买了盐？”

肖楼说："在超市顺手拿了一包，想着或许能用得上。"

众人纷纷感叹，逃命打架有虞队，居家生活有肖楼！

每次过黑桃密室，时而惊险刺激，时而又如野外度假。

当初在流溪村，虞队给大家烤兔肉，这次大家一起烤蔬菜，也别有一番风味。

挖地洞、找退路，忙活一整天，这顿丰盛的"蔬菜烧烤"缓解了疲劳。饭后，还有各种新鲜的水果吃，柚子、葡萄、苹果……冬天能买到的水果仓库里居然都有。

这次无意中占了个仓库，运气真是够好的。

吃过饭后，叶棋想起刚才虞队说的"唐先生"，不由问道："肖教授，你说回去之后跟大家详细解释的那个唐先生是什么情况？他怎么会送你 S 级的卡牌啊？"

上次通关后跟九哥、唐辞见面是虞寒江和肖楼一起去的，队友们只知道两人有事出去，并不知道他们去见了什么人。

肖楼看向虞寒江，见后者同意，便解释道："远方协会的归远章会长，大家还记得吧？"

叶棋点头："嗯嗯，归老先生手里有毛笔卡，很强！"

肖楼道："唐先生全名唐辞，是情报局的局长，也是归老先生的队友。他们曾经组了一支非常强的队伍去闯关，在 S 级难度的关卡中优先选了梅花 J 密室，结果差点团灭。"

邵清格听到这里不由挑眉："梅花不是打牌吗？他们怎么会团灭？"

虞寒江沉声道："S 级的梅花密室不是棋牌游戏，而是真人对抗，挑战者会面临十倍的猎杀者，他们以为梅花最简单，先选了梅花，结果在梅花死了一批人，最后只有 4 个活了下来。"

肖楼接着道："其中就包括归老先生和唐辞，还有代号'蜘蛛女神'的落英阁会长楚华英以及一位神秘人物，目前他正在猎杀者联盟做卧底，身份不方便告诉我们。"

他暂时没有说九哥的事，在会合之前越少人知道九哥是卧底，九哥就会越安全。虽然肖楼很信任自己的队友们，可万一队友被人控制，不由自主地说出秘密，那就糟了。

听到肖楼的描述，大家面面相觑。现在才黑桃 8 密室就已经很难了，梅花 J 密室会是多恐怖的密室，居然差点让归老先生他们团灭？大家都不敢想象。

虞寒江看向队友道："S 关确实很难，但大家不用担心，归老先生他们有意跟我们组队重新闯关，到时候会有强力的队友加入，我们的通关希望也会更大。"

叶棋恍然大悟："原来是这样！怪不得归老先生那次请我们过去，还给我们送了一大堆卡牌，唐先生也给肖教授送了这么强的 S 级监控卡。有他们帮忙，我们的战斗力会比现在更强吧？"

肖楼道："无人机只是其中一张，唐先生还有很多机械牌也是 S 级的强度。我们之前不告诉大家，是怕大家对 S 级的密室产生恐惧心理，现在，也是时候跟大家说明白了。后面的密室肯定越来越难，但通关的密室越多，我们的实力也会越强，而且 S 级密室还会有厉害的队友加入，大家也不用太担心。"

叶棋很乐观地道："我也觉得我们 8 个人打生存密室人手很紧张，S 级有更多队友加入的话，到时候分组也比较好办。"

邵清格开玩笑说："那样的话，我就能更舒服地躺赢了。"

众人有说有笑，很快就到了 0 点。

大家的悬浮框中同时弹出提示——

黑桃 8 密室【末日逃生】，第 3 天，00:00。

挑战者剩余数量：298 人

看到这提示，大家都是一愣。

肖楼的眼中浮起一丝担忧："我记得昨晚凌晨提示是 344 人，死了这么多吗？"

虞寒江微微蹙眉："这次进密室的三十多队挑战者，应该被分散到了不同的区域，我们选择的东关区很可能是最后一个被虫族入侵的地方，所以今天一整天我们都没遇到危险，其他人就不一定了。"

肖楼点头道："也是，看来找对地方很重要。当时虞队看完地图分析出城东是物流集散中心，大部分都是低矮建筑，这边人口密度低，来这里才是正确的选择。而有些团队，可能随便逃去了城北、城南或者城西，被虫族给团灭了。"

虞寒江道："也有可能是挑战者内部出现了一两个寄生者，在队友们毫无防备的情况下，杀光了队友。"

想起当时在超市火烧队友的落英阁团队，众人也是心有余悸。

第二天的死亡人数高达 46 人，应该有四五支小队被灭了，这些人有可能是倒霉落在城中，还没来得及撤离就被寄生，一个人寄生连累全队团灭，又或者是他们选错了撤离路径，被虫族大军包围。

跟着虞队来城东，众人顺利活过第二天。这不是运气，而是团队里有厉害的人，分析城市居民状况，做出的最正确的选择。

虞寒江道："大家先休息，目前还不知道虫族寄生的速度如何，我们在城东也过不了多久安稳日子，随时做好战斗准备。"

时间不早了，众人都进入帐篷睡下，一夜无事发生。

次日，众人难得休息了一天。

这一整天都无事发生，大家都有些困惑，难道虫族真的不来城东吗？

0点，悬浮框再次弹出提示——

黑桃8密室【末日逃生】，第四天，00:00。

挑战者剩余数量：208人

叶棋瞪大眼睛："昨天死了90个人？！"

这一天的死亡数量比前天翻了一倍，可能是某个区域爆发了大规模的战斗，挑战者居然有十队左右被寄生或者直接死亡，情况很不乐观。

虞寒江道："可能是虫族去了城北、城西或者城南等地方，躲在那里的挑战者们如果没有做好撤离的规划，被虫族大军包围后，很可能团灭。"

翻倍的死亡人数让大家都紧张起来。

肖楼建议道："今晚大家不要睡死，分批守夜吧，时刻保持警惕，虫族大军说不定很快就会来到城东。"

就在这时，外面突然响起脚步声。

天黑之后叶棋就激活了仓库门口雪人里的窃听器。最初级的窃听器能放出去3个，听30分钟，距离50米，如今升到满级后可以连续窃听8个小时，距离也增加到500米范围。叶棋警觉地竖起耳朵，在唇边做了个"嘘"的动作："有人来了。"

由于这两天一直没出太阳，路上的积雪并没有融化，叶棋堆在树下的那个丑到家的雪人也没有融化，藏在里面的窃听器清晰地将四周的声音传递过来。

虞寒江接过叶棋的窃听器仔细一听，迅速说道："十人左右踩着积雪步行，脚步声很有规律，不像是爬行的虫族，应该是挑战者。"

众人迅速交换了眼神。

肖楼轻声道："我开桃花源，大家先躲起来，看看他们想干什么。"

陶渊明的"桃花源记"技能需要读条10秒，其间不能被打断，肖楼转身从仓库的后门出去，召唤陶渊明，偷偷将桃花源放在了仓库后方的撤离入口处，到时候情况不对大家就可以群体传送，瞬间消失，以最快的速度从地下撤退。随着卡牌技能的升级，桃花源存在的时间也从最初的30分钟变成了3个小时，实用性更强。

放好桃花源后肖楼回到仓库，虞寒江带着队友们将晚饭时烤蔬菜、煮泡面的痕迹全部清理干净。他看向肖楼，在耳边道："开一下'心有灵犀'。"

0点，所有卡牌的技能都会刷新冷却，秦观的"心有灵犀"通道也需要重新开通。肖楼召唤秦观跟虞寒江连上"心有灵犀"，另一张秦观牌他交给叶棋，让叶棋选一个人连上。

叶棋看了看身边的队友，仔细一想，朝邵清格道："邵总，我连你行吗？我们都有瞬移卡，到时候可以精神交流，每人带上两个队友跑路。"

邵清格微微一笑："当然可以。"

虞寒江拿出隐身斗篷，低声道："大家隐身躲起来，看看他们想做什么。"

众人会意，立刻穿上隐身斗篷，各自找了一片箱子比较多的地方躲了起来。

刚藏好，就听仓库的门锁"哗啦"一声被人打开。

几个人拿着夜明珠照明，排成队走了进来。

虞寒江眯起眼睛仔细一看——这是一支8人挑战者小队，穿着统一的黑色羽绒服，身后背着书包，5男3女，年龄都在二十岁上下，看上去像是大学生团队。

走在最前的女生身材高挑，扎着个利落的马尾辫，她冷静的目光环顾四周，轻声说道："看来这是个仓库，附近这么荒凉，应该不会有大规模的虫族，不如今天晚上先在这里过夜？"

站在她身边的眼镜男生说："高师姐，我们还是好好检查一下吧。"

高师姐干脆地点头："分成两队，一左一右仔细搜查，任何角落都不要放过。"

众人迅速行动，对整个仓库展开了地毯式的搜索。

搜过一圈后，高师姐说："没人在，应该安全。"

清瘦男生扶了扶鼻梁上的眼镜，突然道："各位朋友是穿着隐身斗篷躲起来了吗？"

听到这话，众人都是一惊。

那高师姐猛地回头看他："你什么意思？有人在？"

男生点头："我用狗鼻子卡牌试探过，这个仓库里有烤蔬菜和各种泡面的味道，味道最浓郁的时间是5个小时前，也就是吃晚饭的时间，而且，泡面的味道非常丰富，有红烧排骨面、西红柿牛腩面、酸菜面、香菇炖鸡面……粗略估计，是七八个人同时煮面产生的混合味道。我猜，我们是误入了其他挑战者团队的基地。”

还有“狗鼻子”这种卡牌？晚饭时间过了这么久，味道早就散去了，没想到居然被这眼镜男给闻了出来，甚至能分清各种不同口味的泡面？

这卡牌的名字还真是贴切。

叶棋忍不住在脑海里吐槽：“真是狗鼻子，太灵了！”

邵清格从‘心有灵犀’通道感受到叶棋的吐槽，不由轻笑道：“这种功能牌也挺有意思的，红桃密室会非常管用，能闻案发现场的气味。需不需要500万给你复制一张？”

叶棋立刻摇头：“别这么败家！这张牌还没到花500万复制的程度。”

两人停下交流，继续认真听。

高师姐反应过来眼镜男的意思，立刻朝周围看了一眼，道：“各位朋友，我们没有恶意，千万别动手，我不知道这里有人！”

眼镜男生也朗声道：“各位，我们是远方协会的团队，只为通关密室，外面风雪太大，天气又冷，我们只想找个能遮风挡雪的地方过夜，凑巧找到了这个仓库。”

高师姐道：“没错，如果你们不欢迎的话，我们也可以另外找地方。但我还是希望能留下来与你们合作，毕竟人多力量大，要是有虫族大规模围攻，光凭一支团队很难搞定它们。不如各位出来见见，大家也好交换一下情报线索？”

虞寒江没说话，其他队友自然也不会插话。

这个女生的话有一定的可信度，他们统一穿的羽绒服上确实有远方协会的标志。

虞寒江问肖楼：“全是大学生，你怎么看？”

肖楼在之前的周常任务也见过大学生团队，这些年轻人头脑灵活，反应快，体力和战斗力也不差，其中还有不少是密室类游戏的爱好者，知道各种机关的套路。

这支队伍实力应该很强，手里肯定有不少好卡，否则也不可能顺利走到黑桃8密室。而且，远方协会以“回到现实”作为终极目标，在归老先生的管理下，整个协会据说非常团结，比起一些路人团队更可信一些。

肖楼道：“先观察看看，确定他们当中没有寄生者，再考虑要不要把他们留下。互相交换一些情报倒是可以。”

虞寒江的原则是不滥好心救别人，不当圣母。但如果是“强强联手”的话，其实对大家都有好处，当时在黑桃3、黑桃4密室，他们也有过联合其他的挑战者一起通关的经历。

虞寒江平静地说：“好，先问问看。”

大学生团队正在四处观望，就在这时，耳边突然传来了一个低沉、冰冷的声音：“交换线索要表示诚意，你们是从哪片城区过来的？那边现在是什么情况？”

挑战者们都知道“隐身斗篷”这张卡的存在，因此对“只闻其声、不见其人”的诡异一幕并没有太过诧异。

马尾辫女生听到这话，认真说道：“我们是从城北的大学城逃过来的，进入密室的时候，我们被刷新在城北，由于大家都是学生，对大学校园的环境很熟悉，迅速弄清楚密室设定后我们就囤好物资找了一个地方躲了起来。”

眼镜男生接着说道：“师姐带我们去了学校的实验楼，当时是周一，只有一两个班在上实验课，我们先躲在实验楼的楼顶，等那些学生变异后跑出实验楼到处咬人，我们才进去，将楼里剩余的寄生者清理掉，锁上门，在里面躲了3天。”

他顿了顿，脸色微微发白：“结果，第四天的时候，整个大学城超过80%的学生都被寄生了，我们的实验楼也遭遇了寄生者们的围攻！”

想到当时的场景，众人都脸色难看，有个女生还忍不住哆嗦了一下。

高师姐沉着脸道：“我们将实验楼整栋楼清理干净，把大门也锁上，照理说那些虫族不会知道我们的存在，可不清楚为什么，它们居然从外面的墙壁爬上来将我们团团围住。整栋实验楼的外面全是密密麻麻的虫族，它们四肢攀附在墙上，透过窗户用血红的眼睛盯着我们！那些虫族多得数不清，应该有上万的数量！”

听她描述，大家不由脊背发毛。

肖楼问道：“那你们是怎么逃出来的？”

高师姐解释道：“我们占领实验楼的那几天，大家在楼里提前做好了布置，林师弟改掉了整栋楼里所有的电路，一旦短路很容易引起火灾，薛师妹用实验室里的各种化学药剂制作了一些易燃易爆的东西。我们提前在楼顶天台留了一个逃生出口，被虫族围攻的时候，我们跑到楼顶，用空中飞行卡飞去另一栋建筑，然后就将整栋实验楼给炸了……”

那些趴在楼上的虫子大概也没想到整栋楼会忽然爆炸。那一瞬间，被炸死的虫族数量难以估计，他们的逃生过程确实够惊险刺激。

高师姐顿了顿，接着道：“我们逃了一整天，逃到城东，发现这边虫族数量稀少，这才甩开了虫族的追击。各位是一开始就躲在城东吗？”

虞寒江淡淡地道："没错，城东人口最少，相对别的地区要安全些。"

女生一脸佩服："还是你们想得周到，我们在大学城差点被虫族大军给淹没，外面的虫族数量越来越多，寄生已经蔓延遍了城北，我估计城东是最后的安全区了。"

肖楼道："这里很快也会不安全，还是谨慎些吧。"

女生说："虫族怕火，被火烧之后能彻底消灭。"

虞寒江淡淡地说："这个我们也知道。"

眼镜男建议道："能活到第四天，显然各位实力很强，不如大家一起联手对付虫族？"

高师姐赞同地说："没错，人多力量大，虫族的数量超出我们的想象，光凭一个团队很难应付它们，要不联手吧？"

虞寒江在脑海里朝肖楼道："你觉得呢？"

肖楼仔细观察了一下这 8 个人的表现，不像是有人被寄生。

从他们逃生的过程来看，第一天他们直接占了实验楼，到第四天才遇到虫族大军，如果有人第一天被寄生，这么长时间肯定已经变异了。第四天他们是从天台用飞行牌逃跑的，逃跑的瞬间就将整栋楼给炸掉，虫族来不及攻击他们就被炸得灰飞烟灭，被寄生的概率也不大。想到这里，肖楼便说："远方协会的团队实力挺强，能联手的话说不定通关会更轻松一些。"

外面在下大雪，寒风刺骨，肖楼对远方协会的招牌还是比较信得过的，这群人从城北逃命到城东，跑了一整天，显然都很疲惫，借地方给他们睡一晚也没什么。

虞寒江察觉到肖楼的想法，便点点头，朝这群大学生说道："你们今晚可以留在仓库里过夜，我在仓库画条线，一分为二，互不干涉。如果遇到虫族的话，可以一起对付。如果今晚没有虫族，天亮之后，你们另外找基地，大家可以互相照应。"

那女生激动地道："谢谢，我们先休息一夜再说。"

众人立刻在仓库里搭起了帐篷。

仓库很大，虞寒江用水果箱将仓库从中间隔开，大学生们睡在前门附近，他们睡后门，一旦情况不对也可以立刻撤离。

隐身斗篷的时间快到了，虞寒江干脆让队友们脱下斗篷，搭帐篷准备休息。片刻后，那个高师姐抬着一箱水果过来，问道："你们好，仓库里的这些水果可以吃吗？"

叶棋道："可以，蔬菜水果随便吃。这个仓库已经荒废了，一仓库的存货没有人管。”

高师姐双眼一亮：“太好了，我们连续吃了四天的饼干！”她激动地将这个消息告诉了队友们，8个人大半夜翻箱倒柜，把葡萄、雪梨、火龙果等各种水果箱都给拆开，饿疯了一样地吃水果。

叶棋探出脑袋，好奇地问道：“你们全是大学生，同一个学校的吗？”

高师姐道：“也不全是同校，有理工大学、科技大学、音乐学院……”

提到音乐学院，叶棋双眼一亮：“是江州市音乐学院吗？”

那高师姐意外地看他一眼：“你怎么知道？”

叶棋道：“我也是这所学校的。”

高师姐笑着说：“太巧了，我们队长就是音乐学院的，是你校友，说不定你们认识。对了，他在外面分头找地方，我已经通知了他们，过几分钟就来。”

肖楼问：“你们团队不是8个人？”

高师姐道：“我们是12个人，还有4个人带着位移卡，在附近侦查。”

众人没再多聊，叶棋倒是挺想认识一下那位校友。

片刻后，1男4女4个人走进了仓库。

那男生身材高大，穿着一身黑色大衣，围着围巾，头上还戴了个帽子，一双深邃的眼睛和一对飞扬的剑眉让他的五官显得极为帅气，属于在学校很受女孩子喜欢的长相。

叶棋愣了愣，总觉得这人有些面熟。

那男生没看见他，转身去和自己的队友会合。高师姐轻声解释道：“队长，这仓库已经有人占了，他们愿意收留我们在这里躲一晚，等天亮了我们再另外找基地。”

男生点点头，看向虞寒江道：“谢谢各位。”

叶棋听见这低沉的声音，脊背微微一僵，指着那男生问道：“你、你是程子洋？”

那男生也有些意外，看见叶棋后，神色间颇为意外：“叶棋？”

双方队友面面相觑。

高师姐笑道：“果然认识啊，太巧了，你们都是音乐学院的。”

校友碰面，本该是让人高兴的事。只是这气氛怎么有些诡异？叶棋的脸色苍白，就跟见鬼了一样。

程子洋微微一笑，主动走到叶棋面前，伸出手道：“没想到能在这里见到你。”

见周围的队友纷纷看向两人，叶棋深吸一口气控制住情绪，冷着脸道：“我也没想到自己能活这么久！大概是因为我的生命力就像是打不死的小强？让你失望了，学长。”

程子洋眉头微蹙：“你是不是误会了什么？”

叶棋摆摆手：“没什么好说的，你睡你的，明早赶紧走，这里不欢迎你们。”他说罢便转过身，留给了对方一个后脑勺。

程子洋耸了耸肩，笑道：“我跟这位学弟有些误会，没事，大家先休息，明天我再跟他解释。”

肖楼和虞寒江面面相觑。

小叶对谁都很热心，可他对这位学长的排斥情绪都写在脸上，到底什么情况？

虞寒江朝邵清格使了个眼色：“问问看。”

邵清格点头，转身走进帐篷。

叶棋一个人坐在帐篷里，垂着脑袋闷闷不乐。

邵清格走进去，开玩笑道：“什么情况？你跟你这位学长有恩怨？他抢了你女朋友？”

叶棋瞪大眼睛：“什么抢不抢女朋友的！他就是黑桃 3 金融危机密室里，偷偷拿走我的物资、丢下我独自去通关的那个浑蛋！”

邵清格原本带着笑的眼里陡然闪过一丝锋利。

他压低声音，一字一句地道：“你是说，他就是害你去噩梦密室的那个校友？”

叶棋郁闷地道：“没错，程子洋还是我们学校的校草，已经有唱片公司跟他签约了，当时在黑桃 3 密室随机匹配到一队，听说他是大名鼎鼎的程子洋，我还挺高兴的，心想以后可以一直跟他组队去后续的密室，没想到，关键时刻他丢下我一个人跑了。”

邵清格满脸的不可思议：“校草？你们学校的校草就这水平？”

叶棋道：“呃……他长得还挺帅的吧？”

邵清格认真地说：“歪瓜裂枣，还没你一半好看。”

叶棋被夸得脸颊一红：“这话就过了，我有自知之明，我的颜值最多打个 6 分。”

邵清格笑道：“在我这里能打 9.9 分，扣掉 0.1 是怕你骄傲。”

叶棋被他逗笑了，原本郁闷的心情也好转许多：“咳，不开玩笑，客观来说，程子洋长得确实可以，他年纪轻轻就发了唱片，是我们学校的大红人。他的粉丝挺多的，很多师妹还想找他要签名。只不过，这种人就是金玉其外、败絮其中、徒有其表、虚伪至极！”

听他愤愤不平地连骂了好几个成语，邵清格不由得轻笑着安慰道：“既然知道他的真面目，不跟他来往就是了，你犯不着为这种人生气。”

叶棋道：“嗯，这人很不可靠。但他的队友都是无辜的，直接把他们赶走也不太好。要不，你去告诉肖教授和虞队，千万别跟程子洋联手，他在黑桃 3 密室丢下我不管，拿走物资一个人通关，说不定关键时刻，他还会在背后捅我们一刀，这种人很自私的！”

邵清格轻轻拍了拍叶棋：“放心，背叛过你的人，我们怎么可能跟他联手？”

片刻后，邵清格从帐篷出去，将情况低声告诉了肖楼。

肖楼和虞寒江还以为叶棋是在学校里跟这位学长有什么恩怨，没想到，这位学长居然就是黑桃 3 密室里独吞物资、扔下叶棋不管的那个叛徒。

抛弃队友，自己通关，不顾队友的死活？

虞寒江的眼里根本容不下沙子，看了邵清格一眼，邵总立刻走到对方的帐篷前，似笑非笑地道：“程子洋是吗？请你们另外找地方，这里不欢迎你。”

被点名的程子洋脸色一变，走出帐篷笑道：“这位大哥，出尔反尔不太好吧？”

邵清格眯起眼睛盯着他：“总比你偷走队友物资，把队友单独丢下要好得多。卖队友的事，你能做得出第一次，也会有第二次。我最讨厌叛徒，还要说得更清楚吗？”

面前的男人容貌英俊，脸上虽然带着笑，目光却锋利如剑。程子洋被他的目光盯得心虚，立刻移开了视线。

身边的队员们听到这里不由面面相觑，显然他们也不知道这位队长的过去。

高师姐干笑道：“这位先生是不是误会了什么？我们队长人挺好的。”

眼镜男也道：“是啊，有误会的话还是解释清楚吧？”

程子洋的嘴角轻轻抽搐了一下，很快就换上笑容：“叶棋肯定误会了，当时在黑桃 3 密室，深夜外面有小偷，我追出去看了看，由于书包背在我身上，叶棋以为我偷走了物资，其实我后来去民宿找过他，却一直找不到，我也很担心他。”

这理由骗 3 岁小孩呢？深夜追小偷，背着物资追，还不叫醒队友？肖楼一向脾气好，对人也有礼貌，可这个人的虚伪嘴脸真是让他恶心，他打断对方道：“我们相信小叶的判断，你的解释就留给你自己的队友听吧。道不同，不相为谋，各位还请尽快离开，我不想动手赶人。”

程子洋本就心虚，听到这里只好故作无奈地耸肩：“既然这样，那我们去别的地方吧，附近又不是只有这一个地方可以住宿。”他挥了挥手，队友们立刻收起帐篷卡转身离开。

叶棋听到动静，从帐篷里探出脑袋：“直接赶他们走不太好吧，岂不是得罪人？”

邵清格道：“得罪这种人有什么关系？又不用跟他做朋友。”

叶棋仔细一想，也对，反正他看见这程子洋就会想起自己在噩梦密室里吃树叶的经历，程子洋看见他估计也会心虚，两队肯定合作不成，各走各的最好。

他本以为虞队和肖教授会顾忌远方协会的面子留下这群人，自己和程子洋的私人恩怨不好上升到团队甚至是公会的层面。没想到，大家如此干脆利落，直接赶人！

虞队、邵总和肖楼真是特别护短——背叛过我队友？那就圆润地滚吧。

叶棋心里暖洋洋的，看向3人，感动地说：“谢谢你们，都是因为我，要不然，说不定能两支强队合作，共同对抗虫族，远方协会的团实力应该挺强的。”

肖楼微笑着走过来，轻轻拍拍叶棋的肩膀：“说什么傻话？这个人差点害死你，要不是你足够顽强，那次在噩梦密室说不定就死了。我们不直接动手揍他，是顾虑到远方其他的无辜成员，两支队伍正面打起来并没有好处，只能先赶走他们，以后最好别再见到这个人。”

叶棋用力点头：“嗯，眼不见为净吧！”

虞寒江道：“好了，大家先休息，小叶你也别多想。”

回到帐篷后，叶棋忍不住感慨：“为了通关，不择手段的人太多了，卖队友还是轻的，那些直接屠杀原住民、杀队友的也数不清。还好我们虞队和肖教授都很可靠。”

邵清格笑道：“我也很可靠好吧？”

叶棋点头如捣蒜：“当然，‘金主爸爸’是我们最强的靠山，没有你，我们都要喝西北风了，哪能在主城住别墅。”

邵清格轻轻揉了揉叶棋的头发：“嘴这么甜，以后去娱乐圈肯定能混得开。”

片刻后，他又道：“那个程子洋曾经丢下你，让你一个人被淘汰去噩梦密室，但是现在，你有我们，以后不管发生什么，我们都不会丢下你，放心吧。”

叶棋心里一暖，用力点头：“我也是，那天大家怀疑你被寄生的时候，我就说过，就算你真的被寄生，我也会想尽一切办法带你通关的。”

邵清格无奈扶额：“快别说了，你在我身后插满了flag。”

他不是有意的……

这天晚上，叶棋噩梦连连，一直都没有睡好。

他又梦见了自己第一次去黑桃 3 密室时的经历。最开始见到程子洋学长时的喜悦，发现学长带走物资、抛弃他时的无助和愤怒，跟着那群人来到工地后，每天靠着大家的救济勉强吃饱肚子，后来却被越狱的犯人一枪打死……

他经历过两次最真切的死亡。

第一次是现实世界的车祸，第二次就是黑桃 3 密室的金融危机世界里，他的脑袋被一枪射穿，那一刻，他甚至能清楚地看见大量的血液顺着他的额头流下来，糊住了双眼，让眼前的世界变成了一片血红色。

后来在噩梦密室里，他身无分文，靠街头卖唱熬过最开始的几天，每天靠吃树叶、野草，艰难地活下来，活得甚至不如一个乞丐。让人发疯的饥饿感似乎刻入了他的神经和骨髓，所以即便离开了噩梦密室，他每次见到食物，也会格外珍惜。

那个密室给他留下了严重的心理阴影。每天晚上他都会觉得饿，睡前一定要吃点夜宵，不然会被半夜饿醒。那些到处找新鲜树叶甚至翻垃圾桶找食物的日子太难熬了，他这辈子都不想再经历。

不断重复的噩梦，让叶棋额头上出了一层冷汗。梦境的最后，叶棋看见程子洋微笑着对他说：“我也是音乐学院的，真巧啊，我今年大三，我是你的学长。”

叶棋兴奋地走过去握住他的手：“学长你好，久仰大名，我在学校经常听同学说起你……”

结果，就在握住对方右手的那一刹那，程子洋左手突然拿出一把刀，用力捅穿他的胸口，他低头，看见了胸口明亮的刀锋以及沾在上面的刺目鲜血。

叶棋惊得坐了起来。

显然，程子洋的出现勾起了他那段不太美好的回忆。梦境的最后，程子洋当面捅刀的事情虽然没有发生过，可叶棋的心脏还是怦怦直跳。那梦境太过真实，总觉得像是一种不太好的预兆。

听说，有些梦和现实相反，有些梦却是不祥之兆？

叶棋坐起来，盯着帐篷发呆，耳边突然传来个低沉的声音：“怎么了？”

邵清格被他吵醒，叶棋回头对上邵总的惺忪的睡眼，忙说：“做噩梦，惊醒而已。”

“是梦见之前黑桃 3 密室的经历了吧？”邵清格心中了然，因为“心有灵犀”通道能让他感受到叶棋此时的不安，他坐起身，轻轻按住叶棋的肩膀，柔声道，“别想太多，都过去了，我们这个团队的人都是可以相信的，没人会做出抛弃队友这种事。”

“我当然相信大家。”叶棋勉强挤出个笑容，“都说了只是梦，没关系的。”

“现在才凌晨3点，再睡一会儿吧？”邵清格的声音懒洋洋的，不知是不是半夜被吵醒没睡够。

叶棋道：“你睡吧，我睡不着，干脆换班去守夜好了。”

“那我也去守夜。”邵清格说着就开始穿外套。

“你不是喜欢睡懒觉吗？你再睡会儿……”叶棋还没说完，邵清格就打断他道：“没事，这几天大家轮流守夜，不能总让肖教授他们熬夜，也该我们换换班。”

“嗯，有道理！”

两人穿好衣服，走出帐篷时，肖楼和虞寒江正在烤火。

他俩坐在水果箱上，围着保安用的小火炉，在火炉里加了一些木材，一边烤火取暖，一边……应该是用“心有灵犀”通道在聊着天，反正听不见声音，只能看见他们一直眼神交流。

见叶棋和邵总起来，肖楼不由疑惑地开口：“起来做什么？你俩今晚不用守夜吧。”

叶棋道：“反正我半夜醒来了，不如肖教授你去休息，守夜的事交给我们，正好我可以再放一枚窃听器出去，随时监听外面的动静。”

虞寒江看向肖楼：“既然叶棋要主动守夜，你也去睡会儿，养足精神。”

肖楼微笑道：“好，那就辛苦你们了。”

虞寒江朝邵清格点了一下头，两人便转身走进帐篷。

叶棋和邵清格坐在一起，一边烤火一边用“心有灵犀”聊天。

邵清格似笑非笑：“你需不需要一个‘金主爸爸’？只给你钱的那种。”

叶棋呆住：“什么意思？”

邵清格收起玩笑，认真说道：“我在现实世界是基金公司的老板。我是白手起家创业的，但其实，我还是个富二代，人脉比较广，要不然我的生意也不会做得那么顺利。”

叶棋一脸鄙视：“富二代还能叫白手起家的吗？”

邵清格道：“我确实没找父母要钱，启动资金是我自己贷的款，后来经过几轮融资，公司越做越大，马上就能上市了，要不是我的合伙人背后捅刀害我出车祸，我本来计划在年底上市……这些跟你说，你也不懂吧。”

叶棋点点头：“不懂。但上市，听起来好厉害。”

邵清格微微眯起眼：“说点你能听懂的吧。星工厂唱片公司，知道吗？”

叶棋的双眼蓦地一亮：“知道！这是圈内最出名的唱片公司，我的男神和女神都在这家公司，他们家的歌手一个比一个厉害，还有好多优秀的词曲作者。”

邵清格道：“他们老板是跟我从小一起长大的铁哥们儿。”

叶棋惊讶地张了张嘴，又说不出话来。

邵清格见叶棋的嘴巴张大到能吞下一枚鸭蛋，便笑眯眯地问：“你男神女神是谁？天后薛凝露、歌王周恒？我跟他们也挺熟的，他俩还把很多个人财产委托给我们公司帮忙管理，我去年帮他们赚了好大一笔钱，他们都学会跟着我搞投资了。”

邵清格笑眯眯地伸出胳膊：“‘金主爸爸’在这里，快来抱大腿。”

叶棋不敢相信：“真、真的假的？”

邵清格眸色深邃：“骗你有什么好处？我们总有一天是要回到现实世界的，到时候，我可以帮你实现梦想，介绍你签到星工厂当歌手，给你找最好的音乐制作人团队，量身打造单曲，让你大红大紫变成歌坛天王。所以，过去的那些糟糕的事情就别再想了，多想想美好的未来嘛。”

叶棋心里一暖，用力点头：“嗯，我知道，谢谢你。”

片刻后，他才看着邵清格，在脑海里认真地说：“邵总，我相信你的话，虽然靠你可以走捷径，但我还是想自己在比赛中拿到好成绩，比如，得个冠军亚军什么的，这样说出去也有底气。不然，靠走后门签约当歌手，万一我做得不够好，也会丢你的脸吧……”

聊起将来的梦想，叶棋认真无比，一双眼眸明亮如星辰。邵清格道：“好，我尊重你的决定。到时候你获奖了，我再帮你牵线。”

叶棋兴奋地点头：“太好了，谢谢‘金主爸爸’！”

两人这样有一搭没一搭地聊着天，时间倒是过得飞快，转眼就天亮了。

叶棋叫醒大家。

这一天，众人都警觉地进入备战状态，可一整天依旧无事发生。

肖楼有些疑惑：“难道虫族在城北、城南那些地方出了意外？怎么迟迟不来东区？”

虞寒江道：“有可能。那两片城区的挑战者要是提前做好布置，顽强抵抗，也有人像我们这样直接用汽油烧，大批虫族遇到火场的话并不好过。”

老莫分析道：“落英阁的那支队伍应该没来城东吧？说不定，她们就在别的区域跟虫族撞上了。这个队，撞上虫族应该也不会太吃亏。”

那位女队长确实够狠，见队友被寄生，直接烧死，虽说这做法冷血了些，但壮士断腕、干脆利落的处事作风，至少在关键时刻不会让队伍陷入危难。

肖楼道："不管其他城区什么情况，我们还是保持警惕吧。"

到了晚上，大家继续分批守夜，0 点的时候，悬浮框刷过一条公告——

黑桃 8 密室【末日逃生】，第五天，00:00。

挑战者剩余数量：198 人。

叶棋道："我记得昨晚是 208 人，今天变成 198，看来今天只有一队或两队被灭了？"

相比起前几天大量的牺牲者，这一天的死亡人数居然变少了许多。

虞寒江道："很可能挑战者团队也在不断的实战中积累了一些经验，能活下来的，都是特别强的队伍。"

由于昨晚叶棋和邵总守夜守到天亮，今晚，龙森、曲婉月、刘桥和老莫主动要求守夜。刘桥和曲婉月守前半夜，老莫和龙森守后半夜。

刘桥和曲婉月守到 3 点无事发生，交接班的时候外面还很平静。刘桥将窃听器转交给老莫，道："3 个窃听器轮流用，一个能窃听三小时。"

老莫认真地接过来，将还没使用的窃听器放进仓库远处树下的雪人里。

这高级窃听器的音效极为清晰，连下雪的"唰唰"声几乎都能听见，老莫和龙森一边烤火，一边认真地监听外面的动静。

凌晨 5 点，天还没亮。

就在这时，窃听器里突然传来"咯吱咯吱"的动静，好像有什么东西踩过雪地！

老莫脸色一变："外面有情况！"

龙森立刻警觉地站起来，回头去将大家叫醒。

5 点，正是人类最容易深度睡眠的时候，但大家的警觉心很强，被叫醒后立刻让自己清醒过来打起精神，迅速在仓库里会合。

老莫道："听数量应该不多，很像是人类的脚步声。"

肖楼道："别忘了虫族外形也跟人类一样，它们会伪装。"

话音刚落，就有几个人走到仓库门口，轻轻敲门，其中一个女声问："请问里面有人吗？我们能不能进来躲一下雪，外面太冷了。"

众人默契地保持着沉默。

虞寒江使了个眼色，大家立刻分散开，穿上隐身斗篷躲了起来。

就在这时，门被几个男人用力地踹开——

外面一片漆黑，但借着屋内夜明珠的光芒，可以看清来的有 5 个人，4 男 1

女。个个身材高大，没穿羽绒服，只穿着毛衣，唯一的女性身高也在一米七八以上，比叶棋还要高。虞寒江微微眯起眼，在脑海里朝肖楼道：“是虫族。”

肖楼也认可虞队的推断。这些人外表看上去跟人类一模一样，走路的姿势、说话的声音都和常人无异。可大家立刻判断出了这群人是虫族——大冬天外面还下着雪，肖楼他们穿羽绒服都觉得冷，还要围着暖炉烤火，这群人居然连大衣都不穿，只穿着薄薄一层毛衣就在深夜的雪地里到处逛？！

伪装，只能装个外形，却不会掩饰本能。它们不怕冷，反而怕热，这就是虫族的天性。穿上羽绒服估计会热得影响它们的行动。

眼看空荡荡的仓库里没有人，那带头的女人便说：“这里没人，我们去搜别的地方，今天晚上，将城东这一片的仓库、厂房、三层楼以下的建筑全部搜一遍，做好标记。”

旁边的几人道：“是，老大！”

它们刚要转身走，结果就在这时，门口突然出现了一面墙。

大理石砖，可以瞬间根据地形让大理石砖块改变形状，水平放置可以铺路，垂直放置则可以变成一面墙挡路。老莫在它们转身要走的时候，直接堵死了它们的退路。

这批虫族应该是被派出来的“先锋侦查队”，它们行动敏捷，身体素质也一个比一个好，说不定已经融合升级了，自然不能放它们离开，否则，它们会把大部队给带过来。

虞寒江冷冷地道：“打！”

被堵路的虫族们察觉到这里有人，脸色陡然一变，双眼也瞬间变成了慑人的猩红色！

它们看不见肖楼团队的人，大家却能清楚地看见它们。

高个子女人口中发出“吱吱”的叫声，大家听不懂虫族的语言，但其他 4 个虫族听到后立刻散开，4 个超过一米八的男性虫族行动矫健，在仓库里飞快地爬行，就如同 4 个旋风般的黑影，从众人面前一闪而过！

叶棋拿出二胡，拉了一曲《二泉映月》。这次群控，起码控住了 3 个，另外两个距离太远，没有受到音波的影响。

虞寒江立刻将一包医用酒精和点燃的布团丢到其中一个被控虫族的身上。

瞬间被火焰席卷的虫族发出了痛苦的叫声！

周围的伙伴看见火焰都不敢靠近它，被控制住的两个眼看就要醒来，叶棋和龙森立刻接上控，虞寒江和肖楼负责火攻，一左一右，转眼间又杀了 2 只！

其中包括那个女性小首领。

见首领一死，剩下两个男性虫族开始疯狂逃命，叶棋眼明手快用笛子控住一只，被虞寒江瞬间火烧解决。另一只，龙森追着他打羽毛球……虽然平时龙森的羽毛球命中移动目标的概率很低，但这次，他居然撞到好运，正好给打中了。

那虫族大概是知道门口逃不出去，就飞快地往墙上面爬，想从屋顶逃生，龙森盯着它攀爬的墙上打，击中他的后背，虫族被打晕在墙上无法动弹，曲婉月急忙丢过去酒精和火球。火焰瞬间点燃，几个虫族凄厉的鸣叫声听得人头皮发麻！

片刻后，5 个虫族在地上变成一团团焦黑的尸体。

龙森看着地上的尸体，沉着脸道："这批虫族行动矫健，身体素质都很好，我在体校待了那么久，一看就知道这些是专业健身的人，奔跑、跳跃、臂力腿力都是一流的。"

肖楼道："也就是说虫族会筛选寄生者？找那些身体素质强的人进行融合？"

虞寒江也觉得这种可能性极大："毕竟虫族只是借助人类的身体，把人类当作傀儡来指挥，如果寄生到身体虚弱的人身上，它们自身的行动力也会受到影响。"

叶棋赞同："有道理！比如，3 岁小孩和 80 岁老人，爬得再快，也不如一米八以上的成年男性运动员爬得快。它们居然还筛选人类进行升级，真是不把人当人！"

邵清格无奈地回头说："在虫族眼里，人类只是供它们寄生的躯壳，当然是躯壳素质越高，它们的实力就会越强。"

肖楼分析道："刚才这五人组应该是虫族先锋探路队，它们分组探路、找人，遇到实力弱的人类直接寄生。遇到不好对付的，就把大部队带过来清理。"

毕竟这个城市有几十万的虫族，不分批行动的话自己也会乱套。

虫族当中应该有高级指挥，在负责每一片城区的寄生工作，叶棋感慨道："确实是高智能生物，还带先锋队的。可惜，他们不知道有隐身斗篷，被我们突然袭击，团灭了。"

顺利团灭先锋队让众人微微松了一口气。但大家并不敢放松警惕，毕竟先锋队的后方很可能是成千上万的虫族军团。

众人做好防备工作，隐身斗篷时间只剩 30 秒了。

就在隐身斗篷的时间效果刚结束，大家都能看见队友的时候，叶棋的脸色忽然间变得无比苍白：“好奇怪的声音！你们听！”

窃听器里传来一阵“咯吱咯吱”的声音，那是无数只脚踏在雪地上发出来的声音，期间混杂着一些贴着雪滑行的诡异声响以及一个女人带着大喇叭的广播声：“虫族大军来了，快跑啊！”

这声音大家很熟悉，是远方团队的那个高师姐。

虞寒江定睛一看，只见远处的街道上，12 个人正在用位移卡疯狂地逃命！

他们团队的位移卡也很有特色，其中 3 个人踩着类似“滑板车”的东西，那速度都比得上高速路超车道的汽车了，也不知道会不会操作失误翻车。

还有两个在一路撑竿跳，这卡跟龙森、曲婉月的跳远健将有些像，不过龙曲两人是双腿跳，他们的长竿可以撑在地面，跳过很多建筑障碍，非常好用，还比较省力。

叶棋很快就在人群里看见了程子洋。这位程师兄脚下踩着一双轮滑鞋，这双轮滑鞋速度跟旁边的滑板车差不多，而且丝毫不受地形的影响。

虞寒江皱了皱眉，外面埋了一圈汽油，这时候点燃会让远方协会的人团灭，虽说程子洋背叛过叶棋，但他另外 11 个队友都是无辜的大学生，总不能把那些人也给炸了。

虞寒江沉声道：“10 秒之内越过那棵树的界限！”

大树和仓库有一段安全距离，是虞寒江算好不会被爆炸波及的距离。大树的外圈就是他们布置好的汽油桶。

由于这几天一直在下雪，封闭的汽油桶埋在雪下面看不见。但是，大量汽油一旦被点燃、爆炸产生的热浪和烈火，将瞬间掀翻积雪，烧死无数虫族！

10 秒，9 秒……

高师姐等人不知道肖楼他们的布置，只听见对方喊 10 秒内跑过那棵树的界限，大家立刻加速跑了起来，而随着他们的靠近，肖楼终于看清了他们的身后——

只见他们身后不远处，密密麻麻的虫族大军疯狂地追赶着，数不清的人形虫族在雪地上爬行、跳跃，黑压压的一片，就如同潮水一般朝着他们涌了过来！

队友们的脸色陡然一白。

龙森忍不住骂了句：“这少说有上万只吧！”

刘桥木着脸道：“我们大学有好几千学生，全校聚在大礼堂里，都没这么多人，不对，没这么多虫。”

这个笑话有些冷，曲婉月勉强笑笑，已经说不出话了。

众人紧张地盯着远处，虞寒江却神色平静地拿出了他的狂徒。

这是虞寒江所有枪械牌中体积最大、威力最猛的一支冲锋枪！

倒计时3秒，2秒，1秒……

远方协会的人使劲吃奶的力气跑路，终于集体越过了大树的界限，虞寒江在脑海里道：“肖楼，开屏障，点火！”

肖楼早就做好准备，圆规已画好，听见虞队的声音，他迅速将大树这边给圈了起来。

虞寒江双手拿枪，用轻功卡一跃而起，男人锋利的目光盯着汹涌而来的虫族，对准大树下的积雪，扣动扳机开始疯狂地扫射！

“砰砰砰砰！”一时间，枪声不绝于耳！

远方协会的人吓得差点跪下，还以为这男人要一波扫倒他们，没想到虞寒江从空中向下扫射，居然一颗子弹都没有伤到他们，反而全部射向他们的身后——

第一个汽油桶被子弹射穿，由于积雪的影响没能点燃，但虞寒江凶悍地扫了一整排，火花带着子弹将一圈的汽油桶全部射爆，只要一个被引燃，就会引发一连串的连锁反应。

虞寒江几秒内将几十发子弹射光，众人耳边陡然响起“轰”的一声巨响！

汽油爆炸产生的热浪，将追到附近的一批虫族直接掀到了高空！

它们的身体倏地被炸成碎片，连融合都来不及！

虫族大军前仆后继，第一批被炸成飞灰后面的立刻跟上。

但紧跟着，周围燃起的熊熊烈火将扑过来的虫族一瞬间全部点燃！虫群中发出恐怖的吱吱叫声，那声音听得大家脊背发冷，要是把这群虫族放过来，局面可想而知！

远方协会的人集体目瞪口呆。

他们距离爆炸的位置只有几米远，汽油就爆炸在他们屁股后面。他们甚至能清晰地感受到空气里的热浪，感觉自己的屁股快要被点着……但他们并没有受伤，也没有被爆炸和烈火波及。是肖楼放下的圆规圈帮了他们，抵挡了周围的伤害。

肖楼道：“快跑！”

高师姐等人这才反应过来，立刻借助各种位移卡跑到他们身边。眼镜男惊魂未定，扶住差点掉下去的眼镜道：“真、真厉害，你们居然在下面埋了炸药？”

虞寒江平静地说：“是汽油。”

一群大学生满脸佩服。紧跟着更让他们佩服的事发生了，只见肖楼拿出了一个吹风筒，虞寒江看了他一眼，低声道：“走！”

虞寒江单手拿着冲锋枪，另一手拉住肖楼，带着肖楼飞到了空中。

肖楼看准方向，启动了吹风筒的技能。

风助火势！滔天烈火被吹风筒一吹，立刻朝着虫族扑过来的方向凶猛地蔓延过去！

虫族的惨叫声让这个地方如同地狱。它们被炸死、烧死了多少，数量已经无法统计。

烈火越烧越旺，火势顺着肖楼吹风筒的风向蔓延，虫族大军被烧得猝不及防，哪怕它们数量再多，也冲不过这道冲天火焰形成的屏障！

高空中，肖楼一直用吹风筒助燃，虞寒江则带着他四处飞行，轻功卡可以浮空 8 秒再找落点，两个人配合，很快就把整个仓库都用火圈给包围。

360 度无死角的火圈，彻底阻拦住了虫族大军的进攻脚步。

回想刚才虞寒江飞身到空中、一通扫射点爆汽油桶的画面，大家都心有余悸！

这两个人配合得太到位了，肖楼的圆规慢那么一秒，爆炸产生的热浪和烈火就很可能影响到他们，而一旦肖楼吹风筒用得不对，火焰也可能反噬。

连着“心有灵犀”，知道彼此的想法，这也是两人能完美配合的原因。

稳住局势后，虞寒江带着肖楼轻轻落在雪地上，淡淡说道：“可以阻拦一阵子，大家分散开，盯着火圈，万一虫族用踩着同伴身体的方式爬进火圈，立刻控制解决。但我估计它们不敢，毕竟它们最怕火。”

肖楼道：“控制类技能都留着。爬过来的控住，让它们被火烧死就好。”

火墙防守做得无懈可击。

低级虫族能突破这一层熊熊烈火火所形成的屏障吗？

火圈外，虫族们“吱吱”的惨叫声不绝于耳，在风的推动下，火焰越烧越旺，但大家丝毫不懈怠，等了将近十分钟，依旧没有一只虫族敢越过这道火墙。

任何动物都很难违背天性，虫子们最怕火烧，加上它们只能攀爬却没法飞行，这高达 5 米的火墙，让它们一时难以突破。

那位姓高的女生就站在肖楼的旁边，肖楼对这个女生印象还不错，见她脸色严肃地盯着火圈，肖楼回头问道：“你们是什么情况，怎么会突然被虫族大军追击？”

高小亦解释道：“最开始，有 5 个虫族闯进了我们暂时住的厂房，大概是先锋队，被我们解决了，我们刚松一口气，结果就听见虫族大军的动静。那 5 个虫族死前发出了尖锐的鸣叫声，虫族的语言我们也听不懂。我想，很可能是它们在呼叫自己的同伴。”

肖楼仔细一想，当时他们解决掉那5个先锋队虫族的时候，耳边也响起了刺耳的叫声，说不定那几个虫族也通知了后方的伙伴？

他回头看向虞寒江，后者也正好看他一眼，两人在“心有灵犀”通道交流：“要是真像她说的，虫族在死前发出了信号，应该还会有一批虫子过来消灭我们。”

虞寒江道：“看情况吧，随时做好撤离的准备。”

就在这时，两人听见叶棋突然开口问道：“你们被虫族包围后，逃跑的方向有很多，为什么偏偏朝我们仓库的方向跑呢？是你们队长说的吗？”

他的目光直直地盯着不远处的程子洋。

程子洋笑了笑，道：“没错，我想虫族既然进攻城东，你们肯定也会有危险，所以我才尽快通知你们撤离。高小亦还拿着喇叭一路喊，让周围的挑战者也都赶紧撤。”

高小亦的喇叭大家都看见了，她手里拿着的喇叭牌应该是能放大声效的卡牌，距离很远大家都能非常清晰地听见她的声音，很像地铁站、机场的那种广播声。

从高小亦那么远用大喇叭通知就可以看出她是真的在报信，让大家赶紧撤离。叶棋相信这个女生，但他并不相信程子洋，毕竟程子洋背叛过他。

梦里被程子洋捅穿胸口的情节又在脑海里回放，叶棋的心中忐忑不安，这个姓程的学长该不会是觉得虫族大军太难对付，故意把虫族引过来坑他们的吧？单纯通知撤离，会有这么好心吗？但是，程子洋的理由表面上没法反驳，叶棋也不好多说什么。

天空中还在下着雪，熊熊烈火将雪花瞬间融化，火圈似乎形成了一道天然的屏障，阻拦了虫族的去路。可就在这时，刘桥突然飞身过来，压低声音道：“背后又来了一大批虫族！”

此时，肖、虞、邵、叶4人以及远方协会的人站在正前方防守虫族，莫、龙、曲、刘4人则被肖楼派去了仓库背后，一来防止虫族从背后偷袭，二来也是守好仓库后面的逃生通道。虽然汽油的火圈360度包围了仓库，让虫族没有任何缝隙可以钻进来，但总要防着后方偷袭。

听到刘桥的声音，虞寒江脸色微微一变：“什么情况？”

刘桥小声说：“老莫将窃听器甩到远处树上，听见了大批虫族朝这边爬行的声音。”

肖楼和虞寒江对视一眼——果然如此。

去找远方协会的五虫先锋队引了一批虫族去包围他们，而来到仓库被肖楼等人团灭的先锋队临死前同样发出了信号，看来一支先锋队的背后就有一支虫族军团。由于程子洋带着队伍跑来了仓库这边，因此，他们将迫不得已面临前后两批虫族的夹击！

虞寒江回头看向程子洋："后面也有一大批虫族马上到，你们都拿出自己的卡牌做好准备，别让虫子钻进火圈里来。"

高小亦等人纷纷点头，白着脸将几张牌握在手里。

前方的形势目前还算乐观，虫族不断被火烧死，人类的身体内本就有油脂，低级虫族喜欢群居，这么多人形态的家伙挤在一起，一烧就是一大片！

当然，看见烈火后那些虫族也会自发地进行融合、升级，升级版的虫族速度会变快，可以疾风一般爬行躲避火焰的伤害，但依旧没法直接突破火圈。

肖楼看向虞寒江，在脑海里道："飞鸽传书。"

虞寒江点头："好。"

他看了邵清格一眼，凑到邵总耳边低声说："肖楼会召李清照，邵总你复制一张，我们将火势引燃，让后面的虫族没法跟上来。"

邵清格会意，在肖楼召唤出李清照的时候立刻使用"有钱任性"复制了这张牌。

李清照的这个"飞鸽传书"技能，本来是互相传信用的，但技能中还有一句描述——可以让飞鸽携带最多 100 公斤重量的物品，送达指定地点，类似于"飞鸽快递"。

当时虞寒江他们去加油站搬汽油，除了将大量汽油埋在周围外，还留了几桶存放在公交车里以备不时之需。那些汽油桶的重量就控制在了 100 公斤以内，找汽油、设埋伏，是虞寒江的主意，但用李清照的飞鸽传书把汽油桶带到虫群里却是肖楼的主意。

如今，时机差不多了。

邵清格复制卡牌的同时，叶棋已经机灵地跑回公交车，用瞬移卡搬了两桶汽油过来。

看见汽油桶，高小亦不由担心地道："现在去泼汽油的话，万一火烧到我们怎么办？这可是汽油啊，会爆炸的！"

肖楼道："放心，不会发生这种事情。"

下一刻，她们就见眼前突然出现了两只鸽子，它们看上去跟普通的信鸽没有什么区别，但是，它们居然轻轻松松地用爪子将汽油桶给提了起来！

远方协会的人纷纷瞪大眼睛。戴眼镜的男生眼镜差点掉了，他忍不住赞道：

“这张搬东西的牌真是好用啊……不过为什么是鸽子？”

旁边有人猜测道：“大概是飞鸽传书的原理？”

肖楼在汽油桶上钻了个洞，为免火墙直接炸死鸽子，他操控鸽子飞到离火墙好几米的高空之中，一只鸽子迅速往前飞去，由于它携带的油桶是漏油的，一边飞一边朝下方泼洒汽油，导致原本就在熊熊燃烧的火焰，顺着汽油迅猛地蔓延开来！

而仓库后方，虫族大军很快也到了。

肖楼用同样的方法，让邵清格复制出来的另一只鸽子带着漏油的桶朝虫群飞去，没过几秒，后方便传来震耳欲聋的惨叫声！

老莫大声喊道：“被炸死了一批，它们暂时也过不来！”

远方协会的高小亦佩服地竖起大拇指：“太牛了，这个办法好。”她看向站在身旁的短发女生，道，“薛晴，快，你的化学药品也可以这样用。”

只见短发女生拿出一张卡，随着卡牌的激活，她的手中出现了一瓶又一瓶透明液体。

叶棋好奇地道：“你这瓶子里的东西可以不断生产的吗？这是什么？”

叫薛晴的女生腼腆地笑了笑，说：“这是酒精。可能因为我是化学系的学生，抽到的都是化学药剂卡，硫酸、硝酸、高锰酸钾、氯化钠之类的……”

她的脚下很快就摆了一排酒精瓶子，肖楼心想，远方协会有这个化学系女生在，通关黑桃 8 密室的难度会降低不少，毕竟她可以无限生产酒精，正好对付虫族。

薛晴蹙了蹙秀气的眉头，道：“可这些酒精很难丢到虫群中去，会被火墙挡住。”

肖楼道：“没关系，留着备用。”

高达 5 米的火墙，如果不从高空中抛掷，确实很难把酒精丢过去。

就在这时，龙森突然跑过来道：“我有办法，我的羽毛球卡牌升级，以前只能打羽毛球，现在出了第二个技能，可以把别的东西打到远处去，就跟抛铅球一样，最远抛 100 米！”他从地上拿起一瓶酒精，看向薛晴，“我试试啊。”

薛晴立刻点头：“嗯，随便拿。”

龙森拿起一瓶酒精，用羽毛球的拍子用力地击飞出去！

他选了 100 米之外的落点，酒精在空中做了个完美的抛物线，虞寒江用轻功飞起看了看，朝龙森点头道：“可以，泼到了远处的虫族身上，继续。”

龙森兴奋极了，把薛晴制作的酒精一瓶接一瓶地打了出去。

在各种燃料的帮助下，火势丝毫没有熄灭的迹象，外面的虫族被烧死了一批又一批，到后来，大概是它们也受不了烈焰的灼烧，叫声小了许多，刘桥飞到高空中一看，不由欣喜地道："它们好像决定撤退，远处没被烧死的虫族都往别的方向逃走了！"

虞寒江也飞起来看了一眼。

前方到处都是烧焦的尸体，那画面宛如人间炼狱，惨不忍睹。

远处没被烧的虫族正在飞快地朝另一个方向逃窜。而仓库后方，一过来就被火焰拦住的第二批虫族死伤并没有第一批那么惨重，毕竟它们远远就看见了火，不会傻到自己去撞火，不像第一批，走到汽油桶附近才被炸得猝不及防。

第二批虫族大部分停步不前，要不是肖楼突然用飞鸽传书泼汽油一路引火，它们或许也不会那么惨，死亡的有将近一半，另一半也在迅速后撤远离火焰的灼烧。

叫声越来越弱，很快，周围恢复了平静。

肖楼的圆规无敌圈时间已经结束，烧焦味混杂着浓烟的味道呛得众人不由捂住了口鼻。也不知过了多久，外面依旧没有动静，大家才终于松了一口气。

大雪还在下，火光照亮了天空，雪花就像染上了一层火焰的金红色，纷纷扬扬地洒落下来。

高小亦道："看来……虫族撤了？"

程子洋竖起大拇指："各位真是厉害，这么多虫子都能被你们赶跑。"

肖楼淡淡道："过奖。"他不想和这个程子洋多聊一句，看见这人就让他想起第一次在黑桃 3 密室遇见叶棋时，可怜的小家伙打扮成收垃圾的人，半夜偷偷躲起来啃饼干的画面。这程子洋虽然没有直接杀掉叶棋，却差点害死叶棋，大家自然对他没好感。

只是，被虫族包围，他们不好赶人走，更不好在这时候起内讧。

程子洋发现肖楼对他的态度和对高小亦、薛晴等人的态度截然不同，也就不再自讨没趣，回头跟队友们叮嘱着什么。

叶棋将窃听器丢去远处，听了半晌，道："没动静，真的撤了吗？"

肖楼道："它们确实很怕火，没法突破火圈。"

就在大家刚刚松口气的时候，叶棋突然道："好像哪里不对？"他脸色严肃地走到肖楼面前，将窃听器的另一端交给了肖楼。

叶棋的窃听器可以同时放出去 3 个，一个藏在雪人里面，一个给老莫去守后方，另一个叶棋丢去了虫族大军撤离的位置，肖楼接过来仔细一听……

那声音很奇怪，不像是踩在雪地上发出的"咯吱咯吱"的脚步声。窸窸窣窣的，就像一些小动物在深夜里翻什么东西，而且，那声音很弱，不仔细听还真的难以察觉。

肖楼没法判断这是什么，将窃听器递给虞寒江，让他听听看。

虞寒江一听，立刻皱眉道："很像老鼠打洞一样的声音——它们在钻地。"

众人的脸色陡然一变。

叶棋反应过来，白着脸道："它们不会飞，但会钻进地下？！"

火墙它们没法直接过来，但它们可以从地底下钻洞，绕过这道火圈。想到这一点，众人都觉得头皮发麻。

虞寒江厉声喝道："都做好准备，注意地面！"

几乎是他话音刚落，他们身后的地面就像是海面的波纹一样开始不断地涌动。转眼间，就有几十个身材健硕的"人类"从地底下钻了出来！

虽然挖地洞让它们灰头土脸，有的脸上还受了伤，可它们丝毫不介意。

虞寒江等人被几十个虫族团团围住。

看着它们猩红的眼睛、敏捷的反应和飞快的速度，虞寒江压低声音道："小心，这些都是升级了的。"

如果说，两个虫族融合能从第一级变成第二级，那么两个第二级的融合就能进阶成第三级。刚才火焰凶猛，虽然烧死了一大批虫族，但也有一些只烧到身体没被烧到脑袋，这些没死透的虫族肯定会自发进行融合，这几十个突然出现在仓库的虫族不知道升到了第几级，光是几分钟之内挖地洞越过火圈、绕后袭击的计划，这智商就丝毫不输于人类。

被进阶版虫族团团围住，众人的脸色都有些难看。

大家还没来得及动，就有两个虫族猛地朝高小亦扑了过去！

那行动快如闪电，肉眼甚至没办法捕捉，它们所寄生的人类的指甲变得极为锋利，看上去比螃蟹的钳子还要坚硬，显然是进化了的缘故。

高小亦反应很快，直接撑竿跳，一跃而起，跳上了仓库屋顶。

两只虫族自然不会放过她，紧跟着爬上屋顶，高小亦立刻甩出卡牌技能，放出一只巨蟒猛地缠住它们。那巨蟒的身体粗如树干，两只虫族被缠住、无法行动，转眼间居然被巨蟒给……吃了？也不知道巨蟒会不会寄生。但下一刻，高小亦就收起了自己的黄金巨蟒，跳回到队友身边。

看来这张巨蟒牌可以吞噬一切活物，不会受到寄生的影响。

同一时间，薛晴也遭到攻击，女生拿起酒精泼向虫族，可惜虫族反应很快，闪身避开了她泼出去的酒精，女生正脸色发白往后躲，站她旁边的眼镜男生突然抬手，一股电流飞快地席卷了那个虫族的身体，那虫族被电流给电得全身僵直无法行动，眼镜男紧跟着泼酒精点火。

这个团队的大学生实力果然很强，戴眼镜的男生应该就是物理系的，这张卡牌跟“电”有关。果然，下一刻他又激活了一张灯泡类的卡牌。

炫目的白光陡然照亮夜空，虫族们差点被刺瞎双眼，眩晕群控！

远方协会的大学生跟虫族战成一团，肖楼这边也不轻松，这批进阶版的虫族行动能力极快，一个个跑动起来就跟飞影一般，单体控制技能很难命中它们，叶棋用二胡来了一波群控，但也只控住了三四只，被虞寒江迅速解决。

跟飞快跑动、可以从任意角度袭击大家的虫族相比，他们的速度明显有些慢了，肖楼毫不犹豫召唤白居易开大招——琵琶行，群体混乱！

琵琶行的控制范围比较大，但这批虫族已经学聪明了，看见陌生人物出现后立刻飞身后撤，肖楼的大招只控住了 5 个，被混乱的虫族开始自相残杀，虞寒江抓住机会又泼了一瓶酒精过去，将缠斗在一起的它们集体烧死！

更让人心惊胆战的是……

这四十多只虫族，大家只杀了一半，居然又有虫族从地下源源不断地爬出来！

显然，它们后面还跟着不少进阶版虫族，地下通道已经被它们完全打开。

打死一个，地下爬出来两个……

虞寒江脸色一沉：“尽快撤离，别跟它们耗！”

虽然远方协会的大学生也很强，各种卡牌控制、击杀虫族，目前还没有人被近身，看上去似乎稳住了局面。可是，大家体力有限，卡牌技能还会冷却，如果继续耗下去，地下爬出来的虫族越来越多，大家真的会陷入被虫潮淹没的危机！

虞寒江道：“边打边撤！”

肖楼朝邵清格道：“邵总，减速，我先来。”

说罢，他便用了李清照的技能“声声慢”，这个技能可以让范围内的所有人动作变慢，如同电影开始播放慢镜头，减速 90%，哪怕虫族们再敏捷，受到李清照 100 米范围的大群控后，也变得笨手笨脚起来。

当然，这个技能虽然强，却是双刃剑。虫族变慢了，肖楼他们自己的行动也会变慢。

只听李清照站在那里开始念词：“寻寻觅觅，冷冷清清，凄凄惨惨戚戚……”

大学生团队目瞪口呆。

高小亦忍不住道：“这是什么牌……李清照吗？”

肖楼没时间跟她解释，直说道：“快撤！”

高小亦往前走，发现自己就像是双腿灌了铅一样走不动：“我们也被控了！”

程子洋脸色一变，回头看着肖楼："你控制住我们，让我们慢动作走不动，自己撤离？就这样把我们卖了吗？我们可不是好欺负的。"

叶棋忍不住怼道："你以为谁都像你啊？都说是范围内所有目标减速，自然也包括我们自己，这张卡要搭配位移卡使用才行！"

他懒得跟程子洋啰唆，用瞬移卡带着肖楼和虞寒江去了仓库的后方。

这张瞬移卡的描述是：瞬间水平移动 50 米。什么叫瞬间？类似游戏里的瞬发技能，不会被打断。李清照的减速并不影响这种瞬发技能。

所以，肖楼才会放李清照大范围减速虫族，他们正好用瞬移卡撤离。

邵清格和叶棋一人一张瞬移卡，迅速带走队友。

眼看叶棋和邵清格将大家都带去仓库后方，程子洋眼中闪过一丝阴狠，看向薛晴道："他们想丢下我们跑路，快用解控技能！"

薛晴虽然觉得肖楼不像是这种人，但大家目前确实被减速所影响，脚下几乎都挪不动，她不再犹豫，立刻拿出一瓶高锰酸钾。由于高锰酸钾是强氧化剂，技能 1"消毒"，可以清除一切负面状态，技能 2"杀菌"，则能帮人治疗伤口。

帮队友们清除负面状态后，程子洋沉声道："跟上他们！"

大家不明真相，但地下爬出来的虫族越来越多，他们 12 个人也确实无法应付，只好听队长的也往仓库后面跑。

走到中途，就见叶棋和邵清格突然折返。

叶棋皱眉道："本来想接你们的，你们自己跑过来了？"

毕竟跑得再快也没有瞬移一次 50 米快，叶棋和邵清格用瞬移卡接送队友其实只用了几秒钟时间，李清照的词还没念完呢。

众人听到这里，脸色都有些尴尬——果然是队长把别人想得太坏了，毕竟刚才一起并肩作战杀了那么多虫族，哪有突然控制住另一支队伍自己逃命的道理？这样岂不是跟间接杀了他们一样吗？

薛晴不好意思地解释道："大家都动不了，我用了解控技能。"

邵清格眯了眯眼，没有说破。

瞬移卡能带 200 公斤的重量，这群大学生中的几个妹子都很瘦，一次能带走 3 个。不出 5 秒，邵清格和叶棋就将他们全部带到了挖好的地洞旁边。

肖楼之所以带上这几人，是因为这些人实力够强，要是再遇到大批虫族可以一起消灭。况且，控住其他人，自己逃跑的做法太缺德了，他做不出来。

掀开遮住地洞的纸板之后，虞寒江第一个跳了下去，沉声道："快！别让虫族跟上！"

邵清格道："我殿后吧，声声慢的技能我这里还能再用一次。"

叶棋不放心邵总殿后，自己也留了下来。

肖楼、虞寒江等人还有远方协会的其他学生一个接一个地跳了下去，外面只剩程子洋、薛晴和叶棋、邵清格 4 人。

就在这时，大批虫族忽然如潮水一般涌了过来！

李清照的词念完了，虫族们恢复了行动能力，邵清格毫不犹豫地又召唤了一个李清照，继续让它们慢动作。原本气势汹汹的虫族被强制放慢动作，好几秒都爬不出一步，伸出爪子慢吞吞地往前挪，看上去反倒有些搞笑。

叶棋刚想笑，但突然，有两只虫族从仓库的屋顶猛地扑了下来！

这两只虫子显然比较机智，绕开李清照的控制，从仓库侧面爬上屋顶，一直安静地等待时机。两只分头攻击，一只攻击程子洋，另一只攻击叶棋。

眼看它就要扑到程子洋的背后，薛晴瞪大眼睛，刚要喊“小心”，没想到下一刻程子洋毫不犹豫地拉着薛晴挡住自己，薛晴发出“啊”的一声惨叫，她的整张脸都被虫族锋利的指甲给抓破！

当时情况危急，程子洋大概是手里没牌可用，所以下意识地拉队友来挡刀。

而同时，邵清格却突然挡住了叶棋。

叶棋的耳边传来一声闷哼，紧跟着，他看见一股鲜血顺着邵清格的额头流了下来。

身后是虫族大军，身前是熊熊烈火，瞬移卡只能水平瞬移，邵清格的手里已经没有其他可以保命的卡牌，那虫子袭击的是叶棋的背后，叶棋显然没看见，他能做的只有用身体来护住小叶。

看着邵清格额头上的血迹，叶棋顿时睚眦欲裂，身体不由剧烈地颤抖起来，他用力抓住邵清格的胳膊，声音颤抖得不像样：“你怎么样？邵总……你别吓我……”

听着少年几乎要哭出来的声音，邵清格还很不正经地微笑了一下：“没事。”他用“心有灵犀”说道，“我被寄生了，马上走。”

叶棋眼眶猛然一热，他已经顾不上被寄生的薛晴，直接拉着邵清格就往地洞里跳下去。

刚下去，就见一个卡包丢了下来，紧跟着是薛晴带着哭腔的声音：“谢谢你愿意带我走，但是我被寄生了，我不想变成虫子，没有尊严地当一个傀儡，也不想害死我的队友，麻烦你把我的卡牌转交给高师姐！”

这女生看似柔弱，性格却极为刚烈。被程子洋拉过来挡刀，她被寄生后心灰意冷。叶棋惊讶地发现，她居然双脚踩着滑板，视死如归地冲进了火圈里！

邵清格此时还有意识，下到地洞后，他平静地说：“肖教授，借一下吹风筒。”

外面刚才只传来女生的尖叫，具体发生了什么大家并不清楚。

高小亦担心地道："好像是薛晴的叫声，怎么了？"

邵清格微微一笑没有解释，眼看程子洋就要跳下来，他忽然拿起吹风筒——一阵迅猛的狂风刮过，程子洋的身体瞬间被吹飞了几十米远。邵清格正对着火圈吹，直接将程子洋给吹进了烈火当中！

程子洋凄厉的惨叫声回响在耳边。

那么大的火，他被丢进去，显然会和薛晴一样被烧成灰，尸骨无存。

他害了叶棋一次，邵清格一直记在心里。如今他又拉队友挡刀，邵清格已经忍无可忍，不如趁机解决。

叶棋一直在发抖，目前只有他知道邵总被寄生，也只有他知道邵清格的想法——邵总很护短，一直看不惯程子洋，如今让程子洋去给薛晴陪葬，这就是姓程的最好的结局。

队长被丢进火里，远方协会的人个个脸色难看，有人想上前理论，虞寒江立刻沉着脸拦住："先走，边走边说，老莫封住后路。"

不管邵清格这样做是什么原因，虞寒江相信邵总的决定。

老莫立刻用大理石封住后路，肖楼团队的众人迅速朝前走去，远方协会的人面面相觑，只好先往前走，毕竟后路已经被封，他们也上不去，留在这里很容易葬身虫海。

一路上，气氛压抑得可怕，大家都鸦雀无声。

看叶棋快要哭的样子，邵清格用"心有灵犀"说："我记得你说过不会抛弃我的，我就等你带我通关了，这才是终极躺赢的姿势。"

他的玩笑并不好笑，叶棋眼眶泛红，强忍着眼泪道："对不起！"

当时，要不是他分心去关注程子洋那边，背后也不会被偷袭，他可以用乐器牌控住那只虫，可就是自己的分心，让邵清格用身体帮他挡了虫子的攻击。

邵清格被寄生全是他的责任，是他没照顾好邵总，叶棋恨不得狠狠抽自己几个巴掌。

感觉到叶棋脑海中强烈的愧疚和后悔，邵清格轻叹一口气，道："别自责了，快告诉肖教授这件事，让他想办法。我相信你们的能力，我在红桃密室躺赢了那么多次，这次也靠你们了。"

叶棋点点头，走到肖楼身边。

肖楼早就察觉到他情绪不对劲，轻声问："怎么回事？"

叶棋凑过去，在肖楼的耳边哽咽着道："邵总……被寄生了。"

听到叶棋的话，肖楼的脸色顿时一片苍白。

虽说他能感觉到邵清格对程子洋的讨厌，大家知道程子洋背叛过叶棋的事后对程子洋都没什么好感。但是，以邵总的性格，不会直接狠绝地杀人。可是刚才，邵清格居然用吹风筒将程子洋抛进了熊熊烈火之中。

程子洋绝对会被烈火烧成灰烬，邵清格如此对待程子洋肯定有问题，加上薛晴的惨叫声，应该是他们 4 个留在上面时遭到了虫族的偷袭，甚至害得邵总被寄生了！

此时，远方协会的大学生们还跟在后面，要是知道邵清格被寄生，他们说不定会对邵总动手，绝对不能表现出来，让他们知晓这件事。

肖楼立刻稳住情绪，用“心有灵犀”通道将这个糟糕的消息告诉虞寒江。虞寒江微微皱了皱眉，走到叶棋面前压低声音问：“什么情况？”

叶棋鼻子一酸，垂下头强忍住眼泪，颤声说道：“刚才，有 2 只虫族偷偷从侧面爬上屋顶，躲开了李清照的控制，突然从后方偷袭，我没注意到，邵总为了保护我，才被虫族给抓伤了……”

虞寒江道：“程子洋也被寄生，邵总才把他扔进火里的？”

叶棋摇头：“不是，程子洋被偷袭的时候拉着薛晴挡在自己身前，让薛晴被寄生了。”

肖楼和虞寒江对视一眼——从叶棋的描述中两人可以想象当时的局面，同样被虫族偷袭，程子洋选择了拉队友挡刀，邵清格却选择了冒险去保护队友。

这是两种截然不同的做法。

人在危急关头下意识的反应，足以表现一个人的品格。

他们果然没有信错邵清格，别看邵总平时懒洋洋的，在主城的时候天天睡懒觉，红桃密室当旅游，嘴上挂着躺赢，可关键时刻，这个男人的魄力让肖楼都不由得佩服。

见叶棋脸色苍白的模样，肖楼轻轻按住他的肩，柔声说道：“别太自责，他保护你，是他自己的选择，不能全怪你，要是你被寄生了，大家同样会很难过。”

叶棋低着头不说话。

肖楼接着道：“而且被寄生又不是没救，虞队之前不是分析过吗？ A 级密室会重置数据，挑战者在密室里受的伤会自动清零，只要我们保护好邵总，别让他死了，带着他通关，回到主城后他就能恢复，变成原来那个安然无恙的邵总。”

叶棋轻轻点头：“嗯……”

肖楼问道：“你现在还能感觉到邵总的信号吗？用‘心有灵犀’。”

叶棋试探着在脑海里问邵清格：“邵总，能听见我说话吗？”

邵清格带着笑的声音在脑海里传过来：“能听见，我并没有变异，好像也没特殊的感觉，可能是虫族在我体内还在适应阶段？”

叶棋将结果告诉了肖楼。

肖楼微微松口气，被寄生后要过一段时间才会彻底变异，秦观的“心有灵犀”联通的是两个人的精神世界，让两个人通过精神来交流，而不是表面。所以，此时的邵总肯定不是伪装的，他还有自己的意识在。

不知道他什么时候变异，肖楼想了想，轻声朝叶棋道：“你跟邵总用‘心有灵犀’通道时刻保持交流，一旦沟通渠道突然断了，那就是他的意识被虫族控制住了，到时候，你立刻用笛子控住他，我们这条地下密道也就再走5分钟时间，外面还有虫族，不能被它们追上，离开密道再说。”

虞寒江也同意肖楼的意见，道：“虫子会钻地，我们封住了后路和侧面的岔路，可万一它们从头顶挖洞钻下来，我们就会被包围。所以，先离开密道，出去之后再考虑怎么解决邵总这件事，5 分钟，他应该还不会失去意识。”

叶棋用力点头。

3 人一边走一边压低声音说话，邵清格能随时感应到叶棋和肖楼、虞寒江的对话，他也回复道：“大局为重，先走出密道再说，我应该还能坚持几分钟。”

就在这时，远方协会的高小亦突然走过来，白着脸问道：“这位先生，刚才到底发生了什么？你为什么要把我们队长用吹风筒给抛去火里？”

戴眼镜的男生也道：“火势那么大，程子洋被丢进去肯定会烧成灰。你跟他有多大的仇，为什么要这么害他？还有，薛晴呢？刚才她在尖叫，她怎么没下来？”

这些人有问题也很正常。毕竟他们亲眼看见邵清格把程子洋吹进了火里，心中肯定愤怒又疑惑。

叶棋脸色苍白，正想解释，结果就听旁边响起个似笑非笑的声音：“这剧情比较复杂，大家快点走，边走边说。”

毕竟虫族大军还在后面，现在可不是停下来吵架的时候。

高小亦点了点头，示意队友们跟上了，边走边说。

邵清格道：“早在黑桃 3 密室，我们队小叶当时单人闯关，你们队长程子洋也是单人闯关，两人正好匹配到一起成了临时队友，结果在物资被偷走大部分之后，你们程队长居然带着物资，丢下小叶跑了。”

说到这里，邵清格微微眯起眼，目光变得无比锐利：“由于他的背叛，小叶在黑桃 3 密室被淘汰，去噩梦密室吃树叶活了 14 天，你们可以自行想象，他是怎么艰难地从噩梦密室里回来的。”

听到这段故事，众人不由面面相觑。

高小亦等人显然也不敢相信，平时看起来阳光帅气的队长，怎么会是这样的人？难道真是知人知面不知心吗？

高小亦微微皱了皱眉：“这是你主观的说法，我们没法完全相信……再说，即便你说的是真的，他曾经对不起小叶，可以让他用别的方式补偿，一定要杀人吗？”

邵清格挑眉：“如果他也杀了人呢？”

高小亦微微一怔，想起刚才薛晴的惨叫，心中顿时升起一丝冷意：“难道……薛晴？”

邵清格淡笑道：“卖队友，只会有零次和无数次的区别，懂我的意思吗？”

会卖队友的人，卖了第一次，就会有第二次、第三次，因为生死关头的本能会让他只想着自己，比起生命，队友又算什么？而不会卖队友的人，即便面临生死关头，也会和队友一起承担，大不了同生共死。

邵清格的意思很明显，程子洋之前在黑桃 3 密室卖了叶棋，刚才他又故技重施卖了薛晴，并且害死了薛晴。血债血偿，就该赔命！

叶棋见邵总逻辑清晰地跟大家解释缘由，心里更加难受。

因为他不知道邵总这样的状态还能保持多久。

叶棋深吸一口气，尽量让自己平静下来，上前一步，轻声解释道：“刚才我们 4 个在外面遭遇了虫族的偷袭，你们的队长程子洋察觉到自己被偷袭后，立刻拉着薛晴挡在了自己的身前，害得薛晴被虫族寄生。薛晴说不想当虫族的傀儡，也不想寄生之后连累你们，所以她踩着滑板车冲进了火里，干脆地自尽了。”

这个妹子的魄力叶棋还是很佩服的，远方协会的人听到这里，脸色一个比一个难看，男生扶了扶鼻梁上的眼镜，沉声道：“怪不得刚才听见了薛晴的惨叫声，程子洋他怎么可以这样……”

旁边一个跟薛晴关系比较好的女生满脸愤怒，她用力攥住拳道：“程子洋没有多少防身卡，肯定是关键时刻只想着自己活命，所以害了薛晴！他当时要是别那么做，通知我的话，我上去救他们或许都来得及，可怜了薛晴……”说到最后，女生的声音也带着一丝哽咽。

叶棋将卡包递给高小亦：“这是薛晴的卡包，她让我转交给你们。”

女生手指颤抖着接过卡包。

就在此时，高小亦突然脸色一变：“程子洋他……”众人齐齐回头朝她看去，高小亦沉默了 3 秒，压低声音道，“他死了。”

身边的男生愣了愣：“是契约书转交了吗？”

高小亦点头：“对，我们签的都是程子洋的契约书，按照契约书的规则，队长如果在密室中死亡，则会顺延给第二个签约的人当队长。我跟他认识的时间最长，是第二个签的契约，现在，契约书上是我变成了队长，我刚看到了悬浮框中队长转交的通知。”

她将一本高级契约书拿出来给队友们看了一眼。上面果然已经没有了程子洋的名字，薛晴的名字也消失了。两位队友的死亡对他们团队来说显然是个沉重的打击，一群人都白着脸不说话。

肖楼轻叹一口气，安慰道：“程子洋这样的人，留在身边才是最不安全的，如果你们走到 S 级密室，万一他为了自己活下去把你们全卖了呢？他死不足惜，只是可惜了薛晴无辜被牵连。”

高小亦迅速冷静下来，回头看向队友们：“没时间难过了，薛晴的卡暂时由我来保管，既然我变成了队长，我就有责任带大家通关这个密室。都打起精神来，快点走！外面还有一大堆虫族等着我们，大家也不想出去集体喂虫子吧？！”

听到她的话，众人才恢复了一些精神，快步往前走。

高小亦走到叶棋身边，道：“谢谢你。”

叶棋道：“不用。”

高小亦沉默片刻，才说：“程子洋对你的背叛，我跟他只是队友，也没资格替他道歉。但是，你能从噩梦密室走出来，说明你的能力很强，以后也一定会有好运的。”

好运什么？他都害得邵总被虫族给咬了。叶棋勉强朝她笑笑，继续往前走，一边在精神世界跟邵清格交流着。突然，邵清格在脑海里道：“我的卡包也交给你保管吧，没几张有用的卡，可交给你我比较放心。”

叶棋点点头道：“好，我会帮你带着的。”

邵总的卡确实用途不大，自动取款机、有钱任性之类的，没攻击力，又不能控制，最好用的“有钱任性”复制一张牌要花 500 万金币，他自己没抽到过什么攻击牌，这也是他关键时刻没用卡牌，而是用身体护住叶棋的原因。

叶棋忍不住说：“以后抽奖的机会都给你，我再也不抽了。”

邵清格轻笑着道：“别，万一我再抽到个银行、基金之类的东西那也是华而不实。”

叶棋：“你还有心情开玩笑……”

邵清格拍拍叶棋的肩膀，道：“别紧张，我只是被寄生了，又不是死了，只要你们通关我就能恢复正常。”

叶棋只好闷闷地“嗯”了一声。

两人边走边聊，5 分钟时间过得很快，众人转眼间就来到了通道出口。

由于这条地下密道经过虞寒江反复的勘察，加上周围的岔路都被坚硬的大理石墙壁给堵住，大家一路畅通无阻。肖楼已经开了无人机的功能，随时在卡牌上面监控着出口的动向，此时，出口平静极了，连任何小动物的声音都听不到。

肖楼朝虞寒江点了一下头示意外面安全，虞寒江立刻轻功飞起，双臂猛地朝上用力，豁然掀开了铺满积雪的井盖，道："都上来！"

有飞行、跳跃卡的都迅速上去，叶棋和邵总则被虞寒江用白绫卡卷了上来。

虞寒江盖住井盖，扫了一眼周围。

此时已是深夜，周围漆黑一片，远处所有的建筑都没有灯光，街道上的路灯也全都熄灭了，众人只能借助肖楼手里灯笼的光线观察四周。

虞寒江记得上次来探路的时候路灯还是亮的，他皱了皱眉，道："虫族很可能破坏了城市的电路系统，以后的夜晚没有路灯，我们会更加寸步难行。"

肖楼道："它们在夜里的行动速度确实敏捷，夜视能力应该很强。"他看向高小亦，温言道，"各位，我只能帮你们到这儿了。"

高小亦一愣，很快就明白了对方的意思。

地下通道是对方挖的，汽油桶是对方准备的，他们只消灭了一些从地下钻出来的虫族，可以说是跟着这个团队的人占了便宜，才能顺利逃生。

刚才撤离的时候，肖楼没义务带上他们，但还是带上了。加上出了程子洋背叛的事情，高小亦也没脸继续跟着肖楼，她干脆地点点头，道："好，我们几个会马上离开的。另外……"

她拿出薛晴的卡包，将一张乙醇卡递给肖楼，道："这张卡给你们，就当是感谢吧，谢谢你们愿意带着我们撤离，还帮薛晴报了仇，我想，薛晴也会很乐意把这张卡交给你们。"

肖楼接过来一看，S 级药剂卡，可以不断地生产酒精，每次时限 30 分钟，最多生产 100 瓶。这浓度比市面上卖的乙醇浓度要高，更容易引起大火。

在虫族怕火的密室里，这张不断生产化学药剂"酒精"的卡牌绝对是超好用的卡牌之一，这女生居然拱手相让？

肖楼道："把这张卡给我们，那你们呢？"

旁边戴眼镜的男生说："我能用电路引火并且封锁一片区域，这张卡对我们的影响并不是很大，既然高师姐给你们，你们就收下吧，谢谢你们带大家活下来。"

高小亦道："放心，我们手里还有些卡牌。我们接下来会躲着虫族走，今晚还是太大意了，不该那么快杀掉先锋队，没想到先锋队其实是敢死队，给后方大军报信的。”

肖楼也没想到这一点，如果当时不那么快地处理掉先锋队，说不定虫族大军也没那么快找上门来。他看了高小亦一眼，道：“祝你们好运。”

高小亦谢了肖楼一声，便干脆地带着大家离开。

看着她离开的背影，肖楼心想，比起程子洋，这位女队长更有魄力，以远方协会团队的实力，没了程子洋这种随时会在背后捅刀的队友，他们才更容易通关。肖楼确实不敢继续留他们在身边，毕竟邵总被寄生了，他又不了解远方协会的人，不能再冒风险。

直到众人走远后，肖楼才转身看向大家，说：“有一个坏消息。”

刘桥、老莫等人立刻围过来，竖起了耳朵。

肖楼低声道：“邵总被寄生了。”

众人脸色一变，齐刷刷地扭头看向邵清格。

邵清格无奈扶额：“别怕，我现在还不想咬你们。”

大家并不是怕，所有人的眼里都是担心，并没有嫌弃或者是厌恶的目光，这让邵清格的心里不由一暖，这一刻他万分确定，即便自己被寄生，也不会被队友们抛弃。

肖楼道：“邵总目前还没有失去意识，但我们得提前做好应对的准备。大家要防止邵总被虫族控制后，继续伪装偷袭我们，同时还要保护邵总不被其他的虫族召唤走，或者是融合掉。”

邵清格听到这里，不由开玩笑道：“你们可以把我当作虫族的试验品来研究，仔细看看虫族变异的过程，说不定有新的发现，以后对付虫族会更加得心应手。”

听着他轻松的语气，大家心里都有些难受。没人愿意被寄生，邵清格的性格确实乐观，这么严重的事他居然一点也不慌张和害怕……

肖楼回头看向邵清格，认真说道：“邵总，你放心，我们会尽全力带你通关的。”

邵清格轻笑：“我相信大家的实力，大家不用替我难过。”

肖楼道：“问题在于，邵总这么大的一个人，我们不能时刻绑住他，也不知道什么时候会变异，所以，我想到一个办法，不知道邵总愿不愿意配合？”

邵清格笑眯眯地说：“我听肖教授的，是什么好办法？”

肖楼轻咳一声，摸摸鼻子道：“把你变小。”

邵清格一脸的困惑，显然是没懂肖楼的意思。

倒是刘桥率先反应过来，从自己的卡包中拿出童话牌“拇指姑娘”，问肖楼：“肖教授是指这张牌吗？把指定的目标变成拇指大小？”

她记得当初抽到的时候，还拿肖楼做过实验。拇指大小的肖楼，站在虞寒江的手掌心里，别提有多可爱了……

肖楼问："这张牌满级的效果怎么样？"

刘桥收起回忆，认真回答道："满级卡的变身状态可以持续8个小时，每天限使用一次。"

肖楼仔细算了算，点头道："8个小时应该足够了，我们晚上要睡觉或者不方便照顾邵总的时候，让他变身，邵总变成拇指大小，一方面控制他的虫族没办法再攻击我们，另外，其他虫族来了，我们把缩小版的邵总给藏起来，它们也找不到。"

邵清格脑补了一下自己变小的画面，忍不住轻笑出声："有意思，我缩小之后，你们可以把我揣进口袋里，对不对？"

肖楼道："没错，如果我们遇到虫族需要逃命，就把你变小放进口袋，这样也方便照顾你。"

邵清格笑眯眯地点头："好主意，我可以在你们口袋里睡觉。"

众人无语。

大家都担心个半死，他还有心情开玩笑?!

下一刻，叶棋突然脸色一变，看向肖楼："邵总他不回答我的问题了……"

肖楼反应过来，朝叶棋使了个眼色，看向刘桥道："准备拇指姑娘！"

叶棋脑海中突然感受不到邵清格的信号，他在脑海里不管如何呼唤，都不再有邵清格的回应，如同石沉大海。

邵清格没有意识了，这样的认知让叶棋心如刀绞。

那个天天笑眯眯地开他玩笑、在他难过的时候却温柔地逗他开心的邵清格，意识陷入了沉睡，身体已经被虫族所控制。

而众人面前的邵清格依旧面带着微笑，看上去和常人没有任何异样。

要不是叶棋在"心有灵犀"感受不到他的意识信号，大家可能会毫无察觉，以为邵总还在微笑着跟大家聊天。但其实，面前的这个邵总已经是虫族在控制了。

叶棋强忍着难过，突然朝邵清格吹响了笛子。

音律入耳，邵清格脸上的笑容蓦然一僵，显然是被笛子的昏睡技能控制住了。

刘桥立刻跟上拇指姑娘的技能——只见原本站在叶棋面前、身材高大的男人不见了，雪白的地面上，出现了一个拇指大小的邵清格，小小的一团，看着还挺可爱。

叶棋急忙说道："你们离远一点，别踩死他！"

缩小版的拇指邵总看上去还真不习惯。

叶棋蹲下来，小心翼翼地将邵总从地上捡起来，放在手心里，仔细看了看。

肖楼道："虽然他变小了，可要是咬你的话你也会寄生……要怎么带着他才好？"

叶棋仔细一想，突然从身后的书包里拿出了一个瓶子。

这是小瓶的矿泉水，他拧开瓶盖将里面的水倒掉，然后小心翼翼地将邵总放进空瓶里，再在瓶子上钻了几个小洞，保证空气的流通，然后盖上瓶盖。

众人看着这一幕，心情都有些复杂。

叶棋心中难过，哽咽着朝瓶子里的小人儿说："对不起，我不是把你关起来，我只想方便带着你。你放心，我保证过，就算我自己没命，我也不会丢下你的。"

肖楼轻轻拍了拍他的肩膀，没说话。

叶棋目不转睛地盯着透明瓶子，缩小版的邵总站在矿泉水瓶子里，控制他的虫族似乎有些茫然，扭动脑袋左右观察，他在瓶子里来来回回地爬了半天，发现爬不出去，然后，他就在大家的注视下，在瓶子里面躺平睡下了。

叶棋目瞪口呆："他好像睡着了？"

该不会是因为邵总比较懒，虫族寄生到邵总身上之后，也变懒了吧？

肖楼听见叶棋的话，凑过去仔细往瓶子里一看。只见拇指大小的邵清格果然躺在瓶底闭上了眼睛，似乎真的是太困，睡着了，一动都不动。

他心中疑惑，通过"心有灵犀"问虞寒江道："虫族寄生到人类身上，照理说应该会吞噬人类的意识，变得有攻击性，让虫族继续扩散、繁衍……我还没见过一变异就睡觉的虫族。"

虞寒江也没见过！他皱了皱眉，盯着瓶子看了半晌，发现小邵总确实没有醒来的迹象，不由说道："刚才邵总不是让我们把他当样本来观察吗？说不定，虫族的寄生并没有那么简单。"

邵清格当时虽然是玩笑着说出"把我当试验品"这样的话，但事实上，他被寄生变成虫族后，大家确实可以通过观察他，从他的身上看出一些虫族寄生的规律。

肖楼摸着下巴若有所思。

龙森挠头道："还真睡了啊？不愧是我们邵总，好像虫族进入他的身体后，被他的意识给同化了？他想睡觉，虫族也折腾不起来？"

老莫倒是提出了另一种看法："毕竟他被缩小了，他体内寄生的虫族肯定也被缩小了吧。打个比方，原本是大螃蟹，钳子可以夹断人的手指，被缩小几百倍后，变成了小蚊子，还能有什么攻击力？连矿泉水瓶子都爬不出去，这不就只好睡觉了吗，咳咳……”

他干笑着看大家，不知道有没有人认可他的说法。

肖楼听到后赞同地点头：“确实，邵总被缩小，他体内的虫族也会受到影响，被缩小几百倍，自然没有攻击力了，干脆睡觉休息，或许也有这方面的原因。”

众人面面相觑，总觉得大家凑在瓶子前，看躺在瓶子里睡觉的小邵总，这情景有些诡异。

虞寒江低声道：“这件事以后再讨论，缩小能持续 8 个小时，大家先想想接下来的计划。”他环顾四周，这片被围栏圈起来的荒地有十几亩，应该是某家房地产商买下来用于修建住宅区或者是商业区的用地。

由于这片地还没有开发，周围荒无人烟。

虫族如果追着他们进去地下通道，岔路全被堵，后路也被封，它们过不来，也没那么容易找到虞寒江一行人逃生的路线。就算是慢慢翻地，地毯式席卷搜索，虞寒江寻找的出口在 5 公里以外，虫族把方圆 5 公里的地皮全给翻了也需要时间。

想到这里，虞寒江便道：“我们暂时是安全的，方圆 5 公里内没有任何建筑供虫族躲藏，地下密道的路也被大理石封死了，虫族从地下找我们得找很久。大家先在这里扎起帐篷休息一晚，到了明天，天黑之前我们再看情况决定要不要转移。”

众人一致同意虞队的意见，纷纷动手扎起了帐篷。

地上都是积雪，双人帐篷卡质量很好，底部还有一层隔离的塑料，不会被雪浸湿，但直接把帐篷铺在雪上那跟睡在雪地里也没多大差别，说不定会集体冻感冒。

肖楼想了个办法，召唤白居易用“卖炭翁”技能生成炭火，分成 4 份，再用圆规做成几个小暖炉，每个帐篷发一个，供大家取暖。炭火持续的时间不长，必须在里面添加燃料，老莫的“木板”卡又有了好用处。

老莫哈哈笑道：“我这张实木地板，最大的作用居然变成了木材！”好歹也是一张 A 卡，每次都被虞队和肖教授劈开来烧火，真是最没有尊严的卡牌了……

大家在旁边尽量调节气氛，想让叶棋别太难过，但叶棋的脸色一直很苍白，小心翼翼地抱着那个矿泉水瓶子，生怕把邵总给摔了。

肖楼知道他心里不好受，做好暖炉后，就走过去轻声安慰道：“小叶，别太担心，邵总会没事的。接下来 8 个小时他都是变身状态，你把他照顾好，有空就试着跟他精神交流，‘心有灵犀’通道可以持续24小时，凌晨才会刷新。”

叶棋点头：“嗯。”

回到帐篷后，叶棋把瓶子放在枕头旁边，就好像邵总依旧睡在旁边一样。他侧过身，看着透明瓶子里的小邵总，问道：“邵总，能听见吗？”

脑海里没有任何回应，叶棋便继续重复这个问题：“你能听见吗？”

瓶子里的小邵总似乎睡得很香，闭着眼睛，一动不动。跟拇指一样大的小家伙，让叶棋看得一阵心酸，他轻声道：“你好好睡觉，我在旁边守着你吧。”

瓶子里的小家伙翻了个身继续睡，叶棋便不再说话，怕他夜里会冷，叶棋干脆把瓶子放在自己的怀里，这样瓶子被焐热了，他就不会太冷了。

隔壁的帐篷里，肖楼拿出了他们这一队的“高级契约书”。他一直没敢当着队友的面拿出来，就是怕出现最坏的结果。虞寒江知道他的想法，看向肖楼的眼睛，低声鼓励说：“往后翻，看看他还在不在。”

肖楼点了点头，深吸一口气，直接翻到第三页。

当时签订契约书的时候，邵清格和叶棋都签在了第三页。

此时，叶棋这个名字的旁边赫然写着“邵清格”3个潇洒飞扬的大字。

肖楼瞬间松了一口气，脸上总算露出一丝微笑：“邵总还在，他没死！”

从远方协会大学生团队的经历来看，死亡的队友会从契约书上消失，当时冲进火海里的薛晴、程子洋肯定都被烧成了灰烬，所以密室判定两人死亡。队长死亡后契约书转移给了高小亦，程、薛两人的名字也都消失了。

可邵清格的名字还在，这就证明邵清格没死。

肖楼不敢当着队友的面查，毕竟带寄生的队友通关只是虞寒江的推测，要是被寄生就判定死亡呢？队友名字都不在契约书上了，还怎么带队友通关？

两人心里其实都没底，但两人都没跟队友说破这一点，就是怕邵总的名字万一不在，叶棋会崩溃，其他人也会大受打击。

还好这种最坏的情况没有发生，邵总吉人天相，被寄生了也没事。

看着肖楼轻松的笑容，虞寒江也不由扬起了唇角，认真说道：“或许我们的推测是错的，邵总的话才是关键——他让我们把他当成试验品，通过他来观察虫族，才能真正明白虫族寄生的原理。”

肖楼道：“也就是说，这种虫族侵占人类的大脑，其实并没有导致人类脑死亡。毕竟在我们医学上来说，脑死亡就可以直接判定临床死亡并且下达死亡通知书，按说邵总的名字不会继续留在契约书上。”

虞寒江若有所思地摸了摸下巴：“你意思是，虫族并没有吃掉人类的脑细胞，而是让人类的意识陷入沉睡，好控制人类的身体？”

肖楼点头：“感觉就像是虫族意识和人类意识在争夺对身体的控制权，抵抗力弱的被虫族控制，抵抗力强的，有可能脑出血直接跟虫族同归于尽，也有可能像邵总这样同化虫族？”

所以虫族进了邵总身体后就被同化成了懒虫吗？虞寒江的嘴角轻轻抽了抽，不知道怎么评价。不过肖楼的推断确实有一定道理，毕竟二院最初被寄生的那批人死了那么多，目前还不知道如何解释，如果是人类意识反抗太强烈，同归于尽的话倒也解释得通。

肖楼补充道：“我最初判定人类脑细胞被虫族吃光，是因为医院的那张 CT 片子，上面显示寄生者的头部有很多的白色斑点，由于斑点覆盖了几乎全部的脑组织，我就下意识地以为脑细胞是被吃掉了，但现在看来，是因为虫族的身体对 CT 射线敏感，它们寄生在人类头部，在拍摄 CT 时，它们遮挡住了正常的脑细胞，图像就会显示出白色的斑点。”

从邵清格身上至少可以证明被寄生的人类并没有直接死亡，邵清格的意识还在，只不过暂时陷入了沉睡。想到这一点，肖楼和虞寒江都松了一口气。

虞寒江柔声道：“跟虫族周旋那么久，你也累了，先睡吧，天亮后再说。”

肖楼确实是很累，回想这一晚的经历真够惊险刺激。那么多的虫族被爆炸的汽油给烧成灰烬，还有大批虫族进化后挖开地面，从地下爬出来……

要不是大家足够谨慎，提前准备好了应对措施，刚才或许就变成虫族的食粮了。

肖楼轻轻呼出口气，道：“叶棋的窃听器也给了我一个，我把它放在围栏外面，以防万一。”他还没来得及行动，虞寒江就主动接过窃听器说：“外面太冷，我去放吧，你休息。”

虞寒江说罢便迅速转身离开，用轻功卡连续几个跳跃，来到荒地外围放好了窃听器，回到帐篷时，肖楼已经脱了外套，穿着毛衣钻进了被窝里。

由于大家凌晨跟虫族战斗，筋疲力尽，这次都睡到近中午才起来。

连续下了几天的雪，今天难得天气放晴，在雪地的映衬下，阳光变得越发刺眼。叶棋刚一出来就被头顶的阳光刺得一阵晕眩，他急忙闭上眼睛，将瓶子往怀里一揣。

瓶子里的小邵总还在睡。这虫子似乎比邵总本人还爱睡懒觉？

叶棋不太懂虫族的思维，只好带着邵总来到火堆前。

老莫的实木地板确实好用，肖楼将雪地打扫一番，在这里点了个火堆烧热水。大冷天的，一杯热水下肚别提有多舒服了，何况还可以用热水泡面吃。

众人围着火堆解决了午饭。

叶棋突然想到一个问题："对了，虫族吃什么？"

他把矿泉水瓶从怀里拿出来，指着躺在里面的小邵总说："距离通关密室还有8天，总不能8天时间什么都不给他吃吧？万一饿死了怎么办？"

众人面面相觑。

肖楼按住太阳穴道："小叶的顾虑也有道理，我们差点忽略了给邵总吃饭的问题。不过，虫族喜欢吃什么？树叶？青草？或者是……人的鲜血？"

虞寒江一脸严肃："它们爱吃人血的可能性最大，虫族变异之后都会双眼猩红，盯着人类如同盯着食物，到处咬人。虫族的寄生途经也是通过血液。"

叶棋愣了愣，仔细想想觉得很有道理，他认真地说："也是，虫族喜欢咬人。"

就在这时，瓶子里的小邵总突然翻了个身。

叶棋立刻瞪大眼睛朝他看去。

只见他翻了个身，碰到矿泉水瓶的壁后，似乎被撞醒了，慢吞吞地爬起来。他顺着瓶壁往上爬，爬到瓶口后，用双手顶住瓶盖似乎想要掀开，可惜，拇指大小的他力气太弱，瓶盖又被叶棋给拧死了，根本推不动，尝试两次不成功，他只好顺着瓶壁滑了下去。

叶棋看着小小的他跟一个矿泉水瓶子做斗争，顿时心如刀割。他应该很生气被困在一个瓶子里吧？可是没办法，叶棋还不敢放他出来。

肖楼在旁边仔细观察着邵总的动静，见他滑回去后坐在瓶底安静下来，这才轻声道："虫族的攀爬能力确实很强，这么光滑的瓶子都能爬上去。"

叶棋则在关注另一点："他是不是饿了啊？刚才拼命推瓶盖，或许是想找吃的？"

肖楼也无法判断，毕竟大家都不知道虫族的饮食习惯。

叶棋干脆地激活剪刀卡，用尖锐的剪刀尖在自己的手指上用力地扎了一下，众人大惊："小叶你干吗呢？"

下一刻大家就知道了答案。

只见叶棋将手指的血滴在瓶盖的小孔中，一滴一滴鲜红的血珠从瓶盖滴落，坐在瓶子底部的小邵总双眼一亮，立刻飞快地爬起来，迅速吃掉了叶棋喂下去的血。

他一边吃，一边还舔着嘴唇，似乎觉得小叶的血很是美味。

叶棋笑了起来："果然喜欢血，这就好办了，以后他饿的话我就给他喂一点。"

肖楼知道叶棋是因为邵总为了保护他而被寄生的事内疚，所以才亲自割破手指给邵总喂血，这个任务大家自然不会跟叶棋争抢，这样也能让他好过一些。

肖楼走过去轻轻拍了拍叶棋的肩膀，微笑着拿出契约书给大家看："邵总的名字还在上面，证明我们的推测没错，他没死，只要我们顺利通关，就可以带他回到主城世界。"

看见契约书上"邵清格"3 个潇洒飞扬的大字，叶棋激动得眼眶里瞬间浮起一层水雾："太好了，邵总果然还在！"

其他人也纷纷面露喜色，这真算是难得的好消息。

一天时间很快过去，邵清格变身的 8 个小时快要到了，叶棋看着瓶子里睡懒觉的小家伙，有些为难地道："他变回来后说不定会攻击我们，我的乐器牌不能控制他太久，我们该怎么办？"

肖楼看向虞寒江征询意见，后者道："交给我吧。"

刘桥提示道："'拇指姑娘'卡牌变身效果还剩 5 分钟了，大家准备。"

叶棋点了点头，紧张地盯着倒计时。

在倒计时还剩 10 秒的时候，他将矿泉水的瓶盖给打开，轻轻地把邵总倒出来，放回一片空地上，然后迅速后退了几步。

拇指大的邵总，由于体积太小，大家都看不清他在哪儿。但下一刻，变身效果结束，身高超过一米八五的男人豁然出现在众人的面前。

叶棋立刻用乐器牌控制住了他。

只见男人微微眯了眯眼，看向叶棋，微笑着道："小叶，你这是做什么？"

叶棋心下一惊，颤声道："你、你认识我？"

虞寒江眉头微蹙，立刻飞身到"邵清格"的身后，以极快的速度，用白绫卡变出的白色绫布将他的双手、双腿全给捆了起来。

虞寒江是警察，捆人的技巧自然很专业，他打的死结，"邵清格"即便有再大的力气也没法挣脱，这样一来，就算他恢复了虫族的攻击力，也没能力攻击队友们。

叶棋的 3 秒控制结束，虞寒江也只用 3 秒就捆住了人。

"邵清格"笑着看向他："虞队的身手还是这么利落，我现在已经恢复了正常，不用这么防备我吧？那些虫族在我脑子里，想要侵占我的意识，我已经用自我意识将它们给同化了。"

他的语气，还有那似笑非笑的表情，都跟平时的邵清格一模一样。曲婉月忍不住疑惑，小声跟龙森道："他的话可信吗？"

龙森抖了抖鸡皮疙瘩，说："不知道啊……高级虫族的伪装技术一个比一个厉害，如果现在是虫族在说话，那就是虫族中的奥斯卡影帝了。"

肖楼压低声音在叶棋耳边道："心有灵犀。"

叶棋点点头，通过"心有灵犀"问："邵总，是你在说话吗？"

然而，"心有灵犀"没有任何回应。

叶棋不甘心地继续问："你刚才说的都是真的吗？"

问题如同石沉大海，脑子里空空荡荡的，不知为何心里也有些空落，叶棋鼻头一酸，朝肖楼汇报道："他不是邵总，没有回应。"

肖楼沉默着。

这装得也太像了。若不是他们有秦观这张牌，差点就被它给忽悠了。

虞寒江淡淡地道："我们当然信你，但谁也不知道虫族会不会夺回你身体的控制权，所以为了大家的安全，还是暂时委屈一下邵总。"

不上当啊？

"邵清格"微微眯起眼睛，看向叶棋道："小叶，连你都不信我吗？"

叶棋愤怒地大吼道："闭嘴！不要控制着他的身体说这种话，你根本不是他！"

察觉到自己阴谋败露，"邵清格"的双眼猛然间变得猩红，他盯着叶棋，几乎要在叶棋的脸上盯出一个洞来。

叶棋被那血红的双眸吓得后退了一步，"邵清格"开始用力挣扎，但虞寒江绑的死结他根本挣不开，片刻后，他才放弃了，目光扫过众人，淡淡地道："反正你们不会杀了邵清格，我就慢慢等机会吧，趁着夜深人静，每个人咬一口，那就太美味了。"

这虫族控制着邵总的身体说出这些话，真是让人讨厌。但是，大家舍不得伤邵总确实是事实。

于是虞寒江做出了一个明智的决定——他用剩下的白绫揉了个布团，果断地塞进"邵清格"的嘴里，冷冷地道："你可以安静了，没有嘴巴也别想着咬人。"

被塞住嘴巴的"邵清格"彻底没法说话了。

众人哭笑不得，还是虞队有手段啊！

叶棋脸色很难看，可能是因为虫族操控着邵总的身体说话，这让他极为反感，邵总是全世界独一无二的邵总，身体怎么能被一群虫子给操控？叶棋真恨不得把这群虫子从邵总的身体里赶走。

但是，虫族只要不主动离开寄生者的身体，想把它们赶走是不可能的。

一旦附近有别的虫族，说不定会跟"邵清格"融合升级，那样一来邵清格的意识都不一定能保留，大家现在能做的只有保护好邵总，顺便控制住他，别让虫族有机可乘。

一整天都无事发生，直到0点，大家悬浮框中同时刷过消息——

黑桃8密室【末日逃生】，第六天，00:00。

挑战者剩余数量：178人。

叶棋道："又死了20个，说明虫族军团没能完全屠杀挑战者，还有很多团队活了下来。"

肖楼点头道："毕竟能走到黑桃8密室的团队都不会太弱。像远方协会的大学生团队，手里也有一堆好卡，要不是有程子洋这样的队长，这支队伍实力还会更强。"

老莫道："我们在超市碰见的落英阁的那队，还有永恒国度的那队，我有种预感他们都还活着。这两家大公会的精英团队都很强，只是不知道永恒国度为什么突然来了黑桃8密室？他们一向奉行'既来之、则安之'的原则，在卡牌世界能活一天是一天，从不冒险。"

想起超市里遇到的胡子叔团队，肖楼也很疑惑："不知道他们去哪儿了，但以他们的实力，活到现在应该不算难。"

虞寒江环顾四周，道："虫族没找到我们，既然这里还算安全，大家可以多留一天看情况。这个地方很空旷，即便被虫族包围了我们也来得及逃跑。"

众人都疑惑："这么空旷，要是被虫族包围，我们怎么跑？"

肖楼微微一笑，说："李清照，误入藕花深处。在密室世界里设置一个标记点，群体传送到标记点的位置，大家别忘了，我们还有这张王牌。"

李清照的"误入藕花深处"是迷宫神技，要是在迷宫撞上死路，可以直接回到迷宫起点。而在其他世界里则可以设置一个标记，群体传送到5分钟之前设置的标记点。

肖楼道："真被虫族大军包围，只要有一个人能用轻功飞出去，设置标记，我们就可以群体传送，比陶渊明的桃花源记还要灵活。"

顶住虫族5分钟的进攻？这一点大家还是很有信心的。

肖教授和虞队考虑得如此周到，怪不得他俩淡定地在雪地上扎起了帐篷。

晚上，众人分头睡下。

虞寒江解开绑住邵清格的白绫，刘桥又让邵清格变成拇指大小，装进瓶子里。

叶棋带着缩小的邵总回到了帐篷，给他喂了些血当夜宵。

缩小之后饭量也会变小，喂几滴血邵总似乎就能吃饱，叶棋一边喂食，一边轻声在脑海里道：“虞队绑了你一天，你的手腕都红了，一定很疼吧？”

过了0点，他再次跟邵清格连上了“心有灵犀”通道，虽然明知对方不会回应，可叶棋还是努力跟他沟通着：“你可是说好要回现实给我介绍唱片公司签约的，没了你这个‘金主爸爸’我可怎么混啊？对吧？所以你一定要好好的。”

脑海中一片寂静。

叶棋絮絮叨叨地说了很久，从自己小时候怎么喜欢上学音乐，聊到中学的时候放弃高考去了艺考，艰难地考上了音乐学院，参加歌唱比赛……

邵总不回应，他就在脑子里自言自语。

也不知过了多久，他的脑海中突然响起个低沉、温柔的声音：“小叶。”

叶棋猛然一愣，还以为自己出现了幻觉。

可是下一刻，那声音却又紧跟着说：“别怕，是我。”

叶棋的眼眶猛然一热——这不是幻觉，这次真的是邵总的声音！

邵总的意识恢复了！

邵清格道：“你就当我网络不好，时不时掉线。我也不能保证什么时候可以跟你说话，虫族的意识太强，我想控制身体很难，你告诉肖教授，虫族的寄生没那么简单，人类意志足够强硬的情况下可以同化虫族。但同化虫族后的人类一旦想要率领虫族消灭人类，那才真的可怕。那样的人类，相当于保留了人类的聪明和意识，还多了虫族的能力。”

叶棋听得目瞪口呆。也就是说，人类同化虫族后，可以选择继续做人，或者干脆带着虫族“朋友们”消灭人类？

保留人类的机智，并且拥有虫族的强大能力，一旦用心险恶之徒同化了虫族，他就会变成虫族中的boss。如果那些本身就有反社会倾向的人同化虫族后，杀起人来岂不是更简单？叶棋不由得心惊胆战。

下一刻，又听邵清格说：“还有一件事。”

叶棋立刻回应：“嗯，你说，我在听！”

邵清格的声音突然间变得温柔：“别一直在脑海里自言自语地找我，又反反复复地失望了。我恢复意识后，会主动找你的。”

叶棋愣了愣，看着瓶子里小小的邵总。被缩小后的他五官几乎看不分明，可叶棋似乎能感受到他的目光投向自己，叶棋将小邵总从瓶子里放出来，捧在手心里，道：“知道了！”

变小之后看叶棋的脸，就跟看一面墙似的。不过这样就能更清晰地看到叶棋长长的睫毛和那双清澈的眼睛。

邵清格微微笑了笑，道：“你放我回去吧，免得它突然控制我来咬你。”

叶棋点点头，转身找来枕巾，迅速用剪刀剪下来两块布，给小邵总做了个缩小版的枕头和被子，递给邵清格道：“你在瓶子里要是冷的话，盖着被子睡吧！”

邵清格看着叶棋亲手给他做的枕头被子，顿时哭笑不得。

在他被寄生的最艰难的时候，少年护他，如护珍宝。他想，将来回到现实，他也一定会如此护着对方，不让任何人伤害这个少年。

邵清格意识的出现让叶棋终于放下心来。虽说邵清格时不时掉线，他只在“心有灵犀”通道跟邵清格聊了几分钟，脑海里就再次安静下来，得不到回应了……可至少，叶棋知道邵清格的意识还在。只要邵总还在，他就不用担心太多，带着邵总通关密室就行。

叶棋难得睡了个好觉，一夜无梦，却不知，被放在瓶子里的小邵总睡到半夜时突然醒来，焦躁地在瓶子里到处爬行。

虫族喜欢冷，却怕热。

偏偏叶棋担心邵总会着凉，把瓶子放在被窝里抱着睡，帐篷里还有一个烤火用的暖炉，封闭的矿泉水瓶几乎成了天然温室，虫族被热得快要发疯了。

一开始还在到处乱爬，可到了后来也不知什么情况，它突然安静下来，躺在瓶底睡着了。邵清格试探着叫道：“小叶？”

叶棋此时正熟睡着，根本不知道瓶子里发生的事。

邵清格微微一笑：“小叶真聪明，继续焐热瓶子，热死它。”

叶棋并不是太聪明，而是关心邵总，怕他受凉，结果反倒帮助邵清格压制住了虫族。

次日早晨，叶棋醒来时拿起瓶子一看，被窝里的瓶子被焐得暖烘烘的，小邵总盖着他昨晚用剪刀临时制作的被子，枕着指甲盖大小的枕头，正睡得香甜。

叶棋不由得弯起嘴角，心想邵总变小后还挺可爱的，要是以后回到现实，可以做一个小版的邵总挂件挂在手机上。

他没有打扰邵清格，走出帐篷问刘桥：“‘拇指姑娘’的变身还有多长时间？”

刘桥道：“一个小时。”

那就让邵总多睡一个小时，叶棋走过去跟大家一起吃饭。

昨晚依旧什么都没发生，虞寒江大清早去周围巡查一圈，也没发现虫族的痕迹，众人都有些疑惑，老莫一边喝牛奶一边问道："虫族如果翻地找我们，照理说也该找到了才对，怎么两天都没动静？它们该不会迷路了吧？"

肖楼也觉得奇怪，他眉头微蹙，仔细想了想，分析道："很可能是遇到了难缠的挑战者团队，又被消灭了一大批？"

当晚追击大家的两波虫族由于遭遇汽油爆炸，加上大家用吹风筒、飞鸽传书送汽油、羽毛球丢酒精等方式推波助澜，最终被熊熊烈火烧死的虫族超过了70%，剩下的一些，要么逃命，要么互相融合升级翻地去袭击他们，结果被李清照的群体减速给控制住。

这两天过得很平静，虫族大军一直没有追上来。

虞寒江总结道："要么如肖楼所说，剩下的虫族被其他挑战者消灭，要么就是它们吃了大亏之后学聪明了，暂时按兵不动，只为组织下一次的进攻蓄力。"

大家都觉得有道理。

虞寒江干脆地做出决定："我们也按兵不动，目前还是保护邵总要紧。"

叶棋听到这里，立刻兴奋地说："邵总昨晚跟我连上'心有灵犀'了，还和我聊了会儿天！"

队友们齐齐回头看他，大家的眼中也露出一丝惊喜。

龙森道："真的吗？他的意识还在？"

叶棋用力点头："'心有灵犀'通道骗不了人，他让我转告大家，虫族的寄生没那么简单，人类意志足够强硬的情况下可以同化虫族。而且同化虫族后的人类不但能保留人类的意识，还多了虫族的能力。"

肖楼和虞寒江对视了一眼，他们一直以为被寄生后邵清格就相当于变成了"植物人"状态，陷入了沉睡，没想到被虫族寄生后，邵总的意识居然还能苏醒。

肖楼看向叶棋问："昨晚他意识苏醒后，表现有什么不对劲吗？"

叶棋仔细回想了一下，说："没什么，他看上去不是很痛苦，还跟我开玩笑呢，和以前的邵总一模一样。他让你们小心，万一有强大的人类同化了虫族，拥有了虫族的能力，想做坏事，那才是真的可怕。"

目前来看，虫族的智商再高也高不过人类，它们的伪装能力也很有限。可一旦厉害的人类同化了虫族后，想要加入虫族，跟人类为敌呢？

虞寒江皱着眉沉默片刻，朝肖楼道："挑战者被虫族寄生后，如果意志强大的能同化虫族，那他岂不是又会用卡牌，又多了虫族的能力？"

肖楼点头："按邵总的说法，应该是这样没错。"

看着男人严肃的表情，肖楼急忙说道："你该不会想以身犯险吧？千万别冒这个风险，邵总已经被寄生，要是你也被寄生那就麻烦了……"

难得见肖教授急成这样，虞寒江轻按他的肩膀，宽慰道：“放心，我不会冒险，万一我被寄生后控制不住，把你们全给传染，那我们很可能要团灭。”

叶棋也急忙点头：“没错，有邵总一个，我们都很难照顾，也不知道同化要多久，虞队你可别尝试啊……你要是寄生后攻击我们，我们可打不过你啊！”

曲婉月笑道：“我们确实打不过虞队。”

刘桥严肃地说：“虞队的身体素质本来就是我们当中最好的，格斗能力也最强，变身虫族后，攻击力还会增强，一爪子一个，估计我们要全部被他放倒。”

龙森赞同：“嗯，变成虫族的虞队爬起来，那速度就跟穿着双倍加速鞋一样！”

老莫一脸认真地附和：“没错，邵总毕竟爱睡懒觉，虫族寄生在他体内，被他影响得也变懒虫了。虞队不一样啊，战斗力那么强，虫族寄生在虞队体内，简直如虎添翼，为了迅速升级，有可能把我们全给吃了。”

队友们这是在夸他吗？怎么听着有些怪怪的？

肖楼看向虞寒江，认真地说道：“大家也不是单纯开玩笑，你不能出事，毕竟黑桃密室大家一直跟着你走，你是我们的队长。”

虞寒江不由勾起嘴角：“别这么紧张，我没想以身犯险去寄生个虫族试试，我们已经有了邵总这个样本。我的意思是，我们可以看看邵总能不能彻底同化虫族，拥有虫族的能力。”

叶棋双眼一亮：“对！他昨晚暂时压制住虫族跟我说话，说不定真有可能同化虫族，这样一来，他就是人虫合体，战斗力增强不少，而且虫族认为他是同类，也不会攻击他。”

众人仔细一想，突然觉得邵总如果能同化虫族的话似乎也挺好？

刘桥提示道：“卡牌时间快到了。”

叶棋转身回到帐篷，将矿泉水瓶子拿了出来，把小邵总从瓶子里放出来。

在邵清格变回原身的那一瞬间，叶棋立刻乐器控制，虞寒江继续像昨天那样用白绫绑住他，并且用布团塞了他的嘴，免得虫族控制邵总的身体胡说八道。

“邵清格”微微眯起眼，盯着面前的这群人。

他双眸猩红，表情看上去有些狰狞，叶棋不敢看这样的邵总，便后退一步躲去旁边。虽说此时邵清格的意识是虫族，可身体毕竟还是邵总的，手腕、脚腕都被勒出了深深的红痕，但为大局考虑，还是得让虞队绑住他。

一天的时间很快过去，今天依旧过得很平静。

之后，连续 3 天都很平静，这种奇怪的平静让大家反倒有些不安起来。

虫族被彻底消灭？那是不可能的，A 级的黑桃密室不会那么简单。

所以，很有可能是虫族在密谋什么大计，又或者出现了更坏的局面——虫族当中加入了厉害的人族，他们拥有人类的智慧，再加上虫族的能力，会以更有技巧的方式率领虫族进攻。

目前大家没有更好的办法，只能继续留在荒地以逸待劳。

黑桃8密室【末日逃生】，第十天，00:00。

挑战者剩余数量：150人。

叶棋每天都在记数字，看到这里不由说道："这3天时间，只死了二十多人。"

从邵总的情况可以推理出，挑战者被寄生后不会直接从契约书上去除，也就是说被寄生不会判定死亡，剩余数量150人，其中就包括还在契约书上的邵清格。其他的团队会不会也有寄生者？甚至已经同化了虫族、继续潜伏在队友们身边？

想到这里，叶棋就不寒而栗："我总觉得，虫族连续3天没有来找我们，这不太对劲。既然虫族已经开始大规模地对城东区发动进攻，怎么会整整3天才死了二十多人？"

叶棋的话让众人心中都有些忐忑。

奇怪的平静，就像是一场暴风雨将要来临。

虞寒江沉声道："大家小心戒备，晚上轮流守夜，物资包都贴身放着，随时撤离。"

叶棋建议道："今晚我来守夜吧，反正我不困。邵总不用变小，绑在那儿我看着他就行。万一明天需要撤离的时候变身技能在冷却，他这么大个人不方便带走，还容易被虫族发现，到时候再让刘桥把他变小。"

变身技能只持续8个小时，今晚用掉了，明天万一要逃命的话就会很难办。叶棋想守夜留技能的思路也没错，肖楼和虞寒江精神交流过后便同意了。

肖楼叮嘱道："他说什么你都别信，除非能连上'心有灵犀'。"

"我明白。"叶棋慎重地点了点头。

队友们都睡了，叶棋裹着厚厚的羽绒服，坐在火堆旁烤火。

邵清格被绑住双手双脚坐在他旁边，嘴巴也被布团堵上，但嘴里一直"唔唔"地不知道在说些什么，叶棋试着用"心有灵犀"通道连接他，可惜连不上，便不再理他。

但"邵清格"眉毛紧皱，额头上不断地流下汗水，叶棋实在不忍心，便拿开了他嘴里的布团，道："你要说什么？"

"邵清格"怒道："你知道我是虫族还带我来烤火？！"

对不起，忘了。

叶棋讪讪地摸摸鼻子，把火盆往旁边挪了挪，好奇地问道："你怎么不装自己是邵总骗我了？直接承认自己就是虫族，这么干脆的？"

"邵清格"愣了一下，道："被火烤得头晕，没顾得上伪装。"

两人对视一眼，一时间很是尴尬。

寄生到邵总体内的虫族的智商应该不是特别高，不然昨晚也不会突然被邵清格压制住，叶棋看他脸色难看的样子，反正闲着无聊，干脆跟他聊聊，说不定能套取一些情报？

叶棋试探着问道："你们是从外星来的吗？"

"邵清格"道："这是秘密，不能告诉你。"

叶棋"哦"了一声，接着问："你们是想消灭人类，占领这座城市？"

"邵清格"盯着叶棋道："不是消灭人类，而是跟人类融合。人类的体能太差，有我们帮忙，他们的身体素质会翻倍提升，并且得到更加长久的寿命。"

叶棋好奇："那你们的寿命是多久？"

"邵清格"说道："低级虫族活个 150 岁没问题，高级的可以活 200 岁。"

果然是科幻设定。这些虫族想跟人类融合，占领人类的身体，提升自己？当然，也可能被人类反向融合，提升身体素质。

"邵清格"道："物种融合，本身就是进化的过程。"见叶棋不再说话，他便微笑道，"要不要试试？跟我融合后，你就可以获得优秀的攀爬能力，比如你们人类的电梯没电就不能用，变成虫族，100 层高的大楼，爬上去只需要一分钟。"

叶棋竟无言以对。

"邵清格"继续认真劝说："被虫族寄生后，奔跑速度、跳跃高度都能得到极大的提升。"

叶棋听它说了半天融合的好处，忍着笑说："你是个很努力的虫族，你们老大应该给你发个最佳推广奖。"

"邵清格"疑惑："我们老大？"

叶棋开始套话："比如虫族女王，虫族陛下什么的，有吗？"

"邵清格"摇头："没有。我们每一批的虫族首领都是这批虫族融合升级后产生的。"

叶棋微微一怔，这么说，虫族的首领目前还没有产生吗？这几天虫族一直没有动作，该不会是自我融合，去弄了一个虫族首领出来吧？

这个消息很重要，一定要尽快告诉肖教授。

叶棋和“邵清格”聊了会儿天，“邵清格”打了个呵欠，道：“怎么又困了……”

听到这话，叶棋心中不由一动——虫族不都是夜间行动能力更强吗？它居然困了，会不会是邵总的意识在起作用，慢慢压制住了虫族的意识？

还没想明白，就见这家伙脑袋一歪，居然睡着了。

叶棋总不能让他睡在雪地里，只好去把他扶起来，给了他一个靠枕，让他睡在帐篷旁边。而叶棋则将 3 个窃听器分别甩去不同的位置，仔细听着周围的动静。

时间一分一秒地过去。

凌晨 4 点的时候，虞寒江醒来，问他情况，叶棋把从虫族口中套到的话转述给虞队，虞寒江也觉得有可能，便朝叶棋道：“为免虫族产生新一任首领后突然偷袭，我跟你一起守夜。”

没多久肖楼也醒了，走过来坐在虞队身边，他跟虞寒江连着“心有灵犀”，所以叶棋说的话他也知道了，虫族之前被烧死那么多，好几天没动作，很可能接下来会发起更凶猛的反击。

就在这时，远处突然响起脚步声。

叶棋 3 个窃听器中同时传来“咯吱咯吱”的踩着雪前进的声音，肖楼立刻打开无人机的监控卡牌，只见手掌大小的卡牌屏幕中显示出一副动态画面——

几十个人类正一起朝荒地的方向走过来，其中有很多熟悉的面孔。肖楼看见了高小亦那个团队，还有落英阁、永恒国度的挑战者团队。

叶棋不由瞪大眼睛：“全是挑战者？他们怎么聚到一起了？”

肖楼的心里也很疑惑，在虫族可以伪装的前提下，陌生的挑战者很难完全信任对方，除非是他们也经历了之前那样被虫族包围的困境，迫不得已才联手。

落英阁的女生在超市的时候，已经直接拒绝了永恒国度胡子叔“联手通关”的邀请。所以，后者的可能性更大。这 3 天，肖楼他们没被虫族攻击，说不定虫族去了别的地方攻击其他的挑战者，这些附近的团队只好联手御敌。

那群挑战者在附近停下脚步，肖楼耳边响起一个熟悉的中年男人声音：“各位，我是永恒国度三队的队长胡强，身边这些都是挑战者，我们正在召集挑战者形成联盟，一起对抗虫族的进攻。”

肖楼警觉地站了起来。

那胡强继续说：“我手里有一张火光检测牌，查到这里有火源，所以猜测有挑战者聚集在此地，希望各位能和我们联手。现在，局面已经到了最艰难的时候，虫族产生了新一任女王，实力剧增，刚才来的路上，我们差点就被虫族团灭。”

虞寒江脸色一沉：“虫族女王？”

胡强道：“这是一种强大的外星虫族，产生领袖后实力会剧增，就像一群散兵有了指挥的将军，它们几乎无孔不入，把躲在各个角落的挑战者都给逼了出来。一开始，我们也想单独通关，不和其他团队联手，可现在看来根本行不通。”

肖楼对胡大叔的话将信将疑。他的队里有邵清格这个寄生者，谁又能保证外面将近五十多个挑战者中没有寄生者？况且，邵总被寄生的事一旦联手就瞒不住，其他人知道邵清格是寄生者会怎么想？会不会偷偷烧死他？

虞寒江果断地拒绝：“不用了，谢谢，我们会自己想办法通关。”

胡强语气严肃：“这位兄弟，你未免太自信了吧！”

虞寒江淡淡地道：“好意心领，你们去找别的挑战者联手，我们只管自己的团队。”

胡强沉默片刻，旁边的高小亦突然说道：“他们的实力确实很强，既然不愿意联手，那就算了吧，我们还是尽快找个地方先躲起来，虫族大军马上又要来了。”

她朝肖楼喊道：“你们要小心，这次的虫族攻击力强得多，火圈也不一定拦得住它们！”

“谢谢提醒。”一群人渐渐远去，肖楼看向虞寒江，轻轻蹙眉，“我怎么觉得不太对？这么多人聚在一起是想做什么？”

叶棋挠着头猜测：“该不会是其中有寄生者，故意煽动，把大家集中在一起想统一消灭？”

虞寒江用手抵着下巴，低声说道：“不管他们是什么情况，我们不能再跟任何挑战者团队联手，要考虑到邵总的安全。叫大家起来做好准备吧，必要的时候，肖楼你用圆规无敌圈坚持 5 分钟，我去外面找地方，放李清照的技能标记，带大家传送。”

“好。”肖楼干脆拿出圆规提前画了个圈备用，等虫族围攻时就可以直接放出来。叶棋转身去叫醒大家。虞寒江从叶棋手里把邵总复制的那张瞬移卡要了过来，然后拿起城市地图，仔细观察，看看去哪里寻找标记点。

3 人都没有注意到，睡在旁边的邵清格突然睁开了眼睛。

队友们被叫醒后，纷纷背上物资背包，做好随时撤离的准备。

就在这时，叶棋的窃听器中传来“吱吱”的声响，那声音越来越大，叶棋扭头看向远处——只见密密麻麻的人形动物忽然从四面八方包围过来，将荒地外面的围栏全部撕碎，紧跟着就如同猛虎一般凶横地朝着肖楼他们所在的地方扑了过来!

这批虫族的敏捷性增强了了少，行动如风，几乎是转眼间，它们就从几亩地之外扑到了众人面前!

肖楼立刻放出了无敌圈。

虫族撞到圆规的透明结界上面，被结界所阻挡，一时难以攻破。

虞寒江轻功飞起，连续几个跳跃，转瞬间就消失在了远处。肖楼见他飞入虫海之中，心都提到了嗓子眼上，颤声道:“你小心……”

虞寒江平静的声音在脑海里响起:“没事，我带了轻功、瞬移两张卡，同时用的话可以在空中瞬移 50 米，这些虫族暂时还伤不到我。你稳住局面，等我找到标记的位置，就拉你们过来。”

肖楼听到这里才略微松了一口气。可就在肖楼要稳住局面的那一刻，一直被绑在帐篷旁边的邵清格陡然挣脱了束缚!

叶棋知道肖教授的无敌圈可以扛住 10 分钟，因此并不担心虫族的这第一波进攻，他的目光时刻都没有离开邵总，所以，邵总一动，他就立刻反应过来，叫道:“小心！邵总挣脱了！”

虞队一走，他就挣脱白绫，这显然不是巧合。

众人脊背同时一凉，各种卡牌都拿出来想要控他，可是，邵清格就像早就知道叶棋要用笛子控他一样，挣脱束缚的那一瞬间，他就如飞影一般倏地来到叶棋身后，一把夺走了叶棋手中的笛子。

叶棋见笛子被夺，心底一寒，以为下一刻邵总就要冲他的脖子咬下来！他甚至做好了被邵总寄生的准备。

然而邵清格并没有咬他，反而将笛子放回叶棋手里，深深地看了叶棋一眼，便突然冲出了肖楼的无敌圈。

此时无敌圈外爬了好几只虫族，邵清格锋利的指甲用力抓破其中一只虫族的身体，只见那虫族如同被吸干养分的植物瞬间枯萎了一样，软软地倒了下去。

邵清格双眸猩红，紧跟着攻击下一个虫族，又一个虫族被他融合。

叶棋浑身颤抖，声音里带着哭腔:“邵总你在干什么，太危险了，快回来！”

他连上了“心有灵犀”，哪怕只是短暂的一瞬。邵清格在脑海里只说了一句话:“每次都躺赢多不好意思，这次，换我来保护你们。”

这句话，正好出现在他把笛子交给叶棋的那一刻。

看他一个人在外面冒着风险跟虫族肉搏，看他的身上被抓出了一条又一条的血痕，看见无数虫族顺着血液进入他的身体，叶棋的眼泪一直在眼眶里打转。

虫族融合的过程中万一邵总的意识被吞噬了呢？他这是疯了吧？!

邵清格带着笑的声音在脑海里传来：“别怕，我已经彻底同化了虫族，它们不会主动攻击我的。还有 5 分钟的时间才撤退，我正好打一打小怪，升一升级。”

叶棋差点掉下来的眼泪，被他一个玩笑又给逼了回去。

邵清格，你在这么危险的时候，就不能正经一点说话吗？

邵总居然一个人跑出圈外，和那些虫族近身肉搏？肖楼看得心惊胆战，急忙问叶棋：“小叶，怎么回事？邵总突然跑出去做什么？”

叶棋脸色发白，紧紧攥住拳头目不转睛地盯着邵清格，颤声道：“他……邵总他说，他已经同化了虫族，要趁这点时间打小怪升级……”

肖楼一愣，扭头看向邵清格。

只见身材高大的男人行动如风，将那群虫族如遛狗一样遛得团团转，他的双手似乎发生了变异，手指甲锋利无比，转眼间又抓破了几个虫族寄生者的手臂。无数虫族顺着伤口处的血液爬进他的身体，那一幕画面看得肖楼头皮发麻！

然而，邵清格对这恐怖的一幕丝毫没有畏惧之色，男人的唇角带着淡淡的笑容，出手速度却快如闪电，一个又一个的虫族被他抓伤、融合，队友们都被这一副画面惊呆了，面面相觑。

龙森的眼珠子快要掉下来：“邵总这是要干吗？！”

曲婉月猜测道：“可能是他同化虫族后，拥有了更强的能力？你们仔细看，这些虫族并没有一个敢主动攻击他，好像都被邵总给震慑住了。”

刘桥猜测道：“说不定是因为邵总经历过同化，级别比这些普通虫族要高？”

老莫道：“有可能！你们看，那些虫族似乎都怕他，不敢近他的身！”

邵清格越打越凶，转眼间就杀了六七个虫族，他的身上到处都是鲜血，那些鲜血似乎在吸引着周围的虫族朝他融合。肖楼看着这一幕，几乎不敢相信面前浴血奋战的男人，居然是那个总是笑眯眯地说“我要躺赢”的邵清格？

此时的邵清格，到底是他本体，还是被虫族所控制？攻击力居然如此凶悍！

肖楼紧张地问道：“叶棋，你能感受到邵总的意识吗？”

叶棋试探着在脑海里问：“邵总？”

很快，脑海里就响起了一个带着笑意的声音：“我在，这些虫族都比较怕我，可能是我同化虫族后，等级比他们高的缘故。”

这和刘桥、曲老师等人的分析一致。

叶棋稍微放下心来，但还是忐忑地说：“你还是小心一点吧，万一被虫族融合，失去意识可怎么办？大家都很担心你！”

邵清格道：“没关系，那些进入我身体的虫族都特别老实，乖乖被我的意识融合。我发现，虫族有森严的等级制度，越高级的虫族威力就越强，并且能对低级虫族产生震慑效果，它们不会主动伤害我、攻击我，只会臣服于我。”

叶棋愣了愣，好奇地问：“那你现在是什么感觉？”

邵清格笑眯眯地说：“感觉就像是吃了一顿美味的大餐。”

美味？那些虫子看着就很恶心！队友们担心个半死，他还有心情在那里开玩笑？

不过，这样的邵清格才让叶棋感觉到一丝熟悉，此时的邵清格战斗力爆表，独自一人单挑大量虫族也毫不畏惧。可本质上，他还是那个不正经的、爱调侃大家的邵总。

看着这男人全身都是鲜血，叶棋眼眶发热，强忍住鼻酸，朝肖楼道：“他的意识还在，他说这些虫族会臣服于他，没法影响他，可能是他同化虫族后直接进化成了高级的虫族？”

肖楼仔细观察着邵清格，除了身手敏捷，跑步速度快如闪电，并且有了极强的攀爬、跳跃能力之外，邵清格脸上笑眯眯的表情还是跟以前的邵总一模一样。看来邵清格这次被寄生，不但没有被虫族侵占身体、变成虫族的傀儡，反倒是因祸得福，同化虫族，获得了极强的变异能力？

就在这时，脑海里突然响起虞寒江的声音：“我已经找到了安全标记点，准备传送。”

肖楼给了虞寒江一个“收到”的信号，朝远处的邵清格道：“邵总，走了！”

邵清格这才恋恋不舍地看了眼虫族大军，风一般回到圆规圈里。

众人只觉得眼前一花，男人就已经稳稳地站在了叶棋的身边。这速度就跟使用瞬移卡差不多，可是邵清格那张瞬移卡被虞寒江拿去用了，他的卡包此时也在叶棋的手里。显然他没有用卡牌，而是进化出的虫族能力让他的身体素质得到了极大的提升。

邵清格是契约书上的队友，可以轻松穿过肖楼的圆规结界，他身后的虫族大军却被这透明结界挡住了。让肖楼他们震撼的是，那群虫族并没有要攻击邵清格的意思，反而“吱吱”地叫个不停，集体爬在圆规圈外看着邵清格，好像是在……挽留？

下一刻，虞寒江开启了李清照的“误入藕花深处”技能，团队成员可群体回到 5 分钟之前的标记点。

距离虞寒江离开已经过去 6 分钟，虞寒江同时开启轻功、瞬移 2 张卡，一路空中瞬移，找到了一处安全的地点，设立标记后再拉队友们过来。

肖楼他们只觉得眼前一晃，众人就集体来到了一栋建筑的顶楼。

见队友们过来，虞寒江便上前一步，解释道："这里不久之前发生过一次激战，周围到处是被烧焦的虫族尸体，放火的挑战者已经跑了，虫族也追了出去，我们再回到这里，应该会很安全。"

虫族去追另一批挑战者了，自然不会去而复返。肖楼赞同地说："这地方确实不错，我们先在这里休息吧。"

反正李清照的技能明天又可以用，一天之内只要虫族不找上门来，下次再遇到虫族，可以故伎重施——圆规无敌圈撑个 10 分钟，虞寒江找下一个标记点，拉大家群体传送，这样的"游击战"是目前对付虫族的最好方式，虫族速度再快，也跟不上他们群体瞬移。

虞寒江目光扫过众人，在邵清格身上停下来。发现捆绑邵清格的白绫被挣脱了，他微微皱眉，目光锐利地盯着邵清格。

就在两人目光相对的那一瞬间，虞寒江右手一抬，陡然甩出白绫卡——雪白的布匹如同灵蛇一般倏地探出，直袭邵清格面门！

眼看白绫就要将邵清格控制住了，然而，邵清格双腿用力一蹬，纵身跳跃，一下子跳到了十几米开外的地方，侧身惊险地躲开了白绫的攻击，那矫健的动作，就像是森林里最凶猛的野兽。

虞寒江一愣，想再用白绫捆他，肖楼急忙说道："别打，邵总已经把虫族给同化了！"

叶棋也证明："没错，他现在不是虫族，他的意识是邵总的。"

虞寒江皱了皱眉，收起白绫卡，疑惑地盯着邵清格。

刚才，因为虞寒江在专心躲避虫族大军，寻找安全的标记点，因此没时间和肖楼用"心有灵犀"通道交流，不知道邵清格变异的事。

邵清格笑眯眯地道："其实凌晨 4 点多那群挑战者找上门来的时候我就把虫族同化了，一直在旁边装睡。因为虞队在，我不敢贸然行动，怕跟他打起来反倒解释不清，等虞队走了，我才挣脱束缚，抢了小叶的笛子，这样你们就很难困住我，再告诉小叶我同化了虫族，避免不必要的误会。"

虽然邵清格同化虫族后能力获得了提升，可虞寒江的战斗力也很强，手里还有枪，邵清格不想跟虞队打起来。所以，趁虞寒江离开去找标记点，他才挣脱白绫。

虞寒江挑眉："你同化了虫族？到底怎么回事？"

邵清格款步走过来，解释道："这还要谢谢小叶帮忙，虫族在夜间是最精神的，偏偏小叶怕我受凉，晚上睡觉把矿泉水瓶子放在被窝里焐热，虫族被热得快要崩溃，精神萎靡不振，我才能慢慢压制它的意识。凌晨的时候，小叶带着虫族烤火，那只虫子被烤晕了，我就趁机征服了它。”

叶棋听到这里，不由得耳根发红：“我……我忘了虫族怕热，冬天夜里气温太低，我担心邵总冻感冒，才带着它烤火的。”结果歪打正着，晚上抱着瓶子睡，守夜的时候带虫族烤火，没想到反把虫族给热晕了，给了邵清格可乘之机。

邵清格走过来轻轻拍了拍叶棋的肩膀：“在小叶歪打正着的帮助下，虫族的意识渐渐变弱，已经被我彻底吞噬。所以，大家不用担心，我现在能完全掌控自己的身体。”

肖楼好奇地道：“你刚才融合那些虫族，对身体没有影响吗？”

“当然有影响。”众人都紧张地看向他，邵清格扬起嘴角，“是正面的影响，就好像吸收了大量的营养，体力充沛、精神饱满，你们看……”

他说罢就挽起了袖子。

之前邵清格跟虫族肉搏的时候，身上到处都是鲜血，显然受了很多伤。大家仔细一看，只见他的手臂上一条又一条的血痕纵横交错，整个手臂几乎没有一点完整的皮肤，那都是虫族尖锐的指甲抓破他身体留下来的痕迹，看上去触目惊心。

叶棋看到这些伤痕，眼眶蓦地一热，恨不得把这些伤都换到自己的身上。邵清格察觉到小叶的想法，朝大家说道：“这些伤口虽然多，可我一点都感觉不到疼。”

肖楼有些意外：“是痛觉神经被麻痹了吗？”

邵清格摇头：“也不是，更像是虫族的自我修复能力。那只一开始寄生在我体内的虫族说过，虫族拥有长久的寿命和极强的生存能力，四肢被砍断都能再生。我想，可能是这种能力在发挥作用，受伤之后不会疼，仿佛身体内部有了一层坚硬的盔甲，这些伤口都只在表面。”

他用右手的指甲轻轻划破左手臂的皮肤，划下一条长长的血痕，伤口明明流下了刺眼的鲜血，可邵清格却神色自若。只用指甲就能直接在皮肤上割出一条深深的伤口，说明他的手指甲锋利程度已经与虫族无异。而身上明明在流血，却能面不改色，说明他真的不疼，这些伤口也确实不会影响虫族，就像车辆表面上的划痕不会影响车子的性能一样。

邵清格道：“虫族有极强的修复能力，这些伤口会自动愈合，除非用火烧死，只砍下身体部位的话，它们会立刻长出新的来。”他拿出把刀，对准自己的手指，想砍下一根来试试，叶棋立刻紧张地拦住他：“你别乱来啊，我们信你就是了！”

所以说，邵总被寄生后，不但没有成为虫族的傀儡，反而征服了体内的虫族，融合了虫族的能力，变成了一个“人虫合一”的物种？砍掉邵总一条腿，马上能长出新的腿？

队友们的脸色都很精彩，看着邵清格如同看一个 boss。

邵清格笑眯眯地道："以前总是躺赢，这个密室，我终于能发挥点作用了。"

虽然嘴上把"躺赢"当作玩笑，可其实邵清格也很想为团队出一点力。他们这个团队，目前战力最强是虞寒江，智囊是肖楼，其他人也各有各的作用……邵清格总不能只给大家数钱吧？有些密室里金钱根本就用不上。

比如黑桃 8 密室，就算他把银行搬过来，也不能用钱来砸死虫族。

他想，如果这种强大的能力可以带出密室，或者抽到相应的卡牌，以后他就不是一条"只负责躺赢"的咸鱼了。至少在关键时刻，他有能力保护叶棋，保护其他人，而不是老让队友们保护他。

"心有灵犀"通道清晰地传来邵清格的想法。

叶棋双眼发热，轻声在脑海里说道："邵总，别这么想，大家从没觉得你在浑水摸鱼，红桃密室和方片密室不是你的强项，我也有很多次躺赢啊……我们这个团队，每个人擅长的都不一样，你其实很厉害的，没你在的话我们也不可能走到今天。"

邵清格微微一笑："我知道，但我想变得更厉害一些。"

在残酷的卡牌世界里，只有变得更强，才能保护自己想要保护的人，不是吗？

接下来一整天，大家跟虫族展开了斗智斗勇的游击战。邵清格这位进化虫族的存在给队友们提供了极大的便利，叶棋的窃听器都用不上了，往往虫族大军还没来得及靠近，邵清格就能知道它们的行动路线。

那些"吱吱吱"的叫声，肖楼他们听不懂，可邵清格居然能听懂。同化虫族后，他不但有了虫族的能力，还融合了寄生在他体内的虫族的记忆。

邵清格给大家讲了很多虫族的故事。

这个种族来自未知星域。它们繁衍的方式就是通过对人类的寄生，在人类的体内繁殖，继续扩散，寄生更多的人类。每一批虫族都会互相融合产生一位虫族首领，或是女王或是陛下，在虫族帝国中一旦诞生了这位首领，它们就会根据首领的指令行事，彻底占领某一个星球，繁衍生息。虫族不但有长久的寿命，极强的跳跃、攀爬能力，还有现代医学无法解释的自我修复能力。

邵清格感慨道："这个种族的再生修复能力比蚯蚓还要可怕，将蚯蚓的身体从中间砍成两半，两半都可以活下来。虫族……你把它们的身体剁成几十块，它们也可以迅速再生，长出新的来。能彻底杀死它们的办法只有火烧。"

龙森哈哈笑道："还是小叶机智，带着虫族去烤火！"

叶棋满脸通红，他是根本没想到这一点，没想到居然帮了邵总大忙。

肖楼疑惑地问："邵总当时融合了好几个虫族吧？现在算几级？"

邵清格仔细算了算，道："寄生在我体内的本身就是个二级虫族，被我同化后升成了三级。当时围攻我们的都是二级虫族，我融合了 8 个……"

肖楼直接给出了答案："两个二级融合成三级，两个三级融合就是四级，你现在应该算五级虫族。知道最高是多少级吗？"

邵清格收起笑容，压低声音说道："十级的虫族女王已经诞生了。"

叶棋惊讶地瞪大眼睛："你能感受到虫族女王的存在吗？"

邵清格点头："我能感觉到她在召唤我们，没有声音，而是一种奇怪的信号……就好像是只有虫族才能感受到的一种特殊的声波？刚刚发射过来。"

虞寒江听到这里，眉头微蹙："她说什么？"

邵清格闭着眼仔细听了听："让虫族集合，具体做什么并没有说清楚。"

他站起来眺望远处。由于电路系统被破坏，整个城市此时已陷入浓浓的黑暗。今晚又开始下雪，纷纷扬扬的大雪几乎要将这座城市彻底掩埋。邵清格指向远处，道："城中和城东连接处的那座大桥你们还记得吧？虫族女王让大家去那里集合。"

众人面面相觑。

虞寒江道："邵总也算是顺便当了回虫族的卧底。"

邵清格摸着鼻子笑道："她这信号是群发的，所有虫族都能感应得到。我想她可能在计划着什么，我们是避开，还是过去看看？"

虞寒江回头征求肖楼的意见，肖楼道："我觉得事情不太简单。"

邵清格也点了点头："现在是密室第十天，还有 4 天就能通关，保守一点的做法是我们继续打游击战，避开虫族大军，有我在，可以提前洞悉虫族的计划，加上李清照的群体瞬移及鞠昵和圆规的群体无敌，躲开它们轻而易举。"

肖楼微微蹙眉，他的心里突然有种不安感。虫族女王召集所有的虫族在东关大桥聚集，她就不怕虫族当中出现叛徒或者卧底？毕竟虫族寄生在人类体内，不会马上杀死人类，而是让人类的意识陷入沉睡，操控人类的身体进行繁衍扩张，这个过程存在一定的风险。

万一某些人类意志力足够强悍，反过来同化了虫族，获得了虫族的能力呢？

那些人类是可以听见虫族信号的。她这样广发信号，那些获得虫族能力的人不就知道它们的计划，可以顺利地躲开了吗？到底是虫族女王太单纯，没想到这一点？还是说这位女王故意在放烟雾弹？

肖楼将自己的困惑通过“心有灵犀”通道告诉了虞寒江。

虞寒江低声道：“如果虫族女王这么没脑子，她就不会进化成十级的女王了。”

肖楼赞同：“嗯，所以这个集合信号很可能只是迷惑人的，她真实的目的并不在此。”

就在两人用“心有灵犀”通道交流的那一刻，邵清格突然挽起袖子，微笑着指着自己光滑的手臂道：“你们看，凌晨留下的那些伤口已经全部愈合了。”

不但那些狰狞的伤口全部愈合，而且经过修复后，他手臂上的皮肤宛如新生儿般光滑细腻。凌晨大家瞬移离开时正好是 4 点左右，现在是晚上 7 点，15 个小时的时间，所有伤口完好如初，五级虫族这样的修复能力已经够可怕的了，十级虫族女王的修复能力该有多强？说不定刚砍掉她的手臂，不出几秒就能迅速长出新的吧？

想到这点，众人不由脊背发冷。

肖楼道：“女王召集虫族在东关大桥集合，应该只是迷惑我们，她可能知道虫族当中有一些同化的人类不会听她的指挥。”

叶棋紧张地道：“邵总能感应到她，那反过来，她会不会也能感应到邵总？！”

这个问题让大家同时一愣。

没错，邵清格能感受到虫族的信号，十级虫族肯定也能搜索到一定范围内同类的位置，这样一来，她不就能清晰、准确地定位那些“不听话”的虫族在哪儿了吗？

邵清格猛地反应过来：“我明白了。她召集虫族去东关大桥集合，大部分低级的虫族以及愿意听女王指令的高级虫族都会过去，但是，被我们挑战者或者其他人类同化的虫族肯定不会傻到跑去虫族巢穴里送死。这样一来，她就能分辨那些不愿意听她指令的同类。”

肖楼补充道：“然后，她利用虫族女王强大的感知能力，精确定位这些不听话的虫族藏在哪里，再率领虫族的精英部队逐个消灭？！”

队友们听到这里，脸色不由发白。女王号召虫族大军集合，不是为了发起全面进攻，而是为了迅速找出“不听话”的虫族在哪儿。

邵清格的存在虽然是“虫族卧底”，可以感知到虫族的行动计划，但同样，他也是一枚定时炸弹，随时都有可能把虫族最厉害的女王 boss 给引过来。

想到这一点，邵清格道：“不如这样吧，你们几个继续躲在这里，我听女王的号召，去东关大桥看看情况。”

虞寒江立刻反对："不行。你也说了，女王是群发信号召集虫族大军，东关大桥现在的虫族数量成千上万，你一个人过去，万一遇到比你高级的虫族看你身体素质好，想直接融了你呢？"

肖楼也道："没错，一个人行动太危险。虫族等级森严，你现在算五级，要是遇到七级、八级的虫族攻击你，你的意识很可能被吞噬。一旦意识被彻底吞噬，你会被直接淘汰，从我们的契约书上抹去。你一个人又怎么从噩梦密室走出来？"

经历过噩梦密室的叶棋紧张得脸色苍白，他盯着邵清格，颤声道："千万别去噩梦密室！噩梦密室的难度是正常密室的两倍以上，黑桃 8 密室的难度已经很高了，双倍难度我简直不敢想……"

邵清格皱眉："可我留在你们身边，女王能随时感知到我的位置，这样对你们来说太过危险。"

肖楼认真地说："不管怎样，我们都不会让你一个人去冒险。"

队友们纷纷点头。

邵清格心里一暖，笑道："好吧，既然你们不肯让我听女王的话，去虫子窝里集合。我还有一个办法，就是需要大家配合。"

虞寒江道："你说。"

邵清格眯起眼道："女王刚发信号，很多虫族还没来得及赶去集合地点，我们想办法堵住虫族从这里去东关大桥的路，让我多杀几个练练级。说不定我也能升到九级甚至十级？"

叶棋无奈地道："你练级练上瘾了啊！"虽然邵总的身体有了修复能力，可他还是不忍心看这个男人浴血奋战，把自己弄得遍体鳞伤。

邵清格看向叶棋："这办法虽然冒险，但值得尝试。不然，虫族女王如果真的搜索不听话的虫族逐个消灭，我们能不能战胜她的精英军团还不一定。我提前增强一下实力，到时候也能多一些胜算，对吧？"

虞寒江干脆地站起身，拍板决定："就这么办！"

他们目前所在的位置正好是一个破旧的居民小区，全是六层高的楼房，没有电梯，整个小区的居民已经被寄生并且加入了虫族大军，小区安静得听不见任何声音。

之前有一队厉害的挑战者将这里作为临时基地，被虫族发现后，他们引爆了小区内的天然气管道，炸死一批虫族再逃跑。虫族死伤惨重，小区的地面上还残留着大量寄生者的尸体碎片，幸存的虫族们融合、进化，追着挑战者离开，因此，小区内目前连一个人影都看不见。

虞寒江摊开地图，指着大家的位置说道："我们所在的阳光小区距离城市交通主干道有一公里的路程，虫族去东关大桥集合，肯定会走这条主干道，到时候，我想办法将虫族引来这个小区，大家提前布置好陷阱。"

"这样做有些冒险吧？"肖楼看向地图，"虫族女王召唤全体虫族去东关大桥集合，这些赶去大桥的虫族当中说不定会有高级虫族，我们没法从外形上判断虫族的等级，万一引来比邵总级别高的，邵总被反杀怎么办？或者虫族数量太多，我们反被包围呢？"

"肖教授的担心也有道理。"邵清格若有所思地摸了摸下巴，道，"我现在是五级，对付五级以下的虫族游刃有余，它们会主动臣服于我，可要是遇到六级以上的，我确实没把握。好在我不但是进化的虫族，还是挑战者，可以用卡牌。"他的目光扫过大家，微微一笑，"再说，我还有队友，大家也可以用卡牌帮忙。"

"没错，邵总的身上现在拥有双重能力。"虞寒江走过来，轻轻拍拍肖楼的肩，低声说，"别担心，我们可以想一个万全的计划，保护好邵总。"

"好吧。"既然大家决定这么做，肖楼也没什么意见，他看向邵清格道，"想要以最快速度升级，我们得提前想好升级的策略，杀太低级的虫族费力不说，升级速度也慢。"

"没错！"叶棋作为一个闲暇时间经常玩网游的宅男，对这一点最有发言权，他拿了根树枝蹲在地上一边写一边说，"按照同级融合升高级的规则，邵总现在是五级，如果吃二级、三级的低级虫族升级会非常慢，就像游戏里高级玩家打低级怪，获得的经验很少一样。要快速升级，最好找等级接近的虫族。"

肖楼道："同级的有一定风险，说不定会被反噬。最稳的做法，就是找四级的。"

"嗯，两个四级等于一个五级，邵总融掉两个四级，就相当于融了一个五级，能直接升到六级。"叶棋在地上认真地写写画画，"升到六级后，再融两个五级，升到七级，以此类推！"

"可问题是，我们怎么精确地找到四级、五级的虫族给邵总融合呢？"刘桥疑惑地说。

"找不到，那就主动去制造。"虞寒江淡淡地道。

"对，我们可以主动培养出一些高级虫族给邵总融合用。"肖楼双眼一亮，道，"就像是养蛊的方法一样，找一些低级的虫族让它们先自融，控制它们的数量和等级，融出四级的，再让邵总下手。"

"当时在超市，还有后来在仓库的时候，因为放了火，那些低级虫族察觉到危险，就开始自融、升级。”叶棋兴奋地道，“虞队把虫族引过来之后我们直接放火，它们就会因为惊慌而互相融合，这样一来，就能迅速融出高级虫族，让邵总尽快升级！”

“可以利用虫族自融的特点来养蛊，养出高级的给邵总解决，这确实是最快捷的方式。”虞寒江平静地总结道。

大家面面相觑。一开始看见这些虫族，他们还会忍不住的恶心、害怕，如今，却把它们当成小怪一样，主动引小怪过来，养蛊给邵总练级？！

在黑桃密室待久了，大家的心理承受能力真的会不断地提升。或许以后见到再奇怪的生物，他们都会神志自若了。

虞寒江拿了根树枝，蹲在地上迅速画出一条路线：“待会儿，我用轻功卡和瞬移卡去大路上等虫族，并且将虫族引到这一片区域。”

他在地上画了个圈，道：“老莫在楼下做一个迷宫样板间，样板间里留出小密室，每个密室能装下 8 人即可，虫族进入迷宫后肯定会到处分散开，迷宫中一起火，分散的虫族就会因为危机而自融。”

8 个低级虫族经过自融，最后会生成一个四级的虫族，正好让邵清格吸收。肖楼道：“这种办法，虫族的数量需要严格控制，一旦超过，融出来的会比邵总等级高。”

虞寒江道：“所以需要大家来协助，将 16 个低级虫族放进样板间后，多余的虫族立刻用各种群控技能控制住，别让太多虫子进去。肖楼开无人机监控，数好虫子的数量，达到之后就让老莫用大理石墙封锁样板间，龙森负责用酒精点火，叶棋和曲老师控制外围的虫族。”

众人听着虞队的布置，纷纷点头。

这样一来，就能保证只有 16 个虫族被放进封闭的样板间里，它们在迷宫一样的样板间分散开，中心位置起火后虫族自融升级，会出现两个四级的虫族。

一波下来，邵清格就能直接升到六级。

只要邵清格的等级变高，就不用再怕高级的虫族了。

为了让计划更加稳妥，虞寒江让大家等待 0 点，所有卡牌技能刷新之后再行动。老莫提前拿出卡牌，开始绘制新的样板间。

他这张虽然是 A 卡，只有一个画样板间并且放大一百倍的技能，在实战中却相当好用。激活卡牌后，只见一张配有网格的设计图纸缓缓在他面前展开，老莫用卡牌自带的一支笔在图纸上画了很多条线，转眼间就画出了一个迷宫平面图。

从样板间的大门进去之后，迷宫会分成两条岔路，岔路都是狭窄的通道，只容一人通过，所以虫族迫不得已就得分散开。这时候迷宫内起火，虫族惧怕火焰，自发融合，能以最快的速度生成四级虫族，到时候邵清格再去收了它们，升级便轻而易举。

老莫画好样板间图纸后，指着平面图给邵清格详细解释：“邵总，我在样板间留了个后门，你从后门进去，按左、左、右、右的方向走，可以迅速来到中心位置找到升级后的虫族。样板间的天花板是钢化玻璃，为免升级后的虫族能力太强直接砸碎玻璃爬出来，你的动作一定要快。”

邵清格拿过平面图仔细看了看，道：“明白。”

老莫的迷宫设计得比较复杂，反正虫族在里面肯定没法轻易走出来，虽说邵清格不擅长迷宫，可老莫把样板间平面图提前给他看了，记住路线对他来说并不算难。

布置好一切后，众人便耐心地等待着。

时间已经到了凌晨，大家的悬浮框中同时刷过一行提示——

黑桃8密室【末日逃生】，第十一天，00:00。

挑战者剩余数量：120人。

前天是150人，昨天的死亡人数是30人，不知道是不是发生了一些遭遇战。肖楼记得昨晚五十来位挑战者临时组了个联盟，那群人实力强悍，死者应该不是他们当中的人，很可能是散落在其他区域的一些挑战者，遭遇虫族大军，被团灭。

单纯被寄生的话不会直接判定死亡，像邵总就反过来同化了虫族。所以，这30人既然已经从密室名单上抹去，显然不是单纯被寄生，而是被火烧死了，或者被虫族融合后失去了意识？

剩下的120位挑战者，还有3天就可以通关。这时候，大家最机智的做法就是找个偏僻的角落里躲个3天，打游击，别去主动招惹虫族。

当然，在团队没有任何人被寄生的前提下可以这么做，一旦有人被寄生并且没被队友们烧死，虫族女王就能随时感知到这位虫族同类的存在，他们根本就无处可躲。

0点一过，虞寒江跟肖楼重新连上“心有灵犀”，叶棋和邵清格也重新建立了沟通渠道。全体队员所有卡牌技能刷新，虞寒江沉声道：“准备行动。”

话音刚落，他便用轻功卡和瞬移卡飞了出去，只见一个黑影在夜空中连续几个跳跃，转眼间就消失得无影无踪。

他一个人去引怪，大家都很担心。

叶棋紧张地捏住拳头："虞队是在天上飞，虫族追不上他，那他怎么引虫族过来啊？"他顿了顿，脑海里忽然灵光一闪，"用血吗？"

肖楼点头："嗯，身上有伤口的话，虫族知道他不是寄生者，肯定会扑过来想要寄生他。虞队打算割伤自己的手，落地去吸引虫族的注意力，然后以最快的速度回到小区的楼顶。"

"心有灵犀"通道让肖楼得知了虞寒江的计划。

每到关键时刻，虞寒江都会义不容辞地承担起队长的责任，他不敢让队友跟着他行动，是因为这种做法太过危险，毕竟要亲自去虫族群里用血来吸引虫族的注意力，万一真被虫族寄生那就麻烦了，所以，行动的人必须保证足够的警觉，动作也一定要快。

轻功卡和瞬移卡有限，要找出另一个能灵活操作两张牌并且在大量虫族中来去自如的人，也确实很难。并不是虞寒江想做孤胆英雄，而是有的任务，单独行动反而更方便。

看着男人消失的方向，肖楼心里紧张得要命，表面上却摆出一副平静的模样，因为基地这边还需要他照顾，他不能乱。

虞寒江在前线冒险，他必须稳住后方！

1 秒，2 秒……

肖楼一直在心底默数着时间，等待虞寒江返回。

虞寒江一路飞檐走壁，转眼间就来到了大街上，将夜明珠放在一个路灯上面。

借着夜明珠的光芒，可以看见厚厚的积雪中出现了数不清的人类的脚印，从数量上来看，显然有一批虫族大军刚刚收到女王的信号往桥头赶去。

虞寒江潜伏在一棵树后，静候时机。就在这时，耳边忽然传来一阵窸窸窣窣的声响，其中夹杂着双脚踩在雪地上的咯吱声，虞寒江眉头一皱，锋利的目光紧紧地盯着街上。

不远处，密密麻麻的虫族如潮水一般朝大桥的方向快速爬行。

它们的身体几乎要互相贴在一起，爬行的速度快如疾风。这些人群互相挤在一起的画面，比周一上班高峰期的地铁站还要可怕，何况是所有人都在地上爬，看着让人脊背发毛。

虞寒江屏住呼吸，粗略一数，这批虫族数量轻松破千，而且从爬行能力来看，应该是已经升级过的虫族——不行，引这么多过去，太危险，还得再等等。

过了片刻，又是一大批虫族爬过来。数量比之前的还要多，几乎比得上一所大学的开学典礼。

肖楼等了几分钟还等不到虞寒江回来，不由紧张地问："怎么样？是不是遇到了麻烦？"

虞寒江低沉的声音在脑海中响起："别担心，这边虫族有点多，上千只的军团我们不好控制，我再等等看，说不定会有一些数量比较少、好控制的小队。"

肖楼松了一口气："没遇到危险就好，实在不行的话，你先回来，我们再想办法。"他顿了顿，又接着道，"对了，邵总刚才说，女王又发了信号，这次好像是最后通牒。让所有的虫族 1 点之前赶到东关大桥，不要迟到。"

虞寒江点了一下头："明白，我会看情况再决定。"

就在这时，远处突然有一支一百多人的虫族队伍往这边走来，它们穿着统一的蓝白相间的校服，应该是附近某所学校被寄生的一批人。虞寒江双眼一眯，立刻轻功飞起，连续几个跳跃，稳稳地落在了虫族中间。

那些虫族同时一愣。察觉到虞寒江身上血液的气息，一群虫族的双眸立刻变得猩红，张牙舞爪地朝着虞寒江猛扑过来——

就在它们扑过来的那一刻，虞寒江的反应极为敏锐，立即用轻功卡利落地飞起！

虫族们扑了个空，却见那男人转眼间就飞出去 50 米远。

那些虫族自然不肯放过他，急忙转身追了上来。却不知，虞寒江在黑暗中微微扬起了唇角。

他等的就是这种数量少的虫族队伍，邵总终于有丰富的营养可以吸收了。

随着虫族队伍的靠近，邵清格也感知到了它们的存在。虞寒江迅速飞身来到楼顶，肖楼对上他的目光，总算松了一口气，道："大家准备！"

在虞寒江身后百米左右的位置，上百只虫族飞快地爬了过来，眼看它们就快要爬到楼下，老莫急忙将样板间放了下去！

冲在最前方的虫族，不知不觉地走进了老莫画好的迷宫里。肖楼的无人机监控就在迷宫的上方，他目不转睛地盯着卡牌上的监控画面数虫族的数量。等 16 只虫族进入，肖楼道："封路！"

老莫立刻放下一面大理石墙壁，封住样板间的前门。

进入样板间的虫族开始在迷宫里绕来绕去，快要晕了，而外面的大批虫族，叶棋直接来了一波"二泉映月"的群控！

龙森早就准备好了羽毛球拍、酒精和火团，老莫在样板间的房顶留了个碗口大的洞，并且在房子中央堆了一大堆易燃的木材，龙森对准那个洞，远远地将酒精和火团全部打进去——只见木材瞬间被点燃，样板间内蓦地烧起了熊熊烈火！

这烈火正好在迷宫正中央，虫族不管怎么走都绕不开火焰，恐惧之下，它们开始疯狂地拍打样板间的墙壁，爬上屋顶想要掀开那层钢化玻璃，但这一切都无济于事，老莫的样板间质量很好，低级虫族根本无法破坏样板间内的墙壁和玻璃。

在尝试了片刻无法逃脱之后，它们果然开始自发融合。

附近的虫族迅速攻击彼此，让寄生在体内的虫族融合到身体素质更好的人身上，不出 10 秒，16 只虫族就融合成了两个四级的虫族。

就在那两个四级虫族想要互融升级的那一瞬间，邵清格突然出现在了迷宫中央。

男人面带微笑，伸出双手——他的指甲变得无比锋利，右手倏地探出，如鹰爪一般瞬间抓破了那两只虫族的手臂。

那两只升级的虫族虽然战斗力获得了提升，可是邵清格的意识太过霸道和强悍，它们还没来得及反抗，就陡然被邵清格给吸收了过去！

无数虫族顺着血液进入邵清格的身体。

邵清格神色自若，迅速收掉两只虫族后，便按照老莫给的迷宫图纸从样板间撤离。叶棋通过肖楼的监控屏看着这一幕，不由脱口而出："邵总好酷啊，直接秒杀！"

肖楼松了一口气，道："他已经升级了，计划顺利。"

此时，邵清格是六级虫族。

龙森配合肖楼的飞鸽传书，将大量酒精和火球打进样板间外的虫群中！一百多只虫子被火烧得"吱吱"叫，它们惊恐之下再次开始融合。对邵清格来说，这就是最好的练级材料。

邵清格从样板间出来，行动速度比之前更快。

大家只见身材高大的男人如同疾风一般冲进了虫群中，他锋利的指甲左右攻击，附近的低级虫族被他强大的威力所震慑，有些甚至主动臣服于他，自发地跑过来跟他融合。

屈服于强者，让强者升级，这似乎是虫族的天性。

邵清格越战越勇。他在虫群中快速地跳跃，看见那些级别高的就优先去征服，低级的放在旁边养着，养成高级的再收掉。

男人的身上到处都是伤痕，双眸猩红似血！这一刻的邵清格，让叶棋恍惚中有种“这家伙真像反派 boss”的错觉。

然而，脑海里忽然响起了邵清格的声音，依旧带着戏谑的轻笑：“我才不是反派 boss，我明明更像正派 boss，有没有觉得我很帅呢？”

叶棋哭笑不得：“还有心情开玩笑，看来，你的意识丝毫没有受影响？”

邵清格道：“没错，新来的虫族小弟们都很听我的话。”

叶棋松了一口气：“刚才见你眼睛变成血红色，吓我一跳！”

邵清格道：“融合后能力有了提升，眼睛才会变。”

叶棋赞道：“不错，红眼睛的邵总挺酷的。你加油升级，我们掩护你！”

邵清格嘴角微微一弯，他能感觉到一股又一股充沛的能量涌入身体，此时，他的脑海一片清明，新来的虫族全部屈服于他的意志之下，他能轻松掌控自己的身体。跳跃时如同脚下有弹簧，一次能跳几十米远，攀爬时锋利的指甲甚至能穿透老莫的大理石墙壁。虽然从外观上看，他的眼睛可能是比较吓人的红色，可他的视野其实非常清晰，甚至能看见远处的楼顶上，叶棋的头发丝被风吹得遮住了刘海。黑夜并不会影响虫族的视力，哪怕没有光，他也能将远处黑暗中的建筑看得一清二楚。

升级，不断地升级。在等级森严的虫族国度，只有强者才能征服弱者！

火圈周围的虫族一直在自融，邵清格抓准机会找高级的虫族吸收——他浑身浴血，脸上却一直带着笑容，以锋利的双手指甲作为武器，一爪子一个，将这群虫族全部打趴在地。

楼顶，肖楼等人看着这一幕画面，心头都极为震撼。邵总的战斗力好像越来越强了？！

随着邵清格级别越来越高，其他虫族更是毫无反抗之力，转眼间，上百只虫族已被邵清格肃清，周围只剩下软趴趴的尸体。

邵清格纵身一跃，居然从地面直接跳到了六层楼的楼顶！

所以说，大家这是亲手养成了一个“人虫合一”的 boss 吗？

叶棋目瞪口呆：“居然能跳这么高？你这能力也太夸张了吧……”

“不止如此。”邵清格微笑着伸出手臂，挽起残破不堪的袖子，“你们看。”

刚才还满是血的手臂，此时，那些鲜血居然消失得一干二净，似乎被周围的皮肤自动吸收了，而手臂上的伤痕也居然在这么短的时间内全面愈合了。

肖楼感慨道：“高级虫族的再生、修复能力真是可怕。而且，你这跳跃能力好像比小刘的轻功卡还要厉害，毕竟轻功卡每隔 8 秒就要找落点，你这又没有限制，随便跳？”

邵清格点头：“嗯，我算了一下，伤口全面愈合只用花 5 分钟时间。跳跃的话，一次跳几十米远、几十米高都不是问题，我可以跟上虞队瞬移卡加轻功卡的速度。”

虞寒江问道：“你现在多少级？”

邵清格想了想，说：“应该是九级，到九级之后就没法升级了，融再多也没用。”

叶棋好奇地问：“为什么？不能升十级吗？”

邵清格无奈一笑：“这好像是虫族的规定，同一时间，只能有一个十级的首领，女王已经提前诞生了，我不能直接抢它的位置，如果我想升到十级，只有一个办法。”

众人都看向他：“什么办法？”

邵清格道：“把现任虫族女王给杀掉。”

叶棋猜测道：“一山不容二虎吗？看来虫族不能同一时间存在两个王，要不然，两个首领同时发信号，小兵们会不知道听谁的？”

邵清格点头：“嗯，我有种大胆的猜测——如果能杀掉虫族女王，我来当虫族的首领，说不定我们能拿到完美通关的 S 级评分。”

肖楼仔细琢磨了片刻，说：“有道理。挑战者被寄生后，队友们不放弃他、保护他，这位挑战者意志强悍，同化了虫族，反而变成虫族的领袖带大家通关……这都不给 S 评分的话也说不过去。”

众人纷纷点头附和。别的团队，队友被寄生不一定会像他们这样保护起来，有可能像落英阁那样直接烧死队友。走到今天这一步，关键还是他们互相信任、不离不弃，才让邵总有了拥有虫族能力的机会。

邵清格笑眯眯地问：“大家的意见呢？”

虞寒江果断地拍板决定：“干掉女王，我们拿 S 级通关评分，这次通关的宝箱都由邵总来抽。”

密室第十二天，虫族大军按照女王的指令，集体来到了东关大桥集合。

集合后的虫族大军并没有任何行动，果然如肖楼他们所猜测的那样，女王广发信号、召集虫族，更重要的目的是找出那些不听指令的“虫族叛徒”逐个消灭。对她来说，这座城市 99% 以上的居民已经被寄生，距离虫族彻底占领这座城市就差这最后一步了。

由于虫族同一时间只能存在一个领袖，那些在混战中升到了九级、碍于女王的存在而无法继续升级的虫族，一旦听命于她，便是她最强力的属下，可一旦不听她的话，就会变成最大的威胁。

以虫族女王现在的实力，普通的人类已经没法战胜她。她最惧怕的，反倒是某些想要取代她地位的高级虫族，所以，她召集虫族大军，让愿意听命于她的虫族聚集在一起，准备对这座城市进行最后的清洗。

邵清格此时已是九级虫族，女王最大的威胁之一。

在休息了一天后，他将体内新来的虫族彻底驯服，自身的虫族能力也恢复到了最佳状态，邵清格试着用指甲抓破自己的手臂，不出一分钟，那手臂就以肉眼可见的速度神奇地愈合了。

叶棋伸出手轻轻摸了摸他愈合后的手臂，感慨道：“看上去跟人类一样，但我总觉得这层皮肤下面好像有一层坚硬的铠甲？”

邵清格笑眯眯地捏捏手臂上的肌肉：“没错，那是虫族的铠甲。我的身体，现在最多受一些皮外伤，普通的刀、枪很难捅穿，再说，虫族的愈合能力非常强，哪怕被最锋利的刀子割断了手脚，理论上来说，几分钟之内也会长出新的。”

叶棋竖起大拇指：“这能力太强了！”

肖楼道：“邵总可以说是拥有了不死之身，除非火烧。”

叶棋好奇地问：“那你怕火吗？”

邵清格摇头：“心理上不怕，因为本质上我现在是人类，我的意志压制住了虫族的意志，并且同化了它们。虫族天性怕火，我并不怕。当然，用火烧我肯定还是能烧死。”

肖楼双眼一亮：“这么看来，我们可以尝试用火来对付虫族女王，只要她不是人类同化虫族后形成的，那邵总跟她相比就多了一个优势——不怕火。”

虞寒江微微皱眉，摸着下巴说：“虫族女王会不会也是挑战者？”

邵清格摇头：“不太像。如果是挑战者同化后升级成女王，她可以发出别的指令，让虫族散开或者是停止攻击，这样就能带挑战者团队轻松通关。但她第一条指令是让虫族大军去东关大桥集合，并且她一直在发出信号搜索周围的虫族，我敢肯定这女王还是虫族。”

女王会是谁呢？肖楼仔细想了想最开始见到过的那些人，医院里发疯的女人？那个小女孩？或者跟在自己身边的实习医生，还有二院最开始发病的呼吸科女病人？每一个都有可能，也可能是他们没见过的。

肖楼看向邵清格道：“邵总，你刚获得虫族的强大能力，使用起来可能还不太熟练，尽快练习、掌握这种能力吧。”

邵清格点了点头。他纵身一跃，直接从这层楼的楼顶一下子跳到最前面的楼顶，跳跃距离接近瞬移卡的 50 米。进化之后的邵清格的攀爬、跳跃、攻击能力全面提升，战斗力丝毫不输于虞寒江，而且在对付虫族方面邵清格更具备优势，毕竟低级的虫族不会主动攻击他。

邵清格反复尝试着跳跃、攀爬来练习新获得的能力，众人看着他飞檐走壁的矫健身影，不由感慨："邵总不再是'战五渣''躺赢帝'了，突然有些不太习惯啊！"

虞寒江低声道："以前总要分一个人来保护邵总，如今他不需要我们保护，反而可以保护队友，对整个团队来说这也是极大的提升。"

众人纷纷点头，也很为邵总高兴。只是，不知道这种能力能不能带出密室？离开密室的时候身体数据清除，邵总肯定会恢复成正常人，除非抽到相关的卡牌。从肖楼在黑桃 2 密室抽到寄生者首领刘小源来看，说不定邵总这次真能抽到虫族卡。

快到午饭时间，邵清格练熟了能力，回到楼顶跟大家一起吃饭。

叶棋认真问："你现在想吃泡面，还是想吃人血呢？"

邵清格哭笑不得："我当然吃面，我本质上还是人类。"他顿了顿，压低声音在叶棋的耳边道，"当时你给我喂血的事，我同化虫族后也想了起来……手还疼吗？"

他拉起叶棋的手，看向被划破的手指。叶棋的手上贴了个创可贴，毕竟叶棋的皮肤没有自动愈合的能力。邵清格道："以后可别做这种傻事。"

叶棋笑道："我是怕把变成虫子的你给饿死。没事的，小伤。"

邵清格没再多说，亲自给他换了个新的创可贴。

众人聚在一起吃完午饭，虞寒江看了眼远处，严肃地说："虫族大军应该已经聚集了，我们得尽快筹划接下来的动作。女王能感知到邵总的位置，肯定会带一些高战力的属下来消灭邵总，如果她带一些九级虫族来杀你，你有几成胜算？"

邵清格想了想，道："目前还不确定女王身边有多少高级虫族，但我们也有很大的优势。第一，我不但有虫族的能力，还有卡牌和你们这些队友，大家一起合作可以控制那些虫族。第二，我不怕火，虫族怕火。或许，我们可以从这方面着手，提前做一些布置。"他顿了顿，接着说道，"我最担心的反而是虫族女王，九级虫族的能力已经这么强了，不知道十级虫族女王的能力有多强？"

虞寒江也考虑到了这种可能性。十级女王的能力明显会强于邵清格，具体强多少目前还不清楚，一旦她带着手下的精英部队过来杀邵清格，如果大家不提前做好布置，别说是完美通关，很可能还会团灭。

敌人的战力无法估算，这才是最头疼的。

虞寒江的想法通过"心有灵犀"通道传递到肖楼的脑海里，肖楼拿来纸笔，一边写一边分析道："虫族在遇到危险的时候才会自我融合，两只同级的虫族可以升成高级，融合出一个九级的虫族，需要 256 个一级的虫族。对了，第一天晚上那么多虫族集体行动，肯定是受到了高级虫族的号召，邵总，你可以命令低级虫族吗？"

邵清格道："小范围内的几只还可以，想召集大规模的虫族，只有十级领袖才能做到。"

叶棋瞪大了眼睛："也就是说，虫族女王其实在第一天就产生了吗？当时，我们从老莫的工作室跑出来探路的时候，看见购物广场、美食城、写字楼……大量的虫族，密密麻麻地涌入了住宅区，就是女王下达的指令吗？"

邵清格的神色也变得严肃起来："看来是的，只有女王才能调动成千上万的虫族。"

肖楼只觉得脊背发凉："这女王很有心机，她先召集虫族寄生市中心的居民，再让先锋部队去找漏网之鱼，一步一步，循序渐进，计划十分缜密。到了现在，城市里的居民收服得差不多了，她才将苗头对准了那些不听她命令的高级虫族。"

虞寒江补充道："高小亦团队在城北大学城遭到过虫族围攻，当时他们炸掉了一栋实验楼，虫族遭遇爆炸肯定会在恐慌之下自我融合，应该能生成九级的虫族。我们在仓库外围用汽油烧虫子，那些没被烧死的虫族也能生成九级。"

肖楼看向虞寒江道："按照虫族的特性，大规模的虫族军团在遭遇危险时才会自发融合。这个城市的原住民由于不明真相，一开始被寄生了太多，在面对成千上万的虫族大军时，他们很容易被虫族淹没，所以，虫族最大的危机应该都是我们这些挑战者制造的。"

虞寒江赞同："嗯，挑战者们有卡牌，而且生存密室走到这一关的人都经验丰富，能迅速找出虫族的弱点，学会用火烧的办法消灭它们。"

邵清格明白了肖楼的意思："肖教授是说，高级虫族的数量应该和挑战者团队所制造的危机次数有关——只有我们制造了危机，虫族才会自融？"

肖楼点头道："这些天，挑战者们大部分在四处逃亡，不会主动去找虫族的麻烦。但虫族找上门的话，大家肯定也会提前做好应对的措施，用炸药、汽油、酒精等各种易燃易爆品来对付虫族，就很容易激化虫族的自融。"

叶棋听到这里，不由插话："我记得这次的密室，挑战者队伍应该在三十队左右吧？"

肖楼道："没错，但最开始的两三天挑战者死伤惨重，很多人没发现虫族怕火烧的弱点，被虫族团灭好几队。活到后面的挑战者才掌握了消灭虫族的技巧，同时也催化了虫族的融合升级……依我的推断，除了虫族女王之外，经过这十多天的游击战，九级虫族的数量应该在一百个左右。”

他这样推断，也是依据虫族的特性。

虫族喜欢群居，但不会莫名其妙地互相融合，毕竟每个虫族其实也有自己的意识、思想和记忆，哪怕很微弱，它们也都是独立的个体，不会主动被同类吞噬。

只有在极端危险的时候，虫族难以自保，才会迅速跟周围的同伴融合、升级——这大概是它们“求生”的本能在作祟。

城市居民被寄生的速度太快，被海量的虫族淹没，很难制造出让虫族恐慌的危机。所以，虫族自融的次数和挑战者制造麻烦的次数相近，十级女王只能存在一个，九级的数量也不会太多，比如那天在仓库，80% 的虫族都被肖楼他们用汽油烧死，剩下的，最多也就融出两三个九级虫族。

这些天来，挑战者团队制造大危机引发虫族自融的次数不会太多，他推测的 100 个还是高估了的，说不定有些挑战者遇到虫族不打，只是躲，那么虫族也不会自融。

虞寒江仔细想了想，道：“我有一个办法。”他看向肖楼，眼神中带着询问，“只不过这个办法需要找高小亦他们团队联手，才能实现。”

肖楼很快就反应过来：“你是想利用他们布置出一片陷阱，等虫族女王找上门之后，再用陷阱将它们给炸了？”

虞寒江点头：“我们对付高级虫族的优势邵总刚才也说过了，第一我们不怕火，第二我们有卡牌，只有将这两个优势充分地利用起来，这一场硬仗才有胜算。”

他说罢又补充道：“一开始，我们不敢跟其他挑战者合作，是怕其他人的队伍中出现寄生者，会在我们背后突然袭击。可是现在邵总自己就是九级虫族，即便其他队伍里有寄生者也不怕，邵总可以感知到虫族的存在，这一点顾虑完全可以排除。所以，我们可以尝试着合作。”

叶棋担心地道：“可是他们愿意合作吗？毕竟距离通关只剩最后 3 天了，他们藏起来会更加稳妥，跟我们一起正面打虫族女王，这做法很危险。”

虞寒江道：“尽快找他们谈谈吧。”

肖楼完全支持虞寒江的决定，点头道：“好，我们去找他们谈。”

那天晚上，挑战者临时联盟来找他们的时候虞寒江记住了那群人离开的方向，是往东边去了，他猜测高小亦可能会带这群人回到仓库。

仓库附近发生过一场大战，汽油产生的熊熊烈火烧死了无数虫族，由于虫族天生畏惧火焰，它们自然不会再回头去那个地方。

虞寒江看向邵清格："这里就交给邵总了，我和肖教授去找他们谈谈。"

邵清格认真保证道："放心，你们快去快回，注意安全。"

虞寒江抓住肖楼的手臂，用轻功卡和瞬移卡带着肖楼飞走。两人在空中连续瞬移，很快就来到了仓库附近。一场大火将周围的树木全部烧光，地面上到处是虫族的断肢，看上去惨不忍睹。

肖楼将叶棋的窃听器远远地甩过去，低声道："仓库有人。"

虞寒江点了一下头，带着肖楼飞到仓库的门口。肖楼轻轻敲了敲门，温言说道："高小亦在不在？我们有事想跟你商量。"

屋内，高小亦诧异地睁大眼睛，她听出了肖楼的声音。女生站起来，让其他队友迅速戒备，远远地道："什么事？"

肖楼道："能不能借一步说话？"

高小亦走到门口，跟肖楼保持着一定的安全距离："你说。"

肖楼压低声音："我们想打出完美通关的评分，需要你们的帮助，不知道你有没有兴趣？"

高小亦微微一怔："完美通关？"

虞寒江道："按照这个密室的设定，消灭虫族女王才能完美通关。"

高小亦的脸色瞬间变得苍白如纸："别开玩笑了，你知道虫族女王能力有多强吗？我们当时组成临时联盟，就是因为遇到了它！"

由于高小亦声音放大，旁边的队友也听到了她的话。

戴眼镜的物理系男生走过来道："我们在逃亡的过程中看见了一个飞影，那虫族女王似乎有了飞行的能力，居然从一栋高楼直接飞去了另一栋高楼，而且瞬间就跳到我们身后，它的周围还有不少高级虫族，我们差点就被团灭。"

高小亦道："没错，虫族女王的能力非常可怕，想消灭它？要知道它可不是一个人在战斗，它的手下有好几十个高级虫族，还有成千上万的虫族小兵，凭我们这些人的力量怎么消灭它？"

肖楼道："不要低估自己的能力，它再厉害，本质上还是虫族，怕火的天性不会改变。而且它只是身体素质强，攀爬、跳跃能力提升到极限，可我们有卡牌在手，我们可以控制它。"

男生扶了扶眼镜："你说得有道理，只不过这样做太冒险。我们现在躲起来，挨过最后的 3 天就通关了，有必要冒这个风险吗？"

虞寒江一针见血地道："难道你们不想完美通关？现在才黑桃 8 密室，你们都不敢挑战有明显弱点的虫族女王，到了黑桃 J、黑桃 K 密室，你们也要躲起来吗？”

肖楼附和道：“没错。完美通关虽然风险大，可收益也大，S 评分通关之后，就能抽到强力的 S 卡，对以后的密室也有帮助。”

见男生的态度有些动摇，肖楼接着说：“我们只需要你们帮忙布置陷阱，跟虫族女王正面拼的危险任务交给我们来做。女王和高级虫族的数量太多，光凭我们 8 个人的力量也确实很难团灭它们，该合作的时候还是合作通关，对大家都有好处不是吗？”

虞寒江道：“况且，你们队长程子洋已经死了，以他的实力，不可能从黑桃 8 的噩梦密室回来，你们团队也需要增强战斗力，多抽一些好卡。好好考虑一下吧。”

两人默契无比，说得大家都有些动心了。

高小亦和队友们对视一眼。她还没来得及开口，就听落英阁的女队长突然道：“我愿意帮忙。”

利落的女生走到肖楼面前，神色冰冷：“我们落英阁每次密室都会追求完美通关，只是这个密室完美通关太难，既然你们愿意联手，我可以无偿提供卡牌方面的帮助。”

肖楼朝她点了点头：“谢谢。”

她当时烧死队友的画面肖楼记得很清楚，这位女队长铁血手腕，做决定确实够干脆果断。有这样的盟友加入，肖楼也多了几分信心。

见落英阁的人主动站出来，高小亦咬了咬牙，道：“好，我们也去试试！”

肖楼目光扫向其他人。永恒国度的胡子叔笑道：“我们就不掺和了，我们只追求普通的通关，冒这个风险去完美通关没必要，祝大家好运。”

这个公会一向佛系，肖楼礼貌地点了点头，不再勉强他们。

愿意加入杀死女王计划的两支队伍被肖楼和虞寒江带回了临时基地。远方协会的 10 人，落英阁 11 人，肖楼他们 8 人，三队加起来也不到三十人。

他们即将面对的是十级的虫族女王，大量九级虫族，还有数不清的虫族小兵！这一仗风险极大，可为了完美通关，抽奖拿更强的卡、去更难的密室，大家也只能咬牙拼了。

肖楼道：“万一到时候打不过，我们会想好撤退路线，保证大家不被团灭。”

落英阁的女队长干脆地点头：“说吧，怎么布置？”

肖楼拿出一张纸，一边画一边说：“我们想将这个小区变成一个火焰迷宫。”

虫族怕火，这是挑战者都知道的事，所以，在肖楼说出“布置火焰迷宫”之后，落英阁和远方协会的人只惊讶了片刻就接受了他的建议。

高小亦也终于明白了肖楼突然来找她合作的原因——当时，她们在大学城炸掉过一栋实验楼，有这方面的经验，况且他们团队中的林师弟正是物理系的高才生。她看向身旁戴着眼镜的男生，问道："林师弟，当时我们炸掉实验楼的时候，你布置的电路火场能不能在这里重现？"

林小宇摇头："当时还没停电，可如今虫族已经破坏了整个城市的电路系统，我没办法用电线来引火……我的电路卡牌能布置的封闭电路范围最多是 100 平方米，这点范围遇到七八只虫族还能应付，一旦虫族数量太多，用处并不大。"

落英阁的队长轻轻蹙眉，问肖楼："火焰迷宫要怎么做？在地下埋炸药吗？"

肖楼将莫学民带过来，介绍道："这是老莫，他是专业的室内设计师，迷宫由他来设计，大家只需要配合他完成一些布置就可以了。"

莫学民笑道："我的样板间最大范围也是 100 平方米，所以，我们布置迷宫不能纯靠卡牌，而是要手动造出一个迷宫来。我先画图纸，大家看看再说。"

他拿出一张设计图纸，用钢笔迅速在上面绘制了一些线条。

密密麻麻的线条，纵横交错，众人看着都头疼。这显然是个通路异常复杂的迷宫，但不同于其他迷宫只有一条正确的通路，这个迷宫……居然没有出口？

高小亦很快就发现了这一点，不由疑惑："能走出迷宫的路呢？是我没找到吗？"她试着用手指顺着平面图的路径尝试了一下，确实没有出口，全是死路，弯弯绕绕的几乎要将人绕晕。

老莫道："这迷宫确实都是死路，这样设计只是为了困住低级虫族，一波烧光。"

高小亦恍然大悟："我明白了，女王的手下肯定还有一些虫族小兵，您这个没有出口的迷宫，就是为了困住小兵们用的吧？"

老莫道："没错。厉害的虫族用迷宫困不住，但解决小兵的话这个迷宫会很好用。"

戴眼镜的林师弟好奇地问："大叔，您这迷宫只是平面图，要怎么把它做成立体的？"

老莫哈哈笑道："我们可是专业的施工队啊，现场造一个就行了！"

他话音刚落，众人就见叶棋不知道从哪里搬来了大量的砖头，由于瞬移卡一次能挪 200 公斤的重量，他来回搬砖的速度快如闪电。高小亦等人纷纷瞪大眼睛，不敢置信地看着这位"搬砖少年"。

邵清格见小叶忙来忙去地搬砖，不由得轻笑道："我们施工队，当时在地下造了一个密道，如今在地面造一个迷宫，也不是什么难事。"

叶棋在旁边吆喝："快来帮忙，有搬运类卡牌的人，按莫叔图纸施工，抓紧时间！”

高小亦目瞪口呆。

你们还真是专业的施工队啊！

在老莫的带领下，众人在小区内快速布置起来。

除了叶棋的瞬移卡，高小亦团队、落英阁团队也都有类似“搬运物资”的卡牌，在卡牌的帮助下，大家的施工速度极快，不出一个小时就在小区内建造了一座大型的迷宫。

迷宫的墙壁都是由砖头砌成，以高级虫族的能力，这些砖头并不能拦住它们。这个迷宫的主要作用是为了迅速分散、消灭低级的虫族，以缓解后期的压力。否则，大家不但要对付高级虫族，还要被潮水一般的虫族小兵给围攻，胜算会很低。

众人站在楼顶，看着小区内布好的巨大迷宫，高小亦不由感慨：“从高处看都这么复杂，置身于其中很难走出来。要是在迷宫里埋些引火材料，虫族走进迷宫后相当于一只脚踏进了地狱。”

肖楼道：“埋引线的事，需要你们帮忙。”

物理系的林小宇双眼一亮，自告奋勇道：“这个我会，我的电路卡虽然只能覆盖 100 平方米，可小区内还有电线。我可以把居民楼里的电线拆一些下来，作为导火索。”

他周围的几个队友立刻去帮忙。

整个城市已经停电，但林小宇的卡牌可以制造电流，加上他们队友留下的乙醇卡可以无限造酒精，于是，林小宇、高小亦团队迅速在迷宫内埋下了大量的电线导火索，覆盖了迷宫的所有区域，并且在电线上全部涂上了易燃的汽油。

虞寒江站在楼顶，看着布置完成的陷阱，满意地道：“这迷宫可以对付大部分虫族小兵，至于高级虫族，它们可以直接跳跃到楼顶，还需要另外想对策。”

他看向邵清格，压低声音问：“九级虫族遭遇危险后，不会跟同级的自融，对吗？”

邵清格笃定地说：“虫族同一时间只允许存在一个领袖，九级虫族如果和同级自融，依旧是九级，没法升到十级，能力也不会提升。所以，九级虫族是唯一不会自融的高级虫族，它们遇到危险，只能自己想办法去解决……除非它们直接下狠手杀了女王。”

虞寒江想了想，道：“我有个办法。邵总你可以穿上隐身斗篷混在虫族当中，寻找高级的虫族给我定位，我杀一个、你烧一个，迅速解决掉高级虫族减轻压力。”

邵清格觉得这办法可行，便干脆地答应下来。

同样是九级虫族，他会隐身，还不怕火。有队友各种卡牌的帮助，他的能力远远高于同级虫族。想要接近女王，首先得干掉她那些高级部下，这样大家才有胜算。

天快黑了，漆黑的深夜是虫族行动的好时候，众人聚集在楼顶，心情都有些忐忑。

高小亦轻声问道："我们就这么守株待兔？确定女王会找上门来吗？"

他们目前还不知道邵清格已经被寄生并且变成了虫族的小 boss，因此心中很是疑惑：原地等待，女王要是不来怎么办？

虞寒江淡淡道："大家少安毋躁，再等等看。"

落英阁的队长倒是很冷静："女王应该会对整个城市进行清理，我们去找她，相当于自投罗网，进入虫族巢穴，只能等她来找我们，踏入我们布置好的陷阱。"

高小亦赞同地点头："也是。不过，能升级成女王的虫族智商应该很高吧，她不一定会上当，至少她不会亲自进入迷宫，肯定有先锋队什么的帮她探路。"

虞寒江道："如果先锋队过来，大家迅速解决，让它们发出求救信号引女王过来。"

众人都点头表示明白。

就在这时，肖楼突然在唇边做了个"嘘"的手势，放轻声音道："来了。"

他将无人机架在了小区门口的主干道上，只要有人经过，他就可以通过监控看到。虞寒江凑过去看了看卡牌上的动态监控，果然有 5 个人快步朝小区这边走来。

五人小组是虫族最常见的探路先锋队。它们的伪装能力极强，走路姿势、表情动作，都跟正常人类一模一样。

虞寒江看向高小亦道："准备动手，先锋队交给你们。"

高小亦点头："明白！"

那 5 个虫族还没来得及走进小区，忽然一个巨大的算盘从天而降砸晕了它们，林小宇紧跟着用封闭电路将它们锁死，电线短路引火——

熊熊烈火瞬间席卷了那 5 个虫族的身体！

高小亦团队在对付这些虫族小队时颇有心得，算盘是数学系女生抽到的卡牌，可以大范围用珠子将人击晕；电路图则是物理系林小宇的招牌卡，能随时随地释放电路，麻痹范围内的敌人，或者让电线短路、引起范围内的火灾。

那 5 个虫族发现自己全身着火，顿时惊慌失措，发出了刺耳的"吱吱"叫声，它们很快就葬身火海，并在临死之前发出了求救信号。

邵清格能听懂虫族的语言，他看向虞寒江，在耳边低声道："它们在说'这里有幸存者，请女王过来清理'。"

虞寒江神色严肃："大家戒备！"

所有人都紧张地盯着小区门口，没过多久，就有密密麻麻的虫族大军朝小区涌了过来，数不清的虫族趴在地上，睁大猩红的双眸，目光四处扫射，那画面看得人头皮发麻！

还好这些低级虫族智商都很一般，涌入迷宫后，它们很快就晕头转向找不到出路了。

虞寒江摆了摆手："封路，点火！"

老莫立刻用大理石将迷宫的入口给封住，落英阁的人一波群控技能毫不吝啬地砸下去，龙森和高小亦团队的人紧跟着就将大量的火球丢进迷宫当中！

众人默契配合，提前埋下的电线被瞬间引爆。

导火索顺着迷宫一路蔓延，整个迷宫顷刻之间成了火场！

虫族们被烧得吱吱乱叫。一大群虫族慌不择路，可迷宫里到处都是火，它们迫不得已只能开始自融。

然而虞寒江早就料到了这一点，他让老莫做一个只有入口、没有出口的大型火焰迷宫，在虫族大军进入后立刻封住后路，就算它们融合、升级，也只能被火焰活活烧死。

高小亦看着这一幕，不由脸色发白："这火焰迷宫简直就是虫族的坟场！"

林小宇攥紧手指："能一次性解决这么多虫族小兵，也不枉我们布置了一整个下午。"

肖楼道："不要松懈，这只是女王派来试探我们的低级虫族，她的精英部队还在后面。"话音刚落，就听空中突然传来了一阵尖锐的鸣叫，紧跟着，一大团黑影如同疾风一般，瞬间飞跃到了对面的楼顶。

邵清格脸色骤变："它们来了。"

他能感觉到高级虫族的气息，那是实力相当的虫族在给他施加压力，虞寒江在每栋楼的楼顶都放了一张夜明珠卡，激活后就可以照明，只见将近一百个寄生者组成的精英部队，此时正整整齐齐地站在对面的楼顶上。

它们不知道是从哪里跳上楼的，行动之敏捷让人心惊。

更可怕的是，他们全是身材健硕的青年男女，每一个的眼睛都猩红似血，双手的指甲锋利如刀。它们隔着五十多米的距离，冷冷地看着虞寒江等人，就好像看着一群尸体。

虞寒江皱了皱眉，沉声道："后退，防御！"

几乎是他发出指令的那一瞬间，肖楼立刻开出了圆规的无敌圈！

下一刻，对面的楼上就有二十几个高级虫族忽然如闪电一般飞到了虞寒江的面前，那尖锐的利爪直袭虞寒江面门，被肖楼开出的无敌圈惊险地挡住！

高小亦吓得声音发抖：“这些高级的虫族都会飞吗？”

肖楼解释道：“是跳跃能力，它们可以轻松跳出 50 米远。”

听到这里，其他人的脸色都有些难看。

肖楼冷静地道：“无敌圈可以保护大家 10 分钟，都别慌，10 分钟内它们没法攻击我们。”

邵清格在虞寒江耳边低声道：“我要行动了，虞队。”

虞寒江朝他点了一下头：“好，我配合你。”

叶棋紧张地握住拳头，在脑海里说道：“邵总你要小心啊，千万别被同级的虫族给消灭了……”

邵清格轻笑着说：“放心，看我的。”

下一刻，众人只觉得眼前一花。

邵清格突然消失了，他使用隐身斗篷，纵身跳跃，直接跳到了对面那栋楼上。

高小亦等人很快就发现队伍里少了那个总爱笑眯眯的男人——只有肖楼他们知道，邵清格此时已经神不知、鬼不觉地出现在了虫族的身后。

虫族的视野是 360 度无死角，但它们并不能看见隐身的邵清格。此时，它们的注意力都在虞寒江、肖楼等人的身上。由于肖楼的圆规无敌圈在 10 分钟内不能攻破，跳过去进攻的二十多个虫族没法伤到这些人类，又有 30 个高级虫族加入了战斗当中。

它们将肖楼的无敌结界团团围住，尝试用锋利的指甲破坏那层透明结界，可惜没有成功。局面正胶着，就在这时，陡然有一团火焰在对面的楼顶上燃起——

邵清格潜伏到虫群后方，抓住几只就迎面泼了几瓶酒精，打火机点燃，迅速后撤！

他这偷袭的速度极快，加上他穿着隐身斗篷，高级虫族看不见他，被他烧得猝不及防，立刻发出愤怒的“吱吱”叫声！

虫族的再生能力即便再强，可被火烧死是没法再生的，这也是虫族不怕刀剑却怕火的原因。转眼间，就有 5 只高级虫族被邵清格给活活烧死，那群高级虫族显然察觉到不对，开始四处寻找偷袭它们的罪魁祸首。

邵清格的隐身时间是 30 分钟，在灭了 5 只虫子后，他躲去角落里静候时机。

叶棋紧张地道：“你没被它们发现吧？”

邵清格带着笑的声音在脑海里响起：“没有，它们看不见隐身斗篷。”

隐身斗篷这张牌帮了邵清格大忙，他穿着斗篷在虫群中穿梭。虫族已经有了防备，加上它们 360 度无视野死角，再拿出打火机点火成功率不会太高，还容易暴露自己。

邵清格不再冒险，他只做一件事——

用薛晴留下的乙醇卡不断地在隐身斗篷里面制造酒精，有斗篷遮挡，虫族看不见他在做什么，等制造了足够的酒精后，邵清格才忽然现出行踪。

嘴角带着笑的男人行动如风，其他虫族还没反应过来，就被他泼了一身的酒精！

邵清格也不攻击，只给虫子们的身上泼酒精。

他现在的能力和周围的虫族差不多，但他还有卡牌加成，肖楼把加速鞋也给了他，在原来的基础上移动速度增加 5 倍是什么概念？意味着其他虫族根本就不可能追上他，哪怕此时叶棋开瞬移卡也不一定追得上他！

虫族们闻到身上浓烈的酒精味，意识到不妙。一个高级虫族立刻说道：“快撤！”

然而它话音未落，虞寒江就在远处举起了枪，“砰”的一声枪响，子弹破空而出，迸发出的火星瞬间点燃了它的衣服！

邵清格早已飞去另一栋楼的楼顶，虞寒江在他身后连续扫射，由于邵清格给这些虫子身上都泼满了酒精，虞寒江一扫就是一大片的火焰！

低级虫族被火烧还可以通过融合来保命。可九级虫族的致命缺点就是在遇到危险时，自融也没办法升级！何况它们现在全身都涂着易燃的酒精，自身难保。

对面楼顶的几十个虫族，转眼间就有一半被火焰所席卷。

刺耳的尖叫声让大家耳膜阵阵发痛。

邵清格解除了隐身状态，虫族意识到是他在背后搞鬼，急忙转身去追他！

而邵清格本身就进化出了虫族的跳跃、攀爬能力，加上肖楼给他的加速鞋，只见他如同武侠小说里的轻功高手一般，在不同的建筑之间飞檐走壁，其他虫族别说是追上他，反而被他像放风筝一样遛着走！

这时候，虞寒江眯起眼睛，架起了那把银色的狙击枪。

邵清格为了方便虞队找到狙杀目标，在飞檐走壁时拿了一张宫灯卡，宫灯的光线可以照亮他四周的范围，虞寒江就能迅速找到追他的虫族。

高小亦等人的嘴巴张大到能塞一枚鸡蛋。

这男人胆子也太大了吧？居然遛着一群虫族飞檐走壁？！他在前面飞快地跳跃，几十个虫族在后面疯狂地追击，这要是拍成一部电影，绝对是好莱坞大片。更让人心惊的是，他引着虫族绕圈跑，虞寒江在他身后射击，一射一个准！

虞寒江的狙击水平绝对是专业级的。

哪怕那些虫族在快速移动，他也可以瞬间狙中对方的脑袋。而邵清格泼了虫族一身的易燃酒精，只要虞寒江狙中对方，子弹的火星就能瞬间将虫族点燃！

转眼间，几十个虫族就被邵清格和虞寒江配合狙杀了个干净。

那些被点燃的虫族“吱吱”叫着滚落到地上，一开始气势汹汹地跑来杀他们的高级虫族，被邵清格和虞寒江配合的这一波绕后偷袭，打得猝不及防，它们显然察觉到了危机，立刻后撤。

楼下，刚开始被关进迷宫的虫族虽然被烧死。在安静了片刻后，忽然又有源源不断的低级虫族涌了进来，比刚才那一波数量还要多。

肖楼开口预警：“女王到了，大家小心楼下！”

这批涌进来的虫族应该是四级、五级左右，拥有出色的攀爬能力。它们互相叠在一起，以“叠罗汉”的方式，一个挂在另一个身上，形成人体梯子，让身后的虫族直接越过火焰迷宫，居然朝着楼顶爬了上来。

眼看整栋楼瞬间被四五级的虫族所包围，叶棋不由得脸色发白：“无敌圈还有多久？”

肖楼道：“5 分钟。”

5 分钟一旦过去，他们将被虫海所淹没！

虽然提前做好了迷宫布置，可低级虫族的数量实在太多，刚才迷宫的那一波火烧少说也烧死了上千只，但比起后续不断涌入的虫族大军来说，这不过是九牛一毛。

女王所率领的虫族大军，数目无法估计。

肖楼深吸一口气，在脑海里朝虞寒江道：“这么打不是办法，低级虫族太多，根本杀不完。而且我们继续放火的话，会催化它们的融合，生成更多不好对付的高级虫族。”

虞寒江平静的声音传递过来：“别急，九级虫族被我跟邵总杀得差不多了，我们尽快找到女王——擒贼先擒王，只要拿下女王，这些低级虫族都会乖乖听话。”

肖楼问：“你们有没有把握？”

虞寒江说：“冒险一试，不行的话大家集体传送撤退。”

肖楼点了点头，冷静地开口朝周围的人道：“大家准备，无敌圈结束之前我会给大家倒计时，你们两个团的人把逃生技能都准备好，听见我说撤，所有人不要恋战，立刻撤退！”

高小亦、落英阁团队的人都点头表示明白。

完美通关只是理论上的，大家尽量尝试。一旦不成功，那也没必要把命搭上。

女王率领的虫族数量实在太多，虞寒江和邵清格“擒贼先擒王”直接干掉女王的思路是没错，可万一失败了呢？所有人用团队瞬移技能撤退，至少能保证通关。

肖楼紧张地攥住拳头：“将那些爬上来的虫族全部控住！”

他一声令下，在场所有人都拿出了各种控制卡，只要是有虫族爬上楼顶，都给弄下去丢进火场里，虽说虫族的数量越来越多，烧也烧不完，可至少不用担心整个无敌圈被虫族密密麻麻地围住，否则跑不出去可就麻烦了。

高小亦团队、落英阁团队的人全员出力，各种控制技能一个接一个地丢出去，虫族虽多，却也没法靠近他们，局面一时间陷入了僵持。

众人在专心对付爬上来的低级虫族，邵清格则在人群中寻找女王。

就在这时，所有人的耳边都响起一个温柔的声音：“你们真的要与我为敌吗？不如考虑加入虫族，马上就能获得强大的能力和长久的寿命。”

这声音贯穿夜空，像是有一种蛊惑人心的力量，让众人都微微一愣。

肖楼定睛看去，只见对面的楼上忽然出现了十几个女性。

有身材高挑的成年女子，也有十七八岁穿着校服的少女，还有在医院里的那个小女孩——肖楼记得她那双眼睛，此时，那双眼睛正盯着他，嘴唇一动一动地在说话。

也不知是不是被寄生了的缘故，她的声音显得极为温柔，不像一个小孩子的声音，反而像是个知性、温柔的大姐姐。

她柔声说：“你们逃不掉的，加入虫族，才是你们最好的选择。”

肖楼朗声问：“你就是虫族女王？”

小女孩微笑起来：“没错，我记得你，肖教授，你还给我的伤口上过药。变成虫族之后，我身上的伤口都已经愈合了，这么强大的能力，你就不想拥有吗？”

肖楼心中疑惑，总觉得不太对劲。当时并没有人攻击这小姑娘，她是怎么升级的？

虞寒江用狙击枪对准了她，那小女孩极为警觉，几乎是在虞寒江对准她的那一瞬，她倏地一个跳跃，居然直接跳到了虞寒江的身后。

大家都没看清她的动作，被陡然出现在身后的红眼小女孩吓了一大跳。

有无敌圈的存在，她不能攻击虞寒江，但她飞快地跳跃瞬移，虞寒江也没法用枪射中她。况且她身上没有酒精，只单纯用枪射击的话也杀不死她。

邵清格飞回圆规圈里，戒备地看向小姑娘。

那小姑娘微笑着说："九级虫族就是你吧？邵先生？"

这句话让其他挑战者猛然一怔。

高小亦迅速后退一步，离邵清格 5 米远，颤声道："你……你是虫族？"

落英阁的队长也脸色一变："你们队伍里有寄生者？！"

邵清格挑眉："我同化了虫族，我现在是人类，具体情况之后再跟你们解释。"

肖楼也迅速稳住大家："都冷静一下，别被虫族煽动，我们现在的目标是完美通关。"

邵清格压低声音在肖楼耳边道："我觉得情况不太对劲，这小姑娘真是虫族女王吗？她主动曝光自己的身份，就不怕我们直接针对她？"

肖楼沉默片刻，目光在对面楼顶的人群中仔细扫了一眼。

那些女子应该都是九级以上的虫族，行动敏捷，此时，每一个都神色严肃……意外的，肖楼在人群里看到了一张熟悉的脸。

那是他进入密室时第一个看到的人——外科门诊跟着他实习的女医生徐蓉蓉。

肖楼的唇角扬起个微笑，在脑海里朝虞寒江说："原来是她。"

虞寒江会意，看向邵清格："准备行动，直接杀女王。"

邵清格点了一下头，两个人同时飞出了无敌圈——

在其他挑战者惊讶的目光中，虞寒江轻功卡、瞬移卡一起使用，邵清格则依靠进化虫族的力量，两个人几乎是同步飞了出去，以闪电般的速度猛然绕到了徐蓉蓉的身后！

徐蓉蓉此时正面无表情，察觉到两人近身，她如弹簧一般倏地飞起！

女王的实力果然不一般，这一次跳跃，直接跳到了高空之中，灵活的身影几乎无法捕捉，然而虞寒江和邵清格也不弱，两人一左一右追了上去——

虞寒江自身的速度比不上女王，但他有卡牌。

眼看距离女王还有十几米的高度，虞寒江用力甩出白绫，雪白的布匹如同灵蛇一般探出，倏地卷住了徐蓉蓉的身体，邵清格干脆顺着白绫爬了过去！

女王用锋利的指甲迅速切断了白绫，空中响起冰冷的声音："你们怎么知道是我？”

肖楼平静地说：“女王不会蠢到直接暴露自己，小女孩只是受你指使、替你说话而已。在医院的时候，我们曾经用枪射爆了你的头，仔细想来，你是第一个被杀死，不，是第一个跟身边的同类融合升级的虫族，所以，你的升级速度最快，也最容易变成女王。”

第一天上午在医院开会时，徐蓉蓉带着变异的保安围攻医院会议室，肖楼跳窗逃生，虞寒江对准徐蓉蓉的脑袋一枪爆头。

当时两人只顾着逃跑，没有注意徐蓉蓉被爆头后死没死。如今看来，她被爆头后立刻跟周围的同伴进行融合——如肖楼所说，她是第一个被杀的寄生者，但她当时并没有死，所以才能第一时间和同伴融合、升级。她吃掉了医院里的那些虫族，第一天就晋级为女王。

被拆穿的徐蓉蓉一声尖啸，周围的虫族听她指令，全部飞过来攻击邵清格和虞寒江。

肖楼的心都提到了嗓子眼上——他果断放出白居易的群体混乱，白居易的控制范围在 100 米，虫族女王此时跟他的垂直距离正好在范围之内，那些听从女王的命令去攻击邵总和虞寒江的高级虫族，也在范围内。

一招群体混乱，它们的阵型顿时乱了套，虫族女王也被影响。然而，控制时间只有 3 秒。

但 3 秒时间对虞寒江和邵清格来说，足够了。

虞寒江拿出了夜魔军刀——这是他抽到的近身武器，他曾经用这把刀剁了几十条鲨鱼，这把刀没有任何技能，只有一个特色——削铁如泥。

虫族的身体即便有坚硬的盔甲，也挡不住这把军刀的伤害。虫族的愈合能力即便再强，被砍掉脑袋也不可能马上长出一个新的脑袋。

趁着 3 秒的控制，虞寒江猛地纵身飞起。

男人扬起手臂，右手的军刀如闪电般挥出，瞬间砍断了女王的头颅！

邵清格紧跟上去，将自己抓破的手指放在女王脖颈的伤口处——无数虫族顺着伤口进入邵清格体内开始融合，邵清格一边吸收虫族，一边在唇边吹响了叶棋的笛子。

随着悠扬的笛音响起，虫族再次被控制。

进入邵清格体内的虫族也被音律所控制，暂时还无法对他产生影响。

邵清格以极强的意志力，迅速压制、征服了它们！

大家只见邵清格的眼眸越来越红，略长的栗色头发在夜空中肆意飞扬，女王被砍后飞溅出来的鲜血沾了他一身，浑身浴血的男人就那样悬浮在空中，轻轻闭眼，再睁眼。

整个世界忽然间安静了下来。

周围所有的虫族都停止了行动，叶棋吓得眼珠子都快掉下来了，他颤声在脑海里道：“你疯了，你居然去融合女王！你还在不在？在不在啊，邵清格？在不在！”

少年惊慌的声音在脑海里回响，听着快要哭了。

邵清格微微一笑，说道：“别担心，我在。”

叶棋终于松了一口气，手都在微微颤抖。刚才真是太危险了，邵清格的胆子也够大的，一旦那几秒时间让女王的意识挣脱控制，他很可能被反噬！

邵清格和虞寒江稳稳地落回楼顶。

邵清格血红色的眼眸扫向楼下密密麻麻的虫群，微笑着道：“都回去找地方休息，这里不需要你们。从现在开始，没有我的命令，任何虫族都不允许靠近城东一步。”

周围的虫族们呆愣了几秒后，忽然集体退了出去，那场景就如同海水退潮一般，虫族们哗啦啦地跑出了小区，生怕自己跑得慢被处分。

那些高级虫族也落回楼顶，集体朝邵清格行了个礼，之后，它们就飞快地跳跃到远处，转眼间消失得无影无踪。

女王被消灭，新一任的虫族的王诞生。

如今，邵清格的命令，没有虫族不敢听从。

看到楼下的虫族忽然如退潮一般散去，高小亦等人满脸的不敢相信——到底怎么回事？虫族怎么会突然听这个男人的话？

大家疑惑的目光看向邵清格，满脸戒备，如同看到一个大 boss。

肖楼见他们神色慌乱，便安慰道：“大家不用怕，我队友之前被虫族寄生，但他用自己的意志压制了虫族，夺回了身体的控制权。其实我们一开始都陷入了思维误区，被虫族寄生的人类并不会马上死亡，也有可能反过来同化虫族。”

落英阁的队长听到这话，脸色陡然一变：“你说什么？被寄生并不是死亡？”

她显然想起了超市里被寄生后被她们烧死的那位队友。

肖楼回头看向她，遗憾地说：“没错，我队友被寄生后名字并没有从契约书上消失，我们才知道被寄生并不等同于死亡，只要人类的意识足够强大，就可以战胜虫族，恢复意识。”

落英阁的女生们面面相觑。

一个短发女生苍白着脸哽咽道：“这么说，苒苒当时并没有死，是我们亲手把她给烧死的……”她紧紧地握住拳头，身体也一直在发抖。

队长薛琳深吸一口气："这件事怪我，是我太过武断。"

旁边的女生轻轻拍了拍她的肩膀说："琳姐，也不能全怪你，当时情况危急，而且虫族明显已经控制住了苒苒的身体，疯狂地攻击我们，我们也拿她没办法……"

一群女生低下头，神色间透出一丝悲痛。

高小亦没有亲眼看见她们烧死队友的画面，但也从对话中猜出了大概，她轻声道："我们队也有一个女生，因为被寄生，自己冲进了火海里……这些虫族太可恶了。"

薛琳的脸色一阵青一阵白："虫族是可恶，但也怪我们也不够细心，如果当时我看一眼契约书，发现她的名字没有被抹去，知道她还活着，我也不会直接杀了她。"

可惜，没有如果。在这个密室，她们两支队伍都损失了队友，她们无法改变这个结果，这大概是她们心里永远的遗憾。

高小亦平复了一下心情，看向肖楼道："你们队的这位先生同化了虫族，刚才还干掉了女王……那些虫族都听他的话，难道，他是升级成了虫族的领袖吗？"

邵清格低沉的声音在耳边响起："没错，我现在是虫王。"

众人完全没有察觉到他是什么时候来到身后的。

邵清格晋级为十级虫族后，跳跃能力又有了提升，他行动如风，落地时轻如羽毛，几乎没有发出任何的声音，要是他心怀叵测，忽然偷袭，她们这群人说不定已经全被他干掉了。

这可怕的能力让高小亦脸色发白："你……你想做什么？"

邵清格似笑非笑地看着她们，直到她们紧张地拿出卡牌备战的时候，他才忽然道："别怕，我不会对你们怎么样，我带大家通关。"

肖楼也走了过来，温言道："还有两天半的时间，各位可以放心，有虫族领袖在，其他虫族不敢轻举妄动，大家别主动去找虫族麻烦，这个密室就能通关了。"

邵清格道："没错，我已经发出讯号，让它们去城西自由活动，城东这边会很安全。"

听到两人的解释，其他团队的挑战者们都松了一口气。

高小亦认真地道："谢谢你们。"

落英阁的队长也走了过来，说："这次多谢了，如果能顺利通关，回到主城后我请你们吃饭，对了，能知道各位的名字吗？"

肖楼没有告诉她，只是抱歉地笑了笑道："好意心领了，我们忙着刷后续的密室，回主城之后应该没时间聚餐，以后有机会再说吧。"

薛琳听出了他话里的意思，便不再多问。

大家萍水相逢，没必要有太多纠葛，离开密室后能不能遇到还不一定。

高小亦团队、落英阁团队的人互相道别后就转身离开了，肖楼 8 人依旧留在小区楼顶等通关，有邵总罩着，大家根本不用怕虫族会来找麻烦，终于可以睡个安稳觉了。

拥有了虫族能力的邵清格这几天特别精神，每天都在小区里飞檐走壁。队友们一开始见他飞来飞去还会吓一跳，后来已经习惯了，哪怕他忽然出现在某个人的身后，大家也会很淡定。

离开密室后数据清零，在密室里获得的能力自然也会清零。大家心里都觉得挺惋惜，要是邵总的这身能力可以带出去该多好?

第十四天凌晨，所有人的悬浮框中同时刷过提示——

黑桃 8 密室【末日逃生】，第十四天，00:00。

挑战者剩余数量：125 人。

恭喜肖楼团队完美通关黑桃 8，通关评分为 S，即将离开密室，倒计时 5 分钟……

看着悬浮框里的倒计时，邵清格感慨道："只当了 3 天虫王，真不过瘾，我这能力马上就要消失了，舍不得啊，可以花 500 万金币买断吗？"

叶棋笑道："说不定可以抽到相关的卡牌。当初肖教授不就在黑桃 2 密室抽了个首领刘小源吗？虞队说了，这次宝箱由你来抽，或许你能抽个虫族女王？"

邵清格一脸嫌弃："我才不想抽虫族女王，徐蓉蓉又没刘小源那么可爱……要是能抽到虫族的能力就好了。"

肖楼玩笑说："邵总，你可以洗洗手，待会儿抽几张好卡。"

邵清格还真的拿了瓶矿泉水洗手。

看来邵总这次是认真的!

虞寒江干脆地说："走吧，回去了。"

众人同时在悬浮框中按下"离开密室"的选项，熟悉的直升机螺旋桨的声音响起，爱耍酷的黑桃 A 又一次开着直升机来接他们了。

大家排队上了飞机。随着直升机起飞，窗外漆黑一片的城市很快就被远远地甩在了身后，众人又回到了熟悉的个人空间。

此时，卡牌墙上，黑桃 8 那张牌的右下角出现了绿色的“已通关”字样，评分为 S。

戴墨镜的黑桃 A 淡淡地说道：“表现不错，你们是第一支 S 评分通关虫族密室的队伍。”

叶棋好奇地道：“别的队都没想过杀掉女王吗？”

“想过，但杀掉女王没那么容易。”男人墨镜后的眼睛扫过肖楼、虞寒江和邵清格，继续用机械化的声音毫无情绪地说，“这次的黑桃 8 密室匹配了 30 支队伍，队友被寄生后大部分队伍会选择放弃，残忍一些的会直接杀死队友以免被连累，像你们这样把寄生者带在身边的少之又少。”

敢把被寄生的邵总带在身边，除了虞寒江和肖楼不想放弃任何一个队友之外，还有个关键——他们有信心带着队友通关密室。

邵清格笑眯眯地说：“大家没有放弃我，最后我也用杀死女王回报了大家。”

黑桃 A 点头：“本次密室，被寄生后能同化虫族的挑战者不超过十个。而直接杀了女王的只有邵清格一位。所以，我会有一张绝版限定卡奖励给你们。”

黑桃 A 的右手轻轻一抬，就见一张卡牌直接飞到了邵清格的面前。

邵清格接过卡牌，翻到背面仔细一看——

特效牌：虫王。

稀有度：S。

描述：在黑桃 8 密室杀死虫族女王，自己成为虫族领袖后，才能获得的绝版奖励卡。

限制：黑桃、梅花密室才能使用，每次密室只能使用一次。

效果：使用后立刻变身为十级虫王，获得最高级虫族的全部能力，变身持续 24 小时，结束后卡牌变成不可使用状态，下次密室刷新。

变身期间，跳跃、攀爬、修复、再生能力和虫王的能力一致。皮肤下会出现坚硬的盔甲，刀枪不入。缺点依旧是怕火——除了被火烧死，变身期间，你将拥有强大的“不死之身”。

附加技能 1：召唤。

虫王发出召唤信号，可召唤 4 只高级虫族协助作战。

附加技能 2：修复。

虫王将体内寄生的虫族释放出去，可以让虫族迅速修复指定目标身上的伤口，修复时间为 1 分钟，修复期间，目标会被虫族释放的神经毒素麻醉，感觉不到疼痛。

每次修复伤口损失虫王体内10%的虫族，因此，虫王的能力会下降10%。若想修复队友的断肢，则需要1个小时且损失50%的虫族，自身的能力也将减半，请谨慎使用。

叶棋看到这张牌的描述，不由激动地道："这样一来，邵总以后也可以随时变成虫王了？！虽然每个密室只能用一次，可变身的时间长达24小时，遇到危险的时候，邵总直接变虫王，打都打不死，还能帮我们修复伤口！这是一张又能打、又能治疗的好卡！"

老莫哈哈笑道："有了这张卡，邵总再也不用躺赢了。"

曲婉月、刘桥等人也很为邵总高兴。

肖楼和虞寒江却对视了一眼，因为两人同时发现了卡牌上的一段描述——断肢修复！

情报局的局长唐辞由于当年在梅花J密室被淘汰，进入噩梦密室后历尽艰辛活了下来，可惜他双腿残废，S级密室不清除身体的数据，他的伤就被带回了现实世界。

回到主城后他一直坐着轮椅，虽然他依靠强大的能力制作出了一些机械类的卡牌，还有治疗机器人，可他的双腿没法治愈。以后，大家组团去高级密室，唐辞双腿行动不便，大家还要分心去照顾他……如果他能站起来，他的能力一定会更强。

肖楼在脑海里朝虞寒江道："邵总这张牌是不是能治好唐先生的腿？"

虞寒江道："按照卡牌的描述，邵总变身虫王后只要放出寄生在体内的一半虫族，就可以修复断肢。而S级密室身体数据不清空，只要我们在S级密室治好了唐辞，他就可以健康地回到主城。"

S级密室受的伤会带出来。同理，在S级密室用治疗类卡牌治好的身体也可以带回主城。肖楼越想越是高兴："这回密室真是不枉此行，不但邵总的能力得到了极大的加强，唐先生的腿也有了治好的希望，回去之后，我们就把这个好消息告诉九哥吧！"

虫王牌每次换密室时技能会重置，比如邵总在黑桃J密室治好了唐辞，去了梅花J密室，他的虫王能力依旧会恢复成满级状态，唐辞的腿也可以恢复正常。

虫王这张牌相当于给了整个团队续航的保障！以后，只要不是被烧死，不管谁缺胳膊少腿或者受了重伤，有邵总在，都有治愈的希望。

邵清格并不知道唐辞的事，他对这张奖励卡也非常满意，仔细收起来，笑道："谢谢黑桃先生。其他人有奖励吗？能通关黑桃8密室也是大家合作的结果，应该每个人都有份吧。"

黑桃A淡淡地道："其他人也有奖励，请查看卡包。"

众人急忙翻找自己的卡包，果然发现里面多了一张A卡——

工具牌：变身虫族。

稀有度：A。

描述：末日逃生密室通关限定奖励。

使用效果：立刻变成虫族，持续2小时。

虽然虫族看上去有些恶心，可关键时刻，比如逃命的时候，变身虫族也有好处。爬得快、跑得快、跳得高、没有电梯也能爬上100层的高楼。

尽管大家并不想变成虫子，但真到了生死关头，临时变虫子跑路也不是不可以。

叶棋收下这张牌，道："2小时变身还行吧？对得起A卡的强度，可以省下很多位移技能，我们直接变成高级虫族，自己跳跃、爬楼，大家一起逃命还挺方便的。"

众人也觉得这次的奖励总比方片密室每人发一张宫灯卡要好。当然，方片密室大家用时短，过得轻松；黑桃密室辛苦了这么久，奖励好一些也正常。

肖楼问道："有抽奖吗？"

黑桃A说："因为给了邵清格限定奖励，这次抽奖只有一个宝箱，你们谁来抽？"

虞寒江干脆地说："邵总去抽，早就说好的。"邵清格手都洗过了，就等着抽卡。听到这里，他也不再客气，上前一步将手伸进宝箱。

工具牌：千金一掷。

稀有度：S。

描述：完美通关任何密室，评分为S时，抽取奖励宝箱有概率获得。

使用效果：这张卡的强度，跟你拿出来的钱的数量有关。1000金币砸到一个目标的身上，不痛不痒。10000面值的金币丢出去砸人，可以让单体目标晕眩1秒。100000金币，单体晕眩3秒。

如果你一口气丢出了100万金币，范围内的敌对目标都将被金币闪瞎眼，群体陷入晕眩状态 5 秒，且群体减速 50%。

队友们都很无奈。

邵总洗了手，还是抽到这种败家的卡。

邵清格拿起卡牌，笑道："比起 500 万金币复制一张的'有钱任性'，这张'千金一掷'似乎要便宜一点？换算成人民币的话，单控技能用一次 100 块到 1000 块，群控一次 1 万块？"听起来就很肉疼。

叶棋忍不住吐槽："除非大家的卡牌都没法用了，不然这张牌邵总还是省着点用吧，看你用技能，我都心疼。"

这一个个的技能，丢出去就是钱啊！

当然，这张牌的好处不言而喻——没有任何限制。

邵清格笑眯眯地收起卡牌："这张牌可以配合我的自动取款机一起用，一边取钱，一边用金币砸人。真是太败家了，接下来的梅花密室，我们得多赚一些金币才行。"

黑桃 A 淡淡地道："你们选择去梅花 8 密室，还是先回主城？"

邵清格看向肖楼："肖教授说呢？"

肖楼和虞寒江在脑海里交流了一番，道："回主城休息一天吧。"

毕竟大家在黑桃 8 密室待了 14 天，跟虫族斗智斗勇，到处找基地。经历了多次大战，大家都很累，目前还不知道梅花 8 密室是什么形式，休息一天再去也来得及。

大家都同意肖楼的决定，一起回到主城。

第二十五章

希望

回到主城时正是傍晚，众人吃过饭就都回房休息了。终于能在卧室里盖着被子安心睡觉，身体接触到柔软的床铺，这一觉大家都睡得格外香甜。叶棋却是噩梦连连，梦里，邵总变成了拇指大小，后来，邵清格变身虫王，浑身浴血，双眸猩红……

叶棋被惊醒，他揉着眼睛来到洗手间门口，正好遇见洗漱完的邵清格。

刚睡醒的男人睡衣凌乱，身上有种猫一样的慵懒，男人的头发散落下来，比起平时扎起短马尾的利落，此时的他多了几分悠闲和散漫。

见叶棋迷迷糊糊地走过来，邵清格轻笑着道："睡觉怎么睡的？你这头发就跟鸟窝一样。"

叶棋看了眼镜子里的自己，竖起来的乱发确实很像鸟窝，他脸一红，忙拿起梳子整理头发，邵清格眯着眼睛看着他。

叶棋好奇地问："A 级密室离开的时候身体数据会被清除，你现在跟原来一样，体内没有虫子了，对吗？眼睛也不红了。"

"嗯，恢复正常。但有虫王卡在手，我想变的时候在密室还可以变。"

叶棋松了一口气："没有后遗症就好。"昨晚的梦真是让他心惊胆战，生怕邵总体内的虫子没有清理干净，如今看邵总神色自若，他才放下心来。

就在这时，肖楼走过来道："邵总，吃完午饭跟我们去个地方吧，有人想见你。"

叶棋问："什么人啊？"

对上叶棋好奇的目光，肖楼拍拍他的肩，解释道："就是之前给我无人机这张卡的唐先生，他暂时还不方便跟所有人见面，我们带邵总过去，因为邵总的虫王卡对他有很大的帮助。放心，我跟虞队也一起去，很快回来。"

叶棋点头："好的，你们路上小心。"

午饭过后，虞寒江开车，带肖楼、邵清格一起来到唐辞的地下工厂。

昨晚睡前，虞寒江激活了"绝对领域"，进入领域跟兄长见面。陆九川问他为什么突然找自己，虞寒江将前因后果解释了一遍，并且告诉兄长邵清格获得的奖励卡拥有修复断肢的能力。一向冷静的陆九川眼眸瞬间瞪大，声音微微颤抖："修复……断肢？"

虞寒江点头："没错，按照卡牌的描述，唐先生双腿的残疾应该可以治愈。"

陆九川激动得双手发颤，他用力攥住拳头，沉声道：“太好了，小唐一定会很高兴。我马上安排，你们明天就去找他。”

路上，虞寒江给邵清格解释了陆九川去猎杀者联盟做卧底的事，并且告诉邵清格，唐辞的双腿在S级密室里留下了残疾，需要他的卡牌协助治愈。唐辞以后会是大家的强力队友，能站起来走路，自然会比推着轮椅方便。

邵清格听后微微眯起眼：“九哥是虞队的表兄？既然你们相信他，我也愿意相信。我的虫王卡换密室就能刷新技能，到时候直接在黑桃J密室或者梅花J密室治好唐先生就行。”

肖楼道：“九哥很不容易，到现在还潜伏在猎杀者联盟做卧底，一旦被发现，他很可能会没命。他的身份太过危险，我们不敢告诉太多人，等到梅花J密室跟他会合后再告诉大家也不迟。”

邵清格了然：“明白，回去之后我不会多嘴。”

3人来到地下工厂时，陆九川和唐辞早就等在那里。唐辞大概是长期残疾坐在轮椅上的缘故，脸色有种病态的苍白，五官清俊，一副病弱美人的模样，可他的目光无比平静而锋利，让人不敢轻视。他看向邵清格：“你就是邵总？”

邵清格礼貌地打招呼：“唐先生好，九哥好。”

站在唐辞身旁的男人高大挺拔，穿一身笔挺的军装，看上去英俊非凡，跟虞寒江的容貌有三分相似，只是比起虞寒江的严肃，他的笑容多了份张扬，这显然就是虞队所说的九哥了。

陆九川戏谑地笑道：“听说这次密室，邵总还当了回虫王？”

邵清格摸着鼻子，谦虚道：“侥幸，没被虫族吞噬，在虞队帮助下干掉了女王。”

陆九川赞道：“不错，你这经历也够丰富的。”他看向唐辞，说道，“小唐，我们当时在黑桃8密室经历的是雪崩吧？看来，每支队伍进入的密室都是随机的。”

唐辞点头：“嗯，这一点已经得到了验证，A级密室很多，目前还没有足够的样本可以制作攻略，每支队伍遇到的都不一样。很多A级密室都是一次性的，虫族密室我以前也没听过。”

虞寒江朝陆九川说：“哥，邵总抽到的卡牌，先让唐先生看看吧。”

邵清格配合地将卡牌拿出来递给唐辞。

唐辞接过去看了看，男人平静的眼中如潮水涌动，他的指尖轻轻一颤，良久说不出话来。下一刻，陆九川就从他手中拿走卡牌看了看，激动地说：“没错，断肢再生，你的腿一定可以治好！”

唐辞没说话，只是轻轻咬住了嘴唇，似乎不敢相信。

陆九川回头朝虞寒江 3 人道：“小唐的腿是在梅花 J 密室受的伤，都半年多了，他一直坐着轮椅，行动很不方便……”

坐轮椅走路没问题，智能轮椅可以自动调整方向和路径。但是，每次去洗手间或者上床睡觉，都会十分困难。唐辞这么骄傲的一个人，自从双腿残疾后，整个人都瘦了下来。他的自尊让他不愿意跟人提起自己的残疾。但是如今，邵清格的虫王卡带给了他复原的希望。

唐辞深吸一口气，掀开了盖在腿上的毛毯。

由于毛毯一直遮挡着他的下半身，肖楼他们并不知道唐辞双腿的情况。此时仔细一看，3 人心中都是一惊——只见他的双腿，从膝盖部位被一种利器齐刷刷地切断！下半部分的小腿和脚都不在了，只接上了半截冷冰冰的金属假肢！

唐辞有些难堪地别过头去，睫毛剧烈地颤动着，他轻握住拳头，缓缓说道：“我的腿是被猎杀者切断的，我在噩梦密室遭遇猎杀者的围攻，被砍断双腿后，艰难地爬了出来。”

肖楼 3 人很难想象，一个人被砍掉双腿那是多大的痛苦。而忍耐着那样的剧痛，爬出噩梦密室的人，又需要多大的毅力？

肖楼对面前清瘦、苍白的男人肃然起敬——能从噩梦密室断了腿后爬出来，并且成立情报局，搜罗挑战者的信息，这个男人的坚强让他不得不佩服。

陆九川心疼地帮唐辞盖上毛毯，低声说：“由于小唐的双腿留在了噩梦密室，我跟归老、华英想了各种办法，找了很多的医学专家咨询，都没有办法治疗……没想到，你们去虫族密室，遇到了有再生能力的虫族，还抽到了相关的卡牌，真是机缘巧合！”他激动得拳头都在发颤，“小唐终于不用坐轮椅了！”

唐辞的眼中也浮起了一层水光，对这件事，他本来已经心灰意冷，没想到还有转机。

肖楼有些心疼他，温言说道：“唐先生，你放心，邵总这张卡不但能修复断肢，而且虫族释放的神经毒素类似于麻醉剂，修复期间也不会有痛楚。”

虞寒江低声道：“可惜这张卡只能在黑桃、梅花密室中使用，没法在主城用，我们得在 S 级密室会合，唐先生想要彻底复原，还要再等一段时间，等我们到梅花 J 密室。”

唐辞轻轻点头：“我本来就没抱什么希望，半年过去，我都快习惯了……等多久都无所谓。”他看向 3 人，轻声道，“谢谢你们。”

邵清格笑道：“不客气，以后大家是队友，互相帮忙应该的。”

肖楼道：“是的，唐先生给我们的无人机卡牌这次也帮了我们大忙。”

陆九川走过来，用力拍了拍虞寒江的肩膀：“好样的！哥就不谢你了，我们一起通关，回现实后再请你吃烤肉！”

虞寒江点头：“哥，你放心，我们一定会尽快通关 A 级密室，跟你们会合。”

等虞寒江他们走后，陆九川才轻轻将手放在唐辞的肩膀上，哑着声音道：“这段时间辛苦你了，你的腿能够痊愈，我真的……”

唐辞轻声打断他：“九哥，不用多说。”

陆九川心底轻叹一口气，他知道面前的男人表面苍白瘦弱，却比任何人都要坚强。

当初，唐辞在噩梦密室里经历了什么没有人知道，再次见面时，男人的双腿就已经被齐齐切断，陆九川心如刀绞，归老先生、楚华英也很心疼他，但是，唐辞面对曾经的队友们，只平静地说了一句话：“至少我还活着。”

是的，比起那些在梅花 J 密室彻底消失的队友，他虽然残废，至少活了下来。

唐辞以前就负责团队的数据统计，从噩梦密室出来后，陆九川认为光凭他们的力量很难通关 S 级密室，必须重新寻找更加强大的队友，所以，唐辞成立了情报局，通过高超的黑客手段入侵了卡牌世界主城的数据库，调取了所有“外乡人”的资料。

一方面可以统计挑战者的数量和信息，更重要的，还能从中找到强大的队友。

虞寒江和肖楼破红桃密室纪录的时候，唐辞就注意到了他们，而陆九川在看见“虞寒江”这个名字，怀疑此人正是他那位当警察的表弟后，唐辞就一直在关注着虞、肖两人的动向，这也是他们来到主城后归老先生立刻派人去机场接他们试探的原因。

可以说，陆九川和虞寒江能顺利地在周常密室相认，唐辞才是最大的功臣。

他提前入侵游轮公司的购票系统，查到虞寒江他们所在的“皇家加勒比”号轮船的班次，帮陆九川订票，相当于利用黑客技术修改了陆九川的购票信息，强行让陆九川和虞寒江乘坐同一艘游轮出海，进入同一个周常密室。

陆九川仔细看他的表情，唐辞的脸色很平静，知道自己的双腿能治好，他并没有表现得太过激动，反倒是陆九川比他本人还要激动。

知道这个骄傲的男人不需要太多安慰，陆九川便转移话题说：“你觉得我弟弟他们实力还行吧？这次黑桃 8 密室也是完美通关。”

唐辞点点头，眼中浮起一丝赞赏：“他们队伍的实力确实可以。我刚刚看了这次黑桃 8 密室的统计数据，死亡人数超过 50%，远方协会、落英阁协会派去的精英队也都有伤亡，但虞寒江的队伍全员活了下来，并且让邵清格进化出了虫族的能力。”

陆九川道：“我弟弟做事坚决，而且很讲义气，大概是邵清格被寄生后他坚持不放弃队友，反而因祸得福吧。”

他看了眼唐辞遮住双腿的毛毯，心想，唐辞终于可以像以前一样正常走路了，能站起来的唐辞，实力并不输于他，这对整个团队来说都是天大的好消息。

唐辞神色平静地看着电脑里梅花密室的数据记录，道：“A 级的梅花密室，大概率会是金币挑战关卡，肯定难不倒他们。”

梅花密室直到 S 级才会变成高难度的生死对抗游戏，当初他们去的 3 个 A 级梅花密室全是赢金币的扑克游戏，不会有生命危险。

陆九川笑道：“那就等他们的好消息吧。”

第二十六章

积分竞速

肖楼回到别墅后，便从卡牌墙上抽出了梅花 8 这张牌。

众人集体传送到熟悉的准备房间，再次看到了面瘫的梅花 A 少年。

进入梅花密室要集体换西装这是惯例，众人很配合地穿上了梅花 A 发给大家的衣服，男士集体西装领带，女生则是西装裙搭配高跟鞋，一身黑，如同集体去参加葬礼。

梅花 A 毫无情绪的声音在封闭的空间内响起："欢迎来到梅花 8 密室，积分竞速。"

他的手指轻轻一挥，众人面前的屏幕中就出现了游戏规则。两副扑克牌，共计 108 张，包括 4 张大小王，全部加入游戏的牌堆。

双方二对二对抗，逆时针依次摸牌，每人 27 张手牌，摸完全部的牌开始游戏。

每一轮游戏，下家出的牌必须比上家大，也可以选择不出。本轮游戏出牌最大的人获得下一轮的出牌权。牌局一直进行，直到某队的两位玩家全部出完牌，游戏结束。

游戏的牌型有很多种。单张、对子、顺子、连对、3 条、3 带 1、3 带 2，以及五十 K（单张 5、10、K 所组成的牌型）、纯五十 K（同花色 5、10、K 组成的牌型）、炸弹（4 张点数相同的牌）。

同牌型点数大小为 2>A>K>Q>J>10>9>8>7>6>5>4>3，而五十 K、纯五十 K、炸弹的牌型大于其他任何牌型，且炸弹最大，纯五十 K 次之。如果两个玩家同时打出纯花色五十 K，则是黑桃 > 红桃 > 梅花 > 方片。

众人看着规则，不会玩牌的都开始头疼，但玩过这种游戏的人一看就懂。

叶棋兴奋地道："这不就是扑克游戏中最常见的五十 K 吗？两两组队抓积分，5 就是 5 分，10 和 K 都是 10 分。出完牌之后清算积分，最后谁的积分多谁就胜利。"

曲婉月道："没错，每轮出牌的时候队友之间要互相配合，比如你出了个对 10，下家出对 Q 比你大，队友甩出炸弹，就可以将你的这对 10 放入积分盘，获得 20 分。"

虞寒江没玩过这种游戏，看着屏幕上的牌型，眉头微皱。

大屏幕中紧跟着出现了一行积分规则。

桌面上打出的5、10、K称为桌面分，除了这些积分，最后还会有奖励分。

比如红队和蓝队PK，如果红队两人分别第一名、第二名出完手牌，就能拿到100点奖励分；如果一个第一名，一个第三名，则获得50点奖励分；如果红队两人是第一名、第四名，蓝队两人是第二名、第三名，相当于双方平局，都不奖励额外积分。

梅花少年淡淡问道："倒计时5分钟，还有什么不理解的请尽快询问。"

邵清格好奇地道："游戏中获得的积分有什么用处？可以兑换奖励吗？"

梅花少年面无表情地点头："是的。"

邵清格挑了挑眉，感兴趣地问："梅花密室是不是换金币？"

梅花少年道："1积分可以兑换一枚面值1万的金币。"

8人的眼睛瞬间亮了。

梅花少年道："游戏开始，请进入房间。"

面前的墙壁上打开了一扇门，大家一起走进去。屋子中间依旧是一张很大的牌桌，上面铺着绿色的绒毯，桌上有两个积分盘用来清算分数牌，桌子的周围摆放着4张座椅。

大家走进房间没过几秒，墙壁侧面的两扇门也开了。

又有两支10人左右的队伍走进来，虽然所有人都戴着银色面具，看不清脸，可肖楼通过眼神还是认出了很多熟悉的面孔——高小亦团队，还有永恒国度的胡子大叔团队。显然他们离开黑桃8密室之后也抽到了梅花8这张牌，大家进度一致，被匹配到一起。

高小亦对上肖楼的眼眸，觉得很是熟悉："我们是不是在黑桃8密室见过？"

那胡子叔笑道："巧啊，好像都是黑桃8密室过来的？"

肖楼点头："嗯，这次密室是积分竞速，谁的积分多，拿到的金币就多。"

梅花少年站在中间，一边戴白色手套，一边说道："每支队伍先派出两位选手，游戏为3局2胜淘汰制，总共比3轮。红队、黄队、蓝队，两两对决，输掉的人出局，并且不能再上场。人员的安排，你们有3分钟的时间可以商量。"

肖楼他们拿到的是红队。淘汰制，也就意味着如果第一轮派出的两位选手输掉，那这两位在接下来的比赛中就不能上场。3轮游戏如果运气差全输，至少要6位选手。队里会打牌的人越多，能获得的积分就越多。

肖楼将队友召集过来，轻声问道："五十K游戏，谁会玩儿？"

叶棋兴奋地举起手："我会！"

曲婉月道："我们家乡那边也玩这种积分游戏。"

龙森挠着头憨笑:“婉月教过我,我也会。”

肖楼的目光投向邵总,邵清格道:“所有叫得出名字的扑克游戏我都会。”

不愧是当初在梅花2密室直接all in,把其他人吓得不敢跟注的男人。看来,邵总在打牌、赌牌这方面是非常专业的。

刘桥和老莫都表示不会玩,肖楼看向虞寒江,低声询问道:“那就让曲老师和龙森夫妻档先上,邵总和小叶观望一下,要是曲老师他们输了,再让邵总和小叶上去压阵?有邵总在,应该不需要第三组选手出场。”

虞寒江乐得清闲,抱着胳膊点点头:“就这么办。”

牌桌在场地中间,四周还有不少椅子,肖楼带着队友们坐在后排观赛。

红队派出了龙森和曲婉月夫妻档,蓝队那边上场的是高小亦和林小宇,黄队那边则是胡子叔和一个身材高挑的长发女人。

梅花少年道:“红队PK蓝队,获胜者PK黄队,第一轮次开始,请选手准备。”

高小亦、林小宇面对面坐下来,曲婉月和龙森也去坐好,第一轮游戏开始发牌。

为了方便其他队友观赛,场地中间的大屏幕上实时播放牌桌的情况,当然,选手们的手牌是隐藏不可见的,免得队友之间互相做小动作传话。面具的存在让队友之间很难通过表情沟通,至于眼神交流,双方都可以交流,所以也相对公平。

叶棋轻声朝肖楼道:“卡牌都被禁用了,我跟邵总的‘心有灵犀’连不上。”

肖楼点头:“正常,要不然你们可以通牌。”

比赛总共3轮,如果龙森、曲婉月能一直坚持到最后,其实根本不用其他选手上场。然而,龙森今天的手气是真的差。

第一局,高小亦摸到红桃3,优先出牌,她一上来就直接甩出了9、10、J、Q、K的顺子。曲婉月和龙森都没有这么好的牌,两人要不起,对方获得10、K两张积分牌。

高小亦紧跟着甩出556677的连对,曲婉月坐在她的下家,打出了778899的连对大过她,结果坐在曲婉月下家的林小宇突然甩出了个炸弹。

龙森:“要不起。”

这一轮次,高小亦两人又获得了10分。

高小亦今天的手牌是真的好,最终高小亦先出完手牌,获得第一名,曲婉月第二名,林小宇第三,龙森到最后手里还有十几张牌打不出去。

高小亦两人获得150桌面分,50分奖励分,按照1积分1万金币来兑换,光是这一局游戏他俩就赢下了200万。龙森和曲婉月获得50万，还不够对面的零头。

第一局，蓝队胜。

龙森尴尬地搓搓手："我这手气太臭了，全是单牌和小对子。"

曲婉月微笑着安慰他道："没关系，你的手气总不会一直都臭吧。"

肖楼听到这句话，心里就有种不太妙的预感。

果然，被曲老师"奶了一口"的龙森，接下来的手气简直惨不忍睹，牌桌上不断传来他沮丧的声音——"要不起""不要""过……"

曲婉月："我不该多嘴。"

龙森不但手牌差，还经常摸不到5、10、K这种关键的积分牌，3局游戏下来，龙曲夫妻档总共赢了125分，能换到125枚1万面值的金币。

由于他们2:1输给蓝队，两人被淘汰出局。

走回队友旁边后，曲婉月和龙森都有些不好意思，他们打牌的默契其实还不错，但手气差起来真是没办法，龙森对自己的手牌都无奈了——连大一点的对子都没有，全是黑桃3、方块4、梅花6、黑桃7这种杂牌，顺子也连不起来，十分愁人。

龙森挠了挠后脑勺："不好意思啊，怪我。"

肖楼拍拍他的肩："不用介意，扑克游戏确实看运气，尽力就好。"

曲婉月坐回椅子上，看向邵清格："邵总、小叶，接下来就靠你们了。"

由于曲婉月"奶了"龙森一口说"手气不会一直差"，结果龙森连续3局都在不断重复"要不起"，邵清格开始笑眯眯地毒自己："我虽然会玩牌，但手气不好的话我也没办法。"

叶棋默契地道："我每次打牌都是最后一名，待会儿说不定连一张K都摸不到。"

邵清格继续："我可能连一张5都摸不到。"

叶棋认真地点头："我们可能连1分都拿不到。"

你俩真是够了，这毒得有些过分了吧？

邵清格和叶棋对视一眼，同时笑了起来。

都已经毒到这个份儿上了，希望下一轮他们上场之后，运气即便不好，但也别太烂。至少摸个顺子、大对子什么的，别像龙森这么惨全是小牌就行。

此时，场上第一轮次已经结束。

蓝队的高小亦、林小宇今天可能是洗了手，运气特别好，不但赢了红队龙曲夫妻，还赢了黄队的胡子叔组合，一轮游戏下来赚得盆满钵满，两人的眼里也尽是笑意。

然而下一秒，梅花少年就淡淡地道：“第二轮，桌面分不变，但每一轮结算的时候，奖励分需要从对手的积分中扣除。积分不够扣的，从你们的银行卡余额里面扣。”

果然，梅花 A 不是单纯来送福利的！

邵清格看向叶棋道：“走吧，该我们了。”

叶棋认真道：“待会儿我尽量送你出完牌，要是我的手牌好，你就保我出牌。我们不要只看桌面分，还得多关注奖励分，毕竟奖励分不是 100 就是 50，分值挺大的。”

两副扑克牌的 5、10、K，桌面分加起来总共是 200 分。可如果手里没有太多这种积分牌，拿不到桌面分，优先出完牌，靠名次也会有 100、50 的奖励分。

叶棋已经看穿了这个游戏的规则——5、10、K 的积分牌当然要优先拿，但手牌的数量也很重要，如同斗地主一样，协助队友优先出完手牌，去争取清算的奖励分也是一种战略。

邵清格微微一笑，拍拍叶棋的肩道：“加油。”

两人一起走到牌桌前坐好，隔着面具对视了一眼，用眼神给对方一些鼓励。

第一次跟邵总并肩战斗，虽然只是扑克游戏，叶棋的心里却是忍不住地兴奋。

希望自己牌运好一些，多给邵总赢一点钱放技能吧！

第二轮游戏开始，比赛顺序也进行了轮换，由红队和黄队先比。

黄队刚才的胡子大叔和长发女人输给了高小亦、林小宇组合，已经被淘汰出局，这次黄队派上来的是两个女生，一个留着齐耳黑色短发，另一个扎着长马尾，由于两人都戴了面具，看不清容貌。

短发女生坐在了牌桌 1 号位，接下来是叶棋 2 号位、马尾辫女生 3 号位、邵清格 4 号位的顺序。

4 人在牌桌依次坐好，梅花少年便戴着雪白的手套开始洗牌。

刚才那轮龙森的手气太差，第一轮就被淘汰。这一轮开始之前，叶棋和邵清格互相配合“毒奶”自己，也不知道手气能不能好转？

叶棋心情忐忑地看向守关者。

梅花少年戴着洁白的手套，他洗牌的动作非常专业，耳边传来哗哗的声音，扑克牌在他的手指间飞快地交叠成了一团光影。

很快，他就将扑克牌给洗匀，从 1 号位开始发牌，一边平静地说道：“先摸到红桃3的选手请立刻亮明，游戏开始后优先出牌，且第一轮必须打出这张红桃3。”

由于两副牌会有两张红桃3，先摸到的人，便是第一位出牌的幸运儿。

发牌发到第二轮，坐在叶棋右手边的马尾辫女生亮出了一张红桃3，这一局由她先出牌。出牌顺序其实并不重要，叶棋和邵清格也不太在意，手牌的质量才是最关键的。

梅花少年发牌的速度很快，转眼间就将两副牌发完了。

肖楼凑在虞寒江耳边说：“邵总把牌叠放在桌上，这是完全记住了自己的手牌，都不用看的吗？”

虞寒江点头：“他平时经常玩扑克游戏，记牌的能力应该很强。”

邵清格确实已经记住了全部手牌。27张牌对他来说并不难记，此时，他的27张牌经过最优组合，包括两张单牌，4个对子，2个5连的大顺子，1个3条还有1个炸弹，运气还不错。

梅花少年道：“游戏开始。”

第一位拿到红桃3的选手先出牌。

马尾辫女生正好坐在邵清格的上家，由于第一轮必须打出红桃3，马尾辫女生手里正好有个对3，便将对3丢到了牌桌上。

邵清格打出对4，短发女生打出了对9。

轮到叶棋，他镇定地说：“不要。”

邵清格有些意外地看他一眼，27张牌不可能连一个对子都没有，叶棋手里要么是比9小的对子没办法打出来，要么就是有更好的牌，不想拆掉。

3号女生不想吃队友的牌，见队友大了，便说：“不要。”

邵清格眯了眯眼，干脆地将一对牌丢到桌上——对K。

两个女生顿时陷入了纠结。

K是记分牌，邵清格打出了对K，这可是20分的桌面分。想要大过这对K，要么打出对A、对2，要么就直接上炸弹，她们手中都没有对A和对2，坐在邵清格下家的短发女生咬了咬牙，道：“炸！”

她直接甩出了整整齐齐的4张8。

叶棋道：“不要。”

女生听叶棋跳过，心中一喜，本以为会稳操胜券拿下这20分，结果，邵清格突然甩出整整齐齐的4张A，微笑着说：“4个A。”

邵总居然摸到了4张A，这手气也太好了吧？

能大过4张A的，只有4张2或者王炸，两位女生显然都没有王炸，只好无奈跳过。

邵清格收获了 20 分，轮到他出牌。

他从叠放在桌上的扑克牌中抽出来 4 张：“3 带 1。”

3 张 J 带一张 10，别人想要大过他，也必须打出更大的“3 带 1”牌型或者是直接开炸，两个女生先后跳过，并没有去压邵清格的这副牌，毕竟这次只有 10 分。

叶棋自然也没有出牌去压邵清格。邵清格继续持有出牌权：“顺子。”

他打出 3、4、5、6、7 组成的顺子，在顺子中这是最小的，下家女生立刻甩出了 6、7、8、9、10 的顺子压过他，叶棋紧跟着甩出了 9、10、J、Q、K！

叶棋的顺子是最大的，可惜，叶棋下家的女生突然甩出一对小王：“王炸！”

这一轮的桌面分有 5、10、10、K，总共 35 分，两个女生收获 35 分，眼中都闪过一丝欣喜。

出了王炸的马尾女生开始出牌。

她打出一个对 4，邵清格跟对 6，叶棋继续不出牌，短发女生出对 7，邵清格出对 9，短发女生出对 J，邵清格出对 2。

双方你来我往地打了一轮，最终邵清格的对 2 获胜。

此时，邵清格手里只剩下六张牌，两个女生惊讶地发现，不知不觉间，这个男人居然快把手牌给打完了？他手里还有六张，该不会全是对子吧？两人都心情忐忑地盯着邵清格手里的牌。

邵清格微微一笑，居然甩出一个大顺子：8、9、10、J、K。

两个女生愣了一下。

在之前几轮激烈的对拼中，她们将炸弹都给用掉了，邵清格在这个时候打出顺子，大家都拿他没办法，更让人绝望的是，他的手里只有一张牌了。

3 人都要不起，邵清格看了叶棋一眼，将最后的一张手牌放在桌面上。

是一张黑桃 3。

黑桃 3 是单牌，在这种游戏中摸到单牌并不好处理，因为游戏的目标是出完全部的手牌，一次出掉个顺子就是 5 张，单牌容易被对手吃。

邵清格这轮有两张单牌，一张 10 在 3 带 1 的时候出掉了，最后留了张最小的 3。

由于叶棋在双方互拼打对子的时候一直没有出牌，27 张牌他不可能一个对子都没有，邵清格猜测，小叶手里应该是不好拆分的大牌以及一些单牌，他最后留一张单牌，就是想试试能不能帮一下叶棋，让叶棋获得出牌权。

果然，邵清格打出黑桃 3 后，下家为了夺回出牌权，直接打出了一张最大的2！

没料叶棋果断地甩出一张大王！

邵清格轻笑着想，小叶手里果然有大牌。

事实证明他的猜测没有错，叶棋手里一直捏着单张大王，就等谁出单牌的时候夺回出牌权。大王就是单牌中最大的一张，想要再大过它，除非用万能的炸弹。可是此时，邵清格跟对面两个人对拼，该出的炸弹都已经出光了……

两个女生拿这张大王无可奈何。

就在这时，叶棋丢出了让人震惊的三连对556677！

怪不得刚才双方对拼叶棋一直旁观不出牌，原来他手里是“连对”，不能拆。

这3个对子的点数都很小，一旦拆开，起不了什么作用。可一旦连在一起，这样的“姐妹对”，此时对方手里已经没有大得过这个的牌了。

两个女生无奈地道：“要不起！”

叶棋兴奋地双眼发亮，紧跟着打出连顺牌：“333444！”

两个女生：“要不起！”

叶棋继续出：“888999带两张单牌10、Q。”

两个女生：“要不起！”

叶棋笑眯眯地打出了最后一张牌：“梅花3。”

小叶的手里全是奇奇怪怪的连顺牌啊！

多亏邵清格猜到他有不能拆的对子，故意出了张单牌将出牌权送到叶棋的手里，否则，要是对面一直打顺子、对子这种牌，叶棋的连对牌会很难办，拆又拆不开，不拆又出不去，会在手里直接憋死。

他只有一张大王，可以保自己出光手牌。

两个女生一直以为叶棋手里的牌不好，所以才一直不出。

没想到，叶棋居然一手的王牌，只是在等待机会。邵清格和叶棋两人默契配合，先由邵清格逼出她们手里全部的炸弹，轮到叶棋时，叶棋几乎是毫无阻挡地一口气出光了全部手牌！

梅花少年淡淡道：“第一局，红队胜，清算桌面分。”

由于两个妹子手里还有一大堆牌没有出，其中就包括一些积分牌。目前，桌面上已经清算的积分，邵清格和叶棋获得了60分，两个女生获得了45分。邵清格和叶棋第一名、第二名出完手牌，因此还额外获得了100奖励分！

也就是说，这一轮邵清格和叶棋一口气赢得了160分，而两个女生输掉比赛，两人分获第三名、第四名，要被倒扣100分奖励分……

两人的脸色顿时变得难看起来。

叶棋看着 160 积分兴奋无比，他很想谢谢邵总。要不是邵总算出他手里有单牌，最后留了一张梅花 3，出牌权就根本轮不到他的手上。

一旦邵总最后留个对子，叶棋就完了，他的小对子都不能拆开。

对上叶棋明亮的眼眸，邵清格轻轻一笑，朝他点了一下头，似乎在说：不用客气。

叶棋激动地搓搓手，备战下一局。

邵总会打牌，还会算牌，而且还知道用心理战逼出对手的大炸弹——叶棋顿时信心倍增，他觉得，梅花少年口袋里的金币正在朝他招手。

第一局的胜利让黄队的两个女生立刻警觉起来，她们都知道自己遇到了高手。第二局两人越发谨慎，摸到炸弹之类的牌不敢轻易打出，一定要在关键时刻压住邵清格。

这一轮，大家的手牌都不太好，没有像上轮那么多的大顺子，都是小对子、3 条、单张之类的牌型，4 个人有来有回地慢慢打。

然而不知怎么回事，转眼间邵清格手里的牌又只剩下 2 张了！

此时，出牌权在叶棋的手里。

叶棋的下家是马尾辫女生，他已经确定她手里没有对子了，叶棋记得上轮打对子的时候她没有出，邵总手里是两张牌，会不会最后留个对子呢？

叶棋看了邵清格一眼，打出两张牌："对 4。"

下家女生的手里果然没对子，道："跳过。"

邵清格微微一笑，丢出两张牌："对 6。"

小叶保送邵总出完了手牌，邵总又获得第一名！

两个女生简直欲哭无泪，千算万算，防不胜防，这两个人打牌时的默契真是无敌了。

邵清格第一名出完手牌，叶棋第三名，两人获得 145 桌面分，50 奖励分，总分 195 分。

梅花少年淡淡地道："第二局，红队获胜，按 3 局两胜制的规则，红队已经获得了两连胜，黄队淘汰出局。请蓝队选手做好准备。"

蓝队的高小亦和林小宇对视了一眼。上轮蓝队是最大的赢家，获得了三百多点积分，高小亦和林小宇也是很会打牌的选手，在大学宿舍经常玩扑克游戏，配合默契。但邵清格和叶棋刚才的表现让两人心生忌惮。

高小亦在师弟耳边轻声道："你发现没有？那位虫王先生很会算牌。"他们不知道邵清格的名字，由于黑桃 8 密室邵总成了虫王，高小亦就以"虫王先生"

来代称。

林小宇扶了扶眼镜：“他应该是打牌的高手，能根据牌桌分析出对手和队友的手牌，我们待会儿要小心，能赢一分是一分。目前我们手里还有三百多点积分，并不比他们差。”

高小亦点头：“好，加油。”

牌桌上是不允许语言交流的，两人坐下之后，便默不作声地等待发牌。

第二轮游戏开始，红队对蓝队。

这一轮叶棋先摸牌，并且在发牌第3轮摸到了红桃3，优先出牌。

由于游戏规定第一位出牌的必须打出这张红桃3，叶棋手里的牌没法和红桃3凑在一起，只能打出红桃3的单张牌。

高小亦和林小宇显然比刚才那两个女生沉稳得多，没有急着去压牌，坐在下家的高小亦打了一张4，邵清格出6，林小宇出7……

大家都在趁机打出手里一些没法组合的废牌。

单牌一直打到2，最后，邵清格打出了一张小王来收尾。

高小亦：“不要。”

叶棋和林小宇也先后说道：“不要。”

3人都不要，没人压这张小王，那就只有一种可能——双大王在同一个人的手里。

邵清格的手里没有大王，若是叶棋有一张大王，而另一张大王在高小亦和林小宇任何一人手里的话，两人肯定会去压邵清格的牌，自己获得出牌权。

在这个游戏里，出牌权相当重要，有时候夺回出牌权能一口气打出十几张牌，而拿不到出牌权，即便你手里有一堆好牌，也可能对手偏偏不打这种牌型，把人给憋死。

既然小王没人压，那就说明双王在同一人手中，对方判断没必要出王炸，留了牌。

会在谁的手中？

邵清格在脑海中飞快地推算着，一边迅速清手里的小对子。

牌局有来有往，进行到中途时大家手里的牌都已经打掉了一半，就在这时，高小亦突然甩出一个无敌的三顺牌——888、999、101010！

这种三顺牌基本上没有人压得过，摸到这种连顺牌的概率本来就很低。

邵清格看向叶棋，小少年苦着脸说：“要不起。”

看来小叶手里并没有双王，否则他不可能放过高小亦这么大的牌，而且高小亦打出的牌里有三张10，30点积分。

高小亦和林小宇的手中肯定捏着全场最大的王炸。

局面不太乐观，邵清格很干脆地抛出一个炸："3333。"

炸弹牌大于其他的一切牌型，邵清格这个炸一出，围观的选手们纷纷倒抽一口凉气——高小亦的三张 10 难道就要送到邵总的口袋里？

不出邵清格的预料，林小宇很平静地甩出了一对王炸。

邵清格微微一笑，他这么做，也不过是逼掉对手的王炸，好保证接下来的牌不被对手吃掉。

林小宇用王炸协助队友拿下 30 分，看上去局面一片大好。但他的手牌还没到能一口气出光的程度，在只剩最后的 4 张牌时，林小宇打出了一张单牌。

邵清格："小王。"

邵总其实也有王炸，是两个小王，但他并没有打出去，而是将两个小王给拆开了。

叶棋双眼一亮，显然邵总手里的单牌太多，如果他把两个小王当成王炸打出，万一对手有大王炸那就白费了，可分两次打出，他就能获得两次出牌权。

手里单牌太多的时候，拆王炸其实也是一种策略。尤其是现在，林小宇的两张王已经打出去了，邵总的小王就是最大的牌。

局面立刻出现了转机，邵清格不仅拆了王炸，还拆了一个对 2，把 2 当成单牌来打。

此时，高小亦的手里捏着个顺子，急得如同热锅上的蚂蚁。

她本来想打完三连顺之后，再打出这个顺子，还有一个小对，她的手牌就能一次性清空，没料邵总居然炸掉了她的连顺，队友迫不得已只好打出王炸。

偏偏林小宇手里也没有顺子，出了张单牌，又被邵清格抢回了出牌权。

邵清格开始疯狂地打单牌，她手里的顺子快要憋死了。

只见邵清格和叶棋一张一张地打单牌，你一个 7，我一个 8，你一个 9，我一个 J……

牌桌交给他俩表演，另外两个人空有一手好牌却打不出去。

最后，邵清格甩出一张 2，然后打了个对 5。

叶棋笑眯眯地甩出一个对 8。

游戏结束，邵清格第一名，叶棋第二名，又获得 100 分。

高小亦摊开自己的手牌，都想哭了……她一手大顺子，居然活活憋死在了手里！

邵清格和叶棋这两个魔鬼，手里有好几个 2，居然全部拆成单牌来出，最后阶段一直你来我往地出单牌，她也不好拆掉手里的顺子，结果就眼睁睁地看着这俩人把手牌给打完了?

观战区，肖楼感慨道:“邵总确实很会算牌，拆掉双王、对2是这一局的关键。”

虞寒江点头:“嗯，他猜到自己和叶棋的手里有大量落单的牌，双王、对2分4次打出去，对他们来说更有利。”

事实也证明邵清格的决策是正确的，两人靠一张一张走单牌，将高小亦的顺子给憋死在手里，高小亦别提有多郁闷了，这感觉就像是空有一身武艺，却找不到用武之地。

很快，第二局比赛开始。

这回一反常态，邵清格开局就打得很凶，由于他摸到红桃3，率先出牌，他直接甩出了3456789的超级大顺子。7张牌的顺子，很难用更大的顺牌去压过他，只能靠炸。但现在才刚开局，而且邵清格这个顺子中只有5分的积分牌，用炸不划算。

还是稳住，再看看吧。

高小亦和林小宇都是这么想的。

结果没人要牌之后，邵清格继续甩出667788的连对。

高小亦有些坐不住了，她大概数了数邵清格的手牌，27张牌他已经打出了13张，手里还剩下14张，应该不至于一次性出完吧?这667788也没有积分牌，没必要炸掉。

于是，高小亦和林小宇依旧没有行动。

邵清格手里的好牌出得差不多了，丢出一张方片4。

高小亦松了一口气，众人开始打单牌，牌局缓和了一段时间。

高小亦和林小宇夺回出牌权后也打出了很多顺子。叶棋这局的手气不太好，没有顺子，手里全是对子和3条，没有人出对子和3条，他就只能眼巴巴地看戏。

接下来便进入“3人打牌，小叶看戏”的阶段。

每次轮到他，叶棋都是“要不起”。

转眼间，除了叶棋，大家的手牌都出得差不多了，林小宇手里还剩4张牌，此时，出牌权在高小亦的手中，她手里有个对5，还有一张方片8，一张黑桃2。

2是单牌中除了王之外最大的牌，不担心出不掉。而对子，这一局一直没有人出，她猜测叶棋的手里应该会有很多对子，被卡住了出不去，否则叶棋也不会捏着十几张牌一直喊“要不起”。

高小亦果断打出方片8——师弟手里也剩4张牌了，她想先打单张送师弟出完牌，再用单牌最大的2抢回出牌权，出掉最后一个对子，这样两人就能双赢。

林小宇的手牌正好是一张方片 9，还有个 5、10、K 的炸弹。

在五十 K 游戏当中，三张积分牌凑在一起形成的小炸弹威力只比双王以及炸弹低一些，但可以炸掉其他的所有牌。

高小亦打出单牌的时候，林小宇便心头一喜——不管下家邵总出什么，他只要炸了对手的牌，再打出最后的方片 9，他就是第一名。

他耐心地等着邵清格出牌。

邵清格出了一张红桃 2，轮到叶棋，小叶无奈地道："不要。"

轮到林小宇，男生果断甩出 5、10、K，声音带着一丝兴奋："五十 K，炸！"

叶棋的手里确定没有炸弹，他已经很久不能出牌了，眼巴巴地坐在旁边看戏。

最后关头，林小宇这张炸甩出去，简直就是无敌的存在，观战的选手们也都这么认为——林小宇只剩下一张手牌，没人管得住他的炸，他这轮肯定能赢了。

结果，就在这时，邵清格突然微笑着说："同花五十 K。"

男人用修长的手指，将红桃 5、红桃 10、红桃 K 轻轻翻开亮在了桌面上。

林小宇的 5、10、K 是不同花色的，邵清格是同花色的，邵清格的牌更大。

这一把就是 50 的积分啊！

邵清格居然专门留了一手同花的 5、10、K 来应付残局，这男人真是太会精打细算了。更让林小宇绝望的是，打完同花 5、10、K 后，邵清格只剩两张牌了……

下一刻，邵清格打出一对 J，优先出完手牌。

叶棋双眼蓦地一亮，立刻甩出对 Q。

高小亦："要不起。"

林小宇的手里只剩一张单牌方块 9，自然没法要对子。

叶棋笑眯眯地打出："对 8。"

高小亦手里是对 5，要不起啊！

叶棋："对 10。"

高小亦和林小宇两人开始干瞪眼，叶棋开始了一个人的表演。

由于这局大家一直在出顺子、连顺，叶棋捏着一手的对子和 3 条看戏，邵清格根据桌面上的牌算出了 3 人的大概手牌，最后关头又帮了叶棋一把。

小叶很给力，虽然他的对 4 被高小亦的对 5 吃掉了，但林小宇最后只剩可怜巴巴的一张 9。

叶棋一直出对子和 3 条欺负林小宇，林小宇欲哭无泪，只能捏着一张 9 干瞪眼！

邵清格第一，叶棋第三，两人又一次获得了 50 分。

接下来的牌局继续被邵清格、叶棋掌握住节奏。

蓝队和黄队强力的选手都已经派出来了，后面派上来的。大多是刚学会打这种游戏的新手，别说是算牌，连牌型组合有时候都会算错，被邵清格和叶棋配合着连杀 4 盘。

梅花少年淡淡地道："游戏结束，红队连胜，最终积分为 1480 分，蓝队和黄队扣除的积分，不够扣的，会从银行卡余额里面扣。"

蓝队和黄队的人都快哭了。

没想到邵清格和叶棋全场通吃，连胜 4 轮 8 个小局，将对手全部干掉了！

叶棋激动地跑过来道："太棒了，哈哈哈哈，我们赢了一千多万，够你放好多次技能的！"

连赢 4 轮，关键在邵清格。

他的记牌能力非常可怕，他能根据桌面上已有的牌算出对手的大概牌型，并且留关键牌打断对手的节奏。其他人即便会玩，但毕竟不是专业牌手。在打牌的过程中清楚地记住 108 张牌有哪些已经出过了、哪些还在某人的手里，这是很难的技巧，邵清格却能把每一张牌都记得很清楚。

比如与高小亦和林小宇打的最后那局，桌面上 5、10、K 的牌数量不够，而叶棋出过 K 这张单牌，自然没留 5、10、K 的炸，明显是林小宇手里捏着 5、10、K 的炸，根据花色可以推断自己的同花比他的杂花大。

邵清格故意将 5、10、K 的同花炸留到最后，打得林小宇一脸蒙。

看着叶棋兴奋的模样，邵清格不由伸出手揉了揉少年的头发："配合得不错。"

叶棋嘿嘿笑："是邵总带得好！"

梅花少年道："请兑换奖励。"

红队成了最大赢家，队友们看着守关者递给他们的一大箱金币，金灿灿的金币让大家不由得双眼发亮——败家的邵总，赚钱的能力也是真厉害！

第二十七章

娱乐星光

有邵清格这位打牌高手和叶棋默契配合，梅花 8 密室轻松过关。

肖楼、虞寒江等人只需要坐在旁边观战就好，大家也体验了一下被邵总带着躺赢的感觉，看着金灿灿的一箱金币被守关者存入银行卡，其他两个团队的人都无比羡慕。这个密室虽然没有生命危险，可是，打牌打输了，银行卡扣掉很多钱也很让人肉疼！

离开密室回到主城后，叶棋兴奋地问道："邵总，你现在卡里有多少钱？"

肖楼也看向邵清格，玩笑道："邵总，来给大家展示一下你的小金库吧。"

邵清格当下就召唤出了自助取款机，读取指纹验证，很快，取款机的屏幕中就出现了一串数字。叶棋瞪大眼睛数了数："这是多少个零啊？"

邵清格道："目前，我手里的存款是 1 亿 8 千万金币。"

众人不敢相信地瞪大眼睛，什么时候有这么多钱了？

肖楼很快就反应过来："你把之前的本金拿去投资了吗？"

邵清格点头："我每次回到主城，闲着无聊就会关注一下股市，买一些有潜力的股票，下次从密室出来后看情况抛售，所以这段时间也赚了一些钱。"

叶棋竖起大拇指："不愧是我们的'金主爸爸'！"

邵清格笑着转移话题："下一个密室，我们先去哪里？"

虞寒江看向肖楼："还是按顺序，去红桃 9 怎么样？"

肖楼点头："可以。大家觉得呢？"

队友们都没意见。

虞寒江目光扫过大家，道："进了密室之后，遇到的人、发生的事，所有细节都不要忽略，我们最后要汇总线索，这次的密室不会比'乱世烽烟'简单。"

众人都认真地点点头。

虞寒江道："准备，我抽牌了。"他从卡牌墙上直接抽出红桃 9 这张牌，众人眼前的景物一晃，紧跟着就来到了一个陌生的世界。

肖楼穿着白大褂站在落地窗前。他的身后是解剖室，里面的解剖台此时是空的，隔壁有一间实验室，摆放着很多他熟悉的分析仪器，包括各种毒物鉴定、基因鉴定仪器等。愣了两秒后，他立刻反应过来自己在这次密室所分配到的身份——法医。

同一时间，虞寒江穿着警服出现在警局。虽说身上这套警服和他在现实中穿的那套有些区别，身边的同事也全都不认识，但本色演出的虞寒江很快就镇定下来，回到办公室。就在这时，突然有个女警员敲门进来，神色紧张地道："虞队，刚接到报案，月湖别墅山庄的居民说，隔壁别墅好像死人了，今早他们家的猫翻进隔壁别墅，爬出来的时候身上沾了血！"

虞寒江眉头一皱，立刻站起来，冷静地道："通知刑警队的法医，马上出警。"

实习警察小吴急忙转身去叫人。片刻后，小吴带着一个身穿白大褂的男人走过来。虞寒江抬头，对上一双温润的眼眸。恍惚间，他好像又回到了当初的江州市，肖楼也是这样，穿着一身纤尘不染的白大褂，长身玉立，气质出尘。

两人的目光在空中交汇。

肖楼一愣，很快就轻笑起来，温言叫道："虞队好。"

虞寒江招呼道："肖教授，走吧，有案子。"

两人都是本色演出。看来，这次他们真的要以刑警、法医的身份来合作破案了。

同一时间，星光娱乐公司。

叶棋坐在理发店里，茫然地看着镜子里的自己，他的身旁站着一脸严肃、穿了身西装裙的干练女人，女人干脆地说道："我请了 Tony 老师来给你试妆发和造型，这次演唱会，作为特邀嘉宾，你一定要惊艳全场。知道吗？"

叶棋乖乖坐在椅子上让造型师折腾头发。见到经纪人云岚后，他的脑海中自动灌输了关于这次演唱会的信息。他是星光娱乐的签约歌手，出道一年，目前是歌坛小透明，只发过一首单曲。

3 天后在滨州最大的体育场开演唱会的，是星光娱乐公司力捧的偶像组合"F505 女团"。这个女团总共有 5 个人，每个女生颜值都很高，唱功也还可以。大家都是通过选秀节目崭露头角被公司签约的，最后以偶像组合出了道。云岚正是"F505 女团"的经纪人，为了给叶棋增加曝光度，所以把他塞进了演唱会当特邀嘉宾。

叶棋认真道："对了云姐，既然我要去当演唱会嘉宾，师姐们的详细资料能不能给我一份看看？到时候万一有互动环节，也免得出错。"

云岚欣慰地道："我早就整理好了，回去认真看。"

她将一叠打印好的资料递给叶棋。叶棋心想这应该就是重要线索，于是将资料仔细收好，打算理完头发再仔细看。

目前联系不上其他队友，只能小心翼翼地搜集自己这边可以掌握的线索。叶棋专注思考着，因此并没有注意自己的头发被折腾成了什么样。

直到 Tony 老师笑眯眯地道：“好了。”

叶棋抬头看向镜子，嘴角忍不住地抽搐了两下。这位造型师到底是怎么想的，为什么就跟鸡冠头过不去？头发根根倒竖，是要去演唱会表演“怒发冲冠”吗？

叶棋无奈扶额，决定放弃挣扎，回去自己洗头。

距离演唱会还有 3 天，叶棋忐忑地想，肖教授他们会在哪儿？ 3 天之后应该会出现谋杀案，到时候就能见到肖教授和虞队他们了吧？

那邵总呢？以邵总的身份，该不会是演唱会的金主赞助商吧？

同一时间，星光娱乐总裁办公室。

邵清格坐在老板椅上按了按太阳穴，很快就接受了这个身份。打开手机，通讯录里全是经纪人、明星的号码。他快速扫了一眼，发现了一个熟悉的名字——叶棋？

邵清格感兴趣地眯起眼，试着拨打这个电话。叶棋的手机就在经纪人云岚的手里，她接起来，恭敬地道：“邵总。”

邵清格低声问：“叶棋在吗？”

“在，我正带他确定演唱会的妆发造型。”

“电话给他。”

叶棋听到“邵总”两字后就双眼一亮，云岚将手机递给他，叶棋掩饰住兴奋，故作恭敬地道：“邵总好。”

听着那边恭恭敬敬的声音，邵清格轻笑：“嗯，你那边什么情况？还好吧？”

叶棋道：“在跟芸姐做造型，准备 3 天后的演唱会。”

邵清格听到他话里的关键：“演唱会？”

叶棋道：“我 3 天后作为特邀嘉宾，要参加‘F505 女团’的演唱会。”

邵清格了然：“哦，准备得怎么样？”

“云姐已经把一切都安排好了。”

邵清格一边跟叶棋打电话，一边迅速从电脑里翻找这个女团的资料，5 个年轻的女孩儿，长得都挺漂亮。每一个的出道经历、家庭背景等，他这里都有详细的资料。邵清格拿出一个 U 盘把资料都拷贝好，打算之后交给虞寒江。

他朝叶棋低声问：“你见到其他队友了吗？”

“还没有。”

“我通讯录里有你的号码，有事随时联系，先挂了。”

“好的，邵总您忙。”

同一时间，影视城。

老莫看着面前的设计图纸一脸蒙，直到旁边有人催促：“这个室内场景一定要尽快搭出来，3 天之后就开机了，前面的几场戏全是在这里拍，辛苦你了老莫。”

莫学民回过神：“哦，好的，我尽力！”

他环顾四周，这应该是一部影视剧的剧组，开机之前正在做最后的准备。他出门溜达了一圈，很快就对上一道熟悉的视线，他迅速走过去：“曲老师？”

曲婉月笑道：“老莫，真巧啊！”

周围来来往往的工作人员很多，老莫使了个眼色，将曲婉月叫到没人的角落里，低声问：“你那边什么情况？”

曲婉月道：“我是这个剧组的舞蹈指导，这部剧的女主角有很多舞蹈戏，我刚跟她的经纪人聊了一下，经纪人说演员身上有伤，难度比较高的动作要用到替身。”

“我是场景设计师，在帮忙搭建室内场景。你见到其他人了吗？”

“龙森也在剧组，我刚见他在道具组忙活，其他人我还没见。”

“既然虞队和肖教授没有出现，那我们就先收集线索吧。”

刘桥将剧本整理好，放在桌面上。

一个年轻英俊的男人懒洋洋地躺在沙发上，双脚叠放在一起，困得直打呵欠。旁边，经纪人插着腰正在训他，男人不耐烦地皱眉：“知道了知道了，啰唆个没完，能不能让我先好好睡一觉？”

经纪人沉默片刻，朝刘桥招手：“小刘，你跟我去收拾行李，明天进组。”

刘桥跟上了经纪人，走到门口时，她回头看了沙发上的男明星一眼。她目前是娱乐圈当红小生程域的助理。程域接了一部偶像剧叫《双生花》，这部剧将在 3 天后开机，她明天就要跟着经纪人和这位男明星一起去剧组报到。

刘桥刚才大概扫了眼剧本，这部剧讲述的是一对双胞胎姐妹之间的爱恨情仇，女主的设定是芭蕾舞演员，程域饰演的男主则是富二代，剧情十分之狗血。

刘桥看剧本的同时朝经纪人打听到了主演的名字。女主和双胞胎姐姐的演员是来自星光娱乐的当红影后乔雪宁。女配、男配刘桥也都特意去记下了，其他不重要的角色要去了剧组才知道。

她的直觉告诉她这个剧组会出事，目前联系不上队友，刘桥也只好跟着经纪人走。

肖楼和虞寒江坐在警车上，车子很快就开到了月湖别墅区。

路上，肖楼拿出手机跟虞寒江发信息："可能是现代都市背景的缘故，我的古代召唤牌全部被禁用，秦观召唤不出来，没法连接'心有灵犀'。"

虞寒江道："好在这个世界大家都有手机。"

肖楼会心一笑，继续发信息："这次密室没有时间限制，我们先跟着剧情走。"

别墅门口的保安拦住车子，虞寒江将警官证递给他们："警方办案。"

保安们脸色一变，立刻放行，并将虞寒江一行人直接带到了报案的老太太家门口。

车子停下，虞寒江飞快地下车，肖楼紧随其后，其他警察迅速将现场用警戒线封锁起来。

虞寒江去找报案者简单问了几个问题，报案的是个老太太，她说："我今天早上发现我家的猫不见了，出门找，就见它从隔壁的别墅窗户爬出来，身上带着血！这别墅门被反锁，好多天都没有人来过，我们进不去，猫是从楼顶的窗户跳进去的！"

虞寒江点点头，利落地翻身爬上墙，进入别墅后从内部打开门。

这是一栋三层高的独栋别墅，装修十分奢华，一进门就感觉到一股冷气环绕，冻得肖楼打了个喷嚏，仿佛走入了冰窖。屋内并没有明显的尸体腐烂臭味，虞寒江带着肖楼一直来到三楼的主卧，卧室的门开着，被子叠放得整整齐齐，他推开洗手间的门——

只见一个女人穿着浴袍躺在浴缸里，全身上下都是被刀割的血痕，她的身体周围放着大量的冰块，这也是屋内没有明显尸体腐烂的臭味的原因。

大冬天的，屋内的暖气被全部关掉了，因此，冰块并没有融化。

洗手间的窗户开着，猫就是从窗户里爬进来的。

虞寒江见多了各种案发现场，但这次的现场有种说不出的诡异——浴缸里放满了冰块，穿着睡衣的女人躺在冰块的中间满脸惊恐，她瞪大双眼，眼珠子都凸了出来，显然死前极为震惊。虞寒江戴上手套，在肖楼耳边低声说："你先验尸，我在现场搜集一下证据。"

肖楼点点头，也戴上手套开始工作。

虞寒江走出浴室，目光迅速扫过现场——

两米宽的双人大床，床单铺得很整齐，连一丝折痕都没有，而女主人却穿着浴袍，或许她是走进卧室后换上了浴袍，在洗澡的过程中被人杀害，还没来得及上床睡觉。当然，也不排除凶手故意将床单铺整齐的可能性。

虞寒江走过去掀开床单，没发现可疑的痕迹，枕边的头发丝被他用镊子夹起来，放入无菌袋中准备带回去检验。

床边有一个宽约一米五的梳妆台，上面堆满护肤品，光是口红就有好几十支，桌面上还摆着一本时尚杂志，封面上印着一个穿着礼服的模特儿，虞寒江仔细一看，这模特儿正是死者本人。

能登上杂志封面，看来死者的身份是模特儿或者明星。虞寒江微微皱了皱眉，用随身携带的仪器在屋内采集指纹。但让他失望的是，整个卧室只有梳妆台这片范围有大量的指纹，根据他的推测，很可能就是死者自己的。

梳妆台旁边的垃圾桶里有几块化妆棉，上面沾着口红、粉底等痕迹，应该是死者在洗澡之前坐在这里卸了妆。

虞寒江紧跟着从同事的手中拿过鲁米诺试剂，在地上喷洒了一圈，利用血液和鲁米诺试剂发生反应后会发光的特性来寻找血迹——卧室的地面并没有血液荧光反应，只在洗手间里看到血迹，浴缸最多。显然，第一案发现场就是这个浴室。

凶手非常专业，作案的过程中可能戴上了手套，没有留下指纹，并且在杀死人后清理了现场。

虞寒江走到窗边。窗户是从内部锁上的，窗帘拉了起来，这栋别墅周围的住户很少，加上卧室里有很厚的遮光窗帘，即便案发当时有人从楼下经过，也不会看到卧室里发生了什么，人证会很难找。

虞寒江迅速勘察完第一现场，紧跟着又出门去别墅的各个角落转了一圈。他在客厅里发现了大量指纹，此外，他带来的两个搜查客厅、厨房的助手也给他汇报了一些有用的线索：“虞队，厨房的垃圾桶里找到七八个空的酒瓶。”

虞寒江看了一眼，点头道：“带回去检测。”

搜完整栋别墅后，虞寒江回到了三楼的案发现场。

肖楼正俯身在尸体旁边做检查，见虞队进来，肖楼便压低声音说：“死者的致命伤是插在心脏的这一刀，其他部位伤口也很深，凶手应该非常恨她，死前对她进行了残忍的虐待。由于死者被冰块冻住，我很难准确地判断出她的死亡时间。”

虞寒江理解地点头：“凶手应该是故意的，用冰块混淆她的死亡时间。”

“我还得把尸体带回去详细解剖检查。”肖楼从随身的箱子里拿出一个透明无菌袋，道，“另外，我还发现了这个。”

虞寒江接过来一看，无菌袋里有一小片不明物质，肖楼解释道：“她的指甲里有少量皮肤碎屑，很可能是挣扎的过程中抓伤了凶手。带回去检测基因或许对破案有帮助。”

虞寒江皱眉看着浴缸里的尸体：“你觉不觉得现场有些不太对劲？”

肖楼当然也发现了这一点："确实不对劲，她的身上虽然有很多割伤，但现场一点都不血腥，应该是被清理过。她身上有猫爪的痕迹，可能是隔壁那只猫跳进来后不小心碰到她周围的冰块，惊慌逃窜的过程中留下的。"

说到这里，肖楼不由疑惑："这么多冰块是从哪儿来的？"

"我检查了冰箱，里面只放着一些啤酒和碳酸饮料，没有任何食物，冷冻层也没发现冰块的痕迹。这些冰块可能是凶手刻意带来的。"

"看来，凶手是谋划已久，专门带冰块来杀人？"

"我要确认死者的身份，待会儿你先拿证物回鉴定中心检测，我去走访一些周围的居民，看看有没有目击者。"

"好。"

两人对视一眼，默契下楼。

虞寒江来到别墅门口时，同行的实习警察小吴正在跟那个报案的老太太聊天，虞寒江走过去问道："阿姨，这别墅里住的是什么人，您知道吗？"

老太太摇头："不知道，我跟我儿子儿媳在这里住了有一年，没见过隔壁有人回来，他们家的窗帘一直都是拉着的，我还以为这栋别墅没有人住呢……"

虞寒江问道："大概三四天前，您有没有听到什么异常的动静？"

老太太仔细想了想，突然道："对了，上周三，有车从楼下经过，停在了隔壁。当时，我正好半夜上厕所，听到楼下有声音，我就拉开窗帘看了一眼，是两辆私家车。"

虞寒江道："车牌号还有印象吗？"

老太太抱歉地笑了笑："咳，人老了，记性不好，而且大半夜的车子开得很快，我只看到是黑色的私家车，一前一后开进了隔壁院子里，别的我也没看清。"

虞寒江朝她点了点头，叫上小吴去找小区的保安："带我去监控室。"

保安队长立刻配合地带路。

豪华别墅区的安保工作自然做得很好，不是别墅区住户的话，外人一般进不来。此时，见身穿警服的英俊男人一脸严肃地推门进来，留在监控室的几个保安都是满脸忐忑："警官，出什么事了吗？"

虞寒江平静地道："给我调取 C 区 191 号别墅附近一周以来的全部监控。另外，上周三 0 点之后，出入小区的车辆记录也调一下。"

几个保安立即手忙脚乱地在电脑上调取监控。

虞寒江抱着胳膊站在旁边，表情严肃。

保安们也不敢乱说话，调出来之后就恭敬地道："警官，监控就这些。"

虞寒江走过去，仔细看向屏幕，他发现别墅门口那条路的区域正好是黑屏，虞寒江不由得眉头微蹙："这边的摄像头坏了吗？"

保安们神色尴尬："这个……"

别墅小区的面积太大，某些地方一两个摄像头坏了，他们也没有仔细排查。见他们支支吾吾说不出个所以然来，虞寒江没再理会监控，道："我刚才见你们小区的门口安装了车牌识别器和电动杆，车辆进出，应该都有记录吧？"

保安队长立刻点头道："有的。"

虞寒江问："不是小区住户的车辆，进入小区需要登记信息吗？"

保安队长道："外来车是不让进我们小区的，但如果是小区业主的访客，可以在门口保安室登记来访原因之后，开进小区里面临时停车。"

虞寒江走到旁边的电脑前看门口的车辆进出信息。

这个小区毕竟是人口密度极低的高档别墅区，住户不超过 100 户，上周三 0 点之后，出入小区的车辆并不多，何况，老太太提供的线索非常明显——虞寒江很快就找到了一前一后开进小区的两辆黑色私家车。

让他意外的是，两辆车都被电子识别器许可，直接开进了小区，没有做来访登记。他迅速记下了车牌号，滨 A-6K502 和滨 A-6K501，居然是连号。

虞寒江反应过来，道："这两辆都是小区业主的车子？"

保安道："我们业主在办理入住手续的时候，会在小区物业中心登记车牌号，我们小区有钱人很多，一家买三四辆车都很常见。如果是外来车辆的话，无法识别会被拦住的。这两辆都能直接开进小区，应该就是在我们小区物业登记过的车。"

由于车辆没被拦截，车内坐着什么人也没法从监控中看清。虞寒江道："打电话给物业，查这两个车牌以及 C 区 191 号别墅的住户信息。"

保安立刻拿出电话询问了物业管理中心，片刻后回复道："住户，还有这两辆车的名字，登记的都是林亦烟。"

说到这里，保安微微一愣："这个名字听着有些耳熟啊？"旁边有个年轻小伙双眼一亮，道："这不是刚得了奖的影后林亦烟吗，我女朋友是她的粉丝！"

虞寒江眉头微蹙——居然是明星？看来这个女人的死因不简单。

看完监控出来之后，虞寒江带着保安一起走访了 C 区 191 号附近的几栋住户，想看看邻居们有没有什么发现，可惜，调查了一圈，并没获得有用的线索。

虞寒江只好招呼手下："收队。"

警车鸣着笛呼啸而去。

虞寒江坐在车上，用手机上网查林亦烟的相关资料——

林亦烟，星光娱乐公司的签约明星，出道多年，大红大紫，个人微博粉丝量破亿。她今年已经30岁，却保养得相当年轻。她的长相属于很端庄的类型，演技精湛，戏路又宽，收获了无数国内国外的影视大奖，算是娱乐圈正当红的影后。

她最后的一条微博发表于一周之前——

新剧《红尘》已顺利杀青，这次拍戏历经3个多月时间，感谢张导和剧组工作人员的帮助和照顾，辛苦大家了。

虞寒江摸着下巴沉思了片刻，朝小吴道："回去之后，马上联系林亦烟的经纪公司，调查她的社会关系，这个案子牵扯的人可能会非常多。"

一个明星背后的利益纠葛十分复杂，投资人、导演、圈内的其他明星、粉丝、经纪人、助理等，她得罪过谁，跟谁有深仇大恨，谁会是最有杀她的动机的人？

回到警局后，虞寒江就迅速查出了星光娱乐公司总部的位置，再一看公司法人——居然是邵清格？！这下倒好，不用到处找邵总了，先跟他会合再说。

虞寒江当下就开始行动，开着警车直接杀到了星光娱乐楼下，门口的保安想拦他，虞寒江冷着脸拿出警官证："警察，请配合办案。"

前台的妹子急忙将电话打给邵总的助理，片刻后，一个高挑的女生坐着电梯下楼，恭敬地带着虞寒江来到了楼顶的总裁室。

邵清格见到虞寒江，笑眯眯地朝助理道："给这位警官倒一杯咖啡。"

他朝虞寒江做了个请坐的手势，虞寒江在他对面的沙发上坐下，助理端进来一杯咖啡，之后就自觉地退了出去。

虞寒江挑眉："你是星光娱乐的老板？"

邵清格玩笑道："这次分配到的身份比较符合我暴发户的气质。"

虞寒江喝了口咖啡，淡淡地说："我找上门来，你应该猜到发生了什么吧？"

邵清格收起玩笑："这才密室第一天，就有人死了？你是来查案的吗？"

虞寒江点头："我进密室后不到半小时就接到了报案，我跟肖楼刚才去了现场，死者被虐杀在私人别墅，她叫林亦烟，是你们公司的明星。你对这个人有印象吗？"

邵清格刚才一直在翻看公司艺人的资料，虞寒江推门进来的那一刻，他正好打开林亦烟的资料夹。听虞寒江说这人已经死了，邵清格心中微震，赶忙将电脑屏幕转过来给虞寒江看："我这里有她的资料，我还没来得及看完。"

虞寒江一边看资料一边问："其他队友，有消息吗？"

邵清格道："叶棋是我们公司的签约歌手，将在3天后参加'F505女团'

在滨州市的演唱会，刘桥是我们公司签约明星程域的助理，程域明天要去影视城，他接了一部叫《双生花》的电视剧，3 天后开机。刘桥应该也会跟过去。”

“影视城？”虞寒江听到这里不由皱眉，“看来，曲老师她们可能会在剧组那边。小叶去参加演唱会，刘桥跟着程域去影视剧组，我跟肖楼已经发现了一位死者。这个密室跟‘乱世烽烟’差不多，应该是有 3 条线。”

当初的“乱世烽烟”，谋反案、王府小姐死亡案再加上来自燕国的刺客，3 线并进，最后互有交集，揭开谜团后就能把所有线索都串起来。红桃 9 密室同样是 A 级难度的密室，3 线并进倒不奇怪。

邵清格了然道：“看来叶棋那边，还有刘桥所在的剧组那边很可能还会出事。”

虞寒江点头：“所以我们得迅速理清楚第一位死者林亦烟和其他明星的关系，看看能不能找出一些线索。我把死者跟‘F505 女团’，还有这位当红小生程域的资料都看一遍。”

“好，资料我给你拷贝一份，我马上叫小叶还有林亦烟的经纪人过来。”

他先打电话给叶棋的经纪人，找借口让叶棋回公司一趟。

叶棋很快就到了，推开办公室的门，见虞寒江也在，叶棋知道肯定有大事发生，立刻小跑进来，笑道：“邵总好，虞警官好。”

邵清格、虞寒江：“……”

这倒竖的头发，看上去就像是热血少年动漫的主角进入了战斗状态。

邵清格忍着笑摸鼻子：“你这造型，挺个性。”

叶棋脸一红，轻声解释：“‘杀马特’风格，Tony 老师给我弄的，我也很不满意。”

虞寒江轻咳一声，忽略叶棋的“鸡冠头”，大概跟叶棋说了一下死者的情况。叶棋瞪大眼睛：“死的是当红影后？这也太劲爆了吧！”

邵清格道：“没查清楚之前，舆论方面我会先控制住，暂时不对外宣布。”

虞寒江叮嘱道：“小叶，3 天后的演唱会可能还要出事，死者林亦烟或许跟‘F505 女团’的人有什么恩怨，你在演唱会那边要擦亮眼睛，别漏掉线索。”

叶棋认真点头：“明白。”

“叶棋一个人去演唱会我不放心，3 天后的演唱会我也找个借口去参加。”邵清格顿了顿，又道，“小叶你先回去，至于刘桥他们剧组那边，我现在想办法通知刘桥，让刘桥跟其他人会合，密切地盯住剧组的情况。”

邵清格打通电话：“小刘，是我。”

刘桥听出了对方的声音：“邵总？”

邵清格将电话递给虞寒江，虞寒江压低声音道：“小刘，已经出现了第一位死者，你们剧组那边接下来还可能会出事，盯好你跟的这位男演员程域，另外通知其他队友，不要着急，我跟肖教授还在查第一个案子，会尽快想办法跟你们会合。”

刘桥道：“明白。”

挂断电话后，虞寒江将邵总电脑里的资料拷贝了一份，紧跟着又让邵清格打电话找林亦烟的经纪人。有邵总在找人就是方便，老板一个电话，经纪人再忙也得立刻跑回来。

半个小时后，林亦烟的经纪人急匆匆地推开了总裁室的门。

经纪人是一位三十多岁的男性，名叫齐明，是公司的王牌经纪人，带出了不少当红偶像明星。听说林亦烟死亡的消息后，男人的脸色顿时黑如锅底，不敢置信地颤声问道：“怎么可能？！你说她死了？她昨晚还给我发了微信呢！”

男人拿出手机，只见手机里备注为“小烟”的人给他发了条微信，写道：“明哥，之前拍《红尘》实在是太累，我想多休息几天，陪家人去国外度个假，最近几天你就别找我了，给我一点独立的空间可以吗？回来之后我立刻投入工作。”

齐明回复道：“没问题，你辛苦了一整年，也该放几天假好好休息一下，最近的通告我都帮你推掉，玩儿得开心。”

昨晚的对话只有这简单的几句，再往前翻，则全是关于通告的交流。林亦烟的死亡时间应该在 3 天以上，怎么会昨晚给经纪人发微信呢？

虞寒江冷冷地说道：“这是凶手发给你的。”

齐明听到这里，猛地打了个寒战：“你是说，小烟的手机在凶、凶手那里吗？”

凶手给经纪人发信息，自然是为了制造“林亦烟还活着”的假象。

就在这时，虞寒江的手机忽然收到条消息，是肖楼发来的：“解剖结果出来了，林亦烟的死亡时间是上周三凌晨 3 点之后。她死前曾大量酗酒，酒瓶上全是她的指纹，另外，她指甲里残留的皮肤和发丝基因，我们已经核对了基因库，属于她的经纪人齐明。”

虞寒江收起手机，锋利的目光直直射向面前的男人：“上周三凌晨，你在哪里？”

齐明微微一愣，很快就答道：“上周二 LE 时尚杂志的李主编请我们吃饭，说要约明年的杂志专访。亦烟她吃完饭后就提前回家了，我是和李主编一起走的。”

虞寒江皱眉：“林亦烟几点离开的，有没有人能证明？”

齐明仔细想了想，道：“我们跟李主编吃饭聊天，大概聊到了8点半，亦烟突然收到一条消息，说家里有急事，就先走了，我跟李主编聊到十点多，李主编顺路开车送我回家，她可以给我做证。”

虞寒江看向邵清格，邵总立刻在手机通讯录里搜了杂志主编的名字。虞寒江当场用邵清格的手机打电话确认了这件事，对方证实上周二确实跟林亦烟、齐明一起吃过饭。虞寒江道：“李小姐，现在有一起案件需要你协助调查，请你抽空来警局做一下笔录。”

女主编愣了愣：“案件？我现在很忙，下午过去可以吗？”

“可以。”虞寒江挂掉电话，看向齐明：“齐先生，也请你跟我走一趟。”

“好的警官。”齐明忐忑地看向邵总道，“亦烟的事，邵总，该怎么跟公众说？”

“在警方没有调查结果之前，一个字都不要提，免得舆论发酵对公司产生负面的影响，明白吗？”邵清格沉声道。

齐明立刻点头：“明白。”

虞寒江道：“邵总，我先回警队，有事再联系你。”

邵清格笑道：“好的，虞队慢走。”

虞寒江带着经纪人齐明回警局做详细的笔录。

齐明在审讯的过程中非常配合，虞寒江问什么他就答什么。虞寒江详细询问了他林亦烟的财产、私人关系等情况。齐明说道：“亦烟名下有3套房产，除了月湖别墅区的私人别墅之外，还有两套市区的房子、两辆车和一些存款。”

“她家里还有兄弟姐妹吗？”

“她是独生女。”

“她有没有跟谁借钱，或者去赌博欠债，近几年有没有参与过投资？”

齐明摇了摇头：“她是个很踏实、努力的人，不懂投资理财，赚的钱大部分都交给父母保管。她脾气好，从不耍大牌，在圈内人缘不错，也没跟人结过仇。”

虞寒江问：“感情史呢？”

齐明尴尬地摸鼻子：“这方面我不太清楚，她说这是她的隐私，不肯告诉我。”

虞寒江让他详细说明了上周二和周三的行踪。

周二下午5点半，齐明开车去接林亦烟，路上堵车，一直到7点半才来到吃饭的地方，3人聊了些合作的事情，饭局过程中林亦烟看上去也很开心，只是，8点半的时候她的手机突然响了，是微信提示音。

虞寒江抓住重点：“谁发的微信，知道吗？”

齐明摇头：“不清楚，她看过微信后表情不太对，然后说家里有急事，要先回去，她借了我的车钥匙，把我的车给开走了。我还叮嘱她要小心，别被狗仔给跟上。”

从这位齐明的证词中可以发现，林亦烟周二那天收到的微信应该是关键，但她的手机此时下落不明，也没法查证是谁给她发的消息。至于齐明的话是否可信，从表情来看不像是撒谎，但虞寒江还需要第 3 人的证词来确定。

杂志社的李主编在下午 2 点半准时来到了警队。虞寒江详细询问了她和林亦烟合作的过程以及契机。李主编说：“林小姐今年拿了双料影后，人气如日中天，我想找她拍一期杂志封面，她经纪人也想跟我们合作，双方一拍即合，约好时间拍平面宣传照，我跟她也是 3 个月前才认识。”

“你们关系怎么样？在你看来她是什么样的人？”

“我和她不太熟，感觉她是个很亲和的人，对大家都客客气气的，跟摄影师合作的时候脾气也非常好，我们杂志社的人都挺喜欢她。”

虞寒江道：“周二那天你约她吃饭，详细说说这顿饭的情况。”

李主编整理了一下思绪，说道：“她经纪人打电话说路上堵车，7 点半才能到，我提前到了，就在餐厅包间等他们。吃饭过程中她看上去心情不错，我们聊得挺开心的 ,8 点半左右她的手机响了一下，好像有人发微信，她看过后说家里有事，要先走一步。我跟她经纪人聊了很多合作的细节，聊到 10 点半左右。因为林小姐把车给开走了，我正好开了车，就顺路送齐先生回家。”

“齐先生的家住哪里？几点送到的？”

“他就住在东府嘉园，离我们吃饭的餐厅不远，应该是晚上 11 点到的家。”

问完主编后，虞寒江带着笔录本去法医中心找肖楼。

见虞寒江回来，肖楼快步迎上前，把虞寒江带到自己的办公室问道：“你那边进展怎么样？有锁定嫌疑人吗？”

虞寒江皱眉道：“周二晚上，林亦烟、经纪人和杂志主编一起吃过饭，主编可以证明林亦烟 8 点半提前回了家，经纪人到家时已经是 11 点。”

他在手机里打开城市地图，指着上面的两个小区说：“经纪人住在东府嘉园，距离林亦烟死亡的月湖别墅山庄是 30 公里。他回家之后再换一辆车开去月湖山庄，倒也来得及。加上死者指甲里有他的皮肤，床上有他的毛发，这位经纪人的嫌疑还不能排除。”

他看向肖楼的记录本，问：“解剖结果呢？”

肖楼道：“致命伤在心脏，其他脏器都没有损伤，体内也没有毒素的痕迹。从体表和脏器的伤口分析来看，作案工具应该是一把锋利的长刀，刀身宽度在 5 厘米，长度 30 厘米。”

肖楼打开电脑，直接用软件重建出一副刀子的模型，虚构重建出来的这把刀子，长、宽都能跟尸体身上的伤口完美契合。

虞寒江用拳头抵着下巴若有所思："别墅内部我已经地毯式搜索过，小区里的垃圾桶、草坪也全部派人去搜过，目前还没有找到作案凶器，应该是被凶手带走了。"

肖楼点头："嗯，这种刀超市里不多见，说不定是网上买的。"

虞寒江顿了顿，问："冰块的成分呢？"

肖楼道："就是普通的自来水凝结而成，没什么特殊。"

虞寒江扫了眼现场照片中的冰块，这些冰大部分是砖块大的正方体，应该是用正方形容器放在冰箱冷冻层里自己制成的。大冬天的，凶手将林亦烟的尸体用冰块冻在浴缸里，除了延缓尸体被人发现的时间之外，似乎还有点"保鲜"的意思？

虞寒江道："根据经纪人的证词，林亦烟没有财产方面的纠纷，家里没有兄弟姐妹，平时为人亲切和气，很少得罪人，接触过她的人都说她脾气很好……为财杀人、结仇杀人的可能性不大，她的死更像是感情问题，我先从这方面着手调查。"他将手机拿出来，给肖楼发了条短信，"叶棋和邵总的电话，你存一下。"

肖楼一边将号码存起来，一边问："这么快就找到他们了？都是什么身份？"

虞寒江道："小叶是歌手，邵总是娱乐公司的老板，我刚才去公司总部的时候看见他俩了，你建一个微信群，把大家都拉进来吧，以后也方便交流。"

肖楼忍不住轻笑："都市背景就是方便，可以建微信群讨论。"他将叶棋、邵清格和虞寒江拉进了微信群里，群名叫作"红桃 9 侦探团"。

肖楼还挺幽默，侦探团这个名字取得很贴切。

叶棋看见这群名，激动地冒出来道："是肖教授吧！结果怎么样啊？"

肖楼道："嫌疑人目前只有经纪人一个，虞队还在继续调查，小叶别急。"

邵清格发来一个大拇指："辛苦两位，需要帮忙随时联系。"

叶棋道："我在网上搜了很多林亦烟的资料，都说她脾气超级好，很多明星都是她的粉丝，生日还排队给她送祝福，叫她'女神'，想不通谁会跟她有这么大的仇。"

邵清格说道："娱乐圈水很深，什么温柔、可爱、高冷，只是公司定的人设而已，私下肮脏的交易多的是，凡事不能只看表面。这个林亦烟，应该没表面上那么单纯。"

叶棋发来个憨笑的表情："也是。虞队加油查，我这边先跟着那个女团。"

虞寒江将口袋里的 U 盘递给肖楼，说："我从邵总那里拷来的明星资料，太多了，还没来得及看，麻烦你梳理一下。我先去交警大队，那边应该能找到关键的线索，等我回来我们再分析。”

肖楼道：“放心去吧，邵总给的资料我会仔细看的。”

虞寒江点了点头，开着警车直奔滨州市交警大队。

交警队的队长是个中年人，显然认识他，看见他后便笑眯眯地迎了上来：“虞队，大驾光临，这是又有案子了？”

虞寒江干脆地道：“麻烦从系统中查一下登记在林亦烟名下的车，另外帮我调周二晚上 7 点半到 11 点半之间，滨江路这一带的道路监控录像。”

交警队的人非常配合，很快就检索出了林亦烟名下的车子。

队长指着电脑屏幕，说道：“林亦烟名下有两辆车，分别是车牌号滨 A–6K502 的轿车和滨 A–1029A 的跑车。”

虞寒江仔细看了看车牌号和机动车行驶证的照片，微微皱起了眉头。

如他所料，那晚的两辆车果然不对劲。明星有几辆车不奇怪，但是，谁会闲着没事买两辆一模一样的车，并且车牌号还是连着的？他来交警队查车，也是因为心中疑惑，总觉得那两辆车不全是林亦烟的。

滨 A–6K502，这是周三凌晨出现在月湖别墅山庄的两辆黑色轿车之一，登记在林亦烟名下。

滨 A–1029A，是一辆红色的豪华跑车，1029 正好是林亦烟的生日，车牌号是她生日，这很有可能是她自己或者是其他人送给她的生日礼物。

然而，周三凌晨出现在别墅门口的明明是两辆黑色轿车。虞寒江记得很清楚，车牌分别是 6K502、6K501，连号。

502、501 的连号，组合起来，会不会是 521，我爱你的意思？

察觉到这一点，虞寒江立刻说道：“帮我查一下滨 A–6K501 的车主是谁。”

交警队长迅速从系统中查出了一个人的名字，他满脸震惊地道：“程域？这不是那个男明星吗？他跟林亦烟的车牌居然是连号，怎么会这么巧！”

两个明星的车，正好随机到 501、502 连号的可能性极低。显然，这连号是他们特意选的，可见两人的用心。

月湖别墅的房子是林亦烟的，她在物业登记了两辆车的车牌。登记的车牌可以随意出入小区，很明显林亦烟是希望程域这辆车可以随意出入她所在的别墅区，才在物业中心登记了两个车牌号。

交警很快又调出了上周二滨江路一带的监控。

经纪人齐明的车在 7 点半左右出现在滨江路附近，路口的摄像头抓拍到了驾驶座上的两个人。果然是林亦烟和经纪人齐明，两人将车停在一家高档餐厅的门口，进入餐厅。在 8 点半左右，林亦烟一个人急匆匆地出来，开着经纪人的车离开。

虞寒江道："追踪这辆车。"

交警调取了沿途道路上的监控来追踪这辆车。

大屏幕上出现了无数小窗口，虞寒江办案经验丰富，加上目光锐利，按照时间点一路追随，最后，这辆车驶入了一个市中心的地下车库，虞寒江耐心地盯着车库的出口，过了几个小时，大概凌晨 1 点半，车牌号 6K502 的黑色轿车从车库里开了出来。

林亦烟开着经纪人的车去了住宅区，又换车离开，这是明星甩掉狗仔队的常用套路。

虞寒江让交警继续追踪 6K502 这辆车。

林亦烟的 6K502 轿车开上高速，凌晨 2 点左右出现在通往月湖别墅的山路路口，同时，路口出现了那辆 6K501 的黑色轿车，两辆车在十字路口会合，互相闪了一下车灯，一前一后开往别墅区。

虞寒江道："反追踪 6K501 这辆轿车，把它的路线给找出来。"

交警队好几个人一起帮忙，调取了沿途所有路段的交通监控，大屏幕上密密麻麻的小窗口看得大家眼花缭乱。

连续追查了好几个小时之后，虞寒江终于找到了这辆车的来源。

6K501 这辆车是从市区的一家娱乐会所开出来的，附近的一个十字路口正好抓拍到了驾驶座。驾驶座上的男人戴着墨镜、口罩，根本看不清脸，虞寒江将照片数倍放大，发现他握着方向盘的手上戴了一枚很有特色的戒指。

虞寒江将照片发进微信群里："肖楼，对比这张照片跟程域的资料。"

很快肖楼就给出答案："从衣服、发型和手上的戒指来看，这人应该是程域没错。"

幸亏滨州市的交通道路监控足够完善，虞寒江通过两个车牌号查出的大量信息都是铁证。

周三凌晨和林亦烟一起进入别墅的，居然是比她小了整整 8 岁的当红男明星程域！

虞寒江回到警队时天已经黑了，他给同事们放了假，准备自己一个人熬夜加班。整个大厅空空荡荡、漆黑一片，只有他的办公室里亮着一丝暖色的灯光，似乎是有人忘了关灯，虞寒江疑惑地推门进去，原来是肖楼在办公室里等他。

肖楼依旧穿着一身白大褂，安静地坐在办公桌前，打开笔记本认真地查看着资料。听到门被推开的声音后，肖楼抬起头，起身道：“虞队回来了？你肯定还没吃饭，我给你叫了外卖，先吃吧。”

虞寒江回头看着肖楼道：“谢谢。”

肖楼道：“客气什么，快吃吧，不知道合不合你口味。”

虞寒江在肖楼旁边坐下来，打开盒子，1 只红烧鸡腿，3 个家常小菜，还有 1 个蛋花汤，非常丰盛。

虞寒江大快朵颐，迅速扫光餐盘。肖楼知道他今天忙得连午饭都没吃，不由道：“这次密室不限时间，你也没必要太拼，午饭还是按时吃吧。”

“好，听你的。”虞寒江走到肖楼身旁，单手撑着桌面，俯身看向肖楼的笔记本电脑屏幕，“资料整理得怎么样？”

肖楼将一份文档调出来：“我一下午都在看资料，林亦烟在娱乐圈走的是温柔玉女人设，博览群书、才华横溢、脾气好，跟圈内人在表面上相处融洽。她上个月，也就是 10 月 29 号过生日，圈内至少有 50 个知名明星给她送了祝福，人缘看上去很不错。”

查资料的时候肖楼也上网搜了很多信息，截图了不少微博。10 月 29 号那天林亦烟生日直接被刷上热搜，可见她的人气有多高。

虞寒江皱着眉沉思片刻，道：“目前，林亦烟给我的印象是完美得有些不太真实，长得漂亮，演技好、脾气好、人缘好，几乎挑不出缺点。”

肖楼赞同地点头：“我也觉得，粉丝和圈内人口中的林亦烟就像公司设定好的人物，而不是真实的她。对了，我还查了她出道的历史，发现了一些问题。”

肖楼在文档里仔细列出林亦烟这些年的经历。

林亦烟还是电影学院大二学生的时候去参加海选，被一位导演看中，主演了一部青春偶像剧《少年心事》，这部剧的男、女主角都是新人，走的是文艺小清新风格，不料在网上播出后评分极高，林亦烟也因此一炮而红，之后的星途一片坦荡。

这些年林亦烟一直在拍电视剧，每一部都能保证收视率，27 岁开始进入电影市场，主演的几部电影票房和口碑也不错，还拿了一些奖。30 岁应该是她最风光的一年，主演了超级大 IP 古装剧《红尘》不说，参演的电影票房也刷新了纪录，还获得了圈内最有含金量的电影节的“最佳女主角”奖杯。

虞寒江仔细看着肖楼整理的出道经历，分析道：“她这些年太顺利了，要么她真的是运气特别好的天选之人，要么就是有人在背后帮她。她出道的第一部剧投资人是谁？”

肖楼道：“是邵总。”

虞寒江打开微信群，直接发消息给邵清格：“@邵清格 10 年前星光娱乐投资的校园网络剧《少年心事》剧组资料还有吗？”

邵清格很快回复：“我查到了，这部剧公司投了几百万请新人演，属于随便试水的项目。演员海选，由导演来决定，齐明作为公司方代表跟进这件事情。我们公司拍这部剧是为了挑一些有天赋的苗子来培养，林亦烟也是因为这部剧才跟公司签约的。”

邵总自然不可能是林亦烟的金主，虞寒江皱了皱眉：“也就是说，林亦烟从出道以来就一直跟着齐明这位经纪人？是齐明发掘了她？”

邵清格道：“齐明是我们公司的王牌经纪人，林亦烟自从签约后就一直跟着他，算起来有 10 年了。”

肖楼调出当年这部剧的宣传片跟虞寒江一起看。

20 岁的林亦烟确实长得清纯可人，但娱乐圈从来就不缺美女。那么多年轻漂亮的女孩子竞争同一个角色，负责这件事的经纪人齐明和这部剧的导演为什么偏偏在人海中挑中了林亦烟？真的是林亦烟特别出色，还是说有什么暗中的交易？

肖楼回头问道：“交警那边有线索吗？”

虞寒江将自己查到的信息简单复述一遍，肖楼不由蹙眉：“当晚进入别墅的是程域？这么说，程域和林亦烟应该是有私情。可卧室和林亦烟体内都没有发现精液的痕迹，也没有在现场发现安全套之类的东西，收拾得这么干净吗？还是只是单纯的见面？”

虞寒江严肃地说：“他们开了两辆车进去，说不定是在车上，两辆车的车牌号正好是 502、501，如果是在车里，现场找不到痕迹也很正常。”

肖楼点了点头：“程域的资料我刚才仔细查过，身份有些特殊。”他说着就将一份文档打开给虞寒江看，“他的父亲叫程建强，是滨州市最大的房地产商，程域是程家的独生子，娱乐圈混不出头，还可以回去继承家业的那种富二代。”

虞寒江凑过去仔细一看。程域签约时的家庭成员资料只写了父母的名字，职业填的是“公司职员”，但肖楼检索之后，发现这对夫妻正好和滨州市房地产商夫妻二人的名字对得上号。经过邵清格确认，程域确实是富二代，来娱乐圈演戏纯属兴趣。他的脾气不太好，据说经常一言不合就甩手走人，十分任性。

虞寒江分析道：“程域是富二代，在钱财方面没有明显的杀人动机，家里那么多财产等着他去继承，一个女明星的身家对他应该没有什么吸引力。”

肖楼也很赞同虞寒江的推论，至于情感上，身价几十亿的富二代，爱上娱乐圈大自己 8 岁的女明星，爱而不得就虐杀对方？富二代还不至于那么脑残吧。

虞寒江道:“还有一点，林亦烟死时已经换上睡衣，并且卸了妆。”

肖楼分析道:“很多明星卸妆前卸妆后差距挺大，林亦烟如果真喜欢程域，肯定会把自己更美的一面展示给对方。我推测，当天晚上林亦烟和程域或许在车里发生了关系，程域开车离开后，林亦烟上楼卸妆洗澡，准备睡觉，这时候凶手才出现。”

虞寒江点头:“从时间线和现场证据来看，确实是这样。”

肖楼顿了顿，忽然想起一件事，问道:“两辆车都不在现场，程域开走了501 号车，那么另一辆属于林亦烟的车呢？”

虞寒江揉了揉太阳穴，道:“我在交警队查了两辆车的去向，从监控记录来看，501 号程域的车，凌晨 3 点离开月湖山庄。502 号车是凌晨 4 点离开的，中间隔了一个小时。案发现场除了林亦烟和程域之外，肯定还有第 3 人。这个凶手在杀掉林亦烟后，开走了她的车，并且拿走了她的手机。这样一来，小区保安就会认为林亦烟已经外出。”

林亦烟的尸体被冻在浴缸里，很长时间都难以被人发现。林亦烟的车辆外出，凶手再拿林亦烟的手机给经纪人、朋友们发微信，大家都会认为林亦烟还活着。

凶手可以一直假装林亦烟发消息，最后再宣布息影，淡出娱乐圈。

林亦烟这个隐秘的住处知道的人屈指可数，凶手制造的假象很难引人怀疑，一个大活人就可以这样消失得无影无踪。在这期间，凶手完全来得及再处理尸体。这个凶手的作案流程，显然是计划了很久。

肖楼突然双眼一亮，道:“凶手对林亦烟的行踪非常了解，他能在林亦烟回到月湖别墅区时立刻下手，说不定……凶手也住在这个小区里?!”

月湖别墅山庄在市郊，开车要经过一段山路才能到，得知林亦烟和程域回到别墅区后凶手再出动，时间上会非常紧迫。可如果凶手就住在这个别墅小区里呢？那行动起来就方便多了！

虞寒江赞赏地看向肖楼:“我也这么想，先休息吧，明天我再去找物业拿整个月湖山庄业主的名单，顺便去影视城的剧组走一趟，找程域问问当晚的情况。”

肖楼点点头，他们也该去剧组和其他的队友会合了。

次日，虞寒江准时起来。7 点半开车去接肖楼的时候，肖楼已经在小区门口等他，手里还拎着个塑料袋。虞寒江将车停在了路边，肖楼坐在副驾驶座上，把袋子递给他。虞寒江打开一看，是一杯热乎乎的豆浆、一个鸡蛋再加两个包子。

肖楼笑着解释："我猜你没吃早饭，就顺便帮你买了早餐。"

虞寒江"嗯"了一声。

"今天早上，我发现了一件有趣的事情。"

"哦？"虞寒江回头看他一眼，"什么事？"

"我下楼的时候正好见到经纪人齐明急匆匆地走了。"肖楼说道，"当时有十几个老太太在小区里跳广场舞，我跟她们说那人是我的朋友，问大家认不认识他？一个阿姨告诉我，齐明经常晚上一个人在小区里遛狗，看上去一表人才，但好像还是单身。大家想给他介绍女朋友，他笑着说不用，他有女朋友，但是从来没见他带女孩子回来过。还有个老爷爷告诉我，他们家豆豆前几天好像病死了。"肖楼若有所思地摸了摸下巴，"豆豆就是他养的那条狗的名字，忽然病死，这跟林亦烟的死会不会有关系呢？"

路口正好遇到红灯，虞寒江停下车，回头看向肖楼道："齐明确实是未婚，我猜他的女朋友很可能是娱乐圈的人，不方便带回住处。"

昨晚两人将目前案件相关的经纪人、当红小鲜肉程域以及杂志社女主编的所有资料都整理了一遍，齐明如今已经38岁，依旧未婚，这一点虞寒江也觉得很可疑。

今早肖楼从小区邻居口中打听到的事让虞寒江微微蹙眉："关于这条狗的情况，昨天做笔录的时候齐明一个字都没有提，当然，家里的狗病死并不需要在做笔录时说明，可如果那条狗是相关的人送给他的，或者有什么特殊的含义，那就不简单了。"

肖楼仔细想了想："他的女朋友很关键。"

虞寒江点头："嗯，看来今天还要再请他过来一趟。"

7点50分，虞寒江和肖楼各自回到办公室上班。虞寒江刚脱掉大衣，在更衣室里换上警服，就见小吴急匆匆地跑过来，神色紧张地道："虞队，林亦烟的父母到了。"

虞寒江点点头，转身出门。

昨天发现林亦烟尸体的时候，警方就第一时间通知了她的家人，两位老人家是大半夜坐飞机赶过来的，虞寒江见到他们后，立刻带着他们去了法医中心认领遗体。

肖楼已经换上了白大褂，两人一起带林亦烟的父母进入了太平间。冷冰冰的太平间里，一个抽屉被肖楼缓缓拉开，看到躺在里面的尸体苍白的脸，林亦烟的母亲"扑通"一声直接跪在了地上，崩溃大哭，她的父亲也在旁边抹眼泪。

看着两位憔悴的老人家，肖楼真是于心不忍。

良久后，那老太太才突然抓住虞寒江的手，她浑身发抖，泣不成声地道：“警官，是、是谁杀了我女儿？你一定要把凶手找出来，还我女儿一个公道啊！”

林父也咬牙道：“这个畜生！我女儿到底得罪了谁，才会遭到这样的毒手！”

虞寒江低声说道：“放心，杀害林小姐的凶手我们一定会查清楚，请两位协助调查。”

两人哭着关上了抽屉，跟虞寒江去审讯室里做笔录。

林父林母对女儿的评价很高，说林亦烟从小就成绩好，每次考试都是班里前几名，本来能考上重点大学，可她偏偏对演戏很感兴趣，非要参加艺考，去读什么电影学院……

林亦烟在这件事上异常固执，父母只好依着她，临行前还叮嘱她说：“你一个女孩子在娱乐圈这种复杂的地方，可千万要学会保护自己。”林亦烟保证她会洁身自爱，努力学习，靠自己的演技走出一条路来。

虞寒江低声问：“关于林小姐的感情经历，两位清楚吗？”

二老愣了愣，林母强忍着泪道：“我女儿从没谈过恋爱，她说要以事业为重，等 35 岁之后再考虑恋爱结婚的事情，我们都知道她这几年很火，也不敢催她……女明星嘛，结婚晚一些很正常，这一点上，我们非常尊重她的决定。”

听了林母的回答，虞寒江就知道这个话题不用继续问下去了。

林亦烟的感情史应该很混乱，但是她在父母面前一直维持着“乖乖女”的人设，所以感情私事从不跟父母说，包括她跟富二代程域在一起的事，父母看来也毫不知情。

虞寒江转移话题问：“林小姐有没有写日记的习惯？”

林母点头道：“有的，她高中的时候一直写日记，只有一本，我们这次也带来了，不知道能不能用上……”

虞寒江道：“这本日记麻烦暂时交给警方作为证物，案件侦破后我会归还。”

林母很配合地把日记本给了他。

虞寒江问：“林亦烟上学的这些年有没有得罪过什么人？”

林父沉声说道：“我女儿在学校人缘很好，没听说过她得罪了什么人。”

林母哽咽着道：“我女儿一直很乖的，到底是谁这么残忍，居然杀了我女儿！警官，你可一定要查清楚啊！”

虞寒江一边安慰家属，一边做笔录，该问的都差不多了，他才送二老离开。

回到办公室时，手机亮了起来，是肖楼发的微信：“怎么样？二老那边有线索吗？”

虞寒江说：“留下一本林亦烟高中时代的日记。人际关系方面二老毫不知情，林亦烟除了在经济上对父母很孝顺之外，私事什么都不跟父母说。”

娱乐圈毕竟太乱，说不定她和很多人有过复杂的关系。在父母心里她一直是那个优秀的、乖巧的女儿，她不想告诉父母，这也是人之常情。

虞寒江坐在办公桌前翻开了日记。

林亦烟的字迹端正、清隽，日记的格式非常统一，虞寒江迅速翻阅了一遍，找出了一点线索。高二那年，林亦烟迷上了娱乐圈的知名男星谢远，在日记中天天犯花痴，说什么“哥哥好帅”“我老公天下第一帅”“好想去哥哥的演唱会”……

很长一段时间，日记里全是这位偶像男神的名字。也正因此，她才改变了想法，去报考谢远的母校，成了电影学院表演系的学生。

日记在艺考结束的那一天戛然而止，最后一页写着——

太好了，我被电影学院录取了！以后就跟男神是校友了，我一定要去他去过的地方打卡！将来，说不定我大红大紫之后，还可以跟男神合作一起演电视剧？为了男神，冲呀！

这明显就是个迷恋偶像迷晕了头的中二少女。

说好的温柔乖巧呢？日记的画风跟林亦烟在粉丝们眼中的形象完全对不上号。娱乐圈的演员个个都是戏精，其实到目前为止，虞寒江也很难判断真正的林亦烟到底是个什么样的人。

谢远，日记中反复提到的这个名字让虞寒江心生疑惑。他迅速搜索了这位男明星的资料，林亦烟还在读高中的时候，谢远是娱乐圈的当红偶像，如今谢远已经是四十多岁的中年人，妻子是歌坛天后，两人育有一儿一女，家庭表面上看起来非常幸福。

虞寒江从邵总给的资料夹中迅速搜出了谢远的联系方式，打电话过去询问。

接到警方电话的谢远很是疑惑：“林亦烟？我当然认识，跟我是同一家公司的艺人。之前在公司的活动中她给我敬过酒，还说我是她年少时的偶像，对我很是客气。”

虞寒江道：“你们私下有没有来往？”

谢远一口否认：“没怎么接触过，只是礼貌性地留了联系方式。我已经息影很久了，现在专心在家带两个孩子。警官突然问我林亦烟的事，到底怎么了？”

虞寒江沉默片刻，道：“跟一起刑事案件有关，需要的话，我们还会跟您联系，希望您能协助调查。”

对方愣了愣，道：“好的，关于林小姐，我知道的真的不多。”

挂断电话后，虞寒江若有所思地再次看了眼日记。

谢远看来是无辜的，林亦烟比他小十几岁，林亦烟在少女时代疯狂迷恋男神，因此踏入娱乐圈，而等她出道的时候，男神已经结婚生子，决定淡出娱乐圈了。

对林亦烟来说，谢远男神就是她年少时的一个梦。

虞寒江仔细查过，两人在圈内确实没有交集，至于私下有没有来往，林亦烟已经死了，死无对证，谢远说的话，可信度还有待调查。

虞寒江收起了泛黄的日记本，忽然想到一件事——林亦烟以前有写日记的习惯，进入娱乐圈之后会不会继续写日记呢？

多年养成的习惯说不定没有改，那么，她的日记会留在哪里？虞寒江深吸一口气，拿起桌上的帽子戴好，走出办公室招呼了几个人道：“你们几个，马上跟我走，搜查林亦烟的所有住处！”

按照经纪人的叙述，林亦烟有 3 套房子，虞寒江带着几个年轻警察去搜查林亦烟的公寓。屋内十分杂乱，桌上摆着很多杂志和零食，衣服到处乱扔，跟整齐干净的月湖别墅根本不像同一个主人。虞寒江的目光迅速扫过房间，在角落里找到了林亦烟的笔记本电脑。此时，电脑已经没电了。

他们在公寓里还发现了很多换洗衣服和化妆品，但并没有日记本的踪影。

虞寒江将笔记本电脑带了回去，交给专业的人员破解。仔细查过电脑后，虞寒江发现她的电脑里全是剧本、合同、宣传照，并没有日记的痕迹。

倒是一些照片引起了他的注意。

林亦烟在电脑里专门建了个名为“照片”的文件夹，打开一看，大部分是她新剧的宣传照，还有日常街拍、机场抓拍，没什么大问题。

但其中有一个隐藏了的文件夹，显示隐藏文件夹后，发现居然是加密的。

虞寒江找人来破解了密码，文件夹的内容终于呈现在虞寒江的面前——里面居然全是林亦烟和经纪人齐明的合影，其中还有一些相当亲密的视频！

联想起肖楼早晨提到的那件事，虞寒江立刻给肖楼发信息：“肖楼你过来一趟吧，我这边有新的发现。”

肖楼的办公室就在警队旁边的那栋楼，他迅速过来找虞寒江，看到照片后，一脸“果然如此”的表情：“看来，邻居们提到的齐明那位从没出现过的女朋友，就是林亦烟。”

虞寒江点头：“林亦烟 10 年前出道，主演的网剧《少年心事》就是齐明负责的吧？”

肖楼道："网剧海选有那么多漂亮的女生参加，为什么齐明偏偏选中了毫无背景的林亦烟？如今看来，他们两人在那个时候就已经是恋人关系了。"

虞寒江打开一张照片，是 20 岁时的林亦烟和 28 岁的齐明。

照片里的齐明穿着一身西装，看上去成熟稳重，虽然他的颜值比不上娱乐圈的男明星，可毕竟在娱乐圈摸爬打滚了好几年，身上也有种成熟男人的独特韵味。而林亦烟看上去青涩懵懂，靠在齐明的怀里，笑容清纯甜美。

肖楼看着这张颇有年代感的照片，道："齐明给林亦烟当了整整 10 年的经纪人，从照片来看，他们两个的地下恋情也持续了 10 年吧？"

虞寒江补充道："也是因为有这一层更亲密的关系在，齐明可以给她推荐各种资源。林亦烟能在娱乐圈开了挂一样大红大紫，应该就是齐明在帮她。"

肖楼赞同："我查资料的时候也觉得奇怪，林亦烟演的电视剧演一部火一部，她挑剧本的眼光实在是太强了。看来，这些都是齐明的功劳。齐明毕竟是星光娱乐的王牌经纪人，手里掌握的资源非常多，他挑最好的本子给林亦烟，林亦烟不火都难。"

虞寒江挑了挑眉，一边看照片，一边用手指轻轻敲着桌面，分析道："默默在背后付出的经纪人，发现跟自己恋爱 10 年的女人在大红大紫之后却踹了他，跟小鲜肉走到了一起……他因爱生恨，杀林亦烟，有充分的作案动机。"

肖楼道："而且他养的狗前几天刚刚病死，这也太巧了。"

虞寒江道："说不定是他和林亦烟一起买的狗，或者是林亦烟送给他的礼物，他知道林亦烟出轨之后，愤怒之下把宠物也弄死了？"

两人面面相觑。这些都只是基于目前证据的合理推测。

10 年前，林亦烟和齐明关系亲密，毫无背景的平凡女孩靠着经纪人开了外挂，一路顺风顺水、大红大紫，齐明动用手里全部的资源捧她，对她显然非常用心。

从照片里看，两个人在一起时也笑得相当甜蜜。

然而一种菜吃久了总会腻味，尤其是娱乐圈这么复杂的环境，帅哥美女、金钱诱惑太多了，对 20 岁的林亦烟来说，齐明就是能捧红她的最厉害的经纪人，可是红了之后呢？她见多了世面，或许会觉得齐明也不过如此。何况齐明已经老了，颜值也比娱乐圈的男星们差很多。

相比起来，程域年轻英俊，还是个家财万贯的富二代，林亦烟对经纪人齐明已经没多少感觉，又和小鲜肉玩儿姐弟恋，被经纪人发现之后怒而杀之？

虞寒江皱着眉思考片刻，他跟肖楼推理的这个逻辑链清晰、完整，林亦烟手指甲里有齐明的皮肤碎屑，也能说明案发当日她和齐明有过一些肢体接触。

齐明当晚和主编一起 11 点半回家，林亦烟和程域的两辆车则是凌晨 2 点一前一后出现在月湖别墅山庄，其中程域的 501 号车 3 点离开，林亦烟的 502 号车 4 点离开。

凌晨 2 点到 3 点的这个时间段，林亦烟和程域应该在别墅里偷情。

不管凶手是谁，都不会当着程域的面去杀掉林亦烟，所以，凶手应该是在程域走后，也就是 3 点到 4 点动的手，杀了林亦烟，再开走她的车。

齐明当天晚上 11 点回家之后并没有不在场证明，主编只能证明 11 点送他到家，他到家之后又做了什么，没有人知道。他有充足的时间提前赶去别墅山庄，而且他肯定不会开车过去，因为他的车被林亦烟吃饭中途开走了。他可以直接打个出租车，反而让警方查不到证据。

虞寒江看向肖楼："我想再去一趟别墅区，一方面再详细查一遍昨晚的监控，另外找物业拿别墅区所有业主的名单，你要不要跟我一起？"

肖楼当然愿意跟着，两人一起来到了月湖别墅山庄。

由于虞寒江提前打过招呼，物业那边已经准备好了所有业主的名字以及登记车辆。

虞寒江和肖楼仔细检查过后，发现齐明在这个小区并没有房产，也没有登记在他父母名下的房子，看来齐明并不住在这里，但他也可能是得知林亦烟要来这里的消息后提前过来蹲守。虞寒江紧跟着查了监控，重点查周二一整天的监控。

一整天的录像太长，虞寒江让保安 5 倍速度播放，快速闪过的画面看得肖楼眼花，但虞寒江看录像相当专业，盯着屏幕看了很久后，忽然喊了一声："停。"

保安按下暂停键，虞寒江走过去，接过鼠标将录像倒退了 5 分钟。

正常速度播放之后，画面中很快就出现了一个人。

0 点 30 分，一个身高在一米七五左右、穿着纯黑色羽绒服的男人出现在了小区门口。他戴着羽绒服的帽子，还戴了口罩和围巾，只露出一双眼睛，因此，从外观上根本分不清他是谁。

虞寒江却笃定地道："是齐明。"

虞寒江认人的能力比肖楼还要强，那人在监控中一晃而过，他就立刻认出对方是齐明。齐明 11 点回到家之后，换了一身衣服，11 点半出门，打车来到月湖别墅山庄。而这一切，他在做笔录的过程中完全没有提及。

他对虞寒江说了谎。

这个人演技太过精湛，要不是证据充足，虞寒江差点就信了他。

两人从月湖别墅山庄的物业拷贝了一份资料回去，肖楼问道："要马上传唤齐明吗？”

虞寒江道：“嗯，趁他还没跑。”

话音刚落，小吴就气喘吁吁地进来道：“虞队，您真是料事如神！刚才让我们盯着齐明，同事说，齐明从星光娱乐公司出来之后，直接打车去了机场，好像是要去外地……”

虞寒江眉头一皱：“马上把他给我拦下来！”

被从机场截回来的齐明，来到警队的时候脸色无比难看。他用力握住拳头，手背上青筋暴起：“虞队，我今天有非常重要的合同要跟人签，您这样把我拦回来，会严重耽误我的工作！公司那边我怎么解释？”

虞寒江淡淡地道：“齐先生放心，邵总那边我已经打过招呼，邵总说，请公司所有人以配合警方调查为第一要务，工作的事情，可以暂时放一放。”

齐明愣了一下，脸色略微缓和了些。察觉到自己的态度不好，他立刻改口道：“抱歉，我也是太心急了，这个项目之前谈了很久，好不容易才敲定……咳，虞队您找我有什么事？”

虞寒江道：“齐先生，上周二跟李主编吃过饭后，你说她送你回家，这件事我们已经核实过，你确实没有说谎。”

齐明笑道：“我当然没必要说谎。”

虞寒江的话锋一转：“11 点半之后你在哪儿？”

齐明依旧带着笑：“不是说过了吗？回家太晚我很累，洗过澡就去睡觉了。”

虞寒江淡淡道：“我再问一遍，晚上 11 点半之后你去哪儿了，有什么人可以证明？”

齐明笑容微微一僵：“这话什么意思？我在家睡觉还需要人证明？”

虞寒江干脆地从电脑中调出一张图片，是月湖别墅小区门口拍到的黑衣男人：“眼熟吗？”

齐明一时说不出话来了。

虞寒江道：“你是不是想说，这个人穿着羽绒服，帽子口罩遮得如此严实，不是你？”

下一刻，虞寒江又将另一张照片给放大。照片里正是齐明的眼睛。

男人一直低着头走进小区，正因为他全副武装，还低着脑袋，进小区的时候引起了保安的怀疑，一位保安叫了他一声，他抬头看了一眼，拿出小区门禁卡，保安这才放行。这一瞬间，监控正好捕捉到了他的脸。

黑色大口罩遮着脸，看不清容貌。但那双眼睛，放大之后根本骗不了人。

齐明顿时浑身僵硬，伪装出的笑容渐渐在脸上碎裂。他没见过虞寒江这么审案子的，直接把监控拍到的照片亮在他面前，还放大眼睛给他看……这还怎么狡辩？

虞寒江淡淡地道："解释吧。"他将照片给关掉，双手抱在胸前，冷冷地看着齐明说，"凌晨半点，你为什么会出现在月湖别墅山庄的门口？"

齐明强行维持着镇定："我突然想起档期有问题，去找亦烟确认一下。"

虞寒江冷冷地道："你怎么知道林亦烟会回别墅，而不是回市区的公寓？"

齐明一愣，这才发现自己踏入了语言陷阱，昨天做笔录的时候他说的是饭局之后就没联系，这不是自打耳光吗？他的神色闪过一丝慌乱，嘴唇微微哆嗦，正不知该怎么回答，虞寒江接着补了一刀："你跟林亦烟恋爱 10 年，她和程域有私情的事你知道吗？"

这句话如同一道惊雷，顿时劈得齐明脑袋一阵木然。他跟林亦烟的地下恋情没几个人知道，这位警官怎么会知道的？齐明的伪装终于被彻底击溃，他低下头，眼眶猛然一红，声音沙哑地道："我……我知道，其实我那天去找她，就是为了劝她回头。程域跟她根本不是认真的，程域家里那么有钱，和她在一起不过是玩玩罢了。我们这么多年的感情，只要她回头，退出娱乐圈，我会马上跟她结婚。"

虞寒江有些意外地看着面前的男人，见他双眼通红、几乎要哭出来的样子，虞寒江的态度略微缓和了些，道："详细说说，你那条狗又是怎么回事？"

齐明目瞪口呆："这你也知道？"

这位警官太神通广大了，怎么不到一天时间，他的底都被查了个一清二楚？

肖楼在旁边笑笑不说话。

齐明心中惊骇，本想蒙混过关，对上虞寒江的眼眸后，他只能收起这份心思，用力搓了搓脸让自己冷静下来，低声道："豆豆是我跟亦烟确认关系的那年一起买下来的小狗，亦烟很喜欢狗，但她自己不会养狗，就放在我那里养，到今年，豆豆已经 12 岁了。"

虞寒江了然："12 岁，对狗来说应该算老年了吧？"

齐明有些遗憾地说："是的，这种狗的寿命也就十二三年，我家豆豆已经很老了，今年 6 月份开始就一直生病，上周它感冒，我带它去治病……没能治好。"说到陪伴自己十多年的宠物，齐明的脸上闪过一丝痛楚，"当年一起养的狗走了，我把它埋在了墓地里，当时我就有一种不好的预感，总觉得我和亦烟的感情也会走到尽头……"

齐明深吸一口气，尽量保持着冷静说："我早就知道她和程域在一起的事情，我以为她只是尝尝鲜，她应该知道我对她是认真的，否则也不会把手上最好的资源全都给她。上周二吃饭的时候，她收到微信，提前回去。我猜是程域约她，所以我凌晨去月湖别墅山庄，是想跟她好好谈谈。”

虞寒江微微皱眉：“只是谈谈？”

齐明举起手道：“我保证，我真的只是想跟她谈谈，希望她能回心转意，跟我结婚。”

虞寒江问道：“你在别墅看到了什么？”

齐明的脸色更加难看，沉默良久后，他才道：“亦烟不在别墅，我在楼下等了她很久，凌晨3点左右她才开车回来，程域的车也在后面，我看见他们两个人在车里……”

回想起那一幕，齐明的双拳青筋暴起，额头也渗出了一层汗。他用力地呼出一吸口气，这才接着说：“看她玩儿得那么疯，我知道她已经没法回头了，所以我就走了，不想再跟她纠结下去，我打算回头和她分手，终止经纪合同，让她另外找经纪人。”

虞寒江目光锐利地盯着齐明：“只是这样？”

“没错，我是4点左右走的。”

虞寒江一针见血地问：“你3点看见她跟程域玩儿车震，4点才走？你站在旁边看完了全程？看完之后没有进别墅？”

齐明怒道：“我没看完全程！我当时气坏了，怎么可能还在旁边看？！我的脑子没办法冷静，就去小区角落里，抽了整整一包烟！”

虞寒江和肖楼对视了一眼。

齐明第一次做笔录时说了很多谎，这次的证词又是否可信呢？他说半夜三更在别墅区抽了一个小时烟，这根本就不合情理。

虞寒江轻轻挑眉：“你是说，凌晨3点到4点，大冬天的夜里，你在别墅楼下抽了一个小时的烟？抽完一整包烟后，才冷静下来离开？”

齐明似乎也觉得这个理由不太可信，神色略显尴尬。

虞寒江抬起头：“齐先生，我有充分的理由怀疑你跟谋杀案有关，我现在就可以申请对你刑事拘留，如果你再信口雌黄、胡编乱造，将来到了法庭上，你的证词会被判定为不可信证词，这对你没有任何好处。想洗清自己的嫌疑，你最好说实话。”

虞寒江直接从电脑里打开一份检验记录，掉转屏幕，让齐明看上面的数据。

齐明愣愣地看着一堆对比数据，坐在旁边的肖楼温言解释：“齐先生可能看不太懂，这是我们对林小姐指甲里残留的皮肤碎片所做的鉴定，鉴定结果证明这些残留组织的基因和齐先生您的基因一致。另外，林小姐厨房的垃圾桶里有几个酒瓶，上面还发现了齐先生的指纹。”

齐明的脸色倏地一白，嘴唇不由轻轻哆嗦起来。

虞寒江和肖楼一个唱黑脸、一个唱白脸，配合默契，齐明的心理防线显然已经到了崩溃的边缘。虞寒江赞赏地看了肖楼一眼，继续严厉地盯着齐明：“齐先生，目前我们掌握的证据，已经足够逮捕你。”

齐明吓得浑身一震，立刻辩驳道：“我没杀她！真的没有！”

虞寒江双手环抱着胳膊，靠在椅子上眯眼看向对方，沉声道：“凌晨 3 点之后，你明明进过别墅，之后发生了什么，老实交代清楚。”

齐明紧张得额头上流下一串冷汗，他哆嗦着道：“程、程域走后，我确实进过别墅，当时我非常愤怒，我觉得林亦烟从一个默默无闻的学生到如今大红大紫的影后，这一路都是我在帮着她，我给她最好的资源，是我一手把她捧红的，她居然背叛我！”

虞寒江淡淡插话：“所以你对她动了手？”

齐明伸出手用力地抓住自己的头发，痛苦地将脸埋起来，声音沙哑地道：“我没打她，只是争执间互相撕扯，她抓破了我的手臂。她说，她之所以跟程域在一起，是因为我一直不肯给她一个保证，是我太懦弱。这 10 年里，但凡我跟她求婚她都会答应……听她这么说，我当时心里确实不是滋味，我没有一个男人的担当，跟她在一起整整 10 年从没提过结婚的事，等我想提的时候，她已经不爱了……所以，我也不能完全怪她。”

虞寒江平静地看着面前的男人：“然后呢？”

齐明沉默了很久才抬起头，他的双眼里尽是血丝，诚恳地看着虞寒江道：“虞警官，我这次说的都是真的。我冷静下来之后决定跟她和平分手，林亦烟从冰箱里拿了几瓶酒出来，我们一起喝了些酒，就当是告别。凌晨 3 点半左右我离开别墅去外面抽了会儿烟，顺便用手机叫了辆网约车来接我，3 点 40 分司机打电话跟我说到了，我就坐车走了。”他打开手机里的 App，翻开上周二的记录给虞寒江：“我这里有记录的，你们可以查证。”

虞寒江接过手机看了看，上周二晚上至周三凌晨，齐明用手机 App 叫过两次出租车，第一次是 11 点 50 分从东府嘉园出发，0 点 30 分到达月湖别墅山庄；第二次如他所说，是凌晨 3 点 40 分从月湖出发，4 点 20 分到达他的住处东府嘉园。网约车软件显示的行程路线很完整，看来，乘车的问题上齐明并没有说谎。

肖楼问道：“齐先生，既然你和林小姐已经决定分手，她前天晚上在微信上给你发消息，说要休假的时候，你没有察觉到不对吗？”

齐明愣了愣，解释道：“我跟亦烟的经纪合约是年底到期，我们商量过后决定合同到期就不再续了，好聚好散，把对彼此的名誉影响降到最低。平时她也叫我明哥，她发微信找我请假，我当时没有多想，以为她只是累了想休息。”

虞寒江将他的回答迅速记在笔录本上，抬头道：“关于上周二、三发生的事，你再仔细想想，还有没有什么遗漏？”

齐明摇头：“没有。”

虞寒江道：“你 3 点 40 分离开林亦烟的家，路上没遇到什么人吗？”

齐明很笃定地说：“当时是深夜，整个别墅区都很安静，路上连一个人影都没有。”

虞寒江点了一下头，让齐明在警局里待够 24 小时。作为重要嫌疑人，他暂时还不能离开。虞寒江则和肖楼一起去查证。

车上，肖楼问：“虞队是不是一开始就不认为齐明是凶手？”

虞寒江道：“他有作案动机，并且出现在了月湖别墅山庄的案发现场，嫌疑很大，他是凶手的话，我们推理出来的逻辑链也非常完整，但是，缺少了两样关键。”

肖楼猜测道：“冰块，还有他离开的时间？”

“是的。他出现在别墅门口时并没有携带大量冰块，这一点很难解释得通。林亦烟的车在凌晨 4 点开出小区，齐明说自己 3 点 40 分坐出租车离开，我们在小区门口的监控中也确实看到了 3 点 40 分左右出现了一辆出租车，证明林亦烟的车并不是齐明开走的。”

肖楼若有所思地摸了摸下巴：“结合目前所有的证据，可以精确地锁定，林亦烟遇害的时间是凌晨 3 点 40 分到 4 点之间这短短的 20 分钟内？”

“这更能证明凶手并不是冲动杀人，而是早有预谋、计划周密地杀死了林亦烟，所以凶手动手时才能快、狠、准，案发现场也清理得相当干净。”

这个凶手应该是早就在旁等待，程域、齐明先后离开，凶手才进入了别墅。那天晚上林亦烟的别墅看来相当热闹，访客不断。只不过，程域没上去，在车里和林亦烟偷情之后就开车走了，这两个人明显不是认真谈恋爱，而是大半夜寻求刺激。齐明进入别墅，跟林亦烟发生了一些争执，在酒瓶上留下指纹，并且在林亦烟手指甲里留下皮肤碎片，然后 3 点 40 分乘坐出租车离开。

在齐明之后，第三个进入别墅的人，才是真正的凶手。

这个人在3点40分到4点这短短的20分钟内完成了杀死林亦烟、冰冻尸体、处理现场，并且伪装成林亦烟的样子开车离开别墅区的操作，计划十分周密。

虞寒江看向肖楼道："现在的关键，一是齐明的证词中提到的他那条狗的死因需要查证，当时载过他的出租车司机我也得亲自去走访；第二就是程域，虽然程域嫌疑不大，但当晚和林亦烟在一起聊过什么、做过什么，还得他亲口说说。"

肖楼建议道："查完齐明这边，我们再去剧组找程域？"

虞寒江"嗯"了一声，发动车子，带着肖楼一起来到东府嘉园对面的宠物医院。

女医生很快就查到资料，道："我对豆豆印象很深，通体雪白，长得特别可爱。只是它今年已经 12 岁了，前段时间经常生病，来过医院好几次。"

肖楼问："它最后一次来看病是什么时候？"

女医生道："11 月 11 号，严重感染导致心脏衰竭，我们也没办法，只能劝它的主人放弃治疗。当时豆豆奄奄一息，那位齐先生抱着它走了，看上去很难过的样子。"旁边的护士补充道，"之后我们就没再见过豆豆。"

虞寒江问道："豆豆每次来看病，都是齐先生一个人带它来的？"

女医生道："是的，他很爱护这条狗。"

从宠物医院的调查结果和小区邻居们的说法来看，齐明确实深爱过林亦烟，对两个人一起买的宠物也格外珍惜，平时经常带着豆豆在小区里散步，11 月 11 号，也就是两周之前，豆豆重病，他来医院后医生表示无能为力，豆豆很可能就在那天离开了人世。

齐明将它埋葬了。豆豆的死刺激了齐明，他害怕两人的感情也走到尽头，于是他准备好好跟林亦烟谈一谈，来挽回这段感情。可惜没有成功。

在林亦烟还喜欢他的时候，他没有结婚的勇气，而在他想结婚的时候，林亦烟已经不爱了。从齐明的表现和证词来看，他激动之下杀死林亦烟的可能性不大，加上他离开的时间在凌晨 4 点之前，他的嫌疑自然就降低了。当然，也不能完全排除。

回去的路上，肖楼轻叹一口气："我总觉得林亦烟这个人非常复杂，粉丝们眼里的她，父母眼里的她，齐明、程域眼里的她，完全不像是一个人？"

虞寒江道："别忘了还有偶像谢远。在偶像的面前，林亦烟还是个小迷妹。"

肖楼苦笑："也对。她这样天天在不同的人面前演戏，不累吗？"

虞寒江看向肖楼："你听过表演型人格吗？"

肖楼愣了愣，下意识地答道："表演型人格是一种病态心理疾病，这种人很喜欢给自己定一个人设，在不同的人面前切换自如。和精神分裂、多重人格不一样的是，表演型人格很清楚自己在做什么，只是，他们擅长伪装，动作和表情都是经过设计的，他们会通过对其他人的迷惑来满足自己心理上的成就感。”

虞寒江点头：“林亦烟有点像表演型人格的人，在父母面前扮乖乖女，在粉丝面前扮女神，偶像面前装小迷妹，经纪人面前装痴情女，跟程域在一起的时候估计又是知心姐姐的人设。”

肖楼无奈地揉揉太阳穴：“她是演戏演多了，生活中也习惯演戏？”

虞寒江道：“所以，从表面上看她似乎没得罪过谁，可说不定有人早就识破了她的伪装，冷眼看着她表演。我们查案的范围目前还太局限，我觉得应该从她上学的时候查起，把她出道的过程从头到尾地理一理。”

虞寒江和肖楼当天下午就来到了滨州市影视城，两人穿着便装，开了辆私家车来到《双生花》剧组。

明天就是开机仪式，今天整个剧组格外忙碌，虞寒江和肖楼两个陌生面孔的到来并没有引起太多人的注意。

虞寒江一眼就看见了人群里的老莫，朝他打了个招呼：“剧组这边怎么样？”

老莫压低声音：“这几天我跟龙森、曲老师、小刘已经熟悉了整个剧组的工作人员，暂时还没有意外发生。”

虞寒江问：“程域呢？”

老莫努了努嘴，指向远处一个摄影棚：“明天开机，今天在拍定妆照。”

肖楼好奇地问：“几个主演都到齐了吗？”

老莫道：“已经全部进组了。”

虞寒江和肖楼对视一眼，一起朝摄影棚走去。

刘桥看见虞寒江和肖楼后，立刻机智地找借口跑了过来，带着大家来到一个僻静的角落，肖楼问道：“程域这两天有什么不对吗？”

刘桥道：“他脾气不好，天天找经纪人的碴儿。我这两天听他跟经纪人吵了至少五次架，经纪人姐姐也够有耐心的，带他就跟养儿子差不多。不过，我觉得程域虽然脾气不好，但没什么坏心眼，就是有些任性，前一秒还跟经纪人吵架，下一秒就能主动给经纪人剥橘子，简直像没长大的小孩子。”

肖楼道：“富二代被家人从小宠到大，任性些也正常。你有在他面前提过林亦烟吗？”

当时虞寒江曾叮嘱刘桥，可以尝试着套一套话，刘桥当然没忘记这一点。她放轻声音道：“昨天我当着程域的面，用笔记本电脑放林亦烟主演的电视剧，程域看到之后，笑着问我是不是很喜欢林亦烟啊？我说是的，我是林亦烟的粉丝，喜欢她有 10 年了。程域很大方地表示，他跟林亦烟认识，下次可以给我要一张签名。”

虞寒江蹙眉：“他真的这么说？当时表情有不对吗？”

刘桥摇了摇头头：“表情很正常。我怕引起他怀疑，也没敢多问……虞队突然来剧组调查，该不会是程域跟这个案子有关系吧？”

虞寒江道：“他跟林亦烟是地下情人。”

老莫和刘桥听到这里，同时一惊。

刘桥道：“林亦烟是不是比他大了 8 岁？”

老莫摸了摸鼻子：“你不说他像没长大的小孩一样吗？估计喜欢温柔姐姐型的。”

刘桥沉默了几秒，问：“程域是不是凶手？嫌疑排除了吗？”

肖楼解释道：“案发当天，小区门口的监控拍到程域去了林亦烟所住的别墅，但他离开的时间跟林亦烟的死亡时间对不上号，所以，我们并不认为他是凶手，只是例行调查，想看看能不能从他这里得到一些线索。”

刘桥了然道：“我明白。你们想直接进去调查，还是……”

虞寒江道：“尽量别让外人知道，凶手很可能还藏在暗处，我们动静太大的话反倒会帮凶手毁灭证据。程域今天有没有私人时间？”

刘桥想了想，说：“拍完定妆照就没事了，他住在附近的酒店。”刘桥说着就用微信给虞寒江发了一条酒店信息，虞寒江又转身去找曲婉月、龙森，两人都表示剧组没什么异常。

虞寒江问：“这部剧的女主，曲老师觉得为人怎么样？”

曲婉月说道：“乔雪宁表面看上去还不错，跟我聊了一些舞蹈戏的细节，我感觉她是个挺认真的人，为了拍这部戏还专门去上了一个月的舞蹈课，性格也比较开朗。”

龙森道：“道具组没有发现危险性的道具。”

虞寒江一边问队友话，肖楼一边加微信，一圈问下来，大家全部被肖楼拉进了微信群里。叶棋激动地冒出来：“虞队和肖教授已经查到剧组了吗？进展怎么样啊？”

虞寒江道：“目前，嫌疑人从两个变成了零个。”

叶棋：“啊？这是进步还是倒退？”

肖楼发去了微笑的表情，道：“看上去有嫌疑的都不像凶手，我们还要继续扩大侦查面，大家也多擦亮眼睛，跟周围的人多打听打听林亦烟的八卦。”

下午，男女主角的定妆照终于拍摄完成。

虞寒江和肖楼去演员们下榻的酒店调查程域。敲开门的时候，程域的经纪人看见两个陌生的面孔，还想赶人，结果虞寒江突然拿出警官证："滨州市刑警队长虞寒江，有一起刑事案件需要调查，请程域先生配合。"

经纪人见走廊里没人，立刻神情紧张地放虞寒江和肖楼进屋，反锁上房门，担心地道："出、出什么事了？警察？刑事案件？"

虞寒江道："这要问程先生。"

程域刚洗完澡，正瘫在沙发上看电视，听到这里立刻端正地坐好，满脸疑惑地道："警官？调查我做什么，我可是遵纪守法的好公民！"

虞寒江拿出记录本和笔，一边记一边说："11 月 17 号，凌晨 2 点到 3 点，程先生是不是去过月湖别墅山庄？"

程域的脸色蓦然一变："我……我那个……"

虞寒江道："你跟林亦烟在月湖别墅山庄聊了些什么、做了些什么，请程先生如实回答。"

程域的嘴角猛烈地抽搐："涉及隐私的问题我可以不回答吗？"

虞寒江道："涉及死者的问题，你有义务回答。"

程域的嘴巴瞬间张大到能塞一枚鸡蛋："死……死者？"

肖楼温言道："程先生不知道吗？林亦烟小姐死在了月湖山庄的别墅里。"

虞寒江道："程先生，能否出示你手机里和林亦烟小姐的对话记录？作为去过案发现场的嫌疑人，我们有理由逮捕你，但程先生毕竟是公众人物，直接拿手铐将你带走，不利于你的形象，还请程先生尽量配合。"

经纪人意识到事情的严重性，立刻说道："小程，快说清楚到底发生了什么！你没杀人对不对？这可不是闹着玩儿的！"

程域的脊背猛然抖了一抖，急忙辩驳道："我当然没杀人，我又不是疯了，我干吗去杀人啊？我我我……我跟林亦烟，只是玩玩而已啊！真的……我走的时候她还好好的，我保证！"

虞寒江打断他："手机。"

程域白着脸从口袋里把手机掏出来，颤抖着递给虞寒江："这、这个。"

虞寒江接过手机，打开微信看了一眼两人的聊天记录。

11 月 16 号晚上 8 点半，程域给林亦烟发了条微信——

烟姐，我想你了，你那部剧不是杀青了吗？我过几天也要进组拍戏，忙起来可能又要几个月见不上面，今晚有空没？老地方见？

林亦烟回了个"OK"的手势。

虞寒江和肖楼对视一眼，看来，吃饭中途林亦烟是收到了程域的微信，这才借口“家里有事”提前撤了。接下来的微信记录也很完整——

林亦烟：我回别墅了，你方便过来吗？

程域：老头子突然抓我去会所见几个叔叔伯伯，我可能要晚一点。要不凌晨吧？我直接开车去你那儿，也不容易被狗仔拍到。

林亦烟：好的，我等你。

虞寒江问：“见面之后呢？说了什么做了什么？”

程域颤声道：“就、就说了些我想你什么的，咳咳，我们在车里……那个，完事儿后我本想住在她家，但林亦烟说她平时很少去别墅住，我们两辆车停在那儿，万一被邻居们看见容易引起怀疑，她让我先走，明晚再来，我也担心被狗仔拍到，就先撤了。”他一再保证道，“我走的时候林亦烟好好的！对了，她第二天还给我发消息呢。”

虞寒江道：“看见了。”

最后一条消息是林亦烟在 11 月 17 号傍晚发给程域的——

小程，去剧组以后要好好照顾自己，我想跟家里人出去旅行，放松一下，这几天先不要找我了。

程域解释道：“她凌晨的时候叫我晚上再来，结果傍晚又说要去旅行，我还以为她只是最近比较累，要出去散心，就没在意。之后就没联系过了，我这几天也很忙，一直在准备新剧！”

虞寒江将手机还给了程域。

程域本来就嫌疑不大，他没有任何作案动机，时间也对不上。只是，从程域的手机里虞寒江确定了一件事——凶手带走林亦烟的手机后，给很多人都发了微信，就是为了让大家认为林亦烟还活着。

或许可以从收到微信的人查起。

虞寒江问：“就你知道的，林亦烟在娱乐圈里还有好朋友吗？”

程域立刻点头：“有的，我现在这部剧的女主角乔雪宁就是她最好的闺密！”

第二十八章

嫌疑人

不同于林亦烟出道之后一路顺风顺水，乔雪宁在娱乐圈摸爬打滚的这几年波折重重，她刚开始一直在演各种网剧的小配角，丫鬟、伴舞、侍婢、反派……演了整整 3 年的配角戏，都没有人知道“乔雪宁”这个名字，其中的辛酸可想而知。

她的事业能有转机，多亏了林亦烟的提携。

那还是 8 年前。当时的林亦烟已经小有名气，星光娱乐投资了一部大制作的古装宫斗剧，林亦烟接下女主角的戏份，其他嫔妃需要海选，她介绍资源给大学同学乔雪宁，让乔雪宁在剧里出演女四号。

女四号的戏份没那么多，好在人设很有特色。乔雪宁演了好几年的配角，经过磨炼，演技已经有了提升，她将这位悲剧人物诠释得出神入化，尤其是最后自尽的那场戏，骗了观众不少眼泪，还上了几次热搜。

也正因为这部戏，乔雪宁才被圈内的导演们所熟知。导演们发现这年轻女孩的演技还不错，于是，乔雪宁从无人知道的“小透明”变成了导演们眼里“新生代演技派”的代表，她的人气这才开始稳步上升。

可惜，她的运气确实太差。

刚火了两年，网上就突然爆出关于她的一些丑闻——乔雪宁在高三毕业后谈过一场恋爱，对象是一位长得很酷的网吧老板，她为了追这位小哥彻夜在网吧里打游戏，两人拍了很多亲密的照片和视频，其中就有很多乔雪宁的不雅照，而爆出这些视频和照片的正是她当初的那位男友。

看着自己的裸照在网络上到处流传，乔雪宁的情绪差点崩溃。她在新闻发布会上声泪俱下，说自己年少时遇人不淑，脑子进水，纯看脸喜欢上一个渣男，她不但公开谴责渣男曝光私密视频的龌龊行径，将渣男告上法庭，同时公开给粉丝们道歉。

在被打击得沉寂了整整两年之后，乔雪宁重新鼓起勇气回到娱乐圈。

之后拍的几部剧，她的演技越来越好，尤其是哭戏几乎成了娱乐圈的标杆，很容易带动观众的情绪。加上后来得了几次奖，乔雪宁也算是渐渐洗白了。

肖楼整理星光娱乐公司明星资料的时候，就将乔雪宁的资料整理好了，因为当时他已经知道乔雪宁是《双生花》这部剧的女主，资料肯定有用。

听程域提起乔雪宁，虞寒江脑海里迅速浮现了这些资料，他和肖楼对视一眼，决定亲自询问乔雪宁。

乔雪宁的房间在7311，虞寒江和肖楼顺路来到了乔雪宁的住处敲门。来开门的是个年轻女生，应该是助理，她看到两人后愣了愣："两位是不是敲错门了？"

虞寒江出示了警官证："警察办案。"

女助理立刻转身回屋去找经纪人。乔雪宁的经纪人是一位四十岁左右的中年女性，打扮成熟稳重，她礼貌地朝虞寒江点了点头，道："警官你好，不知道你们查什么案，居然查到这里？确定不是找错人了吗？"

虞寒江问："乔雪宁女士在不在房间？我们来找她了解一些事情，希望她能配合。"

经纪人只好硬着头皮请两人进屋。两人走进房间时，正好看到乔雪宁穿着宽松的衣服，光着脚，在旁边的地毯上做"一字马"，曲婉月居然也在场，她假装不认识两人，走到经纪人的身边问："徐姐，这是怎么回事？"

徐姐皱了皱眉，道："曲老师，今天麻烦你了，你先回去吧，我这边还有些事情需要处理，明天再抽时间找你。"

曲婉月看了肖楼一眼，点点头，转身离开。

经纪人将小助理也打发走，屋里只剩下4人，乔雪宁这才疑惑地站起来，整理好衣服，穿上拖鞋来到虞寒江面前，礼貌地问："这两位是？"

虞寒江拿出警官证道："乔小姐你好，我们来这里调查一起刑事案件。请问你认识林亦烟吗？和她关系怎么样？"

乔雪宁微微一怔："小烟？我当然认识，我们是同学，大学还在一间宿舍住了4年，关系挺好的。"她看向经纪人，"徐姐，给两位警官倒杯水吧。"

经纪人倒了3杯水端过来，递给虞寒江和肖楼，虞寒江随手放在桌上并不打算喝，乔雪宁倒是喝了几口，显然刚才练舞出了一身汗，有些口渴。

乔雪宁伸手指向阳台，道："两位，坐下聊吧。"

虞寒江走过去在沙发上坐下，肖楼也和他坐在一起，并且拿出本子和笔。

乔雪宁坐在两人对面，喝了几口水润喉，问道："虞警官，您突然问起小烟，是发生什么事了吗？"

虞寒江道："11月16号到17号，这两天时间你在哪里，做了些什么？"

"16号？我好像在录制一期综艺节目。"她抬头看向经纪人，"徐姐你帮我查一下，上个星期我特别忙，都忙晕头了，日期记得不是很清楚。"

经纪人翻开手机查了查记录，道："没错，雪宁上周二和周三都在郊区录制'天黑请闭眼'这档综艺节目，节目组邀请她去担任嘉宾，我这里有通告安排表。”

她将手机递给虞寒江看了一眼：“16 号中午 12 点我送她去了山里，17 号中午 12 点接她回来，这个节目为了营造氛围，是在山里录制的。”

肖楼怔了怔，问：“‘天黑请闭眼’？就是给大家发一些身份牌，警察、杀手、平民，然后玩杀人游戏吗？”

乔雪宁微笑着点头：“你也会玩儿吗？”

肖楼道：“上学的时候经常玩儿。”

乔雪宁解释道：“这节目今年才开始录制第一季，为了吸引观众，节目组邀请了许多有名气的嘉宾，我们这次录制是 12 人的游戏模式，4 个杀手、4 个警察、4 个平民。大家每人住一个帐篷。”

虞寒江问：“你抽到的是什么身份牌？”

乔雪宁苦笑道：“我第一轮抽到了警察，可惜不太会玩儿，被平民们集体投票给送了出去。节目效果不太好，我们录了一晚上，总共玩了 5 轮，最后，导演会筛选出最有趣的一轮来剪辑制作。”

虞寒江问：“这么说 16 号到 17 号这两天你都在山里录综艺节目？”

乔雪宁点头：“是的。为了节目效果更加逼真，录节目的时候，大家都要住在帐篷里，幸好徐姐提前给我准备了充电的暖手宝，不然我都要被冻感冒了。”

她顿了顿，疑惑地看向虞寒江：“虞警官，到底发生了什么事？您为什么一直问我 16 号和 17 号的情况？我们录节目的过程中也没出什么意外，大家相处挺好的。”

虞寒江冷冷地道：“林亦烟小姐在 17 号凌晨死在了月湖山庄的别墅里。”

乔雪宁猛然一惊，手里的杯子“啪”的一声掉在地上，她不敢置信地瞪大眼睛：“什么？小烟她……她死了？”

虞寒江点头：“是的，死亡时间是 17 号凌晨 3 点到 4 点之间。”

肖楼仔细观察着乔雪宁的脸色，她听到虞队的话后脸上的表情始终是震惊的，过了片刻，她才回过神来，嘴唇微微发颤，低声喃喃道：“怎么可能？她今天上午还给我发微信呢……”

虞寒江道：“能不能看看你的手机？”

乔雪宁迅速打开和林亦烟的聊天记录，才将手机递给虞寒江：“你看，今天上午她还发消息跟我说，知道我的新剧很快要开机，她就不来探班了，让我在剧组多照顾自己。”

微信的发送时间确实在今天上午 9 点。

乔雪宁收到消息后回复道：“谢谢小烟，等我杀青了我们再好好聚聚。”

林亦烟回道："没问题，到时候给你做你最爱吃的可乐鸡翅。"

乔雪宁回了一排嘴馋的表情："说得我都饿了。"

林亦烟道："先不聊了，我要带家里人出去旅行，这几天可能回消息比较慢，有事情留言就好。"

乔雪宁："好的，玩得开心一点。"

对话到这里就没有了下文。

虞寒江往上翻了翻，都是乔雪宁和林亦烟的日常问候以及两个女生互相分享化妆品、包包的图片，没什么不对。他将手机还给乔雪宁，问道："你跟林亦烟认识这么多年，据你知道的，上大学时以及出道之后，她有没有和谁结过怨？"

乔雪宁沉默片刻，目光闪了闪，欲言又止。

虞寒江道："乔小姐，希望你能将自己知道的关于林亦烟的情况全都告诉我们。"

乔雪宁深吸一口气，睫毛轻轻抖了抖，颤声道："小烟她对我很好，当初我最落魄的时候，只能接一些配角，连房租都快交不起了。那时候小烟已经很红了，有一次同学会我找到她，问她能不能帮我介绍些资源，小烟当时就答应下来，我还以为她在开玩笑，没想到她真的做到了，介绍我演了一部大制作的古装剧配角……"

说到这里，面前的女生眼睛突然一红，眼泪一直在眼眶里打转："当年，我被初恋男友爆出丑闻，网友们到处传我的照片、骂得很难听的时候，小烟还替我说过话。雪中送炭，这份情我一直记得。我觉得她是个非常善良的人，怎么会有人杀她？"

虞寒江和肖楼对视一眼，面面相觑。

看来，林亦烟的表演型人格，在闺密面前是扮演"恩人"的角色来获得成就感。她很仗义地帮了这位闺密，哪怕到现在，乔雪宁都对她满口称赞。

肖楼轻声插话道："她没跟你提过和谁有恩怨吗？"

乔雪宁擦了一下眼睛，移开目光，尽量保持着平静说："没提过，我跟她平时聊天的内容都是些化妆品、衣服，我们两个都忙，没多少时间见面，没想到，她、她居然被人害死了？"

虞寒江道："她的感情史你知道多少？"

乔雪宁的脸上闪过一丝尴尬，片刻后才说："她和经纪人在一起的事我知道。"

虞寒江接着问："没别的男朋友？"

乔雪宁摇头："她没提过。"

虞寒江再次确认了乔雪宁的供词，最终发现在她这里得不到更多的线索，只好和肖楼先撤。离开之前，虞寒江给了乔雪宁一张名片："乔小姐，关于林亦烟被杀一案，如果你之后又想起了什么线索，可以随时跟我联系。"

乔雪宁接过名片，红着眼道："嗯，虞队慢走，希望您能尽快破案，小烟这么好的人，可不能白白死了，一定要将凶手绳之以法！"

离开乔雪宁的住处后，虞寒江当下就跟"天黑请闭眼"的节目组打电话确认。

导演说节目确实是在山里拍摄，为了营造恐怖氛围，还特意挑选在夜间拍摄，不过节目组安全措施做得很完善，周围全被保安围了起来，拍摄过程中还给大家发了统一的羽绒服、暖手宝，明星们玩儿得挺开心的。

按照导演的描述，这次节目录制，乔雪宁的表现也没什么异常，她抽到两次警察，两次平民，一次杀手，由于不太会玩，输了 4 局，只有 1 局平民被警察带躺赢。

录制结束后她经纪人来接她，还给整个节目组的人都买了小礼物。

导演对乔雪宁评价挺高，虞寒江确认了乔雪宁证词无误，这才和肖楼回到剧组和队友会合，将目前的情况大概跟队友们解释了一遍。

程域、齐明、乔雪宁都有充分的不在场证明。难道凶手另有其人？

肖楼靠在墙边仔细思考片刻，问虞寒江："虞队觉得乔雪宁的话可信吗？她跟林亦烟关系挺好的，我总觉得她隐瞒了什么事。"

虞寒江道："她当晚在山里录节目，跟林亦烟被杀一案应该无关。只是，她刚才欲言又止，尤其是我问到谁跟林亦烟有恩怨的时候，她目光闪躲，回答得太匆忙，反而显得很心虚——她应该知道些什么，但不好说出口。"

肖楼看向曲婉月："曲老师你这几天跟她接触，有没有什么发现？"

曲婉月道："乔雪宁确实挺不容易，据说她谈过一段恋爱，后来因为异地恋而分手，前男友知道她成了明星后，居然在网上爆了她的裸照来报复。虽然最后她打赢了官司，照片也都删了，可这件事对她的打击挺大的。她复出后做事更加小心谨慎，跟谁都很客气。一个大明星，跟我说话的时候简直比我的学生还要礼貌。她给我的感觉就是如履薄冰、谨言慎行。她或许知道些什么，但因为不敢得罪人而没有说出口？"

肖楼理解地点头："她可能是怕了，所以不敢乱说。"

龙森使劲抓了抓头发，一脸茫然地道："这么看来，我们目前接触到的 3 位，经纪人、小鲜肉和闺密，是凶手的可能性都不大啊。”

刘桥若有所思地问道：“会不会是双人作案呢？比如，一个杀了林亦烟，另一个人在现场布置好冰块，并且开走了林亦烟的车？”

肖楼看向她，温言道：“这一点我们也考虑到了，所以经纪人目前还在拘留，他的嫌疑不能完全排除。如果是他杀了林亦烟，另一个人处理了尸体，又开走了林亦烟的车，也说得通。只不过，齐明跟人联手作案的可能性很低，他对林亦烟的感情不像是装的。我们更倾向于，在齐明之后进入别墅的人杀死了林亦烟。”

刘桥轻咳一声，道：“我只是瞎猜……那位 3 点 40 分之后进入别墅的人应该跟林亦烟比较熟吧？要不然大半夜的，陌生人敲门，林亦烟是不可能开的。”

虞寒江道：“这是当然，她的好友，我们接下来会一个一个地排查。”

刚说到这里，虞寒江的手机突然收到了一条匿名短信。

短信是一个陌生号码发来的，很长的一段文字——

林亦烟和周媛媛有过恩怨。去年，古装超级大 IP《红尘》启动的时候，制片人原本定的主角是周媛媛，后来不知道什么原因突然换成了林亦烟。周媛媛的团队本来都准备好签合同了，被林亦烟半路截和，据说周媛媛因此怒火攻心，去机场的路上出了车祸，还毁了容。这段话是老同学私下聚会时提起的八卦，不确保真实性。

虞寒江将手机里的信息快速扫过一遍后，将手机递给了肖楼。肖楼接过来仔细一看，道：“这匿名消息应该是乔雪宁发的吧？”

“显然是她，她刚才当着经纪人的面没跟我们说，大概是怕自己乱说会落人口实，所以，等我们走后，她才小心翼翼地匿名发消息举报。”

肖楼佩服地看向虞寒江：“虞队是不是早就察觉到了乔雪宁不敢当着经纪人的面乱说，所以才将名片留给她？”

虞寒江道：“我确实看出她有所隐瞒。”

幸亏虞寒江留了一手，乔雪宁怕担责任，只能用匿名短信举报嫌疑人。林亦烟用不太光明的手段抢走女主，导致周媛媛愤怒之下出了车祸……关键是她还毁了容。

女明星的脸有多重要自然不用多说，毁容，这可是深仇大恨！

周媛媛有充足的理由对林亦烟动手。

她已经被毁容，前途无望，说不定心灰意冷之下就想鱼死网破，干脆拖林亦烟下水。这起谋杀案一看就是精心策划的，凶手和林亦烟积怨已深，林亦烟抢走周媛媛的角色，害周媛媛车祸毁容，这是去年的事，一年的时间足够筹备。

虞寒江皱了皱眉，道："大家先回去睡觉，明天我跟肖教授走访这位周媛媛。"

队友们各自回房间，虞寒江开车和肖楼一起走。查案就是要抽丝剥茧，将无数支离破碎的线索给拼凑起来。

凶手会是那位因为林亦烟抢戏而出车祸毁了容的周媛媛吗？

虞寒江当晚就去警队加班调查了周媛媛的全部资料，包括她的联系方式以及登记在自己和家人名下的房屋信息。肖楼闲着没事，干脆也跟虞寒江一起回了警队。

调查的结果让两人大感意外。

周媛媛在月湖别墅山庄正好买了一套房子，只不过登记在她父亲周健强名下，这套房子位于C区，从小区物业提供的房屋分布图来看，她这套房子和林亦烟的别墅距离很近，只隔着一条路。

虞寒江道："如果有望远镜的话，周媛媛可以在家里清楚地掌握林亦烟的动向。林亦烟是大明星，平时很忙，回月湖别墅山庄的时间不固定，距离远的话很难把握杀人的时机，只有住在别墅区的人才能随时监控林亦烟的动向，在她回来后找机会下手。"

周媛媛和林亦烟有私仇，杀人动机充分。她在月湖别墅山庄也"凑巧"买了一套房子，而且距离林亦烟的房子很近，方便监视，她有充分的动手机会和作案时间。

肖楼道："这个周媛媛嫌疑很大，如果凶手是她，她可以带冰块去林亦烟的住处，毕竟她住的地方离林亦烟的房子很近……但既然有私仇，大半夜的，林亦烟会给她开门吗？"

虞寒江想了想，说："如果是以谈判的借口敲门，假装跟林亦烟和解，或许林亦烟会开门。毕竟，她也想不到周媛媛居然会动手杀人。"

肖楼认同地点了点头："有道理。如果是她杀掉林亦烟，开走林亦烟的车……那辆车现在会在哪儿呢？"

虞寒江道："我昨天去交警队的时候，拜托他们帮忙查6K502这辆黑色轿车的行动路线和下落，目前还没有结果，明天我们再一起去看看吧。"

又一次加班到凌晨，虞寒江开车送肖楼回家，两人各自回去休息。

次日早晨，虞寒江准时开车接肖楼去了交警大队。交警队的张队长和虞寒江很熟，见到他后急忙迎上来，笑道："虞队，这么早来查案啊？"

虞寒江低声问："老张，林亦烟的车有下落了吗？"

张队长苦笑着摇头："6K502 这辆车我们追踪了很久，上周二凌晨 4 点，车子从月湖别墅山庄开出来之后在市区里兜兜转转了一整圈，最后消失在一条岔路口，后续就拍不到了，那一片街区是我们市最偏僻的郊区，最近正好在修路，还没来得及安装摄像头。"

张队长调出了准备好的监控，指着画面中拍到的"6K502"车牌说："从岔路口的监控来看，这辆车应该是开出了滨州市区，去往隔壁的越州方向。我已经联系了越州市的交警，他们昨天查了一整天，刚刚回复我说，市内的监控根本查不到这辆车的信息。"

虞寒江听到这里不由皱眉："也就是说，这辆车在监控中凭空消失了？"

张队长尴尬地摸鼻子："嗯，凶手的反侦察意识很强，我们的监控虽然覆盖了大部分交通要道，可确实有很多地区没来得及装摄像头。"

虞寒江拿出手机看了眼地图："从滨州去隔壁的越州市，有几条路可以走？"

张队长道："两条。一条是新修的城际高速公路，一个小时就能到。另一条是山路，需要翻过南林山，路程得 3 个半小时。南林山虽然不高，可地势险峻，山路上有 14 个急弯，一般人很少会走这条路，倒是喜欢刺激的赛车手会在这条路上比赛……"

说到这里，队长倏地一怔，脱口而出道："凶手该不会大半夜的翻山路吧？！"

虞寒江的心里升起一种不太妙的预感，他沉声问："山路没安装摄像头？"

张队长无奈地说："那条路是十几年前修的，路况不好，整条山路都没有摄像头。很多大货车喜欢走那条路，超载了也没人管。"

虞寒江眯起眼睛："按你的说法，这条山路有 14 个急弯，很容易发生车祸吧？"

张队长道："没错。山路有好几个 U 形急弯，加上没有路灯，晚上很少有人敢走这条路，林亦烟的车一直查不到，会不会是……掉下山崖了？！"

虞寒江低声道："马上去山崖下面找找。"

在虞寒江的要求下，交警队和刑警队一起出动，迅速前往 14 盘山路。

经验丰富的张队长很快就在一个弯道处发现了不对劲，虞寒江和肖楼跟他一起下车查看。只见一个急弯的护栏正好有一处被撞碎的缺口，山路上的车辆来来往往，经过一周时间，车轮印已经非常模糊，没法做现场痕迹鉴定，但护栏缺口处有明显的被剐蹭的黑色车漆。

虞寒江蹲下来仔细看了看:“黑色的车漆，很可能是林亦烟的车，去山下看看。”

几个年轻的交警迅速下了山，片刻后，张队长的无线麦里传来汇报声:“队长，山下发现一辆车，油箱爆炸，整个车被烧得只剩下一个空架子，车牌号正是滨 A–6K502！”

果然是林亦烟的车。

虞寒江和肖楼对视一眼，同时从对方眼中看到了无奈。

两人来到山下的时候，几个交警已经将现场围起来拍照取证，车辆顺着山坡滚落下来，最终油箱爆炸燃起大火，整辆车都被烧毁，车内自然不剩多少证据。

指纹、体表皮肤、毛发之类的完全采集不到。如果不是虞寒江特意去查，荒郊野岭、人迹罕至的地方，车辆坠落山崖，肯定没人知道。

找到车也没用，这辆车到底是谁开到这里的，依旧查不到线索。

虞寒江看着烧毁的车子，道:“凶手将车开到山路弯道，把车推下去销毁证据，那凶手是怎么回去的？这么偏僻的山路，凶手不可能走路回家，所以，肯定有人来接应。或者，凶手提前在山路放了另一辆车，换车开了回去。”

肖楼看向交警队长，礼貌地问:“张队，不知道山路的那边有摄像头吗？”

张队长道:“翻过这座山就是越州市境内，再走两公里就是省道，那边应该有摄像头，我可以让越州的同事帮忙查查上周二从这条路过去的车辆信息。”

肖楼紧跟着道:“车子也不一定是去了隔壁的越州市吧。凶手可以半路掉头，反向走，又回到滨州。”

虞寒江赞赏地看了肖楼一眼，朝交警说道:“张队，滨州这边的调查也要继续。车子确实有可能掉头返回滨州，从山路回去后如果想进入市区，必定要经过那条岔路口。17 号凌晨 4 点之后，经过岔路口的车辆，我想拿到所有车主的信息，麻烦你了。”

张队笑道:“应该的，我这就回去帮你们查。”

现场取完证后，众人一起返回市区。

虞寒江带肖楼吃了顿便饭，紧跟着就带着他和警队的同事去找周媛媛。

周媛媛去年出车祸后一直在医院休养，虞寒江给医院打了电话，院方说周媛媛在半个月之前已经出院了，打她的电话一直没人接，虞寒江和肖楼干脆带着大家来月湖别墅区碰碰运气。

按照门牌号找到周媛媛家，虞寒江上前按响了门铃。来开门的是一位六十岁左右的老人家，头发花白，满脸皱纹，看上去十分憔悴，他疑惑地看着虞寒江：“请问你们是？”

虞寒江出示了警官证：“大叔您好，我们是警察，找周媛媛调查一个案子。”

老人家脸色一变：“你们找错地方了，周媛媛不住这儿！”

肖楼温言道：“您是周媛媛的父亲周健强先生吧？”

老头嘴角猛地抽搐了两下，还没来得及反驳，就听虞寒江平静地道：“我们只是例行调查，希望您能配合。周小姐毕竟是公众人物，妨碍警方办案对您女儿并没有好处。”

屋内传来一个声音：“老周，谁啊？”

老头沉默了片刻，似乎也觉得把警察挡在门外不利于女儿的名誉，这才让开身子开门让虞寒江和肖楼进屋，朝屋里的老太太道：“两位警察，说是来查案子。”

老太太愣了愣，立刻转身去倒了几杯水，满面笑容地道：“警官请坐，是什么案子？我们家媛媛之前受了伤，前段时间刚出院，不清楚外面的事情！发生什么事了？”

虞寒江问：“周小姐在吗？”

话音刚落，楼梯口就走下来一个身材苗条的女人，她穿着简单的居家服，脚上踩了双拖鞋，头发只有几厘米长，显然是做手术的时候被剪掉了。

她素面朝天，脸上有几块明显的疤痕，是手术植皮后留下来的痕迹，还在恢复期，但五官依旧难掩精致，尤其是她的眉眼，微微上挑的剑眉看起来气势十足。

周媛媛在沙发上坐下，随手点上一根烟，淡淡地道：“警官找我有什么事？”

虞寒江直截了当地问：“上周16号、17号这两天，周小姐在哪里？”

“在家休息。”她的嘴角浮起个冷笑，“我的脸这副鬼样子，还能去哪儿？”

“有人能为你做证吗？”

父母刚要上前说话，周媛媛却淡淡道：“我一个人在家，没有人能为我做证。”

周健强愣了愣：“媛媛，上周我不是……”

周媛媛打断他：“爸，您跟妈是前天下午才来滨州照顾我的，你们的机票警察随便一查就能查到记录，不用给我做伪证。”她看向虞寒江，微微挑眉，“上周确实是我一个人在家，经纪人和助理也都被我赶走了，我想一个人待会儿。”

虞寒江和肖楼对视一眼，颇为意外。大部分嫌疑人会想方设法给自己制造不在场证明来洗脱嫌疑，没想到这周媛媛如此干脆利落，居然直接承认没有人能给她做证？

这位周媛媛表现得如此光明磊落，难道谋杀案真的和她无关？

虞寒江仔细观察着周媛媛，女人目光冷淡，一边抽烟一边说话，若不是脸上的疤痕破坏了她精致的容貌，她应该是个气质很特别的女明星。

从查到的资料来看，周媛媛的人气和林亦烟不相上下，两人曾经同时获得电影节“最佳女主角”的提名，只不过那一届电影节林亦烟拿下大奖，周媛媛在评比中遗憾落败，事后周媛媛还礼貌地转发了官方微博表示恭喜。当时两人的关系看上去还没那么僵。

转折点在去年。乔雪宁提供的线索虞寒江拜托邵清格找制片方核实过，事实表明乔雪宁说得没错，《红尘》这部大 IP 剧的女主角一开始定的确实是周媛媛，片酬、档期已经谈拢，周媛媛的工作室连合同都拟好了，周媛媛也签了名，就等着制片方签字盖章。然而合同还没寄出去，制片方却突然毁约，说另外找了女主角。

周媛媛工作室的人忙了一个多月，最后竹篮打水一场空，自然是气得胸闷，跟制片方理论，对方的理由是周媛媛的形象跟女主形象不符，这其中肯定有什么内幕。

邵清格通过自己的关系网查了查，最终得出的结论是林亦烟之所以能半路截和，是因为她在经纪人的安排下去参加了一场酒局，陪投资方喝酒，酒局中发生了什么没人知道。之后这部剧的投资人坚决要求导演换女主，导演拿着人家的钱只能听话。

林亦烟的颜值和演技都在线，于是，剧组跟林亦烟开开心心地签了合同，周媛媛准备了一个月的项目就这么黄了。周媛媛得知真相后被气得差点吐血，飙车去机场的路上发生追尾事故，受了重伤，面部也因此留下了割裂伤，需要植皮修复。

知道这个秘密的人不多，对外界，周媛媛经纪人的说法是“意外事故”。

林亦烟再不择手段，背后也靠着“星光娱乐公司”这棵大树，显然，周媛媛的经纪人并不想公开跟星光娱乐公司对着干，这口气只能先咽下。

周媛媛身体恢复得还不错，只是脸上的伤疤很难掩饰，她的星途应该是毁了。

虞寒江直入正题：“周小姐，你和林亦烟关系怎么样？最近可见过她？”

周媛媛怔了怔，大概没想到对方会问起林亦烟，她微微皱了皱眉，将手里的烟头在烟灰缸里用力地摁灭，哑声道：“我跟她不是一家经纪公司的，私下并不熟。”

虞寒江道：“她抢走了原本属于你的角色，还害你出了车祸，你不恨她吗？”

周媛媛脸色一变，猛地攥住拳头：“这件事你怎么知道的？！”

虞寒江道：“我们自然有办法查到。去年《红尘》选角的时候，本来定的你来演女主角，结果在你们签合同之前，被林亦烟半路截和。”

周媛媛深吸一口气，稳了稳情绪，冷冷地道：“林亦烟这个人，表面上装温柔淑女，私下手段肮脏得很，她爬过的床数都数不清。我的角色被抢，还不是因为她勾引了投资人的儿子，跟人睡觉换来的？”

“你说的这些可有证据？”

“具体情况，你们可以去问投资方的儿子，那个富二代。”她站起身道，“我不想再提这个人，提到她的名字我都觉得恶心。如果是找我调查关于林亦烟的事情，很抱歉，我不清楚，各位请回吧。”

周媛媛直接下了逐客令，转身便走。

虞寒江从沙发上站起来，低声道：“林亦烟已经死了。”

周媛媛脊背一僵，霍然回头：“什么？”

“她的死亡时间在 17 号凌晨 3 点 40 分到 4 点之间，地点就在你家对面的那栋别墅。周小姐，你跟她有私人恩怨，如果你没法提供不在场证明，我们有理由以犯罪嫌疑人的身份拘留你并对你展开详细的调查。”虞寒江冷冷地看向周媛媛，“请周小姐再仔细想想，17 号凌晨你在哪里？”

周媛媛的脸色一阵青一阵白，她全身颤抖，突然撑着沙发狂笑起来：“哈哈哈，死了，那个贱女人居然死了？！哈哈哈，报应，真是报应！”

周父立刻上前一步，厉声道：“媛媛你胡说什么！快别说了！”

周母眼眶含泪，走过去抓住女儿的手，哽咽道：“我家媛媛住院住了一年，精神上受了些刺激，但她绝对不会杀人的。警官，你们一定要查清楚！”

虞寒江道：“周小姐，我们现在要搜查你家，这是搜查令。”他将一张打印好的搜查令拿出来给 3 人看了一眼，紧跟着就和肖楼一起上了楼。

周母想拦，周父却沉着脸道：“让他们搜！我们家媛媛不可能杀人，清者自清！”

然而，两人一来到楼上，就看见楼梯拐角处的窗户旁放着一架望远镜。虞寒江和肖楼对视一眼，走到望远镜旁，透过镜头朝外面看去……

这是一架非常专业的天文望远镜，只要略微调整角度和镜头，就可以清楚地看到林亦烟的房子。

虞寒江转身来到厨房，在抽屉里发现了一把宽约 5 厘米、长 30 厘米的锋利长刀，这把刀的形状跟肖楼根据伤口的痕迹重建模型所绘制的凶器一模一样。

虞寒江紧跟着搜查了周媛媛的卧室。

一进卧室，两人都吓了一跳——只见她卧室的墙上贴满了林亦烟的宣传照，每一张照片都用红笔打了叉，照片上的脸还被红笔画得极为狰狞！那一张张笑容灿烂的海报，脸上却被红笔画得不堪入目，简直让人脊背发冷。

此外，屋内还发现了一次性的手套。

虞寒江将现场所有的证据拍照，给小区门口待命的同事们拨了个电话，几个警察进屋把物证全部带了回去，虞寒江用手铐将周媛媛的双手铐住，淡淡地道：“周小姐，我们现在正式逮捕你，请你回警察局接受调查。”

周媛媛冷笑：“我没杀人。”

周母看到那些从卧室里搜出来的照片，顿时双腿一软，瘫坐在沙发上。

全部照片都被打了红叉，周媛媛对林亦烟的恨意透过被划破脸的照片清晰地传达给了所有人。

周父颤声道：“媛媛不会杀人的，她不可能动手去杀人啊……”

周母也不敢相信，扑过来用力抓住虞寒江的手臂：“警官，我女儿一定是无辜的！你们不能带她走，她不会杀人！她怎么可能杀人？！”

父母的情绪有些激动，周媛媛倒是神色镇定，冷冷地说：“我确实恨不得林亦烟这个贱人死个十次八次！”她话锋一转，“但我没有杀人，你们带我回去也没用，难道还能无证据给我定罪吗？！”

虞寒江淡淡地道：“走吧，如果你真的无辜，我们自然不会冤枉你。可如果你有罪，我们也不会放过任何一个凶犯。”

虞寒江按规定逮捕了周媛媛。

他看得出这个女人的精神状态很不对劲，家里找到的望远镜，跟凶器一致的锋利的刀，卧室里画满红叉的林亦烟的海报……她有充分的作案动机和充足的作案时间，再加上这些证据，嫌疑实在是太大了，不逮捕都不行。

虞寒江将她带去审讯室。

周媛媛依旧摆出一张冷漠脸：“不是我杀的。”

虞寒江问：“望远镜怎么解释？”

周媛媛耸肩：“我从小就喜欢天文，买了一架望远镜，闲着无聊看星星不行吗？”

“这把刀呢？”

“切西瓜的水果刀。”

虞寒江拿出从卧室里搜出的一次性手套和那些被画花了脸的林亦烟的海报。周媛媛解释道：“我术后伤口需要经常涂药，手套是涂药的时候用的。这些海报……我就是很讨厌林亦烟，毁掉她的海报不构成犯罪吧？”

每一件证物她都有借口，可是每一个借口都不太可信。

在连续审问了周媛媛一个小时后，虞寒江停止询问，转身回到办公室。她一直在重复“17 号我在家睡觉”“我不知道林亦烟死了”“不是我干的”。

审问陷入了僵局，虞寒江干脆让她先冷静一下再说。

肖楼头疼地揉着太阳穴：“周媛媛的话听起来特别荒唐，望远镜拿来看星星，这都说得出来？可是，很奇怪，我怎么觉得她的话又像是真的？在她家找到了这么多的物证，也太巧了吧？不太符合凶手缜密的作风。”

虞寒江低声道：“她不是凶手。”

肖楼愣了愣：“虞队是怎么判断的？”

虞寒江道：“第一，凶手思维缜密，计划周详，不会傻得把凶器和这么多证据全留在家里等警察上门去找；第二，周媛媛对林亦烟的恨有理可循，她毁掉林亦烟海报的时候，你有没有发现一个关键？”

肖楼很快就反应过来：“被划破的脸？”

虞寒江点头：“是的，每一张海报上林亦烟的脸都被划破了，因为周媛媛是被林亦烟害得毁容的，她对林亦烟的恨毫不掩饰，住院时间久了，她的精神有些问题，在卧室里贴林亦烟被毁容的海报来发泄负面情绪。如果她真的想下手杀了林亦烟，她第一步要做的是什么？”

肖楼双眼一亮：“她应该会毁掉林亦烟的脸！”

虞寒江眼含赞赏：“从犯罪心理学的角度讲，她要报复林亦烟，应该先毁掉林亦烟的脸，再把林亦烟放在车里推下山……而不是用冰块把尸体冻在浴缸里。”

他顿了顿，修长的手指轻轻敲击着桌面，若有所思地道：“冰块在这个案子里应该有特殊的含义。如果凶手想毁灭证据，最好的做法其实是把林亦烟放在车子的后备厢里，带到山路上，再把车推下山，车子爆炸，林亦烟的尸体会被烧成灰。哪怕警方找到了，也会认为林亦烟是自己不小心出了车祸。”

肖楼赞同地点头：“没错！凶手有更好的处理尸体的手段，为什么偏偏将尸体冰冻在了浴缸里？这应该是满足一种特殊的心理癖好？”

冰块到底代表着什么？两人也是百思不得其解。

就在这时，微信群里突然弹出条消息，是叶棋发的：“@全体成员 演唱会很快就要开始了，我在后台看到了‘F505 女团’，她们都挺高兴的，看上去没什么异常。”

老莫在群里吐槽道：“下午的开机仪式正常举行。演员就是厉害，昨天虞队和肖教授刚来剧组查过案，程域和乔雪宁都知道林亦烟死了的消息，结果在今天的开机仪式上，这两个人笑得都很灿烂，好像丝毫没被影响！”

刘桥道：“这些人演技真的一流，换成是我肯定笑不出来。”

虞寒江和肖楼对视一眼。

演技，娱乐圈的这些明星个个演技一流，到底谁在演，谁的话才是真的？

虞寒江和肖楼打开电脑，在网上搜索《双生花》电视剧的开机仪式。如老莫所说，程域和乔雪宁这两位主演在开机仪式上确实表现得毫无异常，两人面对媒体时笑容都很灿烂。

乔雪宁道：“《双生花》的原著小说我非常喜欢，很荣幸能出演这部改编剧的女主角，我会尽自己最大的努力诠释好这个角色。”

记者问道：“乔小姐，听说你之前拍摄电影的时候不慎从马上摔了下来，腿部受了伤，现在伤势如何？我想你的粉丝都很关心你的身体状况。”

乔雪宁坦然说道：“我之前确实在一场骑马奔跑的戏中不小心摔了下来，左侧小腿骨折，经过治疗和一段时间的复健，现在已经完全恢复了，大家不用担心。”

肖楼听到这里，不由问道：“她受伤的事我们需要核实吗？”

虞寒江点头：“让邵总帮忙查查看。”

邵清格很快回复结果：“我查了，乔雪宁受伤的事是真的，3 个月前她一直在康复医院治疗腿伤，因为这件事，《双生花》的女主角差点被换，但乔雪宁表示自己没问题。”

肖楼道：“她出院没多久就进了剧组，腿受过伤的话拍舞蹈戏没问题吗？”

虞寒江道：“舞蹈戏要看怎么拍了，导演不一定非要拍她的脚，拍上半身特写，腿部也不用太多的动作。”

直播屏幕中，记者接着问：“我们都知道《双生花》这部剧的女主角是一位芭蕾舞演员，乔小姐并没有专业的舞蹈基础，舞蹈相关的戏你有信心驾驭吗？”

乔雪宁认真回答说：“我虽然不是专业的舞蹈演员，但我小时候学过几年的舞蹈，有一些基础。我上个月专门报名去学了芭蕾，经纪人还邀请了著名的曲婉月老师指导我的舞蹈动作，我一定会认真和曲老师学习，保证动作的规范。”

曲婉月站在台下，听到这里便在微信群里说：“她确实有舞蹈基础，‘一字马’做得非常标准，腿伤看起来也没什么大碍。”

虞寒江道：“曲老师你继续观察乔雪宁，有不对劲就跟我们说。”

曲婉月发了个“OK”的手势。

虞寒江和肖楼看完了整场直播，对两位演员的演技也是十分佩服。昨天刚因为林亦烟死亡的事接受警方调查，今天就跟什么都没发生一样谈笑风生。当然，他们不可能在开机仪式上为林亦烟的死掉眼泪，毕竟是公众人物，说话要分场合。

两人到底是真的不在意林亦烟的死，还是尽量控制着情绪假装轻松？没有人知道他俩内心的想法。

肖楼看着电脑里的画面，疑惑地皱了皱眉：“他俩私下真的不认识吗？我怎么觉得他俩回答记者问题的时候很默契呢？”

虞寒江道：“刚才回答记者问题的时候，他们两人对视了3次。”

肖楼怔了怔：“你的意思是？”

虞寒江道：“从来没合作过的两个明星一起登台唱歌，往往会出现你看向我、我却在看观众的尴尬局面。但是，这两个人之间，每次程域看向乔雪宁的时候，乔雪宁也会看向程域，默契度很高。说他俩昨天进组的时候刚认识？我是不信的。”

肖楼仔细回想了一下刚才采访中的细节，双眼蓦地一亮：“他俩确实相视微笑了好几次，不会是两人有私情吧？”

虞寒江头疼地按住太阳穴，道：“即便两人真有私情，程域一个身价几十亿的富二代，为了一个女人杀死另一个女人……除非是他脑子进水。而乔雪宁，她有非常充足的不在场证明，整个综艺节目的剧组都可以给她做证。”

肖楼无奈：“这一点确实很难解释。我们还是再看看吧，是凶手总会露出马脚。”

虞寒江低低地“嗯”了一声，站起身道：“我们先去查一下乔雪宁受伤的事，看看医院那边有没有线索。”

肖楼立刻起身跟上虞队，开车前往邵总所说的那家康复医院。

开机仪式顺利结束，整个剧组都忙了起来，导演开始第一幕的拍摄。今天要拍的几乎都是男主角程域的单人戏，他的工作室场景是老莫亲自设计搭建的。

程域这边忙着拍单人戏，乔雪宁便抽时间和曲婉月确定舞蹈戏的动作，她换上了白色带火红花纹的舞蹈服，这套衣服是服装师专门为她设计的，象征着浴火重生，在一场重要的戏中，她要穿上这身衣服跳一段独舞，征服评委和观众。

曲婉月看见这身衣服，不由得眼前一亮：“衣服设计得不错。”

乔雪宁笑了笑，走到曲婉月面前："曲老师，我们再核对一下这场戏的动作吧。"

经纪人在旁边担心地道："雪宁，你的腿真的没问题吗？"

乔雪宁给了她一个放心的眼神："没事的，我心里有数。"

曲婉月听她这么说，故意加了两个有点难度的动作，在练习时专门观察她的腿。

乔雪宁的腿部动作看不到丝毫僵硬的迹象。曲婉月是专业舞蹈学院毕业的，如果乔雪宁的伤势没有完全恢复，她肯定能看出来。但从乔雪宁跳舞时的表现来看，她的腿和常人无异，旋转、踏步，动作灵活又优雅。

曲婉月教完动作后，将心中的疑惑发在群里："乔雪宁的腿已经完全恢复了，跳舞的时候一点都没有受到影响。我看得出来，她并不是在咬牙坚持，而是真的不疼。"

虞寒江道："我跟肖楼正在查她的住院记录。"

肖楼紧跟着在群里发了一张 X 线光片，道："从医院提供的 X 线光片来看，乔雪宁是左侧胫骨平台骨折，周围并没有发现碎裂的骨片。胫骨平台附近的骨折愈合速度会比胫骨干的骨折要快，成年人大概 3 个月就能痊愈。"

叶棋疑惑地冒出来问："胫骨平台是什么？"

肖楼贴心地给这张图画了一个圆圈的标记，道："就是这里，骨折的痕迹不是很明显，她受的伤并不是很重。"

队友们纷纷表示，有个医生在，理解起来就是方便！

肖楼又说："乔雪宁住院住了整整 100 天，从理论上来说，她的骨折确实是达到了完全愈合的程度，走路不会有任何问题。但她跳舞时活动自如，这就有些可疑了吧？"

虞寒江道："没错，运动员受了伤后，想重回赛场还要经过一段时间的调整，有些人甚至会产生畏惧心理。她的腿刚好，怎么可以若无其事地跳舞？"

龙森立刻附和："我过去跑步的时候拉伤过韧带，恢复后站在跑道上，我都会忍不住额头冒汗。这个乔雪宁跳舞的时候活动自如，脸色很正常，她心理素质这么好的吗？"

众人都很疑惑，却又说不出个所以然来。

肖楼猜测道："可能是她的恢复速度比一般人快，也可能是她心理素质确实很强。总之，这个乔雪宁不像表面上那么简单。曲老师，你们密切关注她的动向。"

曲婉月回道："好的，放心吧。"

虞寒江在群里 @ 了叶棋，问："小叶，你还有时间发微信，演唱会那边怎么样？"

叶棋道："晚上 8 点才开始，这才 7 点现场就已经坐满了，粉丝们带了好多海报，真是壮观，我拍一张照片给你们看！"

他发来了一张偷拍的现场照片。

足以容纳几万人的体育馆里，座无虚席，粉丝们带着印了女团全员的海报和各种荧光棒、应援气球，现场热闹无比。

叶棋从后台的门缝里看到现场的情况，脸上满是羡慕。他的梦想就是开一场这样的演唱会，不知道有没有机会实现呢？今天作为临时嘉宾上场表演，也算是间接实现了吧？想到这里叶棋不由得兴奋起来。不管怎么样，待会儿他上台之后一定要好好唱歌。

就在这时，旁边忽然有工作人员低声道："邵总来了。"

叶棋立刻端正坐好，Tony 老师已经给他做好了头发造型。

在叶棋的强烈要求之下，Tony 老师终于放弃了把他的头发用发胶竖起来的念头，给他吹了个简单清爽的发型，看上去就是一个清秀小帅哥。

邵清格微微眯起眼，看着做好妆发的叶棋，赞道："不错，挺帅的。"

叶棋从镜子里看了他一眼，假装震惊地道："邵总，您怎么来了？"

邵清格忍着笑道："哦，我来看看演唱会这边准备得怎么样，公司这次投入了这么多资金，希望'F505 女团'的演唱会能办得成功。"

经纪人云岚急忙迎上前来，恭敬地说："邵总您放心，演唱会我们请了最专业的策划，一定会给观众们一场极致的视听享受。"

邵清格点了一下头："那我先去 VIP 观众席等着看了，你们尽快做好准备。"

等他走后，叶棋抱着吉他试了试手感，问："云姐我什么时候出场？"

云岚道："你先在这里练练吉他，我去隔壁看看她们几个准备得怎么样了。别乱跑，该你出场的时候，我会提前来喊你的。"

叶棋玩笑道："好的，云姐放心去吧，我就在这里等您召唤。"

云岚拍了拍他的肩，转身离开。

化妆间内没人，叶棋有些紧张，毕竟他是第一次参加规模如此盛大的演唱会，闲着无聊的叶棋拿出手机在群里发送消息："邵总已经在观众席就位了，我在后台待命。"

虞寒江道："这几天你跟'F505 女团'有过接触吗？有没有什么发现？"

叶棋道："我找经纪人打听了一下，林亦烟虽然是我们公司的签约明星，可她是在影坛发展，和选秀出道在歌坛发展的'F505 女团'没有过任何交集。"

肖楼叮嘱道：“小叶你先别着急，在后台到处看看，如果有可疑的人立刻告诉我们。另外，注意安全。”

叶棋发来个 OK 的手势，放下吉他偷偷摸摸地离开了化妆间。

在叶棋去后台查线索的同时，虞寒江和肖楼也出发前往演唱会的现场，路上，虞寒江开着私家车，肖楼则迅速拿出整理好的“F505 女团”的资料再次过了一遍。

“F505 女团”成立于 3 年前，所有成员都来自滨州电视台举办的“想唱就唱”选秀节目。目前的 5 位成员包括赵羽欣，团队主唱兼队长，选秀大赛冠军得主，粉丝最多，人气也最高。她是公司力捧的对象，父亲是钢琴家，母亲是舞蹈演员，她自小受父母熏陶，能歌善舞、多才多艺，声音也很有辨识度，是团里综合实力最强的一位。

叶兰，气质如兰的文艺女神，重点大学新闻系硕士研究生毕业，在娱乐圈属于难得一见的高学历美女，一头黑色长发及腰，温柔亲切的声音俘获了很多男女粉丝的心。

秦欢欢，身高不到一米六的萌妹子，造型很喜欢扎双马尾，长了一张婴儿肥的圆脸，走“可爱萌妹”路线，声线也相当甜美，而且能在童音和成年音之间切换自如。

李胜楠，名字取“胜男”谐音，父母希望她比男孩子还要厉害，她也确实长成了一个“女汉子”。她留一头利落的短发，不爱穿裙子，爱穿酷酷的牛仔裤，是个很 man 的女生，造型偏中性化，在唱歌时主要负责低音区域和语速较快的 Rap。

刘溪，声音如溪水一般清澈空灵，扎着一个简单的马尾，干净清爽的女孩儿，性格比较高冷，沉默寡言，她的空灵御姐音也很有辨识度，主要负责高音部分的演唱。

这 5 个人，除了赵羽欣家里跟娱乐圈沾边，其他 4 人的父母都是普通的工薪阶层，有公务员、银行职员、公司会计等，其中，新闻系硕士叶兰的父母都是大学教授。

5 个女生形象不同、性格各异，组合在一起确实很吸引人的眼球。

作为目前最火的女团，她们的第一场演唱会，星光娱乐显然下了血本，光是前期宣传的投入就超过了很多大制作的电影，现场布置也请了专门的设计师来把关。

整个体育场的灯光、音效都请了目前最顶尖的团队。

肖楼将五人的资料发在群里，让刘桥、老莫他们也仔细看了看："我跟虞队现在去演唱会现场，我们总觉得演唱会可能出事，大家也看看。"

刘桥看过后评价道："这 5 个人能红成这样完全可以理解。文艺女神、高冷御姐、多才多艺的女队长、酷酷的'女汉子'、可爱的小萌妹，总有一款能让人喜欢。"

曲婉月道："我喜欢最小的秦欢欢，这小姑娘真是可爱啊，圆圆的脸，笑起来还有酒窝，看着就让人觉得开心。"

龙森道："看资料，她现在才 20 岁？"

肖楼说道："叶兰读了硕士，目前是 26 岁，其他几个在 20 岁到 24 岁之间，都很年轻。"

有颜值，有实力，这样的女团真是不火都难。

由于剧组那边吃过晚饭就要拍摄夜场戏，曲婉月、刘桥几人按照虞寒江的安排继续盯着几位主演，肖楼、虞寒江、邵清格和叶棋则重点关注今晚的演唱会。

有邵清格在，弄到 VIP 门票并不是难事。邵清格提前打了招呼，虞寒江和肖楼直接从后台通道进去到 VIP 席位找邵清格。演唱会不直播，必须来现场。一旦现场出事，虞寒江也可以第一时间去调查。

邵清格朝两人点了点头，道："快开始了。"

两人在他旁边坐下，目光同时投向大舞台。

晚上 8 点整，演唱会正式开始。

在炫目的灯光中，激动人心的前奏乐曲响起，5 个女生踩着升降机缓缓出现在观众面前。她们的造型让人眼前一亮——同色系的衣服却有不同的设计，深蓝色带白色斑点状花纹，和大舞台上的星空背景相得益彰。

5 个人站在高台上，配合星空背景，就仿佛五人一起遨游在宇宙之中。

开场的歌是《星辰》，正好和演唱会现场的背景一致。

叶棋在群里道："这演唱会好高级，背景布置花了不少钱吧？"

邵清格道："我查了预算，投资有好几千万。"

叶棋发来个羡慕的表情，转移话题道："我在后台溜达了一圈，没发现什么可疑人物，大家都在认真地看演唱会，工作人员聚在一起喝水。灯光师、音效师、现场乐队等都在自己的岗位上，没有闲杂人等走动。"

虞寒江道："继续观察，不出事最好。"

开场的曲目唱完之后，5 个女生走到大舞台上，一起朝观众们鞠了个躬。

现场响起震耳欲聋的欢呼声。

队长赵羽欣拿起麦克风说了一些很官方的话："非常感谢大家来到今天的演唱会，很高兴能在这里和大家齐聚一堂！'F505女团'出道3年，有你们的支持，是我们最幸福的事！谢谢大家，爱你们！"

如此大的场面，赵羽欣说话时咬字清晰，声音没有一丝颤抖，呼吸也很平稳，落落大方的笑容让人不由心生好感。她说完后，其他4位队员也依次对现场的粉丝表达了感谢。紧跟着开始唱第二首歌。

肖楼凑在虞寒江耳边道："唱得挺好，应该不是假唱。"

虞寒江点头："这个组合确实有点实力。"

一首又一首的歌唱完了，然而，现场什么都没有发生。

就在两人疑惑的时候，5人退场，有一个主持人走上大舞台，笑着说道："今天，我们还邀请了两位嘉宾来现场助阵。首先，有请我们的歌坛天后，梁婷女神！"

粉丝们对这个安排似乎感到很意外，现场顿时爆发一阵尖叫。

肖楼道："梁婷？这个名字怎么有些熟悉？"

虞寒江从手机里翻出一个文档，说道："她是谢远的妻子。"

肖楼恍然大悟："谢远就是死者林亦烟的偶像男神吧？他娶了歌坛天后梁婷，两人的婚姻是娱乐圈的一段佳话，他们有一儿一女，一家4口看上去非常幸福。"

虞寒江在林亦烟的日记中看到了谢远的名字。林亦烟在高中时代疯狂迷恋影帝谢远，因此踏上娱乐圈这条路，但虞寒江打电话给谢远时，对方表示和林亦烟不熟。

谢远已经息影多年，也没有杀死林亦烟的动机。他嫌疑很低，虞寒江还没来得及仔细调查。没想到谢远的妻子，那位歌坛天后，居然成了"F505女团"演唱会的特邀嘉宾。

这样一来，两边的线索就连起来了。

虞寒江立刻警觉地坐直身体，看向大舞台。

从网上现有的资料来看，谢远出道于17年前，演的很多电影至今都被奉为经典，可以说是一代人心目中无可取代的男神。他二十多岁最火的那几年，林亦烟正好在读高中，两人自然没机会见面。而林亦烟出道的时候，谢远已经结婚生子，两人也没在任何影视剧、综艺节目中合作过。

谢远的妻子梁婷是歌坛传奇人物，如今的很多歌手都是听梁婷的歌长大的。她18岁出道，靠一首单曲《亲爱的你》红遍大江南北。她比谢远大3岁，谢远在采访中说过，自己中学时代最爱听的就是梁婷女神的歌。

两人一个是影坛巨星，一个是歌坛天后，有一次，谢远拍摄的电影主题曲，制片方正好请了梁婷演唱，谢远得知后专门跑去探班，据说两人在录音棚里一见钟情，在一起不到半年就顺利地结婚了。结婚时梁婷 35 岁，谢远 32 岁，那一场世纪婚礼邀请了娱乐圈超过七成的明星，规模之盛大多年来无人超越，可见这两人在娱乐圈的影响力。

两人婚后成了模范夫妻，一起上过夫妻档的综艺节目，相处时甜蜜无比。谢远更是将梁婷宠上天，据说在家还亲自下厨给女神做饭。结婚 3 年后两人生下一个儿子，又过了 4 年生下了小女儿。如今女儿刚满 3 岁，即将上幼儿园，这对夫妻也正好结婚 10 年。

42 岁的谢远宣布息影，回家专心教育两个孩子。梁婷也将重心转移到了家庭，一年到头神龙见首不见尾，请她开嗓唱首歌简直比登天还难。

梁婷神隐许久，为什么会突然参加“F505 女团”的演唱会？

肖楼心中疑惑，趁现场音乐还在放前奏，他在邵清格耳边轻声问：“梁婷怎么会给‘F505 女团’这么大的面子？她们之间的关系很好吗？”

邵清格道：“她不是我们公司的艺人，具体情况我也不知道，我问问经纪人。”邵总说着就给经纪人云岚发了一条消息，“为什么请梁婷当演唱会的神秘嘉宾？”

云岚很快回复道：“邵总是这样的，3 年前的选秀大赛总决赛阶段，梁婷私下指导过女团的五人，这 5 个人算是她的学生。这次女团开演唱会，她们几个强烈要求请梁老师来唱歌，她们都是梁婷的忠实粉丝，请梁老师也是为了满足她们的一个心愿。”

邵清格疑惑：“梁婷肯给面子？”

云岚道：“我邀请她好几次，还开了天价的出场费。她一开始不同意，说自己要跟老公孩子出去旅游，后来她小女儿生病，旅游计划取消，她才勉强答应下来。不过，她不在乎出场费，我们给的出场费她一分钱不要，友情献唱，就当是给几个学生捧捧场。”

邵清格了然：“原来如此。”

他将手机对话记录拿给虞寒江和肖楼看了一眼，虞寒江道：“梁婷给女团这几个人当过导师，她以老师的身份来给学生的演唱会助阵，倒也说得过去。”

肖楼点点头：“师生关系的话，她来捧场确实没什么问题。”

正好这时歌曲的前奏结束，梁婷拿起了麦克风开始唱歌。

她今天穿着一身黑色亮片礼服，鱼尾的设计勾勒出苗条的身材。虽然已经 45 岁，可精心的保养让她的皮肤状态和 30 岁的人没两样，再加上配合造型的烟熏妆，让她整个人显得女王范十足。

她唱的歌，正是多年前的成名曲《亲爱的你》。歌曲表达了一个少女对喜欢的人的思念，曲调婉转悠扬，搭配上她独特的嗓音，将现场观众的情绪彻底带动了起来，有些人听着听着，甚至流下了眼泪。

刚才女团唱的歌都是青春洋溢、热血活泼的歌曲，天后一出场，整个演唱会顿时换了一个画风，肖楼心底也不由感慨。女团这五人的唱功已经算好的了，但梁婷一出场，就是不一样。哪怕他一个外行，也觉得这位歌后对歌曲的把控，已经达到了登峰造极的地步。

叶棋在微信群里发来一排赞赏的大拇指："厉害！高音的处理简直绝了，气息也特别稳，不愧是出道近二十年的歌坛前辈！"

虞寒江问："后台有没有情况？"

叶棋道："没什么异常，大家都聚在拐角这里，听梁老师唱歌。工作人员中也有很多是梁老师的粉丝，她唱歌真的好听。"

梁婷一首歌曲结束，台下顿时响起几乎要掀翻屋顶的尖叫声。今天来现场的虽然是"F505 女团"的粉丝，可对歌坛的梁婷女神大家还是很敬重的。掌声经久不息，梁婷站在大舞台的中间，微笑着朝观众席鞠躬："谢谢大家！"

台下再次响起激动的欢呼。梁婷轻轻喘口气，平复了一下呼吸，认真地说道："我很荣幸能参加'F505 女团'的首次演唱会。她们 5 个人都是非常努力、非常优秀的歌手，我很高兴能看到她们实现梦想，举办属于自己的演唱会，得到这么多人的支持……"

天后的一段话说得真情实感，声音听起来也非常诚恳。

台下的粉丝很开心她这么夸自己偶像，纷纷给她送上了掌声。

邵清格不想听这些官方话，凑过来朝肖楼道："梁婷应该只准备了一首歌，下一个嘉宾就是我们小叶了，我还挺期待看小叶在大舞台唱歌的。"

肖楼道："开演唱会是小叶的梦想。能在演唱会上当嘉宾他应该很开心吧？"

邵清格说："那当然，他这两天估计都兴奋得没睡好。"

就在这时，梁婷终于说完了感言，准备退场。主持人走上台，朗声道："让我们以热烈的掌声，再次感谢梁婷老师的光临！"

梁婷微笑着朝观众席挥手再见。

后台，叶棋站在拐角处等梁婷下来。周围很多人涌上去求梁老师给个签名，叶棋混在人群中也去要了一份，红着脸道："梁老师，您唱歌真的太棒了！"

梁婷看他一眼："谢谢。"

叶棋拿到签名塞进了口袋里，他对这位唱功厉害的天后很有好感。

主持人朗声道：“接下来，有请我们的第二位嘉宾——新人叶棋！作为‘F505女团’的师弟，出道才一年就拿下最佳单曲奖，叶棋也是一位非常有潜力的歌手，有请他为我们倾情演唱歌曲！”

在追光灯的照射下，叶棋快步走上了大舞台。

台下黑压压的一片观众，闪烁的荧光棒在不断地晃动，像是一片浩瀚的星海，叶棋站在舞台的中间，脑子一时间有些晕眩。虽然他很清楚这只是密室剧情中的角色扮演，可他还是难以抑制激动的心情。

这是演唱会，他站在了演唱会的大舞台上！

这是他最大的梦想。哪怕是在密室世界里实现，他也很满足了。

叶棋深吸一口气让自己冷静下来，朝台下的音响老师点了点头。

熟悉的前奏响起，叶棋一个人坐在舞台中间的高脚椅上，抱着吉他开始弹唱。

他唱的是一首老歌《白桦林》。

这首歌的歌词采用的是叙事的方式，很适合安静下来仔细聆听，吉他流畅的旋律从他的指尖扩散到整个会场，少年明亮的声音像是清泉一般滑过现场所有人的耳膜。

静静的村庄飘着白的雪，阴霾的天空下鸽子飞翔；白桦树刻着那两个名字，他们发誓相爱用尽这一生……

简单的旋律、低声的吟唱，就像是一个老朋友在耳边倾诉一段古老的传说。

这种抒情歌其实很难驾驭，尤其叶棋年纪轻，没什么感情经历。可叶棋却唱得很好，他唱歌的时候非常投入，仿佛自己也来到了那片白桦林，闭着眼睛轻轻哼唱，由他的嗓音唱出来的歌别有一番韵味。现场的观众一开始还质疑这位小师弟是来蹭师姐热度的，听他唱了一段后，观众们立刻沉醉在了他的歌声中。

一首歌唱完，现场安静了几秒，紧跟着就响起震耳欲聋的掌声和尖叫声！有些女孩子听得太投入，早已热泪盈眶。

大部分粉丝两眼放光，激动地议论着。

“好帅啊！”

“这个小哥哥声音很干净呢。”

“他的打扮也很清爽，比那些头发五颜六色的小鲜肉好太多了，抱着吉他唱歌，简直就是校园男神！”

“小哥哥我要粉他，他叫什么来着？”

“叶棋！”

邵清格听着身后观众们的议论，靠在座位上微微眯起了眼睛。

他还以为叶棋第一次登上演唱会舞台会紧张到忘词，没想到叶棋在唱歌方面确实很有天赋。

暖色的追光灯、简单的造型、流畅的吉他伴奏，还有干净的声音，这才是音乐最纯粹的样子。

叶棋在这一刻成了全场的焦点，无数观众给他送上了掌声。

听着台下热烈的掌声和欢呼，叶棋按捺住激动的心情，从高脚椅上跳了下来，单手拿着吉他，给现场观众深深地鞠了一躬：“谢谢大家，谢谢！”

肖楼看着少年脸颊泛红的样子，忍着笑说：“小叶看上去很激动，这次密室不管结果怎么样，他也算是不枉此行吧？”

虞寒江点头：“嗯，间接地圆了梦。”

叶棋准备了两首歌，一首是比较悲伤的吉他弹唱版《白桦林》，另一首则是相对热血的《我相信》。叶棋越唱越投入，到了第二首歌的时候，他放下吉他，一边唱一边跳，还朝观众们挥手示意，整个舞台似乎都成了他的领地。

邵清格轻笑出声：“他确实玩得很开心。”

肖楼无奈：“要是这次演唱会不出事就好了，小叶可以留下一段美好的回忆。”

虞寒江淡淡地道：“红桃 A 不会那么好心，让叶棋跑来密室里单纯开演唱会。”

如他所说，守关者不可能好心让叶棋来密室里开演唱会，安排这次演唱会肯定是想让大家从中寻找什么线索。

叶棋的两首歌很快唱完，他今天显然过了一把歌手的瘾，兴奋地朝观众鞠躬感谢，然后认真地说：“很荣幸能参加师姐们的演唱会，希望大家多多支持‘F505 女团’，也预祝师姐们的巡回演唱会圆满成功！”

台下的粉丝很给面子地鼓掌，叶棋再次鞠躬致谢，这才退场回到后台。

叶棋下台后，经纪人云岚立刻迎上前来，满面笑容地拍拍他的胳膊：“唱得不错，我看观众们的反响也很好，两首歌唱完后，你的微博粉丝量都多了好几万。”

叶棋对粉丝数量完全不在意，毕竟离开密室之后这些都没了，但他很开心今天能以歌手的身份上台唱歌，看向云岚道：“谢谢云姐给我这个机会。”

云岚给他递来一瓶水:“喝点水吧。”

叶棋连续唱了两首歌确实有些口干，接过她递来的矿泉水咕噜噜灌下去半瓶，这才和她一起回到更衣室。路上两人正好遇见换了一套造型出来的“F505女团”成员，叶棋仔细观察了她们的脸色，发现5个女生有说有笑的，没有任何异常。

云岚丢下叶棋，转身去叮嘱她们:“第二阶段有一首合唱，然后是每个人的单独表演，唱完这一首后羽欣先留在舞台上来一首独唱，其他人回后台换衣服，都清楚了吧?”

5人齐齐点头:“知道了云姐。”

云岚伸出手:“好好唱，加油。”

5人开心地将手叠在一起喊了声“加油”，紧跟着便排队上台。

她们的衣服和妆发全都换了，叶棋看着她们的背影消失在通道尽头，不由疑惑地挠了挠后脑勺，心想:难道不是女团出事?她们看上去很正常的样子。

云岚回头看着他道:“好了小叶，你今天的任务已经完成了，回去休息吧。”

叶棋点点头，转身回到休息室。

长长的走廊里，他们正好在拐角处看见一个鬈发女子，云岚介绍道:“这位是梁老师的经纪人陈姐，这是我们公司的新人叶棋。”

陈姐笑眯眯道:“叶棋，刚才的歌唱得好听，两首我都听完了，很有潜力!”

叶棋被夸得心情愉悦，礼貌地说:“谢谢陈姐。”

云岚问道:“梁老师呢?”

陈姐道:“她头疼的毛病又犯了，正在休息室休息。”

两人没再多话，叶棋跟她们道别后回到休息室，找助理八卦:“梁老师有头疼的毛病吗?”

助理道:“听说是偏头痛，她生完孩子后身体不太好。”

叶棋“哦”了一声，坐在沙发上拿出手机。

虞寒江在群里发来一条消息:“小叶，有没有异常?”

叶棋快速回道:“女团5个人刚换好造型，准备第二轮演出，看表情应该没事。”

虞寒江问:“梁婷呢?”

叶棋说:“我刚才看见她的经纪人，说是梁老师头疼在隔壁休息。”

刚发完这条消息，突然听见隔壁响起一声尖叫:“啊!”

正好这时女团5个人登台，演唱会现场也响起了震耳欲聋的尖叫声和掌声。

隔壁的尖叫声和演唱会粉丝们的尖叫声重叠在一起，差点让叶棋以为自己幻听，可警觉的他还是立刻从沙发上站了起来，快步走向隔壁查看情况。

他来到隔壁休息室的门口——果然不对劲！

经纪人正瞪大眼睛站在门口，捂住嘴巴，满脸的惊骇之色。叶棋绕过她身侧，顺着她的目光看过去，不由愣在了原地。

只见梁婷穿着一身纯黑色的鱼尾礼服，身体弯曲成虾的形状，侧躺在地上，她的嘴角挂着一丝刺目的鲜血，手伸向门的方向，似乎是为了呼救。女人身体僵硬，显然已经没有了气息。

叶棋察觉到不对，立刻给肖楼他们发消息："梁婷出事了！"

肖楼和虞寒江对视一眼，叫上邵清格迅速赶来后台。

晚上 8 点演唱会正式开始的时候，保安对后台进行了一次清场，并且封住了出口和入口，免得狗仔队和黑粉混进来捣乱。虞寒江、肖楼都很面生，也没带工作牌，保安拦住他们不肯让他们过去，虞寒江干脆地拿出警官证："警察。"

保安愣住，邵清格挑眉道："还不放行？"

几个保安立刻开门让 3 人过去。

虞寒江、肖楼和邵清格大步流星地前往后台休息区，一边走一边观察后台的布局。

后台是"回"形的布局，连接大舞台的走廊十分空旷，并且看不到监控摄像头的痕迹，应该是怕泄露明星们的隐私。

左手边最大的房间是工作人员的休息室。往前走过一个拐角，是"F505 女团"的化妆间、更衣室；斜对面是一个 10 平方米左右的小型化妆间，留给叶棋用；梁婷老师因为是特邀嘉宾，因此有一个单独的大型化妆间，案发现场就在这里。

见虞队他们过来，叶棋立刻紧张地跑过去道："梁老师出事了……"他心里很难受，梁婷唱歌确实很好听，叶棋刚刚还和她说过话，要过她的签名，可转眼间她就成了一个死人？肖楼看着叶棋的神色，轻轻拍了拍他的肩膀以示安慰。

经纪人在门口呆若木鸡，显然是被眼前这一幕给惊得说不出话来，听到身后的脚步声后，她终于回过神，颤抖着拿出手机："报、快报警啊！"

虞寒江低声道："不用了，我就是警察。"

他将警官证拿出来给经纪人看了一眼，肖楼也拿出了自己的法医证。

经纪人疑惑地看着他们："这……有人报警吗？怎么你们这么快就来了现场……"

虞寒江道："正好在附近。"

他朝肖楼使了个眼色，两人一起进入现场，戴上手套开始工作。

肖楼将弯曲的尸体平放在地上开始尸检，很快就得出结论："死亡时间在 10

分钟以内，身上没有其他伤痕，死因是中毒。具体是哪种毒素还要将她的尸体带回去化验。”

虞寒江点了点头，皱着眉仔细查看现场。

他抬起头看向屋顶，为了演员的隐私，化妆间内也没有安装监控摄像头，这一点非常致命，也给凶手提供了极大的便利。

虞寒江迅速在屋内寻找线索。化妆台上摆着一些口红、粉底、眼线笔之类的东西，旁边还有个很大的手提化妆包。

虞寒江问经纪人：“这是化妆师的东西，还是梁婷自带的？”

经纪人白着脸走过来说：“她出门习惯自己带化妆品。”

虞寒江将这些化妆品全部装进化妆包里，准备待会儿带回去检测。

化妆台上放着一个米色的保温杯，里面剩了半杯水，杯口上沾着少许口红的痕迹，应该是梁婷喝过的。此外，还有一瓶开封的矿泉水，虞寒江也带了回去。屋里并没有残留的零食，垃圾桶里也没有任何食品包装袋，凶手下毒的手法只有两种——在化妆品里下毒或者在饮水中下毒。

从案发的情况看，更可能是水里有毒，因为如果凶手在她的口红中下毒，她是有可能在唱歌中途死在大舞台上的，在水里下毒，就能保证她死在后台——只有在后台的时候她才会喝水。

梁婷在晚上 9 点上台唱了一首歌，9 点 5 分回到后台。

紧跟着，叶棋上台连续唱了两首歌，在叶棋唱歌的这短短 10 分钟之内梁婷中毒身亡。凶手在 10 分钟内下毒根本来不及，而且，后台人多杂乱，很可能被人撞破，太过冒险。所以，凶手有可能早有预谋，提前在她的水中下了毒，就等着她喝下毒发。

化妆台上的东西虽然乱，但瓶瓶罐罐都竖在桌上，并没有东倒西歪；死者身上穿的礼服很整齐，发型妆容都没有乱，证明她死前没有跟人发生过肢体冲突。

虞寒江从座位朝死者尸体的位置走了几步，试着重现案发的过程。

梁婷喝下含有毒的水后，走了 3 步，突然毒发跌倒在地，她想要朝门口呼救，可演唱会现场的尖叫声震耳欲聋，叶棋唱歌吸引了后台大部分工作人员的注意力，没有人听见她的呼救。

虞寒江摸着下巴思索了片刻，忽然厉声道：“凶手肯定还在现场，立刻让保安封锁现场，后台的工作人员一个都不许走！”

第二十九章

证词

为免梁婷死亡的事传出去引起恐慌，甚至引发更严重的群众踩踏事故，虞寒江决定在后台秘密调查，并且让演唱会继续进行。

云岚是跟叶棋一起来到现场的，看见梁婷的尸体后，她的脸色极为难看，毕竟梁婷是她亲自请来的嘉宾，结果死在演唱会的现场，她要怎么跟梁婷的家人、粉丝们交代？！

虞寒江走到她面前，问道："云小姐，刚才叶棋去大舞台唱歌的这段时间，你在后台做什么？有没有看到可疑的人物？"

云岚回过神来，嘴唇一直哆嗦个不停："梁老师在舞台上唱歌的时候，我一直在隔壁的化妆间，和女团的5个人确定妆发造型，等她们换好衣服后，梁老师的歌已经唱完了，我去拐角处接梁老师，当时，有很多人围着她要签名……"

虞寒江问："梁老师是直接回了休息室，没去别的地方？"

"这个我不知道，叶棋上台后我一直站在东边那个拐角。"云岚指尖颤抖着指了指走廊尽头的拐角处，那里可以看到演唱会的大舞台，"我想听叶棋唱完两首歌，他第一次在这么大的舞台上表演，我怕他唱砸了。梁老师之后去了哪里，这要问陈姐。"

她回头看向陈姐，梁婷的经纪人陈姐立刻说道："我接梁老师去休息室，问她要不要换衣服，她说头疼先不换，想一个人待会儿，让我自己去忙。我肚子不舒服，去洗手间，回来的时候就看见她……倒在地上。"

说到这里，经纪人的脸色越发难看。她的眼眶通红，几乎要哭出来了，声音也带着明显的哽咽："梁老师今天一整天都好好的，怎么突然就……"

虞寒江打断她："去洗手间的路上，还有回来的时候，你有没有在走廊里看到什么人？"

陈姐道："去的时候，我看见赵羽欣、叶兰和刘溪3个人也在洗手间里，还跟她们打了招呼，回来的时候我见到了云岚和叶棋。"

云岚道："是的，就在刚才，叶棋演出结束回到后台，我们在走廊里见到了陈姐。"

虞寒江看向叶棋，后者点头证实了这一点。

虞寒江抬起手腕看了看表，微微皱眉："梁婷回后台的时候你去了洗手间，叶棋下台你才出来，也就是说，你在洗手间待了十几分钟？"

陈姐脸色尴尬："最近有些便、便秘。"

便秘的话，在洗手间待十几分钟倒是正常，前提是她没说谎。

这位经纪人神色紧张，身体一直在颤抖，也不知是吓的还是心虚，她的证词还有待查验，毕竟她只在去和来的路上遇到了人，有目击证人，中间这十几分钟她有没有从洗手间出来过，没人能给她证明。

虞寒江从口袋里拿出本子，迅速记下她证词里的疑点。接下来，虞寒江又去挨个询问了后台的工作人员和明星助理。

后台的工作人员总共有二十多人，还有十几位保安。虞寒江一个一个地排查，一圈问下来，居然没有一人知道梁婷化妆间那边发生过什么事，也没有人见到走廊里出现可疑人物，这些工作人员互相都能做不在场证明。

"F505 女团"在台上唱歌的时候，大部分工作人员在休息室里聊天，剩下的在拐角处看女团演出。叶棋上台唱歌的时候，由于叶棋唱得太好听，一群人全都涌到拐角处听歌。他们根本没有去过梁婷老师化妆间所在的那条走廊。

其中一个"F505 女团"的助理妹子说："我们听歌的地方和梁老师的化妆间离得很远，隔着好几面墙呢！再说演唱会的现场，粉丝们的尖叫声太吵了，梁老师那边发生了什么事，我们真的不知道！"

大家被问得心情忐忑，纷纷议论起来。

"梁老师到底怎么了？"

"她下台的时候还好好的，给我们签了名……"

"为什么警察会问梁老师的情况，出了什么事？"

虞寒江没有告诉这些人梁婷死亡的消息，只叮嘱大家，如果想起今天谁进过梁老师的化妆间，一定要及时告诉他。

一个热心的保安说："梁老师那么大牌，我们都不敢去打扰，能进她化妆间的应该只有她的化妆师、造型师、助理、经纪人吧！"

旁边一个女生补充道："还有'F505 女团'的人、叶棋以及他们的经纪人啊，明星们全都在西边的走廊上，方便互相聊天，我们是过不去的。"

这一点虞寒江当然也知道。梁婷的地位摆在那里，演唱会的普通工作人员不敢贸然去打扰她，能进她化妆间的人有限，嫌疑最大的就在这些人当中。

虞寒江看向陈姐："梁老师的化妆师和造型师呢？"

"我也没看见他们。"陈姐疑惑地扭头，"有人知道小苏和阿 Kim 去哪儿了吗？"

"他们两个说是太饿要叫外卖吃，估计在那边的茶水间里吃外卖。"给叶棋吹头发的 Tony 老师笑着回答道。

虞寒江来到北边的茶水间，推开门，果然看见一男一女正坐在沙发上狼吞虎咽，面前摆着两份盒饭。

见虞寒江和肖楼、邵清格、叶棋一起走进来，那位黄头发造型师嘴里的鸡腿“啪嗒”一声掉在了地上，然后又急忙伸手去捡，满脸疑惑地道：“怎么回事？这么多人啊？”

虞寒江将警官证给两人看了一眼，低声问：“我是警察，来调查案件，希望两位配合。梁婷上台演出的这段时间，你们在哪里？”

两人对视一眼，面面相觑。

虞寒江皱眉看向两人：“需要我重复一遍问题吗？”

女化妆师小苏被他冷冷的目光看得打了个寒战，立刻说道：“警官！我俩今天忙得都没来得及吃饭，梁老师出场的时候我们叫的外卖正好送到，我问梁老师演出结束要不要换造型，她说不用，让我们先去吃饭，我们就来这个茶水间里吃东西了。”

金发造型师阿 Kim 立刻点头道：“没错，我们一直在这吃饭聊天，怎么回事？怎么突然有警察来演唱会啊？”

他看向同为造型师的 Tony，后者脸色发白，走过来小声道：“梁老师好像出事了，我刚才听到了一阵尖叫……”

虞寒江又问化妆师：“梁婷今天用的化妆品都是她自带的吗？”

化妆师点头：“对啊，她有洁癖，习惯自带化妆品，我的东西她都不用。”

虞寒江：“你们是她的御用化妆师和造型师？”

陈姐在旁边道：“小苏经常给梁老师化妆，阿 Kim 是这次临时找的，以前是他师父给梁老师做造型，这次他师父有事出国，让他来顶班，试过造型后梁老师觉得很满意，就将他留下了。”

阿 Kim 故作羞涩地捋了捋耳侧的头发，道：“我之前给很多明星做过造型的，和梁老师是第一次合作，梁老师超级好说话的呢。”

这位造型师身上带着一种“娘炮”的气息，说话的时候几乎要翘起兰花指，还有 Tony 也是。

虞寒江见惯了各种人，继续淡定地问：“做造型的过程中梁婷的情绪有没有不对？”

化妆师道：“没有，她看上去心情不错。”

虞寒江：“她有没有收到别人发的信息，或者接听过谁的电话？”

化妆师看向陈姐：“她换了礼服，不方便带手机，她的手机好像是陈姐在保管吧？”

陈姐急忙将手机拿出来输入密码解锁，递给虞寒江道：“今晚 8 点演唱会刚开始的时候，谢远打电话过来，当时梁老师在换衣服不方便接，我接了电话，谢远让我转告梁老师，演唱会结束后直接回家，他做好饭，等梁老师和孩子们一起吃夜宵。”

虞寒江点了点头：“谢远和梁婷的感情怎么样？”

陈姐道：“他俩是模范夫妻，结婚 10 年一直都很恩爱。”

虞寒江目光扫过在场众人，最后落在经纪人云岚身上：“等‘F505 女团’回到后台，你让她们继续唱歌，暂时别把梁老师的事情告诉她们，演唱会的现场观众太多，不能引起群众恐慌。”

云岚白着脸点头：“我明白，演唱会照常进行。”

虞寒江道：“等演唱会结束后，让 5 个女生来找我做笔录。”他看向旁边的保安队长，道，“整个后台已经被我们刑警队的同事给围了起来，所有人都不准走，要是有人问为什么，就告诉他，有刑事案件需要调查，希望大家配合。”

保安队长点点头：“是，虞队，我们一定配合。”

虞寒江带着肖楼、邵清格和叶棋来到了一个空的休息室里。

叶棋紧张地问：“虞队，有结论吗？”

虞寒江拿出纸笔，在本子上画下整个现场的平面图，并且标注了方向。

整个现场呈规则的方形，最外围分别是四条走廊。西边走廊有 3 个房间，靠近西北拐角处的 A 房间是一个大型套间，是“F505 女团”的化妆间和休息室；沿着走廊向南走五米左右的 B 房间是一个贵宾室，梁婷的化妆间、休息室就在这里；西南拐角处的 C 房间是叶棋的休息室。所有的明星都在西边的这一侧走廊上。

正北面、正南面各有一个洗手间和茶水间，刚才，化妆师和造型师就在正北边的茶水间里吃外卖。

东边的一条走廊，东北角的 D 房间和往南的 E 房间是工作人员、保安们的休息室。东南角的 F 区域则是后台通往演唱会现场的通道，在这里可以看见大舞台上的情况，梁婷、叶棋唱歌的时候，很多工作人员就是挤在这里看的。

虞寒江指着几个休息室的分布，道：“梁婷的贵宾室在 B 位置，工作人员的休息室在 E 位置，东西两侧的走廊之间没有连通，隔着两个拐角，确实很难听清另一面的动静。加上工作人员不方便直接进出梁婷的化妆间，所以，这些工作人员作案的可能性不大。”

虞寒江将笔停留在西边这条走廊：“凶手应该在这一带，排除小叶，目前可以进入梁婷化妆间的包括‘F505 女团’的 5 个人，经纪人云岚、陈姐，还有梁婷的化妆师、造型师。”

叶棋心中一惊：“虞队是说，凶手就在这些人当中？”

虞寒江点头：“注意几个细节，化妆师说梁老师有洁癖，习惯自带化妆品，那么毒素就很难放在化妆品中，更大的可能是水里有毒。现在是冬天，梁婷口渴的时候，在温水和冷水之间她会怎么选？”

肖楼拿出密封塑料袋里的保温杯证物，道：“她会喝温水，毒应该是下在了梁婷的保温杯里。”

虞寒江道：“嗯，这一点我们带回去检测就能确定，凶手是在今天到场后下的毒。”

邵清格疑惑：“为什么不是提前下毒呢？”

虞寒江道：“提前下毒，凶手并不能控制梁婷什么时候喝水，万一她在路上喝了，死在保姆车里，接触过梁婷的嫌疑人非常少，容易锁定凶手。所以，凶手选在混乱的演唱会现场下毒，这样可以更好地为自己制造不在场证明。”

他放下笔，干脆地道：“等女团唱完歌，问过这几个女生再说吧。”

演唱会在晚上 10 点准时结束。

粉丝们按照秩序离场。女团的五人回到休息室，发现经纪人脸色不好，秦欢欢还开玩笑道：“云姐怎么了？今天的演唱会挺顺利的啊，为什么脸色这么难看？”

云岚深吸一口气，将五人拉到旁边，压低声音道：“梁老师出事了，警察正在后台等你们，为免演唱会出问题影响到数万名观众，警察没让我告诉你们。”

五人听到这里，迅速收起笑容。

队长赵羽欣硬着头皮问道：“出什么事了？警察都来了，很严重吗？”

云岚沉默几秒，才颤声回答道：“梁老师死在了化妆间里。”

“啊？”五人齐齐倒抽一口凉气，最小的秦欢欢立刻红了眼眶，手指颤抖着抓住旁边李胜楠的手臂，道：“楠、楠姐，梁老师死了？我没听错吧？！”

李胜楠的脸色也不太好看：“云姐是在开玩笑吧？哈哈，云姐太幽默了。”

云岚回头看向她，厉声道：“我会拿这种事开玩笑吗？！”

5 个人同时愣住。

云岚道：“你们做好心理准备，警察待会儿就要审你们了。”

五个人依次进屋接受虞寒江的审问。

秦欢欢已经控制不住地哭了，一边擦眼泪一边说：“梁老师是我的偶像，我从小学就在听她的歌了……这次演唱会能邀请到她，我真的特别开心……呜呜，她怎么会突然死了呢？我真的不知道，到底是怎么回事？”

圆脸女生哭花了妆，要么是她演技太好，要么是真的为偶像的死伤心。

虞寒江问她在后台的情况，秦欢欢道：“我从舞台下来之后就去了化妆间，我的眼睛比较敏感，眼线糊掉了，化妆师给我补妆花了很长时间。对了，楠姐也在，她是多汗体质，一跳舞容易出汗，脸上的粉也需要补，我俩一直留在化妆间补妆。”

至于梁婷那边的动静，秦欢欢说她什么都没听到。

她的证词和李胜楠的完全一致，两人从大舞台下来之后就一直在补妆。

李胜楠表示：“赵羽欣、叶兰和刘溪一起去了趟洗手间，我跟欢欢都没去。”

虞寒江找女团的化妆师求证。

秦欢欢、李胜楠暂时可以排除嫌疑，两人没离开过化妆师的视线范围，这两个女生太容易掉妆，今天补了好几次妆，她俩不是在去大舞台的路上，就是在去补妆的路上。

剩下的 3 人需要重点询问。

赵羽欣说：“我确实跟叶兰、刘溪一起去了洗手间，还在洗手间碰到了梁婷老师的经纪人陈姐，跟她打了招呼。”

虞寒江问：“你们 3 个是结伴过去，又结伴回来的吗？”

赵羽欣的脸色微微一变，欲言又止。

虞寒江察觉到不对，立刻追问：“中途发生了什么事？”

赵羽欣神色尴尬，似乎在犹豫要不要说，虞寒江沉声道：“赵小姐，你们都是公众人物，你也不想跟我去警局，被拘留个几天再说真话吧？”

赵羽欣眼中明显闪过一丝慌乱，急忙说道：“其实，我们 3 个去的时候是结伴去的，但回来的时候并不是一起……我只是小解，很快就回来了，叶兰和刘溪很久才回来。”

虞寒江问：“多久？”

赵羽欣思考片刻，道：“大概十来分钟？她俩回来的时候叶棋第二首歌都快唱完了。”

虞寒江问：“你回来的时候，隔壁梁婷老师的房间有没有什么声音？”

赵羽欣摇头：“没有，我没去她的房间。”

虞寒江让队长出去，把另外两人依次叫了进来。

叶兰是整个女团中最有气质的一位，长发飘飘，一看就很有修养：“我和梁老师私下并不是很熟，梁老师不太喜欢我的声音，当初比赛的时候梁老师给我们做导师，她觉得我的声音太柔，发展空间有限。她最喜欢刘溪，刘溪的声音比较像她。”

虞寒江问：“说说你今天在后台做了些什么，有没有离队？”

叶兰想了想，道：“大部分时间我都和她们几个在一起试妆、换衣服。只有中场休息，也就是 9 点多的时候，和赵羽欣、刘溪一起去了次洗手间。”

虞寒江道：“你们 3 个一起去，却不是一起回来的？”

叶兰皱眉道：“赵羽欣提前回了，我是和刘溪一起回来的。”

虞寒江问：“按赵羽欣的说法，你们在洗手间待了十来分钟，这是什么情况？”

叶兰的脸色一变，轻轻咬住嘴唇不肯说。

虞寒江盯着她：“到底是什么情况？”

片刻后，叶兰才咬牙道：“我、我忘了带手纸，刘溪也没带，洗手间里正好没有纸，我在隔壁喊了刘溪，让她帮忙去给我拿一点手纸。”

上洗手间忘记带纸，真是人生一大悲剧。

叶兰也觉得很难为情，说话的时候耳根微微发红：“我不知道刘溪去哪里找纸的，她过了很久才回来，我蹲在洗手间里腿都要蹲麻了。”

虞寒江问：“这个过程中，没有其他人来洗手间吗？”

叶兰仔细一想，突然道：“好像有人进来过，可能是化妆师或者是工作人员吧，我听脚步声不是刘溪，因为我们第二套造型是高跟鞋，那个人穿的是平底鞋，踩在地板上脚步很轻。我不敢喊人，太丢脸了，不知道是谁。”

可以想象她蹲在厕所等纸巾的尴尬画面。不过外面有人进来，这一点非常关键。

虞寒江在笔录本上重点标注，接着问：“你等了刘溪多久？”

叶兰道：“7 分钟左右吧？我在洗手间能听见叶棋唱歌，听他唱完了一整首的《白桦林》，还有第二首歌的前半段。”

虞寒江让她回去，最后审问刘溪。

刘溪性格高冷，清澈如溪水的嗓音确实和梁婷的音色有些像，对叶兰让她帮忙拿纸巾的事，她的解释是：“叶兰上厕所忘带手纸这事太尴尬，被人听到了肯定会笑话她，我不想回休息室找其他人要纸巾，去茶水间找。北边的茶水间没有纸，我又去了南边，所以花的时间比较多。”

后台的走廊很长，她去北边找纸没找到，走到南边，再走回来，花个几分钟倒也正常——如果她没说谎的话。

虞寒江问：“你在走廊里有没有碰见什么人？”

刘溪冷着脸说：“没有。我去洗手间的时候，叶兰蹲在那里等我。还有一扇门关着，里面好像有人。”

至此为止，所有在场的嫌疑人都审问完毕。虞寒江将整理好的证词带上，朝邵清格道：“演唱会这边，先让工作人员们回去。这个案子，我相信很快就能得出结论。”

叶棋好奇地道：“虞队这么有信心？这个案子比林亦烟被杀案要简单吗？”

虞寒江道：“嗯，毕竟杀死梁婷的凶手就在现场，而林亦烟案我们到现在还没法锁定凶手。”他看向肖楼，“回去之后能不能马上做一下毒物鉴定分析？辛苦你了。”

肖楼弯起嘴角：“不用客气，晚上一起加班吧。”

邵清格拖着叶棋回去，顺便让云岚安顿好“F505 女团”的人，并告知今天所有到场的化妆师、造型师和助理，所有人电话开机，必须做到随传随到。

回去的路上，肖楼看向虞寒江问：“虞队，你真的有信心快速破案吗？”

虞寒江道：“嫌疑人已经锁定了这几位，把她们的供词和现场证据结合起来，是凶手总会露出马脚。”

肖楼听到这话总算放下心来。既然凶手就在今天审问的这些人当中，他相信，以虞队火眼金睛，一定能把凶手从人群里揪出来！

晚上 10 点半，现场处理完毕，梁婷的尸体被运尸车暂时带回了法医中心。

虞寒江用梁婷的手机给她老公谢远打了个电话，告诉谢远梁婷意外死亡的事，并且让他来法医鉴定中心认领尸体。

谢远一开始还以为是诈骗电话，不肯相信，虞寒江把手机递给了经纪人陈姐，让她来说，陈姐哽咽着道：“谢先生，是真的，梁老师她真的出事了，您快过来一趟吧，直接来警察局！”

谢远愣了愣，急忙说道：“好，我现在就过去！”

虞寒江和肖楼跟着运尸车一起回了警队，陈姐也被带回去详细审问。

陈姐大概是心里难过，回答的时候一直红着眼眶：“她早些年的经历其实我并不清楚，我是 4 年前才当她经纪人的，圈内人对她的评价很高，没听说她和谁有过仇怨。她和谢远的感情也很好，夫妻两人每年都会一起出去旅行。”

虞寒江让陈姐详细描述了今天一整天的行程。

陈姐说，她是下午 6 点半去家里接的梁婷，当时梁婷背着一个很大的包，里面就有一个保温杯。这个米白色的保温杯是谢远送的，梁婷平时外出习惯带上它喝水。

路上，梁婷拿出杯子喝过几口水，到了演唱会现场，化妆涂上口红后，喝水容易影响妆容，因此，一直到上台为止，她都没再喝过保温杯里的水。

虞寒江紧跟着问："你之前说由于便秘在洗手间里待了十多分钟，回到休息室就发现了梁婷的尸体。你在洗手间的这段时间，具体听到了什么？仔细回忆一下。"

陈姐低着头回忆片刻，说道："我去的时候看见'F505 女团'的 3 个小姑娘结伴上厕所，还跟她们打了声招呼……我刚蹲下来不到半分钟，我隔壁的女生就上完厕所离开了，听声音好像是赵羽欣。"

虞寒江点头："然后呢？"

陈姐想了想，道："然后，过了半分钟又有一个女生出去，洗手间里安静下来。过了很久，又有人进来了，还敲了敲对面的门，轻声跟人说话，具体说什么我没听清。"

虞寒江抬头看向她："仔细想想，对方的脚步声是高跟鞋踩在地板上的声音吗？"

陈姐道："是的，出去的和进来的，都穿着高跟鞋。"

虞寒江在本子上记下这个关键："这期间还有没有别的人进来过？"

陈姐摇头："没有，我没听到。"

虞寒江看了眼她穿的鞋子——一双方便走路的平底运动鞋。

半小时后，虞寒江审完陈姐，让同事们先下班回家，肖楼正好带着鉴定结果来找虞寒江。

整个大厅一片寂静，只有虞寒江的办公室门缝透出一丝暖色的灯光。

肖楼走过去，发现办公室的门虚掩着，虞寒江正坐在办公桌前，目光盯着电脑屏幕，抱着胳膊若有所思。他表情严肃，也不知在想些什么，眉头微微皱着。听到脚步声，他抬头对上肖楼的眼睛，目光立刻变得温和起来。他站起身给肖楼倒了杯水，低声道："鉴定结果出来了吗？"

"嗯，你那些同事都回去了？"肖楼靠在办公桌前，随口问道。

"他们留下来也帮不上什么忙，密室里的同事，说不定还会给我提供错误的信息，干扰我的判断，我干脆让他们下了班，自己查。"虞寒江将倒好的温水递给肖楼，说，"喝点水吧。"

肖楼接过水杯，将鉴定结果交给了虞寒江，他喝口水润了润喉，这才说道："保温杯里的水，经鉴定果然有毒，成分是剧毒物质氰化钾，从半杯水中剩余的毒素来看，凶手投入保温杯的氰化钾剂量应该超过了 40 克。"

虞寒江拿起资料，低着头仔细查看。

肖楼补充道："通常，氰化钾的致死剂量在 0.3 克 / 千克体重，梁婷体重不到 50 千克，只要 15 克的氰化钾就足够杀死她。凶手投放的剂量是 40 克，严重超标，显然是为了让梁婷在口服剧毒后几秒之内就昏迷，并迅速死亡，来不及送医院抢救。”

虞寒江点头：“超额的剂量能一次性杀死梁婷，免除后患，凶手对氰化钾这种剧毒看来十分了解，而且是下定决心，不让梁婷有生还的机会。”他翻到下一页，接着问，“矿泉水呢？”

肖楼答道：“矿泉水没有异常。所有唇膏、粉底等化妆品里也没有发现毒素。”

虞寒江一脸“果然如此”的表情：“保温杯上有检测出指纹吗？”

肖楼无奈地叹了口气，道：“凶手很谨慎，接触杯子的时候应该戴上了手套。”

鉴定结果在虞寒江的预料之中。

凶手这次作案，明显是早有预谋。他翻开陈姐的审讯记录，一边指给肖楼看，一边说道：“梁婷的这个杯子是从家里带出来的，但是，来演唱会的路上她喝了保温杯里的水，没有出事，说明凶手并不是她的丈夫谢远，她的杯子里一开始并没有毒。我们的推测完全正确，凶手就是在演唱会的后台临时下的毒。”

见肖楼认真听着，虞寒江便接着说：“梁婷没登台之前一直留在化妆间，这一点很多人都能证实。当时有造型师、化妆师、经纪人 3 个人跟着她，凶手很难在众目睽睽之下动手。梁婷上台演唱、下台给大家签名、再到叶棋上台唱歌，这期间大概有十几分钟，化妆间里是没有人的。”

肖楼赞同地说：“也就是说，凶手是在这个时间段偷偷溜进化妆间里下的毒。刚才审问的时候，好几个人在这个时间段出去过，凶手就在这几个人当中吧？”

虞寒江搬了个凳子过来让肖楼坐下，打开今天审问的记录本，一页一页地分析——

“赵羽欣，她说去洗手间后小解，很快就回了休息室，她是第一个离开洗手间的人，没人知道她出去之后做了什么。如果她只是假装上厕所，进厕所后冲一下水，立刻出来，然后偷偷去梁婷的休息室里投毒，再回到自己的休息室，时间上完全来得及。

“叶兰，上厕所忘带手纸，这是她单方面的说辞，从陈姐补充的口供可以证实，叶兰确实让刘溪帮忙找过手纸。因为陈姐当时也蹲在洗手间里，听到刘溪离开又回来的脚步声，还听到刘溪敲门给叶兰递纸巾。

“刘溪去找纸巾花了七八分钟，有些可疑。但最可疑的还是叶兰。”虞寒江将这 3 人的证词疑点全部用笔圈了出来，看向肖楼，“叶兰说了谎。”

肖楼接过审讯本仔细查看。

叶兰的证词里，说在刘溪回来之前听到中间有人进来过，怀疑可能是化妆师或者是工作人员，那个人穿的是平底鞋。

而陈姐的证词提到这过程中她听到 3 次脚步声。第一次，有一个人走出去，此人便是最快上完厕所的赵羽欣；第二次又有一个人出去，是刘溪去帮叶兰找纸巾；第 3 次有一个人进来，敲门，并且传来刻意放轻的说话声，应该是刘溪来给叶兰敲门递纸巾。

女团几个人由于第二套造型是高跟鞋，踩在地板砖上的脚步声会非常明显，跟平底鞋踩在地上的声音完全不同。陈姐也在那里，如果真有人进来，不可能听不见第 4 人的脚步声。

叶兰说她听到了，陈姐说她没听到，两个人的证词出现矛盾，必定有一个人在说谎。

肖楼问："为什么是叶兰在说谎？"

虞寒江解释道："现场 4 个上厕所的人，只有陈姐穿的平底鞋。如果叶兰真的听到了平底鞋踩在地板上的声音，她听到的应该是陈姐从洗手间走出去的声音，而不是有人走进来的声音。"

肖楼看着叶兰的这段证词，恍然大悟："她确实在说谎。当时去过洗手间的只有赵羽欣、叶兰、刘溪和陈姐 4 个人。如果叶兰真的听见平底鞋踩在地板上的声音，那应该是陈姐走出去了，而不是有人走进来。"

走进来和走出去，脚步声是不一样的。

叶兰慌乱之下说反了，这也间接地证明陈姐的证词才是对的。

那么叶兰为什么要说谎？

虞寒江将女团 5 个人的详细资料再次调了出来。

叶兰是女团中学历最高的一个，出身于书香门第，父母都是大学教授，照理说，这样家庭出生的乖乖女很少会来娱乐圈打拼。她的出道经历很简单，由于自小爱唱歌，并且在歌唱比赛中拿过奖，她 22 岁正在读硕士期间报名参加了选秀节目，没想到居然一路过关斩将杀到了总决赛。

她温柔的嗓音，清新的气质，俘获了不少粉丝的心，最终以大赛第三名的成绩和星光娱乐公司签约。她提前申请论文答辩，拿到硕士学位，然后就成了"F505 女团"的一员。也正因此，粉丝们更加喜欢叶兰，觉得她是娱乐圈难得一见的"腹有诗书气自华"的文艺女神，比一些连字都认不全、没看过几本书的明星强了不止一倍。

肖楼疑惑地道："这种家庭出生的女孩子通常很有教养，她应该不会杀人吧？”

虞寒江说：“从陈姐的证词来看，叶兰并不是凶手，只是，她的身上有些疑点。”

肖楼仔细一想：“也对。陈姐只听见刘溪离开的脚步声和刘溪回来递纸巾的声音，这期间，叶兰并没有出去过，她应该是一直留在洗手间里的，那就没有了作案时间。”

虞寒江打开叶兰档案中的履历表，指向其中的一行：“你看这里。”

肖楼仔细看过之后，猛然一怔：“十七中？这不是林亦烟就读过的那所学校吗？”

林亦烟高中时代读的就是十七中，履历表中就有学校信息。虞寒江是办案多了，下意识地会记这些关键点，没想到肖楼也能清楚地记住。

虞寒江赞赏地看向他道：“十七中这所学校有些特殊，它分为初中部和高中部，两个校区连在一起共用图书馆、体育馆等教学设施。按照年龄来推算，林亦烟今年 30 岁，叶兰 26 岁，也就是说林亦烟读高二那年叶兰应该在读初二，她俩正好在同一所学校。”

虞队真是火眼金睛，居然通过这一点细节将两个案子连了起来！

虞寒江道：“更巧的是，我刚去十七中的官网查了些资料，林亦烟读高二那年，是十七中成立 50 周年的纪念日，谢远也正好在那一年开始做慈善，成立了远航慈善基金会，给一些学校捐款。”

肖楼双眼一亮：“会不会是谢远正好捐款捐到了她们的母校？”

虞寒江道：“很有可能是这样。林亦烟本来也是个埋头学习、以考上重点大学为目标的乖学生，她的日记画风突变，成了谢远的小迷妹，天天在日记里喊谢远男神，她的改变，必定有什么契机。”

虞寒江打开当年校庆的一些报道。

13 年前，林亦烟高二，叶兰初二，两人所在的中学迎来了 50 周年的校庆。

过去的时间太久，相关的新闻报道已经寥寥无几，根本查不到谢远是否参加了校庆。

谢远的“远航慈善基金会”正好在 13 年前成立，当时的谢远是娱乐圈最红的男演员，他带头做慈善，颇受好评，一次捐了几千万出来，支持家境贫寒的优秀学生考上大学，十七中也在他的捐款范围之内。

林亦烟很可能就是因此注意到了谢远，拜倒在男神的西装裤下。叶兰会不会也是谢远的小迷妹？或者知道一些秘密？

肖楼和虞寒江对视一眼，刚要说话，忽然有个人急匆匆地冲了进来。

男人穿着一身黑色毛呢大衣，系着浅灰色羊绒围巾，脸上还有一副大大的墨镜，他气喘吁吁地推开虞寒江办公室的门，声音沙哑地问道：“虞警官在吗？”

“我就是。”虞寒江抬头看他一眼，“你是……谢先生？”

“嗯。”谢远摘下墨镜、围巾和口罩，他的脸上苍白得毫无血色，双眼通红地看着虞寒江，颤声问道，“我、我老婆在哪儿？”

肖楼起身道：“谢先生，请跟我来，梁婷女士的遗体暂时安放在我们法医中心。”

谢远跟着肖楼和虞寒江来到隔壁的法医鉴定中心。

停尸房的冰柜被肖楼拉开，看到梁婷的脸的那一瞬间，谢远双腿一软，直接跪在了梁婷的面前，满脸的不敢相信：“婷婷……怎么会这样……”

他紧紧抓住妻子早已冰凉的手，贴在自己的脸上，崩溃地放声大哭起来。

男人的哭泣声在安静的停尸房里回荡，那种声嘶力竭的哭喊听着都让人揪心。肖楼和虞寒江对视一眼，暂时离开了停尸房，给他留了一点时间来平复情绪。

过了大概 10 分钟，谢远才双眼通红地走出来，他攥紧双拳，咬牙切齿地道：“到底怎么回事？我老婆并没有心脏病之类的问题，怎么会突然死了？”

肖楼解释道：“有人给她的保温杯里下毒，她是被谋杀的。”

“谋杀？”谢远听到这里，眼眸瞬间瞪大，他的手背上青筋暴起，对准墙壁用力地砸了一拳，他像是受伤的野兽一样哑着声音咆哮道，“是什么人害了她？我老婆跟人无冤无仇，怎么会被人下毒谋害？警官，你们一定要抓住这个下毒的畜生！”

虞寒江平静地看着他，片刻后，才打断他道：“谢先生认识叶兰吗？”

谢远微微一愣：“不认识。”

虞寒江继续问道：“那林亦烟呢？”

谢远深吸一口气，尽量保持着平静说：“林亦烟的事之前您打电话问我，我也说过了，我和她只在公司的年会上见过一面，她说，我是她的偶像，给我客气地敬了酒，还问我能不能加个微信，我出于礼貌加了她好友，但私下并没有跟她聊过天。”

虞寒江挑眉：“只是这样吗？”

谢远怒道：“你什么意思？我老婆死了，她的尸体就停在太平间里，你们不去调查杀她的凶手，问我无关的林亦烟做什么？！难道凶手是林亦烟吗？”

虞寒江沉声道：“林亦烟也死了。”

谢远：“什么？！”

他显然被这个消息给震到了，满脸的惊骇之色。

虞寒江道："你是连接两起案件的关键。林亦烟非常崇拜你，她是因为你才进入娱乐圈的，我们调查你是例行程序。谢先生，我知道梁婷的死对你打击很大，但请你冷静一下，跟我去审讯室配合调查，我还有很多问题需要问你。"

谢远的脸色一阵青一阵白，刚得知梁婷死亡的消息，结果林亦烟也死了……他用力地用双手抓住头发，神色痛苦地捶了捶脑袋，这才跟上虞寒江来到审讯室。

虞寒江从 13 年前问起："关于基金会的成立，详细说说。"

谢远沉着脸道："远航慈善基金确实是在 13 年前成立的，当时我拿了几个奖，每年的收入很可观，我就想着做点慈善，帮一帮那些家境贫寒的学生。明星做慈善很正常，如果你们怀疑我洗钱，可以去查我基金会的详细账目。"

虞寒江道："你给十七中捐过款吗？"

谢远想了想，点头道："我中学的时候在十七中借读过一年，算是沾边的校友。当时正好 50 周年校庆，我给学校捐赠了一笔钱修了栋图书馆，另外给了校委会几百万做奖学金，专门发给那些家境贫寒但成绩优异的学生。"

"校庆那天，你有参加吗？"

"有，但我是秘密参加的。做慈善这种事到处宣传会让人觉得很虚荣，我只想低调一点捐款，在校庆典礼上简单讲了几句话，没让媒体和校方报道太多。"

这也是虞寒江查不到相关新闻记录的原因。谢远不管为人如何，在做慈善这一点上，可以说是娱乐圈的表率了。

虞寒江继续问："校庆当天，学校有没有派学生代表给你送花什么的？"

谢远道："好像是有个女生给我献花，过去太久我都不记得了。"

虞寒江和肖楼对视一眼。

这个女生很有可能就是林亦烟。

跟年轻英俊的谢远近距离接触的林亦烟，大概就从那天起疯狂迷恋上了谢远。她在日记本里天天喊"我男神""我老公"，甚至为了接近谢远，在高三时参加艺考，去电影学院读书，成了娱乐圈的当红明星。叶兰当年读初二，肯定也参加了校庆，知道林亦烟上台给谢远送花的事。

肖楼看向谢远，轻声问道："你爱你的妻子吗？"

谢远的嘴角猛地抽搐了一下，毫不犹豫地说："当然！我跟婷婷在一起 10 年，我们还有两个可爱的孩子，我怎么会不爱她？"

虞寒江一针见血地道："你和叶兰、林亦烟有没有私情？这关系到两起谋杀案，请如实回答。"

谢远放在桌上的拳头青筋暴起，他似乎陷入了矛盾，眼神中满是挣扎。

虞寒江冷冷地道：“梁婷是你两个孩子的妈妈，她就这么白白地死了，将来等两个孩子长大了，你要怎么对两个孩子交代？”

这句话如同一把锋利的刀，直直捅穿了谢远的心脏。

大概是想起家里的两个小孩子，谢远的心理防线终于崩溃，他用双手紧紧地抱住了脑袋，痛苦地道：“我和林亦烟……只有过一次。那次公司年会，她给我敬酒，我喝得有些醉，林亦烟主动说要送我回家，结果，她把车开到了她的私人别墅。”

虞寒江：“是月湖别墅山庄？”

谢远点了点头，回忆起那晚的经历，他满脸悔恨，头几乎要垂到胸口：“林亦烟说，她从十多年前就一直喜欢我，我是她的梦想，是她心里永远的男神……我当时，大概是鬼迷心窍，见她满脸崇拜地对我说那些话，一时没控制住，就跟她……”

虞寒江皱着眉问：“只是一夜风流？后来跟她还有联系吗？”

谢远急忙摇头：“没有！酒醒之后我就后悔了，林亦烟也表示昨晚只是一时冲动，就当什么都没发生，不信你们可以查我的手机，我跟她再也没联系过！我很怕梁婷知道这件事跟我闹离婚，她有严重的洁癖，要是知道我跟人在外面有过一夜情，她绝对不会原谅我的。”

虞寒江和肖楼对视一眼。梁婷有严重的洁癖？该不会她知道丈夫和林亦烟有过一夜情后，去杀了林亦烟吧？

虞寒江立刻问道：“这个月 16 号、17 号两天，你和梁婷在哪儿？”

谢远道：“女儿病了，住院，我和梁婷在医院里陪孩子。”

“全天陪护吗？”

“白天是她陪，晚上是我，我们轮流换班。”

“也就是说，晚上她去了哪里，你并不知道？”

“她应该是回家休息了。”

“你并不能确定，对不对？”

谢远沉默下来，显然，梁婷离开医院后到底有没有回家，他并不能百分百确定。

虞寒江接着问：“叶兰呢？你和她私下有没有关系？”

谢远咬牙道：“没有，叶兰我真不熟，但是林亦烟应该认识她，那次我跟林亦烟在月湖别墅山庄……早上起来后，我急忙离开别墅，结果在路口撞见了叶兰，她很震惊地看了我一眼，然后假装没看见，转身走了。”

虞寒江挑眉道：“这么说，叶兰知道你跟林亦烟的私情？”

谢远脸色难看：“她在路口撞见我，旁边就是林亦烟的别墅，用脑子想想都知道发生了什么。我怕叶兰说出去，但也不好明着问她，就假装什么都没发生。之后我跟林亦烟聊了几句，说自己昨晚喝醉了，这件事就此揭过，闹大的话对谁都不好，以后不要再联系了，林亦烟也同意这样的处理方式，然后，我们互相删了微信。”

肖楼皱着眉若有所思。如果谢远的证词没有隐瞒，那么，林亦烟和叶兰到底是什么关系？叶兰在别墅门口撞见谢远，知道谢远和林亦烟有过一夜风流，这个令人震惊的消息她会不会告诉别人？比如……告诉梁婷？

林亦烟的死会不会跟梁婷或者叶兰有关？

两个案子有了联系，线索变多，却又变得更加复杂，肖楼感觉自己的头都要炸了。

虞寒江问完谢远后，见肖楼头疼地按着太阳穴，便轻轻拍了拍他的肩膀道：“别急，事情很快就能理顺，明天我们再提审几个人。”

到家时已经凌晨1点半，虞寒江洗了个热水澡回到卧室躺下。他在床上翻来覆去，怎么也睡不着，干脆皱着眉坐起身，靠在床头，开了台灯，拿出笔录本一边看一边回忆今天所有人的证词和表情。

虞寒江越想越觉得不对劲。

陈姐的证词证明叶兰不是凶手，她一直蹲在厕所里，没有作案时间，至于说谎的事情可能需要另外考虑。女团的李胜楠和秦欢欢，当时一直在化妆间里补妆。剩下还没排除嫌疑的，就只有赵羽欣和刘溪。

可是，杀人总要有作案动机。赵羽欣和刘溪究竟有什么动机去杀梁婷？

赵羽欣和谢远没有交集，梁婷还夸过她才貌双全，她和梁婷应该也没有恩怨，年纪轻轻，人气如日中天，她有什么必要冒着风险去杀人，毁掉自己的大好前程？

刘溪同样年轻有为，她虽然出生于普通的工薪家庭，学习成绩不好，但她天生有一副好嗓子。她的嗓音最像梁婷，也最受梁婷喜爱。梁婷那么欣赏她，还给了她很高的评价“灵魂歌手”，她又有什么动机去杀死梁婷？

从选秀大赛的花絮录像来看，梁婷名义上是导师，其实一周也就露两次面，在录音棚里指导几个女生发音、气息之类的细节。花絮中，梁婷虽然严厉，但5个女生对她都很尊敬，毕竟是歌坛前辈，肯指导她们5个菜鸟已经是她们的荣幸。

只有极端的仇恨才会去杀人，5 个女生跟梁婷接触的时间不超过一周，虞寒江皱着眉反复思考，怎么也想不出赵羽欣和刘溪去毒杀梁婷的理由。

会不会是女团的 5 个人全都不是凶手，只是干扰项？

虞寒江再次看了一遍女团 5 个女生的资料，每一行都认真分析。看完后，他头疼地捏了捏眉心，最终将这一叠资料放在旁边的床头柜上——或许他的判断是对的，5 个年轻女孩并没有杀死梁婷的动机。

如果“5 个女生不是凶手”这个推论成立，那就剩一种可能。

叶兰不是在故意说谎，而是紧张之下不小心说错了话，她说的“洗手间脚步声”也是个干扰项——凶手有可能根本没去过洗手间。毕竟去过洗手间的叶兰、刘溪、赵羽欣、经纪人陈姐，目前都没有杀人动机。

一直纠结洗手间，或许反而会走入思维误区。

如果凶手没进过洗手间呢？那会是谁？

当时工作人员大部分聚集在东南方向的拐角处听叶棋唱歌，但化妆师、造型师都在西边走廊休息，其中还有两个在茶水间里吃外卖，这些人都是很容易进入梁婷休息室的。

女团 5 人的化妆师、造型师可以率先排除，这个造型团队是经纪人云岚请来的，跟女团合作很久了。同理，叶棋的造型师 Tony 也是经纪人云岚请来的，他们不知道演唱会邀请了梁婷做嘉宾，自然不可能事先准备好氰化钾，在后台毒杀梁婷。

剩下的，就只有梁婷请来的化妆师和造型师了。

虞寒江皱着眉回忆了这两人的证词。

化妆师小苏说，梁老师出场的时候，她叫的外卖正好送到，她问梁老师演出结束要不要换造型，梁老师让她先吃饭，于是她去拿外卖。

造型师阿 Kim 说，两人一起在茶水间里吃外卖聊天……

虞寒江的双眼微微眯起。

这两人的证词中存在着明显的漏洞。

拿外卖，几个饭盒当然不需要两个人一起去拿，一个人去拿就可以了。两人吃饭的时候，确实一直在茶水间里，这一点可以互相证明。但拿外卖期间呢？这两人是分开的。

虞寒江抓住这一点线索继续分析。

化妆师小苏一直跟梁婷长期合作，清楚梁婷的喜好，还提到过梁老师有严重洁癖，从来都是自带化妆品。如果是她下毒，她能以化妆师的身份很方便地进出梁婷的休息室，给梁婷平时常用的保温杯里放入氰化钾，再拿着外卖若无其事地回去。

造型师阿 Kim，虞寒江记得他亲口说和梁老师是第一次合作。如果他和梁婷有什么仇怨，也可能借这个机会接近梁婷。毕竟化妆、造型都是提前一周确定的，他也有充足的时间来做好准备。

想清楚这一点，虞寒江的脑海中豁然开朗。

已经是凌晨 3 点多，他关灯睡下，只迷迷糊糊地睡了三个多小时就起床去接肖楼。

肖楼看见他眼睑下方明显的黑眼圈，问："你昨晚没睡好？"

虞寒江捏着眉心，道："我这是职业病，不理清楚线索，睡觉也不踏实。昨晚回去之后我干脆重新梳理了一下所有人的口供，发现了一些疑点。"

他将笔录本上重点圈起来的部分拿给肖楼看。

肖楼低头看着笔录本："化妆师拿外卖有问题吗？"他双眼一亮，很快就想通了，"化妆师去拿外卖，但发型师没有去，这短暂的几分钟时间两个人是分开的对吧！"

虞寒江点头："没错，我们一直在关注女团、经纪人和洗手间，但那条线找不到作案动机。现在看来，这两个一开始被我们忽略的人，才有可能是隐藏在幕后的凶手。"

肖楼脊背一凉，仔细想了想昨天见到的化妆师和发型师。

化妆师是个三十岁左右的女人，涂着漂亮的指甲油，打扮得非常时尚。对发型师阿 Kim，肖楼印象很深。这位发型师的声音有些纤细，虽是男人，可身材瘦弱、皮肤白皙，有些"娘炮"。肖楼尊重每一个人的个性，可昨天这位阿 Kim 说话的时候，给他的感觉就是不太舒服。总觉得哪里不对？

肖楼摸着下巴思考，却想不出个所以然来。回过神的时候，虞寒江已经迅速解决掉了早餐，他发动车子，道："今天回警队后，我会重点询问这几人，你到时候跟我一起去吧。"肖楼也想听听这几人的说法，便点头道："好，我帮你做记录。"

虞寒江在路上就给这几人打了电话让他们到警察局，他到办公室没多久 3 位便来了。叶兰来得最快，她正好住附近的酒店。她是明星，不好公开露面，用围巾包着头，戴着墨镜、口罩，将一张脸捂得严严实实。

虞寒江先将她叫进去，问道："昨天，你说听见有人进了厕所，可我问过在场的其他人，那段时间并没有除你们 4 人之外的人去过洗手间。为什么要说谎？"

叶兰猛然一怔，她的手指用力交缠在一起，明显有些紧张，她颤声道：“我、我可能是记错了，当时突然被你们叫去问话，经纪人又说梁老师出事，我心里很紧张，洗手间里有没有脚步声，我其实记得不太清楚，反正当时脑子挺乱的。”

虞寒江皱眉：“为什么紧张？是心虚吗？”

叶兰的嘴唇轻轻哆嗦着，咬紧牙关不肯说话。

虞寒江道：“你到底知道些什么？关于谢远、梁婷，还有你学姐林亦烟。”

叶兰听到林亦烟的名字，脸色蓦地一僵，她抬起头来，强行维持着镇定：“林亦烟？我知道她也是十七中毕业的，但我和她并不是很熟……”

虞寒江直接打断她：“那你为什么会出现在林亦烟的别墅门口？凑巧路过？”

肖楼看向她，温言道：“叶小姐，你家境好，前途无量，你也不希望自己的身上留下作伪证的污点吧？还是如实交代比较好，该查的我们都会查到。”

叶兰听到肖楼温和的话，咬了咬牙，沉默片刻后才下定决心，低声道：“我、我那次去学姐家拿东西，看见谢远从她家里衣衫不整地出来，知道他俩应该是有私情……梁老师也知道这件事。”

虞寒江挑眉：“梁婷是怎么知道的？”

“梁老师有严重的洁癖，谢远回家的时候身上沾了别的女人的香水味，她一闻就记住了那款香水的味道。今年电影节颁奖典礼我们女团受邀去演出，梁老师是最佳音乐奖的评委，林亦烟去参加颁奖礼，她用的香水是限量版，味道很特殊。”叶兰顿了顿，脸色苍白地道，“梁老师的鼻子实在是太灵了，一下子就闻出了林亦烟身上的味道。电影节结束后，她约林亦烟去休息室。我正好路过，看见梁婷扇了林亦烟好几个耳光。事后我问林亦烟师姐是怎么回事，她说，是梁婷闻出了她身上的味道。”

看来，梁婷和林亦烟有过激烈的冲突。

叶兰低下头道：“昨天我听说梁老师出事之后，第一反应是林亦烟动的手。因为我了解师姐，她从小被父母宠着长大，被梁婷扇耳光，她肯定很恨梁老师。而且她对谢远的爱慕持续了这么多年，都快变成她的心病了。”

林亦烟早死了，叶兰居然会怀疑林亦烟是凶手？

虞寒江察觉到不对：“你怀疑林亦烟是凶手，她又没来现场，怎么会杀梁老师？”

叶兰愣了愣，道：“她来了啊！”

虞寒江和肖楼面面相觑：“什么意思？”

叶兰颤抖着打开自己的手机，翻到和林亦烟的聊天记录，递给虞寒江道：

“虞队您看，她昨天下午给我发消息，说我的第一次演唱会，她一定会来捧场。”

虞寒江接过手机一看，果然是林亦烟发的微信，时间在昨天下午 3 点半，内容和叶兰描述的一致。

他立刻给同事打了内线让对方查一下演唱会官网的售票记录，小吴很快就回复道：“演唱会 VIP 观众席 C 区 701 号座位的门票，确实是身份证为林亦烟的人买走的。”

虞寒江问道：“昨晚检票的时候，这个人进入过演唱会的现场吗？”

同事说道：“检票记录显示她昨晚并没有来。”

这是当然的，林亦烟已经死了，凶手也不敢拿着她的身份证跑来看演唱会，万一被警方抓个正着可就惨了。凶手给叶兰发消息，只是为了迷惑叶兰，制造林亦烟还活着的假象。也正因此，叶兰才会怀疑是林亦烟杀了梁婷。

虞寒江看向叶兰：“你跟林亦烟认识多久了？还知道些什么？”

叶兰小声道：“我们在中学的时候就认识，当时我们都是谢远的粉丝，有很多共同语言，挺聊得来的。后来她考上电影学院，我们断了联系，再后来我参加选秀节目拿了奖，她主动联系我，说娱乐圈这个复杂的地方有几个聊得来的姐妹不容易，以后我们互相关照。”

叶兰深吸一口气，接着说：“她加了我的微信，表现得很熟络，但我性格比较内向，话不太多，大部分时间她都把我当成倾诉的对象，她有什么不开心的就会跟我说，包括梁婷闻出她的香水味抽她耳光的事，还有她和谢远一夜风流的事，我都是唯一的知情人。”

虞寒江往上翻了翻两人的聊天记录。

一个月前，林亦烟给叶兰发消息：“恭喜师妹，听说你们‘F505 女团’要在 11 月开演唱会？我也想去现场看看。我已经买了一张 VIP 门票，支持师妹的首场演唱会。”

叶兰发去个受宠若惊的表情：“谢谢师姐。您那么忙，其实没必要抽时间来给我捧场，有这心意我已经很感动了。”

林亦烟发来个笑脸：“到时候看吧，要是太忙我就不来了，有时间就来看你。”

之后的几个月，两人没怎么联系。

叶兰道：“我还以为她只是客气，没想到她真的来了。”

虞寒江沉默片刻，说：“她昨天并没有来。”

叶兰一脸困惑：“可她发消息给我，说要来的啊？”

虞寒江：“她已经死了。”

叶兰:“什么……”

林亦烟的手机一直在凶手那里，虞寒江想过用IP地址来定位，但凶手十分狡猾，将手机的定位功能关闭了。凶手给叶兰发消息，和之前给其他人发消息一样，就是为了制造林亦烟还活着的假象。

叶兰听闻师姐已死的噩耗，脸色更加难看:“她、她是怎么死的？”

虞寒江说:“谋杀，凶手还在查。”

叶兰的全身开始剧烈地颤抖:“这……怎么会这样？”

虞寒江道:“她喜欢跟你倾诉，就你知道的来看，她和谁有恩怨？”

叶兰红着眼睛道:“我只知道她和梁老师有仇，梁老师在后台打了她好几个耳光，而且林亦烟一直没对谢远死心，我还以为是她杀了梁老师……”

叶兰以为梁婷是林亦烟杀的，所以，昨天警方询问她的时候她紧张得要命，一时说错了话。没想到林亦烟也死了，那林亦烟会是梁婷杀的吗？

两个人互杀，不可能这么玄幻，毕竟这不是鬼故事。

叶兰垂下脑袋，声音弱弱的:“师姐跟我倾诉的不过是一些生活中不顺心的事，和其他人有没有恩怨我真不知道。”

这女生显然被两个人都死亡的消息吓坏了，双手一直在哆嗦，也难怪，她一个乖乖女，哪见过谋杀案这阵仗？还一次死两个，全都是她认识的。

虞寒江继续询问叶兰，确实问不出什么，这才让她走了。

从叶兰这里得到两个讯息:第一，梁婷知道丈夫和林亦烟的事，在后台抽过林亦烟耳光;第二，凶手还在拿着林亦烟的手机到处发消息。

送走叶兰之后，虞寒江继续询问梁婷的化妆师和发型师。

化妆师小苏，全名苏杉杉，她和梁婷合作有3年多，梁老师很喜欢她化的妆，每次参加重大节目都带着她。她年初刚结婚，有个很爱她的丈夫，并且前段时间查出来怀孕，今天还是她丈夫亲自陪她来的。

虞寒江查看了她的手机订单。

昨晚8点半，她订了两份外卖，9点多外卖送到，她的手机有接听外卖小哥电话的记录，当时梁婷正好要上台演出，苏杉杉离开后台去拿外卖。

虞寒江打了外卖小哥的电话核实了这一点，对方说，确实有个漂亮的女人出来拿外卖，还礼貌地跟他说辛苦了，女人拿了外卖之后就转身走进了后台。

虞寒江低声问:“她进门后，是朝左走的还是朝右走的，你还记得吗？”

外卖小哥想了想，说道:“是朝右走的！”

左边是西，右边是东。两人吃外卖的茶水间在正北方向，走左走右距离都差不多。如果苏杉杉想去给梁婷投毒，应该是往西边走，她却往东边走了。

虞寒江挂掉电话，问道:“为什么去东边？”

苏珊珊解释道:“我走那边是因为那边传来了欢呼声，听上去很热闹，我好奇就过去看了一眼，原来是叶棋在舞台上唱歌，我停下来听了一段，唱得挺好。然后我才拿着外卖去找阿 Kim。”

虞寒江道:“你和阿 Kim 并不熟吧？他说他是第一次和梁老师合作。”

“不熟，上周经纪人叫我们过去给梁老师试妆发的时候，我跟他才第一次见面。”

“那你为什么要帮他订外卖？”

“我俩昨晚一直待在一起，从梁老师来后台就忙得脚不沾地，我们都没吃晚饭，我想他肯定也饿了，就问他爱吃什么，然后订了两份。”

虞寒江道:“昨晚都待在一起？你出去拿外卖的那段时间，你们并不在一起。”

苏珊珊怔了怔，突然一个激灵:“对，那几分钟我确实不知道他在哪里，我拿着外卖回去的时候他已经在茶水间等我了。”

虞寒江紧跟着叫来了阿 Kim。

他让对方出示身份证件，阿 Kim 脸色尴尬，干笑着说:“警官，我本名叫金小勇，咳，就是因为这本名太土了，我才取了个比较洋气的英文名。”

虞寒江仔细看向身份证，证件上的照片是上大学的时候拍的，穿着运动服，看上去青涩稚嫩，跟面前的男生长得只有六分相似，而现在的阿 Kim 已经超过三十岁了。

虞寒江低声在肖楼耳边道:“想办法采集他的指纹信息，跟数据库进行核对。”

肖楼点了点头。

虞寒江接着问他:“苏杉杉出去拿外卖的时候，你有没有去过梁婷的休息室？”

阿 Kim 一脸无辜地回答道:“昨天小苏去拿外卖的时候，我就去茶水间里等她了，没去过梁老师的休息室。我当时又累又饿，只想赶紧吃饭。”

虞寒江:“有没有听见其他人路过的脚步声？”

阿 Kim 信誓旦旦地道:“没有。”

虞寒江点头:“先问这几个问题，你在笔录本上签个名。”

肖楼将笔录和印泥拿过去，对方签了名后，肖楼温言道:“在名字上按一下手印。”

阿 Kim 按了手印，笑道:“我可以走了吗？”

虞寒江道:“在外面等半个小时，可以走的话我会派人通知你。”

阿 Kim 一脸无奈:“警官，你们这样不算是扰民吗？我今天还有工作……”他的抱怨还没说完，虞寒江锐利的目光朝他一扫，对方吓得立刻闭上了嘴。

肖楼迅速拿着他按下的指纹去指纹库做对比。

所有人在成年办理身份证的时候，都会录入指纹，这个指纹库的资料才是最完整的。一个人可以整容，可以换假的身份证，但总不能换掉手指头。

虞寒江让肖楼去核对指纹，显然是怀疑阿 Kim 提供的信息有误。

肖楼虽然不知道虞寒江怀疑对方身份的原因，但虞队的判断，肖楼还是无条件相信的。他将阿 Kim 的指纹和信息库进行了对比，结果却让肖楼瞠目结舌。

这个阿 Kim 根本就不叫金小勇。指纹库里能和他的指纹匹配度达到 99% 的人叫金小玥，性别为女。

看到金小玥的身份信息后，肖楼终于明白了自己昨天看见这位发型师时觉得别扭的原因。他以前去理发店也见过这种动作比较娘的理发师，所以他听这个阿 Kim 说话时并没有多想。现在仔细回忆，这个阿 Kim 脖子部位并没有明显的喉结，说话声音偏柔，哪怕她故意装成比较娘的男性理发师，可她毕竟是个女生，所以肖楼才觉得奇怪。

没想到事情居然会如此反转，肖楼立刻将指纹对比的结果以及金小玥的身份证复印件拿给了虞寒江。虞寒江接过来一看，皱着眉道:“果然有问题。”

肖楼好奇地问:“你早就看出了她是女生吗？”

虞寒江摇头:“我也没想到她女扮男装，只是觉得她嫌疑最大。昨晚我根据所有人的口供反复推理，最终发现女团的 5 个人都没有杀死梁婷的动机，化妆师、理发师两个人却有几分钟的时间不在对方的视线范围内。刚才问过化妆师苏杉杉后，我排除了她的嫌疑。她今年刚结婚，怀有身孕，没理由现在杀人。外卖小哥也证实她拿了外卖之后是朝东走的，梁婷的化妆间在西边，时间上来不及……所以，只剩发型师了。”

肖楼感慨道:“没想到，最后剩下的居然是一开始并不引人注意的发型师。”

当时，肖楼还以为化妆师、发型师这些都是路人甲，他重点关注的对象一直是“F505 女团”的几个明星。没想到，“F505 女团”才是最大的干扰项，凶手居然是毫不起眼的发型师阿 Kim。

虞寒江拿出金小勇的身份证复印件，和金小玥的做了对比。

他是专业刑警，真人和身份证该如何对比他自有一套心得。金小玥的身份证照片和阿 kim 看上去很像，但眼睛、鼻子和嘴唇的距离还是有细微的差别。

除非对方整过容，否则很难解释这一点。

虞寒江道：“金小勇和金小玥很可能是兄妹或者姐弟关系，所以两个人的容貌十分相似，我们去户籍资料处查一查就知道了。”

肖楼点点头，跟着虞寒江一起去了趟户籍中心。

果然如虞寒江所料，金小勇、金小玥是一对双胞胎姐弟，两人出身于一个很平凡的工薪家庭，这对姐弟的关系一直很好，初中、高中都在同一所学校读书，只不过，姐姐成绩很好，经常考前 3 名，弟弟成绩很糟糕，经常考倒数后 3 名。

十多年前，姐弟两人正面临高考，结果高考当天，父母在一场车祸中丧生，金小玥和金小勇也因此没去参加考试。

之后发生了什么没有记录，只知道金小勇报名去了职校读书，学的正好是美容美发专业。毕业之后他就成了一个理发师，取了个英文名叫阿 Kim，在滨州的理发店从学徒做起，慢慢地成为独立理发师，后来又自己开了家发廊，生意越做越好，吸引了一些娱乐圈的小明星来找他做造型。他很快就成了圈内知名的造型师，经常有明星跟他合作。

虞寒江看到这里，道：“按照陈姐的说法，梁婷原本的御用发型师由于正好跑去度蜜月，跟梁婷参加演唱会的时间撞了车，陈姐没办法，这才去找口碑不错的阿 Kim 老师来试试。”

肖楼仔细回忆了一下梁婷在演唱会上的造型，道：“当时给梁婷做造型的，到底是金小勇本人，还是他姐姐金小玥？”

虞寒江道：“应该是金小玥，她可能也学过一些造型、烫发的技巧，并且找弟弟帮忙，根据梁婷的脸型提前设计好了发型。否则，她没法提前准备谋杀的毒素。”

肖楼赞同：“看来金小玥在一周之前试妆发的时候就跟弟弟换了身份，她提前假扮成弟弟给梁婷做造型设计，就是为了接近梁婷，寻找机会在演唱会现场谋杀梁婷。”

虞寒江继续在电脑里搜金小玥的资料，可奇怪的是，并没有她上学的记录。

弟弟金小勇读了 3 年职校去学理发，这些都可以查到相关档案。可是姐姐金小玥，她的学籍记录在高三那一年戛然而止。

虞寒江若有所思地摸了摸下巴：“金小玥没上过大学？”

肖楼道：“他们父母的死亡时间，正好是他们读高三那年。父母突然离世，姐弟两个人没有稳定的工作和收入，据我所知，像金小勇读的这种学理发的职业技术学院每年的学费是非常高的，两个人怎么负担得起？”他顿了顿，猜测道，“会不会是金小玥为了供弟弟上学，放弃了读书？”

虞寒江点头：“有这可能。她的学籍记录根本查不到，证明她高中毕业后没有继续上学。她的成绩不错，即便是错过高考，也可以选择复读，但她没有复读……或许如你所说，她放弃了继续上学的机会，打工赚钱，让弟弟去读职校。”

肖楼有些遗憾地想，金小玥的成绩其实可以考上不错的大学，但当时父母去世，姐弟两人忽然失去了精神支柱，复读和上职校都需要很多钱，2 选 1，她选择了成全弟弟。

肖楼疑惑地道：“金小玥和梁婷又有什么恩怨？”

虞寒江道：“查查当年的车祸。”

如果是梁婷开车撞死了姐弟两人的父母，两人联手作案，杀梁婷报仇也说得通。

虞寒江当下就调取了金小玥父母车祸一案的结案记录。

记录中显示，金小玥父母是在十字路口出的车祸，由于金小玥的父亲不小心闯了红灯，大货车司机紧急刹车，出于惯性倾斜，将小轿车压成了废铁，责任方是金小玥的父亲，由于父母没有买意外保险，因此，金小玥姐弟两人也没能得到任何的金钱赔偿。

案发当日，梁婷在参加一位圈内朋友的婚礼。所以，车祸和梁婷扯不上任何关系。

肖楼疑惑地道：“既然跟父母的车祸无关，金小玥之后外出打工，赚钱供弟弟上学，和大明星梁婷又会有什么仇怨呢？”

虞寒江道：“目前还查不到相关的资料，我们得找梁婷的上一位经纪人询问，顺便将梁婷这些年来参加过的活动全部理一理。”

肖楼问：“这个阿 Kim 你打算怎么办？”

虞寒江道：“她嫌疑最大，先拘留起来再说。另外，我会派两个同事去找金小勇，如果我猜得没错，这对姐弟应该是互换了身份证，金小勇拿着姐姐的身份证，这时候可能不在滨州。”

肖楼说：“金小玥如果真是凶手，她应该不会将自己的计划告诉弟弟，而是找个借口支开弟弟，再冒用弟弟的身份，这样一来就不会引人怀疑。只是，她太低估了我们，以为自己女扮男装很聪明，却忘了查验指纹这回事。”

也多亏虞寒江足够警觉，推理出金小玥的疑点，让肖楼去核对了指纹。

目前最重要的，就是找出她的作案动机。

商量好之后，虞寒江给小吴安排了一个任务，让他去查“金小玥”这张身份证的信息。小吴很快就查到了：“金小玥一周之前去了隔壁的越州市，她没买高铁票，而是买的汽车票。”

汽车检票没那么严格，肯定是金小勇拿着姐姐的身份证跑去了隔壁城市。

虞寒江道：“马上通知越州市警方，查所有的酒店、宾馆，找到他后控制住，小吴、小李，你们两个亲自去一趟越州，一定要把人给我带回来。”

两个年轻的刑警出发去隔壁越州市抓人，虞寒江则带上肖楼一起回到审讯室。

阿 Kim 还坐在那里，神色间明显有些不耐烦，她反复地用手指敲击着桌面，好像在敲一首歌的伴奏。见到虞寒江后，她立刻抬头道：“警官，可以放我回去了吧？”

虞寒江把金小玥的身份证复印件推到她面前：“认识这个人吗？”

阿 Kim 的脸色微微一僵，强行维持着镇定：“当然认识，这是我姐。”

虞寒江：“她人在哪儿？”

阿 Kim 不高兴地皱起眉：“这件事跟我姐有什么关系？你们查她做什么？”

虞寒江淡淡问道：“你姐姐高三毕业后为什么没去复读？”

阿 Kim 轻轻在桌下攥紧手指，咬住嘴唇不肯回答。

肖楼道：“姐姐本想去复读，但当时复读生的收费很高，弟弟又想去职校学点儿技术，家里的存款只够一个人去上学，姐姐考虑过后，决定去打工，让弟弟读职校，我猜得对吗？”

阿 Kim 倏地抬起头来，脸色一片苍白：“你怎么知道？”

虞寒江补充道：“当时因为疼爱弟弟做出了牺牲，年纪那么小就外出打工供弟弟上学，但长大之后，看着那些从名校毕业的光鲜亮丽的女生，你的心里其实一直很不平衡吧？”

阿 Kim 的嘴唇开始微微发抖：“你这话是什么意思？”

虞寒江将指纹对比的纪录拿给她看：“别装了，你才是金小玥。你跟你弟弟互相交换身份证，你弟弟拿着金小玥的身份证去了隔壁越州，我已经派同事去找他了。”

虞寒江直截了当地道：“说吧，为什么要跟弟弟换身份？”

金小玥咬牙解释：“我弟在越州有个女朋友，网恋认识的，两人一直在异地恋，他工作太忙，女方闹着要跟他分手。陈姐两周前找我弟弟谈合作，因为演唱会当天正好是他女友的生日，他一直很犹豫。如果不去陪女朋友，可能女朋友真的要分手。可是，梁老师这么大牌的明星找他合作，对他打响名气帮助很大，他又舍不得推掉。”

虞寒江冷冷地看着她：“所以你就给金小勇出了个主意，和他交换身份证？”

金小玥攥紧拳头："没错。我跟我弟长得像，到时候，我换个和他差不多的发型，代替他去给梁老师做造型，他拿我的身份证去隔壁城市见女朋友，两不耽误。"

肖楼疑惑地问："你弟弟放心让你操刀给梁老师弄头发？不怕你弄砸了？"

金小玥道："我这些年跟他一起租房住，也学了很多理发的知识，他提前做了个模型，教我一遍我就能学会，梁老师的发型做起来并不难。"

虞寒江："也就是说，上周梁老师约阿 Kim 试妆发、造型的时候，你已经跟你弟弟交换了身份，是你去给她烫头发的？"

金小玥点头："没错。我们只是私下换身份，没耽误正事，这不犯法吧？"

虞寒江道："你当时看到梁婷用保温杯喝水了吧？"

金小玥一脸无辜："什么保温杯？我不知道。"

虞寒江："演唱会当天，不是你去梁婷的休息室，给她保温杯里投毒的？"

金小玥："警官你不能冤枉好人！"

接下来，不管虞寒江怎么问，她都是一句"不知道，梁婷不是我杀的，别冤枉好人"。

这个女生嘴硬得很，在没找到更有力的证据之前，看来她是不会主动招供了。虞寒江只好暂时将她拘留起来，等待下一步的进展。

梁婷的前任经纪人很快就被邵清格找了回来，是一个男的，姓李。

他来到警局后不敢置信地说："梁婷脾气直率、性格干脆，不太会委婉地跟人周旋，有时候说话可能比较伤人，但她没有坏心眼，我想不到她和谁有这么深的仇恨。"

虞寒江详细问了他梁婷出道以来的经历，紧跟着重点问道："你对金小玥这个名字有没有印象？"他将身份证复印件递给经纪人。

李先生皱着眉思考了很久，道："没印象，梁婷应该不认识这个人。"

虞寒江："再仔细想想。"

李先生确定地说："确实不认识。"

虞寒江道："梁婷这些年参加过的节目，包括电视台的晚会、各类综艺节目、选秀大赛等，能不能列一个清单给我们？"

李先生道："这个可以，我手里有梁婷的全部节目视频。"

经纪人提供了一份电子版的通稿清单，还把一个移动硬盘交给虞寒江，说："我习惯把艺人参加的节目视频下载保存，做个纪念，也可以随时复习。有空的时候，看看十几年前的节目还挺有意思的。"

经纪人给的硬盘肯定会有重要线索。

只不过，将硬盘连接到电脑后打开一看，虞寒江和肖楼顿时头疼起来——梁婷 18 岁出道，到现在二十多年的时间，几百个节目，经纪人居然一个不漏地全部下载保存了。要是一个一个地看，这工作量也太大了吧？

肖楼建议："让队友们帮忙吧！我们两个人看这么多视频，几天都看不完。"

虞寒江觉得有理，便把节目列表发在微信群里："@ 全体成员 大家出来干活了。"

叶棋很快就冒出来："有线索了吗？"

虞寒江将金小玥的身份证照片发在群里，说："目前怀疑这个金小玥是凶手，她有作案时间，并且只有她不能提供不在场证明，但是我们找不到她的作案动机，所以要翻梁婷过去的节目，看她和死者有什么恩怨。"

刘桥很快说道："这么多节目虞队你一个人看工作量太大，大家分工吧，每个人分一些，可以提高效率。我们推理不行，看视频找线索还是可以的。"

邵清格道："我也找点事做，给我分一点，这一天无聊得很。"

曲婉月、龙森、老莫等人也纷纷冒出来表示晚上没事做，正好能帮忙。

虞寒江道："金小玥今年 30 岁，梁婷 45 岁，梁婷比金小玥大了整整 15 岁，所以，我们只需要从金小玥 18 岁，也就是梁婷 33 岁的那一年开始看。"

梁婷出道的时候，金小玥还在读幼儿园，肯定不会有什么恩怨。

金小玥的人生转折点就在 18 岁那年，父母出事，耽误高考，她原本一帆风顺的人生从此走入低谷。梁婷当时 33 岁，从那一年开始看也有整整 12 年的节目需要排查。

虞寒江迅速分工："你们每人看一年的，剩下的我来。重点观察所有节目中有没有金小玥这个人，注意她不一定叫金小玥，很可能会取个艺名，或者类似 Kim 的英文名。我现在将节目传到网络共享硬盘，大家分工下载，一期一期地排查，看完一期后就在群里汇报结果。"

一群人排队打来"OK"的手势。

大家开始分工看资料。

虞寒江倒着往前看，其他人每人负责一个年份。

这天晚上，微信群里全员集体加班熬夜，每看完一期节目就在群里汇报结果。

群里不断发来"× 年 × 月 × 日，×× 节目无异常"的信息。

快到凌晨一点的时候，硬盘里的节目已经被排查了一大半，还是没有发现线索。

叶棋心里不由疑惑——难道金小玥和梁婷的恩怨并不在节目里，而是私下？可是，金小玥一个打工妹，和梁婷这个歌坛天后又会有什么交集呢？

他相信虞寒江的判断，这么多节目不可能没有任何线索。叶棋深吸一口气，点开了他负责的梁婷四十岁，金小玥 25 岁那年的节目。

节目的名字是“想唱就唱”1017 期。

叶棋双眼一亮，心想，这节目不正好是“F505 女团”出道的选秀节目吗？！

他立刻点开视频，认真地看了起来。

“想唱就唱”是滨州电视台斥巨资打造的选秀节目，还跟圈内最大的星光娱乐公司合作，报名几乎无门槛，只要你想唱歌，都可以来到这个舞台。能获得前六名进入总决赛的选手，都可以和星光娱乐公司签约，以单人或者组合的形式出道，算是爱音乐的人实现梦想的最佳途径之一。选秀节目办了很多年，“F505 女团”也是因为 3 年前参加过这个节目，出道之后大红大紫的。

梁婷参加的这一期是 5 年前的，叶棋打开节目没多久，就看见梁婷出场，她穿着一身帅气的西装裙，坐在台下的评委席上，主持人还让观众们以热烈的掌声欢迎这一期的嘉宾梁婷老师。

叶棋察觉到不对，皱着眉继续往后看。

这一期，正好是 10 进 6 的淘汰赛。

主持人依次介绍了 10 强选手，叶棋睁大眼睛仔细看她们的脸，1 号、2 号、3 号……直到 7 号选手出场的时候，叶棋猛然一怔，他立刻暂停，将画面放大。

走上台的是一个白皙清秀的女生，身高一米六八左右，留着一头黑色长发，穿着白裙子，看上去挺清新的，叶棋仔细对比了她和金小玥身份证上的脸——绝对是同一个人！

叶棋立刻截图在群里汇报：“‘想唱就唱’选秀节目第 1017 期，梁婷做评委，我发现 10 强歌手中有金小玥，虞队你们快看！”

这话一发出来，所有人立刻打开叶棋所说的这一期节目。

10 进 6 的淘汰赛，第一个环节每人需要唱一首歌，由台下的评委亮灯。绿灯代表通过，红灯代表不通过，3 个评委，有两盏绿灯就可以过关进第二轮。

叶棋将其他人唱歌的部分快速用鼠标拉过去，专门看金小玥的。他发现金小玥有些紧张，气息不太稳，而且她的声音比较大众化，辨识度不够高，但整体来说唱得还行。

一首歌唱完，只听主持人道：“欢迎 7 号选手 Morning！”

虞寒江不由说道：“果然用了英文名，所以经纪人才对金小玥这个名字毫无印象。”

肖楼紧张地道：“看来这一期节目很关键。”

两人继续往下看。金小玥站在舞台中间，镜头拉近，她的额头上全是汗珠，显然是有些紧张。主持人问她："为什么取这个英文名？"

金小玥认真解释："一日之计在于晨，我觉得 morning 这个单词，代表着清晨以及希望。"台下传来热烈的掌声。

主持人接着问："你一路过关斩将杀进十强，这一刻有什么想对家人说的？"

女生深吸一口气，哽咽着道："我 18 岁的时候父母就去世了，我只有个弟弟。当年，由于父母去世的原因，我错过了高考，没能去上大学，18 岁就开始外出打工……"

节目放出应景的悲伤音乐，台下有些观众被她的哽咽声所感动，甚至流下了眼泪。

女生说了很多自己这些年的辛苦经历，说到后来也是双眼发红忍不住掉泪。主持人安慰了她很久，她最后才道："我一直很爱音乐、很爱唱歌，成为一个歌手是我最大的梦想！我来参加这次选秀，弟弟非常支持我，我想告诉他，请放心，姐姐一定会努力，一定能出人头地的！"

台下的掌声极为热烈，显然，金小玥声泪俱下的诉说感动了很多人。

3 位评委也在配合地鼓掌，主持人道："请评委亮灯。"

1 号评委给了绿灯，2 号给了绿灯，3 号评委梁婷……给了一盏红灯。

规则是两盏绿灯可以进入下一轮 PK，梁婷的红灯影响不大。金小玥看了梁婷一眼，朝评委席鞠躬，准备下一轮。

第一轮淘汰了两个选手，剩下 8 人继续第二轮的 8 进 6 淘汰赛。只要进入六强，不管最后的名次如何，都会获得和星光娱乐签约的机会。

距离成为歌手只差一步。

金小玥第二轮选了首英文歌，唱得很卖力，最后的高音部分让现场观众掌声雷动。

评委亮灯阶段，1 号评委给了红灯，2 号评委给了绿灯，最后的决定权在梁婷手里。

主持人问道："梁老师，你的决定是？"

梁婷拿起话筒，看着舞台上的女生，平静地道："Morning，我说话比较直接，你不要介意。"

金小玥微笑点头："梁老师您说。"

梁婷道："首先，你不该选英文歌，你英文不好，发音生硬，这首歌 key 太高，你很难驾驭，听起来非常干涩。而且，第二小节你有两个尾音走调了，你的声乐基本功不行，和其他音乐学院的几个选手比，差距其实很明显。"

现场观众都愣住了，大家也没想到梁婷说话这么直，金小玥的笑容渐渐僵硬。

1 号评委也亮了红灯，但他明显比较会做人，出来打圆场：“也不能怪选手，Morning 她因为家庭问题，没能上大学，我相信，只要她继续去音乐学院深造，一定会唱得越来越好……”

梁婷皱眉道：“既然来到了比赛舞台，那就拿实力说话，我不会因为你的家庭给你同情分，这样对其他的选手不公平。每个人都在努力，不要以为自己才是最努力的。既然大赛方邀请我做评委，我只会以专业的角度来评判每一个歌手，包括声音、唱功、潜力。你的声音其实还好，但基本功太差，在我看来，你的唱法没有个人特色，而且你今天很紧张，第一轮唱错几个音我没有指出来，第二轮有两个音走调，高音部分还破音，很抱歉，为了给其他选手一个公平的环境，这一轮，我的结果是……”

她按下了评委席上的红灯。

看到红灯亮起的那一瞬间，金小玥满脸的不敢相信。

主持人遗憾地道：“很抱歉，由于两位评委给出了红灯，Morning 你只能遗憾地离开这个舞台！不过没关系，只要不放弃梦想，你一定可以成功，让我们给她送上最热烈的掌声！”

金小玥朝台下鞠了个躬，转身离开。

虞寒江注意到，她走下舞台的时候回头看了梁婷一眼，那目光非常复杂。

肖楼看到这里不由感慨道：“梁婷的话很有道理，竞争的舞台只能拿出实力，不需要同情分。但是梁婷太直接了，就像当面扇耳光，可能让金小玥因此怀恨在心？”

虞寒江道：“最后金小玥是第七名。前六名才能去总决赛并且获得签约的机会，只差一步，可以说，是梁婷断了她成为歌手的念想。这次‘F505 女团’开演唱会，同样是选秀节目出道的歌手，她们如今风光无限，而她这几年却过得很落魄……”

肖楼轻叹一口气：“她心理上可能一直不平衡，‘F505 女团’的风光反衬出了她的落魄，她肯定会想，如果当初梁婷给了她绿灯，让她过关进决赛，她就可以签约了，会不会现在也和‘F505 女团’一样，成为超级明星？会不会也能开一场属于自己的演唱会？”

越想越痛苦，越想越憎恨。嫉妒的火焰在心里燃烧，仇恨的苗头席卷了大脑。最终，这一切淹没了理智，让她做出了最疯狂的决定。

看完这期综艺已经将近凌晨 2 点了，大家都看精神了，纷纷在群里讨论起来。

叶棋说道："我觉得梁婷老师的话没错，金小玥第二首歌确实没唱好，淘汰赛肯定是看你现场发挥得怎么样，要是给了她绿灯，对别的选手就是不公平。歌唱不好被淘汰，那也不能怨天尤人，只能怪自己发挥失误啊。"

邵清格道："其实，这些年通过选秀大赛和星光娱乐签约的歌手也不是个个都能红。金小玥即便签约了也走不长远。她的心态太容易崩溃，心理承受力很弱，看她在舞台上哭成泪人，这样的心理素质很难当明星。"

曲婉月道："金小玥的经历让人同情，但客观来说，其他几个选手唱得比她好，她拿到第七名我觉得很合理，评委并没有胡乱打分，她要是因此恨上梁婷，那就是心态扭曲了吧。"

老莫感慨道："有些人总是喜欢把自己的失败怪到别人的头上，总觉得是别人有眼无珠，自己没有错，都是别人的错。唉，金小玥大概是这样想的，所以越想就越恨梁婷？"

叶棋也参加过选秀节目，心态好的人，哪怕失败被淘汰出局，也会感谢这个舞台给自己锻炼、成长的机会。但金小玥显然不是这类人，她太偏执。如邵清格所说，这次比赛让她的心态彻底崩了。

在舞台上提起父母去世以及错过高考的经历，金小玥泪如雨下，这显然不是单纯为了节目效果，而是她真的没法控制好情绪。

肖楼回头看向虞寒江："如果是 5 年前的选秀节目被梁婷亮了红灯，导致她没法进决赛，因此让她恨上梁婷……那她为什么过了这么多年才动手？"

虞寒江看着电脑画面里金小玥下台时投向梁婷的怨毒眼神，分析道："她一个普通人很难接近大明星梁婷，这次代替弟弟给梁婷做造型算是千载难逢的机会。另外，很可能是最近发生了什么事，刺激到了她，让她埋在心底深处的仇恨再次被点燃。"

肖楼想了想也觉得有道理。金小玥很可能是最近又受了什么刺激，见到梁婷后，新仇添上旧恨，才决定杀人泄愤。至于最近发生了什么，还得继续查证。

虞寒江在群里说道："大家辛苦了，先睡吧，明天我会再审一遍金小玥。"

一群人纷纷在群里发来晚安，关掉手机各自去睡觉。

凌晨两点，街道上没有几辆车，宽阔的马路显得空空荡荡。

昨晚只睡了 3 个小时，今晚又加班到 2 点，虞寒江的神色间能看出明显的疲惫，下巴上也有一些短短的胡茬……他这几天显然很累，却为了尽快破案一直强撑着。

肖楼说道：“梁婷案差不多能破了吧？你晚上回去后尽快睡觉。反正金小勇还没找到，我们直接审金小玥的话她也不会轻易招供。”

虞寒江回头看了肖楼一眼：“嗯，听你的。”

肖楼轻笑着说：“你真是工作狂。其实没必要那么拼，这次的红桃密室不限时间，只要线索找够了就能得到S级评分完美通关，我们的效率已经够高的了。”

虞寒江点头：“嗯，今晚回去我好好补个觉，明天9点半来接你。”

回到家后，虞寒江终于睡了个好觉，次日睡到9点才起来。

他去浴室冲了个澡，吹干头发，然后对着镜子仔细刮掉胡子，把自己收拾得精神抖擞、清清爽爽，这才心情愉快地去接肖楼上班。

今天周末，除了两个值班刑警外，其他的人都放假，整个警队显得很安静。

肖楼没回法医中心，干脆留在办公室里陪虞寒江查线索。

虞寒江联系了滨州市的人才市场，让他们马上查金小玥的就职信息。很快，人才市场那边就给出了反馈。

虞寒江猜得没错，金小玥在人才市场找过很多次工作。最近的一次是她在今年夏天的时候应聘到一家挺大的酒店做前台，酒店前台并不要求太高的学历，只要长得漂亮，口齿伶俐，就可以获得面试的机会。

人才市场的介绍信以及金小玥和酒店签约后缴纳的介绍费用，都有详细的记录。

虞寒江将对方发来的电子版仔细一看，介绍信上的照片里，金小玥还是长发披肩的样子，长得确实清秀漂亮，她的五官精致、小巧，这也是肖楼当初见到她女扮男装时觉得略为别扭的原因。

虞寒江当下就开车去了酒店，找人事部确认。

人事主管说道：“金小玥是今年6月份来我们酒店当前台的，工作还算认真。我们酒店一个保安喜欢她，追了她很久，只不过她心气儿高，根本瞧不上保安。对了，她上个月就离职了。”

虞寒江问：“什么原因离职的？”

人事主管轻叹一口气，道：“具体我也不清楚，不过，上个月发生了一件事，我是听和她一起值夜班的小慧说的，好像是半夜来了几个客人，认出了她，金小玥没给客人好脸色，后来金小玥就主动辞职了。”

虞寒江立刻让人事主管把知情人小慧给叫来。

小慧礼貌地朝人事主管笑了笑，听说警察找之后，她的脸色微微一变，眼神中露出一丝茫然：“警察？出什么事了吗？”

虞寒江问：“你和金小玥熟不熟？”

小慧怔了怔，道："玥姐？我跟她挺熟的，我们前台都是三班倒，有时候要值夜班，我和她经常一起搭班。她很有才华，知道的事情也多，听她说，她以前成绩特别好，每次都考班里前三名，可惜当时家里太穷，没能上大学。"

虞寒江和肖楼对视一眼——果然，这件事已经成了金小玥的一个心病。她应该是对当初没上大学的事愤愤不平，所以才逢人就说，来发泄心中的不满。

小慧接着道："她很聪明，给客户办入住的时候工作效率也非常高，只不过，后来她突然辞职，辞职之后她就把我的联系方式给删了。"

虞寒江问："她辞职前和你一起值夜班，那天晚上，她是不是遇到了什么人？"

小慧认真想了想，然后就跟虞寒江详细描述了当晚的情景。

10 月 15 号的晚上，她和金小玥晚 8 点接班，那天安排的是她们两个夜班。大概 9 点左右，走进来一对夫妻。俊男美女，穿一身名牌服装，女人提着限量版大牌包包，手上还戴着一枚很大的钻戒，一看就是有钱人，订的也是酒店最贵的豪华情侣套房。

办入住的时候，那女人突然朝金小玥说："你是不是金小玥啊？"

金小玥的脸色瞬间就变了。

女人道："我是高中的时候坐你前排的那个芊芊，你还记得我吗？"

她身旁的男人也一脸诧异地道："小玥？你怎么在酒店当前台啊，我记得你那时候成绩可好了……听说当年你错过了高考，后来没复读吗？"

金小玥在台下攥紧拳头，整张脸苍白如纸："你们认错人了。"

女人道："怎么会认错呢？你就是小玥吧，我们夫妻正好来这边出差，老同学，有空一起吃饭啊。"她还想继续说，身旁的帅气男人却轻轻拉住她，笑道："抱歉，可能是真认错了，麻烦给我们办一下入住。"

金小玥脸色难看地给他们办了入住手续。

等两人走后，小慧才道："玥姐，他们真是你同学吗？"

金小玥咬紧嘴唇不肯回话，手指紧紧地攥了起来，涂成红色的长指甲几乎要在掌心里掐出血来。见她这个样子，小慧没敢再问。

结果，没过半个小时，又有一个女人带着助理走进来。

那女人穿着一件非常好看的风衣，烫了一头鬈发，戴着丝巾和大墨镜，打扮得极为时尚，她走到前台后，很意外地看着金小玥说："Morning？你怎么会在这里当前台啊？"

金小玥的脸色黑如锅底："您认错人了。"

女人抱歉地笑笑："不好意思，你长得很像我以前一个朋友。"

她旁边的助理拖着一个很大的行李箱，两人一起办了入住。

那天夜班，一整晚，金小玥沉着脸一句话都没说，小慧被她的脸色吓到，也不敢问她是怎么回事，结果第二天金小玥就辞职了。

虞寒江在酒店的系统查了当晚的入住记录。

那对俊男美女都是金小玥的高中同学，男的是班里的学霸，但每次都考不过金小玥；女的成绩很一般。两人大学考到同一座城市，目前是同一家公司的高管。

后来入住的墨镜鬈发女是五年前和金小玥一起参加歌唱大赛的选手，她拿下了第六名和星光娱乐签约。目前虽不算大红大紫，但也小有名气，那次是来滨州市参加公益演出的。

回去的路上，肖楼分析道："看来，那天晚上值夜班时遇到的老朋友刺激到她了。"

虞寒江道："人的嫉妒心理都是因为对比产生的。以前的高中同学，成绩远远不如她，现在却过得比她好，穿一身名牌，婚姻幸福，外出住酒店也是住最贵的套房，而她却在酒店的前台当一个接待。"

肖楼补充道："那个叫她'Morning'的女生在选秀大赛拿了第六名，只比她高出一个名次，现在已经是个小有名气的歌手……真是对比产生伤害。"

金小玥的心里本来就埋下了不平衡的种子，到这一刻，嫉恨的火苗终于被彻底点燃，烧得她理智尽失。可以想象，那天回去之后，金小玥待在和弟弟一起租住的房里，有多痛苦、多悔恨。

虞寒江叹了口气，道："等找到金小勇，这个案子就能结案了。"

隔壁越州市的警方办事效率很高，当天下午就找到了金小勇的住处，让小吴他们带着金小勇回到了滨州。金小勇还以为是交换身份证的事情被警方识破，满脸恐慌。

被带进审讯室后，他立刻主动招供："警官我知道错了！我用我姐的身份证也没做什么坏事啊，我只是去隔壁城市看我女朋友，这应该不构成犯罪吧？您别把我关起来行吗，批评教育、罚款、赔礼道歉、写检讨，我都能接受！我绝对认真反省，永不再犯。"

虞寒江皱眉看着面前的男人。

金小勇身高一米七，金小玥假扮他的时候只需要穿一双厚底鞋子就够了。姐弟两人的发型一模一样，显然，金小玥为了假扮弟弟，临时染了头金色短发。金小勇说话的时候稍微有些娘，声音偏柔。

虞寒江将金小玥的身份证递给他，低声道："详细说说，18 岁那年你们父母去世后，你们姐弟两个，为什么最后只有你去上学？”

金小勇愣了愣：“为什么问起十几前的事啊？”

虞寒江冷冷地看他一眼：“老实回答问题，不要反问。”

金小勇被警官锋利的眼神吓到，立刻老实说道：“是我求我姐的，我当时特别想学一门手艺，家里的存款只够一个人上学，我姐心软，就让我去了。她说她可以在奶茶店里打工，能赚到一些钱，一边打工攒学费，一边复习功课，来年复读也是一样。”

虞寒江疑惑：“那为什么她来年没去复读？”

金小勇遗憾地说：“我们县的高中第二年政策变了，不再开设单独的复读班，如果去别的学校的话，我们不认识人，又没有门路，很难把学籍转过去……唉，这件事就这么耽误了，是我对不起我姐。所以后来我工作之后，赚的钱一半都是交给她的。”

金小玥为弟弟放弃复读的机会，打工赚钱等了一年，却错过了一生。她当时一定很后悔。虞寒江接着问：“这几年，你姐都去过哪些地方打工？”

金小勇道：“酒店前台、公司后勤之类的，她换过不少工作，但没有一个工作能超过一年，我姐吧，心气儿太高了，这些工作她总是瞧不上。”

虞寒江：“她很喜欢唱歌吗？”

金小勇点头：“她从小就爱唱歌，大家都说她唱歌好听。”

虞寒江：“5年前的歌唱大赛，她走到10强阶段，在10进6的比赛中被淘汰，当时她回家后情绪怎么样？有没有跟你说什么？”

金小勇想起这件事，脸上露出明显的难过之色：“我姐当时回到家后就把自己关在屋子里面哭，还砸了很多东西。我劝了她很久，跟她说没关系，明年再报名……她很崩溃地骂了我，说哪有那么多明年，当初就是想着明年再来，却错过了最好的机会，唉。”

金小勇说到这里，不由双眼发红，声音也带着一丝哽咽：“我知道我姐心里其实一直在怪我，当初要不是我求她，她也不会心软放弃复读的机会。这件事我也很后悔，其实应该是我去打工，让她先复读考大学，然后我再想办法读职校……是我耽误了她……”

虞寒江沉默片刻，低声问：“第二年，她没再参加选秀节目吗？”

金小勇胡乱抹了一把脸，控制好情绪，哑声道：“她去了，结果海选阶段就被淘汰了，因为她那天太紧张，唱到一半忘记歌词，被负责海选的老师一票否决。”

金小玥的人生似乎总在关键的时刻掉链子，但归根结底，还是心态的问题。

虞寒江道："她辞职在家的这段时间都在干什么？"

金小勇道："她最近心情不太好，整天闷在屋子里也不出门，我怕她闷出病来，就把我的电脑给了她，让她在家里玩儿游戏，放松一下。"

虞寒江问："什么游戏？"

金小勇道："射击、枪战类的游戏，我喜欢这种，电脑里下的都是这些，我姐有没有下载新的游戏，我也不太清楚。"

射击类游戏，砰砰几枪打爆人的头，很热血，比较受男生们的欢迎。但是，这游戏给金小玥玩简直就是火上浇油，她心中的仇恨不断发酵，甚至产生了暴力杀人的想法。

金小勇补充道："我跟她说了，就算她不出去工作，我赚的钱养她一辈子都没问题。她要是心情调整好了，可以去我的发廊帮忙，做个美容师，我给她介绍老师，从零开始学习也来得及。"

肖楼在心里轻叹一口气，这个弟弟其实对姐姐很关心，一直在想办法弥补当年对姐姐的亏欠，可惜，姐姐太偏激了。如果能放下过去、从头开始，其实姐弟俩的生活正在慢慢变好。

虞寒江终于问到了最关键的部分："这次和你交换身份是你姐的提议？她的理由是什么？"

金小勇道："我女朋友的生日跟演唱会撞了，梁老师的邀请我也不想推掉，她替我给梁老师做造型，能帮我打响名气，也不耽误我跟女朋友约会。她天天闷在家我很担心，她愿意学习理发我其实挺高兴的，所以我做了一个梁婷的模型，亲手教她怎么弄头发，我姐很聪明，一教就会。"他顿了顿，尴尬地看了眼虞寒江，"咳，我知道交换身份证是违法的，但我们没有恶意，只是姐弟两个互换一下，我保证以后不会再犯！"

到现在为止，金小勇还不知道姐姐犯了罪，以为警察带他来审问只是为了交换身份证的事。虞寒江皱了皱眉，道："带我们去你的住处搜查。"

金小勇愣住："这……没这个必要吧警官？交换身份证，理由我已经说得很清楚了，我真没说谎，你们这样搜我的住处，不合法的吧？"

虞寒江将一张盖了章的纸拿给他看："这是搜查令。"见对方一脸疑惑，虞寒江紧跟着道，"梁婷死了，你姐姐涉嫌谋杀，我们需要对她的住处进行详细的搜查，带路吧。"

金小勇的嘴巴张大到能塞一枚鸭蛋。

虞寒江带人去了姐弟俩的住处，金小玥的房间里什么证据都没有，但是，打开家里的电脑后，虞寒江却在网页搜索记录中找出了很多关于氰化钾剂量、梁婷之类的关键词。

证据确凿，只剩下金小玥亲口招供了。

回到警队后，虞寒江和肖楼再次提审了金小玥。

他将五年前的综艺节目在金小玥面前重新播放了一遍，金小玥面如死灰。

虞寒江沉声道：“10月份，你在酒店当前台，见到风光的老同学和小有名气的同期歌手，对比之下，心理越发不平衡，在弟弟家住的这半个月天天胡思乱想，打游戏，越想越觉得梁婷太可恨，是梁婷毁了你的梦想和前程，所以你决定杀她泄愤，对吗？”

金小玥的嘴唇剧烈地颤抖起来，她将脸埋在双手之间，肩膀不断地抽搐，像是在哭，又像是在笑。片刻后，她突然抬起头，双眼通红，如同受伤的野兽一样咆哮道：“都是她！要不是这个贱人给我亮红灯，我早就是星光娱乐的签约歌手了，怎么可能沦落到去酒店当前台的地步！

“呵呵呵，老同学？表面上装亲热，背地里肯定在笑话我！我明明成绩那么好，他们两个成绩都考不过我的蠢货居然成了白领高管？肯定是在背后勾结了领导！

“还有那个垃圾歌手，她唱得明明没有我好，选一首大家都快要听烂的歌，蹦蹦跳跳就跟猴子一样在舞台上跳了一圈，凭什么是她进了决赛，我不能进？！梁婷就是对我有偏见！老天太不公平，对我太不公平了！我过得不好，梁婷也别想好过！要不是她，我现在早就是出名的歌手了！”

虞寒江和肖楼平静地看着面前疯狂的女人。

多年的心结让她的心理彻底扭曲，认为这一切都是别人的错，她根本没错。老同学混得好，她看不惯——成绩不如她凭什么混得比她好？同期的歌手出名了，她也看不惯——唱得不如她，凭什么能出名？

她总是这样怨天尤人，却从不在自己的身上找原因。

当初一时心软选择帮弟弟，错过高考，这确实让人难过和遗憾。可是，既然事情已经发生了，就没必要这么多年都耿耿于怀。

其实这些年，她有很多次机会可以改变命运，比如，去考个成人大学读完了再好好找份工作；或者去音乐学院专心打好基础，再参加唱歌比赛；再或者，弟弟愿意拿出那么多收入帮她，她可以学一门手艺，成为美容师、化妆师之类的，也能过得很不错。

但她从来不想着努力改变命运，只会反反复复地沉浸在痛苦、悔恨之中，抱怨老天的不公。被仇恨和嫉妒蒙住了眼睛，她眼里的世界始终是灰色的，看不见身边的温暖，也看不到生活的希望，所以，她最后才会玉石俱焚，将这么多年的怨气全部发泄在梁婷身上。

她心理脆弱，不敢承认自己的失败，将一切错误都推给别人。

表面看上去，她胆子很大，计划周密，居然敢在演唱会的后台下毒杀人。可实际上，她才是最懦弱的人。

如泰戈尔所说：如果错过太阳时你只会流泪，那么，你也会错过最美丽的群星。

第三十章

替身

金小玥面对大量的证据，终于如实招供了杀害梁婷的过程。

在弟弟无意中说起梁婷的经纪人找他为梁婷做造型的时候，本就情绪低落的金小玥想起自己当年被梁婷否决以致没能进入决赛的事，顿时起了杀心。

她和弟弟交换身份，在试妆那天去见梁婷，她一边给梁婷烫头一边寻找机会。她发现梁婷喜欢用保温杯喝水，经纪人还提到这是梁婷的习惯，于是她想到了投毒。

演唱会当晚，梁婷准备上台演出，化妆师出去拿外卖的时候，她趁着西边的走廊没有人，偷偷溜进梁婷的休息室，将剧毒投进了保温杯里。

金小玥在招供时并没有悔意，她脸色很冷漠，像是在说别人的故事，显然，她的心理已经彻底扭曲。

结案后，虞寒江将消息告知了队友们。邵清格主动打电话给肖楼，说要请他们吃饭。

剧组的 4 个队友走不开，因此邵清格只请了叶棋、虞寒江和肖楼。叶棋爱吃火锅，于是 4 人来到市区一家装修精致的火锅店，要了个包间边吃边聊。

叶棋感慨道："梁婷案真让人意外，我开始一直以为凶手是女团的 5 个人之一，结果居然是发型师……现在想想，给我做造型的 Tony 老师还挺亲切的。"

这几天太忙，虞寒江和肖楼不但没睡好，午饭和晚饭也是叫外卖来凑合，邵总请吃火锅，两人也难得休息一下，自然不能亏待了肠胃。

快吃饱的时候，叶棋才问："接下来就剩林亦烟的案子了，虞队有什么想法？"

虞寒江道："我在想，这个密室会不会也有主题。"

叶棋双眼一亮，道："红桃 3 是复仇，红桃 4 是渣男，红桃 8 是谋反……这次会是什么呢？应该不会又讲复仇吧？"

肖楼认真分析道："梁婷案并不是复仇。其实梁婷和金小玥没有多大的仇恨，梁婷身为评委给她亮红灯，也是出于公平考虑，哪怕说话稍微毒舌了些，但比赛就是这样残酷，有人晋级就必定有人淘汰，达不到深仇大恨的程度。是金小玥自己心理扭曲，将人生的失败怪罪在了梁婷身上。"

叶棋赞同地点头："也对。难道这次的案子是讲心理扭曲的凶杀案吗？林亦烟案，尸体被冰块冻在浴缸里，也像是凶手心理扭曲？"

邵清格笑眯眯地说:“而且这个凶手比金小玥还聪明，没有留下任何证据。”

梁婷案之所以容易告破，是因为嫌疑人范围有限。梁婷是喝水被毒死的，能投毒的人也就现场那几个，时间、地点、作案动机，逐个用排除法，最后剩下的自然就是凶手。

虽然金小玥“女扮男装”这点大家都没想到，但虞寒江推理出她最有作案的可能性，核对了指纹，一下子就揭开了案件的真相。

而林亦烟案的难点在于凶手无法锁定。案发当日凌晨 3 点 40 分到 4 点之间到底是谁在她的别墅，又是谁最后开走她的车，根本查不到。

叶棋脑洞大开地道:“会不会是梁婷知道林亦烟跟老公的一夜风流，洁癖严重的梁婷无法忍受这一点，杀了林亦烟报仇？如今，梁婷也死了，我们没法找凶手来求证？”

虞寒江道:“你说的这种可能我们也考虑过，但可能性不大。”

肖楼道:“根据叶兰的说法，那次电影节梁婷闻出林亦烟身上独特的香水味后，知道她跟丈夫有一夜情，在后台休息室里抽了林亦烟好几个耳光。梁婷这个人性格直率，既然已经抽了对方几个耳光出了气，应该不至于过了半年后又筹划杀人。”

虞寒江看了肖楼一眼，赞同地点头:“从选秀节目也可以看出，梁婷不是那种心机深沉的人，但凡她心机深一些，知道委婉地圆场，也不至于得罪金小玥，招来杀身之祸。”

叶棋听过两人的分析后也觉得有理，道:“看来，还是得慢慢找凶手啊。”

邵清格道:“我回头也会从公司资料中多找一些关于林亦烟的线索。”

4 人吃过饭后各自回家。回去的路上，肖楼若有所思地看着车窗外的风景，脸上的表情很是认真严肃。虞寒江知道他在思考案子，也没有打扰他，专心开车。

也不知过了多久，肖楼突然回头问道:“对了，梁婷案最难的一点是金小玥女扮男装吧？”

虞寒江点头:“嗯，如果不是想到去核对指纹确认她的真实身份，只把她当成金小勇来调查的话，我们的调查就会陷入死胡同，因为我们很难查出金小勇和梁婷有什么恩怨，不能确定作案动机。”

肖楼摸着下巴道:“有没有可能，这个密室的主题……其实是伪装？”

虞寒江的双眼微微一眯，他猛地想到一个可能性，一脚急刹车将车子停在了路边，立刻打通了曲婉月的电话。

曲婉月那边传来一阵嘈杂的声音，显然是片场正在拍戏。她走了几步，来到相对安静的角落里，左右看了看，没发现其他人，这才轻声问道："虞队，找我有什么事吗？这边正在拍戏。"

"这几天剧组的情况怎么样？"

"还算顺利。最开始程域无法进入状态，演戏的时候频频忘词，被导演给骂了一顿，后来他的表现就好多了，最近的几场戏导演都挺满意的。乔雪宁这边也一切顺利，她的演技挺好，很多戏都是一遍过。"

"她的舞蹈戏开始拍了吗？"

"按照拍摄安排，应该是后天开始正式拍跳舞的戏，老莫今天才跟场景组的同事们搭建好舞台，因为舞蹈戏比较多，导演的意思是集中几天拍完，就把舞台给拆掉。"

"她的腿还是没什么问题吗？"

"恢复得很好，我教她的旋转动作她也能驾驭。"

虞寒江叮嘱道："你继续关注她跳舞的情况，我跟肖楼明天就来剧组。"

挂掉电话后，肖楼忍不住问："你怀疑乔雪宁？"

虞寒江道："程域这个富二代和林亦烟只是玩玩，两个人都没认真，他没有杀死林亦烟的动机。目前和林亦烟有关的人，经纪人齐明、闺密乔雪宁、学妹叶兰，这几人都有不在场证明，但你刚才提到伪装，却让我想到了一点——不在场证明是可以作假的。"

假的不在场证明？

肖楼猛然一怔："也就是说，有人可以假扮成他们的样子制造不在场证明？"

虞寒江点头："金小玥就假扮了金小勇，所以，这次密室的关键很可能被你猜中了，就是伪装。"

次日早晨，虞寒江和肖楼再次来到交警大队。

他们要查的是梁婷、叶兰、乔雪宁这些人的车子去向以及打车记录。

事实证明虞寒江和肖楼的推测没错，梁婷并不是那种心机深沉、策划谋杀的人。案发那两天，梁婷车牌号为滨 A–T7777 的白色轿车每天早上都从她的住处开去医院，晚饭时间开回家。那两天梁婷和谢远的小女儿因为肺炎住院，住在市郊的一家私立医院 VIP 病房，梁婷白天去医院守女儿，谢远则晚上换班，这一点跟谢远的描述一致。

16 号晚上，梁婷从医院开车回家，她的车就没再出去过，打车软件里也没有任何梁婷深夜打车外出的记录。17 号早晨她又开车去了医院，证明林亦烟被杀当晚，梁婷是一直留在家里的。

梁婷的嫌疑彻底排除。

叶兰，16 号、17 号两天都跟“F505 女团”的人在一起。她的嫌疑最低，她的出现，只是为了引出谢远和林亦烟的这一段线索。

至于乔雪宁，那两天在山里拍综艺节目，证明她在节目现场的人也非常多。

经纪人齐明的不在场证明也很有力，他 3 点 40 分打出租车离开，被小区门口的监控拍到了，林亦烟的车是 4 点被人开出小区的，时间上不符合。

嫌疑人都有不在场证明，那就只有两种可能。

第一，这些嫌疑人都不是凶手，真正的凶手还藏在暗处没有出来。第二，嫌疑人中其实有凶手，不在场证明是伪造的。

虞寒江再次核对了林亦烟的车辆信息，他根据被烧毁的车子型号找到 4S 店询问，查过后，证实两辆车牌为情侣号的黑色轿车都是一年前生产的新车，购车时付款的人是程域。

也就是说程域一次性买了两辆车，送了一辆给情人林亦烟。这车价值不菲，但对程域这样的富二代来说，谈恋爱期间送辆车给女友简直是小菜一碟。

林亦烟的第二辆车，也就是车牌号是她生日的那辆跑车，购车人是经纪人齐明，显然是林亦烟过生日的时候齐明送的。

这些信息都在虞寒江的预料之中，调查也只是为了百分百确认。

回到警队后，他整理了林亦烟案的全部资料，紧跟着就去找了滨州电视台“天黑请闭眼”综艺节目的导演和工作人员。

导演是电视台的元老，四十多岁，说话时很爱笑，虞寒江将他叫去隔壁单独的办公室，询问道：“上周 16 号、17 号那两天，你确定乔雪宁是在现场录制节目吗？”

导演点头：“当然确定。为了剪辑出效果最好的节目，我们连续玩了好几轮游戏，录到半夜 3 点多才休息，乔雪宁不会玩这种游戏，总是被人投票投出去，一脸无奈的样子拍摄出来也挺好玩儿的。”

虞寒江问道：“录制节目的过程中，现场光线怎么样？能看清所有人的脸吗？”

导演道：“在天黑的杀人环节，光线会刻意调整得很昏暗，来营造恐怖的气氛。但到了天亮的投票环节，灯光师就会把光线调得很亮。”

虞寒江接着问：“录节目的时候现场是封闭的吗？有没有可能让外人偷偷溜进来？”

导演立刻摇头道：“外人进不来的，晚上录制节目本来就有风险，外圈都拉了警戒线，还请了安保人员守着，我们要确保所有嘉宾和工作人员的安全。”

“也就是说，中途没有人进来，也没有人离开过？”

“是的。”

虞寒江又问道：“乔雪宁当晚有没有什么异常？表情、声音、走路时的动作？”

导演说：“那天她状态还不错，对所有人都很礼貌，就是稍微有点感冒吧，说话的时候声音有点沙哑，但还好，并不影响节目的录制。”

虞寒江：“她的腿呢？有没有问题？”

导演愣了愣，回过神道：“哦，我想起来了，她之前在拍摄一场武侠剧骑马的戏时摔断了腿，住院了。当时我还担心她能不能录节目，她给我的回复是看恢复的情况，后来出院了，她就说可以录。我们录节目的那天她恢复得很不错，走路挺正常的。我们这个节目活动量并不大，天黑的时候嘉宾们集体进入帐篷，凶手出来给想杀的人帐篷上留个牌子。天亮的时候大家走出帐篷，也就走那么几步路，对她的腿影响不大。”

虞寒江：“她一个人？经纪人没陪着来？”

导演点头道：“所有嘉宾都是一个人，我们节目组有助理，会给大家安排好食宿。”

虞寒江问完了问题，道：“录好的节目麻烦拿给我，我要没剪辑过的原版。”

导演：“好的。”

虞寒江又问了其他工作人员，都说乔雪宁除了感冒，没有别的异常，看上去恢复得挺好，走路也很稳。

脾气好，对大家都很礼貌。几乎所有的人都这样评价乔雪宁。

很快，导演就安排人将节目的原片拿给了虞寒江。

虞寒江带回去和肖楼仔细看。如导演所说，他们在深山里录制节目，恐怖氛围确实营造得很逼真，几个帐篷之间留着一段距离，每个帐篷里都有摄像头，可以拍摄嘉宾独自待在帐篷里时的表现。

好几次，镜头特写拍到了乔雪宁的表情，她坐在帐篷里，神情有些紧张，一直攥着手指、轻咬嘴唇，似乎在担心凶手会不会把牌子贴到她的背后。录节目当天她穿着厚厚的羽绒服、抱着暖手宝，她有些感冒，有时候会忍不住咳嗽。

肖楼特意观察了她走路的姿势，在看到她转身进帐篷的背影时，立刻将画面暂停，指着她的腿道：“她的左腿骨折刚刚恢复，走路的时候，会潜意识地把重心放在右腿上。表面上看不出来，但是仔细对比，就能看出她迈出左腿和迈出右腿的幅度不一样，骨盆会轻度向健康的一侧倾斜。”

虞寒江微微蹙眉：“按曲婉月的说法，现在的乔雪宁别说走路，跳舞都很灵活。11 月 17 号她在山里录制节目，当时走路还会下意识地把重心转移到右腿，距离现在不过一个星期，会恢复得这么快？行动自如不说，还能跳舞了？”

肖楼摇头：“即便腿能恢复，心理上也不会这么快就转变过来。走路正常还说得过去，跳舞的时候若无其事，我还没见过这样的病人。乔雪宁的腿伤肯定有问题。”

当天下午，虞寒江和肖楼一起来到剧组。

此时剧组正在拍摄一场男女主角的对手戏，整个剧组忙成一团，各个小组的工作人员围在一起，几十人在场，因此，虞寒江和肖楼的出现并没有引起太多人的注意，曲婉月、刘桥等人看见他们，也假装不认识，继续待在自己的岗位上。

这一幕戏的内容是男主对女主产生了误会，愤怒地离开，女主在街上追了他片刻，不小心摔倒在地，默默地掉了一阵眼泪，最终绝望地转身离开。

这部偶像剧是先虐女主再虐男主的狗血路线。由于剧组已经开始拍摄，虞寒江和肖楼就站在远处看。

程域和乔雪宁经过这几天的磨合，配合起来已经相当默契。程域把愤怒的表情演绎得十分到位，乔雪宁追着他跑，摔倒之后疼得直抽气，她趴在地上，呆呆地掉眼泪。

她的眼泪说来就来，不需要滴眼药水就哭得很伤心，真是绝了。

肖楼凑在虞寒江耳边道：“乔雪宁的演技确实不错。”

导演很高兴，乐呵呵地道：“好，过！今天你们状态都不错，这一场戏挺难，还以为要拍一下午，结果你俩一次就过了，剧组放假，大家回去休息！明天上午要拍的戏，我会让副导演发给你们，回去好好准备，都是舞蹈戏。”他看向乔雪宁的腿，问，“对了，你的腿能承受吗？”

乔雪宁微笑着说：“可以的，我已经完全恢复了。”

导演语重心长地说道：“千万不要勉强，腿要是落下病根，那可是一辈子的事，老了犯关节炎会很痛苦。必要的话你可以请个替身，双腿部分的特写直接拍替身，我这边再让后期处理。”

乔雪宁立刻拒绝：“真的不用，我可以自己来。”

旁边的经纪人无奈地看着她道：“其实我也建议高难度的舞蹈戏请替身，但是雪宁非要亲自上场，她小时候学过舞蹈，基本功很扎实。今年年初，她还专门抽出了一个月的时间，为了拍这部戏去上芭蕾舞的课，她不想让这些努力白费。”

导演欣慰地笑道："雪宁确实是个非常敬业的演员，那就这么定了吧，明天你亲自上，我们先看看效果，你要是能坚持下来，能自己拍当然是最好的。"

乔雪宁点头："好的张导。"

两人的对话虞寒江全部听在耳里。

等导演走后，虞寒江才来到乔雪宁面前，淡淡地道："乔小姐，又见面了。"

乔雪宁怔了怔，轻声说："虞警官？您来剧组找我，是小烟的案子有什么进展了吗？"

虞寒江点头："嗯。"

乔雪宁一脸欣喜："太好了！"

旁边的经纪人紧张地道："虞警官，剧组人多口杂，我们还是回去聊吧。"

虞寒江和肖楼跟乔雪宁、经纪人一起回到酒店。

经纪人给两人倒了水，问道："林亦烟是谁杀的，有线索了吗？"

虞寒江锐利的目光看向乔雪宁："那要等我们见过乔小姐的替身后才能确定。"

乔雪宁的脸色微微一变："什、什么替身？"

虞寒江平静地道："就是上次拍古装戏，代替你摔断腿的那位替身……怎么，乔小姐这么快就忘了？"

其实，上次的古装戏乔雪宁有没有用替身，被摔断腿的人到底是不是替身演员，虞寒江并没有任何真凭实据。但审问，有时候就需要钓鱼，可以先抛出问题，再根据对方的表情来判断真假。

乔雪宁不愧是拿过影后奖杯的人，她听到这个问题后，有些意外地看了虞寒江一眼，道："虞警官在说什么？我听不太懂。上次拍摄武侠电影《剑雨》的时候，全程都是我亲自演出的。这一点，剧组的很多人都可以为我做证。"

虞寒江盯着她的眼睛问："这么说，17 号凌晨，在山里拍'天黑请闭眼'综艺节目期间，也是你本人亲自去的？"

乔雪宁微笑着道："当然。综艺节目的导演和嘉宾都知道我长什么样，难道这还能作假吗？我可没有什么双胞胎姐妹，不信的话您可以去查我家的户口本。"

旁边的经纪人也急忙解释道："警官，我保证，当天拍节目确实是雪宁亲自去的。我们雪宁从来没有用过替身演员，这次舞蹈戏用替身，也是我担心她的腿没有恢复好，给她的一个建议，已经被她给否决了。"

乔雪宁补充道："而且，用替身需要签合同，虞警官可以去查我经纪公司的合同记录。成为一个演员是我从小到大的梦想，我对待每一场戏的态度都很认真，拍戏时，事事亲力亲为，哪怕是很高难度的戏，我也会自己学习和突破，而不是靠替身来解决。”

经纪人点头道：“雪宁在圈内风评很好，她出道 10 年，走到今天也很不容易，你们这样毫无证据地怀疑她用替身，说实话，这有些侮辱人。”

这两个人一唱一和，说得挺像是真的。很难从两人的表现看出不对。

虞寒江暂时略过这个话题，给肖楼使了个眼色，后者明白了他的意思，立刻圆场道：“乔小姐不用介意，我们不过是例行询问而已，因为听到导演说起了替身，才问一下情况，又不是直接给你定了罪。”

乔雪宁好脾气地笑了笑：“我能理解，我当然会全力配合警方的调查。但是，关于小烟，我了解的情况上次已经跟你们说过了，别的我真不知道。希望你们能尽快破案，还小烟一个公道。”

虞寒江打开手机，调出林亦烟死亡现场的照片。照片里，林亦烟躺在放满了冰块的浴缸当中，全身上下到处都是刀割的痕迹。

看到这样的照片，乔雪宁的瞳孔倏地一缩，脸色苍白地道：“警官，这……小烟怎么会死得这么惨？！”

虞寒江把手机里死者的照片摆在她面前，观察她的反应。

乔雪宁的反应还算正常，他收回手机，坐在她旁边的沙发上，拿出本子和笔，一边记一边问道：“林亦烟和冰块有什么关系，你可知道？”

乔雪宁愣了愣：“冰块？没听说过。”

虞寒江微微皱眉：“真的没听过吗？仔细想想看。”

乔雪宁想了想，突然想到什么，双眼一亮，道：“她夏天的时候喜欢用冰块来冰镇红酒，喝下冰凉的红酒会很消暑。她曾经还跟我说冰镇红酒有美容的功效，每天喝一杯皮肤会变好。现在虽然是冬天，可家里都有地暖，温度应该能在 28 度以上，她可能还在继续喝冰镇红酒。”

虞寒江将这一点记下来，接着问：“你和林亦烟在大学期间的事能不能详细说说？”

乔雪宁道：“我跟她是大学舍友，共同语言很多，经常一起结伴去图书馆看书，很快就成了无话不谈的好朋友。大二那年，有一部网络剧《少年心事》要在全国公开海选女主角，那部剧的投资方正好是圈内最大的公司星光娱乐，我们当时抱着试试的态度去参加面试，没想到，小烟居然真的被选上了。”

“你当时心里有没有嫉妒？”

乔雪宁沉默片刻，坦然地说：“当然有一点，我长得不比她差，她选上了，我没选上，嫉妒也是人之常情。不过，我很快就释然了，毕竟她是我的好朋友，她要是火了也能带带我。娱乐圈里多一条人脉，总好过多一个仇人。”

虞寒江点头：“她拍的这一部剧突然爆红，她也从一个‘小透明’变成了流量小明星，那段时间，你们之间还有联系吗？”

乔雪宁道：“有，我和她一直都有联系，她并没有因为自己火了就不理我。”

虞寒江接着问：“后来她给你介绍资源，你也慢慢红了，要不是当年前男友曝光你的私密照片让你受到打击，你现在的成就不会比她差，也不至于三十岁了还演这种青春偶像剧吧？”

乔雪宁的神色略显尴尬：“确实，当年的事对我打击很大，小烟也一直在安慰我，那段时间我精神不好，差点抑郁自杀，还好有家人和朋友的陪伴，让我从阴影中走了出来。”她看向经纪人，道，“而且，我也因祸得福，认识了后来对我帮助很大的经纪人姐姐。”

虞寒江：“你跟经纪人是你调整好心态复出的时候签约的？”

乔雪宁道：“是的。”

虞寒江：“以前的经纪人呢？”

乔雪宁道：“结婚生子，退出娱乐圈了。”

审问持续了很久，虞寒江将她出道以来的经历，从头到尾问得清清楚楚，甚至连她这些年拍了些什么剧、跟哪些明星合作过，也详细问了一遍。乔雪宁被问了半个多小时，显然是有些不耐烦了，回答问题的时候目光焦距开始变得模糊。

这时候，虞寒江给肖楼使了个眼色，肖楼便微笑着问道：“乔小姐，你骨折愈合的这段时间，身体有没有不舒服？”

问题突然换了个方向，乔雪宁微微一愣，道：“当然，一开始挺疼，好在我平时经常健身，身体底子好，恢复的速度很快。”

肖楼道：“医生有跟你讲过骨折愈合的几个阶段吗？”

乔雪宁抱歉地笑笑：“好像有讲过，我不是学医的听不太懂，也记得不清楚。”

肖楼道：“骨折之后你去医院复查过几次？”

乔雪宁道：“好像是……五六次吧。”

肖楼就像是医院里最耐心的医生一样，继续温和地看着她问道：“复查的时候，医生给你做什么检查呢？你还记得吗？”

乔雪宁满脸疑惑：“你问这些做什么？”

肖楼解释道：“关心一下乔小姐恢复的过程。”

乔雪宁轻咳一声，道：“我记得不是很清楚，反正每次都会拍摄 X 线光片，具体的病例记录你们可以去医院查。医生跟我说我恢复得很好。当然，他不太建议我跳舞，让我量力而行，但我自己觉得可以，我出院后天天健身，现在已经完全恢复了。”

肖楼道：“骨折住院的时候医生有让你多补钙，喝一些骨头汤之类的吗？”

乔雪宁点头：“当然有，这样能促进骨头的愈合。”

肖楼看了她一眼，接着问道：“那段时间，是谁在照顾你？”

乔雪宁道：“我父母，他们去我的住处照顾我的。”

肖楼微微一笑，说：“好的，今天真是麻烦乔小姐了，这个案子，我们目前还没法锁定凶手，所以需要多采集一些线索，谢谢你的配合。”

虞寒江主动站了起来，准备要走，乔雪宁站起身将两人送到门口，道：“应该的，两位还想知道些什么，可以再来找我，希望能尽快破案。”

虞寒江淡淡地说：“乔小姐放心，我们一定会尽快抓住凶手。”

从乔雪宁的住处离开之后，虞寒江和肖楼立刻去了邵清格在楼顶给大家安排的会议室。老莫、刘桥他们也都找借口来到会议室，等虞寒江和肖楼的审问结果。

见到两人进屋，队友们立刻围了上来。

曲婉月关心地问道：“怎么样？乔雪宁的嫌疑大吗？”

肖楼目光笃定：“她在说谎。”

虞寒江道：“今天我和肖楼去审问她，用的是疲劳审问法，先问她很多以前的事情，大学时代、出道经历、拍过的电视剧，让她陷入回忆，放松警惕，然后肖楼突然问她骨折住院的一些细节，她的脑子一时没能跟上。”

肖楼点头道：“没错，关于住院的细节，她的回答有好几处漏洞。”

虞寒江将记好的笔录展开在大家面前。

肖楼指着其中的两行说：“首先，骨折入院后会拍摄 X 线光片查看骨折的位置和严重程度，确定治疗方案，病人打石膏固定好可以出院。早期要观察骨折部位的肿胀程度、皮肤感觉，通常一周左右，肿胀消退后需要去医院复查一次；之后的复查频率是 1 个月 1 次。由于骨折的愈合是一个很缓慢的过程，恢复主要看骨痂有没有形成，所以复查不会太频繁。但是乔雪宁说她去医院复查了五六次，她的骨折 3 个月就愈合了，复查的次数最多也是 4 次。要么是她记糊涂了，要么就是她根本没对这件事上心。”

虞寒江问：“还有一点呢？”

肖楼微笑着说：“骨头汤。”

队友们满脸疑惑。

肖楼道：“我问她的问题其实是个陷阱，她下意识地说医生让她喝骨头汤，促进骨头愈合，但实际上并不是这样的。骨折的病人，骨折的断端会主动释放钙离子，血清钙会增加，导致肾脏负担增大，理论上是不需要补钙的。而且最关键的一点是，骨头汤只会补充脂肪，根本不会补充钙离子。”

刘桥也是学医的，但她还没学到这些知识，听见肖楼的话，不由佩服地看向他道：“所以肖教授是故意给她下了个套，问她医生有没有让她喝骨头汤，正常人下意识的反应是骨折之后会喝骨头汤，但医生并不会这样建议。于是，她走进了肖教授的语言陷阱。”

龙森讪讪地摸鼻子：“骨头汤不补钙吗？我也是第一次听见……”

肖楼道：“骨头当中确实含有大量钙，但这些是生物钙，不是游离钙，就算你炖个一整天它们也不会和骨头分离，更不会被人体吸收。喝骨头汤能补钙、能长高，这都是饮食上的误区。由于骨头中含有大量的油脂，喝骨头汤不会长高，只会长胖。”

叶棋忍不住吐槽道：“我小时候我爸妈也经常让我喝骨头汤，说是以形补形能促进骨头的发育，长高个子，幸亏我没喝太多，要不然，说不定我现在就变成胖子了……”

龙森干笑道：“我小时候也喝过骨头汤，不过我长得高应该是基因遗传！”

队友们都无奈扶额。要不是肖楼想到这一点，大家都下意识觉得骨折后该炖骨头汤喝吧？显然，乔雪宁也是这样觉得。

肖楼最后总结道：“我跟虞队的推测很可能是对的——骨折的人根本不是乔雪宁，她没去过医院，所以一问到这些细节，她的回答就漏洞百出。”

虞寒江点了点头，说：“她应该有一个跟她长得非常像的替身，她目前在拍摄的这部剧名叫《双生花》，其实从一开始，这就是一条线索提示。”

众人听到这里都恍然大悟。梁婷案和林亦烟案，两起案件的共同之处就是伪装和代替。这才是红桃 9 密室真正的核心。

金小玥有个弟弟，她代替弟弟去做发型杀了梁婷。如果乔雪宁也有一个替身的话，那她骨折恢复的问题就可以得到合理的解释，她的不在场证明也很容易作假。

她成了这个案件嫌疑最大的人，否则……她为什么瞒着替身的事？

当天晚上回到家后，虞寒江就制订了接下来的调查计划，将这个案子的线索从头到尾整理了一遍。

次日，虞寒江回到警队后先提审了周媛媛。

被毁容的女人神色冷漠，只重复一句话：“我不是凶手。”

她对林亦烟的恨表现得很明显，那些被划花脸的海报让人触目惊心，但海报、望远镜都不算是直接证据，她家搜出来的水果刀也没有血液反应，案发现场没发现她的任何指纹、头发，总不能光凭“她恨林亦烟”来定罪。

虞寒江让她继续待在拘留所，紧跟着就和肖楼一起去找了康复医院的医生。

他们询问了很多关于乔雪宁住院期间的细节。

医生说：“乔雪宁我印象很深，骨折康复期间她很痛苦，就像小孩学走路一样，每走一步都会大口喘气，但这个女生忍耐力极强，从来没掉过眼泪，再疼也咬牙忍着。”

虞寒江问：“她的声音是什么特征，能详细说说吗？”

医生道：“那段时间她一直感冒，声音听起来似乎有些沙哑。”

声音沙哑，和当时剧组在山里拍摄天黑请闭眼时一样，又是感冒导致的声音沙哑。这到底是巧合，还是刻意为之？

虞寒江接着问：“她看病的时候，有人陪吗？”

“都是经纪人陪着来的。每次来复查她都是急匆匆地来，急匆匆地走。大明星嘛，都怕被狗仔队给拍到，大墨镜、围巾、帽子是标配，整张脸都捂得很严实。拍完片子，等我给她看过，说一些注意事项之后她就走，也不跟我多聊。”

肖楼问道：“出院的时候她的骨折愈合达到什么程度了？可以跳舞吗？”

医生从电脑里调出她最后一次复查的 X 线光片，说道：“当时骨痂已经出现，骨折线变得模糊，走路是不受太大影响的。她问我可不可以跳舞，我告诉她，最好还是再观察一段时间，别做太剧烈的活动，量力而行，免得留下后遗症。”

从医生这里得到的线索是感冒。到底是真感冒，还是为了掩饰声音而假装感冒，目前还不能确定。

从医院出来后，虞寒江和肖楼又去了一趟银行，查乔雪宁账户的银行流水。

两人意外地发现，乔雪宁经常会在银行支取现金，额度大小不一，换算成人民币，有时候是几千，有时候好几万。今年上半年，在她拍摄《剑雨》武侠电影期间，她曾一次性支取了 100 万现金，11 月份支取的额度则是 20 万。

两人打印了她这几年的详细银行流水作为证据。

回去的路上，肖楼翻阅着银行流水，不由猜测道：“这些现金会不会是她给替身的工资和赔偿？”

虞寒江道：“有可能。总是给一个账户转钱，银行流水会留下记录，很容易查到对方的账户信息。可如果是取了现金再私下交给对方，那就不会留下任何证据了。”

肖楼赞同地点头：“有道理。这么多的现金支取记录很难解释清楚，总不能说是用来买什么包包、化妆品的吧？”

虞寒江道：“如果我们直接去问她，她的理由肯定是拿去零花了，明星吃顿饭几千上万，出门逛个街花好几万也正常，我们根本没法查现金的交易记录。”

肖楼道：“但这现金支取也太可疑了，正好跟她拍摄电影、综艺的时间对得上号。”

虞寒江做出一种推测：“假设她有一个和她长得很像的替身，拍武侠电影危险的骑马戏，她让替身来演，私下给替身一笔现金，结果没想到替身不小心摔断了腿，于是她多给了对方一笔治疗费用，让对方以乔雪宁的身份去看病。”

肖楼道：“这样就能解释她的骨折恢复速度为什么比正常人快，还在回答住院细节的时候出现了漏洞。”

虞寒江道：“如果这种假设成立，那么，拍摄‘天黑请闭眼’综艺的那天，也是替身在现场，她和几个嘉宾都不熟，替身不需要担心被人问到不知情的问题时的尴尬。而且这个综艺节目大部分时间她都待在帐篷里，发言、投票，流程也很简单。”

17 号，正是案发当天。

如果虞寒江的推测正确，那么，乔雪宁的不在场证明是假的。替身帮她在山里拍摄综艺节目，让很多人给她做时间上的证人，而她本人却出现在了月湖别墅山庄，杀死了林亦烟。

肖楼疑惑地说：“我们查过乔雪宁名下的车子，16 号那天晚上她的车被开去了山里，终点在综艺节目的拍摄点附近，手机软件也没有打车去月湖别墅山庄的记录。而且，案发那两天出入别墅山庄的车我们全都核查过，也没有乔雪宁亲属、朋友的车辆。她是怎么进入别墅区的呢？”

一个大活人，总不能乘降落伞空降到别墅区，或者挖个地洞钻进去吧？

门口的监控完全没有拍到乔雪宁或者疑似乔雪宁的女人，而且，乔雪宁在月湖别墅山庄里也没有属于自己的房产，她是怎么进别墅区的？

虞寒江沉默了片刻，突然说：“或许，她并不是 16 号、17 号那两天才进的别墅区，而是一直待在林亦烟的别墅里，等待着机会。”

肖楼想象了一下那个画面，顿时毛骨悚然。

难道真如虞队所猜测的那样，凶手其实一直都躲在林亦烟的别墅里？！

虞寒江晚上回家后从头看了一遍“乔雪宁”17 号凌晨拍摄的“天黑请闭眼”

综艺节目，整个节目的过程中有很多次近距离的面部特写，虞寒江将综艺节目中的脸截图，和乔雪宁在网络上铺天盖地的宣传照放大进行了对比。

两张脸一模一样，根本看不出区别。只是，录制综艺节目的人，声音略带一丝沙哑，听起来像是感冒。

虞寒江皱着眉陷入了沉思。

这个世界上真有长得如此相似的人吗？除非是同卵双胞胎，其他人哪怕是长得像，也不会像到这种程度。虞寒江从电脑中翻出乔雪宁的家庭资料，资料中显示乔雪宁是个独生女，并没有双胞胎姐妹，她的父母都是很普通的公司职员。

会不会是资料有假？

现在的一切推理都建立在“乔雪宁有个替身”的基础上，只要找到了这个替身，一切便能迎刃而解。可如果这种推理是错的，他们又得寻找新的思路。

目前，经纪人齐明、被抢戏被毁容的周媛媛、富二代程域都调查过了，只剩乔雪宁这里迷雾重重，虞寒江打算先顺着乔雪宁的这条线继续查下去。

次日早晨，虞寒江和肖楼碰面后，一起商量了接下来的计划。

首先，虞寒江想秘密走访乔雪宁的老家，看她有没有双胞胎姐妹，或者是长得很像的亲戚姐妹，通过化妆能假扮她。其次，乔雪宁初恋男友的资料虞寒江也掌握了，这个人在老家有很多亲戚，可以顺便调查一下他的下落，揭开当年乔雪宁隐私被爆的真相。

安排好后，虞寒江开车带上肖楼去调查乔雪宁那位初恋男友的信息。此人名叫许楷，和乔雪宁在同一个小镇长大，户口一直在小镇上，没有过迁移的记录。

他名下有好几套房产，此外，他还是一家网吧和两家火锅城的老板，从税务局这几年的清税记录来看，他的年收入并不比小明星差。

当年隐私被爆后，乔雪宁跟这位初恋男友早已撕破脸，对簿公堂，最后乔雪宁告许楷的名誉侵权案胜诉，许楷赔了她高额的精神损失费，从此老死不相往来，许楷也彻底从大众视野中消失。这都是发生于 4 年前的事。

出了这件事后，乔雪宁暂时退出娱乐圈，沉寂了两年，然后才复出。

开车去银行的路上，虞寒江和肖楼讨论起了案情。

肖楼说道：“当年两人谈恋爱的时候，许楷是个网吧老板，网吧的生意做得再好，能赚到大钱开那么多的火锅店吗？而且乔雪宁告他名誉侵权案，他败诉，还赔了不少。”

虞寒江道：“从他网吧的上税记录看，他前几年远没有那么多收入，这几年开的火锅店每一家都规模很大，投资肯定上百万，他从哪里来的这些钱？很大的可能是他和人做了某种交易。”

肖楼赞同：“说不定，他曝光乔雪宁的私密照片，就有幕后推手。”

几年前的初恋女友突然间成了大明星，如果真是对方当年抛弃过他，他心里不舒服也是人之常情，可是把女友的裸照在网上到处发这就有些过分了吧？正常人都不会如此下作。要么是背后有推手想故意黑乔雪宁，要么就是这位初恋男友的人品实在太差。

两人来到银行，调查了许楷名下近 4 年的银行流水，并没有大笔金额转入的纪录。

林亦烟的私人银行流水以及工作室的流水都没有问题，这一点虞寒江早就查过，经纪人齐明的账户也很正常。

那么，许楷 3 年前开火锅城的钱是哪里来的？

肖楼百思不得其解：“看他网吧上税的记录，每年的收入应该在 15~20 万人民币之间，名誉权官司败诉，他一次性给乔雪宁赔了 100 万的名誉损失费，应该赔掉了这些年的存款，怎么还有闲钱，过一年就连续开了两家大型火锅城？”

虞寒江皱眉道：“肯定有人给他钱，但林亦烟、齐明这些人的银行流水都查不到线索，很可能是走了现金交易。”

肖楼道：“两家大型火锅城，装修费、店面租金、服务员的工资，启动金额起码要好几百万，现金的话，林亦烟不从银行账户中支取，靠平时攒，也攒不下来这么多吧。”

虞寒江沉默片刻，突然灵光一闪：“看看林亦烟 4 年前有没有房产交易的记录！”

两人又开车跑了一趟房管局，调查林亦烟的房产过户记录，结果还真的查到一条线索——4 年前，林亦烟将自己的一套房子卖了出去，将房产过户给了一对老年夫妻。

虞寒江立刻找这对老人家调查，对方表示：“房子是 4 年前买的，林小姐急着出手，价格比较优惠，成交价 300 万，包过户费用。但她说需要用一些现金，让我们直接取现金来交易。我跟老伴儿当时提了一箱子的钱，跟她当场签的合同。”

肖楼和虞寒江对视一眼，心下了然。

4 年前，林亦烟卖了套房子，拿到 300 万现金。4 年前，乔雪宁正大红大紫，有机会拿下影后桂冠，突然爆出私密丑闻，导致一夜之间跌落神坛。也是那一年，乔雪宁含泪告许楷，许楷官司败诉赔偿了 100 万，但第二年，许楷却在工商管理局办了两家大型火锅城的营业执照。

这逻辑链很清晰——林亦烟那笔不知去向的现金，很可能就是到了许楷的手里。

无话不谈的好闺密？

看来，这两个人根本就是“塑料”姐妹情。

中午吃过饭后，两人便开车前往乔雪宁的老家。

乔雪宁的采访中提到，她的家乡以雪景闻名。虞寒江和肖楼这次过来，正好赶上昨天下了雪，一眼望去，一栋栋崭新的楼房被积雪覆盖，小镇的周围还有一座连绵不绝的大雪山，高山上的积雪看不到尽头，如同一幅优美的画卷在眼前缓缓铺开。

路上的积雪结了冰，虞寒江和肖楼走路的时候必须小心，两人停好车，便找当地人打听，一起去了“鲸鱼网咖”。

这家网吧在小镇上已经有了十几年的历史，近两年应该刚翻修和扩建过，以前的小网吧摇身一变，如今成了高大上的网咖，占了两层楼，整面墙的落地窗宽敞明亮，透过窗户还能毫无障碍地观赏到远处的雪山。

虞寒江和肖楼进去之后找到前台，一个长相甜美的女生问：“两位是喝咖啡，还是上网？”

虞寒江拿出警官证给她看了一眼：“你们老板许楷在吗？”

女生怔了怔，道：“老板？他很少来这儿，我有一个多月没见过他了。”

“知道他最近在哪儿吗？”

“这我不知道，我们网吧是章经理在管，他今天在，稍等一下我叫他过来。”

网吧的经理很快就来到前台，意外地道：“警察？你们找我表哥干什么？”

虞寒江道：“只是调查一些线索。”

对方听到这里明显松了一口气，解释道：“他应该在家里睡懒觉吧，昨晚有个酒局，他喝醉了，这会儿可能还没起来。”

虞寒江按照表弟提供的地址找到了许楷。

他的住处十分气派，在小镇最好的别墅区，门口停放着两辆豪车，据虞寒江的调查，他至今未婚，倒是女友不断，私生活混乱得很。

听见门铃一直响个不停，许楷揉着惺忪的睡眼走了下来，面色不善地道：“谁啊？”

虞寒江平静地说：“警察，请许先生开一下门。”

许楷挑了挑眉，疑惑地上前来开门，道：“警察找我查什么？我这几天，每天都在跟人喝酒，该不会是有人喝酒给喝死了吧？”

虞寒江直接问道：“你还记得乔雪宁吗？”

许楷的脸色微微一僵，开门让两人进屋。他给两人倒了杯水，坐在沙发上跷着二郎腿道：“乔雪宁怎么了？我跟她的案子不是早就结案了吗，警察找上门来，是她又要起诉我？”

虞寒江道：“4 年前为什么突然曝光她的照片？”

许楷戏谑地扬起嘴角：“报复心理而已。她在粉丝们面前扮淑女，还在采访的时候装清纯，我就想让她的粉丝们看看她的真面目。”

虞寒江冷冷地道：“你曝光照片的时候，不知道这样侵害人的隐私是违法的吗？”

许楷无所谓地耸了耸肩：“我没想那么多，她跟我在一起的时候天天喊我‘老公’，爱我爱得离不开，结果上了大学看见身边那些有钱又有颜的小鲜肉，她就开始嫌弃我没文化、出身不好，想甩掉我，还找什么异地恋很痛苦的借口，真够贱的。所以，我就把她的照片传到了网上，想出一口恶气。敢甩了我，我要让她也没好果子吃！”

虞寒江道：“你最后官司败诉赔了不少钱吧？有没有后悔过自己冲动的做法？”

许楷吊儿郎当地道：“后悔？不就是钱吗，赔了还可以再赚。”

这人完全就是个地痞无赖。

虞寒江不由皱眉：“有没有人指使你这么做？”

许楷笑道：“谁敢指使我？我从小到大，连我亲爹的话听不听都要看心情。我就是觉得这女人太虚伪，所以丢了几张她的照片到网上，让大家一起欣赏欣赏，没别的。”

这许楷摆出一副“老子就是流氓，你能奈我何”的态度，想撬开他的嘴显然很有难度，只能靠虞队来审了，肖楼看见这种人都觉得头疼。

虞寒江冷冷地盯着他道：“开火锅店的钱哪里来的？”

许楷：“自己赚的。”

虞寒江将税务局的上税记录甩在他面前：“你开的这两家火锅店，启动资金不低于百万吧？但你网吧一年的收入从上税金额来看只有 15 万左右，你存 10 年才开得起一家火锅店，何况，开店之前你刚刚因为官司败诉给乔雪宁赔了上百万的赔偿金。”

许楷的脸色渐渐变得难看起来，显然，他没想到这位警察是有备而来，居然连他网吧的收入都查得一清二楚。他胡乱抓了抓头发，敷衍道：“我还有别的收入啊。”

虞寒江：“那就是你在偷税漏税？”

许楷无话可说了。

这可难办了。说自己没偷税漏税吧，这点收入开不起两家火锅城。说自己有别的收入，可你上税就上了 15 万年收入的税啊，偷税漏税这么多也是要坐牢的啊！

许楷的脸色有些僵硬，刚要开口，结果虞寒江道：“别说是找银行贷的款，银行贷款会有借贷记录，我们去银行查过，你名下并没有贷款。”

许楷：“我找哥们儿借……”

虞寒江：“私下找人借的请提供借条、借款人以及还款的信息。否则，这么多钱来源不明，我们依旧可以请经侦科的同事，带你回去调查你的财务问题。”

许楷被堵得无话可说，一张脸顿时黑如锅底。

虞寒江抱着胳膊，淡淡地看着他：“是林亦烟给你的吧。”

许楷脊背一僵，沉着脸不肯说话。

虞寒江接着道：“她不敢在银行流水留下明显的记录，所以没给你转账，而是卖了一套房子，然后让买主给她现金，她再把现金直接给你。300 万，对吗？”

似乎是被说中了心事，许楷的嘴角倏地抽了抽，颤声道：“警官，这……林亦烟主动找我，让我曝光乔雪宁的丑事，说给我一大笔钱让我这辈子衣食无忧，我才动心的！就算违法，她才是主使啊！我只是个从犯……大不了，那笔钱我赔给乔雪宁，反正这几年我的火锅城生意越来越好，几百万不算什么，我全部赔给她行了吧？事情都过去那么久了，她还报案请你们来查我啊？”

被虞寒江再三逼问，这家伙总算是招了。对付这种流氓，虞寒江自有一套办法。

能为了钱把女友私密照发到网上，这男人本身就没什么原则。他可以为钱出卖乔雪宁，自然也可以为了自保出卖雇主林亦烟。

虞寒江淡淡地道：“不是乔雪宁让我们来查你的。”

许楷怔了怔：“那……4 年前的事，法院都已经判了，我钱也赔了，公开道歉也道了，怎么现在又来找我？”

虞寒江：“林亦烟死了。”

许楷顿时目瞪口呆。意识到这句话的意思，他的脸色一阵发青，手指用力地攥了起来，颤声道：“你、你们怀疑，是乔雪宁为了报复她，才动手杀、杀了她吗？”

虞寒江点头:“是有这个可能。所以,你最好配合我们,实话实说。”

这草包男人大概是怕了,疯狂点头:“我一定说!乔雪宁这几年没找过我,她早就删掉了我的联系方式,而且我这几年也换了手机。我跟她没再联系过,我以为当年的事已经结束了。她不是又复出了,混得挺好的吗?”

虞寒江问:“乔雪宁有双胞胎姐妹,或者是长得像她的人吗?”

许楷摇头:“没有,她是独生女,从没听过她有什么姐妹。”

虞寒江接着问:“她喜欢冰块吗?”

许楷被这个问题给问愣了,沉默片刻后才道:“冰?她最怕冰了,她天生体寒,冬天就算是家里有暖气,睡觉的时候她都要提前插个电热毯,把被窝给焐热了,不然根本睡不着。我们这里经常下雪,别人在外面玩雪的时候,她也不敢去碰雪,走路的时候双手总是塞在口袋里。”

肖楼听到这里,心底不由疑惑——林亦烟浴缸里的冰块到底是什么含义?难道跟怕冷有关?

虞寒江接下来又问了很多关于乔雪宁的事情,包括习惯、爱好等,但是许楷跟她谈恋爱是十多年前的事,当时的她才高中毕业,和现在天壤之别。

许楷对她的了解很有限,能提供的线索也就这么多。

虞寒江叮嘱道:“如果乔雪宁真是杀死林亦烟的凶手,你也会有危险,小心被她报复。她这几天在拍戏,这部剧很快就杀青了,你以后出门尽量让人陪同,另外,不要一个人在家。”

许楷脊背发毛,抖了抖全身的鸡皮疙瘩:“我、我知道了,我一定小心!”

虞寒江和肖楼离开许楷家。接着又走访了乔雪宁的学校以及小时候住的小区。街坊邻居及学校的老师都说乔雪宁没有什么双胞胎姐妹,也没见过和她长得像的女孩子。

乔雪宁有双胞胎姐妹的怀疑可以完全排除。那和她长得像的人又是从哪来的?

这个小镇距离滨州市要 4 个小时的车程,虞寒江和肖楼查完线索已经是晚上 9 点,两人去许楷开的火锅店吃了顿火锅,发现这家店的生意确实不错,这么晚了居然满座。

两人决定在这里住一晚。

虞寒江定了当地的一家酒店,吃过饭后,他和肖楼一起回到酒店,两人洗过澡开始讨论今天的收获。虞寒江道:“现在最大的难题还是找到那个替身。”

肖楼说:“不是双胞胎的话,怎么会有这么像的人?”

虞寒江仔细想了想,道:“整容?”

肖楼微微一怔，很快就反应过来：“对啊，现在的整容技术这么发达，想对着一个人的脸整出来相似的，在医学上完全可以实现。”

虞寒江点头：“乔雪宁的身高是一米六八，体重是50千克，算是比较匀称的，找一个和她身高、体重一样的女生并不难。只要对方和她脸型相近，让对方根据她的五官去做整容手术，再化个妆，这样一来，手术制造的人就成了和乔雪宁一模一样的替身。”

肖楼听到这里只觉得心底发毛：“这么说，乔雪宁大受打击，情绪消沉的那两年，其实并不是因为什么抑郁症躲在家里调节心情，而是……在制造一个自己专用的替身？”

虞寒江道：“有这可能。那两年她从公众的面前消失，跟之前的经纪人也解约了，连她的父母都不愿意见，说不定那时候她就已经知道了是林亦烟指示她初恋男友曝光她的照片，害她的裸照传遍全网，被无数人私下收藏。她怀恨于心，想弄死林亦烟。”

肖楼接着这话题说道：“但她又担心自己杀人的话会被判刑？所以她想来想去，决定秘密制造一个替身，在必要的时候用替身来做不在场证明，这样她就可以把自己摘得干干净净，让警方的调查陷入僵局。”

虞寒江道：“林亦烟案的凶手很聪明，将林亦烟冻在浴缸里之后，还在用林亦烟的手机给亲朋好友们发微信，混淆林亦烟的死亡时间。要不是邻居家的猫突然跳进楼顶的窗户，惊慌之下沾到了血，或许，她的下一步计划就是登录林亦烟的微博，宣布退出娱乐圈了。”

肖楼越想越觉得可怕。

她无声无息地杀死林亦烟，然后伪造林亦烟退圈的声明，让林亦烟这个人彻底消失。过段时间，她再回来处理尸体，所有人都找不到林亦烟了。让一个人彻底从世界上消失，还能把自己的嫌疑摘得干干净净，心思之缜密让人胆寒。

两人正在讨论，结果虞寒江的电话突然响了起来。

电话中传来警队的实习生小吴紧张的声音：“虞队，不好了！冰雪镇的别墅区发生了命案，有个叫许楷的男人被杀了！据说是他表弟晚上回去找他的时候，开门发现许楷死在了浴缸里，这才报的警！当地的警察已经去了现场……”

虞寒江的脸色倏地一变，立刻穿上外套和肖楼前往现场。他一边大步流星地往外走，一边给曲婉月打电话：“曲老师，乔雪宁呢？”

曲婉月道：“刚才跟我练完舞蹈，回酒店睡了。”

虞寒江和肖楼面面相觑。

乔雪宁还在剧组拍戏，白天的时候是曲婉月盯着她，晚上，邵清格安排刘桥住在她对面的房间，密切关注她的动静，她不可能大老远跑 4 个小时来到小镇把许楷给杀了。

许楷突然被杀，凶手会是谁？

是乔雪宁，还是她的替身？在剧组拍戏的那个人，是真的乔雪宁吗？

晚上 10 点半，虞寒江和肖楼一起来到了案发现场。当地警方已经派人用警戒线封锁了现场，虞寒江出示警官证后他们才让虞寒江进入。

负责查案的年轻刑警李新阳立刻迎上来，恭敬地道："虞队，您怎么会亲自到现场来？"他看了肖楼一眼，肖楼微笑着伸出手："李队你好，我是滨州市法医鉴定中心的肖楼。"

对方礼貌地道："原来是肖教授，您也跟虞队一起？"

虞寒江简单解释道："我们今天正好过来查案，死者许楷和我们市刑警队正在查的一起谋杀案有关。小李，你整理一下死者的详细资料，将案子移交给我这边。"

李新阳点头："好的虞队，您先去现场看看……这现场有些诡异。"

虞寒江和肖楼一起跟着李新阳上了楼。走进案发现场后，两人果然发现，许楷的死亡现场和林亦烟的死亡现场几乎一模一样。

只不过许楷应该是正准备洗澡的时候被谋杀的，身上没穿衣服。

他躺在浴缸里，惊骇地瞪大了眼睛，全身上下都是被刀割的痕迹，而且他的周围同样放满了冰块，只不过许楷的房间里开着暖气，所以部分冰块已经融化了。

冰块融成的水和死者身上的血液混杂在一起，整个浴缸里的水都变成了血红色，许楷就躺在一池血水当中，死不瞑目。

李新阳道："我们也是刚来现场，是许楷的表弟章小宇报的案。"

他将目光移向侧面，给虞寒江指了指章小宇的位置。这位章小宇也就是"鲸鱼网咖"的章经理，虞寒江和肖楼今天下午刚见过他。此时，他正抱着头，坐在旁边的床上瑟瑟发抖。

虞寒江看见他后，朝肖楼使了个眼色，低声在肖楼耳边说："你先验尸吧，我去找报案人了解一下情况。"

肖楼点了点头，戴上手套，俯身开始检查尸体。

旁边，小镇的法医很自觉地将工具箱递给他，有些年轻的实习刑警大概是没见过这么恶心的现场，跑去楼下呕吐，被李新阳狠狠地瞪了一眼。

肖楼说道："给我一把镊子。"

旁边的法医给他当助手，立刻将干净的镊子递给他。

肖楼从浴缸里夹出来一根长发，放入无菌密封袋里保存好。这长发是不是凶手留下的他目前还不能判断，可现场找到的证据总要带回去仔细检测。

死者身上一丝不挂，没有发现别的头发。杀人手法和林亦烟案很相似，致命伤都在心脏的位置，只不过伤口和林亦烟的不太一样，肖楼将死者的尸体扶了起来，查看他的背后，心下了然。

死者的致命伤和林亦烟一样都在心脏，但林亦烟的伤口是从正面刺入的，而许楷的伤口却是从背面刺入的，所以伤痕会呈现背面宽、正面心口比较窄的现象，这把锋利的刀直接把许楷的胸膛捅了个对穿。

肖楼对尸体进行仔细的检查，虞寒江在现场转了一圈，来到报案人章小宇的面前，问:“你是几点钟来你表哥家，发现他的尸体的？”

章小宇哆哆嗦嗦地说:“晚上 10、10 点多。”

虞寒江问:“今天下午，你跟你表哥联系过吗？”

章小宇点头:“晚上 6 点左右，我给他打了一个电话，但是他没有接，我当时以为他又去那家 KTV 会所找他的相好了，就没管他。”

虞寒江从浴缸旁边的台子上拿过许楷的手机:“知道密码吗？”

章小宇接过去解锁，果然，下午 6 点有一个未接来电，看来当时许楷已经死了。

虞寒江:“下午给他打电话，他没接，你为什么晚上 10 点突然来找他？”

章小宇道:“我想找他借一点钱……他打电话不接，我就来他家试试运气。”

虞寒江沉声问:“他当时已经死了，你又是怎么进来的？”

章小宇慌忙解释道:“我有他家的钥匙，因为我哥有时候会去外地谈生意，家里养的鱼啊花啊没有人照顾，我就住在附近，所以他把备用钥匙给了我，让我闲下来帮他照看。”

虞寒江点了一下头，道:“你进来的时候有没有在小区里看到可疑人物或者车辆？”

章小宇仔细想了想，摇头道:“没有，我、我低着头走路，没留意。”

这位表弟回答问题的时候一直不敢看虞寒江的眼睛，神色慌张，眼神左右闪躲，显然是很心虚。他可能隐瞒了什么事，但虞寒江并不认为他和谋杀许楷有直接关系。

审完章小宇后，虞寒江回到肖楼身边，低声问:“尸检结果怎么样？”

肖楼道:“死者的致命伤依旧在心脏部位，一把锋利的长刀直接刺穿了他的心脏，从伤口的痕迹来看，凶器应该和杀死林亦烟的长刀一致。身上的其他刀痕看上去更像是死后留下的。”

虞寒江皱眉：“也就是说，凶手杀了他之后，又对他进行了鞭尸？”

肖楼点头：“嗯，和林亦烟案一样。”他将尸体的头部抬了起来，仔细检查过瞳孔、尸斑，道，“死亡时间应该在6个小时左右。”

虞寒江看向卧室里墙壁上的挂钟。

现在时间是晚上10点35分，死亡时间是六小时左右，也就是说，许楷的死亡时间应该在下午4点半左右，而虞寒江和肖楼离开许楷家的时间，正好是4点半。

意识到这一点，两人顿时觉得毛骨悚然。

也就是说，他俩前脚刚走，许楷后脚就被凶手残忍地杀死在了浴室里。

虞寒江深吸一口气，压低声音在肖楼耳边道：“我们审问许楷的时候，很可能凶手就已经潜入了许楷的住处，做好了谋杀许楷的准备。只不过，她躲在角落里，我们没能发现。”

许楷的豪华别墅面积很大，有一层地下室，一楼是客厅、餐厅和花园，二楼是主卧和书房，三楼有几个客卧，四楼还有天台。这么大的别墅里藏一个人，如果不仔细搜查的话确实不容易找到。

虞寒江和肖楼来调查他的时候，由于目前的嫌疑人乔雪宁正在滨州市影视城的剧组里拍戏，有曲婉月等队友盯着她，两人都没想到凶手会再次作案。所以，当时他们并没有对许楷的住处进行详细的搜查。

何况，搜查居民的住所，需要上级批准的搜查令。许楷只是林亦烟案件的知情人，而不是犯罪嫌疑人，搜查令不会轻易批下来，虞寒江也不能随便搜人的家。

也正因此，两人很可能就和凶手擦肩而过了。如果当时凶手就躲在许楷的家里，说不定还听到了虞寒江对许楷的询问。

还记得两人来到许楷家的时候，许楷刚刚睡醒，应该是被虞寒江连续不断的门铃声给吵醒的，他从卧室直接走下客厅，睡眼惺忪，头发乱如鸟窝，下巴上有明显的胡茬，当时应该还没有洗漱。

可以想象，虞寒江和肖楼走后，许楷第一件要做的事就是洗澡。

表弟章小宇提到过，他昨晚是喝醉了酒回到家的，宿醉的人在浴缸里泡个澡来醒酒，这很正常。他走进浴室后，脱掉了身上的睡袍，准备放水洗澡。没想到，就在这时，早已躲在别墅里的凶手忽然拿出一把锋利的长刀，一刀捅穿了他的心脏！

肖楼指着尸体道：“和林亦烟案不同的是，这一次，许楷心脏部位的伤口是从背后刺入的，凶手是从他的背后偷袭，一击毙命。”

虞寒江点头：“毕竟凶手很可能是女性，和许楷这样身材高大健硕的男人正面搏斗的话，她不一定能占到便宜。当时，许楷脱了衣服，正打算放水洗澡，这时候的他精神应该比较松懈，从背后偷袭，许楷也很难防备。”

毕竟，谁都不会想到自己的浴室里居然藏了一个人！

李新阳队长认真地听两人对话，听得满脸茫然。

虞寒江突然看向他，问道：“有没有带发光氨？”

李新阳立刻说道：“带了，小齐，你去拿过来给虞队。”

凶手虽然已经清理了血迹，可是发光氨的成分鲁米诺可以显示血迹。虞寒江在浴室里喷了一圈，很快，墙壁、地面上就出现了大量蓝紫色荧光的痕迹。

肖楼看着荧光最多的部分，走到这个位置，一边比画一边说道：“许楷就是在这里，被凶手一刀背刺的，血液飞溅到了墙壁上。许楷挣扎了片刻，很快死亡，然后，凶手将他的尸体挪到了浴缸里，用冰块将他包围。”

肖楼的比画大家都看懂了，这也和现场残留的血迹一致。

虞寒江淡淡地说道：“这个案子的凶手的心理已经扭曲了。而且她非常聪明，能提前潜伏到目标的家里，出人意料地杀死目标。我猜，她很可能学会了开锁的技巧，否则很难解释她是怎么连续潜伏到林亦烟家和许楷家的。”

神神秘秘地潜入目标家中，再趁对方洗澡的时候一刀刺死对方……

这个凶手，简直不输于专业的杀手。

当晚，肖楼临时借用了小镇的法医鉴定中心，对现场搜集到的证物进行了鉴定，虞寒江则去找物业详细看监控。两人分开忙碌，直到凌晨3点才在警局会合。

肖楼将所有鉴定结果整理给虞寒江看：“浴缸里发现的长发，对比过基因库后，属于一个叫林丹丹的女孩。”

李新阳急忙说：“这个林丹丹我知道，是我们小镇KTV的一个陪酒女生，长得很漂亮，留着长发，和许楷应该交往过一段时间。”

肖楼接着问：“那刘琪和岳青青呢？”

李新阳愣了一下，道：“这都是许楷的女朋友。”

他苦笑着揉揉太阳穴，详细给两人介绍了许楷这几年的情史。

按照李新阳的说法，许楷至今未婚，三十多岁的年纪，长得还算帅，加上又是网吧和两家火锅城的大老板，特别有钱，在这个小镇已经成了“地头蛇”一样的存在。

他基本上不到半年就换一个女朋友，分手的时候会给女生很多钱，所以他的私生活虽然混乱，但应该不会有女生因为跟他分手而杀他。

李新阳道："许楷的风评不太好，但在处理情人的事情上他还算大方，我们小镇很多人都知道，他跟每一任女朋友分手的时候都会给对方足够的钱，对方也会痛快地拿钱走人。肖教授你刚才提到的这 3 位，都是他最近一年交往过的女友。"

肖楼道："看来我猜得没错，从地下室、厨房、浴缸搜出来的头发、指纹，全是许楷这几个女友留下来的，耳钉应该也是其中一个人的。显然，他会带女友回家过夜。"

虞寒江微微皱眉："杀他的不是这几个人。"

李新阳怔了怔："虞队你怎么确定？"

虞寒江道："他和我们正在查的谋杀案有关，案发现场的冰块一模一样，杀人手法也一样，甚至凶器都一样，这肯定是同一个凶手制造的连环杀人案件，你们小镇上这些和他交往过的女生并没有嫌疑。明天你把她们全部叫过来审问一下，能提供不在场证明的话，就都放了吧。"

李新阳松了一口气："好的。"

虞寒江道："另外再查一查表弟章小宇的底，他很心虚，应该有事瞒着我们。"

李新阳点头："明白。"

虞寒江拍了拍年轻刑警的肩膀："辛苦了，先回去吧，天亮了再说。"

从警局出来后，虞寒江和肖楼一起开车回了酒店。

回到房间时已经凌晨 4 点，虞寒江捏了捏眉心，朝肖楼道："小区的监控录像我全部看了，下午 4 点半案发之后，到晚上 10 点警方到场之间，出入小区的车辆总共有 30 辆，车牌号我已经全部记录下来。另外，没发现和乔雪宁相似的可疑人物。"

肖楼道："先睡一会儿吧，明天我们再去交警队查。"

两人各自睡下，只睡了几个小时便起床。

次日早晨 7 点，虞寒江先给曲婉月打了个电话，叮嘱道："乔雪宁那边一定要盯紧，别让她跑了，等我和肖楼回来，自有办法查清她的底细。"

曲婉月道："放心，我一整天都陪在她身边看她拍戏。"

虞寒江挂了电话，和肖楼来交警队查车主的信息。

昨天下午 4 点半之后，离开别墅区的车辆没有一辆是可疑的，虞寒江摸着下巴，若有所思："她不是开车走的？看来她非常谨慎，怕我们查车牌号会查到她的真实信息，她很可能是步行离开了别墅区。"

肖楼赞同："林亦烟案，她凌晨4点开着林亦烟的车离开，查不到她本人的车辆。这次她干脆没开车，可步行离开的话，小区只有这一个出口，应该能拍到她才对吧？"

虞寒江道："但昨天下午出入小区的行人，没有一个像乔雪宁的。"

两人一起去了警局。

李新阳大清早就把许楷的历任女友给请了过来。3个人都有充分的不在场证明，有的在KTV陪人唱歌，有的昨天下午在理发店里烫头发，还有一个女生昨天下午约了3个闺密逛街，她们的说法全都能够得到其他人的证实。

耳钉是其中一个女友的，为什么遗落在屋顶的阳台上，对方尴尬地表示许楷有些比较特殊的癖好，李新阳也就没再追问，简单做了笔录后就将3人放了。

至于章小宇，被抓进审讯室之后他就全招了，原来，他昨晚去找表哥是因为自己参与了赌博，输掉了好几十万，怕老婆知道后和他离婚，才去找表哥"江湖救急"，没想到开门进去就看见了表哥的尸体，吓得报了警。

虞寒江和肖楼过来后，李新阳就将整理好的笔录递给了虞队。

虞寒江早有预料，许楷的3个女友和表弟章小宇身上查不出什么，他也并不失望。毕竟，许楷案和林亦烟案是连环杀人案件，凶手是同一个，别墅搜出来的这些女友的头发、首饰，根本就没法对案件的进展给予任何帮助。

肖楼遗憾地道："搜到的那些头发、指纹，看来全是干扰项。"

虞寒江微微皱眉："凶手连续两次作案，都有经验了，她可能全身都包得严严实实，戴上手套，因此不会留下任何可以核对指纹、基因的信息。她的那些冰块，应该也是现场制造的。"

凶手是提前潜入了许楷的房间，趁着许楷睡觉，在他冰箱的冷冻层里做了很多冰块，然后出人意料地杀死许楷，用冰块埋尸，并且带走了冰箱里的容器。

这样一来，林亦烟案的冰块也可以得到解释，凶手同样是提前潜伏在林亦烟的家里，用她的冰箱现场做了一大堆冰块。杀死林亦烟后，她也带走了做冰块的盒子，让警方对冰块的来源产生疑问。

否则，凶手提着这么多冰块很容易引起路人的怀疑，也很难提得动。在现场用水来凝结成冰，才是最快捷的方式。

虞寒江道："我们先看小区的监控。"

李新阳也主动帮忙，叫来同事们，打开物业提供的整个别墅小区的监控录像，每人负责一片区域，详细查看监控。

大家忙活了一整天，然而，并没有发现一个人是从小区围墙爬出去的。

李新阳一脸疑惑："不是开车走，没经过小区门口，也不是爬墙出去，凶手会飞？还是会钻地洞？”

肖楼若有所思地看向虞寒江：“林亦烟案也是如此，那几天的监控我们从头到尾都查过，没有可疑的车辆进入，除非她是空降或者从地下钻进了小区。”

许楷天天都回家，凶手不可能在他家里藏得太久，最多也就是他前天晚上出门去喝酒的时候，凶手提前潜入别墅做准备，昨天下午趁机杀死许楷后离开，不超过 24 小时的监控很方便调查。可是，监控中完全找不到凶手进出小区的踪影。

凶手是怎么进入许楷所住的别墅小区的？又是怎么离开的？

难道凶手真的会飞？

肖楼正百思不得其解，突然听虞寒江沉声说道：“恐怕，我们从一开始就陷入了思维误区。”

肖楼疑惑地看向他：“虞队的意思是？”

虞寒江道：“凶手没有翻墙逃跑，而是光明正大地走进去，又光明正大地走出去的。”

肖楼很是惊讶：“既然是光明正大走出去的，凶手怎么能瞒天过海不被监控拍到？”

虞寒江看向肖楼，低声道：“既然有人能整容成乔雪宁，那乔雪宁也可能会假扮成别人的模样。监控中应该拍到了她，可惜……我们并不认识她。”

监控中找不到乔雪宁。

很可能是因为她已经换了一张脸。

肖楼听到虞寒江的推测后，认真分析道：“如果她是彻底整容换脸，那她没必要找个和自己一模一样的替身做不在场证明。况且，换脸之后，她就得放弃在娱乐圈好不容易打拼出的事业，不能继续以乔雪宁的身份去拍戏，甚至连银行卡都不能用。上个月去银行取钱的人，我觉得应该是乔雪宁本人。如果她安排好替身之后再去整容……为了杀许楷，换掉自己的脸，放弃娱乐圈的事业，有这个必要吗？”

虞寒江仔细一想：“你说的有道理，还有一种两全其美的方式——她可以不去做手术彻底换脸，而是临时换脸，假扮成别人。”

肖楼了然道：“就像金小玥一样做伪装？”

虞寒江点头：“高明的化妆术可以让监控拍到的脸和她本人完全不同。冬天，很多人会穿羽绒服，我们很难分辨她的真实身材。小区的监控，我们要仔细再看一遍，一个一个地排查。李警官，麻烦你把小区的保安给叫过来，认人。”

许楷的别墅坐北朝南，经过别墅门口的有两条路，一条是往西，通往小区侧面的西门，另一条则是通往小区最宽阔的主干道。

虞寒江将两个路口的监控在不同的电脑中打开，对比观察。

小区的保安站在他身后核对每一个经过的行人，耳边不时传来保安的声音："这位带小孩的女士是 C 区 101 的住户；这个老人家我认识，张阿姨；这位提公文包的好像是李先生……"

别墅区住户少，业主非富即贵，保安能认识 90% 以上的人。

虞寒江让保安一个一个地排除监控中行人的嫌疑。

就在录像播放到前天晚上 7 点的时候，突然，画面中出现了一个穿着橘色羽绒服的清洁工，她手里拿着扫帚，低着头，走进别墅区沿路打扫路边的积雪，路口的监控正好拍到了她的身影。她慢慢地往前扫雪，很快就消失在了道路尽头。

虞寒江眉头一皱，立刻倒退几秒并按下暂停键，将画面定格在清洁工的背影上，道："调出这条路另一边的监控，从晚上 7 点开始，看看这个清洁工是什么时候出去的。"

李新阳急忙在旁边的电脑中调出了道路另一头的监控。

然而，半个小时过去，清洁工依旧没有走出来。

倒是 7 点半的时候，许楷的车子从别墅区开了出来，这一点也跟他表弟的证词一致，他是前天晚上 7 点半左右去娱乐会所跟人喝酒的。

也就是说，当时清洁工就在别墅的附近，亲眼看见了许楷离开。

想到许楷的车子背后有双眼睛盯着，肖楼只觉得毛骨悚然。

这个清洁工穿着肥大的羽绒服和棉裤棉鞋，看上去略为臃肿，背影很像是一个中年大妈，这也是第一次排查的时候虞寒江忽略了这位清洁工的关键原因。

虞寒江沉着脸问："认识她吗？"

小区保安道："我们小区的清洁工比较多，光从背影看不出来。"

去这条路上扫雪，却没有从路口出来，她还能去哪儿？

李新阳抖了抖浑身的鸡皮疙瘩："看来，凶手是假扮成清洁工阿姨潜入了死者的别墅？她穿着这么肥大的羽绒服，很可能是衣服里面藏着凶器以及做冰块的工具。"

虞寒江沉声道："查昨天下午 4 点半以后的监控，我看看她是怎么出来的。"

李新阳将监控调到昨天下午 4 点半，也就是许楷死亡的那个时间段。

众人瞪大眼睛盯着路口。

然而，一直到晚上 10 点警方来到现场，还是没发现清洁工阿姨的踪影。警方对整栋别墅进行了地毯式搜索，凶手肯定不在别墅里，难道她又换了个样子逃出去了？

虞寒江皱眉：“把路口这个摄像头的时间，倒退回下午 5 点半。”

李新阳依言照做，录像从 5 点半重新开始播放。

虞寒江一脸严肃地盯着屏幕，他刚才看录像的时候留意到了一个细节，需要再次核对。5 点半到 7 点是下班的高峰期，路上出现了好几个行人。

没过多久，大概 5 点 40 分，大家就发现了一个穿着纯黑色羽绒服、身高接近一米八的男人，戴着帽子和围巾走了过来。他手里提着一个公文包，行色匆匆，像是刚刚下班。

摄像头拍到了他的侧脸，他戴着口罩和一副银边眼镜，锋利的剑眉和一双狭长的眼睛显得这男人气场十足，俨然一副公司精英高管的模样。

许楷家所在的这条路可以通往另一片别墅区，如果是有人下班后从西门进入小区，走这条路回家也说得通。

虞寒江问保安：“认识他吗？”

保安仔细看了看，说：“不太熟，好像没见过。”

虞寒江道：“调取下午 5 点半，小区西门口的录像。”

李新阳迅速将西门口摄像头的录像找出来，虞寒江目光锐利地盯着屏幕，众人也都屏住了呼吸——然而，15 分钟过去，西门口一直没有出现穿黑色羽绒服的男人。

西门口正好连着许楷别墅前的这条路。虞寒江让录像暂停，锁定了这个人，道：“西门口的监控没有拍到他，他却突然出现在这条路上，显然他不是从门口进来的，而是从小区里冒出来的。许楷别墅附近的其他路口也没发现他。”

李新阳双眼一亮：“也就是说，这就是从许楷家里逃出来的凶手？！”

虞寒江点头：“只有这个解释。”

肖楼认真地分析道：“看来，她先假扮成清洁工，穿着肥大的羽绒服，潜入许楷家之后，她用携带的容器接了自来水制作出大量的冰块，然后就在别墅里躲好等许楷回家。本来可以半夜作案，但许楷那晚喝酒快天亮才回来，喝醉的许楷上楼倒头就睡，她当时没动手，大概是不想让许楷在睡梦中死去，所以她才耐心地等许楷醒来？”

虞寒江接着道：“下午的时候我们突然找上门，按门铃将许楷吵醒。凶手大概也没料到警方居然会找上门来，我们询问许楷的时候，她就躲在别墅里偷听。等我们一走，许楷上楼去洗澡，她立刻杀了许楷，换上另一套装备，将清洁工的衣服塞进羽绒服里，逃之夭夭。”

怪不得小区的监控拍不到乔雪宁——她进来的时候假扮成了清洁工，出去的时候化妆假扮成身高接近一米八的男人，穿了12厘米的增高鞋。

李新阳指着她的鞋子道："这种马丁靴从外表根本看不出来有内增高。她毕竟是个女人，腿太细了身材会不协调，所以她买了这种超长羽绒服，衣服的下摆正好盖住了鞋子。"

从外表来看，这就是个高大、健硕的男人，但其实全都是羽绒服造成的视觉效果。

事实上她的羽绒服里面还塞了一套清洁工的装备，她原本的平眉画成剑眉，戴上眼镜，还把双眼皮给粘成单眼皮，杀掉许楷之后，她就在许楷家现场换装，摇身一变，大摇大摆地离开了小区。

这个凶手，真是换装界的鼻祖。

肖楼无奈地看向虞寒江道："我们在许楷家时，她就躲在别墅里，她已经知道了我们在查她，一定会迅速毁灭证据，并且逃跑。"

虞寒江果断地说："马上回滨州。"

两人急忙开车赶回滨州。

回去的路上，虞寒江连续打了好几个电话。

他跟曲婉月道："马上想办法把剧组的乔雪宁控制起来，采集她的指纹，让龙森送到法医中心去鉴定。"

曲婉月急忙点头答应："好的。虞队你那边是什么情况？"

虞寒江道："连环杀人案，凶手在逃，我们得和凶手比速度。"

曲婉月精神一振："知道了，我这就去。"

紧跟着，虞寒江又给滨州机场打电话："我是滨州市刑警队的队长虞寒江，我们现在在调查一起谋杀案，凶手有可能潜逃。将身份证是乔雪宁的人限制出境。还有，遇到任何身份信息可疑的，化妆化得和本人的身份证有差异的，也全部扣留下来。"

机场那边很快就展开了行动。

虞寒江加快车速，火速赶回滨州市。

他来到滨州市法医中心的时候，肖楼的同事将已经鉴定出来的结果交给他："剧组那边送过来的指纹，我们在指纹库进行了对比——这个人叫喻霞，4年前就已经死了。"

虞寒江和肖楼回到办公室，将指纹鉴定信息进行了核对——果然如同事所说，喻霞在4年前出了车祸，所以资料库里她的身份证已经是"意外身亡"的状态。

虞寒江在电脑资料库里搜索这个名字。他有印象，这个人是乔雪宁和林亦烟的大学同学。果然，他很快就在电影学院 3 班同学的合影中找到了喻霞。

喻霞的父母早就去世，她是自己勤工俭学考上大学的，虽然这女孩儿很努力，年年拿奖学金，可她长得很普通，尤其是在美女遍地跑的电影学院，对比其他女同学，她就是那只丑小鸭。

作为全班最难看的一个女生，她的存在感极低，不参加任何社团活动，不和同学们一起聚会，天天就知道闷头学习，戴着大大的眼镜，几乎要变成书呆子了。

他们班后来火了好几个明星，包括林亦烟、乔雪宁，这些人从没在任何采访中提及过叫喻霞的同学，她就是电影学院里衬托鲜花们的一片绿叶。

她这样的颜值不整容的话，在娱乐圈永远都只能当配角。查她“去世”之前的演艺经历就可以发现，她演的都是些路人，演员表排在最后，观众都懒得看的那种。

肖楼在网上找到了一篇媒体记者对她的采访记录，记者问她：“你同班同学林亦烟和乔雪宁都这么火，你们私下还有联系吗？她们会不会帮你介绍一些资源？”

喻霞回答道：“她们都是大红人，毕业之后我们就很少联系。鲜花总要有绿叶来衬托，我知道自己不太好看，但电视剧里不能全都是好看的人吧？也要有一些丑角，我很清楚自己的定位。”

采访下面还有人冷嘲热讽。

“真是丑人多作怪！”

“这是在蹭我们林、乔两位女神的热度吗？这位老同学也太不要脸了吧！”

虞寒江看到这里，不由得皱眉道：“喻霞毕业之后的演艺生涯很不如意，这么多年一直演路人，待遇跟群众演员差不多。乔雪宁应该是许了她很多好处，她才愿意整成乔雪宁的样子，给乔雪宁当替身。”

肖楼赞同道：“虽然整容之后脸不是自己的，可她给乔雪宁当替身期间能受到剧组的尊重和礼遇，还有粉丝们的追捧，大笔的金钱收入，这不是她演几个路人、丑角色可以比的。”

天天演路人，靠微薄的收入来养活自己，当一辈子的群演？还是，配合乔雪宁整容，当乔雪宁的替身，享受和乔雪宁一样的待遇？

喻霞选择了后者。

肖楼道：“怪不得她的演技也一直在线，毕竟是电影学院毕业的，还是个学霸，要不是长得丑，可能也早就红了。”

虞寒江点头：“嗯，找个专业的人来当替身，不用担心演戏的时候会穿帮。

乔雪宁和喻霞暗中的交易，得找到她们才能彻底解开秘密。我现在马上去逮捕喻霞，至于乔雪宁，估计她会逃去机场，我已经派了同事去机场盯着，不放过任何一个可疑的人。”

深夜的街道上，鸣着笛的警车呼啸而过。

虞寒江行动迅速，直接杀到了“乔雪宁”在剧组安排的酒店，曲婉月当时正找借口给“乔雪宁”辅导舞蹈动作，听见敲门声后，她微微松了一口气，她猜应该是虞队到了。

果然，经纪人开门一看，就见一身警服的虞寒江脸色严肃地站在门口。

他拿出一张逮捕令，道：“乔雪宁小姐——不，应该是喻霞小姐，我们现在怀疑你和一起连环谋杀案有关，请你跟我们回去协助调查。”

经纪人目瞪口呆：“什、什么？”

屋内的“乔雪宁”听到这句话，脸色瞬间一片煞白。

哪怕是再好的演技，面对虞寒江干脆利落地戴在她手腕上的手铐，她也很难保持平静，何况虞寒江直接叫出了她的真实姓名。

经纪人不明所以地跟着虞寒江去了警队，接受连夜审问，她表示自己什么都不知道。

虞寒江道：“你在生活中没发现乔雪宁性格不太对吗？”

经纪人哭丧着脸道：“雪宁自从当年被曝光裸照的事情打击之后精神就有点不正常，所以，她有时候忘记一些事情，或者是说好的事突然改变主意，我都会尽量顺着她，不敢刺激她。没想到，居然有两个乔雪宁！”

这件事，经纪人看来是真的不知情，毕竟经纪人也是乔雪宁复出的时候才签约的，对乔雪宁以前的习惯不是很清楚。

虞寒江审完经纪人，接着审喻霞。

喻霞顶着一张乔雪宁的脸，神色很难看，却咬紧牙关什么都不肯说。

肖楼直接请来了一位整形外科的医生给她做检查，医生详细看过之后，说道：“下颌骨被削过，鼻子是垫的，脸上还在定期打针，眉毛是剃掉之后重新纹的半永久眉，双眼皮是割的，耳朵也做过微创，整个头部没做手术的，大概只剩头发了。”

真是够狠！这才叫彻底地“改头换面”。

面前这一张乔雪宁的脸和资料里的喻霞对比，简直是天壤之别。

喻霞脸上有很多麻子，下颌宽，鼻子塌，眉毛又粗又平。乔雪宁却是个清秀的美人，她这张脸手术能做成功，这位整形外科的医生也够厉害的。

肖楼道：“我已经发消息给全市所有的整形医院，看看有没有手术记录。”

虞寒江点头：“整形医院会对患者的资料严格保密，但如今涉及凶杀案，警方的调查他们也不敢瞒着，应该很快就会有结果。”

凌晨3点，虞寒江带着喻霞来到医院急诊，要求医生给她拍摄一张X线光片。

急诊科医生看见虞寒江的警官证，立刻配合警方工作，把她带进去拍了张片子，并且当场洗出来交给肖楼。

肖楼拿起片子对着光仔细一看，道：“没有骨折线。”

虞寒江了然：“她没骨折？这么说，摔断腿的才是乔雪宁，没骨折的这个，是替身。”

肖楼疑惑：“那为什么拍摄综艺节目的时候，她走路时重心不太稳呢？”

虞寒江冷冷地道：“演技太好，装的。”

他的目光看向喻霞：“喻小姐，你还不肯说吗？”

喻霞脸上血色尽失，咬着牙，似乎陷入了矛盾的情绪之中。

就在这时，虞寒江接到了一个电话：“虞队，机场这边发现一个可疑的人，是个男人，过安检的时候我们仔细核对，他的脸和身份证上的脸有区别，我们一个女同事拿来卸妆油，让他现场卸妆，他立刻转身就跑，被我们给拿下了！”

现场卸妆？这位女同事的做法值得表扬。

虞寒江道：“多谢，我已经派人去了机场，把他交给我们刑警队的人带回来。”挂断电话后，虞寒江通过后视镜淡淡地扫了喻霞一眼，“正主已经找到了，你还不肯招供的话，你很可能被判决为杀人案的帮凶，主犯被判死刑，从犯也会跟着一起坐牢。”

喻霞听到这里，表情终于崩溃。她用双手掩着脸，颤声道：“我不知道她居然会疯到去杀人！还利用我做不在场证明！”

回到警局后，喻霞哆哆嗦嗦地交代了一切。

4年前，她正处于人生的低谷，每天都在发愁下一部戏该去哪里接，她父母双亡，要求很简单，只要能吃饱饭有地方住她就满足了，可有时候，群众演员的片酬连养活自己都很难。

结果这时候网上突然爆出乔雪宁的丑闻，作为曾经的同学，她也当了次“吃瓜群众”。没想到，乔雪宁居然会找上她，对她提出了一个大胆的建议。

乔雪宁的说法是：“这件事对我打击太大，我很难调节好心态继续演戏，但其实我手里资源很多，而且我也没什么错，想洗白很容易。如果你愿意当我的替身，我可以给你超出现在收入10倍的固定工资，并且你参演的剧，我都分三成片酬给你。”

喻霞被说得很是心动，当替身而已，娱乐圈里很多名演员还有自己的御用替身呢，不管怎样都比她当前的处境要好吧？

于是，她答应了。

乔雪宁微笑着说：“小霞，我说句不好听的，娱乐圈是个看脸的圈子，你想走得长远，这张脸是不行的，我出资给你整容怎么样？”

喻霞一开始还有些排斥，但是最终还是心动了。

整容的一切事宜都是乔雪宁安排的，包括整形方案也是乔雪宁和医生商量着定的，乔雪宁保证说“我一定给你整好看”。那位医生和乔雪宁很熟，喻霞就没多想，只配合做检查。

躺在手术台上的时候她有些紧张。麻醉过后她失去了意识，醒来时满脸都是纱布。

等过了一段时间拆掉纱布之后，她照了照镜子，然后震惊地发现，这张脸为什么那么像乔雪宁？！

乔雪宁当时就在她的身边，和她一起挨着脸照镜子，还笑眯眯地问：“像不像？”

看着镜子中相似度极高的两张脸，喻霞吓得摔碎了镜子。

说到这里，喻霞不由眼眶通红，她咬牙道：“我当时看了医生电脑里整容后的预想模样，根本不是这样，乔雪宁她联合医生骗我。她把我的脸整得和她一模一样，她说的替身原来是这个意思！她简直就是个疯子！”

虞寒江看她情绪接近失控，不由低声打断她道：“后来，你还是同意了当她的替身？”

喻霞沉默片刻，深吸一口气说：“我没办法。当时我很穷，没钱，没亲人，我根本斗不过她。再说她做得很绝，她假造了一场事故让‘喻霞’这个人从世界上彻底消失了，如果不听她的话，我就没法在这个世界上生存了。”

肖楼听到这里只觉得脊背发毛。

这个乔雪宁真是够变态的！

虞寒江问道：“给你做整形手术的医生是谁？”

喻霞说出了医院和医生的名字，虞寒江打了内线，让同事们去抓住这个黑心医生，然后让喻霞详细说说拍武侠电影《剑雨》时摔断腿的事。

喻霞说，今年上半年的武侠戏本来是定了让她拍，但拍到最后关头女主骑马狂追男主的那一幕时，乔雪宁突然给她发消息说：“这一幕危险的戏我来拍，你休息几天。我也得了解一下剧组的人，免得宣传的时候什么都不知道。”

喻霞虽然不明所以，但“雇主”的话她不敢不听，于是借口感冒去医院，跟剧组请了一天的假，回来的时候，就已经换成了真正的乔雪宁。

没料，乔雪宁拍戏时突然摔断了腿，虽然剧组顺利杀青，乔雪宁却不得不住院治疗，她也因此狠狠刷了一波热度，让无数粉丝评价她是“最敬业的女演员”。

喻霞苦笑道：“事实上整部电影女主角出场的时间是 70 分钟，有 69 分钟是我拍的，只有 1 分钟是乔雪宁拍的……我当时不明白她为什么要挑这一幕戏亲自去拍，后来看她摔断腿我才知道，这个人对自己真狠，当时她断腿上热搜，粉丝一夜之间涨了几百万。”

肖楼问道：“她住院的那段时间，你在哪里？”

喻霞道：“我躲在自己租的房子里天天叫外卖吃，还只敢让外卖小哥把饭菜放在门口，然后半夜偷偷去丢垃圾。”她低下头，小声道，“我只能做乔雪宁的影子，她摔断腿住院了，我当然不能出现。”

虞寒江问：“17 号的综艺节目呢？是你？”

喻霞点头道：“那一期‘天黑请闭眼’她让我去拍，她说几个嘉宾都不认识她，没人能看出不对劲，而且这个综艺节目并不需要我说太多话，装小白，被淘汰出局就行了。她还叮嘱我说，她摔断过腿，让我别跑太快引人怀疑。”

肖楼理解地道：“所以，你就假装自己腿有伤，却又不能装得太明显？”

喻霞道：“我又没摔断腿，怎么装瘸腿走路？我怕自己把握得不好，所以就跟剧组的人说我的腿恢复得差不多了，走路的时候稍微瘸一下，让他们信以为真。”

这也是为什么肖楼看到的综艺节目中的“乔雪宁”的双腿走路不太平衡。原来是替身在刻意假装。

肖楼疑惑：“那为什么拍新剧的时候你又不装瘸腿了？”

喻霞道：“因为新剧要拍舞蹈戏，我装瘸腿的话怎么跳舞？经纪人非要给我找替身，我自己就是替身。反正乔雪宁说她的腿恢复得差不多了，我就和导演说，我可以跳舞。”

肖楼和虞寒江对视一眼。所有的漏洞都是从这里开始的。

替身和正主对于“摔断腿”的理解不同，毕竟替身没有亲自经历过摔断腿住院的事，不知道“恢复得差不多”到底是什么水准，于是，她在新剧中若无其事地跳舞，被曲婉月、肖楼等密切关注她动向的人察觉到了不对。

肖楼审问时，提出的“骨头汤”她也毫不知情，还下意识地说医生让她喝骨头汤。如今看来，摔断腿的才是乔雪宁本人。

11 月 16 号晚上，替身去山里拍摄综艺节目，假装瘸腿、感冒，避免自己说太多话引起人的怀疑，综艺一直拍摄到 17 号凌晨，而这段时间，乔雪宁本人正潜伏在林亦烟的别墅里杀人——她想利用替身制造不在场证明。

两天前，乔雪宁秘密前往小镇，用同样的手法杀死许楷。当时她的替身就在《双生花》的剧组里，要不是虞寒江和肖楼早就推理出了她有“替身”这件事，她这个不在场证明也很完美。他们一开始以为剧组的乔雪宁才是真的，没想到剧组那个是假的。

虞寒江看向面前的喻霞，冷冷地道：“我们第一次找你的时候，你就知道林亦烟是乔雪宁杀的对吗？而你却没有告诉乔雪宁警方在调查她，反而故意发信息让我们去查周媛媛。”

喻霞怔了怔，片刻后才轻笑道：“我为什么要告诉她？她杀了人，一旦被查出来应该要判死刑对吧？我是她的影子，但如果她死了，我就不用再做影子了，我可以走到阳光下。娱乐圈会多一个长得像乔雪宁的、演技出色的演员，她的一切资源、人气，就会真正地属于我了。”

她一脸憧憬的神色：“反正她杀人跟我没关系，我只是按照她的安排，替她上综艺，替她演戏，我什么都不知道……她把我整成她的样子，我还是个受害者。”

他们这次遇到的凶手个个都是戏精，到头来，演技最好的一个，反而是乔雪宁为自己选择的替身。

替身不想当替身了，替身想要取代原主，所以她才有意无意地给警方透露一些线索，把乔雪宁这个凶手给引了出来。

虞寒江和肖楼离开审讯室的时候，真正的乔雪宁已经带到了。

她脸上的妆被强行卸掉，露出的真面目和审讯室里的替身一样，她的嘴角诡异地扬起了一个弧度，看着虞寒江道：“警察，你们真的分得清哪个是乔雪宁吗？”

虞寒江淡淡地道：“看脸确实分不清，可惜你整容的时候没整掉指纹，也换不掉基因。”

乔雪宁咯咯笑了起来。她的笑声略带沙哑，仔细听，应该是长期吸烟所导致的，这笑声在空旷的走廊里回响，显得异常阴森。

这个女人已经心理变态了，她花费那么多精力，制造一个替身出来，连杀林亦烟、许楷两人，或许只是为了满足心理上的快感。

如今，证据确凿，乔雪宁似乎也不想为自己辩驳：“人是我杀的，我也猜到了应该是我的影子出卖了我……果然，还是养虎为患啊！”

肖楼问道：“能告诉我们，冰块是什么意思吗？”

乔雪宁挑了挑眉：“你们听说过——雪藏吗？”

肖楼怔了怔，她笑眯眯地看向肖楼道：“林亦烟和许楷当年联手，就是为了打压我，让我彻底被公司雪藏。结果，这两个蠢货低估了我的韧性。我要让他们亲自尝尝寒冰地狱的滋味。”

原来如此。

番外

警界传奇

（一）

周三那天正好是虞寒江值班，他走进刑警大队，推开办公室的门，倒了杯茶还没来得及喝，桌上的电话突兀地响起，刚接起电话，耳边就传来个干脆利落的女音：“虞队，刚刚接到报警，江州医科大学有女生跳楼自杀，请尽快出警！”

虞寒江皱了一下眉：“知道了。”

他放下茶杯，快步转身出门，叫上同事和法医开着警车来到学校。

校领导已经派保安将现场封锁，虞寒江让同事拉起警戒线，走到案发现场仔细一看——宿舍楼下躺着一具尸体，死者是二十岁左右的年轻女大学生，大片的鲜血染红了白色的丝质睡衣，她的眼睛微微瞪大，面露惊恐，头发应该是刚刚洗过，湿润而凌乱地散落在地。

法医很快就做出判断：“坠落时头部着地，颅骨碎裂和脑出血是直接死因，死亡时间在半小时以内。”

虞寒江低头看了一下表：晚上 10 点整。

他转身问旁边的报案人员：“什么时候发现的？”

保安一脸严肃：“刚才我们几个在附近巡逻，看见草丛里有一片白色，我还以为是哪个学生晒在阳台的床单掉了，过来一看，就发现了她的尸体。”

虞寒江凑去随行的同事耳边叮嘱了几句，然后快步走进学生宿舍，让保安带他上了楼顶。

楼顶的天台地面潮湿，只有一个人的脚印，看痕迹应该跟死者脚上的拖鞋一致。脚印十分凌乱，在天台围栏处终止，围栏那里有一根铁钉，残留的衣服碎片跟死者身上的睡衣一致，应该是坠落时勾到了衣服。

看现场，像是自杀。

虞寒江问：“你们学校女生宿舍的天台是一直开放的吗？”

保安沉着脸说：“以前都是锁着的，最近几天因为楼顶的排水管道坏了，正在维修，所以才开放了天台，我们也没想到会有学生爬上去跳楼……”

虞寒江转身下楼，去走访女生所在的宿舍。

死者是医学院临床医学专业的学生，名叫周菲羽，住女生宿舍最顶楼的七楼。

据3位舍友描述，周菲羽平时性格孤僻，不爱跟人交流，今天下午上完法医学鉴定的选修课后，回到宿舍就魂不守舍的，情绪很反常，舍友问她怎么了，她也不说。

晚上7点半，3位舍友结伴去上自习，宿舍只剩她一个人。舍友们10点钟回来，发现周菲羽不在，也没多想，直到楼下来了警车才知道舍友自杀了。

3位舍友可以互相做不在场证明。

虞寒江问："周菲羽平时有没有跟谁结怨？"

舍友们一致表示："不清楚，她一向独来独往，没什么朋友，也没人来宿舍找过她麻烦，没听见她跟谁起过争执，每次听她打电话声音都温温柔柔的。"

有个女生忽然说："对了，她很喜欢法医系的肖教授，今年法医鉴定这门公选课的开班人数限制100人，报名的有五百多人，竞争很激烈，她最后选上了，特别开心。"

另一个舍友急忙附和道："没错，平常很少看她笑，但公选课公布名单那天她很高兴，还请我们3个喝了奶茶。"

虞寒江眉头微蹙："肖教授？他在你们学校很受欢迎？"

女生道："是啊，他是我们医学院论坛公认的男神，讲课特别有趣，博学多才。"

虞寒江记下这个名字，又询问了一些死者平日里的表现、习惯，这才离开宿舍来到楼下。同事已经在案发现场取完证，外勤组开始走访周围的同学寻找线索，虞寒江带着大家收队。

回到警队后，他连夜将女生坠楼案的线索整理了出来。

第一，据舍友描述，周菲羽性格内向，平时很少交朋友。她死前去浴室洗过澡，这一点很可疑。以她斯文内向的性格，如果真要自杀，应该会穿戴整齐，安安静静地死去，而不是踩着拖鞋、穿着睡衣，头发湿漉漉的，匆忙跳楼。

第二，她下午上完公选课，回到宿舍后就魂不守舍，她死前的最后这门课上是不是发生过什么？又或者，她暗恋这位肖教授？

虞寒江皱眉握紧钢笔，仔细看着本子上的线索。

顶楼没有发现第二个人的指纹和脚印，宿舍内只提取到舍友的指纹，3位舍友能彼此做不在场证明，周围女生宿舍没听到任何异常的动静……

看着像自杀，但虞寒江觉得没那么简单。

这天晚上，他干脆睡在了警队。

次日一早，他就传唤了案件关联人员——江州医科大学法医系的肖教授。

那是个雨天，窗外淅淅沥沥下着小雨，阴霾笼罩在城市的上空，虞寒江站在窗边正蹙眉沉思，忽然察觉到有一道视线投在了自己身上，他回过头，对上一双清澈明亮的眼睛，那人朝他微笑了一下，笑容十分礼貌亲和。

同事低声道："虞队，肖教授到了。"

虞寒江快步走过去，主动伸出手："你好，我是刑警大队重案组的组长虞寒江，有个案子，请肖教授过来配合调查。"

肖楼朝他礼貌地伸出手："虞队你好，我一定全力配合。"

虞寒江有些意外，他本以为，学生们赞不绝口的博学多才的肖教授得是个五十岁以上、头发花白的老专家。没想到如此年轻。

难怪会迷倒一大批医学院的女生。

当然，披着人皮面具的衣冠禽兽多了去了，虽然他对肖楼的第一印象还不错，但目前还不能完全排除肖楼的嫌疑，毕竟肖楼是死者在死前最后见过的男性。

虞寒江带着肖楼走进问询室，让肖楼在对面坐下，低声问道："姓名、职业、年龄。"

肖楼道："我叫肖楼，今年 28 岁，职业是江州医科大学法医学专业的副教授。"

旁边的年轻警察在飞快地记笔记，虞寒江顿了顿，盯着肖楼的眼睛，继续问："昨天下午 3 点到 5 点，你在哪里？"

男人的眼眸深邃冰冷，目光锋利如剑，像是要刺穿一切伪装，直达人心。

肖楼被他盯着看，脊背有些发凉，身体也忍不住地僵硬紧绷。但肖楼问心无愧，目光没有闪躲，微笑着答道："昨天下午我正好有课，3 点到 5 点在教学楼 F-301 给学生们上课，讲述的内容是法医鉴定中尸体死亡时间的判断规则。"

虞寒江："你认不认识周菲羽同学？"

肖楼仔细想了想，道："有印象，我昨天点她的名回答过问题，她是个比较内向的女孩子，站起来回答问题时会脸红，结结巴巴地也答不完整，我就让她坐下了。"

虞寒江蹙眉："你跟她私下里有没有交集？"

肖楼神色坦然："没有。我公选课一个班有 100 个学生，除了上课时会提问学生，跟学生互动，下课之后，我跟全班同学都没有过任何联系。"

虞寒江道：“对周菲羽这个学生，你了解得多吗？”

肖楼道：“不了解。这学期她选了我的公选课，目前为止我只上过5堂课，课堂提问了她一次，这一点，您可以找公选课班里的学生们证实。”

对上他平静的目光，虞寒江点了一下头，道：“昨晚7点到10点，你在哪里？”

肖楼回忆了几秒，道：“昨晚7点到9点我在办公室看论文，9点开着车离开学校回家休息。当然，我一个人在办公室，一个人回的家，目前是单身，也没有人给我做证，虞队如果怀疑我的证词，可以去查学校门口还有我家小区门口的监控来核实，我也可以提供行车记录仪的录像。”

虞寒江挑了一下眉。别看这男人笑容温和，遇到原则性的问题倒是毫不退让，直接让他去查监控来洗清自己的嫌疑，确实是最简单有效的办法。

其实，虞寒江本来也没多怀疑肖楼，因为周菲羽的死亡地点在女生宿舍楼下，肖楼一个身高一米八的大男人，还是知名教授，混进女生宿舍太难了。宿管阿姨不瞎，他在女生宿舍出入还很可能撞到其他学生暴露自己，他想杀周菲羽，不可能选女生宿舍这样的地点。

加上肖楼做笔录时神色自若，眼神清澈坦然，丝毫没有心虚的表现，虞寒江便站起来，跟他握了握手，礼貌地说：“谢谢配合，后续如果需要，我们可能还会联系你。”

肖楼微笑道：“虞队客气了，配合警方办案是公民应尽的义务。”

虞寒江道：“我送肖教授出去。”

两人并肩走出警队。

走到门口后，他转过身，微笑着道：“虞队，能不能问一下，周菲羽同学怎么了？”

虞寒江道：“坠楼身亡。”

这个消息在学校内部应该也传开了，他没必要瞒肖楼。

肖楼微微瞪大眼眸，神色间有些惊讶：“怎么会这样？昨天上课的时候，她确实有些慌张，但我以为她只是被老师点名才紧张的，没想到……”

他轻轻叹了口气，道：“虞队找我调查，是怀疑她不是自杀吗？”

虞寒江道：“这属于警方机密，暂时还不能向肖教授透露。”

肖楼立刻做出个抱歉的神色：“是我唐突了，希望虞队能尽快破案。”

虞寒江点头：“会的，肖教授慢走。”

肖楼笑了一下，转身离开。

虞寒江看着他素净的背影走入雨中，忍不住想，28 岁，这么年轻，居然能评上副教授？真是很有才华的人。

他审问过那么多嫌疑人和案件相关人员，肖楼是他见过的最冷静的一个，看得出这位肖教授心理素质很好。

虞寒江还是派人去查了学校监控，证实肖楼是昨晚 9 点离开的，周菲羽的死亡时间在 9 点半左右，肖楼的嫌疑完全可以排除。

那么，会是谁呢？

虞寒江看着蒙蒙雨雾，陷入了沉思。

（二）

次日，周菲羽的父母急匆匆地赶来江州，在太平间抱着女儿的尸体失声痛哭。虞寒江站在旁边面色严肃，直到二老哭停了，他才将两人叫去问询室，问了些关于周菲羽的细节。

周菲羽的母亲哽咽着拿出手机，道：“我闺女小时候成绩可好了，但江州医科大学是名校，成绩好的人太多，她在学校压力一直很大，但我没想到她会想不开去自杀！”

虞寒江接过手机，里面赫然是一条短信，发送时间在昨晚 9 点半——

爸爸妈妈，对不起，我在学校压力实在是太大了，上学期考试还挂了几门课，我都不敢跟你们说。我真是个废物，我不配继续活着。我想寻求解脱，我走了，你们千万不要难过，照顾好自己。

虞寒江看着这条类似遗书的告别短信，眉头紧紧地皱了起来。他低声问旁边的同事：“死者的手机还没找到吗？”

同事说：“外勤那边正在搜查学校里的垃圾桶和水池，目前还没消息。”

虞寒江安慰了两人几句：“两位先回去，有问题会再跟你们联系。”

不是自杀。

这条手机短信才是凶手画蛇添足的证据。

如果周菲羽真是自杀，她发完短信后为什么手机不在身边，而是消失了？显然，是凶手杀死她后，用她的手机给父母发短信，自作聪明地伪造了“我是自杀”的遗嘱，想让警方认定周菲羽是自杀，从而逃脱法律的制裁。

可惜凶手是第一次作案，对时间的把握不够严谨。

短信发送时间为 9 点 30 分，跟周菲羽的死亡时间极为接近，那么，手机应该掉落在天台或者在死者身上，找不到，证明是被人拿走了，也就是说，案发现场存在第二个人。

虞寒江眯起眼睛，去查周菲羽脚上穿的那双拖鞋。

粉色拖鞋，脚底有可爱猫咪图案，是学校超市最近上的新款，很多女生都买了。虞寒江让警队的人以“走访”的名义，在白天访问了这栋楼的所有女生宿舍，经验丰富的刑警迅速锁定了 3 间宿舍——711、716、728 出现了同款拖鞋。

调查完这 3 间宿舍女生的活动轨迹后，昨晚有不在场证明的共 12 人，没有不在场证明且单独留在宿舍的两人。其中一人在跟男朋友煲电话粥，有长达一小时的通话记录和男朋友的证词。另一人叫林姿，说是在宿舍里上网玩儿游戏。

虞寒江让同事调查时并没有透露周菲羽死亡的事，而是对所有人提出同样的问题，问她们认不认识一个叫周菲羽的同学，昨晚 9 点到 10 点具体在哪里。此时，林姿还不知道自己已经走入了警方的视野，镇定自若地打开网游在线记录，说是在游戏里跟朋友打副本。

网游在线，不代表人就在电脑身边。游戏账号是可以让别人登录的。

虞寒江多看了林姿一眼，她是个清瘦苍白的女生，留着短发，身高在一米七左右，脚上踩着黑色的拖鞋，虞寒江淡淡地问道：“你在网游里是不是有个感情很好的老公？”

女生脸色一变，嘴唇微微发抖：“游戏里随便玩玩，警官，在游戏里结婚不犯法吧？”

虞寒江神色平静：“不犯法。”

他转身离开，身后的女生明显松了一口气，却不知自己已经踏入了虞寒江的语言陷阱。

虞寒江随口问了句她在游戏里有没有谈恋爱，没想到还真猜中了。现在的大学生，在网游里找情缘的数不胜数，既然现实中查不到周菲羽跟谁有矛盾，那就得从网络上着手。

很快，警方就通过游戏方查出林姿昨晚的登录 IP——跟帮会的人打副本的果然不是她本人，顺着 IP 查下去，代打的是同校生科院的一个男生，长得还挺帅。

紧跟着，外勤组在垃圾桶里翻出一部手机，属于死者周菲羽，手机已经彻底损坏，内存卡被掰碎，无法复原。但虞寒江让人查到了死者周菲羽在网络游戏里实名注册的账号。

通过游戏，周菲羽和林姿的交集终于清晰起来。

其实是很简单的一件事，两个女生在游戏里喜欢上同一个男生，结果男生脚踩两条船，同时跟她俩交往。林姿以为周菲羽撬她墙角，私下找周菲羽多次谈判，但周菲羽性格执拗，不肯放弃，争执越来越白热化。

昨天晚上，林姿让男友挂着自己的号打副本，亲自约周菲羽去天台谈判，冲动之下将对方给推下楼。杀了人，意识到自己犯下大错，她慌慌张张用周菲羽的手机给父母发短信说要自杀，然后毁掉手机，用袖子擦掉了现场的指纹，发现自己的拖鞋跟周菲羽的一致，天台上的脚印看着像一个人，她松了一口气，飞快地逃回宿舍，以为警方会以“自杀”结案。

结果第二天晚上，虞寒江就带队逮捕了她。

看着面前冷冰冰的手铐，林姿很崩溃：“不是我，跟我没关系！”

虞寒江淡淡地道：“你是不是对警方破案的能力有所误解？没有证据我会抓你？”

他旁边的同事差点脱口而出：“姑娘，你是我们虞队见过的最菜的一位凶手。”

冲动型作案，现场简直漏洞百出。

天台上的脚印根本不像独自一人自杀时留下的，死者的指甲缝隙中找到的皮肤组织跟林姿的基因相符，加上两人在游戏里大量的争吵谩骂，还有林姿的手机，被警方没收后经过技术数据复原，发现了昨天下午她约死者去天台谈判的微信聊天记录……

铁证如山。

那些极难对付的连环杀人案的凶手，躲到天涯海角，都能被虞寒江抓回来，何况是一个没什么反侦察经验的女大学生？

警方只花一天时间就破了案。

学校领导对虞寒江表达了感谢，周菲羽的父母恨不得撕了这个凶手，脚踩两条船的男生吓得休了学，林姿因故意杀人罪被警方逮捕。

肖楼听到破案消息的时候，正坐在办公室里看资料。

旁边有同事八卦说：“咱们学校居然出了起杀人案，现在的学生真是太疯了，据说两个女生在游戏里找了同一个老公，现实中见过面后都喜欢上了那个男生，两人为了争宠，从游戏吵架演变成真人 PK，结果在天台谈判的时候，其中一个疯狂地把另一个推下楼摔死了。”

另一人道：“唉，何必呢……”

肖楼听到这里，忽然回头问：“死者是不是医学院的周菲羽？”

两人惊讶：“肖教授也关注这件事？”

肖楼皱了皱眉，说：“她死前来上过我的课。”

想起课堂提问时女生惊慌的样子，可能当时她就收到了林姿的邀约，所以才会那么紧张。肖楼轻叹一口气，年轻的生命就这样仓促终结，真是令人惋惜。

不过，他记得今天上午虞寒江还传他去警队问话，结果下午就破案了？

这速度未免有些惊人了。

肖楼若有所思，打开微信里的好友列表，给一位在刑侦系统工作的法医师兄发去一条消息：“学长，你认不认识虞寒江这个人？”

对方很快回复：“认识啊，大名鼎鼎的虞队嘛！”

肖楼：“他很厉害吗？”

对方发来一连串的赞美：“那是，他可是咱们江州警队的传奇！这位虞队来历成谜，突然空降刑警队担任重案组的组长，上任短短两年，侦破了不少悬案。就连江州这边积压了好几年的连环奸杀女性案的凶手，居然都被他翻出来逮到了！”

肖楼想起早晨在警队见到的英俊男人，有些不可思议：“他看上去很年轻。”

学长道：“那倒是，应该只比你大一两岁。”

肖楼由衷地佩服道：“那确实厉害。”

学长发来一大排笑脸：“怎么忽然对刑警队的虞寒江感兴趣了？”

肖楼解释说：“我们学校发生一起女生坠楼案，这个学生正好上过我的课，虞队叫我去接受调查。没想到他短短一天就破案抓到了凶手，我有些惊讶于他的效率。”

学长道：“哦，我知道这个案子，是学生之间因为争执产生的冲动型杀人案吧？这种凶手在他眼里漏洞百出，一天时间够了。”

肖楼好奇道：“你们对他的评价都很高？”

学长道：“当然。办事干脆，雷厉风行，抓凶手又特别厉害，刑侦系统有他这样的人才，我们市的领导别提多高兴了。最近刑事犯罪率都下降了不少，江州市那帮犯罪分子看见他都吓得屁滚尿流！”

肖楼微微笑了笑，放下手机。

他想，有这样厉害的刑警，作为江州的市民，确实会更有安全感。

那时候，他只是对虞寒江这位年轻有为的刑警心生佩服，从没想过有朝一日他们会在奇异的卡牌世界相遇，甚至成为并肩携手、生死与共的挚友。

（未完待续）

图书在版编目（CIP）数据

卡牌密室：全3册 / 蝶之灵著. -- 南京：江苏凤凰文艺出版社，2021.4
ISBN 978-7-5594-5683-0

Ⅰ. ①卡… Ⅱ. ①蝶… Ⅲ. ①推理小说 – 中国 – 当代
Ⅳ. ① I247.5

中国版本图书馆 CIP 数据核字 (2021) 第 030180 号

卡牌密室：全3册

蝶之灵 著

责任编辑 王昕宁
特约编辑 马春雪 夏君仪
装帧设计 苏 涛
责任印制 刘 巍
出版发行 江苏凤凰文艺出版社
南京市中央路 165 号，邮编：210009
网 址 http://www.jswenyi.com
印 刷 天津旭丰源印刷有限公司
开 本 680 毫米 ×970 毫米 1/16
印 张 72.75
字 数 1300 千字
版 次 2021 年 4 月第 1 版
印 次 2021 年 4 月第 1 次印刷
书 号 ISBN 978-7-5594-5683-0
定 价 128.00 元（全 3 册）

KUWEI
酷威文化
图书 影视

卡牌密室

蝶之灵 著

中册

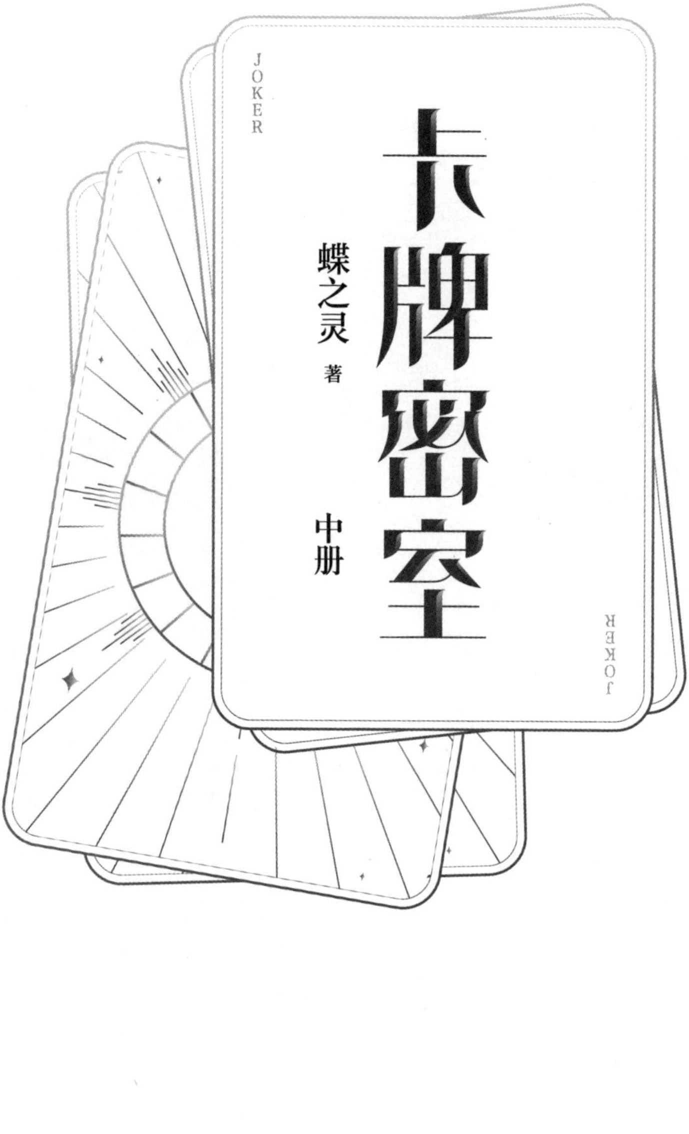

江苏凤凰文艺出版社
JIANGSU PHOENIX LITERATURE AND ART PUBLISHING

目录

第十一章

平衡世界

早晨8点的闹钟准时将他们唤醒。

肖楼、虞寒江迅速洗漱，紧跟着就走到卡牌墙面前抽出了下一张牌：方片4。

熟悉的眩晕感过后，再次睁眼，两人已经来到了一个陌生的空间。

面积4平方米左右的封闭密室，墙壁、地板都铺着白色带花纹的大理石，正前方有一张石桌，桌面上放着一个天平，旁边还有个精致的小木盒。

两人面前的悬浮框中同时弹出提示——

欢迎肖楼、虞寒江进入方片4密室【平衡世界】。

请解锁密室的机关，找到出口，在30分钟内逃离密室。超时则闯关失败。

提示项刷过后，两人头顶同时出现一个时钟。

肖楼上前一步打开木盒，看见一些指甲盖大小的银色金属砝码，立方体的砝码体积一致，上面分别标有1g到8g的数字标志。

肖楼道："这应该是重力控制的机关，把8个砝码全部放上去，让天平两边的重量完全相等，就可以打开机关。"肖楼认真地把2g、4g、5g、7g4个砝码摆在左边，把1g、3g、6g、8g4个砝码摆在右边。

天平左边的重量之和是18克，右边的重量之和也是18克。

在经过轻微的晃动后，天平指针指向最中间的红色刻度。耳边响起"轰隆"的声音，桌子前方的石墙在两人面前打开了一道足以让他们并肩通过的门。

肖楼双眼一亮："成了。"

离开第一个密室，两人眼前又竖起一面石墙，左右两边则各出现一条笔直的通道。

肖楼先去左边，走到尽头时看见一个4平方米左右的密室，桌上依旧放着一个天平，但这次，盒子里的筹码并不是标注了重量克数的砝码，而是一些汉字正方体，上面分别写着12个汉字——湘、沙、天、妃、满、浪、鹧、庭、怨、鸪、淘、芳。

虞寒江觉得这些字很眼熟，应该可以组成诗句，肖楼很快就反应过来："12个字组合起来，正好是4个词牌名。"

他将这些字从木盒里拿出来，重新进行排列，整理出 4 个词牌——湘妃怨、鹧鸪天、浪淘沙、满庭芳。

虞寒江看着面前的词牌，疑惑道：“词牌和重量有什么关系？这些字符立方体的体积都一样大，重量应该也差不多？”

肖楼拿起一个复杂的“鹧”字和一个简单的“天”字，左右手分别掂量一下，道：“复杂的字明显比简单的字要重一些。汉字的重量，应该和笔画有关。”肖楼确认思路，指着桌上的两个词牌道，“虞队，麻烦你数一数这 6 个字的笔画，我来数剩下的 6 个。”

虞寒江点了点头，在手心里快速写字，一边写一边说道：“鹧是 16 画，鸪 10 画，天 4 画，浪 10 画，淘 11 画，沙是 7 画。”

肖楼道：“鹧鸪天加起来是 30 画，浪淘沙 28 画，湘妃怨 27 画，满庭芳 29 画。把鹧鸪天和湘妃怨放一起，浪淘沙和满庭芳放一起，正好左右两边都是 57 画，我们试试看。”

两人对视一眼，迅速把 30 画的“鹧”“鸪”“天”3 个字块和 27 画的“湘”“妃”“怨”3 个字块放在左边的天平，剩下“浪”“淘”“沙”“满”“庭”“芳”放在右边天平。

果然，天平的指针在摇摆了片刻后，指向正中间，证明两人分析正确。

这道题其实不难，先把凌乱的字符组成词牌，再分析词牌笔画，会发现一个平衡点。既然密室主题是“平衡世界”，只要找到这种平衡，就能解开机关。

左侧小房间的机关解开之后，两人面前的墙并没有发生变化，倒是身后响起“轰隆”的声音，似乎是某处的墙壁在转动。

肖楼和虞寒江迅速转身折返。他们走到一半，看见刚才堵住通路的墙壁上出现了一扇关闭的石门。肖楼边走边说：“应该是要解开右侧房间的机关，这道石门才会打开。”

虞寒江点点头，迅速跟上他。

两人走到右侧走廊尽头，4 平方米左右的小房间里同样放了个天平，旁边的盒子里依旧是筹码，但这次不是数字，不是字符，而是几个奇怪的平面图形。

肖楼拿起那些几何图形仔细看了看，道：“正方形、菱形、三角形……边长只有 5 厘米和 10 厘米两种，假设 5 厘米的线段重量是 5 克，10 厘米的线段重量是 10 克，我们只要把天平两端的线段凑成一样的数量就可以了。”

这么一说，虞寒江也觉得特别简单，迅速配合肖教授把几个图形的线段换算出来。

长方形的长是 10 厘米，宽是 5 厘米，重量可以换算成 10+5+10+5=30 克。

菱形、正方形，四条边长全都是 5 厘米，重量换算成 20 克。

两个等边三角形，3 条边都是 5 厘米，重量为 15 克。

肖楼将长方形、正方形放在了左侧天平，菱形和两个等边三角形放在右侧天平，左右两边的重量都是 50 克，天平的指针精确地指向了正中间。

耳边响起墙壁转动的声音，两人迅速转身回到走廊。

刚才走廊里的石门果然打开，肖楼和虞寒江一前一后进入石门。他们刚走进去，石门就在身后突然关上，两人被困在了封闭的密室当中。

肖楼迅速环顾四周，这个房间面积宽敞，大概有 20 平方米，里面空空荡荡，随着两人进入房间，两个直径 2 米左右的巨大圆形石块突然从地面升了起来。

石块一个红色、一个蓝色，上面都有类似电子秤的刻度。

肖楼走到石块旁边仔细观察，虞寒江也跟了过去，道：“看来，想从这密室出去，只能靠这两个大石块，上面的刻度应该也是重量吧？”

肖楼点头道：“这一关的题目叫平衡世界，之前我们遇到的 3 个机关都是天平，第一个放数字筹码，第二个放汉字方块，第 3 个放几何图形，第 4 个……房间里什么都没有，难道要我们自己站上去？”

虞寒江道：“试试吧。”

他走过去站在蓝色的石块上，脚下的指针立刻旋转，最终停留在 75 千克。肖楼也转身去红色的石块上站好，脚下的指针固定在了 65 千克的数字上。

四面墙没有任何反应，屋里安静得落针可闻。

两人面面相觑。

肖楼无奈地道：“我们俩不一样重，机关没法开启。”

空空荡荡的房间里，除了挑战者，什么工具都没有。该怎么让电子秤平衡呢？

肖楼摸着下巴陷入了沉思。

他试着双脚站在地上，双手用力地按压计重的石块，却发现上面的刻度并没有反应。也就是说，两人同时按压电子秤让重量相等的办法并不可取。

这两个石块似乎有智能感应，必须完全站上去，才会显示刻度。只站一条腿，用力踩，或者用双手用力按，指针都会停留在“零”上面纹丝不动。

虞寒江看着肖楼的动作，推测道：“是不是因为我们身体的某个部位还连着地面，并没有像石块一样浮空，所以石块不认可我们在称重？”

肖楼双眼一亮：“浮空……我用圆环试试！”

他用圆规迅速画出了几个金属圆环，分别放在两边的石块上。

然而，这两个石块上面的刻度依旧显示为“0”。

肖楼怔了怔:“称东西也不行吗？”

虞寒江从卡包里拿出他刚刚抽到的武器牌嗜血金鲨，这把枪的重量描述是4.5千克，他把枪放在电子秤上，刻度依旧是0。

两人沉默地低头看着电子秤，肖楼思考片刻，道:“我试试人物召唤牌。”他将白居易、狄仁杰召唤出来分别站在左、右两边，电子秤上的刻度，依旧是0。

肖楼哭笑不得:“看来，这电子秤只能称出我们挑战者的重量，卡牌召唤出来的人或者卡牌本身变成的物体，它都不认可。”

所有的卡牌都不能使用，用脚踩、用手按也没有反应，他们该怎么让两个电子秤达到平衡？肖楼观察着两个电子秤的距离，突然双眼一亮:“虞队，我们一起站上去……不，应该是躺上去。头放在一边的电子秤上，脚放在另一边试试看！”

虞寒江听到这里，顿时恍然大悟。

两个电子秤的直径都是2米左右，中间的距离大概1.4米，两个人同时横躺在电子秤上，那么，两个电子秤感应到他们的体重压力，称出来的重量应该是两个人体重的总和再取平均值。

根据平衡原理，当物体浮空横放在两个秤上的时候，两个秤的重量就会达到平衡。

肖楼先躺了上去，他上半身搭在蓝色的电子秤上，下半身搭在红色的电子秤上，虞寒江则相反，上身躺在红色的电子秤上，双脚搭在了蓝色电子秤上。

随着两人首尾相对，平躺在石块上，两个电子秤的刻度终于发生了变化——

虞寒江重75千克、肖楼重65千克，他们同时躺上去的总重量是140千克，由于两人的体重被两个电子秤所分担，两个电子秤的刻度在经过片刻的摇摆后最终同时定格在了70千克！

耳边响起“轰隆隆”的声音，肖楼扭头一看——

正前方的石墙果然又开了一扇门。

两人并肩走入门内。只见石室的墙壁上出现了一个巨大的棋盘，下方摆着两盒黑白棋子。棋盘上已经有一些棋子，黑色、白色散乱地分布着，中间留出许多的空格，显然是要把其他的棋子摆在棋盘上，才能解开这个棋盘机关。

虞寒江看到黑白棋盘，第一反应是:“围棋？是残局吗？”

肖楼却摇了摇头，仔细观察着棋盘上已有的棋子，说道:“这应该是阴阳太极图。”

虞寒江一愣，抬头再看。如果将已有的黑、白棋子线条给连起来，外围正好是一个圆，黑色组成了左侧的半圆，白色组成了右侧的半圆，而且半圆的中心正好有一个反色的棋子，就像是太极图中的“阵眼”。

肖楼走到棋盘前，将“阴”区域全部用黑色棋子填充，将“阳”区域用白色棋子填满。棋盘上的阴阳太极图果然发出柔和的亮光，并开始快速地旋转。

片刻后，耳边响起“轰隆”的声音，面前的墙壁再次打开。

两人走进去，发现屋里又出现了两个直径2米左右的巨大石块，屋子的角落放着大量身高1米左右的小女孩和小男孩的木制模型，女孩的模型全穿着红色的长裙，男孩的模型全穿着蓝色的长衫，有点像是古代的金童玉女。

由于模型的身高都在一米左右，没法横着摆上去。

肖楼摸着下巴思考了片刻，道：“刚才的棋盘是阴阳平衡机关，这个密室的原理应该也是阴阳平衡，左边全摆男孩，右边全摆女孩，一边阴，一边阳。”

虞寒江立刻照做，将十几个木制模型迅速搬到石块上。

阴阳平衡，两个巨大的石块开始飞快地下降，降回地面之后，面前又打开了一面门。

肖楼没想到方片4密室的机关数量居然这么多！

两人快步通过石门，走进下一个密室。

这次的墙壁上出现了一个巨大的阵法，由5个小圆连成一个大圆，中间还有一些乱七八糟的连线，其中，左上角的圆圈在两人进屋后亮起了红色的火焰，出现一个“火”字。墙壁旁边有4个不同颜色的圆形道具，分别写着：木、金、水、土。

虞寒江道：“五行平衡？”

肖楼点了点头，走到墙壁前说：“相邻的属性相生，相隔的属性相克，火的前面应该是木，木生火。火的后面是土，火生土。跟火对立的是水，最后剩下的一个填上金。”

他一边说，一边将4个道具分别摆在巨大的阵法空位中。木、火、土、金、水，顺时针形成一个巨大的圆环，相生相克，完美衔接。整个阵法开始规律地流转，5种颜色同时亮起了光，五行平衡的阵法机关被肖楼轻松解开。

这次没再听见墙壁打开的声音，两人的眼前同时弹出提示——

恭喜肖楼、虞寒江完美通关方片4密室【平衡世界】，用时15分48秒！

两人被传送出密室，回到了个人空间。

穿着可爱蛋糕裙的方片A早已坐在沙发上等着他们，见到两人后，她脸上露出了一个甜美的笑容，用脆生生的童音道："你们过方片密室，依旧很轻松啊！"

肖楼问道："方片密室给休息时间吗？"

小女孩笑着说："进入低级的方片密室，本身就是一种休息啊！"

虞寒江疑惑地道："我们破解机关的速度已经够快了，怎么没刷新世界纪录？"

方片 A 说："你们可真是贪心，之前的红桃、方片已经有很多世界纪录被你俩刷新了，总不能每一关都让你们破纪录吧？"

肖楼想到一种可能性："方片 4 密室的纪录保持者，是不是两人体重正好一样？"

方片 A 点头："没错。这一关的世界纪录目前是 10 分钟 15 秒，比你们还快 5 分钟，两个挑战者正好都是 62 千克，他们是双胞胎，两个人都很聪明——长得一模一样的双胞胎，这也是人类中的平衡吧。"

体重、身高都一模一样的双胞胎，两人在电子秤那关一左一右直接站上去，就能解开机关，不像他和虞队还在那里想半天，甚至把白居易和狄仁杰都弄上电子秤去称重……

肖楼无奈一笑："破不破纪录无所谓。完美通关反正能抽卡对吧？"

方片 A 挥了挥手指："是的，请收取你们的奖励。"

肖楼和虞寒江的面前出现了一张新卡。

工具牌：天平

稀有度：A

描述：通关方片 4 密室【平衡世界】的固定奖励。

限定：团队限定卡，签订同一本契约书的团队，只能携带一张天平。

使用效果：丢出天平，在指定的区域形成两个直径 5 米的银色金属圆盘，持续 5 分钟。圆盘上的所有目标暂时无法走出来，但其他人可以走进去。圆盘会显示称重的刻度，只有两边圆盘的重量相等时，圆盘消失，目标重获自由。

天平收回后，过 1 小时即可继续使用。

肖楼收起这张卡，道："抽奖呢？"

小女孩将金光闪闪的宝箱拿出来放在两人面前："这个密室很简单，所以只有一次抽奖机会，你们可以商量一下由谁来抽。”

虞寒江看向肖楼：“你来吧。”

肖楼也没客气，上前一步将手伸进宝箱里。

恭喜你获得S级稀有度卡牌：秦观！

昨天刚抽到婉约派的词人柳永，今天秦观也上门来找他。

召唤牌：秦观。

稀有度：S。

描述：完美通关密室且评分为S时，在限定卡池抽奖，有概率获得。

秦观，字少游，北宋婉约派词人，师从苏轼，被尊为婉约派一代词宗。

附加技能1：柔情似水，佳期如梦。

出自秦观词作《鹊桥仙·纤云弄巧》，借牛郎织女的故事来描写恋人的悲欢离合。

使用效果：召唤秦观，开启技能，让秦观温柔地注视对方，用似水的柔情让指定目标陷入美好的梦境，持续3分钟，技能冷却时间1小时。

附加技能2：两情若是久长时，又岂在朝朝暮暮？

秦观告诉我们，两颗心只要相爱不变，何必每一天都厮守陪伴？哪怕相隔万里，一起看天上的云和星星，都可以思念彼此，感受到对方的存在。

使用效果：指定一个目标，让对方和自己进入“心有灵犀”状态，不论两人相隔多远，都可以感受到彼此心中所想——使用技能后，可直接连接彼此的精神，不发出声音也能在脑海中对话，并不被外人知道。使用该技能必须在同一密室场景，不可跨密室、跨时空建立连接。

心有灵犀状态持续7小时，每天可开启一次。

成长度每提高1级，持续时间增加1小时，最多增加至24小时。

虞寒江神色镇定，说：“第二个技能很有用，两人绑定心有灵犀状态之后，可以随时精神通话，不用发出声音，比用手机打电话方便多了。”

肖楼微微一笑：“是啊，忽略这相爱不变、思念对方之类的技能描述，确实挺好用。”

他将卡牌收起来，和柳永放在了一起。

方片 A 笑嘻嘻地看着他道：“方片密室没有休息，两位请准备下一关。”

虞寒江走到卡牌墙面前，毫不犹豫地抽出黑桃 4。

扑克牌中间出现了熟悉的黑色旋涡，两人被猛地吸进了黑桃 4 的密室世界里。

第十二章

流溪村

群山环绕、峰峦叠翠，道路两旁的绿树郁郁葱葱，如同清幽的世外桃源。

不远处有个小山村，此时正是黄昏时分，傍晚金色的夕阳像是给整个村子披上了一层柔和的轻纱，清澈的小溪围绕着村子静静地流淌，远处升起淡蓝色的炊烟，空气里飘来食物的浓郁香气。

刚才通关方片4密室时明明是早晨，到了黑桃4的世界却是黄昏。两人正疑惑，头顶的悬浮框中就同时刷过熟悉的文字提示——

欢迎肖楼、虞寒江来到黑桃4密室【流溪村】。

这是一个与世隔绝的村子，据说是基因遗传的缘故，这个村子的婴儿出生时便双目失明，他们的世界一片黑暗，看不见任何的光亮。日升日落、春夏秋冬，在他们的眼里毫无差别。

处于黑暗世界中的他们有自己的时间判断标准，每天鸡鸣时分他们会集体起床，将村子中间的沙漏倒转过来，当沙漏里的沙子漏完之后，他们知道天黑了，所有人都会准时睡觉。

村民们的生活简单、规律又清闲。直到有一天，村里出现了一个基因变异、能看见光的孩子。他这才知道，原来，世界是如此的五彩缤纷。

然而流溪村太过偏僻，这里没有公路，没有铁路，只有直升机能通过层层叠叠的群山飞进来，他就算双眼能看见，也没办法走到外面的世界去。

他只能留在村子里，和亲朋好友一起像盲人一样生活。

这个人藏在人群中，你们不知道他是谁，可一旦他发现了你们，他会立刻联合其他的村民将你们驱逐出村。村子外面是连绵不绝的荒山野岭，有野兽、毒蛇、猛禽出没，离开村子很难活下去。

请挑战者在流溪村生活7天，生存期间禁止屠杀村民，杀死村民则直接判定为闯关失败。

每位挑战者都有可能获得“双目失明”的负面效果，持续3小时，请尽量和同伴一起行动，免得自己看不见路，一头栽进湖里淹死。

据说，流溪村里藏着7颗珍贵的宝石，7天时间结束后，找到任意一颗宝石的队伍判定为通关，找不到的队伍将被淘汰。

友情提示：盲人的听觉和嗅觉都极为敏锐。

祝你们好运。

肖楼和虞寒江心里都没底。

虞寒江低声说："先进村看看吧。"

肖楼点了点头，跟在他身后。两人没走几步，就看到了一条清晰的分界线，界线旁边立着一块石碑，刻了"流溪村"3个字，显然这就是村子的边界。

黄昏时间，村民们正在忙碌，女人们三三两两在菜园子里摘菜准备晚饭，男人们去泉水边挑水，一些孩子在空地上玩耍，还有些老人在村里遛狗。

肖楼和虞寒江躲在树后远远看去，盲人村的所有村民的眼睛看上去都跟常人无异，甚至他们的眼眸比大部分人还要清澈，就像是被溪水洗涤过一样。

从小失明锻炼出了极强的听力和嗅觉，加上对村子的道路、房屋和其他村民都无比熟悉，年轻人们走路的速度并不慢，甚至不需要拐杖来辅助。只有一些白发苍苍的老人家才拄着拐杖一边走一边慢吞吞地探路。

很多老人养了体形庞大的烈性犬。肖楼急忙闪身躲去树后，他被那只大狗看得心惊肉跳，干脆蹲下来拿了根树枝在地上迅速写字："这种狗虞队熟悉吗？"

虞寒江迅速写字："是藏獒，它的领地意识极强，在领地内对陌生人会怀有强烈的敌意，擅长攻击，体形矫健，锋利的牙齿能一口咬断人类的脖子。"

肖楼心惊胆战："这个村子里怎么会有这么凶的烈性犬？"他从树后偷偷瞄了眼远处的藏獒威风凛凛的背影，被这只藏獒扑倒的话，估计自己会毫无反抗之力，肖楼无奈道，"看来，我们不仅要躲避村民，还要躲这条大狗。"

虞寒江皱眉写道："等天黑，村民们都睡了，我们再行动。"

不远处，一个拿着菜篮子的女人和一个挑水的男人差点撞上，可他们像是有感应一样在彼此靠近的时候恰到好处地分开。

女人笑着问道："秦二哥是去挑水了吗？"

男人道："嗯，家里的水用完了。你们家妞妞身体好些了没？"

女人叹口气，说："她前几天淋了场雨，有些低烧，我正打算晚上吃完饭带她去孙婆婆那里看看，这丫头从小就身体不好。"

"可别大意，赶紧去孙婆婆那里求一个方子。"

"嗯。我先回家了，替我跟嫂子问好。"

两人在路上分开，各自回家。

这一男一女的对话让肖楼觉得很是神奇，他迅速在地上写字："两人的眼睛都看不见，却能在擦肩而过的时候分辨出对方是谁，太厉害了。”

虞寒江也拿出树枝写字：“从小失明的人习惯了黑暗的世界，他们能分辨出村里每个人的脚步声，闻出每个人身上的味道。我们作为外来者，想不被他们发现，太难了。”

刚开始，肖楼还以为只要躲着那位眼睛能视物的隐藏 boss 就可以。如今看来，所有的村民都有可能发现他们的存在。两人只能躲在树后耐心地等待天黑。

就在这时，突然有两个男生鬼鬼祟祟地从西边的树后探出了脑袋，两人自作聪明地躲着村民们，从村民的身后慢慢地绕进村里。他俩脚步很轻，走路的姿势就跟做贼一样。结果才走了几步远，那条黑色的藏獒突然回过头，对着他们就开始咆哮：“汪汪汪！”

两个男生脸色一变，拔腿就跑，驼背老太太扭头看着他们的方向，苍老的声音里透着冰冷：“我好像闻到了陌生人的味道……小黑，去追。”

她松开绳子，那藏獒飞快地追赶两个挑战者。

巨大的黑影行动如风，转眼就靠近了两个男生，眼看那凶猛的黑狗距离自己越来越近，两个男生慌不择路，对村子又不熟悉，结果走进一条死胡同，被藏獒猛地扑倒在地。

“啊——啊啊——”

胡同里传来杀猪一样的惨叫声。

很快，那藏獒就叼着衣服碎片和一块血淋淋的肉回来，驼背老太太凑过去闻了闻，冷冷地说：“果然有陌生人闯进了村子。”她回头看向身侧，“林三，麻烦你告诉村长，让家家户户小心防范，这些人欺负我们眼睛瞎，不知道会做出什么坏事！”

林三立刻说道：“好的秦姨，我这就去村长家。”

老太太牵着狗回到死胡同，藏獒又汪汪叫了几声，引来附近的年轻人，年轻人们疑惑地问：“秦姨，怎么了？”

老太太冷冷地说：“有人鬼鬼祟祟闯进村子，打断他们的腿，把他们丢出去。”

她留下这句话，就牵着那条威风凛凛的大狗转身走了。

一群年轻人开始动手，拿起棍子一阵敲打，肖楼和虞寒江能清晰地听见骨头被敲碎的声音，还有两个挑战者惊恐的惨叫声……

片刻后，被打成残废还被狗咬得全身是血的两人直接被丢出了村子。

村里恢复了寂静。

不远处的树后，两个女生满脸惊骇，全身都吓得发抖，肖楼在唇边做了一个“嘘”的动作，那两人立刻捂住了嘴。

虞寒江在地上写道：“这两个家伙太沉不住气，他们惊动了整个村子，我们接下来的行动会更难。”

肖楼头疼地道：“就不能等天黑村民们睡了再进村，他俩太心急了。”

居然大着胆子在老太太遛狗的时候进村，简直就是送死。

这次也不知匹配了多少挑战者同时来到流溪村，除了开局两个傻货贸然进村被发现外，其他的挑战者目前都很安静，所有人都默契地躲了起来。

直到沙漏里最后一粒沙落下，秦老太太牵着狗回了家，其他村民也各自回屋。

天黑了，村里变得格外寂静。

渐渐地，周围响起窸窸窣窣的动静，显然是挑战者们出动了。

借着月色，肖楼看见了一个瘦小的女生。她的身高只有一米六左右，要比肖楼矮一个头，扎着一截马尾辫，行动极为利落，她从一棵树上纵身一跃，跳到另一棵树上，连续几次跳跃后，翻墙爬上了一个村民家的屋顶。

肖楼只觉得一个黑影在月色下晃过，瞬间就失去了踪迹。

紧跟着，肖楼又看见一个男人如同爬行动物一样在地上迅速溜出去，他爬行的姿势很像壁虎，还专门挑月色下树木的阴影处爬，转眼间也消失不见了。

肖楼刚要说话，虞寒江突然指向侧前方，低声说：“看那边。”

只见左前方，一个戴着兜帽的少年和一个身高超过一米八五的成年男人从一棵树下猛地瞬移到了另一棵树下，若不是肖楼眼睛好，差点以为自己出现了幻觉。

月色下，50 米一次飞快瞬移的两人，很快也消失在了肖楼的视野中。

虞寒江低声说：“是邵清格和叶棋。”

叶棋的瞬移卡，在离开黑桃 3 密室的时候虞寒江就还给了他。此时，看着叶棋和邵清格一路瞬移进村，肖楼顿觉无比亲切，他急忙问道：“我们要跟上去吗？”

“嗯，肖教授你的加速鞋可以用上了。”

村里的路并不复杂，两人快速追踪，很快，他们的视野中就出现了叶棋和邵清格。

两人明显走进一个死胡同，正要折返，凑巧被肖楼迎面撞上。

月色下看不清彼此的脸，只能依稀看清轮廓，叶棋发现自己的路被两个男人堵住，他本能地想要开溜，虞寒江一把揪住他的帽子，压低声音道：“跑什么？

是我们。”

这声音低沉、冷淡，好像在哪儿听过？叶棋愣了愣，还没反应过来对方是谁，就听耳边又响起一个温柔的声音，带着一丝笑意：“小叶，这么快就忘了我们吗？”

是肖教授的声音！

叶棋双眼蓦地一亮，激动地道：“是你们啊！”

虞寒江打了个“小声些”的手势，指向远处的一棵大树，叶棋会意，迅速跟了上来。

4 人来到远处树下，邵清格笑眯眯地道：“还以为这次撞不上你们了，我俩在方片 4 浪费了太多时间。”

叶棋神色尴尬：“人体秤那里，我们耽误了很久。”

“能通关就好。”肖楼拍了拍，少年的肩膀。

叶棋眼中满是喜悦：“黑桃 4 有你们在，我突然有信心多了。”

邵清格说：“也不能大意。我刚才发现很多挑战者已经进了村，这次匹配的人数应该不会比金融危机少。最关键的是进入流溪村时的那句提示。”

“你是说，村里有 7 颗宝石，找到任意一颗才能通关的提示？”肖楼问道。

邵清格点了一下头：“通关是按队伍算，我和叶棋目前签了一本契约书，算一队。你们俩是另一队，所以，我们 4 个想要通关，至少得找到两颗宝石。”

叶棋也反应过来，紧张地道：“我刚才还看见有人单独行动，没队友在身边，那他想通关的话就得自己找到一颗宝石。宝石总共 7 颗，但双人队、单人队，加起来肯定超过了 7 组，所以，通关的道具最后会供不应求？”

虞寒江眉头微蹙，压低声音道：“这显然是黑桃 4 密室故意制造的难题，后期为了通关，挑战者之间会存在直接竞争关系，没拿到宝石的人会想办法抢走或者偷走其他人的宝石。这个密室必定会有人被淘汰，我们不能盲目信任其他的挑战者。”

或许，对方表面上说要跟你联手，最后关头却偷走你的宝石，让你前功尽弃。

人心叵测，不得不防。

肖楼也道：“这个密室我们就只顾自己吧，我们 4 个人找到两颗宝石通关就好，其他的挑战者，我们也没精力去帮。人不犯我，我不犯人。”

虞寒江说：“我们先进村，把整个村子的地形给查清楚。”

肖楼问：“一起行动？”

虞寒江道：“分头行动，邵总和叶棋有瞬移卡，你们一组查村子的西边和北边，我和肖教授查东南方向。”

邵叶两人都没意见。肖楼提醒道：“对了，有个姓秦的老太太养了一只体形巨大的藏獒，那条狗非常凶猛，要是遇见它，一定要躲着走。”

叶棋脸色发白：“藏獒？就是一开始把两个挑战者咬成重伤的那条黑狗吧？”

“没错，它的嗅觉很灵敏，能闻出陌生人的气味。”肖楼建议道，“一旦遇到它，可以用通关方片 4 密室奖励的天平先把它困住 5 分钟，然后用瞬移卡赶紧逃跑。”

“明白。”叶棋握紧拳头，“我们有瞬移卡，它追不上的。”

虞寒江叮嘱道：“两位小心，一个小时后在这里会合。”

4 人分头进村，邵清格和叶棋去西边，肖楼和虞寒江去东边。

月色下，安静的村里，不断有黑影在晃动，耳边传来极轻的脚步声。

肖楼粗略一数，光是他跟虞队一路过来，见到的挑战者就有将近十人，加上邵总和叶棋去西边遇到的，这个密室匹配进来的挑战者肯定超过了 20 人。

由于密室开始时，有两个蠢货贸然行动直接被淘汰出局，大家都留了个心眼，尽量放轻脚步，不惊动熟睡的村民，也不去惊动其他的挑战者。

肖楼和虞寒江进村后，迅速摸查村里的道路、树木、建筑……

就在这时，肖楼突然看见远处的天空中升起了一盏巨大的孔明灯，圆形的孔明灯飘浮在空中，发出暖色的柔和光线，上面还挂着一条飘带，带子上写了几个很大的毛笔字：“挑战者请过来会合。”

肖楼道：“这人想做什么？”

虞寒江说：“先不管他，我们查清村里的地形再说。”

流溪村的村民除了基因变异者，其他都是盲人，看不见天空中的灯。今天才密室第一天，那位眼睛能视物的隐藏村民也不可能被孔明灯吸引，直接走出来曝光身份。所以，这个人在夜里放信号灯，引其他的挑战者过去会合，很可能是为了跟大家商量对策。

但虞寒江并不打算过去，挑战者中鱼龙混杂，所有人一起行动不一定是好事。

两人暂时没有理会天空中的孔明灯，继续向前查探。

突然，肖楼听到一阵熟悉的“汪汪”叫声，那声音正从不远处的一个胡同里传来——有挑战者惊动了藏獒！

肖楼看见两个妹子逃命一样从胡同里跑出来，他立刻拦住两人，问：“什么情况？”

一个女生惨白着脸道：“那只狗的嗅觉和听觉都太敏锐了，我们根本没有进屋，只是凑巧路过它家门口，它就开始大叫！”

另一个女生相对冷静一些：“我担心，它这么叫下去会把村民全部吵醒。”

肖楼看向虞寒江，低声说：“虞队，我想试试能不能控制住这只藏獒。”

虞寒江意识到他要做什么，立刻点头：“好，我掩护你。”

他们俩不但没有逃，反而转身朝藏獒所在的那户人家走去。

肖楼透过门缝看清了藏獒的位置，月色下，将近一米高的藏獒在地上投下一团巨大的黑影，它被拴在家里的石柱上，此时，它正暴躁地用爪子刨地，并朝门口凶狠地咆哮着，显然对陌生人侵犯它领地的事极为愤怒。

肖楼果断召唤出秦观，使用了他的附加技能 1：柔情似水，佳期如梦。

秦观温柔地注视着藏獒，被注视的凶狗愣神片刻，紧跟着就陷入美好的梦境，它的梦里有一条漂亮的母狗，通体雪白，它追着对方流口水，那条漂亮的狗狗还轻轻舔了舔它的脑袋。

陶醉在“相思梦”中的藏獒，别说是继续咆哮，反而很温顺地趴在了地上。

肖楼也没想到秦观这个单体控制技能如此强大。看着凶残的烈性犬突然变得如此温顺，他一时哭笑不得，朝虞寒江说：“搞定了，这个技能最多控它 3 分钟，我们尽快查完这条胡同。”

3 分钟，对擅长侦查的虞寒江来说足够了。

虞寒江迅速查完这条路，转身和肖楼回到胡同入口，刚才那两个女生还在原地等他们，见他们安然回来，这才松了一口气，问：“那条狗呢？”

肖楼说：“睡了。你们快离开这片区域，别惊动它。”

两个女生点点头，神色紧张地转身走了。

第一天夜里，除了藏獒被惊动，其他的村民都在熟睡。

肖楼和虞寒江回到中间的大树下，和邵清格、叶棋会合。虞寒江拿来一根树枝，在地上画出村子东南方向的分布图，邵清格和叶棋再补上西北方向的分布图，4 人低头仔细观察。

这个村子的布局方方正正，东、南、西、北各有一个入口，横竖两条主要通道形成一个“井”字形的村内交通网，在这主干道上又有一些小分支，基本是一条胡同只有一户人家。整个村子有一百二十多户人家，所有人家的住处都是最传统的砖瓦房，建筑的形状一模一样，门口也没有编号，陌生人进村后很容易迷失方向。

家家都有菜园子，种着些常见的蔬菜，很多人家都养狗，但大部分狗这时候都睡了，最凶猛的依旧是村子东边秦老太太家的那条藏獒。

虞寒江把藏獒的位置重点在地图上标记下来。

叶棋说道：“我们看见村子的西边有一座不太高的山，泉水就是从山上流下来的，汇成了一条小溪，环绕着整个村庄。村民们的饮用水应该就是去山上的泉眼里取用，小溪的水就用来洗衣服、洗菜。”

邵清格补充：“西北方向还有一片很大的池塘，不知道可不可以钓鱼。”

虞寒江道：“我们去的东边和南边都是大片农田，村民们在那里种了庄稼。”

东、南方向遍布农田，西边有泉水，北边是一片大池塘，再往外便是层层叠叠的群山，这个村子，就像是无意中落入群山之间的一块天然璞玉。

虞寒江低头看着整个村子的平面图，思索了片刻，说：“宝石有可能藏在村民家，养藏獒的秦老太太家需要重点关注。山上、池塘还有农田，接下来的几天，我们也得一处一处仔细排查。”

“要不要先找个住处？”肖楼问道，“西边的山，小叶你们上去了吗？”

“天太黑，我们没敢上去，只看见山上有泉水流下来，汇成了小溪。”叶棋顿了顿，目光很是忐忑：“这山上会不会有猛兽啊、毒蛇啊之类的？”

肖楼很确定地道：“不会的。”

叶棋疑惑：“密室提示不是说山里有猛兽吗？”

肖楼解释道：“那是流溪村地界之外的山，而这座山位于流溪村的地界之内。傍晚的时候很多村民们从西边的山上挑水过来，既然盲人们敢上山去打水，证明这座山应该是安全的。”

虞寒江点头赞同：“没错，如果这座山有猛兽，村民们不可能天天去山里打水。”

叶棋恍然大悟：“对啊！我怎么没想到……”

邵清格笑了笑说：“那就走吧，我们今晚可以去山上找个地方过夜。”

4 人一起行动，来到西边的山上。

这座山很矮，种着不少树木，其间有一条路非常平坦，显然是村民们长期往返给踩平的。4 人顺着路往上走，没走多久就看见了一汪清泉，泉水流淌的声音滑过耳畔，潺潺的流水声在深夜里格外清晰。

让 4 人意外的是，泉水的正对面居然有一座山神庙。

月色下，荒郊野岭的清冷庙宇透着一丝诡异。

肖楼走到庙前，抬头看向紧闭的大门，门上画着一些奇诡的符咒，他道：“这个庙看上去有些古怪，这些符咒是什么意思？”到底哪里怪他也说不清。只是，站在庙前，总有种阴风阵阵、脊背发冷的感觉。

仔细看了半晌，肖楼突然道："你们觉不觉得，这些符咒上的图案有点像是……眼睛？"

3人听到这话都是一愣，齐齐扭头看去。

那些纸张被风吹得哗哗作响，黄底的符咒上，用红色画上的符号，忽略上下的凌乱线条，正中间的图案，一个椭圆形，中间被点了一滴血——可不就是眼睛的形状？！

眼睛？

整个村子都是盲人，符咒上画眼睛，难道和他们失明的事有关？

虞寒江从不信什么鬼神，他皱了皱眉，果断做出决定："进去看看。"

话一说完，他就上前一步，直接推开了破庙的门。

"吱呀"一声，破旧的木门被推开的声音在深夜里尤为刺耳。随着门被推开，一阵狂风陡然从庙内席卷而来，扬起遍地的尘土，画满奇怪符号的黄纸被吹得哗啦作响，这诡异的气氛吓得叶棋全身一抖。

想起各种电影里的恐怖寺院，叶棋忍不住颤声道："这里不会有鬼吧？"

虞寒江平静地说："别胡思乱想吓自己，这些符咒是人为的。"

叶棋怔了怔："虞、虞队你确定？"

虞寒江从地上捡起一张符咒，用手轻轻摸了摸上面的红色线条，说："符咒上的血迹还没干透，应该画上去不久。"他将符咒递给肖楼，"肖教授能判断是不是人血吗？"

肖楼拿过来闻了闻，道："不像人血，有种奇怪的腥味，应该是猪血或鸭血。"

深更半夜、荒山野岭、阴风阵阵，破庙里乱七八糟的符咒到处乱飞，他俩居然还能淡定地分析上面的血迹，真是镇定得让叶棋心惊。

叶棋深吸一口气，凑过来看了看符咒，说："用动物的血画眼睛，贴在庙里，是诅咒村民们失明的意思吧？"

肖楼点头："表面上看，是的。"

虞寒江往前走了两步，突然停下来，皱眉看向旁边的那棵树。

干枯的树木在风中颤颤巍巍地摇晃着，发出"咯吱咯吱"让人牙酸的声音，有几根树枝被折断，掉落在了地上。

肖楼见他皱眉沉思，不由上前轻声问："虞队发现了什么吗？"

"有人来过。"虞寒江锐利的目光投向前方的破庙，声音平静而冰冷，"躲在庙里的人，出来吧。"

屋内没反应。

虞寒江低声道："这位朋友，我们并没有恶意，只打算今晚在庙里留宿。大家井水不犯河水，不如出来认识一下，或者，你更希望我们强行闯进去？"

片刻后，众人耳边响起一阵脚步声。

是个身高不到一米四的小女孩，头上戴着顶红色的帽子，身披红色斗篷。叶棋忍不住小声问肖楼："卡牌世界里还有小孩子吗？"

肖楼也觉得奇怪，这小女孩看上去就像小学生。她低着头，整张脸都埋在巨大的红色兜帽里，看不清面容，她用孩童清脆的声音说："几位大哥哥，既然你们要在这里睡觉，那我就另外找地方吧。不过，这座庙透着古怪，你们要小心。"

她留下这句话就转身走了。肖楼看着那小女孩的背影，总觉得哪里不对。

虞寒江突然回头道："孔明灯是你放的吧？"

小女孩的脚步微微一顿。

肖楼也愣了愣，转身看向虞寒江，后者给了他一个确定的眼神。

虞寒江经常查案，对线索的位置格外敏感，他虽然身处于迷宫一样的流溪村里，可他还是一眼就记住了孔明灯出现的方位——西边。西边只有这座山，4人一路过来，没遇到其他的挑战者，所以虞寒江才会这么问。

小女孩没有回头，声音里透着一丝天真："孔明灯？我不知道你在说什么。"

虞寒江冷地道："庙里的这棵树，树枝断裂的痕迹是从上往下，而风吹来的方向是从东向西，所以，树枝更大的可能是被人给踩断的。

"我们进入村子的时候看见一个女人在树木之间快速穿梭，她应该抽到了一种可以借助树木移动的卡牌。这座寺庙大门紧闭，并没有被打开过的痕迹，可是你却在庙里。显然，你是借助树木直接跳进来的，所以才不小心踩断了枯树的树枝。

"卡牌密室前面的几关都很难，你一个小孩子不可能单独通关。所以，你现在的形态肯定不是你的本体。除了飞行卡之外，你还抽到了一种能改变形态的卡。变形卡有冷却时间，你才急着要走……我说的对吗？"

小姑娘沉默下来。

肖楼、叶棋和邵清格 3 人面面相觑。

虞队真不愧是警察，他能在现场发现这么多线索，并且通过树枝断裂的痕迹和严密的逻辑推理，分析出面前的小女孩不是原形态，而是那位会"轻功"的女生。她没承认，也没否认，显然是被虞队给说中了。

肖楼温言道："放心，我们并没有恶意，你可以将自己发现的线索告诉我们，我们给你一张流溪村的平面分布图作为交换，怎么样？"他顿了顿，又补充道，

“你刚才在山上放孔明灯，肯定还没来得及去村里查探吧？平面图应该会对你有帮助。”

大概是肖楼的态度太过温和，女生终于摘掉了帽子。

随着她摘下兜帽，她的面容、身形也瞬间发生了变化——五官很清秀的女孩子，神色间透着一丝冷漠，扎了一截到肩膀的马尾辫，穿着一身休闲服和一双白色运动鞋。

她的身高在一米六左右，比肖楼矮了一整个头，但她的目光始终很平静，抬头和肖楼对视一眼，声音清冷：“你先给我地图，我再给你想知道的信息。”

肖楼道：“地图我们只画了一张，你有没有纸笔之类的东西？给你复制一份。”

女生丢了张白色手帕过来：“这个手帕很特殊，可以直接用手在上面写字，还能随时放大，刚才孔明灯上的飘带就是用它变的。”

看来这也是特殊功能的卡牌变出来的，肖楼用食指在手帕上迅速画出一张流溪村平面图递给她：“现在可以告诉我们了吧？你为什么放孔明灯把挑战者引过来？”

女生检查了一下手帕，将地图仔细收好，这才说：“我在庙里发现了人骨。”

肖楼心中一惊：“你是说，死人的尸骨？有多少？”

女生面无表情地说：“非常多，被我不小心挖出来的。”

叶棋猛地打了个激灵：“怎么会有死人的骨头？该不会像枫林高中那样杀人埋尸吧？这到底是黑桃密室还是红桃密室啊？！”

女生看了他一眼，继续镇定地说：“我想把挑战者引过来，也是因为这个。我不知道庙里出现的人骨意味着什么，但我猜，想要完美通关黑桃 4 密室，除了躲避村民、找到宝石之外，或许还要破解村民们眼睛失明以及庙里出现死人骸骨的谜题。”

“你为什么要挖寺庙？”虞寒江低声问，“是为了找宝石吗？”

“没错。这座寺庙透着古怪，我想试试看能不能找到宝石。寺庙的后面有一片地面不太对劲，我就挖了挖，然后发现一个大坑，里面堆满了死人骨。”女生平静地说，“我只求简单通关，活着走出这个密室，如果你们想追求完美通关，可以试试看解开谜题。”她挥挥手道，“我走了，各位自便。”

说罢便纵身一跃，飞到远处的树梢上。连续几次借助树木的跳跃后，女生很快就消失在了夜色中。

叶棋忍不住道：“这女生挺厉害，就像武侠小说里会轻功的高手。”

肖楼看了眼她消失的方向：“能一个人走到黑桃 4 密室，这个女生不简单。

她的手里应该有大量好卡，比如刚才那个变身卡，变成十岁左右的小姑娘。”

邵清格摸着下巴道：“说不定，金融危机那一关，她就是靠这种伪装逃过了凶犯的追捕。”

虞寒江突然说：“叶棋刚才的问题很关键。”

叶棋愣了愣：“我……我问了什么问题来着？”

虞寒江重复道：“这到底是红桃密室，还是黑桃密室？”

肖楼明白过来，道：“这应该是一个联动密室吧。”

叶棋瞪大眼睛：“你们的意思是说，流溪村实际上是黑桃和红桃的联动密室？”

虞寒江点头：“没错。”

邵清格也赞同道：“生存的同时解谜，看来第四关要淘汰大量的挑战者。”

肖楼想起红桃 A 的那句话，道：“淘汰率在 80% 以上。”

虞寒江也想起进入密室时的提示，皱眉说：“禁止屠杀村民。黑桃 3 密室并没有这些禁令，挑战者杀死自由人不受惩罚，黑桃 4 密室突然不让杀死村民，我当时就觉得奇怪，看来，这是红桃那边加上去的禁令。”

红桃 4 密室，嫌疑人会绕晕挑战者。黑桃 4 密室，生存、悬疑联动，挑战者不仅要躲村民、找宝石，想完美通关还要解开尸骨和符咒谜题。

看来，进入主城之前的第四关，淘汰率相当惊人。

虞寒江干脆地说：“去屋子后面看看。黑桃 4 密室能完美通关最好，不能的话也别强求。”

4 人一起绕过破旧的建筑，来到屋子后面。

如女生所说，这里有片地面不正常，荒草长得极为茂盛，跟周围对比起来非常明显。她大概是为了找宝石，所以才在这里挖坑，结果挖出一个白骨坑。

密密麻麻的人骨堆在坑里，在月光下散发着冰冷的光泽，看得人脊背发毛。

叶棋和邵清格脸色难看地别过头去，肖楼却上前一步，蹲下来用树枝挑起坑里的骨头仔细观察。片刻后，肖楼得出结论：“骨头的腐烂程度相似，死亡时间应该在三十多年前，很可能是发生了什么事，集体被埋在这里。”

虞寒江粗略数了数骨盆的数量：“四十多人。”

邵清格太阳穴突突直跳：“死这么多人，难道是屠村？”他看见凶杀案、尸体就头痛欲裂。这么多尸骨，真是让他的密集恐惧症都要犯了，强撑着一口气才没跑路。

虞寒江若有所思：“庙里的符咒、被埋葬的尸骨，所有人集体失明，这个村子的先辈们肯定得罪了什么人，被诅咒或者被人为地惩罚了。”

肖楼附和："既然这是红桃和黑桃联动的密室，更有可能是人为的。"

虞寒江接话："凶手或许还在村里。"

肖楼点头："找到凶手，就能找到村民们失明的原因。"

而邵清格和叶棋很想问：我是谁？我在哪儿？我该做什么？

邵清格决定放弃思考，去旁边看月亮。

叶棋则积极地加入讨论："这个密室最奇葩的是我们不能接触嫌疑人，更别说是审问了，我们得时时刻刻躲着村民，又怎么知道30年前发生了什么呢？"

"调查有难度，但也不是毫无头绪，凶手肯定会露出马脚。"虞寒江说罢便站起来，转身走向破旧的建筑，道，"刚才那女生放了孔明灯，说不定还会有别的挑战者走进这座庙，我们先在庙里找找看有没有别的线索。"

众人一致同意虞队的意见，一起走进庙里。

荒废的古庙已经很久没人来过，庙里供奉的神像的两只手臂被齐齐砍断，掉落在旁边摔成了碎片。神像上面刷着五颜六色的漆，由于年代久远，已经掉了色，木制的雕像这里缺个角、那里掉层皮，看上去残破不堪。

虞寒江仔细观察片刻，道："这应该是个山神庙，很多百姓有供奉山神、祈求山神护佑的习惯。山神的神像被摧毁，看来对方和这个村子的村民有深仇大恨。"

就在这时，外面响起一阵脚步声。4人警觉地转身出门，只见几个挑战者前后走进了庙里，神色各异。

为首的中年男人问道："刚才放孔明灯的是你们吗？"

肖楼摇摇头："我们也是看见孔明灯，才循着方向找过来的。"

那男人怀疑地看了肖楼一眼："那你们找到什么了？"

肖楼用手指了指屋子的背面。

几个人一起走过去查看，很快，耳边就响起惊慌的尖叫："啊——好多死人骨头！"

是个女生的叫声，她的嘴立刻被同伴捂住："小声点！"

中年男人的声音也在微微发抖："这是什么情况？是哪个浑蛋把我们引到破庙里看这些死人骨头的？！"

他旁边的女人紧张地说道："我们还是先找个地方过夜吧，这个村子处处都透着古怪，别多管闲事了！"

男人深吸一口气："也是，反正黑桃密室要求活7天找到宝石，去找宝石要紧。"

几个人转身回来，看向肖楼，一脸戒备地道："你们该不会已经找到宝石了吧？”

肖楼笑着说：“我们也是刚来，看见屋子后面的人骨坑，正在想要不要继续查下去。”

对方显然不信他的说辞，但也不好直接动手，几人脸色难看地走了。

接下来，又陆陆续续地有挑战者查完村子跑来山上，发现庙里的人骨后全都转身离开，显然，大部分人并不想多管闲事，只求通关。

但肖楼和虞寒江完全没有离开的打算，还在认真地调查。

叶棋弱弱地问：“我们今晚确定要在庙里睡吗？”

肖楼很乐观地说：“这屋子虽然破了点，但能遮风挡雨，挺好的。”

叶棋想说：房子的背后一堆的死人骨啊！这叫挺好的？

不过，虞队一脸赞同地看着肖楼，邵清格一脸无所谓地看月亮，叶棋只好吞了吞口水，道：“行吧……那就睡这儿。”

跟着这几个队友，叶棋觉得自己的心理承受能力也会慢慢变强。说不定将来，枕着个骷髅头，都能睡得很香甜。

破庙很久没人打扫，屋子的角落里挂满了蜘蛛网，地上全是灰尘，被砸烂的山神雕像碎片四处散落，这样的环境肯定没法直接睡觉。

既然决定把这座破庙作为临时据点，肯定要清理一下屋里的垃圾。虞寒江环顾四周，转身去屋子后面拔了一堆长长的荒草，做成了两把扫帚。

4 人手脚麻利地收拾起了屋子。

将屋子打扫干净之后，肖楼又找了些干草铺在地上，做成了一大片简易的床铺，大家睡在干草上，好过脊背直接接触到冰冷的地面。

次日早晨 8 点，4 人同时醒来。

悬浮框中刷过提示——

> 流溪村，第一天，8:00。
> 剩余宝石数量：5 颗。

这条消息让 4 人都怔了怔，困意瞬间消散。

叶棋不敢相信：“已经有两颗宝石被找到了？这些人难道一夜不睡的吗？”

邵清格无奈地道：“昨晚直接进村找，风险也太大了吧？尤其是秦老太太家的那只藏獒，一旦被惊动，很可能吵醒整个村子。”

肖楼想了想：“不一定是进村找，说不定村外也有宝石，比如这座破庙。”

叶棋挠头："可我们昨晚仔细打扫过破庙，所有的角落都搜过，并没有宝石。"

虞寒江很确定地说："破庙里的宝石已经被人拿走了。"

叶棋很快就反应过来："虞队的意思是昨天那个会轻功的女生其实已经在破庙里找到了一颗宝石？所以，看见我们进来，她才急着离开，怕我们抢她的东西？"

虞寒江点头："看来是的。"

仔细回想，那个女生其实很聪明，用"人骨"来转移话题，大家的注意力都被后院的人骨所吸引，却忽略了破庙既然有重要线索，很大的可能也会有通关需要的宝石。

她应该是先找到了宝石，才发现了人骨，放孔明灯引来挑战者，用人骨转移大家的视线。接下来，她只需要躲好，别被其他的挑战者抓住，就可以顺利通关。

叶棋悔不当初："早知道，昨晚不该轻易放她走的。"

虞寒江回头看他："你想把她的宝石抢过来？"

叶棋立刻摇头："不，我们 4 个大男人，怎么能欺负一个小姑娘，还抢人家的东西？我就想看看宝石长什么样，之后也好方便找。"

邵清格看向叶棋，从头打量到脚："4 个大男人？包括你吗？"

叶棋怔住："难道不包括我吗？"

邵清格笑眯眯地道："你不算大男人，你只能算小男生，从各个方面讲。"

叶棋意识到他在嘲笑自己不够成熟，决定不理邵总，转身去找肖楼："肖教授，你觉得哪里出现宝石的可能性比较大？"

肖楼想了想，说："秦老太太家应该会有一颗。"

虞寒江走到窗边看了眼外面湛蓝的晴空，道："今天是晴天，村民们肯定会出来活动，等秦老太太出门遛狗的时候，我们再潜伏进去。红桃 3 拿到的隐身斗篷可以用上，半个小时的隐身时间，足够我们搜完她家了。"

邵清格突然插话："养狗的人，一般都会在固定的时间段遛狗，晚饭过后就是最佳时机。"

叶棋回头看他："邵总你养过狗？"

邵清格道："养过一只萨摩耶。"

叶棋双眼一亮："就是那种通体雪白的，看上去好像一直在笑的漂亮狗狗？"

邵清格点头："没错，你还知道萨摩耶？"

叶棋道："我超喜欢狗狗，之前还养了一只小泰迪。"

两人开始聊起狗的品种，肖楼插不上话，就转身去找虞队。

流溪村的村民们似乎习惯晚间挑水，上午的山里反而很安静。虞寒江看向山下，道：“白天村民们四处走动，容易被发现，我们傍晚再行动。顺便让叶棋去村长家、妞妞家、孙婆婆家放窃听器。”

肖楼回头看他：“你的意思是，这几家会有线索？”

“我们昨天进村时发生的事你还记得吧？一个女人和男人的对话中提到，她的女儿妞妞淋雨感冒，她要去找孙婆婆开些药。秦老太太发现陌生人后，还叫一个年轻人通知村长。这些提到名字、身份的人，应该会对我们解谜有帮助。”

经历过红桃 3 和红桃 4，肖楼也知道，密室剧情中，特别提到名字的人肯定不会毫无作用。叶棋的窃听器，这次看来能帮上大忙。

虞寒江道：“接下来没事干，不如我们去山里找些野味？帮大家改善一下伙食。”

肖楼点头跟上他。

昨晚大部分挑战者都在山里休息，两人一路走来，看见一些人偷偷摸摸在泉水接水，也有人弄了个弹弓在射树上的鸟，有人爬树找鸟蛋。

虞寒江虽然有枪，可现在是白天，贸然用枪的话很可能把村民引到山上，所以，虞寒江决定用圆环来捕猎。

肖楼将圆规牌交给虞队来操作。

片刻后，一只灰色的野兔蹦蹦跳跳地跑来草地上觅食，虞寒江紧紧地盯着它，在它停下来的那一刻，突然操控圆环，准确地将它套住。

被抓住的兔子惊慌失措、没法动弹，虞寒江走过去把兔子揪起来。

就在这时，肖楼的眼前猛然一黑。他立刻伸手去扶旁边的树，可他什么都看不见，右手摸了个空，脚下被石头一绊，眼看就要摔倒。

下一刻，胳膊突然被一只有里的手扶住了，耳边响起虞寒江低沉平稳的声音：“没事吧？”

肖楼苦笑：“我可能被失明状态给影响了，什么都看不见。”

虞寒江伸出五指在他眼前晃了晃，发现肖楼清澈的眼睛果然毫无反应，虞寒江皱眉道：“看来一开始进入流溪村时的提示没有错，每个挑战者都有可能在随机时间段失明 3 个小时，接下来 3 小时你什么都看不见，还是先回去吧。”

肖楼问：“刚才那只兔子呢？”

“抓到了，回去烤给你吃。”虞寒江把肖楼的手搭在自己的手臂上，道，“别担心，我带着你走。”

肖楼“嗯”一声，抓住虞寒江的手指微微收紧。

男人的手臂结实有力，原本失明是一件很让人恐慌的事情，可是，扶着虞寒江走了几步之后，肖楼的心情渐渐地平静下来。

他知道，就算自己失明，有虞寒江在，他便什么都不用担心。

走了一段路，肖楼突然想到一件事，从口袋里拿出自己的卡包，交给虞队："接下来的 3 个小时我什么都看不见，没法操控卡牌。虞队，卡牌都给你，需要的话你可以用。"

虞寒江接过卡牌，声音不由得温柔下来："放心。"

两人一起走出小树林，刚走了一半，正好有对情侣也朝山上走来。是昨晚来破庙之后又离开的情侣，那中年男人看见他们，停下脚步，阴阳怪气地问："两位，破庙里其实有宝石，被你们给捡了吧？"

虞寒江冷冷地说："没有。"

"当我们傻吗？昨晚没人敢进村民家里搜，被找到的两颗宝石就在村外。那座破庙奇奇怪怪的，肯定有宝石。"

女人敏锐地发现肖楼的眼睛毫无焦距，还被扶着走路，她双眼一亮，轻轻凑到男友耳边说："后面的那个人，好像是失明了。"

男人仔细观察，发现对方确实看不见，便压低声音在她耳边说："动手。"

两人显然以为破庙里的宝石被肖楼、虞寒江给捡走了，正好肖楼双眼失明，这可是绝佳的机会，只要制服其中一人，就能逼问出宝石的下落。如此快捷的通关方式，可比自己冒险去找宝石要稳妥得多。

两人对视一眼，男人突然丢出一张天平，巨大的圆形电子秤将虞寒江和肖楼同时困住，女人则猛地甩出一条长长的白绫。

那白绫就像长着眼睛，如灵蛇一般朝两人席卷而去，精准地缠住了肖楼的脖子！

女人牵着白绫的另一端，眯起眼睛笑："我这张白绫卡，连钢筋水泥都能勒断。把宝石交出来，不然，我的手再用力，你朋友的脖子可就真断了。"

虞寒江的脸色陡然一沉，厉声道："放开他。"

女人笑着说："放心，我不想杀人，不过是想通关而已。宝石还剩下 5 颗，你们可以再去找，之前找到的那颗就送给我们吧，就当是助人为乐了，怎么样？"

肖楼的眼前一片漆黑，脖子又被柔软的白绫缠住，脸色渐渐变得苍白。

虽然被困，可他脸上的表情依旧镇定，朝女人的方向笑了笑，说："趁我失明，从我们手里抢宝石，不过是乘人之危而已，没必要找这么多理由。"

那女人自知理亏，嘴上却不饶人："通关规则又没说不能抢，黑桃密室本来就是弱肉强食的世界，只能怪你们倒霉。"

肖楼笑道："谁倒霉还不一定。"

中年男人不耐烦地道："别废话，快把宝石交出来！"

肖楼轻轻抓了一下虞寒江的手臂，给对方行动暗示。虞寒江会意，立刻拿出肖楼的卡包，召唤柳永，指定了这一对男女。

柳永的技能——执手相看泪眼，竟无语凝噎！

两人受到卡牌效果影响，情不自禁地握住彼此的手，泪眼汪汪地看着对方。

女人心中极为惊骇，男人也脸色骤变，明明心里不愿意这样做，可身体好像被一种神秘的力量所驱使，他们伸出手和对方紧紧相握，眼睛里的泪水就像是拧开的水龙头一样，根本就止不住。

肖楼的脖子很快就被松开，苍白的脸色这才恢复了红润。虞寒江挑眉看着执手哭泣的两人，冷冷地道："人不犯我，我不犯人，两位自己撞上来触霉头，别怪我不客气。"

话音刚落，他就用柳永的技能 2 指向那个女人。

衣带渐宽终不悔——女人瞬间变瘦 30 斤，并且 10 分钟不能攻击。

她本来就很瘦，变瘦 30 斤的结果就是只剩下皮包骨，整张脸干瘪如柴，一双手如僵尸一样，皮肤严重脱水，皱皱巴巴，整个人如同瞬间苍老了三十岁。

男人看见自己的对象突然暴瘦成一把骨头，吓得面色发白："你、你对她做了什么？！"

女人看到自己只剩骨头的手，满脸惊恐："啊……怎么会这样？！"

虞寒江和肖楼脚下的天平已经到时间解除，他像鬼魅一样飞快地来到女人身后，手中一把锋利的水果刀抵住她的喉咙。

锋利的刀就抵在脆弱的颈部，往前一寸就可以割断她的颈动脉，女人惊恐地叫出声："我错了！啊啊，饶命，饶命！求你不要杀我……我给你朋友道歉！"

骨瘦如柴的女人一把鼻涕一把眼泪，看上去狼狈之极。她对象也脸色一变，道："有、有话好说，我们也没伤你朋友，别、别杀她。"

虞寒江并不打算杀人，淡淡说道："记住这个教训。不要以为对方眼睛失明就好欺负，乘人之危可不是什么好习惯。"

他收起刀子，顺便没收了女人手里的白绫卡："你用这张牌欺负我朋友，这张牌我就拿走了，不客气。"他用天平将两人困在原地，这才转身去找肖楼。

肖楼的眼睛看不见，不敢乱动，直到虞寒江熟悉的气息靠近，肖楼这才松口气，问道："解决了吗？"

虞寒江点头:“嗯，我把她绑你的那张卡牌给没收了。”

肖楼不由微笑起来，虞队疾恶如仇，一点亏都不肯吃。不过，这女人居然敢用白绫勒他，卡牌被没收，也算是咎由自取。

虞寒江抬眼看了看蜿蜒的山路，低声说:“肖教授，不如我背你下山？这里的路又窄又滑，你走起来不方便。”

肖楼干脆地点头:“那就麻烦虞队了。”

虞寒江俯身，背着肖楼，健步如飞。

对虞寒江来说，肖教授太轻了，还不如他在警校负重徒步时背的一个麻袋。

他把肖楼背回寺庙，邵清格忍不住疑惑:“怎么回事？”

叶棋也担心地跑过来:“肖教授这是受伤了吗？”

虞寒江把肖楼背进房间，轻放在地上，说:“他失明了。”

肖楼道:“就是进入密室时提示的那个，每天 3 小时的失明状态。”

叶棋伸出手指在肖楼眼前晃了晃，发现他的眼睛果然没反应:“是突然失明的吗？”

肖楼无奈:“嗯，毫无预兆。”

邵清格摸着下巴:“这就难办了，万一我们行动的时候突然失明，岂不是很麻烦？”

虞寒江也有这个顾虑，建议道:“今天傍晚行动之前，如果我们都经历了 3 小时的失明，反倒是好事，这个负面效果一天只有一次，失明过的人不会再中招。可如果有人白天没有失明，傍晚的时候最好别参与行动，免得中途出问题。”

肖楼赞同:“那我们今天就留在庙里吧，要是有人失明也方便互相照顾。”

叶棋和邵清格都没有异议。

虞寒江拿出刚才没收的那张卡，说:“A 级工具牌，白绫，可以自由伸缩和延展，最多延伸 50 米，能瞬间绑住指定的目标。”

肖楼赞道:“这卡不错。”

叶棋满脸好奇:“你们出去一趟怎么还拿到新卡了？”

肖楼也很无奈:“有人看见我失明，想乘人之危抓我，威胁虞队交出宝石……”

叶棋忍不住骂道:“抢别人的东西来走捷径，这是什么臭毛病？！别说我们没宝石，就算有，那也是凭本事找到的，凭什么要给他们！”

邵清格道:“人类欺软怕硬的劣根性罢了。”他看向肖楼，调侃道，“可惜他们欺负错了人，我们肖教授就算眼睛看不见，却心如明镜，还有一手好卡。”

肖楼笑道:“邵总就别取笑我了，我眼睛看不见，没法操作卡牌，刚才多亏了虞队。对了，我跟虞队抓了只野兔，今天午饭可以烤野兔吃。”

叶棋双眼一亮：“中午能饱餐一顿了！我去洗吧。”

虞寒江走出门时，叶棋正在手忙脚乱地拔兔子毛。兔毛没拔干净，反倒弄了自己一身的毛。邵清格不擅长处理食材，抱着胳膊在旁边看戏。

虞寒江把叶棋赶走：“给我吧。”

叶棋尴尬地把野兔递给他：“咳，我不太会处理这个。”

虞寒江说：“我来弄，你们进去等着吃就行。”

叶棋转身去找肖楼，结果刚走到屋里就绊倒在地，发出“砰”的一声巨响。肖楼看不见发生了什么，听见巨响后立刻问道：“怎么了？”

邵清格闻声赶来，玩笑道：“叶棋，你也不用给肖教授行这么大的礼吧？”

虞寒江也疑惑地走进来，问：“小叶这是干什么？”

叶棋脸色难看：“我失明了，不小心绊倒的！”他狼狈地爬起来，双手在空中胡乱摸了一阵，抓住肖楼的胳膊后，他立刻握紧，如同抓住了救命稻草，“失明的感觉太难受了。这个村子的人从小就失明，真难想象他们过的是什么日子。”

虞寒江很快就烤好野兔，撕了条肉质最好的兔子腿递给肖楼：“好了，吃吧。”

肖楼接过来咬了一口，虞寒江烤的肉又香又嫩，肖楼以前从没吃过野味烧烤，今天也算是大饱口福了，他一边吃一边赞道：“真好吃，这是我吃过的最好吃的烤肉。”

这时候邵清格也接了水回来，他低声说：“泉水附近的挑战者有点多，午饭时间都跑来接水，我们在庙里烤肉，可能留下了味道，很多人在往这边观望。”

虞寒江淡淡道：“我们有 4 个人，其他挑战者都是两两组队，不会贸然进来找麻烦。”

如虞寒江所说，4 人团队在这个密室算最强组合，一般的挑战者不敢硬碰硬。刚才在山路上也是因为肖楼恰好失明，那对情侣才想乘人之危。

邵清格放下心来，盘腿在干草地上坐下，和大家一起分食野兔。

午饭过后，虞寒江和邵清格迅速打扫屋子，肖楼和叶棋的眼睛还没恢复，虞寒江建议道：“你们干脆睡个午觉，睡醒就好了。”

两人反正也看不见，便在庙里睡下。

一觉醒来时，眼前朦朦胧胧，肖楼用力揉揉眼睛，视觉终于恢复了。

之前视野中只剩一片黑暗，如今又能看见这色彩斑斓的世界，肖楼心情复杂，站起来走到门口："我可以看见了。"

虞寒江关心道："眼睛有留下什么后遗症吗？"

肖楼摇头："看得很清楚，跟之前一样。"

叶棋醒来后同样恢复了视觉，他激动得差点要绕着破庙跑圈："能看见的感觉真好！这3个小时变成瞎子我都快急死了！拿东西找不到，走路又怕摔倒……唉，我突然有些同情流溪村的这些村民，从小就看不见，也太惨了吧？"

肖楼突然说："我刚才仔细想了想，进入密室时，应该有一条信息是在误导我们。"

叶棋愣了愣："肖教授发现哪里不对劲吗？"

肖楼认真说道："如果真是基因遗传导致的失明，就我知道的，最容易遗传的一种病叫视网膜色素变性，但这种病并不是生下来就失明，而是一开始夜盲，随着年龄的增长，视野渐渐缩小，最后才导致失明。"

虞寒江皱眉："你的意思是，整个村子的人都失明，并不是基因遗传？进入密室时的那条'由于基因遗传'其实是误导信息？"

"嗯。从医学遗传学来讲，基因遗传的方式有显性遗传，概率50%；隐性遗传，概率25%；XY性染色体连锁遗传，男女患病率会有明显差别。像这种100%男女全部遗传并且先天失明的遗传病，并不存在，进入密室时的那句话肯定是误导信息。"

虞寒江迅速理解了肖楼的意思，说："村民们失明，是后天人为导致的，更有可能是用了某种药物吧？"

叶棋困惑地挠头："可是，如果是后天导致的失明，这些人原本看得见，突然看不见了，不会觉得很奇怪吗？难道就没有人调查原因？"

肖楼回头看着他说："如果是对孕妇或者婴儿下手呢？"

3人猛然一怔。

对孕妇下手，孩子出生就失明，听起来像先天遗传，其实是药物导致的畸形。对婴儿下手，婴儿就算一开始看得见东西，被药物弄成失明，3岁以下的孩子什么都不懂，也不记得自己一开始是看得见的，长大以后失明，他们自然不会去调查追究……

虞寒江的脸色阴沉得可怕："对孕妇和婴儿下手，这太残忍了。"

叶棋声音颤抖着说："这、这个凶手看来是长期潜伏在村里，才能让村里的人一代又一代，全部被药物给影响成瞎子？"

邵清格好奇地问："有这种能导致婴儿双眼失明的药吗？"

肖楼点头："很多。只要影响视神经、视网膜，或者作用于角膜导致角膜混浊的药物，长期服用的话都能让双眼失明。”

4人同时沉默下来。

虞寒江看了眼天色，低声说道：“傍晚，我们4个一起行动，我跟肖教授去秦老太太家调查，叶棋和邵总带上瞬移卡，想办法去我标注的3个重要人物家放好窃听器。肖教授提前开好桃花源，一旦我们中的任何人遇到危险，立刻强行传送。”

叶棋担心地道：“分头行动的话，我们之间要怎么联络？”

肖楼拿出秦观这张牌：“可以让秦观建立心有灵犀通道，随时保持联系。”

叶棋的表情露出一丝古怪：“秦观？两情若是久长时，又岂在朝朝暮暮？”

肖楼无奈：“我也不知道自己的手气是怎么回事，老抽到这种奇奇怪怪的人物牌。忽略技能描述，这些牌还挺好用的，秦观的心有灵犀可以在同一密室不限距离地保持精神连接。”

傍晚6点半。

带着瞬移卡在村子周边负责侦查的叶棋和邵清格通过心有灵犀通道给肖楼传话：“秦老太太牵着狗出门了。”

肖楼看向虞寒江，后者干脆地点头：“行动。”

两人同时穿上隐身斗篷，飞快地下山，悄无声息地潜入秦老太太家。就在这时，他们察觉到旁边有种奇怪的气流在涌动，虞寒江警觉地压低声音：“谁？”

耳边传来个青年男人冷淡的声音：“我们也有隐身斗篷，能不能找到宝石，大家各凭本事，但提前约好，别在这里动手，惊动村民的后果你们应该清楚。”

看来是个聪明的挑战者。一旦惊动村民，后果很可能是村里的挑战者集体被团灭。

虞寒江点头：“好，各凭本事找东西，别弄出太大动静。”

对方道：“你们也是。”

4人都穿着隐身斗篷，互相只能看见一团空气。但肖楼和虞寒江一直并肩走在一起，即便看不见对方在哪儿，也能感觉到熟悉的气息在自己的身边。

肖楼刚要行动，就听虞寒江突然在他耳边说：“去厨房，那边不太对劲。”

肖楼并没有察觉到厨房有什么问题，直到虞寒江低声在耳边解释：“你看，厨房屋顶的烟囱完全没有被烟熏过的痕迹。”

肖楼闻言抬头一看，果然发现屋顶的烟囱非常干净。大部分人家的厨房天天开火，烟囱肯定会被熏得发黑，可秦老太太家的烟囱却像是刚建的房子一样，丝毫没有发黑的痕迹——秦老太太从不在厨房做饭，厨房或许藏着什么秘密。

察觉到虞寒江往前走，肖楼立即跟了上去。

两人穿着隐身斗篷进入厨房。灶台很干净，切菜板、刀具也很新，厨房的角落堆着一些柴火，一捆一捆，摆放整齐，但灶台下面并没有烟灰，看上去已经很久没生过火了。

其他的地方空空荡荡，并没有可疑之处，倒是灶台的角落里放着一个高50厘米的坛子，坛子上贴着红色的纸，上面用黑色的毛笔字写着“米酒”两个字。

这是农家最常见的米酒坛子，可肖楼突然感觉到不对，凑过去闻了闻，轻声说：“虞队，这味道有些奇怪，不像是酒味。”

虞寒江快步走过去，轻轻揭开坛子的封口。

一股浓烈的怪味扑面而来，熏得两个人胃里一阵翻涌，虞寒江急忙捂住口鼻，皱着眉朝坛子里看去，只见混浊的水中居然泡着几根白森森的人骨！

肖楼压低声音：“这是福尔马林的味道，秦老太太在酒坛子里做人骨标本。”

福尔马林是医学院常用来泡尸体的药物，实验室的各类病理标本也是用福尔马林来浸泡的，怪不得肖楼刚才觉得这味道有些熟悉。

虞寒江脸色难看：“这个秦老太太不仅养了条凶猛的藏獒，还在厨房里用泡人骨，她肯定有问题，我们尽快搜完她家。”

厨房里没找到宝石，但酒坛子里泡了多年的人骨也算是重要线索。

两人离开厨房，走进东边的房间。

秦老太太的屋里有两个卧室，其中一个卧室布置得很奇怪，白色的窗帘、白色的床铺，屋顶还挂着白色布幔……眼里看到的几乎全是白色。

虞寒江道：“这不像卧室，更像是灵堂。”

肖楼目光快速扫过屋内，并没有发现灵位、遗像之类的东西。他有些疑惑：“秦老太太把房子布置成这样，应该是在祭奠什么亲人吧？会是她丈夫吗？”

屋里并没有其他关于死者的线索，两人迅速搜了搜，在桌下面发现了一个精致的木盒，肖楼打开一看，里面有一块看上去像是放宝石的凹槽，但盒子是空的。

就在这时，他听见大厅里响起刚才那个陌生男人的声音：“宝石我们拿走了，两位还是尽快去别处搜吧。”

那声音很快远去，显然，同时进秦老太太家搜查的其他两位挑战者先搜了“灵堂”，结果找到了这颗宝石。肖楼和虞寒江慢了一步，但也不算毫无收获。

两人继续搜老太太的主卧。

不同于次卧的“灵堂”风格，主卧布置得很正常，床单、被套全是老人家比较喜欢的青蓝色，洗得很干净。他们在桌上发现了一把梳子，还有一面镜子。

等等……镜子？盲人怎么会需要镜子？

肖楼和虞寒江同时一愣。

就在这时，他们看见，镜子里突然出现了一张苍老的脸。

——是秦老太太！

老太太居然神不知、鬼不觉地回来了，她脚步极轻，如同鬼魅，肖楼和虞寒江完全没有察觉。

她手里牵着那只威风凛凛的藏獒，一双眼睛就像是阴狠的毒蛇一样盯着镜子看，肖楼和虞寒江虽然是隐身状态，可陡然看见镜子里出现一张苍老的人脸，两人都被吓了一跳。还好他俩见惯了红桃密室的各种尸体，心理承受能力一流，没有叫出声。

秦老太太对着空气冷冷地道："有人进家里偷东西。"

藏獒对着空气"汪汪"怒叫两声。

肖楼和虞寒江站在墙角，默不作声，只见那秦老太太拄着拐杖，慢吞吞地走到床边，伸出手摸索着找到那面镜子，用衣袖擦了擦，声音沙哑地道："别以为我老婆子眼瞎看不见，我的心可清楚得很。我早就知道，欺负瞎子的人，早晚会遭报应的，呵呵呵……"

她的笑声如同来自地狱深处。

肖楼和虞寒江屏住呼吸，不敢发出任何声音惊动老人家。两人默契地留了下来，都想看看老太太接下来的动作。只见她双手颤颤巍巍地从口袋里掏出一个荷包，放在鼻前闻了闻，像是在怀念着什么，紧跟着叫道："小黑。"

那藏獒听到主人的呼唤，立刻来到她脚边蹭了蹭，老太太俯身摸摸它的脑袋，冷笑道："这个村子与世隔绝，他们走不远的。"她将荷包放在藏獒鼻间，让它闻了闻，柔声说，"他们偷走的东西，上面也有这种香味，你跟着味道去找，一定把他们给我抓回来。"

藏獒用鼻子闻了闻，紧跟着便摇摇尾巴，一条黑影飞快地蹿了出去。

肖楼察觉到不妙，开启桃花源记技能，直接带着虞寒江传送进了桃花源。

两人很快就意识到这个密室还给挑战者留了一个大坑——需要通关，必须找宝石，但宝石上面有特殊香气。狗的鼻子都很灵，这个村里养狗的人家非常多，一旦秦老太太发动全村的人去找，那么挑战者就算藏在山里，也逃脱不了被找到的命运。

想到村里的危险，肖楼赶忙用心有灵犀通道说："小叶，你那边情况怎么样？"

耳边传来叶棋的声音："放心，村长家、妞妞家，还有孙婆婆家，我按虞队画的地图已经放好了 3 枚窃听器。”

下一刻，就听叶棋突然尖叫一声：“我的妈呀！村里有很多条狗跑了出来，这些狗一直用鼻子闻来闻去的，好像在找什么人？”

肖楼脸色一变：“你们快回来，村里有危险！”

肖楼直接将他们拉进了桃花源。

桃花源算独立空间，即便在里面大声聊天，外面的人也听不见。

肖楼将在秦老太太家发现的线索说出来，叶棋的脸色微微发白：“这老婆婆也太变态了，居然在坛子里泡死人骨头！她该不会就是当年屠村案的凶手吧？”

肖楼道：“还不确定，她家里布置了一间‘灵堂’，厨房里泡了一坛子的死人骨头，目前来看，她确实嫌疑很大。”

虞寒江补充道：“还有个问题，这老太太的亲人都不在，目前一个人住。她的厨房并没有开火的痕迹，显然她平时不会自己做饭，那她吃饭怎么解决？”

叶棋仔细一想：“对了，我跟邵总刚才在村里查探的时候，发现秦老太太出门遛狗，顺道去了趟村长家，她在村长家留了 10 分钟，还把藏獒拴在门口，说不定她是去吃饭？”

虞寒江问：“你们看见村长了吗？”

叶棋摇头：“没看见，听声音，应该是个年轻的男人。”

昨天，秦老太太打发一个人去通知村长，虞寒江就顺便记下了那个人的移动路径，晚上在村里查探的时候锁定了村长家的位置，门口有两棵大柳树，非常明显。

独居的秦老太太看上去跟村长关系很不错，去他家蹭饭也有可能。

肖楼紧跟着问：“那位村医孙婆婆家有什么异常吗？”

叶棋说：“我刚才去放窃听器的时候，孙婆婆正好在厨房做饭，没什么异常。”

他打开窃听器，就在这时，窃听器里传来一些对话——

年轻女人担心地道：“孙婆婆，我们家妞妞几天前淋了雨，一直发低烧，今天突然发起了高烧，嘴里还在说胡话，你看她是不是严重了？”

一个苍老的声音说：“你把妞妞放在床上，我来检查一下。”

一阵窸窸窣窣的响动过后，那老人的声音接着说道：“妞妞这是风热袭肺，卫表失和，所以才会发热畏寒、咽喉肿痛，我给你开一副方子，回去熬了药给闺女喝，一天喝三顿。晚上睡觉时多给她加一床被子，别又吹了冷风加重病情。”

那女人感激地道：“谢谢孙婆婆。”

孙婆婆关心地问道：“你二嫂快生了吧？”

女人笑道：“是啊，听我二哥说，嫂子的预产期就在这几天了。”

“嗯，那可要提前做准备。”

“到时候还得麻烦婆婆帮我嫂子接生，辛苦您了。”

孙婆婆笑道：“没关系，我已经老啦，手脚都不利索。我的小徒弟也快要出师了，以后啊，村里的人生了病，就找她看吧。”

话音刚落，就听耳边传来一个少女清脆的声音：“婆婆，云嫂的药抓好了。”她的脚步很轻，走过去把药递给女人，那云嫂笑着说：“谢谢小晴，那我就不打扰了。”

少女道：“云嫂慢走。”

女人带着孩子离开后，屋里突然一阵叮当乱响，紧跟着传来瓦罐碎裂的声音。那孙婆婆无奈地道：“小晴，你什么都好，就是动作毛毛躁躁的，这已经是你打翻的第 5 个药罐子了。”

小晴不好意思地笑着说：“对不起啊婆婆，我看不见嘛，你这些熬药的瓶瓶罐罐又多，我老是记不清位置……”

“你得赶紧记清楚，等婆婆死了，以后村里可要靠你，这一百多户的人家，有个头疼脑热的，没个医生在，生病了可不是等死吗？”

“我知道，我会好好学的。”

孙婆婆开始教少女各种脉象的判断以及一些药物气味的识别，少女认真学习。肖楼听了片刻没听出不对，看向虞寒江道：“这孙婆婆听起来挺有爱心，不像是能屠杀几十人还把尸体埋去破庙后院的凶手。叫小晴的这个女生，听声音应该有十七八岁，屠村的时候她还没出生。”

虞寒江道：“再听听村长那边吧。”

窃听频道切换到村长家，秦老太太拄着拐杖找上门，年轻的村长低声问：“秦姨，你是说你家的东西也被偷了？”

虞寒江敏锐地注意到这个“也”字，竖起耳朵。

果然，那秦老太太说道：“小刘，昨晚有人潜入你家，你完全没察觉吗？”

村长无奈：“我睡得很死，早上起来就发现盒子里的东西不见了，我家阿黄也没叫，不知道是不是被人给迷晕了。平时有人上门，它都会叫的，就连村里的熟人来，它也会叫几声让我知道。”

秦老太太声音嘶哑：“这些东西很重要，一定要尽快找回来。”

村长疑惑地问：“您一直让我们守好这 7 颗石头，说是祖祖辈辈流传下来的规矩，秦姨，能不能告诉我，这些石头到底有什么作用？”

秦老太太咳嗽几声，慢悠悠地说道：“你该听过，我们村子在很久之前被诅咒了，山神庙被毁，所以我们祖祖辈辈才会失明。那些宝石是有高人指点，放在村里的 7 个位置，它们可以形成一种阵法，破解诅咒，让我们经过 7 代之后恢复光明……”

肖楼 4 人面面相觑。

秦老太太是真的相信这种破解诅咒的说法还是满嘴鬼话故意骗村长？如果是前者，那她可能就是个愚昧的老太太，如果是后者……她的嫌疑就太大了。

正在这时，秦老太太突然厉声喝道：“外面什么人？鬼鬼祟祟的给我出来！”

一阵丁零哐啷的响动后，传来仓促逃离的脚步声。

肖楼道：“应该是有挑战者发现不对，去村长家偷听。能走到黑桃 4 密室的挑战者都有一点本事，我们有叶棋的窃听卡，他们肯定也有不同的偷听消息的方法。”

虞寒江神色严肃：“按目前已知的信息，7 颗宝石是按照一种阵法分布在村里，老太太的说法是，为了破解失明的诅咒，才把宝石分散开来摆出阵法，让村民守护，这无疑给了我们一条寻找宝石的重要线索。”

他将昨天画的那张流溪村平面分布图找出来，迅速标出了几个点，道：“第一颗宝石应该在破庙的后院，由昨晚那个率先找到人骨坑的女孩子带走了。”

他指向村长家的位置：“第二颗宝石在这里，昨晚有大胆的挑战者潜伏进了村长家，用什么手段控制住了村长家的大黄狗，连夜偷走了宝石。第 3 颗，也就是秦老太太家的那颗。我跟肖教授刚才穿隐身斗篷去找的时候，有两个挑战者也同样穿着隐身斗篷，比我们先一步找到了宝石。”

4 人一起低头看向平面图。

西山破庙、村长家、秦老太太家，这 3 点像是形成了一个三角形。

肖楼看着总觉得不对劲，他转身换了个角度横着看，把西山的那一颗作为起始点，然后他伸出手，试着用线条连接这 3 颗宝石出现的位置。

他发现自己写出了个“人”字，西山的那一颗就是“人”字的顶点。

肖楼双眼一亮：“从空中往下看，石头的分部应该是一个简易的人体结构图，西山的这一颗就是人的脑袋，村长家和秦老太太家的两颗位置对称，是人的两只手。想画出人形，还剩下颈部、腹部、两条腿，所有的顶点加起来正好是7颗。”

虞寒江道：“颈部，也就是两只手反向往上延伸，头向下延伸，3 条线的交界处……”他精确地指向地图上的一个位置，“是池塘。”

肖楼道：“下腹部位置是村子最东边的那户人家，两只脚是在东南方向的农田里？”他在地图上画出这些位置后，再仔细一看，果然是一个人形图。

邵清格和叶棋面面相觑。

叶棋不太明白肖楼为什么能推断出 7 颗宝石会组成人形，忍不住问道：“肖教授，我看那 3 颗宝石的位置也很像三角形、五角星……你怎么推断出它就是人形呢？”

肖楼解释道：“光看图形，3 颗宝石的分布确实有很多种可能，我之所以推测出宝石组成了人形，除了它们的位置，还跟秦老太太酒坛子里的人骨有关。这 7 块人骨分别取自头部的颞骨、颈椎的椎骨、双手的指骨、骨盆处的耻骨联合，还有双脚的趾骨，正好代表人体的 7 个点。既然秦老太太说宝石分布组成了一个阵法，那她泡的人骨肯定也有讲究，关联起来，7 颗宝石的位置很可能也是人体的 7 个点。”

叶棋恍然大悟：“老太太把 7 块人骨泡在酒坛子里，7 颗宝石在村里摆出一个横躺的人形，这感觉，更像是一种诅咒或者封印？”

肖楼道：“确实像是仙侠游戏里的封印大阵，但秦老太太这么做，具体是什么原因，目前还没办法判断，我们的线索太少了。”

虞寒江皱眉道：“秦老太太肯定跟当年的屠村案有关，我们先去找宝石，现在才第一天，解谜的时间很多，之后再慢慢分析。”

肖楼点点头，迅速跟上了虞寒江。

4 人从破庙里出来，刚要下山，结果就听见一阵“汪汪”的狗叫声！

肖楼心下一惊，没想到这些狗的嗅觉如此灵敏，短短十几分钟，它们就循着宝石的味道搜到了山上。这座西山是挑战者们的大本营，密室要求挑战者们不能屠杀村民，村民们牵着狗上山搜人，挑战者们只能躲。

眼看就要迎面跟搜索大部队撞上，肖楼朝虞寒江使了个眼色。

叶棋还没反应过来，就见肖楼突然抛出天平，地面上迅速生成两个直径 5 米的银白色金属圆盘，将所有的狗和村民全部困在了圆盘里。

那些狗看见肖楼 4 人，想扑过来咬，却发现自己没法动弹，只能对着 4 人的方向疯狂咆哮：“汪汪！汪汪！”

十几条狗的叫声汇聚在一起，彻底打破了西山的宁静。肖楼这么做，其实也是给挑战者同伴们发出警报，让大家赶紧躲。

天平存在的时间是 5 分钟，足够肖楼他们逃离。

村民们的眼睛看不见，不知道发生了什么，只听见自己的狗在疯叫。下一刻，他们就感觉到一阵清风从身侧吹过——

因为路被村民挡住，4 人不好直接从狗群中间穿过，好在叶棋的瞬移卡能见缝插针地从缝隙里瞬移过去，他瞄准秤盘之间的空隙，先带走肖楼，紧跟着又返回，分别带走了邵清格和虞寒江。

小叶逃命的时候确实很灵活。

从狗群中间穿过，叶棋心有余悸地喘了口气，白着脸道：“刚才那只藏獒距离我就只有十几厘米，要不是瞬移卡的速度够快，它回头咬我一口，我的腿说不定就要报废了！”

肖楼安慰地拍拍他的肩：“辛苦了，我们快走吧。”

来到山脚时，肖楼听到身后的树林传来一阵响动，他抬头一看，只见一个白色的身影从一棵树轻轻跳跃到另一棵树上，身轻如燕的女孩就像是学会了顶级轻功。

她这张飞行卡确实厉害，肖楼抬头对上她的目光，那女生朝他点了一下头，便飞快地朝着村子的东边飞过去。

村民们带着这么多的狗上山搜查，听到狗叫的挑战者很可能下山躲避。接下来会有大量的挑战者出现在村里，他们必须尽快找到宝石，否则，最后只能靠抢，肖楼可不想抢别人的东西。

虞寒江也知道情况紧急，他将地图递给叶棋：“小叶，你有瞬移卡，尽快带邵总去东南方向的农田里找宝石，我跟肖教授去另一处农田。”

叶棋点点头，开启瞬移技能带上邵清格，转眼就消失在他们面前。

此时正是秋收时节，农田里金黄的麦穗随风飘扬，空气里散发着缕缕清香。

两人进入麦田，这片麦田有好几十亩，放眼望去看不到尽头。宝石并不好找，万一是在麦田的中间，难道他们要把所有的麦子全部铲平，再把地面给挖开吗？

应该会有什么线索提示？

肖楼认真看着大片麦田，发现麦田里正好有 7 个稻草人。农田里放稻草人是为了驱逐那些偷吃粮食的鸟类。平视的话看不出什么，每个稻草人都一样大，但如果从高空中俯视的话……

肖楼双眼一亮：“这 7 个稻草人也排列出了一个人形。最西边的那个是头，最东边的两个是脚，宝石应该就在左脚的位置。”

虞寒江听到这里，立刻加速跑过去，把那个稻草人给抬起来。他摸了摸稻草人，发现肚子里面是空的。他将手伸进稻草人的肚子，果然掏出来一个精致的木盒，打开盒子，是一颗墨绿色的宝石。

虞寒江拿着宝石回到肖楼身边：“找到了。”

肖楼心中一喜，立刻通过心有灵犀通道跟叶棋说：“小叶，你们找到宝石了吗？农田里是不是有 7 个稻草人？”

叶棋道："没找到，这片农田好大……确实有稻草人，宝石是在稻草人下面吗？"

肖楼提示："你从西往东看，稻草人的排列像人形，在右脚的位置，稻草人肚子里找找看。"

很快，耳边就传来叶棋兴奋的声音："找到了，宝石居然真在稻草人的肚子里！"

肖楼道："快带上宝石过来会合。"

这片农田地形平坦，叶棋和邵清格可以直接瞬移。

不到一分钟，他俩就出现在肖楼的视野里。叶棋手里拿着个木盒，满脸兴奋，来到肖楼身边打开木盒道："肖教授，找到一颗宝石，透明的。"

肖楼拿起叶棋递来的宝石，跟自己找到的做了一下对比。

两颗都是球形宝石，非常圆润。宝石中间有一条很亮的细线，他跟虞寒江找到的这颗是墨绿色，叶棋和邵总找到的却是近似透明的白色。在光线的照射下，宝石散发着柔润的光泽，尤其是中间的那条线，亮晶晶的，很是好看。

肖楼不太懂珠宝，回头问："你们认识吗？"

虞寒江和叶棋都摇头表示不认识。

邵清格拿起两颗宝石，对着日光看了看，说："这是猫眼石，肖教授手里的那颗是和田碧玉猫眼，小叶找到的这颗叫月光石猫眼。从成色上来看，这宝石应该是纯天然的，宝石形状圆润，猫眼线在正中间，而且还这么清晰，两颗宝石都价格不菲。"

肖楼拿起两颗宝石仔细观察了一下，发现两颗宝石的中间都有一个小孔，他疑惑地道："宝石上面的这个小孔代表着什么意思？"

他正在低头沉思，就在这时，身后突然响起了一个女生平静、清冷的声音："7 颗宝石，应该是一串手链。"

4 人齐齐回头，只见女生坐在不远处的一棵树上，对上 4 道目光后，她才纵身一跃，稳稳地落在了肖楼面前，摊开手掌。

她的掌心里也有一颗宝石，是金黄色的猫眼石。

邵清格微微眯起眼："你这颗是金绿猫眼，最名贵的品种，和猫眼睛的相似度最高。"

女生收起手掌，道："你们应该猜到了，这一颗就是我在破庙人骨坑里找到的。"

肖楼问："你刚才说 7 颗宝石是一串手链，有什么依据吗？"

女生指了指宝石中间的小孔："这个孔，应该是用来穿线的，把 7 颗宝石用线给串起来，很像女孩子戴的手链。我之前买过这种彩色猫眼石手串，只不过我买的是人造猫眼石，几十块钱，不像天然的这么珍贵。”

邵清格想了想，点头赞同：“确实像女生戴的猫眼石手链，如果是7颗不同品种的纯天然猫眼石串成手链的话……价格会很惊人。”

叶棋好奇地说：“所以，这手链的主人应该很有钱？”

邵清格道：“目前找到的3颗，包括月光石猫眼、和田碧玉猫眼、金绿猫眼，7颗猫眼石的颜色很可能都不一样，收集不同种类的猫眼石做成手串，这主人不但有钱，还对猫眼石很有研究。”

女生颇为意外地看了他一眼：“你很懂珠宝？”

邵清格眯眼笑道：“略懂。”

邵总的尾巴都快翘起来了，还好意思说“略懂”！

肖楼微微一笑，看向面前的女生问道：“你之前一直躲起来，刚才突然找我们，是想跟我们合作，完美通关吗？”

女生点头：“你们已经找到了两颗宝石，4个人都能通关，我也找到了一颗，我们之间并不存在竞争关系，所以，我想找你们合作，尝试一下完美通关。”

这女生很聪明，如果4个人没找到宝石，她贸然跟他们合作，很可能自己的宝石会被抢。但是如今，4人已经找到了两颗，确定能通关，她也同样能通关，在这个前提下，大家合作，就不需要彼此太过防备了。

多抢一颗宝石又不会加分，没必要起内讧。

这女生有飞行卡，可借助树木飞行，有助于帮肖楼他们寻找线索。而肖楼4人的实力，女生显然也看到过，她相信这4人能给她帮助。

双方一拍即合。

肖楼道：“既然要合作，能不能告诉我你的名字？总不能叫你飞行侠吧。”

女生似乎没什么幽默细胞，顶着一张面瘫脸说：“你们好，我叫刘桥。”

邵清格若有所思地摸了摸下巴：“刘桥……这个名字好像在哪儿听过？”

肖楼的脑海中突然闪过一个片段——

梅花2密室，七人牌局，其中一个女生扎着高高的马尾辫，最后还是肖楼让了她一局，带她赢的。牌局结束后，高马尾女生说：“我妹妹很可能也来到了这个世界，她身体不好，不知道能活多久，要是以后你们有机会见到她，能不能替我转告一声，让她好好地活下去……她叫刘桥。”

回忆涌上脑海，肖楼反应过来在哪儿听过这名字，立刻问道：“刘桥？你是不是有个姐姐，和你一起出了车祸？”

刘桥脸色微变：“你怎么知道？”

邵清格也想起这件事，说：“我们在梅花 2 密室见过她，她说坐校车是为了送你上学，意外出了车祸，才被拉进卡牌世界。”

刘桥轻轻攥紧手指，眼中满是担忧：“我姐姐她……”

肖楼道：“她在梅花 2 密室并没有被淘汰，之后的密室我们也没再见过她。”

刘桥沉默了片刻，才轻声说：“我姐姐叫刘莹，我们确实是一起出的车祸，梅花 2 结束后，我本来买了契约书想跟她组队，结果守关者告诉我，她已经跟人绑定了。”

这和肖楼他们所说的一致。

通关梅花 2 后，刘莹和一起打牌的女生绑定，凑巧错过了妹妹的邀请。

肖楼疑惑地道：“你姐姐说你身体不好，你是怎么一个人走到黑桃 4 的？”

刘桥的脸色微微发白，显然这一路走来也很不容易，她道：“红桃 2 完美通关后，我抽了一张能浮空移动的卡，黑桃 2 顺利躲掉了丧尸。红桃 3、红桃 4 匹配的队友都比较强，能坚持到现在，也算是运气好吧。”

肖楼温言道：“你姐姐当时拜托我给你传话，让你好好活下去。既然这么巧遇到，这次我们就一起合作。等通过了第四关，你跟我们一起去主城，到时候再打听你姐姐的下落，怎么样？”

刘桥深吸一口气，点点头说：“好吧。”她转过身，道，“我昨晚躲在树上，在村里发现了一些线索，你们跟我来。”

刘桥将 4 人带到远处的 3 棵柳树下，这里位置隐蔽，离村子东边的入口有将近一公里的距离，躲在树后，哪怕有挑战者突然从村里逃出来，也不会发现他们。

刘桥身材清瘦，一米六的身高看上去也就八十多斤。她穿着宽大的运动服，整个人像是能被风给吹跑。但她的神色很平静，眼里没有一丝恐惧和紧张，清亮的眼睛似乎能看透一切。

肖楼温言问道：“你叫我们过来，是要告诉我们什么线索？”

刘桥整理了一下思绪，解释说：“我昨天第一次进村，其实是在黄昏时间，用飞行卡直接飞进了村里。”她将卡包里的一张卡拿出来，摊开在手掌心。

工具牌：身轻如燕。

稀有度：S。

描述：完美通关密室，在限定卡池抽奖，有概率获得。

附加技能：轻功浮空。

使用技能后，立刻进入“身轻如燕”状态，脱离重力的影响，让身体浮空，并且能在空中穿梭飞行。每次浮空持续3秒，3秒内让脚尖踩中任意实物，技能会立刻刷新，否则将陷入长达3小时的冷却。请灵活使用，别飞到一半掉下来摔死。

成长度每提升一级，浮空时间增加1秒，最多增加到10秒。

肖楼看着卡牌上的描述，道：“每次浮空持续3秒，是不是说在没有树木或者其他借力点的情况下，光在空中飞行，3秒就会落地？所以你必须找到可以借力的东西，3秒之内找到任意的落脚点，刷新技能，然后再继续飞行？”

刘桥点头：“是的，这张卡不能长距离飞行，必须在浮空3秒后找一个落点，否则会直接摔下来。满级情况下能一次浮空10秒，会更好用。”

她的身体不太好，多亏这张卡，才能顺利通过黑桃2的丧尸小镇、黑桃3的金融危机，在黑桃4也可以借助树木飞行来躲避村民。

刘桥把卡牌收了起来，接着说：“昨天黄昏，有两个挑战者贸然行动，惊扰了秦老太太的藏獒，村民们的注意力全在他们身上，当时正好起风，我就趁机借助树木飞进了村里，想看一看情况。孙婆婆家就在那附近，我落在她家的大树上时，她突然扭头看了我一眼。”

刘桥顿了顿，神色严肃：“我怀疑，孙婆婆看得见我。”

肖楼严肃地道：“你确定她能看见你？说不定她是听觉敏锐，听见你落在树上发出来的声响，这才回头看你的方向？”

刘桥摇头：“不一样，孙婆婆看我的那一眼非常精确，直接跟我的目光对上，吓了我一大跳。她能看得那么准，不像是盲人会有的反应。当时正好有一个孕妇找她拿药，她就没管我。我担心被发现，立刻借助其他的树木离开。半夜我又回到她家附近，这一次我躲在了房顶。”

叶棋忍不住道：“你一个女生，大半夜的跑回村里，胆子可真大！”

刘桥说：“我是凌晨跟你们分开后才回到村里的，当时大部分村民都睡了，村里其实并不危险，加上我有飞行卡、隐身斗篷，还有你们给我的地图，万一遇到麻烦我也可以迅速跑路，所以，我才大着胆子回去，想查查孙婆婆是不是真的能看见。”

肖楼忙问：“你查到了什么？”

刘桥的脸色微微一变，说：“当时是凌晨3点多，她居然还在厨房熬药，地上摆了好几个药罐子，我清楚地看见她把几根死人的手骨丢进了药罐子里。”

如果说刘桥之前怀疑孙婆婆能看见她只是推测，那么，晚上回村查探的时候发现孙婆婆用人骨熬药，这绝对是铁证。

秦老太太在厨房的米酒坛子里泡人骨。孙婆婆居然用人骨来熬药！

虞寒江皱眉问："孙婆婆的家里，你进去了吗？"

刘桥点头："我用了隐身斗篷，30分钟的隐身时间，等她熬完药，我就从屋顶下来，进厨房看了一眼。她厨房里有一个很大的米缸，里面装满了死人的骨头……"

想起当时看到的画面，刘桥不由脸色发白。

米缸里，白森森的手骨叠放在一起，密密麻麻，触目惊心。

当时她只身前去，也不敢继续查探，反正她已经拿到了通关宝石，这个村里处处透着古怪，她只要保证自己的宝石不被抢走，活过7天离开流溪村就行，不用多管闲事。直到刚才再次遇到肖楼一行人，她才改变了主意。

肖楼说道："虞队，这个孙婆婆和秦老太太，目前嫌疑都很大。"

刘桥怔了怔，颇为意外地回头看了眼虞寒江，又看向肖楼："你姓肖，他姓虞，难道你们就是刷新红桃3、红桃4纪录的肖楼和虞寒江？"

肖楼微笑道："是的，刚才忘了自我介绍。我叫肖楼，没记错的话，你姐姐提到过你是医科大学的学生？我是医科大法医系的老师。"

刘桥心中激动，但她情绪一向比较内敛，并没有表现得太兴奋，认真道："肖教授您好，我是中医专业大一新生，虽然没机会上您的课，但我经常听学长学姐们说起您。"

肖楼朝她友好地点了一下头，介绍道："这位虞寒江虞队，是江州市刑警队的队长。这位叶棋，是音乐学院的学生。这位邵总，自己创建了一家基金公司做老板，我们已经确定通过这关后一起组队。"

刘桥蒙了，她这是误打误撞遇到了一群很厉害的大神？

邵清格笑眯眯地说道："跟我们合作，你并不吃亏。"

"谢谢你们愿意带我。"刘桥紧张的心情瞬间放松下来，这段时间一直单独行动，在陌生的世界举步艰难，如今遇到这些厉害的人，其中还有她们学校风评最好的肖教授，她顿时觉得自己就像是有了靠山。

刘桥立刻将自己的卡包拿出来，道："我那张变身卡，或许查案的时候可以用上，它的效果挺强的，肖教授您看看。"

肖楼接过她手里的卡牌仔细一看——

特效牌：双生。

稀有度：S。

描述：完美通关密室，在限定卡池抽奖，有概率获得。

附加技能：双生复制。

使用技能后，立刻复制一个自己在半小时内见到过的人物形象，形成他的双生子，持续时间 8 分钟，冷却时间 8 小时。成长度增加 1 级，持续时间增加 1 分钟，满级时增加至 30 分钟。

备注：只能复制对方的容貌、声音，但不继承对方的能力和卡牌。复制期间，对方若死亡，则自动解除复制效果。

肖楼问："半小时内见到的人都能复制，那你现在能变成我们中的任何一个人吗？"

刘桥点了点头，然后大家就看见面前出现了两个叶棋。

叶棋看着一模一样的自己，惊叹道："就跟照镜子一样，这也太像了吧！"

另一个"叶棋"学着他说话："就跟照镜子一样，这也太像了吧！"

叶棋："哈哈哈，你别学我说话！"

另一个叶棋："哈哈哈，你别学我说话！"

看两个一模一样的少年互相瞪眼，其他 3 人无奈扶额。

肖楼轻笑道："刘桥，变回来吧，别玩了。"

刘桥"哦"一声，听话地变了回来，道："卡牌效果就是这样，30 分钟内见到的人都可以变，不管是挑战者还是原住民，我也能变成孙婆婆、秦老太太这些村民。"

特效牌"双生"实在是太牛了，虽然只有一个技能，持续的时间目前只有 8 分钟，可关键时刻的变身不但能躲避危机，必要的时候也可以变成指定的 NPC 去查案。

肖楼好奇地问："你昨晚变的小红帽是怎么回事？"

刘桥召唤出一个小红帽，说："这是童话召唤牌，召唤出小红帽，免疫范围内的攻击效果，我当时怕你们攻击我，所以召唤小红帽藏在庙里，自己也变成小孩的形象消除你们的戒心。"

这妹子抽到的卡牌也都奇奇怪怪的，但非常好用。

虞寒江说："有了刘桥的变身卡，我们接下来的策略可以更加灵活，除了继续窃听之外，晚上还可以变成秦老太太、孙婆婆所熟悉的人，去找她们套一些话。"

肖楼回头看向他道："虞队，孙婆婆是村里唯一的医生，我们之前推测这位凶手很可能对孕妇和婴儿下手，用药导致婴儿失明，她的年纪、职业，都很符合作案条件。”

虞寒江点头赞同：“屠村案发生在几十年前，如果当时村里的成年人全被杀光，孩子们被孙婆婆给毒瞎，这些孩子长大之后结婚生子，他们的后代就会再次遭遇毒手。”

听着虞队的推论，众人只觉得脊背发凉。

孙婆婆作为唯一的村医，给孕妇接生，给孩子看病，都是她在负责。

她要对一整个村子的盲人下手，实在太方便了。其他人的眼睛看不见，也不懂医学，根本不知道她开的是什么药，还很感激她帮忙治病……

到底是多变态的心理，才会用如此极端的手段报复整个村子的人？甚至连刚出生的婴儿都不放过？！

肖楼轻轻攥住拳头：“那秦老太太呢？她肯定是知情者吧？”

“这两个人也有联手作案的可能性，目前，我们掌握的线索还不够多。”虞寒江抬头看了眼西边的天空，太阳将要落山，天边的晚霞被夕阳染成了血红的颜色，头顶的计时条时针正好指向傍晚 7 点，远处传来一阵匆忙的脚步声，虞寒江压低声音，“大家先躲起来，等天黑再行动。”

5 人立即躲在树后。

片刻后，果然有两人朝农田方向跑来，其中一个年轻男人趴在地上飞快爬行，姿势如同一只壁虎。奇怪的是，他的身体颜色会根据周围的环境而发生变化，迅速融合到环境当中。当他爬进农田之后，他就变成了麦穗的颜色，若不是那团身影一直在移动，肉眼几乎无法分辨。

另一个女人看上去三十岁上下，化着精致的妆容，走路的时候双手高高举起来，脚下一跳一跳的，如同僵尸。但她每次跳跃都能跳出超过 8 米的距离，而且还不用停顿。

两人在麦田附近停下脚步，男人低声道：“再往远处走，就离开流溪村的地界了，外面的山里到处都是猛兽，会非常危险。”

女人柔声道：“不用担心，你这张变色龙卡可以随时伪装，跟环境融为一体，猛兽根本发现不了你，我的手臂、双腿都能伸长 10 米，可以借助树木攀爬，找一棵最高的树爬上去躲起来。”她顿了顿，回头看向同伴说，“我们身上带着宝石，躲在野外会比村里更安全。别忘了，这个密室匹配的挑战者都很强，我们隐藏能力一流，正面作战不一定打得过他们。”

男人想了想，道：“也是，还剩 6 天，我们直接在野外躲起来也能通关，免得后面几天被其他的挑战者暗算。比起这些实力莫测的挑战者，猛兽反倒更好对付。”

女人点头道："走吧，村民们带着疯狗到处找人，被他们找到之前我俩赶紧撤。"

那两人移动速度快如闪电，商量好之后就迅速消失在村外，显然，他们选择了比较冒险的一种方式——直接去野外躲过 6 天后通关。

那女人说的一句话肖楼其实很赞同，比起猛兽，村里不明实力的挑战者会更可怕，一旦后面几天，宝石的数量变少，没找到宝石的挑战者肯定会开始抢夺，结果如何，还真无法预料。

两人走后，刘桥说道："其实我一开始来到农田，也是打算躲去野外的。"若不是遇到肖楼他们改变了主意，此时，她已经带着宝石出村了。

肖楼道："刚才那个女人提醒了我，我们现在手里有 3 颗宝石，说不定会变成没找到宝石的挑战者们的目标，他们有可能联合起来抢，接下来我们得低调一些，不能跟任何人透露出我们有宝石的事。"

虞寒江赞同："假装没找到吧。"

接下来又有挑战者被村民们逼出村，有的像刚才那对组合一样干脆逃去野外暂避，有的跑进农田里拔了一堆稻草围在自己的身上假装稻草人，还有的人像猴子一样爬进树林四处乱窜。村民放狗搜寻，整个村子到处都是狗吠的声音，今天的村民们集体晚睡，一直到深夜的时候，村里才渐渐地安静下来。

0 点，所有人的悬浮框中同时出现了几行大字提示——

流溪村，第二天，00:00。

剩余挑战者数量：18 人。

剩余宝石数量：1 颗。

肖楼 5 人的脸色同时一变，他们没想到这才一天的时间，7 颗宝石中就有 6 颗被找到了。只剩最后一颗宝石，而挑战者的数量却远大于宝石数，没找到的人会更加紧张，挑战者之间的内斗，将是接下来最无法预测的风险。

他们要假装自己没找到宝石，同时还要进村调查，真是困难重重。

虞寒江看了眼漆黑一片的村子，低声朝刘桥说："把你的变身卡给我。"

刘桥很干脆地拿出变身卡递给他，问："虞队打算变成谁？"

虞寒江淡淡道："我变成村长，去跟孙婆婆套套话。"

村长的年龄在三十岁左右，姓刘，秦老太太叫他"小刘"，他对村里 7 颗宝石的来源并不知情，宝石分布成一个"阵法"的事也是秦老太太今天才告诉他的，那么，他心生疑惑，去孙婆婆那里咨询就非常合理了。

双生卡有个限制，想要假扮一个人必须在半小时之内见过他，所以虞寒江得先去村长家看看他长什么样。

刘桥提醒道：“双生卡会完全复制一个人的外形和声音，这外形肯定包括眼睛，虞队一旦变成了村长，很可能会跟他一样成为一个盲人。”

肖楼也在担心这一点：“村长从小失明，他在流溪村长大，对流溪村非常熟悉，走路的时候也不用担心摔倒，可虞队你如果复制他变成了盲人，在孙婆婆家撞倒东西，肯定会引起孙婆婆的怀疑。”

虞寒江想了想，道：“这样吧，待会儿我假扮村长的时候，肖教授你来当我的眼睛。”

肖楼一怔：“你意思是让我穿上隐身斗篷在旁边协助你？”

“嗯，你带着我走路，这样我就不会出错。”

肖楼微笑：“没问题。”

0 点后，所有卡牌技能全部刷新。

刘桥带着飞行牌打头阵，叶棋和邵清格用瞬移卡紧随其后，3 人先来到村长家，叶棋甩了一张窃听牌过去，确认村长家没有任何声音，这才通过心有灵犀通道呼叫了肖楼和虞寒江：“村长家确认安全。”

虞寒江穿上隐身斗篷进入村长家。

他先看了看村长的样子，这样就能启动双生卡的复制效果。

隐身斗篷有 30 分钟的时间，虞寒江趁机在村长家进行搜查。此时，村长正在熟睡。虞寒江发现村长家的墙上挂着一张地图，是流溪村的平面分布图，标注了东、南、西、北 4 个方向，并且每一户人家的旁边都有一些文字，很多凸起的小圆点，看上去像是盲文。

除了西边卧室，东边的房间里还摆着一面墙的大柜子，虞寒江放轻脚步进入房间，拉开柜门一看，只见柜子里有好几个厚厚的文件夹，上面标注着年份，这应该是村里先祖留下来的史料？

屋里太黑，虞寒江干脆将几本文件夹全部抽了出来。

出门的时候他看见一个花园，里面种了些白色的小花，这种花村里很多人家都有。他目光扫过院子，在花园的角落里发现了一些残渣，虞寒江蹲下来仔细一看，似乎是一些中药的残渣，他捡起来几片拿到门外。

4 人正在门外等他，虞寒江将文件夹和残渣递给肖楼看：“肖教授，花园里发现了大量残渣，丢在角落里。”

肖楼闻了闻，道：“应该是熬过的中药。”

刘桥也从树上跳下来，看着厚厚的文件夹道：“这些是村子的资料吗？”

虞寒江点头："村主任家果然有线索，这些资料都是汉字写成的，他一个盲人又看不见，应该是祖辈流传下来由历代村长放在屋里收藏的。"

肖楼打开文件夹，里面果然是流溪村的资料。

流溪村有秦、刘、孙、林 4 大姓氏，前面的几个文件夹写着村民各家各户的人口，如同户籍资料。最后一个文件夹应该是年代最近的，内容更加详细，例如几年几月几日谁家新增了一个小男婴，谁家摆了婚宴，谁家的老人病逝……

这些琐碎的事件都是用一支钢笔来记录，笔迹一致，端正如印刷体。

虞寒江道："看时间，应该是上上代村长留下的，也就是现在这位村长的祖父？"

肖楼道："屠村案发生在三十多年前，资料也正好停留在三十多年前，我们重点看最后那一年，村里肯定发生了什么事情。"

虞寒江把文件翻到最后，发现一段第一人称的自述。

> 今年风调雨顺，家家户户大丰收。新年的时候，村里来了几个年轻人，说是来这里考察的。我们村子很少见到外人，大家一开始对这几人很是戒备，但这几人态度很好，教了村民很多知识，还给孩子们送了许多新鲜的玩具。
>
> 我决定配合他们对村子周边的考察行为。据说这座村子的周围有非常丰富的玉石资源，开采玉石可以赚大钱。我们都不懂玉，但那小姑娘戴的手串非常漂亮，她说是天然猫眼石。如果可以将我们村里的玉石开采、加工，也可以做成这种漂亮的手串。
>
> 我女儿很喜欢她的手串。我想，要是能跟他们合作开采玉石，赚大钱，等村里有了钱，说不定以后我们村也可以修一条公路，让大家走到外面去看看。

笔记到这里戛然而止。

刘桥皱眉："7 颗猫眼石果然是手链，可那个戴手链的女生呢？"

虞寒江猜测道："那个女生可能已经死了。"

肖楼赞同："只有她死了，她的手链才会用一种类似祭奠的方式分布在村里，形成一个人形，让村民们世世代代守护。这种祭奠的做法，应该是她的亲人做的吧？"

陌生人没必要把死者的遗物保管起来。这位出现在村长记录中的戴手链的女生，一定是引起整个事件的关键人物。

邵清格摸了摸下巴，若有所思："来村里的人显然是懂玉的专家，他们无意中发现了流溪村藏着丰富的玉石资源，价值连城。"邵清格看向虞队，问，"这个女生的死因，会是什么呢？"

"谋杀的理由无非为情、为财、为色，情杀的可能性很小，她一个外来的大小姐跟村民应该不会有感情纠葛。她戴着 7 颗天然猫眼石手链，显然很有钱，村民们有可能贪财杀了她，或者她长得很漂亮，有村民见色起意，对她动了歪脑筋。"虞寒江低声道。

肖楼突然说："那个女生该不会是盲人吧？"

众人听到这话，脊背同时蹿过一丝冷意。

如果那个女孩正好是盲人，村民们因为她眼盲而欺负她甚至杀了她，那么，她的亲人知道之后来村里报复，甚至极端地屠杀整个村子，并且把女孩的手链分散在村里，让村民的后代当成宝贝来守护，前因后果都能说得通。

秦老太太曾经提到一句话：欺负瞎子的人会遭报应。

那个女孩儿真的是瞎子吗？

虞寒江干脆地说："秦老太太和孙婆婆肯定是知情人，今天，秦老太太跟村长已经聊过了，下一步，我们去孙婆婆家调查。"

肖楼点点头，迅速跟上虞队。

刘桥继续打头阵，她先飞到孙婆婆家附近，找了棵大树躲起来，叶棋将窃听器甩到孙婆婆家的墙上。虞寒江看向肖楼，低声说："我现在变成村长，肖教授你穿好隐身斗篷，在旁边扶我进去，免得我看不见摔倒。"

肖楼点头："放心。一旦不对，我直接带你传送回桃花源。"

刘桥提醒道："双生卡的变形目前仅能维持 10 分钟，肖教授你们小心。"

本来变形只能持续 8 分钟，但刘桥昨天凌晨和下午分别变了一次，S 卡的成长度有所提升，现在可以持续 10 分钟。

时间很珍贵，虞寒江不再多话，立刻拿出双生卡让自己变成村长。他变出来的复制体跟村长本人一模一样，肉眼根本没法区别。

肖楼穿上隐身斗篷，在他身边轻轻握住他的手臂，带着他走。

在外人看来，是"村长"一个人找上门，实际上肖楼一直在给虞寒江引路。

肖楼轻声道："虞队，走吧。"

"村长"并没有动，反而眉头紧皱。

4 人都有些疑惑："虞队？"

虞寒江低声说："我看得见。"

虞寒江轻轻揉了一下眼睛，解释道："村长并不是盲人，他看得见。"

这个意外的发现，让众人都惊讶得说不出话来。

双生卡是“完全复制”，这一点刘桥之前已经验证过，声音、视力、身高体型，包括残疾的特征也会被复制过来。

如果村长是盲人，那虞寒江复制出来的村长也会是盲人。

如今虞寒江变成村长后能够看见，只能说明一个问题——村长本身就能看见。

5 人同时陷入沉默。

片刻后肖楼才道：“那个能看见的人，居然就是村长？”

虞寒江很快做出决定：“时间有限，我还是尽快进去找孙婆婆。肖教授你跟着我，一旦不对，我们直接传送回桃花源。”

肖楼点点头，两人一起并肩进入孙婆婆家。

那孙婆婆本在厨房里熬药，听见脚步声，她抬起头来，目光看向一步步走进来的村长，她脸上露出了笑容：“刘村长，这么晚了，来找我有事吗？”

虞寒江道：“孙婆婆，我睡不着，有些事情想请教您。”

孙婆婆伸出双手，摸索着走进屋里。虞寒江跟了上去，两人在屋里找凳子坐下。

外面，叶棋他们竖起耳朵偷听。

“有什么问题非要半夜找我？”孙婆婆哑着声道。

“今天秦姨告诉我，村民们守护的 7 颗宝石在村里摆出了一种图形阵法，她还说只要守护好宝石，我们就可以解除封印，改变被诅咒的命运，后代也能重见光明。”假扮村长的虞寒江顿了顿，道，“婆婆，您是村里的元老，这件事您应该听过吧？”

“没错。”

“我不信这种说法。”

“怎么不信？你秦姨并没有骗你。”

“如果真是整个村子都被诅咒，为什么您看得见，我也看得见呢？”

孙婆婆明显脊背一僵。

肖楼已经习惯了虞寒江的直球，但孙婆婆显然不习惯，她被这问题问得一愣，脸上的神色顿时有些扭曲，压低声音道：“村长你在说什么？我看得见？”

虞寒江突然伸出两根手指，作势要去挖她的眼睛，她本能地往后躲了一下。

虞寒江收回手：“还装吗？”

他盯着她的眼睛，冷冷地道：“全村人的药方都是您开的，我平时吃什么药全在您的掌握之中，是不是很意外，我怎么没有瞎呢？”

孙婆婆的嘴唇猛地抖了抖，厉声道："你怎么可能瞒我这么久?！我从小看着你长大，那些药都是我亲自抓给你的！"

虞寒江道："您有没有想过，我天生就对一些药物过敏，您开的药我并没有完全吃下去，大部分都倒在花园里了。也正因为这样，我才逃过一劫，没被您给毒瞎。"

孙婆婆的脸色陡然间变得极为难看。

虞寒江目光锐利地盯着面前的老太太："孙婆婆，你到底为什么要这么做?我们村里的人怎么得罪了你，你要狠心把所有的孩子都变成瞎子?"

孙婆婆突然笑了起来，那尖锐、刺耳的笑声，在深夜里听起来犹如厉鬼哭嚎。她咯咯咯笑了很久，才冷着脸道："报应，你们村子的人，活该有这样的报应，哈哈哈哈！"

虞寒江立刻捕捉到话里的关键："你们村子?你不是流溪村的人?"

孙婆婆察觉到说漏了嘴，脸色变得格外阴沉，她盯着虞寒江的脸："刘村长，你今天怎么突然变得这么奇怪了?以前，你很少跟我这老婆子说这么多话。"

虞寒江镇定地道："因为我家的宝石被偷，我一直很奇怪那些宝石到底有什么用，真像你们说的那样是为了破解封印吗?我糊里糊涂地当了这么多年的村长，只想知道真相。"

孙婆婆的目光如同毒蛇一样在他脸上扫视："你根本不是刘村长。"

虞寒江心头一跳，表面上却故作镇定："婆婆，您怎么会连我都不认识了?"

孙婆婆冷冷地道："刘村长每次出门都会带上他养的大黄，那条狗是他唯一的亲人，陪了他近十年。你大半夜跑来找我，却没带上那条狗……说吧，你到底是谁?！"

虞寒江也没想到刘村长还有这个习惯，居然在细节上露出了马脚。

孙婆婆拿起一个铃铛，突然摇晃起来，显然，她是想吵醒村民们，让大家来抓住冒充村长的虞寒江。就在这千钧一发之际，叶棋突然说："糟了！你们快撤，真村长来了！"

趁着孙婆婆转身，肖楼直接带虞寒江瞬移回了桃花源。

下一刻，就见村长牵着一条狗从门外慢慢走进来，道："孙婆婆，您是村里资历最老的前辈，我有些话想问你。那7颗宝石到底什么用途?秦姨告诉我是为了破解诅咒，我觉得不太对劲。"

孙婆婆脸色难看："你现在去把狗牵过来，是不是太晚了?"

村长怔了怔："什么意思?"

孙婆婆突然摇晃了一下铃铛，刺耳的铃铛声传出去，打破了深夜的寂静，周围的人全被吵醒，孙婆婆厉声道：“把这个冒充村长的家伙给我抓起来！”

村民们立刻行动，被五花大绑的村长脸色大变：“你们疯了？我是村长，快放开我！”

孙婆婆目光阴狠：“这是外乡人变的，他眼睛能看见，大家别被骗了，把他抬出村子喂狼。”

村民们很听孙婆婆的话，直接把村长给抬了出去。

5 人听到窃听器里的动静，面面相觑。

虞寒江道：“孙婆婆应该察觉到了这位是真的村长，她在找借口除掉村长，因为村长的眼睛看得见，并且已经开始怀疑她了。”

肖楼想了想，突然道：“流溪村里眼睛看得见的人，不止一个。”

叶棋也反应过来：“对啊，孙婆婆看得见，村长也看得见，但村长似乎不像坏人。”

虞寒江假扮村长本来是想找孙婆婆套话，事实上就算他不假扮，今晚村长也会来找孙婆婆问话。只是，他们这样一添乱，反而让孙婆婆下狠心决定除掉村长。

肖楼无奈地道：“我们去把无辜的村长救下来吧。”

他有种直觉，孙婆婆召集村民赶走了村长，这位不知情的村长或许是友方，可以协助他们揭开当年的秘密。

流溪村东边，几个年轻人将村长丢在村外，正准备转身离开，村长挣扎着从地上爬起来，怒吼道：“你们都相信那个老妖婆，不相信我吗？”他突然一把揪住一个年轻小伙的衣领，“老五，我们从小一起长大，我是真是假，你都分不清吗？”

那年轻人怔了怔，喃喃道：“你的声、声音是很像我四哥，可孙婆婆没理由骗我们啊……而且，你要是真的看不见，你怎么能从人群里一下子抓到我呢？”

老五当时正在人群里，村长确实一下子抓住了对方。

周围的人立刻附和：“对啊，你怎么看得见小五在哪儿？”

“他能看见，肯定不是四哥！”

“孙婆婆说得没错，他肯定是外地人，假扮我们村长想偷我们的宝贝！”

“说不定秦姨家的石头就是他偷的！”

听着周围越来越多的质疑声，村长怔了怔，颓然松开了手：“那个老妖婆，肯定是她在搞鬼，她急着把我赶出村子，是因为我一直在怀疑她……”

旁边突然响起一个女生清脆的声音：“你快走吧，我们村子不欢迎外地人。”

说话的正是孙婆婆在带的徒弟小晴，村长抬眼看向她，对上她的眼睛，那双眼睛似乎毫无焦距，又好像在注视着他。

他怔了怔，苦笑道："小晴，你也不相信四叔？"

刘晴认真地说："我四叔从小就看不见，我们都知道。"

面前的十几个亲友满脸都是戒备之色。显然，这两天村里连续丢东西，闹得人心惶惶，孙婆婆就是利用了这一点，污蔑他不是村长本人。他确实看得见，真是几张嘴都说不清楚。

等村民们离开后，他才无奈地转身往农田里走，结果，他刚走出几步，突然有个高大的男人轻轻按住他的肩膀，另一人在他面前微笑着说："村长你好，我们有些事情想要请教你，跟我们走一趟吧？"

那村长脸色一变："你们谁啊？"

虞寒江二话不说，将他的双手反拧到背后，顺便捂住他的嘴，把他给拖走。

村长瞪大眼睛开始疯狂挣扎："呜呜……放开我……呜……"

肖楼无语了。

虞队这也太凶了，直接绑人。估计村长的心里肯定把他俩定义为浑蛋绑匪。

肖楼尽量温和地说："别担心，我们没有恶意，找你只是想了解一些事情。"

为免被村民发现，引来不必要的麻烦，虞寒江干脆把村长绑进了桃花源。

村长一直"呜呜"挣扎着，直到进入漫山遍野开满桃花的新世界，他的眼眸才蓦地瞪大。他在村子里待了这么多年，从没看到过这么漂亮的地方！

见他发呆，虞寒江放开他，淡淡地道："这是我们外乡人的地界，你可以把它理解成一种幻觉。你在这里不会被人发现，可以放心大胆地跟我们聊聊。"

肖楼给他递过去一竹筒清水："喝点水，压压惊吧。刚才绑你也是无奈，万一村民们返回，会很不好办。"

村长脸色难看："你们把我绑过来，到底想做什么？

"我们的目的其实和你一样，想找出流溪村的村民们失明的原因。"肖楼见村长神色古怪，接着说，"当然，你肯定不相信我们是好心想帮助村民，你可以认为我们是接受了别人的委托，在调查这件事，查清楚之后，我们可以拿到丰厚的报酬。"

虞寒江附和道："没错，我们来到流溪村，是听说村里有非常珍贵的玉石资源，老板让我们调查村民们失明的原因，如果村长愿意配合，或许我们可以一起揭开流溪村的秘密，让你们的后代重见光明。"

肖楼紧跟着说："你们村里只有你能看见，身边的同伴什么都看不见，你现在还这么年轻，肯定要娶妻生子，难道你希望自己的孩子也变成瞎子吗？"

村长的脸色微微发白，显然，肖楼的这句话戳到了他的痛处。他转过身，颓然坐在桃花树下的石块上，轻叹一口气，低声道：“就是因为这样，我才一直没敢结婚，阿悦等了我5年，可我不敢娶她，我怕我们的孩子，也变成瞎子……”

他深吸一口气，抬起头看向肖楼：“我一直怀疑流溪村的村民们失明并不是被诅咒，但我查不出来原因，你们真的能帮我查清楚？”

肖楼和虞寒江同时点头：“当然，但需要你配合。”

村长仔细想了想，终于咬牙点头：“如果你们真的能帮助我们的后代恢复眼睛，村里的玉石资源你们可以全部拿走！反正看不见的话，我们留着那些破石头也没用！”

虞寒江直接问道：“你叫什么名字？你这么年轻，是怎么当上村长的？”

村长苦笑：“我叫刘四，是刘家这一代里的老四。据说，是因为我爷爷是村长，我爸也是村长，我长大以后，他们就让我继续当村长。”

肖楼惊讶道：“村长还能这样家传的吗？”

“村长也就是个名号。我们村每年只过一次节，平时大家不太来往，各过各的，我的作用就是每年组织秋收节，大家收完麦子之后，在村子的东边做一场法事，祭奠亡魂，一般是孙婆婆来主持。”

虞寒江皱眉：“祭奠亡魂？她有说过祭奠谁吗？”

“她说是祭奠我们的先祖。”

孙婆婆明显在说谎，因为村民们的祖先的骸骨都埋在西山破庙的人骨坑里，如果真是祭奠先祖，应该去西山破庙，而不是在东边的麦田。

虞寒江问：“村民们的眼睛都看不见，为什么就你能看见？”

刘四解释道：“我从小就能看见。小时候，他们跟我说世界是黑的，我的眼前应该全是一个颜色，我没办法理解，因为我能看到很多不同的东西……”

说到这里，刘四愤怒地攥住拳头：“因为和同龄人不一样，我小时候特别害怕，还以为大家都是正常的，只有我自己生病了。所以，我就尽量去模仿其他人的动作，看见同伴们摔倒，我就学着摔倒，看他们不小心撞树，我也去撞树……”

肖楼听着他的经历，不由感到心疼。

小小的孩子，什么都不懂，周围全是盲人，就他一个看得见，他本能地以为是自己病了，所以学其他的盲人去摔、去撞，那时候的他，一定很无助。

刘四深吸一口气，平复了一下情绪，接着说：“可能是我学得太像，之后，孙婆婆给我的药越来越少，我的眼睛也越来越好，我能看清每一条路、每一个人，我发现自己做什么事都比别人更快，那时候我才知道，并不是我病了，而是全村的人都病了，只有我一个是正常的。”

虞寒江问道：“孙婆婆给你的药，你其实一直没吃？”

刘四沉着脸点头：“小时候吃完药回到家就吐，又不敢跟大人说，就偷偷把药渣藏起来。这些年来，孙婆婆给我的药，我大部分都扔了。”

也正因如此，他才逃过一劫。

肖楼道：“你们村里的所有小孩子，从出生开始，都是孙婆婆在负责给他们开药方？从很小的时候就吃药吗？”

“没错。村里就她一个医生，所以大家都很信任她，孩子出生后会先抱给她看，让她检查一下孩子有没有问题。”

肖楼越听越是愤怒，这是有多狠心，才能对那些无辜的婴儿下手！

“我好几年前就怀疑孙婆婆有问题，可惜我说不清自己的眼睛为什么看得见，也不敢惊动她，因为我知道，就算我说她有问题，大家也不会信我的……”村长说到这里，不由沮丧地低下头。

肖楼轻轻拍了拍村长的肩膀，温言道：“你不用担心，我们会帮你。”

虞寒江道：“孙婆婆肯定有问题，我们已经掌握了证据，她每次熬药的时候，都会在药里面加入死人的骨头。”

那村长微微一愣，反应过来他的意思，立刻趴在旁边干呕起来。

虞寒江确实是在陈述事实，但他忘了这村长也喝过孙婆婆的药。

刘村长吐了一会儿，差点把胃里的酸水都给吐出来，他的脸色苍白如纸，看着虞寒江道：“村里所有人都在喝孙婆婆熬的药，你是说，她用死人的骨头来熬药？！”

肖楼无奈地揉了揉太阳穴，想尽量委婉些，但虞寒江还是很直接地说：“没错，我们亲眼看见她熬药的时候在药罐子里加了死人的骨头，而且她的厨房里藏了一米缸的骨头，可能用了很久。”

刘村长又趴去旁边吐了。

肖楼心想，虞队这话说的，刘村长可能会留下心理阴影，这辈子都不敢再喝药了。

虞寒江紧跟着道：“对了，还有秦老太太厨房里的那坛米酒，里面也泡了7根死人骨头。”

刘村长白着脸没说话。

虞寒江挑眉：“你该不会也喝过吧？”

刘村长一脸的生无可恋，他忍耐着把整个胃吐出来的冲动，艰难地说：“秦、秦姨的米酒，是我们每年秋收节祭祀的时候，大家都要喝的，每人都喝、喝一碗。”

众人一时无语。

可怜的村民们，吃的药是死人骨头熬的，喝的米酒是死人骨头泡的。这秦老太太和孙婆婆真是太变态了，欺负大家眼盲，居然这样折腾他们。

从刘村长的话中可以推测出——秋收节，是流溪村每年最重要的节日。

在这一天，大家会一起去收庄稼，然后在东边的农田里祭祀“先祖”，并且饮下秦老太太发的米酒，从秦老太太故意泡死人骨头给大家喝可以看出，她对这个村子的仇恨依旧没有化解。她在用自己的方式折磨这个村里的人，以获得心理上的安慰。

她那句“欺负眼盲的人会遭报应”真是意味深长。

虞寒江问：“孙婆婆和秦老太太并不是流溪村的人？”

刘四白着脸摇头：“我不知道，我出生的时候她们就在村里。为什么这么说？”

虞寒江这次并没有直接说出假扮套话的时候对方说漏嘴的事情，他找了个更好接受的理由：“因为孙婆婆懂很多医药知识，帮你们村民看病，如果她也是这个村里的人，天生眼瞎，她的医术又是从哪儿学的？秦老太太的家有一面镜子，如果你们村民被诅咒眼瞎，她留着镜子做什么？”

刘四怔了怔，终于反应过来不对劲的地方。

大家从小就被灌输了一种观念——身体不舒服去找孙婆婆，她会看病。在流溪村的村民们心里，孙婆婆会看病是理所当然的。而小孩子们最初是秦姨在教育，这些观念都是她灌输的，大家就很自然地接受了。

从没有人想过孙婆婆为什么会看病。如果她也是村里人，从小被诅咒眼瞎，谁教她的医术？

刘四陷入了沉思。

虞寒江低声说：“我有一种猜测，孙婆婆和秦老太太应该是当年那个戴手串的女孩子的亲人，那个女孩来到流溪村后，发生了什么意外，被你们的先祖给害死了，所以，这两人杀光村民报仇，把所有村民的尸体埋在山神庙，只留下年幼的孩子继续报复。”

肖楼看向村长，接着说：“那个女孩儿有可能是个盲人，被你们的先祖欺负，所以她俩报复的手段就是让你们子子孙孙全部变成盲人，并且天天吃你们祖先的骨头熬制的药，喝你们祖先骨头酿成的酒，每年的秋收节……很有可能就是那个女孩的忌日，而你们在那一天要集体跪下祭拜。”

村长满脸地惊骇，显然不敢相信会有这么恐怖的报复手段。

叶棋、邵清格和刘桥也都面面相觑。

吃祖先骨头熬制的药，喝祖先骨头酿成的酒。让祖先在泉下不得安宁，后代永生永世陷入黑暗。

叶棋忍不住骂道："这报复的手段也太变态了吧！"

桃花源存在的30分钟很快过去，众人被传送出来。

刘四看着眼前的景色突然从漫山遍野的桃花变成了熟悉的农田，他愣神片刻，才低声喃喃道："你们果然会法术……"他似乎想到什么，双眼蓦地一亮，诚恳地看着肖楼，"你们这么厉害，能帮帮我吗？我该怎么揭开她俩的真面目？"

他有些苦恼地挠了挠后脑勺，道："我一个人说的话，村民们并不相信，再说，他们都看不见，孙婆婆要是一口咬定我这个村长是假的，村民们肯定信她不信我。"

虞寒江想到一点："我没记错的话，妞妞的妈妈似乎提到过她嫂子快生了？"

村长意外地扭头看他："你怎么知道？"

他们当然是用窃听器偷听到的。

虞寒江问："你跟那位快生孩子的二嫂熟悉吗？"

村长急忙点头："我知道，妞妞妈的嫂子是我的堂妹，叫刘慧，前年嫁给隔壁家林二，今年年初怀孕了。她身体不太好，一直在喝孙婆婆的安胎药调养……"想起那药里或许有死人的骨头，村长就脸色一白，嘴唇微微发颤，"你们的意思是，孙婆婆很可能对慧慧刚出生的孩子下手？"

肖楼道："刘慧生产那天孙婆婆肯定会去接生，生下来的孩子大概率会是盲人，如果她给孕妇的药失效，孩子并没有瞎，那么之后她肯定会想办法再把婴儿给弄瞎。"

刘四点头附和："我应该就是我妈怀孕期间出了什么意外，生下来没有瞎，所以，小时候孙婆婆给我开了很多药，说我身体不好，需要调养。"

肖楼道："药里面会有导致人失明的成分，还有死人骨头。如果能在她开给孩子的调养药方中找到这些证据，村民们就会相信你的说法。"

刘四兴奋地攥紧了拳头："没错！秋收节就在3天后，秦老太太也会拿自己酿的米酒给大家喝，我们如果能在米酒中找到死人骨头，她就没法再编谎话骗大家！"

刘桥突然疑惑地问："村长，你们村的村民的名字挺奇怪的，男的好像全是林三、刘四、刘五这种随便取的名，女孩子却有好听的名字，比如你堂妹刘慧，还有跟着孙婆婆学医的那个刘晴。"

众人听到这里，都怔了怔。肖楼立刻问:“你们的名字是谁给取的？”

刘四说:“我们都是孙婆婆接生的，名字也是她给取的……”

肖楼和虞寒江心里已经有了答案。

孙婆婆对男人的恨远超过女人，从她取名时区别对待就可以看出来，男孩子们刘二、林三、刘四的随便取名字，就像是她随手从路边捡来的流浪猫。女孩子们，像是慧慧、小晴之类的名字，比起一二三四的取名方式显然更加用心。

虞寒江双手环抱在胸前，推测道:“当年，死在流溪村的那个富家小姐会不会是孙婆婆的女儿？她比较喜欢女孩子？”

肖楼点头:“我觉得有可能，她还教小晴医术，或许对她来说小晴也是一种寄托。”

叶棋突然一拍脑门:“我想起来了，我们窃听的时候，那个小晴似乎打翻了很多孙婆婆的药罐子！她该不会也看得见吧？”

肖楼也想起这件事，回头问村长:“小晴好像叫你四叔，她是你侄女？”

刘四道:“她是我二堂哥的孩子。我二哥 18 岁那年就结了婚，次年生了她，小晴是我们村里最聪明的丫头，孙婆婆很喜欢她，就把她从小留在身边，二哥也很赞成让她跟着孙婆婆学一些医术，她今年才 14 岁。”

小晴今年 14 岁，孙婆婆似乎有意栽培她，一直在教她怎么分辨各种中药，怎么给人把脉来判断病情。那次窃听的时候，小晴不小心打翻药罐子，孙婆婆嫌她“毛毛躁躁”，小晴当时还开玩笑说:我看不见嘛，不小心打翻的。

肖楼越想越觉得不对:“叶棋说得有理，她的眼睛会不会也能看见？会不会是无意中看到孙婆婆药罐子里的死人骨头，才打翻了药罐呢？”

虞寒江问:“村长，你侄女的眼睛能不能看见？这事儿你知道吗？”

刘四挠着头道:“应该不能吧。小晴也和我一样，小时候经常磕磕碰碰地摔倒，学走路学了很长时间，但长大以后，学什么都比同龄人快，连孙婆婆那些乱七八糟的药她都能认识。”

肖楼笑道:“和你一样？”

刘四怔了怔，猛地回过神来:“难道她也是装的？”

虞寒江干脆地说:“是真瞎还是假瞎，明天我们验证一下就好。”

肖楼赞同:“可以继续用双生卡。”

村长一脸茫然:“什么卡？”

肖楼跟他也解释不清，道:“反正，我们有办法验证她是不是失明。”

虞寒江道:“明天再行动，大家先睡吧。”

此时已经凌晨两点，他们潜入村里找孙婆婆套话，又发生了这么多意外，还救下了村长，众人也都累了，在农田的旁边靠着大树睡下。

村界之外的野狼“嗷嗷”的叫声时不时传到耳边，村长不敢一个人出村，也跟着这些“外乡人”一起睡在了树下。

次日早晨，众人起来洗漱的时候，发现村里非常安静。

往常，每到早上 7 点，村里的公鸡会此起彼伏地鸣叫，告诉大家“天亮了”，村民们听到鸡鸣声就会起床。

可是今天早上，整个村子安静得有些奇怪。

清晨的阳光洒在村里，时钟已经指向了 8 点，依旧没有鸡鸣声。

肖楼忍不住问：“村里的公鸡怎么全都不叫了？”

刘桥走过来说：“所有的公鸡都被两个挑战者给抓走了。”

众人语塞。

叶棋疑惑地回头看她：“你怎么知道啊？”

刘桥平静地道：“我凌晨 4 点半醒来过一次，睡不着，就去村里飞了一圈，发现两个男人鬼鬼祟祟的，把秦老太太那只藏獒给迷晕，抓走了她家的公鸡，然后又一家一家地摸进去，把所有人家养的鸡全给抓了。”

叶棋的眼珠子快要掉下来：“抓走全村的公鸡，应该不是为了吃吧？”

真要是饿了，山上有很多野菜、野果，池塘里也可以钓鱼，没必要冒险进村抓公鸡，况且，两人也吃不了那么多公鸡。

肖楼哭笑不得：“我觉得，他们抓走公鸡，很可能是想让村民们没法按时起床。毕竟我们来到流溪村时有提示，村民们眼盲，感受不到日出日落，作息靠的是公鸡和沙漏。”

村长附和道：“没错，我们每天早上鸡鸣的时候起床，把村子中间的沙漏给倒转过来，等沙漏里的沙子漏完了，听不见沙子的声响，大家就会睡觉。”

邵清格无奈扶额：“偷走公鸡的那两个，可真是人才！”

由于今天早晨全村的公鸡都没有叫，村民们并没有被吵醒，大部分人 8 点还在睡。这就跟定的闹钟没有响，睡过头了一样。

虞寒江皱眉：“这两人改变村民的作息，应该是为了有更充足的时间进村找宝石。”

叶棋忍不住吐槽道：“那他们应该把全村的狗也给抓了，这样的话，岂不是降低难度？”

刘桥道：“已经有人想到了。”

叶棋愣了愣：“你是说狗也被抓了？”

刘桥点头："昨晚村里很热闹，两个男的抓走全部公鸡，一男一女迷晕了所有村民家的狗，除了藏獒他们搞不定之外，其他的狗，都被他们迷晕之后带去西山绑了起来。"

人才！

当初的金融危机密室，两个小伙子抢液晶电视想坐牢通关。这次的流溪村密室，挑战者们想法清奇的也不少，抓公鸡的、偷狗的，这帮人为了通关也是无所不用其极。

现在是第二天，7 颗宝石只剩下一颗，显然，大家都有些坐不住了。

早上的阳光很好，村里安静得诡异。刘桥站在 50 米高的树上可以看见不少挑战者正在村里来回穿梭，神色紧张，显然是为了寻找宝石。

也有几个挑战者找到了村子东边的农田里，看见肖楼几人后，两个女生大着胆子走过来："请问，你们找到宝石了吗？"

肖楼摇头："没有。"

那女生怀疑地看他一眼："你们 5 个人找不到宝石，都不着急的吗？只剩一颗了。"

肖楼道："当然着急，我们正在想办法。"

女生只好转身离开，继续去农田里地毯式搜索。

为了假装没找到宝石，肖楼、虞寒江和刘桥进村去搜查了一番。

带着村长不方便，叶棋和邵清格就在村外的柳树边看着村长，顺便跟他聊天。

村长帮他们在流溪村的地图上标了几个重要位置，肖楼、虞寒江和刘桥很快就找到即将生产的刘慧家。刘桥借助树木飞进去查探一圈，道："她家只有一排房子，东头是卧室，西头是客餐厅，旁边带一个小厨房，刘慧跟她老公都在睡。"

虞寒江点了一下头："去小晴家。"

小晴父母还在睡，但 14 岁的少女此时已经起来了，她在院子里转了一圈，似乎很疑惑自家的公鸡为什么没叫，她来到鸡棚开门一看，脸色微微一变。就在这时，刘桥故意从她面前的树上飞过，她听到声音后霍然回头，正好对上了刘桥的目光。

她看了看刘桥，对方也在看她。

小晴面无表情地扭头，继续找她家的公鸡和狗，无视刘桥的存在。

刘桥从树上飞回来，走到墙角跟肖楼和虞寒江会合，说："可以变身了。"

虞寒江昨晚用过卡牌之后就把双生卡还给了她，此时，8 小时的冷却已经结束，她刚见过小晴，符合变身的条件。刘桥用双生卡改变自己的外貌，眼前果然出现了一个一模一样的小晴。

虞寒江问:“怎么样？”

刘桥说:“她果然看得见。”

肖楼和虞寒江继续去找孙婆婆。

孙婆婆也起床了，正在熬药，3 人在孙婆婆家甩了一枚窃听器，听到身后传来脚步声，3 人立刻用隐身斗篷藏起来。

上午 9 点，村民们终于醒来，大家很快发现自家的公鸡和狗都不见了，三三两两去找孙婆婆，周围顿时乱成了一团。

“婆婆，我们家的公鸡今天早上没有叫，我跟我媳妇都睡过头了！”

“我也是，睡醒的时候去鸡棚一看，公鸡都不见了，是不是被人偷去吃了？”

“婆婆，村子中间的沙漏好像被人弄坏了，听不见沙子的声音。”

“我家的狗也不见了！”

“都别吵！”孙婆婆打断大家，冷冷地道，“我早就说过，村长有问题，肯定是他联合外面来的人偷走了我们村里的东西！所有人都记着，以后听见村长的声音，不管他说什么，都不要信！”

一群人满脸疑惑。

“村长怎么会这么做？”

“刘四不是这种人啊，我们一起长大，他一直挺好的……”

“对啊，他怎么会跟外面的人联合起来对付我们呢？”

这时候，秦老太太也走了过来，用沙哑的声音道：“我昨天就觉得刘四不对劲，我告诉了他村里的 7 颗宝石是价值连城的宝贝，可以换很多钱，我想，他肯定是起了贪心，要跟外面来的人合作，偷了宝石去卖钱。”

村民们相信了两人的话，顿时骂骂咧咧。

“看不出来，刘四居然是这种人！”

“太让人失望了！”

“亏我们还叫他一声村长！”

人群中，只有小晴面无表情，看着远处发呆。

叶棋窃听器里传来的声音，刘四一字不漏地听进了耳朵里。

他脸色发白，攥紧拳头，身体也在不断地发抖：“她们简直胡说八道！秦姨根本没告诉我，那些宝石是什么价值连城的宝贝，只说了宝石是一个阵法，可以破解诅咒，我自己家的也被偷了，我怎么可能联合外人？！”

肖楼看向虞寒江："看来，就算虞队昨晚不去假扮村长，村长上门找孙婆婆询问之后，孙婆婆也会因为他对自己起了疑心而把他赶出村。秦老太太和孙婆婆会把所有的脏水都泼在村长身上。"

刘桥也穿着隐身斗篷，3 人迅速离开现场后，她才朝肖楼说道："肖教授，秦老太太应该也看得见。"

肖楼点头："我发现了。秦老太太和孙婆婆在给村长泼脏水的时候对视了好几次。"

盲人是不可能和其他人准确对视的，秦老太太和孙婆婆显然是同伙，对视是为了串供，一唱一和地给村长泼脏水。

没想到，流溪村里看得见东西的人这么多。

密室开局时的信息误导非常严重。目前他们已经发现了 4 个看得见的人，万一挑战者们心大意，以为村民们真是因基因遗传才失明的，很可能又被黑桃 A 给坑出局。

虞寒江道："等吧，秋收节那天，肯定还会有事情发生。"

隐身斗篷有时间限制，肖楼 3 人快速离开，由叶棋继续监听孙婆婆家的动静。

走远之后，肖楼才低声问："今天凌晨，提示信息说村里的宝石只剩下一颗，虞队觉得会是哪一颗？"

虞寒江想了想，说："破庙、村长家、秦老太太家的 3 颗已经被拿走，村外麦田里的两颗被我们找到，村子最东边那户村民家里的宝石很可能也被搜村的挑战者给找到了，最后剩下的……或许是池塘里的那颗？"

肖楼道："我们要不要去看看？"

刘桥说："你们去池塘吧，我想上山瞧瞧，昨晚那几个人把村民的公鸡和狗都偷走了，我想，那些动物应该还在西山上。"

肖楼有些担心："你一个人行动，万一遇到危险怎么办？"

刘桥道："没关系，我有飞行卡，打不过可以跑。"

肖楼笑道："那你小心些，我们很快来西山跟你会合。"

刘桥点点头，转身飞走。

肖楼和虞寒江来到池塘附近，就在这时，有个女生疑惑地道："我没钓到鱼，怎么钓到了一个盒子？"

这女生显然有些迟钝，在池塘边钓鱼结果钓到个木盒，她居然没想到这里面很可能装着宝石。她的同伴率先反应过来，立刻跑过来道："嘘……小声点，看看盒子里是什么。”

然而，她还是晚了一步。

一个男人突然从树上翻身而下，用天平定住她们，一把抢走了女生手里的精致木盒。

女生气得涨红了脸：“这是我钓到的，还给我！”

她的同伴也咬牙切齿：“直接抢女生的东西，你还要不要脸？！”

男人冷笑道：“规则又没说不能抢，找东西各凭本事，被抢了只能怪你太弱。”

他说罢就激动地打开盒子，里面居然空空如也。

“空的？”男人怔了怔，很快，他的双腿也不能动弹了，男人蓦地回头，只见一个戴着面具、雌雄莫辨的人手里捏着颗晶莹剔透的红色猫眼石，唇角轻扬，冷冷地说道：“原话还给你——被抢，只能怪你太弱。”

那人留下这句话，便迅速消失在眼前。

肖楼和虞寒江凑巧目睹了这“螳螂捕蝉、黄雀在后”的一幕。

肖楼压低声音说：“没看错的话，刚才那个戴面具的男人是直接把宝石从盒子里取出来的吧？他并没有靠近那个盒子，或许他抽到了隔空取物类的卡牌？”

虞寒江道：“这批挑战者都很厉害，不管其他人，我们先上山。”

到此为止，流溪村的7颗宝石全被找到，除了一男一女组合提前跑出村子躲避之外，其他获得宝石的人应该还在村内。接下来的几天，像刚才这样的争斗将越来越多，说不定会发生恶性流血事件，肖楼和虞寒江快步离开了这片区域。

负责监听的叶棋突然通过心有灵犀通道说：“肖教授，孙婆婆家村民们讨论的结果是去山上找他们的鸡和狗，孙婆婆、秦老太太带着他们一起往西山去了！”

肖楼回道：“我跟虞队正往西山去。小叶，你跟邵总看好村长，另外，小心有人来抢宝石，要是遇到有人硬抢，你们就先瞬移逃跑，我们会尽快回来支援。”

叶棋清脆的声音在耳边传来：“放心吧！”

肖楼和虞寒江来到西山时，刘桥正被人围住。

正是那天用白绫绑住肖楼威胁的男女，那两人拦住刘桥的去路，不知道对方用了什么卡牌技能，刘桥直接从树上摔了下来，她的脸上沾着灰，头发上满是树叶，目光却很平静：“我说过了，我的身上没有宝石。”

女人冷笑：“你以为我们会信？那天从破庙出来之后，我们看见你从树上飞过去，第一颗宝石肯定被你给找到了！”

男人阴阳怪气地道："小妹妹，快交出来，我们饶你一条命。"

刘桥冷漠地道："我确实没有，不信你可以来搜。"

女人怀疑地看了刘桥一眼，走到她身边，想要搜她的身。肖楼上前一步刚要出手帮忙，虞寒江拦住他："别急。"

下一刻，就见刘桥的位置出现了一个可爱的小红帽。小姑娘身高不到一米四，穿着红色斗篷，头上戴了大大的兜帽，用稚嫩的声音认真地问："你是我外婆吗？"

女人脸色一变："胡说什么？"

小红帽听到这个回答，可爱的脸瞬间发生变化，她的五官以极快的速度扭曲，变成一只大灰狼，张大嘴巴，用锋利的牙齿猛地咬住了女人的手臂！

女人发出杀猪一样的惨叫声："啊啊啊……"

远处，10 米左右的位置，刘桥冷眼旁观着这一切。看见肖楼和虞寒江后，她朝两人点了一下头，但并没有走过来和两人相认，而是收起卡牌快速转身离开。

怪不得刘桥敢一个人行动，她之前提到过的卡牌"小红帽"也非常强。

虞寒江和肖楼没理会这对情侣，迅速跟着刘桥上山。

刘桥停在远处的树下等他们，见到两人后立刻飞下树，冷静地道："我刚才被那对夫妻给阴了，那个女人手里有奇怪的卡牌，可以废掉我的技能，害我从树上摔了下来。"

她伸出手擦擦脸上的泥，捡走了头发上的树叶，接着说："我没跟你们相认，怕他们猜到宝石在我们手里。"

肖楼微笑道："你做得没错。"

虞寒江直接问："小红帽是怎么回事？"

刘桥解释说："升级解锁了技能 2——小红帽和狼外婆，在自己遇到危险的时候，可以用小红帽把自己替换出去，并且让小红帽变成狼，攻击目标。"

肖楼道："这张牌挺有意思。"

"我找到了村民们的鸡和狗，"刘桥指了指破庙的方向，"全在人骨坑附近。"

就在这时，不远处传来大量脚步声，显然是村民大部队到了。刘桥、肖楼和虞寒江 3 人立刻走进破庙后院，借助一棵大树爬到屋顶躲起来。

这屋顶正好是斜的，趴在上面不容易引起地上的人的注意。

结果，3 人刚爬上房顶，就发现这里已经趴着 4 个人了。

众人大眼瞪小眼。

7 个人并排趴在屋顶，谁都没说话，场面一时无比尴尬。

片刻后，虞寒江才低声道："都藏好，有隐身斗篷的用起来。"

另外4人神色复杂，其中有个熟悉的男人声音道："是你啊，秦老太太家那位？"

去秦老太太家搜查时4个人都穿着斗篷，没有看见对方的样子。虞寒江和肖楼先搜厨房，结果有人趁机把卧室的宝石拿走。虞寒江记得这个声音，问："你们拿到了宝石，想完美通关？"

男人道："只是试试。你们也找到了宝石吧？"

虞寒江没有回答，算是默认。

怪不得这4人昨晚突然偷光了村民的鸡和狗，这是想故意引人来破庙，让凶手露出马脚，试试能不能找到完美通关的方法，也算是不错的思路。

外面传来一阵凌乱的脚步声，村民们已经来到附近。这条路是他们平时挑水的路，大家都很熟悉，走到破庙门口，众人听到庙里传来"咕咕咕""汪汪汪"的叫声，为首的林三脸色一喜："找到了，我们的鸡和狗都关在这里！"

旁边有女人道："我听见我们家斑点的叫声了，它肯定被绑在这儿。"

"要不要进去看看？"

一群人议论纷纷，孙婆婆拄着拐杖走到前面，她抬头看了眼破庙门上被撕毁了一半的符咒，唇角扬起个冷笑："别进去，万一有人在里面埋了陷阱，你们又看不见，进去岂不是送死？"

村民们满脸担忧。

"可是，我们家斑点在里面……"

"对啊，我家公鸡也在里面，总不能不管吧？"

"婆婆，我们人多，我就不信外地人能把我们全给抓了！"

"对对，大家一起上！"

众人刚要推门，秦老太太突然上前一步拦在大家面前，声音沙哑地道："你们都在这里等着，我带着小黑进去看看。"

她的手里牵着那条凶猛的藏獒。这条狗气势十足，"汪汪"咆哮了几声，周围瞬间安静，就连庙里的狗都安静下来。

秦老太太转过身，看着面前的门，喃喃道："老孙，你也陪我进去吧……"

孙婆婆点点头，跟她一起走进破庙。

藏在屋顶的挑战者立刻默契地缩回脑袋。

破庙的门被打开，一阵风吹过，卷起遍地的符咒，符咒上画的眼睛像是流着血泪，两个老太太肩并肩，慢吞吞地走进破庙里。

她们来到人骨坑附近，发现村民的鸡和狗全被绑在周围的树上。

秦老太太看着被挖开的人骨坑，用拐杖轻轻敲了敲地面，叹息道："报应……真是报应！再过几天就是我家雪儿的忌日，村里发生这么多事，会不会是雪儿显灵，让我不要再继续作孽了？"

孙婆婆面无表情："如果雪儿还在，她肯定恨不得挖了这群畜生的眼睛。"

秦老太太道："可怜你家悦晴无辜受了牵连……你来我们村有35年了吧？"

"是啊，我都快忘了我家悦晴长什么样。"

"我倒记得你家悦晴生得很漂亮，大城市里来的姑娘就是有气质，高高瘦瘦，皮肤白，穿的衣服也特别精致，还有那条手串，村里的女孩子们都可羡慕了。"

孙婆婆道："还是你家雪儿长得水灵，虽然眼睛看不见，可她聪明又可爱，要是当年能跟我们悦晴一起回城里上学，说不定……"

她说到这里，突然顿住——没有如果。

两个人都沉默下来。

一阵冷风吹过，地上的符咒哗哗作响。

没想到，流溪村能看见的不止一个，当年的死者也不止一个。

从对话中可以分析出，秦老太太和孙婆婆的女儿当年都惨遭毒手。

孙婆婆的女儿孙悦晴就是那位从大城市里来的女孩，戴着漂亮的猫眼石手串。她的眼睛应该是正常的，出于对猫眼石的喜爱，她亲自来流溪村寻找这里的玉石原料。

而秦老太太的女儿秦雪儿才是那个失明的人。

刚才，秦老太太提到"你家悦晴是被连累"，可能是秦雪儿先遇到了什么事，孙悦晴去帮忙，结果被连累，两人一起惨遭杀害。

两个女孩子，能遭遇什么，才会一起被杀？

肖楼想到一种可能性，不由脊背发冷。

人骨坑旁，两个老太太沉默地站着。

35年的时光，她们的头发已经全白，脊背微微弯曲，拄着拐杖的身形尽显老态，她们的眼睛混浊不堪，可她们眼里的那种恨意，哪怕盯着这些森森白骨，也丝毫没有减弱一分。

秦老太太冷冷地道："他们都该死。"

孙婆婆道："干脆一了百了吧。"

秦老太太扭过头问："你想做什么？"

孙婆婆微微一笑："这么多年，我也累了。几天后不是她俩的忌日吗？我想来一个了断。"

秦老太太和孙婆婆很快就离开了破庙。

两人解开绑住狗的绳子，打开圈住公鸡的围栏，一大群鸡和狗也跟着她们涌出破庙，周围全是“咕咕”“汪汪”的叫声，比菜市场还要热闹。

秦老太太冷冷地道：“他们偷走公鸡，只是为了让我们早上听不见鸡叫声，没法按时起床。把狗全部拴在西山上，是为了进村偷东西的时候不被发现。他们真正想要的，还是我们村里的宝石，那些石头价值连城，可以拿去卖很多钱！”

孙婆婆附和道：“没错，这里没人在，他们很可能已经拿着宝石离开了。”

一个年轻男人突然说：“糟了！我们家的宝石就藏在床底下，我今天早上起来没有检查，该不会也被偷了吧？！我媳妇会不会有事？”

孙婆婆回头道：“你快去看看，你媳妇这几天就要生了，别动了胎气。”

那男人立刻牵着狗，神色惆怅地转身下山。

随着林二下山，其他的人也跟着秦老太太她们慢慢下山去了。一群盲人牵着狗，旁边还跟着大公鸡，场面极其壮观。

躲在破庙屋顶的挑战者们总算松了一口气。

趴在虞寒江旁边的年轻男人说：“几位，你们真有宝石吗？”

虞寒江握紧一颗墨绿色的猫眼石，摊开手掌给他看了一眼，迅速收回。

对方这才放下心来：“那就不用担心被你们抢了。既然大家都有，不如谈谈合作？”

虞寒江的目光扫过 4 人，问：“你们认识？”

男人点头：“嗯，我们在现实中就认识。”

肖楼微笑着提醒：“趴在屋顶聊天不太方便，大家先下去怎么样？”

众人仔细一看，7 个人并排趴着，姿势都很古怪，聊天的时候要把脖子扭转 90 度去看对方，确实难受，便按肖楼的提议回到地面。

肖楼仔细打量他们，三男一女，跟虞寒江说过话的男人年纪在 25 岁左右，长相很端正。另一个 40 岁上下的中年人下巴处满是胡楂，显然很久没收拾过，他一直不说话，看上去比较沉稳。一男一女的组合应该是情侣或者搭档，打扮得年轻时尚。

年轻男人介绍道：“我们 4 个其实是同一家设计公司的，过完年集体出游的时候发生了意外，在黑桃 4 密室凑巧遇见。这是我们的设计总监老齐，这位小吴和小李是新婚夫妻，我姓周。”

肖楼也自我介绍：“这位是老韩，我叫云霄，这位姓乔，是大学生，我们还有个队友在村外。”

他又一次用了黑桃3密室用过的化名，也是为免真实姓名被知道后引来麻烦。

互相介绍之后，肖楼问："你们目前掌握了多少线索？"

姓李的鬈发女人道："我俩的宝石是在村子最东边的林二家找到的，他老婆快要生了，趁他陪着老婆去散步的时候，我们去搜了他家，在床底下发现了一颗宝石。"

年轻男人道："我们的宝石是在秦老太太家找到的，当时还跟你们凑巧撞上。你们这颗是哪里来的？"

肖楼道："东边的农田，找到了两颗，一颗墨绿色，一颗近似透明的白色。"

周先生拿起一根树枝，蹲下来在地上画图："第一颗应该在破庙，有3颗分别出现在秦老太太家、村长家、要生孩子的林二家，两颗出现在村外的农田……这6颗连起来，你们不觉得形状有些奇怪吗？最后一颗会在哪儿？"

肖楼拿起树枝，在3条线的交汇处点了一下："池塘。7颗宝石的分布是人字形。"

这是他们早就推测出来的。4人显然还不清楚，看到图形后恍然大悟："头在西山，脚在农田，横卧在村里的人字形？"

肖楼点头："没错。你们还发现了什么线索？"

鬈发女人道："林二的老婆叫慧慧，预产期在3天后，她身体不好，一直吃安胎药，我们查过她倒在院子里的药渣，里面有人的骨头，还有很多不认识的中草药，我们推测这草药应该会导致胎儿双眼畸形。"

这4人的做法虽然和肖楼他们不同，但也大概推测出了孙婆婆、秦老太太的问题。而且他们将公鸡和狗全部偷走，拴在破庙里引村民过来，秦老太太和孙婆婆在人骨坑前的对话透露出了大量的关键信息，可以说，出主意偷公鸡和狗的人功不可没。

肖楼道："从刚才秦、孙两人的对话来看，秋收节的那天，孙婆婆可能已经计划好要屠村。"

鬈发女人瞪大眼睛："屠村？"

自始至终没说过话的老齐突然开口道："孙婆婆对这个村子的恨还没有消减，对女儿念念不忘，她肯定会再次屠村，让全村的人都给她女儿陪葬。"

3人脸色一变，鬈发女人满脸的不敢置信："老齐，你认真的？村里有上百户人家，三百多人，哪怕眼睛看不见，孙婆婆一个老太太想杀光全部的村民也很有难度吧？"

老齐道："别忘了她的身份。她是村医，所有村民喝的药都是她熬制的，她完全可以通过下毒的方式来杀死全部的村民。”

女人想明白这一点，脸色更加难看。

虞寒江低声道：“秋收节那天，所有人都会喝酒祭拜先祖，这是流溪村的传统，只要喝了毒酒，大家都会立刻被毒死，给她的女儿陪葬。”

众人同时沉默下来。

如果孙婆婆真要屠村，那么，挑战者将面临两个选择。

第一种是坐视不理。黑桃 4 密室的通关要求并没有“解救村民”这一项，而是找到宝石并在这个世界生存 7 天。只要流溪村再次被团灭，挑战者们就可以在村里待够 7 天，还能住在村民们的家里，免得被风吹雨淋，找到宝石的挑战者相当于直接躺赢。

第二种选择是出面干涉孙婆婆和秦老太太，阻止屠村案的再次发生，三百多个无辜的村民会获救，他们的后代也不会再受到失明的影响。

但这种选择执行起来很有难度，村民们不会相信这些外乡人，更相信秦老太太和孙婆婆，一旦村民们在秋收节那天喝了毒酒，还是会团灭。

肖楼看向 4 人，道：“我个人认为，想完美通关，我们得救下村民。”

4 人彼此对视了一眼，都很赞同这种说法。

想完美通关，肯定得救村民。

那老齐摸了摸下巴上的胡子，道：“秋收节是第 5 天对吧？我们试试在第 4 天的晚上，直接进村，把孙婆婆的药全给偷掉。”

这 4 人简直是“偷盗团伙”。昨晚去偷公鸡、偷狗，接下来又去偷药？但肖楼并不反对这种做法。他笑了笑，说：“可以一试，第 5 天 0 点所有卡牌技能刷新后大家一起行动，你们去孙婆婆家偷光她的药，我们去秦老太太家换掉她的米酒。”

鬈发女人有些担心：“要是真能这么顺利就好了。”

她这乌鸦嘴让肖楼突然心头一跳，真的能这么顺利？他心里也没底。

7 个人在破庙分开，那老齐提醒道：“村里还有挑战者没拿到宝石，肯定会抢你们的，你们尽量小心。”

肖楼点头：“你们也是。”

4 人上山去了，肖楼、虞寒江和刘桥回到村子东边的农田。

叶棋激动地跑过来：“肖教授，你们有什么发现？”

肖楼把破庙里听到的对话简单复述一遍，并且告诉叶棋接下来的计划。

叶棋道：“肯定要救啊！完美通关的判定条件应该就是救下村民，这就跟单机游戏里的流溪村副本一样，玩家进村之后第一个任务是躲避村民、寻找宝石，在找宝石的过程中，玩家发现村里的秘密，然后触发隐藏任务，拯救村民。”

刘桥看他一眼：“你经常玩单机游戏？”

叶棋嘿嘿笑：“我玩的是仙侠类RPG游戏，按照游戏的套路，集齐7颗宝石，就可以打开村里的机关，召唤神龙。”

虽说这个密室没什么“召唤神龙”的设定，但叶棋的理解也差不多。而且，肖楼想起了村长那句话：“只要你们愿意帮我，村里的玉石资源你们可以全部带走。”说不定，那些玉石资源就是完美通关的奖励？

想到这里，肖楼便道：“既然大家意见一致，我们就规划一下接下来的行动。”他看向虞寒江，“虞队，这方面你比较专业，你觉得该怎么办？”

虞寒江说：“目前，西山上4个人拿着两颗宝石抱团，我们5个人拿着3颗宝石抱团，一对情侣带着宝石逃出了村子。最后一颗宝石被戴面具的人抢走，那人实力很强，可以隔空取物。已经拿到宝石的都不是好惹的人，其他没拿到宝石的挑战者肯定会想办法来抢，他们很可能会组队。”

肖楼虽然于心不忍，但没办法，黑桃密室注定会淘汰人。拿不到的只能怪自己动作太慢，被抢的也只能说明实力太弱。

邵清格眯起眼睛道：“今晚0点密室刷新后，系统会提示大家，流溪村的剩余宝石为零。这样一来，没拿到的人，明天很可能组队抢东西！”

虞寒江深吸一口气，道：“我不想和其他挑战者正面起冲突，他们要是被逼急了，对大家下杀手，我们迫不得已，或许也得杀人，所以……”

肖楼明白了他的意思：“我们干脆去野外？”

虞寒江点头：“野外虽然危险，但不是死路，我们有5个人，大量卡牌，对付一群没智商的野兽，我相信比对付其他的挑战者要轻松。”

大家都同意虞队的意见。

肖楼干脆地道：“那就出村待两天，等第5天秋收节的时候再回来。流溪村这两天肯定会非常乱，我们还是别蹚这个浑水，出去避一避。”

5个人准备转身离开。

被忽略的村长没太听懂大家说的什么游戏、副本、拯救村民，但听到大家要出村，他立刻打断了众人，颤声道：“野外有很多野兽，你、你们不想活了！”

肖楼回头看向他，目光温和：“比起野兽，人心才更可怕。”

叶棋笑道：“村长，你要跟着我们吗？”

村长下意识地摇摇头，可想起自己被驱逐出村，最后又硬着头皮点点头。

一行6人并肩远去。

西山上，拿着望远镜的老齐突然说：“他们出村了？”

旁边的小吴忍不住道："留在村里，会被没拿到宝石的挑战者集体针对，其实反倒不安全，万一有挑战者破罐子破摔要把我们拖下水呢？"

老齐严肃地点头："要不我们也出去避两天吧。"

4 人迅速下山。

一个戴面具的男人突然从树后出来。

他的手里转动着一颗红色的宝石，悄无声息地跟了上去。

0 点整。

所有人的悬浮框中，同时弹出了提示——

流溪村，第三天，00:00。

剩余挑战者数量：8 人。

剩余宝石数量：0 颗。

肖楼看到这提示，不由轻叹一口气："今天早上挑战者还是 18 个，现在只剩 8 个，看来老齐他们也离开了村子，村里剩下的这 8 人将会相互残杀，但实际上……宝石已经全被带出村了。"

肖楼 5 人离开了流溪村地界，前面有一条双岔路，左边通往漆黑的深山，右边则是茂密的树林。山里不时传来野狼的嚎叫声，肖楼问："我们走哪边？"

虞寒江皱着眉看了眼漆黑的山，说："去树林。"他一边走，一边低声叮嘱，"大家都把控制类卡牌准备好，一旦有野兽靠近，先用天平定身。"

天平作为团队限定卡，一个团队只能带一张。但现在，他们 5 个人并没有签契约书，肖楼和虞寒江算一队，叶棋、邵清格算一队，刘桥单独一队，他们可以用的天平卡有 3 张，一张定身 5 分钟，再多的野兽也不用担心跑不掉。

5 人一起往前走，刘桥借助树木移动，帮大家探路，叶棋和邵清格走在前面，肖楼在中间，虞寒江殿后。

进入森林后走了一段路，刘桥突然停下来，道："往前全是又粗又高的树木，还有很多奇怪的藤蔓植物，我看不清楚，大家要继续深入还是在这里停下？"

虞寒江突然道："小心树上！"

肖楼警觉地回头，只见一条通体墨绿、几乎跟树叶颜色一致的毒蛇突然从树枝上蹿了出来，张口就咬向刘桥的腿！还好刘桥反应够快，听见虞寒江的声音后毫不犹豫地直接飞下树。

那毒蛇扑了个空，张大嘴巴朝着众人吐着红信，它的舌头又细又长，墨色的眼睛紧紧盯着众人，口中发出“嘶嘶”的声音，似乎对大家打扰它的睡眠极为不满。

虞寒江大声喝道：“快后退！”

众人脸色一变，立刻跟着虞寒江后退几步。

肖楼问：“这蛇有毒吗？”

虞寒江道：“这是习惯栖身在树木上的绿曼巴蛇，它的毒液中含有神经毒素，被咬中的话，致死率极高。”

刘桥脸色微微一白，刚才要不是虞队出声提醒，她就被毒蛇给咬了，这里又没有药，被毒蛇咬，那是必死的结果。

她心有余悸地看了眼毒蛇，就在这时，众人的耳边传来大量“嘶嘶”的声音，村长回头一看，顿时吓得躲去虞寒江背后：“啊啊啊……好多蛇！”

众人循声望去，只见周围的树上突然出现了数不清的绿色毒蛇，那些蛇像是受到了蛇王的号召，集体吐着信子，绿色的蛇在树上缓缓爬动，身体缠绕着树枝，转眼间就将他们全部包围。

虞寒江道：“我们很可能走进了毒蛇的地盘，快撤！”

肖楼以前只在动物园里见过一些蛇，这还是他第一次见到这么多的毒蛇在野外出现，虞寒江一手拉起肖楼，另一手抓住村长，开了加速鞋就跑。

刘桥不能上树，叶棋拿出瞬移卡一看，欣喜地发现他的瞬移卡技能升级，以前只能带一个人瞬移，如今可以带两个人。叶棋忙说：“刘桥，邵总，我带你们走，来我身边！”

两人迅速站在叶棋左右两边，叶棋开启技能，跟着虞寒江便跑。

众人在黑暗的森林里玩命狂奔，跑了好几分钟，离开那片高大的树木区域，虞寒江这才停下脚步，肖楼心有余悸地深吸一口气，旁边的村长已经快喘不过气了。

真是可怕，如果没有出色的逃生手段，贸然闯进蛇群，只有一个死字。

叶棋带着邵总和刘桥在附近停下，气喘吁吁地道：“吓死我了！密密麻麻的绿色蛇群，我从小到大都没见过那么多的蛇！”

虞寒江沉着脸说：“野外比我想象中要危险得多。”

村长总算理顺了呼吸，他拍着胸口，一边喘气一边说道：“我早、早就说过，野、野外太危险了，你们还不信！”

邵清格平时总是笑眯眯的，这时候表情也十分严肃：“看来，那片森林我们不能再进去了。”

肖楼想了想，建议道：“那就进山？”

野狼的叫声是从山那边传过来，所以他们刚才先往森林的方向走，结果森林里全是毒蛇，说不定还有其他的猛兽。

虞寒江果断地道："去山上，狼都怕火，我们找一片开阔的空地，每人拿一根火把。"

众人掉转方向进入山里。

刚进山，就听到地面传来一阵窸窸窣窣的动物爬行的声音，还有一个女人双腿变成了两米高，正像僵尸一样跳着走路，她一次能跳七八米，肖楼道："是之前带宝石离开的那两个人。"

女人显然也看见了他们，跳过来道："你们怎么在这儿？"

爬动的男人也停下来，他的身体跟地面融成一个颜色，只露出个脑袋，问："被赶出村了？"这画面很是诡异，就好像他只有一个头单独放在地上。

村长吓得脸色发白："他、他怎么没有身体，只有头！"

肖楼看了他一眼，说："村长别怕，这是一种障眼法。"

那男人奇道："村长？你们带着村长一起行动？"

肖楼道："我们拿到宝石之后，担心被抢，暂时来野外避一避。至于村长……他是被孙婆婆设计赶出来的，可以给我们提供很多信息。"

那对男女对视一眼，道："你们真有宝石？"

负责保管宝石的虞寒江将墨绿色的石头拿出来给他们看了一眼。

两人顿时松了一口气。

那女人头发凌乱，脸色被吓得有些苍白，声音颤抖着抱怨道："我们俩在这山里躲了一整天。山里有很多野狼，还有老虎，我要不是可以直接跳着走，估计早变成那些野兽肚子里的粮食了！"

男人沉着脸道："第一天被赶出村的那两个挑战者已经被野兽给吃干净了，只剩下骨头，就在前面……"

肖楼看向虞寒江，后者低声说："进山。"

那女人目瞪口呆："你们疯了？！我俩在山里待不下去，一直在周围躲躲藏藏。劝你们别进去，就在这附近躲一躲吧！"

肖楼理解了虞队的意思，帮忙解释道："狼怕火，我们可以点火。"

女人愣了愣："难道你们抽到了打火机之类的卡牌？"

肖楼并没有直说自己抽到的是白居易，他微笑道："反正我们有办法点火，两位如果愿意的话，可以跟我们一起走，人多也方便赶跑野兽。"

男女对视一眼，那男人放在地上的头点了一下。

叶棋忍不住道："大哥，你能不能把身体变回来？只看见头，有些不适应。"

男人道：“好吧。”

他变了回去，这下连仅剩的一颗头都不见了，只能看见一团土慢慢在旁边挪动。

肖楼扶额：“走吧。”

那团土飞快地跟了上来，僵尸一样跳的女人也跟在旁边，她的腿有两米高，就像两根柱子，这张技能卡丝毫不输于刘桥的借助树木飞行。

一群人进入山里，看见一棵大树。

野狼的叫声越来越清晰，耳边传来不少猛兽的低吼，胆子小的村长已经吓得瑟瑟发抖地抱住脑袋，有叶棋拉着他，他才走得动。

肖楼转身和虞寒江一起走到树后，快速召唤白居易点燃炭火，那对男女还没反应过来，就见原地凭空出现一簇火苗，女人惊奇地道：“你这卡牌挺有意思，野外太好用了。”

虞寒江找来一根木棍，点燃后当成火把递给刘桥：“小刘，看一下树上有没有蛇，拿着火把，小心。”

刘桥点点头，接过火把飞身上树。她踩着树叶仔细查探了一番，道：“这棵树没有东西，只在树顶发现了一窝鸟蛋。”她顺手把鸟蛋给拿下来，“有人饿的话可以吃夜宵。”

虞寒江道：“这棵树能遮风挡雨，我们就把这里作为据点吧。”

叶棋、邵清格和肖楼立刻开始行动，几人拿来一些干燥的木材，放在旁边备用，又每人点了一支火把，以免被猛兽或者毒蛇近身。

吓得瑟瑟发抖的村长听不懂这些人说话，看见火光后，他的脸色这才缓和了些，接过叶棋递过来的火把，沉默地坐在树旁。叶棋担心村长被吓哭，体贴地用笛子给他吹了首曲子，让他直接睡了。

大家围着炭火席地而坐，都没有睡意，正打算用火烤鸟蛋吃，就听前方突然传来一阵脚步声。

虞寒江警觉地竖起耳朵：“4 个人。”

肖楼怔了怔，压低声音：“4 个，会是老齐他们吗？”

刘桥立刻上树，借助高处的视野看了看，说：“没错，是他们。”

片刻后，4 人循着火光来到空地，看见大家居然围着火烤吃的，那 4 人惊讶地道：“老韩，你们过得还挺滋润啊！”

老韩是虞寒江的化名，这 4 人正是抱团的设计公司职员。

肖楼微笑着打招呼：“来坐。”

4 人走过来，戒备地看了眼那对陌生的男女，肖楼道：“不用担心，这里的人都是已经找到宝石确定能通关的，大家不存在竞争关系。”

虞寒江低声说：“为了消除戒心，都把宝石拿出来确认一下。”

众人对视了一眼，谁都不敢拿出来。

虞寒江干脆利落地率先拿出自己的宝石，邵清格、刘桥也都拿了出来。

老齐紧跟着摊开手心，那对年轻情侣中的小吴也从口袋里掏出盒子，会僵尸跳的女人见大家都拿出来，于是她也摊开了掌心确认。

“金绿猫眼、月光石猫眼、和田碧玉猫眼、石英猫眼、木变石猫眼、碧玺猫眼……”邵清格依次说出所有猫眼石的品种。

“你很懂玉石啊？”鬈发女人好奇地问道。

“家里有人做相关生意。”邵清格笑眯眯地道，“这些宝石成色很好，7 颗组成的手串，少说也要几十万——我说的是人民币的价格。换算成金币，应该上千万。”

众人听到这里都双眼发亮，恨不得把宝石带出密室去换钱。

叶棋好奇地问：“这里有 6 颗，还剩最后一颗呢？”

邵清格道：“最后一颗，应该是红色的红发晶猫眼石……”

话音刚落，众人手里的猫眼石突然间不翼而飞。

大家看着空空如也的手掌，集体一愣，还没反应过来是怎么回事，就见虞寒江如利箭一般蹿出去，一把水果刀直接抵住不远处男人的咽喉：“把石头还给大家。”

那男人戴着银色的面具，声音镇定：“别激动，一颗宝石和 7 颗宝石都能通关，我不至于傻到抢你们的石头，得罪你们所有人。”

他透过面具，扫了一眼围坐在火堆旁的众人，摊开了手掌。

男人右手的手心里正是刚才大家拿出来确认过的 6 颗宝石，而左手的手心里则是他拿到的红色猫眼石。他看向肖楼，微笑着说道：“最后一颗，在我这里。”

肖楼点头：“我在池塘边见过你，你这隔空取物的本事确实厉害。”

男人笑着道：“好说，大家的宝石我借来一用，马上还给你们。”

察觉到他没有恶意，众人才松了一口气。

男人道：“谁有细线？或者钢丝之类的东西？”

众人都表示没有，刘桥反应过来：“你想把 7 颗宝石串成手链？”

男人点头，可惜大家手里都没有线，肖楼看向长鬈发女人，礼貌地说：“麻烦你拔一根头发，试试看能不能串起来？”

那女人立刻拔下一根长头发交给面具男。

面具男将发丝从 7 颗宝石的小孔中间穿过。

叶棋小声吐槽："难道集齐7颗宝石真的可以召唤神龙？"

就在7颗宝石串起来的那一刻，现场众人的悬浮框中同时刷过一条提示——

挑战者串联7颗宝石，触发隐藏奖励。通关后额外奖励猫眼石一颗，完美通关且评分为S时，每支队伍奖励猫眼石手链一条，并获赠【剧情卡：流溪村】一张。

众人的脸上纷纷露出惊喜之色。

没想到，流溪村最正确的通关方式，居然是所有获得宝石的挑战者联合躲到野外，把宝石复原成35年前的死者孙悦晴的手链。

肖楼看向面具男："你早就知道这一点？"

男人走过来在肖楼旁边坐下，面具后的眼睛似笑非笑，他目光扫过众人，淡淡说道："我也是游戏玩多了，想试试看集齐道具会发生什么。"

他将宝石还给了大家，道："你们的行动计划我听到了，我也加入。"

老齐团队和肖楼团队已经达成默契，那对一开始躲出去的男女并不知道村里的情况，对视一眼，疑惑地问："什么计划？"

肖楼耐心解释："第5天，流溪村一年一度的秋收节，孙婆婆和秦老太太要联手屠村，我们决定救人，这样或许能获得S评分。"

那对情侣对视一眼，脸上满是兴奋。他俩根本没想过完美通关，结果遇到这几人，运气也太好了！

午夜1点，众人刚想睡下，周围突然出现无数双绿色的眼睛，那些眼睛一眨不眨地盯着他们看，肖楼脊背一僵，轻声问道："是野狼吗？"

叶棋立刻跳起来，双手抱住吉他，全身进入备战状态。

虞寒江低声说："别动，这里有火，它们不敢过来。"

这时，天上却突然下起了雨，肖楼忙说："保护好炭火！"

然而，暴雨倾盆而下，众人根本来不及保护，所有的火把都被雨水给瞬间浇灭。那些狼群见火光灭了，便慢慢往前包围过来，很快就将他们团团围住。

虞寒江厉声道："都往后退，退到树上！"

刘桥听到后立刻飞身上树，那个长腿女人也利落地爬上了树，两人在树上接应，将其他的挑战者全部拉上去。

虞寒江护着肖楼退到树边，低声说："大家配合一下，把这批野狼给干掉。"

众人愣了愣，尤其是那对情侣，两人在山里遇到狼的第一反应就是逃跑，没想到这人居然要跟狼群正面开战？

老齐率先道："从方片 4 密室过来的，不都有天平吗？一张天平控 5 分钟，大家分开用，可以把狼群控到死。"

虞寒江迅速分配任务："老齐你先来。"

老齐反应很快，眼看狼群朝着大树包围过来，他立刻丢出一张天平，将树下大量的野狼定身在原地，虞寒江道："小叶。"

叶棋会意，迅速弹奏吉他，让狼群全部昏睡。

虞寒江一个箭步冲过去，拿着水果刀，飞快地刺杀狼群！

一时间，鲜血四溅！

虞寒江一个人穿梭在昏睡的狼群之间，男人的眉眼间透出一丝狠戾，他就如同切菜一样，连杀了 8 匹野狼，下手又快又狠又准。

树上的人看着这一幕，心惊胆战。

男人身手矫健，单枪匹马杀入狼群，脸上居然没有一丝一毫的惧色！

叶棋的昏睡效果很快结束，狼群苏醒，发现身边的伙伴死伤严重，剩下的狼全被激怒，朝虞寒江嗷嗷咆哮，恨不得扑过来将他咬成肉块。

其中有两匹狼正好处于天平秤盘的空隙，没被定身，那两匹狼苏醒后猛地朝虞寒江扑过来，肖楼的心脏快要停跳，下意识地开口道："小心！"

他毫不犹豫地又丢出一张天平，准确地将那两匹狼也定住。

它们距离虞寒江只有一米多远，绿色的眼眸冷冷地盯着虞寒江，张开大嘴露出尖锐的牙齿，虞寒江扭头看了树上的肖楼一眼，给了他一个放心的眼神，紧跟着道："有攻击卡、控制卡的，还等什么呢？快行动！"

发呆的众人总算回过神来，纷纷拿出自己的卡牌协助虞寒江，几个胆子大的年轻男人也从树上爬下去加入了战斗。

狼群虽然凶猛，但敌不过挑战者各类卡牌的控制。

转眼间，狼群死伤大半，树下一片狼藉，到处都是野狼的尸体，在雨水的冲刷下，狼群的鲜血染红了草地，看上去触目惊心。

那长腿女人坐在树上，呆呆看着地上的尸体，喃喃道："居然……把野狼给杀了？"

树下，面具男若有所思地看向虞寒江，道："大哥好身手，这是练过的吧？"

虞寒江淡淡地"嗯"了一声。

老齐跳下树问："这批狼的尸体怎么处理？"

虞寒江的目光扫过众人，低声问："大家有兴趣吃狼肉吗？这些狼，可以当作我们接下来两天的食物。"

刚才吓得爬上树变成树干颜色的男人，突然露出个脑袋，吐槽道："我怕狼吃我，结果现在你们要吃狼？”

众人复杂的目光齐刷刷地投向虞寒江，心想，高手的思路就是不一样。

虞寒江道：“现实中不让吃狼，是因为狼作为濒危保护动物，猎杀狼是犯法的。密室世界不用考虑这些，山里的狼当然可以吃，这些狼自己送上门来，我们接下来两天就不用出去捕猎了。”

他说罢就提起一匹狼的尸体，来到树下。

肖楼跳下树，担心地道：“没事吧？你身上好多血。”

虞寒江摇了摇头：“没关系，都是狼血。”

肖楼这才放下心来，他看了眼地上的狼：“你真打算接下来两天烤狼肉吃吗？”

虞寒江问：“想不想试试？”

肖楼点头：“嗯，我还没吃过狼肉呢。”

谁吃过狼肉啊？！

跟着这两个人真是够刺激的。

刚才吓得差点尿裤子的挑战者们纷纷爬下树，叶棋兴奋地道：“烤狼肉，太酷了！我做梦都没想过，有一天遇到狼，不是狼吃了我，而是我要吃狼，哈哈哈。”

众人都被他逗笑，刚才紧张的神色也一扫而空。

接下来的两天，肖楼明显察觉到这批挑战者对虞寒江言听计从。

虞寒江单枪匹马灭狼群，用实力证明了自己的战斗能力，没人敢惹他，众人跟着他吃烤狼肉，虽然味道有些怪，但在野外也不能要求太高。虞寒江怕肖楼吃不惯，白天的时候还去山里猎了几只野鸡、野兔回来，渴了可以吃野果。

第 4 天，流溪村内剩下的挑战者只有 5 人，显然又有人在内斗中被淘汰。

狼群被团灭后，没有野兽再来骚扰他们，大家就像去野外旅游一样，晚上靠着树睡觉，白天去打野味、采野果，小日子过得滋润极了。

转眼就到了第 5 天，所有人的悬浮框中刷过提示——

流溪村，第 5 天，00:00。

剩余挑战者数量：3 人。

剩余宝石数量：0 颗。

原先的 8 人居然只剩 3 人，可见这两天村内挑战者的斗争有多激烈，他们或许以为宝石在其中某些人的身上，开始互相猜忌、疯狂争抢。

肖楼说得没错，比起猛兽，这些紧张之下失去理智的挑战者才更可怕。

零点，所有卡牌技能刷新。

虞寒江将大家叫到一起安排任务，他拿出流溪村的平面分布图，迅速画出3条行动路线，干脆利落地说："老齐，你们4个人组成1队，从村子东南方向绕去孙婆婆家；我们4个人2队，从东北方向去秦老太太家。"

他目光扫过全场，看向变色男道："你有变色能力，贴在墙上不容易被发现，你跟上我们小刘，你俩组成侦查小队，率先进村侦查，确认安全后我们再行动。"

他紧跟着又看向长腿女人，道："这位女士站得高、看得远、跳得快，站在村子的中间观察全局，哪边有意外立刻跳过去汇报。戴面具的先生麻烦你去刘慧家里，她的预产期快到了，我怕她出什么意外，请你随时盯着她家。"

听他迅速安排好分工，长腿女人敬佩地道："大哥，你现实世界是干什么的？身手这么厉害，指挥也很利落。"

虞寒江平静地说："警察。"

怪不得他安排行动这么专业。1队、2队、侦查小组、联络员，面面俱到，就跟警队收网抓罪犯一样。女人忍不住竖起大拇指："韩警官，多亏有你！"

旁边也有人跑过来道："韩警官，真高兴认识你们，以后去了主城交个朋友吧！"

虞寒江道："合作共赢，希望大家今晚的行动别掉链子。"

众人纷纷点头。

肖楼见虞队被大家围住，嘴角不由扬起个微笑——虞队就是厉害，可惜他已经被我们承包了，签了契约书，你们抢不走。

流溪村，0点10分。

会飞的刘桥和会变色的男人率先进村侦查，两人用10分钟绕了流溪村一圈，很快就汇报结果——村内很安静，一切如常，剩下的3个挑战者都重伤，躲在西山上。

0点20分，虞寒江挥了挥手："行动！"

秦老太太家。

米酒坛子里的人骨还在，森森白骨在月色下散发着诡异的光泽。

虞寒江抬起米酒坛子，将里面的人骨和酒水全部倒出来，然后把狼的骨头放进去，换成清水，又洒了一些尘土，让水变得跟之前一样混浊。

表面看上去这坛子里依旧泡着骨头，秦老太太只要不把骨头拿出来仔细瞧，就不会发现骨头被调包了。

4人迅速换掉米酒，刚要出来，就见那长腿女飞快地跳到门口，道：“糟了，刘慧半夜突然肚子疼，很可能要生！”

孙婆婆家。

老太太平时半夜不睡觉，两三点还在熬药，今天晚上却反常地早早睡下，她的院子里很安静，老齐4人潜入厨房，正准备将她药罐子里的药全部倒出来，结果下一刻就见刘桥从树上飞过来：“刘慧突然要生孩子，小晴朝这边来了，你们动作放快！”

4人脸色一变，立刻手脚麻利地把药带走，还没来得及撤出去，下一刻就听小晴用力拍打孙婆婆的门：“婆婆，慧姑姑突然肚子疼，可能要生了，麻烦您去看看！”

孙婆婆被吵醒，一边穿衣服一边道：“知道了，小晴，你去厨房把我的工具箱拿来。”

还在厨房的4人脸色骤变，鬈发女人道：“要不要迷晕她再跑？”

老齐皱眉：“先别打草惊蛇，她眼睛看得见。”

4人迅速躲去厨房角落的木柴后面，小晴进入厨房，从锅台上拿起一个木制的药箱，她走了两步，突然停下来，回头冷冷地看了眼木柴的方向。

4人的心脏快要蹦出来，然而，这个女生什么都没做，转身走了。

老齐松了一口气，等小晴和孙婆婆离开后，他们4个才从家里面出来。

同一时间，肖楼4人为了行动，控制住那只藏獒，但林二突然疯狂拍门：“秦姨，秦姨！我媳妇要生了！”

昏睡的藏獒被吵醒，立刻朝着厨房的方向咆哮！

秦老太太出门往厨房的方向走，虞寒江果断说：“撤。”

肖楼早就在村子东边开了桃花源，听到虞队的指令后立即群体传送，4人直接瞬移回桃花源里。秦老太太走进厨房没看见人，心中疑惑，去检查了一下米酒，没发现异常，这才转身跟着林二走了。

桃花源内，虞寒江赞道：“还是肖教授细心，想出用野狼的骨头来换掉人骨，米酒表面上跟之前一样，夜色下也看不清太大区别。”

肖楼道：“秦老太太暂时瞒过了，但刘慧那边，两个老太婆说不定会对刚出生的孩子下手，我们得尽快去看看。”

虞寒江道：“走吧。”

4人从桃花源出来，一起前往刘慧家。

挑战者们在村子中间碰头，老齐他们也赶了过来，虞寒江低声说：“刘慧身体不好，生孩子很可能不太顺利，现场有隐身斗篷的麻烦举个手。”

众人举起手，他粗略数了数，道："10 个，我们分批用隐身斗篷进慧慧家院子里盯着，那位会变色的先生，你变色可以持续多久？"

男人露出个脑袋道："只变色伪装的话，可以持续两个小时，但不能移动。"

虞寒江道："那你先贴着墙听院子里的动静，孩子出生后，立刻通知我们。两小时快到的时候也马上撤出来，换人进去。"他看向刘桥和长腿女人，"辛苦两位来回传话，我们暂时不能一起去刘慧家，容易惊动村民，打乱计划。"

虞寒江已经在挑战者中树立了威信，加上他是警察，大家都很听话。刘桥、长腿女和变色龙男先走一步，虞寒江凑在叶棋耳边压低声音："窃听器甩过去。"

叶棋点点头，将窃听器丢进刘慧家。

刘慧大半夜突然生产，惊动了不少人，除了孙婆婆和小晴、秦老太太都赶过来之外，附近的邻居也全都赶来看情况，家里围满了人。刘桥和长腿女躲在屋外的大树上，变色男贴着墙观察。

屋内，刘慧痛苦的叫声不断传出来，她身体不好，这次生产果然不太顺利，在院子里等待的几个妇人焦急地议论着。

"慧慧该不会难产吧？"

"小晴她妈当年就难产死了，唉，可怜的小晴从小没了妈，幸亏孙婆婆好心把她养大。"

"你别乌鸦嘴，慧慧不会有事的……"

从窃听器里听着议论声，虞寒江突然眉头一皱，凑在肖楼耳边低声说："我们忽略了一个关键，小晴的名字和孙婆婆的女儿悦晴很像。她从小就没有妈妈，是孙婆婆把她带大的，孙婆婆给她取名叫小晴，会不会是为了纪念女儿？"

肖楼双眼一亮，道："有可能。孙婆婆还传她医术，说不定这个小晴就是孙婆婆这么多年来的精神寄托，她把小晴当成女儿看，所以没忍心毒瞎这个女孩子？"

村长刘四没瞎，是从小伪装得好，孙婆婆跟他接触又不多，因此忽略了。

但是小晴天天跟在孙婆婆的身边，孙婆婆如此精明的人怎么会看不出来她没瞎？尤其是她打翻药罐子的动作，太过明显，孙婆婆不可能毫无察觉。

只有一个解释——孙婆婆早就知道小晴没瞎。

如果肖楼和虞寒江的推论正确，那她或许是真的把小晴当成了女儿在养，养了这么多年，养出了感情，所以没忍心弄瞎这个女孩子。看来孙婆婆并不是毫无人性。

肖楼怀疑道："她明天真的要屠村吗？"

虞寒江皱了皱眉，孙婆婆要屠村这只是他们的推测，毕竟孙婆婆说要"在女儿忌日那天给个了断”，然而，她到底要怎么了断，目前并不能完全确定。

就在这时，刘桥突然飞过来，道：“变色龙时间到了！”

虞寒江看向老齐，示意他们过去。

挑战者们轮流换班，在院子里隐身等待刘慧生产。

直到凌晨4点，挑战者们换了3轮，刘桥这才飞过来说：“孩子生了！”

哇哇的啼哭声打破了深夜的宁静，肖楼和虞寒江立刻穿着斗篷进入刘慧家。刘慧已经晕了过去，林二在门口焦急地等待着，孙婆婆抱着孩子走了出来，那孩子哭声很弱，瘦瘦的，听上去快要哭断气了。

孙婆婆把孩子交到林二的手里：“是个女孩，母女平安。”

肖楼穿着隐身斗篷凑过去一看。

小婴儿在父亲怀里渐渐地停下了大哭，林二激动地伸出手，轻轻抓住女儿的小手。婴儿的手掌肉乎乎的，可爱极了。

孙婆婆拿出一支蜡烛靠近了她，小婴儿的瞳孔被光一照，立刻缩小。

肖楼心中一怔——这孩子，瞳孔反射正常。

她也看得见。

新生儿一出生就会有的条件反射，包括瞳孔对光反射。用光源照射瞳孔时，小孩的瞳孔会立刻缩小。这是人类大脑神经发育良好的本能反应，在医院，医生也会用这种方法检查新生儿的神经发育情况。

孙婆婆把孩子交给林二时，刻意带了支蜡烛，显然是为了检查孩子的视力。

给孕妇用药导致胎儿视力畸形是孙婆婆惯用的手段，但每个孕妇体质不同，有的人对某些药物并不敏感，致畸也有一定概率，并不是百分之百。刘慧就属于少见的对药不敏感的人，孙婆婆给她的药，并没有影响到她肚子里的孩子。

发现小宝宝视力正常，孙婆婆的脸色有些复杂，她从林二的手中接过孩子，道：“想好给孩子取什么名字了吗？”

林二挠挠头，笑道：“婆婆，您帮我们取吧。”

孙婆婆看着怀里的女婴，小女孩停下哭声之后变得格外乖巧，伸出两只白嫩的胳膊到处扑腾，嘴里咿咿呀呀的不知道在说什么，孙婆婆沉默了很久，才低声说：“就叫她林悦——悦，是喜悦的意思，有了这个女儿，你跟慧慧应该会很开心吧？”

林二激动地点头：“好名字！谢谢婆婆，我去看看慧慧。”

他抱起女儿，冲进产房看妻子。刘慧刚才累得晕过去片刻，刚刚醒来，林二摸到床边，紧紧握住她的手：“慧慧，辛苦你了。”

刘慧神色憔悴，摇摇头说：“不辛苦……孩子呢？”

他把女儿轻轻放到刘慧怀里：“是个女儿。”

刘慧抱着女儿，手指小心翼翼地摸了摸孩子的脸，嫩嫩的皮肤触感光滑，刘慧的脸上不由浮起笑意，她轻轻抓着女儿的手，柔声道：“不知道我们的女儿长什么模样。”

林二嘿嘿笑：“我们的女儿肯定可爱！”

小晴站在旁边，看着这温馨的一幕，面无表情。

秦老太太起身说：“我先回去了。你们也早点休息。”

刘慧点点头：“好的，谢谢秦姨。”

秦老太太拄着拐杖转过身，走到门口，发现小晴站着不动，她低声道：“小晴，你还不走？”

刘晴“哦”一声，立刻跟了上去。

门外，孙婆婆淡淡地道：“大家都回去吧，慧慧也累了，让他们早点休息。”

跑来凑热闹的邻居们很快散了，刘晴也转身回家。

屋外只剩孙婆婆和秦老太太，两个老太太对视一眼，佝偻着脊背并肩远去。走了一段路，她们同时在岔路口停下脚步，秦老太太道：“这孩子也看得见吧？”

孙婆婆说：“我检查过，她的瞳孔确实有反应。”

秦老太太冷冷地说：“你打算怎么处置她？”

孙婆婆道：“老规矩，等她稍微大一点，给她喂药，吃一段时间就瞎了。”

秦老太太扭头看向她：“我记得刘四也是这样，当初出生的时候眼睛看得见，你也给他喂药，结果他不是没瞎吗？”

孙婆婆不高兴地皱起眉：“村长那是特殊情况，他太会装，连我都骗过了。”

秦老太太盯着她的眼睛问：“我看，是因为刘四小时候太乖了，天天跟在你后面，你不忍心弄瞎他吧？”

孙婆婆沉下脸：“怎么可能？他的爷爷还有几个叔叔全都参与了当年的事，刘家的人，我一个都不会放过！”

深夜的村里安静极了，她阴狠的声音在空旷的街道上回荡。

一阵风吹过，两个老太太的头发被风吹乱，神色间露出一丝狰狞。

孙婆婆道：“回去睡吧，明天的秋收节，一切都会结束。”

两人在岔路口分开，各自回家休息。

躲在周围的挑战者们这才现身，众人在虞寒江的带领下迅速出村，来到农田附近的树下。虞寒江低声问：“老齐，你那边情况怎么样？”

“还算顺利，我们把孙婆婆的药全给偷了。”

“秦老太太的米酒也被我们调包，如果她俩明天真要下毒，给村民们喂的毒会失效。但以防万一，明天也要有人盯着她们，免得她们在仪式开始之前重新下药。”

刘桥举起手道：“我来盯着秦老太太。”

会变色的男人也举起手：“我可以帮忙盯孙婆婆，贴在她家外墙上，她看不见我。”

虞寒江点头：“大家先休息，天亮再说。两个老太太到底要干什么，我们很快就能知道。”

已经是凌晨4点半，众人轮班在树下眯了一会儿。

天很快就亮了，村子里渐渐变得热闹起来，因为今天就是一年一度的秋收节。

虞寒江让众人躲在树后，别被村民们发现。

刘桥和变色龙一直留在村里侦查村民们的动向。

上午9点左右，大量村民来到村外，拿起镰刀收割小麦，他们虽是盲人，可经过这么多年的锻炼，他们的行动一点也不笨拙，相反，他们收麦子的时候手脚非常利索。

村外的农田里，随风飘扬的金黄麦穗渐渐被砍断，一整天的时间，村民们将麦子全部割下来，一捆一捆地绑好，挪到农田里，摆成了一个大圆圈。

直到天快黑的时候，秋收节的仪式才正式开始。

秦老太太、孙婆婆来到现场，妇人们端来丰盛的家常小菜，几个年轻男人搬来好几坛米酒，秦老太太一手举着火把，一手牵着藏獒，站在最前端的位置，威风凛凛。

负责侦查的两人也回来了，刘桥飞到大树后面，神色严肃地朝虞寒江汇报：“秦老太太没用那坛泡骨头的米酒，而是找村民们要了几坛正常的米酒。”

肖楼微微一愣：“她那坛泡骨头的酒呢？”

“还在她家厨房里，她动都没动过。”

会变色的男人像团泥土一样从地上慢慢翻滚过来，道：“孙婆婆也没带药，只是换了身衣服就过来了，我们昨晚偷光她的药，她好像没发现，一整天都没进厨房。对了，孙婆婆临走之前专门去看了慧慧和刚出生的宝宝，让慧慧的丈夫还有侄女小晴一起留下来照顾她们母子。”

肖楼疑惑地皱眉：“难道我们想错了？她们根本不打算下毒，还是说，她们根本就没想过杀光村民给女儿陪葬？”

众人面面相觑。

昨晚一群人兴师动众，偷药、调包米酒……结果秦老太太和孙婆婆今天根本就没有用到药和米酒，大家算是白忙活一场。

虞寒江抬了抬手："大家躲好，静观其变。"

大树距离农田有将近一公里的距离，他们躲在树后并不会引人注意。

孙婆婆走到农田中间，朗声说道："丰收的日子，大家当然要感谢我们的祖先，为我们找到这样山清水秀的宝地，秋收节的仪式正式开始，所有人——跪！"

随着孙婆婆的号令，整个流溪村的村民齐刷刷地面朝西边跪下。

三拜九叩的大礼，极为隆重。村民们整整齐齐地跪拜，那场面看得肖楼心里发毛。

他们根本不知道自己在跪拜什么，还单纯地以为是祭奠祖先……

躲在树后的村长攥紧拳头，嘴唇颤抖着说："自我有记忆以来，我们每年的这一天都要朝西山方向磕九个响头，没有任何人怀疑过这种仪式有什么问题。"

肖楼轻叹一口气，按住村长的肩膀："别担心，秦姨和孙婆婆很快就会露出真面目的。"

叩拜仪式结束后，秦姨才说道："按规矩，大家今晚要一起吃顿团圆饭，林五，孙小六，你们把酒菜给发下去，大家开始吃吧！"

众人一片欢呼雀跃，自觉地围成一圈坐好，拿起一只碗，开始吃流水席。

两个年轻小伙主动给村民们分发酒菜，那酒坛子确实不是秦老太太厨房里泡人骨的坛子，体积大了一圈不说，表面上也没贴"米酒"的标志。

虞寒江回头问："刘桥，你确定这些酒坛子都是村民们家里搬过来的？"

刘桥点头："确定，我一直在秦老太太家附近的树上盯着，这几个坛子并没有离开过我的视线范围。"

肖楼总觉得心里不安："难道坛子里没下毒？"

就在这时，秦老太太突然笑道："喝酒之前，大家先听我讲个故事吧。"

村民们纷纷坐在麦田里，好奇地竖起耳朵，听她讲故事。

秦老太太咳嗽一声，缓缓说道："35 年前，有个富家小姐带着一个考察团来到村里，因为村里有珍贵的玉石毛料，她跟当年的村长，也就是刘四的爷爷谈好了价格，想开采我们村子西山上的玉石，拿去加工成一种很漂亮的珠宝。

"村里有个姑娘从小眼瞎，受尽同龄人的欺负，她性格内向，但非常聪明，正好那天她出门去摘菜，遇见了富家小姐，两个女孩子很快就成了朋友。

"有一天夜里……"说到这里，秦老太太突然停下来，她狠毒的目光扫过在场众人，一字一句地道，"眼盲的女孩去西山找她的好朋友，结果两人被几个年轻人联手杀害，先奸后杀！村长、村民们都知道凶手是谁，却一直包庇……

“那个眼盲的女孩，是我的女儿。那位富家小姐，是你们孙婆婆的女儿。”

村民们听到这里，都觉得不太对劲。

秦老太太突然将几个酒坛子一脚踹翻，酒流到远处的麦子上，她的声音冷得就像是淬了冰：“秋收节，你们在跪拜的根本不是先祖，而是我们的女儿在西山的灵位！今天正好是我女儿的忌日，我们两个老婆子也活不了多久，大家不如一起下去给她们陪葬吧！”

听到最后一句，村民们脸色骤变，一些警觉的已经站起来准备跑路，还有一些茫然地问：“秦姨到底在说什么？这是疯了吗？”

秦老太太突然将手里的火把抛了出去——

农田里全是今天刚收的庄稼，一捆捆堆在一处。

秦老太太这一把火，顺着米酒和风势迅速蔓延，转眼间，熊熊烈火就将村民们全部包围起来，盲人们看不见，慌乱之下四处逃窜，互相踩踏，有些人被火烧到了衣服，疼得哇哇大叫。

原本让村民们喜悦的秋收节，瞬间变成了一片火海。

肖楼脸色一变：“不好！”

他们发现秦老太太的人骨酒坛和孙婆婆的人骨药罐子，下意识地以为两个老太太要在今天给村民的酒或者药里面下毒。

没想到，秦老太太会直接放一把火，烧光农田，烧死村民！

孙婆婆提前赶走了村长，不让小晴参加，生完孩子的慧慧她也不让出门，或许，她并不是针对这几个人，而是想留他们一命——因为村长、小晴还有慧慧刚出生的女儿，眼睛都看得见，不杀他们，是孙婆婆最后的一点良知。

至于其他人，反正活在黑暗里，不如去更黑暗的地方陪她们的女儿。

老太太所谓的“彻底了断”，其实是秋收节当天，放一把火，跟眼瞎的村民们同归于尽！

眼看火势越来越猛，虞寒江立刻沉声道：“快救人！”

然而他话音刚落，肖楼就突然说：“等等，我看不见了。”

邵清格紧跟着道：“我也看不见了……”

旁边传来刘桥的声音：“我也是。”

虞寒江目光迅速扫过四周，12 个挑战者当中，居然有 8 个人陷入了失明状态——每个双人组各有一人失明，战斗力瞬间减少了三分之二。

眼睛还好的，只剩 5 人。

5 个人面面相觑，老齐沉着脸道：“上百村民，我们能看见的只剩下 5 个，怎么救？”

密室会有失明效果，每人都有可能随机中招3小时，但前几天的失明大部分都在不太关键的时候——比如中午失明了就干脆睡午觉，大清早失明的人不用参与行动，晚上失明的最好，睡梦中毫无察觉。

没想到，就在这最关键的时刻，挑战者中超过一半突然被失明所影响。

大家都有些心慌，哪怕眼睛看不见，他们也能感觉到熊熊烈火正在燃烧，周围的空气温度不断上升，扑面而来的热气和烟雾几乎要让大家无法呼吸。

虞寒江脸色一沉，所有人的悬浮框中，却在这时刷过一行提示——

拯救村民，数量0/119。

一向沉稳的老齐也爆了一句粗口，大喊：“当我们是神仙吗？！5个人救一百多个！”

不理村民，转身逃命，只求普通的通关？还是拼一把冲进火场去救人？

看着烈火中惊慌失措的村民，听着耳边小孩子们的哭声——虞寒江做不到无视。

这些都是活生生的人命，这些人都没参与过当年的案件，他们从出生开始就陷入了黑暗的世界，摸爬打滚这么多年，他们何其无辜？

虞寒江厉声道：“都别退，看不见又不是不能动，怕什么？你们的卡牌抽来做什么用的？所有人听我指挥。”

刚才一阵慌乱的挑战者团队，在他低沉的怒喝之下，突然间平静了下来。

只是看不见，这些村民也看不见，不照常活了三十多年吗？

如果事到临头就退缩的话，以后更难的密室他们该怎么办？

遇见危险就退，直到退无可退，被淘汰吗？

虞寒江一语惊醒梦中人，这一刻，大家才意识到刚才逃跑的想法有多愚蠢。

见大家的脸色都平静下来，虞寒江才接着说：“既然是合作，希望大家团结一点，别事到临头又退缩。不为村民想，你们也为自己想想，别忘了，完美通关能抽卡，还会有更多奖励。”

肖楼率先走出来，他的眼前一片黑暗，但他还是准确地捕捉到了虞寒江的气息和位置。他站在虞队身边，微笑着说：“大家别怕，这里并没有危险建筑物，烈火的燃烧物只是农田上的庄稼，我们定位好火圈，打开缺口就可以救人。”

虞寒江温和地看向肖楼：“没错。现在，请失明的人马上把可以救人的卡牌交给眼睛看得见的5位，如果不放心别人，请交给你的队友！”

虞寒江低沉、冷静的声音，在这时候就是稳定军心的最佳利器。

众人立刻听从他的指挥，纷纷把自己的卡牌交了出来。

叶棋的瞬移卡是最好用的，听到虞队这话，他立刻把瞬移卡交给邵清格："我的瞬移卡一次瞬移五十米，升级之后能带走两个！"

邵清格点头："明白。"

长腿女人将自己的跳跃卡交给没失明的同伴："我这张卡你知道怎么用。双腿迅速变长，还能像僵尸一样跳跃，每次跳跃的距离是 8 米，救人应该很方便。"

鬈发女人拿出一张卡交给老齐："我这张位移卡可以加速，老齐你拿着。"

众人迅速分配好救援卡，现在的关键是，怎么打开火圈的缺口？

村民们当时割了小麦后是一捆一捆地绑好，然后按圆环的形状摆在农田上的，大家在圆环的中间举行秋收节仪式。干燥的麦穗都是易燃物，顺着风势迅速形成了一个火圈，将村民们全部包围起来。而这片农田的地面上本身也有大量没割尽的庄稼，火圈一形成，方圆一亩地彻底变成了火场。

虞寒江站在火圈外围观察了一下火势，低声道："火势在朝流溪村的方向蔓延，得尽快救人，不然整个村子都有可能被烧毁。拿到瞬移卡、跳跃卡的几位行动速度最快，马上去村民家里抬几桶水过来，准备灭火！"

听到指令的 3 人立刻行动。

3 人去抬水的时间内，虞寒江密切留意着火势。就在这时，肖楼突然想到个主意，在虞寒江耳边道："我们之前在梅花 3 密室拿到的那两张卡或许可以派上用场。"

他从卡包里拿出"充电宝"和"电吹风"两张卡，这是当时在梅花 3 密室玩扑克游戏的时候从那对情侣的卡包里抽出来的卡，目前还没用过。电吹风的效果是将一定重量的东西吹到远处，充电宝则可以给电器类的卡牌充电，立刻重置卡牌的全部技能。

虞寒江双眼一亮："你是说，用电吹风将可燃物给挪走，打开一个火圈的缺口？"

肖楼点点头，将卡牌递给虞队："试试吧。"

虞寒江果断接过两张牌，快步上前，将电吹风对准正在燃烧的麦穗堆。

他开启电吹风的技能，只见正在燃烧的大片麦穗突然被卷起来，瞬间吹出去五十多米，火圈被打开了一个足以让两人并肩通过的小缺口。

虞寒江紧跟着用充电宝重置电吹风的技能，缺口附近的大片麦穗再次被吹飞。

火圈有三米左右的区域出现了缺口，可燃物体全被清理，火势渐渐减弱，抬着水回来的邵清格正好看见这一幕，他立刻上前去，将水缸里的水泼向缺口！

老齐和年轻人也回来了，配合邵清格灭火，转眼间，缺口火势彻底熄灭，众人用水浇出了一个隔离带，虞寒江立刻下令："大家把衣服用水弄湿，捂住口鼻，准备救人！"

火场最可怕的除了烈火，还有浓烟，吸入浓烟很可能会导致昏迷，他们要救这么多村民，防护工作肯定得做好。

5人做好准备后，虞寒江回头看向肖楼："救出来的村民，安抚工作就交给你了。"

肖楼微笑着说："放心，我去把村长叫过来。"

虞寒江轻轻按了一下肖楼的肩膀，转身快步朝火场方向走去。他穿着加速鞋，一边走一边跟邵清格说："你有瞬移卡，专救胖子和体型健硕的人。我救孩子，其他人见一个救一个，行动！"

5个人齐齐冲入火场。

熊熊烈火让火圈内的温度直线上升，一些村民的衣服被点燃，疼得啊啊大叫，小孩子们的哭声震耳欲聋，整个火场如同人间炼狱！

虞寒江眸色一沉，飞快地冲到两个小孩面前，一手抱起一个，风一般飞出火场。

那两个孩子的衣服被烧着，正在大哭。察觉到身体突然腾空，被人抱着跑，两个孩子都吓傻了。虞寒江跑得极快，转眼就将孩子抱回树下带到肖楼身边："交给你了。"

看见这一幕的村长立刻用水扑灭他们衣服上的火苗，肖楼握住两个小朋友的手，温言安抚："别怕，我们是来救人的，村长叔叔也在。"

刘四道："小七、小瑞，乖，来四叔这里。"

听到熟悉的声音，两个孩子这才抹着眼泪走到村长身边。

女孩子哽咽着道："我妈妈还在里面……"

男孩也道："救救我妈妈吧！求求你了！"

肖楼柔声说："别担心，我们有人去救了，你妈妈很快就会出来。"

旁边，邵清格用瞬移卡带着两个成年壮汉来到树下，那两人不知道发生了什么，只觉得一阵风吹过，身体突然轻飘飘地瞬移了几十米。周围不再有烈火和浓烟，大量氧气涌入口鼻，他们忍不住按住胸口拼命地咳嗽起来。

就在这时，耳边响起肖楼温柔的声音："两位大哥，请到这边休息，我们是来救人的。”那两人一脸茫然，反应过来对方是陌生人，男人立刻警觉地道：“你是谁啊？”

肖楼道：“我们是外地人。”

刘四在旁附和：“他们都是好人，是来救大家的。”

两人听出村长的声音，满脸惊讶：“你是四哥？”

“老四，你不是被赶出去了吗？孙婆婆说，你联合外乡人偷我们东西……”

刘四怒吼着打断了他：“你们有没有脑子？孙婆婆的话你们还信？！她都要烧死你们了！”

两人同时沉默下来。

就在这时，刘晴急匆匆地赶过来，她被孙婆婆留下来照顾刚生完孩子的慧慧，听见村外一阵尖叫和哭喊，她疑惑之下出门来看，结果就看到大量的浓烟从村子的东南方向升起。

刘晴立刻出村，看见肖楼众人站在树下，便急忙跑过来问情况：“四叔，怎么了？”

刘四咬牙切齿：“孙婆婆和秦姨在秋收节放火，说要烧了大家陪葬！”

刘晴的脸色陡然一变，她早就察觉到孙婆婆不太对劲，但她想不明白是为什么，如今看着眼前的烈火，她总算知道了孙婆婆最近反常的原因。

刘晴紧张地道：“怎么办啊？大家全都看不见！火越烧越旺了！”

肖楼道：“小晴，麻烦你帮一个忙。”

刘晴戒备地看向他：“你是谁？”

刘四道：“相信他们，他们是来救人的。”

肖楼微笑着点头：“是的，我们想救人，但村民并不信任我们，大家在火场挣扎反抗、到处乱跑，只会浪费救援的时间，还容易烧伤自己。小晴，麻烦你跟大家说一声，让大家相信我们，原地别动，配合一下，让我们尽快把大家从火场里带出来。”

刘晴看向旁边满脸是灰的小孩子，小女孩哽咽着说：“晴姐姐，是那个叔叔救了我。”

刘晴这才点点头，走到火场边缘大声吼道：“各位叔叔伯伯姑姑婶婶，我是小晴！我们在想办法救大家，请你们不要乱跑，原地站着别动，会有人把你们从火场里带出来！”

她连续说了两遍，火场当中如同无头苍蝇一样到处乱撞的村民们才安静下来。

他们不信别人，但小晴还是可信的。

秦老太太和孙婆婆看到5个陌生人冲进来救人，又听到小晴的声音，脸色猛地一变。

那秦老太太厉声道："什么人敢来捣乱？！"

虞寒江二话不说，直接朝她掷出了白绫。

白绫可以伸缩，并且精准地将人捆住，秦老太太和孙婆婆正好站在一起，虞寒江丢出白绫，瞬间将两个人背靠背捆了起来，他看向邵清格道："带她们出去。"

邵清格会意，利用瞬移卡将两个人直接挪去树下。

孙婆婆看着小晴，目光阴狠："你居然敢破坏我们的计划！早知道我就不该留你的命！"

小晴白着脸说："婆婆，我从小在你身边长大，把你当成亲人一样敬重，村民们也那么相信你，我们跟你无冤无仇，你为什么要烧死全部流溪村的人？"

孙婆婆突然大笑起来："哈哈哈哈，无冤无仇……无冤无仇！"

她的白发被风吹得一片凌乱，满是皱纹的眼角笑出了泪，本就苍老的孙婆婆在这一刻似乎彻底泄了气，整个人颓然跌坐在地上，怔怔地看着面前的一幕。

秦老太太还在旁边拼命挣扎，被村长给制住，她的那只藏獒从火场冲出来找主人，围着大家汪汪直叫，被叶棋用吉他的昏睡功能给控制住。

在虞寒江的指挥下，火场内的救援工作井然有序地进行着。

由于村民们开始配合，不再乱跑，大家救援起来方便多了。

虞寒江穿着加速鞋抱走了全部小孩，邵清格一次瞬移可以救两个人，老齐、面具男、拿到跳跃卡的男人一次救一个，遇到体重轻一点的，他们就直接背着跳……

众人面前的悬浮框中，救援数字一直在变化。

拯救村民数量25/119……

拯救村民数量45/119……

拯救村民数量88/119……

只过了短短几分钟时间，5个挑战者就在各种卡牌的帮助下救出了八十多位村民！

肖楼想起刚才虞队说的话，朗声道："已经脱离危险的人，快过来帮忙灭火！风一直在朝村子的方向吹，如果不灭火，很可能会烧到流溪村！"

刘四看了眼风向，立刻说道："大家快帮忙抬水！"

其他失明的挑战者也在肖楼的组织下聚在一起，被救的村民们也加入了灭火工作。大家迅速从村里抬水，把外圈的大火给扑灭，并且用水在村子外面浇出一条隔离带。

随着大片地面被水淋湿，火势的蔓延受阻，而火场中剩余的村民也越来越少。

10 分钟后，所有人眼前提示框中的红色文字终于变成了绿色。

拯救村民数量 119/119！

村民全部获救，参与救援工作的队伍将额外获得一次抽奖机会。

被失明 buff 影响的人看不见这些消息，但眼睛还好的 5 个人全都看见了。

大火被扑灭后的农田，地面上到处都是烧焦的痕迹，还有一些村民们的衣服碎片，要不是他们几个及时救援，这上百位村民今天就要葬身火场，被烧成一片灰烬了。

被活活烧死的人们将承受多大的痛苦？

众人想想都心有余悸。

虞寒江走过来道：“火已经灭了，村民们都是轻伤。”

刘四激动地握住虞寒江的手：“谢谢你们，真是太感谢了！”

大树下，村民们聚在一起抱头痛哭。

挑战者们频繁出入火场，此时也是灰头土脸、形貌狼狈，但挑战者们的脸上都带着笑容。

他们居然成功救下了所有人！

虞寒江的目光扫过大家，一眼就发现了人群里正在安抚小朋友的肖楼。

他走到肖楼身边：“火灭了。”

肖楼察觉到熟悉气息的靠近，立刻轻声问：“你没事吧？有没有受伤？”

虞寒江低声说：“没事，挑战者和村民们都没有受伤，我们救出了全部村民。”

肖楼竖起大拇指：“太棒了！”

虞寒江轻轻扬起唇角：“应该的。”

衣服被烧掉一个边角的老齐走到虞寒江身边，道：“韩警官，这次多亏有你。咳，说实话，看见大火的时候，我的第一反应就是不管村民了，先逃命要紧。”

旁边的年轻男人尴尬地挠挠后脑勺：“我也是，当时我想，我们才 5 个人，村民将近一百二十个人呢，肯定没法救。没想到，还真的救成了，嘿嘿，韩警官真是厉害……”

虞寒江道：“是大家配合得好。”

这些挑战者毕竟不是专业的消防救援人员，人类对大火有本能的恐惧，想要逃离很正常。如果在现实世界，今天可能没法完成救援村民的任务，但他们手握大量卡牌，一个人的战斗力超过了十个普通人。尤其是邵清格，来回瞬移，救的人最多。

当然，邵总脸上也全是黑灰，笑起来不像平时那么有风度了。

他走到虞寒江身边道：“真刺激，我做梦都没想过有一天自己会冲进火场里救人。”

肖楼微笑道：“辛苦了，接下来我们只需要在村里待满两天，就可以完美通关。而且，所有参与的队伍都多了一次抽卡的机会。”

周围的挑战者们听到这里，皆面露喜色。

村长主动走过来道：“老韩，村民们都很感谢大家帮忙，想邀请你们到村里住两天。”

虞寒江点点头，看向旁边的两个老太太。

孙婆婆和秦老太太目光呆滞，显然，她们都没料到居然会发生这种事。

肖楼问道：“你们打算怎么处置这两位老人家？”

村民们突然沉默下来。

大家都是孙婆婆和秦姨带大的，两人对大家有养育之恩。可是，大家的眼睛也是被她们给毒瞎的，这么多年失明的痛苦全是拜她们所赐！

村民们神色复杂，一时也想不出处置她们的方法。

村长走到孙婆婆面前，低声说：“婆婆，给我们一个真相吧！当年到底发生了什么？你跟秦姨为什么要留在村里报复我们这些无辜的孩子？”

孙婆婆闭上眼：“真相，我已经不想再提了。”

秦老太太诡异地笑了起来，她低声说：“这样结束也好，我们家雪儿那么善良，应该也不希望我带着这么多无辜的人下去陪她……”

两个老太太对视一眼，突然齐齐倒在了地上。

虞寒江皱着眉上前查看，发现她们的嘴角同时流下了黑色的毒血——这两人居然提前服了毒，显然是打定主意在今天做一个了断。

一阵狂风吹过，卷起农田里被烧焦的灰尘，漫天的烟灰让空气里充满了农作物被烧焦的煳味，孙婆婆和秦老太太倒在地上，双眸紧闭，神色安详。

村民们沉默了很久，村长刘四轻叹一口气，蹲下来轻轻擦去两个老太太脸上的灰尘，低声说：“孙婆婆和秦姨的遗体，就在这片农田附近安葬吧。”

眼睛看得见的挑战者加上刘四、刘晴这两位没有失明的村民，大家一起在农田附近的大树下挖了个大坑，将秦老太太、孙婆婆两人的遗体埋进了坑里。

没有立碑，因为大家都不知道她们的名字。

一场大火让村民们如同惊弓之鸟，尤其是小孩子，虽然得救，可都吓得不轻，一些孩子到现在还没停下哭声。

有些倒霉的村民皮肤被烧伤，疼痛难忍，坐在地上哀号连连，虞寒江看着这惨烈的一幕，低声道：“村长，让大家先回去休息吧。”

刘四点了点头，把侄女小晴叫过来：“小晴，受了伤的都先抬到我那里。现在村里只有你一个医生，麻烦你给大家处理一下伤口。”

小晴脸上带着泪痕，轻轻“嗯”了一声。她从小就没有母亲，是孙婆婆把她带大的，不管孙婆婆多么罪大恶极，对她却很好，还耐心地教了她很多医药知识，她心里一直把孙婆婆当作至亲。

小晴走到孙婆婆墓前，跪下来磕了 3 个响头，这才擦掉眼泪转身去帮忙。

众人忙碌了几个小时，总算处理完伤员，之前失明的挑战者们视力也都恢复了。

天色渐晚，在月光的笼罩下，流溪村再次安静下来。

12 个挑战者聚集在村长家里，刘四道：“对不起大家，刚才太忙了没顾上你们，你们都没吃晚饭吧？今晚就留在我家，我去给你们做饭。”

正说着，突然有村民敲门进来。一个妇人带着木制的饭盒，走过来把饭菜放在院子里的石桌上，笑着说：“谢谢你们救了我，还有我的两个孩子，家里没什么值钱的东西，我做了些饭菜给大家……”

紧跟着，又有村民拿了吃的过来，炒土豆丝、焖茄子、烤地瓜、腌制的酸萝卜，还有村民们自己院子里种的苹果、梨、杏子……

村长家的桌子已经摆不下了，后面来的人只能摆在地上。

挑战者们看到这一幕，面面相觑——他们还从没有过这样的待遇。

村民们拿来的丰盛食物够他们吃两天，怕大家冷，还纷纷去拿被子。村长则走到肖楼身边道：“我有件事想请你帮个忙。”

这群人里就数肖楼最好相处，村长跟他比较亲近，也最信任他。

肖楼点头：“好，村长你说。”

“跟我来。”

他将肖楼带进屋，虞寒江担心出意外，也跟了上去。

3 人来到卧室，村长拿起枕头，拆开从里面掏出一个泛黄的日记本，道：“这是我爷爷留下来的，我不识字，麻烦你们帮我看看上面写了什么。”

当初虞寒江深夜潜入村长家搜索，搜出了柜子里历代村长留下的资料，可由于刘四正在卧室熟睡，虞寒江并没有搜他的枕头，没想到他枕头里面居然还藏着东西。

肖楼接过日记本，翻开一看，里面果然记录了当年的真相。

他粗略地扫了遍日记，脸色顿时难看起来，回头看向虞寒江道：“把村民们召集起来吧，读给大家听，也该让大家知道前因后果。”

流溪村的村民们很快就到了，村长把大家叫到村子中间的树下集合。

肖楼拿起日记本，朗声道：“这是刘四的爷爷，也就是你们的老村长在35年前写下的日记，里面记录了一件事，请大家都听一听。”

他翻开日记本读了起来，清澈温和的声音很快就吸引了所有人的注意。

“今天，有个年轻姑娘带着两男两女来到我们村里，她姓孙，是一个富家小姐，据说来自日之城。大城市里来的女孩就是不一样，皮肤白，长得特别好看，村里人都在盯着她看，她也很大方地朝大家笑。孙小姐找到我，说在西山上发现了玉石毛料，开采加工后能卖大钱，要跟我们流溪村合作加工宝石。我不太相信，那西山上只有些野果，怎么可能会有宝石？

“早上，孙小姐带来的同伴将一块很普通的石头切开给我看，里面果然有亮晶晶的东西，我信了她的话，我们谈好分成，流溪村应该能有一大笔收入，到时候她会请人帮我们修条路，村民们就可以走出去看看了，大家的日子肯定会越过越好的。

“今天傍晚。我看见孙小姐和雪儿坐在树下聊天。雪儿从小就很聪明，就是眼睛瞎，老被同龄的孩子们欺负，没想到孙小姐不嫌她瞎，居然和她成了好朋友，两个人好像聊得很开心，我很久没见过雪儿笑得那么开心了。

“秦雪失踪，孙小姐也失踪，她带来的两男两女在村里大闹了一场，说找不到他们家小姐，我们全村人都要跟着遭殃，他们已经通知了孙小姐的妈妈和警察。我很担心，村子就这么大，山上、树林里，全都找过了，两个女孩子能去哪儿呢？

“林小明、孙勇、刘虎，几个浑蛋小子居然能干出这种禽兽不如的事！秦雪一个人外出，他们把秦雪拖去池塘边欺负了，谁知孙小姐凑巧去找秦雪，看见之后大声呼救，他们怕事情败露，就把孙小姐捂住嘴，打晕之后也给……畜生！我要被他们活活气死！

“我该怎么办？3家长辈一起来求情，让我保密，我说出去的话，他们的儿子就完蛋了。这几个孩子都是我看着长大的，我不忍心看他们坐牢。可是，雪儿和孙小姐也很可怜，她们被这几个畜生杀死，尸体还被丢去了村外……

“今天我说了谎，我告诉警察，我亲眼看见秦雪和孙小姐去村外找原石材料。警察在村外找到了她们的尸骨，已经被野兽给吃光了，只剩下骨头，天哪，真是作孽！

“秦二嫂抱着女儿秦雪的骨头回来，她脸上一直没有表情，盯着我看了很久。我很心虚，我感觉她可能知道了什么……

“秦二嫂果然知道了，肯定有人说漏了嘴，她会不会告诉孙女士真相？

“秦二嫂疯了，她居然把女儿的骨头泡在酒坛子里，就是不肯把女儿下葬！”

日记到这里戛然而止。

老村长字迹凌乱，显然当时他的内心也受到了极大的煎熬。

树下，听完老村长日记的村民们彻底陷入了沉默。

日记里提到的那 3 个人正是他们的父辈。村长所写的“秦二嫂”就是如今的秦老太太，她丈夫早逝，只留下一个女儿，据说她女儿先天眼盲。显然，秦老太太知道真相后告诉了孙婆婆，两人从此对流溪村展开了长达 35 年的报复。

肖楼合上日记本，轻轻闭了闭眼，尽量平静地说道：“事情的真相就是这样，你们的父辈曾经做了禽兽不如的事，将两个年轻的女孩子杀死并抛尸野外，让野兽吃光了她们的身体。她们的母亲，也就是秦老太太和孙婆婆，将当年参与这件事的村民全部毒死，毁掉山神庙，把村民的尸体埋在坑里，然后将你们这些不记事的孩子也毒瞎，编造了一套村子被诅咒的谎言。”

虞寒江补充道：“秦老太太女儿的尸骨被她泡在米酒坛子里。孙婆婆女儿的手链被分成了 7 个部分，以人字形的图案放在村里，让你们世代守护。”

肖楼接着说：“把你们毒瞎，肯定是秦老太太的主意，她的女儿因为眼盲，被你们的父辈欺负，她要让他们的子孙后代也尝尝眼盲的滋味。”

村内一片寂静，就连来听故事的小孩子都吓得面色发白。

周围的挑战者们听到这个真相，脸色都很难看。可以说，这一切不幸的根源，就是当年那 3 个见色起意的畜生。他们欺负秦雪眼睛看不见，将她拖去池塘边，孙小姐正好路过，想救朋友，结果受到了牵连。3 人做贼心虚，干脆杀了两个女孩，抛尸野外，让两个女孩被野兽吃光尸体。

想到两个女孩子曾经的遭遇，众人都气得胸闷。

那 3 个畜生真是死一万遍都不够！

秦老太太和孙婆婆知道真相时的愤怒和悲痛大家完全可以理解，想想要是自己的女儿遭遇了这种事，也恨不得吃了仇人的肉、喝了仇人的血。

可是，她们被仇恨扭曲了心态，报复也渐渐偏离了轨迹。

两人不但杀掉了当初的凶手，屠了整个流溪村，还要让仇恨延续到下一代，甚至下下一代。那3个畜生活该被千刀万剐，可其他的村民和后代又何其无辜？

这一场恐怖的报复，着实令人心惊。

村民们神色复杂地来到西山，将破庙的人骨坑和画满眼睛的符咒一把火烧成灰烬。

这些人骨才是他们真正的祖先。

流溪村的恩怨，将会随着这一把火，付之一炬，彻底终结。

接下来的两天，挑战者们无所事事。

每天，被随机失明影响的人就留在村长家休息，没被影响的就在村里闲逛，12人如同做客流溪村的旅游团，生活过得有滋有味。

3个没拿到宝石的人在第6天深夜偷袭过一次，被守夜的肖楼和虞寒江发现后赶走。3人痛哭流涕，肖楼虽然同情他们，却也无能为力。黑桃密室竞争残酷，只能怪自己思维迟钝，行动也不够迅捷，没能第一时间抢到宝石。

流溪村的第7天。

众人吃过晚饭跟村长告别，村长主动带大家来到西山，说："这些石头应该就是孙小姐当年发现的什么宝石毛料，我们都不懂这个，既然你们是为宝石来的，这些你们也带走吧。"

众人大惊，这村长是来送豪华礼包了吗？

大家都看向虞寒江，等他的意见。

虞寒江当然不会客气，说："毛料我也不太懂，你们随便挑。"

邵清格凑过来说："玉石毛料不一定越大越好，你们不会挑，交给我吧。"

其他挑战者都去挑大块的石头，邵清格蹲下来挑挑拣拣，最终给肖楼、虞寒江、叶棋和刘桥都挑了几块小的。

众人迅速把看似普通的石头瓜分了，虽然不懂，但带去主城说不定能卖个好价钱。

村长诚恳地道："你们有事，我就不留了，以后有空再来流溪村做客。"

肖楼跟他握了握手："村长再会。"

0点。

每个人的悬浮框中都刷出了只有自己能看见的通关提示——

恭喜肖楼、虞寒江完美通关黑桃4密室【流溪村】，通关评分S，

请到山顶乘坐直升机离开密室！

十二个挑战者满脸欣喜，戴面具的男人走到虞寒江面前，似笑非笑地打量了一下肖楼和虞寒江："老韩、云霄是吗？你们队伍缺不缺人，要不加我一个？"

对方深邃的目光让虞寒江有种被看穿的不适。

难道这个人知道他们用的是假名？

虞寒江低声道："抱歉，暂时没有加人的打算。"

面具男耸了耸肩："那就祝你们好运了。"

那对情侣本来也想问他们还加不加队友，见虞寒江神色严肃，只好作罢。"变色龙"男人友好地伸出手："很高兴认识你们，希望以后的密室要是再遇到的话，还能跟你们合作。"

老齐走过来道："我们 4 个主城打算选日之城，各位以后怎么打算？"

虞寒江道："我们去月之城。"

鬈发女人玩笑道："两大主城该不会是敌对关系吧？如果是的话，我们也选月之城好了，跟你们敌对，应该没有好果子吃。"

老齐想了想，点头："有道理，那我们也选月之城吧。"

肖楼颇为无奈地想：虞队有这么可怕吗？一句话居然改变了这 4 人的选项。

众人相继离开，肖楼问刘桥："你接下来是去梅花 4 吧？"

"是的，不知道梅花 4 密室会不会强制淘汰人？"

叶棋在旁边说："放心，第四关黑桃、红桃都太难，梅花 4 密室是直接送的抽奖关，看手气，我跟邵总运气好，把卡牌技能都升满了。"

刘桥听到这里松了一口气，她看向肖楼，道："肖教授，你们保重，主城再见。"

肖楼朝她点头："再见。"

4 人并肩走向山顶，山顶只剩下两架直升机，两个一模一样的黑桃 A 分别等着他们，叶棋吐槽道："又开着直升机来接人，黑桃 A 真是会耍帅。"

黑桃 A 明明离得很远，却听到了他的话，淡淡地道："流溪村交通不便，我不开直升机来接你们，要不你们自己爬出去？"

叶棋急忙摆摆手："不不不，我是说，你作为 4 位守关者中最帅的一位，出场方式当然也是最拉风的，开的都是直升机，厉害！"

两个黑桃 A 同时瞄了他一眼，没理他。

邵清格揉揉太阳穴："我们接下来去红桃 4 密室，希望不会太耗时间，主城见吧。"

肖楼低声在他耳边叮嘱："到了主城别急着行动，一切等我们会合之后再商量。"

两人点点头，转身走上直升机，肖楼和虞寒江上了另一架飞机。

头顶传来熟悉的螺旋桨轰鸣声，肖楼最后看了一眼这安静的村子。

柔和月色的笼罩之下，流溪村就像是落在山林间的一块温润的玉石，北边的池塘有微风吹过，清澈的池水在月色下泛起了阵阵涟漪，像是在池水中洒进了无数银色的碎钻。

那池塘附近发生过残忍的凶杀案，两个年轻的女孩子在那一夜失去了生命。

如今，恩怨终结，池塘的池水早已恢复清澈，里面养殖着新鲜肥美的鱼，是村民们主要的食材。

深夜的流溪村突然传来婴儿的啼哭声，那是慧慧刚出生的女儿。

肖楼记得那个女孩子，瘦瘦小小的，皮肤很白。

她的眼睛看得见。

从这个女孩开始，流溪村的后代，将会重见光明。

慧慧的女儿出生的时间正好是当年两个女孩子死去的那一天，一个轮回结束，流溪村将变成全新的流溪村。

这一代的村民由于长期被失明影响，生活简单，民风淳朴，心地也很善良。他们自知祖辈对不起孙小姐，所以将孙小姐喜欢的玉石毛料全部送了人。

他们虽然眼盲，但心不盲。

肖楼相信，流溪村的后代会在村长和小晴的带领下生活得越来越好，他们定能将这里建造成真正的世外桃源。

第十三章

卡牌飞行棋

肖楼和虞寒江乘坐直升机回到了个人空间。

打开卡包一看，果然发现了几张新卡——

物品卡：玉石毛料。

数量：2 张。

稀有度：A。

描述：产自流溪村的天然玉石毛料，村民好感度满分时有概率获得。

使用卡牌，面前将出现在流溪村获得的石头，玉石毛料可以开出各种珍贵的玉石或宝石，具体能开出什么就看你的运气了。赌石，玩儿的就是刺激。

物品卡：猫眼石手链。

稀有度：S。

描述：黑桃 4 密室【流溪村】，集齐 7 颗宝石后可以获得的隐藏奖励。这是孙小姐最喜欢的手链，由七种不同颜色的猫眼石组成，价值连城。

手链没有任何技能，就是好看。自用、送人、拿去卖，都是不错的选择。

工具牌：人骨药罐。

稀有度：A。

描述：孙婆婆用人骨熬药的药罐，通关黑桃 4 密室后获得的固定奖励。

限定：团队限定卡，一本契约书上的团队只能带一张人骨药罐。

使用方法：将人骨药罐投掷到指定位置，可形成范围 500 平方米的毒雾圈，让范围内所有人中毒并失明 7 分钟。离开范围后，失明状态自动解除。

可使用次数：1/1。

这张 A 卡强度不差，控制范围高达 500 平方米，集体失明 7 分钟。唯一的缺点就是团队限定、次数限定，一队只能带一张，且最多使用一次。

这张是通关黑桃 4 密室就必定会获得的奖励，主城里应该每支队伍都会有一张。当然，孙婆婆毒瞎村民的药罐不能滥用，给出一定的限制也很正常。

肖楼仔细收起卡牌，往后翻，便是黑桃 4 密室的特殊奖励“流溪村”剧情卡。

黑桃 A 淡淡地道：“由于集齐五张剧情卡，你们获得了新成就，会有额外的成就奖励。”

肖楼怔了怔：“成就奖励？”

下一刻，就见两人的面前同时刷过一条提示——

肖楼、虞寒江团队集齐玫瑰葬礼、血色枫叶、李默、程沐、流溪村 5 张剧情卡，获得成就“完美搜证王”，解锁成就奖励。

可选择：A：金币 500 万；B：通用子弹 100 颗；C：指定 2 张卡牌技能直接升满。

肖楼看向虞寒江：“选 B 吧？虞队你的武器不是缺子弹吗？”

虞寒江：“嗯。通用子弹应该可以根据武器随时转换，我的两把武器都能用。”

两人爽快地选择了 B 项。

肖楼看向守关者：“没记错的话，完美通关有一次抽奖机会，我们集齐 7 颗宝石还触发了一次额外抽奖的机会，对吗？”

黑桃 A 点头：“两个宝箱，你们谁来？”

虞寒江道：“你抽吗？说不定你又能抽到召唤牌。”

肖楼笑着摇头：“我之前连抽两次，一张柳永，一张秦观，召唤牌的战斗能力不够强，都是各种控场技能，我们控制类的卡牌够多了，还是你来吧。”

虞寒江也没推辞，上前一步，将两只手分别伸进两个宝箱，一次性抽出来两张卡牌。

恭喜你获得 A 级稀有度卡：消音器。

恭喜你获得 S 级卡牌：星芒。

他将两张卡牌展开，和肖楼一起看向卡牌描述。

工具卡：消音器。

稀有度：A。

描述：获得赠送抽奖机会时，在赠送宝箱内抽取，有概率获得。

使用方式：可安装在任何枪械类武器牌中，使该武器牌在射击时自动屏蔽枪声，无声无息地射杀目标。

备注：为了维护世界的和平，主城禁用此卡牌。

武器牌：星芒。

稀有度：S。

描述：完美通关后在限定卡池抽奖，有极低的概率获得。

数据：长 12 厘米、宽 3 厘米的匕首，由特殊金属制成，削铁如泥、极为锋利。

备注：限定武器牌，拔出匕首时锋芒毕露、星光点点，因此得名“星芒”。在拔出匕首的瞬间可以让 3 米距离内的锁定目标陷入 1 秒的视觉晕眩。

此卡牌可在任意场景使用，没有使用次数限制。

虞寒江激活卡牌，手中果然出现了一把匕首。这把刀还配了一个墨蓝色的精致刀鞘，刀鞘上面有一些碎钻一样的银色点缀，看上去就像是广袤无垠的星空。

肖楼不由感慨：“这次流溪村的收获真是丰盛。”

虞寒江问：“不如我们现在就去梅花 4 密室？”

“好，早点通关，早点去主城。”

两人意见一致，虞寒江便顺手抽出了梅花 4 这张牌。

眼前的场景飞快转换，他们又一次见到了那个皮肤白皙的面瘫少年。

少年淡淡地道：“欢迎两位来到梅花 4 密室——卡牌飞行棋。请做好游戏准备。”

肖楼和虞寒江跟着少年一前一后走进游戏场所。

梅花 4 密室游戏的场所极为开阔，几乎比得上两个足球场。地面上画了大量正方形小格子，所有格子连接在一起，形成了一大片菱形区域，从起点开始，小格子按照红桃、黑桃、方片、梅花的循环顺序排列，首尾相连。

4 个拐角处的格子分别是红桃 K、黑桃 K、方片 K 和梅花 K。这 4 张 K 牌有一条直接通往场地最中心的通路。中心是大王牌和小王牌，上面分别放着金色、银色的宝箱。

参与游戏的有 4 个人。

肖楼和虞寒江一队，另一队是一男一女组合，肖楼抬头看了他们一眼。

女生扎着马尾辫，由于穿着梅花密室规定的西装，脸上也戴着面具，看不清容貌，可她的眼睛分外眼熟，加上身高正好在肖楼下巴处，很像之前在流溪村认识的刘桥。

她的搭档是一个身材高大的男人，看上去也很眼熟，有点像流溪村遇到的那位面具男——会隔空取物的高手。

肖楼开口问："是小刘吗？"

刘桥听见熟悉的声音，显然愣了愣，她刚要叫"肖教授"，想起肖楼和虞寒江在外人面前都用化名，忙改口道："霄哥、老韩，是你们吗？"

肖楼点了一下头，看向面具男："这位也在流溪村见过吧？"

"是的。"面具男轻扬唇角，"看来我们密室进度一致，梅花 4 强制两两组队，所以把我们两个落单的人匹配到了一起。"

"我也是刚认出他。"刘桥说道，"没想到在梅花 4 也能遇见你们，真的太巧了。"

梅花少年说："请看具体的游戏规则，我给你们做一次示范。"少年拿起骰子，随手一丢，上面出现的点数是"1 点"，他从起点的空白格向前走了 1 步，正好停留在一个红桃格子里。

面前弹出提示框："红桃 2'玫瑰葬礼'的凶手叫什么名字？倒计时 3 秒。"

肖楼下意识地答道："赵森。"

梅花少年道："回答正确，就可以解锁这个格子上的奖励。"

虞寒江问："要是答不出来怎么办？"

"那就只能接受惩罚，每个格子的惩罚都有可能不一样。"

"奖励呢？也是不同花色不一样？"

"当然。"少年伸手指向场地中间的两个宝箱，"那两个宝箱都看到了吧？"

4 人齐齐点头。

"那是我们日神和月神提供的奖励，谁能停留在 4 类花色的任意一张 K 牌上，就可以去中间抽奖。游戏开始后，你们 4 个站在起始点的空白格，按先后顺序投骰子，直到抽走金银宝箱的奖励，游戏才会结束。"

少年轻轻挥手，4 张序号牌浮空出现在 4 个面前："游戏开始，先抽序号牌。"

大家互相看了一眼，每人抽了一张。

肖楼抽到 1 号，虞寒江 2 号，刘桥 3 号，面具男 4 号。

“4 位，请去起始格子站好。”4 人立刻走到游戏场地，在起点的方格里站好。由于肖楼是 1 号，所以由他先投掷骰子。

“骰子是共用的，请 1 号选手先进行游戏。”

少年话音刚落，肖楼面前就出现一个圆盘以及一颗比平时打麻将用的大两倍的骰子。肖楼拿起骰子往圆盘里一丢——3 点。

他开始往前走，3 步之后，停留在方片格子上。

面前出现一个透明的液晶屏幕，上面是一道机关题，正好是肖楼所擅长的九宫格数学题，肖楼几乎是看完题目的瞬间就给出了答案。

屏幕上弹出提示：“回答正确，奖励工具卡‘剪刀’一张！”

紧跟着，2 号虞寒江开始投骰子。

他投到 5 点，往前走了 5 步，脚下正好是红桃。肖楼本以为红桃格会问他凶手是谁，结果这次的题目却是：“请说出‘极速列车案’闺密团的名字，限时 5 秒。”

那“× 晓 ×”的闺密团名字太难记了，肖楼刚想起刘晓燕和宋晓羽，就听虞寒江以极快的速度回答：“刘晓燕、张晓宁、吴晓菲、宋晓羽、程晓丽。”

短短 5 秒，留给挑战者的反应时间极短，几乎要 1 秒说一个名字。虞寒江的回答速度也极快，屏幕中弹出提示：“恭喜你，回答正确！奖励卡牌直升满级的机会一次！请选择卡包里需要升级的卡牌。”

虞寒江选了武器牌“银月”，这把狙击枪的初始射程范围是 800 米，他一直没用过，如今成长度直接升满，射程就可以达到 1500 米的距离。

刘桥投出个 4 点，往前走 4 步，正好停留在梅花格。

屏幕中弹出提示：“进入奖励格，获得 10 万金币。”

4 号面具男投了个 1 点，他往前走 1 步，踩中红桃，屏幕中弹出提示：“枫林高中的几栋教学楼分别叫什么名字？限时 10 秒。”

面具男低着头思考两秒：“致远楼、书香楼……”

其他的楼名，他似乎不记得了。

梅花少年道：“时间到，回答不完整，请接受惩罚——这个格子的惩罚模式是，留下你卡包中的一张卡牌。”

面具男微笑着从卡包里抽出一张最不重要的卡牌交给了梅花少年。

“1 号选手，请继续。”

肖楼深吸一口气，拿起骰子在圆盘里轻轻一抛，那骰子在圆盘中快速滚动了片刻，最终停下——3 点。

他往前走 3 步，走进了黑桃格。正担心自己会面临什么游戏，就见大屏幕中弹出一条红色警告提示："警报，你误入了藏獒的领地，请以最快的速度逃命，别被藏獒追上！注意，顺时针跑一圈后藏獒会消失，如果半路被扑倒，则挑战失败，需要接受惩罚。倒计时3，2，1！"

身后突然出现一只藏獒，肖楼心跳一滞，扭头就跑！

幸亏离开黑桃4密室前虞寒江将加速鞋交给了他，他开着5倍速度奔跑，才能勉强跑过藏獒。那只凶狗就在他身后一米多远，"汪汪"咆哮着，张开大嘴，露出的锋利牙齿几乎要咬到他的腿！

肖楼脸色发白，使出全身的力气撒腿狂奔。

他从小到大还没有过如此惊心动魄的经历，体型巨大的藏獒给他的心理压力让他几乎要无法呼吸。他的脑海里一片空白，只剩下一个念头：跑！

整个过程中，虞寒江一直目不转睛地盯着肖楼，生怕那藏獒真的扑倒他。

肖楼总算跑到终点，他双腿发颤，几乎要站不住，用双手扶着膝盖大口大口地喘着气，虞寒江担心地问道："没事吧？"

肖楼摆摆手："没、没事。"

面前的屏幕中弹出提示："挑战成功，可继续游戏！"

黑桃生存格过程惊心动魄不说，还没有奖励。

2号虞寒江紧跟着投骰子，随手一丢，投了个2点出来。

他面无表情地往前走两步，踩进方片格。

看着黑板上复杂的数学等式，虞寒江放弃了思考。

梅花少年道："挑战失败，请接收惩罚。"

话音刚落，就听"轰"一声巨响，虞寒江脚下的格子突然崩塌，整个人掉进了一个大坑里，头顶紧跟着淋下一桶水，把虞寒江给浇了个透心凉。

"落汤鸡"虞队回到地面，全身湿透，脸色黑如锅底。

这是什么破手气？肖楼踩进最不擅长的生存黑桃格，虞寒江踩进最讨厌的机关方片格。他俩能换一换吗？

肖楼回头看了眼湿淋淋的虞队，忍不住问守关者："梅花A，我们既然是队友，如果抽到不擅长的格子，可以互相调换位置吗？"

梅花少年淡淡地道："格子不可以交换，自己抽到的自己解决。"

肖楼："好吧。"

他美好的愿望破灭了。

梅花少年话锋一转，看向湿淋淋的虞寒江："但可以替队友接受惩罚。"

虞寒江心想，要是待会儿再遇到被淋水的惩罚，他可以替肖楼，反正被淋一次和被淋两次没有区别，可不能让肖楼被淋得那么狼狈。

接下来轮到刘桥。第一轮她运气很好，投到梅花格子奖励10万金币，第二轮刘桥投了4点，又一次走进梅花格，然而这次屏幕中弹出红色的警报提示：“误入梅花惩罚格，请留下20万金币！”

刚刚赚的10万在口袋里还没焐热，还要倒贴10万？刘桥的脸色不太好看，这一次惩罚，刘桥把全部家底都留了下来，瞬间变成了身无分文的穷光蛋。

4号面具男投出6点，进入方片格子，他抽到的题目也是数学题，面具男没能在10秒之内得出答案，跟虞寒江一样，他的身体突然下坠，掉进坑里，头顶一桶冰冷的水猛地浇下来。

被浇成“落汤鸡”的男人湿答答的，看上去有些狼狈，但他还是保持住风度，甩了甩头发上的水迹，淡淡地道：“谁出的题目？怎么有种在学校学习了3年，最后总复习，升学考试的感觉？”

梅花少年看他一眼，眸中闪过一丝不明的情绪。

肖楼被他的话给逗笑，仔细一想还真是——通过第四关就能进主城，在这一关设定“答题”环节，确实像升学考试。

一轮游戏过后，再次轮到肖楼。

肖楼拿起骰子轻轻在手心里搓了搓，丢进圆盘：4点。

也就是说他要再次走进黑桃格。刚才被藏獒追着跑一圈，他双腿都有些发软，要是再来一次的话，他估计没法顺利跑到终点了。

然而，这次屏幕中弹出的要求却更出人意料：“限时1分钟，原地做俯卧撑，35个以上合格，低于35个请接受惩罚。”

站在最后的面具男忍不住轻笑出声：“不错，这算体育考试吧？”

梅花A看他一眼，没说话。

屏幕上从60秒开始倒计时，肖楼无奈，只好原地做起了俯卧撑。

刚刚逃命一样跑了一圈，体能消耗严重，所以肖楼在倒计时结束的那一刻只做了34个，就差1个。

肖楼站起来，担心地看向大屏幕。

屏幕上出现红色的感叹号：“挑战失败，请接受惩罚！”

他还没来得及问惩罚方式，就听虞寒江低声说：“我替他。”

梅花少年目光冷淡地看向虞寒江：“黑桃格的惩罚比较残酷，你确定要替他？”

虞寒江毫不犹豫地走到肖楼所在的格子，道：“你刚刚跑了一整圈，肯定很累，先休息一会儿，惩罚环节我替你。”

肖楼不好意思让虞队替：“我自己来吧……”

虞寒江朝他摇了摇头，低声对他说："不要逞强，你的体能消耗太严重，保留体力，说不定接下来还会跳到黑桃格。"

对上他深邃的眼眸，肖楼只好点点头，站去旁边。

屏幕中出现黑桃格的惩罚方式："请从面前放满蜘蛛的箱子里，准确找出黑桃 8 这张扑克牌。"

一个透明的箱子出现在面前，只见箱子里全是毛茸茸的大蜘蛛，爬来爬去的让人看着都怕，有几张扑克牌放在箱子底部，挑战者需要把手伸进去，从蜘蛛群里拿回扑克。

肖楼看到这里，脸色不由一白。

他最讨厌的动物就是蜘蛛，让他把手伸到蜘蛛堆里他简直不敢想。

虞寒江目光平静，在惩罚开始的那一刻，就将手从箱子的缺口塞了进去。

在蜘蛛群的包围下找卡牌，虞寒江的身体没有一丝一毫的颤抖或僵硬，神色镇定得就好像在沙子里面翻找卡牌一样。

他用修长的手指将靠近的蜘蛛轻轻拨到旁边，以极快的速度拿出一张牌。

是黑桃 4，不符合要求。

虞寒江又一次将手伸进去，拿起一张扑克牌，这次是黑桃 5。

他神色镇定，第三次将手伸进爬满蜘蛛的箱子里，终于拿出了黑桃 8 这张扑克牌。

虞寒江把牌递给肖楼，算是替肖楼完成了惩罚环节。

男人的手指、手背上有好几处被蜘蛛咬破的痕迹，几颗血珠鲜红得刺眼。肖楼对上他平静的目光，心里涌起一丝感动，低声说道："谢谢。"

虞寒江唇角微扬："客气什么。"

接下来轮到虞寒江，这次他手气不错，投了个 2 点，从方片走到红桃。

屏幕中弹出问题："枫林高中，俞辉书包里的巧克力有多少颗？"

虞队毫不犹豫地道："14 颗。"

屏幕中的文字变成回答正确的绿色——

挑战成功！随机奖励：卡包内的一张卡牌生成复制卡，请选择需要复制的卡牌。

虞寒江问守关者："可以复制队友卡包里的卡吗？"

守关者点头："当然可以。"

虞寒江走到肖楼身边问："你的卡包里有没有想要复制的牌？"

肖楼想了想，从卡包里拿出“秦观”：“要不复制这一张？秦观的心有灵犀通道很好用，不用开口说话，脑子里的想法都可以传达给对方，复制一张，以后队伍人多了，我们可以分头行动，建立多条联系的渠道。”

虞寒江点头，从肖楼手中接过“秦观”这张牌，复制了一张。

刘桥和面具男这一轮都平稳过关，没有拿到特殊的奖励。

游戏第四轮，圆盘和骰子再次回到肖楼的手中。

肖楼将骰子在手心里转了转，轻轻丢进圆盘，那骰子旋转的速度渐渐变慢，肖楼眼看它要停在3点了，结果，任性的骰子突然一个翻身，变成了5点。

肖楼要往前走5步，越过红桃K，停留在另一条路的方片上。

虽然没能停在红桃K，可方片是他擅长的，这让肖楼微微松了一口气。

这次的方片题是五行机关阵，肖楼伸出手快速调整，机关题限时10秒，肖楼成功解开。屏幕中提示：“回答正确，获得随机奖励。”

工具牌：夜明珠。

稀有度：A。

描述：在漆黑的夜里，尤其是荒郊野外，可以用夜明珠来照明。

使用夜明珠，能照亮以自身为中心，前方180度、半径10米的扇形范围。夜明珠没有冷却时间限制，没有使用次数限制。

这张牌属于功能型工具牌，没有战斗力，但照明也是很重要的，尤其是在野外环境或者恶劣的气候条件下，举着火把照明不方便，夜明珠就能发挥极大的作用。

接下来轮到虞寒江，他此时在红桃格，再走4步就是拐角处的红桃K，然而，虞寒江投出了一个3点——只能走进梅花格，距离红桃K就差那么一步！

看着近在咫尺的红桃K大奖，虞寒江也很无奈，他停留在梅花格子，屏幕中弹出提示：“进入梅花奖励格，获得10万金币。”

轮到刘桥，她抬眼看向前方。

拐角处的红桃K距离她是6步，如果她能投中6点，就可以直接到达红桃K。

刘桥默默在心底祈祷一番，拿起骰子，轻轻将它丢在圆盘里。骰子快速转动了几圈，最终，在其他3人的殷切目光中静止下来——朝上的一面正是6点！

刘桥心头一喜，抬头看向附近的肖楼。

肖楼也很为她高兴：“小刘，你可以直接通关了。”

刘桥点头："嗯，今天运气不错。"

走进K牌的挑战者可以直接来到场地中间，抽奖并通关。刘桥快步走到箱子前，将手伸进去随便一抽——

恭喜刘桥获得S级稀有度卡牌：毒皇后！

召唤牌：毒皇后。

稀有度：S。

描述：限定卡池抽奖，有一定概率获得。

附加技能1：魔镜谁最美。

毒皇后对着手里的镜子问："魔镜魔镜，谁是世界上最漂亮的女人？"镜子会回答："白雪公主。"毒皇后愤怒之下将魔镜丢出去，丢到指定的10米×10米范围后，镜子会照射范围内的敌人，大家看到镜子里的自己，发现自己长得太丑，羞愧之下集体停止攻击。如果正在攻击，则被镜子反弹。

附加技能2：毒苹果。

皇后拿出一只苹果，里面含有剧毒，将毒苹果喂给指定的目标，可让目标立刻进入濒死状态，如果10分钟内得不到解毒类卡牌的救援，则目标死亡。

毒皇后来自童话《白雪公主》中的人物，非常强的攻击卡，刘桥很开心地收了起来。

梅花少年道："3号选手刘桥率先通关，你可以选择离开密室，或者在旁边等你的队友结束游戏。"

刘桥并没有急着离开，她站在旁边，想看看肖教授和虞队的游戏结果。邵总和肖教授他们已经说好了组队，肯定会在月之城会合。所以自己最明智的做法，就是等他们游戏结束，一起去月之城。

发现刘桥在旁边等，肖楼猜到了她的想法，微微一笑："小刘，那你就等我们通关之后，大家一起去月之城吧。"

刘桥立刻点头："好。"

第五轮游戏，肖楼继续往前，这次他随便投，投中的是2点，走进红桃，回答正确，获得随机奖励，可让卡包里的一张卡牌技能升到满级。

这个奖励对肖楼来说太实用了。他将卡包里的“白居易”拿出来，卡牌上冒起柔和的光芒，果然升到了满级。让肖楼意外的是，这张卡牌的成长度满级并不是10级，而是30级！

召唤牌：白居易。

稀有度：S。

描述：通关评分S时在限定卡池抽奖，有极低概率获得。

附加技能1：卖炭翁。

可怜身上衣正单，心忧炭贱愿天寒——出自白居易名篇《卖炭翁》。

使用“卖炭翁”技能，可在指定位置生出一团炭火，炭火存在的时间为90分钟，每天限制使用一次。

附加技能2：琵琶行。

同是天涯沦落人，相逢何必曾相识——出自白居易名篇《琵琶行》。

使用“琵琶行”技能，可奏响清脆悦耳的琵琶旋律，以白居易为中心，半径30米范围内的敌人在听到琵琶音律后会陷入混乱，攻击时很可能误伤队友。琵琶声持续15秒。技能冷却时间4小时。

附加技能3：长恨歌。

在天愿作比翼鸟，在地愿为连理枝；天长地久有时尽，此恨绵绵无绝期。

白居易在《长恨歌》中描述了唐明皇和杨贵妃的凄美爱情故事，使用“长恨歌”技能时，以白居易为中心半径30米范围内所有目标都将被这段凄美的爱情故事所感染，心中充满悲伤之情，停止任何形式的攻击持续15秒。技能冷却时间4小时。

站在附近的虞寒江看到满级的白居易，眼中也闪过一丝惊讶之色：“3个技能？”

肖楼点头道：“满级的S卡确实很强。”

虞寒江接下来全去了方片，不过这次正好是字符排列的题目——诗词题，将诗句全部打乱让挑战者来排序，虞寒江顺利拼了出来，连续获得两张工具牌“夜明珠”。

肖楼不由心生疑惑：“怎么这么多夜明珠？这张牌的掉落率是不是刻意调高了？”

梅花少年点头：“在这一关几乎人人都能拿到夜明珠，说明接下来的方片密室很可能会有一片漆黑的迷宫，懂了吗？”

肖楼点了点头。这次“升学考试”如果好好利用，可以获得大量的奖励。在棋盘格里走的时间越长，奖励就越多，但相应的，被惩罚的次数也可能会增多。

此时，肖楼距离黑桃 K 有 6 步，虞寒江 2 步，面具男走在最前，距离黑桃 K 只剩下 1 步。不过面具男投了个 3 点，越过了黑桃 K。

肖楼投了 5 点。

轮到虞寒江，距离黑桃 K 还有 2 步，虞寒江神色平静地丢出骰子。

肖楼盯着那个骰子，心里一直在默念：2，投个 2 点……

也不知是不是他的祈祷起了作用，骰子在经过几秒的旋转之后，居然真的停留在了 2 点！

虞寒江也没料到自己有这样的好运，绕过肖楼停在了黑桃 K。

他回头看向肖楼，对方微笑着说：“去抽奖吧。”

最后还剩一个银色宝箱，抽完这场游戏就结束了，虞寒江快步走到宝箱面前，把手伸进银色的宝箱。

恭喜你获得 S 级稀有度卡牌：护身符！

装备牌：护身符。

稀有度：S。

描述：梅花奖励关限定卡池抽奖，有一定概率获得。

使用方式：抽到该卡牌后立刻跟主人绑定，并佩戴在主人的身上。护身符可以在危难关头保护主人免受一次致命伤害，一旦技能发动，则护身符彻底失效。

限制：珍贵的护身符只能用一次，相当于给了它所保护的主人第二条命。

这张装备牌类似于多一条命的“复活甲”。虞寒江把卡牌暂时收进卡包，看向梅花少年：“宝箱抽完，游戏结束了吧？”

面瘫少年从沙发上站起来，平静地道：“恭喜 4 位通关梅花 4 密室卡牌飞行棋，由于你们已经通过了全部的第四关密室，接下来，卡牌世界的主城将朝各位开放，日之城、月之城，请选择其中一个城市进入。”

第十四章

月之城

梅花少年轻轻挥了挥手，场地中间就出现了一个长约十米的巨大液晶屏幕，屏幕中开始播放两座主城的简介。

如果说梅花 4 是升学考试，那现在播放的视频就很像大学招生宣传片。

日之城坐落于海边，是一座临海城市。

在日光的照射下，这座城市就像披上了一层柔和的金色轻纱，洁白而细腻的沙滩是肖楼所见过的最美的海滩，清澈见底的湛蓝色海水看不见任何被污染的痕迹。

视频中有不少人穿着泳衣、光着脚在沙滩上散步，所有人的脸上都带着阳光、灿烂的笑容，若不是身在卡牌世界，肖楼甚至要误以为这是人们的度假天堂。

梅花少年说："日之城作为滨海城市，有卡牌世界中最美的海景，海景房也相当便宜，只要 5000 万金币，就可以买一套精装修的海景别墅。"

按照金币和人民币 100∶1 的汇率，5000 万金币相当于 50 万人民币。50 万人民币想在现实世界里买海景别墅？这简直是痴人说梦。

肖楼和虞寒江两人并没有因为日之城物价便宜而欣喜，反而更加担忧——他们的推测没有错，很多挑战者在进入主城后，可能会渐渐融入这个世界，发现这个世界的美好，然后动摇回去的决心。

试想，在现实世界连一套 50 平方米的毛坯房都买不起的人，在卡牌世界通过密室赚到一些金币，能直接买一套精装的海景别墅，他还会坚定地想要回去住自己那破破烂烂的出租屋吗？

物质的诱惑虽然是最俗气的手段，可往往让很多人抵挡不了。

虞寒江皱眉问："月之城是什么情况？"

梅花少年手指轻轻一挥，屏幕中的画面立刻变成了另一段宣传片。

整座城市坐落在森林深处，城市的周边到处都是高大的树木，街道两旁的大树能直接长到居民家的阳台旁，推开窗就是翠绿的树冠。那些奇花异草生长得极为茂盛，城市的建筑风格也和日之城的高楼大厦截然相反，这里更多的是最原始的木屋，一栋栋的丛林木屋造型各异，有些木屋直接建造在大树上面，可以顺着树干做成的台阶爬上去。3 层高的木质小别墅分散在月之城的各个角落，整个城市就像是休闲养老的世外桃源。

相比起日之城的喧哗和热闹，月之城显得格外幽静。

在朦胧月光的笼罩下，坐落在森林深处的月之城透着一丝神秘，人们在这里可以过上跟大自然亲密接触的生活，由于绿植覆盖率高达70%，空气绝对清新怡人。

“月之城的物价和日之城一样，你们也可以花同样的价格买木屋别墅，在这里吃海鲜会很贵，但有大量山珍野味，光是蘑菇品种就有十几种，烤肉也相当便宜。”少年顶着一张面瘫脸，尽职尽责地给大家介绍两座城市。

肖楼敏锐地察觉到宣传片中的最大区别：“在月之城的宣传片里，整个城市一直处于夜晚，被月光照射……这是巧合，还是说月之城没有白天？”

梅花少年道：“日之城是18个小时的白昼，6个小时的夜晚；月之城是18个小时的夜晚，6个小时的白昼。两边的工作时间，都是上午9点到12点，下午1点到4点。”

刘桥惊讶地睁大眼睛：“每天只要工作6小时？”

梅花少年道：“是的，人们的大部分时间都该用来休息和娱乐。”

众人同时沉默下来。

现实世界别说是每天工作6小时了，8小时是最基本的，很多IT行业的加班更是常态，往往下班回到家的时候都晚上10点了，累得倒头就睡。下午4点下班？大家真是连想都不敢想。

50万买一套装修好的别墅，每天工作6小时，大部分时间用来娱乐……

这样的生活，简直跟做梦一样。

刘桥若有所思地说：“这两座城市，怎么像是童话故事里的理想城？”

梅花少年看她一眼，点头：“日之城和月之城，确实是人类生活的理想城。”

屋内再次安静下来。

肖楼和虞寒江心理上受到了极大的冲击，他们一直以为卡牌世界是残酷的、充满危机的，然而卡牌世界的主城却建造成了人类社会很难达到的“理想国度”。

在这里他们可以用很低的价格买一套别墅，可以吃到各种山珍海味，可以享受最好的居住环境，月之城清新的空气、满眼的翠绿，日之城灿烂的阳光、美丽的海滩……这样的地方待久了，谁还想回去？

肖楼紧紧地攥住拳头，他算是明白卡牌世界最大的坑是什么了——用最好的物质条件腐蚀人心，让挑战者渐渐丧失回去的动力。

大小王给挑战者们埋的坑，如此温柔，却也如同一个泥潭，让人陷进去之后就再也走不出来。

近八千万的挑战者，却没有一个人通关。太不可思议了！

肖楼回头看向虞寒江，后者朝他点了一下头，显然两人都想到了一起。

虞寒江干脆地说："我们去月之城。"

梅花少年道："3 号、4 号选手呢？请选择。"

刘桥当然也选了月之城，面具男却微微一笑："我选日之城。"

梅花少年在场地里开了两扇门，金色代表日之城，银色代表月之城，他做了一个邀请的姿势："4 位，请吧，记得进门后检查卡包。"

肖楼、虞寒江和刘桥走进那一扇银色的门。

本以为自己会直接传送到月之城，结果 3 人却走进了一个大型机场，肖楼立刻按梅花少年的提示检查卡包，发现里面多出来一张牌"机票"，起点梅花 4，终点月之城。

3 人发现机场里人来人往，有很多像他们这样神色茫然的挑战者。虞寒江目光扫过机场，看到办理登机手续的地方，3 人便一起走了过去。

这趟航班有近百人。

有的神色平静，上飞机后就开始闭目养神；有的左顾右盼，偷偷用眼睛瞄周围的乘客；有的神色茫然，呆呆地看向窗外。

肖楼、虞寒江和刘桥的座位正好在一起。

3 人在位置上坐下，漂亮的空姐给大家念了一些注意事项，飞机便起飞了。

窗外是深夜，可以看到繁星点点。

飞机上的乘客神色各异，有些心大的直接睡着了，但大部分人心情忐忑，有些在低低地跟同伴耳语，商量接下来的计划。

虞寒江突然道："我担心邵总和叶棋从红桃过去，很可能不是坐飞机。"

肖楼想起红桃 4 密室"极速列车"通关后还送了一张通用旅行票，他忍不住道："虞队说得有道理，邵总和叶棋从红桃 4 密室通关前往月之城，很大可能是坐动车。"

刘桥道："这么一来，我们会在月之城的机场降落，他们却在月之城火车站下车，哪怕是同一时间前往月之城，我们也会错过？"

肖楼无奈："很大可能是这样。但没关系，只要大家都在月之城，我们可以想办法去找邵总和叶棋。"他看向虞寒江问，"虞队手里还剩多少钱？"

"在梅花 4 密室输输赢赢，最后好像赢了 20 万。"

"我在梅花 4 密室也赚了 20 万，加上之前金融危机赚的钱，我们现在的可支配资金大概是 80 万金币左右。"肖楼摸着下巴想了想，"邵总的账户应该有好几百万存款，找到他之后，我们再想办法卖掉猫眼石手链和玉石毛料，以后就不愁钱了。"

身无分文的刘桥接不上话了。

发现刘桥脸色不对，肖楼微笑着看向她："小刘的钱是不是在梅花4输光了？"

刘桥无奈："我身上的钱本就不多，正好踩中了惩罚格，手里确实没有现金。"

肖楼建议道："你先跟着我们，等我们和邵总会合，你把手链卖了，有钱以后再想办法。"他顿了顿，"而且，你姐姐的下落，到了主城之后我们也可以帮你一起找找。"

刘桥心中感激，认真点头说："谢谢肖教授。"

肖楼笑道："不客气。"

他关照刘桥，一是因为当初在梅花2密室答应过刘桥的姐姐，二来他是老师，刘桥是他们学校的学生，他总不能眼睁睁看着小刘露宿街头。他没能力帮太多人，但顺手照顾一下学生还是绰绰有余的。

一阵轻微的颠簸之后，飞机缓缓降落在地面。

3人一走出机场，就看见头顶的夜空中有一轮圆月高悬，这是他们见过的最美的月亮。硕大的月亮仿佛触手可及，柔和的月光轻轻笼罩着这座城市，远处灯火通明，显然，城市里的居民们还没有睡觉，属于他们的夜生活才刚刚开始。

机场的时钟显示此时是晚上8点。

清风带来空气里淡淡的草木香，适宜的温度和清新的空气让3人都觉得无比舒适。从外面回头看，可以发现月之城的机场被修建成了一棵大树的形状，中轴是树干，上面的3层就像是延伸出去的树枝，整栋建筑都被绿色藤蔓所包裹，空中走廊全是花，那些花卉生长得极为旺盛，有一些小花从三楼垂落到地上，形成大片的花卉"瀑布"。

远处有一大片薰衣草花坛，紫色的花朵在月色下似乎蒙上了一层神秘感，淡淡的幽香沁人心脾，很美的地方，光是机场的设计都让人震撼。

可越震撼，肖楼心里就越不安，他看得出来，周围很多挑战者都特别喜欢这些花草，如果是现实世界，他们或许都拿起手机，开始自拍发朋友圈了。即便是卡牌世界，他们眼中的惊喜也毫不掩饰地流露了出来。

如果这时候问人们"你愿意在这座城市定居吗？"他们或许会犹豫。

可过段时间再问呢？心底的犹豫，很可能就消失不见了。

肖楼轻轻揉了揉太阳穴，感慨道："真是座漂亮的城市。"

虞寒江冷冷地道："用这种手段腐蚀人心，我们可别上当。走吧，先找个住处。"

3 人刚走几步，就发现机场外面突然出现了一些横幅，如"身无分文的外地人可以来找我们，提供临时收容所！""落英阁招新点，女生可前来咨询。"

肖楼在刘桥耳边说："小刘，你去那边问问看是什么情况。"

刘桥点点头，去落英阁招新点问了问，那里坐着两个女人，正在聊天，脸上笑容灿烂，精神状态看上去极好。刘桥走过去跟她们聊了片刻，然后回到肖楼身边，低声说："是挑战者协会，落英阁只收女生，没有队伍的可以找她们帮忙组队。"

主城果然有很多挑战者组织。

正疑惑着，突然耳边响起一个柔和的女音："广播找人，广播找人，外地来的游客，虞寒江先生、肖楼先生，请速到机场咨询台，有朋友在等你。"

3 人同时停下脚步，面面相觑。

虞寒江疑惑："认识的朋友在找我们？"

肖楼摇头："应该不会，我在现实世界的朋友最近几年没人意外去世。如果是在我之后才出了事，他们也没那么快通过第四关。"

刘桥突然想到一种可能性："会不会是因为两位之前刷新了密室纪录，所以有挑战者组织找你们？在这批新人中，你们算是最有名气的挑战者。"

刘桥的说法有道理。肖楼和虞寒江转身继续朝咨询台走去。

3 人走到咨询台附近，有个戴墨镜的女人靠在旁边静静等待，女人身高超过一米七五，身材清瘦，典型的瓜子脸，皮肤很白，烫了一头性感的大鬈发。见到 3 人后，她主动走过来道："请问，是外地来的虞先生和肖先生吗？"

虞寒江点了点头，女人这才摘掉墨镜，主动伸出手："你好，我叫薛明月。"

肖楼不记得这个人，疑惑地看向虞寒江。虞寒江并没有伸手和她相握，而是很直接地说："抱歉，我不认识你。"

薛明月微笑："我认识你就够了。"她看了周围的旅客一眼，"借一步说话。"

3 人跟着她来到僻静的角落，薛明月警觉地环顾四周，这才道："刚才问询台那里有很多当地人，说话不太方便。我也是挑战者，是会长派我来接你们的，两位刷新过红桃密室的世界纪录，是这一批新人中最强的挑战者。"

肖楼问："会长？什么会长？"

"远方协会，月之城规模最大的公会之一，我们公会只有一个原则，就是想尽一切办法回去。我们都深知我们的家乡在远方，而不在这里。"

这个公会的目标倒是和虞寒江、肖楼不谋而合。

薛明月接着说："我们会从每批新人中挑选一些非常强的挑战者，邀请他们加入公会。公会内部组建精英团队，来应付世界周常和后续高难度的关卡。两位在红桃密室表现出色，刷新了很多世界纪录，所以我们会长'老鬼'很早就在关注你们。"

虞寒江从中捕捉到关键信息，皱眉问道："世界周常？什么意思？"

薛明月道："机场人多口杂，请跟我回公会总部，我们会长想亲自跟你们聊聊。"

肖楼担心有诈，但主城看上去很和平，应该不会公然动武。有虞队的枪械牌在，即便动武他也不怕。但他还是留了个心眼，看向虞寒江道："虞队，麻烦等我几分钟，我想先去趟洗手间。"

虞寒江配合地点头："好，我在这等你。"

肖楼离开之前偷偷跟虞寒江开了秦观的技能，心有灵犀通道建立，他的所思所想能立刻传达到虞寒江的脑海里。

过了几秒，虞寒江脑海中果然响起肖楼的声音："虞队，我们之前一直封闭闯关，没想到我们的名字多次在挑战者悬浮框公告里出现，这是好事，也是坏事。"

虞寒江理解了他的意思："我明白。薛明月来历不明，她所说的挑战者联盟可信度有多高目前还不确定，我打算跟她去了解些情况，但防人之心不可无，我们得做好随时撤退的准备。"

肖楼道："我也这么想。我先在没人的地方把桃花源给开出来，30 分钟之内一旦情况不对，我们立刻传送回到机场。"

虞寒江赞同道："好，就按你说的办。"

肖楼很快回来，微笑着说："走吧。"

薛明月带着 3 人来到停车场，她开了辆红色的轿车，现实中从未见过这种车，应该是卡牌世界的。刘桥自觉地坐在副驾驶座，把后排留给肖楼和虞寒江，两人先后上车。

后排的空间极为宽敞，肖楼问道："这车挺好，在卡牌世界卖多少钱？"

薛明月弯起嘴角："换成人民币差不多一两万吧。"从后视镜看到肖楼惊讶的目光，她耸了耸肩，"这个世界的物价真的很低，买车买房非常轻松，所以很多挑战者在这里待久了，被这里超低的物价所吸引，就不想回去了。"

肖楼早有所料，但听她亲口说出来，心里还是说不出的难受。

车辆启动，薛明月开着车驶入机场高速。轿车行驶在公路上，就像穿梭在丛林之中。

肖楼看着窗外的美景和一望无际的星空，有一搭没一搭地跟薛明月聊着天。

薛明月道："原住民和挑战者唯一的区别就是他们每周一到周五上班，周六周日下班休息，但挑战者在周六和周日还需要在固定时间闯关，很可能有去无回。"

肖楼猜测道："每周末的闯关，就是你所说的世界周常？"

"世界周常所有挑战者都要去，会有一股神秘的力量将我们直接吸进一个大型的密室世界，生死看命。所以，很多当地人都会疑惑，我们外地人怎么总是过一段时间就失踪了。其实不是失踪，而是死在了密室世界。"她的双眼直视着前方，眸中闪过一丝失落，"所以，哪怕在这个世界过上正常人的生活，也是朝不保夕的。没有人知道，下一次的周常，自己能不能活着回来。"

坐在副驾的刘桥看她一眼，开口问："周常密室是随机的吗？"

薛明月道："对，有可能是红桃、方片、黑桃、梅花中的任何一种。"

肖楼皱眉道："我记得进入主城的挑战者有上千万，把这么多人全部吸进同一个密室世界？上千万人参与的红桃悬疑密室，那剧情得乱成什么样？"

薛明月笑着解释："上千万人会被分散到同一个密室的不同副本，每个密室容纳的人数最多也就百来人，如果是红桃密室，很可能只有十几个人。"她从后视镜看了肖楼一眼，道，"其实这里很像游戏世界，我们是游戏玩家，强制周末任务。而原住民就是不需要做任务的 NPC。"

肖楼看着窗外若有所思。

周常任务会将数千万挑战者全部拉进密室世界，有可能是复杂的凶杀案，有可能是超大的迷宫，或者条件极其恶劣的生存密室，再或者是梅花密室，直接两个阵营对立淘汰。

挑战者们每周都要经历一次惊心动魄的全民生死游戏。

所以，哪怕这个世界的物质条件再好，挑战者们也没有安全感，每个人都不知道周末自己能不能活着过关，哪怕这一周活着回来，下一周呢？

想要过上真正安稳的日子，只有一条路——通关 SS 密室，回到现实世界。

肖楼深吸一口气，看向坐在身旁的虞寒江。正好虞队也有感应一样回头看他，两人交换了一个眼神，继续用精神交流。

虞寒江道："世界周常应该是每周随机出一个密室，跟 52 张扑克牌的固定密室不一样，而且，所有挑战者都要做周常，这任务肯定不会太简单。"

"周末做世界周常，那其他的密室，想通关只能放在周一到周五？"

"对我们来说，挑战密室就像是上班。"

"是啊，还是周一到周日全年无休。"

两人精神交流了一路，很快耳边就响起薛明月的声音："到了。"

她将车停在一栋设计精美的建筑前。这是一栋3层高的别墅，纯实木建造，此时，别墅里亮着暖黄的灯光。

薛明月带着大家走到门前，轻轻敲了敲门："会长，您找的人到了。"

屋内传来一个低沉的声音："带他们进来吧。"

3人走进别墅。

沙发上坐着个六十岁左右的老人，他坐姿端正，穿一身灰色中山装，给人的第一印象就是他很有修养。整个别墅都是纯中式装修风格，全套的实木家具，看上去极为气派。

茶几上摆着一套精致的茶具，此时他正在茶壶里沏茶。男人抬头看了3人一眼，淡淡地道："3位，请坐，我沏好了茶，我们边喝边聊。"

3人只好走过去在他对面坐下。

老人自我介绍："我叫归远章，在现实世界，是一位书法家。"

肖楼从他手中接过茶杯，惊讶道："归老先生？我听说过您。"

归远章回头看他："是吗？"

肖楼道："我父亲很爱书法，还收藏了一些您的作品。"

归远章笑道："那真是荣幸。"

他把沏好茶的精致紫砂茶杯分别递给3人，道："小薛应该跟你们说过了，我关注两位，是因为两位刷新了红桃密室的世界纪录，我找情报局查过，虞队是现实中的警官，肖教授是法医，两位强强联手，红桃密室过得很轻松，对吗？"

虞寒江皱眉道："情报局可以查到我们现实中的身份？"

"是的，情报局也是挑战者组织，从挑战者和原住民当中搜集到了大量的情报，只要出得起钱，想问什么，他们都可以回答。"

刘桥听到这里，不由轻轻攥住拳头。居然有情报局这种组织，那她能不能通过情报局，问到姐姐的下落？

归远章看她一眼："小姑娘似乎有心事？"

刘桥并没有说出姐姐的事，可能是女生的第六感在作祟，她总觉得这个归先生给她的感觉有些怪怪的，他脸上的笑容虽然慈爱，可刘桥被他看着，心里就是不太舒服。

她不敢轻易在陌生人前露出自己的软肋。万一对方知道她还有个姐姐，拿姐姐要挟她呢？

想到这里，刘桥立刻平静地说："没什么，就是觉得情报局这种组织有些神奇。"她迅速转移话题，"归先生，刚才薛小姐说你们协会的最终目标是回到现实，对吗？”

归远章点头：“是的。”

刘桥道：“你们协会有多少人？”

归远章微笑道：“我们远方协会是卡牌世界规模最大的协会之一，会员人数过万。”

刘桥一针见血地问：“那为什么守关者告诉我，到现在为止没有任何人闯关成功呢？”

归远章突然沉默了下来。

肖楼没想到小刘还挺牙尖嘴利的，她提出的问题很关键，3人都等待着归先生的回答。

片刻后，归远章才说：“因为后面的密室太难。我们曾组织了一支15人精英队，他们当中有推理作家、体校运动员、舞蹈老师、奥数冠军、歌手、画家……几乎汇聚了各行业最顶尖的人才，结果，他们只走到红桃J，就彻底失踪了。”他端起紫砂茶杯喝了口茶，低声说，“连情报局都查不到他们的下落，他们应该都死在了红桃J密室。”

肖楼心中不由惊骇，这样强的团队居然也没能通关？

“自那以后，很多人就不敢再去挑战J以上的密室，目前，整个世界的密室进度平均水平是第七关，最高的也只停在第十关。”老人眼中闪过一丝黯然，“我们虽然坚持要回去，可是，组出那样一支精英队伍，公会已经大伤元气，很难再复制了。”他抬头看向两人，“你们两位的出现，算是给了我一点信心。”

薛明月在旁边微笑着道：“自从虞队进入卡牌世界，刷新红桃2密室‘玫瑰葬礼’的纪录开始，会长就一直在关注你们，我们公会有很多高手，如果几位想回去的话，不妨考虑加入我们。后续密室会越来越难，只有聚集大量高手，才有通关的希望。”

肖楼和虞寒江被说得有些心动，但两人并没有草率地做出决定。

虞寒江低声道：“谢谢归先生的邀请，我们没办法立刻给出答复，因为我们还有几个朋友在进入主城的时候失散了，等他们来了，我们商量之后再告诉您我们的决定。”

归远章怔了怔：“你们不是双人闯关？我记得世界纪录只有你们两个的名字。”

肖楼解释道：“是黑桃密室认识的朋友，大家志同道合，提前商量好了一起组队，我们总不能言而无信。”

归远章道：“我可以帮你们找，那几位朋友叫什么名字？”

肖楼摇头："不麻烦您了，我们约好了见面的地方，现在时间快要到了，我们还是先回去跟几个朋友会合吧。"

对方笑了笑，不再勉强大家，让薛明月送他们回去。

肖楼说跟朋友约好了在中心广场会合，薛明月便把3人放在中央广场，紧跟着，肖楼带虞寒江和刘桥来到一个没人的拐角处，直接开陶渊明的技能，瞬间传送回了机场的桃花源里。

防人之心不可无。

贸然加入这种挑战者组织，说不定会给自己惹来一身麻烦，还是找到邵总、叶棋之后再说吧。这个世界目前的时间是周一，距离所谓的"世界周常"还有4天时间，他们需要好好调查，搜集足够的情报再做决定。

3人从桃花源出来，直接打了辆出租车去月之城动车站。

不同于机场的树木形建筑，动车站的造型更像是一朵盛开的花，这里的行人比机场还多，来来往往的旅客光从外表很难分辨出挑战者和当地人。

肖楼3人乘扶梯走向到达层，刚要去问询处广播找人，结果，突然有个中年男人朝3位走了过来，笑眯眯地问道："3位，住宿吗？我可以帮你们找酒店。"

虞寒江戒备地看他一眼："不用了。"

那人凑过来，低声道："我还提供挑战者的咨询服务。"

肖楼听到这话，心中不由疑惑——这男人是怎么单从外表看出他们是挑战者的？难道他们的脸上写着"挑战者"3个字？

似乎看出他的疑惑，中年男人微笑着道："你们肯定是刚来月之城的新手，什么行李都不带，我没说错吧？"

肖楼环顾四周，发现来来往往的旅客确实都带着行李，有人拖着行李箱，有人背着旅行包，还有一些白领的手里提着公文包。而他们3人的双手都空空如也，看上去确实不像坐动车的旅客。

肖楼解释道："我们是去接人的。"

中年男人说："接人应该走侧面的到达通道，不走这边。"

被他一句话戳破，肖楼只好无奈一笑："好吧，你找我们什么事？"

中年男人道："刚来这里的挑战者和你们一样两手空空，身上除了卡牌，什么都没有。"对上虞寒江锋利的目光，男人立刻摆摆手，"我没恶意，我专门在动车站找新手提供咨询服务，这也是养家糊口的一种方式。在卡牌世界，生活很难啊！"

他一副"我上有老、下有小，养家糊口不容易"的诚恳神色，道："你们有问题可以找我咨询，比如，哪家酒店环境又好又便宜、哪里的东西好吃又实惠、租房应该找哪家中介，需要月之城一日游的话，我也能帮你们联系旅行社。”

他满脸笑容地看向肖楼：“我收费不高，咨询一个问题，得到满意的答案之后你们才需要付费，不满意包退。一个问题只收 5000 金币咨询费，相当于人民币 50 块。对了，你们可以叫我老莫，这是我的名片。”

这哥们儿挺有才的，居然想到用这种方式来赚钱。找知情人咨询，50 块的收费也不算贵了。就是不知道这个老莫可不可靠？肖楼低头看向他的名片——

莫学民

40 岁

鑫鑫装修公司设计师

咨询电话 0099-86590876

虞寒江从口袋里掏出 1 万金币：“两个问题，第一个，情报局怎么联系？”

老莫怔了怔：“你们消息挺灵通啊，刚来这里就知道情报局了？”

虞寒江道：“你知道怎么联系吗？”

男人笑着摸摸鼻子，说：“情报局非常神秘，大家只知道他们的老大姓唐，人们都叫他唐先生。情报局总部在哪里没有人知道，但在月之城、日之城设有 4 个分部。这 4 个分部的门面都挂着‘唐氏福利彩票’的大招牌，这几家彩票专卖店只有周三营业，你们可以等周三开票的时候去任何分店联系。”

这男人从表情到目光都不像说谎的样子，回答问题时敢看自己的眼睛，并且态度诚恳。虞寒江暂时相信了他的答案，给了他 5000 金币。

紧跟着，虞寒江又问：“知道挑战者协会吗？给我们简单介绍一下。”

中年男人接过金币，认真说道：“挑战者中最大的协会叫‘永恒国度’，总部在日之城，他们的宗旨是开开心心地活在卡牌世界，只应付每周的周常，不继续闯关，他们当中还有人和当地居民结婚生子，几乎所有人都过上了有车有房的幸福生活。

“第二大协会是远方协会，以回到现实世界为最终目标，会长代号‘老鬼’，他要求会员们跟卡牌世界的居民保持距离，坚持本心，别被这里同化。

“第三大协会叫落英阁，只收女性挑战者，会长是个非常厉害的女人，据说所有惹到她的人都被她给干掉了。”他说到这里，突然顿了顿，道，“我想办法赚钱也是为了多攒些钱应付接下来的梅花密室。唉，又要做周常，又要继续闯后面的密室，真是比上班还累。”

肖楼有些好奇："你为什么一定要回去呢？"

老莫的眼中闪过一丝失落，他低下头，苦笑着说："我出事的时候，我女儿刚考上重点中学，她 10 岁便没了妈妈，总不能又没了爸爸，让她一个人高考，将来也一个人出嫁吧？"

刘桥问道："大叔，您这么想回去，那您加入远方协会了吗？"

老莫苦笑道："没有，远方协会招人要求很严，必须有两张以上的 S 卡才有资格加入，我到现在通关密室大部分评级是 A，手里一堆的 A 卡，从没抽到过 S 卡。"

虞寒江抓住老莫话里的关键，问道："您刚才那句话的意思是，红桃、黑桃、方片、梅花，四类密室您全都是 A 评级通关的？"

老莫点头："是的，就是拿不到 S 评分，唉。"

肖楼听到这里才猛地反应过来。这位老莫其实很厉害，他就像某些学生，没有特别擅长的科目，但也没有特别差的，听起来中规中矩，可如果所有科目全都能考出优秀成绩，那总分加起来，会比偏科生更有优势。

这说明什么？面前的男人至少脑子灵活，并且博学多才。

肖楼顿时对他很感兴趣："莫先生，能不能问一下您现实世界是做什么的？当然，这涉及您的隐私，不回答也没关系。"

老莫笑道："我年轻的时候做过销售，赚够了钱就自己开了家装修公司。在这个世界我也兼职做鑫鑫装修公司的设计师，你们以后如果买房子需要设计可以找我，打八折！"

肖楼双眼一亮，做销售的口才不差，怪不得连虞队都被他三言两语所打动，找他买消息。而装修公司涉及大量的空间设计，这位老莫的空间感应该很强。所有密室评分 A 并不是巧合，四十多岁的年纪在他脸上留下了岁月的痕迹，也给了他极为丰富的阅历。

虞寒江痛快地将剩余的 5000 金币递给他："谢谢。"

莫学民笑着挥挥手："不客气，祝 3 位好运，有问题可以再找我。"

他转身离开，又拦住从扶梯下来的一对情侣，殷勤地推销自己"贩卖消息"的业务。

肖楼看他那么努力，一时有些心酸。

刘桥轻叹一口气："我能理解他想要回去的心情。作为一个父亲，他肯定不放心把女儿单独留下。"

他在这个世界厚着脸皮到处堵新人、卖消息赚钱，一天下来收入肯定不错，做过销售的脑子就是灵活，肖楼心里其实挺佩服他的。

虞寒江看肖楼把名片塞进口袋，问道：“你留着他的名片，是想以后继续联系他？”

肖楼说：“契约书升级之后能加的人很多，我先留着，以后看情况吧，我觉得老莫人不错，而且他所有密室评分 A 实力也不差，可以考虑一下。”

虞寒江对肖楼的决定也极少反对，听到这里便点了点头：“嗯，我记得高级契约书最多能组 15 个人，先找到邵总和叶棋，然后找老莫打听清楚周常任务和后续的密室，到时候如果条件允许，我们再多加一些可靠的人，提升我们团队的能力。”

肖楼道：“好，先去找邵总和叶棋。”

3 人走到问询台，片刻后，月之城的动车站响起了女播音员温柔的声音：“外地游客邵清格先生、叶棋先生，你们的朋友正在问讯处等你们，请听到广播后立刻前往问询处，谢谢。”

广播连续念两遍，肖楼谢了她一声，耐心地等。

然而，半个小时过去，依旧看不见邵清格和叶棋的踪影。

眼看天色越来越晚，晚上 10 点，肖楼再次广播，还没等到这两人，他无奈地看向虞寒江：“我们很可能错过了。不如先安顿下来，再慢慢找他们？”

刘桥想了想，道：“你们就没有约好在什么地点见面吗？比如中心广场、全市最大的咖啡厅之类的。”

肖楼轻轻揉了揉眉心，笑得有些无奈：“这一点确实是我的疏忽，我还以为去月之城大家都会被传送到同一个地点。”

虞寒江突然说：“如果大家真的走散了，我们可以试试去一个地方，说不定能找到邵总。”

对上他的目光，肖楼双眼猛地一亮：“对，地下赌场！”

月之城有最专业的地下赌场，早在黑桃 3 密室“金融危机”的时候邵清格就说过，有机会要来这里见识一下，那么，当邵总和叶棋也找不到他们的时候，说不定邵总会去曾经提到的地下赌场等他们。

想到这里，肖楼立刻说：“现在就走吧！”

3 人打车去了月之城最大的地下赌场。

赌场总共 3 层，一楼是大厅，二楼和三楼则是包间。

一眼望不到边的大厅里摆着不少牌桌，荷官戴着一双白手套给大家发牌，坐在牌桌上的玩家也没有人大声喧哗，说话的声音都压得很低。

有秩序的赌局，邵总肯定喜欢。

虞寒江目光扫过全场，然后，他突然转身朝一个角落走了过去。

只见角落里的牌桌上坐着个容貌清俊的男人，栗色的头发扎了一小截马尾辫，桃花眼带着一丝笑意，正微笑着将桌上的金币全部收起来："不好意思，这局又是我赢！"

他旁边坐着一个少年，目光颇为忐忑，一直在左顾右盼。

正是邵清格和叶棋！

邵清格发现了他们，立刻站起来道："各位，我有事先走，以后有机会再一起玩。"他拿着一堆金币笑眯眯地走过来，"两位，总算等到你们了。"

肖楼疑惑："你们什么时候来的？"

邵清格头痛地道："上午 8 点就到了，在车站等了一上午，饿得受不了就带小叶棋去吃饭，下午听说有人是从机场过来的，我们又去机场找……晚饭后，突然想到这里有赌场，我就过来玩儿了几把，顺便等你们。"

叶棋神秘兮兮地凑过来："邵总超级厉害，刚玩了十把，赢了好几十万。"

肖楼竖起大拇指："不愧是邵总。"

虞寒江看了眼时间，道："快 11 点了，我们先找个酒店安顿下来再说。"

离开地下赌场后，肖楼在附近找了一家公用电话亭，拿出口袋里的名片给莫学民打了个电话："老莫，我是刚才在火车站找你咨询情报局的那位，我们想找一家酒店临时安顿下来，有没有经济实惠的酒店推荐？咨询费我们可以转账给你吗？"

耳边传来莫学民热情的声音："可以可以！你们打算住几天？"

肖楼道："先住一周吧，以后再想办法租房子。"

莫学民想了想，说："那你们打个车到清塘区，这边属于月之城郊区，酒店价格便宜，推荐新世界度假酒店，环境好，豪华双人房一晚上的房价也就 15000 金币，我就住在这里。放心，这边治安严格，挺安全的！"

15000 金币，差不多 150 块人民币，确实够便宜。

肖楼道："谢谢老莫。"

莫学民道："你们到了之后还有问题可以找我，我正打算回去。"

"好的，你住哪间房？我到时候把咨询费给你。"

"我住 507，那待会儿见！"

挂了电话后，邵清格疑惑地道："肖教授为什么要咨询这个人？"

肖楼说："在火车站遇到的一位前辈，靠卖日常消息赚钱，人挺诚恳，我先问问他，免得大家又不小心住进黑店。"

叶棋警觉地道："火车站遇到的？该不会是骗子吧？！"

肖楼道：“是不是骗子，再问几个当地人就知道了。”

邵清格提议：“你们应该还没吃饭吧？先随便吃点东西再去找住处？”

肖楼确实有点饿，众人在路边找了家快餐店。每人点了份套餐，吃饭的过程中也找店员打听了一下清塘区，都说那里是郊区，外地人多，显然，老莫给的信息并没有问题。

由于一辆出租车最多坐 4 人，5 人只好拦两辆车一起前往清塘区，肖楼、虞寒江和邵总坐一辆，叶棋和刘桥紧随其后。

出租车在酒店附近停下。见叶棋和刘桥还没下车，邵清格便凑到肖楼耳边低声问：“肖教授是打算收留这个刘桥吗？”

“嗯，她在梅花 4 输光了金币，我们先带她一段时间。”肖楼扭头看向邵总，道，“如果她想加入我们团队，邵总愿意接纳她吗？”

邵清格耸了耸肩：“只要她不拖大家后腿，加个女生我没意见。”

“应该不会，刘桥聪明谨慎，而且她手里目前已经有 3 张 S 卡，一张双生可以复制任何人，一张小红帽，在梅花 4 密室又抽了张毒皇后，实力挺强的。”

邵清格听到这里有些意外：“是吗？她抽的都是童话牌？”

肖楼道：“可能她跟童话牌有缘吧。”

邵清格摸了摸鼻子，感慨道：“这么说来，我好像是团队里最渣的？叶棋好歹还有几张乐器控制卡，我都没抽到什么有用的卡牌。”

虞寒江插话：“你会赚钱就够了。”

好吧，那他就负责赚钱加躺赢。

这时候，跟在后面的叶棋、刘桥的出租车也到了。两人下车走到肖楼面前，肖楼微笑着道：“人齐了，先去酒店办入住。”

新世界酒店有二十多层高，酒店门口有两棵大树，高大的树冠左右相连，彼此交缠，形成了漂亮的天然绿荫，鼻间能闻见最自然的草木香气。

酒店的时钟指向 11 点半。

肖楼带着大家款步走到前台：“麻烦给我们开 3 间双人房。”

前台接待听到这里微微一笑：“请出示你们的身份卡。”

身份卡？肖楼眼中闪过一丝疑惑。但紧跟着，他就反应过来，拿出自己的卡包一看——果然，在进入月之城之后，他的卡包里就多了一张崭新的卡牌。

身份卡

姓名：肖楼

编号：89657741

身份证上只有编号，大概这就是卡牌世界的特色？肖楼将卡递过去，妹子微笑着道："几位有多少人，要住几天？"

"5 个人，住 7 天。"

"请入住的客人都把身份卡交给我验证，这是规定。"

其他人纷纷效仿肖楼，从卡包里找到身份卡递给她。

女生拿过五张身份卡在电脑上一番操作，然后就给他们发了 3 张房卡："3 个双人间住 7 天，房号是 311、312、313，总价 315000 金币，请问怎么支付？"

邵清格在旁边问："必须付现金吗？"

接待妹子道："先生，您也可以直接刷身份卡。"

邵清格身上现金不多，听到这里松了一口气："那就刷卡吧，我卡里应该有钱。"

"好的。"

接待妹子在 POS 机上输入金额，耳边响起机械音："请验证指纹。"

邵清格将食指放上去，机械音道："验证通过，扣除 315000 金币。"

果然，他之前在别的密室赚的钱都自动跟身份卡绑定了。

接待微笑着说："你们的房间都在三楼，请收好你们的房卡。"

5 人拿回卡牌，转身上了三楼。

三楼是一个环形走廊，每条走廊都有 10 个房间，酒店中间是空心结构，种着一棵一直生长到屋顶的大树，大树的树枝上面还挂着一些漂亮的小灯，场景极为梦幻。

很难想象这么美的地方房价居然一天只要 150 块。

刘桥轻声道："邵总，这几天的房费，等我有钱了就还给你。"这几个人愿意带着身无分文的她，刘桥心里十分感激，当然不好意思占便宜。

邵清格笑笑："不用还，就当我请你。我们钱多，卖了手链会有更多，这点钱不算什么。"

肖楼看了眼并排的 3 个房间，说："女生住中间，安全一些。"

虞寒江说："大家先进 311，有些事跟你们商量。"

肖楼拿出门卡迅速开门进屋。

房间挺大，两张整齐的木床上铺着洁白的床品，脚下铺着木地板。落地窗的旁边摆着两张藤椅，还有个浅色的如同树墩一样的木制小茶几。屋里有液晶电视，桌上还摆着台式的电脑，连了宽带网线。

5 人都很满意酒店的环境，各自找了地方坐下。

虞寒江这才低声说："邵总、小叶，你们听过世界周常吗？"

邵清格和叶棋的神色都很茫然："世界周常？"

虞寒江解释道："我们刚下飞机的时候被一家挑战者公会接走，见到了他们的会长，对方透露挑战者进入主城后不仅要继续后续闯关，每周的周末还必须参加世界周常。"

叶棋愣了愣："是跟游戏里的周常任务一样？"

虞寒江严肃点头："据说所有的挑战者会被强行吸进周常密室世界，周常任务和卡牌墙上的54张牌没有直接关联，是独立密室，据说很多挑战者周末失踪后就再也没有回来。"

听到这里，邵清格不由微微蹙眉："大量挑战者参与的周常，万一是黑桃类密室，那绝对会很凶残，挑战者之间自相残杀，想想都很可怕。"

虞寒江道："所以我才想跟你们商量该怎么应付，如果不尽快搜集线索，拉拢厉害的队友，很可能我们就去不了后续的卡牌密室了，因为我们连这周末的周常都过不了。"

邵清格疑惑地看向肖楼："找你们的那家公会是想邀请你们加入？"

肖楼道："是的，远方协会的管理层见世界公告我跟虞队刷新了红桃密室的纪录，就派人在机场接人，想拉我们入会。但当时一来我们还没找到你跟叶棋，二来，对这家公会我们的了解也不够深，所以没敢贸然答应。"

叶棋赞同道："对，这种大公会一旦加入，那就是利益绑定。他们的仇家会变成我们的仇家，跟游戏里的大公会一样，其实挺复杂的！"

邵清格皱着眉说："我个人更喜欢自由一些。大公会势力庞大，条条框框的规章制度也会很多，内部说不定还会钩心斗角。小叶说得没错，这家公会有没有敌对势力，我们调查清楚之前还是别贸然加入。一旦加入，再想退会的话又要得罪一批人。"

肖楼道："没错，我们也不急着做决定，等这周末的周常结束了再说吧。"

叶棋道："我个人的意见是，我们自己成立一个小团队，人少方便管理，也更容易团结。大公会太复杂了，反正我玩游戏的时候被大公会坑过很多次……"

虞寒江点头："还是自由自在的好，有什么事可以自己做决定。不过，我要再确认一下大家的想法。"他的目光扫过刘桥、邵清格和叶棋，问，"3位，我跟肖教授是早就说好要回去的，你们呢？"

刘桥率先说："我必须回去。我姐姐也来了这里，如果我们姐妹都不在了，爸妈该怎么办？我爸妈都是普通人，为培养我们考上大学辛苦了这么多年，我不能扔下他们不管。"

虞寒江点了一下头，看向叶棋。

叶棋挠挠后脑勺，说："我也想回去。其实在现实世界我参加了一次唱歌比赛，还进了总决赛。我的梦想是变成一个可以在全国开演唱会的歌手，虽然距离那一步还很远，但我从小就学声乐，不能就这么放弃。"

参加歌手比赛进了决赛？邵清格笑眯眯地上下打量着他："看来，你还挺有当明星的潜力。唱歌能进决赛，说明唱功还不错，长得……嗯，也算好看。"

叶棋被夸得不好意思："嘿嘿，所以我是一定要回去的，说不定将来我变成了歌手，真的可以开巡回演唱会。"

邵清格道："到时候给我留张门票，我去捧场。"

肖楼发现邵清格一直在跟叶棋聊，不由微笑着问："邵总呢？你也坚持要回去吗？"

不知是不是错觉，听到这个问题后，邵清格的眼中闪过一丝锐利之色，他收起笑容，淡淡地道："当然，我可不想死得不明不白。"

肖楼怔了怔："怎么？你出意外……难道不是意外？"

邵清格冷冷地说："我是被车撞的。我正在十字路口等红灯，突然有辆大货车在路口左拐，从侧面冲过来逆向行驶撞我。出事前一天，我跟两位合伙人起了冲突，我决定开除他们，收回他们的实权，再过几天就要开股东大会讨论这件事情……"邵清格顿了顿，扭头看向虞寒江，"虞队，你是警察，你觉得这会是巧合吗？"

虞寒江皱眉："大货车如果刹车失灵，路口左拐的时候车身会撞到路基才对，而不是逆行过来撞你。左拐的时候拐到逆向车道，司机打方向盘至少要多打一圈，听起来更像是蓄意杀人。"

邵清格冷冷地道："我也认为这是一场谋杀。"

他的话让屋内瞬间安静下来。

没想到一直笑眯眯的邵总在现实世界居然也身处危机之中。他很有钱，但有时候，人为了钱和权力会做出一些疯狂的事情。他的推测并不是空穴来风，那两位合伙人说不定就是心态变了，在邵总决定踢走他们之后，对邵清格起了杀心。

邵清格眯起眼睛："不管是意外还是谋杀，我都一定要回去查清楚，可不能让那两个孙子侵吞了我辛苦创建的公司。其实在梅花 2 第一次遇见你们的时候我说了谎，我出事的地点就在江州市东郊，虞队是江州市刑警大队队长，不知道愿不愿意帮我这个忙？"

虞寒江毫不犹豫："当然，这在我的职责范围内。如果能回去，我会帮你调查。"

邵清格点头："你们放心，我也是一定要回去的。"

虞寒江看向肖楼，朝肖楼使了个眼色。

肖楼明白了他的想法，拿出契约书，说："既然大家目标一致，这么长时间的相处互相也足够了解和信任，我有个建议，不如我先把契约书给升级了，你们都签到我这边来，这样即便大家临时走散，每次进入密室我们也能传送到同一个世界。"

邵清格和叶棋早就说好要跟肖楼组队，自然没有意见。

只剩刘桥……

肖楼看向刘桥，温言道："小刘，你也暂时签过来吧。你现在一个人行动，想通关大型周常副本会很麻烦。至于你姐姐，我们可以慢慢找，找到之后你如果想脱离队伍，也可以随时跟我们解除契约。"

刘桥仔细考虑过后，认真地点点头。虽然认识这些人还不到一周，但上次在流溪村跟他们合作，她相信自己的眼光不会错，肖教授、虞队、邵总和叶棋都是很有原则的人。与其独自行动，跟着这几位，通关的可能性会更大。

肖楼拿出契约书，按下升级按钮。

一阵柔和的光效后，契约书变成了闪闪发光的银色，打开书页，上面的条款都没变，只是签名页增加了一张，中级契约书的限定人数也从两人变成了5人。

肖楼拿起书中自带的羽毛笔，微笑着递给邵总："签吧。"

邵清格和叶棋迅速解除了契约书，改签到肖楼这本。刘桥也干脆地在最后一页签下自己的名字。她有一种奇怪的预感，这本契约书上的人，或许真的能创造奇迹，成为第一支走出卡牌世界的团队。

第十五章

组队

5 人签完契约书时，时间已经到了 12 点，肖楼带上几位队友一起去 507 敲门。

门很快开了，老莫已经洗过澡换上一身睡衣，见到他们后满脸惊讶：“哎，我还以为你说的给我咨询费是在开玩笑，还真的亲自送过来啊？”

肖楼笑道：“您靠卖消息做生意，一行有一行的规矩。”

老莫摆摆手：“算了算了，这么点钱我也不好意思收。”

“别不好意思，我们还有好多问题想咨询你，可以进去说吗？”

老莫打开门道：“快请进。”

他请几人进屋坐下，肖楼目光环顾四周，问道：“老莫，您一个人住？您的队友呢？”

莫学民正给众人倒水，听到这里，手指一僵，轻叹一口气说：“我队友在之前的密室中死光了。契约书上原本有 15 个人，上次周常倒霉遇见猎杀者，只有我逃了出来。”

虞寒江皱眉：“猎杀者？”

莫学民在藤椅上坐下，道：“就是以杀死我们挑战者作为目标的自由人，你们在黑桃 3 密室没有遇到过吗？”

虞寒江道：“你是说那位跟老板联手开黑店，想团灭挑战者的人？”

莫学民点头：“他们就叫猎杀者，杀死挑战者之后可以拿到高额赏金。”

叶棋满脸震惊：“周常密室也会出现猎杀者吗？”

莫学民苦笑着叹气：“不但有，而且很多。所以，每次周常都是生死挑战。我记得上周的周常有将近三百万人直接被淘汰出局。”他顿了顿，看向肖楼，“你们找我，是想咨询周常的事情吧？”

肖楼点头：“是的，想找前辈咨询一些经验。”

莫学民道：“新人的话我建议你们组队升级契约书，最好升到高级组 8~15 个人，人越多通关的概率越大，因为周常副本会随机传送大批挑战者，肯定要出现挑战者团队的内斗，那些大公会、大团队很可能会侵吞小公会、小团队。”

肖楼和几位伙伴只觉得脊背发冷。他们目前只有 5 个人，在别的团队看来他们势单力薄，就是一块任人宰割的肥肉，只要团灭他们，就可以获得他们的卡牌。

肖楼道：“老莫，能跟我们说说上周的周常是什么情况吗？”

“上周是方片周常，旋转迷宫，每过一段时间迷宫旋转 90 度，很多挑战者在里面绕晕，迷路就迷了好几个小时。有人不小心踩到机关被乱箭射死，还有一些人遇到猎杀者之后被对方杀死……就我所在的那个迷宫，一百多人，最后只有 20 人通关。”

肖楼和虞寒江从对方眼中看到了一丝担忧。总结来说，周常任务的特点就是很难，并且不确定密室类型。

从老莫刚才的描述中可以得知，上周的方片类周常“旋转迷宫”淘汰率极高。小团队多的副本中，挑战者就是一盘散沙，一轮内斗淘汰了一批人，然后又倒霉地遇见随机出现的猎杀者，老莫能活下来也算是命大。

刘桥忍不住问道：“莫叔，您契约书上的队友都不在了，那这周的周常您怎么打算？”

莫学民叹了口气：“我想去论坛招募一些队友，不愁找不到队伍，但能不能找到更强的队伍，还得看命。”

肖楼看向虞寒江，由于两人建立了心有灵犀通道，虞寒江第一时间知道了肖楼的想法：“虞队，以你的经验来看，这个老莫可靠吗？”

“他说话条理清楚，表情、眼神也没有任何伪装的痕迹，我相信他的说法，他应该是为了女儿想要努力回去，队友上周团灭，所以才抓紧时间赚钱积攒资金。不过，我们跟他的接触毕竟不多，直接拉他进队会有很大的风险。”

肖楼想了想，道：“有个办法。我们可以找情报局查他的底细，如果情报局那边给出的结果和我们的推测一致，到时候再看看能不能加他进队伍吧。反正我们也要找情报局帮刘桥找她姐姐。”

虞寒江道：“可即便加了老莫，我们人数还是不够开启高级契约书，高级团队至少要 8 个人。”

肖楼沉默几秒，突然道：“虞队还记得流溪村遇到的那对夫妻吗？”

“你是说抽到变色龙卡的男人，还有那个像僵尸一样跳的女人？”

“他们两个没有队伍，说不定也来了月之城，知道周常任务后他们肯定会找人组队，我们之前在流溪村合作过，这对夫妻实力挺强，卡牌也好用。我看得出来，当时他们挺想跟我们组队的，也愿意听你指挥，不如试着找一下他们？”

虞寒江爽快同意：“可以。合作过的人比陌生人可靠，在流溪村的时候，那两位很配合我们的行动，如果能找到他们，再加上老莫，我们就有 8 个人了。”

“8 个人总比 5 个人强，而且老莫知道的信息很多，他是前辈，可以给我们一些帮助，那对夫妻，流溪村我们带他俩躺赢，他们肯定很相信我们的实力，愿意听我们指挥。”

虞寒江发现肖楼考虑确实细致，方方面面都照顾到了。他没有意见，道：“就这么办吧，周三去找情报局。”

肖楼和虞寒江还在精神交流，邵清格见莫学民一脸困惑，不由轻笑着摸摸鼻子，道：“老莫，我咨询你一件事。”

发愣的莫学民回过神来，忙说：“好的好的，你问。”

邵清格道：“月之城有没有玉石加工厂、毛料收购站之类的地方？”

“北郊有家公司专门收购玉石毛料，还有私人收购，你是买还是卖？”

邵清格道：“我想赌石，改天去问问看吧，谢了。”

肖楼听到邵总的这话，回头看向莫学民：“老莫，今天真是谢谢你，给我们推荐了这么好的住处，还告诉我们关于世界周常的那么多信息，你看，咨询费方面，你要怎么收？现金还是转账？”

莫学民笑着摆手：“不用，我跟几位也算有缘，就当交个朋友吧，以后有问题可以继续打电话找我。”他顿了顿，轻叹一口气，目光中闪过一丝黯然，“反正在这个世界，能活多久都是未知数，要不是为了我女儿，我可能早就放弃了……”

刘桥突然道：“莫叔，您不能放弃，您女儿一定在等您回去。”莫学民霍然抬头，对上面前的女生清澈的眼睛，她认真地注视着他，“就像我父亲也在等我回去一样。”

莫学民怔了怔，心脏猛然一颤，他狼狈地移开视线，颤声道：“对，小姑娘说得没错，我闺女就比你小几岁，她只剩我一个亲人，我怎么能放弃呢？”

肖楼轻轻伸出手，拍了拍老莫的肩膀：“别灰心，照您的说法，几千万人参加周常，只有几百万被淘汰，近 10% 的淘汰率并不算特别高，只要找到好的团队，您这周也一定能通关。”

老莫笑道：“借你吉言，你们也保重吧！”

众人从老莫房间回去之后，肖楼告诉了其他 3 人跟虞队精神交流的结果，刘桥十分赞成：“我觉得老莫不像骗子，他提起他女儿时的那种表情，就算是影帝也演不出来。”

叶棋道：“老莫有点像是我们去陌生世界之后的向导，他知道很多信息，队里有这样一个人，我觉得没什么坏处。而且，肖教授说他之前所有密室都是 A 评分，那说明他十项全能啊！”

肖楼道：“最关键的一点，他是装修公司的设计师，设计师对空间非常敏感，我们团队还没有特别擅长迷宫的人。你们仔细想想，上周的旋转迷宫周常，每隔一段时间迷宫会 90 度旋转，老莫所在的密室还倒霉地遇到了猎杀者，一边逃命一边找迷宫路径，难度提升好几倍，80% 的人都被淘汰了，他的团队几乎全灭，他是怎么活下来的？”

刘桥双眼一亮：“说明他很擅长迷宫啊！他很可能是利用旋转迷宫的复杂路径躲避屠杀，并且在限定的时间内找到了出口？”

肖楼点头道：“队里需要这样的一个人，只不过我们目前对他的了解都是通过他给我们的讲述，太过片面，所以我跟虞队商量之后，决定周三去情报局，帮小刘找姐姐的同时，也花钱查一下这位老莫的底细，如果他没问题，到时候试着邀请他加入，大家都没意见吧？”

邵清格一脸“我只负责躺赢”的表情：“我无所谓。”

叶棋道：“我支持肖教授的决定。”

刘桥：“我赞成。”

事情便这样决定了下来。

次日早晨 8 点，大家准时在楼下集合，打了两辆出租车。

邵清格带大家去北郊找到老莫所说的那家工厂。

工厂老板是个留着胡子的中年人，在听说邵清格要卖毛料之后，那人很不屑地道：“刚才有人拿着毛料找我卖，结果打开一看，里面就一些不值钱的碎玉，你们的毛料行不行啊？我这里可不是垃圾场，什么破烂玩意儿都收！”

邵清格笑眯眯道：“要不要赌一把？”

老板挑眉：“你想怎么赌？”

邵清格随便看了看他们加工出来的玉石标价，道：“如果我的毛料能开出极品玉，老板您按市价的七成付给我们，三成就当是您的加工费。如果不能开出来，我就每块毛料赔您 100 万。”

那老板看傻子一样看着邵清格：“开不出来你倒贴我钱？这样的赌法，你没疯吧？”

邵清格指了指自己的脑袋：“很清醒。”

老板心想：如果开出极品玉，三七分成，虽然比平时的分成要高得多，但也不是难以接受。如果开不出来，对方承诺倒贴，这赌法简直是稳赚不赔啊！

老板点头：“行，跟我来，让我看看你们的货。”

5 人一起跟上他来到工作间。

邵清格将卡包里的玉石毛料变成实物，老板皱着眉仔细查看，这毛料的外观平平无奇，挺小一块石头，不像是能开出极品的样子。但由于对方极为自信，老板还是请了技术最好的师傅过来开毛料。

让他没想到的是，这块毛料一打开，居然是极品翡翠！

老板激动地伸出手，摸了摸那一小块翡翠，察觉到自己情绪外露得太明显，老板立刻咳嗽一声，淡淡地道："你这翡翠也就一般吧，给你 10 万到顶了。"

邵清格微笑着把石头拿回来，对着光看了看："这块翡翠比较小，可以拿去做翡翠吊坠，看翡翠一般要看种、色和水头，老板您看，我这翡翠质地细腻、色泽均匀，又很通透清澈，绝对是上品，您拿去加工一下雕成好看的形状，少说也能卖个几百万吧？"

老板越听越是心惊，还以为这人不懂行情，想忽悠一下他们低价收过来……没想到居然遇到了行家，他的脸色顿时有些尴尬。

邵清格正色道："400 万，这块毛料您拿走，不行我就去找别家。"

老板脸色一变，急忙拦住他："有话好好商量。你们还有别的毛料吗？"

邵清格道："那就要看老板您的诚意了。"

老板察觉到自己很可能撞到了专门赌石的大神，立刻让手下去端茶倒水，恭恭敬敬地把几个人请到隔壁单独的办公室里。

邵清格紧跟着让肖楼他们拿出毛料。有几块开出了翡翠，还有几块猫眼石原石，那老板目瞪口呆："你们哪来这么多极品原石？"

邵清格道："您放心，来源绝对合法。老板收吗？"

老板点头如捣蒜："收收收！全收！

这批毛料卖了 3000 万，将近 30 万人民币，真是一笔巨款。

众人刚出门，突然看见两个熟悉的人从工厂出来——说来也巧，正是流溪村遇到的那对夫妻。

两人垂头丧气，显然他们的毛料没卖到好价钱。肖楼本想去情报局找这两人的下落，没想凑巧在这里遇见，那男人看到肖楼后，微微一怔，很快就大喜过望地跑过来："霄哥，你们也来卖毛料啊？"

女人微笑着问："你们卖了多少钱？我俩只卖了 50 万。"

邵清格道："我们……也差不多吧。"

其他人也没好意思多说什么打击这两个人。

肖楼道："能在月之城遇见也算缘分，中午一起吃饭，我还有点事想跟两位商量。"

那对夫妻求之不得，立刻跟了上来。

聊过之后才知道，原来这两人离开流溪村后也去了梅花4密室，在那里输掉了很多金币，但也赢了不少卡牌，还复制了变色龙、跳远健将两张S卡。他们来到月之城后跑去北郊，在这里潜伏考察了一夜，今早工厂开工后就来卖毛料，正好遇到肖楼一行人。

男人说："能在这么大的城市遇见，真是缘分！正式介绍一下，我叫龙森，命中缺木，所以取名'森'，森林的森，这是我老婆……不，应该算未婚妻，曲婉月，我们俩今年都25岁。"

曲婉月无奈地笑笑："说来也真够倒霉，我们结婚那天出了车祸，婚车都被撞碎了，所以目前还是没完成婚礼的状态。"

众人心想，那确实够倒霉的。

满堂宾客本来是参加婚宴，结果喜事变成丧事，双方父母该多难过……

肖楼见两人神色黯然，便转移话题道："是这样，我们因为契约书升级，现在很缺队友，不知道两位愿不愿意加入我们的队伍？之前跟你们在流溪村有过合作，大家互相也比较了解，我想邀请你们加入，一起过这一次的周常任务。"

龙森激动地道："愿意愿意！求之不得啊！我们俩当时就想跟着你们的，就是没好意思问……"

曲婉月道："没错，老韩带队的话我们肯定听指挥。你们的实力我是清楚的，黑桃4密室躺赢太舒服了。"

邵清格笑眯眯地说："你们加进来，说不定以后还可以继续躺赢。"

龙森道："老是躺赢也不好意思，我在梅花4密室复制了'变色龙'卡牌，以后侦查的工作就交给我吧。万一密室里没有高层建筑，是一片荒漠的地形，小姑娘也跳不起来啊。"他看向刘桥，后者点了点头："是的，我只能借助空中落点跳跃。"

曲婉月道："变色龙没有任何限制，我俩现在人手一张，什么地形都可以去，水下、沙漠、雪原，只需2秒时间就能跟环境彻底融合，以后，我跟龙森就负责侦查吧。"

这对夫妻性格豪爽，肖楼将契约书升级后拿给他们，两人签得那叫一个干脆。显然，他们是怕肖楼改变主意。

毕竟，一次躺赢一次爽，一直躺赢一直爽。

龙森和曲婉月签完名字之后，又往前翻了翻，想看看队友们都是哪些大神——第三页签的名字是刘桥，第二页是邵清格和叶棋，第一页是肖楼、虞寒江。

龙森一愣:“老韩呢?”

曲婉月也疑惑地看向肖楼:“霄哥,你不是叫云霄吗?”

肖楼解释道:“那是我们的化名。正式自我介绍一下,我叫肖楼,在现实世界中是医科大学法医系的副教授。这位‘老韩’真名虞寒江,是江州市刑警大队的队长。”

曲婉月看向龙森:“听这名字怎么有些耳熟?”

龙森猛地拍了拍大腿:“我知道了,之前悬浮框中公告过,肖楼和虞寒江刷新了红桃 3、红桃 4 密室的世界纪录,就是你们两位吗?!”

肖楼点头:“是的。”

龙森竖起大拇指:“怪不得你们在流溪村那么厉害,带着大家打出了完美通关的结局……我跟婉月也太幸运了吧,居然遇到了大神!”两人的神色都很激动,感觉就像随便在路边买了瓶饮料,结果打开瓶盖,居然中了特等奖。

曲婉月把契约书递回给肖楼,道:“肖教授,真是谢谢您不嫌弃我们夫妇,愿意带着我们。以后,我们绝对听从指挥,不给大家拖后腿!”

龙森用力点头:“没错,有需要我们的地方,您就尽管吩咐!”

虞寒江道:“不用客气,大家合作通关,先过了这一周的周常再说。”

众人在包间吃过午饭,一起去银行,邵清格打算将账户里刚收到的 3000 万分别给大家转过去,虞寒江道:“我的钱给肖教授保管就行,我不擅长管账。”

叶棋道:“邵总,我的钱你帮忙保管,我也不太会管账。”

邵清格想了想,干脆将钱分成两份:“这样,我留一半,肖教授留一半,以后大家都是一起行动,花钱的时候由我跟肖教授来支付就行。”

肖楼点头:“可以。”

离开银行后,众人去附近的购物商场,每人买了一部智能手机,又买了电话卡,把大家的号码依次输进通讯录里。肖楼还建了个微信群把大家都拉进去,以后有什么事可以在微信群里通知。当然,这些设备是没法带进密室的,只能在主城使用。

路过电脑城,肖楼和邵清格又买了几台笔记本电脑分给大家。

回到新世界酒店后,肖楼多开了一间房让龙森、曲婉月夫妻住下,众人忙了一天,各自回房休息,在微信群里约定次日集合的时间。

次日早晨,众人在酒店附近吃了早餐,紧跟着打了 3 辆车前往市中心的“唐氏福利彩票”。店门口已经有几个人在排队。肖楼担心人太多会引起注意,就只带上虞寒江、刘桥去询问,其他人在附近的咖啡店里等结果。

8 点半，福利彩票店准时开门。

排队的几人按顺序一个一个进去，肖楼看不见他们在做什么，只知道他们很快就出来了，有的人面带喜色，有的人则神情沮丧。

轮到肖楼。3 人一起进屋，一扇电动推拉门在大家面前应声打开。

经过两道门后，他们走进了一间办公室，只见办公桌前摆着两台电脑，电脑的后面坐了一个年轻的女人，她戴着一副银框眼镜，剪了一头齐耳短发，神色冷漠，见到肖楼 3 人后，她用毫无情绪的声音淡淡地问道："买彩票吗？"

肖楼微笑着上前一步："我们想查两个人，请问怎么收费？"

女人干脆地将一张单子递给肖楼："填一下资料，描述越详细越好，我们会根据查询的难易程度来定价。"

肖楼将表格递给刘桥，她俯身快速填好需要查询的人的信息。刘桥的姐姐刘莹，今年 23 岁，是江州大学的研究生，身高一米六八，体重 55 千克，扎着高高的黑色马尾辫，来到卡牌世界时穿着白色毛衣、蓝色牛仔裤和一件红色的毛呢大衣。

刘桥是根据"寻人启事"来写的，尽量写得详细。女人接过表格看了一眼，双手开始飞快地敲击键盘。只过了半分钟，女人就抬起头，淡淡地道："查无此人。"

刘桥愣了愣，紧张地问："什么意思？我姐姐明明来了卡牌世界啊……"

女人平静地说："我们这里只能查到进入主城的挑战者的资料。查无此人，可能是你要查的人没能通过前四关，没有顺利走进主城世界。"

刘桥瞪大眼睛："万一她去了日之城呢？"

女人道："情报局的信息网是彼此联通的，日之城那边的同事刚刚给了我反馈，也是查无此人——这位叫刘莹的女生，根本就没在主城世界出现过。"

虞寒江皱眉："或许你们并没有统计到她的资料？"

肖楼点头："对啊，你们怎么确定所有挑战者的资料都能统计到？"

女人轻轻一笑，扶了扶鼻梁上的眼镜，看向两人说："肖楼，身份卡编号 89657741；虞寒江，身份卡编号 89657701——请不要质疑情报局的信息准确度。"

肖楼和虞寒江心下一惊，女人不但准确报出了他们的名字，居然连身份卡号码都一字不差。看来，情报局的数据库确实很齐全，他们来到这个世界不过 3 天，居然已经被情报局录入了资料。想到这里，刘桥的脸色越来越难看："真的查不到刘莹？"

"所有进入主城的挑战者都会自动收到一张身份卡，并且拿到身份编号。很遗憾，信息库中并没有一个叫刘莹的女生，我想，她很可能在前四关就被淘汰了。”

刘桥用力攥紧了双拳，身体开始轻轻发抖。她的眼睛微微发红，热泪一直在眼眶里打转，却强忍住没有哭。

肖楼其实早就料到了这个结果，当初在梅花 2 密室见到刘莹，最后她和一个瘦弱的女孩一起组了队，这样的组合能活下来的概率很低……前四关，红桃 3、红桃 4、黑桃 3、黑桃 4 都很难，如果她们没有遇到厉害的大神带着躺赢，被淘汰才是最有可能的结果。

没想到，梅花 2 密室的匆匆一瞥，居然成了诀别。那个声音温柔、扎着长长马尾辫的女孩，或许已经从卡牌世界彻底消失了。

肖楼心中酸涩，轻轻按了按刘桥的肩膀，不知道该说什么。

刘桥一向很冷静，但听到姐姐“查无此人”的结果，她也控制不住情绪，眼里的泪珠一直在打转。她深吸一口气，道：“说不定，我姐在别的密室耽误了时间，还没来得及走完前四关，过几天她才能来到主城，我下周再来查可以吗？”

这种说法只是自我安慰。亲人离世的结果太难接受，刘桥需要心理调整，肖楼只好温言道：“没错，我们下周再来查查看吧，说不定你姐姐只是迟到了。”

虞寒江上前一步，另外填写一张表格查莫学民的资料。

情报局的效率非常高，很快就打印了一叠资料递给虞寒江——莫学民，40 岁，3 个月前来到卡牌世界。资料表中居然将他的队友信息也全部打了出来，他之前的队友果然在上周的周常中团灭。

肖楼越看越是心惊，情报局查信息的能力太可怕，拔出萝卜带出泥，居然能将一个人在卡牌世界主城期间的全部信息都查得一清二楚。

虞寒江看向办公桌后的女人，道：“我们需要付多少钱？”

女人给他填了个数字，肖楼爽快地付了钱，3 人离开情报局，回到咖啡厅。

看见刘桥苍白的脸色，大家都猜到查询的结果不太乐观，叶棋急忙笨手笨脚地安慰道：“你别难过，情报局的消息不一定准确，你姐姐肯定没事的，我们再想办法找她。”

刘桥迅速调整好表情：“嗯，没关系，大家还是先准备周常怎么过吧。”

邵清格转移话题道：“老莫的底细查清楚了吗？”

虞寒江把老莫的一叠资料放在桌上给大家看，皱着眉道：“情报局居然能把一个人的履历查得这么清楚，他们的成员当中应该会有非常厉害的黑客。”

肖楼看向他：“虞队的意思是他们入侵了卡牌世界的官方数据库，窃取资料？”

虞寒江点头：“人口管理局会有我们所有人的身份编码，情报局通过肖像、身份卡的对比，可以迅速锁定一个人。刚才，那个女人的眼镜就有问题。”

肖楼仔细回想，那个女人戴着银色边框的眼镜，他怔了怔，说：“她的眼镜里难道安装了摄像头？或者扫描我们面部资料的设备？”

虞寒江道：“对，她提取了我们的面部特征，在数据库中一对比，就能立刻锁定我们的身份，说出我们的身份卡号码。”

邵清格不由佩服：“这情报局的老大是有多厉害，能聚集这么多黑客为他办事？”

肖楼道：“我记得当时老莫提到情报局时，说到他们老大行踪神秘，姓唐。这位唐局长肯定是个高人，我们以后有机会可以试着接触一下，如果他真能入侵卡牌世界主城的官方数据库，那也太厉害了，说不定他知道很多关于这个世界的秘密。”

虞寒江点头赞同：“我也这么想。今天已经周三了，我们只剩两天的时间准备周常，先去跟老莫聊聊，把队伍确定下来。”

邵清格道：“加上老莫的话，我们也只有 8 个人。”

虞寒江干脆地说：“8 个人已经够了，只要大家到时候团结一致、听指挥做事，人少的精英团队，行动起来反而会比那些大公会更加灵活。”

晚上，肖楼和虞寒江一起去 507 敲门，莫学民开门看见他们，立刻露出笑容：“又是你们啊！”

虞寒江很直接地问：“老莫，你找到队伍了吗？”

莫学民叹气：“没有。最近几天新人比较少，论坛上的招募帖也不是很靠谱。”

肖楼说：“考虑一下加入我们吧，我们正好缺人。”

莫学民怀疑地看了看两人：“加入你们？咳，说实话，你们几个全是新人，对周常任务完全不了解，我是一定要通关回去的，这……”

但虞寒江的一句话就让老莫改变了主意：“我叫虞寒江，这位是肖楼，我们两人组队刷新过红桃 3、红桃 4 密室的世界纪录，并且在黑桃 4 密室拿到了完美通关的 S 评分。”

不需要多说废话，成绩就是最好的证明。

莫学民瞬间瞪大了眼睛，如同看到了洪水猛兽。

肖楼看了眼一向直来直去的虞队，微笑着补充：“虞队是刑警，我是法医系副教授，这也是我们能刷新红桃密室世界纪录的关键。我们两个擅长悬疑类密室，队里的新人实力也都很强，老莫你对周常比较了解，正好来给我们当向导，不知道你愿不愿意？”

莫学民纠结片刻，全新人的队伍容易出问题，但面前的两人是刷新过世界纪录的高手！刑警加法医，红桃密室的王牌组合。这支队伍即便从现在开始培养默契，只要大家团结一心，在经历过几个密室的磨合之后，实力肯定会更上一层楼，变得越来越强。

自己现在加入的话，就相当于买了一只上涨期的潜力股。风险大，收益更大。想到这里，莫学民立刻点头答应下来：“好，反正我也没队伍，就跟你们一起吧！两位，队里现在有多少人？”

虞寒江看了眼空旷的走廊：“老莫，你跟我们下楼。”

莫学民跟着两人来到三楼的 311 房间，肖楼轻轻敲门，是“三长两短”的敲法，叶棋很快从内把门打开，莫学民进屋一看，居然还有 5 个人。

肖楼微笑着介绍：“这位是莫学民，老莫，队里年纪最大的前辈，大家认识一下。”

扎着一截短马尾、留着栗色头发的男人是除了肖楼和虞寒江之外最帅的，他眯起眼睛，微笑着伸出手：“老莫好，我叫邵清格，在现实世界是开基金公司的，负责队里的财务。”

莫学民立刻跟他握手：“邵总好！”

站在他身边的少年皮肤很白，身高一米七左右，似乎还没长开，但少年的眼睛里透着一丝灵气，微笑起来很是可爱，他热情地道：“莫叔好，我叫叶棋，是音乐学院的学生，您以后叫我小叶就行。”

紧跟着，一个神色淡漠、容貌秀气的清瘦女生走过来，伸出苍白的手：“莫叔好，我叫刘桥，18 岁，医学院中医系大一的学生。”

还有两个陌生的面孔，男人长得人高马大，一米八五的身高，手臂上有明显的肌肉，他的笑容很是憨厚，挠挠头道：“老莫好，我叫龙森，现实中的职业是体校竞走教练。”

他旁边的女人留着很显气质的大鬈发，头发的长度正好在肩膀处，微笑着道：“我叫曲婉月，是龙森的未婚妻，职业是舞蹈老师。”

莫学民跟大家依次打过招呼。

这个团队的职业配置让他心中不由震撼。

刑警、法医、基金公司老板、音乐少年、中医系少女、舞蹈老师、竞走教练，加上他这个空间设计师，大家的职业几乎涵盖了卡牌密室的大部分类型。不看不知道，一看吓一跳——这队伍强得有些过分了吧？

肖楼拿出契约书："老莫，我们的契约书升到了高级，但高级契约书至少 8 人才可以启用，现在就差你的签名了。"

莫学民毫不犹豫地接过羽毛笔，在上面签下自己的名字。

看着第一页到第五页各种字迹的签名，莫学民的心脏剧烈地跳动着，他没想到在之前的队伍团灭之后，自己还能找到这样厉害的团队。老莫按捺住激动的心情，看向肖楼说："肖教授，不知道你们听没听过卡牌世界曾经有一支精英团队，走到了红桃 J 这一关？"

肖楼点头："我听远方协会的会长说起过，他们曾经组了一支精英天团，想去通关 SS 密室，结果在红桃 J 密室遭遇团灭，再也没有回来。"

莫学民严肃地点头："那支队伍的配置跟你们非常相似，可惜他们最后没能走出去，很多人说是因为后面的密室太难了，这样的团队都过不去，其他人更别想通关。肖教授对这件事怎么看？"

肖楼道："关于他们团灭的原因，我个人更倾向于是内部出了问题。听归先生说，他们队伍有 15 个人，这么多人不好管理，只要队伍内部出现了裂痕，蝼蚁之穴，也足够毁灭千里之堤。"

对上肖楼镇定的目光，莫学民不由得点点头，用力攥紧双拳，道："我也是这么想的！我觉得，如果真是人类无法通关的难度，一开始守关者就不该告诉我们通关 SS 级密室可以离开，干脆点说'欢迎大家来到卡牌世界开始新的人生'就好了，为什么要给我们离开的希望呢？"

虞寒江点头："没有过不去的密室，只有实力不够强的挑战者。之前那支精英团队，每个人单独拿出来实力可能都很强，可组合在一起却不一定。"

肖楼看向虞队，赞同地说："没错，有时候 1+1 是大于 2 的效果，有时候却是小于 2，钩心斗角的团队只会彼此拖累。"他环顾了一下四周，和每个人目光对视 1 秒，道，"既然大家决定组队，从现在开始，我先定一个队规。"

他将契约书拿出来，翻开第一页。除了原本就有的六条密室契约书规定之外，第七条是空缺的，可由契约书的主人自行补充。肖楼拿起羽毛笔，在第七条用端正如印刷体的字迹写下三段话——

回家，是大家共同的夙愿。

契约书上的所有成员保证听从指挥，团结一心，相互支持，彼此信任。今后，我们将并肩走过无数充满荆棘的道路，无论如何，大家都不要忘记"队友"对自己的意义。

凡是背叛团队者，一经发现立刻踢出契约书，誓必追责到底。

肖楼将契约书拿给大家依次过目：“对追加的规矩，大家没意见吧？”

众人纷纷表示没有意见，一个团队如果连起码的团结、信任都做不到，生死关头，难道还要防着队友在背后捅刀吗？

莫学民没想到，看上去温和的肖教授在关键时刻如此的理智冷静。一本契约书有这样的一位队长，在书上签名的队员才能真正地信任这个团队。

肖楼收起契约书，微笑着看向虞寒江：“虞队是刑警队长，经常执行危险的任务，很擅长指挥和带队，以后遇到黑桃、红桃类密室，大家一切听虞队指挥。”

其他人立刻点头。

虞寒江接着说：“肖教授擅长机关解谜，方片密室的机关不要乱碰，听肖教授安排。另外，老莫是设计师，对空间敏感，遇到大型迷宫，找路的任务就交给老莫。”

肖楼道：“梅花密室需要大家合作，记住一点，相信身边的队友——现在，请大家先把卡包全部拿出来，我们需要统计大家的战力。”

邵清格带头把卡包拿了出来，反正他没多少好卡。有一张奇怪的“ATM取款机”倒是挺好用，可以在密室世界召唤取款机，随时随地取钱。

叶棋有两张乐器卡“吉他”“长笛”，都是音律控制，“瞬移”卡可以带走两个队友，“窃听器”能一次丢出 3 个窃听器。

刘桥的“双生”复制，“身轻如燕”浮空，“小红帽”“毒皇后”是控制和攻击。

龙森、曲婉月夫妻有两张“变色龙”和两张“跳远健将”，前者可以伪装侦查，后者一次跳跃 8 米且不限地形、时间，是逃命的好卡，不比叶棋的瞬移卡逊色。

老莫的卡让大家很是意外，他连续拿出了 4 张特殊 A 卡——

“旋转时空”，可以让指定 100 米范围的空间瞬间翻转 180 度。

“色彩元素”，可将指定区域染成赤、橙、黄、绿、青、蓝、紫 7 种颜色。

“样板间”，在设计图纸上画出一个样板间，并且在指定区域生成一个放大 100 倍的样板间，可以让敌人走进你的样板间里欣赏你的作品。

“实木地板”，长 100 米、宽 5 米的实木地板，非常结实，可以铺设在任何地形，比如，搭在河上就是一座木板桥；搭在两栋高楼之间，你就可以在空中行走。

老莫不好意思地挠头：“我没拿过 S 评分，抽到的都是 A 卡，但挺好用的。在上周的方片密室，我就是靠‘旋转时空’这张特效牌躲过了猎杀者的追捕。”

虞寒江拿出笔记本电脑，迅速统计大家的卡牌。除了以上这些特色卡牌外，一些通关必得的奖励卡，如“物资补给包”“九宫格”“四向箭头”“夜明珠”“剪刀”“水果刀”等，大家都有。一些团队限定卡，如大范围群控的“人骨药罐”“天平”，一个团队只能带一张，多余的可以拿去卖掉。

最后，肖楼拿出来的召唤牌、虞寒江的武器牌，也让众人大开眼界。

距离周常越来越近。

周五这天，远方协会的薛大美女找到新世界酒店敲开肖楼的门，道：“肖教授，虞警官，不知道两位考虑得怎么样了？周常快要开始了，不如加入我们远方协会，会长亲自带两位过周常？”

肖楼微笑着婉拒：“抱歉，我们暂时还不想加入任何协会，等周常结束了再说吧。”

美女耸了耸肩：“好吧，不勉强，祝各位一切顺利。”

周六，0 时。

所有挑战者都觉得眼前一晕，紧跟着，大家就被强制吸入了一个黑暗的空间。

悬浮框中同时刷过提示——

欢迎进入周常密室【无尽海域】。

你所在的密室为 0783 号密室，密室挑战者数量为 500 人。

周常任务要求：在海上生存 7 天。

第十六章

世界周常

倒计时 10 秒之后，肖楼终于恢复了视野。

密室世界的时间正是深夜，他身处于一个码头。

不远处停着一艘豪华游轮，游轮上灯火通明。码头有大量挑战者正在排队，肖楼极目远眺，在人群里搜索队友们的身影。很快，他就跟一双深邃的眼眸四目相对。

两人由于进入密室前就开启了秦观的“心有灵犀”通道，肖楼脑海里响起虞队低沉的声音：“先上船找到自己的位置，再去甲板上会合。”

“好的，待会儿见。”

游轮上面的工作人员正在检查设备，片刻后，登船通道开放，两位穿着正装的船员在通道口检票：“请各位旅客出示你们的身份卡和船票，需要核对信息！”

肖楼打开卡包一看，果然发现卡包里新出现了一张船票——

“皇家加勒比”号豪华游轮船票

乘客姓名：肖楼

开船时间：7 月 15 日 00:00

航行路线：月之城码头—日之城码头

座位：3 层 -309 号船舱

无尽海域，生存 7 天，这次随机到的周常是黑桃类密室。肖楼最不擅长生存密室，好在有虞寒江带队，他并不担心通关的问题。

跟着人群走了 10 分钟，肖楼拿着船票上船去找位置，三楼的 309 船舱正好在一个拐角处，他推开舱门进去，对上一双熟悉的眼睛——虞寒江居然跟他住一起。

虞寒江看见肖楼，眼中也浮起一丝温和：“看来，这次旅行是双人船舱，我们正好住一间。”

肖楼松了一口气：“太好了。”

虞寒江将一张地图递给他：“我刚在抽屉里发现的，游轮分布图。”

肖楼接过地图仔细一看，这艘豪华游轮共 7 层高，地图除了标清楚每个娱乐场所的位置之外，还标注了一些演出的时间。比如大剧院的话剧每天上午 9 点、下午 2 点各演出一场；音乐酒吧的乐队演出每天晚上 10 点开始，凌晨 3 点结束；免费的电影会在上午 10 点、下午 3 点、晚上 8 点播放 3 场……

地图上还写着一行贴心提示：需要参加免费娱乐活动的旅客，请去游轮 3 楼的预约中心凭船票和身份证提前预约。

看完后，肖楼摸着下巴道："这么大的游轮，500 位挑战者会不会太少了？"

虞寒江道："我刚才观察过，游轮房间数至少能容纳 1000 位游客。挑战者是被强行拉进来的，本着公平的原则，大家的房间应该都一样。"

肖楼皱眉看着游轮的地图："也就是说，我们 500 个挑战者住的都是三楼、四楼的阳台房？二楼的内舱房、海景房以及五楼的豪华套房……该不会住了大量的自由人吧？"

虞寒江点头："有这个可能，刚才排队的远不止 500 人。"

肖楼深吸一口气："安排这么多自由人跟大家一起出游，一旦有事发生，局面会更加混乱。而且，自由人中会不会有猎杀者，我们也没法确定……"

就在这时，所有船舱里响起广播："各位旅客，'皇家加勒比' 0783 号游轮很快就要出发了，请大家尽快回到船舱，现在的时间是 0 时，祝各位旅途愉快！"

随着悠长的鸣笛声，游轮渐渐驶出了码头。

所有挑战者的悬浮框中同时刷过一条提示——

周常密室：无尽海域，第一天，00:00。

密室存活挑战者数量：500 人。

肖楼和虞寒江起身出门。两人发现，隔壁的船舱也有不少人出门，他俩直接来到了游轮最顶层的甲板上，第一眼就看见了老莫和龙森。

老莫不愧是经验丰富的前辈，在这种局面下，知道第一时间去甲板等人。

肖楼和虞寒江快步走到两人面前，低声问："住哪里？"

老莫道："我跟小龙住在四楼 407。"

龙森道："刚才排队的时候我看见月月和小刘走在一起，她们两个女生可能安排到了同一个房间，我跟她说了甲板会合，她们很快也会过来。"

等了片刻，刘桥和曲婉月果然来了，曲婉月道："我们住三楼 377 房间，我发现很多挑战者都在往甲板上走，应该是队伍全被打散了。"

很快，邵总和叶棋也到了。

叶棋激动地跑过来："我们在四楼拐角的 479 房间。"

虞寒江皱着眉想了想，8 个人分别住三楼 309、377 和四楼 407、479，距离都比较远，密室世界故意将团队的成员打散，无形中增加了大家彼此交流的难度。

好在肖楼他们有秦观这张牌，可以随时建立沟通渠道。

虞寒江想了想，压低声音说：“309 和 407 是楼上楼下，377 和 479 也是楼上楼下，我们的 4 个房间像是一个梯形，同一层距离远，上下楼距离很近，所以同层之间需要建立沟通渠道，上下楼出事的时候可以直接爬楼梯找人。”

肖楼把一张秦观牌交给住在四楼的邵总：“邵先生，你跟老莫建立联系通道吧。”

肖楼则和刘桥建立了联系通道。

周围还有一些挑战者团队渐渐汇聚在一处，虞寒江担心说话不方便，干脆带着大家回到 309 房间。他把游轮分布图打开，让大家仔细看：“游轮要在海上航行 7 天，可能出现的危险非常多，这里应该是逃生艇所在地，龙、月两位，趁着大部分游客在甲板上找人，用变色龙卡牌伪装形态，去船尾确认逃生艇的具体位置和数量。

“负一层和负二层是物资储备地，两位确认逃生艇的位置之后，再去这两层检查一下仓库，看船上是不是有足够的淡水和食物资源储备。”

龙森和曲婉月立刻点头：“明白！”

虞寒江看向叶棋：“小叶，你穿上隐身斗篷，去船头驾驶舱、船员的休息舱、三楼的服务中心分别放一枚窃听器，刘桥掩护，你们两个一起行动。”

两人点头：“好的！”

虞寒江道：“去吧，注意安全。”

深夜，虞寒江安排的 4 人侦查组率先行动。

龙森和曲婉月依靠变色龙的优势跟船舱的地毯变成一个颜色，快速到了船尾和负一、二层，确认了虞寒江所说的信息，叶棋穿着隐身斗篷用瞬移卡飞快移动，刘桥在旁接应，两人也很快放好窃听器回来了。

虞寒江抬头问：“情况怎么样？”

叶棋道：“船长室一切正常，船长正在确认航线，我看了一下，7 天全是海上，没有任何临近的码头可以停船。”

刘桥道：“这艘船的船员有三百多人，服务中心那边很多人在排队预约明天的大剧院演出和免费 4D 电影。”

龙森汇报道：“船尾的逃生艇有带油箱的电动逃生艇，共 15 艘，每艘可以容纳二十人左右。还有需要手动划桨的充气艇，折叠摆放在一起有五十多个，小的可以容纳2人，大的容纳8人。”

肖楼仔细算了算，道：“逃生艇的数量可以带走500位挑战者，但这艘游轮不只有我们挑战者，还有很多原住民，一旦船真的出事，大家争着逃命，逃生艇肯定会不够用。”

虞寒江看向肖楼：“肖教授，羽毛笔借用一下。”

肖楼拿出契约书把羽毛笔递给他。虞寒江在地图上迅速圈出大家的住处，紧跟着勾画出一条通路：“我现在确认逃生艇的位置和最佳移动路线，万一出事，大家立刻撤离。”

他画出一个箭头：“刘桥速度最快，最接近船尾，一旦收到肖教授‘撤离’的提示，你立刻从房间旁边的围栏处直接飞下船尾，先抢到一艘逃生艇。”

紧跟着用笔点了一处位置：“龙、月两位用跳远健将的卡牌从这边的弯道直接跳去船尾，第一时间接应刘桥。叶棋用瞬移卡去接应老莫，带着邵总和老莫瞬移去船尾找刘桥；我和肖教授一起下楼，大家最快速度在船尾会合，都记清楚自己的行动路线。”

他按照每个人不同的卡牌画出了最佳会合路径，这样一来，万一游轮出事需要弃船逃生，8个人也可以各凭本事，从不同的位置第一时间来到船尾，在逃生艇处会合。

听着男人干脆果断的声音，老莫心中不由感慨，有个厉害的指挥，会让人信心倍增。他相信，不论接下来发生什么，他们这个团队都不会像上周那样惨遭团灭。

次日早晨8点，肖楼准时醒来，去洗手间迅速洗脸刷牙，然后跟虞队一起来到六楼的餐饮区。

8点半，早餐时间，自助餐厅里人山人海。

肖楼和虞寒江刚走到门口，就见邵清格和叶棋正在那里等待，见到两人后，邵清格上前一步，道：“我们去收费餐厅，别在这里吃。就当我想多了，我总觉得世上没有免费的午餐，反正我们不缺钱，没必要在这里跟这么多人排队挤位置，我看隔壁的中餐厅环境不错，去那边吃吧。”

肖楼觉得有道理，便点头同意了邵清格的建议，顺便通知了其他队友。

游轮上的主题餐厅收费确实很贵，早餐光是一盘塞牙缝的小笼包就要5000金币，简直像抢钱，叶棋抓着菜单几乎要在价格上瞪出一个洞来，邵清格倒是很淡定地点菜：“小笼包来8份、油条8份，喝的你们要什么？我要一碗南瓜粥。”

肖楼道：“我要红豆粥，谢谢。”

两位管账的开始点餐，大家也就不再客气，纷纷要了自己喜欢的粥。

一顿早饭花掉 10 万金币，将近一千块人民币，老莫不由小声吐槽：“这么多钱，自己买材料的话够做一个月的包子了。”

邵清格说：“不用担心，钱花完了我们还可以再赚。”

或许是中餐厅的食物价格太高的缘故，来的客人不多，他们的包间也非常安静，没有人打扰，正好方便大家商量事情。

众人吃饱喝足，虞寒江看向叶棋：“昨晚监听有收获吗？”

叶棋道：“船长室那边，船长一直在跟副船长聊台风的事，聊了大半个小时，听他们说，这几天，台风在沿海城市造成了惨重的伤亡，目前已经导致上百人丧生。不过，台风的移动路径和这次的航线并不冲突，他们似乎一点也不担心。船员们都在抱怨，由于台风天气，游轮公司最近的生意很不好做，最近船上的服务生薪水全面降低，还取消了季度奖金，大家都说家里快要揭不开锅，娶不起老婆，养不起孩子……”

叶棋昨晚监听到 1 点，船员们的抱怨和吐槽，他听得脑袋都快要爆掉了。

肖楼微笑着拍拍他的肩：“辛苦小叶了，服务台那边有什么异常吗？”

“大部分都在预约今天下午的话剧演出。”他挠了挠后脑勺，看向邵清格，“下午要表演的话剧，叫什么来着？”

邵清格眯起眼睛想了想，说：“是经典话剧《雷雨》。”

叶棋一拍脑门：“对，《雷雨》，我记得高中的时候还学过这篇课文。”

虞寒江低头沉思片刻，忽然道：“船长跟副船长一直聊台风，船员们提到台风导致生意变差，今天下午要演出的话剧又正好是《雷雨》，你们认为这会是巧合吗？”

台风、雷雨……3 处监听都提到这些关键词。

肖楼道：“按照黑桃密室的风格，这些对话更有可能是留给我们的线索——这艘游轮将在航行的过程中遭遇台风、雷雨天气。”

众人听到这里，脸色都变得难看起来。

老莫认真分析：“台风可大可小，小的台风，巨型游轮是可以平稳扛过去的。可如果是风力极强的海上飓风，这艘游轮有可能被吹翻。”

众人同时沉默下来。

如果真的遭遇海上飓风，导致翻船，这么大的游轮一旦翻了，大家待在船上就只能被淹死，到时候必须尽快弃船逃生，而那些充气的逃生艇太轻，速度也太慢，遇到台风很可能被卷进飓风的旋涡里沉入海底，最好能抢到速度更快的电动逃生艇。

虞寒江深吸一口气：“一旦游轮翻船，按照最初的计划，刘桥立刻飞去船尾抢下一艘电动逃生艇，我们第一时间弃船逃跑。”

肖楼道：“我们很可能要在海上漂流好几天，物资也需要提前准备。”

虞寒江道：“去七楼的购物超市，提前买些矿泉水、饼干，放在一个背包里，东西尽量精简，饿不死就行，这件事交给老莫来负责。”

莫学民点头：“放心，8个人需要储备多少东西，我心里有数。”

众人吃过早餐后集体来到七楼，老莫带着刘桥、曲婉月两个妹子去购物，其他人站在甲板上一边看风景，一边观察其他旅客。

天气很好，晴空万里，因此，最高层的甲板上以及七楼的娱乐中心都挤满了人。

有人在花钱体验海上降落伞、滑翔机、空中观景等项目，周围不时传来小孩子兴奋的尖叫声。肖楼不想玩这些刺激项目，就安静地站在旁边看。

就在这时，突然有个小孩哭着说：“妈妈我肚子痛！”女人抱着孩子去了洗手间。

紧跟着又有个女生道：“我去洗手间。”

渐渐地，越来越多的人跑厕所，厕所门口排起了长队，众人一边排队一边抱怨。

“该不会吃坏肚子了吧？”

“怎么这么多人吃坏肚子，是不是船上的食物不干净！”

抱怨声越来越大，有个火暴脾气的男人直接揪住服务员的衣领：“叫你们船长上来！船上的食物肯定有问题，要不然我们怎么就会集体拉肚子？！”

“没错，你们是不是把发霉腐烂的东西做给我们吃？我们要投诉，要退票！”

群情激奋的旅客聚集在一起，几乎要把服务员们给撕了。

眼看事情无法收场，服务员白着脸拨内线叫来船长。

五十岁左右的老船长头发花白，脾气很好地拿起个喇叭，朝大家解释：“请大家不要激动！是不是食物有问题，我们正在彻查。一旦发现船上储备的食物有过期、发霉、腐烂的，我们一定会立刻处理，并给大家相应的赔偿！请相信我们游轮公司，一定会给大家一个满意的答复。病情严重的，请到一楼的医务室去找张医生诊治，治疗急性腹泻的药物，将会免费给大家提供！”

在老船长的保证下，旅客们的情绪这才渐渐平静下来。

老莫和刘桥、曲婉月正好买了吃的回来。

他把食物放在3个旅行包里，一人背着一个。走到虞寒江身边后，老莫才低声道：“在食物上动手脚是黑桃密室惯用的手法，这艘船的食物很可能出了问题，现在开始我们尽量不要去餐厅吃饭，吃购物店买来的真空包装食品。”

肖楼无奈道：“感觉像是回到了黑桃 3，看来我们得多储备一些吃的。”

老莫笑道：“放心，我买了高热量压缩饼干、含大量维生素的浓缩果汁以及补充水分的矿泉水。饼干吃一包的话一整天都不会饿，这 3 大包够我们吃 7 天。”

邵清格眯起眼睛道：“免费的果然有问题，幸亏我留了个心眼，早上带大家吃很贵的包子，不然现在我们也都拉肚子了。”

他话音刚落，叶棋突然脸色一变：“我肚子痛！”

龙森紧跟着道：“我……我也想拉肚子！”

虞寒江脸色一沉，没说话，直接转身去找厕所。

肖楼苦笑着看向邵清格，本来还想夸邵总英明，结果现在，不用夸了。

邵清格的脸色瞬间黑如锅底：“白花那么多钱买包子，结果昂贵的中餐厅食物也有问题？黑桃 A 太过分了，这么坑我们有钱人！”

老莫哈哈笑道：“就当花钱买教训了，我先去排队占个坑……”

邵清格感觉到腹部一阵难受，只好黑着脸去洗手间。

以后再也不乱花钱了。

吃免费的早餐会拉肚子，吃 10 万的早餐还拉肚子，这什么世道？

这简直是给黑桃守关者缴了一笔智商税！

邵清格这还是第一次“花钱买罪受”，他心里已经把戴墨镜的黑桃 A 骂了 100 遍。

公共洗手间排长队，众人没办法，只好各自回到船舱解决闹肚子的问题。

虞寒江和肖楼一起来到医务室，找医生要了些治疗急性腹泻的药，老莫又回到七楼的购物中心去药店买了些治发烧、头痛的常用药，还有包扎外伤的纱布、消毒用的碘酒等。

众人在 311 再次聚集时，物资已经筹备齐全。

肖楼问莫学民：“老莫，你以前参加过黑桃类的周常吧？也遇到过食物问题？”

莫学民道：“黑桃密室中的食物出问题的概率很大。但我没想到，这次邵总避开免费餐厅，特意带我们去吃很贵的包子，居然也会中招！”

邵清格头痛道：“别提了，我这叫聪明反被聪明误。”

肖楼微笑着看向邵清格：“没关系，邵总会花钱，也会赚钱，赚的远比花的多。”

邵清格被肖教授这么一安慰，心情这才好转了些。

肖楼突然察觉到不对，道："不管在哪个餐厅吃饭，都会拉肚子，这显然不是食物出了问题，而是船上储备的淡水出了问题。我猜，船上的水源已经被污染，从大家的症状看，很像是沙门氏菌、金葡菌等细菌超标，导致的急性胃肠道细菌感染。"

肖楼的分析也很合理，早上大家吃的是包子和米粥，饭后还喝了赠送的水。免费餐厅那边有人吃蛋糕和牛奶，也有人只吃了面条、米粉，不可能所有的蔬菜、肉类、米、面、鸡蛋全都变质腐坏。

所有人都拉肚子的可能性只有一个：水出了问题。

如果正在拉肚子的挑战者想不通这一点，继续喝热水，或者用船上的饮水来服药，症状不但会减轻，反而会越来越重。

虞寒江皱眉道："船上提供免费热水，每层楼的走廊拐角都有水箱，我看到刚才很多人拿着杯子接热水，急性腹泻的人不断喝下含有细菌的水，症状加重，会致死吗？"

肖楼点头："不断腹泻会造成体内水电解质紊乱，血液中钠离子、钾离子比例失衡，心肌细胞受损，最终导致休克甚至死亡。"

叶棋看着自己刚接来的一杯热水，如同看到了一杯剧毒，他立刻将杯子里的水倒进马桶，后怕地拍了拍胸口："我刚才差点就喝了！从小到大，爸妈给我们灌输的观念就是感冒了、拉肚子了，不舒服的时候喝热水……"

而此时，这种潜意识里形成的观念很可能要了大家的命。

老莫迅速从背包里拿出密封的矿泉水："矿泉水应该没问题吧？"

肖楼拿过瓶子仔细检查："封口正常，这个矿泉水的商标跟我们之前在金融危机密室买的一样，跟物资补给包发的也一样，应该没问题。"

大家都松了一口气。

虞寒江拧开一瓶矿泉水："用矿泉水来吃药，尽快控制住病情。"

众人拿过超市买来的一次性杯子，倒上矿泉水依次吃了药。

由于上午跑了好几趟厕所，大家都没有胃口，肖楼建议大家暂时不要吃东西，在胃肠功能没恢复的情况下吃了会继续腹泻。

经过一个小时的休息后，大家的症状缓解了很多。

虞寒江想去七楼看看情况，众人跟上他一起来到购物中心。

果然，有不少挑战者意识到水源出问题，在超市搬矿泉水，直接按箱搬。购物超市里的货架上的矿泉水已经被搬走一大半，还有不少挑战者神色紧张地走进超市抢购物资。

就在这时，突然听见人群里传来一阵尖叫："啊啊！死人了！"

肖楼大步上前，挤进人群一看，只见一个年轻女孩倒在地上，脸色苍白，嘴唇青紫，已经停止了呼吸。另一个女生崩溃地抱着她，反复叫她的名字："小悠，你醒醒！"

虞寒江也走过来看情况。

那女生一边掉眼泪一边说："小悠一直拉肚子，肠胃不舒服，她今天什么都没吃，只喝了几杯热水……"似乎察觉到不对劲，女生微微一愣，"难道水里有毒？！"

周围很多人听到这里，脸色都无比难看。

一个暴脾气的女人尖叫着道："肯定是水里有毒！怪不得我老公的腹泻一直止不住，他也一直在喝热水！"

"船长呢？查了这么久难道还没查出结果！"

"我们要退票，快把游轮开回去！"

一群人骂骂咧咧地涌向了顶楼的甲板，要求找船长。

路上又有几个人突然倒下，转眼间好几个乘客死亡，整艘游轮上的乘客都陷入了极度的恐慌。

老船长满头大汗地跑到甲板上，拿着个大喇叭道："请大家不要激动！我们正在调查……"

游客们根本不听他的解释，一个男人突然冲过去，抓住老船长的衣领，他睚眦欲裂，哽咽着咆哮道："你还我老婆！我老婆死了，她死了！就因为坐上你们这艘破游轮，她食物中毒刚刚死在船舱了！"

周围的人听到这里，纷纷上前将船长团团围住，有人建议道："我们应该立刻报警！"

"游轮已经出海，没有信号，联系不到岸上的人！"

一些女生的声音已经带着哭腔："怎么办？我们该不会全部死在这艘船上吧？"

局面越来越混乱，老船长被推来搡去，脸色无比苍白，他当船长这么多年，从没遇到过这样的情况，全船的游客食物中毒……

老船长猛地一个激灵："去把齐总监给我叫过来！"

有属下立刻去负一层的船舱找齐总监，结果找遍了全船都找不到他在哪儿，属下垂头丧气地跑回来，道："齐、齐总监不见了！"

老船长心里有种不好的预感，用力攥住拳头："全船广播，给我找！"

就在这时，一个低沉的声音响起："不用找了，他刚刚坐着逃生艇离开。"

是虞寒江、肖楼一行人。

刚才，他们站在船尾，看见一个人在船尾处检查逃生舱，一开始他们还以为是负责安全的船员，结果那人突然解开一艘逃生艇的绳子，开了逃生艇就跑。

电动逃生艇速度极快，转眼间，那人就消失在了茫茫海域里。

虞寒江很快就判断出，这个人就是让全船游客食物中毒的元凶！

邵清格好奇地问："他会不会是猎杀者？"

老莫摇头："不会，猎杀者是按杀死挑战者的人数来领取奖金，一个人头100万，如果杀死厉害的挑战者，比如一些公会的会长，会有一个亿的奖金。他直接跑了，不知道船上会死多少人，不像猎杀者的作风。"

肖楼赞同："他如果想直接杀人，就不会在水里投放细菌，而是直接投放让人喝了之后立刻死亡的毒药，那样更加快捷。"

叶棋突然双眼一亮："我知道了，他就是我昨晚窃听的时候一直在抱怨工资低、养不起家的那位后勤总监，他还提到自己不想继续在游轮上干了……或许，他对远洋公司和船长早就有了意见，积怨很深，所以用这种手法进行报复？"

虞寒江点了一下头，认为叶棋的说法比较合理。

听着甲板上的喧闹声，虞寒江立刻做出决定："我们得制止乘客闹事，再这样下去，万一船长被逼急了，弃船逃跑，整艘游轮在大海上孤立无援，我们想通关会变得更难。"

众人一致同意虞队的提议，立刻前往顶层的甲板。

甲板上，听见虞寒江的声音，老船长猛地一怔："你说什么？齐总监跑了？"

虞寒江说："没错，我们刚才看见他坐着逃生艇跑了。"

周围的人意识到罪魁祸首逃跑，顿时群情激奋，恨不得将怒气全部发泄在剩下的船员上，有些人甚至叫嚣着要围殴船长……

虞寒江锐利的目光扫过全场，厉声喝道："安静！闹事就能解决问题吗？"

他的声音似乎有种穿透人心的魔力，周围突然安静下来，虞寒江冷冷地道："你们把船长给打一顿，打残废了，你们谁来负责开船？"

众人听到这里，顿时尴尬地后退一步。

船长如同抓到救命稻草，立刻附和道："没错！大家不要动手，不要激动，我们会把大家安全送到日之城！如果是船上储备的淡水受到污染，其实还有个办法——我们有非常先进的海水淡化系统，船上自带的设备一天可以处理好几吨的海水，大家不用担心会没水喝！"

乘客们脸上满是质疑，一个男人问道："你说的这设备靠谱吗？"

船长点头："放心！沿海城市很多居民的饮用水也是通过海水淡化系统提供的，这套设备利用反渗透技术，反渗透膜的孔径非常小，因此能够有效地去除水中的溶解盐类、胶体、微生物、有机物等，过滤之后产生的水质，跟矿泉水差不多！”

虞寒江道：“大家暂时喝矿泉水，等船长这边处理好水源再说。”

众人的神色这才缓和了许多。

一些亲朋刚刚死亡的人依旧表情难看。

“那我老婆白死了吗？”

“对啊，我哥刚才也因为食物中毒倒下了，呜呜……船长你要给我们一个说法！”

老船长神情悲痛：“对不起大家，我也没想到会发生这种事！我们船上的后勤总监没有尽好责任，饮用水出现了问题，请放心，亲属死亡的我们一定会给出相应的赔偿！我已经联系了码头，警方会派一艘救援船来接走他们的遗体，顺便送大家回月之城……”

群众的情绪暂时得到安抚，各自回船舱休息。

很快，船长叫的警方救援船开了过来，带走船上的尸体和他们的亲属，有一个挑战者团队也跟着上了船，总共有 10 人。

肖楼之所以这样判断，是因为这个团队有中年人也有学生，6 男 4 女，不像是亲戚。死者是一开始那个叫“小悠”的女孩，9 个人搬着她的尸体去了救援船，除了跟她关系好的女生一直在哭，其他人的表情都很难看，但没有人流泪。

如果是亲人朋友，他们不可能这么冷漠。

叶棋看着救援船渐渐远去，不由好奇道：“那艘船上的挑战者直接被警方带去月之城，救援船行驶速度很快，天黑之前就能到吧？那他们算是直接通关了吗？”

肖楼摇头：“不算，他们已经被淘汰了。”

叶棋怔了怔：“什么意思？”

肖楼轻叹一口气，道：“进周常密室的时候就已经提醒过，这次的生存目标是海上生存 7 天。他们提前离开，根本就完不成海上生存 7 天的任务，在跟着救援船离开游轮的那一刻，他们就相当于放弃了这次周常任务。”

老莫感慨道：“居然犯这种低级错误……进密室之前一定要搞清楚任务目标，前面的 4 关都过来了还不长记性，居然在这时候疏忽大意，真是可惜了这个团队。”

肖楼道：“大概是队友突然死亡，大家心乱了吧。”

一个团队必须有人能在任何情况下都稳住军心，换成肖楼他们团队，即便有人突然死亡，虞寒江也不会愚蠢地做出“跟着警队离开”这样的决定。

那个 10 人团队，已经出局了。

但留在船上的挑战者们接下来将会遭遇什么，依旧是个未知数。

雷雨天气到底什么时候来？肖楼看着一望无际的万里晴空，心里一点都没底。

远洋公司对游轮饮水污染事件公开道歉，并且给出了两种处理方案。

第一种方案，他们将派一艘“满天星”号游轮以最快速度到达“皇家加勒比”号所在的位置，不想继续旅行的游客可以乘坐“满天星”号游轮返程，凭船票在码头全额退款。

第二种是旅行继续，为了表达歉意和诚意，“皇家加勒比”号接下来的 6 天行程中所有餐厅食物和收费的娱乐项目全部免费。

此外，对于腹泻严重、意外身亡的游客，公司表示沉重的哀悼，并且会按照合同规定给予家属相应的赔偿。

船长让播音员通过广播的形式告诉了大家公司的决定。愤愤不平的旅客们听到处理方案后，对公司的态度都表示满意，情绪也稳定了许多。

肖楼 8 人正挤在三楼的房间。听到广播后，邵清格不由赞道：“远洋公司的危机公关做得不错。”

肖楼问道：“依邵总看，游客们返程的多，还是继续旅行的多？”

邵清格无奈一笑：“我觉得 80% 会留下来继续旅行，所有娱乐项目全免费，这诱惑太大了。况且，很多人坐 7 天的游轮出海本来就是为了玩儿，娱乐项目免费，可以说是正中他们下怀。”

叶棋好奇道：“会不会有挑战者趁着这次机会，也坐游轮返程？”

肖楼拿出纸笔，迅速画出两条航线，道：“我们乘坐的‘皇家加勒比’号是昨晚凌晨出发的，到现在只在海上航行了 15 个小时，来接人的‘满天星’号速度肯定会更快，往返时间即便按 30 个小时计算，挑战者在海上生存的时间加起来也只有 45 小时，距离 7 天的生存目标太远。这时候离开，相当于放弃任务。”

虞寒江突然说：“如果‘满天星’号不能按时返回码头呢？”

肖楼疑惑地看向虞寒江：“不能返回？虞队的意思是？”

虞寒江道：“有一种极端的做法——劫持‘满天星’号游轮，让它在海上漂流 7 天。”

众人听到这里，双眼猛地一亮。叶棋拍了拍脑袋：“虞队说得有道理啊！如果挑战者胆量够大，劫持‘满天星’号，用不同的航线在海上漂够 7 天，也算是完成任务吧？”

老莫竖起了双手大拇指：“任务目标是在海上生存 7 天，但并没有限制我们坐哪艘轮船，劫持别的船在海上漂够 7 天，也符合要求啊。”

肖楼微笑道：“所以，虞队你是想劫持这艘船吗？”

虞寒江沉默片刻：“我想咨询一下大家的意见，劫持‘满天星’号也是一种通关的方法，但太过剑走偏锋，或许会聪明反被聪明误，别忘了邵总今天早晨花钱买的教训……”

邵清格头痛地揉着太阳穴：“没错，花了钱照样拉肚子。说不定，我们认为劫持‘满天星’号可以通关，结果黑桃 A 直接派警方，把我们当成海盗，第二天就逮我们回去！”

叶棋点头：“有可能！黑桃 A 那么变态，在他面前耍小聪明感觉更危险。”

肖楼指出关键：“而且我们没人懂怎么开船，也看不懂海上航路图，万一不小心把船开到冰山、礁石之类的区域，撞沉了怎么办？这种冒险的做法，还是别轻易尝试了。”

虞寒江见大家都不太支持，便低声说：“这种做法只在理论上可行，实际操作起来确实比较麻烦。我们还是继续留在‘皇家加勒比’号上，静观其变吧。”

晚上 11 点整，加速前进的“满天星”号终于在海上和“皇家加勒比”号会合。

这艘轮船的体积比“皇家加勒比”号小了一整圈，船舱只有 3 层高，两艘船停在一起就像是大人和小孩。靠拢后，水手放下了宽阔的木板，游轮上同时响起广播：“各位旅客，远洋公司派来迎接大家回程的‘满天星’号游轮已经抵达，不想继续行程的旅客请携带好您的行李物品，尽快来到三楼，前往‘满天星’号游轮登记。”

周围的船舱响起杂乱的脚步声，肖楼一行人也爬到顶楼看情况。

果然如邵总预料的那样，有 20% 左右的游客决定回去，大部分都是带老人、小孩的家庭，可能是今天拉肚子后身体虚弱，家人为了安全起见，还是放弃了接下来的行程。

游客们井然有序地排队上船。

就在这时，人群里突然出现的几个很特殊的游客引起了肖楼的注意。

那是由 10 个女生组成的团队，她们戴着遮住大半边脸的墨镜——出海玩戴墨镜很正常，毕竟海上的阳光太过刺眼。奇怪的是她们的服装，大部分女孩去海边玩都会穿鲜艳的沙滩裙或者漂亮的泳衣，拍照会很好看。可这 10 个人打扮得也太过素净了——清一色的运动裤、图案简单的 T 恤、平底运动鞋。

很方便行动。

10 个女生全穿干练运动装，肖楼低声在虞寒江耳边道：“这 10 位女生应该是一个挑战者组成的团队，她们都去了‘满天星’号。”

虞寒江顺着肖楼的目光看去，皱眉道：“这些女生行动统一、训练有素，看上去不像是新手临时组的队，她们应该不会傻到直接离开游轮放弃周常任务，她们很可能会劫持‘满天星’号，按我说的那种方式来通关。你们看，她们每人都背着一个包，里面肯定装满了食物和水。”

老莫正好在虞队旁边，看到她们后立刻说道：“是落英阁的人。这家公会每次周常都以 10 人精英小队的形势出动，女生们做任务期间从不穿裙子，服装都是统一的运动装。一般的公会根本不敢招惹落英阁，她们的老大睚眦必报，谁敢在周常杀她公会的人，她会在主城追杀到底。”

虞寒江低声问：“老莫，这位落英阁的女会长你了解得多吗？”

老莫把肖楼和虞寒江叫到角落里，压低声音：“她的名字没人知道，只知道代号叫‘蜘蛛女神’，她手里有一把限定神器‘血蜘蛛’，是削铁如泥的锋利匕首，每杀死一个人，刀柄上就会多出一条血红色的纹路，据传言，她的刀柄上已经形成了密密麻麻的蜘蛛网，不知道她杀了多少人，简直就是个女魔头。”

杀一个人，多一条纹路，这把匕首真够邪性。

但能管理好一家大公会并且让公会里的妹子们团结起来，以 10 人小队的方式过周常任务，这位会长显然是个很有本事的女人。

肖楼看向甲板处，从“皇家加勒比”号转移去“满天星”号的游客已经有近百人上了船，两边的船员正在进行资料交接。

就在这时，又有一个 15 人的团队突然出现在两艘船的连接处，这团队有男有女，看上去很像一群大学生，为首的一个男生微笑着道：“抱歉，迟到了，我们也准备返程。”

15 个人背着书包，包里装得很满，显然是物资，这一看就是个挑战者团队。

接下来没有人再上船，两艘船之间的连接木板很快就被收了起来。

悠长的鸣笛声之后，“满天星”号掉转了船头。

天已经黑了，那艘小型游轮涂成了近似夜空的深蓝色，船上亮着暖色的灯，如同满天繁星闪烁。两艘游轮逆向行驶，不出 10 分钟，“满天星”号就消失在了视野中。

肖楼、虞寒江带着大家回到了三楼船舱。

刚进屋，大家的耳边就响起播音员柔和的声音：“各位游客，很高兴您信任我们远洋游轮公司，继续这次旅行。接下来的行程还有 6 天时间，从明天开始，船上所有水果、饮料、食品全部免费，欢迎大家品尝。海上滑翔机、降落伞、空中观景台等体验项目也将免费，请提前去服务中心预约。此外，电影院、音乐酒吧、大剧院的演出，也将免费为大家展示，并且增加次数。

“每天 9 点开始，每隔两个小时，七楼的 4D 电影院将循环播放经典电影，包括《泰坦尼克号》《极限逃生》《水怪惊魂》《深海浩劫》，大家可以挑选自己喜欢的电影观看。

“每天上午 10 点、下午 3 点、晚上 8 点，大剧院将会上演实景话剧，由我们专业的演员给大家献上经典话剧《雷雨》，最先进的灯光、最棒的音响和投影技术，将带给大家极致的视听盛宴。”

听完广播后，叶棋忍不住吐槽：“放的电影就没一个吉利的，泰坦尼克号撞了冰山，《水怪惊魂》《深海浩劫》《极限逃生》……轮船上放这些玩意儿，不出事才怪吧！”

邵清格对黑桃 A 已经不想评价了：“这是明摆着告诉我们，接下来会有很多‘惊喜’，请大家做好准备。”

话音刚落，众人眼前的悬浮框里就同时刷过一条消息——

无尽海域，第二天，00:00。

“皇家加勒比”号剩余挑战者数量：450 人。

看到这个数字，虞寒江立刻皱眉：“剩 450，有 50 个人下船了？”

肖楼迅速算道：“死了一个女生，坐着警船离开的那个团队是 10 个人，落英阁的女生团是 10 人，后来跟她们上船的队伍是 15 人……还有 15 个呢？集体离开轮船，我们不可能发现不了吧？”

说到这里，肖楼猛然一怔：“难道这 15 个人全部穿了隐身斗篷？”

刚才游客从“皇家加勒比”号转移到“满天星”号的过程中，最后游客走光之后，由于两艘船的负责人在做交接，连接两艘船的“木板桥”是 5 分钟之后才收起来的。

那 5 分钟时间，桥上空无一人。

但是，木板桥有略微晃动的痕迹，当时虞寒江还以为是轮船没停稳导致的晃动，如今看来，其实是有人经过。他们穿着隐身斗篷，看不见，但依旧有重量，压弯了木板桥。

虞寒江笃定地说：“还有 15 个人穿着隐身斗篷，趁最后 5 分钟时间去‘满天星’号潜伏了起来。能让 15 个集齐稀有卡牌‘隐身斗篷’的人组队，只有大公会才能有这样的实力。”

肖楼摸着下巴若有所思：“落英阁的10个女生率先去了‘满天星’号，紧跟着全部由年轻人组成的15人团队也去了那边，还有15个人隐身摸过去……这么多精英队伍去那艘小船，难道他们确定‘满天星’号的通关概率会比‘皇家加勒比’号大很多吗？”

老莫道：“周常任务也不一定是人少的地方就安全，但有一点，跟着大公会走，通关的概率会更高，因为那些精英队伍都是全副武装、一手好卡，战斗力极强。这批人去‘满天星’号之后，肯定会迅速控制住整艘游轮，自己开船驶入大海。”

肖楼感慨道：“看来，此时的‘满天星’号全是高手。”

老莫笑道：“不用担心，我们这队也有很多高手。而且，留在‘皇家加勒比’号上的450名挑战者说不定也有实力很强的队伍，到时候真遇到危险，哪边能通关还不一定。”

此时，“满天星”号游轮，船长室。

船长正在低声抱怨：“真是倒霉，本来说好今晚陪夫人过生日的，结果‘皇家加勒比’号出这种事，把我们临时调过来接人……”

就在这时，他的脖颈处突然一凉。

两个女生如鬼魅般进入驾驶舱，用锋利的匕首抵着他和副船长的喉咙。身后传来冰冷的声音：“不要回头，举起手，关掉传呼机，否则要你的命。”

船长大惊失色，立刻举起手，声音吓得发抖：“别、别杀我！”

女生利落地将他的双手反拧到身后，用绳子绑住，紧跟着在他的嘴巴里塞了一块毛巾，将船长和副船长背靠背绑在角落。两人走到驾驶台前，看着导航图，一番操作后，“满天星”号在深夜里再次掉转了船头。

此时，已经熟睡的旅客们毫无察觉。

隐身上船的人，有两个突然出现在女生身后，笑道：“落英阁的行动就是利落，我们依旧慢了一步。这次凑巧匹配到同一个周常副本，不如大家合作共赢？”

女生看他一眼，冷冷地道：“不出意外，明天会有一场台风或者暴雨，游轮交给我们林姐来操控，你们最好别捣乱，否则船翻了，你们也一起下海喂鱼！”

男人立刻摆摆手：“是是是，我们不捣乱。”

次日早晨，肖楼在7点半准时醒来。

推开落地窗一看，远处依旧是无边无际的大海，蔚蓝的海水清澈见底，头顶的天空万里无云。晴朗的好天气也带给了游客们愉悦的好心情，船舱外不时传来游客们的笑声，昨天的小插曲似乎已经被人遗忘。

虞寒江在桌上放好牛奶和饼干，道："肖教授，来吃早餐。"

肖楼洗漱过后走到床边坐下，拆开一包牛奶，一边喝一边问道："水污染的问题，应该已经解决了吧？"

"嗯。以防万一，我们暂时别吃船上的饭菜，真空包装的饼干更安全。"

两人简单吃过早餐，一起来到七楼的娱乐中心。

早上 8 点，娱乐中心的几个经典项目已经排起了长队，尤其是惊险刺激的"海上降落伞"，之前是收费体验项目，如今全免费，大家自然不会放过这千载难逢的机会。

工作人员井然有序地安排大家依次体验，七楼的娱乐中心到处充满了欢声笑语。

一上午的时间很快过去。

海面平静无波，天空碧蓝如洗，天气好得几乎随便拍一张照片都能当电脑桌面。

邵清格来甲板上找到肖楼："我观察过，整艘船都没有人拉肚子，食物中毒的问题应该已经解决了，我们中午要不要去吃顿火锅？反正是免费的。"

叶棋听到火锅，不由得吞了吞口水，眼巴巴地看向肖楼："能去吗？"

肖楼微笑道："最好不要。有句话叫好了伤疤忘了疼，别忘了昨天我们是怎么被坑的。黑桃的守关者从来不按常理出牌，万一再来一次食物中毒，接下来又发生意外的话，难道我们要一边逃命，一边找厕所吗？"

叶棋尴尬地挠挠头，8 个人一边疯狂逃命一边内急找不到洗手间，最后只能拉在裤子里——那画面太美，不敢想象。还是听肖教授的，谨慎一些吃饼干吧！

邵清格无奈地道："也是，不能放松警惕。等回到主城我们再去好好吃一顿。小叶喜欢火锅是吧？到时候我们找一家正规的火锅店吃个过瘾。"

叶棋兴奋地点头："嗯，去主城吃比较放心！"

莫学民和龙森、曲婉月、刘桥也来到甲板上，老莫看着远处平静的大海，皱眉道："怎么还是没事情发生？这不太对啊……"

一对情侣刚从电影院看完《泰坦尼克号》回来，两人在船尾摆出电影中的经典姿势，女生张开双臂迎接着海风，男生在身后抱着她，两人的朋友在给他们拍照……

几个游客看完话剧出来，脸上都是惊艳之色，纷纷感叹着："4D 剧院的效果就是牛！”

“场景太逼真了，害我以为外面真的在打雷闪电，结果外面的天气这么好！”

“我记得下午 3 点还有一场，到时候提前排队占个好位置。”

肖楼听着周围的议论声，抬眼看向一望无际的海面。

所有的凶险都掩藏在这平静的海面之下，只是不知道什么时候会来。

下午 3 点，七楼的大剧院内。

主持人朗声道：“欢迎大家来到 4D 大剧院，请欣赏经典话剧《雷雨》！”

幕布缓缓拉开，主演们依次来到大舞台上，开始了精彩的表演。

剧场内，4D 灯光和音效营造出的环境极为逼真，剧情渐渐推进，演到了最激动人心的高潮部分，家庭的矛盾，身世的秘密，所有的一切都在这个雷雨之夜彻底爆发——

“轰隆！”

震耳欲聋的雷声响起，女主角四凤羞愤之下冲出屋子，触电身亡。

男主角周萍打开抽屉拿起一把枪，“砰”的一声枪响响彻大剧院，他开枪自杀，直挺挺地倒在了地上——大舞台上传来撕心裂肺的哭声。

暴雨如注，电闪雷鸣。

现场观众的情绪被彻底地带动起来，热烈的掌声几乎能掀翻屋顶。

有个男人激动地道：“这是我看过的最精彩的话剧！不愧是 4D 话剧，环境营造满分，雷鸣声极为逼真不说，代入感实在是太强了！”

有人已经入了戏，愤愤地骂道：“四凤好可怜，她是最无辜的，罪魁祸首就是这个姓周的老浑蛋，要不是他当年抛弃侍萍，也不会酿成这样的悲剧！”

有女生突然说：“我怎么觉得剧院在晃动？”

旁边同伴道：“我也觉得剧院在晃，感觉跟地震了一样。”

就在这时，大剧院的幕布落下，话剧表演结束。

观众们正准备离场，耳边却陡然传来“轰隆”的巨响！

那惊雷一声连着一声响个不停，剧院里的座位也开始左右摇晃，整个大剧院突然以诡异的角度向下倾斜，有女生不小心摔了出去，发生惊恐的叫声：“啊啊，地震了！”

有人粗着嗓子吼道：“地震个屁啊，我们在船上！”

有人大声尖叫道：“船要翻了，快跑啊——”

大剧院聚集了几百人，一群人争先恐后地涌出来，有人摔倒，还没来得及爬起来就被身后的人踩在身上，痛苦的尖叫声让人群更加恐慌。

第一个冲出大剧院的人，直接被扑面而来的巨浪给掀翻在地！

明明话剧开始时是下午3点，可是此刻，整个天空中乌云密布，海面上飓风四起，轰隆隆的炸雷声快要震破耳膜，一道道闪电几乎要把天空给劈出几条裂缝！

“皇家加勒比”号游轮此时已经倾斜了45度，游客们根本没法站稳。

狂风四起，暴雨如注，狼狈的游客们尖叫着四处逃窜，七楼的甲板上乱成一团！

而此时，肖楼、虞寒江一行人在开始下暴雨的时候就立刻聚集在了船尾。

原本平静无波的海面就像是海底地震了一样剧烈地晃动着，远处，一道将近50米高的巨浪正在飞快地朝“皇家加勒比”号所在的位置扑来。

巨浪距离轮船越来越近，一旦翻船……后果不堪设想！

船尾处，已经有几个挑战者迫不及待地用各种卡牌跳上逃生船，一人手脚麻利地解开绳索，开着逃生艇转身就跑。众人已经顾不得被暴雨淋成落汤鸡，不断有挑战者过来抢逃生艇！

转眼间，好几艘逃生艇已经被反方向开了出去。

刘桥刚要行动，虞寒江突然拦住她：“等等。”

看着远处的巨浪，虞寒江眉头紧蹙，神色无比严肃：“这么大的浪，逃生艇很可能被直接扑翻，我们现在坐逃生艇离开的话更加危险！”

周围有挑战者在争抢逃生艇，虞寒江看到刚才那个乘逃生艇跑路的团队突然消失在视野中——逃生艇速度不会太快，突然消失，很可能是远处形成了海上旋涡，体积小的逃生艇遇到大旋涡，就像蚊子遇到了蜘蛛网，根本没法逃离，直接被旋涡卷入了海底！

巨浪越来越近，肖楼脸色苍白地攥紧拳头：“游轮会被打翻吗？”

此时，游轮正在剧烈摇摆，体型巨大的游轮一旦翻船，会很难拯救。

虞寒江想了想，冷静地道：“你们先抢一艘逃生艇，一旦翻船大家也有退路。但不要走太远，远处可能有大旋涡，先在游轮附近等我。我去一趟驾驶舱。”

叶棋紧张地道：“虞队，要不把瞬移卡给你？”

虞寒江道：“不用，你照顾好肖教授，我穿上加速鞋方便行动。”

看着虞队离开的背影，肖楼虽然担心极了，但他也知道自己这时候跟上虞寒江反而会让虞队分心，虞队去驾驶舱，显然是想让船长稳住游轮，别让游轮翻船。

他们都不会开船，这时候，相信专业的船长，或许会有一线生机！

船尾处，大量游客和挑战者一起争抢逃生艇，局面已经一团混乱！

暴风雨越来越大，整个天空漆黑一片，天空中的炸雷声、游轮上的哭喊声汇聚在一起，原本欢乐、祥和的海上游轮，在这一刻宛如人间炼狱。

周围不断传来尖叫，刘桥开启身轻如燕卡牌直接飞上一辆逃生艇，龙森、曲婉月一跃而下，准确地跳上去，叶棋分别带着肖楼、邵清格、老莫水平瞬移到逃生艇的位置，稳稳地落下。

7 个人坐在逃生艇上，老莫负责开船。

远处的海面果然有个巨大的旋涡。一艘逃生艇冲得太快，正好被卷进旋涡中，上面传来凄厉的惨叫。老莫看见这一幕，脸色一白，立刻开着逃生艇转向，避开旋涡中心。

肖楼紧紧地攥住拳头——暴雨敲打在身上，他全身都被淋得湿透，但他根本顾不上这些。他只希望虞队能平安归来，希望这艘游轮不要彻底翻沉！

驾驶舱内，虞寒江穿着隐身斗篷，在舱门被风吹开的那一瞬间立刻闪身进屋。

船长和副船长正在焦头烂额地检查船上的设备，耳边不断响起“嘀嘀”的刺耳警报声，年轻的副船长声音颤抖地道：“船长，没信号，联系不到岸上！”

面前的液晶监控屏上出现了一个红色的警告图标，船身已经严重倾斜，机械音在疯狂提示——

“导航系统故障！”

“通信系统故障！”

“警告，游轮重心中心点过低，倾斜角度超过 40 度，有倾覆风险，请尽快校正！”

年迈的老船长脸上血色尽失。

窗外，近五十米高的巨浪距离游轮越来越近，如果不能迅速稳住船身，这巨浪再拍下来，简直就是雪上加霜，原本就摇摇欲坠的游轮会被巨浪彻底掀翻——

副船长道：“这艘船没救了，船长，我们快跑吧！”

船长咬牙盯着远处的巨浪，双拳紧紧握着。

副船长抓住他的衣领，大声咆哮：“想想你的老婆孩子，他们不想看到你的尸体！游轮设备故障，又正好遭遇台风，这艘船已经没救了，快弃船逃命！听到没有？！”

船长猛然一怔，回过神后立刻下令道：“马上组织游客们撤离！”

头发花白的老船长让游轮开始鸣笛，短促、连续的鸣笛声代表着游轮遭遇了险情，紧跟着，他拿起旁边的话筒，以极快的语速说道："各位游客，我们的游轮设备出现故障，又遭遇极端恶劣的台风天气，请大家尽快穿上救生衣，按照船上标注的箭头指示方向，去船尾找逃生艇撤离……"

船长的这段广播让还处于迷茫的人群顿时爆发出一阵尖叫！

人群疯了一样朝船尾逃窜，不少人在拥挤中丢掉鞋子、帽子、墨镜，虞寒江穿着隐身斗篷，干脆来到人比较少的三楼，抓住栏杆，飞快地顺着栏杆朝船尾爬过去。

就在这时，一阵飓风袭来，伴随着滔天巨浪——

那 50 多米高的巨浪如同大厦倾塌，猛地拍下来砸向船身！

所有还在过道、甲板上的游客都被这一波巨浪给掀翻在地，有些人被冲下围栏掉进海里，有些人身体被风吹飞出去，一边大声哭喊："救命啊啊啊——"哭喊的人很快就被一波浪潮给掀翻，坠入大海中，扑腾两下便失去了踪影。

游轮还在继续向右倾斜，甲板上的旗杆已经被风吹倒，代表轮船身份的"皇家加勒比"号旗帜被吹飞出去，远远地漂在海面上。整艘船和海平面的夹角已经低于 30 度，游客们根本就没法在船上站稳，此起彼伏的尖叫声、撕心裂肺的哭喊声响彻耳畔。

虞寒江的瞳孔微微一缩——游轮彻底翻船已经是注定的结果。

他的身体动作快于大脑的思考，毫不犹豫地往海里一跳——几乎是他跳下去的那一瞬间，7 层高的庞然大物便"轰"的一声彻底倒进了海里！

很多没来得及逃跑的旅客被游轮压进海里，绝望的叫喊声戛然而止。

倒下的游轮渐渐被海水所淹没，有一些旅客受了伤，原本清澈的海水被鲜血染红。

抢到逃生艇的挑战者团队都在飞快地躲避巨浪，但有些人显然不会开船，逃生艇失控地在海面上四处乱转，如同无头苍蝇一般，被扑面而来的巨浪给高高地带起来，又猛地打翻。

挑战者团队被下饺子一样丢进海里，会游泳的急忙去救队友，人群里频频爆出粗口，骂黑桃 A 的声音层出不穷，甚至有个中气十足的男声直接对天咆哮："黑桃 A，老子挖你十八代祖坟！"

这哥们儿显然失去了理智，黑桃 A 有祖坟吗？

肖楼根本没心情理会他们，老莫正在聚精会神地开船，逃生艇在他的操控下像利箭一般射出海面，几个巧妙的转弯，有惊无险地避开了巨浪。

他将逃生艇停在远处，肖楼紧张地道："老莫，虞队还在游轮上！"

"我知道。那边的风浪太大，回去的话会很危险，我们还是在安全的地方等他！”

一向冷静的肖楼看着远处的惨状，身体不由微微发颤，理智上知道老莫的做法没错，可肖楼还是控制不住地担心。

远处，游轮已经彻底翻了，海面上的鲜血不断蔓延，尖叫声、哭喊声不绝于耳，肖楼眼睛眨都不敢眨地盯着游轮的方向，到处搜索虞寒江的身影。

刘桥之前放了盏孔明灯，这是她在流溪村放过的灯，升起来可以确定位置，她这么做也是想让混乱中的虞队迅速定位，找到她们的船。

也不知过了多久，肖楼突然听到耳边传来个熟悉的声音：“我回来了。”

肖楼猛地回头——只见虞寒江手脚并用，迅速爬上逃生艇。男人的黑发湿答答地贴在额头上，衣服也被海水泡得湿透，整个人显得有些狼狈，但他的表情很镇定，一双漆黑深邃的眼眸里依旧是满满的自信。

肖楼激动地道：“回来就好！虞队怎么去了这么久？没事吧？”

虞寒江心里一暖，低声说：“没事。我去驾驶舱看了看，这艘船突然倾斜的原因是设备出现故障。原本这种巨型游轮是可以扛过台风的，结果正好设备出问题，船长也救不了，广播让大家逃生。我看见操控台上亮起很多警告灯，显然，翻船是必定的结果。”

叶棋忍不住吐槽：“这是要让我们坐着逃生艇，在海上漂流的意思吗？”

老莫苦笑：“习惯就好，黑桃周常不会让人太好过。”

肖楼关心地问：“这么远的距离，虞队你是怎么找到我们的？”

虞寒江道：“我游泳技术不错，翻船之前我就跳进了海里，顺着小刘放的孔明灯游了过来。你没看见我，是因为我刚才穿着隐身斗篷。”

昨天的腹泻事件之后，有 20% 的人乘坐“满天星”号离开，因此“皇家加勒比”号自带的逃生艇数量是足够的，只要遇到台风时不慌张，镇定一点抢到逃生艇，在巨浪扑过来的时候躲掉风浪中心，不要盲目地把逃生艇开进海上旋涡，在刚才的这一场风暴中生存下来的概率并不低。

肖楼看向周围，挑战者们早有准备，大部分都抢到逃生艇活了下来。可怜对这一切毫无所知的近百名游客，他们只是坐游轮出来玩，却遭遇了这样的不幸。

游客里有近 60% 的人死在了这次海难中，当时是下午时间，大部分游客在娱乐中心玩耍，灾难发生时他们根本来不及逃跑，被翻沉的游轮带进了海底。只有一些反应极快的游客才在第一时间抢到了逃生艇。

暴雨倾盆而下，虞寒江放目远眺。

逃生艇的后方，海上突然出现的旋涡卷走了不少人；右侧方是刚刚被掀翻的轮船。他们只能继续往前走。

周围的海面上到处漂浮着被风吹断的围栏、木板，还有女生的丝巾、没来得及穿上的救生衣、一些食品的塑料袋以及一些逃跑过程中丢掉的鞋子、包，还有被淹死的人的尸体。

暴风过境，满目狼藉。

很多人第一次见到这样惨烈的灾难现场，不忍地移开了视线。

虞寒江低声问道："你们都没受伤吧？"

众人纷纷摇头。

虞寒江道："这场台风把我们乘坐的游轮给弄翻，强制我们用逃生艇在海上漂流。距离通关还有 5 天时间，逃生艇的油够用吗？"

众人听到这里，一颗心顿时悬了起来。

老莫赶紧低头看了眼仪表盘上的指针，道："油箱是满的。"

众人这才松了一口气。

虞寒江看着远处的天空渐渐露出的亮光，道："身后有旋涡，暂时过不去，我们只能往前走。大家整顿一下，准备出发吧。"

肖楼这时候也冷静下来，坐回座位上："先清点一下物资。"

物资由叶棋、龙森和曲婉月 3 人负责，很快，3 人就检查完自己的背包。

"吃的都在！"

"我这里的药品也齐全。"

"矿泉水足够。"

肖楼道："辛苦老莫了，你来开船吧。"

莫学民笑了笑说："放心，我专门学过开逃生艇，交给我吧！"

老莫开着逃生艇朝着东边快速前进。

周围有不少挑战者在观察过环境之后，也做出了"继续向东"的决定。

几十艘逃生艇渐渐开出了这片海域。

身后，"皇家加勒比"号游轮已经彻底消失在海平面上，只留下一些木块残骸在海面上漂浮，肖楼不知道船上的工作人员怎么样了，也不清楚这一场突发的灾难夺走了多少人的性命……他没有时间细想，也没有能力救下其他的人。队友们都平安，这是唯一值得他庆幸的事。

前排，老莫突然指了指远处的天空："雨快要停了，你们看，乌云正在散开。"

众人抬头，蒙住天空的乌云渐渐在中间裂开了一条缝隙。

阳光如同利箭一般劈开天空，洒向海面。晴朗的蓝天像是碧蓝色的丝带一样缓缓在大家的视野中铺开，乌云彻底散去，灿烂的阳光照射下来，给大家的身上洒下一层融融的暖意。

龙森道:“有惊无险，还好老莫会开船。”

曲婉月也微笑起来:“我们算是顺利过了台风这一关吧？大家都辛苦了。”

叶棋从背包里拿出矿泉水:“来来，喝口水压压惊！”

众人的神色轻松了许多。

然而，大家都知道，这才第二天。

台风过了，说不定还有别的灾难在等着大家。

茫茫无际的海域依旧看不到尽头，他们的海上漂流之旅才刚刚开始。

第十七章

无尽海域

夜间，很多逃生艇相继亮起了夜明珠的光芒。前方有人朗声问道："朋友们，天黑了，你们不打算继续往前走吗？"

右前方传来一个女生的声音："天黑容易迷失方向，万一遇到旋涡、冰山、礁石之类的，翻船就别想活了。我建议大家关掉逃生艇的动力系统，原地漂浮，等明天再说！"

周围纷纷响起附和声。从游轮上逃下来的挑战者由于都朝同一个方向前进，速度差不多，大家在天黑时正好汇聚在了一处。

老莫压低声音："虽然到目前为止还没出现挑战者的内斗，但大家不得不防，晚上，说不定就有一些人会趁着别人熟睡，杀人、偷卡。"

虞寒江脸色严肃："我们得轮流守夜，两人一组。"他的目光扫过众人，迅速安排道，"老莫今天开船辛苦了，你跟刘桥 1 点睡；邵总和叶棋，1 点到 3 点守夜；我跟肖教授 3 点到 5 点；5 点我会叫醒小龙和曲老师，你们守到 7 点天亮。"

晚上最容易出事的就是凌晨 3 点到 5 点这个时段，虞寒江主动选了压力最大的时段，肖楼不是第一次跟他守夜了，对此当然没有意见。

众人吃过饭后便警觉地将逃生艇开到了最后方。

附近逃生艇太多，老莫让逃生艇跟其他逃生艇保持着 100 米以上的安全距离。

晚上 9 点，整片海域彻底被黑暗吞噬。逃生艇上夜明珠的光芒和天空中闪烁的群星交互辉映，就像是无数星星不小心落入了海里。

一阵夜风吹来，肖楼冻得打了个喷嚏。

虞寒江低声问："是不是很冷？"

肖楼还没来得及说话，身后的叶棋、邵清格也开始狂打喷嚏。大家就跟接力似的，刘桥、龙森、曲婉月也一个接一个地打喷嚏。

曲婉月揉了揉鼻子，无奈地说："我们今天在暴雨里待了半个小时，衣服全被淋湿，下午好不容易晒干，晚上要是再吹一夜的海风，我感觉明天大家都要感冒。"

虞寒江问道："要不要生火取暖？"

老莫道："逃生艇上不好直接点火吧？万一烧了油箱怎么办？"

肖楼想了想，突然微笑着说："我有办法。"

他拿出圆规开始画圆，大大小小的金属圆环很快就叠在一起，变成了一个

“脸盆”大小的盘子，肖楼用剪刀剪开一个圆环，像铁丝一样将“脸盆”固定住。然后他召唤白居易点了一把火，将炭火放在盆里：“这样就烧不到船了。”

叶棋目瞪口呆：“还有这种操作？”

“白居易的炭火有时间限制，还需要燃料。”肖楼看向莫学民，道，“老莫，我记得你有一张卡牌，好像叫‘实木地板’，对吧？”

莫学民哭笑不得：“是的，那地板可以铺在水面或者两栋建筑之间，当桥梁用……肖教授难道是想让我劈开木板当燃料吗？”

肖楼笑着点头：“实木当然可以做燃料。而且，你的卡牌回收之后，重新召出来又跟以前一样，这相当于能无限循环使用，并且随时随地召唤的顶级燃料。”

众人都觉得这卡牌要被肖教授给玩坏了。

圆规用来做脸盆，白居易用来点火，实木地板用来当燃料，亏他想得出来！

紧跟着，虞寒江也开始了奇怪的操作——他拿出削铁如泥的军刀，把老莫的木板劈下来一半，然后又劈成很多小块木材，堆在船中间，淡淡道：“守夜的人，注意及时在金属盆里加柴火。”

肖楼又用圆规做了一个凹陷的盆，留出一个缺口后，倒扣在点火盆的上面，笑着说：“这样就不会被风吹灭了。”

机智的肖教授居然用各种卡牌做了个火炉出来，众人真是无比膜拜。

肖楼制作的临时“火炉”非常管用，有炭火在，刚刚还被冻得发抖的大家立刻感觉到周身传来了暖意。

比起其他逃生艇上被海风吹得瑟瑟发抖的挑战者，8 人围着火盆，真是无比舒爽。

有居家小能手肖教授在，以后不管什么环境，大家再也不用怕冷了！

入夜，肖楼靠着座位睡下，迷迷糊糊间，他察觉到自己的身体被人轻轻推了推，耳边传来邵总熟悉的声音：“肖教授，3 点了，来换班。”

虞寒江已经坐在了驾驶位，肖楼揉揉眼睛让自己清醒过来，走到虞队的旁边坐下，回头问：“邵总，没出什么事吧？”

邵清格道：“目前没有异常，接下来就辛苦两位了。”

叶棋困得直打呵欠，他从卡包里把瞬移卡递给虞寒江：“虞队，这个给你，说不定能用到。”

虞寒江点头：“嗯，你们快睡吧。”

邵清格、叶棋换去后排睡下，肖楼拿了两块木材丢进火炉里，坐在前排烤火，虞寒江在他耳边道：“秦观这张牌的技能刷新了吗？你跟我绑定心有灵犀。”

肖楼收回秦观牌，重新跟虞寒江绑在一起。这样一来，两人沟通就不需要开口，也不用担心说话声会影响睡着的队友。

周围安静极了，肖楼的脑海里很快响起虞寒江的声音：“3 点多了，那些想行动的人也该行动了吧？”

肖楼说：“周围很安静，但大部分逃生艇都有人守夜，那些人可能还在等待合适的机会。”

虞寒江点头：“我们保持警惕。”

海面上平静无波，两人有一搭没一搭地在精神世界里闲聊，一个小时过去，周围依旧没有事情发生。肖楼有些疑惑，难道这次匹配进周常的挑战者都是比较本分的人，不会用极端手段从其他挑战者手里抢夺卡牌？

就在这时，一阵微风吹过，周围不少逃生艇在晃动，肖楼也没在意，还以为是风的原因。结果下一刻，虞寒江突然按住他的肩膀，朝右前方努了努嘴，利用心有灵犀的技能道：“那边有动静。”

肖楼顺着虞队的目光看去——东南方向的一艘逃生艇上面原本亮着颗夜明珠。在肖楼扭头看去的那一瞬间，夜明珠剧烈晃动几下后就消失不见了。

如果不是观察力够细致，几十颗夜明珠，突然消失一颗，根本不会引人注意。

肖楼立刻绷紧脊背，在脑海里道：“那艘逃生艇出事了吗？”

“我没听到任何重物坠海的声音，也没有挣扎和反抗的声音，如果是出事了，怎么会连一点声音都没有？”

“可能是我们想多了？”肖楼也觉得不可思议，一整艘船，如果真的出了什么事，竟会一点声音都没有？

虞寒江警惕地竖起耳朵，目不转睛地盯着东南方向。接下来依旧无事发生，两人都以为自己多心，可过了十几分钟，东南方向的一艘逃生艇上的夜明珠再次剧烈地晃动两下，然后悄无声息地熄灭，就好像有一双无形的手突然将它拿走了一样。

“不对！”虞寒江警觉地道，“那两艘船出事了！”

肖楼紧张地握住拳头，看了眼身后熟睡的队友：“要叫醒他们吗？”

“暂时不用。”虞寒江目不转睛地盯着远处，果断地道，“肖教授，你还记得圆规的第二个技能吗？10 米直径范围无敌，你画一个圆形的界限，保护住我们的逃生艇，我穿上隐身斗篷过去看看。”

“好，我在这里留守。”肖楼迅速拿出圆规画了一个圆，那金属圆环放大成直径 10 米的隐形圆圈，将这艘逃生艇环绕在圈内，圆规升级后的技能 2 相当于一个“安全圈”，可以让圆形区域不受任何攻击、控制类卡牌的影响。

虞寒江穿上隐身斗篷，用叶棋的瞬移卡水平瞬移 50 米，转眼间就来到了事发区域。

他按照记忆找到夜明珠消失的方向。

第一艘逃生艇果然出了事。逃生艇上的人已经死光了，所有人的喉咙都被齐刷刷地切断！虞寒江瞳孔一缩，立刻瞬移到另一艘逃生艇附近。

这一船的挑战者也被团灭，坐在驾驶座的男人不敢置信地瞪大眼睛，似乎是见到了什么可怕的怪物。虞寒江刚想到“怪物”，肖楼接收到他的精神信号后立刻问:“虞队，是海怪袭击吗？”

虞寒江答道:“不是海怪，是人为的。所有人都被割了喉，下手干脆利落。已经有两艘船的挑战者被杀，他们还在继续行动，肖教授你小心……”

刚说到这里，就听脑海里传来肖楼的声音:“我感觉到有人在水下。”

虞寒江毫不犹豫地瞬移返回。

当时，老莫为了规避风险，故意将逃生艇停在外围。不料这些人专门挑外围的船下手——因为内圈船太多，容易让其他挑战者察觉到不对。外围离得远，人少，方便他们作案，哪怕有一两艘逃生艇消失，其他人在黑夜里也很难注意得到。

肖楼意外地发现自己在这一刻居然听不见任何声音，他立即呼叫虞寒江:“虞队，周围突然没了声音，我连自己的呼吸声也听不见，安静得很诡异，你能听到我说话吗？”

虞寒江想了想，道:“我明白了，应该是带范围声音屏蔽技能的卡牌，对环境音效造成影响。我们是精神交流，不发出声音，所以我能听见你说话。别担心，我就在你附近。”

听到他的话，肖楼的心情轻松许多:“怪不得刚才那两艘船上的挑战者被杀没发出任何声音，看来，他们有范围消除声音的卡牌，所以暗杀才会这样的悄无声息。”

干脆利落的暗杀。

两艘船，16 个人，无声无息地死在了深夜的海上。周围还有无数挑战者在守夜，大家居然毫无察觉。

要不是虞寒江目光锐利，发现夜明珠的晃动不正常，说不定他跟肖楼也会忽略远处这两艘逃生艇。

虞寒江的神色无比严肃，这应该是一个非常专业的暗杀团队。他深吸一口气，在脑海里道:“叫醒老莫！”

肖楼点了点头，立刻摇醒老莫。

老莫开口说话，发现自己的嘴巴在动却没有任何声音，他震惊地瞪大眼睛看着肖楼，指了指自己的嘴，还以为自己变成了哑巴。

肖楼迅速在他的手心里写字："环境音效屏蔽，水下有暗杀团队。"

老莫一怔，紧跟着在肖楼的手里写道："猎杀者？"

肖楼看到这 3 个字，赶忙用心有灵犀通道传话给虞寒江。

虞寒江仔细一想，确定地道："应该是猎杀者，已经死了两船人，如果是普通的挑战者，想杀人抢卡，没必要毫无目的滥杀，那两艘船上的人拿的卡牌不一定有用。"

肖楼赞同："抢卡肯定要确认对方的卡牌够好才动手去抢。如果是猎杀者就很好解释了，他们杀人不需要挑目标，一个人头百万赏金。"

虞寒江冷冷地道："他们手里也有卡牌。看来他们是越学越聪明了。我想，这种环境音效屏蔽的卡牌也是他们之前杀死挑战者时捡到的吧！"

肖楼依旧听不到声音，从声音消失的那一刻他就开始默数，到现在已经 60 秒了——如此长时间对环境造成影响，这应该是一张非常强的 S 级特效牌。

由于"环境声音消除"属于对环境音量的改变，不算攻击手段，也不属于昏睡、晕眩等对人的控制技能，因此，肖楼的"安全圈"并不能抵挡这种环境变化效果。

安静到极致的世界，听不见任何声音，肖楼和莫学民面面相觑。

就在这时，虞寒江突然道："用秦观牌把老莫也连进来，我想抓住这几个猎杀者。"

肖楼立刻用另一张秦观牌连上老莫。

他跟虞寒江连着，又跟老莫连着，相当于通讯中转站。

肖楼紧张地问："那些人在哪儿，虞队看得见吗？"

虞寒江道："他们本想对我们的船动手，由于我们的船有安全圈保护，他们发现不好杀，所以转移了目标——是左后方的那艘船。"

夜里能见度很低，但虞寒江的视力不是一般的好。只要在水下游动，海面上就会有波纹产生。他紧紧地盯着漆黑的海面，一圈圈波纹正在朝左后方快速前进——左后方的逃生艇上坐着 10 个人，其中两个负责守夜的男人正昏昏欲睡。

虞寒江在脑海里和肖楼说："倒计时 3 秒，让老莫用色彩元素把那片海域给涂了。"

肖楼立刻给莫学民传话，并建议道："用绿色，人在夜里对绿光的分辨度更高。”

老莫紧张地捏住色彩元素这张牌，在倒计时 3 秒后立刻将卡牌用出去，只见左后方的逃生艇，整个船身连同周围的海域，500 平方米的环境全部被染成了荧光绿！在夜明珠的照射下，那一抹荧光绿真是再明显不过！

很快，周围的挑战者都发现了异常。

原本昏昏欲睡的男人发现队友全身变绿，立刻震惊地道：“我去！哥们儿你怎么绿了！”

另一个男人脸色一沉：“你会不会说话？什么叫……唉，你怎么也绿了？”

两人说到这里，却发现自己突然变成了哑巴，接下来的话就没有了声音。

下一刻，铺天盖地的银色圆环砸下来，紧跟着又是 5 米直径的巨大天平，两个金属秤盘猛地落入水中！两人惊骇地瞪大眼睛，不敢相信地看着这一幕。

周围的海域居然有将近五百平方米的范围全部变成了荧光绿！

远处，没受消声影响的挑战者迅速叫醒队友，一群人都扭头往这边看，不停地议论。

“那边的海水好像变绿了……”

“那艘船也是绿色的！”

“肯定是卡牌特效！”

有女生发现远处海域变绿，立刻拿起夜光望远镜仔细观察，结果却看到两艘船的挑战者被残忍杀害的景象，女生尖叫道：“啊啊啊，死人了！那边有两艘船的人死了！”

这一声尖叫吵醒了他们周围全部的挑战者，大家都紧张地站起来看情况。

只见远处，一片海水被染成很刺眼的荧光绿，3 个男人像是会轻功一样朝逃生艇瞬移过去，一人操控着圆环噼里啪啦往海里砸，另一人操控天平，将秤盘丢了下去。

染成荧光绿的海洋让那几个潜伏在海里的猎杀者无所遁形。

虞寒江用天平控制住他们，右手抛出白绫，长条的白绫像是有灵性一样，自动将几个猎杀者全部绑了起来。

周围响起一阵惊叹：“啊，这些是什么人？！”

“发生什么事了？死人了吗？”

“听刚才那个妹子说，死了两船的人！”

“我们该不会倒霉遇到了猎杀者吧？”

周围响起惊慌的议论声，大家都探出脑袋看向绿光区域，虞寒江手中的白绫猛地一收，水下的猎杀者被他一把拖到了海面上——3 个人，都是年轻力壮的成年男性。

为免这 3 人又服毒自杀，虞寒江瞬移过去，在每人嘴里塞了一块破布。

刚要咬破牙齿内毒剂的 3 人不动了。

此时，3 人都被染成绿色，看上去再明显不过。环境声音屏蔽的卡牌时间到了，周围的挑战者恢复了声音："这肯定是猎杀者！专门潜伏在水下杀人拿赏金！"

"真的有两艘船的人被杀了吗？"

"我看见了，那边，两艘船，16 个人全死了！"

被染绿的哥们儿顾不上自己的形象，激动地道："谢谢大哥！是你救了我们吧？要不是你们 3 位突然冒出来，我俩刚才都快睡着了，怎么死的都不知道……"

虞寒江淡淡道："不谢。"

他说罢，便拖着这 3 人回到自己的船上。

邵总、叶棋他们早就被周围的动静惊醒，肖楼把事情的经过简单跟大家解释一遍，虞寒江迅速搜身，从他们怀里找到 3 张卡牌。

S 级特效牌"安静的世界"，可屏蔽 10 平方米范围内的任何声音，让选定区域与其他区域隔绝，陷入彻底的安静。安静持续 5 分钟，冷却时间 15 分钟。

A 级特效牌"水鬼"，范围 10 平方米内的队友水下移动速度集体加成 200%，并可闭气 30 分钟不浮出水面呼吸。

A 级特效牌"僵如雕像"，让指定 10 平方米范围内所有目标陷入僵直状态，无法做出任何操作，持续 10 秒，冷却时间 15 分钟。

肖楼心惊胆战："看来，他们一直潜伏在水下，靠近逃生艇后先屏蔽声音，紧跟着用僵如雕像特效卡群控，然后一刀割断挑战者的喉咙？他们可以在对方没法反抗、没法呼救的情况下，悄无声息地杀掉一整船的人！"

要不是当时用圆规的技能放了个安全圈，猎杀者的下一个目标就是肖楼他们所在的逃生艇，一旦中招，肖楼根本没法呼救，船上熟睡的队友会在睡梦中被一刀毙命！

邵清格不由脊背发冷："幸亏两位足够警觉，要不然，我们连死都不知道怎么死的。"

莫学民脸色难看："真倒霉，连续两次周常都遇到了猎杀者！"他心有余悸地喘了口气，看向虞寒江道，"上次的周常因为猎杀者出现，我们 100 人最后只活下来 20 个。这回要不是你们，估计这 400 多位挑战者，有 200 以上就要悄无声息地死在今夜了。"

虞寒江皱眉看向被绑起来的3个人。

那3人嘴里塞着布条，怒目圆瞪，几乎要把虞寒江给生吞活剥了。

虞寒江按住3个人仔细搜身，从3人的靴子里各搜出一把锋利的军刀，刀锋跟两艘逃生艇上死者颈部的切口一致。

虞寒江道:“这就是凶器。”

他用力扒开3人的衣服，果然在不同位置看到了熟悉的文身——很复杂的图案，形状很像是一种原始部落的图腾。叶棋好奇地凑过来，用夜明珠照着仔细看了看，道:“跟我们在金融危机见到的一模一样。”

邵清格摸着下巴说：“看来这个组织的成员都要文身，像是表达忠诚的一种象征？”

老莫点头:“没错，这是猎杀者联盟的标志。”

虞寒江上前一步，俯身抬起其中一人的下巴，冷冷地道:“任务失败就自杀，也是猎杀者联盟的规定吧？你们老板就这么值得你们卖命？杀了那么多外乡人，拿的赏金应该够多了吧？还没来得及花，就这么死了，不觉得可惜吗？”

他锐利的目光依次扫过3人的脸，低声道：“如果你们愿意交代猎杀者联盟的情报，我可以放过你们，并且保证你们的安全。不为自己想，也为自己的家人想想，你们3个该不会全是孤儿，一个亲人都没有吧？”

其中两人目光阴狠，如同吐信的毒蛇一般盯着虞寒江，几乎要把虞寒江的脸盯出个洞来。左边的年轻人听到这话，似乎想起了什么，眼中闪过一丝痛楚和矛盾。

虞寒江给肖楼使了个眼色:“控制住他们，先处理掉他们嘴里的毒素。”

肖楼会意，用剪刀把白绫剪成3段，将3人的双手紧紧绑在背后。

虞寒江掏出中间那男人嘴里的布条，用力捏住他的下颌，让他没法咬破牙齿，紧跟着用夜明珠照向男人的口腔，低声问肖楼：“能看出哪颗牙齿藏了毒吗？”

肖楼仔细观察这个人的口腔，发现左上方有一颗牙齿被替换了，颜色跟周围略显不同，而且这颗牙齿跟牙龈的契合度并不紧密，显然被动过手术。肖楼得出结论，说道:“左上方，第一前磨牙。”

虞寒江问:“能取下来吗？”

这是要现场拔牙？

众人本以为肖楼会拒绝，结果，肖教授认真想了想，然后就拿出圆规，迅速画出几个直径不等的小圆圈，套在一起做成了一个圆盘，再剪开圆规，用金属丝固定住圆盘，制成一个圆盘状的器皿。紧跟着，他又剪开一个大圆圈，把纤细的金属丝拿在手里，看向虞寒江说："我把他这颗牙弄下来，你帮我用夜明珠照一下他口腔的左上方，我得接住牙齿，不能让毒素流到口腔里。"

"好，我来帮你。"虞寒江右手继续用力捏着男人的下颌，左手则举起夜明珠给肖楼照明。肖楼拿起圆盘状的器皿放在男人的嘴里，右手用金属细线轻轻套住了那颗牙齿的根部。

被撑开嘴巴的猎杀者一向冷漠的脸色终于微微变了。

这都什么人啊？居然要现场给他拔牙？！

更让他震惊的是，肖楼居然真的准确套住了那颗毒牙，轻轻一扯，脆弱的牙齿果然"啪"的一声掉了下来，被肖楼眼明手快地准确接住。

肖楼将临时器皿拿出来，微笑着看向虞寒江："取下来了。"

队友们真是要给他跪了！圆规这张S卡，真是被肖教授运用到了极致。刚才做了个临时火炉，现在又做了个小圆盘接毒牙，还用金属细线当工具，现场给人拔牙？以肖教授灵活的思路，说不定以后还可以用圆环做出铁锅、洗脸盆、筷子、飞碟等工具！

叶棋忍不住道："我估计，设计圆规这张牌的守关者都没想过这张牌还能这么用，哈哈哈！"

肖楼微笑着说："他这颗牙本来就是安上去的，很容易弄下来。"

虞寒江习惯了肖楼的机智，镇定地接过他手里的小圆盘，看着那颗牙道："牙齿里面有个密封的透明胶囊，装的应该就是剧毒，如果用力咬碎牙齿，毒素就会流入口腔。"

肖楼仔细看了眼那指甲盖大小的胶囊："很可能是氰化钾，这种剧毒物质入口即死，微量氰化钾哪怕是接触到皮肤伤口也能导致人类死亡，虞队小心。"

虞寒江点了一下头，拿了个塑料袋将这颗胶囊给包起来，递给老莫。

老莫不敢相信地看着手里的毒牙。

别人听到"猎杀者"3个字都会吓得脸色发白，毕竟这群暴徒神出鬼没，杀人不眨眼，遇到他们很有可能没命。结果这两位大佬……居然现场给猎杀者拔牙？！

没过多久，虞寒江又递了一颗牙过来："老莫，小心保管，别把胶囊弄破。"

莫学民这才回过神来，发现虞寒江和肖楼配合，已经迅速地把第二个人的牙也给拔了。3位猎杀者的表情那叫一个精彩！

最后一个正是刚才神色矛盾的年轻人，虞寒江看了他一眼，继续捏住他的下颌——男人的大力几乎要将他的下巴给捏碎，年轻小伙的眼泪都快要掉出来了。

肖楼的动作干脆利落，趁虞队撑开他的嘴巴，不出 10 秒就把毒牙准确地拔了出来。

老莫将塑料袋里的 3 颗毒牙拿到肖楼面前，笑道："还有吗？"

肖楼道："其他牙齿都是正常的。"

3 个人面如死灰。

虞寒江说："没了毒牙，你们想自杀可没那么容易。相信我，咬舌自尽死不掉，那都是小说里乱写的，咬掉舌头除了痛还是痛，我照样能让你们写出来。"

所以，他们现在求生不得、求死不能？他们还从没这么狼狈过！

虞寒江道："分开审问。"

肖楼点头，将其中一人绑成粽子交给虞寒江。

海上条件有限，没有单独审讯室，虞寒江干脆将那人瞬移带去远处的逃生艇。这艘逃生艇正是第一艘被团灭的挑战者团队，此时，逃生艇上的 8 个人已经死光了，鲜血流了满地。

虞寒江盯着男人的眼睛，冷冷地道："猎杀者联盟的老大是谁？"

男人咬紧牙关沉默不语。

虞寒江用力揪住他的衣领："你们是怎么知道有大量外乡人要上这艘轮船的？水鬼、安静的世界、僵如雕像，这些卡牌从哪里来？谁给你们的？"

男人依旧面无表情，不肯说话。

虞寒江微微皱眉，用力一脚踹向对方的腘窝，男人被踹得跪在船上，紧跟着，虞寒江一把揪住他的头发，直接把他按进海里——

海里有浓烈的血腥味，这艘船上的死者身上的血已经将附近的海水全部染红。

被按进海里无法呼吸，男人的一张脸涨得通红，大量充满血腥味的海水灌入口鼻，那种窒息的痛苦让他的整个胸膛都快要爆炸了。

虞寒江在水里按了他半分钟，见男人开始剧烈挣扎，才一把将他拽回来，冷冷地道："不肯说是吗？那就继续。"

男人的面部表情微微一变，不敢置信地看着虞寒江。他杀过那么多人，却从没遇到过这么干脆、凶狠的家伙……

下一刻，他的脑袋又一次被按进了水里。

男人双手被绑在身后，挣扎不脱，强烈的窒息感让他痛苦地皱起了眉头，虞寒江在保证他不会淹死的情况下，一次又一次地把他按进海里，男人被折磨得快要精神崩溃了！

然而，他还是一句话都不肯交代，一脸"死猪不怕开水烫"的表情。

看着他奄奄一息的样子，虞寒江皱了皱眉，瞬移回去，带走了另一个人。

第二个人也守口如瓶，比第一个还要硬骨头。

这两个人对组织绝对死忠，显然已经被彻底洗了脑，虞寒江本来也没期望能从他俩的嘴里套出什么话来——他故意折磨这两个，其实是做给第 3 人看的。

在虞队的指示下，肖楼正密切关注着船上最年轻的那个人。

看着同伴被反复按进水里，年轻小伙的手指在控制不住地微微发抖。

虞寒江来到船上，停在他面前，淡淡道："该你了。"

低沉的声音如同宣判了死刑，那小伙子猛然一颤，深吸一口气，强行保持着镇定。

虞寒江将他带到另一艘船上。

周围全是死人，小伙跪在尸体中间，脸色越来越难看。

虞寒江蹲下来看着他，低声说："你那两个同伙受不了折磨，已经交代了。"

小伙不敢相信地疯狂摇头："不会的！不可能，他们不会出卖组织的！"

虞寒江道："死了就什么感觉都没了，再也看不到你的亲人和朋友。我已经得到了想要的讯息，所以，你的命要不要留下，对我来说无所谓，你去给船上的人陪葬吧。"

说罢，虞寒江就猛地提起他的后领，一把将他按进海里！

猝不及防的变故让小伙惊骇地瞪大了眼睛，被鲜血染红的海水瞬间灌入口鼻，难闻的味道充斥着口腔，血水从鼻腔一路灌进气管，呼吸受阻，心脏开始剧烈地跳动，窒息的感觉从胸膛里迅速蔓延，他只觉得整个胸膛几乎要炸裂！

海里一片漆黑，什么都看不见。

死神降临的恐惧激起了人类骨子里最本能的求生欲！

小伙开始拼命挣扎，越挣扎，灌进鼻腔的海水就越多，窒息感也越强烈。

绝望充斥着脑海，就在他以为自己要死定了的时候，胸膛的压力突然一松，他的后领被虞寒江猛地一提，新鲜的空气扑面而来，小伙趴在逃生艇边剧烈地咳嗽起来。

"咳……咳咳咳……"

他咳了半分钟，咳出大量被灌进鼻子里的海水，那种难受……真是再也不想体验了。

虞寒江冷冷地看着他，如同看一个死人："你如果能补充一些更有价值的信息，我倒是可以放过你。怎么样，考虑清楚了吗？"

小伙慌忙开口："我说，我全都说！"

虞寒江松开了他，唇角微扬。

小伙此时一脸的崩溃，还以为这次是组团打小怪，任务很轻松，结果倒霉地遇到了魔王！

虞寒江半蹲下来，盯着年轻小伙的眼睛，低声问："你们老板叫什么名字？"

小伙子说："我不知道……"

虞寒江作势就要把他往海里按："好好想想该怎么回答。"

小伙子被淹怕了，脑袋摇得就像是拨浪鼓，哭丧着脸说："我真的不知道！老板从没有露过面，只有他最信任的几个高层知道他是谁！大哥，我没说谎，真的！我真不知道！"

虞寒江相信了这个答案，继续问："你们怎么判断外乡人会有活动？"

小伙子缩着脑袋就像是一只鹌鹑，老老实实地回答道："组织有专业的黑客，可以第一时间拿到各大公司的订票信息。远洋公司的'皇家加勒比'号游轮有五百多个外乡人在周末出海，组织发布了游轮猎杀任务，我觉得这次任务赏金很多，就接了……"

虞寒江微微皱眉。猎杀者联盟也有黑客，这么看来他们手里应该有挑战者的身份资料，周常一旦开始，大批挑战者同时进入某个世界，他们就可以根据订票信息提前察觉并做出安排。

虞寒江接着问道："水鬼、安静的世界，这些卡牌是哪来的？"

小伙说："组织分配的，因为任务是在海上，拿着这些卡牌会更方便行动。"

虞寒江道："你们组织有多少人？平时互相之间怎么联系？"

小伙犹豫片刻，咬了咬牙，小声道："我们都是在内网联系。每到周五，内网会发布一些任务信息，想去领赏金的猎杀者就主动接任务，完成任务，再按杀掉的人头数领取赏金……"

"为什么要屠杀外乡人？"

小伙脸色苍白，哆嗦着嘴唇说："老大告诉我们，外乡人的存在会影响我们生存的世界，如果不杀光外乡人，或许有一天，我们的世界会整个崩塌……"

虞寒江打断他："小心！"

常年战斗在前线养成的敏锐感官，让虞寒江突然有种脊背被毒蛇盯上了的直觉。他毫不犹豫地扑倒在船上，带着小伙子一个利落地翻滚，下一刻，一颗子弹就擦着他的头皮直飞过去，"噗"的一声射在了旁边的尸体上！

小伙的脸色陡然间一片煞白，颤声道："是、是领队！"

虞寒江刚要问什么是"领队"，又一颗子弹射过来，精确地射中了小伙的脑门。

年轻人的额头上顿时绽开一团血花，瞪大眼睛，直挺挺地倒在了船上。

对方的枪法极为精准，应该是射程超过 1000 米的狙击枪，用了消音设备，听不见枪声。虞寒江沉着脸探了探小伙的鼻息——死得很干脆。他瞬移到另一艘逃生艇上，两个嘴硬不肯透露情报的猎杀者同样被干脆利落地灭口了。

领队，猎杀者中居然还有领队，自己真是太大意了！

心有灵犀通道传递着信息，肖楼察觉到虞寒江这边的变故，紧张得心都要提到嗓子眼，立即呼叫虞寒江："虞队！虞队你还好吗？！"

虞寒江回答："我没事，但猎杀者全被灭口了。"

他以为这次行动的猎杀者就这 3 个人，抓了 3 人后卸掉毒牙、逼问情报，没想到还有其他的猎杀者在暗中潜伏，并且在关键的时刻杀掉同伴灭口。

虞寒江用力攥住拳头，深吸一口气，一跃跳进海里，朝肖楼道："保护好大家，别让逃生艇离开安全圈的范围——附近还有猎杀者，而且是队长！"

肖楼脸色一变，立刻朝队友们说："所有人，全面戒备。"

叶棋抱着吉他紧张地盯着水面："怎么了？"

"还有漏网之鱼，几个猎杀者已经被灭口，虞队去追了。"他深吸一口气让自己保持冷静，看向龙森，"你跟曲老师过去看一下，变色龙卡可以跟海水完全融合，你们变成海水漂在海上，对方发现不了。万一虞队遇到麻烦，也好及时支援。"

龙森和曲婉月对视一眼，立刻点头，用变色龙卡漂在海上，转眼就消失不见了。

肖楼道："其他人原地待命，把有用的卡牌都提前拿出来，不离开安全圈的话，我们暂时不会受到攻击，但也不能松懈！"

众人立刻配合，提起精神进入戒备状态。

在水鬼卡的帮助下，虞寒江潜入水下，加上瞬移卡一次水平瞬移 50 米，跳进海里的虞寒江就如同箭一般，朝着子弹射来的方向猛地飞过去——

有一艘逃生艇在这时候突然开走，船上只有一个人。

虞寒江紧紧地盯着那个背影，在逃生艇的后方穷追不舍！

一次瞬移 50 米，哪怕逃生艇的油门被踩到底，快如利箭的虞寒江也在 10 秒之内追上了它。虞寒江果断拿出在方片 3 密室抽到的夜魔军刀。他左手抓住逃生艇的船底，右手猛地向上一捅——削铁如泥的军刀直接将逃生艇捅穿了一个窟窿！

大量海水灌进船舱，逃生艇的行动受阻，虞寒江一不做二不休，紧跟着又一刀下去，将逃生艇从中间劈开了一条巨大的裂缝。

被一劈两半的逃生艇眼看就要沉了，驾驶位上的人立刻弃船跳海。

虞寒江有水鬼卡保护，在水下如履平地，瞄准他跳下来的方向飞快地游过去。

然而，那人似乎也有水鬼卡，游动速度极快，两人在海里你追我赶，最终还是虞寒江的瞬移卡占了优势，一次50米的瞬移距离很快就绕到了那人的前方。

追上对方后，他立刻从卡包里拿出一张九宫格朝那人的位置丢过去——九宫格的控制时间只有9秒，但对虞寒江来说足够了。

他伸出擒拿手，猛地抓向对方手腕。

对方应该是个男性，身材高大，四肢却极为灵活，他的上身如泥鳅一样恰到好处地从虞寒江的腋下穿过，反而一掌劈向虞寒江的后颈。

虞寒江扭头躲开，回身一脚踹向那人的腹部！

那人像是早有预感一般，身体突然朝后一仰，用几乎“平躺在地”的姿势，有惊无险地避开虞寒江的这一踹。

水下行动受阻，虞寒江的格斗水平只能发挥出三成。见对方身体后仰，他立刻伸出双手紧紧捏住对方的脚踝，想将对方强行拖过来控制住。

但那人的动作极为灵活，他的双腿交叠在一起猛地一绞，逆向旋转，瞬间挣脱虞寒江的控制，如同一条鱼一样飞快地朝前游去！

只简单过了几招，虞寒江就知道此人肯定练过专业的格斗术，而且水平一流！

虞寒江更想抓活口，所以没用刀、枪、匕首之类的武器，况且水下开枪很难瞄准移动的目标，现在又是深夜，视力严重受到影响，他只能依稀借助月光看见对方的影子。

虞寒江自然不肯放过此人，继续用瞬移卡追了上去！

他心中十分疑惑，九宫格的控制效果是原地定身9秒，可对方并没有被定住，虞寒江确定自己放的位置没错，那就只有一种可能——对方有更高级的逃脱类卡牌，可以解除控制效果的影响。

虞寒江转眼又追上了那个男人。

男人突然一跃而起，修长的双腿绷得笔直，双脚在水上轻轻一点，如同大鹏展翅一般，稳稳地落在了海面上！

明明是水面，他却像站在平地上。

虞寒江从水下探出身体，结果发现自己居然也能直接站在海面上。

什么情况？

虞寒江心中疑惑，下一刻，耳边就响起个低低的笑声：“以为这种垃圾卡牌能困得住我吗？”

男人的声音带着一丝很特别的沙哑，低声笑起来的时候如同大提琴的低音奏出来的音符。虞寒江突然觉得这声音非常熟悉，好像在哪里听过。

虞寒江冷冷地盯着对方：“你是谁？”

月光下，男人站在海面上，虞寒江看不清他的容貌，只能依稀看到他的轮廓——将近一米九的高大身材让他显得格外挺拔修长，笔直的双腿稳稳地立在海上，站姿端正，颇有种玉树临风的潇洒气质。

男人的唇角轻轻扬了一下，声音里透着戏谑：“知道我是猎杀者，还追着我不放，你的胆子真是越来越大了，就不怕被我灭口？”

沙哑的声音回响在空旷的海面上，最后这一句刻意压低，透出一丝冰冷。

虞寒江惊讶地发现自己竟然跟着对方来到了一片陌生的海域。

周围没有一个人，海面上平静无风，天空中繁星点点，天与海连成了一片，形成一个类似“囚笼”的封闭场景，就好像天地之间只剩下他们两人。

虞寒江豁然回头——他居然看不见肖楼所在的逃生艇了。

按照瞬移卡一次瞬移 50 米来计算，他跟着这个男人移动了也就两公里的距离，刚才还能看见身后那些挑战者们逃生艇上夜明珠的光芒，可是此刻，全都不见了。

照理说，在空旷的海面上说话声音会被减弱。可刚才，他明明听到这个人的声音在空间内回荡，还产生了一次明显的回音——不像是在海上说话，反倒像在封闭的井底。

而且，两人居然能在水面上直接站立，这里处处都透着诡异。

虞寒江试探着在心里呼叫肖楼：“肖楼，能听见我说话吗？”

情急之下，他已经不再像平时那样客气地叫“肖教授”了，而是在脑海里直接喊出了肖楼的名字。肖楼接收到他的信号，急忙回应道：“可以。虞队你在哪里？没事吧？”

听见肖楼温和的声音，虞寒江的心瞬间平静下来。

肖楼和队友们都还在附近，依旧是这片海域，只是他的视觉受到影响看不到罢了。

他深吸一口气，冷冷地看着对方道：“是你搞的鬼？又是跟‘安静的世界’相似的卡牌吧？那张卡可以屏蔽环境音效，你这张卡是把我拉进了一个独立的海上空间？”

男人笑了笑说：“没错，还算聪明。”

虞寒江皱着眉问：“你引我过来，到底有什么目的？”

男人反问道：“你认为呢？”

虞寒江沉默了几秒，发现对方没有动手的打算，便冷静地推测道：“刚才，你出手的时机很奇怪，那个猎杀者已经交代了大部分信息，如果真的担心他透露太多，你完全可以在我问第一个问题的时候就直接杀了他灭口，而不是等到最后。”

虞寒江连续审问了 3 个人，前两个都守口如瓶，第 3 个年轻小伙的心理素质最差，最有可能交代，真想灭口的话，应该让年轻小伙一个字都说不出来。

可他直到小伙子回答了大部分问题后才动手。

虞寒江不相信他是迟到或者是找不到同伴在哪里，毕竟老莫染色的那一片荧光绿太明显，他早该知道同伴被抓。

更大的可能，这个人是故意的。

虞寒江目不转睛地盯着他：“你到底是谁？”

男人轻轻笑了笑，道：“当警察这么多年，总算是没白学，刚才的反应还算敏锐，要不是你及时翻滚，那一枪或许已经射穿了你的肩膀。”

虞寒江猛然一怔——没错，那一枪并不想杀他。他当时正在俯身问话，扑倒之后子弹从头皮擦过，如果他当时不躲，按照弹道的轨迹，那颗子弹应该会射中他的肩膀，并不致命。

这个人到底是谁？为什么有种奇怪的熟悉感？

对方就像是猜到了他的心思，主动拿出一颗夜明珠。

周围的扇形区域立刻被柔和的白光照亮，虞寒江终于看清了男人的脸。

那张脸长得极为英俊，下颌的轮廓硬朗利落，一双剑眉斜飞入鬓，透着一股子英气，鼻梁高挺得像是精心雕刻之后安上去的，微厚的嘴唇透着成熟男人的性感。

是很受女孩子们青睐的长相，尤其是穿上一身军装的时候，简直就是制服男神。

可惜，这样一张英俊的脸，额头的左侧有一道 5 厘米左右的明显疤痕破坏了面部的完美。可这道疤痕不仅没有让他毁容，反而给他增添了一丝野性的魅力。

男人的眼里带着戏谑的浅笑，就这么定定地看着虞寒江。

对上那双漆黑深邃的眼眸，虞寒江的身体忽然剧烈地颤抖起来！他攥紧双拳，一向冷静的眼中闪过一丝难以压抑的激动和不敢置信：“九哥？”

海军利箭突击队队长陆九川，3 年前，在一次秘密任务中光荣牺牲。

找到遗体时，他的额头被划伤，留下了5厘米长的明显疤痕。

那一年，陆九川29岁，虞寒江25岁。

虞寒江还记得去烈士墓园的那天狂风肆虐、暴雨如注，黑压压的乌云遮住了整片江州市的天空，陆九川的部下没有一个人打伞，一群军人站在暴雨中，朝着他的墓碑庄严地敬礼，舅舅也站在队列中给儿子敬礼，眼眶含泪，却强忍住没有掉落。

陆家世代从军，虞寒江的舅舅陆擎是陆军某军区少将，母亲陆颜是军乐团的总指挥。

陆九川和虞寒江从小一起长大，感情如亲兄弟。

考上警校那年，陆九川正好从部队休假回来，笑眯眯地拍着弟弟的肩膀说："军警一家亲，以后，哥在海上，你在地上，见面的机会肯定会越来越少。去了警校好好学，可别给你爸丢人。"

虞寒江淡淡道："你别给舅舅丢人就行。"

陆九川哈哈一笑，幸灾乐祸地说："我爸那张严肃脸我看见就怕，为了躲他我特意去了海军，他管不到我。倒是你，以后在你老爸手下，可不会有好果子吃！"

虞寒江绷着脸道："将来我会想办法调去江州支队，不在他手下工作。"

陆九川伸出拳头跟虞寒江碰了碰："难兄难弟。"

那是他们最后一次见面。为了庆祝弟弟考上警校，陆九川请虞寒江吃烤肉，亲自动手烧烤，虞寒江的烤肉技术还是他教的。

多年没见，再见却是在墓园。

看着墓碑上年轻的遗像，那种锥心之痛，虞寒江至今难忘。

陆九川的遗体是被火化的，骨灰埋在烈士墓园，他一直确定陆九川已经去世——他做梦都没想过，自己和这位从小一起长大的兄长居然能在卡牌世界，以这样的方式相遇！

亲人重逢，本该激动地拥抱在一起彼此问候，但虞寒江很快就想起自己为什么追着对方来到了这里——陆九川是猎杀者！

虞寒江皱眉看向对方，低声问："你什么时候来的这个世界？"

陆九川："3年前。"

虞寒江目不转睛地盯着他的眼睛："你真的加入了猎杀者组织？"

陆九川微微一笑，伸出修长的手指解开了衬衫的扣子。

身为一个军人，他一向挺拔健硕，倒三角的完美身材肌理分明，随着蜜色的胸膛渐渐显露出来，他左侧心脏的位置赫然出现了一个图腾！

诡异的文身，在月光的照射下就像是狰狞的魔鬼。

虞寒江的瞳孔陡然一缩——这图案，正是猎杀者联盟成员的标志！

陆九川轻轻一笑，压低声音说："没错，为了活下去，我成了猎杀者。"

听到这话，虞寒江顿时头痛欲裂，他用力攥紧双拳，不敢置信地盯着这位从小敬重的兄长，厉声道："你疯了？！你知道猎杀者组织是干什么的吗？他们全都是毫无人性的冷血暴徒！你居然为了活着，让自己变成杀人如麻的机器？！"

陆九川慢条斯理地扣上衬衫的衣扣，淡淡地说道："这个世界的运转规则跟现实世界并不一样。我在现实中已经当了一次英雄，既然上帝给了我第二次生命，我有权利选择为自己而活。"

虞寒江锐利的目光直直盯着他的眼睛："为自己而活，所以就屠杀其他人？"

陆九川笑："别人的死活，跟我有什么关系？"

虞寒江觉得面前的人很熟悉，又很陌生。

他 3 年前来到卡牌世界，或许是这个变态的世界渐渐消磨了他的人性，摧毁了他的意志，击溃了他的信念。如今的陆九川，早已不是虞寒江所认识的那个"九哥"，早已不是挺直脊背，跟上级敬礼果断地说"绝对服从命令"的铁骨军人了。

虞寒江闭了闭眼，低声道："你真的这么想？"

陆九川点头："我引你过来，就是想告诉你，如果要在这个世界活得长久，只有加入猎杀者组织这一条路。所有想靠通关卡牌墙的密室回到现实的人，都已经失败，并且被抹杀了。"

说到这里，他的声音透出一丝刺骨的森寒："通关密室，回到现实世界，那是守关者给你们编的一个美梦，根本行不通。你不是早该知道吗？我已经死透了！"

3 年前，虞寒江亲眼看着他的遗体被火化。现实中，陆九川确实已经死透了。

难道他说的是真的？挑战者通关卡牌墙上的所有密室后依旧不能回去？

虞寒江一直以来的信念，在这一刻遭受到了前所未有的冲击！

事实摆在眼前，现实中的陆九川已经是一盒骨灰，埋在烈士墓园的墓碑下。守关者说的"回去"又怎么回得去？难道陆九川通关 SS 密室后，那把骨灰还能重新变成一个人吗？！

大家一直都相信守关者的话，可如果守关者在骗人呢？说不定，所有人都已经在现实中彻底死亡，并且在这个世界获得了新生，只能永远留在这个世界里挣扎……

虞寒江迅速冷静下来，他盯着陆九川，一字一句地道：“即便你说的是真的，我们没法通关密室回到现实，大不了就是一死。你为了活着变成杀人狂魔，这样活下去还有什么意义？”

陆九川冷冷地道：“每个人都有选择怎么活下去的权利。”

虞寒江攥紧了拳头，恨不得一拳揍扁这张熟悉的脸。自己从小就很敬重的哥哥，在部队经历过严格的训练，表现优异，年纪轻轻就成了利箭突击队队长的陆九川少校，他根本不相信这样的人居然会为了“活下去”这个理由，变成残暴的杀人机器。

卡牌世界到底有多可怕，居然会让陆九川这样的人都丧失了人性？

他不敢细想。他宁愿没有见过这个人，宁愿一直在心里把陆九川当成英雄。

虞寒江激烈的情绪起伏很快就透过“心有灵犀”通道传递给了肖楼。脑海里传来肖楼的声音：“虞队，别难过，冷静一些。”

他的所思所想、所见所闻，肖楼都能感同身受。

肖楼知道他遇见了自己的兄长，并且兄长加入了猎杀者组织，成为杀人狂魔。

对虞寒江这种疾恶如仇的警察来说，最亲近的兄长居然在这个世界变成了他最厌恶的杀人如麻的凶手，这样的打击，不是一般人能承受的，换成是肖楼肯定也很崩溃。

虞寒江的脑海里不断翻腾着回忆——

小时候，陆九川教他玩电动飞机，带他翻墙爬树、下水捉鱼，两人被抓回家同时挨揍……少年时代，他们一起在球场挥汗如雨，一起去射击馆学习枪法，一起背着帐篷去野外露营……陆九川考上军校的那年虞寒江亲自去送行，看着一身军装、英姿飒爽的兄长，微笑着朝他敬了个标准的军礼……虞寒江考上警校，陆九川休假回家请他吃饭，目光中满是信任和鼓励……

一幕幕回忆，锥心刺骨。

虞寒江的鼻间一阵酸涩，他不知道该用什么态度来面对这位兄长。

肖楼察觉到他的情绪很不稳定，立刻在脑海里说：“虞队，你相信你哥哥吗？”

虞寒江怔了怔，道：“我以前当然相信他……”

肖楼道：“以前相信，那现在呢？”

虞寒江沉默下来。

肖楼的声音冷静又温和：“3 年时间，确实可以改变一个人。但我觉得，人的本性不会变化那么大，就比如，变态杀人犯不会突然间变成慈善家，而一个本性善良、正直的军人，不可能单纯为了活下去就变成杀人狂魔。你被主观情绪影响，加上心情激动，很可能会做出错误的判断，先冷静下来，好好想想，会不会有别的可能性？”

这段话如同当头一盆冷水泼下，让虞寒江瞬间清醒。

军人接受的是最严酷的训练，陆九川在现实世界，宁死也不会背叛自己的信仰，甚至在最后从容牺牲。这个世界的运转规则确实和现实不同，但人的本性怎么可能变化如此之大？

这其中一定有原因。

虞寒江在这一刻彻底冷静下来，脑海里也恢复了清明。他被突然见到陆九川的事给震惊得思维混乱，可谓“当局者迷”，好在肖楼及时点醒了他。

虞寒江看向面前的男人：“九哥，你是不是有什么苦衷？”

这个熟悉的称呼让陆九川微微一怔，他挑了挑眉，道：“刚才还一副要把我按在地上揍的表情，怎么态度突然变了？我能有什么苦衷？”

虞寒江果断地道：“我应该相信你。我们认识了二十多年，你根本不是这种贪生怕死的人。你加入猎杀者组织，一定有什么苦衷，或者是别的目的。”

两人四目相对，沉默了很久。

陆九川一字一句地问道：“看到我的身上有猎杀者的标志，你还敢相信我？”

虞寒江平静地道：“标志不代表什么，我现在也可以在胸口画一个。但是，一个人的本性不会变得那么彻底——只要你还是陆九川，我就相信你。”

他顿了顿，盯着陆九川的眼睛说：“你绝不会那么窝囊，让自己堕落成魔鬼。”

陆九川突然笑了起来。

他的容貌遗传了陆家的优良基因，笑起来的时候十分迷人，从小就有不少女孩子偷偷给他塞情书，此刻，他脸上带着笑，眼里却情绪复杂，像是涌动着惊涛骇浪。

片刻后，陆九川收起笑容，严肃地看着面前的弟弟：“你太天真了，在这个世界，任何人都不能轻易信任。”

虞寒江道：“我知道，但你是我的兄长。”

陆九川听到这句话，瞳孔微微一缩，双手在身侧轻轻握成了拳。

虞寒江没有忽略他的这个动作，低声说道：“世界变了，但灵魂没变。如果我的判断错误，你真的堕落成了杀人机器，下次见面，我会亲手解决你。但是现在，我宁愿最后再相信你一次。”

陆九川轻笑起来：“小子，以你的本事，就算动手也杀不了我，现在的你，还太弱了！”

周围的场景突然变幻，虞寒江发现，陆九川莫名其妙地在自己面前消失，天与海连成的封闭空间里只剩下他一个人了。

整个空间随之彻底碎裂，站在海面上的虞寒江猛地掉进了海里，周围恢复正常，他回过头，看见挑战者们的逃生艇上一颗颗夜明珠亮起的光芒。

陆九川不见了，虞寒江发现自己的手心里多了一张卡牌。

特效卡：绝对领域。

稀有度：S。

描述：改变环境的特效牌，仅此一张，来源不明。

卡牌主人已绑定，身份不可见。

使用效果：可以制造一片500平方米的绝对领域，将指定的最多10个目标拖入领域空间内，该空间的环境、事件由卡牌主人随心设置——我的地盘我做主，海上漫步、空中飞翔、倒立行走，你甚至可以在这里拍摄电影。

在绝对领域中，任何不可能都将变成可能。

使用限制：24小时只能开启一次，开启后存在时间1小时。

只有卡牌主人离开或者死亡，处于绝对领域中的人才能离开。

卡牌主人可将卡牌交给任何一个人，让对方获得进入领域的权限。领域不受环境的影响，跨密室、跨主城也可以进入。

虞寒江拿着这张牌，眉头紧皱。

这张牌的效果和肖楼的“桃花源记”相似，都是开启独立的空间。不同之处在于，绝对领域的环境可以由主人随心所欲地设置，并且绑定了主人。

卡牌描述中“来源不明”4个字让虞寒江的心中十分疑惑。

这张牌正是刚才拉他进入特殊空间的卡牌，是陆九川留给他的。

虞寒江神色复杂地收起卡牌，对肖楼道：“我哥走了，没有解释。”

肖楼道：“虞队你先回来吧，我让龙森和曲老师去接你了。”

周围的水面上果然有响动，虞寒江回头，看见两颗脑袋在附近冒了出来——正是用变色龙卡跟海水融为一体的龙森、曲婉月夫妻，看上去就像海上单独飘着两颗头颅。

虞寒江对此已经习惯了，毕竟在流溪村的时候，龙森经常变成泥土的颜色在地上爬，动不动地面就冒出一个头来。

龙森紧张地问："虞队你没事吧？我们在附近找了你很久，一直找不到你在哪儿。"

虞寒江道："没事。"

他跟着两人一起回到逃生艇，队友们都在等他，见他平安回来，才松了一口气。

邵清格问道："什么情况？你追到那个猎杀者了吗？"

虞寒江沉着脸摇头："没有，被他跑了。"

肖楼跟他连着心有灵犀，刚才发生的一切肖楼都一清二楚，但别的队友都不知情，虞寒江暂时还不想告诉大家自己的哥哥成了猎杀者的事情，免得引起大家的猜疑。

虞寒江看向肖楼，在脑海里说："谢谢，刚才要不是你及时提醒，我脑子里一团乱，差点真的以为他堕落成了猎杀者。"

肖楼微笑道："不客气，你哥哥既然没有杀你，显然还没彻底丧失人性。我更倾向于他混进猎杀者联盟是有别的目的，先不要草率做决断，等查清楚再说。"

虞寒江道："我哥给我留了一张奇怪的牌，可以制造出一个独立空间。但现在卡牌技能冷却，我进不去。"

肖楼连着他的精神世界，自然看到了这张牌的描述。

制造绝对领域可将最多 10 个人拉进来，这张牌很强，用于团队逃生的时候可以仿照桃花源的用法，集体传送进领域避难。需要击杀指定目标的时候，可以将目标拖进领域单挑，算是一张攻守兼备的卡牌。

更关键的是，它可以跨越密室，邀请对方进入领域跟自己对话。而且每次刷新技能之后，释放绝对领域可以随心所欲地设置自己想要的环境——大海、雪原、沙漠、城市，随时切换，比桃花源的用法还要灵活。

肖楼双眼一亮，道："这张卡相当于一个独立的空间中转站，不管你在哪个密室，你都可以开启这张卡牌，进入你哥哥留下的领域世界。我想，他可能是想通过这种方式给你传递消息？"

虞寒江恍然大悟："没错，不然他没必要把这张牌留给我。"

肖楼提醒道："先不要告诉其他人你哥哥加入了猎杀者联盟，其他人知道后可能会担心。尤其是老莫，他的队伍是被猎杀者团灭的，他对猎杀者相当排斥。"

虞寒江点头："我明白，这件事只有你我知道。"

周围的队友发现，虞队回到逃生艇后就沉默不语，跟肖教授眼神交流。

众人已经习惯，自顾自地坐回位置上。

就在这时，一艘逃生艇开过来，是之前被虞寒江和肖楼救下的那艘船。驾驶座上的男人憨笑道："谢谢几位，要不是你们抓了那几个猎杀者，可能今晚我们队伍会全军覆没。"

一个女生递来一张卡，道："我们也没什么好东西，这张卡给你们吧，谢谢你们！"

老莫接过来一看，顿时神色复杂，扭头把卡牌递给了肖楼。

> 工具牌：临时厕所。
>
> 稀有度：A。
>
> 限制：团队限定，一个团队只能用一张。
>
> 描述：活人怎么能被尿憋死？没厕所的时候怎么办？都是成年人，尿裤子多不好。这张卡牌可以在任何环境下搭建一个临时洗手间，用来解决内急的问题。自动冲水，方便快捷。

肖楼哭笑不得："这张牌……很有必要。"

叶棋凑过来看了看，叹道："非常实用啊！"

那女生笑道："团队限定，我们队有两张这个卡，多了也不能用，送你们一张。"

肖楼诚恳地道："谢谢，这张牌比很多 S 卡还实用。"

紧跟着又有人开着逃生艇过来，询问猎杀者的情况："那 3 个猎杀者呢？"

虞寒江冷静地说："3 个都自杀了。"

"死了就好，接下来的密室至少不用担心被屠杀。"

"谢谢几位，要不是你们及时发现，今晚大家都要遭殃！"

看着这些人脸上轻松的表情，虞寒江和肖楼也松了一口气。

东边，太阳渐渐从海平面升起，大家终于看清了周围的情况——两艘逃生艇被团灭，鲜血染红了海域，3 个猎杀者的尸体不知所终，大概已经漂去了远处。

这一夜发生了太多事，算是有惊无险地度过了。

挑战者团队整顿了一番，吃了早餐，继续迎着朝阳，慢慢向东边前进。

无尽海域，第三天。

今天的阳光太过刺眼，从上午 10 点开始，烈日就像是一颗硕大的火球一样炙烤着大海，被烈日暴晒一上午，大家集体黑了一个色号。到中午的时候，肖楼的脸颊、脖子都被晒得通红，脖颈处都出现了明显的分界线，他本来皮肤白，被晒红后非常明显，整张脸就像是熟透了的苹果。

叶棋忍不住吐槽道："太阳这么烈，我们继续在海上漂 4 天，肯定会被晒成黑炭吧？回到主城后一个个的就跟去挖煤了一样。”

曲婉月看了看大家，眼中满是担忧：“那些喜欢在海边晒日光浴的人，也是会做好防晒措施的，这么晒下去不仅是变黑的问题，我更担心大家会被晒伤。”

肖楼点头：“没错，现在大家的皮肤只是变红。再晒下去，皮肤严重缺水紧绷，就会发痒，甚至出现剧烈的灼烧、刺痛感。再严重会蜕皮，起水泡，大家小心一些，待会儿要是身上发痒别用指甲去挠。指甲里有大量细菌，这时候去挠的话很可能造成感染。”

叶棋已经感觉到脖子很痒，刚想伸手去挠，听到这话立刻把爪子缩了回来。

虞寒江担心地看向肖楼，建议道：“要不要做个遮阳帘挂在船上？再这样晒下去，不仅是皮肤晒伤的问题，我担心大家被晒中暑。”

肖楼仔细一想，从卡包里把白绫、剪刀卡拿出来。

他把白绫剪成几块布条，紧跟着画出几个圆环剪开后当铁丝，将两块布条用金属丝“缝合”在一起，全部的布条连接起来之后，长、宽正好可以覆盖这艘逃生艇。

他又弄了些金属丝弯折成弧形，从布幔的前部、中部、后部穿过，再把金属丝固定在逃生艇船身的两侧，这样一来，巨大的布幔就可以将整个逃生艇给“罩”在里面。

一个简易的遮阳棚就这么做成了。

白色遮阳棚，遮阳效果不是很好，罩住船身像在办葬礼……

但密室条件有限，只能凑合用了。

肖楼看向叶棋的大旅行包：“把里面的吃的放去龙森包里，书包给我用一下。”

这两天大家一直吃叶棋包里的食物，此时包已经空了大半，叶棋听到这里立刻照做，把剩余的矿泉水、饼干放到了龙森的背包里。

肖楼接过他的书包，拿起剪刀灵活地把书包剪开。

只见他修长的手指像是变戏法似的，转眼间就将书包给剪成了 8 块碎布，然后他用圆规量好尺寸、画圆、弯折——居然给大家做出来 8 个简易的遮阳帽！

肖楼微笑着把帽子发给大家：“这样就不会晒伤了。”

厉害！

叶棋接过帽子戴在头上，感慨道：“万能的肖教授，你还有什么不会做的吗？是不是以后我们去了野外，你还可以用圆规做个铁锅炒菜？”

挑战者们的四十多艘船正漫无目的地在海上漂流。很快，大家就发现肖楼他们这艘逃生艇居然自制了一个遮阳棚，8 个人还戴着用碎布制成的“帽子”？！

旁边有人惊叹："那艘船的人太有才了，我们也做个遮阳布！"

有人激动地道："我的书包是空的，剪刀拿出来，快，我要被晒脱皮了！"

于是，众人纷纷效仿，有人抽到雨伞类的卡牌，立刻撑起来遮挡阳光；有人用衣服做遮阳棚，还有人把木板架在逃生艇的上方挡阳光。更有甚者，把食品的塑料袋一个一个缝起来，做成的伞那叫五彩斑斓。

有个妹子拿起喇叭喊："我这里有工具牌针线，可以帮大家缝伞，有需要的开船过来找我，手工费一次 10 万金币！带上你们吃过的饼干、巧克力塑料袋就行，做塑料遮阳伞！"

这个世界从不缺聪明人，妹子居然现场做起了"缝伞"的生意。

正午，太阳高悬，大部分挑战者让逃生艇停留在这片海域准备吃午饭。有针线的女生很快就受到了大家的欢迎，立刻有人拿着一大堆塑料袋、破布之类的去找妹子帮忙做遮阳伞和遮阳帽，女生转眼间就赚了上百万金币。

紧跟着，旁边又有女生开始大声喊话："有需要用洗手间的吗？我们这里有临时厕所，自带冲水设备，可以来这里上厕所，一次 5 万金币！"

5 万相当于 500 块人民币。

周围有挑战者在骂："上一次厕所这么贵，抢钱啊？金子做的马桶吗？！"

"没办法，总不能弄在裤子里吧，有厕所总比没有好啊……"

"我憋不住了，我去上！"

渐渐地，一些挑战者表情古怪地开船去上洗手间，妹子的"临时厕所"门口排起了长队，那妹子收钱收得不亦乐乎。

肖楼扶额："人才真多。"

想来也够心酸，大家变成这样，都是被这个奇怪的世界给逼的。

相比第一天的集体腹泻、第二天的台风暴雨，第 3 天显得有些平静，大概是为了让挑战者们稍微缓冲一下，这一整天都没有意外发生。

唯一难受的就是海上的日光直射，即便大家被肖楼的做法激发了灵感，做出各种遮阳棚，可海上的日光太过强烈，下午的时候大家的皮肤都开始红肿、刺痛，有一些皮肤比较敏感的妹子开始疯狂掉皮、起水泡，周围不时传来咒骂声。

肖楼团队算是比较好的，没有人掉皮。

到了傍晚，大家再次将船停好，简单解决了晚饭。

虞寒江看着天边的落日想心事。

陆九川昨晚消失后一直没再出现，也不知去哪儿了。

在这个世界见到陆九川，虞寒江一直以来的信念突然遭到了强烈的冲击。

因为他很清楚陆九川在现实中是被火化了的，他不知道在这种情况下还怎么回去。

回去变成一团骨灰吗？

肖楼察觉到他的想法，在脑海里轻声问："虞队，你听说过重生吗？"

虞寒江怔了怔："什么意思？"

一本正经的虞队显然不看网络小说。

肖楼解释道："现在流行的网络小说有很多重生文，讲的是主角突遭意外，死亡之后重生回到过去，改变历史的故事。虽然那些小说都是幻想，但我们现在身处的这个世界本来就不能用科学解释，说不定真的有'重生'这种奇迹。所以，你哥哥在现实中哪怕变成了骨灰，也不是没有生还的希望——如果我们能重回过去，他不就活过来了吗？"

虞寒江双眼倏地一亮，他的手指用力攥成拳，回头看向肖楼，不敢相信地道："你的意思是，守关者放我们回去，很可能是送我们重生回到过去？"

肖楼点头："现实中的我们应该都已经死了，守关者总不能让我们回去当尸体吧？所以我推测，守关者很可能会控制时间的流速，让我们回到过去，改变历史。"

时间！

每个密室的时间流速都不一样，有时候红桃密室过了 3 天，梅花密室过了 30 分钟，大家却能在黑桃密室相遇。显然，守关者有调控时间的能力。

回到过去，对守关者来说轻而易举。

肖楼的推测合情合理，只有回到过去，才能避免意外发生。

陆九川是死了没错，虞寒江亲眼看见他的遗体被火化，变成了一盒骨灰，这是不能改变的事实。但是，3 年前呢？那时候的陆九川还是个英姿飒爽的军人，是海军利箭突击队的陆少校！如果时间回到 3 年前，陆九川不就重生了吗？

虞寒江越想越激动——肖楼的一番话，重新燃起了他心底的希望！

守关者的话可以相信。

那一刻，虞寒江心底的狂喜简直无以言表，他用力握住肖楼的手，深邃的眼里浮起了重新找回信念的光亮："肖教授，你说得对，我们可以回到过去、改变历史，那样，死掉的人就能重生，我哥也有可能活下来！"

自从遇到兄长，他一直很困惑，不知道变成骨灰的人还能怎么回去？

如今肖教授这么一解释，他的心中顿时如拨云见雾，豁然开朗。

无尽海域，第 4 天，00:00。

海上剩余挑战者数量：434 人。

0 点，悬浮框再次弹出数字。

肖楼想了想，忽然说：“人数不对。第二天凌晨，‘皇家加勒比’号剩余人数是 450 人，‘满天星’号 40 人，整个密室存活的挑战者应该是 490 人。台风时两艘逃生艇被卷入旋涡，死了 20 人；昨晚被猎杀者团灭的两支队伍 16 人，一路上没见到其他挑战者的尸体，剩余存活人数应该是 454 人才对，怎么会是 434 人？还有 20 人去哪儿了？”

虞寒江眉头一皱：“很可能是‘满天星’号出了事。”

肖楼猜测：“‘满天星’号跟我们前进的方向相反，说不定是遇到了海怪？”

老莫严肃点头：“有可能，猛兽袭击也是黑桃密室常见的难点。”

叶棋立刻缩起脖子：“那我们还是小心些，肖教授的安全圈能抵挡鲨鱼吗？”

肖楼道：“可以，任何攻击都能挡。”

过了 0 点，所有卡牌的技能重新刷新。虞寒江看向肖楼，低声在他耳边说：“心有灵犀断了，重连一下，我有话跟你说。”

肖楼点点头，再次用秦观的心有灵犀技能跟虞寒江建立了交流渠道。

脑海里很快就响起虞寒江的声音：“我哥留给我的那张‘绝对领域’的技能也刷新了，我想进去看看，但我突然消失的话队友们会怀疑，你帮我打个掩护。”

肖楼欣然同意：“没问题。”

虞寒江开口朝队友们道：“我用‘水鬼卡’下水去侦查一下，看看附近有没有海怪。”

龙森立刻积极举手：“我跟婉月也去吧，我俩的‘变色龙’可以让我们跟海水融为一体，就算有海怪，也发现不了我们。”

虞寒江点头：“好，你们小心。”

3 人用卡牌下海，去附近的海域侦查。

龙森和曲婉月借助卡牌潜入深海，深海有大量色彩斑斓的鱼群，还有各种漂亮的珊瑚、海藻，这壮观的海底世界，比电视上播放的海底画面还要震撼数倍。数不清的小鱼在海底来回穿梭，神秘瑰丽的深海让人流连忘返。

两人在海底游了一圈，没发现鲨鱼之类的危险品种，最大的鱼也就半米多长。

回到逃生艇后，曲婉月微笑着说：“大家放心，方圆几公里的海域我们都查过了，没有危险鱼类出现。”

这句话让众人都松了一口气。

龙森的目光环顾四周，疑惑道：“虞队呢？还没回来吗？”

肖楼说：“不用担心他，他在那边查看挑战者的情况。”

此时，虞寒江已经开启了绝对领域卡牌，进入了陆九川留下的空间。

这次的空间依旧是茫茫海域。他一进去，就像昨天那样直接站在了海面上。虞寒江试着往前走了几步，走在海上，如履平地，这显然是陆九川设定的场景效果。

明月高悬、繁星闪烁，海面上波光粼粼，前方站着一个人，那人背对着虞寒江，身姿挺拔。察觉到虞寒江进来，他转过身，微微一笑。

英俊的脸上带着浅浅的笑意，飞扬的剑眉和深邃的眼眸透出一丝虞寒江所熟悉的自信和张扬，仿佛两人又回到了现实世界，陆九川依旧是那个拍着他的肩膀鼓励他的兄长。

虞寒江心情复杂，低声叫道：“九哥。”

陆九川道：“本来以为你会在 0 点准时进来，怎么迟到了 10 分钟？”

虞寒江解释说：“我队友推测出‘满天星’号可能出了事，他怀疑会有海怪偷袭，所以我们几个刚才在附近的海域侦查了一圈，确认安全。”

陆九川意外地挑了挑眉：“是吗？你的队友倒是挺细心。”

想起肖楼的机智谨慎，虞寒江的目光不由浮起一丝赞赏，道：“他确实非常聪明，要不是他提醒我，我差点以为，你是真的堕落，加入了猎杀者组织。”

陆九川道：“昨天，你对我的态度突然转变，原来是因为他？”

虞寒江点头：“是的。我们有一张牌可以进行精神沟通，他认为，九哥的本性不会变得那么彻底，肯定有什么原因。”

陆九川问道：“看来，你非常信任他？”

虞寒江毫不犹豫地说：“没错。他是个法医，我在现实世界跟他有过合作，我们从梅花 2 密室相遇后就组队了，一直走到现在。他是我在这个世界最信任的朋友。”

陆九川道：“让他也进来吧，我想见见他。”

虞寒江疑惑道：“见他？为什么？”

陆九川：“我得评判一下你身边的人可不可靠，才能决定下一步的计划。”

虞寒江通过精神世界把这句话传达给肖楼：“我哥说他想见你。”

肖楼虽然疑惑，但他也很想见见虞寒江的这位兄长，因为他推测陆九川加入猎杀者组织，有很大的可能是去做卧底，他有很多问题想找陆九川求证。

肖楼答应下来：“好的。我要怎么进去你哥哥的绝对领域？”

虞寒江看向兄长问：“他怎么才能进来？”

陆九川说道：“告诉我他的位置，我去拉他进来。”

虞寒江道：“他在逃生艇上，我们的逃生艇挂了白色的遮阳棚，很好找。”说罢，虞寒江又在心有灵犀通道告诉肖楼，“我哥现在过去找你，你编个借口，跟大家说你要穿上隐身斗篷，免得你突然消失大家会担心。”

肖楼的声音很快在脑海中响起：“明白。”

然后他跟队友们说：“我不会游泳，虞队让我穿上隐身斗篷试试水鬼卡，待会儿我要是突然不见了，大家别担心。”

队友们都没有怀疑。

片刻后，陆九川准确地找到肖楼，把肖楼也拉了进来。

肖楼出现在一片陌生的海域，明月繁星、海天一色。发现自己站在海面上，肖楼并没有惊讶，目光扫过周围，神色镇定地走到了虞寒江身边。

不远处站着个身材高大的男人——跟虞队一样高，将近一米九，两人的容貌有三分相似，只不过虞寒江表情严肃，显得更加冷峻和沉稳。而陆九川的眉眼间英姿勃发，笑容肆意张扬，尤其是脸上的那道伤疤，笑起来的时候，透着一丝野性。

虞寒江主动介绍：“这是肖楼，江州医科大学法医系最年轻的副教授。这是我舅舅的儿子，跟我一起长大的表兄，海军利箭突击队的队长陆九川少校。”

肖楼很有礼貌地笑着打招呼：“陆少校，您好。”

陆九川微微眯起眼睛，上下打量着他——年轻的男人长相十分清俊，笑容温和、风度翩翩，在陌生的环境中依旧镇定自若，心理素质显然很强大。

他站在弟弟身边，头顶正好跟虞寒江的鼻子平齐。他的身材比虞寒江清瘦了许多，身高也矮了 10 厘米，可气场丝毫不显得弱势。

虞寒江太过冷漠，目光锐利、气势逼人，别人站在他的身边，气势上会被他完全压制，感觉比他低了一个头。但肖楼的温和似乎正好跟虞寒江互补，两人站在一起的画面非常和谐，肖楼并没有被虞寒江的气场给压制，反而中和了虞寒江的锋利。

陆九川轻轻一笑，温言道：“不用客气，寒江叫我九哥，你也跟着叫九哥吧。”

肖楼跟陆九川不熟，第一次见面叫“九哥”似乎过于亲密了。但对方既然不拘小节，肖楼也不好继续叫“陆少校”，他询问地看向虞寒江，见后者点头，便跟着叫道：“九哥，您拉我进来，是有话要跟我说吗？”

陆九川很直接地道：“没错。我弟弟很信任你，我想看看你到底是个什么样的人，是不是真的值得信任。”

肖楼理解地点了点头：“这个世界太过凶险，后期的密室中如果遭遇队友的背叛，对团队的打击会远大于密室本身的难度。您考察一下我们也是应该的。”

陆九川看他微笑着说出这段话，立刻从话里找到了重点，挑眉道：“考察？你认为，我昨天故意那么说，是在考验他？”

肖楼道：“您的身份必须保密，每次行动都非常危险，甚至随时都有可能丧命。如果他不能对您绝对信任，很多事情您也不敢告诉他，对吗？”

虞寒江一开始没听懂两人在说什么，到这里才明白，两人所说的“他”指的就是自己。陆九川昨晚故意说“我是猎杀者”“我有权选择为自己而活”“别人的死活跟我有什么关系”等话来刺激他，原来是在考验他对兄长能不能做到绝对的信任。

虞寒江蓦地反应过来：“哥，你是去猎杀者联盟做卧底？”

陆九川看了弟弟一眼，笑道：“你确实不如肖教授聪明，他早就猜到了。”

这点他不否认。肖教授是团队的智囊，比聪明，他肯定比不过。怪不得肖楼昨天让他沉住气，原来是早就想到了这种可能性。

卧底可不是轻松的任务，尤其在猎杀者这样的组织中当卧底，简直就是走在悬崖边的钢丝上，随时都有可能摔个粉身碎骨。在虞寒江不能完全信任自己的情况下，陆九川也不敢曝光身份，昨天第一次跟虞寒江接触，确实有试探弟弟态度的意思。

虞寒江的心脏微微发紧，他轻轻攥住拳头，低声问：“为什么要去做卧底？以你的能力，在这里 3 年，都没法通关卡牌墙上的密室吗？”

陆九川眼中闪过一丝黯然，道：“我们走到了梅花 J，差点被团灭。”

肖楼立刻反应过来：“远方协会的归老先生所说的那支精英队伍也包括你？”

陆九川点头：“我们当时挑选各界精英，组出了一个 15 人的团队，我是队长，每个队员都非常出色，我们刷了一整个月的周常密室，专门练习配合，我将整支队伍按照海军利箭突击队的模式进行严格而残酷的训练，让每个人都对意外形成条件反射。训练的效果很好，我有信心带着他们通关。

“在走到 S 级密室后，我们优先选择了梅花。因为梅花密室基本都和金币有关，形势是打牌或者抽奖，我们队里有非常专业的打牌高手，是在拉斯维加斯的赌场打过牌的富二代，精通各类扑克牌玩法。然而，我们谁都没想到，S 级的梅花密室不再是单纯的抽奖打牌，而是残酷的对抗赛！”

虞寒江忍不住问道：“你们在梅花 J 密室遭遇了什么？”

陆九川的脸色变得无比阴沉，他一字一句，咬牙切齿地道：“猎杀者。”

肖楼和虞寒江猛然一怔。

初期的猎杀者只在黑桃密室出现，没想到S级梅花密室也会出现猎杀者！

陆九川闭了闭眼，似乎想起了当时的惨状，他的声音变得低沉而沙哑：“15个人，150个猎杀者！梅花J密室的名字叫作‘猫鼠游戏’——猎杀者是猫，我们是老鼠，我们需要躲避数量是我们10倍的敌人的追踪，在猎杀者的屠杀之下，活下来。”

他沉默了很久，才低声道：“15人的团队，死了11个，最后只有4个人活了下来。”

当时的惨烈可想而知，150∶15，这简直就是实力悬殊的屠杀！

想起梅花少年的那张面瘫脸，肖楼心中不寒而栗。

早在梅花2的时候，面瘫少年就说过梅花密室的凶险，只不过梅花3、梅花4都很温和，让挑战者们渐渐以为梅花密室就是打牌、抽奖，谁能料到S级的梅花密室居然是和猎杀者组织直接对抗？！

陆九川阴沉着脸说：“S级密室的难度超出了我们的想象，我们4个其实也在梅花J被淘汰了，是从噩梦密室走出来的。我们每个死掉的人都被丢进了单独的噩梦密室，玩一场1∶20的猎杀游戏，最后，我们4个杀光那些猎杀者，艰难地活了下来，每个人都受了重伤。其他战斗力比不上我们的队友，被丢进噩梦密室后，就再也没有回来。”

他深吸一口气，接着说：“当时我们就知道，如果不查清猎杀者这个组织，我们永远过不去S级的密室，后面的梅花Q、梅花K密室会更难，找再多的队友都没用。所以，我们决定改变策略，潜伏起来，等待时机。在一位队友的帮助下，我将身份彻底抹去，改头换面，加入了猎杀者组织。”

陆九川说到这里，从卡包里拿出一张卡牌。S级特效牌“假面”，透明的人皮面具，可以随时戴在脸上，让使用者彻底改头换面。

面前的陆九川在卡牌效果的影响下果然变了样——他不再是那个英俊、挺拔的军人，而是一个容貌平平无奇、留着胡子的中年男人。

虞寒江和肖楼看着面前彻底变样的人，心中不由得涌起一丝酸涩。

他在猎杀者联盟的这段日子每天都在用“假面”来伪装自己，可想而知，做卧底的这段时间，他每一步都如履薄冰，每一天都过得无比艰难。

这次无尽海域的周常中，他是因为见到了虞寒江，才露出了真面目。

肖楼总算明白他为什么要杀了其他的猎杀者灭口——因为不灭口的话，那3人有可能察觉到他的不对，汇报给高层。

虞寒江道：“看来你不是凑巧遇见我。”

陆九川道：“没错，组织获得了你们这次周常的信息，我提前知道你们是去

‘皇家加勒比’号游轮，所以提前买了这艘船的船票，周常就会将我拉进这个世界。”

肖楼疑惑道：“可是，你虽然用卡牌改变了容貌，身份信息却很难改掉，猎杀者联盟不是有专业的黑客吗？你是怎么瞒过他们的身份验证的？”

陆九川摘下假面，微微一笑，语带骄傲：“我们有更厉害的黑客。”

肖楼怔了怔，很快就反应过来：“情报局？！”

陆九川点头：“情报局局长唐辞是我的战友。他帮我在数据库伪造了一个新的身份，我在猎杀者联盟的名字叫齐放，父母双亡，在孤儿院长大，今年 35 岁。”

看来外界的传言，包括归老先生告诉肖楼的“15 人精英团在红桃 J 密室被团灭”的事情，显然是谣言——他们根本没去红桃 J 密室，而是先去了梅花 J 密室。队伍也没有彻底团灭，有 4 个人活了下来。

肖楼猜测道：“活下来的 4 位除了九哥、情报局的局长、远方协会的会长归老前辈，剩下的一个，是不是落英阁的那位蜘蛛女神？”

陆九川赞赏地看向肖楼：“你是怎么猜到的？”

肖楼笑道：“我觉得，你们 4 位既然决定分散在各处等待新的机会，肯定也会想办法寻找更强力的队友。九哥去猎杀者联盟卧底，情报局掌握了所有挑战者的身份信息，远方协会在我们刚下飞机的时候就派人来接我们，落英阁专门招收女玩家，这样，你们就可以从一批又一批的挑战者中物色出最合适的队友。”

陆九川点头：“分析得很好。”

肖楼认真问：“你冒着风险跟虞队见面，是你认为等待的时机已经到了吗？”

陆九川笑道：“是因为那条世界公告。”

虞寒江反应过来：“我跟肖楼刷新红桃密室世界纪录的公告？”

陆九川点头：“我早就知道你来了这个世界，情报局那边在你们一进月之城的时候就给归老先生发了消息，他请你们去接触了一下，认为你们的实力确实很强，可以开始下一步的计划。

“我们当时的 15 人团队，红桃密室是最弱项，推理作家再强，也比不上真正办案经验丰富的刑警，我相信有你们两位在，以后的 S 级红桃密室也不用太担心。加上我在猎杀者联盟卧底一年，已经摸清了这个组织的大概情况。所以，我们想启动新计划。”他看向肖楼和虞寒江，斩钉截铁地道，“重组团队，再次闯关！”

在经历过 15 个人死了 11 个的绝望之后，这 4 个人依旧没有放弃，他们蛰伏起来，用各种办法努力寻找新的机会，这种坚韧的毅力实在让人敬佩——不愧是自己从小信任的兄长。

虞寒江看着陆九川的眼睛，认真地说：“九哥，我们需要怎么配合？”

“你们现在实力还太弱，尽快刷掉B级和A级的密室，多拿一些卡牌，我们4个的进度卡在梅花J密室，所以只能在梅花J组队。离开这次周常密室后，去情报局找唐辞，他会给你们一些帮助。”

“好，我们会加快速度，尽快到梅花J。”

陆九川接着说：“还有一个技巧，周常密室是每周六的0点准时开启，如果你们在周五的晚上进入比较难的红桃或者黑桃密室，周常开启的时候，你们正好在其他密室里，这样就可以规避周常的强制拉人。”

肖楼双眼一亮：“也就是说，周五晚上进密室，这一周的周常就不用参加了？”

陆九川点头：“这一点是我们进入梅花J密室后才知道的。为提升效率，你们周一到周四去简单密室，周五晚上进难的密室，大概半个月，就能刷完卡牌墙上的所有B级、A级密室。等你们的进度走完第十关，我再来跟你们会合，大家一起去周常培养默契。”

肖楼道：“明白了，我们尽量控制好时间，规避周常密室。”

陆九川看了看天空，低声说：“这次任务失败，猎杀者联盟那边应该已经知道了，我得尽快给他们一个圆满的解释。绝对领域这张牌你们留着，想见我的时候就点进来。这个空间由我制造，在这里说的一切没有人能听见。”

虞寒江担心地看着他：“猎杀者任务失败，你会被处罚吗？还有，你本质上的身份依旧是挑战者，你这次的周常要怎么完成？”

陆九川轻松地笑了笑：“没关系，猎杀者任务失败很常见，毕竟挑战者中厉害的人也非常多，至于我怎么完成周常，你不用担心，我自有办法。”他款步走过来，轻轻拍了拍虞寒江的肩膀，温言道，“寒江，保重。”

虞寒江用力按住他的肩膀：“九哥，你也保重。”

陆九川看向肖楼：“我弟弟，以后还请肖教授多多关照。”

肖楼笑道：“九哥说笑了，虞队很强，是他一直在关照我们。”

陆九川看了两人一眼，转过身，潇洒地摆摆手：“我先走了，祝你们好运。”

海天一色的封闭空间在他离开的那一刻瞬间瓦解。

肖楼和虞寒江又回到了逃生艇上，两个人都穿着隐身斗篷，看不见彼此，却能感觉到对方就在身边。他们心中情绪翻涌，一时很难平静下来。

陆九川按部队标准训练出来的15人团，居然差点团灭……后面密室的可怕程度，简直难以想象。

但是，再难也不能退缩。

陆九川没有放弃，归老先生他们还在坚持，肖楼和虞寒江更不应该放弃。

为了离开这个世界，他们会不惜一切代价！

过完周常，快速刷掉B级密室和A级密室，去梅花J跟九哥会合。这一次他们一定要做好充分的准备，决不能重蹈覆辙！

这一夜格外平静，直到天光微亮，依旧没有任何事情发生。

挑战者们渐渐醒来，洗漱、吃早餐。

上午9点，挑战者整顿完毕，有人在前方建议道："继续走的话，不知道会遇到什么，任务要求是海上生存7天，不如大家停在原地吧！"

这个建议立刻得到了大家的赞同。

叶棋兴奋地说："原地停下确实是好办法，附近的海域昨晚我们已经查过，没有危险的鱼群出没，只要在海上熬过7天，就算通关，并没有要求我们必须移动对吧？"

周常经验丰富的老莫脸上满是担忧："要是真有这么简单就好了。"

肖楼谨慎地说："就算昨晚查过，我们也不能松懈。我们不找麻烦，麻烦也有可能主动来找我们。要是真的原地不动熬7天就能通关，那这次周常也太简单了。"

叶棋挠挠后脑勺，干笑道："肖教授说得有道理！"

刘桥建议道："昨晚安全不代表现在安全，要不要再查一遍？"

曲婉月拿出变色龙卡，说道："龙哥，我们再下水……"她还没说完，虞寒江就低声打断了她："不用下水，你们看身后。"

发现虞寒江锐利的目光直直地盯着身后，大家微微一愣，同时扭过头去——只见不远处突然有一群大鲨鱼朝着挑战者团队慢慢地包围过来，领头的一条体形硕大，在众人回头去看的那一刻，它还从水下探出脑袋，朝着众人张开大嘴，露出锋利的牙齿。

肖楼看着那足以吞下两个成年人的血盆大口，立刻紧张地绷直脊背："鲨鱼群！"

叶棋脸色苍白，嘴里咒骂着："果然不该低估黑桃A的变态！从哪儿冒出来这么多的鲨鱼？！水下是不是还有？！"

虞寒江冷静地说："大白鲨，又叫噬人鲨，是海上最凶猛的肉食性鱼类。体重超过3000千克，牙齿极为锋利，能瞬间咬断人类的脖子，是食物链最顶层的海洋杀手。"

听虞队平静地说出这段话，众人只觉得脊背发冷。

肖楼总算明白“满天星”号的40个挑战者，为什么有20个人死了——他们很可能也遇到了鲨鱼群的突然袭击！

就在这时，最远处的一艘逃生艇突然被大白鲨一口咬住，那艘船上的挑战者还没回过神来，就有两个人直接被大鲨鱼吞吃入腹！

海面上响起杀猪般的尖叫：“啊啊啊啊——鲨鱼！有鲨鱼！”

“天哪，好多鲨鱼！”

眼睁睁看着队友被吃掉，那个女生惊慌失措，开着船就想跑，但是，侧面又有一条大鲨鱼直接将她的船给顶翻，那女生落入海里，被鲨鱼拦腰咬断！

一艘船的人，被闻着味道赶来的鲨鱼迅速分食。

看着那血腥的一幕，肖楼头皮发麻，紧紧地攥住拳头：“我们被鲨鱼包围了！”

叶棋一边骂黑桃A，一边脸色苍白地道：“怎么办？肖教授的安全圈顶得过吗？”

肖楼苦笑道：“安全圈有作用时间限制……”

众人听到这里都是心底一凉。

远处，又有一艘船遭到了鲨鱼群的攻击。

一个男人的腿被鲨鱼生生咬下来，发出惊恐的尖叫声。一个女人的手臂被咬断，崩溃的哭喊声几乎要刺破耳膜。

挑战者们陷入极度的恐慌，也不知是谁大吼了一句：“快跑啊！”

说罢，几艘逃生艇瞬间将油门踩到底，飞快地往前逃！

然而前方也有鲨鱼。他们往前跑，才跑了不到100米，逃生艇就遭到体积硕大的几条鲨鱼凶猛的撞击，船很快被撞沉，落水的人们变成了鲨鱼的食物。

这群鲨鱼也不知是什么时候潜伏过来的，居然将挑战者团队全部围住了！

这群海上最凶残的鱼类也不知饿了多久，这几百位挑战者就是让它们垂涎欲滴的美食。血腥味的刺激下，鲨鱼群更加凶残，几条鲨鱼一组，纷纷朝着不同的逃生艇疯狂攻击。

此起彼伏的崩溃叫喊声充斥着耳膜，挑战者们被咬断的残破身体漂浮在海面上，鲜血迅速染红了海水……这一幕场景，就像是来到了人间地狱！

虞寒江的瞳孔陡然紧缩，他用力攥紧双拳，大声吼道：“大家不要惊慌，保持冷静！你们的卡牌都哪儿去了？快拿出来用，控制住这些鲨鱼！”

人类看到鲨鱼，会本能地产生恐惧。在极端恐惧之下，大部分人已经丧失了冷静，条件反射地想要尖叫、逃跑——他们似乎忘记了，现在的自己并不是普通的人类，而是手握大量卡牌的挑战者。

有几条鲨鱼朝着肖楼他们的逃生艇游过来，虞寒江眼明手快，一张天平卡丢下去将鲨鱼困住。见虞寒江动手，肖楼立刻画出两个圆，准确地套在了两条大鲨鱼的脖子上。

虞寒江果断用水鬼卡下了水。

他游到鲨鱼的下方，手中的夜魔军刀用力朝上一捅——削铁如泥的军刀，干脆利落地刺穿了两条大鲨鱼的腹部。

那两条大鲨鱼开始疯狂挣扎，喷溅而出的鲜血将虞寒江的整个身体都给染红了，队友们看到这一幕，都快吓呆了，肖楼瞪大眼睛，声音都在发抖："虞队，你小心——"

那可是鲨鱼。张开嘴巴能吃掉好几个成年人的鲨鱼！

虞寒江神色平静，趁大鲨鱼没法挣脱天平的时机，他手起刀落，一刀下去，直接将鲨鱼从中间给劈成了两半。

超过 3000 千克的体形硕大的鲨鱼，居然被虞寒江给……宰了？！

周围的挑战者看着男人拿着一把刀连杀两条鲨鱼，都是满脸惊恐，如同看见了来自地狱的修罗。虞寒江浑身浴血、满脸戾气，他朝周围还在发愣的挑战者大吼道："你们在慌什么？！鲨鱼没有智商，你们也没有脑子吗？天平都用出来！"

不远处的一艘船上，吓得目光呆滞的女生似乎被这一吼给拉回了神智。

眼看两条大鲨鱼已经游到了逃生艇下方，她立刻甩出天平，两条大鲨鱼的体重不相等，正好被天平给困住无法移动，她的队友看到这一幕，赶紧拿出一把剑对准鲨鱼的脑袋用力地插下去。

虞寒江紧跟着提示："天平、九宫格将鲨鱼全部定住！所有人朝东南方向开船，快！"

在一片乱哄哄的尖叫声中，虞寒江的声音显得无比冷静、清晰，而且果断。

他身上那种指挥惯团队行动的领袖魄力不是一般人能比的，心中茫然无措的挑战者们似乎被他的声音稳住了情绪。

众人纷纷回过神来，丢出自己的卡牌，除了天平和九宫格之外，还有些团队用范围昏睡、范围晕眩等控制牌，将附近的鲨鱼全部控制住！

将近四十艘逃生艇按照虞寒江的指挥，集体朝东南方向转移！

当然，也有人并不想听虞寒江的指挥，趁着鲨鱼被定身，飞快地冲出鱼群往东面逃跑。片刻后，大部分挑战者们的逃生艇来到东南方向的海域，围在肖楼他们的周围——5 分钟时间足够逃生艇开出很远的一段距离，将鲨鱼群甩在身后。

刚才差点被吃掉的妹子惊魂未定，看着虞寒江道：“你要干吗？”

虞寒江冷冷地看着远处的鲨鱼群，说：“鲨鱼喜欢血腥味，这群鲨鱼已经饿疯了，不解决它们，它们就会一直追在大家的身后。必须在这里杀了它们。”

杀了鲨鱼？这人没病吧？

周围听到这话的挑战者满脸的不敢置信，看他如同看一个疯子。

肖楼反应过来虞队的计划，朗声道：“大家不用惊慌，所有鲨鱼都在那片海域，在黑桃 4 密室拿到的人骨药罐可以让 500 米范围的鲨鱼集体失明！有控制类卡牌的朋友帮忙将鲨鱼困在原地，有隐身斗篷的朋友可以穿上斗篷，不用担心自己被发现，拿上武器下海去杀了那些鲨鱼。”

虞寒江刚才已经剁了两条鲨鱼。

事实证明，有卡牌在手，位于食物链顶端的鲨鱼，其实并不是那么可怕。

虞寒江锐利的目光扫过人群：“有没有人愿意跟我行动？”

周围的人纷纷低下头，脸上惊恐的神色难以掩饰——虽然理论上这个计划可行，但那是鲨鱼啊！一条鲨鱼有五六米长，锋利的牙齿能瞬间把人拦腰咬断，联想起刚才血腥的一幕，谁还敢下水去跟鲨鱼搏斗？

大部分人的想法是，赶紧逃命，别管这些鲨鱼了！

这样想的人，似乎已经忽略了一点——生存密室，光想着逃是很难走到最后的。有时候，挑战者必须鼓起勇气直面危险，因为总有一天，他们将面临逃不掉的困境，到时候怎么办？神挡杀神、佛挡杀佛，这才是生存密室的正确玩法！

敢于跟强大的野兽搏斗，才能在实战中提升大家的生存能力。

虞寒江看向周围的队友：“你们呢？”

龙森和曲婉月对视一眼，虽然眼里还有些惊慌，可他们很快冷静下来，龙森道：“我们能跟海水融为一体，鲨鱼看不见我们，我俩协助虞队去放毒和控制。”

叶棋立刻把自己的音乐卡牌拿出来：“我的吉他范围昏睡，长笛单体昏睡……”他看着海水，愣了一下，挠头道，“可我不会游泳啊！”

老莫道：“我开着船接应，虞队拿一颗夜明珠做指引。必要的时候我的色彩元素、样板间、旋转时空都可以帮上忙。而且我手里有好几张九宫格，都是便宜买来的，可以分给大家控制鲨鱼。”

肖楼道：“我的圆规可以把鲨鱼给套住，白居易也有群控技能，我也能帮上忙。”

刘桥道：“我的毒皇后的毒苹果能直接毒死一条鲨鱼，我能在海上飞，帮大家定位。另外……我好像可以复制，变成一条鲨鱼？不知道双生卡能不能复制动物，待会试试看。”

想想刘桥妹子变鲨鱼的画面，大家都哭笑不得。

邵清格笑眯眯地道：“我最好的 S 卡就是取款机，总不能拿钱砸死鲨鱼。老莫，你把九宫格给我，我帮忙控制，你专心开船。”

虞寒江听大家各抒己见，心里微微一暖——还是他的队友靠谱，其他逃生艇上的挑战者都被他的计划给吓傻了，没有人敢加入这次“猎杀鲨鱼”的行动。

可是，队友们对他的决定并没有质疑。

听见虞寒江的计划，大家的第一反应并不是跑，而是配合虞寒江。因为大家刚才亲眼看见他干脆利落地剁了两条鲨鱼，都相信他的实力。

信任，是一个团队的基石。

虞寒江朝队友们点点头，干脆地道：“老莫开船，准备行动！”

听见虞队的指令，老莫迅速稳住船身，在其他挑战者惊慌的注视下，逃生艇如剑一般从海面上射出，一头扎进了鲨鱼堆里。

5 分钟的天平定身时间还没过去，虞寒江瞅准这个机会，潜到两条鲨鱼的正下方，手中的军刀利落一挥，削铁如泥的军刀又一次捅穿了两条鲨鱼的肚子。

大量血液喷涌出来，瞬间染红了周围的海域，两条鲨鱼挣扎片刻，很快就奄奄一息。

虞寒江用心有灵犀通道给肖楼提示：“我用夜明珠指路，让老莫跟着夜明珠行动。天平的控制时间很快就要到了，大家保持警惕！”

肖楼立刻朝大家道：“老莫，注意夜明珠位置，龙森、曲老师，你们下去接应。”

龙森和曲婉月使用变色龙卡，两人的身体很快就跟海水融为了一体，只露出一双眼睛。他们在一片血红的海里准确地找到虞队的夜明珠，两人手里也有九宫格卡牌，可以将鲨鱼定身 9 秒，同时跳远健将卡牌也可以让他们一次跳跃 8 米。

海面下水波涌动，两人很快就来到虞寒江身边，老莫也开着船跟在后方接应。

虞寒江朝肖楼道：“我已经在鲨鱼群里丢了人骨药罐，500 米范围内鲨鱼全部失明，但鲨鱼这种动物捕猎并不是靠视觉，它们对血腥味非常敏感，我身上有强烈的血腥味，它们即便瞎了也会追着我跑，让大家密切关注我的位置，有鲨鱼靠近后立刻出手控制。”

肖楼把虞队的话复述了一遍，众人听着真是心惊胆战。

虞队早就知道单纯的失明不会对鲨鱼造成实质性的影响，他居然想用自身的血腥味作为诱饵，将鲨鱼给吸引过来，一条一条地剁死。

面对鲨鱼这样的庞然大物，他还能如此冷静果决，大家心里对虞队真是无比佩服。

肖楼朝水面喊道："你一定要小心，别被鲨鱼咬伤！"

虞寒江道："放心，我手里有九宫格，处理不了的时候我可以利用水鬼的加速逃命。"

叶棋道："虞队我把瞬移卡给你吧，这张卡速度更快，接着！"

此时，虞寒江和大家的船的距离只有十几米远，叶棋把瞬移卡朝虞寒江的位置抛过去，虞寒江眼明手快地接住。

肖楼道："小叶、邵总，你们注意身后！"

叶棋回头一看，已经有几条鲨鱼摆脱了天平的控制，朝着虞寒江飞快地追过来，看到那些鲨鱼锋利的獠牙，叶棋只觉得全身的血液几乎被冻结了一般，本能的恐惧让他的牙齿都在打战，整个人僵在原地，无法动弹。

直到肖楼的声音在身后传来："快控制它们！"

叶棋猛地一个激灵，回过神后立刻拿出"吉他"，随便拨动琴弦弹奏了几个音符。几条鲨鱼被音律的昏睡效果影响，立刻陷入沉睡。

虞寒江瞬移过来，手起刀落——

庞大的鲨鱼被锋利的军刀挥砍，虞寒江就如同切菜一样转眼间又杀了3条！

正在开船的老莫看到逃生艇后方的这一幕，几乎要无法呼吸了。

他心想，换成他以前的那支队伍，遇到鲨鱼群大家的第一反应就是逃跑，至于能跑掉几个，他心里也没底。那些队友根本没有人敢跟鲨鱼这种恐怖的动物正面对抗！大概这就是他的团队被猎杀者给淘汰，而虞寒江却反杀了猎杀者的原因。

这个男人在面对危险时的魄力，跟他之前的队友简直就是云泥之别。莫学民深吸一口气，迅速稳住方向盘，颤声道："天平控制结束，鲨鱼群就要追过来了，接下来怎么办？"

虞寒江冷静地说："以鱼群为中心，保持500米半径绕圈。你们负责控制，我来处理鲨鱼。"他在海里看见龙森和曲婉月的眼睛，道，"两位在我的左右侧，跟我保持10米的距离，盯紧侧面，要是有鲨鱼从侧面偷袭，立刻定住它们！"

说罢，他便转过身，在海面上迅速绕圈游动。他手里的夜明珠就像是一面令旗，指引着大家的方向。

老莫立刻掉转船头跟上虞寒江，龙森和曲婉月在水下保护侧翼，叶棋和邵清格专门盯船尾，刘桥查缺补漏，肖楼则纵观全局协助虞寒江指挥。

鲨鱼们虽然被毒瞎，可它们嗅觉灵敏，很快就感受到猎物的气息，朝着虞寒江追了过去——有两只比较机灵的鲨鱼潜入深海，一左一右朝虞寒江猛扑过来！

曲婉月跟海水融为一体，一条鲨鱼正好从她身边经过，距离她不到 10 厘米的距离，她吓得全身发冷，要不是从小学习舞蹈，身体灵活，在鲨鱼过来的那一瞬间立刻扭身躲开，她差点就被当成海水给吸进了鲨鱼的血盆大口之中！

眼看鲨鱼要扑向虞寒江，她立刻甩出一张九宫格，定身 9 秒。

曲婉月喊道："这边！"

几乎是同一时间，右侧也传来龙森的声音："这边也有一条被我定住！"

紧跟着叶棋在喊："船后面也有两条！"

9 秒时间，4 条鲨鱼。

肖楼担心地握紧拳头，生怕虞队没法在 9 秒内解决这么多鲨鱼。就在这时，刘桥突然召唤出毒皇后——只见一身黑衣的皇后一手拿着铜镜，一手拿着颗紫红色的毒苹果。

那条鲨鱼正好张开大嘴，刘桥果断操控毒皇后，直接将毒苹果喂给了它。

吃了毒苹果的鲨鱼瞬间昏迷，身体迅速下沉，只要得不到解毒剂的救援，它会在 10 分钟内彻底死亡。

肖楼也是第一次见识到毒皇后的厉害，刘桥这张牌，秒杀单人真是可怕……

邵清格道："船尾交给我控制，虞队先处理侧面。"

虞寒江用瞬移卡过去，一刀劈开曲婉月身侧的鲨鱼，紧跟着瞬移到左侧砍死龙森控制住的那条鲨鱼。转眼间，3 条鲨鱼被杀，还剩一条控制时间到了，邵清格补了一张九宫格继续定住它。

虞寒江瞬移到船尾，一刀解决！

众人看着海里漂浮的鲨鱼的尸体，都被这血腥的一幕震撼得说不出话来。

要不是虞寒江带队，他们是不敢下水跟鲨鱼硬拼的。

可是如今，大家互相配合，斩杀体型巨大的凶猛鱼类，似乎变得越来越容易……

虞寒江神色冷峻，短短几分钟，在队友们的配合下他已经连续砍死了三十多条鲨鱼。频繁瞬移、挥砍，水下的动作本就不如地面灵活，如此高强度的战斗，换成一般人估计要累趴下，可虞寒江却精神抖擞，体力依旧很充沛，乌黑深邃的眼里满是自信和坚定。

发现远处的鱼群太多，肖楼立刻用心有灵犀传消息给他：“虞队，你先休息一下，别用刀砍了，多引几条鲨鱼过来，我有办法对付。”

虞寒江对肖楼的决定没有任何质疑，干脆地点头：“好。”

他用瞬移卡朝鲨鱼群的方向飞去，转眼间就带了十几条鲨鱼过来，龙森和曲婉月看着周围张开大嘴的鲨鱼吓得头皮发麻，急忙朝鱼群的方向丢九宫格。

叶棋的眼珠子快掉了：“啊啊啊，这么多！我的笛子在冷却！”

刘桥的声音也透出一丝紧张：“我九宫格次数用完了。”

邵清格脸色难看：“我也用完了，虞队在做什么，玩这么刺激？”

肖楼大声道：“水里的人，马上下潜，离鱼群远一点，这批我来处理！”

龙森他们虽然不知道肖教授要干什么，但大家都很听指挥，龙、曲两人立刻下潜，虞寒江也瞬移远离了鲨鱼群。

就在这时，大家发现船上突然出现一个古装打扮的男人，身穿白色长衫，笑眯眯地摸着下巴上的胡子，紧跟着所有人的耳边响起了一阵清脆、悦耳的琵琶声——

肖楼召唤了白居易！

以前只会点火的白居易在通关梅花 4 密室后解锁了技能 2“琵琶行”和技能 3“长恨歌”。

持续 15 秒的琵琶声，可以让范围内目标陷入混乱，攻击误伤队友。

随着琵琶音律响起，那十几条鲨鱼就像是疯了一样开始撕咬同类！

鲨鱼是一种极为凶残的动物，此时它们双眼失明，被琵琶的音律影响，已经彻底陷入了混乱，只剩下进攻的本能，根本不管周围是不是自己的同类。

十几条鲨鱼互相撕咬，体积大的咬死体积小的，饥饿之下将同类的尸体直接吞入腹中。还有三三两两的大鲨鱼撞在一起，互相撞得遍体鳞伤。它们锋利的牙齿用力撕咬着同伴的身体，转眼间十几条鲨鱼自相残杀，死的死、伤的伤，彻底失去了战斗力！

船上的人看着这一幕，只觉得脊背冒出了一丝冷汗。

叶棋的眼珠子都快掉下来了：“这也太可怕了吧，同类的尸体都吃……”

肖楼的手心里出了一层冷汗，他知道琵琶行的混乱群控会让鲨鱼攻击同类，但没想到，鲨鱼群被混乱之后，自相残杀，居然互相撕咬到团灭！

真是凶残的生物……

脑海里响起虞寒江的声音：“干得漂亮。”

肖楼紧张地道：“虞队，快撤吧，这里血腥味太浓了。”

虞寒江立刻绕圈离开，老莫急忙开船跟上他。

九宫格用废了好几张，叶棋的S级控制卡长笛又恰好在冷却，还有十几条鲨鱼没解决，虞寒江冷静地给肖楼传递消息："我去把它们引过来，让老莫翻转海面。"

肖楼立刻朝莫学民道："老莫，虞队去引鲨鱼，等鲨鱼过来之后你放样板间把它们给圈住，然后翻转海面，现在只有你的卡还能用。"

莫学民严肃地点头："明白！"

肖楼道："龙森、曲老师，你们保护好虞队，老莫把鲨鱼定住后你们立刻上船！"

那两人同时举起一颗夜明珠表示收到。

3颗夜明珠飞快地朝着鲨鱼群游过去，虞寒江打头，龙森和曲婉月侧翼掩护，闻到血腥味的鲨鱼凶猛地扭头朝虞寒江追来，然而，虞寒江一次瞬移50米，速度实在太快，鲨鱼群在他身后紧追不舍，突然，虞寒江一跃而起来到船上，龙森和曲婉月也用跳远健将的卡牌直接跳上了船。

老莫瞅准鲨鱼的位置，猛地丢去一张卡——样板间！

海里降下一个巨大的牢笼，将近一百平方米的牢笼将鲨鱼全部框了起来！

那牢笼就是老莫刚刚画出来的样板间，空荡荡的一个笼子，放大100倍正好能困住鲨鱼。紧跟着，莫学民使用了A级特效牌——旋转时空。

他指定那片海面翻转180度，所有被困的鲨鱼猛然腾空，直接悬浮在了天空当中！

远处的挑战者看着这一幕，目瞪口呆。这几人居然把鲨鱼一条一条引过来砍死，还让鲨鱼翻转到了天上？这8人队简直就是神仙！

见鲨鱼飘在空中，虞寒江朝刘桥道："身轻如燕卡牌借用一下。"

刘桥将卡牌递给他。

虞寒江拿起卡牌，飞身而起，将一条鲨鱼的脊背作为落脚点。身材修长的男人如同大鹏展翅一般飞到空中，拿起手里的军刀，朝着鲨鱼的脑袋猛劈下去——

被翻转到空中的鲨鱼脱离了水，无法正常呼吸，在老莫的样板间里疯狂地挣扎着，虞寒江在它们的脊背上快速跳跃——3秒跳一次，3秒劈一刀！

十几条鲨鱼，被他手起刀落，全部砍死在空中！

看着鲨鱼的尸体肉块如同下饺子一样落入海面，远处的挑战者们的下巴都要掉下来了。

原来生存密室是这么玩儿的吗？！

比起那个浑身浴血、果断地斩杀鲨鱼的男人，只知道逃跑的大家真是太弱了！

鲨鱼居然被全灭了……

8 个人，杀光几十条鲨鱼，简直让人无法相信！

整片海域，到处都是鲨鱼残缺不全的尸体。大量的鲜血将海水染得深红，浓烈的血腥味充斥着鼻间，在无数双眼睛的注视下，虞寒江收起军刀，神色平静地落回了船上。

肖楼立刻迎上前去，担心地道："没受伤吧？"

虞寒江摇头："没事，身上的血都是鲨鱼的。"

叶棋竖起大拇指："厉害啊，一条都没剩！虞队，你才是海洋杀手吧！"

邵清格玩笑道："这群鲨鱼遇到我们真是倒霉，被虞队开膛破肚，被小刘喂苹果毒死，被肖教授搞得自相残杀，被小叶的笛声催眠，还被老莫翻转到天上——死法很丰富。"

众人无语了。邵总的心态真好，这时候还有心情开玩笑。

老莫喃喃道："我做梦都没想过有一天还能反杀鲨鱼，你们真是太牛了……"

曲婉月惊魂未定，颤声道："刚才，鲨鱼的牙齿距离我只有 10 厘米，我简直不敢相信我还能对它丢出一张卡牌……"

龙森在旁边安慰着她："没事，习惯就好……"

当初在流溪村的山里被狼追的时候，他俩只会僵尸跳一样疯狂逃命、爬树躲避，可是现在，他们却敢跟着虞寒江正面对抗鲨鱼了——大概这就是加入队伍之后的改变吧！两人的心情颇为复杂。

此时，虞寒江全身都被鲜血染红，大家的脸上、衣服上或多或少也带着血，每个人都显得极为狼狈。

大家互相对视，都忍不住笑了起来。

叶棋道："我们太厉害了，反杀了几十条鲨鱼！"

肖楼微笑道："有惊无险，大家没受伤就好！"

虞寒江镇定地坐回肖楼身边，目光地扫过众人，道："这次配合得不错，大家都辛苦了。走吧，尽快离开这片海域。"

老莫应了一声，开着船加速朝东行驶，将鲨鱼群的尸体远远地甩在身后。

这是 8 个人第一次配合，虞寒江对每个人的表现都很满意。

现在的大家或许还很弱小，但只要大家齐心协力，敢打敢拼，他们的团队就一定会越来越强大的。

肖楼他们船上有白绫做的遮阳棚，此时，白色的布幔已经被鲜血染红，所有人身上都带着血，可见刚才的战况有多么激烈。

附近的挑战者们震撼地看着这一幕。见他们穿过满是鲨鱼尸体的海域向东前行，回过神的众人也纷纷跟了上去——大家这才意识到自己在周常密室遇见了大佬，跟着大佬或许能轻松通关。

逃生艇上，叶棋看见身后跟上来的挑战者，忍不住吐槽："这些人，刚才叫他们帮忙，一个个都不敢上，等我们解决了麻烦，又厚着脸皮跟在我们屁股后面！"

老莫道："我看他们的反应，很可能是第一次参加周常密室的新人。"他回头看向大家，解释道，"周常密室匹配的时候，会把高手和新手放进一个密室里，一些厉害的高手可以带实力弱的人躺赢。我在这个密室已经发现了落英阁的精英队，还有两支 15 人的精英队，其他匹配进来的，很可能都是像我们一样刚组好队伍的新人。"

肖楼也觉得疑惑，几百个挑战者，难道就没一个有勇气的？

听老莫这么一解释，他也反应过来了，那些人见到鲨鱼时惊慌失措的哭喊、尖叫，不像是经历过多次周常、经验丰富的老玩家，或许他们是第一次见到如此凶残的动物，不知道该怎么应付，大部分被吓傻了，一些没吓傻的也不敢下水跟鲨鱼正面搏斗。

虞寒江淡淡说道："我们也是新手。如果不尽快调整心态，认清自己挑战者的身份，克服心理上对各种猛兽的恐惧，他们以后注定走不长远。"

老莫苦笑道："是啊，今天是鲨鱼，以后的密室，老虎、狮子、野熊、毒蛇都有可能出没，一些奇幻类密室还有恶魔、吸血鬼，只知道逃的话，总有一天会逃不掉。"

众人听到老莫的话，心中不由惭愧。要不是虞寒江关键时刻站出来鼓舞了士气，让大家相信人类可以战胜鲨鱼，他们也不会创造 8 个人团灭几十条鲨鱼的奇迹。

虞寒江道："鲨鱼再凶猛，也是没有什么智商的生物，连鲨鱼都搞不定，以后的 S 级密室遇到有智商、有装备的猎杀者，岂不是只能等死？"

正因为兄长告诉过他梅花 J 密室的恐怖，虞寒江才想趁机练一练队伍的胆识。

肖楼知道他的想法，温言安慰大家："这只是开始，以后我们每个人都会拿到更多的卡牌，实力也会越来越强，说不定过段时间，鲨鱼在我们的眼里就不算什么了。"

刘桥突然道："我能不能试着变一条鲨鱼？"

她坐在最后一排，听到这话，众人齐刷刷地回头看她。

只见18岁的女生脸色平静，用“我能不能吃米饭”一样的语气淡定地问道：“我想试试双生卡能不能复制动物，我现在变成一条刚才见过的鲨鱼可以吗？”她诚恳地看向虞寒江，“虞队，不要拿刀砍我。”

幸亏刘桥提前打了招呼，要不然，突然看见一条鲨鱼出现，虞寒江估计真的就一刀下去剁碎了。

肖楼哭笑不得，发现这妹子思路清奇，他提醒道：“你变了之后，从海面探出脑袋、摇摇尾巴表示那是你。”

刘桥“哦”了一声，消失不见。紧跟着，大家的视野里突然出现了一条巨大的鲨鱼，那鲨鱼长达6米，它从海面下抬起脑袋，露出满口锋利的牙齿，看着肖楼摇了摇尾巴。

叶棋吐槽道：“刘桥，我以后都不敢直视你了！你快变回去！”

曲婉月揉着太阳穴：“这个真的是小刘吗？”

龙森大笑：“我们这个团队，真全是人才！”

莫学民也笑道：“小刘变的鲨鱼，别说，还有点可爱。”

只见水里的鲨鱼突然一跃而起，像是学会了轻功一样在海面上连续跳跃几次，肖楼赶忙阻止她：“小刘别玩了，其他挑战者要被你吓死。”

不远处，挑战者们集体蒙了：“这鲨鱼还会飞？！”

刘桥听到肖教授的话，立刻变回来，她回到船上坐好，说：“我只是试试看，在变形的时候能不能用‘身轻如燕’这张卡牌。”

叶棋神色古怪地看着她：“所以，你刚才是用了轻功卡？”

刘桥点头：“嗯，变形后也能用我自己的卡牌，以后如果遇到猛兽群，我可以变成它们的同类，混在它们当中，做个卧底。”

莫学民赞道：“小姑娘有想法！”

叶棋哭笑不得：“你还是别变鲨鱼当卧底了，你没见吗？鲨鱼疯起来连同类都吃！”

肖楼发现这女生的胆子真是大，怪不得能一个人走到黑桃4密室，别看她身材清瘦、肤色苍白，看上去很弱小，她的内心却比很多大男人还要强大。

虞寒江看了刘桥一眼，道：“大家都辛苦了，先吃点东西补充体力。”

曲婉月赶忙将放在船上的背包拿起来，从包里掏出饼干、巧克力和矿泉水递给虞寒江，众人也纷纷拿了些食物垫肚子。

就在这时，旁边突然有一艘逃生艇开过来，船上的中年男人紧张地道：“刚才还看见一条鲨鱼从海里跳起来，你们没事吧？”

虞寒江淡淡道:“没事，已经被我剁了。”

刘桥缩了缩脖子，不说话。

旁边一个年轻小伙朝虞寒江竖起大拇指:“哥们儿你真是厉害，居然把鲨鱼全杀了！各位高手帮了大家，能知道各位的名字吗？”

虞寒江道:“叫我老韩就行。”

肖楼微笑道:“我叫云霄，大家都叫我霄哥。”

男生激动地抱拳:“谢谢老韩、霄哥！”

紧跟着，又有一艘船的挑战者过来送吃的，他们在超市买了很多真空包装的零食，薯片、话梅糖、杧果干之类的送了好几包，肖楼也没客气地照单全收。

他们带别的挑战者躺赢不是第一次，受到这样的优待已经变成了习惯。

天色渐晚，众人在一片海域停下来。

直到凌晨，大家的眼前才刷过一条提示——

无尽海域，第 5 天，00:00。

海上剩余挑战者数量: 381 人。

同一时间，绝对领域。

陆九川站在海面上，唇角带笑。离他 10 米远的位置站着个女人。女人身材高挑，一身黑衣，脸上戴着银色的面具，脑袋后面高高扎起的马尾辫显得干练又利落。她脚上穿着一双及膝皮靴，靴子旁边挂了一把血红色的匕首，在月光照射下闪烁着森寒的光芒。

陆九川道:“怎么样？看见他们团队的实力了吗？”

“如果他们连一群笨拙的鲨鱼都没法应付，他们根本就没资格走到 S 级密室。”

陆九川“啧”了一声:“你对人的要求真是高。”

女人冷冷地道:“虞寒江是你弟弟，又不是我弟弟，想让我接受他的团队，他们必须拿出真正的实力来。我可不想重蹈覆辙，去梅花 J 密室再团灭一次。”

“我明白，我也不想。”

两人隔着面具对视片刻，陆九川的眼底带着笑，女人的目光却一直冷漠如冰，就在她转过身准备离开的时候，陆九川突然道:“华英，再信我一次。”

楚华英停下脚步:“信你能带我们通关？”

陆九川道:“我了解我弟弟，我相信，这一次，他会带我们通关。”

楚华英意外地挑了挑眉:“你的意思是这次要让你弟弟来带队？”她转过身，

冷冷地盯着陆九川，“你一个特战部队的队长都没法处理的情况，他能行？”

“说起实战经验，我弟弟比我丰富得多。他毕业之后被他父亲丢去边境当了两年的缉毒警，他跟最凶恶的毒贩斗智斗勇，天天走在刀尖上，他身上有大量的伤痕，就是那段时间留下的——他天天带队抓凶犯，对付那些暴徒，他远比我擅长。”

楚华英沉默下来。

陆九川接着道：“他今天剁了多少条鲨鱼，你也看在眼里，不是吗？”

男人的目光十分笃定。良久后，楚华英才点了一下头，道：“还有时间，在他走到S级密室之前，我会再观察他，确定他有这个能力，再谈重新组队的事情。”

陆九川微笑：“好，他不会让你失望的。”

楚华英摆了摆手，转身离开。

就在这时，绝对领域出现异常的波动——虞寒江因为对兄长的担心，在卡牌技能刷新后就走了进来，本以为陆九川不会在这儿，没想到一进来就对上了兄长的目光。

他怔了一下：“九哥，你还在这里？”

“我真实的身份是挑战者，要完成周常，我也要在海上生存7天，当然不能随便离开这片海域。”陆九川看向弟弟，眼含赞赏，“你今天砍了几十条鲨鱼，表现得很不错。”

虞寒江有些意外：“你都知道？”

“其实我一直在附近观察你们，你们的队伍确实有些稚嫩，但大家能跟上你的指挥，这其实很难得，毕竟你们是第一次合作，默契还需要继续培养。”

“这是自然。他们都是普通人，没经历过血腥的场面，但今天他们都没有胆怯退缩，而是硬着头皮跟我灭了鲨鱼，我相信他们会越来越强。”他顿了顿，接着问，“猎杀者联盟没为难你吧？”

“放心，这次任务失败会变得合情合理，联盟那边不会怀疑我能力不足，只会觉得遇到蜘蛛女神是我们倒霉。”

虞寒江惊讶地问道：“蜘蛛女神？是落英阁的那位老大？”

陆九川点头：“她叫楚华英，是我队友中战力最强的一位，我提前跟她绑定了契约书，拉她进周常世界帮忙。那3位猎杀者的头已经被她砍了，身上留下特殊的蜘蛛印记，猎杀者联盟找到他们的尸体后，会判断出这是蜘蛛女神动的手，而不是被我灭口。”

虞寒江听到这里也不由佩服九哥的机智，这样一来，他不但能跟楚华英组队一起通关周常，还能掩饰好自己的身份，完美解释任务失败的原因——就说是楚华英出现，杀了猎杀者，他见情况不对立刻跑路，联盟那边也不会怀疑到他。

虞寒江问道："你要在周常密室待够7天，然后回猎杀者联盟继续卧底？"

"是的。还有一些事情需要调查。"

虞寒江点头："好，九哥再见。"他没有多做留恋，干脆地离开了绝对领域——他相信自己的兄长，正如兄长也信任他。

接下来没有意外发生，直到第7天凌晨，所有人悬浮框中刷出一条提示：

恭喜381位挑战者通关周常，所有人获得周常密室奖励，请查看卡包。

大家打开卡包一看——

物品卡：防晒霜。

稀有度：C。

描述：周常密室无尽海域固定奖励。

使用效果：避免被强烈的紫外线晒成黑炭。

装备牌：潜水服。

稀有度：B。

描述：周常密室无尽海域固定奖励。

使用效果：穿上特制的潜水服可以潜入深海，潜水服自带氧气瓶，能维持30分钟的潜水状态，30分钟后必须浮到水面，否则氧气耗尽会窒息而亡。

耐久度：10/10。使用一次耐久度减1，到0时潜水服损坏。

7天的周常密室有惊无险地度过了。回到码头的众人心里都有种劫后余生的庆幸。

肖楼深吸一口气，微笑着说："回到主城，大家先去吃火锅，怎么样？"

叶棋兴奋地道："我要吃涮羊肉，我能一个人干掉3盘！"

龙森道："我最喜欢牛肚，还有鸭血、猪皮、海带、金针菇……"

他报出一堆菜名，众人都被他给说饿了。

虞寒江坐在后排想心事，就在这时，脑海里突然响起肖楼的声音："虞队，你这次也辛苦了。别想太多，先好好吃顿饭，等养足了精神，明天我们再去找归老先生。"

温柔的声音让虞寒江心头微暖，他总算放下压在心里的沉重担子，道："好，大家也需要休息，就按你说的办吧。"

第十八章

归老

老莫在月之城生活了大半年，对整座城市都很熟悉，他带大家去的店环境果然很好，这家火锅店位于大厦顶楼，包间里一面墙的落地窗正好可以俯瞰整个城市的夜景。

众人边吃边聊，很快就将几十盘菜全部吃完。

吃饱喝足后邵总去结账，8 个人这顿饭居然只花 2 万金币，想起当时在游轮上花 10 万金币吃早餐还集体闹肚子，邵清格就忍不住后悔。还是在主城花钱比较爽，在黑桃类密室花钱，不但买不到好东西，反而会买罪受。

出门的时候，8 人站在路边打车，此时正是晚饭高峰期，等了很久也等不到出租车。

肖楼看着大街上来来往往的车流，无奈地道："8 个人打 3 辆车真是件麻烦事。我记得这个世界的房子车子都很便宜，邵总，我们现在的钱够买辆车吗？"

邵清格："当然够，就看肖教授想买什么车。"

肖楼建议道："以后我们的队伍肯定还会加人，一次到位，买辆小型的旅游客车吧。小型客车最多能坐 18 个人，高级契约书最多绑定 15 个队友，有备无患。"

邵清格了然："还是肖教授有远见。只是，那么大的车有人会开吗？"

老莫主动说道："我会开，大货车、公交车我都能开。"

叶棋在旁边竖起大拇指："莫叔您真是老司机，还有您不会开的交通工具吗？"

老莫哈哈笑道："坦克我不会。"

这也没到开坦克的程度。

肖楼道："那明天上午我们去买车，以后在主城出行也更方便。还有住处，一直住酒店也挺麻烦的，我们不如租一套房子？"他看向莫学民，"老莫，你对主城最了解，能尽快租到合适的房子吗？"

莫学民拍拍胸口："没问题。我之前的团队就在西郊租了套五层高的独栋别墅，可以住下 15 个人。房子我上周刚退掉，我这就联系一下房东。"

他说罢就跑去公用电话亭，按记忆里的号码给房东打了个电话。得到的回复是，暂时没有新的租客，他们可以继续租。

众人回酒店简单收拾了一下行李，往新家赶去。

出租车很快就停在一个高档小区前。

房东老太太很热情，大晚上过来给钥匙，当场签了合同，每个月租金 30 万金币，押金也是 30 万。先租一个月，续租的话提前 3 天打招呼就行。

众人进屋后，发现这里简直就是梦幻住处。

实木风格的装修显得整个家简单清爽，一楼是宽敞明亮的客厅，有长达 8 米的落地窗阳台，阳台连着一大片花园，里面种满了鲜花。

餐厅面积很大，摆着一张足以坐下十多人的长桌。推拉门的旁边就是厨房，可以同时站下四五个成年人一起做饭。从餐厅的落地窗走出去还有一个泳池，池水清澈见底，泳池的周围种着高大的阔叶树木，池边还摆着一排休闲躺椅。

二楼到四楼全是卧室，五楼是宽阔的露台，可以约几个朋友一起喝酒、烧烤。

屋里的墙壁上挂着一些精致的画，还有很多别致的小装饰。

莫学民看着熟悉的环境，脸上闪过一丝复杂的情绪："我们租下这套房子的时候，做好了住几个月的打算，才重新收拾了一下，很多家具都是我们添置的，没想到……"没想到一次周常密室遭遇猎杀者，队友居然全灭。

肖楼走过去轻轻按住他的肩膀，道："老莫，过去的事情就别再想了，你之前的队友遭遇团灭又不是你的错。这套房子装修得很漂亮，我们就在这里住下吧。"

叶棋也迅速转移话题："大家快来分配卧室吧！"

莫学民收拾好低落的心情，带大家在卧室里转了转，道："这套别墅总共有 15 个卧室，房东为了把房间租给我们外乡人特意改造过，卧室面积接近，每层有两个公用的洗手间和浴室。"

肖楼想了想，说道："曲老师、小刘、龙森、老莫住三楼，我们 4 个住二楼，以后还有新队友过来就住在四楼。房间充足，大家想换的话也可以随时调整。"

晚上 8 点半，大家排队洗漱，准备休息。

这栋别墅在老莫的设计之下每一处都透着"家"的温馨，比如楼道里的挂画、阳台上的花架、卧室里的摆件，还有柔软的懒人沙发、干净的床品……

大家在这个世界终于有了一个安身之所。

但这里并不是他们的家。他们只是过客，他们总有一天要回去。

虞寒江一觉睡到天亮，早晨起来时神清气爽，他去洗手间洗完脸，来到楼下。

8 点半，住在三楼的队友们也全部起床，大家收拾干净在楼下会合。

今天的天气很好，灿烂的阳光洒在林荫道上，整个小区就像是一个庞大的花园，空气中满是鲜花的香味，大家穿梭在林间，纷纷感叹这里的环境之美。

肖楼带着大家一路走到小区门口，找了一家早餐店简单地吃了饭，紧跟着就跟着老莫去市郊买车。

这里很多品牌都是肖楼不认识的，他茫然地看向老莫："我们买哪个牌子？"

老莫挠头："我也不懂这个世界的汽车品牌，反正只是代步用，车子的性能应该差不多，价格合适就入手吧。"

邵清格看了眼宽阔的汽车展厅，提议道："买辆小型旅游客车，团队一起行动的时候交给老莫来开。另外再买一辆轿车，分小队行动的时候，开轿车会更加灵活。"

肖楼回头看他："两辆车，我们的钱够吗？"

邵清格笑眯眯地道："不怕，花完了没关系，别忘了我们还有猫眼石手链，这几天我们打听一下看看哪里有珠宝拍卖会，把猫眼石手链拿去卖，还能大赚一笔。"

听到这里，肖楼彻底放下心来，反正邵总有很多办法赚钱。

他跟老板讨价还价一番，买下一辆能坐 16 人的小型旅游客车。紧跟着，他们又去隔壁的店买了一辆五座的轿车，有了这两辆代步工具，以后出行会非常方便。

老莫开上白色大客车，邵总开着黑色的轿车，众人一起前往月之城最大的购物商场，每人买了好几套换洗夏装，还去反季折扣区买了几套冬装，大包小包的全放进后备厢里，这才开着车回家。

到家后，众人去自己的房间收拾衣柜，肖楼则拿出手机拨了薛明月的电话。听到肖楼的声音，薛明月微笑道："肖教授考虑清楚了吗？我们会长一直在等两位的答复。"

"我想约归老先生见个面，不知道他今天什么时候有时间？"

"稍等，我问一下他……"片刻后，薛明月的声音通过听筒传来，"归老先生说今天中午有时间，他在别墅恭候各位的光临。几位在哪里？需要我去接吗？"

"不用了，谢谢，我们自己开车过来。"

中午 12 点，老莫开着客车带大家一起来到远方协会的总部。

这是一处坐落在山林之间的独栋别墅，想来这里，需要经过很长的一段山路，沿路上戒备森严，要不是薛明月发了定位，外人很难找得到。据说，这栋房子是远方协会的会长自己买了地皮盖起来的，非常隐蔽。

虞寒江和肖楼之前来过一次，很快就找到了归老的别墅。

山间的别墅格外幽静，翠竹林立、溪水环绕，让人误以为来到了武侠小说里世外高人的隐居之地。

薛明月早就在门口等着他们，见到肖楼后微笑着迎上来，带大家进屋。

头发花白的归老先生正在沏茶，茶叶的清香在屋里蔓延。听到脚步声后，他缓缓抬头，目光温和："客人都到了，请坐吧，先喝杯茶，待会儿再一起吃午饭。"

见肖楼和虞寒江坐在老先生身侧，其他人也迅速找位置坐下。

他们第一次见到传说中的远方协会的会长，简直不敢相信自己的眼睛——归老先生这都有六十岁了吧？他是怎么在残酷的卡牌世界里活到现在的？

归远章虽然年纪大，却没有弯腰驼背、老态龙钟的模样，坐在那里，就像是别墅后面种的竹子一样挺拔端正。他手上的皮肤已经失去了水分，皱纹非常明显，可他端起茶壶的时候手指很稳。

他将茶杯一只一只递给众人，一边倒茶，一边说："这是今年的新茶，竹叶青，这个世界的人不太喜欢喝茶，我费了很大工夫才托人买到的。"

相比起其他队友，肖楼对归老先生更加了解。

归远章在现实中是出了名的书法大师，据说老先生精通茶道，他的学生每次在他过寿的时候都只送茶叶。传言果然不假。归老先生沏茶的动作非常讲究，肖楼礼貌地接过茶杯，轻轻抿了一口，入口的清香让人心旷神怡，他平时很少喝茶，但归老先生沏的茶确实很特别。

归远章给每个人都倒上茶，这才问道："第一次周常，还顺利吧？"

肖楼道："整体上算是顺利。"

归远章看向虞寒江："听说你们剁了 56 条鲨鱼？"

肖楼了然道："是情报局告诉您的？"

归远章笑笑："是的。几个新人真是勇气可嘉，我果然没有看错你们。"

虞寒江很直接地问："前辈，您有什么要嘱咐我们的？"

归远章也不拐弯抹角，干脆地说："你们需要尽快通关 B 级密室和 A 级密室，我这里准备了一些卡牌，希望能帮助你们。"

他看了薛明月一眼，长发美女立刻转身去拿来一个卡包。她将卡包递给虞寒江，笑着说："是我们公会准备的，都是物资类卡牌。"

肖楼问道："前辈，我能不能问一下远方协会的精英队伍走到哪一关了？"

归远章说："远方协会、落英阁还有情报局，最强的精英队都已经走到了 S

级密室，这批人不超过五十个，但大家都停下来没敢继续往后走，我之前也告诉过你们，曾经有一支非常厉害的队伍在S级密室惨遭团灭。”

陆九川显然已经跟归老打好了招呼，刻意隐瞒了关于那支队伍的信息。实际上，由陆九川率领的那支队伍并没有团灭，归老就是其中幸存的一员。

肖楼也没戳穿他，拿起卡包看了一眼。

归老送的卡包真是相当丰富——“洗漱包”打开后可获得毛巾、牙刷、杯子、洗发水、沐浴露。“洗衣液”“烘干机”能瞬间洗净衣服并烘干。“双人帐篷”是可以在野外使用的防水帐篷，自带枕头被子。“旅行背包”能容纳大量物资。此外还有些“针线”“碗筷”之类的生活用品卡。

肖楼本来还打算去卡牌市场买些物资卡，没想到归老先生早有准备。他看向归老，感激地道：“谢谢前辈，这些卡牌都很实用。”

“不客气，这些物资卡大部分来源于周常奖励和梅花密室的抽奖，在黑桃生存密室中会比较有用。但是后期，你们想增强实力，还得多拿到一些控制类、战斗类的卡牌。”

这些锅碗瓢盆洗发水只是让他们在黑桃密室里好过一些罢了，能否活下去关键还得靠战斗卡。

就在这时，归远章突然拿出一支笔，微笑着道：“你们是不是很疑惑，我这样一个老头子，是怎么在卡牌世界活到现在的？”

对上大家好奇的目光，他站起来，手中的毛笔轻轻一挥。

只见眼前的气流陡然开始剧烈波动，就像是一阵狂风刮过，所有人的茶杯都被这气流吹到了空中！紧跟着，他的笔势放缓，画出一道优美的弧线，茶杯像是有灵性一样迅速排成一个圆圈，最后，他笔尖朝下，轻轻一定——所有的茶杯瞬间回到原位！

整个过程中，茶杯里的水居然没有一滴漏出来。

众人满脸震撼，如同现场看了部武侠大片，而白发苍苍的归老先生，就是武侠电影里拿着一支毛笔，一边写字一边杀人于无形的世外高人。

归老先生收回毛笔，淡淡地道：“我能活下来，靠的就是手里的笔。”

众人满心佩服。老先生居然有这么强的卡牌，能用笔势让目标浮空，并且控制目标在空中移动的轨迹！

相比起来，肖楼的圆规操控圆环浮空简直就是小儿科了。

归老先生的目光缓缓扫过众人：“卡牌世界，真正的精髓在于卡牌。只要你有一手好牌，并且灵活运用，不管你是老、弱、病、残，都会拥有让人恐惧的战斗力。这就是我今天叫你们过来，最想告诉你们的事——永远不要低估自己的力量。

“这是个神奇的世界，相信自己，你就可以创造奇迹。”

从归老的别墅离开后，大家坐在车上都沉默不语。

他那段话让众人心里很是震撼。连六十岁的老人家都没有放弃，他们这些年轻人又有什么理由退缩？哪怕在现实中没练过什么武术、格斗术，可这个世界靠的是卡牌。

肖教授当时怎么用圆规做出各种工具，又是怎么用白居易的“琵琶行”让一群鲨鱼自相残杀的，大家都看在眼里。如何灵活地运用卡牌，才是在这个世界生存下去的根本。

开车回到小区时已经是下午 5 点，肖楼又带众人去附近的超市扫货。物资卡肯定要节省一些，进入密室世界之后再用。在主城生活期间，牙刷、洗面奶、毛巾这些还是得去超市买。

大家推了 4 辆购物车，除了生活用品还买了很多食品，牛奶、酸奶、面包、鸡蛋以及一大车蔬菜和肉类，这几乎要搬空超市的架势，把超市的收银员都给吓到了。

虞寒江问肖楼：“你打算在家里做饭吃？去外面吃不是更方便吗？”

肖楼目光扫过众人，道：“我们既然签订契约书组建了一个团队，以后在这个世界里大家就算是一家人了，除了闯关之外，我希望大家彼此也能多一些了解。今晚我下厨，我们在家里吃饭，没有服务员打扰，也不用担心被人偷听，大家可以畅所欲言。”

叶棋的眼眶微微发红，他想起自己在噩梦密室里一个人挣扎着吃树叶的日子，如今有了临时的“家”，他再也不怕孤军奋战了。

刘桥、龙森、曲婉月、老莫等人脸上的神色也颇为复杂，显然，他们都想到了之前的不容易。能有这样一个临时的家，大家惶恐不安的心似乎也都找到了归宿。

肖楼是契约书的主人，他就像一个细心又负责的家长，把大家聚在一起，组建新的团队。比起冷冰冰的指挥和命令，只有让大家放下防备，真正地将队友当成“家人”来看待，以后遇到任何艰难的困境，大家才都能并肩奋战。

有时候，这种生活上的细节会在潜移默化中影响大家内心深处的情感，从而增强团队的凝聚力。

虞寒江心想，九哥和肖楼最大的不同就在这里。陆九川身为军人，带队的方式肯定是把队友当成军人一样严格训练，让大家必须服从指令。但肖楼会温和地让大家对团队产生归属感，发自内心地喜欢这个团队，在这样的前提下，又有什么人会背叛队伍、抛弃队友呢？

见大家都有些动容，肖楼微微一笑，问道：“今晚吃饺子可以吗？”

叶棋兴奋道：“好啊，我们北方逢年过节都吃饺子！”

邵清格问：“今天算什么节？”

肖楼想了想，说：“就当是我们团队正式成立的纪念节日吧，上次为了准备周常，大家签契约书也比较匆忙，都没来得及庆祝。”

邵清格笑眯眯地说：“纪念日自然要有酒，怪不得你刚才在超市里买了两瓶红酒，看来，肖教授是深谋远虑，早就筹划好了一切。”

肖楼道：“大家累了这么久，今晚就放松心情，在家里好好地吃顿团圆饭吧。我炒几个菜，主食就吃饺子，喜欢喝酒的人也可以放开了喝。”

曲婉月主动挽起袖子：“我来帮忙洗菜。”

龙森积极地跟上来：“我可以和面，在老家的时候，我经常和面做饺子皮！”

刘桥道：“我会包饺子。”

叶棋举起手：“我给肖教授打下手，切菜我可以！”

厨房里忙碌起来，肖楼作为主厨，围着围裙认真炒菜，龙森、曲婉月、刘桥和叶棋在旁边帮忙洗菜切菜。几盘简单的家常小菜很快端上桌，餐厅里香气弥漫。

等热气腾腾的饺子煮好之后，肖楼装了两盘放在桌子中间，招呼道：“大家来吃饭吧。”饿坏的众人急忙在桌边坐下，看着精致的家常小菜都快要流下口水了。

虞寒江主动举起酒杯：“庆祝我们团队成立，大家干一杯。”

邵清格笑道：“这么正式的庆祝仪式，是不是该给咱们队伍取个名字？”

虞寒江和肖楼对视一眼，肖楼笑着说：“队名就叫‘利箭突击队’吧。希望大家行动的时候能像利箭一样迅速果决，势不可挡地冲破所有阻拦，回到我们真正的家！”

利箭突击队，这是陆九川之前组建的队伍的名字，跟他现实中所在的部队同名，寓意就是整支队伍行动起来能像射出的箭一般锋利迅疾。

到了梅花 J 密室，他们这个队伍就要跟九哥会合。到时候，重组的利箭突击队一定会成为史上最强大也最团结的队伍。

虞寒江带头举杯，其他七人也站起来举起了高脚杯，清脆的碰杯声回响在温暖的别墅里，看着桌上摆满的家常小菜和热气腾腾的饺子，大家的眼眶都不由微微发酸——来到这个世界后，他们第一次感受到了团队的温暖。

大家将杯中红酒一饮而尽，坐下来拿起筷子大快朵颐。

虞寒江的脑海里响起肖楼的声音："虞队，我这么做，你不反对吧？"

虞寒江唇角微扬："当然不，你做得很好。"

肖楼解释道："我只希望大家不是单纯闯关的队友关系，而是真正互相关心、互相了解的朋友和家人，这样一来，哪怕是后期面对考验我们信任程度的密室，也不用担心有人会掉链子。"

虞寒江点头："没错。"

信任，永远是一个团队的基石。

拧成一股绳、互相信赖的团队，哪怕实力远不如一群临时拼凑起来只为闯关的队伍，最后也有可能做到反杀。

相比起严肃冷漠的命令来说，肖楼这种温和的做法反而会让大家对他更加的信服。

看着这温馨、和睦的一幕，老莫忍不住低声道："希望回到现实世界之后，大家还能像现在这样坐在一起吃饭。"

肖楼微笑着说："一定会的，到时候我做东，请你们吃大餐。"

众人纷纷记下这个承诺："说好了，到时候大家一起去找肖教授！"

虽然前途未卜，将来要面临的凶险或许超出他们的想象，但是此刻，所有人的心中都充满了信念——他们一定能在肖楼和虞寒江的带领下，走到最后。

次日是周三，情报局将在今天营业。

下午，肖楼和虞寒江一起开车前往情报局。

刘桥走过来问："肖教授，我能跟着去吗？"

肖楼知道她想继续查姐姐的下落，便带上她同行。曲婉月担心刘桥受不了打击，也跟了上来。虞寒江开了那辆黑色轿车，肖楼坐在副驾驶座，后排坐了两个女生。4人来到情报局时，门口排着长队，等了半个小时才终于轮到他们。

今天在彩票店值班的依旧是上次的那个女人，戴着银边眼镜，神色冷漠。她看了4人一眼，问道："你们这次又要查什么？"

刘桥上前一步："继续帮我查刘莹的下落，谢谢。"

女人修长的指尖在键盘上快速敲击片刻，然后将一份查询的结果递给了刘桥。上周三来查的时候得出的结果是"查无此人"，没想到今天居然有了消息。

刘桥心头一喜，立刻拿过来看——照片里的女生容貌清秀，一张瓜子脸，扎着高高的马尾辫，确实是她姐姐刘莹。

然而，照片下方的一行行查询结果却让肖楼心惊。

刘莹跟她的队友钟彤是上周四来到主城的，这也是上周三没查到她的下落的原因，她比肖楼、刘桥来主城的时间晚了一天，刘桥上周查她的时候，她确实还在前面的 4 关挣扎。

两个女孩子能走出前 4 关很不容易，但是，她们犯了个致命的错误。

她们对信息的搜集不足，太轻视周常密室，没有寻找强力的团队，而是两个人进入了周常世界“无尽海域”，然后就下落不明……

如今，周常早就过去了 3 天，下落不明意味着什么，大家都清楚。

坐在电脑前的女人推了推鼻梁上的眼镜，道：“很遗憾，你姐姐没有做好充分的准备就参加了这一周的周常。主城已经查不到她的消息，证明她死在了周常密室。”

刘桥紧紧地攥住这张纸。

想起海上的鲨鱼，她不由得双手发抖。

她跟着虞队剁了几十条鲨鱼，还有闲心变成鲨鱼试自己的轻功卡，在虞寒江和肖楼的带领下轻松通关周常。而同一时间，她的姐姐，说不定就在另一片海域，被鲨鱼撕咬成了碎片！

两个女生进入周常密室，存活下来的可能性实在太低了……

不知不觉间，她的泪水涌上了眼眶。

曲婉月轻轻抱住刘桥，柔声道：“小桥，难过就哭出来吧，别忍着。”

刘桥的身体一直在发抖，她攥紧调查表，哽咽着道：“我父母工作忙，我姐比我大了 4 岁，小时候都是她在照顾我，给我做饭，讲故事哄我睡觉……她真的死了吗？”

肖楼沉默片刻，突然说：“她只是在这个世界消失，不一定是死了。”

刘桥怔了怔，抬头看向肖教授：“什么意思？”

“如果我推断的没错，我们通关之后，守关者让我们回到现实的方式是重生到过去，改变历史，因为只有这样我们才能活下来。既然你跟你姐姐是一起出的车祸，那么，一旦你能回去，重生到意外发生之前，你就可以在现实中救下你的姐姐。”

刘桥迅速擦干眼泪：“是真的吗？我可以回到过去，避免那次车祸的发生？”

肖楼点头：“可能性很高。”

坐在电脑前的女人听到这里，不由得轻笑道：“你的推理并没有事实依据。”

肖楼回头看她：“但你也不能认定我的推论就是错的。只有走到最后，通关 SS 级密室，我们才能知道重回现实的方式。”

女人耸了耸肩：“也是，毕竟我也没通关过。”

虞寒江走上前道："继续帮我们查几个人。"

他接过调查表，迅速写下一个名字：陆九川。

女人输入信息后，得出结论："查无此人。"

这个结果虞寒江并不意外，因为情报局的那位高手已经将兄长的信息彻底抹去，没有任何人能查到九哥的下落。

他紧跟着写下几个名字：归远章、楚华英。

女人快速查阅，微笑着说："查无此人。"

虞寒江挑了挑眉，看向肖楼："全都查不到。"

肖楼点头："看来情报局的局长很厉害，归老前辈、蜘蛛女神，这些队友的信息全被他给抹掉了，这也是保护他们的一种方式。"

虞寒江看向女人："我想见你们情报局的局长。"

女人笑着说："局长特意吩咐过，如果肖教授和虞警官找上门来，就带你们去一个地方。"她目光扫过刘桥和曲婉月，"只带你们两位。"

肖楼看向曲婉月，低声道："曲老师，你跟小刘先打车回去，我们去见见唐局长。"

曲婉月点头："放心，我会带小刘安全回家的。"

他亲眼看两人上了出租车，这才转身回到彩票店。戴眼镜的女人在门口挂上"停止营业"的牌子，紧跟着转身走向墙面。那面墙像是科幻电影里的安全门一样，在扫描她的瞳孔后突然打开，露出了一条看不到尽头的狭长走廊。

两人对视一眼，跟在她的身后。

经过走廊，乘坐电梯来到地下停车场，女人让肖楼和虞寒江上了车，开着车从地下室出来。车窗外的景象飞快后退，过了大概半小时，她才将车子停在一处废弃的工厂门口："老大让我带你们到这儿，两位就在这里等吧。"

肖楼仔细一看，工厂有 3 层高，十分空旷，应该是一处烂尾楼。不知道唐局长为什么将他们带到这么荒凉的地方。

就在这时，周围突然响起一阵奇怪的声音，地面也开始震动，肖楼和虞寒江还没回过神来，脚下的地面就猛地塌陷——两人的身体在飞快地下坠！

失重的感觉让肖楼紧张之下用力地抓住了虞寒江的手："地震了吗？！"

虞寒江回握住他的手，低声安慰："别紧张，不是地震，要么是卡牌效果，要么……这里藏着一个地下城，我们站的位置，正好是通往地下城的电梯。"

片刻后，面前出现一条空旷的走廊，两人往前走了几步，耳边传来机械音："瞳孔扫描中……身份验证成功，肖楼、虞寒江，欢迎光临情报局！"

一扇金属门在面前缓缓打开。

肖楼看着眼前的景象，一时震撼得说不出话来。

只见两个足球场那么大的地下工厂里，无数机械设备正在规律地运转，那些精密的仪器、传送带，似乎在生产什么工具，而整个工厂却没有一个工人，全是机器人和智能化流水线。

一个男人坐在操作台前，听到脚步声，他转过身来。

男人看上去很年轻，穿着一身白色的衣服，全身上下干净得纤尘不染。

他容貌清秀，一张脸五官精致，脸色却有些病态的苍白，身体显得有些瘦弱，居然是一副“病美人”的形象。更奇怪的是，他坐着轮椅，腿上盖一条薄薄的毛毯……他的双腿难道不能站立？

他的面前有一个大黑板，上面贴着无数写满公式的图纸，电脑里密密麻麻的数据让人看着都头疼。男人的轮椅不需要用手转动，似乎是安装了特殊的装置，可以自行移动。

只见他坐着轮椅来到两人面前，道：“你们好，我是情报局的局长，唐辞。”

声音清冷如冬日泉水，目光极为平静，让看似柔弱的五官显出几分冷淡。在见到他之前，肖楼想象过很多种他的形象，却怎么也没想到他是个双腿残疾的病美男。

肖楼微笑着打招呼：“唐先生你好。”

虞寒江也低声道：“是九哥让我们来找你的。”

“我知道，他跟我说过了。”似乎察觉到两人对轮椅的疑惑，唐辞淡淡地解释道，“我的腿伤是在梅花J噩梦密室逃命的时候留下的。在S级密室受伤后，数据不会清空，而是会带出密室。这把轮椅是我为自己研制的，由按键来控制移动的方向和速度。”

肖楼微微瞪大眼睛——在之前的密室受了伤，出来后会自动复原，相当于让玩家自动回满血量。S级密室受的伤却会带出来，后期的密室一关接一关，伤势积累的话，闯关就会越来越难。

虞寒江疑惑地问：“这个地下工厂是？”

“我的研究基地。我在现实中是一个软件工程师，负责智能机器人的研发。”

肖楼回头一看，一个一米高的可爱机器人正将材料放到传送带上……

学程序的高手果然厉害，不但能入侵卡牌世界的官方资料库，让情报局掌握挑战者的数据，居然还在卡牌世界自己搞出来了一个地下工厂！

看着他的轮椅，肖楼真是无比佩服。

身体残疾了，他没有难过和沮丧，而是给自己做了一个自动的轮椅出来。如此坚韧的性格，怪不得能成为九哥团队中的4位幸存者之一。

肖楼和虞寒江刚想问唐辞关于后续密室的攻略，就在这时，耳边突然响起了机械音提示：“警报！警报！有人闯入地下基地！”

唐辞的面前出现了一个大屏幕，屏幕中是一张熟悉的脸。

男人英俊的脸上带着肆意而张扬的笑容，目光正对着监控摄像头，还打了个“放我进去”的手势。唐辞皱了皱眉，手指按下一个绿色的按键，那道金属门立刻开启。

片刻后，穿一身休闲装的高大青年款步走了进来。

虞寒江疑惑地道：“九哥？”

来者正是陆九川。虞寒江和肖楼都没想到他居然会在这里出现。

唐辞问：“你来做什么？”

陆九川微笑着走过去站在他轮椅前，俯身看着他，玩笑说：“来看你啊。”

唐辞没理会他的玩笑，平静地问：“在猎杀者联盟做卧底，还敢冒着风险四处乱跑，你就不怕被人跟踪，身份暴露吗？”

陆九川道：“这次任务失败，联盟给我放了一个星期的假，暂时没有人会管我。你放心，我来的时候换了好几条路，没有人怀疑我的身份，更不会有人跟踪。”

唐辞抬起头看着他：“你做了什么？联盟肯给你放假？”

陆九川随意地扒开胸前的衬衫——只见他左侧心脏的部位血肉模糊，留下了一大片很深的伤疤，那狰狞的疤痕看上去就像是一只蜘蛛。

唐辞的瞳孔猛地一缩：“你让英姐捅了你一刀？”

陆九川笑着扣上衣服的扣子，道：“没错，要不然我怎么圆谎？蜘蛛女神可是猎杀者联盟的头号悬赏目标，我总不能说她会放过我吧？我打不过她，差点被她杀掉，装死才捡回一条命，回到组织报告关于蜘蛛女神的信息，这样组织才会相信我，并且给我记一笔功劳。”

虞寒江看他神色坦然的模样，心脏微微泛疼。

肖楼看着也不由心疼，卧底这活儿可不是一般人能干的。九哥这两年受过多少罪，简直没法想象。这么深的伤口，几乎要刺穿胸口，一刀刺下去该多疼？陆九川居然眉头都不皱一下，显然，受伤对他而言已经变成了习惯。

肖楼担心地道：“九哥，你这伤口需要尽快处理，不然会感染。而且离心脏太近了，要不是动手的人把握好了分寸，再偏个几厘米，你的心脏都要被扎穿。”

陆九川笑道：“华英杀人无数，这点判断力还是有的，何况，我的心脏天生就比别人偏个几厘米，不用担心。”他看向唐辞，“来，给哥治疗一下。”

唐辞木着脸道：“下次不要这么冒险，当心把命给丢了。”

他坐着轮椅转身，在操控台前按了几个按键。

只见一个可爱的机器人推着医疗车走到陆九川身边，用机械手臂摸了摸陆九川的伤口，那伤口居然以肉眼可见的速度复原。之前狰狞如沟壑的伤疤渐渐变平，只留下一个蜘蛛形状的浅浅印记。

没有缝合、没有包扎，伤口居然在短短几秒内恢复了八成。

肖楼看着这神奇的一幕，不由问道："这是……卡牌吗？"

陆九川道："没错，我们唐局长的机器人卡牌之一。"

虞寒江感兴趣地道："唐先生在地下室建立这个智能工厂，是在研究机器人？"

唐辞还没说话，陆九川就主动解释："他在现实世界是专门研发智能机器人的高级工程师，来到卡牌世界后抽到的第一张S牌就是这个可以治疗的智能机器人。他把机器人从头到脚拆成了碎片，研究了其中的程序，然后自己写代码，做了些别的机器。"

说到这里，陆九川便看向唐辞，笑道："来，给他们见识一下你做的小东西。"

唐辞按下轮椅上的按键，只见一只巨大的机械蚂蚁突然出现在众人面前，那蚂蚁按照他的指令迅速搬运了一个沉重的箱子，五米多长的机械蚂蚁的每条腿都灵活无比，搬运物资的速度快如闪电。

肖楼无言，这叫"小东西"？这比现实中的蚂蚁大了几万倍吧！

一只蚂蚁的体积都比得上一辆大巴车了，如此庞然大物他还是第一次见……

除此之外，还有大量无人机突然从空中飞过，全部带有攻击性武器，可以直接空袭。

无人机过后又是大批的蜘蛛，那些机械蜘蛛的每条腿都如同锋利的刀刃，削铁如泥！如果在战斗中将这些蜘蛛丢进人群里，杀伤力堪比虞寒江的S级霰弹枪。

肖楼忍不住感叹，唐先生是机械召唤师吧？

虞寒江也面带诧异："这些机器可以带进密室世界里吗？"

唐辞点了点头，按下轮椅上的按键，空地上的机械便凭空消失了。

他平静地说："我抽到一张S卡叫'数据大师'，可以将指定数据转化成卡牌，只不过有使用限制，只能转化4张牌。我做了'机械蚂蚁''无人机方阵''机械蜘蛛'和'智能轮椅'，蚂蚁作为运载工具能背着我们逃跑或者帮忙搬运物资；无人机空中袭击，蜘蛛是地面攻击武器，智能轮椅当然是我的代步工具。"

虞寒江疑惑地看向兄长："唐先生手里有这么强的卡牌，你们在梅花J密室对付 150 个猎杀者，怎么还会输？”

陆九川神色一黯，低声道：“我们闯关失败之后，唐辞才破解了机器人的代码，这是后来在地下工厂花费了半年时间研制出来的。如果早就有这些武器，他当时也不会……”

唐辞轻声打断了对方：“过去的事不必再提。有了这些东西，至少下次我们不会那么被动。”

陆九川的脸上也露出了笑容，看向虞寒江道：“没错，让你见识一下我们几个人的实力，对以后的密室也会更有信心。归老前辈的笔你们应该也见过了吧？”

虞寒江点头：“是的，笔势控制物体浮空移动，很强。”

陆九川道：“那只是他的卡牌之一，他还有好几张不同功能的卡牌。小唐的牌都跟机械相关。至于华英，她暂时不想露面，但她是我们团队最强的刺客，关于蜘蛛女神的传说我想你们也听说过。我们 4 个能在梅花 J 密室活下来，当然没有一个是弱者。”

肖楼明白了陆九川的意思：“九哥放心，我们也会尽快提升实力的。”

陆九川扭头看向他：“不是我怀疑你们，而是以你们现在的水平，去 S 级密室确实没法通关。接下来，你们尽快刷完 B 级密室，多抽一些卡牌，关于 B 级密室的攻略……”他看向唐辞，唐辞从轮椅旁边的盒子里拿出一个 U 盘：“早就准备好了。”

陆九川接过 U 盘递给虞寒江：“这就是我让你们来找他的原因，小唐搜集的攻略绝对是最全面的，B 级密室，你们可以直接照着攻略走，能轻松打出完美通关的结局。”

之前肖楼就听老莫说过，情报局会卖攻略，一份 100 万金币，如今，唐辞免费赠送了最全的攻略，显然是看在陆九川的面子上，想尽快帮他们过完 B 级密室。

虞寒江谢了一声，接过 U 盘装进口袋里。

唐辞提醒道：“我给你的 U 盘里只有第五关到第七关，共计 12 个 B 级密室的攻略，A 级密室需要你们自己去挑战，因为我给你们攻略很可能反倒害了你们。”

虞寒江疑惑：“是因为密室的剧情会变化吗？”

唐辞道：“是的。A 级密室有很多个版本，比如红桃密室，我所经历的密室的凶手，在你进入密室后可能变成死者，看攻略反而会影响自己的判断。两位既然是能刷新红桃密室世界纪录的人，我想，A 级的红桃密室也难不倒你们。”

陆九川补充道："至于黑桃，就我知道的，目前落英阁、情报局和远方协会的最强队伍，进的A级黑桃密室的环境和生存目标都不一致，我们也没法提供详细的攻略。方片的迷宫每次路线都会变，照攻略走反而会走入死路。梅花有很多对抗游戏，这些都要靠你们自己去解决。"

虞寒江慎重地点了点头："明白了，A级密室我们会自己想办法。"

唐辞看了陆九川一眼，又看向虞寒江："希望你们能在一个月内走到第十一关，和我们4人会合。我们不去固定密室，每个周末都会被拉进周常，多做一次周常，就多一次危险。"

陆九川笑道："你是说我吗？"

唐辞沉默片刻，才皱眉说："总不能每次你都拉英姐进去，让她捅你一刀吧？"

陆九川无所谓地道："怕什么，你的治疗机器人对付这种皮肉伤，效果不是挺好的吗？"

唐辞没说话，只是平静地盯着他，几乎要在他脸上盯一个洞来。

陆九川无奈地举手投降："好好好，我知道了。"他收起笑容，目光突然认真下来，"放心，我不会让自己出事，我还要等我弟弟到第十一关跟我会合，还有你们，我说过带你们离开这个世界，我绝不会食言。"

他看向虞寒江："知道怎么做吧？可别给你哥丢人。"

虞寒江点头："知道。"

陆九川走过去拍拍弟弟的肩膀："你们可以休息两天，好好研究一下小唐给你们的攻略，研究透了，周五就去刷B级密室。我想以你们的实力，加上攻略，B级密室可以直接碾压。到A级的时候尽量小心，遇到难关过不去了可以找我，绝对领域这张牌是可以跨密室联系的。当然，我希望你们不会菜到连A级密室都要找外援。"

"放心吧哥，我们已经想好怎么过关了。"

肖楼也保证道："九哥不用担心，经过这次周常，我们不怕黑桃密室。红桃、方片和梅花，我们都有擅长的队友，应该不会难倒我们。"

陆九川微微一笑："好，那就再会了。"

离开地下工厂后，肖楼的心情颇为复杂，比起陆九川、唐辞、归老先生、楚华英4位已经通关了A级密室的大佬，他们的团队确实还太弱了。

唐辞的机械蜘蛛、机械蚂蚁和无人机方阵能把他们8个全给秒杀了。

归老先生的笔，能把他们放在空中遛着玩儿！

楚华英除了限定武器'血蜘蛛'杀人于无形之外，别的卡目前还不知道；

陆九川手里有什么牌也不清楚，但作为队长，九哥肯定是这群人中最强的。

这4个人一个比一个厉害，他们怎么好意思拖九哥后腿？

肖楼和虞寒江回到别墅时，曲婉月、刘桥已经回家并且准备好了晚饭，刘桥的神色平静了很多，她显然相信了肖楼的推测，认为自己只要通关密室、回到过去，就可以在现实中救下姐姐。

吃完晚饭后，肖楼将大家叫到客厅，拿过一台笔记本电脑打开唐辞给他的U盘。

U盘里共4个文件夹，名字分别标注为红桃、黑桃、梅花、方片，打开之后又分第五关、第六关、第七关，总共12个B级密室，攻略十分齐全。

看完攻略后，老莫不由感慨："真不愧是情报局搜集的攻略，一份敢卖100万金币不是没道理的，这比我知道的详细太多了。"

九哥提过密室不能重复进入，肖楼看向莫学民道："老莫，这几关你都已经通关了，你是不是没法进去？"

莫学民道："可以，B级密室能重复进，只不过我已经通关，进去之后我没法拿到奖励。A级以后的高级密室就不能重复进入了。"

肖楼想了想："既然你能进，那我们8个人分成两队，尽快刷完B级密室吧。"

"分队的话，奖励不就变少了吗？"叶棋对此表示疑惑，"比如8个人去红桃5，能拿八张卡，4个人去的话就只能拿4张卡？"

"这几关的固定奖励都是物资卡，不用拿太多，不够还可以去买。"肖楼打开U盘里一个"奖励列表"的文档，指着上面的卡牌说，"完美通关后的抽奖每个密室都是固定的，比如红桃5有两个宝箱，不管4人闯关还是8人闯关，宝箱的数量都不会变。"

"肖教授的意思是，我们把重点放在宝箱的抽卡上，固定奖励随便拿拿就行了，对吧？"叶棋恍然大悟，"看这个列表，B级密室的固定奖励好像全是B卡。"

"是的，而且全是生活物资类B卡。"老莫顿了顿，说，"大部分卡牌可以去交易市场买到，所以分组少拿几张B卡也完全没影响。"

"分两队可以提高效率。"肖楼总结道，"大家挑自己擅长的密室，我跟虞队先去红桃三连刷，谁想去红桃？"

"我！"叶棋举起手，毕竟他在红桃3也是拿过S评分的。

"我去梅花。"作为红桃渣的邵清格还是不拖后腿了，他更喜欢去梅花打牌。

"其他人呢？"肖楼目光扫过大家。

曲婉月笑着说："我没有特别擅长和特别抵触的密室，肖教授你安排吧。"

刘桥也道："您安排就行。"

“好。”肖楼想了想，做出决定，“我、虞队、叶棋和刘桥去红桃三连刷，邵总、老莫、龙曲夫妻，你们去梅花三连刷。刷完3关之后，我们去黑桃，老莫带大家去方片。老莫擅长迷宫，有他带队的话你们过迷宫应该很容易。周五晚上11点55分开密室，大家这两天好好休息，养足精神。”

事情就这样决定了下来。

周四、周五两天，众人在别墅休息，充分的休息让大家都精神抖擞。

周五晚上11点55分，距离这一周的周常开启还剩下5分钟。肖楼将虞寒江、刘桥、曲婉月带到卡牌墙面前，老莫也站在卡牌墙面前，两人连着心有灵犀，几乎是在同一时间抽出了红桃5、梅花5两张扑克牌。

由于队伍同时开启两个密室，站在肖楼身后的人被拉进了红桃5密室，跟老莫站在一起的人则被拉进了梅花5密室——8人分成两支小队，分别闯关。

在攻略的帮助下，原本需要3天的密室，他们只用一天就找出答案，完美通关。

红桃5密室的两个宝箱，肖楼先让叶棋去抽。

叶棋走到宝箱前随手一抽——

工具卡：二胡。

稀有度：S。

描述：S评分通关后抽奖，有概率获得。

附加技能1：二泉映月。

《二泉映月》曲调凄凉，让闻者伤心、听者落泪。用二胡弹奏名曲，持续30秒，使500平方米的所有目标被悲凉的音律所影响，一切卡牌技能失效。冷却时间1小时。

附加技能2：赛马。

慷慨激昂的旋律犹如在草原上纵马驰骋。用二胡奏出《赛马》的旋律，持续10分钟。演奏期间，契约书绑定的所有队友自动获得移动速度加成200%。冷却时间5小时。

叶棋看到这张卡，双眼一亮：“双技能的乐器卡！”

他之前的卡牌都是单技能卡，吉他群控、长笛单控，冷却时间分别是5分钟和30秒。二胡这张牌冷却时间很长，但两个大范围群控和增益技能都非常好用。

叶棋兴奋地拿出这张牌试了试，发现开启技能后，随便乱拉都可以奏出固定的《二泉映月》《赛马》旋律，他更加激动：“二胡我没专门学过，自动弹奏，比吉他和长笛强太多了！”

肖楼笑道：“你的吉他和长笛冷却时间很短，可以频繁用。二胡的话，冷却时间5小时，要等到关键的时刻用。”

叶棋点头：“嗯，我明白！”

肖楼看向刘桥，温言道：“小刘，第二个宝箱你去抽吧。”

刘桥神色严肃地点了点头，上前一步将手伸进宝箱。

召唤牌：拇指姑娘。

稀有度：S。

描述：S评分通关密室，抽奖有概率获得。

附加技能1：花朵绽放。

花开后可爱小巧的拇指姑娘诞生了。使用技能，立刻让自身变成拇指大小的女孩。由于拇指姑娘体型太小，一般人很难看到她，因此变身期间可免疫一切攻击，并且只需要吃露水、青草、花瓣就可以吃饱。变身状态最多持续12小时，可随时解除，冷却时间24小时。

附加技能2：拇指魔法。

拇指姑娘希望你和她变得一样大，这样才能做朋友。

指定一个目标，让对方变成拇指大小，变身的目标共享拇指姑娘的特征，免疫攻击，不会感到饥饿，最多持续1小时，可随时解除。冷却时间12小时。

叶棋哈哈笑道：“刘桥，你跟童话真是有缘，你平时天天看童话书吗？”

“小时候，我姐每天睡前都给我讲童话故事，格林童话、安徒生童话、国内各种童话全都讲了个遍……”提起姐姐，她的眸中闪过一丝失落，但很快冷静了下来，“可能是这个原因，我总是抽到童话牌。”

小红帽、毒皇后、拇指姑娘，刘桥的这3张童话牌都很强，今天抽到的拇指姑娘变身期间相当于无敌，还可以带一个队友共享无敌的属性。

肖楼道：“看看卡牌效果怎么样。”

刘桥看向肖楼：“肖教授，你想试试变身吗？”

肖楼点了点头，下一刻，刘桥使用了技能2，肖楼的身体猛地缩小，变成了拇指一样大，他仰起头，看着面前如同山一样高的队友们，心中顿时有些慌。

虞寒江伸出手，将变成拇指大小的肖楼轻轻拿起来，放在了手心里。

虞寒江将他捧到面前，看着小小的他。

肖楼哭笑不得："虞队，你在我的眼里就像是一座山。"

叶棋大煞风景地道："虞队现在要是打个喷嚏，肖教授会不会被吹翻？"

虞寒江回头看了叶棋一眼，叶棋立刻缩了缩脖子，假装什么都没说。

肖楼在虞寒江的手心里来回走了几步，道："这个变身技能很有意思，比如某个队友走不动了，或者受伤了，刘桥可以让他变成拇指大小，然后由其他人带着走。"

他顿了顿，接着说："流溪村那次我眼睛看不见，虞队只能背着我走，以后有了这张牌，我可以直接变成拇指大小，虞队把我装进口袋里，岂不是更轻松？"

虞寒江想象了一下把小小的肖楼装进口袋的画面，嘴角不由得扬起了微笑。

刘桥凑过来，看着缩小成拇指的肖教授，也觉得很神奇："幸好变身后会免疫攻击，要不然，变得这么小，不小心被队友一脚踩死就悲剧了。"

叶棋严肃道："刘桥，你以后给队友变身之前一定要打好招呼，不然变得这么小，队友们有可能看不见，被踩一脚，不死也会重伤。"

肖楼笑道："好了，快把我变回来。"

虞寒江把肖楼小心翼翼地轻放回地上。

刘桥结束卡牌效果，肖楼变了回来，重新站在虞寒江的身边。

想起刚才突然变小的经历，肖楼有些不适应，看向刘桥道："这张牌功能很强大，必要的时候可以把敌人也变成拇指大小，我们方便抓了带走。"

叶棋哈哈笑道："没错！再牛的敌人变成拇指大小，都可以塞进口袋里带走！"

接下来的红桃 6 密室通关后，肖楼又让叶棋和刘桥去抽。

叶棋抽到了乐器卡"古筝"，两个技能"高山流水""汉宫秋月"都是大范围群体控制，前者取"高山流水觅知音"的寓意，可以让全团队提升攻击力；后者则是大范围昏睡。遇到叶棋，一会儿二胡演奏，一会儿古筝独奏，一会儿又是笛音、吉他，打团的话对手会被他烦死。

刘桥抽到了童话牌"海的女儿"，只有一个技能，让全体队友变成人鱼，在海里不用呼吸，持续时间长达 12 小时。变成人鱼后，大家还会获得在水中的移动速度、敏捷度加成，身体变得更加灵活，以后应对水环境，大家是真的可以"如鱼得水"了。

获得两张强力牌的叶棋和刘桥都很开心。

红桃5、红桃6密室轻松通关，红桃7密室也难不倒他们，看着最后这一关的两个宝箱，叶棋主动说道："肖教授，虞队，你们抽吧！老是让我跟刘桥抽，我俩也不好意思。"

刘桥赞同："对啊，这次肖教授来抽。"

肖楼和虞寒江并肩上前一人抽一个。两人将手同时伸进宝箱，又同时拿出来，肖楼知道自己抽到的牌肯定会比较奇怪，于是先凑过去看虞寒江的卡牌——

装备牌：格洛克17式。

稀有度：S。

描述：限定武器，完美通关且评分为S时抽奖有概率获得。

武器数据：口径9毫米，射速357米/秒，重量620克，枪身全长186毫米，配备9毫米直径的手枪弹，弹匣容量17颗。

备注：手枪不带任何技能，到底是一枪射穿对手的脑袋，还是不小心射到你队友的后背，全靠使用者自身的技术，此类武器牌极不推荐菜鸟使用。

肖楼看到这把黑色的小巧手枪，不由得笑道："虞队果然又抽到了武器！这种你用起来应该最顺手吧？现实中，刑警的配枪是不是也以手枪居多？"

虞寒江收起卡牌，点点头："没错，我用手枪确实最熟练。"

叶棋对虞寒江的各种枪械完全不感兴趣，反倒对肖教授的卡牌好奇极了，他把脑袋凑过来，兴奋地道："肖教授，快看看你抽的是什么卡？该不会又是诗人吧！"

刘桥听到这里也走过来看。

肖楼心情复杂地将卡牌背面翻开。

只见卡牌上画着一个身材清瘦的女子，她身穿素色的长衫，头发在脑后挽起一个简单的发髻，鬓侧插一支素雅的发簪，一双弯弯的柳叶眉让她整个面容显得更加秀丽动人——居然是宋代才女李清照！

召唤牌：李清照。

稀有度：S。

描述：限定人物牌，完美通关且评分为S时抽奖，有概率获得。

李清照是史上最出名的女词人，婉约派词人代表之一，有"千古第一才女"之称。

附加技能 1：寻寻觅觅，冷冷清清，凄凄惨惨戚戚。

李清照在名作《声声慢·寻寻觅觅》中描绘了一幅悲凉、愁苦的景象。使用技能后，周围 100 米范围被李清照的悲情所影响，所有目标移动速度、攻击速度、卡牌技能释放速度集体降低至 10%，犹如电影中播放慢镜头，其间所有加速类卡牌失效，直到李清照念完这首词，速度才会恢复正常。冷却时间 5 小时。

附加技能 2：云中谁寄锦书来（成长度 10 级解锁）。

使用技能可给指定的目标飞鸽传书，跨密室、跨主城表达自己的相思之情。飞鸽除了携带信件外，还可携带最多 100 千克重量的物品（包括卡牌）。跟心爱的人不在一起也没关系，你可以用飞鸽传东西给他。冷却时间 5 小时。

附加技能 3：误入藕花深处（成长度 30 级解锁）。

李清照沉迷在优美的景色中，却不料走错了路，小船划进藕花深处。红桃 / 黑桃 / 梅花密室使用技能后，可让自身和指定队友回到 3 分钟前所在的位置，避免迷路。方片迷宫中，可指定一个坐标点，使用技能时，自身和指定队友立刻回到坐标点，坐标点每隔 30 分钟可更改一次，最多更改三次。

叶棋看着一长串的卡牌描述，脑子有些蒙，他忍不住感慨：“肖教授是捅了诗词的马蜂窝吧，婉约派的词人一个接一个地来找你！”

肖楼无奈一笑，收起李清照这张牌，说：“可能是因为我高中的时候闲着无聊，专门去把这些诗词给背了一遍，婉约派和豪放派的词我背得最多……”

虞寒江道：“怪不得之前的方片机关，那些词牌、诗词拼接的题目，你刚看完题，就能立刻给出答案。”

刘桥神色严肃地说：“柳永、秦观、李清照，婉约派已经有 3 个了，豪放派的词人不来一个看看肖教授吗？”

叶棋笑道：“你这么一说，肖教授的下一张牌说不定会抽到苏轼！”

肖楼也有这种预感。

已经抽了 3 张婉约派词人，是不是该轮到豪放派了？

4 人离开红桃密室，紧跟着进入黑桃，继续黑桃三连刷。

在攻略的帮助下，4 人在黑桃 5、黑桃 6 两个密室生存够天数，成功走了出来。

只有黑桃 7 密室给了两个宝箱，这次也是肖楼和虞寒江一起去抽，虞寒江又抽到一把限定武器“狂徒”，是火力最猛的冲锋枪。

至此为止，虞寒江的武器库已经非常全面了。

作为一个枪械爱好者，虞寒江在现实世界中研究过很多类型的枪，在卡牌世界也算是圆了一个梦，虞寒江心情愉悦，将新抽的卡牌塞进卡包里。

肖楼伸手一抽，叶棋、刘桥和虞寒江同时凑过来看——

恭喜你获得S级稀有度卡牌：苏轼。

肖楼头疼地道：“你们说对了，婉约派来太多，这下豪放派也来了！”

召唤牌：苏轼。

稀有度：S。

描述：限定人物召唤牌，完美通关且评分为S时抽奖，有概率获得。

附加技能1：明月几时有，把酒问青天。但愿人长久，千里共婵娟。

出自苏轼名作《水调歌头·明月几时有》。

使用技能后，苏轼可立刻让天空变成月圆之夜，不论当前是什么环境，全场景所有人都将被天空中的圆月所吸引，大家哪怕相隔千里，也要共赏这美好的月光。明月出现后，赏月持续一分钟，这一分钟内，所有人不允许做出任何操作。

苏轼将场景改变为“月圆之夜”后，除非有其他更换场景类的卡牌，否则，月圆之夜将持续8小时才能变成白天（限定技能：一次密室世界只能使用一次）

附加技能2：大江东去，浪淘尽，千古风流人物！

出自苏轼名作《念奴娇·赤壁怀古》

苏轼的豪情影响队友，增强大家的战意，身边100米范围内，所有人物牌立刻重置技能冷却（苏轼自身的技能不会被重置）。

附加技能3：东坡肉。

苏轼被贬黄州后开荒种地，号“东坡居士”，因此他最爱吃的食物也被称为“东坡肉”，流传至今，这种肉软而不烂、肥而不腻、香浓可口。使用技能后，苏轼可拿出一碗东坡肉交给你，你可以自己吃，也可以用它吸引范围内的猎物——东坡肉可吸引所有飞禽、猛兽循着香味靠近它。

苏轼很忙，一天只能拿出一碗东坡肉。

虞寒江看着卡牌上恣意潇洒的苏轼，不由赞道：“这张牌不错。”

叶棋却大煞风景地道：“我其实更想尝尝苏轼大神亲自做的东坡肉是什么味道。”

这个吃货，居然把关注点放在第3个技能上？

肖楼哭笑不得地开启苏轼的技能3，只见一个潇洒的古代词人出现在面前，手里端着一碗东坡肉，那碗肉的色泽晶莹剔透，让人忍不住垂涎欲滴。

叶棋吞了吞口水：“能吃吗？”

肖楼微笑着把碗递给叶棋：“尝尝看。”

叶棋激动地接过碗尝了一口，然后瞪大眼睛，如同小松鼠一样疯狂点头：“好吃好吃！比我以前在浙菜馆吃的东坡肉还要好吃一百倍！”

肖楼好奇之下，也拿了双筷子尝了尝：“确实好吃。”

刘桥、虞寒江也加入了进来。

4个人将一碗东坡肉迅速瓜分干净，叶棋感动地道：“这牛我可以吹一辈子，我吃过苏轼大神亲自做的东坡肉，哈哈哈。”

刘桥道：“要是回到现实世界，你这么说，别人会以为你是神经病吧？”

叶棋收起笑容，挠挠头：“也是，这个世界太神奇了。”

肖楼收起苏轼牌，道：“好了，红桃、黑桃六连刷结束，也不知主城的时间过了多久，我们也该回去见队友了。”

晚上6点半，莫学民4人也回到了月之城的别墅。

肖楼将大家叫到泳池旁边，把李清照、苏轼召唤出来给大家详细介绍了技能和用法，紧跟着说：“老莫，你们抽到几张牌？”

莫学民道：“梅花5、梅花6、梅花7三关全是物资牌，我们在方片5、方片6、方片7抽了3个宝箱，因为是S评分通关，抽到的都是S卡。”

他之前已经刷过这几关，重新进入是没有奖励的，这一趟相当于义务打工。看着队友们一抽一张S卡牌，老莫心里别提多羡慕了。肖楼知道他的想法，笑道：“没关系，以后再打出S通关的成绩，老莫你优先抽奖。”

莫学民摸摸鼻子：“咳，没关系，反正大家是一个团队，谁抽到好牌都一样。”他看向龙森、曲婉月，“两位把抽到的卡牌拿出来给大家看看吧。”

龙森在现实世界就在体校工作，抽到的卡牌都跟体育有关。

工具卡：超级羽毛球。

稀有度：S。

附加技能1：直线吊球。

使用效果：用超级羽毛球拍将羽毛球直线打到范围500米内的任意位置，若击中目标身体，则目标被砸晕持续5秒；该技能无冷却时间，但能不能用球砸到人，要看你打羽毛球的技术。

附加技能2：突击扣杀。

使用效果：立刻将羽毛球从高处向下扣杀，若击中目标的致命部位，如太阳穴、心脏，则使目标进入濒死的休克状态，10分钟内得不到救援，则目标死亡。

该技能无冷却时间，但打到致命部位的难度非常高，建议多加练习。

备注：一桶羽毛球总共有50个球，打出去的球可以捡回来继续用，但羽毛球打出后有可能损坏，损坏则无法使用。羽毛球数量固定，50个用光则卡牌失效。进入下次密室时才会刷新。

肖楼问："你会打羽毛球吗？"

龙森挠头："会打，技术还行。50个球不管我怎么打，总有几个能砸中人吧？"

肖楼笑着说："没有技能冷却，却给了固定50个球让你随便发挥，操作难度提升。看来，你以后要多练习打羽毛球了。"

刘桥好奇地看向曲婉月："曲老师抽了什么卡？该不会跟舞蹈有关吧？"

曲婉月拿出自己抽到的卡——"拉丁舞王"，激活卡牌后，可以让自己的身体柔软度达到极致，任意弯曲。

刘桥怔了怔："任意弯曲？能弯到什么程度？"

曲婉月使用拉丁舞王卡，只见她身体下弯，双手轻松抓住脚趾。双腿劈开，摆个"一字马"简直是家常小菜——身为舞蹈老师，这些都是基本功。但是，使用拉丁舞王卡之后，她的整个身体柔若无骨，手指、手臂居然能弯成"S"形，脑袋还能360度转动。

见她突然把脸转到身后，肖楼也吓了一跳。

曲婉月道："这张牌能改变身体的柔软度，用了它之后，我可以从一个盘子大小的洞里面钻过去，很像是……武侠小说里的缩骨功？"

肖楼赞道："不错，搭配变色龙卡，就几乎没有曲老师到不了的地方了。"

看完龙、曲夫妻抽到的卡，最后轮到邵清格。

叶棋玩笑道："有钱人该不会抽出来一个银行吧？"

邵清格挑了挑眉："这次的卡比 ATM 取款机好用一点，但是非常费钱。"

肖楼 4 人都不太理解，卡牌怎么会费钱呢？

直到邵清格从卡包里拿出一张卡递给肖楼。

特效卡：有钱任性。

描述：你以为有钱人就很快乐吗？不是的，有钱人比你想象的还要快乐无数倍。

效果：有钱任性，想买什么就买什么。使用特效牌后，从自己的账户中扣除 500 万金币，任意复制一张 24 小时内见过的卡牌。

备注：只能在密室世界复制，主城无法开启技能。一个密室最多复制三次，所谓"事不过三"，虽然有钱，但也不能太败家。若账户余额不足，则技能释放失败。

邵总这张卡可以称为"败家卡"，放一次技能要花 500 万！

不过使用效果也确实对得起这张卡的强度。复制 24 小时内见过的卡牌，不但能复制队友的卡牌，还可以复制对手的！

一次密室能复制 3 张卡，如果专门挑对面强力的 S 卡来复制，整个团队的战斗力将会得到极大的提升。

肖楼问道："这几天我们租房、买车花了不少钱，资金还够吗？"

邵清格头疼道："不够，有钱任性这张卡需要大量的资金支持，放一次技能 500 万，一趟密室下来要 1500 万，是时候把我们的猫眼石手链给卖掉了。"

老莫道："这件事就交给我吧，我知道珠宝拍卖会，可以找中介帮我们代理。"

接下来的两天，老莫带邵总去拍卖会处理掉了他们的猫眼石手链，每条手链都卖了个好价格，快要花光的钱包又被塞满，邵清格和肖楼手里各攒了 8000 万。

做好一切准备后，大家在这周周五的晚上 11 点 55 分开启了 A 级密室。

根据九哥、唐辞的描述，A 级密室剧情随机，没有办法做攻略，一切只能靠自己。

在 4 类花色中，肖楼和虞寒江默契地从卡牌墙上抽出了红桃 8。

所有人眼前同时刷过提示——

即将开启A级密室。

剧情生成中，倒计时10，9，8，7，6……

角色分配完毕。

欢迎进入红桃8的世界：乱世烽烟。

第十九章

乱世烽烟

肖楼坐起身揉了揉眼睛，迅速环顾四周——面前不是熟悉的现代环境，他身处于一间古色古香的卧室里，雕花木床、浅色窗幔、木制桌椅，屋内弥漫着淡淡的熏香。

队友们都不在身边，红桃密室不是第一次把队友分开。问题在于，他这一身衣服是什么情况？还有衣服上复杂的花纹，看着都让人头疼。

肖楼很快想明白自己来到了古代，他翻身下床，结果没走两步就差点被衣服给绊倒。

肖楼从没穿过古装，一时不太习惯，他扯了扯快要拖到地上的裙摆，站稳身体，右上角的透明悬浮框中迅速刷过几行提示——

> 欢迎肖楼来到红桃 8 密室【乱世烽烟】。
>
> 这个世界有四个国家，你所在的国家为齐国，目前所在城市为首府京都。你在该密室分配到了特殊身份，请扮演好你的角色，如果被密室世界的人察觉到你是外来者，则闯关失败。
>
> 该密室禁止杀死原住民，所有攻击类、控制类卡牌以及现代高科技卡牌全部禁用，具体可使用卡牌，请查看自己的卡包。

肖楼翻开卡包看了看，电吹风、充电宝等高科技产品都变成了“无法使用”的灰色卡，带有控制、攻击技能的卡牌技能也被禁用。

显然，这个密室是要挑战者动脑来破解谜题，而不是用各类卡牌作弊。肖楼用手指滑动悬浮框，紧跟又弹出两排文字——

> 身份介绍：肖楼，父亲是知名仵作，母亲是知名医师，自小跟随父母学习，对中医、验尸颇有心得。弟弟从军，3 年前随征西将军出征，下落不明。家中没有其他亲人。
>
> 你 16 岁那年在江州救下一位上京赶考的才子。此人后来高中状元，成了圣上面前的红人，他感念你的救命之恩，与你结为异姓兄弟，带你一同上京。10 天前，江州知府病逝，你的义兄受陛下重托，即将前往江州上任。故事将在你的家乡江州发生，请做好准备。

义兄？这红桃 A 还给他安排了个兄弟？

他走到一旁的铜镜前。

镜子里的他穿着一身宽袖长袍，乌黑的长发在头顶扎成一个简单的发髻，用一根素雅的玉簪束起，脸还是自己的脸。

这个密室太奇葩了，竟然是个角色扮演，他心里不禁好奇，其他队友分配到的又是什么身份呢？

由于他们是晚上 11 点 55 分开启的密室，进入密室后，卡牌的技能全部刷新，他跟虞队的“心有灵犀”也断掉了，因此根本不知道虞寒江此时在哪儿。

同一时间，皇宫。

虞寒江穿着一身官服，脸色严肃地看完密室提示。

身份介绍：虞家世代为官，祖父曾高居丞相之位，后辞官退隐江州。你自幼饱读诗书，18 岁那年上京赶考，在野外被毒蛇咬伤，危在旦夕，恰好有一名男子路过，帮你处理伤口，救了你一命。

新历 3 年，你高中状元，先皇本想将九公主许配给你，你提前洞悉后婉拒，因此得罪了九公主。为了报恩，你回到江州，与救命恩人结为异姓兄弟，兄友弟恭。

新历七年秋，恰逢江州知府病逝，陛下力排众议，委任你为新一任江州知府。你即将去皇宫拜别陛下，明日携义弟一起前往江州任职。

虞寒江看完描述，眉头不由一皱。他成了齐国的知府大人，守关者还给他莫名其妙地安排了一个异姓兄弟，自己明天就要去江州上任。虞寒江想，不如借机找个理由让那位兄弟留在帝都，自己一个人去上任，免得身份暴露。

富丽堂皇的宫殿近在眼前，耳边传来尖细的太监音：“上朝！”虞寒江深吸一口气，抬头看了眼高高的台阶。

天才蒙蒙亮，周围有很多官员正在等待，他拍了拍官服的衣摆，跟着其他官员快步走了上去。虽然他不是职业演员，可守关者既然要求他们遵守这个世界的规则，扮演好角色，他就不能乱来，只能跟着剧情走。

宫殿内，坐在皇位上的陛下非常年轻，眉目清朗、笑容温和。

虞寒江站到一边，周围不少人用各种复杂的眼神看他——年纪轻轻能担任江州知府，引人嫉妒自然在所难免。

百官齐齐下跪：“吾皇万岁万岁万万岁！”

皇帝笑着抬了抬手："众爱卿平身！"大家站好后，皇帝专门点虞寒江的名，"虞爱卿，你快要去江州任职，可做好准备了？"

虞寒江上前一步："回陛下，已准备就绪，明日出发。"

皇帝夸道："虞爱卿年轻有为，去江州后一定要尽职尽责。"

虞寒江硬着头皮应了几声。

直到"退朝"的声音响起，虞寒江才微微松口气，跟着其他官员转身离开。

结果他刚走出大殿，就有个太监过来，低声道："虞大人，陛下请你去御书房。"

虞寒江跟着太监去了御书房。陛下屏退左右，低声道："爱卿，八皇叔的镇江王府就在江州，记得前去拜会，朕这里有一封密函，劳烦你亲手转交给皇叔。"

虞寒江应道："是，陛下。"

"江州形势复杂，爱卿这次前去一定要加倍小心，遇到什么困难，可以快马加鞭给朕密折，朕会亲自批复。此外，那边还有敌国的势力，朕秘密安排了一批死士保护你的周全，这是令牌，必要的时候你可以调动他们。"

虞寒江恭敬地从皇帝手里接过令牌和密函。

居然到了安排死士来保护他的地步，看来江州这个地方水深得很。

从皇宫出来后，一个身材高大的护卫立刻迎上来，道："大人。"

密室世界有"见到某个人，就自动输入关于他的记忆"的设定。因此，虞寒江很快就记起来，这是祖父收养的孤儿，从小跟在他身边保护他。此人名叫云沧，身怀绝世武功，两人虽是主仆，感情更像兄弟。

虞寒江朝他点了点头，一边往记忆中家的方向走，一边低声叮嘱："云沧，你去找两匹快马，我们今夜就出发前往江州。义弟那边，你去说一声，让他好生在家待着。"

云沧："大人不带肖公子一起去吗？"

虞寒江皱眉："暂时不带他，等我在那边安顿好了再说。"

云沧："明白。"

虞寒江表面上答应着，心里却想，他是怕自己露馅，毕竟他不是影帝，再说了，带着手无缚鸡之力的人一起查案，实在是不方便。

同一时间，肖楼正坐在镜子前头疼地研究衣服。他从没接触过复杂的古装。突然有人敲门道："公子，该洗漱了。"

肖楼"哦"了一声，开门一看，只见一个侍从打扮的小厮端着脸盆进来，准备伺候他洗脸。肖楼满身不自在，立刻说："你出去吧，我自己来。"

小厮出去后，肖楼揉着太阳穴思考对策。

义兄要去江州上任，让他跟着去，事情肯定会在江州发生。他人生地不熟，也不能自己瞎跑，跟着对方去江州是他唯一的选择。只是，让他跟一个陌生人一路同行，他是真怕会露馅儿。

就在这时，外面传来脚步声，小厮朗声道："大人回来了！"

虞寒江的脑海里迅速闪过关于小厮的记忆——16 岁的少年，名叫云青，是义弟的贴身侍从，几年前在一场饥荒中救下来的孤儿。

虞寒江快步上前，推门而入。

他一定要找个借口，让这个义弟老老实实地留在帝都，自己一个人去江州跟队友们会合。

然而，推开门的那一刻，虞寒江蓦地对上了一双熟悉的眼眸。

居然是肖楼？

肖楼在看见身穿官服、英俊挺拔的虞寒江后，也不由得睁圆了眼睛。

原来是虞队？

两人一个在门口，一个在屋内。

对视良久后，虞寒江才试探地叫道："肖楼？"

这声音他再熟悉不过，确实是虞寒江没错，肖楼轻咳一声，低声道："虞队，我有点事想私下跟你说。"

虞寒江看向身旁的小厮侍卫："你们先退下吧。"周围的人迅速退了下去。

虞寒江走进屋，关上门窗。他仔细打量着肖楼，疑惑道："怎么是你？"

说起这个话题肖楼就郁闷："我一醒来就在这儿了，还好是你。我跟你一起去江州，路上也可以商量一下对策。我在这个世界的身份还是名医传人，父亲是仵作……也就是古代负责验尸的法医。"

虞寒江若有所思："法医传人？难道守关者是按我们的身份安排角色的？"

肖楼点头："怪不得唐局长说 A 级密室没办法做攻略，看来 A 级密室是根据我们挑战者的人数、职业来安排角色的，每个团队进入的密室都不一样。"

虞寒江也觉得有道理，看向肖楼说："让我们在这个密室扮演兄弟，可能是为了方便汇合然后一起行动才这样安排。"

肖楼扯了扯长长的袖子，神色颇为苦恼："明天才出发对吧？我想换身衣服，这衣服穿着太别扭了。"

虞寒江忍着笑说："好，我带你去买两套方便行动的衣服。"

两人出门后，侍卫云沧跑过来道："大人，您说的快马已经备好了，今晚……"

虞寒江淡淡地打断他："再备一辆马车给肖楼坐，明天早上一起出发。"

云沧一头雾水地想：这么快就改主意了？

对上侍卫一脸茫然的表情，虞寒江只好假装什么都没发生过——他之前不想带，是怕带个莫名其妙的人在身边会影响办案，既然对方是肖楼，那还能不带吗？

侍卫搞不懂虞大人的思路，只好转身去找马车。

虞寒江和肖楼并肩往门口走去。

走过拐角，正好碰见姚管家，四十多岁的中年男人来到虞寒江和肖楼面前，恭敬地道："大人，明天出发去江州，该带的东西已经准备好了，这是路上的盘缠。"

虞寒江接过钱袋子掂了掂，带着肖楼转身出了门。

除了买衣服之外，两人也想顺便看看这个世界的环境。

肖楼发现古代的街上商品琳琅满目，有很多他没见过的小玩意儿。

路边有很多卖衣服的店，肖楼走进一家店，微笑着问："有做好的成衣吗？"

掌柜见到他，立刻笑道："有的，适合您尺寸的衣服在这边。"

肖楼跟着店家过去，虞寒江也跟了过去帮肖楼参谋。他看中一件白色长衫，上面绣着浅蓝色的云纹，整套衣服简单清雅，有云纹装饰也不会显得过于朴素，他想肖楼应该会喜欢，便说道："这套拿给他试试。"

掌柜立刻拿下来带肖楼进了试衣间。

肖楼把身上的衣服换下来，将新衣服穿上。这套衣服只有两层，穿起来不复杂而且颜色很素雅。他松了一口气，整理好衣襟，走出来想照镜子。

古代没有穿衣镜，只有铜镜，他看得不太清楚，只觉得大小是挺合适。

肖楼忍不住小声问："还行吗？"

虞寒江回道："挺好的。"

从成衣店出来之后，穿着新衣服的肖楼松了一口气："比刚才那套利索多了。"

正说着，突然见一辆豪华马车在街上横冲直撞，虞寒江立刻将肖楼护住，结果那马车凑巧停在他面前，一双纤细的手掀开帘子，挑眉看他："哟，这不是虞大人吗？"

虞寒江见到这人，脑海里也浮现起关于她的记忆——刁蛮任性的九公主。先皇本来打算将九公主许配给他，被他找借口推掉，这位九公主心眼小得很，从此对他怀恨于心，老是找他的茬。

虞寒江皱了皱眉，道："公主。"

九公主看了眼肖楼，嘲讽道："你就是虞大人的那个义弟吧，样貌倒算出众，就是不知是不是和虞大人一样有眼无珠呢？"

这是求而不得连带着自己也被恨上了？

肖楼心里哭笑不得，表面上还得继续演，他礼貌地朝九公主笑笑，刚要说话，结果虞寒江直接怼了回去："这就不劳公主费心。"

九公主瞪大眼睛："你！"

虞寒江："微臣还有要事，就不陪公主了。"

看着虞寒江两人扬长而去，九公主怒极，正好侍女买了吃的回来，她

立刻朝身边的侍女说："回去准备一下，我们也去江州！"

回到家后，两人进屋，关上门。

肖楼玩笑道："那个九公主是不是对你有意思啊？"

虞寒江不悦地皱眉："按照剧情设定，我中状元的那年，先皇曾经想把她许配给我，我不喜欢她，就找借口推掉了。"

肖楼若有所思："她可能会推动剧情的发展，说不定还会跟着我们去江州。对了，江州那边现在有什么线索吗？"

"陛下让我到江州之后去镇江王府见八王爷，还给了我一封密函让我转交。另外，陛下说江州形势复杂，他安排了一批死士保护我们，我可以用令牌调动那批死士。"

肖楼想起进入密室时的提示，很多攻击类卡牌的技能都被禁用了，加上陛下派人保护，显然江州那边危机重重，不仅要破案，他们还可能会面临生命危险。

不愧是 A 级密室，难度直接提升了一档。

肖楼道："你看一下卡包，你的武器卡牌是不是全部被禁用？"

虞寒江点头："嗯，隐身斗篷、夜明珠之类的功能道具卡可以用，但枪、军刀、匕首全部变成了不可用的灰色。"

肖楼皱眉："今天先休息一天吧，红桃密室的第一天一般都是留给我们熟悉环境用的，我们仔细理一理这个世界的设定。"

虞寒江自然赞同，然后带肖楼去了书房。

书房墙壁上挂着一张地图。这个世界有齐、楚、赵、燕 4 个国家，大齐的西边是和赵国接壤，江州就在边界附近，齐、赵两国是采取"和亲"的策略互相结盟。

大齐西北边和燕国相邻，齐、燕两国边境战事不断，陛下专门派了位征西

将军在前线抵御燕国入侵，肖楼的弟弟也在前线，生死不明。至于楚国，位于比较偏远的南方，非常低调，跟其他 3 个国家的关系都是不好不坏。

四国并立的局面十分复杂，他们所在的大齐国正好和 3 个国家都有接壤。

两人看了很多书来了解这个世界的设定，一直到午饭时间侍女叫吃饭，虞寒江才把墙上的地图拿下来放进了行囊里。下午又收拾了一些行李，安排好几个下人，时间很快过去，转眼就入夜了。

虞寒江和肖楼准备各自回房睡觉，肖楼察觉到来自虞寒江的视线，睁开眼道："怎么了，虞队？"

虞寒江道："别叫虞队了，万一被人听到，我们会露馅儿。"

肖楼想想也是，改口道："那私下我就叫你虞哥吧？"

虞寒江欣然同意："行，你就叫我虞哥，我叫你小楼。"

肖楼点了点头。

虞寒江道："回去睡吧。"

肖楼"嗯"了一声，回了房间。

次日早晨，生物钟让两人准时醒来，吃过早餐来到门口时，云沧正牵着马等待，不远处还停着一辆精致的马车，是虞寒江吩咐云沧准备的，云青守在旁边，姚伯担任车夫。

这次去江州只带这 3 人，其他的下人已经被管家遣散，可以到江州再找。

虞寒江带着肖楼走到马车旁，伸出手臂扶肖楼上了马车，让云青也跟上来照顾。

肖楼在宽敞的马车里坐稳，掀开窗帘一看，虞寒江已经在前面干脆利落地翻身上了马。

古代交通不便，帝都到江州需要一天路程。

肖楼昨晚本就睡得不好，马车摇摇晃晃的，像是在催眠，他迷迷糊糊地又睡了过去，梦里出现了很多凌乱的片段，都是这个世界的记忆碎片。

不知何时，马车突然停了下来，外面传来虞寒江跟人对话的声音。只听虞寒江压低声音问道："河边是什么人？"

姚伯说："大人，我看他们运了很多布匹，应该是从青州过来的商队。"

虞寒江道："过去看看。"

他跟云沧一起骑马过去，走了几步，就见一个男人正倚在马车边，一边喝水一边晒太阳，悠闲得不得了。

那人穿一身深紫色丝绸长袍，衣服上绣满金线，脚上踩一双精致的黑色靴子，手里拿一把折扇，一双桃花眼顾盼之间满是风情——不是邵清格是谁？

虞寒江扫了眼他这身“我是暴发户”的打扮，挑眉道：“这位是？”

邵清格也认出了虞寒江，但密室世界里他俩并不认识，所以他只能进入角色，笑眯眯地说道：“在下青城邵家邵清格，不知大人是？”

虞寒江道：“虞寒江，江州知府。”

邵清格伸手作了个揖，笑道：“虞大人，幸会幸会，在下正好也要前往江州，不知能否与大人同行？”

虞寒江点了一下头：“好。”

肖楼听见虞寒江骑着马远去，似乎跟对方聊了起来，他好奇之下便掀开门帘下了马车，上前走了几步，轻声问：“出什么事了？”

虽然穿着古装，但邵清格还是一眼就认出了肖楼。他这一身长衫穿在身上，显得气质出尘，十分清雅。

邵清格：“大人，这位是？”

虞寒江淡定地道：“这是我义弟。”虞队戏精上身，演得十分投入，看向肖楼道，“小楼，这位是青城邵家的大少爷，正好去江州做生意，与我们同路。”

肖楼微微笑了笑，行了个礼：“邵公子。”

虞寒江道：“邵公子，借一步说话。”

邵清格跟着虞寒江和肖楼去了树林深处。

虞寒江严肃地问：“你一个人从青城去江州？有什么线索提示？”

邵清格这才认真起来：“我们邵家是齐王朝最大的丝绸供应商，父亲让我运这批丝绸去江州，还让我去镇江王府拜会八王爷。过几天正好是王爷的寿辰，父亲让我准备了一份厚礼，跟八王爷打好关系，顺便替邵家打开江州的市场。”

肖楼玩笑道：“邵总果然分配到了有钱人的身份。”

虞寒江道：“去江州后，各自调查，等找到其他队友，我们需要聚起来整理线索，不要露出马脚让人怀疑。”

邵清格点点头：“这是当然，我去江州后在客栈落脚，你们可以随时来找我。”

肖楼道：“好了，走吧，我们得尽快赶去江州。”

众人当晚在中途的驿站留宿，次日早晨才来到江州。

江州地处于大齐和赵国的边境，由于齐、赵两国近年来一直关系和睦，所以此地来往的商人络绎不绝，街道上熙熙攘攘，虽然比不上京都的繁华，却也十分热闹安宁，百姓们的脸上都洋溢着笑容。

表面上来看这是一处物产丰富的宝地，但虞寒江知道江州形势复杂，就像是平静的海面，其下暗潮涌动，稍有不慎，他这个江州知府说不定就要把脑袋留在这里。

邵清格决定先在客栈安顿下来，分别时，虞寒江低声叮嘱道：“你在客栈多加小心，另外，这身华丽的衣服最好换掉，财不外露，低调一点总没坏处。”

“知道。”邵清格在江州城最大的福安客栈住下，虞寒江则带着肖楼前往江州知府。

官府这边早就收到了朝廷的通知，正在等新的知府大人上任。

虞寒江走进府衙，拿出朝廷任命文书跟负责的官员做交接手续，那官员笑道：“虞大人，您初来乍到，有什么不熟悉的可以问师爷，他在江州待了几十年，辅佐过上一任知府，对江州的情况非常了解。大人如果要见他，我可以请他过来。”

虞寒江点头：“好，那就请师爷过来一趟，我在书房等他。”

知府大人的住处就在府衙后面，是一个很大的四合院。院子东边有客房、书房，北边是留给大人和家眷的卧房，西边是下人们的住处，南面是厨房。整个院子布置得十分精巧，假山假水、绿树成荫，肖楼很喜欢这里，到家后便把行李放去了卧室。

虞寒江在书房等师爷，肖楼整理好行李后，让云青、云沧还有姚伯去添置些生活用品，自己则转身来到院子里。他看见一个文质彬彬的书生朝书房走过去，应该就是师爷，肖楼好奇地跟在了对方身后。

虞寒江打开书房的门，师爷进屋后见到他，立刻行礼：“大人！”

四目相对，虞寒江了然道：“原来是你……莫师爷？”他环顾四周，压低声音，“不用担心，下人们已经被支开了，这个院子里没有别人。”

莫学民笑道：“听说新来的知府大人姓虞，我当时就猜到是虞队。”他发现只有虞寒江一个人，不由疑惑，“肖教授呢？没跟你一起吗？”

虞寒江端过一杯茶递给他：“老莫，先坐下说话。”

莫学民刚坐下来，端起茶杯喝了口茶，身后突然传来一个温和的声音：“虞哥，是师爷来了吗？”

莫学民回头，看见肖楼，道：“这位是……”

虞寒江淡定地介绍：“这位是我义弟，肖楼。”

肖楼笑着道：“师爷好。”

老莫笑道：“肖教授这一身古装还挺好看。”

肖楼道："我俩从京都过来，我还有个身份是仵作的传人，可以验尸。"

莫学民了然道："仵作？古代的法医对吧，那倒是挺符合肖教授的专业的。对了，我被安排了师爷的身份，还拿到了一堆卷宗。"

肖楼走过去在虞寒江旁边坐下："有发现其他人在哪儿吗？"

莫学民说道："我在江州找了两天，只看见龙森在王府当护院。小曲、小叶、刘桥和邵总我都没找到。"

虞寒江道："邵清格是青城富商家的大少爷，我们昨天在半路遇见他，他也跟我们一起来了江州，目前正住在福安客栈。"

肖楼好奇地问："那些卷宗是什么情况？"

莫学民道："江州最近几年发生的案件记录，我昨天仔细看了一遍，大部分是家长里短的案子，只不过，3 年前开始，有 3 个年轻女子失踪，那些失踪的女子下落不明，成了一桩悬案，不知道和这次的案件有没有关系。"

虞寒江道："王府那边呢？你知道多少？"

莫学民清了清嗓子："住在镇江王府的八王爷是当今陛下的八皇叔。这位闲散王爷不理朝堂政事，倒是颇爱美色，总共娶了 4 位夫人，每个都貌美如花。他有 1 个儿子、4 个女儿，目前，4 个女儿都住在王府，都没有嫁人。王爷过几天会办 45 岁寿宴，加上龙森在王府当护院，我猜，案子很有可能会在王府里发生。"

虞寒江道："陛下让我去拜会八王爷，邵总也接到任务去参加八王爷的寿宴，寿宴那天肯定会出事，王府几位夫人、小姐的情况，把你知道的详细说说。"

莫学民也是经验丰富，换了古装后迅速适应了新身份，在江州转了两天，摸清了王府的大概情况，他道："大少爷齐风华、大小姐齐亦瑶都是芸夫人生的。齐风华目前从军，跟着征西将军在西北边的前线跟燕国打仗，已经有 3 年没回过家了。

"大小姐许配给了本地最有钱的林家大少爷林少泊，但坊间传闻，林大少爷花天酒地，经常出入青楼，跟名妓关系匪浅。两人的婚期定在下个月，林家很重视这件婚事，前几天刚送聘礼过去，百姓们议论说，光是黄金就送了好几箱。"

虞寒江拿来纸笔，迅速在上面画起王府的人际关系图。

莫学民接着说："二小姐叫齐亦安，是正牌王妃所生的嫡女，被皇帝封为'淑安郡主'。王妃已经去世，郡主跟赵国二皇子有婚约。齐国和赵国多年来一直联姻，皇帝亲自指婚让淑安郡主嫁到邻国，据说婚礼会在年底举办。"

肖楼摸着下巴道："这位郡主你见过吗？"

"没有。但听百姓们传言，淑安郡主美丽端庄，从小饱读诗书，还精通琴棋书画，是个大才女。她小时候跟陛下一起长大，跟陛下关系最好，在王府也最为受宠。”

虞寒江皱眉：“关于她母亲正牌王妃的死，有没有什么传言？”

莫学民摇头：“都说王妃身体不好，跟王爷成亲后3年一直没有生育子嗣，所以王爷才娶了芸夫人，等芸夫人连续生下大儿子、大女儿，王妃才终于怀孕，可惜身体太弱，生下嫡女齐亦安后，她没过多久就病逝了。”

肖楼和虞寒江都清楚表面听起来王妃确实是身体不好病逝的，可这位芸夫人连续生了两个孩子却依旧是“小妾”，万一她不甘心，弄死正牌王妃也是有可能的。

虞寒江问道：“另外两位夫人是什么情况？”

莫学民接着说：“王爷爱美色，正牌王妃去世后没人管束他，他接连娶了两个小妾，分别是晴夫人、韩夫人。晴夫人生了三姑娘齐亦如，这位姑娘刁蛮任性，好穿男装，学了一身武艺，经常骑着马在街上横冲直撞，撞伤过不少百姓。韩夫人目前最受宠，四小姐齐亦薇是她生的，这位四小姐最低调，平时出门都用面纱蒙着脸，从来没有人见过她，据说她在城外的药庐学习医术。”

人名太多，关系又复杂，肖楼听着都头疼。虞寒江已经画完了王府的关系图。

肖楼看了眼虞队整理的关系表，若有所思地摸着下巴：“这么看来，3位夫人现在是平起平坐，王爷正妃的位置依旧空着？”

莫学民道：“是的，而且王爷目前身体健硕，应该还能活很久。古人结婚早，王爷现在才四十多岁，这3位夫人肯定免不了争风吃醋。”

虞寒江看向肖楼：“这次的案件，该不会是宅斗吧？”

肖楼点头：“有可能。如果按照宅斗的套路，4个姐妹由不同母亲所生，正牌王妃已经去世，3位夫人之间肯定是钩心斗角，4个姐妹的关系也不会太和睦。”

“王爷的寿宴是什么时候？”虞寒江抬头问老莫。

“这个月十五，也就是3天后。”莫学民道。

“明天我们再亲自去一趟王府。一来按照陛下的指示拜会王爷，二来也跟王府的龙森接一下头，他在王府当护院，应该会获得别的线索。”虞寒江干脆地说道。

“那今天呢？”肖楼看向他，“你想换身便装，查探一下江州的环境？”

“没错，顺便找找其他队友。”

虞寒江把官服换下来，穿了身便装，带上两人一起出门去江州逛街。

密室世界大家的身份都和现实有所关联，虞寒江推测，刘桥很可能是药童、药师之类的身份，就去附近的药铺、医馆逛了逛，却没有发现她的踪迹。

肖楼道："小刘也可能跟邵公子一样是从外地赶到江州，可能她还在来江州的路上，要不然她这两天不会毫无动静。"

莫学民听到这里，突然一愣："如果说大家的身份都和现实有关，那曲老师是舞蹈老师，她该不会在天香楼当舞姬吧？"

肖楼疑惑地看向老莫："天香楼是……青楼吗？"

莫学民道："也不算青楼，这是江州最大的歌舞坊，聚集了很多才女，据说里面的舞姬和歌女都是卖艺不卖身的，有钱人家的公子经常去那里寻欢作乐。"

虞寒江皱眉："我们去看看，说不定能找到曲婉月。"

入夜，江州大部分城区都陷入黑暗，而城东的一条街却是灯火通明。这条街上挂满了各种形状的灯笼，宾客们络绎不绝，古人们热闹的夜生活才刚刚开始。

街道的尽头有一栋3层高的楼房，挂着"天香楼"3个字的牌匾，这家是整条街最热闹的，大门敞开，无数宾客正急匆匆地往天香楼赶去。

虞寒江3人也跟随着人潮走了过去。

3人进屋后找到一张桌子坐下，肖楼眼尖地发现旁边坐着个熟悉的身影，他眯起一双桃花眼，手拿折扇，摆出一副"花花公子"的模样。

虞寒江也看见了他，低声道："邵公子真是好兴致，居然也来了这里？"

邵清格厚着脸皮坐了过来，笑眯眯地道："我家仆人告诉我，今晚有天香楼最出名的舞姬的演出，我的人设是花花公子，经常出入青楼，这样的热闹当然要来凑一凑。"

能把"好色"说得这么冠冕堂皇，肖楼也是佩服他。

邵清格跟老莫互相点了一下头打过招呼，就在这时，一位穿得"姹紫嫣红"的中年女子走上前来，笑眯眯地道："欢迎各位来到天香楼捧场，接下来，有请我们的头牌，叶姑娘，给大家弹唱一曲！"

在热烈的掌声中，一个身材清瘦的女子穿着身鹅黄色的纱裙，抱着琵琶，慢慢地走上了中间的舞台。只见她一双眼睛清澈灵动，如墨一般的长发散在身后，头上插了根珠钗，在灯光的照射下熠熠生辉，衬得一张脸精致秀丽。

邵清格原本在优哉游哉地喝茶，可对上那双眼睛的瞬间，他一口茶直接喷了满桌。

莫学民神色尴尬："这位头牌叶姑娘，长得好像叶棋啊！"

邵清格被茶水呛到，一边拼命咳嗽，一边用扇子遮着脸笑个不停："哈哈，咳咳咳……叶姑娘，天香楼的头牌，哈哈哈……”

肖楼无奈扶额，虞寒江神色严肃。

舞台上的叶棋扫了他们一眼，一脸生无可恋的表情。

就在这时，青姨凑到他耳边：“小叶，可以开始了。”

叶棋只好硬着头皮弹起了琵琶。

清脆悦耳的琵琶音律响起，如同珍珠落玉盘，最初的曲调很柔美，大家都听得陶醉，忽然，曲风急转，如同千军万马过境，遍地都是硝烟战火，激昂的旋律让人的精神不由紧绷。叶棋神色从容，修长的手指飞快拨动着琴弦，直到最后，铮铮的声音猛地定住，旋律荡气回肠，就仿佛带着观众们经历了一场惊心动魄的大战。

天香楼安静片刻，紧跟着响起震耳欲聋的掌声：“好！”

“不愧是头牌，这手琵琶弹得真是绝了！”

青姨安排人端着盘子在宾客之间游走，有很多富家少爷纷纷掏出大块的银子丢进去，可见，叶棋这一场演出绝对能让天香楼的老板赚得盆钵满体。

演出结束后，叶棋起身，朝观众席行礼。

就在这时，人群里突然传来一个清亮的声音：“弹得好！不愧是天香楼的头牌，果然百闻不如一见。”走出来的是一位富家少爷，一身暗红长衫，头发上系着同色丝带，容貌颇为英俊，只可惜满身酒气，叶棋大老远就能闻到他身上的酒味。

旁边有人低声议论：“这不是林少爷吗？”

“跟王府大小姐定了亲的那位林少泊？”

“对对，听说他经常出入青楼，跟名妓关系暧昧，没想到今天变了口味，居然来天香楼听曲子……”

“他胆子也真大，下个月就要完婚，还天天喝花酒……”

虞寒江听着周围的讨论声，看向肖楼：“是那位王府大小姐的未婚夫。”

“看来他确实跟传言一样，风流成性。”肖楼若有所思地盯着林少爷的方向。

老莫压低声音：“百姓们都说林少爷一点都不喜欢古板的大小姐，整日流连花丛就是表达对这桩婚事的不满。还有人八卦说他在外面养了好几个情人。”

虞寒江皱了皱眉：“不管心里多不喜欢，他的未婚妻也终究是王爷的女儿，他不给大小姐面子，连王爷的面子都不给吗？这样花天酒地，不太合理。”

老莫道：“他在林家虽然是长子，但也是庶出，他母亲是小妾并且早就去世了，婚事都是他父亲定的。订婚前，他跟王府大小姐根本没见过面，可能是心里不太高兴，才用这种方式发泄。”

邵清格饶有兴趣地道：“关于林家，我在青城也听说了一些八卦。林家是大齐王朝最富有的盐商，这位大少爷林少泊手里并没有任何实权，据说就是个花架子。二少爷、三少爷都比他强，二少在吏部任职，三少爷才是林家产业的继承人。”

肖楼道：“这么说来，他跟王府大小姐其实也算门当户对？两个人都是老大，却都不是正妻所生，在家里也没什么地位。”

莫学民道：“问题在于，这位林少爷订婚之后并没有收敛花天酒地的作风，王府那边似乎也不怎么管他。”

肖楼的心中也有些疑惑，照理说王爷的女儿哪怕是小妾所生的庶女，那也是身份尊贵的王室尊亲，一堆富商、大臣会抢着上门求亲，王爷应该不缺钱，怎么会看上这样一个女婿？花天酒地、败坏名声，他身为未来岳父也完全不管的吗？

要么是王爷对大女儿并不关心，要么就是林家跟王府达成了什么协议。肖楼正皱眉思索，就在这时，突然听见人群里响起一阵喧闹。

原来，林少泊直接从钱袋里掏出了一锭银子，笑眯眯地塞进叶棋手里：“叶姑娘国色天香、才艺出众，留在天香楼实在是可惜，不如本少爷今晚就替你赎身，你跟了我，以后当我的妾，我绝不亏待你，如何？”

叶棋强忍住爆粗口的冲动，迅速往后退了一步：“公子说笑了，民女卖艺不卖身。”

林少泊又从钱袋里拿出两锭银子递给老板：“我想帮叶姑娘赎身，不知道青姨给不给我这个面子？”

老板接过银子，道：“我们天香楼的规矩是卖艺不卖身，公子倒是可以做我们叶姑娘的贵客，让她单独给你弹几首曲子。”

“也好，那就请吧。”林少泊刚要上前一步拉叶棋的手，结果这时，突然有把扇子挡住了他的去路，林少泊疑惑地抬起头，对上了一双漂亮的桃花眼。

那人身材高大，五官俊美非凡，脸上含着浅浅的笑意，可看向他时，却微微眯起眼睛，目光中闪过一丝令人心惊的锐利。

林少泊怔了怔：“这位公子是？”

邵清格笑道：“叶姑娘是我朋友，今晚跟她独处的机会还是留给我吧。”说罢就直接从钱袋里拿出了一锭黄金。

一锭黄金相当于十锭白银，谁更有钱一目了然。老板的眼睛都亮了，立刻朝邵清格笑道：“这位公子怎么称呼？”

“姓邵，我有话想跟叶姑娘说，麻烦青姨安排一下。”

青姨带着邵清格和叶棋上楼，周围响起一阵八卦声，没想到今晚来天香楼，居然能看见两位富家少爷争夺头牌的狗血桥段，而且林少爷还争输了，真是一场好戏！

林少泊被围观，脸色不太好看，干脆装醉转身跑了。叶棋神色复杂地跟着邵清格来到二楼包厢，老板留下一句“好好招待邵公子”便离开了。

叶棋关上门，长长松了一口气，一屁股坐在凳子上，把琵琶往旁边一丢，端起一杯茶就喝了起来——他嗓子有些干，需要润润喉再说话。

邵清格笑眯眯道：“叶姑娘，不给我倒杯茶吗？”

叶棋差点把茶喷了：“你还有心情开玩笑？我要扮演歌姬的角色，在天香楼这个破地方待了两天，根本出不去，我都快急疯了！”

就在这时，青姨突然从门口路过，叶棋触电一般站起来，端起茶壶，一脸笑容地给邵清格倒茶，声音温柔得让人骨头都要酥了：“邵公子，请喝茶，民女要是照顾不周，还请您多包涵。”

邵清格哭笑不得，这小家伙也是个戏精！

等老板走后，叶棋才收起笑容，无奈地坐下来，放轻声音道：“我刚才看见虞队、肖教授和老莫也在台下。为什么我这么惨？直接被塞进了青楼！我真想甩手不干了！”

看他愤怒地几乎要把守关者砍个一百遍的表情，邵清格真是忍俊不禁。

叶棋的表情实在是太生动了，明明打扮得一副淑女模样，穿着鹅黄的纱裙，一张脸清秀可爱，但怒气冲冲要揍人的样子，却像是奶凶的猫在张牙舞爪。

邵清格忍着笑低声安慰：“好了，角色扮演而已，你就委屈几天吧。虞队的意思是，既然把你安排在天香楼，案件说不定和天香楼有关，让你安心探查线索，我们都会暗中保护你。”

叶棋听见这话，这才冷静下来：“嗯，我明白。”

邵清格道：“我是青城富商家的大少爷，来青楼喝花酒，跟你见面不会引人怀疑，这也是他们让我单独过来找你的原因。我会给老板塞足够的钱，把你包下来，以后每天晚上我都来找你，你就不用应付别的客人了。”

叶棋挠头：“这……听着怎么有些奇怪？”

邵清格一本正经道：“不奇怪，设定就是这样。你们天香楼的规矩是谁给的钱多，头牌姑娘就陪谁单独聊天。我不包下你的话，你总不能对着那些陌生男人弹琴唱歌吧？”

叶棋全身汗毛直竖，立刻说道：“好吧，那还不如跟你聊天！”他喝了口茶压压惊，这才好奇地问道，“其他人都是什么身份啊？”

邵清格道：“虞寒江是新任江州知府，肖楼是他的义弟，老莫是师爷，龙森是王府护院。曲老师和刘桥我们还没找到。虞队让我问一下你，曲老师是不是也在天香楼？”

叶棋立刻摇头：“她不在。我一开始发现自己成了歌姬后，也想过曲老师会不会是舞姬，去练舞的地方找了好几次，没看见她，而且我找老板套过话，整个天香楼都没有姓曲的姑娘。”

邵清格皱了皱眉：“看来我们得继续找她。虞寒江是知府大人，不适合跟你直接见面，以后我会负责传话。我们推测，案件应该会在王府发生。”

叶棋怔了怔，突然道：“王府？十五那天王爷过生日，我们排练了一个节目去王府演出。”

邵清格用折扇敲了敲手心：“这就对了，我们所有人都因为不同的理由去王府，十五那天应该是关键的日期，你提前做好准备。”

叶棋认真地点头：“明白。”

邵清格接着道：“另外，一个人在这边注意安全，瞬移卡可以用吗？”

叶棋道：“可以，所有乐器控制卡都被禁了，窃听卡也不能用，我卡包里现在只有瞬移卡能用。我假装会轻功，出事之后逃命还是没问题的。”

邵清格这才放下心。他想了想，道：“这样，我抽到的那张有钱任性可以复制卡牌，这个世界所有攻击类、控制类卡牌都被禁了，你的瞬移卡当成轻功用的话会很方便，我来复制一张，到时候交给虞队，由他安排。”

叶棋肉疼道：“复制一张卡要扣 500 万金币啊……”

邵清格无奈地揉了揉额角：“没办法，我抽的卡，就是这么败家。”

叶棋郁闷：“你刚才为了跟我见面，还给老板塞了一锭金子吧？”

邵清格笑道：“不怕，这次来江州，我抬了好几箱金子。”

叶棋：行吧，金主走到哪里都是金主。

虞寒江和肖楼一起回到家中，简单洗漱后两人便各自睡了。

很快，肖楼和虞寒江的梦里再次出现了零碎的剧情片段——

4 年前，虞寒江高中状元，回到江州。他凭记忆去到了江州城外的山谷找肖楼。他看见一个小药童正在晒草药，于是问：“肖公子住这里吗？”

那药童抬起头，表情淡漠：“他去山上采药了。”

虞寒江转身去山里找，很快就看见了背着药篓正在采药的肖楼。

他陪着肖楼采完药，回去的途中两人停在溪边洗漱，虞寒江看着肖楼，说道："肖公子，上次若不是有你搭救，我恐怕早已命丧黄泉。这次来是专程道谢的，另外也希望你能随我一同上京。"

肖楼收起笑容，认真地说："虞公子，谢意我收下了，上京之事就不必了。"

虞寒江愣住："肖公子这是有所顾虑？"

肖楼缓缓说道："家父是仵作，当年协助刑部侦破无数案件，包括10年前轰动一时的京都连环谋杀案，但抓捕凶犯时只抓住一个从犯，主犯逃逸多年。这个人极擅长用毒，家父在5年前被他毒害，为了避免我们肖家的后代被报复，我跟随母亲才来到江州隐居，其实就是为了避难，救下你不过举手之劳，虞公子不必太过介怀。"

看着对方脸上认真的神色，虞寒江良久都说不出话来。

肖楼微笑着道："即使不上京，我依然可以跟虞公子结为挚交好友。"

后来，来寻仇的人知道肖仵作有个儿子，为了保护肖楼，虞寒江还是和肖楼结拜，以义弟的身份带他回了京城，让追杀肖家后代的那些人扑了个空。

肖楼母亲去世前，将肖楼父亲担任仵作期间的秘密笔记全部传给了肖楼，而她自己钻研的毒理学则传给了她的徒弟刘桥，江州城外的药庐也交给刘桥来打理。

……

外面响起"咚咚咚"的声音，是更夫在敲锣报时，已经三更天了。虞寒江猛地坐起身来，惊出了一身冷汗。

这个梦让他们从相识以来的剧情全部串联起来，整个过程也变得完整。

由于父亲是仵作，破获了大量悬案，得罪的人太多，肖楼跟随母亲到江州避难，其间意外救下虞寒江。在母亲的应允下，肖楼跟随虞寒江来到虞家，从此再也没人找他的麻烦。

理清设定后，虞寒江打开绝对领域这张卡，进入九哥的空间。

肖楼半夜醒来，想找虞寒江却发现他不在房中，担心之下出门来找，结果发现他居然不见了，他心急如焚，又不好声张。

虞寒江很快回来，看见肖楼后便走了过去，将自己的披风递给肖楼，道："你怎么起来了？江州现在是秋天，夜里这么冷，出门也不多穿点衣服？"

见到他后，肖楼才松了一口气，脸色也缓和了不少："我半夜被噩梦惊醒，出来找你，结果找不到你，还以为你出了什么事……"

虞寒江说："我没事。我去找九哥聊了聊。"

绝对领域这张卡的好处是不限密室，只要虞寒江进入，陆九川就可以感应到他，兄弟两人随时都可以跨越密室见面。

肖楼问：“九哥说什么了吗？”

虞寒江道：“他说，他们那次密室是宫廷剧本，涉及太子篡位，剧情也很复杂。但没什么参考价值，跟我们完全不在一个世界。”

肖楼道：“看来我们只能靠自己。对了，我有些话想跟你说。”

虞寒江了然点头。

下一刻，肖楼就召唤出秦观，跟他连接了心有灵犀。两人坐在树下，假装赏月，精神世界再次连通。

肖楼的声音在虞寒江脑海中响起：“我刚才梦见了很多往事，把整个设定都搞清楚了。我梦见了刘桥，她是我母亲收的徒弟，当初跟在母亲的身边当药童，现在是江州城外药庐的主人。老莫只找了城内的医馆，原来刘桥待在城外。四小姐经常去城外学习医术，刘桥那边应该会有很多关于四小姐的线索。”

肖楼顿了顿，又说：“另外，我梦见了10年前父亲在刑部破获的那起连环谋杀案。京都在一个月内连续死了8个人，一开始仵作验尸的结果都是上吊自杀，刑部也是以自杀案来结案，后来父亲从所有人的饮食中检测出一种无色无味的药粉，发现那是种剧毒，这才定性为谋杀。在父亲的帮助下，凶手留下的很多证据都被找了出来，刑部顺藤摸瓜抓到了罪犯，只可惜收网时，主犯逃掉了。”

这是独属于肖楼的记忆，虞寒江当然没有梦见。此时听肖楼一说，他不由得微微皱眉：“你的记忆这么详细，难道这次在江州的案件，会和当年京都的谋杀案有关？”

“我也这么想，不然，这段记忆没必要回放得那么清楚。”

就在这时，屋顶突然有个黑影飞过，虞寒江豁然起身，厉声喝道：“什么人？！”

一个黑影如风一般飞到虞寒江面前，“噌”的一声，手中的利剑瞬间探出，剑尖闪着刺眼的寒光，直袭虞寒江的面门！

虞寒江将肖楼往身后一推，脚下迅速后退几步。

幸亏他在现实中练过格斗术，并且实战经验丰富，遭遇袭击时的反应极快，身体似乎形成了条件反射，顺手折了一根树枝就跟对方缠斗在一起。

这位刺客武艺高强，手里的那把长剑锋利无比，树枝被他削成了好几段。

但虞寒江躲闪得极为灵活，丝毫不落下风。

转眼间，两人已经打了几十个回合，肖楼看着这一幕，手心里全是冷汗。

好几次，那锋利的剑尖就擦着虞寒江的脖子过去，距离颈部血管只有几厘米的距离，都被虞寒江惊险地躲掉了。

肖楼的攻击类、控制类卡牌全被禁用，帮不上忙，心急如焚。

那刺客发现虞寒江是个硬骨头，打了半天也占不到便宜，于是心生一计，假装朝虞寒江刺去，却在中途忽然剑锋一转，直刺肖楼的咽喉。

肖楼也没料到这个刺客突然换了方向来攻击他。

虞寒江瞳孔一缩，毫不犹豫地伸出手将肖楼往怀里一带，身体猛地一转，用后背挡住了对方的攻势，那锋利的长剑“哧”的一声划破虞寒江的衣衫，在他背上留下了一条鲜明的血痕！

肖楼听见利剑划破布帛的声音，急忙问道：“你受伤了吗？”

虞寒江忍耐着脊背上传来的剧痛，站稳身体，低声说：“没事……”

那刺客冷笑一声：“中了我的断魂散，你活不过一天。”他留下这话便纵身一跃，飞上屋顶。

刺客刚要逃跑，突然有几个人从外面飞进来，一群蒙面黑衣人迅速拔出利剑，将那刺客团团包围起来。刺客双拳难敌四手，很快就被一张网给逮住。

黑衣人抓着刺客从屋顶飞身而下，跪在虞寒江面前道：“属下来迟，让大人受惊了！”

一群人都用黑纱蒙着面，虞寒江皱了皱眉：“你们是？”

为首的男人压低声音，抱拳道：“属下龙森，是陛下安排在江州保护您的影卫。”

男人摘下面纱，露出一张熟悉的脸——正是龙森。他手里还拿了枚画着羽毛图案的令牌。虞寒江松了一口气，拿出令牌跟他核对了一下，假装互不认识。

虞寒江目光扫向被俘的刺客：“是谁派你来的？”

那刺客冷笑道：“谁派我来的不重要，重要的是你的死期就要到了，怪只怪你来了江州！”话音刚落，他就突然咬破牙齿里的毒素，服毒自尽。

虞寒江扒开他的衣服一看，并没有看见猎杀者联盟的标记，不是猎杀者。

这应该是红桃密室的剧情人物，专门来刺杀新任江州知府。虞寒江深吸一口气，看向周围的黑衣人说：“你们先下去吧，龙影卫，你跟我来。”

他带着肖楼、龙森进屋，反手关上门。

龙森见外面没人，这才说道：“对不起，我们本该早一点过来，但路上遇到了刺客的伏击，这些刺客神出鬼没，而且各个武艺高强，很难对付。”

虞寒江疑惑道：“你不是在王府当护卫吗？”

龙森道：“我还有一个身份是江州影卫的统领，在王府是为了监视王爷的动向。两天前我收到一封密函，是陛下送过来的，说虞大人即将来江州上任，可能会有人派刺客来行刺你，陛下让我调动影卫，尽全力保护您的安全。”

虞寒江了然："原来如此，陛下也跟我提过这件事。"

肖楼担心地看着虞寒江："你没事吧？快让我看看你后背。"虞寒江皱眉："没事，皮肉伤。"

肖楼没理会他的解释，干脆把他按在凳子上坐下，转身来到他背后。只见男人背后的白色衣服已经被鲜血染成了一片血红！

肖楼掀开他的衣服，一条长 40 厘米的伤口斜穿过虞寒江的后背，那伤口皮肉外翻，鲜血还在不断地往外冒，显然，刚才那刺客的剑太过锋利，都削到了肌肉层，差点削断肋骨。如此深的伤口，居然说没事？

龙森看着肖楼难看的表情，也吓了一跳，惭愧地道："都怪我没能早点赶过来……"

肖楼低声说："也不怪你，这是我们必须经历的剧情，刺客的这把剑上有毒。"他见虞寒江的伤口已经渐渐发黑，立刻深吸一口气让自己冷静下来，拿来干净的白布，顺便从自己的药箱里找出几瓶药粉，洒在虞寒江的伤口处，暂时止住血。

这么深的伤口，古代又没有麻药，虞队一定很疼，但他坐在这里一动都没动。

肖楼尽量放轻动作，轻轻将药粉在伤口周围涂匀，再用消过毒的白布擦干净周围的血迹。

虞寒江神色坦然，握紧了拳头忍耐着身后的剧痛。他受伤的次数多了去了，比这更严重的都有。既然这是密室必定要经历的剧情，要么肖楼受伤，要么他受伤。

背后狰狞的伤口看着很吓人，肖楼的手微微发颤，但很快就冷静了下来，迅速帮虞寒江处理伤口，用白布做好包扎。

龙森在旁边急得像是热锅上的蚂蚁，他忍不住道："剑上有毒，伤口都发黑了！王爷寿宴还有两天，那个刺客好像说虞队活不过一天，我们是不是得想办法解毒啊？"

肖楼平静地说："找刘桥。"龙森一愣："刘桥？"

肖楼道："刘桥就在江州城外的药庐里，我母亲去世之前将一本毒理医书传给了她，解毒这方面她应该很擅长。"

虞寒江被毒素影响，神智已经有些不太清楚，额头全是冷汗。

刺客连夜袭击他们就是为了让他们缺席王爷的生日宴，江州这个地方形势复杂，显然有人不希望虞寒江担任江州知府，更不希望虞寒江卷入即将发生的案件。

肖楼一直很冷静，第一时间就想到这个剧情是逼着他们出城找刘桥，虞寒江看着肖楼，认真叮嘱：“你要小心，药庐那边说不定有一批人在埋伏，等着对付你。”

肖楼神色严肃：“我知道。”

即便知道城外危机重重，他也必须去。按照剧情的设定，目前只有刘桥能解毒。况且，虞寒江身中剧毒，如此痛苦，他怎么能让虞队受这种罪？如果不是虞寒江挡过来，刚才受伤的应该是他。

“谢谢”这种话不用多说，虞队对他的好他会铭记于心。

肖楼深吸一口气，看向龙森，冷静地说：“走吧，备两匹快马，连夜出城！”

龙森刚才就是和影卫们骑着马赶来的，听到肖楼的话，他急忙转身去门外牵了两匹快马过来。

从虞寒江额头不断渗出的冷汗就可以看出，他此时正在忍耐着极为强烈的痛楚。肖楼拿起白布帮他擦干额头的汗，问道：“是不是很疼？能忍受吗？”

虞寒江深吸一口气，低声说：“没事，走吧。”

他伤口毒发，连站稳都有些困难，肖楼急忙伸手扶住他。

虞队如今身受重伤，如果这时候遭遇袭击，大量卡牌被禁，他们岂不是要束手就擒？

想到这里，肖楼突然心生一计。

在古代世界，电器类的现代化卡牌都被禁用，但他卡包里还有几张卡是可以用的，比如李清照的技能 2“云中谁寄锦书来”是飞鸽传书，古人也会飞鸽传书，大概是这个原因卡牌才没被禁。肖楼立刻召唤出李清照，顺手拿起桌上的纸用毛笔写下了一行字——“老韩遇袭，召集大家速到江州城北药庐会合，云霄留”。

此外，他还将秦观这张牌也一起绑在了鸽子身上。

他将鸽子从窗户放出去，指定目标——邵清格。

李清照的飞鸽传书有个特点，只要锁定目标，不管目标在哪儿，这鸽子都可以将信函送到，而且还会有“信息送达”的提示，哪怕对方在睡觉也会被吵醒。

他发消息给邵总，邵总就可以去天香楼找叶棋，他也知道老莫的住处，让邵清格把这两个人叫过来，一旦遇到危险，至少帮得上忙。

安排好这一切后，肖楼才扶着虞寒江走出院子。

龙森已经准备好了快马，两人一起将虞寒江扶上马。为免他掉下去，肖楼紧跟着上马坐在虞寒江的背后，将他稳稳控制住，再牵住缰绳。

他勒紧缰绳，轻呵一声："驾！"

黑色的骏马听到号令，立刻撒腿狂奔。

深夜的街道上，马蹄踏过石板路发出清晰的"嗒嗒"声响。

肖楼和龙森骑着马，以最快的速度朝江州城外赶去。

剧痛和高烧让虞寒江的意识越来越模糊，没过多久就直接晕了过去。肖楼察觉到虞寒江陷入昏迷，脸色一变，立刻让身下的骏马加快了速度。

两匹马如风驰电掣，转眼间就离开了江州城，沿着城外弯弯曲曲的小路朝山谷前进。

肖楼凭着记忆找到了药庐。

此时已是五更天，整个药庐非常安静，几间茅草屋一片漆黑，显然主人还在沉睡。

肖楼扶着虞寒江下了马，让龙森去敲门。龙森心急如焚，几乎要把木门给拍烂："小刘，小刘你在吗？快开门！"

男人焦急的声音在山谷里回荡，惊飞了树上的小鸟。

屋里很快亮起烛光，片刻后，一个身穿墨绿长衫的少女开门出来，脸上透着冷漠——果然是刘桥。看见龙森后，她有些意外地睁大眼睛："龙哥？这是怎么回事？"

紧跟着，一身女装的肖楼扶着虞寒江走了过来。

在剧情设定里，刘桥是肖楼母亲收养的药童，虞寒江和肖楼相识的过程她一清二楚，看见肖楼，她冷静地道："快进来。"

众人一起扶着虞寒江进屋，刘桥反手关上门，轻声问道："虞大人这是受伤了吗？"

肖楼将虞寒江扶到床边让他斜靠在床头，看向刘桥说："刚才有人来知府行刺，剑上涂了毒，刺客说他中的是断魂散，你听过这种毒吗？"

"断魂散？"刘桥立刻走过来道，"让我看看伤口。"

肖楼让虞寒江趴在床上，掀起他的衣服，解开包扎的白布。只见虞寒江的后背长达 40 厘米的伤口已经开始溃烂、化脓，周围的大片皮肤都变成了青黑色。

龙森嘴里咒骂了一句："这毒也太可怕了吧！小刘你能不能解啊？"

刘桥从怀里拿出一本医书："师父留给我的书上确实提到过断魂散，解药我可以配。"

肖楼问道："药材你这里齐全吗？缺什么我去买。"

刘桥道："放心，药庐里各种稀有的药材都很齐全。稍等一下，我这就去配药。"

她转身去隔壁药房，拿起一杆秤，手脚麻利地按照书上的记载抓药。

肖楼总算松了一口气，心想，还好小刘关键时刻没掉链子。这女生在现实中也是学中医的，聪明伶俐，而且遇事冷静，当初在黑桃 4 拉她入队果然是正确的决定。

刘桥按照药方迅速配好药，用药罐文火熬制了。她将药渣倒掉，把汤药晾凉了，用一个大碗端过来：“这是外敷的药，需要在伤口上均匀涂抹。内服的我再去炼制。”

肖楼点头：“好，交给我吧。”

他从刘桥手里端过药碗，取了个干净的刷子轻轻蘸上药水，在虞寒江后背的伤口上小心翼翼地涂上去。伤口消毒这是医学生的基本功，可肖楼发现自己的手在控制不住地发抖，那伤口实在是太过可怕，皮肉外翻，几乎能看到肋骨。

肖楼深吸一口气，稳住自己的手指，一点一点地帮虞寒江擦药。

龙森帮不上忙，只好站在旁边看，他发现肖教授的额头出了一层冷汗，表情无比严肃。

平时总是温和、爱笑的人，此时却面色苍白，脸色难看得像是要杀人。龙森不敢打扰他，干脆转身去帮刘桥。

不久之后，刘桥炼制好了内服的药，肖楼把刘桥拿来的药丸弄碎了喂虞寒江吃下。

虞寒江依旧没反应，肖楼担心地问：“他什么时候能醒？”

刘桥道：“过一个时辰应该就可以了。”

就在这时，外面突然响起“嗖”的羽箭破空的声音，一支箭射穿了窗棂，直直射到屋内的柱子上。肖楼脸色一变：“应该是冲我们来的刺客。”

第一支箭射过来没过多久，数不清的箭就如暴雨一般将整个药庐团团包围！

噼里啪啦的箭雨射进屋内，刘桥眼明手快地拉过一个屏风挡在大家面前：“小心！”

“唰唰”几声，几只淬了毒的箭镞全部射在了屏风上。

肖楼紧张地攥住了手心。

虞寒江躺在床上，他们团队战力最强的人此时正昏迷不醒，如果他们不能在这次刺杀中存活下来，又怎么面对后面更难的黑桃生存密室？

武力受限，那就只能智取。

肖楼迅速冷静下来，尝试着用心有灵犀沟通邵清格：“邵总，能听见我说话吗？”

脑海里响起熟悉的声音："可以，我收到你的飞鸽传书，叫了小叶和老莫正在往药庐的方向赶过去，发生什么事了？"

肖楼简单解释："虞队中毒，我们找刘桥帮忙解毒，结果有一批刺客寻上门来。"

邵清格意识到事态的严重性，立刻说道："小叶的瞬移卡还可以用，我们3个赶路很快，已经到了你说的山谷。我看见那边有很多黑衣人，正在朝茅草屋射箭……你们该不会就在屋里吧？"

肖楼苦笑："没错，我们被包围了。"

邵清格沉默片刻："怎么办？老莫和叶棋的控制卡全被禁用了。"

肖楼仔细思考片刻——目前位移类的卡牌可以用，包括龙森的跳远健将、叶棋的瞬移卡、刘桥的身轻如燕。隐身斗篷、变色龙也能用，但是，隐身、变色只是改变视觉上的效果，并不是凭空消失，外面是密密麻麻的箭雨，隐身出去照样有可能被射成刺猬。

他的目光扫过地上被利箭射穿的药罐，突然双眼一亮："用毒。"

刘桥反应过来："没错。我这里有很多剧毒的药粉，只要我能出去，就可以解决他们。"

"我们里应外合。"肖楼用心有灵犀朝邵清格道，"让小叶和老莫抬着木板，用瞬移卡飞过来，吸引那些人的视线。我们这边，需要让刘桥从箭雨中出去，给那些人放毒。"

邵清格将肖楼的指令告诉老莫，莫学民道："我的木板长5米、宽2米，我们3个抬着木板走路，完全可以把木板当成盾牌来用……肖教授这一招妙啊！"

叶棋道："邵总不是复制了一张瞬移卡吗？我们3个分开用，一起行动不好操作。"

邵清格点头："老莫用瞬移卡去接应刘桥，我们俩作掩护。"

他同时将这信息传递给肖楼，得到肖楼的肯定："倒数3秒，行动！"众人心中同时默数了3秒。

那些黑衣人大概是忌惮茅草屋有陷阱，一直不敢进入，只在外面疯狂放箭。

四面八方的箭雨已经将茅草屋给射成了刺猬。黑衣人甚至开始点火，想把茅草屋一把火给烧成灰烬。

屋内的肖楼4人迫不得已，将床板翻过来躲在床底下。

就在这时，叶棋和邵清格突然抬着一面墙大小的木板，从人群里瞬移了过去！

正在射箭的黑衣人都愣了愣。

在他们看来，那木板浮空移动，快如闪电，就像是被看不见的鬼怪抬着走。

为首的刀疤脸眉头一皱："放火！"

叶棋迅速把木板抬到门口挡住箭雨，老莫的实木板虽然宽大，但对方居然在箭尖上点了火，眼看木板快要被烧着，叶棋心惊胆战，急忙朝屋内叫："我掩护，快出来！"

下一刻，叶棋只觉得耳边一阵风掠过，留下淡淡的药香。是隐身斗篷的效果。

刘桥穿着隐身斗篷，利用身轻如燕卡从树梢上掠过，绕到那些人的身后——

她灵活地在树梢上跳跃，双手快速洒毒。只见铺天盖地的绿色毒雾迅速在四周弥漫开来，转眼间，一群人全部丢掉武器，不出几分钟就被毒得昏迷过去！

刘桥数了数，有 20 人。她飞身回到屋内，朝肖楼说："全晕了，看上去不像来找你寻仇的。我记得师父生前说过，你父亲得罪的仇家是用毒高手。"

肖楼点头："是冲着虞队来的，有一批人想暗杀他。"

叶棋一张脸吓得惨白，忍不住吐槽："这是红桃密室还是黑桃密室？还能不能好好破案了？！让我扮青楼头牌，还派一群杀手来暗杀我们？"

刘桥和龙森齐齐扭头看他："这位是？"

叶棋瞪大眼睛："我啊！"

邵清格轻笑着说："是我们天香楼的叶姑娘。"

他一身鹅黄的纱裙，打扮得十分淑女，光线又太暗，两人差点没认出来。叶棋这青楼歌姬的艳丽画风实在是辣眼睛，众人都同情地看着他，叶棋怒道："看什么看，穿女装怎么了？我也不想啊！"

刘桥神色淡漠："哦。"

龙森忍着笑扭过头："咳，房子要被烧了，我们赶紧把肖教授和虞队接出来。"

茅草屋已经起火，熊熊烈火照亮了漆黑的夜，屋内烟雾弥漫。

肖楼捂住口鼻，在队友们的帮助下扶着虞寒江走出来，身后的茅草屋轰然倒塌，见大家都没受伤，肖楼才松了一口气，道："那边有山洞，我们去那边好好聊聊接下来的计划。"

七人在山洞会合后，肖楼将昏迷的虞寒江放在旁边，仔细给他盖上外套，这才转身，把父亲破获的京都谋杀案给大家讲了一遍。

众人都皱着眉陷入了沉思。

目前的线索十分凌乱，就像是散落的糖葫芦，如果没有一根竹签将它们给串起来，大家也没法判断整个江州将会发生什么事。而且，有些线索还可能是干扰项。

肖楼将队友们所说的话全部记下来，他看向刘桥：“这批刺客，我想也审不出什么来，任务失败就直接自尽，比猎杀者联盟还要死忠。”

刘桥道：“我刚才查了，他们身上都没有猎杀者联盟的图腾标记，应该不是猎杀者，而是红桃 8 密室的剧情角色，派来行刺江州知府的。”

邵清格挑眉：“一群死士，拼了命刺杀虞大人，该不是跟虞大人有仇吧？”

肖楼摇头：“据我的了解，虞大人小时候给陛下当过伴读，10 岁那年跟随祖父回到江州，一直在家学习，18 岁进京赶考，高中状元，仕途一帆风顺，虽然朝廷有很多人嫉妒他，但他并没有得罪过什么人，也没有要跟他拼命的仇家。”

老莫道：“看来，这些人刺杀他，并不是因为他是虞寒江，而是因为他‘江州知府’这个敏感的身份？”

肖楼赞同：“虞大人为官清廉、刚正不阿，如果江州有一些老鼠背着皇帝干了坏事，当然不希望他上任之后把他们给揪出来。”

叶棋突然插话道：“该不会是王爷干的吧？怕虞大人查出来，所以提前灭口？”

龙森道：“陛下让我一直暗中监视八王爷的动向，我也觉得王爷有些可疑。”

就在这时，大家突然听见身后传来一阵咳嗽声。肖楼转身发现虞寒江醒了，他快步走过去扶住虞寒江，轻声问：“你醒了，好点没有？”

虞寒江坐直了身体，声音沙哑：“好多了，至少头不会晕。”他目光扫过众人，颇为惊讶，“怎么大家都在？”

肖楼低声解释：“我担心给你解毒的过程中会遭遇偷袭，所以用飞鸽传书把他们都叫了过来。陛下给你安排的影卫我还是不太放心。”

虞寒江点头：“谨慎一些总没错。”他咬着牙站了起来，走到大家面前，发现人手一张王府关系图，了然道，“在分析线索？”

叶棋积极地说：“是啊，肖教授召集大家总结线索，目前还是没有头绪。”

虞寒江说：“没头绪很正常，别忘了，曲婉月还没出现。”

龙森一直很想问曲婉月在哪里，可刚才形势危急，虞队都快没命了，他问这个问题就显得不合时宜，后来又被包围，忙着逃命，此时虞寒江主动提起，他立刻担心地道：“婉月怎么不在？你们有谁见过她吗？”

肖楼说：“我们都没见到她。我猜她可能不在江州，要在王爷生日那天才会赶过来。”

刘桥分析道：“曲老师既然是我们的一员，肯定也分配到了重要角色，她单独一个人，应该不会遭到袭击，可能是有另外的任务。”

龙森点头："希望她不会有事。"

肖楼看着他，安慰道："放心，曲老师的变色龙卡和跳远健将卡和你一样，也可以用，即便是遇到了麻烦，逃命应该没什么问题。"

龙森听肖教授这么一说，这才安下心来。

虞寒江咳嗽了几声，道："时间不早了，你们都回去吧，免得天亮之后引人怀疑。"他看向龙森和叶棋，"龙森，你继续回到王府，关注王府的动向。叶棋，你在天香楼应该会获得线索，注意观察来往的富家子弟，不要太在意'青楼头牌'这个身份。"

虞队一本正经地说"青楼头牌"，众人纷纷扭过头忍笑。

叶棋面红耳赤地说："我知道。"

老莫还是不太放心："我们都走了，万一虞队再遭遇袭击怎么办？"

虞寒江说："我跟肖楼在山洞里躲一天，这个地方非常隐蔽，不会有人发现。"

众人对视一眼，只好同意了虞队的安排。

眼看天快要亮了，叶棋如果凭空失踪确实不好交代，邵清格带着他和老莫先回去。龙森回了王府，刘桥去收拾被烧焦的药庐，山洞里就剩虞寒江和肖楼两人。

虞寒江的脸色好转了许多，肖楼解开他的衣服，查看他背上的伤口。伤口开始结痂，虽然看上去依旧狰狞，可周围的青黑色已经褪去，毒素显然被清除干净了，剩下的皮肉伤只能慢慢愈合。

肖楼帮他重新包扎，处理好伤口时，刘桥也回来了，给虞寒江又塞了一颗药丸。

虞寒江原本计划今天去王府，把陛下交给他的密函带给王爷，可昨晚深夜突然遭遇袭击，他的伤还没好，这计划只能搁置。他从怀里拿出密函，想打开看，结果密室提示——

圣上密函，私自拆开，死罪。

肖楼和刘桥面面相觑。

虞寒江只好把密函收回去："打不开，看来只能交给王爷。"

一天时间很快过去，有刘桥这位精通毒理的传人，加上肖楼的悉心照顾，虞寒江体内的毒素已经彻底清除，精神也好转了许多。

凌晨，虞寒江和肖楼一起回府上换了身衣服。

今天就是八王爷的生日，每年他的生日都会有很多人跑来为他祝寿，哪怕他年纪并不大，但攀关系、拍马屁的官员和富商们依旧络绎不绝。

邵清格抬着一大箱贺礼前往王府。虞寒江换上干净整齐的官服，携夫人肖楼、师爷莫学民进入王府。叶棋作为天香楼头牌，要在王府表演节目。刘桥则受了四小姐的邀请，去王府做客。

龙森换上护卫的装束在门口迎接，他看着队友们一个个进入王府，唯独曲婉月依旧没出现。龙森正心急如焚，结果下一刻，就见两个男子朝王府走来。

走在前面的是一位容貌明艳的少年，看上去不到二十岁，皮肤吹弹可破，这少年唇红齿白的，一看就是女孩子扮的。

跟在他身后的是一位二十多岁的青年，一张脸白皙清俊，长发利落地束在脑后，手里拿着一把折扇，看上去风度翩翩、潇洒非凡。

这不就是跟他在一起 4 年才修成正果、还去民政局领过证的曲婉月吗？

老婆，你怎么变成男的了？

曲婉月也认出了他，挑了挑眉，给了他一个“不要声张”的眼神。

龙森求生欲爆表，立刻假装不认识。作为王府护院，应该拦住陌生人，但他还没拦，他旁边的那位就积极地走上前去：“什么人？竟敢擅闯王府？！”

那少年笑道：“本……少爷有拜帖！”他从口袋里掏出一张帖子，果然是王爷寿宴的邀请帖，守门的护院立刻放行。

龙森眼睁睁地看着一身长衫的“曲公子”从自己的面前经过，他满脑子都是问号，很想知道这是什么情况，结果手心里突然多了个纸团，是曲婉月塞的。

龙森等四下无人，偷偷转身，展开一看。

只见纸团上用端正的毛笔字写了 3 个字——九公主。

原来，曲婉月一直陪在任性的九公主身边，今天才赶到江州。

虞寒江、肖楼和莫学民进入王府后，让下人通报八王爷，说江州知府虞寒江到访。

王府负责接待的管家听说他是新来的知府大人，立刻恭恭敬敬地将 3 人带到偏厅安顿下来，倒了茶，这才转身去给王爷报信。

片刻后，一个中年男人大步流星地走进偏厅。

3 人第一次见到传说中的八王爷，只见他身材高大健硕，一身锦衣玉袍，衬托得他眉目越发俊朗。

虞寒江 3 人立刻躬身行礼：“见过王爷。”

王爷笑道：“不用多礼。”他看向虞寒江，目光中满含赞赏，“这位就是虞大人吧？陛下时常在书信中提起你，本王也听说过一些关于你的风云事迹，18 岁高中状元，不到几年就升为江州知府，虞大人可真是年轻有为啊！”

“王爷过誉了。”虞寒江把肖楼和莫学民带到面前，向王爷介绍道，“这位是义弟肖楼，这位是知府的莫师爷，微臣带他们一道前来，恭贺王爷生辰。”

他说罢，就将准备好的贺礼送给了王爷。贺礼是从京都带过来的名家字画，他作为一个清官，也不好买太贵重的东西，听说王爷喜欢字画，便把家里收藏的字拿来了一幅。

王爷让随从收下礼物，笑道：“虞大人真是太客气了，你一路舟车劳顿，本王本应该设宴款待你们才是，可惜这几天王府内务繁忙，本王也很难抽身。过几日，一定请大人再来府上坐坐。”

八王爷一点皇室架子都没有，笑容看上去也很和善。

这笑容让虞寒江不由想起京都那位坐在龙椅上的皇帝，也是笑眯眯的，看不出喜怒。果然，能在皇室斗争中活下来的，个个都是人精。

虞寒江压低声音说起了正事：“王爷，陛下还有几句话托微臣转告。”

八王爷会意，说道：“虞大人，请跟本王到书房一叙。至于肖公子和师爷……”他扭头看向身边的侍女，“彩月，你带肖公子和师爷去花园里逛逛，好好招待两位贵客。”

彩月应了一声，带着肖楼和莫学民转身离开。

虞寒江跟着王爷来到书房，从怀里拿出密封的信件，恭敬地双手递给他：“这封密函，是陛下托微臣转交给王爷的。”

“哦？密函？”八王爷立刻从虞寒江手中接过信件，拆开密函后，他的眉头微微皱了皱，也不知密函中提到了什么事，王爷的神色变得有些严肃。

迅速看完信件，他才收起密函，微微一笑：“辛苦虞大人了。本王已经有整整 4 年未曾回京，也该回京都看看了。”

接下来，王爷又客气地询问了一些皇帝的情况，表达自己身为皇叔的关爱。也不知是真的关心，还是做给虞寒江看的。对于朝堂政务，还有朝廷的一些重要决策，他倒是只字未提。

与此同时，肖楼和莫学民正跟着丫鬟在王府赏花。

镇江王府的面积大得惊人，整座王府环境清幽，亭台楼阁、绿树成荫，花坛的摆放错落有致，园林规划得极为讲究，其间还隐藏着一些风水布局，显然都是经过专门的设计。

莫学民就是学设计的，看到这院子也忍不住在肖楼耳边道：“这园子的规划设计非常合理，应该是耗费巨资筹建的，都快比得上我们市的人民公园了。”

肖楼也觉得走在院子里，处处都是景致，让人心旷神怡。

院子中间有一片巨大的荷花池，此时正是初秋时节，池塘里开满荷花，走在池塘边的鹅卵石小道上还能闻见荷花的清香。荷花池边正好有石桌石凳，肖楼和莫学民干脆坐下来赏花，侍女体贴地给他们端来了几盘洗好的水果。

就在这时，一个脸上蒙着白纱的清瘦女子从荷塘旁边路过，她的身旁跟着的正是扎着利落马尾辫的刘桥，刘桥的手里还拿着一个药篓。

肖楼和刘桥对视一眼，心照不宣——看来刘桥身边的这位就是四小姐齐亦薇了。

身为王府的千金，她的穿着打扮却极为素雅，一身白色的衣裙，上面只有简单的银色暗纹点缀。头发上也没有华丽的珠钗，只插着一根木簪。

白纱遮住她的大半边脸，只露出眼睛和眉毛。她朝肖楼的方向看了一眼，那双眼清澈灵动，配上弯弯的柳叶眉，颇有种清丽秀美的气质，明明是个小美女，不知她为什么要一直用面纱遮脸。

刘桥跟着四小姐快步远去。

既然四小姐那边有刘桥，就不用担心线索遗漏，肖楼对刘桥非常放心。

王府太大了，需要先摸清地形。肖楼心生一计，突然说道："我想如厕，劳烦彩月姑娘给我指路。"

"好的，公子这边请。"那丫鬟立刻带着肖楼来到后院。

王府的厕所修建在很隐蔽的地方，丫鬟不可能跟着肖楼进去，指了路后就在外面等，肖楼在拐角处用了隐身斗篷，穿上加速鞋，利用这点时间在王府里迅速地转了一圈。

镇江王府实在是太大了，他时间有限，只摸清了后院。

后院东、西、南、北方向各有一个院落，名字都取得十分文艺，是夫人和小姐们的住处。最僻静的角落里有一处很小的佛堂，肖楼看见一个容貌端庄的女孩儿正在佛堂里敲着木鱼念经——这位显然是王府的大小姐齐亦瑶。

传言中的大小姐清心寡欲，爱读佛经，平时闲了就一个人去佛堂抄经书、念佛经。肖楼发现这姑娘闭着眼睛，脸上的表情极为平静，仿佛世间的一切都与她无关。她跟林家大少爷有婚约，林大少在外面拈花惹草，天天混迹于青楼，也不知她是养在深闺里根本没有听说，还是对那位未婚夫毫不关心、毫不在乎。

肖楼的心中十分疑惑。这位大小姐才 20 岁，女子风华正茂的年纪，她居然天天躲在佛堂里念佛经，太奇怪了。

就在这时，突然有个衣着华丽的美妇走过来，道："阿瑶，今天是你父王的生辰，你怎么还在这里念经？快回去换身衣服，好好打扮打扮。"

齐亦瑶敲木鱼的手微微一顿，淡淡地说道：“父王的生辰，每年都有那么多宾客，够热闹的，我参不参加都不重要。”

妇人听到后脸色一变：“这叫什么话？你是王府的长女，哪有不去参加王爷寿宴的道理？你的 3 个妹妹都会出席今晚的宴会，林家少爷也会过来，听娘的话，去好好换身衣服，别让妹妹们比下去了。”

说罢，她就抓住女儿的手腕，强行把女儿拖走。

齐亦瑶面无表情地跟着母亲离开。

不远处，四小姐和刘桥一起路过佛堂，同样目睹了这一幕。

刘桥疑惑地道：“大小姐不喜欢热闹吗？”

四小姐柔和的声音传过来：“嗯，姐姐从小身体不好，生了一场重病，差点夭折，父王当时去江州城外的庙里求了个护身符，托师太把她养到 10 岁才接回家。她小时候是在庙里长大的，回到王府后也求父王修了个佛堂，平时闲了就去佛堂抄写经书，跟我们几个也不怎么说话。”

刘桥有些好奇：“那她怎么跟林家大少订下了婚约？”

四小姐摇了摇头：“父母之命，我们为人子女，也只能遵从。”

肖楼担心自己失踪被发现，迅速离开佛堂。

丫鬟等了很久，见他出来，她不由担心地道：“肖公子怎么去了这么久？”

肖楼解释说：“可能是早上吃坏了肚子，身体不太舒服。”

他跟着丫鬟回到荷塘边的时候，去前院查探的老莫也刚回来，两人交换了一个眼神。

老莫低声说：“我看到林家也来人了，包括那位林大少爷。”

正好这时候虞寒江和王爷从书房出来，肖楼和莫学民便迎了上去。

王爷今天很忙，贵客非常多，主动说要离开一下，并且让随从带他们去偏厅先安顿下来。3 人识趣地告辞，转身去偏厅坐下，等待晚宴的开始。

很快邵清格也进来了，送了好几箱的贺礼。

今天的邵清格穿着一身华丽的丝绸长衫，贵气十足。他走进偏厅后，看见虞寒江、肖楼和莫学民 3 人，立刻走过来飙演技：“虞大人，真巧，我们又见面了。”

虞寒江只好配合他演：“邵公子，确实是巧。”

邵清格笑眯眯地坐在虞寒江旁边的位置上，用扇子遮着脸，假装跟虞大人叙旧，实则压低声音道：“我刚才在门口见到了一个人。”

虞寒江问道：“谁？”

“曲婉月。”

虞寒江怔了怔，心里也终于松了一口气。他们的团队就差曲婉月一直没出现，如今曲老师也来了镇江王府，全员聚齐，重头戏应该快开始了。

虞寒江压低声音："她是什么身份？"

邵清格幸灾乐祸地道："女扮男装，变成了一个俊俏的公子。龙森看见他老婆一身男装，下巴都快掉了。"

邵总这幸灾乐祸的毛病什么时候能改改？

虞寒江严肃地问："是假扮男装，还是变成了男人？"

邵清格笑道："应该是假扮的，她在这个世界的身份还是女人，跟她一起来的还有一个女的，也是女扮男装，长得细皮嫩肉，不知道是谁。"

正说着，就见一身男装的曲婉月和一个清秀"少年"并肩走进偏厅。两人找了个空位坐下，自顾自地喝茶。

曲婉月对上虞寒江的目光，轻轻朝他点了一下头。

肖楼看到坐在她身边的另一个人，好像在哪里见过……肖楼仔细一想，这不是他跟虞寒江当时在京都逛街时见到的那位公主吗？

肖楼轻轻一笑，凑在虞寒江耳边道："九公主该不会是来找你的吧？"

公主殿下大老远跑来江州，难道只是为了找碴？如果真是这样，那公主就不只是任性，而是脑子有问题。

虞寒江道："我跟她不熟，总共说过的话也不超过 5 句，她来这里，很可能是跟剧情有关。"

晚上，八王爷的生日宴会正式开始。

大齐民风开放，没有女子不能露面的规矩，3 位夫人全部到齐，倒是 4 位千金还没露面，可能是在给王爷准备贺礼。

邵清格和林家的贵客坐了一桌。林家大少爷林少泊就坐在他的旁边，今天这位林大少没喝酒，跟前天在天香楼见到的酒气冲天的纨绔子弟相比，正经起来的林大少倒是一表人才。他跟大小姐有婚约，即将在下个月完婚，作为王爷的女婿，岳父大人过生日他当然要出席，代表林家送来的贺礼也十分可观。林少泊看了邵清格一眼，淡定喝茶，假装不认识。邵清格也给了他面子，没提天香楼的事。

酒过三巡，开始表演节目。天香楼的姑娘们被请上来，一段柔美的舞蹈过后，老板青姨微笑着说："接下来的节目，是我们天香楼特意训练的全新剑舞，给王爷祝寿！"

邵清格眼尖地发现叶棋也出场了。

今晚的叶姑娘换了一身装扮，大红色的拖地长裙，上面绣着金色丝线，头发上还戴着不少珠钗，在烛光的照射下熠熠生辉。

明艳的天香楼头牌一出场，邵清格差点喷饭。参加寿宴穿喜庆点没错，但也没必要喜庆成这样吧？头上戴个盖头，都可以直接出嫁了。

肖楼、虞寒江也在强行忍笑，叶棋扮女装的这段黑历史估计会让大家牢记于心。

叶棋奏响了乐曲。他今天负责琵琶伴奏，他旁边还有两个和音的美女，3人坐在凉亭里，随着悠扬的乐曲响起，5个身穿红色衣裙的女子手持长剑，在空地上翩翩起舞。

见她们同时拔剑，王府的护卫们立刻挡在王爷身前。

八王爷笑着挥了挥手："都退下，不过是助兴的剑舞而已。"

护卫们这才退下，但大家都紧张地盯着舞剑的女子，生怕那剑尖不小心刺过来。

5个女子全都戴着红色面纱。剑舞的姿势潇洒利落，长剑每次挥出都如同灵蛇出洞一般收放自如，而且，她们踩着音乐的节奏，动作非常整齐，显然训练了很长时间。

叶棋奏出的音律从悠扬婉转渐渐变得急促激昂，如同飞流直下激起了千层浪花。

5个女子的舞蹈也渐入佳境，她们的动作越来越快，让宾客们看得眼花缭乱。八王爷带头鼓掌，宾客们也紧跟着鼓起掌来。

热烈的掌声中，队形瞬间散开，4个女子陡然飞身而起，4人从东、南、西、北4个方向汇聚到场地的中心，4把剑的剑尖"噌"的一声准确交汇在一处！

剩下的一名女子则纵身一跃，足尖如蜻蜓点水，正好踩在4把剑的交汇处，她身体悬空，单脚站立，摆出了一个优雅的"白鹤展翅"动作。

"好！"周围的掌声越发热烈。

肖楼却紧张地攥住手指，心底升起一丝不安。

那5把剑让他想起了前天凌晨的刺客，他们用的也是这种看不出明显特征的长剑，剑尖涂了剧毒，划破了虞寒江的后背，那伤口光是想起来都让肖楼心有余悸。

达官显贵过生日的时候请人表演舞蹈很正常，可剑舞……肖楼总觉得不太吉利。

突然，在空中摆出白鹤展翅动作的女子，目光变得无比冰冷，她脚下用力一踩，借助4把剑的弹力，整个身体如利箭射出，猛地朝王爷飞了过去，锋利的剑尖直直刺向王爷的胸口！

芸夫人大惊失色："有刺客！快，快保护王爷！"嘴上这么喊着，她躲起来倒是比谁都利索，立刻闪身躲去一个护卫身后。

另外两位夫人也吓得呆立当场。

王爷倒是神色镇定，在那女子的利剑几乎要刺穿他胸口的瞬间，他一掌拍上的翻桌酒具，拿起一个银碗将利剑精确地罩住，右手猛地一挥，居然瞬间将女子的长剑给震飞了出去！

宾客间发出一阵惊呼。

女子武器脱手，立刻拔下头上尖锐的发簪，去戳王爷的咽喉！

两人打斗在一处，女子招招狠毒，王爷应对得游刃有余，没想到王爷居然武功如此高强。几个护院急忙跑过来将那女子团团围住，那女子见行刺失败，留下一个冰冷的眼神，纵身一跃，如同飞雁一般上了屋顶，转眼间就消失在夜色之中。

王爷冷冷地道："追！"

几个护卫立刻飞上屋檐追刺客，宴席变得一片混乱，在弹琴的叶棋也有点蒙——他怎么都没想到天香楼居然出了个刺客当众行刺王爷！

王爷的脸色很难看，立刻让天香楼的老板出来说话。

青姨吓得腿软，"扑通"一声跪在王爷面前："王爷饶命！不关民女的事，刚才那个女人我不认识她，真的……我们天香楼的姑娘没有会武功的！"

其他 4 个表演剑舞的女子也纷纷丢下手里的剑，并排跪了一地，瑟瑟发抖。叶棋和两位在远处弹奏的人，也只好在凉亭里跪下。

叶棋快要郁闷死了——谁能比他更倒霉？来到这个世界，莫名其妙地被丢去天香楼当头牌，结果王爷寿宴当天队伍里出了个刺客，他们要集体被连累。

在古代，行刺王爷可是杀头的重罪！

刺客混在天香楼的歌舞队伍中，他们天香楼撇不清关系，要是遇到不讲理的王爷，直接来一句统统拉下去斩了，他岂不是很冤？要不待会儿见机行事，直接用瞬移卡跑路？

叶棋正纠结着，结果下一刻就听王爷平静地道："江州城居然有人胆敢当众行刺本王，虞大人，这件事你可要查清楚，给本王一个交代。"

案子居然移交给了虞寒江？

叶棋一愣，很快就高兴起来，交给虞大人那可太好了，至少他不用受皮肉之苦了。

虞寒江立刻上前一步："王爷，微臣一定竭尽所能。"他目光扫过全场，冷冷地道，“来人，把天香楼的姑娘全部押入大牢待审！”

一群护卫和衙役呼啦啦地涌上来，把在场的天香楼人员全部押走了。

肖楼没想到事情居然会这样发展。

他仔细回忆了一下，刚才那刺客是女性，穿一身红衣，身高应该在一米七左右，目光冰冷，一张脸因为遮着面纱，五官很难分辨。茫茫人海，这要怎么找？

正想着，突然，远处响起了一声尖叫：“啊——不好了！”

是侍女的叫声。

虞寒江立刻朝那边望过去，王爷也是眉头一皱，沉声问：“出什么事了？”

一个侍女慌慌张张地跑了过来，她的脚下趺趺撞撞，显然是被吓坏了，声音也抖得不成样：“王爷，大小姐……大小姐她……”

芸夫人听到女儿，脸色猛地一变：“大小姐怎么了？”

侍女哭着跪了下来：“大小姐在后院的树上上吊自尽了！”

大小姐？是他下午见过的那个在佛堂里敲着木鱼念经的女孩儿？！肖楼没想到死的居然是她！刚才那女子行刺王爷，将大家的目光都吸引在王爷的身上，宴会的现场一团混乱。结果，王爷没受一丁点伤，倒是大小姐在一片混乱之中出了事。

上吊自尽？她一个王府千金怎会上吊自尽？

肖楼的目光飞快地扫过全场。

跟她有婚约的林大少爷不在现场，二小姐、三小姐、四小姐也全都不在现场。

肖楼和虞寒江同时用眼神朝对方说道：“是谋杀。”

今晚的生日宴，前有刺客当众刺杀王爷，后有丫鬟匆忙跑来报信说王府大小姐上吊自杀，如此劲爆的消息，让全场宾客面面相觑。

众人私下放轻声音议论着——

“大小姐？是跟林家大少有婚约的那位吗？”

“该不会是林大少之前去天香楼为叶姑娘赎身的事情，传到了大小姐的耳里，她不堪受辱，才自尽的吧？”

“有可能。未婚夫天天逛青楼，还想为天香楼的姑娘赎身，她一个王府小姐怎么受得了这样的羞辱？一时想不开就自尽了，真是作孽啊……”

肖楼下午去后院逛了一圈，匆匆一瞥，他印象中的大小姐齐亦瑶是个淡泊名利的女子，敲着木鱼、念着佛经，一副心平气和的模样，似乎对外界的一切都漠不关心。她会因为未婚夫调戏青楼女子的丑闻而上吊自尽？这不可能。

肖楼看向王爷，此时王爷的脸色已经黑如锅底——先被刺客搅局，紧跟着听见女儿上吊的噩耗。这个生日王爷过得无比憋屈，他瞪着那丫鬟，怒喝道："你胡说些什么？！"

丫鬟吓得脸色发白："奴、奴婢亲眼所见，大小姐就挂在后院的树上……"

王爷意识到女儿真的出事了，立刻起身，目光看向宾客席，淡淡说道："各位，本王有些家事需要处理，今天的晚宴就到这里吧，招待不周之处还请各位见谅。"

众人纷纷作揖告辞，一个个跑得比兔子还快。虽然大家心里都很好奇大小姐为什么自杀，但也不好明着看王爷家的笑话，王爷要是发火，十个脑袋都不够砍的。

邵清格一个富家子弟当然没有理由继续留在王府看热闹。他给了虞寒江一个"我先撤"的眼神，转身离开。肖楼在他路过的时候放轻声音说："你去知府大牢探望一下叶棋，顺便问问叶棋这两天在天香楼有没有什么发现。"

邵清格道："放心，小叶子从来没坐过牢，我去给他送点吃的压压惊。"

听着邵清格幸灾乐祸的语气，肖楼无奈，只好暂且不理他，继续关注现场。

宾客们很快走了个精光。

虞寒江一行 3 人以及九公主和曲婉月却留在了原地。

虞寒江上前一步道："王爷，既然江州发生了命案，微臣作为江州知府，有责任将整件事情调查清楚。大小姐的死因或许并不简单，能否容微臣去现场看看？"

八王爷考虑片刻，点头道："有劳虞大人。"

虞寒江、肖楼、莫学民一起跟着王爷往后院走去，九公主和曲婉月也跟了上来。王爷扭头看见这两人，不由冷冷地道："闲杂人等还不退下？"

九公主急忙解释："皇兄，是我啊！阿瑶出了事，我也要去看看！"

王爷认出了女扮男装的九公主，眉头微微一皱："堂堂公主，不好好在京都待着，扮成这副模样到处乱跑，成何体统？"

九公主苦着脸道："这件事以后再说，我也是迫于无奈才溜出来的。阿瑶怎么会自杀呢？我前段时间还跟她通过信，我要去看看！"

王爷拿她没办法，只好带上她一起。

王府的后院有 4 个小院落，整个院子的布局方方正正，由一条"回"字形走廊相连，走廊两旁种满了绿树，院子中间还有一片人工池塘以及一座假山。

大小姐上吊的地方就在假山后面的一棵树上。那棵树是整个院子里最高、最粗的一棵，枝叶繁茂，能在地上投下一大片绿荫，是夏天乘凉的好去处，因此树下摆放了石凳和石桌。而此时，一个全身白衣的女子正吊在树上，四肢软软地垂落下来，尸体正随着风轻轻地晃动。这画面让在场所有人都脸色一变。

芸夫人立刻崩溃地冲过去，一把抱住女儿的腿，喊道："阿瑶，我的阿瑶！你怎么就这么想不开啊！有什么话不能好好跟娘说？何苦要自寻短见……"她撕心裂肺的哭声让王爷的脸色更加难看。

王爷上前一步搂住芸夫人的肩膀，低声道："别哭了，到底发生了什么？阿瑶为什么会自寻短见？"

芸夫人一边抹眼泪，一边说："我下午叫她换衣服，跟她说林大少爷今晚肯定会来，让她稍微打扮一下，别一身白衣去见未婚夫，那样不吉利……她当时也没说什么！"

王爷皱眉："你是不是把林少泊在青楼的丑事告诉了亦瑶？"

芸夫人结结巴巴片刻，终于含泪点头："我、我也是不小心才说漏嘴的。阿瑶该不会是想不开，才寻了短见吧？！"

王爷的脸色阴沉得可怕。

旁边，晴夫人和韩夫人也不知是真伤心还是假难过，拿出手帕抹眼泪，一边叹息着："阿瑶怎么这么想不开……"

"就是，年纪轻轻的，怎会如此糊涂！"

两人上前去安慰芸夫人。

"姐姐你不要太难过了。"

"节哀顺变，小心伤了身子。"

3位夫人哭成一团，九公主则一脸茫然地站在原地，疑惑地喃喃道："阿瑶怎么会自尽呢？她前段时间还跟我通信说婚期定在下个月。"

王爷轻叹一口气："去把小姐的尸体抬下来，择日安葬了吧。"

两个丫鬟立刻上前，将吊在树上的大小姐给合力抬了下来，平放在地上。肖楼扫了一眼尸体身上的勒痕，给虞寒江递了个眼色。丫鬟刚要用白布盖住尸体的脸，虞寒江突然拦住她们："且慢。"

王爷回头看他："虞大人？"

虞寒江道："王爷，我义弟当年跟随一位仵作学过验尸的技术，大小姐的遗体能不能让他仔细看看？微臣怀疑，大小姐或许不是自杀。"

王爷怔了怔，皱眉看向肖楼："肖公子真会验尸？"

肖楼上前一步，礼貌行礼："回王爷，草民确实跟随一位仵作学习过几年。"

王爷点了一下头，让他去看看。

肖楼刚要观察尸体，芸夫人突然扑过去紧紧抱住女儿，一边哭一边道："别碰她！我的阿瑶死得这么惨，生前没过几天好日子，死后不能再被你们这样欺辱！"

这位芸夫人显然是受了刺激，此时有些失去理智。肖楼温言道："夫人还请冷静，大小姐不一定是自尽身亡，难道你不想查出你女儿真正的死因吗？"

芸夫人怔了怔，指着女儿脖子上鲜明的红痕："我女儿不是上吊自杀的吗？她吊死在树上，脖子上被勒的红痕这么明显，你还想怎么验尸？"

肖楼轻声说道："自缢身亡确实会在颈部留下勒痕。但如果她是被人谋杀之后再由人吊到树上，同样会在颈部留下勒痕，不是吗？"

芸夫人猛然一个激灵。这人说得没错——万一是被杀之后才吊在树上的呢？

她立刻让开，看向肖楼道："肖公子是吧？快，你快帮我女儿看看！"

九公主和曲婉月也在旁边围观，看肖楼神色镇定地走过去，俯身检查起尸体的情况，九公主忍不住小声道："这肖公子居然会验尸啊？"

在众人的围观下，肖楼仔细查看了尸体的瞳孔、皮肤、指甲，并且转动尸体的头部，重点查看了颈部的红痕。

大家不懂验尸，也不知道肖楼把尸体翻来覆去地看些什么……

就在王爷快要不耐烦的时候，肖楼突然站起身，看向虞寒江说："不是自杀。"

虞寒江当然相信肖楼的结论。但其他人不信，毕竟这位肖公子突然说会验尸，古代哪有一般人会验尸的？

王爷脸色很难看："肖公子，话可不能乱说，你有什么证据？"

肖楼解释道："生前勒住颈部，和死后勒住颈部，在尸体上留下的痕迹会不一样。"

他指着死者颈部的痕迹："如果大小姐是自杀，那么她把自己挂在白绫上的时候还活着，身体内部的血液依旧在流通，因此颈部形成的缢痕应该是最底下的位置痕迹最深，向两侧蔓延，越往上颜色越浅，直到最后消失不见。

"然而，大小姐颈部的缢痕呈水平环形，除了喉部被压迫的地方颜色较深外，勒沟其他部位的深度非常均匀，没有倾斜上升、逐渐变浅、最后中断的现象。形成这种痕迹的原因是她的颈部当时已经没有了血液流通，皮肤坏死，被白绫勒住之后留下的痕迹就会一样深浅。"肖楼顿了顿，看向众人，"简而言之，大小姐被吊在树上的时候，其实已经死了——这是谋杀。"

听到肖楼的话，在场众人齐齐抽了一口凉气。

九公主忍不住道:“光凭痕迹就能说明这是谋杀？这也太儿戏了吧！”

肖楼平静地看向她：“公主若是不信，可以拿动物做实验。活体和尸体被勒住，留下的痕迹会有明显的区别。”

九公主还想反驳，结果虞寒江低声道：“我相信你的判断。大小姐确实死于谋杀，现场的证据也说明她是被杀的，王爷可以仔细看看大小姐的鞋子。”

他俯身拿起一根树枝，从死者脚底刮下来几片树叶：“王爷，大小姐可会轻功？”

王爷立刻摇头:“亦瑶不会武功。”

“这就是了。面前的树这么高，想上吊，只能踩石桌，可是桌上并没有留下她的脚印。如果不踩着石桌去上吊，难道还能用轻功飞上去，再用白绫套住自己的脖子？”

肖楼立刻附和：“也就是说，有人先杀了她，然后把她抱起来吊在树上，因此桌上没有留下她的脚印。”

虞寒江目光扫过众人，冷冷地说：“这位凶手非常聪明，可惜百密一疏。一来，忘记在石桌上留下死者的脚印；二来，凶手也不懂活人和死人被勒之后的痕迹区别，留下了破绽。”

两人一唱一和，众人面面相觑。

曲婉月在旁边听着，简直想竖起大拇指。

哪怕到了古代，环境变了，也依旧拦不住这两位红桃密室的大神。虞寒江勘查现场，肖楼观察尸体，刑警和法医联手破案，轻而易举就得出了谋杀的推论，而且让一群人无法反驳。

王爷虽然心中震撼，但仔细听他们两人一唱一和，也觉得很有道理。

看来女儿真是被谋杀的。如果是自杀，大不了对外宣称“家门不幸”，女儿一时想不开才吊死在树上，可如果是谋杀，那事情就大了。王府内居然有人神不知鬼不觉地害死了大小姐！

王爷的脸色陡然一沉，立刻压低声音说道：“既然虞大人推断这是谋杀，这个案子就交给虞大人来处置，还请尽快抓住真凶，还亦瑶一个公道！”

虞寒江点头:“王爷放心，下官自当竭尽所能。”

王爷顿了顿，又道:“另外，这件事暂且不要声张。”虞寒江道:“明白。”

王爷锐利的目光扫过在场众人：“今天起，封锁王府，任何人不许外出！都管好你们的嘴，谁敢跟外面的人泄露一个字，休怪本王不讲情面！”

一群丫鬟、小厮立刻跪了一地，齐声应道:“是，王爷！”

就在这时，远处传来一个清脆的少女音："出什么事了？那边好热闹啊！"

有丫鬟小声道："三小姐，你慢点儿……"

拐角处，身穿红裙，梳着两条辫子的姑娘快步朝这边走过来，那姑娘生了一双剑眉，眼睛清澈明亮，脸上透着一股英气，腰间配着一把长剑，看上去很是英姿飒爽。

正是王府三小姐齐亦如。

听说三小姐平时就爱舞刀弄枪，生来一副男孩子性格，经常骑着马狂奔，在街上撞伤过不少百姓，嚣张跋扈，在民间的风评并不是很好。看她本人，也确实是比较张扬的个性，目光中满是傲慢。

然而，在人群里见到父亲后，她立刻收敛了目光，乖乖过来行礼："父王……"

王爷现在头痛欲裂，懒得理女儿这一身难看的装扮，沉声道："你大姐出事了，去把你二姐、四妹全部叫过来。"

齐亦如一脸茫然："大姐怎么了？"

直到她看见地上的尸体，才"啊"地尖叫一声："怎么会这样？！"

王爷怒道："还不去叫人？！"

齐亦如立刻转身跑了。

王爷和虞寒江说话的这段时间，肖楼已经通过尸斑、尸体僵硬程度大概推测出了死亡时间，他得出的结果让现场所有人都震惊了。他说："大小姐的死亡时间……应该是酉时，也就是一个时辰之前。"

酉时，大约是下午 6 点，那个时候天刚黑，王府的晚宴还没有开始。

虞寒江低声说道："这么看来，大小姐死于晚宴开始之前，当时，所有人都有作案的时间，哪怕晚宴开始后陪在王爷身边的各位夫人也不能摆脱嫌疑。"

听到这话，3 位夫人的脸色瞬间难看起来。

晴夫人跟她女儿一样脾气火爆，怒道："虞大人这话是什么意思？难道我还会去害一个晚辈不成？！我跟大小姐无冤无仇，为什么要害她？"

韩夫人柔柔弱弱的，一脸委屈："王爷，妾身当时一直在院子里熬药，妾身的身体一向虚弱，哪有力气把大小姐抱起来吊在树上？虞大人这么说，可有任何凭据？"

虞寒江平静地道："各位夫人不用心急，有嫌疑，并不是说你们就是凶手。"他看向王爷，道，"王爷，我需要询问各位夫人一些细节，不知王爷可否允许？"

王爷沉着脸点了点头："这个案子就交给虞大人来调查，从今天起，你们都配合虞大人的问话。王府出了这种事，本王一定要把真相查个水落石出！"

虞寒江看向王爷身边的护院：“这位护院能借用吗？需要他帮一些忙。”

王爷爽快地道：“没问题。”他看向龙森，叮嘱道，“今天起，你就跟着虞大人，大人有什么吩咐，尽管给大人安排。”

龙森抱拳道：“遵命！”

为了方便案件调查，王爷特意腾出一个偏厅，让虞寒江审问嫌疑人。

肖楼、莫学民和龙森陪着虞寒江一起去了偏厅，4 人先整理了一下目前已知的线索。

肖楼拿过笔墨，在纸上绘制了一张后院的分布图，龙森又补充了前院的地图，整个王府的地图便完整地呈现在眼前。

王府前院有接待客人的大厅、王爷的书房，还有王爷单独的一个院落以及男性护院、杂役们的住处。后院则全是女眷。

后院有 4 个小院子，其中，最大的“秀水轩”是正牌王妃的住处，王妃已经去世，如今住着嫡女二小姐齐易安和伺候她的几个丫鬟。

“长秋苑”是芸夫人和大小姐齐亦瑶的住处，齐亦瑶还有个兄长叫齐风华，在前线跟燕国作战，已经有 3 年没回过家了。长秋苑的侧后方，就是大小姐齐亦瑶收拾出来的小型佛堂。

“听风阁”住着晴夫人和三小姐齐易如，这个院子花草较少，空地比较多，因为三小姐爱习武，天天在院子里舞刀弄枪，种的花草容易遭她毒手。

“红梅苑”住了韩夫人和四小姐齐亦薇，据说韩夫人酷爱梅花，王爷就耗费巨资给她移植了满院子的红梅，每当冬日梅花盛放的时候，寒梅映雪，清香扑面，景色极为壮观。韩夫人身上带着江南女子的柔美，目前是最受王爷宠爱的一位。

4 个院落之间有回形走廊相连，大小姐被吊的位置正好在假山背后的树下，属于视线死角，从 4 个院子的大门都看不到那个角落。

偏厅没有外人，虞寒江干脆地问肖楼：“准确的死因能判断吗？”

肖楼道：“从尸斑、指甲和皮肤的情况来看，我倾向于中毒。她的身上并没有任何被刺伤的痕迹，死前没有挣扎，可能是有人在她饮食中下了毒，在晚宴开始前先将她毒杀，然后趁着晚宴开始所有人去池塘边看演出的时间，再偷偷将她吊在树上。”

虞寒江点了点头：“3 位夫人、3 位小姐和王爷本人都有作案时间。当然，王爷想杀女儿的话，办法多得是，可以随便给她安一个罪名处死她，没必要把她吊死在树上。”

龙森说道："王爷能排除，今天下午有很多人来给他贺寿，送了大量价值连城的礼物，他一直在前院书房会客，这一点我可以作证。"

莫学民分析道："芸夫人应该也没有动机杀死自己的亲生女儿。女儿跟林家联姻，林家是大齐最有钱的人家，我听说林家光给她的礼物里就有好几箱黄金，她高兴都来不及。"

肖楼和虞寒江也赞同这个推测。

亲生父母可以排除，剩下的人都有嫌疑，只是作案动机还需要仔细调查。想到这里，虞寒江便朝龙森道："先去叫芸夫人来，我想问问她女儿的情况。"

芸夫人刚才抱着女儿的尸体哭得眼睛都肿了，在侍女和王爷的安慰下，此时已经调整好了心态，她也想尽快抓住凶手给女儿一个交代，因此对虞寒江的问话非常配合。

虞寒江道："听说亦瑶小姐小时候身体不好，是寄养在外的？"

芸夫人道："我家阿瑶自小体弱，3 岁那年生了重病，差点夭折，我担心她活不久，就跟王爷带着她去城外求了支签，算命先生说她的命格跟我犯冲，年纪太小不能养在我身边，我就把她寄养在师太那里，10 岁才接回来。"

肖楼在旁边迅速做笔录，虞寒江见他纸上写满了端正的小楷，放下心来，接着问："佛堂是什么时候建的？还有她跟林少爷的婚事，也烦请夫人详细说说。"

芸夫人叹了口气，红着眼睛道："阿瑶回来的那年就在家修了个小佛堂，一直吃斋念佛，说要给我们祈福，其实她很孝顺的。婚事是王爷的主张，林家去年上门来提亲，让林家大少娶我们长女，也算是门当户对。"

肖楼听到这里，疑惑地问："林家大少花天酒地，经常流连于青楼，这些事夫人没听过吗？"

芸夫人道："男人有几个不花心的？王爷不也娶了好几位夫人？林少泊是江州出了名的才子，长得也很俊朗，就是风流了些，有钱人家的少爷风流一些不算什么，成亲后有夫人管着自然就会变好。林少泊承诺永不纳妾，我们阿瑶嫁给他并不吃亏。"

如此说来，王爷和芸夫人答应这门亲事倒也不奇怪。

虞寒江接着问："大小姐和林家大少爷之前见过面吗？""见过一次，我问阿瑶对林少爷印象怎么样，她说一般，看不出喜欢还是讨厌，我女儿就是这性子，问什么她都不介意。"

"今天下午你叫她回去之后，她有没有异常表现？"

芸夫人仔细想了想，说："没有，她脸上一直没什么表情，我让她换身好看点的衣服，她说先放着，待会儿再换，我也就没再管她，先去厨房看晚宴的菜单。”

“之后你就没见过她？”

“我一直在厨房跟李嫂核对菜单，这次晚宴的饭菜是由我来安排的，不能出错，这一点李嫂可以给我作证。”

虞寒江让芸夫人先回去。夫人走后，他看向肖楼：“大小姐出事的时候，我记得林少泊并不在宴会现场吧？”

“没错，他确实不在。”

照理说，未来岳父的寿宴，作为女婿不该中途离场才是，可林少泊离开的时候，众人居然毫无察觉。

4 人正在思考，突然听到敲门声，门外传来刘桥的声音：“虞大人。”

虞寒江立刻让龙森开门。

刘桥走进屋里，见周围没人，她才低声道：“我有线索汇报，晚宴开始之前，四小姐借口肚子痛要如厕，消失了很长时间，我怀疑之下跟去厕所，发现厕所没人。反倒看见一位富家少爷跟四小姐在假山后面轻声说话，动作暧昧——这两个人应该有私情。”

刘桥的这段证词让虞寒江立刻警觉起来，他将刘桥带到旁边压低声音问：“四小姐平时经常用白纱蒙面，容易被人假扮，你确定见到的人是四小姐？”

“确定。四小姐的右侧眉骨上方有一颗非常小的红痣，我当时怀疑之下穿上隐身斗篷靠近去看过，那人就是四小姐齐亦薇。她的穿着打扮、声音也跟四小姐一样。”刘桥很笃定地说。

“跟四小姐私会的那个人你看清了吗？”虞寒江问道。

“看清了，肯定是个有钱人家的少爷，穿着打扮非常讲究，他还送给了四小姐一块圆形的玉佩。我虽然不懂玉，但那玉佩晶莹剔透，应该挺值钱的。”刘桥一边仔细回忆，一边说道，“在古代，送玉佩是定情的意思吧？”

“按江州这边的风俗，男子给女子送玉佩确实有定情的含义。”老莫说道。

虞寒江回头看向肖楼，正好对上他从桌案抬头时的目光，两人同时想到了一种可能性。肖楼问：“那位富家少爷是不是穿一身深蓝色长衫，脚上踩着黑色绣了银线的靴子，头发被蓝色的发带束了起来。他皮肤很白，手上还戴了一枚祖母绿的指环？”

刘桥怔了怔，说道：“一点没错，所有细节都对得上。”老莫回过神来：“那不是林家的大少爷林少泊吗？”

虞寒江抱着胳膊若有所思：“我记得王爷被刺杀的那段时间，林少泊根本不在现场。”他将目光再次投向肖楼，“林少爷离开了有多久？”

肖楼说道：“叶棋出来的时候，林少泊借口如厕离席。叶棋弹琴伴奏、5 个女子跳剑舞，表演的时间大概是 10 分钟。刺客突然刺杀王爷，王爷和刺客打斗、刺客行刺失败逃跑，再加上丫鬟过来报信……这段时间全部加起来，大概有 20 分钟。”

虞寒江道：“也就是说，林少泊消失了 20 分钟，这么长的时间足够他去后院把大小姐吊在树上，伪造自杀现场。”

肖楼看向刘桥问：“你见到四小姐和林少泊约会大概是几点？”

古代没有手表，刘桥也不能确定精确的时间，她根据天空中太阳的方位推测道：“应该是傍晚 5 点左右，当时太阳还没落山，厨房那边传来香味，他们正准备晚饭。”

肖楼分析道：“大小姐的死亡时间是 6 点，林少爷在后院出现的时间是 5 点，离开宴会的时间是 8 点，跟大小姐的死亡时间对不上吧？”

虞寒江道：“有一种可能，如果大小姐是因为目睹未婚夫跟妹妹的奸情才惨遭谋杀，那么林少爷和四小姐可以串通起来，提前在她饮食中下毒，大小姐 6 点左右自己在房间吃东西的时候误食毒素，被毒死。8 点左右，林少爷再找借口离席，回后院把她吊在树上，伪装成她上吊自杀的假象，这样一来，时间就完全对得上。”

林少泊有作案时间，也有作案动机。

他跟四小姐私会的事如果真的被大小姐发现，他确实有动机杀人灭口，而且把案发现场伪装成自杀，一旦王爷也认为女儿是自寻短见，王府已经收了林家的聘礼，只能退还。这时候，林少泊就可以想办法让王爷把四小姐许配给他。在古代，姐姐想不开自杀，妹妹代替姐姐出嫁也不是什么罕见的事。如此便两全其美。

众人听着虞寒江的分析，都觉得林少泊和四小姐联手杀大小姐灭口的可能性很大。

只是红桃密室经常出现反转，纯粹的推理并不能定案，在没有找到确切的证据之前，虞寒江不会轻易下结论——这只是一种可能，或许还有其他的可能。虞寒江看向刘桥：“你这几天跟四小姐走得很近，依你看四小姐是个什么样的人？”

“四小姐齐亦薇的性格和她母亲韩夫人有些像，都是温柔体贴型，说话细声细语的，很爱笑，我从没见过她生气。”

肖楼说：“她会医术，自然也能配出足以把人毒死的药吧？”

刘桥突然想到什么，道："对了，她今天请我来王府，理由是最近身体不舒服，让我带些药材给她调养，其中有几样药物，按照师父医书上的记载，一旦剂量超标就会变成致命的剧毒。"

肖楼道："或许，她就是把这些药偷偷加进了大小姐的饮食或者茶水中？"目前，一切证据都指向四小姐和林少爷。

虞寒江很干脆地道："刘桥，你先去知府大牢跟邵总碰头，我请人找四小姐问话。"

刘桥点了点头，从后门出去，很快就消失在夜色里。

龙森出门看了看，旁边的大厅里三姑娘已经按照王爷的吩咐，将王府所有人都叫了过来，等待虞大人问话，虞寒江按照顺序，提审了另外两位夫人。

晴夫人今天下午一直在院子里收拾，这一点她的几个丫鬟都可以作证："我家亦如昨天练武的时候不小心砍断了一棵树，弄得院子里一片狼藉，到处都是泥巴和树叶，我今天下午一直盯着丫鬟们收拾我的听风阁，一直到晚饭时间，王爷那边派人来传话，我才换了衣服过去参加宴会。"

整个宴会的过程中，她一直陪在王爷身边没有离场。传话的小厮也证实了晴夫人的话，说他去听风阁的时候，一群人确实在打扫院子。

虞寒江又叫了最受宠的韩夫人过来。

韩夫人轻声说："我下午一直在红梅苑休息。最近身体虚弱，一到下午就犯困，一直睡到前院来传话的时候我才醒来洗漱，换好衣服去参加王爷的生日晚宴。"

虞寒江道："有人能证明夫人在屋里睡了一下午吗？"

韩夫人蹙着眉想了想，道："我睡在内屋，因为我睡觉的时候迷迷糊糊，时常会醒来，想要喝水，所以我的两个侍女小雪和小霜一直在外屋伺候，她们可以证明，我一下午都没有出去过。"

虞寒江将两个侍女分别叫进来询问，证词和夫人所说的一致。

两位夫人都有完美的不在场证明。相比起来，晴夫人的证词更可信一些，因为她院子里的树确实被三小姐给砍了，打扫院子的动静路过的其他婢女也都能听到，而且传话的小厮也亲眼看见了她坐在院子里指挥。

韩夫人只有侍女作证。这小雪、小霜一看就是随着她嫁到王府的贴身侍婢，古代的这些奴婢对主人通常都极为忠心，有些侍婢甚至愿意替主人去死，所以，在主人的要求下作伪证也是很常见的。

韩夫人的证词不能百分百确定，但她的身体骗不了人。

肖楼是学医的，真病还是装病他总能分辨得出，韩夫人这病挺严重，肖楼仔细观察了她的指甲，手指甲根部的半月形几乎褪了个干净，侍女说她最近每顿饭只吃一碗粥，显然是肠胃虚弱，长时间营养不良造成的。

她可能得了胃肠道疾病，食欲严重下降，以她现在的身体状况是不可能有力气将大小姐抱到树上吊死的……看她这弱不禁风的模样，她连把白绫挂到树上都有些困难。

肖楼将自己的结论告诉虞寒江："韩夫人的身体确实不好。"虞寒江摸了摸下巴："看来重点还是在几个小姐的身上。"

就在这时，门外突然响起敲门声，龙森低声汇报道："是九公主。"

虞寒江挑眉："她来干什么？"

肖楼笑着说："让她进来吧，我记得她说之前跟大小姐通过信，说不定会有线索。"

虞寒江示意龙森开门。

九公主穿着一身男装，带着曲婉月一起进屋，她直截了当地说："我知道谁是凶手！"

虞寒江颇为意外："哦？公主怎么说？"

九公主一脸的愤愤不平："肯定是齐亦薇干的！阿瑶之前跟我通过信，在信里提到了一件事，虞大人你自己看吧！"

她从怀里掏出一封信件，递给虞寒江。

虞寒江接过信走到肖楼身边，肖楼也凑过去一起看，大小姐的一手毛笔字写得方方正正，就像是印刷上去的，只见信上面写道——

九公主尊鉴：

见信安好。

我与林家少爷的婚期已定于下月十五，婚期将近，而我却内心惶恐。

传言林家大少爷整日花天酒地，流连于青楼，与江州多位青楼女子交好，母亲说男子三妻四妾十分常见，林家亦许诺他婚后不会纳妾，专宠我一人。只要他婚后能痛改前非，我并不介意他一时的放纵。况且，婚姻大事，我也只能遵从父母之命、媒妁之言。

然，几日前我去城外上香，无意中在山间偶遇林公子与小妹。小妹将亲手绣的一块蓝色手帕赠予林公子，林公子神色温柔，对小妹说，她才是他今生挚爱，他想娶的人是亦薇，而非亦瑶。

近日来，我内心饱受煎熬，不知如何自处。

我本想将此事告知母亲，可母亲和韩夫人一向不和，一旦事情闹大，恐无法收场。

九公主是父王最宠爱的皇妹，亦是我与小妹的姑姑，由您出面，事情或许会有转机。

我与林少爷只见过一次面，并无感情可言，既然他对四妹痴心一片，我想成全他们。只是，江州尽知我与林少爷有婚约，四妹不好直接嫁去林府。

为求两全其美，我决定剃度出家。只要我出家为尼，林家和王府的婚约不用解除，四妹亦可以代替我，名正言顺地嫁到林家。

我自幼在清幽古寺长大，早已不再留恋世间种种，不如从此与青灯古佛相伴，终了一生。只是，父王不会同意我出家，恳请九公主能说服父王，帮我实现这个心愿。

亦瑶敬上

看完信件后，肖楼心情复杂。他的第一感觉果然没错，这位大小姐确实性格淡漠、不问世事，甚至已经看破红尘决定出家了，所以才对林家大少爷流连青楼之事漠不关心，对父王的生日宴会也无动于衷。

今天下午她还在佛堂里敲着木鱼、念着经书，大概在她看来，一辈子与青灯古佛相伴就是她最好的归宿，可惜她没能如愿——她有意成全别人，别人却不一定有这份善心。

虞寒江看完信，眉头紧皱："九公主，您跟亦瑶小姐关系如何？"

九公主道："从辈分来讲我是她的姑姑，但我的年纪只虚长她 4 岁，她自幼身体不好，10 岁被接回家后又生了一次病，皇兄把她送到京都疗养过一年的时间，那一年她就住在我的公主府上，所以我跟她比较熟悉，但她给我写信是第一次。"公主顿了顿，接着说，"我这次匆忙赶来江州，也是因为这件事。"说到这里不由心虚地移开了视线。

虞寒江审问过的犯人不计其数，自然看出她的神色不正常。这公主不但演技糟糕，女扮男装也扮得很糟糕，明眼人一看她就知她是女的，根本没法和曲婉月的男装相比。

虞寒江接着问："公主来王府后，可曾见过大小姐？"

九公主摇头："没有，我直接去了偏厅等晚宴开始，没想到亦瑶居然会被人谋杀。"她皱了皱眉，怒道，"肯定是齐亦薇干的！说不定就是因为她和林大少的私情败露，所以她就杀了阿瑶灭口！”

见公主情绪激动，虞寒江立刻打断她：“目前还没有直接的证据表明四小姐就是凶手，公主先请回吧，这个案子微臣一定会调查清楚。”

九公主认真叮嘱：“你一定要抓住凶手，不能让阿瑶白白枉死！”

虞寒江道：“公主放心。”

她转身要走，虞寒江突然说：“公主身边这位侍女还请留步，我有些话问她。”

九公主疑惑：“问她做什么？！我不是都把信给你了吗，难道我还能说谎？”

虞寒江淡淡道：“向侍女和侍卫问话是查案的必要步骤，还请公主配合。”

九公主点点头，凑到曲婉月耳边，压低声音：“不该说的千万不要说。”

曲婉月微笑：“公主放心。”我一定会说的。

九公主放心地走了。

龙森关上门，神色复杂地看着一身男装的老婆，小声吐槽：“你扮男装还挺帅的嘛！”

曲婉月笑眯眯地看着他，玩笑道：“那我以后就一直扮男装，办婚礼的时候也穿西装怎么样？”

龙森讪讪地摸摸鼻子：“还是不要了……”

曲婉月走到虞寒江和肖楼面前，正色道：“虞队，九公主在说谎。”

虞寒江点头：“我看出来了，她这次来江州，不只是因为大小姐的事吧？”

曲婉月道：“她急忙逃离京都，其实是因为皇帝要给她指婚。”

肖楼感兴趣地道：“哦？具体是什么情况？”

“九公主是先皇最小的女儿，先皇老来得女，对她极为宠爱，养成了她骄纵蛮横的性格。先皇当年曾经给她指了婚，这件事虞大人应该清楚。后来先皇驾崩，新帝登基，当今陛下对这位小姑姑十分头疼，也想让她早点嫁出去。陛下这次给她物色了一位将军，九公主提前探听到风声，在陛下开口之前就先拉着我跑了。”

虞寒江了然道：“也就是说，她是逃婚逃到江州的？”曲婉月点头：“顺便处理大小姐的事情。”

肖楼沉思片刻，问道：“曲老师，你在公主府还有发现什么线索吗？”

“公主天天跟我聊皇宫里的八卦。据说，先皇最宠爱的皇后是被淑妃给下毒害死的，后来，明妃又害死了淑妃。后宫的那些女人斗来斗去，先皇驾崩的时候下了道圣旨，让她们集体陪葬，争来争去最后还是一场空。公主说，下辈子不想出生在皇家，她更愿意做一个自由自在的民间女子，可以自己挑选夫婿。”

曲婉月和九公主带来的信件，将矛头直接指向了四小姐齐亦薇和林少泊。虞寒江仔细分析过后，将王府的下人们也一一叫过来问话，丫鬟、仆役、后厨，一个都没漏。

虞寒江问得详细，肖楼在旁边也记录得十分详尽。下人们提到的事情有两点——

其一，晴夫人、韩夫人和芸夫人面和心不和，由于正妃位置空缺，3 人平时明争暗斗。芸夫人在王府资历最老，还生下了大少爷齐风华和大小姐齐亦瑶，是最有可能成为王妃的人选。晴夫人和韩夫人一直不服气，晴夫人快人快语，多次和芸夫人起冲突。韩夫人也没少在王爷面前争宠，最近生病才消停了些。

其二，大小姐少言寡语，平时爱待在佛堂，跟王府的任何人都没在明面上闹过矛盾。

结合之前的线索，晴、韩两位夫人目前都有不在场证明。她们跟芸夫人虽然积怨已深，但是跟大小姐没有矛盾，如果是为了王妃之位，要杀也是杀芸夫人而不是大小姐，两位夫人的嫌疑应该可以排除。

二小姐、三小姐和四小姐还没审问。虞寒江先把二小姐请了过来。

齐易安，王府嫡女，皇帝亲自册封的淑安郡主，肖楼第一眼见她，就觉得这个女孩儿明眸皓齿、容貌端庄、仪态优雅、气场十足。

齐易安对虞寒江非常礼貌："我与赵国二皇子的婚期定在年底，今日是父王生辰，赵国皇子为表诚意，派了使者过来给父王祝寿。赵国还来了一位礼部官员，跟我说明婚宴当天需要注意的习俗，我在接待他们的驿馆跟着学习，戌时才回到到王府。回屋后我提笔写信，信还没写完，就听外面有人尖叫，三妹跑来跟我说大姐出事了，让我过去。"

虞寒江看向龙森："今天有赵国使者到访？"

龙森点头："是，下午过来给王爷送了贺礼，但他们不方便参加晚宴，二小姐确实跟着他们去了专门接待赵国宾客的驿馆。"

二小姐是皇帝亲自册封的郡主，她要嫁去赵国，需要注意的细节很多，她说戌时才回，也就是晚上 8 点左右才到王府，如果她是凶手，时间上来不及。而且，她和大小姐也没有恩怨，就要嫁给赵国的二皇子的她，并没有任何的作案动机。

虞寒江道："郡主，你跟大小姐平时来往多吗？"

齐易安微微一笑："姐姐时常待在佛堂里抄写经书，我也不喜欢出门，平时喜欢在秀水轩练琴，一个月也见不到几次面。"

虞寒江接着问："大小姐和其他姐妹的关系如何，你可清楚？"

齐易安摇头："不清楚。她们 3 个人关系如何，我不知道，也没兴趣知道。"她是即将被送去赵国和亲的人，以后很可能都没机会再回故乡，加上几个姐妹并不是同一个母亲所生，这些姐妹对她而言可有可无。作为嫡女，她只需要管好自己。不掺和王府各夫人的争斗，才是最聪明的做法。

二小姐这里问不出什么，倒是三小姐给了虞寒江一条线索——

齐亦如说："我傍晚去如厕的时候看见四妹急匆匆地从假山那里路过，转身往红梅苑的方向走，我跑过去问她怎么了，她眼神一直躲闪，说是身体不舒服，要回去吃药。"她顿了顿，又补充说道，"凶手不可能是四妹！她平时柔柔弱弱的，哪有那个胆子杀人？！我觉得，她说不定是看到了凶手，所以才仓皇地从假山那边逃跑！"

虞寒江将重点嫌疑人齐亦薇叫了过来。她依旧用白纱遮着脸，怯生生地垂着眼睛，不敢看他们。

虞寒江很直接地问道："四小姐，你跟林公子的私情，你大姐是不是早就知道了？"

肖楼在旁边颇为无奈地看了虞队一眼。这直球的习惯还是没改。

四姑娘大概也没想到对方居然这么问，吓得全身一抖，额头上立刻渗出了一层冷汗，身侧的手指紧紧地攥住："我、我不知道虞大人在说什么，还请不要随意污蔑一个女子的清白。"

虞寒江干脆将九公主给的那封信递给她："四小姐，请你看看这个。"

齐亦薇看到"我想成全他们""出家为尼"这些字眼，顿时红了眼眶。她捂着脸，一边哭，一边断断续续地道："姐姐……她原来是想成全我们……我对不起她……呜呜呜……我对不起姐姐……"

见她哭得停不下来，肖楼温言道："四小姐，你为什么要用白纱遮面？"

齐亦薇沉默了很久，才轻轻摘下面纱。她右边的脸看上去清丽脱俗，皮肤白皙光滑，称得上是大美女。可是，左侧的脸颊有一块拇指大小的长形胎记，破坏了她的容貌。就像是一块晶莹剔透的玉石上有了明显的裂痕，让人不由觉得惋惜。

齐亦薇颤抖着戴回面纱："我的脸天生就这样，我不想被人说三道四，才用白纱遮面。其实我跟林公子并不是有私情。早在他跟姐姐定下婚约之前，我们就认识了。一年前，在江州城外的山上，林公子不小心摔断了腿，我路过时正好救下他。他见过我的样子，不介意我丑，说要娶我为妻……他对我真心相待，我对他也是一见倾心。我们时常找借口去城外私下见面。几个月后，林家抬着聘礼来说媒，我当时心中欢喜，还以为他是来跟我提亲的，结果，最后定下的居然是他跟大姐的婚事！”

说到这里，齐亦薇的指甲深深刺入了掌心。

虞寒江冷冷地道：“定下婚约后，你们不敢反抗父母之命，于是就不断地私会。今天你们在后院偷偷相见，是不是凑巧被大小姐给撞见了？”

齐亦薇的身体微微一颤，没有回话，显然是被虞寒江给说中了。

虞寒江锐利的目光直直扫向她腰间那块玉：“这块玉佩，是林公子送的？”

齐亦薇没想到连这件事都被说中，她愣了愣，脸色变得无比苍白。

虞寒江淡淡道：“说吧，你跟林少爷是怎么合谋杀死大小姐的？”

齐亦薇瞪大眼睛，慌忙摇头：“不是我……我没有杀大姐！被大姐看见之后，我就慌忙逃走了，我真的不知道她是怎么出事的！”

虞寒江一针见血地问：“你慌忙逃走，那林少爷呢？”

“林少爷？”齐亦薇突然怔住，片刻后才说，“当时，我慌忙逃回红梅苑，路上撞到三小姐，借口说自己身体不好要回去吃药，我也不知道林少爷去了哪里。”

虞寒江问龙森：“找到林少爷了吗？”

“我问了所有的护卫，王府院子里没发现林少爷的踪迹，从王府前门出去的宾客中也没有发现他，倒是后门那里墙上的瓦片有几块碎了，他可能是从后门爬墙溜了。”

虞寒江冷冷地道：“立刻缉拿林少泊！”

江州牢房。

天香楼的姑娘和老板集体被押入大牢，这些姑娘平时能歌善舞，每天起来都要化上精致的妆容，被富家子弟们捧在手心里，哪里受过这种罪？

一看见地牢那阴冷潮湿的环境，众人就纷纷开始抱怨——

“这么脏的地方怎么睡人啊？”

“就是，连张床都没有。”

“告诉虞大人，快放了我们！”

负责看押她们的衙役被吵得不耐烦，怒喝一声：“都闭嘴！你们天香楼出了刺客，王爷要是动怒，你们所有人统统都要掉脑袋！还敢对地牢挑三拣四，地牢可不是让你们唱歌跳舞的地方！都老实点，你们几个，给我进去！”

男人身材魁梧、声如洪钟，姑娘们吓得面色发白，纷纷闭上嘴不敢多话。叶棋跟在人群里默不作声。

天香楼被抓的总共有 12 人，4 人一间，关在 3 个牢房里。

地牢的条件确实很差。没有床，地上铺着乱七八糟的干草，角落里还传来老鼠的叫声，一只肥硕的老鼠从面前经过，引得几个姑娘惊慌尖叫，还有人脱下鞋子打老鼠，牢房里一片混乱。

叶棋坐在角落里，认真地思考最近发生的事，正想着，突然见一个衙役走过来，道："哪位是叶姑娘？"

叶棋了起来："我是。"

衙役笑道："有位邵公子来看你了。"

周围的姑娘听到这里，投向叶棋的目光满是羡慕嫉妒恨。邵公子最近花钱包养叶姑娘的事大家都知道，没想到邵公子如此有情有义，在她身陷囹圄时还肯前来看她！

叶棋听见这话也是双眼一亮，立刻跟着衙役出去。

门外，邵清格长身玉立，手里拿着把折扇，摆出一副纨绔子弟的模样，脸上依旧是笑眯眯的表情，见叶棋出来，他从钱袋里掏出一块银子塞给那位衙役："有劳了。"

那衙役开心地收下钱："两位慢慢聊！我去给你们守着。"

花钱买通衙役，这种事邵清格做起来还真是顺手。

邵清格拿来一个食盒放在桌上："你还没吃饭吧？先吃些点心。"

叶棋在王府为了准备表演确实没吃晚饭，肚子正饿得咕咕叫，看见食盒，立刻掀开盖子，抓起点心就狼吞虎咽地吃了起来。

他在噩梦密室里经历过吃树叶活下来的艰辛，所以对食物格外珍惜，吃糕点的时候，一点碎渣都不会留，把小块的点心捧在手心里，吃得干干净净，那动作就跟一只饿坏了的小松鼠似的。

刚才在牢房的草堆里坐了一会儿，他的头发上沾着一些草屑。

看着他这又饿又狼狈的模样，邵清格心里发笑，伸出手帮他把头上的杂草给拿了下来，玩笑道："第一次体验坐牢吧？这里的条件是不是很差？"

叶棋郁闷地抬头："换你天天穿裙子扮女装，被抓起来坐牢试试？"

"听起来很委屈的样子？要不我让虞大人放你出去？"

叶棋很快镇定下来："肯定不行，案子没查清楚之前我们都不能放。没关系，反正是剧情需要，把我安排在天香楼，肯定是天香楼有线索需要我来收集。"他已经吃饱了，擦擦手，看着邵清格道，"我们走了之后，王府是不是又出了事？"

邵清格点头："大小姐死了，上吊自杀。"

叶棋愣了愣，立刻说道："肯定不是自杀吧！"

邵清格道："虞肖两位还在那边调查线索，特意交代让我过来看看你，其实大家对你都挺关心的。”

叶棋的心里微微一暖，道：“我没事，在牢里待几天而已。天香楼这边我知道的其实也不多，我仔细想了想，那个刺客应该是早就混在表演剑舞的队伍里了。”

邵清格感兴趣地问：“你怎么知道她不是杀了其中一个舞姬，冒名顶替的？”

“不可能。”叶棋摇头，“这几天我一直陪着她们练舞，这套剑舞的动作非常复杂，临时顶替的话没办法表演得那么完整。刚才在王府，舞蹈你也看了，5个人的同步性很高，每一个动作都整齐划一，跟音律的节拍也踩得很准，临时顶替做不到这点。”

“嗯，那倒是。”邵清格仔细回想方才的舞蹈，5个人确实配合默契，动作十分熟练，舞蹈的效果也挺让人惊艳，显然是一起练习了很久。

“她们排练的时候一直蒙着脸，我为了分清每一个人，特意记住了她们的眼睛、眉毛的样子，跟今天表演的5个人也对得上号。所以，那个刺客肯定是早有预谋，一直以舞姬的身份混在天香楼里，这次趁王爷生日宴的节目表演，混在舞蹈队里刺杀王爷。”

这家伙认真分析的模样还挺像样，邵清格微笑道：“还有别的线索吗？”

“我刚才核对了剩下的姑娘的身份，逃跑的刺客叫雪雁，按青姨的说法，她在天香楼待了一年了，看来，刺杀王爷的行动她已经谋划了很久，不知道跟刺杀虞大人的是不是同一批人。”

“好，记下了。你的话我会全部转告给虞大人。”

为免离开太久引人怀疑，邵清格就让叶棋先回去休息。

衙役把叶棋带去了一个单独的牢房，那牢房比其他人住的地方干净许多，而且还铺着崭新的被褥，叶棋瞪大眼睛：“这被褥哪来的……”

衙役笑眯眯道：“这是邵公子让我们给姑娘准备的，邵公子真是怜香惜玉，担心叶姑娘在牢里受苦，特意让小厮送了新的被褥过来。”

邵清格虽然嘴巴坏了点，心地还是挺好的，万恶的金钱在古代也同样管用。

叶棋心里感叹着，有钱就是好，坐个牢都和别人不一样！

与此同时，镇江王府。

提审完王府的所有人后，肖楼整理好笔录，跟着虞寒江一起去死者住处搜集线索。

他们在大小姐的闺房里找到了很多抄写好的经书，在书桌的抽屉里还有些大小姐给九公主写信时的废稿，显然，写信时她的内心非常矛盾，并没有提前想好信件的内容，只能边写边改。废稿上的字迹和九公主交给虞寒江的书信上的字迹一致，其中有一页废稿的内容也和最终书信上的差不多，这些证据至少能证明九公主交给虞寒江的信件，确实是大小姐亲笔所写。

此外，大小姐屋内还有一件崭新的裙子，整整齐齐地放在一边，这应该就是芸夫人当时给女儿准备的新衣，让她换上去参加王爷的晚宴，但她并没有换，死时依旧穿着那一身素净的白衣。

最重要的证物还没有找到。

导致大小姐死亡的毒到底来自哪里？点心、饭菜，还是茶水？

古代不能把食物拿去实验室化验，一般仵作验毒都是用银针。肖楼拿起桌上的点心，用银针试毒，发现几份糕点中并没有毒素，茶水里也没有。

伺候大小姐的贴身侍婢说，大小姐下午申时出去时没让她跟着，之后就一直没有回来，出去之前并没有在屋里用饭。

申时，也就是下午 4 点左右。大小姐死亡的时间是傍晚 6 点，她出去之后到底看到了什么、经历了什么，没有人知道。

虞寒江带上肖楼、莫学民和龙森又去搜了四小姐齐亦薇的住处。

刘桥所说的那几种药材还在，装药材的纸包甚至都没有拆封过。看来，并不是四小姐用这些药材配的毒。

二小姐、三小姐和其他夫人的住处都没有特别的发现。

搜完王府时已经快到凌晨。整个王府被封锁，夫人、小姐们聚在大厅里神色各异，虞寒江该搜的都搜了，该问的也问了，不好继续打扰，便跟王爷告辞。

王爷亲自送他到门口，叮嘱他一定要尽快破案。虞寒江保证说自己会尽力。龙森、曲婉月留在了王府，虞寒江带着肖楼、莫学民回了知府衙门。

邵清格和刘桥正在那里等他们，见两人回来，邵清格立刻上前问："怎么样？有头绪了吗？"

虞寒江微微皱眉："线索很多很杂，目前还不能锁定凶手。"

莫学民听到这里不由愣了："凶手不是逃跑的林少泊吗？"

刘桥也好奇道："不是林少泊和四小姐合谋干的？"

刚才在王府分析来分析去，不就林少泊嫌疑最大？

虞寒江低声道："没那么简单。四小姐的药材没有缺失，毒并不是她配的，目前还找不到毒死大小姐的药在哪里，所以不能轻易下结论。"

他给队友们使了个眼色，直接带大家去牢房看叶棋。

叶棋被单独关在一间牢房里，小家伙正窝在被子里睡觉，整个身体窝成了一团，只露出一只白皙的耳朵，就像是一只警觉的小动物。

肖楼看见他盖着的被子，不由得疑惑：“哪来的被褥？”

邵清格笑道：“我让人准备的，总不能让我们叶姑娘睡在这乱糟糟的草堆里吧。”

肖楼见叶棋缩成一团，不由得心疼：“这次真是委屈他了，牢房的地面潮湿、阴冷，现在又入了秋，就这样睡在地上，肯定很不舒服。”

叶棋被动静惊醒，醒来后看见大家，立刻跑过来：“你们回来啦，案子怎么样？”

虞寒江说：“案情比较复杂，两起案件应该会有关联，但现在还找不到联系点。你的证词邵公子已经跟我们说了，那个叫雪雁的刺客长什么样，你能画下来吗？”

叶棋仔细想了想，道：“我没学过美术，画不出来，但我专门记住了她的眼睛、眉型，如果再让我看见她，我一定能认出来。”

对方蒙着脸，光画个眉毛和眼睛也很难找人，看来只能让叶棋认人了。

虞寒江道：“你先休息，有什么线索我会让邵公子通知你。在没破案之前，天香楼的所有人都不能放，要委屈你先在地牢里待着，我们会尽快查清这个案子。”

叶棋点点头，笑容灿烂：“没关系，我睡哪儿都行。”

邵清格想起肖楼说地面潮湿阴冷，便开口道：“给你的被子很大，你可以铺一半盖一半，这样地面就不会冷了，我待会儿再让衙役给你弄个火盆，别被冻感冒。”

叶棋玩笑道：“谢谢‘金主爸爸’。”

邵清格轻笑出声：“不客气，这是金主应该做的。”

从牢房出来，外面的更夫在敲锣报时，已经是凌晨 2 点多了。虞寒江让大家都回去休息，他和肖楼也回了家。

累了一天终于回到家，云青一直在等他们，给他们端了两盆热水过来，两人先后洗漱。临睡前，肖楼拿了刘桥配好的外敷药膏，让虞寒江脱掉外衣，给他后背的伤口上药。

他用干净的棉布蘸着药在伤痕上涂抹，聊着案子来转移注意力：“你觉得林少泊不是凶手？”

虞寒江道：“如果是他，这案子就太简单了。刘桥亲眼看见四小姐和林少泊约会，大小姐给九公主的信件中也提到了两人的私情，林少泊有杀人动机，有作案时间，线索非常明确……可仔细推敲，却能发现很多不对劲的地方。”

肖楼认真听着："哪里不对劲？"

虞寒江低声分析："首先，林少泊哪来的毒？我们搜了四小姐的屋子，刘桥提到的那几种会导致中毒的药材全都没有动过，证明毒不是四小姐配的。如果是四小姐和林少泊早有预谋，联手作案，提前配好了毒，那也说不通。因为如果早有预谋的话，他们就不会在今天见面引人怀疑。"

肖楼赞同地点头："我也这么想，毒的来源不是四小姐，也不是林少爷，所以，这两个看上去嫌疑最大的人其实手里并没有作案工具。我们到现在都没有找到毒素，侍女说大小姐没在屋里吃过饭，我怀疑大小姐是在院子里被人当面投毒的。"

"嗯，你验过尸，她死前没有挣扎的痕迹，显然她吃下含毒的食物时没有反抗。能当面让她吃下食物，这人应该是大小姐所熟悉的人，否则她不会吃对方给的东西。"

虞寒江顿了顿，接着说："还有，我们来到江州后遭遇刺杀，王爷生日也有刺客出现，我觉得这个刺客组织不是案件的干扰项，而是和案子有直接关系。"

再联想到当时在京都书房里拿来的地图，为什么这个世界要设置齐国、楚国、燕国、赵国 4 个国家？如果只是单纯的宅斗谋杀案，只要一个齐国不就好了吗？

如此复杂的大背景，肯定不只是当摆设用的。

肖楼的双眼一亮："该不会是大小姐的死根本和情杀无关，而是不小心在王府目睹了不该知道的事，被灭口的吧？"

虞寒江点头："很有可能。你记不记得曲婉月提到的一个细节——九公主是先皇最小的女儿。昨晚九公主见到八王爷的时候叫八王爷皇兄？"

肖楼仔细一想，立刻反应过来："对，陛下叫王爷皇叔，九公主叫皇兄，说明陛下是九公主的侄子，而九公主又是先皇最小的女儿，这么说，陛下和先皇的关系，其实不是父子，而是祖孙？"

虞寒江也是从这一点推测出事情并不简单。

密室世界，很多时候特别明确的线索很可能是干扰项。而一些容易被忽略的细节，反而有可能是真正的线索——九公主给曲婉月八卦的后宫争斗以及九公主、八王爷和先皇、皇帝的辈分问题，说不定就在暗示着什么。

皇位一般是传给儿子的，先皇放着八王爷不传位，为什么传给孙子？

虞寒江见过当今陛下，龙椅上的那位非常年轻，也就二十岁上下，八王爷有四十多岁，即便是八王爷不理政事、不是当皇帝的材料，先皇难道就没有别的儿子了吗？

公主排行第九，说明在八王爷之前还有 7 个皇子皇女，那些人呢？

想到这些，肖楼突然说道："历史上，明朝曾有一次政变，朱元璋的四皇子朱棣打着'清君侧'的旗号推翻了侄子朱允炆的政权。朱元璋最初立了长子朱标为太子，可惜太子英年早逝，他就让孙子朱允炆来继承皇位。他儿子朱棣不服，在朱允炆执政后发起兵变，自己当了皇帝，就是那位永乐大帝。"

听肖楼这么一说，虞寒江心中豁然开朗。

明朝的那次兵变在历史上挺出名的，朱元璋跳过儿子立孙子为继承人，朱棣兵变篡位，最终执掌了明朝的政权，朱允炆下落不明，成了历史上的一桩悬案。

虞寒江皱眉道："朱元璋当时也是跳过其他皇子直接立皇孙为继承人，跟齐国现今的局面有些像。当今陛下这么年轻，八王爷城府极深，会不会是他想发起兵变，联合赵国谋反，赵国使者在王府跟他密谋的时候无意中被大小姐撞见，他直接杀了女儿灭口？"

如果这种推测属实，倒是可以把很多线索给串联起来。

赵国今天正好来人，二小姐说是赵国皇子派人来给未来岳父送贺礼并且派了礼部的人过来交流婚礼的一些细节。龙森说赵国使者进过王府，但没参加晚宴就离开了。

如果赵国使者下午进王府，跟王爷密谋什么，正好被外出散步的大小姐撞见，王爷想办法杀了女儿灭口也是很有可能的。

而且八王爷今天的态度确实有些奇怪，主动让虞寒江查案，非常配合。

说不定，暗杀虞寒江的那些刺客就是他派的，而暗杀王爷的刺客或许只是在演戏，当时刺客突然飞身刺向他，王爷一点都没有慌乱，表现得太镇定……像是早有预料一样。

侄子上位当皇帝，他这个皇叔，真的能甘心吗？

虞寒江想起当时和王爷聊到陛下，王爷只关心陛下的生活起居，不问任何朝堂之事，看上去就是个不问政事的闲散王爷……可如果，他是在韬光养晦呢？

虞寒江和肖楼都觉得八王爷谋反杀女的可能性，比林少泊、齐亦薇私情败露谋杀大姐的可能性要高得多。

次日，虞寒江醒后直接来到衙门。昨晚他已经吩咐下去，全城缉拿疑犯林少泊。然而一晚上过去，依旧没有任何关于林少泊的消息。

他去林家调查，林父疑惑地道："我儿子彻夜未归，我今天一大早派人去王府找他，王府说他早就离开了，你们现在又找上门来问我他的下落，我也不知道他去了哪里，这到底是怎么回事？”

就在这时，林夫人也急匆匆地走过来，低声在他耳边道：“我今天出门，听街坊邻居说，昨晚，王府的大小姐上吊自尽了！”

林父瞪大眼睛：“什么？”意识到大小姐或许是受了儿子的刺激才上的吊，

他愤怒地一拍桌子，“少泊呢？！还不让下人们立刻去找！这个畜生说不定又偷偷跑去青楼了，给我找，把整个江州城的青楼都翻过来也要找到他！”

林夫人战战兢兢地退下，林家也闹得鸡飞狗跳。

虞寒江从林府出来后，眉头越皱越紧。

他当时也怀疑林少泊是不是躲在某个青楼，所以昨晚让江州知府的衙役们重点搜索青楼，除了天香楼之外，还搜了什么百花楼、风雅轩、醉仙楼……

整个江州的青楼都被官差们翻了个遍，依旧没找到林少泊的踪迹。他一个富家子弟又不会轻功，即便从王府后院翻墙逃跑，也不可能消失得无影无踪。

心中不妙的预感越发强烈，虞寒江叫上肖楼，大步流星地来到王府门口。守门的龙森看见他们，直接放行。

两人走进王府，八王爷立刻迎了出来。

昨日的宴会发生了那么多事，一向风采卓然的王爷也显得有些憔悴，沙哑着声音问道：“虞大人，关于亦瑶被杀一案，可有什么线索？”

虞寒江道：“大小姐的死，最有嫌疑的是她的未婚夫林少泊，可微臣几乎把整个江州城翻了个遍，也没找到林少泊的影子。微臣有个大胆的猜测，林少泊还在王府。”

王爷满脸怀疑：“王府？本王昨晚就让护卫们搜遍了整个王府，没看见林少爷。”

虞寒江仔细想了想王府的分布图，突然道：“去池塘看看！”

王爷微微一愣，迅速跟上虞大人的脚步。

众人刚来到池塘，就听不远处响起一声尖叫：“啊！”

虞寒江飞快地走过去，只见两个侍女脸色发白，颤抖地指着不远处池中的漂浮物：“池、池塘里浮着一个人！”

“好、好像是尸体！”

王爷脸色一变：“快捞上来！”

几个护院立刻上前打捞，手忙脚乱地将一具尸体捞上来放在岸边。在池塘中泡了一夜，那尸体早已浮肿不堪，脸上的五官被泡得扭曲，皮肤脱水、皱皱巴巴，周围的人都恶心得转身去吐了。

肖楼却神色平静，走到尸体旁边蹲下来仔细查看。

尸体是一位成年男子，穿一身深蓝色的衣服，凌乱的头发上绑着蓝色的发带，手指上套着一枚祖母绿指环……

虞寒江深吸一口气，低声说:“是林少泊。”

第二十章

真相

王爷的眉头瞬间拧成了“川”字。虽然林家大少爷并不是林家最受宠的儿子，可如今人死在了王府，这要他如何跟林家的人交代？他沉着脸看向身旁的护卫，低声呵斥:“昨晚让你们仔细搜查王府，你们没搜这里吗？！”

夜里漆黑一片，池塘中又开满荷花，在荷叶的遮挡下漂着具尸体确实很难引人注意。护卫也很冤枉，小声解释道：“属下在池塘附近搜过，但没有进池塘里面打捞，天太黑看不见池中漂着尸体……没、没想到林少爷会失足落水！”

就在这时，众人耳边突然响起个温和的声音:“林少爷并不是失足落水。”

这声音，似乎来自肖公子？

众人愣了愣，齐齐回头。尸体被泡得浮肿，一看就让人恶心。肖公子居然一点都不介意，只见他神色平静地蹲在尸体旁边，指着尸体说道：“林少爷同样死于谋杀，死因不是溺水。”

虞寒江听到这里，也走过去蹲在肖楼身边，仔细观察尸体上的痕迹。

肖楼指着尸体手里紧紧攥住的衣服碎片以及颈部的瘀青，道：“你看，他颈部的痕迹虽然被水泡得浮肿，但能依稀分辨出手指印，凶手应该是从身后突然袭击他，用力掐住了他的脖子。他挣扎时撕破了凶手的衣袖，手里紧紧抓着的这块布料应当是属于凶手的。”

虞寒江从尸体的手中把布料扯出来仔细看了看，皱着眉把布料递给龙森：“这布料来自哪里，能确定吗？”

龙森接过来，跟自己身上的衣服仔细对比一番，道：“应该是护卫的衣服，王府护卫穿的就是这种藏青色衣服，统一订制，很好辨认。”

虞寒江看向肖楼:“你认为，林少泊是被人掐死之后才丢进池塘的？”

“没错。如果是失足落水，他落水后会挣扎，指甲里应该会有水草、泥沙等池塘里的东西，口鼻中大量涌入池水，也会出现泡沫和泥沙。”

肖楼将尸体侧翻，道：“他的口鼻中并没有泡沫和泥沙。”接着又挑开尸体的衣服，指着尸体身上的肌肉说，“另外，由于水温比人体温度要低，他落水后全身的肌肉受冷抽搐，尸体的僵硬程度会比较明显，尸斑一般呈淡粉色或暗红色。可他的尸体并不符合溺水而亡的特征。”

肖楼笃定地道:“他落水后没有挣扎过，说明他落水的那一刻就已经死了。林少爷是晚宴中途离开的，从尸体腐烂的程度看，林少爷应该是在昨天晚上戌时左右离开宴会之后遇害的，比大小姐的死亡时间还要晚一些。”

周围的人都目瞪口呆地看着肖楼，如果肖公子所说都是真的，那么，林少爷也是在王府被人谋害的——王府一天之内死了两个人，说明王府潜伏着一位非常可怕的凶手！想到这一点，下人们的脸色都变得难看起来。

虞寒江伸出手，扶着肖楼站了起来，走到王爷面前：“我义弟刚才的话，王爷应该也听到了，从验尸的结果来看，林少泊是被人掐死后丢进了池塘，两人一前一后死在王府后院，不知王爷对此有何高见？”

王爷的眉头一皱：“虞大人这话是什么意思？”

虞寒江看向王爷，坦然说道：“王府内有人肆意行凶，连续杀害大小姐和林少爷，凶手自然不会无缘无故地杀死这两人，凶手的杀人动机会是什么呢？”他刻意压低了声音，意有所指，“会不会是因为，大小姐和林少爷无意中看到了不该看的事，被人灭口？”

王爷仔细想了想，随即点头道：“大人说得有理。”他回头看向龙森，“龙护卫，立刻把所有人叫到前院，本王倒要问问看，昨天下午酉时到戌时，王府的人都在哪里、在做些什么！”

王爷事到如今还如此镇定，要么是真的很无辜，要么就是演技太过精湛。虞寒江刚才那句话其实是在试探，可王爷居然无动于衷。

很快，王府众人齐聚大堂，虞寒江再次逐一审问。

大部分护卫昨天下午都在前院忙碌，厨房里的一批人可以互相作证，侍女们在布置宴会现场，昨天留在后院的人屈指可数。

虞寒江将没有不在场证明的人叫去偏厅，重点盘问了一遍。

有个侍女歪着头仔细一想，突然说道：“对了，昨天下午酉时，我跟彩月回后院拿东西，路过荷花池的时候听见远处传来声响，好像有什么东西掉进了水里，我们循声去看，池塘里什么都没有，倒是见到秦护卫急匆匆地走了过去。”

彩月也证实了这一点，说昨天下午在后院见到过护卫秦瑞，时间也正好在酉时到戌时之间。

护卫都是男性，后院住的全是女眷，男女有别，为了避嫌，通常护卫们是不会主动去后院给自己惹麻烦的，除非接到命令，否则私闯后院可是重罪。

虞寒江问王爷：“昨日，王爷有没有派一位叫秦瑞的护卫去过后院？”

八王爷立刻否认：“没有。”

龙森听到后也说：“昨天下午来王府的宾客太多，我们一直在前院巡查，为免客人们误入后院影响到夫人小姐们，后院的门一直有人看守。”

虞寒江把负责看守的两人叫来，两人都表示没见过秦护卫。

既然看门护卫没见过他，那秦瑞是怎么进入后院的?

龙森紧跟着说道:“我没记错的话，秦瑞会轻功，而且武艺高强，不走正门，直接翻墙过去也不是什么难事。”

听到这句话，王爷的脸色猛然一沉。

虞寒江也皱着眉思索起来——护卫偷偷翻墙去后院，这可不简单。后院全是女眷，莫非，王府的某位夫人或者小姐跟这个秦瑞私通？！

3位夫人中，案发时，芸夫人在跟大厨核对晚宴菜单，很多人可以给她作证，她的不在场证明是最有说服力的；晴夫人在听风阁里监督下人们打扫院子，好几个侍女、小厮都可以作证。

唯独韩夫人——她说昨天下午一直在屋内睡觉，只有两个贴身侍婢证明。小雪、小霜这两个侍婢是她从娘家带来的，从小伺候她长大，对她忠心耿耿，她让侍婢说什么侍婢就会说什么，贴身侍婢是有可能做伪证的，所以她的不在场证明并没有说服力。

韩夫人体弱，又生着病，没力气杀死大小姐，可如果她和护卫私通呢?

武艺高强的护卫动手，自然干脆利落。

而且韩夫人是四小姐的母亲，之前就听闻韩夫人会医术。要是她和护卫私通的事被人发现，她就有了杀人灭口的动机。偷偷给大小姐下毒，再由护卫解决目睹这一切的林少爷，倒也说得通。

虞寒江低声道:“传秦瑞过来。”

秦瑞很快就进入审讯的偏厅。

这位侍卫看上去也就二十岁左右的年纪，身材高大，容貌英俊，腰间带着一把佩剑，确实是一表人才。

只是，他换了一身非常干净的新衣，不知道是不是因为旧衣服被人撕掉了一块。

虞寒江问道:“秦护卫，昨天下午酉时，你为什么去后院？”

秦瑞的脸色微微一变，低声解释道:“属下听见后院有响动，看见一个人影翻墙而过，担心是刺客，会危害夫人小姐们的安全，所以前去调查。”

虞寒江冷冷地盯着他的眼睛:“发现刺客，为什么不向王爷汇报？”

“当时情况紧急，那人已经进了后院，属下根本来不及汇报。”

“昨晚询问的时候，你为什么不说这件事？”

秦瑞的手轻轻攥紧:“属下担心引起误会，就没跟大人说。”

虞寒江道:“为什么换了一身新衣？你的护卫服去哪儿了？”

秦瑞神色尴尬，解释道:“昨天追踪时被树枝划破，属下拿回去准备缝补后再穿。”

这套说辞完全不可信。

王爷怒道：“你竟敢私闯王府后院！”

秦瑞立刻在地上跪下来，双手抱拳，低声道：“王爷，属下确实是看见有人翻墙进了王府的后院，因此才追去调查，请王爷明鉴！”

王爷道：“那你追到的刺客呢？”

秦瑞沉默片刻，垂下头：“……被那人跑了。”

王爷用力一拍桌子：“满口胡言！”

他冷冷的目光扫向龙森：“去把韩夫人叫来。”

龙森去隔壁传唤韩夫人。

片刻后，韩夫人来到偏厅，她本就生着病，肤色苍白，走路的时候弱不禁风，几乎要摔倒，王爷盯着她，直接问道：“昨天下午，你可见过秦护卫？”

韩夫人脸上血色尽失，颤声道：“王爷为何这么问？妾身未曾见过秦护卫！”

王爷冷冷地道：“据本王所知，你跟秦护卫都是林州人氏。有下人汇报，说你身体不适，秦护卫还帮你带过药，是否属实？”

韩夫人战战兢兢地道：“是妾身拜托秦护卫顺路去抓药的……”

王爷又一掌拍向茶桌，差点把桌子给拍烂：“混账！王府那么多丫鬟小厮，你要买药，需要让秦护卫来帮你？！你们两个竟敢背着本王私通，真是好大的担子！”

韩夫人吓得瑟瑟发抖，“扑通”一声跪在王爷面前，她泪眼汪汪地看向王爷，颤声道：“请王爷明察！秦瑞实为妾身大姐的儿子，他自小父母双亡，是妾身将他带大的。前些年他来王府做护卫，为免落人口实，妾身不敢告诉王爷实情……”

说到这里，本就身体虚弱的韩夫人，大概是受不了刺激，突然两眼一翻，当场晕了过去。

秦瑞立刻紧张地扭头，想扶她，又把手缩了回来。

王爷心中虽然气愤，但还是心疼这位夫人，立刻说：“快去医馆请林大夫！”他快步走上前去，横抱起晕倒的韩夫人，把夫人放去了隔壁客房的床上。

片刻后，一位头发花白的郎中提着药箱进了王府，坐在夫人床边，替她把脉。众人都紧张地等待着结果。那郎中摸着胡子琢磨了半晌，才道：“恭喜王爷，夫人这是喜脉。”

王爷微微一愣，很快就一脸惊喜：“真的？”

郎中道：“夫人确实是喜脉，只不过她脉象虚弱，近日她是不是食欲不振？”

侍女小霜急忙上前说："是的，夫人每顿饭只能吃下一碗粥。"

郎中想了想，道："王爷，夫人身体向来虚弱，此时怀孕实属凶险，草民先给夫人开一副安胎药。她现在缺乏营养，需要好好调养，万不可激动伤心，万一动了胎气，那真是神仙难保。"

王爷一脸心疼和懊悔，立刻说道："有劳大夫。"郎中转身去写药方，王爷则在床边守着韩夫人，虞寒江和肖楼的神色颇为尴尬。

看来，刚才的推理又得全部推翻。

韩夫人和秦护卫居然是小姨和外甥的关系，韩夫人脸色不好、吃不下饭，其实是怀孕早期的反应，肖楼万万没想到事情居然会这样发展。

就在这时，一身红衣、扎着两个利落马尾辫的三小姐突然急匆匆地朝这边走过来。她一进门就跪在王爷面前："父王，昨日是女儿跟秦护卫在后院见面，女儿跟秦大哥两情相悦，我们已经有了肌肤之亲，还请父王成全！"她说罢就用力在地上磕了个响头。

刚缓过一口气的王爷，差点被气得心脏病发。

王府的关系真是乱成了一锅粥。

虞寒江和肖楼站在旁边，看到这里也有些头痛。

韩夫人是秦护卫的亲姨娘，秦护卫"私通"的对象其实是三小姐。

其实仔细一想，三小姐昨天下午确实也去过后院，她说，当时在后院看见四妹急匆匆地往红梅苑走，还过去询问四妹。虞寒江把三小姐当作了目击者，却忽略了三小姐去后院做什么。

王爷听女儿亲口承认跟秦瑞有"肌肤之亲"，气得脑袋一阵胀痛，指着秦瑞说："好你个秦瑞，竟敢背着本王跟三小姐私会！来人，把他拖下去杖责一百！"

三小姐立刻扑过去道："父王，我这一身武艺全是秦大哥教的，是女儿天天缠着他教我武功，是女儿先喜欢他的，父王要打就打我吧！"

这姑娘性情刚烈，十分勇敢，拦在秦瑞面前不肯让人动手。

秦瑞听到这里，终于微微动容，看向三小姐道："三小姐对属下的情谊，属下铭记于心，但请三小姐不要因为属下而毁了自己的清白。"

齐亦如脸颊一红，道："父王，女儿是真的喜欢秦大哥！"

韩夫人正好醒了过来，听到这里，便看向王爷道："王爷……瑞儿自小就没有父母，是我这小姨娘将他带大的，算是他的半个母亲。三小姐对瑞儿用情如此之深，妾身恳求王爷，不如允了他们的亲事吧？瑞儿武艺高强，一定能保护好小姐的安全……”

秦瑞神色复杂地看了三小姐一眼，等待着王爷的发落。

王爷皱了皱眉，仔细看向女儿。

他这个三女儿嚣张跋扈不是一两天了，就像难以驯服的野马，她认定的人不会轻易改，万一不同意，她再来个一哭二闹三上吊，王府就闹得太难看了……

韩夫人本就出身名门，秦瑞的家世自然不算差，虽然目前王府护卫的身份配不上自己的三女儿，但他武艺高强，只要他真心待女儿，随便给他找个差事，甚至让他做御林军统领也不是什么难事。想到这里，王爷便点了点头：“那就依夫人的，本王许了你们的亲事。”

三小姐那激动的样子，要不是有外人在场，估计她要跳起来去外面跑圈。

秦瑞红着耳根叩首道：“谢王爷、姨娘成全。”

王爷紧跟着对三小姐道：“你大姐刚过世，你现在年纪也小，你们的婚事等两年以后再说，回去再跟你母亲好好商量商量。”

三小姐乖乖点头：“是，父王。”

这姑娘雷厉风行地赶过来，都是因为听说心上人被传去问话，才急忙跑来做伪证，可惜被正直的秦瑞当面拆穿。不过，韩夫人居然是秦瑞的亲姨娘，还愿意成全他们，这倒是意外之喜。

肖楼和虞寒江似乎间接当了一次媒人。

三小姐看向虞寒江，红着脸道：“大人，我刚才说了谎，昨天下午我在院子里闲逛，看见秦护卫急匆匆地往佛堂那边赶去，好像在追什么人！他的轻功太厉害，我没追上。刚才是担心你们误会他，我才乱说的。”

这证词倒和秦瑞一致。

秦瑞看上去正直严肃，与三小姐的说辞也对得上，应该没说谎。这么说昨天下午秦瑞确实见到一个人翻墙进了王府，并且追过去调查，而那个人才是本案的关键。

虞寒江看向秦瑞：“秦护卫，麻烦你详细说说昨天下午的情况。”

秦瑞道：“昨天下午酉时，我在王府巡逻，突然看见一个身影从角落里飞进后院，那个人轻功了得，鬼鬼祟祟，我担心他是刺客，就立刻追了上去。可惜属下技不如人，追了片刻，那人就在王府消失，最后消失的位置是在佛堂附近。”

虞寒江皱眉：“凭空消失？”

秦瑞道：“也不算凭空消失，属下追到佛堂，看见四小姐路过，属下问她可曾见过那刺客，四小姐摇头说未曾见过陌生人。”

齐亦如脱口而出：“不对吧！”

秦瑞回头看她："三小姐，有什么不对？"

齐亦如道："我先看见你用轻功飞去佛堂的方向，我没追上你，叫你，你也不理，我就转身去假山逛逛，看见四妹急匆匆地从假山那边过来……怎么可能同一时间，她又出现在佛堂呢？"

秦瑞道："可属下确实在佛堂看见了四小姐。"

两人面面相觑。

按照时间线，三小姐先看见秦瑞去佛堂，又在假山附近看见四小姐，秦瑞同时在佛堂看见四小姐……怎么会有两个四小姐？

虞寒江立刻察觉到问题，他低声道："秦护卫见到的四小姐很可能是别人假扮的。"

三小姐和四小姐的口供对得上，昨天下午两人确实在假山附近见过面。所以，秦瑞追去佛堂后见到的那位四小姐，肯定不是本人。

四小姐平时喜欢用白纱遮面，护卫很少来后院，因此对四小姐的具体容貌并不是很清楚，看见一个白纱遮面的女子，自然会下意识地以为是四小姐。

其实，秦瑞见到的那人才是真正的凶手！

那个人会轻功，武艺高强，翻墙去后院的时候不小心被秦瑞看见，秦瑞警觉心很强，立刻追了上去。对方见难以摆脱秦瑞的追踪，干脆就把秦瑞引去佛堂，然后拿白纱遮住了脸，假扮成四小姐的样子蒙混过关。

为了证实这个推测，虞寒江将四小姐请了过来。

秦瑞仔细一看，脸色一白，道："跟属下见到的人确实不太像。"

意识到自己被骗，秦瑞也是悔不当初："怪不得属下搜遍佛堂也找不到那刺客的踪迹，原来，她是扮成四小姐的模样，从我面前大摇大摆地走过去了！"说到这里，秦瑞立刻愧疚地朝王爷抱拳，"属下无能，放走了刺客，请王爷责罚！"

王爷皱着眉摆摆手："算了，四小姐平时很少去前院，你没见过她，认错人也正常。如此看来，那位蒙面的女子很可能就是昨天晚宴时行刺本王的刺客？"

虞寒江也觉得这种可能性很大。

韩夫人身体虚弱，额头都是冷汗，王爷心疼地抱起她，道："本王先带夫人回去休息，亦薇，你也过来多陪陪你娘亲。虞大人，这个案子就有劳你继续调查了。"

虞寒江礼貌地道："恭送王爷。"

王爷带着韩夫人和四小姐走了，三小姐也拉着秦瑞跑了。

林少爷的尸体让护卫送去了林家，林家碍于王府的地位不敢当面撕破脸，肯定会给虞寒江施压，让他这个江州知府尽快破案。

虞寒江压力很大。

几个人迅速回到知府府邸，邵清格和刘桥在等他们，大家一起整理今天的线索。

肖楼道："秦瑞的证词我认为可以相信，既然他和三小姐是一对，这两人是凶手的可能性很低，以三小姐的火暴脾气，即便偷情被发现，大不了跪在王爷面前让王爷成全，根本不用杀人。"

虞寒江点头："嗯，这两人也不像是提前串过供。"

老莫的头快要炸了，忍不住道："这王府真是复杂！如果秦护卫的证词是真的，那么，他昨天下午看见的那个蒙面女子，很可能就是杀死大小姐的凶手吧？！"

虞寒江摇头："不是。"

老莫和龙森都满脸茫然："她也不是？"

虞寒江一针见血地道："如果这个女子是行刺王爷的刺客，那她就不会是杀害大小姐、林少泊的凶手。因为大小姐被杀的现场伪装成了自杀，而且是先被投毒又被吊在树上。林少爷则是被人从身后掐死，然后丢进池塘里的。刺客杀人何必这么麻烦？一剑解决不就好了？"

想起那晚一剑刺伤虞寒江的刺客，两人恍然大悟："对，如果是刺客行凶，她怎么会把大小姐吊在树上？一剑封喉更符合刺客的作风！"

虞寒江补充道："这个案子得拆分调查，目前，秦瑞见到的那个蒙面女子很可能就是刺杀王爷的刺客，通过这条线，我们能找到刺客组织。而大小姐、林少爷被杀，真凶还是不能确定。"

肖楼道："王爷的嫌疑能排除吗？"

虞寒江摇头："依旧不能，大小姐和林少爷被杀我还是倾向于他们知道了不该知道的事情，被王府的熟人给灭口。"

虞寒江看向肖楼，后者点了一下头，拿出从京都带来的四国地图。

肖楼将地图展开在桌上，虞寒江指着地图分析道："大齐和西北边的燕国常年交战，和楚国互不干涉，和赵国和亲友好。王府二小姐和赵国皇子定了亲，王爷如果借助赵国的力量谋反，确实有很高的成功率。赵国使者团突然来江州，应该没那么简单。"

莫学民赞同道："赵国使者团出现的时机确实有些巧。"

龙森说："但我确定那天进王府的赵国使者团都在前院，王爷请了两位使者去书房里密谈，应该不会被后院的大小姐给撞见。"

虞寒江淡淡地道："你看到的使者团可全是男子？"

龙森点头："两位都是男子，穿着赵国服饰，非常好认。"

虞寒江道："赵国使者说不定还有女子，有些事不一定非要跟王爷密谈，别忘了，王府还有一个人。"

肖楼立刻反应过来："二小姐，淑安郡主？"

莫学民仔细一琢磨，也赞同地道："这位二小姐可不是一般的女子，面对谋杀案，三小姐惊慌失措，四小姐面色苍白，只有二小姐镇定自若，回答问题时条理清楚，谈吐、仪态都很有大家闺秀的风范。"

肖楼道："关键是她要跟赵国和亲，如果王爷真要借助赵国的力量来谋反，她只能帮助父亲。我有种猜测，说不定王爷和赵国达成了什么协议……没记错的话，郡主和亲的对象是赵国的二皇子？二皇子并不是赵国太子。"

莫学民道："没错，赵国的太子是大皇子。"

虞寒江摸着下巴道："如果王爷帮助二皇子，让二皇子成为赵国国君，那么他女儿就会变成赵国的皇后，赵国再帮他篡位，让他成为齐国的皇帝，双方互惠互利，这样的协议如何？"

众人听到这里都不由得倒抽了一口凉气。

没想到王府一起谋杀案，居然牵扯出了这么多线索，甚至涉及两个国家的权力交替，怪不得红桃 8 密室的名字是"乱世烽烟"，这剧情真当得起"乱世"两字。

虞寒江的推理似乎越来越接近真相，可现在还有一个谜题依旧没法解开——派来刺杀他的刺客和刺杀王爷的刺客，到底是不是同一批人？又是谁在幕后谋划？

虞寒江的一切猜想都只是理论上的推测，实际上的证据其实只有林少泊手里紧攥着的那块碎布，那是本案最关键的物证。

想到这里，虞寒江看向龙森说："王府的护卫有几套衣服？"

龙森道："同样颜色和款式的衣服大家都做了两套，用来换洗。"

"你是王府的护卫总管，你回去后马上召集所有护卫，仔细检查他们的衣服。身上穿的，还有另一套换洗的，看看谁的衣服少了一片，或者是有缝补过的痕迹。"

"明白，我这就去查。"

为了弄清八王爷是不是在谋反，虞寒江决定回一趟江州虞家去询问年事已高的祖父。按照设定，祖父曾高居丞相官职，后来辞官回乡，虞寒江也跟随祖父在江州长大。祖父的年龄跟先皇相近，已经超过 70 岁，他老人家或许知道一些秘密。

众人各自散开，虞寒江便带着肖楼一起回了虞家。

虞家就住在江州城郊，整座院子清幽古朴，一看就是书香门第。踏进家门，虞寒江心中也莫名生出一丝熟悉感，毕竟在剧情设定里他是在这里长大的。

门口护卫见到他，满脸惊喜："少爷回来了？小的这就去通报！"

虞寒江点了一下头，两人顺着青石板路来到大厅，父母已经收到消息赶了过来，虞寒江和肖楼一起给长辈们行礼。

虞父问道："寒江，你什么时候到江州上任的？怎么现在才回家里呢？"

虞寒江解释道："孩儿初到江州，有许多公务需要处理，这几日十分繁忙，今天才抽出些时间回家探望。爹，娘，近日身体可好？"

虞母微笑道："我跟你爹爹一切都好，倒是你们两个，3 年没见好像都瘦了！"她看向肖楼，满脸慈爱，"小楼，你跟着寒江在京都，是不是吃了不少苦？"

肖楼道："义母，千万别这么说，虞哥在京都公务繁忙，我多帮些忙是应该的。"

虞寒江："爷爷呢？怎么不在家？"

虞父道："你爷爷天天去钓鱼，这会儿还没回来呢。"

虞母温言说："你们就留在家里用饭吧，娘让厨房给你们准备些好吃的。"肖楼和虞寒江陪父母聊了会儿天。

将近午饭时间，爷爷才拿着鱼竿和鱼篓优哉游哉地回来了，他的鱼篓里有几条刚钓上来的鱼，见孙子回来，老人家高兴得笑眯了眼睛，立刻把鱼交给厨子炖汤喝。

肖楼留在偏厅跟虞母说话，虞寒江则找了个机会单独叫爷爷去书房。

他将王府发生的事情简略地告诉了爷爷。别看虞爷爷年纪大了，精神状态却好得很。听说王府里死了人，老人家眉头微微一皱，摸着长长的胡子，说道："这件事不简单，你要仔细调查，但也得学会明哲保身，不该知道的就假装不知道，以免给自己招惹麻烦。"

听爷爷意有所指，虞寒江低声问："爷爷，您曾给先皇当了十多年的丞相，先皇当年为什么要把皇位传给皇孙，而不是皇子？"

虞爷爷轻叹一口气："唉……这件事说来话长，先皇那也是不得已而为之。"虞寒江坐在旁边认真地听着："不得已？到底是什么缘由？"

虞爷爷道："先皇于子嗣上颇为福薄，很多皇子出生不久就夭折了，活下来的只有5个皇子，大皇子、三皇子、五皇子、六皇子和八皇子。大皇子是长子，又是正宫皇后所生，先皇对大皇子最为宠爱，在大皇子还在襁褓中时就立他为太子。”

想起当年的事，老爷爷的脸上不由浮起了一丝哀痛：“大皇子天资聪颖，宅心仁厚，大臣们也都认为他会是最好的继位人选，然而，他20岁那年外出狩猎被毒箭所伤，当场毙命。经过调查发现居然是三皇子所为，陛下怒火攻心，干脆给三皇子赐了一杯毒酒。”

虞寒江怔了怔：“三皇子暗杀太子殿下？陛下盛怒之下赐死了他？”

虞爷爷摸着胡子摇头：“唉，皇家的秘密自然不好外传。大皇子早逝后，太子之位暂时空了下来，陛下本想好好考察几位皇子再做决定，但没过多久，皇后也病逝了，后来调查才发现，居然是淑妃所为，淑妃下毒害死皇后，明妃又毒害淑妃，还牵扯到五皇子、六皇子背后的势力。后宫的嫔妃们为了争宠，手段之毒辣，让先皇心灰意冷，于是先皇秘密立下遗旨，驾崩之后让所有嫔妃给他殉葬。”

虞寒江听完这段故事，也觉得惊心动魄。他仔细一想，道：“三皇子被先帝赐了毒酒，五皇子、六皇子两位皇子联合他们的母妃夺权，可是八王爷……也就是当初的八皇子，并没有参与太子之位的争夺，为什么先帝不考虑立他为储君？”

虞爷爷笑了笑，道：“八王爷才是看得最透彻的一个人。先帝的几个皇子当中，他学识渊博、才华出众，本来也是最好的储君人选，先帝当初询问我们这些大臣时，大家都建议立八皇子。然而，就在先帝决心立八皇子为储君时，他却主动上了一道奏折，建议先帝立下规矩，以后大齐传位只传皇后所出的嫡子，若无嫡子再传长子，万不可乱了秩序，这样才能避免后世的储君之争。”

历史上，因为储君之争血流成河的事并不少见。八王爷显然懂得“明哲保身”的道理，当时他跟他母妃无权无势，陛下如果立他为太子，他就会变成下一个待宰的羔羊，被五皇子、六皇子联手打压。当年的他到底是真的无心权势，还是在扮猪吃老虎等待最好的时机？

爷爷接下来的说法给了虞寒江答案：“先帝驾崩那年，当今陛下继位，当时的陛下只有18岁，五王爷、六王爷起兵逼宫谋反，是八王爷和陛下里应外合，平定了叛乱。陛下虽然年幼，却深谋远虑，他早就料到两位皇叔不会安分，在先皇病重的时候就提前做好了布置。两位王爷太轻视这个年幼的侄子，在皇宫内被乱箭射死，最后陛下找了个‘病逝’的理由将他们安葬了。”

当年的事，彼时刚考上状元的虞寒江并不知情。皇宫内的斗争，很多都是不能外传的秘密，爷爷虽然年迈隐居在江州，可朝廷有好几个官居高位的大臣都是老爷子的得意门生，他自有消息来源。

只是，虞寒江听到这里不由得疑惑，如果八王爷真想造反，陛下刚登基、地位还不稳固的时候起兵谋反岂不是更容易？何必帮助这个侄子平定另外两个王爷的叛乱？

如今太子登基已有 4 年，朝廷重臣大部分对当今陛下十分信服，陛下也渐渐培植起了自己的亲信，八王爷想要谋反，已经错过了最好的时机。

难道八王爷真是一个只爱美色、无心从政的闲散王爷？

虞寒江皱着眉陷入了沉思。

虞爷爷感慨道："身在皇家，身不由己，当年的后宫斗争，不少嫔妃、皇子和公主枉死，八王爷和九公主是陛下为数不多的亲人了。"

虞寒江突然想起陛下给八王爷的那封密函，难道是自己的推测错了？

正好母亲叫人传饭，虞寒江便扶着年迈的祖父一起过去。一家人围着餐桌吃了顿团圆饭，虞寒江又跟父母聊了片刻，这才带着肖楼告辞。

离开虞家后，肖楼微笑着问："怎么样？这一趟有收获吗？"

虞寒江低声道："我们的推理可能又出错了。"

"你是说，八王爷并没有谋反的嫌疑？"

虞寒江点头："以爷爷的描述看，八王爷不像那种人，据说当年当今陛下继位时，五王爷和六王爷联手起兵逼宫，是八王爷协助陛下平定了叛乱，那两位王爷都被乱箭射死在宫内。八王爷如果想谋反，没必要等到陛下的羽翼已经丰满的时候再行动。"

肖楼听到这里也有些意外："这么看来，八王爷对当今陛下其实很忠心？"

虞寒江道："既然陛下是个深谋远虑的人，如果他忌惮八王爷，应该不会傻到让八王爷的嫡女淑安郡主嫁去赵国和亲，给自己留下这么大的隐患。"

肖楼仔细想了想："让八王爷和赵国结盟，是不是说明陛下对八王爷其实很信任？"

"陛下还给了八王爷一封密函，不知道写了些什么。或许我们的推理跑偏了，八王爷不是要谋反，而是要和陛下联手……镇压江州可能存在的谋反势力？"

肖楼双眼一亮："这样也说得通！王爷就从反派变成了正派，有人要谋反，但不是八王爷，那么他跟陛下是一条船上的？"

推理的过程本就是抽丝剥茧，一种思路错了，就立刻换另一种。王府的谋杀案牵扯出的线索太多，他们一开始认为是后宅争斗，后来又怀疑是八王爷谋反……

如今却发现全都错了。

林少泊不是凶手，秦护卫不是凶手，八王爷很可能也不是凶手。那么，到底是谁在王爷生日那天潜入王府连杀两人？

虞寒江看向肖楼：“不知道龙森那边的进度如何，我们再去王府一趟。”

王府。

虞寒江和肖楼一进门，龙森就急匆匆地迎上来，压低声音说：“三小姐和秦瑞都不见了，据说是因为她亲娘晴夫人不同意她跟秦瑞的婚事，甚至以死相逼，三小姐性格刚烈，昨晚收拾行李，直接跟秦护卫私奔了。”

居然叫上护卫私奔，这姑娘胆子可真够大的，这下不同意也没办法，晴夫人肯定要被她气疯。然而虞寒江觉得事情没那么简单，他低声问：“三小姐和秦护卫都会武功吧？”

龙森点头：“秦瑞是王府护卫中武艺最高的一个，三小姐的武功我没有见过，但听说她力大无比，一个姑娘家能用剑直接切断一棵树，显然武功也不弱。”

虞寒江若有所思：“你们觉不觉得，王爷昨天突然答应三小姐的婚事有些草率？”

肖楼仔细一想，也觉得不太对劲。三小姐怎么说也是王府千金，秦瑞是王府护卫，还是韩夫人的外甥，两人身份差异巨大，韩夫人莫名其妙地说要替外甥做主，王爷顺水推舟居然同意了这门亲事？哪有三言两语就把女儿嫁给护卫的道理？

如今，三小姐和秦护卫以“私奔”的名义一起跑了——到底是真的私奔，还是王爷故意将他们放出府去，执行什么特殊任务？

虞寒江道：“王爷可不简单，现在整个王府都因为谋杀案被封锁，没人出得去，这么一闹，三小姐和秦瑞不就顺理成章地出了王府？而且大家都觉得三小姐性格刚烈，不满母亲对婚事的反对，干脆鱼死网破拖着护卫私奔，这两人失踪，也就不会引人怀疑。”

仔细推敲，其实昨天王爷和韩夫人夫唱妇随给两个人定亲就挺奇怪的，王爷都同意了，晴夫人即便反对，三小姐也没必要私奔吧？王府当然是王爷说了算。

肖楼越想越觉得虞队的推测很有道理：“这么说，他把武功最好的秦瑞，还有三小姐弄出府，可能也是想调查刺客组织的情况？”

虞寒江点头：“嗯，不然三小姐这时候私奔说不通。”

他顿了顿，看向龙森问：“护卫那边，排查的结果怎么样？”

龙森神色沮丧："所有王府的护卫全部查过了，没有一个衣服破损。"

肖楼和虞寒江面面相觑。

那林少泊手里的衣服碎片是哪里来的呢？

虞寒江双手抱在胸前，仔细思考一番，突然道："会不会是……有人冒充王府的护卫，潜入王府，被林少泊给撞见，所以杀人灭口？"

肖楼赞同："目前只有这个解释了，不然林少泊手里不会平白无故多出一块布料。"

又是天香楼的刺客，又是假扮四小姐的女子，又是冒充护卫的人……八王爷这个生日，过得还真是热闹。

护卫这边查不出什么来，虞寒江和肖楼只好打道回府。

刘桥和邵清格在知府府邸等他们，肖楼大概把今天的线索给两人复述了一遍，邵清格用力按着太阳穴："这么说，之前的推理要全部推翻？"

刘桥也头疼地道："A 级密室真是复杂！"

枫林高中、极速列车这些红桃密室嫌疑人就那几个，依次排查总能锁定真凶。但乱世烽烟密室牵扯的范围太广，想要把所有的线索串起来可不是容易的事。

肖楼道："刚进这密室的时候我就觉得会很难，因为这个密室并没有时间限制。"

回想起当时悬浮框的提示，老莫也猛地回过神来："没有时间限制的密室，我们要是破不了案，说不定再过几个月，贼子起兵谋反，把龙椅上的陛下给推翻了，虞大人可是陛下的亲信，到时候我们也得团灭吧……"

邵清格道："确实，这谋反案如果不及时查出来，我也觉得大齐会彻底陷入战乱，死的不只我们，还有大批无辜百姓。"

虞寒江无奈地道："现在，八王爷的嫌疑变小，杀死林少泊的人并不是王府的护卫，而是有外人假扮护卫潜入王府，重点又回到了这个刺客组织的身上。"

肖楼道："要不要去问问天香楼的姑娘们？"

虞寒江带着肖楼、莫学民一起进入地牢。

天香楼的姑娘们被饿了一天，个个垂头丧气的，没什么精神，虞寒江让人给她们送了些饭菜，一个一个提审，重点审问了老板青姨。

然而青姨一脸茫然："民女也不知道。昨晚行刺王爷的舞姬名叫雪雁，她是一年前来到天香楼的，她说自己从小父母双亡，靠乞讨为生，她长得好看，跳舞也跳得好，我见她可怜就收留了她。谁能想到她会刺杀王爷啊，民女真是冤枉！"

别的姑娘的说法也差不多，全都表示不知情。

虞寒江问不出什么线索，只好继续把天香楼的姑娘们关起来。

次日一早，虞寒江和肖楼准时起来。

邵公子说要请虞大人吃早餐，花钱买了江州最出名的状元楼的包子点心，笑眯眯地送上门来："在下脑子不够用，不会分析案情，所以只能给你们一些物质上的支持。"

肖楼和虞寒江一起坐下来吃包子，这家店的包子确实味道鲜美。肖楼玩笑道："你倒是挺会享受的？你爹给你的几箱黄金花完了吗？"

邵清格摇着扇子道："没花完，可惜不能带出去。"

正聊着，突然有个衙役急匆匆地跑过来："大人，不好了！江州地牢有人劫狱，天香楼的几个姑娘全都被救走了！"

3 人同时一怔。

邵清格本在旁边笑眯眯地挥着扇子，听衙役来报说地牢出了事，他手中扇子"啪"地一收，脸色瞬间变了："叶棋也在地牢。"

虞寒江沉声问："叶姑娘呢？"

那衙役道："叶、叶姑娘也不见了！"肖楼道："快去看看！"

一群人飞快地来到地牢，邵清格大步流星地朝走廊深处走去——叶棋的牢房里并没有人，他心里咯噔一下，脊背蹿过一阵寒意！

劫狱？怎么会突然有人劫狱？

虞寒江和肖楼也很困惑，天香楼被抓进来的包括叶棋有 12 个人，结果现在地牢里空空荡荡，一个都不剩。

负责值夜的衙役倒在地上，肖楼立刻走过去，用手试探他们的鼻息。

虞寒江问：怎么样？"

肖楼说："都有呼吸，后颈有瘀青，应该是被打晕的。"

衙役没被杀死，虞寒江松了一口气，他看向来通报那人，低声问："什么时候发现的？"

那衙役战战兢兢地说："今早来换班的时候，属下发现昨晚值夜的两位晕倒在一边，3 个牢房全都是空的，天香楼的姑娘们都不见了，属下就立刻去跟大人汇报了！"

看来，劫狱的人是昨夜动的手。

虞寒江仔细在现场看了一圈，牢房的锁不是被撬开，而是被利剑劈断的，劫狱的人手中持有锋利武器。没杀衙役只是从身后打晕，说明他们并不是穷凶极恶之辈。

江州地牢里目前关押的犯人不止天香楼的姑娘，还有一些犯了其他罪的人被关在另一边，虞寒江走过去一看，这些人也全部被蒙汗药给迷晕了。

肖楼道："看来劫狱的人目标明确，不伤人，只救天香楼的姑娘。"虞寒江眉头紧皱："这不太像刺客组织的风格。"

邵清格的脸色有些难看："叶棋会不会陷入危险？"

就在这时，耳边突然吹过一阵风，似乎有一团空气在动，紧跟着，邵清格的袖子被一双手轻轻地扯了扯，手心里似乎有人在写字。

柔软的手指，在他手心里快速写下一个字：叶。

这鬼灵精怪的家伙，居然穿上隐身斗篷跟在大家的身后，害大家白担心一场。

邵清格脸上的神色瞬间缓和。隐身的叶棋跟着邵总和虞、肖两人一起走出地牢。

邵清格低声在虞寒江耳边说："叶棋穿着隐身斗篷，像背后灵一样跟着我们，可能有话要说。"

什么叫背后灵啊！能不能形容得好听一点？！

虞寒江会意，带着肖楼、邵清格来到知府后院，走进书房反手关上门。

邵清格轻笑道："小叶出来吧。"

叶棋这才脱下隐身斗篷，在3人面前显露身形。

见他一头乱发，衣服也脏兮兮的，邵清格问道："昨晚发生了什么事？你没受伤吧？"

叶棋摇了摇头，兴奋地道："昨晚真是吓死我了，简直是上演好莱坞大片！两个黑衣人嗖嗖地从外面飞过来，其中一个身材高大的，手掌就那么一劈，轻轻松松地放倒值夜的两个看守，另一个手里拿着白色的粉末往那边一洒，其他犯人全被迷晕了！"

肖楼看他一边手舞足蹈地比画，一边绘声绘色地描述昨晚的场景，不由觉得好笑，倒了一杯茶端给他："你慢点说，先喝口水。"

叶棋接过茶润了润喉咙，接着说："我当时察觉到不对，立刻缩进被子里装睡，那两人走到天香楼姑娘们被关押的地方，几剑劈开锁链，男的说了句'青姨，主人让我们来救你'，那青姨似乎一点都不惊讶，叫醒天香楼的姑娘们，就跟着他俩走了。"

"然后一个女的问'天香楼被关的有多少，人数对吗？'青姨说'叶姑娘不是我们的人，不用管她'，他们就急匆匆地走了。"叶棋挠挠头，道，"幸亏我被单独关在一个牢房里，加上我当时在装睡，所以他们没理我，要是我当时醒着，说不定会被灭口。”

虞寒江皱眉：“来救人的是一男一女？”

叶棋点头：“没错。”

肖楼一针见血地问：“女的是不是雪雁？”

叶棋瞪大眼睛：“啊，我正要说！那个女的虽然一身黑衣蒙着脸，可她的眼睛和眉毛我都认出来了，就是当天行刺王爷的刺客雪雁，你怎么猜到的？”

肖楼微微一笑：“刺客组织终于浮出水面了。天香楼的姑娘们并不清白，除了雪雁身怀武艺、刺杀王爷之外，其他姑娘说不定在负责收集线索。昨晚那个蒙面黑衣人很可能也在那天下午假扮护卫潜入了王府，打算行凶，结果被林少爷撞见，所以他杀了林少爷灭口。青姨是天香楼老板，演出的事是她安排的，由她带人进王府会非常容易。”

虞寒江沉着脸道：“看来，整个天香楼就是一个刺客兼情报组织。”

这么一听好吓人啊！他能在天香楼活下来，真是万幸。

虞寒江低声道：“我们之前的推理出现了偏差，陛下给王爷密函，可能是想跟王爷联手调查谋反案，现在，天香楼这个组织已经露出了真面目，他们幕后的‘主人’才是本案的关键。”

虞寒江当机立断地道：“马上去天香楼，看看能不能搜到一些证据。”

邵清格和叶棋大白天不方便去天香楼露面，虞寒江让两人留在知府府邸等消息，他带着肖楼、老莫前往天香楼搜证。

江州这条出了名的花街一到天黑人来人往、热闹非凡，在白天却异常冷清，虞寒江大步流星地走到街道尽头的天香楼。

根据叶棋的描述，整个天香楼除去丫鬟杂役外，正式挂牌迎客的有 15 位姑娘，大部分是歌舞双全的女子，住处在二楼和三楼。其中，有 12 个人参与了王府的生日宴，包括第一批跳舞的 4 人、第二批表演剑舞的 5 人、除叶棋外负责弹琴伴奏的 2 人。

雪雁行刺失败逃跑后，剩下的姑娘和老板青姨被抓去地牢，如今除叶棋外她们全被救走。也就是说，涉案的女子有 12 人之多，只有叶棋不知情。

天香楼还有 3 位姑娘没去参加王府的生日宴，此时正是上午 8 点，她们还在睡。虞寒江让人把这几位姑娘叫醒，他则带着莫学民和肖楼去查看其他姑娘的住处。

天香楼的下人们被惊动，纷纷起来想要阻拦，被虞寒江一个锐利的眼神吓了回去。

莫学民道："知府大人查案，闲杂人等速速退下！"

这些仆役也不敢和官府的人作对，只好战战兢兢地躲去了旁边，虞寒江雷厉风行地搜完所有参与王府生日宴的姑娘的房间，重点搜查了青姨的屋子。

他在青姨的屋里找出一个上了锁的木盒，撬开一看，里面都是些首饰，有很多金银珠宝，看上去像女子存的私房钱。在一大堆首饰当中，一条长长的链子引起了虞寒江的注意——这链子似乎不是项链，可挂在腰上又不合适，到底是做什么用的？

女人用的首饰他也不懂，但他直觉这链子有问题，便把它递给肖楼，低声道："这东西有些奇怪，而且这首饰的风格似乎和大齐女子佩戴的首饰不太一样。"

肖楼接过来仔细看了看，道："这件首饰的形状和设计都挺特别的，我在京都的街上没有见过，确实不像是大齐的女子常戴的饰品。"

莫学民凑过来仔细一看，喃喃道："我好像在哪儿见过……对了，我书房里有一本书叫《风物志》，上面就有关于女子首饰的记载！"

他这么一说，肖楼立刻感兴趣地问道："你还记得书里的内容吗？"

莫学民上前一步，接过肖楼手里的首饰仔细瞧了瞧，说："《风物志》那本书记载着 4 个国家的一些风俗习惯，我一开始以为那本书和案件关联不大，只是介绍四国的服饰特色，大概看了一遍就放在一边了。我有印象，四国的女子佩戴的首饰风格各有差异，这种用彩色石子和丝线做成的首饰应该不是大齐女子常用的，但具体是哪个国家……我记不太清了。"

这也不能全怪老莫，他用两天时间翻遍了江州这些年的卷宗，记下重点案件已经很不容易，书架上的书他不可能全部背下来。

见老莫面带愧疚，肖楼忙说："不着急，书还在吧？我们回去再查。"

虞寒江也道："把这些首饰带回去，跟那本书仔细做对比。"

老莫立刻点点头，仔细把首饰盒给收好。

虞寒江又去其他女子的屋内搜索，也发现了一些类似的首饰，全部交给老莫带回。

他从三楼的走廊尽头往下看，后院最隐蔽的位置养着一些信鸽，应该是用来传递信件的。但是，所有女子，包括青姨的屋内，并没有发现任何信件的痕迹。看来天香楼的老板行事非常谨慎，那些来往的信件，估计她看过之后就烧毁了，没有留下把柄。

虞寒江回到大厅时，3 位睡懒觉的姑娘已经被叫醒。

这 3 人对青姨的下落毫不知情，都表示王府的生日宴她们想去参加，但青姨认为她们舞技还不够好，不让她们去。

虞寒江皱眉问："天香楼是什么时候建立的？"

一个叫秋霜的姑娘说："天香楼在江州已经有10年了，听说当初有一位金主出了一大笔钱，修建好天香楼，青姨就成了天香楼的老板，招揽了不少才艺出众的姑娘。"

"青姨的来历你们知道吗？"

"据说是江州人，自幼父母双亡，在外漂泊，受了很多苦，10年前才回到江州的。"

虞寒江沉默片刻，接着问："你们几个是什么时候来天香楼的？"

秋霜看向身旁的两位姐妹，道："我们3个，还有叶姑娘，都是一年前才来的。"

"其他人呢？"

"其他十几个姑娘也是近两年才来的。"

"以前在天香楼的姑娘，你们认识吗？"

"我们来的时候，天香楼有好几个姑娘赚够钱自己离开了，还有一些找到愿意娶她们的人，交了足够的赎金后拿回卖身契，去给人家当小妾了。"

旁边一个叫秋月的补充道："对了，我听说上一任的知府大人看上了我们天香楼当年的头牌杨柳姑娘，还娶了她做小妾呢。"

虞寒江问："天香楼这些年离开的、新来的，还有被赎身的、嫁人的，姑娘们的名字、去向，有没有详细记录？"

秋霜道："我们不知道，青姨那里应该有记录吧？"

秋月说："我们来天香楼的这两年，人员没有变动，一直是我们15个人。"

离开天香楼后，虞寒江回到知府府邸，和肖楼一起去了莫师爷的住处。

莫学民迅速从书架找来那本介绍四国服饰的《风物志》。

还好他当时扫了一眼，依稀对书上描述的各国风俗、服饰有印象，否则，要是漏掉这个线索，查青姨她们的身份来源就太难了。

虞寒江把书交给肖楼。

肖楼坐在书桌前仔细翻阅，很快就查到相关记录，他指着上面一种首饰，和天香楼搜到的首饰对比之后，抬头看向虞寒江："这是燕国女子的发带。"

周围队友都倒抽了一口凉气。

这查来查去，居然查出个燕国？难道青姨她们都是燕国人吗？

虞寒江意识到问题的严重性，立刻走到肖楼身边，俯身细看。

书中的图案是黑白的，首饰是彩色的，但形状、设计、构造确实一模一样。

肖楼道："按书中记载，位于西北方向的燕国民风彪悍，女子也有很多自小习武狩猎，他们属于游牧民族，首饰也喜欢用纯天然的石头来制作。所有女孩出生时母亲都会亲手给她做一条'发带'，用彩色的丝线缠住一颗漂亮的石子，作用类似于母亲给的'护身符'，可保女儿平安。"

天香楼搜到的风格特殊的首饰都是由很多颗石子、彩色丝线串联而成的。

虞寒江虽然不懂女人首饰，可他敏锐的观察力还是让他第一时间察觉到了不对——别的首饰要么是玉，要么是金、银，唯独这一件，用丝线绑了很多彩色的石头。

这个线索，粗心大意的人说不定就漏掉了。

如今，仅仅从女子的首饰，居然就查出了令人震惊的真相——青姨是燕国人，天香楼的这些姑娘，很可能全是燕国人！

莫学民疑惑道："这发带上串了很多颗石头，有什么寓意吗？"

肖楼推测道："青姨的发带上石子最多，其他女子屋里搜出来的大部分是18~20颗。既然出生时会由母亲给她们串第一颗石子，或许以后的每年生辰都要增加一颗，有祈福的含义？这条发带对燕国女子的意义非凡，所以她们才会随身收藏。"

邵清格摇着扇子，若有所思地道："我听父亲说过燕国位于西北方向，气候恶劣，那里的人从不穿丝绸，都是以动物皮毛制作衣服，所以我们邵家的生意一直没法在燕国打开市场。"

叶棋积极地分析着："青姨居然是燕国人！燕国和我们大齐不是正在打仗吗？如果天香楼这些姑娘全是燕国派来的奸细，那她们刺杀虞大人、刺杀王爷就说得通吧！"

虞寒江捏了捏眉心："看来我们之前的推测又出了错。刺客集团和谋杀大小姐、林少爷的根本不是同一批人。"

他们一直主观地想把刺客集团和谋杀案联系在一起，认为刺客是想要谋反的人派来的，被大小姐撞见之后，才杀人灭口。

可如今看来，这批刺客应该是敌国早早就安插在大齐的奸细。

古时候，两国交战，给对方国家派奸细也很常见。

肖楼无奈地道："这次是两个案件凑巧混在一起，其实关联不大，我们得拆分来讨论。刺客是一条线，王府大小姐被杀案又是另一条线。"

虞寒江赞同地点点头，他翻开《风物志》，看着书上的四国地图，低声说道："这个世界的设定是齐、楚、燕、赵4个国家。楚国跟任何国家都既不交好也不交恶，独善其身，应该跟本次案件关系不大。”

他修长的手指轻轻叩了叩书页，划过燕国、齐国、赵国的势力范围，道：“这3个国家中，燕国和齐国边境常年交战，大齐派去前线坐镇的征西将军应该是个厉害角色，多次抵御燕国入侵。而大齐和赵国一直联姻，关系友好。”

肖楼道：“所以，燕国才在把青姨派到江州，因为江州是齐国和赵国的交界处，青姨在这里设立情报组织，可以随时观察齐国和赵国的动向？”

虞寒江点头：“和亲顺利完成后，一旦齐国和赵国联起手来对付燕国，燕国的下场可想而知，所以，他们在齐、赵两国的交界处设立情报组织，暗杀江州知府和八王爷，都很合理。前任江州知府的死，肯定也不简单。”

肖楼道：“前任知府大人娶了天香楼的头牌姑娘，这件事老莫没听说吗？”

莫学民摇摇头：“我记忆中并没有这件事，不过知府大人娶小妾是私事，不告诉师爷也正常。而且，娶小妾不需要大摆宴席，直接抬进家门就行。堂堂知府大人娶天香楼的姑娘毕竟不太好听，他可能是秘密把这位杨柳姑娘接回家的？”

虞寒江皱眉：“记得老莫说前任知府是病逝，对吧？”

“文书中是这么记录的，他年事已高，身体一直不好，病死在家中。”

肖楼道：“身体一直不好可能是得了慢性病，也可能是慢性中毒。如果他娶的那个天香楼姑娘也是情报组织中的一员，成了知府大人的小妾后，每天在饮食中下毒应该会很方便吧。”

莫学名猛地打了个颤：“有道理！对了，有个细节被我忽略了，前任江州知府虽然死了，可他的家眷呢？妻子孩子，好像一个都不在江州。”

虞寒江沉着脸：“他的家眷，或许也已经惨遭毒手了。”

叶棋认真地说道：“我有种猜测，那个叫杨柳的姑娘嫁给年迈的江州知府做小妾，到知府大人的身边，肯定是为了打探消息，朝廷文书什么的她说不定也能偷偷看到，结果被知府大人发现不对，她干脆杀了知府全家灭口？”

邵清格紧跟着道：“但是我们虞大人跟夫人感情深厚是出了名的，人品也很正直，天香楼的姑娘想潜伏在虞大人身边的计划肯定很难实现，所以干脆在虞大人来江州上任的夜里直接动手刺杀，想把这位不好搞定的大人给干掉？”

老莫道：“他们刺杀王爷，也是为了破坏齐国和赵国联姻的计划吧？”

叶棋点头如捣蒜：“没错！江州知府死了，够朝廷头疼一阵子，王爷死了，和亲的婚事也不得不推迟，齐国和赵国无法结盟。说不定，这些刺客再把脏水泼到赵国使者团身上，让齐、赵两国因此反目？反正齐国越乱，对他们燕国就越有利啊！”

在他俩的影响下，队友们各个开始认真推理，摆出一副侦探的模样。

如今，青姨她们的身份真相大白，叶棋、老莫等人的推理也符合逻辑，刺客来自燕国，燕国人刺杀虞寒江和王爷跟谋反一事无关，而是为了扰乱江州，破坏齐赵两国联姻。

他们行动失败，肯定会有下一步计划。

想到这里，虞寒江蓦地站起来，脸色一变："二小姐有危险！"

二小姐一个女儿家，没学过武艺，杀起来简单多了，她一死，和亲也没法继续。

意识到这一点，肖楼立刻召唤李清照，飞鸽传书给目前还在王府的龙森，让他密切关注二小姐的动向，保护二小姐的安全。

刘桥、邵总和叶棋留在知府府邸，虞寒江带上肖楼、莫学民骑着快马赶去王府。

一到王府的门口，就见龙森神色焦急，压低声音迎上来道："我收到飞鸽传书的时候二小姐已经出府去了，是和九公主、婉月一起离开的。"

虞寒江脸色一变："她离开多久了？"

龙森道："半小时左右。"

"知道她们去哪儿了吗？"

"婉月走之前给我写了字条，九公主要去买衣服，让二小姐陪着。王府这几天封锁大门不让人外出，但九公主任性起来真是拦不住，她们是从后院偷偷翻墙出去的！"

果然，九公主来江州，除了提供线索之外，还要在关键时刻捣乱。目前只有曲婉月跟着她们，一旦遇到刺客，曲老师一个人不一定能应付。

虞寒江立刻做出决定："追！"

4 人骑着快马迅速前往江州市集，然而这里人山人海，哪有九公主和二小姐的影子？ 4 人快速搜了整条街上卖衣服的店，都没发现九公主的下落。

龙森忍不住吐槽："这个九公主真是惹事精，王爷刚被刺客行刺，她还不安分，非要在这个时候带着二小姐出府买什么衣服！"

虞寒江听到这里，突然道："不对劲。"

他扫了一眼市集的茫茫人海，毫不犹豫地翻身上马："出城！"

其他 3 人虽然疑惑，但关键时刻大家习惯听虞队命令，立刻翻身上马跟着他。

路上，龙森紧张地道："不继续在市集找吗？"

虞寒江道："买衣服是信息误导，九公主刁蛮任性，可别忘了二小姐是什么人。”

龙森和莫学民听得一脸茫然。

肖楼却立刻想通了虞寒江的意思：“二小姐沉稳冷静，即便九公主没脑子要在这个时候出门，她怎么会跟上去？她不可能莫名其妙地做这种危险的事，而且九公主对王府应该不熟，从后院翻出去，说不定就是二小姐的主意。”

虞寒江赞赏地看了肖楼一眼。他微笑了一下，朝肖楼道：“说得有理，这件事并不是九公主任性而为，而是二小姐主导的，她故意引九公主出府，并且做出‘自己迫不得已陪公主逛街’的无辜姿态，让敌人放松警惕。”

老莫这时候总算反应过来：“二小姐冒着危险出城，是想引刺客现身？”

肖楼道：“以二小姐的聪慧，如果不是为了引蛇出洞，在这种危险的时候她不可能出府，因为根本不合理。”

虞寒江补充道：“何况昨天三小姐和护卫中武艺最高的秦瑞也离开了王府，当时我们就推测这两人是王爷故意放出府去执行什么任务的。”

听到这里，龙森终于恍然大悟。

王爷先放三小姐和秦瑞出城布置好伏兵，然后二小姐假装被九公主拉出王府，逛完街去城外游玩，刺客一旦行动，他们就可以提前埋伏，将刺客一网打尽。

龙森感叹道：“不愧是老谋深算的八王爷！”

同时，他也不得不佩服虞、肖两人的精明，在他看来，三小姐和秦瑞就是私奔出府，二小姐就是被任性的公主给拖出府的……他完全没想到背后还有这么多算计！

虞寒江和肖楼不愧是刷新红桃密室世界纪录的人，思维就是比他们灵活。想到这里，龙森立刻快马加鞭，如风驰电掣般冲向城外。

城郊。

九公主走累了在树下休息，二小姐微笑着陪她聊天。

曲婉月心急如焚，她没想到买完衣服后二小姐突然说想出城去庙里给母亲上一炷香。她母亲的忌日快要到了，九公主自然不会拒绝，正好公主也想去江州城外的青山上转转，于是两人一拍即合，出了江州城。

二小姐带她们走的是小路，而且越走越偏。周围荒无人烟，前方是一片茂密的树林……

曲婉月直觉不太对劲，但她没办法给队友们汇报，只好沿途留下标记。

方片 2 密室拿到的“四向箭头”很管用，她将箭头偷偷留在树上，相信队友们只要看见了就一定能明白。

就在这时，周围突然传来锐器破空的声响。

曲婉月心中一惊，立刻护住两个姑娘："小心！"

一群身穿白衣、头戴斗笠的女子，手持长剑，朝九公主和二小姐迎面刺去！

九公主吓得尖叫："啊啊啊，刺客，有刺客！"

二小姐倒是神色平静，迅速拉着九公主往树林里跑。

曲婉月的卡牌大部分被禁，变色龙卡还能用，自己逃命其实很容易。但问题在于一旦她逃命了，而二小姐和九公主被杀了，那他们在这次红桃密室肯定拿不到完美通关和S评分！

她正琢磨着该怎么办，远处突然有一个男人手持长剑，如大鹏展翅般飞身而来！只见他手中长剑猛地挥出，铮铮几下挡掉那群刺客的利箭，低声说道："你们快走，我殿后！"

是龙森。

龙森在这个世界的设定是王府护卫，他是会武功的。在很多卡牌被禁用的情况下，龙森成了他们当中战斗力最强的一人。

看见他挡在自己面前，曲婉月终于松了一口气——她了解自己的男朋友，四肢发达、头脑简单，龙森肯定想不到那么远，最多以为她们在逛街买衣服，绝不会追到城外。既然龙森来了，那虞队和肖教授肯定也知道了。

果然，下一刻就见虞寒江、肖楼用瞬移卡飞快地跑过来。

肖楼战斗力不足，但他手里有刘桥配置的药粉，虞寒江拉着他，带他瞬移，他则往身旁洒药粉。紫色毒雾的效果立竿见影，一群刺客被毒雾遮住视野，纷纷捂住口鼻咳嗽起来。

二小姐大概也没想到这几个人会突然跑来救援。

她脸色复杂地看了几人一眼，继续拖着公主往树林深处走。

那批刺客被毒倒了一大片，还有一些及时掩住口鼻没被毒雾影响的立刻施展轻功飞过来，在身后紧追不舍！

眼看那些利箭就要刺向众人的后背，突然，两个刺客一脚踩空直接掉进了树林里的陷阱，其他人也被从天而降的网全部困住！一男一女带着一大批黑衣影卫从树林里冒出来，将刺客团团围住。

正是秦瑞和三小姐。

肖楼和虞寒江心道：果然如此。

三小姐和秦瑞提前离开王府，是为了布置好活捉刺客的陷阱。二小姐以身犯险，假装陪公主出府，和公主一起出城上香，则是为了引蛇出洞。

或许陛下和王爷早就在怀疑江州有敌国的情报组织，所以王爷生日宴上遇到刺杀才会那么淡定。一旦虞寒江推理不够迅速，遗漏了什么线索，分析不出刺客来自燕国，察觉不到二小姐会有危险，他们就要错过今天的这一出大戏了，那样一来评分肯定会超级低。

这个密室最大的考验其实是要求他们思维缜密，迅速分析、确认正确的推理结果，不要遗漏细微的线索和关键的事件。

只有跟上王爷的节奏，比王爷提前一步侦破刺客团队的身份，才能拿到完美通关的S级评分！

几个刺客全部落网，秦瑞和三小姐也没想到虞寒江一行人居然会追来树林，两人对视了一眼，虞寒江毕竟是江州知府，总不好装没看见。秦瑞只好上前一步，朝虞寒江抱拳道："虞大人，不知大人为何会到此？"

"追查刺客，正好追到了此地。"虞寒江见他穿一身黑衣，和周围的影卫一样打扮，心下了然，"你也是影卫？"

"是。"

由于影卫平时都是黑衣蒙面，互相并不认识，龙森没有认出他也情有可原。

这么看来，江州发生的一切在京都的皇帝心中都一清二楚，说不定陛下早就怀疑江州有刺客情报组织，所以让王爷配合着演了一出好戏，把这批刺客全部引出来。

虞寒江朝龙森使了个眼色，龙森立刻飞身过去，将刺客们头上戴的斗笠挑了下来——果然是天香楼的姑娘们。

青姨不在场，今天来行刺的几个姑娘正是昨晚被人劫狱救走的那几人。

意识到自己中计，几个姑娘正准备咬破牙齿里的毒素自尽，龙森、莫学民和肖楼眼疾手快，立刻上前左右手并用，捏住了几个姑娘的下颌。

肖楼看向虞寒江："我把她们牙齿里的毒弄出来，再带回去审问。"

拔牙这种事肖楼已经熟门熟路，天香楼的姑娘们不敢置信地瞪大眼睛，只见肖公子神色镇定，将丝线伸进她们嘴里，把她们含毒的牙齿利落地拔出来。不出一炷香的工夫，所有姑娘口中的毒牙都被肖公子给处理了。

所有人都是一脸生无可恋的表情。

二小姐和三小姐对视一眼，面面相觑。

吓坏的九公主这时候也缓过气来，看向身旁的曲婉月，疑惑地道："这肖公子不仅会验尸，还会拔牙吗？他到底是什么来历啊？"

曲婉月心想，我们肖教授会的可多了，他还会用圆规做火盆呢！可惜这个世界圆规不能用，肖教授的实力只能发挥出三成。

对上九公主好奇的眼神，曲婉月只好敷衍道："属下不清楚，这得问虞大人。"

九公主神色复杂，也不好厚着脸皮问虞寒江"你这个义弟到底是干什么的"。

"辛苦。"虞寒江走到肖楼的身边，看了眼倒在地上的刺客，正色道，"把她们带回衙门审问。"

三小姐突然出声："且慢！"

虞寒江回头："三小姐有何疑问？"

三小姐皱着眉："刺客是我们抓到的，我要把她们带回王府，哪有让虞大人带走的道理！"

虞寒江目光平静地看向她："三小姐难道忘了，这个案子，王爷已经全权交给了微臣来调查处置吗？"

三小姐："可是……"

虞寒江打断她："微臣作为江州知府，在江州地界抓住刺客，理应由官府来审问。王爷不问政事，这件事还是不劳烦王爷了，微臣会尽快审出一个结果，向王爷汇报。"

三小姐还想说话，虞寒江干脆地挥了挥手："带走！"

龙森立刻配合地把几个刺客五花大绑，准备押送回江州府衙。

三小姐目瞪口呆，她发现自己根本说不过虞寒江，正要动武，二小姐伸手拦住了暴躁的三妹，微笑着说："既然父王已经将案子交给了大人处置，这件事王府也不好继续插手，就有劳虞大人了。"

虞寒江："郡主客气。"

他朝郡主点了一下头，翻身上马，带着这批刺客回到江州。

这次抓住的刺客总共有 6 人，虞寒江将她们关在柴房里，派龙森亲自看守，再把叶棋叫过来认人，叶棋很快就说出了这些姑娘的名字，所有人都取了红梅、香凝、紫檀之类的青楼艺名，本名是什么叶棋也不清楚。

雪雁、青姨都不在场，或许还有别的任务。

虞寒江把这几个刺客一个个叫过去单独提审，审了一个时辰依旧没法撬开她们的嘴，而且每个姑娘的眼神都无比倔强，似乎在用目光说"别费力气，我什么都不会交代的"。

虞寒江头疼地走出审讯室，肖楼一看他的表情就知道审问不顺利："不肯交代吗？"

"嗯。"虞寒江捏了捏眉心，"她们一句话都不说，刺客组织背后的首领肯定不是青姨。青姨只是负责江州的事务，青姨的上司是谁，才是我们需要调查的关键。”

莫学民满脸焦急：“她们不说，那我们是该等待新的线索出现，还是想办法严刑逼供啊？”

叶棋愣了愣，道：“严刑逼供？这可以吗？”

在古代，审犯人用各种刑法再常见不过，地牢里就有各种刑具，叶棋想到那些沾满血迹的刑具就头皮发麻，他忍不住打了个哆嗦，道：“这些女孩子也就20岁左右，直接用刑，她们或许会承受不住折磨，交代线索也不一定。”

用刑也是一种办法，但虞寒江不太想走这一步。

虽然他们是集体穿越到古代的，但脑子里还是现代人的观念，用各种残忍的刑具去折磨这几个年轻姑娘，他实在下不去手。

见虞寒江眉头紧皱，肖楼突然道：“我有一个办法，说不定会有用。”虞寒江立刻回头看向肖楼：“快说说看。”

肖楼道：“你们还记得刘桥的那张双生卡吧？可以复制半小时内见过的任何人或者动物，她那张卡在古代相当于易容术，应该还能用。让她复制出一个刺客的样貌，混进刺客中，讨论一下关于她们那位‘主人’的情况不就好了？”

这办法确实妙，可以把小刘派去刺客组织中当卧底。想到这里，虞寒江立刻让老莫去把刘桥叫过来。

刘桥来了之后，虞寒江让老莫去提审其中年纪最小的一个姑娘，把这姑娘关在书房。刘桥去看了一眼，立刻复制出了这个姑娘的形貌和声音，然后，虞寒江假装审完了，让老莫用绳子把她的双手绑在背后，押着她回了柴房。

刘桥走进柴房后就默默坐去角落里，一个年长的女子关心道：“香凝，你没事吧？”

刘桥复制的姑娘叫香凝，她轻声道：“没事。”

另一个女子问：“虞大人没对你用刑？”

刘桥摇头：“没有，只是问了我关于主人的事，我什么都没说。”

众人都松了一口气。

柴房内陷入诡异的沉默，众人都惴惴不安，担心虞大人会对她们用各种残酷的刑罚，时间很快过去，却没人再来审问她们。入夜之后，大家的不安达到顶峰，刘桥认真观察着众人的表情，故作疑惑地问道：“虞大人到底什么意思？不让我们自杀，也不给我们用刑，只是关着我们，难道是想饿我们几天再审问？”

又有人道：“那还不如直接用刑呢，这样慢慢折磨有意思吗？”

刘桥假装很担心地道：“听说肖公子来历神秘，不仅会验尸，还会用毒，万一他用那种让我们精神恍惚的毒麻痹我们，再审问的话，我们在不知情的时候招供了怎么办？”

这个可能性让众人都脸色一变。

一个年纪大些的女人冷冷地道：“不管他们用什么手段，所有人都管住嘴巴，不许说出任何关于组织的信息！你们别忘了在主人面前发过的誓，谁敢出卖主人，一定会死无全尸，还会连累家里的亲人！”

听到这话，大家纷纷沉默下来。

有个年轻姑娘哽咽着道：“红梅姐，我们当然不会出卖主人，我已经做好了死的准备，希望我父母和弟弟在燕国能过上好日子……”

刘桥套话道：“红梅姐，你见过主人的真面目吗？”

红梅摇头：“没有，主人行踪神秘，我们只听青姨命令，别的不需要知道太多。”

次日一大早，刘桥的变身状态早已结束，但她特意穿了和这些姑娘相似的衣服，低垂着头，周围的人也没察觉她的脸已经换了一张。

虞寒江第一个提审的就是她，刘桥将自己听到的告诉了虞寒江。

肖楼仔细分析道：“燕国这个情报组织的首领既然能控制这些姑娘的家人，应该在燕国有很大的权势，要么是职位很高的官员，要么是皇室中人。”

莫学民困惑地道：“可是燕国那边的情况我们完全没有渠道去了解，我把书架上的所有书都翻过了，没有记录燕国皇室、朝廷的资料。”

叶棋疑惑地挠了挠头：“这不应该啊。密室既然涉及齐、赵、燕 3 个国家，我们又查出刺客组织全是燕国人，刺客嘴里审不出线索，总该有人给我们提供线索才对吧？”

肖楼摸着下巴若有所思。沉默片刻后，他才突然道：“我弟弟，肯定还没死。”

众人都一脸茫然：“弟弟？”

虞寒江意外地看向他：“你还有个弟弟吗？这件事我怎么完全不知情？”

肖楼轻咳一声：“其实我也不认识他，是剧情设定硬塞给我的弟弟。刚进入红桃 8 密室的时候悬浮框给我介绍了身份背景——父亲是仵作，母亲是神医，还有个弟弟，据说在前线从军，下落不明。”

他顿了顿，接着道：“仔细想想，‘下落不明’这几个字很有内涵，如果我这个弟弟不是重要人物，为什么说下落不明？直接把我设定成独生子，或者说他战死在前线不就好了？”

叶棋兴奋地道：“对啊！既然你弟弟是在齐国和燕国打仗的前线，说他战死就行了，下落不明，那就证明他根本没死。”

刘桥道：“按照一般电视剧的套路，下落不明的人通常都会在关键时刻出现。”

肖楼点头：“除了我弟弟，别忘了还有一个人也在前线。”

莫学民猛地回过神来：“你是说，王爷的长子……齐风华？”

肖楼看向虞寒江：“我记得，进入红桃密室之后的记忆并不是一股脑灌输给我们的，而是见到一个人，就想起和他相关的往事，对吗？”

关于这一点虞寒江也可以证明，他点头道：“没错，我当时进宫见到皇帝，就想起了自己小时候给他当伴读的经历；见到九公主想起了先皇指婚的事；昨天回家见到父母和祖父，想起了儿时在江州的经历。很多记忆，就是见到相应的人才会触发。”

肖楼道：“我现在脑子里并没有关于这位弟弟的记忆，但只要我见到他，就能立刻认出他……不知道他会以什么样的身份出现？”

虞寒江仔细一想，推测道：“会不会是前夜来劫狱的那个蒙面男人？”

肖楼怔了怔：“为什么这么说？”

虞寒江道：“你弟弟在前线，如果是战死沙场找不到尸体，确实会‘下落不明’，可显然你弟弟并不是这种结局。那么，他在前线‘下落不明’，还能去哪儿呢？试想一下，燕国可以给我们这边派间谍，我们就不能给燕国派卧底吗？”

肖楼的双眼一亮：“如果是去做卧底，当然不能声张，他肯定要伪造一个新的身份，原身份不就‘下落不明’了，对吗？他一个远在前线的人有什么理由回到江州？这次跟随刺客团，参与行刺江州知府和王爷的计划，就是他回到江州的最好的机会。”

两人默契地互相点头，觉得对方的说法很对。

队友们默然，从一个“下落不明”推测出这么多可能性，两位红桃大佬的脑洞大家只能膜拜！

叶棋蒙了片刻，才终于听懂了两位的分析，他挠头道：“也就是说，肖公子的弟弟在前线失踪，很可能是混进了燕国当卧底，最近回到江州，带来了一些关于燕国的线索？”

仔细一想，在前线失踪多年的弟弟要以什么身份突然出现在江州，并且给大家提供线索？虞寒江和肖楼推测的这种可能性，确实是最合理的安排。

虞寒江询问道：“不如我们也来一次‘引蛇出洞’？”

肖楼赞同：“好，今天晚上我们去江州城外，引我弟弟出来。如果他真是以卧底的身份潜伏去了燕国，这次借机回江州，那么，他肯定会想办法跟我这位兄长接触。”

夜深人静，肖楼和虞寒江在江州城外的一棵大树旁边等待，刘桥直接用身轻如燕卡爬到树上，龙森变成了树干的颜色跟大树融为一体。叶棋、邵清格、老莫等人都用隐身斗篷藏在附近。别看树旁只有肖楼和虞寒江两个人，其实队友们全都在呢！

今晚的夜色很美，明月高悬，星河璀璨，周围安静极了，连队友们的呼吸声都听不见，肖楼和虞寒江并肩站着，气氛显得有些尴尬。

虞寒江主动开口道：“又想起你弟弟了？”

肖楼配合地演戏：“嗯，他去前线之后就再也没联系过我，失踪多年，也不知是死是活……娘的忌日很快就要到了，依旧寻不到弟弟的下落，我真的没法在她坟前交代。”

虞寒江低声说：“你不要太担心，我已经托了人去前线打听，一旦查到你弟弟的下落，一定会立刻飞鸽传书给我们，既然这么多年都没找到他的尸体，说不定他还活着。”

肖楼轻轻点头：“希望如此。”

奥斯卡欠你们一对影帝大奖！

就在这时，突然听见利器破空的声响，所有人立刻绷紧了神经。

只见一只飞镖直直地射到了肖楼面前的树上。

虞寒江扭头看去，不远处，一个蒙面黑衣人身轻如燕，从树梢上跳下来，看了两人一眼，便扭头逃跑。

他的轻功极好，在树上连续几个起落，转眼间消失不见，见他朝着东南方向飞去，虞寒江立刻使用瞬移卡，带上肖楼飞快地追了上去。

其他队友见状，也各自展开行动。

前方有一个山洞，黑衣人闪身进了山洞，肖楼和虞寒江立刻跟上去。没想到，一进山洞那黑衣人就拔出手中利箭，朝虞寒江当面刺来！

虞寒江立刻将肖楼护在身后，脚下一转，有惊无险地避开了利箭。

那个人招招对准虞寒江的咽喉，虞寒江飞快闪避，眨眼间就过了十几招，肖楼站在旁边观察，虽然那人剑势锋利，可肖楼有种直觉——他并不想取虞寒江的命，似乎只是试探……

黑暗中，肖楼倏地对上一双漆黑的眼睛。

刹那间无数回忆涌上脑海。小时候跟在他屁股后面，拉着他的手要糖吃的小男孩；长大后总是缠着他，要跟他学验尸的小少年；18 岁时，听说前线告急，不顾母亲的劝阻毅然从军的儿郎……

虽然这只是密室世界给他安排的弟弟，可那些真切的回忆还是让肖楼感同身受。

肖楼的心头微微一软，呵道："肖御，住手！"

那青年的脊背微微一僵，果然停下动作，冷哼一声，将利箭给收了回去。虞寒江也反应过来，低声问道："你就是小楼的弟弟，肖御？"

肖御将面纱摘了下来。容貌俊朗的男子，长得跟肖楼还真有点像，红桃 A 设定密室剧情也不是胡来的。

虞寒江对长得像肖楼的弟弟自然讨厌不起来，看向他目光也不由变得温和："肖御，你怎么突然回到了江州？"

肖御低声道："哥，我有些事想单独跟你说。"

肖楼看了虞寒江一眼，道："当着虞哥的面说也是一样，我跟他之间没有秘密，何况他已经猜到了你的来意。"

肖御挑了挑眉："是吗？"

虞寒江道："你当年在前线失踪，很可能是征西将军特意给你安排了一个全新的身份，让你混进燕国，去做内应。"

肖御有些意外地看着虞寒江，显然是没想到他居然能猜出来。

虞寒江继续道："这次，你应该是收到了主人的命令，刺杀江州知府和八王爷，你趁机来江州，一是寻找哥哥和母亲的下落，二是要想办法把燕国那边的消息传给八王爷，我猜得对吗？"

肖御的神色变得复杂起来。

虞寒江猜得全对。没想到，哥哥找的这位义兄如此厉害，居然能分析出这么多真相，他心里对虞寒江的排斥感这才稍微减轻了些，点头道："没错，燕国那边即将有大的行动，将军让我干脆回江州把消息告知八王爷，燕国的刺客不仅派到了江州，还派去了京都皇宫！

肖御这段话让虞寒江立刻绷紧脊背，神色也变得无比严肃："你是说，燕国的刺客还想去京城刺杀皇上？这消息可靠吗？"

肖御沉着脸点头："应该可靠，我临行之前他们就已经派了几个刺客去京城。据说，会由大齐在京城的内应以秀女的身份安排几个女子进宫。"

"秀女？"肖楼怔了怔，看向虞寒江，"皇上最近要选秀吗？"

虞寒江皱眉："据我所知，皇上还是太子时期，先皇曾给他指婚，让他娶了将军的女儿当太子妃，另外还娶了两个侧室。他登基这几年一直没纳妃，后宫中目前只有 3 位妃子。”

古代皇帝身边往往是佳丽三千，只有一位皇后、两位嫔妃，后宫确实显得单薄。皇帝还年轻，即便他不愿选妃，礼部的大臣们也会催着他广纳后宫。

按肖御的说法，京城那边还有燕国的接应人，说不定也像青姨这样潜伏了多年，正好可以趁此机会把刺客以秀女的身份送入宫中。

他们派去的刺客肯定长得极为漂亮，说不定会在这次选秀中脱颖而出，被皇帝留在后宫，到时候皇帝宠信新来的秀女，她们在床上动手，成功的概率确实非常高。

皇帝哪怕再深谋远虑，也不会想到后宫的妃子会对他动手。

虞寒江看向肖御：“肖御，你知道燕国那边的刺客组织的首领是谁吗？”

肖御道：“是燕国的太子殿下。”

虞寒江和肖楼对视一眼，心中了然。

怪不得那人能控制天香楼所有姑娘的家眷，原来是燕国太子。

虞寒江接着道：“在大齐京城接应刺客、安排她们进宫的人，你有线索吗？”

肖御摇头：“这个我就不知道了。但我猜那人应该是一位有权有势的大臣，能随意修改秀女的身份背景，把刺客安插进皇宫执行任务。”

虞寒江推测道：“或许是礼部的人。其他官员很难插手皇帝的选妃事宜，这一切都由礼部来安排，如果礼部有内奸，对秀女的资料动手脚就非常容易了。”

皇帝正式选妃的日子虞寒江并不清楚，但应该就在最近。不论如何，先确保陛下的安全要紧，想到这里，虞寒江立刻低声说：“要尽快让陛下知道这件事，提前做好防备。”

当初离开皇宫的时候，陛下曾经叮嘱他，遇到什么困难，可以快马加鞭递上密折，臣子给皇帝的普通奏折要一层一层往上送，但皇帝特许的一些官员的密折是可以直接送去京城给到他手里的。陛下的这句话显然也是一种暗示——遇到紧急情况，虞寒江可以直接给他送信。

虞寒江果断地道：“我今晚回去就写封密信快马加鞭送到京城，最迟明天晚上，陛下就能收到，选秀应该还没开始，现在送信还来得及。只要陛下有了防备，那几个刺客哪怕是混在选秀的队伍中也不会轻易得手。”

肖楼赞同地说：“陛下的安全要紧，先把这件事告知陛下，让他做好防范。京城那边的内应我们可以慢慢再调查。礼部的官员嫌疑很大，这一点，陛下应该也能想到。”

两人目光相对，互相点了一下头，确认接下来的计划。

站在旁边的肖御看着肖楼，凉凉地道："哥，官场形势复杂，说不定哪天他就没命了，连累你也跟着受罪。你待在他身边太危险，不如跟我走……"

虞寒江立刻打断他："胡闹。你哥哥跟着我危险，跟着你就安全了吗？别忘了，你现在还以刺客的身份潜伏在燕国，自身都难保，还怎么保护肖楼？"

肖御被堵得一时说不出话来，眉头快要皱成个"川"字。

眼看他一脸不爽要跟虞寒江吵起来，肖楼微微一笑，迅速转移话题："肖御，你失踪多年，到底发生了什么事？是谁安排你去燕国做内应的？"

肖御一边回忆，一边说道："我到前线那年，因为武艺高强，在军中表现出众，引起了将军的注意，他考察过我之后，认为我这个陌生面孔很适合执行特殊任务，于是给我伪造了一个燕国人的身份。

"将军让我演了一出苦肉计，把我弄得满身是伤，让我趴在燕国前线的死人堆里，燕国那边检查战损的时候发现了'奄奄一息'的我，把我救了回去。我'悲惨的经历'很快就得到他们的同情。后来，我在燕国的部队立了几次大功，加上武艺高强，最终引起太子殿下安插在前线的眼线的关注，把我推荐给了太子。"

肖楼脑海里涌上在这个世界和弟弟相处的回忆，小时候肖御就喜欢当哥哥的小跟班，父亲忙着处理各种案子，母亲总是给人治病，肖御几乎是肖楼带大的。想到这里，肖楼不由心软，关心地问道："你在燕国的这几年，受了不少苦吧？"

被兄长关怀的肖御眼眶一热，立刻扭过头去强忍住眼中酸涩，故作淡定地道："比起那些死在前线的兄弟，这点儿苦又算什么。男子汉大丈夫，总要有所为有所不为，我生是齐国人，死是齐国的鬼，只要为了大齐，让我做什么我都愿意。"

热血青年想法很正直，肖楼走上前去，动作温柔地拍了拍他的肩膀："你做得很好，哥哥和天上的爹娘都会为你骄傲的。"

被夸奖的肖御脸色立刻好转了许多，心里飘飘然，连带对虞寒江的敌意也减弱不少。他看向虞寒江道："我还知道一些事情，本来想跟八王爷汇报，结果王府这几天发生了命案，戒备森严，我干脆跟你说吧，麻烦虞大人转告王爷。"

虞寒江点头："洗耳恭听。"

肖御清了清嗓子："其实，燕国内部也很乱。我潜入燕国 4 年，经调查发现，燕国分成了两个党派，太子、皇后一党，三皇子、秦贵妃一党。燕国的皇帝已经年过六旬，身体也不是很好，随时都有可能驾崩。两位皇子正值盛年，背后的势力相对均衡，只要燕国老皇帝一走，三皇子肯定不会乖乖坐等太子登基，燕国绝对会爆发内乱！"

虞寒江看向肖楼，正好对上他清澈的眼睛——肖御提供的线索非常关键！

燕国那边，太子手里控制着情报组织和刺客团体，只要解决掉太子，这个组织自然会土崩瓦解。如果三皇子愿意跟齐国停战交好，或许可以说服陛下协助三皇子夺权，干掉燕国的太子一党，扶三皇子上位，让他承诺不再侵犯大齐的边境。

虞寒江看向肖楼，用心有灵犀通道说：“乱世烽烟，除了调查王府和刺客团的案件之外，想要完美通关，或许我们还得协助大齐的皇帝，平定当前的乱局？”

肖楼赞同：“如果我们不仅查清了刺客来历和王府两起谋杀案的凶手，还能顺便平定乱世，红桃 A 不给我们 S 评分都难。”

虞寒江道：“肖御带来的燕国内斗的消息肯定大有用处，我觉得可以尝试。我今晚在给陛下的密信中也提一下这件事，看看陛下的态度，能不能协助燕国三皇子夺权，跟三皇子结为联盟。”

肖楼扭头看向弟弟：“我们有个风险极大的任务想让你帮忙，不知道你愿不愿意？”

肖御疑惑：“什么任务？”

肖楼看了虞寒江一眼，见他点头，便开口说道：“燕国的太子既然亲手组建了一个情报刺客组织来针对齐国，还派人刺杀知府、王爷甚至是陛下，如果他继位当了燕国的皇帝，以他对大齐的敌意，他肯定会跟齐国全面开战，对不对？”

肖御点点头，冷冷地道：“没错，燕国的太子心狠手辣、野心勃勃，他不但想吞并齐国，还想统一四国，做这天下之主。”

虞寒江道：“所以，我们绝不能让他成为燕国的下一任国主。”

肖御听到这里总算反应过来：“你们的意思是，在燕国内乱时干掉太子？”

肖楼道：“三皇子对大齐是什么态度我们目前还不确定，所以才想拜托你走这一趟，你对燕国最为熟悉，能不能想办法接触三皇子，试探一下他愿不愿意跟大齐结盟？”

战争只会导致民不聊生，如果能休战，对这个世界的老百姓来说无疑是一件好事。他们若能影响四国的格局，让大齐和燕国从敌对变得和睦，天下再无战乱，或许是“乱世烽烟”真正的完美通关方式。

肖御听到这里，也点头赞同：“哥哥说得有理，我这就返回燕国。”

虞寒江关心道：“但你的任务要怎么回复？太子会放过你吗？”

肖御笑道：“我有个办法，明天我把青姨她们引到江州城郊，有劳虞大人将其他刺客、包括我全部抓获，假装当场将我击毙。我会想办法以另一个身份秘密返回燕国。”

虞寒江点了一下头：“好，我帮你安排。”

肖御道：“我该回去了，哥哥……”他朝肖楼抱了抱拳，眼中满是不舍，“保重。”

肖楼也朝他抱拳：“你也是，一切小心。”

肖御飞出山洞，转眼就消失在夜色里。

藏在附近的队友们这才纷纷现身走进山洞，老莫忍不住感慨：“看来这个密室不但要破案，还要协助陛下平定叛乱！不愧是 A 级难度，错过任何一条线索都很难联想到这一点！”

虞寒江严肃道：“我马上回去给陛下写一封密函，龙森，为了确保这封密函送到陛下的手中，你快马加鞭，亲自送这封信去京城。”

龙森用力点头：“明白。”

回到知府府邸后，虞寒江仔细思考着措辞，给皇帝写了一封信。洋洋洒洒写了两页，这才把信密封好，让龙森连夜送去。

刺客团队的来历已经全部查清，接下来的重头戏，是王府的谋杀案。一切又回到了原点。

大小姐、林少爷的死，到底谁才是凶手？

次日，肖御按照约定将其他刺客全部引去江州城外。虞寒江提前埋伏好，将这批刺客一网打尽。在抓捕行动中，肖御“不慎”被利箭所伤，正中胸口，当场丧命。

肖楼配合地亲自上前验尸，探了探弟弟的鼻息，朝虞寒江摇头道：“已经死了。”

虞寒江皱眉：“活着的全部带回衙门审问，死了的也把尸体带走！”

一群衙役手脚麻利地把人押回衙门，也把肖御的“尸体”抬了回去。夜深人静时，肖御果然“诈尸”了。肖楼偷偷把他带到书房，问了他一些问题：“王爷生日当天，去王府后院的人是雪雁吧？”

肖御说：“是她。她潜伏进去摸清王府的环境，好随时逃跑。”

也就是说，秦护卫当时见到的那个翻墙而过的刺客确实是雪雁。只不过雪雁来到佛堂附近后，用白纱蒙面，假扮四小姐骗过了秦瑞。

那么，林少泊手里的护卫衣服又是谁的？

肖御表示他并不知情，看来他跟王府案牵连不大。

虞寒江给他开了后门，提前帮他肃清障碍，让他尽快去燕国。

刺客团的谜底已经彻底揭晓，可王府大小姐被杀案到现在还是没有头绪。两人开始重新分析案情。

肖楼仔细整理了一下本案的时间线——

当天下午6点左右，刺客之一的雪雁进王府后院查探，她施展轻功飞过院墙时正好被路过的护卫秦瑞发现，秦瑞匆忙追上去，在路上碰见了三小姐和两个丫鬟，秦瑞最终追到佛堂，雪雁白纱蒙面假扮四小姐低头离开。

按照时间线，大小姐在后院看到四妹和林少泊约会，四小姐心虚之下匆忙逃离，撞上了三小姐，借口说自己“身体不适”回了红梅苑。同时，三小姐看见秦瑞追人去佛堂，秦瑞在佛堂看见假扮成四小姐的刺客。之后，林少泊或许是去找大小姐摊牌、解释，又或者是心慌之下直接回到了前院，大小姐目睹了不该知道的事情被灭口。

大小姐的死亡时间在下午6点左右，这一点可以确定。林少泊的尸体被水泡了一晚上，肖楼只能推断他的死亡时间在晚上7点到8点之间，因为林少泊7点的时候还在前院和邵总坐在同一桌看表演，他是宴会中途离开后被杀的。

两人相继死去，死时都是落单状态，没有任何目击证人。

雪雁在躲避秦瑞的追踪，杀大小姐的肯定不是她。四小姐慌忙逃回红梅苑，也不可能是凶手。三小姐只是目击四妹和秦瑞出现的时间证人，没有任何的作案动机。

从林少泊手中有护卫的衣服碎片来看，杀死大小姐和林少泊的应该另有其人——这个人在下午6点到晚上8点之间一直在王府后院，并且假扮成护卫，或者是穿了跟护卫同一种料子的衣服。

谁能在王府潜伏这么长时间还不被发现呢？

肖楼皱着眉仔细沉思片刻：“大小姐是被毒杀，此人能让大小姐毫无防备地吃下含毒的食品，如果是陌生护卫出现在后院，大小姐肯定会惊讶，甚至呼叫，引人注意。”

虞寒江赞同：“她没有挣扎和呼叫，应该和此人非常熟悉。而且这人对王府的布局，甚至是护卫的衣服都了如指掌，他穿着护卫服出现在王府后院居然没被任何夫人、丫鬟撞见，说明他专门挑了视野死角来行动，他在王府后院就跟在自己家里一样轻车熟路。”

自己家？

虞寒江说到这里，猛然一顿，他看向肖楼，后者也正好双眼发亮地看向他。两人同时说出了一个名字：“齐风华？！”

居然想到了一起！

肖楼只觉得眼前豁然开朗，认真地分析道：“跟大小姐认识，熟悉王府后院的布局甚至护卫的衣服，能假扮护卫潜入后院长时间不被人发现，对王府无比了解——同时符合这么多条件的人，只有被我们忽略的王府大少爷，齐风华！”

虞寒江点头：“如果凶手是他，那么，齐亦瑶见到自己的兄长肯定不会心生防备，说不定齐亦瑶只会疑惑地问他‘兄长为什么会突然回来，还是这副打扮？’我猜，齐风华会以‘给父王一个生辰惊喜’来搪塞过去，然后带妹妹去僻静的地方投毒。”

肖楼顺着对方的话分析道：“毒杀大小姐后，他先把尸体藏起来，趁着晚宴开始后院没人的时机，再拿白绫把妹妹吊在树上，伪装成自杀的假象。晚上 7 点半左右，林少泊从晚宴离开，去后院大概是想跟大小姐解释，说不定正好目睹了齐风华把妹妹吊到树上的现场，又被齐风华灭口。”

肖楼顿了顿，翻开自己最近的笔录，困惑地道：“可是有一点证词不对，我记得两个丫鬟说，下午路过池塘，听到有东西掉进池水的声音，紧跟着看到秦护卫追人，当时应该是 6 点，林少爷还没死，那东西落水的声音该怎么解释？”

虞寒江道：“丫鬟听到的东西落入池塘的声音并不是林少爷的尸体。大白天的，尸体掉进池塘肯定会有很大动静……或许，正是齐风华在行动时不小心把石头之类的东西撞翻，掉进了池塘，发出声音，大小姐闻声赶去，见到了不该出现在王府的兄长，才引来了杀身之祸。”

肖楼恍然大悟：“这样一来就说得通了！”

齐风华在前线，3 年没回王府，却在王爷生日当天突然回府，这肯定不对劲。妹妹见到他在不对的时间、不对的地点出现，一旦让王爷知道了这件事，王爷肯定会着手调查，从而查出些什么。

齐风华回王府到底干什么目前还不清楚，但他回王府的事情绝对不能让人知道，所以，齐风华狠心杀了妹妹灭口。

而林少泊晚宴期间突然离开，大概是想去跟大小姐解释，结果正好目睹齐风华把大小姐往树上吊的那一幕，林少泊吓蒙了，转身就跑，齐风华武功高强，立刻飞到林少泊身后掐住他的脖子，林少爷疯狂挣扎，撕下了他袖子上的一片碎布，被他丢进池塘。

当时天已经黑了，加上所有人都被大小姐上吊的案发现场所吸引，众人并没有察觉到，在冰冷的月色下，不远处的池塘里，也有一具尸体缓缓地浮了上来。

肖楼和虞寒江的这次推理，将前段时间审问过的夫人小姐、丫鬟侍卫的证词全部串了起来，时间线和凶手作案的动机、逻辑也对得上。

肖楼主观上认为，他们的推理距离真相已经很接近了，可不管两个人怎么推测，那都只是理论上的推测——他们没有实际证据。

要对一个人定罪，不能纯靠推测，证据才是关键。

虞寒江皱着眉思考片刻，说道："首先需要时间上的证据，齐风华本该在齐国和燕国打仗的前线，突然出现在江州当然不合理。肖御不是要去燕国吗？不如给他飞鸽传书，让他确认一下齐风华在不在军营，只要确认他离开了军营，时间上就说得通。"

肖楼转身看向墙上挂着的四国地图："从江州去前线要花多长时间？"

虞寒江用拇指和食指大概测量了一下地图上的距离："从京城到江州我们当时花了一天一夜。从江州去前线的路程是去京城的5倍，骑快马，也要走5天五夜。"

想起大小姐的死亡时间还不到5天，肖楼看向虞寒江道："5天五夜的路程，即便齐风华杀人灭口之后立刻返回前线也来不及。所以，他现在很有可能还在江州？"

虞寒江也是这么想的，他抱着胳膊道："齐风华冒着风险赶回江州，肯定有大事需要他处理，不会那么快离开。他伪装成侍卫进入王府，到底想干什么，我们得先查清楚这件事，才能明白他真正的动机。"

肖楼点头："我给弟弟写封信，肖御那边应该还有关于齐风华的线索。"

虞寒江连夜审问了那批刺客，所有问题青姨都用"不知道"来回答。

问了她半个时辰毫无收获，虞寒江只好将她放回去，叫了雪雁过来。

雪雁同样咬紧牙关什么都不说，但这位刺客当日去王府刺杀王爷的事已经有秦瑞、肖御两位证人，她交代与否并不影响虞寒江对案情的判断。

审完新抓的刺客后，虞寒江看向肖楼，低声说道："青姨确实是燕国太子的手下，提到太子的名字时她目光闪烁、身体僵硬、额头冒出了层冷汗，这是罪犯被说中心事时的典型表现。可提到齐风华的名字时，她神色茫然，应该是真的不认识。"

肖楼分析道："青姨如果不认识齐风华，说明齐风华和燕国太子或许不是一路人？他回江州的目的跟这个刺客集团无关，那他突然回江州做什么呢？"

虞寒江道："或许跟我们一直在查的齐国境内的谋反势力有关？"

肖楼赞同地点头："也只有这种解释了。"

想起齐亦瑶很可能是被亲哥哥毒杀的，肖楼深吸一口气，道："齐风华在前线多年，没道理突然谋反，这其中必定有什么契机，凭他一个人的力量也做不成大事，他的背后肯定还有一些谋反势力，我们得找了解前线战事的人详细查一下他的经历。”

虞寒江仔细一想：“这件事恐怕还得问你弟弟，现在从前线回来的人只有他一个。”

肖楼点点头，立刻把给弟弟的飞鸽传书放了出去。

时间将近凌晨 1 点，虞寒江和肖楼没睡，队友们也不好意思睡觉。

邵清格这段时间将叶棋、刘桥都安顿在附近的客栈，等虞寒江审完刺客后，邵清格带着他们偷偷从后门溜进来，关心一下案情的进展。

肖楼将两人的推断告诉了大家——凶手很可能是大少爷。

叶棋瞪大眼睛：“我就觉得好像有什么被遗漏了，原来是这位王府大少爷啊！”

邵清格头疼地揉着太阳穴：“我果然不适合红桃密室，大少爷叫什么来着？我都不记得了。”

“叫齐风华。”老莫对这个名字倒是记得很清楚，他皱着眉道，“我也没想到居然会是他，我还以为他是个专注于在前线打仗的将军，跟这次的案件关系不大。”

肖楼道：“目前我们的推理陷入了一个瓶颈——齐风华突然回江州到底想做什么？他跟燕国的刺客集团好像并没有关系，青姨不认识他，我弟弟也没有提到他，说明他和刺杀知府、王爷的事情没有关系，杀妹妹肯定也是偶然事件。”

叶棋伸出手一边挠头，一边仔细思考。突然，叶棋双眼一亮：“对了，我记得赵国的使者团也凑巧来了江州？他们一直没戏份！会不会王府大少爷回来，跟这个使者团有关系啊？”

此话一出，众人同时一怔。

虞寒江和肖楼心中豁然开朗。

叶棋其实挺聪明的，不愧是低级红桃密室评分拿过 S 的小机灵鬼，肖楼在心里夸了他一番，赞赏地看着他道：“小叶说得没错，赵国使者团应该也有戏份才对。”

虞寒江道：“既然燕国那边的刺客不认识大少爷，可能大少爷跟燕国没什么关系，反倒是跟赵国有点儿关系。或许，我们一开始的推理整体思路是对的，只是对象错了。”

什么叫思路是对的，对象错了？邵清格没怎么听懂，干脆决定放弃思考，摇着扇子坐在旁边耐心地听大家分析，老莫仔细想了想一开始的推理思路，道：“是说你们一开始想到的‘王爷和赵国联手篡位’的推论吗？”

刘桥也想起了这件事："当时虞大人推测，王府二小姐和赵国二皇子有婚约，如果王府和赵国二皇子结盟，二皇子帮王爷篡位，王爷帮二皇子上位，双方就结成了互惠互利的盟友关系。"

虞寒江总结道："如今看来，王爷应该是清白的。反倒是王府的大少爷或许跟赵国有什么勾结。所以我们一开始的推论思路没错，却弄错了对象——想勾结赵国谋反的并不是八王爷，而是八王爷的这个长子，齐风华。"

队友们听到这里，神色都很复杂。

A 级密室快要把大家给绕晕了，光是王府的人物关系就让人头大，又牵扯到燕国、赵国这两个外国的势力，简直就是一团乱麻。

燕国刺客团派了秀女暗杀皇帝，齐风华想联合赵国篡位，虞寒江一行人如果不能及时破案，说不定拖个几天，京城龙椅上的皇帝就被杀了！

不管陛下死于敌国刺客手中还是死于本国叛贼手中，只要皇帝一死，大齐就会大乱，他们自然也会闯关失败被淘汰出局，真是想想都惊心动魄。

好在如今刺客线已经成功解谜，而谋反线很可能是大少爷勾结赵国所为。两条线分别解析，整个案件也终于变得清晰起来。

虞寒江道："我们依旧需要证据，赵国的使者团应该还没走吧？"

莫学民点头："他们全都住在江州的驿馆，一直由王府安排人接待。"

虞寒江看向刘桥和叶棋："小刘、小叶，你们都有瞬移卡，负责盯住这个使者团，一旦他们有什么异动，立刻汇报。"

刘桥和叶棋同时点头："明白。"

此时，肖御正快马加鞭前往前线。

他已经出了江州城，突然看见一只信鸽追随在自己的身后，肖御脚尖在马背上一点，腾空飞起，一把将鸽子给抓了下来。

信件上的一手小楷端正隽永，正是哥哥亲笔所写。哥哥叮嘱了他两件事，一来让他路过前线时顺便去军营，探一探齐风华在不在营中；二来询问他关于齐风华这些年在前线发生的事，让他知道多少就说多少。

肖御微微皱眉，干脆咬破手指，在信件背面迅速写道："齐风华多年来在军中一直是一位普通副将，他出身尊贵，自视甚高，不服林将军，和林将军有过几次矛盾，两人面和心不和，我自从去了燕国，就没再见过他。关于他是否在军营一事，我回前线后会仔细查探。"

肖御写完信就让鸽子带回。

肖楼收到后拿给虞寒江，虞寒江挑眉道："这么看来齐风华在军中这些年一直很不得志，他不服林将军，被林将军打压，他父亲八王爷又不理朝政，不会让皇帝给他升官，时间长了，难免心中不平。这时候一旦有人给他许下承诺，他自然会心动。”

肖楼点头：“不知道叶棋他们有没有线索……”就在这时，肖楼脑海中突然响起叶棋的声音：“赵国使者团有行动，一群人突然骑着马朝城外走去，我们要跟上去吗？”

为了及时互通消息，肖楼和叶棋绑了心有灵犀系统，听到这里，他立刻说道：“跟上去，注意安全，必要的时候用隐身卡。”

叶棋道：“好，我们跟上了，有消息再汇报！”

此时已经是凌晨3点。

夜凉如水、明月高悬，周围安静得只剩下“嗒嗒”的马蹄声。叶棋和刘桥迅速开启卡牌技能追在这群人身后，肖楼和虞寒江也迅速骑着快马出城去接应。

赵国的使者团行动如风。

但刘桥的身轻如燕卡可以让使用者借助树木飞跃，江州城外到处都是树，她穿梭在树木之间，如同古代轻功绝顶的高手。叶棋的瞬移卡一次能瞬移50米，在刘桥寻找好落点之后，他可以直接瞬移到树下。

两人一个在树上飞，一个在树下跟，一直和赵国的使者团保持着50米左右的距离。

半个时辰后，赵国使者团来到城外的山上。

江州城外的山上有座庙，坐落于山间的古寺在夜里显得格外清幽，这批使者在古寺附近停了下来，叶棋和刘桥一起上树，为免被发现，两人都穿上了隐身斗篷。

古寺附近有一汪清泉，泉水边，两个身材高大的男子正相对而立。

其中一个白衣男子容貌英俊，腰间挂着块碧绿通透的翡翠，手里拿一把折扇，眼含笑意，一身白色长衫在月光的照射下如同仙人下凡，气质出尘。站在他对面的黑衣青年眉眼俊朗，目光中隐隐含着一丝锐利。

叶棋在脑海中道：“这黑衣人长得很像是年轻版的王爷，他就是齐风华吧？”

肖楼和虞寒江正在赶来的路上，听到这里立刻朝叶棋道：“按兵不动，听听他们在说些什么，注意用隐身斗篷藏起来，不要惊动他们。”

叶棋继续竖起耳朵偷听。

只见齐风华皱了皱眉：“二皇子殿下，你准备什么时候行动？”

二皇子轻笑道：“齐兄不要着急。在婚宴上毒杀我皇兄，这件事风险很大，我需要仔细筹划。既要保证一次成功，让太子神不知、鬼不觉地死掉，又要做好善后事宜，找一个愿意帮我顶罪的‘凶手’把事情给圆过去，不让父王怀疑到我的头上，这样我才能顺理成章地接任太子之位。”

齐风华点头：“距离你跟淑安郡主的婚期还有几个月，希望二皇子快些做好准备。”

二皇子眯起眼睛：“放心，我不会让他在太子的位置上坐得太久的。”

齐风华沉默了片刻，从怀里拿出一个精致的瓶子：“这便是我在信中提到的那种剧毒，混入食物中无色无味，只要将一小勺放入饭菜酒水当中，对方绝对没法察觉。”

二皇子微笑着接过：“多谢。”

“事成之后，别忘了我们的约定。”

“那是当然。齐兄助我登上皇位，我必助齐兄完成夙愿。以后，你我二人共享这盛世河山，齐国和赵国永结同盟，岂不妙哉？”

齐风华朝他抱了抱拳：“我在江州不宜久留，后会有期。”

眼看齐风华要下山逃走，叶棋立刻在心有灵犀通道呼叫肖楼：“齐风华下山了，我跟刘桥可能抓不住他！”

“不用担心，我跟寒江已经到了山下，齐风华插翅难飞。你们继续盯着二皇子。”

叶棋这才松了一口气，继续监视。

齐风华走后，二皇子吹响腰间竹笛，使者跑进来齐刷刷地跪下：“参见殿下！”

二皇子抬了抬手，示意他们起身。

一个男子道：“殿下召集属下，不知有何吩咐？”

二皇子摇着扇子笑道：“我这次秘密潜入大齐，除了拿药之外，其实更想看看父皇给我指婚的王府郡主到底长什么模样。既然目的已经达成，我们还是尽快回去，不要引人怀疑。”

使者道：“可我们突然离开，这不合规矩吧？”

二皇子淡淡地说：“你们留书一封，就说赵国内务繁忙，不辞而别还请王爷见谅，多谢王爷这几日的款待，以后，二皇子必当亲自拜访。”

他挥了挥手，翻身上马：“走吧。”

几个使者立刻跟着他从另一侧下了山。

此时，山下。

虞寒江带了一批影卫过来，把青山团团围住。

齐风华从山上下来的时候，就察觉到了不对。他警觉地竖起耳朵观察着周围。周围安静得可怕，那些树木在月光的照射下映出了一团团黑影，地下的黑影张牙舞爪，如同厉鬼在跳舞。

不远处的树上挂着一条长长的白绫，上面似乎吊了个白衣女子，随着风飘来飘去。

这画面，这让他不由想起了挂在王府树上的妹妹……

齐风华猛地一个激灵，身体瞬间僵如雕像，他不信鬼神，更不信厉鬼索命之说，见到挂在树上的白影，他立刻抽出腰间佩剑，飞身过去，一剑割断白绫，对着那白影乱砍一通，厉声喝道："什么人在装神弄鬼？！"

随着白绫断裂，倒在地上的"白衣女子"露出了真面目——是一团用白布做成的娃娃。

齐风华心中惊骇，意识到自己上了当。

就在这时，从天而降一张巨网，差点将他整个人给罩住。

还好齐风华反应够快，立刻飞身上树。然而，周围突然蹿出来无数个黑影，剑光如白雪，瞬间将他笼罩，哪怕他武艺高强，也被逼得不得不落地。

又一张巨网由几个轻功极好的黑衣人抓着，将他团团围住。

细密的网越来越多，这群黑衣人像是摆出了什么阵法，齐风华无处可逃，挣扎片刻，终于被8个黑衣人联手抓获！

周围陡然亮起火光，刺得齐风华双眼一眯。

只见这群黑衣人手里拿着火把，还有不少人带着弓箭，锋利的箭头同时瞄准了他。

两个男人从人群里走了出来。

两人一个身材高大，容貌英俊。一个披着蓝色披风，在月色下长身玉立，气质非凡。

"齐少爷，幸会。"虞寒江压低声音，缓缓地道，"你不是该在前线吗？怎么会出现在江州？"

齐风华假装平静："你在胡说些什么？在下名叫齐照，是山上的猎户，下山捕猎却被你们莫名其妙地抓住，快放了我！你们认错人了。"

"是吗？"虞寒江冷冷地反问，"齐少爷的容貌和王爷有七分相似，微臣乃江州知府，为调查一起谋杀案跟王爷多有来往，应该不会认错。况且，齐少爷不是刚和赵国二皇子见过面吗？二皇子身份尊贵，怎么会见一位猎户？"

齐风华面如死灰。

"刚才，我跟夫君做了个白色布娃娃吊在树上玩，没想到齐少爷反应如此激烈，一看见这场景，立刻飞身过来一剑削断白绫，不知是何缘故？"肖楼微笑着说道。

齐风华恨不得撕碎这网，然而，困住他的网似乎是特殊材料制成的，他再怎么使力都没法弄破。

虞寒江冷冷地看着他道："王府大小姐齐亦瑶，你的亲妹妹，就是被你杀害的吧？"

齐风华咬紧牙关不肯回答。

虞寒江轻轻挑眉，朝影卫使了个眼色："搜身。"

两个影卫走上前来，迅速搜他的口袋——果然搜到了毒药，正是他刚才交给二皇子的那种剧毒，或许也是他毒杀妹妹齐亦瑶的作案工具！

肖楼接过药瓶拿了块布铺在掌心里，将药粉倒出来一点仔细观察。这药粉看上去很像是透明的冰糖粉，混入食物当中，无色无味，不易被人察觉——

很多清晰的记忆陡然间涌上脑海。

当年京城中的连环毒杀案，父亲查到的就是这种药粉。

后来父亲死于这种毒，母亲知道对方是用毒高手，便带着肖楼、肖御兄弟两人连夜逃离京城，甚至让两个儿子扮成小姑娘的模样来躲避凶手的追踪和报复。

想起年少时的经历，肖楼不由紧紧地攥住了拳头。

这种毒居然再次出现了。

顺着齐风华，说不定能找到当年毒杀父亲的凶手！

虞寒江看见肖楼的神色，立刻想明白了他面色难看的原因，虞寒江安慰性地轻轻拍了拍肖楼，低声道："不用心急，既然如今人赃俱获，我们总能审出一些线索。顺着这毒粉，或许能揭开京城那边谋反势力的秘密。"

他冷冷地看向齐风华，朝身后的影卫挥了挥手："带走！"

被押去衙门的齐风华脸色无比难看。他完全没想到，自己深夜来跟二皇子见面，结果被山下守株待兔的江州知府给抓了个正着！

虞寒江连夜审问了齐风华。

这位大少爷心高气傲，被俘后依旧神色镇定。虞寒江冷冷地道："大少爷，这个月十五，王爷寿宴当天，你假扮护卫回到王府是想做什么？"

齐风华道："你认错人了，我不是什么大少爷，我只是山上的一名猎户。"

虞寒江挑了挑眉，目光锐利地盯着他的眼睛："你在王府后院凑巧遇见大小姐齐亦瑶，她认出了你，询问你回来的原因，你担心事情败露，居然狠心将亲妹妹给毒死，并且将她的尸体藏起来，等后院无人的时候，才用白绫把她吊在树上，伪装成自杀的假象，对吗？”

齐风华沉着脸不肯回话。

虞寒江接着道：“林少泊回到王府后院本想找大小姐好好解释，结果正好看到你将她挂在树上的这一幕，林少泊慌忙逃跑，你立刻飞到他身后用力掐住他，在挣扎拉扯中，他撕下了你袖子上的一块布料，你将他推入池塘，之后才离开了王府，对吗？”

齐风华的脸色更加难看，听到这里不由冷笑道：“虞大人可真会编故事，我不知道你在说些什么，你说的这一切都只是你的推测而已，有任何证据吗？”

虞寒江淡淡道：“天网恢恢，疏而不漏。大少爷真的认为自己做的局天衣无缝，没有留下过任何蛛丝马迹吗？”

齐风华一怔，嘴角轻轻抽搐了一下，似乎在想自己到底有没有留下过物证。虞寒江没再继续审讯，将齐风华秘密关押在知府府邸后院。

回到书房时，肖楼正在焦急地等待，一看虞寒江的表情，他就知道这次审问的结果并不理想，他上前一步，关心道：“齐风华不肯招？”

虞寒江低声说：“他什么都不肯说。但他参与谋反一事现在已经证据确凿，叶棋和刘桥亲眼见他跟赵国二皇子接触，并且和二皇子约定要‘共享这盛世河山’，人证有现成的。物证，我们从他身上搜到了这个药瓶，顺着这条线索或许还能挖出更深的秘密。”

更深的秘密？

肖楼反应过来：“你是说我父亲当年破获的连环毒杀案？”

虞寒江点头：“当初是你父亲在京城识破了毒杀案凶手使用的药粉？”

“没错，当时京城有好几个人突然自杀，官府差点以‘自杀’定案，结果父亲经过仔细验尸和对现场的勘察，发现她们的饮食中都有残留的粉末，拿动物实验后确定这是一种混入食物中无色无味的剧毒，这才定性为谋杀案。”肖楼仔细想了想，接着说道，“后来刑部经过调查，锁定凶犯是几个制毒高手，可惜在抓捕的过程中主犯逃掉，只抓到两个从犯。那两人被押入刑部大牢后，当夜就畏罪自杀了，什么都没审出来。”

“畏罪自杀，还是被人灭口？”虞寒江突然问。

“这……”肖楼怔了怔，心中也不太确定，但仔细一想，他也觉得事情不简单，“难道那两个从犯知道一些秘密，才被灭口？”

“很大可能是这样。”虞寒江道，“刑部大牢看守严密，犯人在大牢里是很难自杀的，关进大牢之前也会搜身，在身上藏毒的可能性几乎为零。畏罪自杀一说只是表面，实际上，刑部也有奸细，抓住凶犯的当晚就将这两人给灭口了。”

“这样倒是说得通，当初我父亲他们抓捕罪犯时，为什么偏偏就让主犯给逃了？说不定，就是刑部有人通风报信！”肖楼只觉得心中豁然开朗。父亲当年参与的案件并不简单，主犯逃跑，两个从犯刚关进刑部大牢就“畏罪自杀”，最终成了一桩悬案，连带父亲也遭遇毒手。

“当年京城的这些死者之间，会有什么关联？”虞寒江用拇指抵着下巴，若有所思。片刻后，他才突然问：“你父亲查这个案子，是在哪一年？”

“好像是13年前吧。”肖楼回忆了片刻，确定地说道。

“13年前？”虞寒江在记忆中仔细搜索这一年发生的事，小时候，他给太

子殿下当过一段时间的伴读，仔细一想，也正是13年前。当时先帝刚刚立这位

皇孙为太子，小太子只有10岁。就在这不久之前，皇后、淑妃先后在宫中忽然“病逝”，这些全是同一年发生的事情，会不会太巧了？

或许，肖楼的父亲无意中卷入的京城毒杀案，还牵扯到宫廷秘密，所以才被灭口？

想到这里，虞寒江立刻警觉起来：“你还记得你父亲当年是怎么死的吗？”

肖楼仔细回忆着脑海里的记忆片段，说道：“那天母亲正好带我出门，回家的时候就看见父亲已经倒在了书房地上，母亲立刻检查父亲的尸体，发现父亲中毒身亡，她猜到是凶手回来报复，当天就收拾行李，带我和弟弟连夜逃离了京城。”

虽然只是守关者强加给他的记忆，但那些往事在脑海里太过清晰，想起父亲身亡的那一幕，肖楼依旧觉得揪心。

“当时的现场有没有被翻动过的痕迹？”虞寒江问。

“好像有。”肖楼眉头微蹙，紧跟着笃定地道，“书桌上被翻得一团乱，书柜里的书也被丢在地上，看上去就像是有人进屋盗窃。”

“那人应该是为了翻找你父亲搜集到的线索，毁灭证据。”虞寒江道。

“嗯，我也是这么想。父亲当年参与的这起案件十分诡异，两个从犯畏罪自杀，主犯逃逸，那些死者的家属也很奇怪地不再追究，刑部也放弃了调查，居然直接结案了。”肖楼抬头看向虞寒江，轻声问，“你想到什么了吗？”

“我有种猜测，这个案子可能与当年太子、皇后的死有关。”虞寒江沉声道。

“太子和皇后？”肖楼微微睁大眼睛，当年的他只有10岁，对朝廷、皇宫的事毫不知情，每天跟着跟父亲学习验尸的知识，没想到父亲遇害居然牵扯到这么多秘密。

“红桃8密室其实是3个案子。”直到现在，虞寒江才终于理顺了乱世烽烟

密室的结构——江州刺客案、王府谋杀案，当年的京城连环毒杀案以及背后可能涉及的宫廷内部斗争。在齐风华被抓、无色无味的药粉重现于世的时候，13年前的这段往事也终于揭开了神秘的面纱。

“13 年前，京城发生了很多事。”虞寒江拿出一个本子，一边写一边说道，“这年春天，太子殿下外出狩猎，被蒙面人毒箭所伤，当场毙命。先皇盛怒，责令刑部立刻调查，刑部经过调查发现是三皇子的手下所为，先皇干脆给三皇子赐了一杯毒酒。”

见虞寒江在本子上认真地画起了时间线，肖楼也走了过去，站在他的身边看。

“太子遭遇不幸后，先皇开始在几位皇子中另选继承人。五皇子的母亲是淑妃，六皇子的母亲是明妃，后宫中上演了一段钩心斗角的戏码，太子生母皇后‘病逝’，先皇经过仔细调查，发现皇后很可能是被淑妃毒杀。紧跟着淑妃也‘病逝’，调查发现是被明妃毒害——这也是九公主给曲婉月讲述的八卦中提到过的事情。皇后、淑妃的死都发生在夏天。”

“嗯，我记得这一段。”肖楼想起曲婉月提到过的后宫八卦，分析道，“淑妃、明妃都参与了后宫斗争，先皇对五皇子和六皇子很失望，所以只能立八皇子为储君，没料八皇子主动上了一道奏折，建议先皇立长子嫡孙，所以先皇最后立了皇孙为太子？”

“没错，先帝改立太子发生在秋天。那年秋天我进宫当太子伴读，也听闻了一些皇后、淑妃病逝的传言，先帝在后宫调查过，但没证据，最后只能以‘病逝’来定案。”

“我父亲参与的那起案件我记得很清楚，当时是冬天。”肖楼皱着眉若有所思。

那一整年的京城都很乱。

春日，京城外的皇家猎场，太子殿下狩猎时被毒箭射死。

夏天，皇后、淑妃相继被毒杀，最终由于找不到证据，对外只能说是“病逝”。

秋天，八皇子上书给先帝，希望先帝立下规矩，传位只传长子嫡孙，先帝听了小儿子的建议，正式将皇孙立为新太子，同时把当时虞丞相的孙儿，也就是童年的虞寒江召入宫中给太子当伴读。

冬天，京城突然出现连环谋杀案，肖楼父亲无意间卷入其中，被凶手谋害。这起连环毒杀案最终被刑部糊弄过去，成了一桩悬案。

看着虞寒江在本子上清晰标注的时间线，肖楼猛地一个激灵：“从时间的先后顺序来看，连环毒杀案发生在最后，很像是有人在做善后工作，杀了一批人灭口？将知道某个秘密的人给全部杀光？”

虞寒江点头：“而且，所有的案子都牵扯到一个共同的因素——毒。”

太子中的是毒箭，皇后中毒，淑妃中毒，京城的连环谋杀案也是用毒，肖楼父亲依旧是被毒死，所有看似毫无关联的案子其实有一个核心——作案手法全都是“毒”杀！

很可能当年死于意外的所有人中的都是同一种毒，也就是齐风华交给赵国二皇子的这种毒粉。看上去很像冰糖粉末，加入食物中之后就会无色无味，让人神不知鬼不觉地被毒死。

肖楼越想越觉得不对：“这件事仔细分析的话疑点非常多，太子死了，查出凶手是三皇子；皇后死了，嫌疑最大的是淑妃；淑妃死了，先帝怀疑明妃……这怀疑面也太广了，怎么会有这么多人同时拿到罕见的剧毒呢？后宫制度森严，三皇子、淑妃、明妃全都拿到毒药，这不可能吧！”

虞寒江皱着眉道：“没错，后宫之中不可能有这么多凶手用同一种作案手段去杀人。剧毒应该属于禁品，没那么容易带进皇宫，三皇子、淑妃、明妃，手里不会都拿着剧毒。那么，更大的可能是……他们是被栽赃陷害的！”

肖楼听到这里，不由得脊背发冷：“也就是说，真正的凶手一直潜伏在后宫？”

如果是这样，那这位凶手的心机真是深沉得可怕！

虞寒江仔细分析道：“假设我们的推测合理，这个真凶先派人用毒箭射死太子，栽赃给三皇子，导致先帝误杀三皇子。然后偷偷毒死皇后，栽赃给淑妃，导致先帝对淑妃的儿子五皇子失望透顶。然后再毒杀淑妃，栽赃给明妃，先帝对明妃的儿子六皇子也喜欢不起来。先帝总共就 5 个儿子，太子、三皇子已死，五皇子、六皇子在先帝心中失宠，最后最有利的，会是谁？”

那就只有八皇子，也就是如今的八王爷了。

除了那些反社会的变态杀人犯，一般凶手都有作案动机，按照虞寒江的分析，这个真凶借刀杀人、借力打力，几乎是一口气干翻了太子、三皇子、皇后、淑妃、明妃一大群势力，先帝的儿子全被拉下马，只有八皇子不受波及。

会是谁呢？

看得出来八王爷并不爱权势，在皇兄一个个死亡、失宠之后，先皇本想传位给他，他居然主动上了一道奏折，让先帝立皇孙为太子，相当于主动放弃了皇位。

如果他不主动放弃的话，当年，他才是顺理成章的皇太子。

是什么人要为他谋划到这个地步？

肖楼和虞寒江同时说道："八王爷的母妃？"

先帝的后宫中，嫔妃众多，皇后是先帝的结发妻子，也是先帝最宠爱的一个女人。

淑妃、明妃都是有权有势的家族出身，相对来说，八王爷的母妃在后宫中的存在感低得可怕，简直像一个透明人。甚至两人到现在都不知道她的名字和封号。

虞寒江低声道："八王爷的母妃……我记得爷爷好像提到过，他的母妃并没有参与后宫争斗，似乎是个与世无争的女子。"

与世无争？风云诡变的后宫之中，真的能做到"与世无争"吗？

肖楼皱着眉道："如果我们的推论正确，八王爷的母妃应该不是什么与世无争的女子，而是一个心机深沉、谋略一流的'女中诸葛'。她一石四鸟，让太子、三皇子先后死去，又让五皇子、六皇子先后失宠，先帝的皇子中只剩八皇子可以传位，这计谋真是又狠又毒！"

虞寒江想了想，道："明天天一亮，我们马上去见九公主，她应该知道八王爷的母妃到底是个什么样的人！"

肖楼点头："好，我们得抓紧时间。"

次日一大早，龙森回到了江州城，秘密来到知府府邸后院通报。他看上去非常疲惫，眼睑下方是浓浓的黑眼圈，大概是两天两夜没有休息，马不停蹄地赶路回来的。

肖楼看见他快要累瘫，立刻给他倒了杯水，温言道："辛苦了。"

龙森一口将水喝光，擦了擦嘴巴说："我中途换了 3 匹快马，一刻都不敢休息，总算是及时赶到了，真是凶险，还有两天便是陛下选秀的日子！万一我们没及时送信，陛下说不定会被刺杀！"

肖楼心中一怔，道："看来，一旦我们推理的速度太慢，等我们搞清楚燕国刺客团的来历时，京城的陛下或许已经死于非命了。"

真是虚惊一场。

幸好肖楼及时想起了自己在前线的弟弟，把弟弟引出来调查一番，否则他们根本不知道陛下也会被刺杀。如果他们一门心思地查王府案，万一陛下死了，整个密室就失败了！

虞寒江道："幸好来得及。"

肖楼点头道："嗯，陛下看过密信之后有什么反应？"

龙森作为陛下安排的影卫，可以联系到京城的影卫，并且让对方直接引荐，这也是虞寒江让龙森亲自送信的原因，这封信可不能有差池。

龙森道："我被蒙着眼睛，通过一条暗道，到了一个很奇怪的地方，见到了一身公子打扮的陛下，我把密信交给他，他看完之后皱着眉说，没想到这批刺客居然如此嚣张，竟然敢来皇宫行刺！"龙森惟妙惟肖地学着陛下说话，"回去告诉虞大人，朕会谨慎处理选秀一事，选秀的时间就在两天后，一切照常进行，正好把潜伏在京城的刺客以及在朝廷通敌叛国的奸细全部揪出来！"

虞寒江皱眉道："他是想以身犯险，引蛇出洞？"

"陛下确实是这个意思，选秀的事礼部筹划了很久，有很多年龄适宜的秀女已经在前往京城的路上，贸然取消不好交代，恐怕还会引起民间胡乱揣测。陛下说，他会提前做好布置，盯着那些长得比较漂亮的秀女，找出混在其中的刺客，他让虞大人放心。"

虞寒江点了一下头："既然陛下有安排，我想，以他的城府和谋略，不会惧怕区区几个刺客。燕国刺客的这条线，应该可以完美收官了。"

抓刺客、查奸细的事陛下会负责，虞寒江接下来要做的就是厘清毒杀案这条线。

目前，毒杀案这条线还有一些秘密需要揭开。

想到这里，虞寒江便带上肖楼、老莫一起来到了王府。

虞寒江亲自给八王爷汇报了刺客组织的调查结果，王爷恍然大悟："原来是燕国人所为，居然敢行刺陛下，真是混账！"王爷一巴掌拍向桌子，差点把桌子给拍翻。

虞寒江镇定地道："刺客已经全部抓获，依王爷所见，这批刺客该如何处置？"

王爷仔细地想了想："刺杀陛下本是死罪，虞大人不用留情，直接安个罪名将她们处死。另外，天香楼既然是情报组织的据点，这个地方可不能留活口。"

虞寒江道："天香楼还剩下 4 位姑娘，微臣仔细核查过，这 4 人确实无辜，并且对青姨她们的所作所为毫不知情。我们也不好滥杀无辜，不如让这 4 人自谋出路？"

王爷皱了皱眉："你确定这 4 个人没问题？"

虞寒江点头："微臣已经从青姨那里搜到了组织的名单，不包括这 4 个人，而且微臣也亲自审问、调查过，这 4 人确实是毫不知情。"

绝不能把天香楼的姑娘全部处死，毕竟叶棋也在天香楼。

王爷道："好，这 4 人该怎么处置，你是江州知府，就由你来决定。"王爷摸了摸下巴，又道，“对了，王府的两起谋杀案是不是也跟这些刺客有关？”

虞寒江当然不好直说“你女儿很可能是你儿子杀的”，而是随便编了个借口，道：“刺客并不承认杀死过大小姐。大小姐和林少爷的案子微臣还在查，找到了一些线索，请王爷再宽限几天，微臣一定尽快抓住凶手。”

王爷点头道：“那就有劳虞大人了。”

虞寒江道：“微臣还有一些细节想询问九公主，不知九公主可还在王府？”

王爷忍不住笑了起来：“当然还在，我这个妹妹一向任性惯了，那天差点被刺客给刺穿后背，吓得不轻，回来之后哪儿都不敢去，这两天都留在王府休养呢。”他朝一个丫鬟招招手，“你去后院把九公主叫来，虞大人有话问她。”

片刻后，九公主带着曲婉月来到了前院偏厅。

两人已经换回了女装。

虞寒江先用一些后宫八卦作为铺垫，确认九公主给曲婉月说的陈年旧事：“当年微臣曾在皇宫给太子殿下当了一段时间的伴读，听说过一些传言，淑妃毒杀皇后，明妃又毒杀了淑妃，九公主在后宫长大，事实是不是这样？”

九公主说道：“这都是传言，并没有真凭实据。我父皇当年也没有将明妃打入冷宫，只是立下遗旨，让后宫全体嫔妃给他殉葬。”

虞寒江道：“那八王爷的母妃呢？为人如何，公主可了解？”

九公主想了想，道：“八皇兄的母妃是贤妃，据说贤妃是父皇当年去江州的时候救下的民间女子，家里没什么亲人。她是所有后宫妃子中长得最美的一个，气质清丽出尘，父皇带她进宫后，她挑了后宫最僻静的‘清心苑’居住，一直与世无争，跟其他的嫔妃也不怎么来往，每天就知道煮茶、念佛。”

虞寒江道：“先帝对贤妃如何？”

九公主道：“父皇很宠爱她，她的个性特别安静、温柔，父皇经常去她那里喝茶，说是喝了贤妃的茶，可以清心静气、提神养脑。我小时候也经常去找贤妃玩儿，后宫有那么多嫔妃，我最喜欢的就是贤妃了，她真的特别温柔，身上总是带着茶香。对了，她会一些医术，小时候给我看过病，还给了我一些药茶调养身体。”

贤妃，八王爷的生母，先帝从民间带回宫的女子。

这位女子表面看上去温柔贤淑、与世无争，平时也住在最僻静的角落里煮茶念佛，或许，她才是那后宫中最可怕的boss。她爱煮茶，说不定她可以将毒物放进茶叶中，不动声色地毒死皇后和淑妃，再栽赃给别人！

虞寒江紧跟着问道：“先皇留下遗旨，让所有嫔妃殉葬，那么贤妃呢？是不是也殉葬了？”

没想到九公主居然摇了摇头，道：“贤妃还活着呀！”大家的寒毛都快要竖起来了！

肖楼听到这里，心脏一阵紧缩，感觉就像是脖子被毒蛇给盯上了一样。这位隐藏 boss 居然还活着？

虞寒江立刻追问：“怎会如此？不是让所有嫔妃殉葬吗？贤妃难道不遵先皇遗旨？”

九公主轻轻叹了口气，说道：“十多年前，父皇立当今圣上为太子，八皇兄被封为镇江王，父皇给他在江州建了气派的镇江王府，八皇兄很喜欢做个闲散王爷，就带着几个夫人来到江州定居。他整日游山玩水，逍遥自在，贤妃知道后便禀明父皇，说想去青山寺给父皇祈福。”

青山寺，正是江州城外的那座寺庙！

九公主一脸佩服地道：“贤妃真的是看破红尘、心如止水，先皇发现她在皇宫里整日吃斋念佛，干脆就放她去了。于是贤妃遁入空门，来到青山寺，成了青山寺的女修。先皇的遗旨是让后宫所有嫔妃给他殉葬，但贤妃已经不属于后宫了，当然不用殉葬。”

叶棋、刘桥昨晚追踪赵国使者正好追到青山寺，发现了齐风华和赵国二皇子密谈。

整个江州这么大，郊外小树林适合聊天的地方又这么多，为什么偏偏是青山寺？

原来如此！贤妃还在青山寺！

虞寒江看向肖楼，对上他明亮的目光。

案件终于水落石出。

这位抓准时机“遁入空门”的贤妃，大概是被自己的儿子给气得不轻。她谋划了那么久，干掉了所有的敌人，结果最后却被亲生儿子给坑了。谁能想到八王爷无心于权势，居然在先帝即将给他传位的最后关头，主动上奏折把皇位给推了？！

在八王爷看来，游山玩水、美女在怀，才是人生一大乐事。坐在龙椅上太麻烦，他宁愿当一个闲散王爷。

贤妃谋划失败，只好在京城杀一群人灭口，而这很可能就是当年京城发生连环毒杀案的原因。毕竟贤妃只有一个人，肯定没法做这么多事，她应该秘密培养了一批手下，甚至联合了一些朝廷官员，其中就包括刑部的人。

既然谋划失败，这些人当然不能留，于是她毒杀一批人，还牵扯到肖楼的父亲，或许父亲也正是因为查到了皇后、太子的事情上才被灭口的。

做好善后工作，贤妃紧跟着假装看破红尘，要遁入空门。

先帝当时年纪已经大了，皇后、皇子先后出事，老人家心中肯定很疲惫，念她一向温柔贤淑，也担心她留在后宫会被谋害，因此同意放她出宫，让她在寺庙安享晚年。

先帝万万没想到，在他眼里最温柔、最与世无争的贤妃才是藏在幕后的真凶。

她藏得太深了！深到让肖楼都忍不住佩服她的心机。整个先帝的后宫都被她玩得团团转，最后，后宫的女人全部殉葬，唯独她活了下来。如果在这个世界里女人可以称帝，贤妃说不定能当女帝。

儿子不争气，浪费了她一番筹划。所以，她将目光转移到孙子的身上，开始协助齐风华谋反？

在得知贤妃就住在江州城外的青山寺后，虞寒江立刻召集影卫将青山寺团团包围。

正午时分，烈日悬挂当空，阳光格外刺目。

青山寺环境清幽，周围种满碧绿的翠竹，还有一汪清泉流淌，溪水流淌的声音擦过耳畔，敲击木鱼的规律声响从寺内悠悠传来，就像是一处与世无争的世外桃源。

谁能想到这里住着一个心机深沉、杀人如麻的女子？

虞寒江挥了挥手，所有影卫立刻施展轻功飞入寺院。

最前方的一座庙里，一个女子穿着朴素青衫，头上戴着尼姑的帽子，正跪在佛堂前，一手拿着经书，另一手轻轻地敲着木鱼。

身后传来的脚步声、周围的飒飒风声，似乎并没有影响到她。

她依旧聚精会神，口中轻轻诵读着经文，直到身后传来低沉冷淡的声音："贤妃娘娘，您对着佛像念经的时候，可曾想过被您毒死的那些人的亡魂是否能真正安息？"

女子蓦地睁开了眼睛。

那双眼睛清澈如水，似乎真的看破了红尘。

哪怕她现在脸上不施粉黛，只穿一身粗布青衣，依旧难掩她清丽脱俗的气质，怪不得当初先帝会为她着迷，不顾她的身世，直接将她带回宫中封为妃子。

女子跪在佛像前，头也不回地道："阿弥陀佛，贫尼早已遁入空门，施主请慎言，红尘俗事，不该打扰这佛门清净。"

虞寒江冷笑："是吗？贤妃娘娘已出家为尼，13 年前的事，人证、物证都不在了，自然也无法追究。可惜，贤妃娘娘13年前功亏一篑，如今依旧是功亏一篑。”

他挥了挥手，淡淡地道：“把齐风华带上来。”

影卫们立刻将齐风华押了过来，这一路都由龙森亲自押送。

齐风华脸色黑如锅底，一查冷静的贤妃到了这一刻脸色才终于变了，她慢慢地站起来，不敢置信地转过身看向齐风华。

虞寒江说：“贤妃娘娘，可还认识您的孙儿？”

贤妃和齐风华相对沉默。

虞寒江道：“您想跟赵国结盟，协助孙儿登基称帝，如果微臣猜得没错，您的真实身份或许是赵国人，而且还是名医之后，会从植物中提取材料制作这种无色无味的剧毒，我猜得对吗？”

贤妃沉默了很久，突然放声大笑起来：“哈哈哈哈，功亏一篑，好一个功亏一篑！”

那笑声尖锐又刺耳，哪还有“温柔贤淑”的模样？

一阵风吹过，吹掉了她的帽子——她居然一直在带发修行，一头长发被风吹得凌乱散开，让她的整个面部都显得有些狰狞，五官甚至微微扭曲。

良久后，她才停下笑容，目光锐利地看向齐风华：“成事不足，败事有余！”

齐风华懊恼地垂下头。

贤妃冷冷地道：“早在你偷偷回王府找那瓶药的时候，我就猜到这件事会被你给搞砸！你个没脑子的东西，连你父王一半都不如！他虽然胸无大志，至少够聪明，你呢？蠢货一个！”

齐风华面色惨白，全身都在发抖，一句话都不敢反驳。

贤妃哈哈大笑，道：“我本是赵国贵族之后，流落到大齐，被那狗皇帝强行带回宫中，当了他的妃子，一步都没法离开皇宫！我在齐国谋划了这么多年，我儿子本该登上皇位，我本该是大齐人人敬重的皇太后！可惜功亏一篑……功亏一篑！我怎能心甘？！”

她看上去已经疯了，一双眼里尽是血丝，显然，齐风华被抓一事对她的打击很大。

虞寒江和肖楼立刻命人将她拿下。

贤妃并没有挣扎，她脸色苍白，显然已经心如死灰。影卫们很快就将她给控制住了。

事到如今，红桃8密室的所有案件终于侦破。

刺客线其实不难，只要抓紧时间，把肖楼弟弟引出来就很容易破案。

毒杀案则非常复杂，牵扯到了两个案子。

13 年前，太子殿下被毒箭射死，皇后、淑妃先后被毒杀，其实是八王爷的母亲、这位本是赵国人的贤妃一手谋划的。

然而她机关算尽，唯独算错了自己的儿子。

她认为男人都追求权势，尤其是皇子，谁不想坐上那把至高无上的龙椅？她为儿子谋划一切，儿子岂不是对她感激涕零，登基后更加孝顺她、尊敬她这位皇太后？

偏偏她的儿子事到临头狠狠打了她的脸，主动放弃继承权，把皇位推给了当今陛下。

她根本没法控制这个只追求享乐、不想当皇帝的儿子。

她来江州后，决定培养自己的长孙齐风华，想让孙子联合赵国篡位。

可惜到头来还是功亏一篑——齐风华不慎将一瓶药留在了王府的家中，他想去把药给带出来，结果巧遇妹妹齐亦瑶、林家大少爷林少泊，连杀两人灭口，牵扯出了一大堆事情。

齐风华确实不够聪明谨慎，不比八王爷是根本无心当皇帝。

贤妃最大的悲剧便是太看重权势，整日思考着怎么害死太子、害死皇后……她是一个控制欲极强的女人，她根本不了解自己的儿子，也从未问过儿子内心的想法。

八王爷是个性情中人，而不是她可以随意操控的傀儡。

她是个厉害的谋略家，也是一个失败的母亲。

青山寺内响起了悠扬的钟声，贤妃怔怔地看着清幽的寺院。她头发凌乱，双眼血红，似乎一瞬间老了好几岁。

虞寒江将贤妃和齐风华一起带了回去。

贤妃涉嫌 13 年前谋杀太子、皇后、淑妃，或许还跟京城的连环毒杀案有关，牵扯的案子实在太多。而齐风华联合赵国的二皇子谋反，谋反罪在古代可是要满门抄斩的重罪。

这两人具体该怎么处置，虞寒江没办法自己决定，只好上书皇帝，征求皇帝的意见。

为免还有同党将两人救走，虞寒江特意空出后院里的房间，将贤妃、齐风华秘密关押起来，亲自看守，他让龙森再跑一趟京城去见陛下。然而龙森还没出发，老莫就沉着脸来找虞寒江，低声道："贤妃在房里自尽了。"

虞寒江的瞳孔一缩："什么？刚才检查过她的牙齿并没有藏毒，我还让刘桥亲自看着她，她是怎么自尽的？”

莫学民头疼地按住太阳穴：“她趁刘桥出门去给她拿饭菜的时候偷偷砸碎了自己的手镯，没想到她的手镯还有隔层，里面藏了剧毒……唉，真是防不胜防。”

肖楼和虞寒江立刻跟着老莫来到案发现场。

贤妃躺在床上，双眸紧闭，她的双手轻放在腹部，面容安详得像是睡着了一样。她应该是心如死灰，在被虞寒江抓住的那一刻就已经做好了自尽的打算，所以死得很从容。

桌上放着一封信，是她亲笔所写。

虞寒江立刻拿起这封“遗书”仔细地看了起来。

贤妃在信中交代了所有的事情。

她本名赵清颜，是赵国贵族之女，她们家族势力庞大，和皇室关系密切。父亲一直把她当男孩子养，所以她从小就博览群书。母亲则是名医的传人，教她医术。族中想培养她成为赵国皇后，而赵国皇帝本来也是相中了她，想立她为太子妃。

18 岁那年，她年少贪玩，偷偷跑来邻国大齐，想看看传说中的江州的风光，路上不慎跟护卫丫鬟走散，被山贼给掳去。正好当年先皇到江州微服私访，偶遇从山上逃下来、遍体鳞伤的她，被她美色所迷，便顺手把她给救了。

她醒来的时候已经身在大齐京城了。

先皇派人将她治好，并且趁机占有了她。她一个人身在异国，又不会武功，自然不敢贸然跟皇帝作对，虽然心中很不情愿，最终也只能编了个“父母双亡、无亲无故”的借口，被先皇带进宫中，成了皇帝诸多后宫嫔妃中的一员。

她进宫的时候皇帝已有 4 个皇子，最大的 5 岁，最小的才刚出生。皇帝对她称不上宠爱，只是心情烦闷的时候喜欢来她这里坐一坐，喝茶静心。

进宫后一年，赵国使者来访，她从使者那里听到一个消息——由于赵家嫡女失踪，家里人找不到她，以为她死于山贼之手，于是，赵国皇帝将她的妹妹立为了太子妃！

她进宫后一直暗中吃避子汤，不想给皇帝生育子嗣，就是怀着一线希望，想着自己有朝一日能够重回赵国。可是，使者带来的这个消息让她彻底绝望。她的妹妹一向看自己不顺眼，即便她回到赵国又能怎么样？她已经成了齐国皇帝的女人，难道她还能回国再改嫁给他人？

赵清颜心灰意冷。

那一夜，皇帝热情地宴地请了赵国的使者，皇宫之中歌舞升平，赵清颜一个人在后宫偏僻的院子里遥对着家乡的方向敬了3杯酒——一敬父母，二敬故国，三敬自己。

从这一天起，那个叫赵清颜的名门嫡女便彻底死了，剩下的只有大齐皇帝的女人。她这一生都不可能再回赵国，她必须为自己谋划。

于是她停用避子汤，想办法勾引皇帝。很快她就怀上了子嗣，生下八皇子，陛下非常高兴，孩子出生后便正式封她为贤妃，让她和淑妃、明妃平起平坐。

可她上面还有个皇后，每次见到皇后她都必须跪拜。与此同时，赵国太子顺利登基，她的妹妹由太子妃变成了万人尊敬的皇后，而那位置本该是她的！

她怎能甘心在这里当一个小小的妃子？

于是，她开始精心谋划。

随着太子渐渐长大，后宫中各方势力开始蠢蠢欲动。这么多年，她在齐国也培养了一些自己的亲信，后宫中的太监、宫女好多都是她的心腹，有个御医很听她的话，还有些江湖人士以及刑部、礼部的官员也被她用各种手段笼络控制住了。

机会终于来了。

她从派出宫的探子口中得知，三皇子与太子殿下前几日有过一次争执，而下个月正是春日狩猎之时，太子殿下最喜欢狩猎，每年这个时候都会去皇家猎场。

她立刻将自制的剧毒交给太监带出宫，再转交给自己培养的死士，让对方打扮成三皇子的护卫的模样，在狩猎时一箭射死了太子！

死士被抓后起初不肯招供，最终在严刑拷打之下一口咬定是三皇子派他去的，加上三皇子和太子争执一事很快被查了出来，而三皇子家里也被搜出了剧毒……

发现剧毒的那一刻，三皇子吓得差点尿裤子。

人证、物证俱全，陛下盛怒，直接给三皇子赐了一杯毒酒。

一箭双雕，这次计策的成功让她信心倍增。

弄死太子和三皇子后，紧跟着，她瞄准了后宫之中的女人。

她收买了淑妃宫中的一个宫女，在淑妃去给皇后娘娘送食物时，偷偷在皇后爱吃的水果盘里洒了一层无色无味的剧毒。皇后吃完葡萄，当场毙命。

皇帝查到淑妃头上，淑妃死活不认罪，跪在地上脑袋都要磕破。

由于死无对证，皇帝怀疑淑妃，却没法定罪，渐渐地对淑妃和五皇子心生嫌隙。同样的计策用起来特别顺手，没过多久，淑妃被她毒杀，一切苗头和罪证都指向明妃。

皇帝大怒，想直接赐给明妃三尺白绫，贤妃却假装好意地劝说皇帝："太子殿下和三皇子已经因为兄弟相残而遭遇不幸，五皇子和六皇子毕竟是陛下的血脉，这件事要是传出去，您让五皇子和六皇子如何自处？一人的母妃被另一人的母妃毒死，知道真相后，他们说不定又要骨肉相残。陛下难道想看他们兄弟反目成仇吗？"

陛下仔细一想，觉得有道理，便对外宣称说皇后、淑妃都是"病逝"。

皇帝抱着她的肩膀感慨："贤妃，后宫之中，还是你最知书达理。要是所有的嫔妃都如你一般温柔善良，后宫也不会出这么多乱子！"

贤妃心中冷笑，表面却假装自己清心寡欲，一边给皇帝煮茶一边说："臣妾无亲无故，多亏当年陛下收留，能侍奉陛下已经是臣妾三生修来的福分，臣妾不敢多想……"

皇帝被感动得热泪盈眶，立刻说道："皇后之位一直空缺，朕早就觉得贤妃温良贤淑，为后宫嫔妃之表率，不如择日立你为后，以后就由贤妃替朕掌管这后宫。"

为免露出马脚，又担心皇帝只是试探，贤妃立刻惊慌地在皇帝面前跪下："臣妾惶恐！陛下与皇后伉俪情深，皇后病逝不到 3 月，此时立后实在不妥。臣妾无德无能，愿为皇后娘娘祈福……"

她当时心想，当皇后有什么好？后宫一群嫔妃盯着，朝中一群大臣看着，说不定大臣们会觉得是她动的手，陛下一个不高兴就把皇后给废了。

太后，那才是最稳妥的位置。没有哪个皇帝会把自己的母后给废掉！

她筹划这么多年，再等一年自然也等得起，只要八皇子顺利成为太子，不用其他人动手，她会立刻解决掉皇帝，让自己晋升为皇太后。

她万万没想到，八皇子无心朝政，在皇帝下令立太子之前抢先给皇帝上奏折推辞！

贤妃当时恨极，本想把刚立的小太子也杀掉，这样八皇子就推不掉太子之位了，然而她正要动手的时候，老皇帝却终于脑子清楚了一回。

由于这一年京城发生了太多事，皇帝担心刚立的小皇孙也被人算计，于是想了个办法，让虞丞相的孙子虞寒江进宫陪着小太子，给太子当伴读，同吃同住，并且调了几十个暗中培养的影卫，寸步不离地保护小太子。

同时，为免八皇子改变主意引发党争，皇帝干脆一不做二不休，给八皇子封了个镇江王，将八皇子调去了江州。而她这个没出息的儿子，居然就这么开开心心地带着几个妻妾跑去江州游山玩水了！

贤妃差点被气出心病。

直到这一刻，她才知道，自己精心谋划多年，却忽略了一个关键——自己儿子的想法！

身为母亲，她对儿子疏于管教，八皇子10岁就离开了她的身边，只有过节才会回宫探望，每次母子相见，她跟儿子也没什么可聊的。她以为，只要是皇子，哪有不爱当皇帝的？可她的儿子偏偏就是不爱当皇帝。

母子不同心，才是她计划失败的根源。

行动失败总不能搭上自己。当年放出宫的那些宫女、太监，所有知情的人全被她灭口，包括查出一些端倪的肖楼的父亲，也被利落地解决掉。

借口回江州，是因为江州地处齐、赵两国交界，她依旧不甘心，想联系赵国另行筹划。于是，她选择藏在寺里，静待时机。

直到赵国和齐国再次联姻，郡主和赵国二皇子有了婚约。

利用这一点，她接触到了二皇子，并且许诺联手夺位。

她让齐风华带上无色无味的剧毒去前线，先在前线立下些战功，再想办法毒杀大将军，栽赃给副将。大将军死后，自然会让立下战功的齐风华接任将军的职位。只要齐风华手里有了兵权，和赵国联手谋反，可谓轻而易举。

可惜，齐风华被芸夫人给宠坏了，年纪小又沉不住气，做事总是马马虎虎。去军营的当天，芸夫人亲自给他收拾行囊，他怕那瓶毒药被母亲发现，就偷偷将毒药藏在抽屉里锁了起来。结果晚上王爷设宴给他践行，他心情激动，喝得烂醉，次日醒来睡迟，被军营的人上门来催，匆匆忙忙赶路，居然把这瓶毒药给忘在了家里。

到前线后，他想起这事，懊悔万分，想回去取却没有机会。想起贤妃的交代，他决定先用几年时间在军营里磨炼，立下一些战功后再动手……

可惜他娇生惯养，在军营水土不服，又不知道韬光养晦，军中3年，别说是立下什么战功，反倒处处给前线添乱。

正好王爷过寿，赵国使者团来祝寿，齐风华偷偷摸摸地回了江州，本想拿那瓶毒回前线神不知、鬼不觉地毒杀将军，直接发动兵变抢了林将军的位置，再一路杀进皇宫抓了皇帝——谋反嘛，直接打到京城岂不是更加干脆快捷？

齐风华的脑子单纯得可笑，在王府时手脚也不够利索，横生枝节，慌乱之下杀了妹妹和林少泊灭口，然后回到青山寺，跪在贤妃面前交代了一切。

那一刻，贤妃就知道，这个孙子是烂泥扶不上墙！

两次精心筹划，到头来却是一场空。

贤妃在遗书的最后写道——

我这一生，精于算计。却忘了，这个世上最难算的，其实是人心。

谋反罪可不是小罪，按照大齐律法，涉嫌谋反要满门抄斩，然而，陛下宅心仁厚，知恩图报。毕竟当年陛下能被先帝立为太子，是八皇叔主动上书让先帝立嫡孙才有的结果。先帝驾崩那年，五王爷、六王爷造反逼宫，也是八皇叔协助他平定的叛乱。

所以，陛下给了虞寒江一条密令，让虞寒江秘密处决贤妃和齐风华，并且让前线的林将军伪造一封讣告送至王府，就说齐风华在前线光荣牺牲。至于王府的谋杀案，就说是刺客干的。

陛下不但没将镇江王府满门抄斩，还要借机封赏八王爷，让“镇江王”的头衔可以世袭，并且正式册封三小姐、四小姐两位庶女为郡主。

听说三小姐和秦瑞两情相悦，秦瑞作为护卫，身份配不上三小姐，陛下便下令把秦瑞调去了京城，担任御林军统领，加官晋爵，如此，秦瑞便可以风风光光地迎娶三小姐。

四小姐的心上人无辜被杀，四小姐又因为脸上有一块胎记而自卑蒙面，陛下将她册封为郡主，后另给她找了一门好亲事。至于韩夫人腹中的胎儿，若是女儿，生下来就册封郡主；若是儿子，生下来就直接封为郡王。

虞寒江破案有功，但因为这件事是不能说的秘密，因此陛下让虞寒江继续担任江州知府，趁年纪还轻在江州历练几年，将来再找时机将虞寒江重新调回京城，顺理成章地升官。

肖楼看到龙森的飞鸽传书，不由感叹：“当今陛下确实胸有大志，方方面面都考虑得很周到，这样一来，百姓们不会说八王爷的闲话，八王爷也会对他更加忠心。”

虞寒江点头：“先帝的皇子已经全死了，只剩下一个八王爷，如果陛下再用谋反罪把王府满门抄斩，在百姓心里，他就会变成一个冷血无情的暴君。13 年前的事牵涉面积太广，如果现在将贤妃是幕后凶手的真相公之于众，百姓们会说先帝是个昏君，对先帝的名声也没有好处……”

肖楼赞同：“所以，这个案子，秘而不宣才是最好的处理结果。”

真真假假，假假真真，历史便是如此，史官记载的不一定就是真相。

陛下想让百姓们知道的事，才是所谓的“真相”。

剧情进展到这里，肖楼等 8 人的悬浮框中同时弹出提示——

恭喜肖楼团队完美通关红桃 8【乱世烽烟】，通关用时 17 天 12 时 10 分，通关评分为 S，请返回个人空间领取奖励。

回到个人空间后，大家又见到了亲切微笑着的红桃 A。

叶棋一见红桃姐姐就忍不住吐槽：“大姐，你能不能靠谱一点？居然让我去扮演什么青楼的头牌姑娘，亏你想得出来！”

红桃 A 道：“你的年龄、特长最适合这个身份，不然呢？我让老莫去扮？”

莫学民嘴角抽搐：“饶了我吧。”

叶棋郁闷坏了，不想理这个笑眯眯的守关者。

红桃 A 道：“恭喜你们完美通关，看奖励吧，剧情卡。”

大家面前出现“乱世烽烟”的剧情卡，原本以为剧情卡会重现贤妃当年毒杀皇后的那段故事，没想到这次的剧情卡，主角居然成了他们！

剧情卡的时间线正好在他们离开密室的那年。

皇帝对镇江王府大肆封赏之后，肖御由于卧底表现出色，在林将军的力荐之下也成了军中一位副将，被调回江州，负责赵国和齐国的边境安全。这样一来，他就可以经常看见哥哥了。

5 年后，虞寒江回到京城，一路升官，最后官拜丞相，成了陛下的左膀右臂。

肖楼带刘桥回去，刘桥在京城开了家医馆，治病救人。

曲婉月跟随九公主回京后，九公主听说她看上了王府护卫龙森，就做主让她和龙森成了亲。

莫学民一直跟着虞寒江当师爷，虞寒江回京时也带上了他。

由于天香楼倒闭，叶姑娘在邵家大少爷的帮助下买下了江州的状元楼，开酒楼当起了小老板，邵清格投资状元楼，两个人合伙赚钱，每天数银子数得很开心。

看着剧情卡中的所有人在另一个世界有了自己的结局，大家都心情复杂，感觉就像自己在另一个世界有了分裂体。

那个世界里，陛下成了一代明主，虞寒江成了饱受百姓们称赞的丞相，邵清格成为大齐首富，龙森、曲婉月、莫学民、刘桥、叶棋等人也都有了自己的归宿。

他们并不是那个世界的过客，而是真正参与到了那个世界的剧情中，改变了四国的格局，并且协助陛下平定乱世，让老百姓都过上了安居乐业的好日子。

这便是“完美通关”。

一切都已经结束，看着周围队友们身上的牛仔裤、白衬衫、连衣裙，现代化的装扮拉回了大家的思绪，就像是一场穿越时空的梦，终于醒了过来。